龙

龙龙

天衣有风 ◎ 著

Long Long Long

上

中国文联出版社

图书在版编目（CIP）数据

龙龙龙（上中下）/ 天衣有风著.－北京：中国文联出版社，
2009.8

ISBN 978－7－5059－6525－6

Ⅰ.龙… Ⅱ.天… Ⅲ.长篇小说－中国－当代 Ⅳ.I247.5

中国版本图书馆CIP数据核字(2009)第1120367号

书　　名	龙龙龙（上中下）	
作　　者	天衣有风	
出　　版	中国文联出版社	
发　　行	中国文联出版社 发行部 （010—65389150）	
地　　址	北京农展馆南里10号(100125)	
经　　销	全国新华书店	
责任编辑	陈香君	
责任校对	贾松波	
责任印制	陈　晨　陈香君	
印　　刷	北京大运河印刷有限责任公司	
开　　本	700×1000　1/16	
印　　张	57	
版　　次	2009年9月第1版第1次印刷	
书　　号	ISBN 978－7－5059－6525－6	
定　　价	68.00元（全三册）	

您若想详细了解我社的出版物
请登陆我们出版社的网站http://－www.cflacp.com

目录（上）

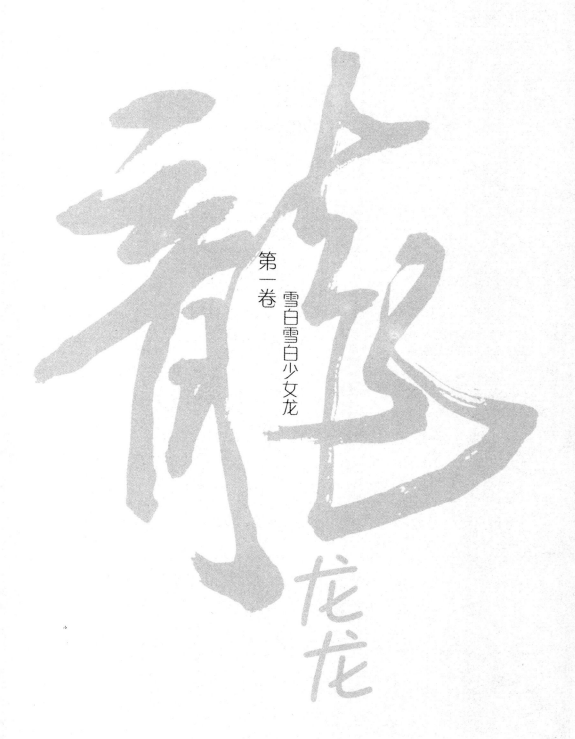

第一卷 雪白雪白少女龙

一 新生·少女龙

好黑啊!

易龙龙眨了眨眼,意识到自己眼前一片漆黑,什么都看不见的时候,她的第一个念头不是"天黑了吗",而是"我瞎了吗"。

毕竟,对于一个大病小病缠身、常年卧病在床的人而言,再多一种病也不是不能接受的,但很快她便觉察出不对劲来。

她现在身处的空间狭小封闭,虽然空气里有一种很清新的甜味,但在这么小的环境里,怎么都不会感觉舒服。

因而易龙龙脑子里思索的问题,很快便从是否失明转移到是谁这么无聊,把一个快死的病人装进箱子里。

然而,这念头闪过也不过几秒钟,接下来,易龙龙发现了本质的变化:她的身体好像不大一样了,不,准确些说,是大不一样了。

她现在的身体好像不大像人的体型啊……黑暗中无法看分明,空间的狭小封闭更加深了恐惧。易龙龙愣了一会儿,开始努力敲打这个装着自己的东西。

不管怎么样,得先出去了再说。

易龙龙抬起"手"敲打这个困住自己的容器,她那娇软幼小的"手"敲在呈现凹陷弧形的光滑内壁上,更显出这只"手"不似人的手。易龙龙强压住心中的不安,不去思索自身的变化,只努力地专注于自己如何脱离这个地方。

她用"手"敲打,用身体挤,用脑袋撞,也不知花费了多少气力,终于听见一连串清脆悦耳的龟裂声,紧接着,几乎可以称得上亮丽明媚的光线射了进来。

从黑暗里乍然接触光明，易龙龙下意识地闭紧双眼，待到双眼能适应光亮，她才缓缓地张开双眼。

一瞬间，太过浓艳的色彩涌入她的视线，一扫方才的单调沉郁，瑰丽得接近刺目，让易龙龙又有合上双眼的冲动。

太鲜艳了，常年身处白色病房的她，所见的多半是墙壁和床单的白与夜晚的黑，乍一见到这样鲜艳的景色，易龙龙有一种做梦般的感觉。

空气中吹来湿润清爽的风，翡翠般枝叶的树木环绕着圆形的湖泊，宽广平滑宛如镜面的湖泊似整块巨大的蓝色宝石，在明丽的日光下闪烁着晶莹剔透的光彩。

蔚蓝的天空，翠绿的树木，以及清澈的湖泊，静止得接近凝固的画面，充满着动人心魄的勃勃生机。

从湖泊边缘到周边环绕的树林有一段不算短的距离，地面上密密地铺着大小不一的白色鹅卵石，正如宝石边缘点缀的雕饰。

这样的景致恍若童话里的梦幻之国，但易龙龙却觉得自己好像做了个可怕的噩梦。她低头看去，自己这个雪白柔软娇小、不该也不可能属于人类的身躯，以新生的姿态，呈现在她眼中。

而之前困住她的囚笼，是仅剩底端一半的雪白蛋壳，其余的部分化作碎片散落在周围。

她究竟变成了什么啊？眼前所见，貌似自己变成了一只刚出生的某种幼兽。

易龙龙强行压抑住想要崩溃大叫的冲动，吃力地爬出蛋壳，挪动着自己还不怎么熟练的身体，摇摇晃晃地用两只脚朝湖边挪移……

就算是死，也要死个明白吧，至少她要知道，自己究竟变成了什么。

新生的身体柔弱无力，好在湖边距离蛋壳没有几步路，易龙龙努力挪动柔嫩娇小的四肢，勉强蹭到了湖边，趴在被阳光晒得温热的雪白的椭圆形石头上，小心翼翼地探出头，朝湖面看去。

小时候，易龙龙曾经看过一部热播的儿童电视剧《小龙人》，还记得片头曲歌词是这样的：我头上有犄角，我身后有尾巴。

现在她的情形，就很符合歌词描述的状态：雪白的脑袋上冒着两只小小的尖角，身后一条雪白的尾巴。除此之外，她的背后，还长着一对幼小的翅膀。

这是一只幼小的、雪白的，才出生的……龙。

自己这个形态，与印象里西方神话传说中的龙有几分相似，但却袖珍许多倍，也更无害。身材娇小不说，还全身雪白；全身雪白不说，皮肤还很光滑；皮肤光滑不说，幼小的爪子才长出一点点不算坚硬的指甲。嘴巴里居然没有半颗牙！

湖水里的倒影，通体雪白晶莹，一双眼睛蔚蓝剔透，除了可爱还是可爱，完全没有传说中所谓龙的威严。

不管是什么，但可以肯定的是，地球上绝对没有这种生物。

并且，这不是在做梦。

变成……龙啊，这会不会太扯了？

从震惊中缓缓回过神来，易龙龙便陷入了复杂的情绪里。她不知是该高兴还是该伤心：在她还是人的时候，因为身体多病，她的生命有一大半是在医院里度过的。每一次她合眼之前，都要做好再也醒不来的心理准备。现在她拥有了一具新的身体，总算摆脱了那个多病的躯壳，本应该十分高兴才对，但为什么这个新的身体偏偏不是人的呢？

身子下的椭圆形白石十分温暖，易龙龙趴在上面，有些不大愿意起来。过了一会儿，她还是不情不愿地站起来，扭头朝四周张望，希望能找到一点吃的。

她饿了。

就算现在的形态不怎么如意，但总不能因为不满意，就活活饿死自己。这么想着，因饥饿而更为敏感的鼻子嗅到清甜的香味，这味道和她还在龙蛋里时闻到的是一样的，感觉似是可以吃的东西。

易龙龙找到这香味的来源，竟然是她所出生的蛋壳。像玉石一样雪白的蛋壳碎片静静地躺在布满白色石头的地面上，表面泛着琉璃般剔透的光彩，散发着诱人的香气。看着蛋壳的外观，易龙龙还是忍不住怀疑，这东西真的可以吃吗？更何况，她现在还没长牙呢。

易龙龙尝试着用小爪子抓起一小片送入嘴里，用嘴抿了一下。看起来坚硬的蛋壳逐渐像水果硬糖般溶化了，浓郁的香气在嘴里漫溢，流入喉咙，化作胃部的充实。

忽然，易龙龙想起从前一个曾短暂同房的病友说过的话："能吃东西就是一种幸福。"

那时候，她才十一二岁，因为长期住在医院里，内心开始怨憎一切。她抱怨为什么自己这么倒霉，遇上这样的病体，为什么别的孩子都能无忧无虑的，她却要面对无休止的吃药与治疗。

一天中午，同病房大她十岁的姐姐一边吃午饭，一边笑嘻嘻地说："还能吃东西就是一种幸福啊，我每吃一口，都会打心眼儿里感谢上天让我多活一秒钟呢。"

因为生病的缘故，她的脸色十分苍白，可是眼睛里却闪动着动人的光彩。

那位姐姐只是与她一起住了大约二十多天，就因为病症发作，去世了。但她的话易龙龙一直记着，一直到今天。

这算不算新生呢？

虽然外表不甚如意，但至少她以另外一种形式延续了生命。

能够拥有温热的身躯，能够继续呼吸和心跳，能吃东西，能思考，这本身便已是一种幸福。

她要知足。不管到了什么地方，不管变成了什么东西，只要活下去，便有无限可能，或许前方就能看到希望。易龙龙一边吃，一边想。

新生幼龙的胃口不算太好，只吃了两片蛋壳，易龙龙就觉得有八分饱。她收集好其他的蛋壳碎片，用立在地上还算完好的半边蛋壳盛装起来。

假如找不到其他的食物，这就是她最近一段时期的储备粮了，那可不能随便浪费了。

易龙龙艰难地把储备粮推到一块较大的鹅卵石之后，便开始打量起周围来，先前粗略的观察虽有了大概的印象，但眼下还需更加仔细察看才是。

她所拥有的这个看起来像是幼龙的身体，首先面临的是安全问题。

6

这里虽然是野外，但不知为什么，湖泊及周围异常洁净，湖水清澈无瑕，湖边的石头上，几乎一点沙尘都没有。而自从易龙龙醒来后，入眼所见都是自然景色，除了她自己外，再没看到别的生物，湖里没有游鱼，湖泊周围的树林里静悄悄的，听不见鸟啼虫鸣，四周安静得接近寂寞。

幸好在前世易龙龙已习惯了独处在病房中，周围的安静反而让她有一种如鱼得水般的适应。更何况，以她现在这么幼小无力的状态，要是出现别的生物，反而可能会给她带来危险。

围绕着湖泊的森林苍翠葱郁，那种丰沛而晶莹的绿意让每一棵树都显出不同寻常的美丽，树下长着一些边缘泛着浅浅银光、中心部分淡青色的细长草叶。

不知道是她太过幼小还是这里的植物营养太好，光是那种银边的草叶，就有她一个半那么高；有些从树上垂落下来的藤蔓，巨大的叶片几乎能盖住她整个身躯。

在她还是蛋的时候，留在湖边没什么意外，大约能说明附近的危险性比较小，那么，目前最好还是暂时不要四处乱跑，以免倒霉地碰上什么可怕的生物。

正思索着，易龙龙忽然感觉有什么不对劲，身上仿佛少了些什么……呃，少了衣服。

幼小白嫩的身躯才从蛋壳里爬出来，自然是没有穿衣服的。易龙龙低头一看，发现全身光溜溜的，顿时觉得脸上好像烧了起来。她不知道龙会不会脸红，但假如不在身体上包点什么东西，身为人的灵魂总觉得不大习惯。

衣食住行四大件，排第一位的，就是衣。

这个问题倒不难解决。易龙龙转了转脑袋，眼睛瞄向树林边，那里翠绿色的藤蔓缠绕着褐色树干，蜿蜒而上，攀上树枝后便向下垂落，一直落到树根上。

唔，距离，好像有点远。

看看自己娇小的身体，再看看几乎可以谓之为漫长的路途，易龙龙几乎沮丧得想立即趴在暖洋洋的鹅卵石上睡一觉，有什么事还是等睡饱了再说。

不过她实在没有裸睡的习惯，她艰难地挣扎一会儿，用力地吐了口气，还是磨磨蹭蹭地朝距离自己最近的树木移去。

啪嗒啪嗒，漫长的前进过程中，易龙龙被鹅卵石绊倒了好几次，才总算抵达最近的树木脚下。好在她这身体虽然外表娇小柔弱，却十分耐摔，撞在石头上也不觉得怎么疼。摔倒后，她就趁机躺在温暖的石头上，休息好一会儿，才爬起来，继续上路。

手足并用地爬上树根，易龙龙伸出两只短小的雪白爪子，用力拉扯位于藤蔓根部的宽大叶片。实在拉扯不下来，她只好先拿爪子上小小的指甲反复切磨叶梗，将坚韧的表皮划开一圈，再用力往外拽。

磨了一会儿叶梗，易龙龙又转头去磨新生的藤蔓幼枝。拉断叶梗的时候，另一只爪子抓住的细嫩藤蔓也跟着崩断，她来不及收力，身体猛地向后倒去，带着叶片儿滚了好几圈，骨碌碌又滚到了湖边，正好回到了她的储备粮旁边。

易龙龙顾不上头晕眼花，抓起一片叶子，身子从叶片边缘一卷，叶子卷成圆筒包住躯干，再拿细藤绕两圈捆扎住，完全谈不上任何剪裁，但至少能蔽体了。

有了衣服，她的心里才稍微安定些。休息了一会儿，让体力恢复过来，她再一次朝树丛进发，这一回的目标是那种有着银色边缘的淡青色草叶。方才弄衣服的时候，她发觉那草叶质地柔软，边缘有细密而不扎人的绒毛，还散发着淡淡的有点儿像茉莉花的香味。假如弄一些草叶来，便能铺成一张很舒适的床了。

小小的幼龙不停地往返于湖泊与树林边缘，随着时间的推移，她的行动越来越灵活，手足也越来越有力，从一开始走几步摔一跤，到后来她能灵巧地在鹅卵石上跳来跳去。日光逐渐黯淡西斜，当金色的夕阳完全沉没在丛林里，光线被沉寂夜色吞噬殆尽时，易龙龙也在自己的储备粮旁边铺了一层厚厚的垫子。

银青交错的柔软草叶散发出茉莉般的芬芳。这种香气与蛋壳的甜香混合在一起，形成一种清透怡人的味道，而草叶银色的边缘在白天虽然不怎么起眼，在黑夜中却能映出星星点点的光芒，远远地，乍一看去，好像是细小的星星汇聚在她的床上。

虽然暂时弄不出像样的床，但在天空底下，与星星一起睡觉，也很有趣呢。易龙龙乐观豁达地想。

湖泊好似镶嵌在森林中的宁静眼眸，将璀璨的星海映在她幽深的瞳孔中。虽是黑夜，可这里并不显得阴森可怕，周遭所有银边的草叶都现出细小的银色亮光来，好像天上的星辰一下子都沉淀到了森林底下。

易龙龙双足一蹦，让身体落入柔软的草垫中，浅浅的茉莉芬芳顿时包裹住她的身体，柔软的草叶舒缓着她身躯内的疲惫。

今天做的事并不算多，就是暂时弄了件蔽体的衣裳，以及铺好睡觉的地方。等明天醒来，她还要继续努力，要寻找更多的食物以及更安全舒适的住处。

不管做人还是做龙，都要好好善待自己，能活下来便是最大的幸福，她要好好享受自己的快乐人生……呃，快乐龙生。

面包，会有的，牛奶，也会有的。

易龙龙嘴角带着微笑，沉沉地睡去。

她还没睡多久，身上用来捆着树叶的藤蔓便散开了，连带着包在身上的叶片也松了。藤蔓硌着身体，她睡得不大舒服，迷迷糊糊地滚了两下，用作衣服的叶子完全从她身上脱落下来，再翻个身，小小的身躯便完全缩进了叶片底下。

晨曦从枝叶的缝隙中透进来，清清透透地照射在宁静的湖泊上。

湖泊边镶嵌着白色的鹅卵石，却有一大片平展的绿叶分外扎眼。

宽大舒展的叶片下，有一只通体雪白的小龙，她的身体弓起来，两只爪子抱着尾巴睡得香甜。叶尖上凝着点点晶莹的露珠，欲滴未滴的。

嘘……别出声。

不要吵醒了熟睡的……雪白少女龙。

一　光辉·闯入者

一直到天光大亮的时候，易龙龙才从黑甜的睡眠里苏醒过来。

睁着惺忪的睡眼，易龙龙对着比地球上大一圈的太阳发了一会儿愣，接着，才感觉到自己身上光溜溜的，没办法，只得再用大叶子把自个儿卷一圈。这一回，包住身体后，她在左右腰侧的位置，在叶上各开了一道口子，用银边的长草叶编成简单的绳子从一侧穿进去，再从另一侧穿出来，接着拉至身后。

原本打算在身后打个结的，只可惜她的爪子太短，够不着身后，只能一点点地把草叶绳穿过叶子，拉呀拉，从后背绕一圈，再拉回到身前，系成蝴蝶结。

如此，总算把叶片牢固地捆在了自己的身上。

前世住在医院里时，易龙龙时常用一种颜色鲜艳的软塑胶管编些小玩意儿，来打发太多的闲暇时光，手指头的灵巧练得相当不错。假如这对爪子能再灵便一些，她甚至能用这些草叶编出一件衣服来，当务之急是要锻炼出一双巧爪来。

身上收拾好了，往嘴里塞两片蛋壳，当甜甜的液体从口中化开时，易龙龙神色一变，想起一件很重要的事。她慌忙凑近湖边低头张嘴，湖面倒映出嫩红的口腔里没有半颗牙齿，她这才松了口气。

昨晚忘记刷牙就睡觉了，幸好……现在还没长牙。今后要注意清洁，目标是没有蛀牙。虽然味道很好，但这种带甜味的东西对牙齿太危险了。

休息片刻，再就着湖边喝两口水，易龙龙的目光便转向她昨晚铺床的草叶上。这种银边的青色草叶质地柔软结实，既美观又实用，今后还有很多地方能用得上。

抽出几根较长的草叶，易龙龙便低头编织起来。从今天开始，她要走进树林里探索，湖泊及周围已经没什么新鲜的了，她想要获取更多的资讯，还是需要用自己的双眼去看。

之所以做出这样的决定，是因为易龙龙发现自己的体力已经不像刚生出来时那样虚弱了，用人类的程度来比较，假如说刚出蛋壳时，她只有三四个月大的婴儿的力气，那么现在，她已拥有相当于六七岁孩子的力气了。

这样的体力虽然还不到远行冒险的资本，但探索一下树林边缘的部分，却已足够了。初步目标是直走五分钟能达到的距离，确定安全后，可以酌情考虑扩大搜索面。

用银边草叶编织出一顶鸟巢似的草帽和一只挎包样式的网兜，这就又花了小半天。虽然因受灵活和材料的限制，品相稍逊，但实用方面还勉强凑合。

网兜鼓鼓囊囊地挂在颈上，里面装满了拆解成小碎块的蛋壳，几乎有身体的一半大。为了不妨碍行走，易龙龙用小爪子把网兜从身前挪到旁侧，斜挎着。最后，她端正地戴上了草帽。

随身携带蛋壳，是为了防止离开时储备粮发生什么意外，下雨或者有外人（兽）闯入什么的，顺便路上还能当零食什么的啃两块，而自制的草帽，则是掩蔽身形的伪装，能让她更好地藏身在草丛里——电视上都那么演。

用力地握了一下小爪子，易龙龙给自己打了打气：去看看新世界吧！

虽然才度过不到一天的时间，易龙龙却清楚地感受到，这具幼龙的身躯是健康且充满生机的，与前生那种每天好像死神随时都站在床头的感觉截然不同，现在是从身体深处焕发出来的活力。

前世的她，就算再怎么看得开，笑容里也始终脱不开苦中作乐的味道，每天等待死亡的滋味是不好受的。可是现在，一切都不一样了，她拥有了一段新的生命——虽然不在地球，一个新的身躯——虽然不是人类。不管怎么说，这意味着她可以不必担忧病死，可以快乐地活很长一段时间。

自从身体改换之后，随着时间的推移，易龙龙的内心也在逐渐变化着，好像枯死的朽木上生出青翠的新芽，灰败的暮气一扫而空，从前被强制压抑的性情也一点点地复苏了。

在树林边缘的银边草叶上打了一个结，作为自己的起始点，易龙龙张了张嘴，喉咙里发出幼嫩的没人能听懂的声音，"出发！"

日子一天天过去，易龙龙每天重复着从湖边走入树林，从树林回到湖边。每次回来时，她都会捎带一些东西，比如新鲜的浆果，多水甘甜的根茎，质地轻便的木材，有黏性的陶土，漂亮的矿石……渐渐地，她的私人收藏便丰富充实起来……

　　这片树林大得出奇，远远超出了易龙龙的预想。相对于丰富的植物和矿物，她却没有看到太多的动物。有一次，她一直朝一个方向走了接近二十天，才总算看到一种外观像毛球一样的生物，易龙龙便索性叫那种生物作毛球。毛球的体积大小不一，最大的跟她脑袋一样大小，最小的她用一只爪子就能握在手中。毛球身上的毛蓬松柔软，各种颜色几乎一应俱全。

　　初见毛球的情景很有趣，当时易龙龙正小心翼翼地穿过树林，忽然看见前方有一小片空地，草丛中三五个不同颜色的毛球聚在一起。那时她不知道那是一种什么动物，还以为是什么新品种的花草，便兴致勃勃地上前去抚摸它。

　　易龙龙的爪子才一触碰到那细软蓬松的绒毛，毛球当即发出一声惊慌的尖叫，"吱——"

　　而一只毛球受惊后，它周围许许多多的毛球便像多米诺骨牌一样发生连锁反应，都发出慌乱的惊叫，"吱——吱吱——"

　　易龙龙也傻了，"啊——"

　　原来是会叫的生物。

　　下一秒，仿佛一滴水落入热油中，几十只毛球疯狂地蹦跳起来。它们蹦跳的姿态，近似于用力摔在地上的篮球一样，不过它们的个头比篮球要小许多。毛球们惊恐不已，杂乱地、争先恐后地朝远离易龙龙的方向蹦跳着逃去。

　　易龙龙也吓坏了，这是她在树林里第一次见到活的动物，对方的反应又是这么激烈。她来不及多想，也来不及看清楚毛球们是什么反应，当下转过身，朝相反的方向逃去。

　　毛球们："吱吱吱吱吱吱——"

　　易龙龙："啊啊啊啊啊啊——"

　　……

　　遇上毛球那一次，是易龙龙往树林里走得最远的一次。但不管易龙龙走多远，最后她总会回到最初出生的那片湖泊。不知道为什么，她有一种奇妙的直觉，好像烙印在血液中的本能，那种本能告诉她：湖泊附近是最安全的。

　　附近只有她一只动物，以湖泊为中心，周围的大片森林是她的领土。

　　她最终在湖泊边上安顿了自己的窝，且在自建的小屋旁立了一块木板，用来计算来到这个世界的日期。起初用草叶打结做记号，等小爪子的指甲稍微坚硬一些后，就用指甲在木头上刻画，记录自己来到这个世界的天数。

十天，二十天，三十天，一百天，二百天，三百天，木板上密密麻麻整整齐齐地留下了六七十个正字。

她充满欣喜和希望地迎接每一天的到来，完全不觉得这样的生活有多么枯燥乏味。自己能走能跳，能吃能睡，能放声大笑，不曾生病受伤，这么健康的身体，易龙龙感觉自己做梦都要笑醒。

一直过着这样平静的生活。

直到三百多天后，一个人闯入易龙龙的地盘，他打破了这片树林的寂静，也打破了易龙龙的安宁。

一年的时光下来——姑且把三百多天算作一年吧——抛开不是人这条，倘若说易龙龙还有什么不满意的地方，那便是她的身高了。

刚出生不久后，她特意在一棵树干上刻下自己的身高线，往后她时不时地凑过去比一下，看看自己长高了没有。但遗憾的是，三百多天过去了，易龙龙比刚出生时才长高大约不到十分之一，这点成长几乎可以忽略不计。

而她的体力，也一直维持在十岁孩童左右的水准，再没有像刚出生那天一样，出现明显的增长。

12

尽管这样，易龙龙也足够满意了。要知道，前世病得最厉害的时候，她几乎连下床走动的力气都没有。

走到湖边，脱下用银边草编织的衣服，易龙龙调整了呼吸，雪白尾巴打了一下地面，用一个很标准的花式入水姿势跳入了湖水里。

她可不是自杀，而是要潜入湖底取一些东西。

她第一次落入湖底，是在来到这个世界大概六十天的时候，那时因没有好的切割工具，她正在用爪子跟树藤奋战时，脚下一个不稳，倒在了地上，顺着湖边的坡度，骨碌碌地滚进了湖水里。

在那之前，她因为不确定自己是否能游水，不敢轻易冒险，取水用水都在湖边进行。待沉到水中，她发现自己竟然能在水底呼吸，大喜之余，便顺道探索了一下此前一直不曾涉足的湖底。

平时易龙龙取水时，水温都是很平常的温度，但是那一次她一直潜到湖面下一段距离后，她便感觉到，湖水的温度在剧烈下降。意外的是，这种寒冷对她全无影响，身体表面接触的液体明明是冰冷的，可是不知道为什么，她却觉得好像被温暖的热水所包围，不管有什么烦恼和忧愁，在这冰凉的湖底，都可以变得安宁又温柔。

收回思绪，易龙龙继续往水下游，越接近湖底，水质便越发浓稠，好像经过高度压缩一般，身体周围逐渐出现大小不一的水块。

水块是易龙龙给起的名字，具体是什么物质，她也不明白。那是一种透明的微微发蓝的胶质，触感有点像前世的果冻布丁一样，却如同橡皮泥一样可以捏成各种形状。

好像水在凝固成冰的过程中发生了一点微妙的意外，既没有成为坚硬的冰，也没有重新化为无定形的水，反而以介于二者之间的另一种形态呈现出来。不过，这种胶质只存在于深水之中，一旦拿出水面，接触到空气，它便会快速变硬，成为透明的冰晶。

水块转化成的冰晶大约能在常温下保持二十多天的出水形态，虽然看起来像是冰的模样，却并不逸散寒气，拿在手上，也就比常温稍低一些。只要不用火烤，便不会溶化。可过了二十多天后，那冰晶便会转化成真正的冰，散发出寒气来，最后化作一摊水，消失得无影无踪。

易龙龙利用水块的奇异特性，在湖底制作了很多实用工具，刀，锤子，锥子。等一批工具用废了，她便再度潜入湖底，制作下一批。

今天又到了需要重新制作的时候，易龙龙如同以前一样，身体悬浮在水中，用爪子捏住一团水块，揉捏成所需要的形状。她正专心制作着，心中忽然涌现出危险的预兆。

好像有什么东西……闯进来了。

尽管距离还十分遥远，纵然易龙龙还身在湖底，但周围广大的范围内，从湖边一直到树林中，都仿佛与她的感知连接在一起。尤其在湖底的时候，这种感知更为敏锐。

虽然不知道具体是人还是动物，但感觉到对方确实在移动，且逐渐接近她所在的湖泊。

突如其来的意外让易龙龙再也无心继续揉捏水块。她快速地浮上湖面，回到湖边，甩甩脑袋，抖落身上的水，爪忙脚乱地套上树叶衣服。

易龙龙穿戴完毕，左右看看，用最快的速度钻入树林边的一蓬草丛里，小心翼翼地弓着身子，从草丛里窥探外面的情形。

近了，越来越近了。

闯入者竟径直朝这里走来，无半点儿迟疑和犹豫。对方即将走出树林时，易龙龙终于听出来，这是属于人的脚步声。

她的心一下子便悬了起来。

虽然在无聊的时候，易龙龙也会希望能看到人类，可如今这一刻真正降临时，猛然间，她反而有些不知所措了。

就算看到人又怎么样？还不知道对方是好是坏。假如是坏人，她不觉得自己有自保之力。就算来的人是个好人，但她又能怎么打招呼？难道要她主动上前去说："嗨，你好，别看我现在是一条龙，我从前和你一样是人类哦。"

纵然再怎么豁达，易龙龙此刻还是感到有些悲哀。当她还是人的时候，并不觉得人类的身份有多么宝贵，可是不再是人的时候，她便分外地怀念那已经失去，或许永远要不回来的东西。

易龙龙无限伤感地想：她已经不是人了……啊呀，这话怎么听着像骂自个儿啊？

正在易龙龙胡思乱想的时候，来人终于走出了树林，进入了她的视野。

易龙龙一看之下，脑子里就现出两个字：失望。

之前感受到危险，她便直觉以为来人至少会看起来比较威武，但……

眼前的这个人是一名身材修长的男子，假如对比一下易龙龙现在的身材，当然显得高大。他身穿陈旧的灰衣，宽肩上罩着短斗篷，腰间挂一柄剑鞘已经产生裂纹的铁剑。唯一值得称道的，便是他那一头刘海，几乎盖住了整个面容。还有他那凌乱蓬松长及后背、比纯金还要灿烂耀眼的金发，发丝上流转着与朴素衣衫不一致的华美光泽，像是荟萃了阳光的七彩碎片。

那人走出树林，便直直地走到湖边。他低头注视着湖面，似在思索着什么……

易龙龙在心里祈祷：快走吧，快走吧，假如只是经过，就快些离开这里吧。

但很明显的，没有人回应她的祈祷。那人看了一会儿湖水，便转过身来，准确无误地朝易龙龙藏身的地方，朗声道："那边的小家伙，出来吧，我不会伤害你的。"

二 长眠·银龙王

不会伤害她？

易龙龙吐了一下小舌头：谁信啊？坏人从来不会把"坏人"二字写在脸上。

那人转过身来的时候，易龙龙看清楚了他的相貌，脸被盖住了半张，但刘海下露出来的下巴和嘴唇都极为端正秀逸，他就算仅凭着这半张脸，也能打个及格分以上。

确定对方已发现自己的存在，而不是随便说说吓唬龙，易龙龙犹豫一下，尝试着开了口，"你……你……"这个男人的语言不属于易龙龙所知的任何一种，但奇怪的是，易龙龙竟然能听明白。

于是，她尝试着张口，幼嫩的嗓子竟也能结结巴巴地说出来。好像这种知识是已经储存在她的脑海里，只是一直没有合适的钥匙开启，而这个人的到来，正好成为那把合适的钥匙。

说出来一个字后，易龙龙受到了鼓舞，于是努力说完自己的要求，软软糯糯的嗓音带着幼童特有的甜嫩，慢慢地飘出草丛，"让……我看看……你的眼睛。"

眼睛是心灵之窗，易龙龙一直深信这一点，虽然她前世大半时间都在住院，也不大怎么与人交往，但在医院里，她看到的东西并不算少。

生老病死是人的必经之路，而医院，是这四个字最浓缩汇聚的地方。她看过孕妇被送进产房，她看过老人颤颤巍巍，她看过病床上的痛苦呻吟，她看过身边的人停止呼吸。因为生病和痛苦，她的感受反而更为敏锐，可以很轻易地从别人的眼中分辨出善意与恶意来。

虽然金发男子的语气很和善，可她还是有些害怕，只得先提出这个听起来有些荒谬的要求。

金发男子微微一愣，随后笑了起来。他笑得十分散漫随意，如同阳光自然而然地洒落。接下来，他抬手撩起了凌乱的长发，捋至耳后，露出被盖住的双眼。

那是一双……非常温柔的眼睛，蔚蓝的眼眸像无云的天空，宽广得几乎没有边际。而他眸中的温柔包容，反而像是最犀利的武器，在第一时间瓦解了易龙龙的防备。

金发男子看起来二十七八岁，相貌极为俊美秀逸。凌乱的、缺乏打理的长发给他增添了几分惫懒的气息。他的一双眼眸，好像总是含着温柔的笑意。

但是真正让易龙龙感到安心的，并不是金发男子的外表，而是他的举动。他本来可以直接走过来揪出她来的，但面对这样一个明显没什么力量的声音，他却选择了尊重她的要求。

金发男子又等了一会儿，不见草丛里有什么动静，又耐心地劝说："我有一件很重要的事需要向你咨询，请务必出来与我见上一面……"

他的话语忽然顿住，因为易龙龙出来了。

在见到易龙龙之前，金发男子虽然能感觉到草丛中有一只很弱小的生物在窥视着他，却没有料到竟然是一条龙，并且，还是这样一副打扮的龙。

易龙龙身上穿着用银边草叶编织而成的衣裳。领口是荷叶领，短袖中伸出两只雪白的爪子，长长的衣摆几乎拖到地面，顺便盖住了她的大半个尾巴；她的衣摆的边缘，青银两色交错成巧妙的纹样，使得以草叶为材质的衣衫看起来漂亮精致。

一年下来，她的手工技艺精进不少，试验过不少材料，还是最开始发现的银边草叶最好用，结实柔软，且能长时间保持刚摘下来时的新鲜状态。

金发男子觉得眼前看到的景象有一点脱离他一贯的认知。他虽然知道草丛里有生物，却没料到藏着的竟然是一条龙。龙就龙吧。就他所知，一般来说，就算是刚出生的幼龙，至少也应该有一个成年人那么高，可是，眼前这一只，还不及他的膝盖高。最让他觉得不可思议的是，这只龙身上居然还穿着衣裳。

这只……真的是龙吗？

走近金发男子的时候，易龙龙心中也是一阵沮丧。她原本心中还存着一丝侥幸，希望是周围的树木草木太过巨大，而非她的身体太小，但现在有了参照物比较，她这才明白过来，自己最初的奇妙直觉并未错。

看着易龙龙，金发男子好像想到了什么，脸上现出一种混合着奇异与惊疑的神情来。他缓慢地开口道："小家伙，你是不是一出生就在这里？"

他怎么知道？

易龙龙小心地盯着他，微微地点了点头。

金发男子想了想，像是在苦恼自己接下来应该怎么说。过了好一会儿，他才又重新露出笑容，"先做一下自我介绍吧。我叫艾瑞克，是你母亲的朋友。"

下一秒，易龙龙用她最快的速度，转身蹦回草丛里。才建立起来的些微信任因他一句话瞬间崩塌了。前世书上和电视上，那些怪叔叔骗小孩子的台词基本上都是这样的，"我是你妈妈（爸爸）的好朋友。"因此，一听到这句话，易龙龙便下意识地戒备起来。

就算这家伙长得很帅，他也是很帅的怪叔叔。

眼看着那只雪白的幼龙一听到他的话，立即好像受惊一样躲起来，艾瑞克有些哭笑不得：自己看起来有那么可怕吗？

他蹲下来，尽量让自己的视线与草丛里露出的眼睛持平，"你在害怕什么？我真的不会伤害你。"

易龙龙撇撇嘴，"骗龙。"

艾瑞克一怔，"我哪里骗你了？"

易龙龙翻翻白眼，"我根本不知道我妈妈是谁，怎么知道你是不是她的朋友？再说，我刚出生就一直住在这里，根本没见过你，你又怎么可能知道我是谁的孩子？"她条理分明有证有据，偏偏以幼嫩稚气的嗓音说出来，给人的感觉是小孩硬装成大人的模样说话似的。

艾瑞克理解地点了点头，"原来你不知道。"

他转头看了一眼湖泊，蔚蓝的眼眸里染上了少许怀念，"你的母亲，名字叫塔希妮雅——塔希妮雅这个词在龙语之中的含义为银色永恒——塔希妮雅是一条银龙，她是优雅与力量完美的结合，龙族之中的最强者。她仰起头颅时，大地都为之震颤，而她张开双翼时，银色的光辉划破天空……"

虽然这样的描述听起来十分陌生，但艾瑞克柔和的神情让易龙龙有一种温暖的感觉，便没有打断他，听他说下去。

"十年前，我四处流浪，偶然遇见塔希妮雅，与她成了朋友，曾经有一整年时间都是与她在一起。因此我对她的气息非常熟悉，才靠近这里时，我便感觉到属于她的威压和气息，这才判断出来你和她的关系。"他明亮的蓝眸有些黯淡，"这片湖泊周围的树林太安静了，连飞鸟都没有一只，就是因为湖泊里散发出来的极其强大的威压会让其他动物本能地畏惧远离这里。然而，这种程度的威压，只是塔希妮雅死去之后的残留而已。"

艾瑞克没有告诉易龙龙的是，当年他与塔希妮雅之所以分别，是因为不知道什么人以极其残忍的手段重伤了塔希妮雅。那时候，他看见银色永恒浑身染血，悲哀痛苦地飞过天空，那样可怕的伤势，即便是龙，也难以活下来。

艾瑞克温柔地凝视着躲在草丛里的雪白的幼龙，"塔希妮雅曾经告诉过我，她生了一个蛋，准备找地方孵化。现在她虽然已经死去，但终究还是完成了她自己的遗愿。"

他几乎可以想象当时的情形，塔希妮雅身负重伤，为了逃离那个可怕的敌人，也为了不让自己的孩子受到伤害，她飞到这片森林里。飞到这里时，她终于筋疲力尽，跌落在湖中。但就算是生命结束之后，她依旧尽力佑护着她的孩子。

强大的威压让森林中其他动物不敢靠近，而银龙特有的冰冷洁净的气息则在以湖泊为中心的大片范围内，创造出一个适合龙蛋自动孵化的环境。

为什么这里没有任何灾害和祸患？为什么风景明丽，气候宜人，宛如仙境，却无一人一物靠近呢？完全是因为这是一个母亲即便身亡之后也依然庇佑着她自己的孩子而已。

艾瑞克抬手一指湖泊，神情有些悲伤，"塔希妮雅，长眠于此。"

沉默了许久，易龙龙才再度开口道："你是说，我妈妈其实在湖底，她已经死去了？"从前潜入湖中时，她总觉得湖底仿佛有什么很亲切的东西吸引着她，现在看来，应该是这具身体与她母亲之间血缘牵系的缘故。

每次她潜入湖中心的时候，水的密度都会强大到一个难以前进的程度，她原以为是这里湖水的特性，但现在结合艾瑞克所说的，应该是有一条强大的龙躺在湖底中心的缘故。

而水质的改变，大概也与那条名叫塔希妮雅的龙有关。

舒缓了一下低落的情绪，艾瑞克朝易龙龙伸出手来，安慰地说："不要伤心，虽然你的母亲死去了，但我会照顾你的。"

易龙龙对上艾瑞克那写满温柔的蓝眸，想起自己的眼睛也是蓝色的，再结合艾瑞克之前的说法，想到一个十分可怕的可能，她怯怯地望着艾瑞克，"这么说……难道你是我爸爸？"

呃，按照艾瑞克先前的描述，他曾经跟这具身体的娘形影不离地共同生活了一年。一人（男）一龙（母）长期那么近距离地相处，说不定就日久生那个什么，生出了一段跨种族的恋情，最后塔希妮雅轰轰烈烈地生下了一个蛋，哀婉地对孩子他爹说要去孵化……

禽兽啊……易龙龙心中鄙视：这个男人居然连龙都不放过！

艾瑞克的脸上现出了几秒钟的呆滞态。等他完全消化理解了易龙龙最后一句话潜藏的含义后，呆滞态立即转化为扭曲态，他俊逸的面容上现出一种很想屠龙却又不得不强制忍耐的神色。

这不过是一只幼龙，不要跟她一般见识，更何况她还是塔希妮雅的孩子，有什么过错？作为她母亲的朋友，他也该容忍一些。艾瑞克努力劝解着自己，好一会儿，他终于恢复了平静，喘了口气，道："小家伙，我和你的母亲只是纯粹的朋友。"

作为龙，塔希妮雅是很美丽的，没错，但那是龙的美丽，他就算再怎么没女人缘，也不会把审美观从人的角度扭成龙的啊。

知道自己误会了，易龙龙有些尴尬，诚恳地道歉道："对不起哦，大叔。"

她话音才落，艾瑞克的脸上又现出那种很想屠龙的表情。他深吸了一口气，以一种极其压抑的语调，尽量现出和蔼的表情，对易龙龙说："我还十分的年轻，还没有到要被叫大叔的年纪，你可以直接称呼我的名字。"

艾瑞克不怀疑从未曾见过外人的易龙龙为什么能有这样明晰的思维，龙族的智慧开启得比人类要早，这是众所周知的。原来在与塔希妮雅的交往中，他知道龙族有一种秘法，父母能够传承一部分认知与学识给自己的孩子，因此他不但没怀疑这具幼龙身躯内的灵魂根本不是原装货，反而还有些庆幸：虽然塔希妮雅的孩子发育不太好，但智商不会有太大的欠缺，这实际是不幸中的万幸——虽然这智商让他很想屠龙，可这也不妨碍他感到欣慰。

想到过去的老友，艾瑞克心中便充满了温情，于是对方才易龙龙的胡说八道也不是那么在意了。他温和地望着那一双从草丛中露出来的清澈的蓝眼睛，越看越觉得这只小家伙柔弱娇小。塔希妮雅身为最强大的龙，她大概也没有料到自己的孩子竟会如此弱小吧。

与艾瑞克对视了一会儿，感受到他的善意，易龙龙才又放下了戒心，再度慢慢地走出草丛。虽然她没有任何证据判断艾瑞克方才所说的一切是真是假，但对方实在没有对她说谎的必要。像她这么弱小的家伙，假如艾瑞克想要对她不利，只需强行使用武力就可以了。

尽管艾瑞克并不曾展现他的实力，但易龙龙已感觉到艾瑞克很强大，非常强大。从他刚来到的时候，她便有了这种感觉。

　　更何况，对于她自身的状况，比如有关龙的一切，她还想从艾瑞克口中得到答案。

　　"那个……"易龙龙不太好意思地扬起雪白的小爪子，"你应该没什么急事吧，方便的话，在这里住几天，好吗？"

　　艾瑞克原本打算劝说易龙龙跟他一起离开的，听到易龙龙的话，忽然改变了主意：这个孩子不舍得离开这里吧。也好，暂时陪她多逗留一段时间。

　　他微笑着伸出了手指，轻轻地点在易龙龙的小爪子上，"好的，小家伙。"

 **四 邀请·生长期**

　　易龙龙邀请艾瑞克去看她的房子。在艾瑞克的理解中，她能找一个树洞窝着，或者把树洞修饰一下，便是龙的极限了，建造华丽的宫殿，这种事不是没有龙干过，但却不会是一条幼小的龙能干出来的。因此，当一人一龙来到修筑在树林中的木屋前时，艾瑞克再一次因易龙龙而惊诧了。

　　这是一间十分整洁干净的木屋，修筑在林间一块比较大的空地上，屋前屋后有些他看不明白的摆设，比如木屋旁那块写着奇怪符号的木板。

　　木屋大概有他的肩膀那么高，用打磨得光滑的白色木料拼成小屋的墙壁，斜倾的屋顶上整齐地铺着棕褐色的树皮，而树皮和木材的表面都涂了一层树脂，大概是为了防潮和避免渗水。

　　木屋旁的角落里种植有翠绿的藤蔓，顺着搭好的架子蜿蜒爬上屋顶，给木屋装饰上些许青绿的花纹。屋檐边上垂着一串以坚果和切割成各种形状的木块做成的挂饰，风一吹，挂饰轻轻摇摆，彼此碰撞着，发出悦耳的轻响。

　　田字格的窗框上雕刻着精细的花纹，就连最细微的地方也打磨得光滑圆润，半点儿木茬都没有。

　　木屋的门口挂着一张由青银草编织而成的帘子，青色与银色柔和地交错着，形成巧妙的花纹。

　　这样一间木屋，放在繁华的都市中也许不值一哂，但在这样缺乏工具的森林中，绝对可以称得上是一个异数般的存在。

　　艾瑞克吃惊地转头打量易龙龙，问道："这都是你自己做的？"

他可以感觉到，周围除了易龙龙和塔希妮雅外，再没有其他人兽的气息。原本看着易龙龙穿着衣服便已经够惊讶的了，现在再看到这间屋子，实在是有些颠覆了他的认知。

先不说这只小龙怎么会偏爱人的生活方式，只说她究竟是怎么建造出这样的屋子的，就凭她那双完全没有杀伤力的小爪子？

待易龙龙简单地解释了一下她是如何发现并使用工具的，如何挑选材料，如何每天抽空一点点地修饰她的小屋后，艾瑞克忽然有一种错觉，仿佛身边站着的雪白小龙并不是一条龙，而是一个有着精巧细腻心思的少女，在这个人迹罕至的地方，富有闲情逸致、不慌不忙地经营着她的一方小天地。

易龙龙自己却是有些遗憾，当初她建造屋子的时候，是指望着自己能长大一点的，所以屋子尽量造得比较高，这样今后长大了也能使用。可惜她对自己的成长速度估算失误，现在这间屋子对她而言过于高大，对艾瑞克来说，却又有些小了。

作为这里的主人，易龙龙自然要招待客人，她对艾瑞克点了点头，"你还没有吃饭吧，不如在我这里吃午饭如何？"现在看太阳，也差不多到中午了。

一听易龙龙说要请他吃饭，艾瑞克当即想起曾经有过类似的情形。

那是在十年前的时候，他与塔希妮雅才认识不久，塔希妮雅请他吃了一顿午饭，成了他一生中难忘的经历。那时候，以优雅著称的塔希妮雅舒展着庞大的身躯，优雅地切割下自己身上的一大块生肉，优雅地放在他的面前，优雅地请他共同进餐。

艾瑞克打了个寒战，连忙阻止进屋的易龙龙，"不必了，我有自带干粮。"他摸向挂在腰间的袋子，那里装着一块风干的烤肉，虽然不怎么精致，但是旅途中能有这样的食物已算不错的了。

他取出烤肉干来，这时，一只木碗从屋子里晃晃悠悠地飘了出来。艾瑞克吃了一惊，仔细一看，才发现是易龙龙头顶着木碗，两只小白爪子按在碗底边缘，托稳了碗。因为碗身对于她娇小的身体而言太大了，几乎将她整个儿盖住，才会让人乍一看，错觉碗自己走动呢。

待看清了碗内的东西，正打算婉拒的艾瑞克又是一愣。

那是一只做得十分精致的雕花木碗，碗中的最底层铺着新鲜的生菜叶子，叶子上堆放着比易龙龙爪子大一点的小圆面包，金黄色的表皮在翠绿生菜叶的衬托下，显得酥脆可爱。

放下碗后，易龙龙又想什么，赶紧反身跑回屋去，再出来时，只见她两只爪子各提着一只罐子。她将陶土制的罐子放在地上，掀开用以封口的树叶，一股属于果酱的甜香便扑鼻而来。而另外一只罐子里则盛装着微微泛绿的水，"这是我今天早晨烤好的面包，放了一早上，可能不像刚烤出来的那样好吃，但假如你饿了的话，就稍微填一下肚子。左边陶罐里是用来涂抹面包的果酱，右边盛的是一种树枝内的汁液，很清甜爽口，用来佐餐最合适不过。"

艾瑞克有点木讷地收拾起自己粗劣的肉干粮，蹲下身来拿起一块小圆面包，蘸了蘸果酱，送入口中。新鲜的面包松软可口，野生浆果做成的果酱甜中带一点微酸，别有一番奇异的野生风味。吃完一个面包后，艾瑞克又拿起易龙龙提供的那罐树汁，一口喝干，淡淡的清甜味道立即刷过口腔，刺激得他食欲大增。

原本艾瑞克看到房屋边上摆放着的一些奇形怪状的石头和陶器，不明白用途，现在却领悟过来了：这是易龙龙用来烹饪的各种厨具，有些连艾瑞克这个人类都叫不出名字来。

用如此简陋的条件，却做出如此高水准的食物来，这样的心思不可谓不巧妙，艾瑞克觉得自己已经跟不上时代了。什么时候起，龙族的饮食水准竟然发展得如此精细了？现在光看他们所准备的食物，他都分不清楚谁才是真正的人类。

易龙龙还有点遗憾，"可惜附近没什么动物，不然我甚至可以弄一些肉食。"她在探索树林的时候，无意中折断一根树枝，发现树枝中满溢着白色的黏稠的糊糊，在木板上用力挤压，将黏稠的糊糊挤出来，余下部分晒干敲碎，就成为很像面粉的白色粉末。

这后来变成了易龙龙的主食。

从丛林中找到的蔬菜被她移植到自己开垦的田地里，长得非常茂盛，成熟期比她预料的要快好几倍。她原以为是异界的植物生命力旺盛，后来仔细一想，可能是受这里周围环境的影响了。

这是塔希妮雅的缘故。

她能够安闲地吃饱，还是受到了那只银龙的恩惠。

易龙龙觉得有些愧疚，假如知道她拼命保护的女儿并没有活下来，而继续活在这个世界上的是一个来自异世的灵魂，她会不会非常悲伤呢？

但这个问题，也许她永远都找不到答案。

两人的体积相差太大，易龙龙吃一个面包就能八分饱，但艾瑞克吃了好几个，感觉也只是开胃了而已。等他感觉到饱足时，已经吃下了易龙龙几天的食物。

艾瑞克已经很久没吃过这样正常的食物了。自一年前他进入这片该死的森林，便一直只能拿自制的粗糙的肉干来充饥，能在树林里吃到这样的东西，他甚至觉得比皇家宴会里的食物更加美味。待到吃饱后，看到放在周围的容器，他不禁吓了一跳。周围摆放着十多只空陶罐，四只打开且已空了的木质食盒，两只碗，还有其他零零碎碎的树叶小包装，除了碗之外，都是非常袖珍的规格。

艾瑞克就算神经再粗，也终于有点难为情了，"呃，吃了你这么多食物，真是太抱歉了。"

易龙龙笑眯眯地摆了摆雪白的尾巴，小爪子晃了晃，"你是客人嘛，这点小事就不要在意了，能不能给我说一下有关龙的故事？"她也好借机了解一下外面的世界。

对于这样微不足道的要求，艾瑞克自然满口答应。

从艾瑞克的叙述中，易龙龙稍微了解了一下这个世界，与她之前所猜想的无甚差别，这里不是地球，这个世界有剑，有魔法，有龙，有精灵。

这里的历法和地球上比较类似，一年十二个月，一个月三十天，年初有六天的余日作为一年的假期。易龙龙身在塔希妮雅的影响范围内，感受不到气候的变化，但在外界，是有春夏秋冬分别的。

这个世界上的龙数量非常稀少，在十年前艾瑞克认识塔希妮雅的时候，整个龙族一共有三十三名成员，比起其他种族而言，简直少得可怜。但这一族所拥有的强大力量，却是谁都不能质疑的。

龙族生命很长。易龙龙的母亲塔希妮雅，艾瑞克认识她时，她大约有一千多岁了，但在龙族里，她那时只是一条才脱离幼年不久的年轻龙，当然，那条年轻龙的力量在龙族之中是最强的。

"龙族有什么特点呢……除了寿命很长外……"艾瑞克很辛苦地回想道，"大概是体形巨大，表皮坚韧……"他不是很有信心地看了一眼娇小幼嫩的易龙龙，对于这些认知越来越没底气，"背后生有巨大的翅膀，翱翔在天空中……"他的目光落在易龙龙的身后。她背后的草叶衣服开了两道口子，正好能让雪白的袖珍的双翼露出来，但那双翅膀真的能飞吗？

他所知道的，只是塔希妮雅那条龙，至于其他的龙，他了解得实在不多，也根本无从说起。龙究竟是一种怎样的生物？再说龙族又不是满大街都能见到的莴苣，除了塔希妮雅外，他虽然也见过其他的龙，但不过是远远看着踪影罢了。

艾瑞克苦恼地扒拉一下已经乱成草窝的金发，叹了口气道："这样吧，我带你去见你的同族，他们应该能指导你如何长大。我听塔希妮雅说过龙族的聚集地，希望这十年来他们没有换地方。"

"指导我如何长大?"易龙龙有些奇怪,"我有在长啊……"

虽然速度有点慢。

艾瑞克伸手摸了摸她光滑的脑袋,这回神情里带了点恨铁不成钢的味道,"作为龙,你实在长得太失败了。你的母亲塔希妮雅身长五六十米,拥有锋利的爪子和震撼山岳的力量。但你呢,虽然才一岁多,但照你这种成长速度,也未免太慢了!"

易龙龙听着听着便黑下脸来。

这好比是在说塔希妮雅和她,一个是航空母舰,一个是拖拉机,易龙龙不仅个头比不上,质量还差得要命。

易龙龙忍不住一爪子挠过去:拖拉机也是有尊严的!

 **小队·调色盘**

晚餐是刀削面，取一块面端在锅边，用刀削下面片，直接下进滚水里。以前易龙龙个头小，做这样的活需要站在梯子上，加上她刀工还不大好，总是削得薄一片厚一片的，但现在有艾瑞克在，一切都不成问题了。在易龙龙说完要诀后，艾瑞克便拔出他腰间的剑，一片片大小均等薄厚一致的面片如翻飞的柳叶一样，一片连着一片地在空中抛出一个弧线，落入滚开的水中。

最初易龙龙只觉得艾瑞克的表演赏心悦目，但渐渐地，她发觉那面片落下的轨迹太精准了：每一片面片翻飞的角度完全一致，掉入锅内的落点都在同一位置，几乎让人难以想象这是他头一次削面。

而艾瑞克此时的架势非常轻松惬意，几乎看也不看手里的面团，随手执剑削下，便能准确无误地做得又快又好。

易龙龙趴在艾瑞克一侧的肩头上，抬起爪子戳了戳他那印上了一个迷你型爪印的俊逸面容，"你手艺不错啊，今后要是失业了，我建议你当厨师。"下午聊天的时候，她得知艾瑞克是一名流浪剑客，据他自己说，他的水准在外面很平常。假如这样还只算普通水平的话，那外面厉害的人又是什么样呢？

艾瑞克赞同地点了点头，"我可以考虑一下。"

吃完晚餐，易龙龙取出一只木杯，一爪握着杯子，一爪拿着一根顶端有细毛的木棍。在艾瑞克惊诧的目光中，她舀了一杯水，木棍带毛那头探入盐罐里沾了一点盐粒，再送入口中。

艾瑞克忍不住地问："你在干什么?"

饭后剔牙么？好大的牙签。

易龙龙漱了漱口，吐出了盐水，才有空回答他，"刷牙。"

这一年来，她的牙齿已经长出来一些，小小尖尖的，不算锋利，但好在没有蛀牙。

艾瑞克有些恍惚：龙族什么时候也开始学会刷牙了？

夜晚到来，易龙龙为明天的食物做好了准备。有艾瑞克帮忙做一些重活，她的工作减轻了不少，以至于能提早回屋睡觉。但因为屋子太小了，只能委屈艾瑞克睡在屋子的外面。

艾瑞克蹲在木屋边，微笑着轻轻点了点易龙龙伸出来的爪子，"晚安，小家伙。"

目送易龙龙掀开青银草门帘钻入屋内，听她细小的足音，等到屋内的呼吸变得平缓，艾瑞克这才离开木屋。他缓缓地走到湖边，低头凝视着倒映着浩瀚星空的湖面。

"塔希妮雅，"他轻声低喃，"没想到我们会以这样的方式重逢……今后我会尽力照顾你的孩子，请放心吧。"

湖心传来一阵宽广柔和的波动，像是长眠的银龙在对他微笑。

易龙龙和艾瑞克在湖边一共住了十天，一直住到过了易龙龙的生日——正好是她出蛋壳一年的那一天，一人一龙才终于离开这片湖泊。

对于自己住了一年的地方，易龙龙很舍不得，恨不得把整个木屋和周边的东西都打包带走。不过她也知道带着这么多东西无法上路，只得意思一下，拿走了洗漱用具，几套草叶做的衣服，精心收集的调味料，当成零食的烤饼干，生火用的火石和饮用水以及挂在屋檐上的风铃。

再怎么舍不得，易龙龙还是决定跟着艾瑞克一起走出去。纵然已经作为一条龙活了一年，但她始终不曾忘记自己本来是一个人，就算是到了不同的世界，她还是想要亲眼看看这里的人，听他们说话。

此外还有一个原因。

前世易龙龙的父母死得很早，加上她重病，作为她的监护人的姑姑虽然不怎么苛待她，但也实在说不上有什么温暖的亲情。她每次看到别人家庭和睦时，都会有些羡慕和妒忌，而现在，她抢夺了塔希妮雅孩子的身躯，却还在享受她的照拂，这让易龙龙感到十分不安，她离开这里，也是有逃避的意图。

带走的东西都装在一只木箱里，由艾瑞克做苦力背着。易龙龙则安安稳稳坐在木箱上，伴随着走路带来的微微震颤，不时地左右看看周围的风景。

　　艾瑞克的脚步很稳，走得又快。他的身影在丛林之中穿梭，只花了半天工夫，就走出了易龙龙曾经花了二十天才走到的距离，看到了那种曾经与易龙龙互相惊吓的毛球。

　　经艾瑞克介绍，易龙龙知道了那种毛球的名字叫耶克，是一种非常胆小的生物。这种生物的智慧很低，因而对塔希妮雅的威压感觉不敏锐，能比别的生物更接近湖泊——但也只是稍近而已。

　　见到耶克，再走出一段距离，才算是完全走出塔希妮雅的威压范围，易龙龙逐渐见识到了更多的动物。有额头生长着暗红色尖角的白色骏马，有会走路的石像，足足有一人高的巨狼，脚上穿着树皮做的靴子直立行走的猫……有一些是与地球上类似的，有一些她则从未见过。认识新生物的同时，易龙龙还发现了一件事，那便是，艾瑞克是一个不折不扣的路痴。

　　他之所以能直直地找到湖泊，是因为进入塔希妮雅威压范围后，湖泊中心作为威压的来源，如同指路的灯塔一样，指引他不至于迷失方向，离开湖泊时也是一样。但脱离了可以用以分辨方向的威压范围后，艾瑞克的方向感便混乱了。

　　此时，易龙龙才得知，在遇到她之前，艾瑞克已经在这片广大的森林里迷路将近一年——倘若不是迷路，他也不会误打误撞地遇上易龙龙。

　　无奈之下，只能由易龙龙来指路。虽然她从未如此远离湖泊，但敏锐准确的感觉至少能让两人不至于一会儿向东走，一会儿又转向南，接着转向西，转向北，最后转回原地。

　　真正地出行后，易龙龙才知道这片森林有多么辽阔广大，她和艾瑞克一直走了十天，途中经过了山峦、河流和湖泊，却始终看不到森林的边缘，绿色的森林仿如无限辽阔的海洋，始终到达不了尽头。

　　易龙龙坐在箱子上，觉得累的时候，就倚靠在艾瑞克的肩膀上，金发男子的身躯和他的头发一样温暖，好像汇聚了太阳的光辉。

　　在出发后第十二天的时候，易龙龙和艾瑞克还是没走出森林，但是，他们看到了别的人。

　　如同往常一样，一人一龙走到傍晚，找一块较为空旷的地方准备休息。艾瑞克拔剑砍去地上生长的草，稍作清理后，正要把背上的箱子放下来时，忽然间他的动作顿了一下。

易龙龙感觉到他的异样，脑袋从盖住身体的树叶里钻出来，惊讶地问："怎么了？"

艾瑞克静默了片刻，好像是在确认什么。过了一会儿，他露出了笑容，"有人正在朝这边走来。"接着又补充说，"大概有十人……不，十一人。有个人的脚步特别轻，轻得如同走在软垫上的猫。"

易龙龙沉默了一会儿，才道："喂，艾瑞克，我们要不要回避一下？"虽然很想看到其他的活人，可一下子来这么多人，她还是本能地有些胆怯。假如对方不怀好意，双方冲突起来，绝对是他们吃亏。

艾瑞克温柔地笑了笑，反手用指头摸了摸她的脑袋，"不必害怕，人类没那么糟糕，多接触一些吧。"

两人说话的时候，对方已经接近。最先从树林间蹿出来的是一个打扮轻便的紫发青年。易龙龙见此，便迅速地缩进叶片中，只留一双眼睛从空隙里打量着来人。

那青年看上去和艾瑞克差不多大，腰间佩着短剑，剑鞘上有菱形花纹，身后背着弓弩和一只背囊。身材瘦削却不单薄，拥有修长的手脚，动作极为灵敏；深紫色的短发，狭长的眼，脸上有一道纵划的伤痕，乍一看好像流出了一行眼泪，可是他鹰隼般锐利的眼神完全不像会流泪的那种人。

青年的相貌有一种薄削锐利的俊美，但那一道伤痕却破坏了整体的感觉，如同产生了裂纹的精美匕首，让人看到不由得微微惋惜。

他踏出林丛时，脚下几乎完全没有声响，看来这就是方才艾瑞克说的那个脚步特别轻的人。

看到艾瑞克，紫发青年愣了愣，似是料想不到这种地方能看见人。但他迅速地反应过来，犀利的神情瞬间一扫而空，取而代之的是彬彬有礼的善意。其变化之快让易龙龙几乎觉得刚才看到的一切都是错觉。

紫发青年抬手放在另一侧肩头上，朝艾瑞克略低头，一行礼，"请原谅我的鲁莽闯入，我们是经过此处的旅人，请问您还有别的同伴吗？"

艾瑞克微笑着回以同样的礼节，"不，就我一个人，还有我背上的小家伙。"

紫发青年也感觉到艾瑞克背后箱子上的树叶里藏有什么，但只当是一般的动物，也没怎么往心里去。听到艾瑞克说只有一个人时，他的动作放松了少许，说："我还有同伴在后方，请问您介不介意让我们在此处休息一晚呢？"他们一路走过来，就只看到这里有较宽阔的空地，假如再往前走，黑夜会让他们很不方便。

艾瑞克自然笑着说不介意。

得到他的首肯,紫发青年快速地返身回到树林中。过了一会儿,他领着一群人到了他们面前。

一看到这群人,易龙龙头一个想法是:啊!调色盘。

这一行一共十一个人,五前六后地站着,后方六人皆是统一打扮,身上背着重物,看他们谦恭的神情,应该是随从或仆人。而站在前面的五人,每个人的发色和瞳色都不一样,除了易龙龙最先看到的那个紫发紫眼的青年之外,其余四人分别是:金发蓝眸,红发火瞳,灰发灰眼,黑发绿睛。

每个人的颜色都不一样,五颜六色地站在一起,简直就像调色盘。

这些人站在一起的时候,易龙龙一眼就看出来,其中那个金发蓝眸的少年是这支队伍的领导者,不仅仅因为他最俊美漂亮,也不仅仅因为他身上的衣衫最华丽精致,更不是因为他腰间的佩剑镶嵌满了亮晶晶的宝石,当然也绝对不是因为他的发色和瞳色与艾瑞克一样,而是因为他身上带着一种微微矜骄优雅的、含而不露的尊贵。

过了片刻,那少年偏头对紫发青年示意了一下,紫发青年立即顺从地过来与艾瑞克交谈,先感谢艾瑞克愿意与他们分享这块空地,接着双方互通了姓名和身份。

紫发青年自称罗兰,是一名盗贼,受雇于那个名叫伊斯利·海因涅的金发少年。剩下三人,红发的少年是伊斯利的朋友,灰发的二十出头的青年是他们请来的神官,黑发的少年则是伊斯利的随从。

六个仆人都是伊斯利家中的随从,陪同他到各地游历。

罗兰特别点明,伊斯利是一名贵族。

相对于罗兰那滔滔不绝的介绍,艾瑞克只简单地报了自己的名字:"艾文。"

易龙龙奇怪地瞅了他一眼:你不是叫艾瑞克吗?

总而言之,这是一支由贵族家孩子组建而成的冒险队伍,因为人太多,易龙龙暂时记不下来全部名字,就简称他们作调色盘小队。

调色盘小队一到来,那六个随行的仆从便立即行动起来,他们从背上大大的行囊中取出折叠的帐篷和各种用具,就在空地中央忙碌起来,支帐篷的支帐篷,拼桌子的拼桌子,倒水的倒水,虽然忙碌,却不显杂乱。

易龙龙咋舌:这帮家伙是出来冒险还是出来郊游的啊。

在别人面前不大敢说话,易龙龙伸出爪子拉拉艾瑞克的金发,后者立即领悟过来,对罗兰说:"暂时离开一会儿,我需要去弄一些木柴来。"

没等罗兰点头，后面的贵族少年伊斯利却首先出声："能否劳烦阁下，顺道给我们也弄一些来？"他的声音清澈，语调谦和，却不显得卑下，就像是上位者对下位者的宽容，让人感觉帮他做事是一种荣耀而不是辛苦。

此时艾瑞克的头发又放了下来，遮挡住包括眼睛在内的半边脸，除了一头金发过于漂亮外，他看起来就像一个落魄的流浪剑客。

艾瑞克笑着应允，背着木箱和木箱上的易龙龙走进了树林中。

艾瑞克随意选定一棵约一人环抱那么粗的树木，拔出挂在腰间的长剑，就要朝树木的下方横出的树枝斩过去，忽然他的剑锋停在树边一寸处，抬起头来看向上方。

易龙龙顺着他的目光看去，见上方树干上有一个小小的树洞，树洞里探出来个棕色的毛茸茸的脑袋，乌溜溜的眼睛好奇中带着胆怯地看着艾瑞克。

艾瑞克笑眯眯地放下剑，朝那脑袋招了招手，"不好意思，不打搅你的家了，我换一棵树。"

说完，他走远了一些，选了一棵没树洞的树，轻轻巧巧的一剑，剑锋如同切豆腐一样切断了大腿粗细的树枝，一点声音都没发出。他的手腕再一转，绿叶纷纷落下，树枝便分成大小粗细均等的条状。

易龙龙没兴趣看他砍树，只挪动下身子蹭到他的肩膀上，小爪子戳了戳，"喂，你是不是在外面欠了很多钱，或者做过很多坏事，还是骗了人家感情？"

艾瑞克没必要对着她一只幼龙报假名，那么显而易见，他用艾文这个名字，是不想告诉调色盘小队他的真名。

六　天边·在眼前

听到易龙龙的问话，艾瑞克苦笑了一下，他手上劈柴的动作没停下，"伊斯利·海因涅的家族，是一个帝国中权位最大的家族，但是这个家族对家中的孩子有这么一个要求，那便是在他们十六七岁的时候，要外出冒险游历三年。拒不执行，或者执行不合格者，将被家族除名。三年后，回到家中，才正式接受成年礼，成为真正的家族成员。"

易龙龙张大眼睛，这么变态？

艾瑞克继续说："现在这个伊斯利·海因涅，假如我没猜错的话，他应该正在接受考验。在他冒险的途中，会有人暗中对他观察与评价，我也算是有资格给出评价的人……呃，虽然我有点不务正业，但既然碰上了，我就打算趁这个机会观察他一番。假如让他知道有评估者看着他，也许就不会如平常一样表现……嗯，他虽然不认识我，但是应该会认识我的名字，因为我是……"

他的话没有说完，因为这时候罗兰走了过来，大概是等不及才过来的。罗兰看着地上已经堆起来的切口整齐的柴枝，目光飞快地闪过一丝疑惑。但他没说什么，只跟艾瑞克道了谢，说伊斯利请他去共进晚餐，说完，抱着一堆柴枝离开。

艾瑞克叹了口气，把长剑插回鞘内，跟着罗兰，回到原来那片空地。

在贵族少年率领的调色盘小队的整理下，艾瑞克一个来回间，这块空地已大不一样了。地上的杂草碎石一扫而空，三间形似房屋的帐篷整整齐齐地立着，而在帐篷前，金发的贵族少年与他的另外三名调色盘同伴坐在四方桌子边，动作优雅地各自整理并不如何凌乱的仪容，俨然是一副准备吃大餐的架势。

六名随从有的从行囊中拿餐具，有的取出简易炉子放在地上，还有一位则取出一瓶红酒和四只玻璃杯，来到桌旁四位调色盘队员身边，拔开瓶口的软塞，倒给他们品尝。

　　刚砍下来的树枝有一点潮湿，并不适合做生火材料。以往艾瑞克露宿生火时，都注意收集地上落下的枯枝，他今天却好像故意忘记了这一点。

　　不过，面对这个问题，调色盘小队甚至连迟疑都没有迟疑一下。一名随从接过木柴，从他们的行礼中取出一块颜色有些类似于沙漠一般金黄的宝石，放在柴堆中，接着做了一个手势，口中喃喃地念诵着什么。没过多久，他抽出一根木柴，轻轻一折，断裂声低哑干脆。

　　不知道他用了什么手法，就这么把湿木的问题给解决了。

　　那六个随从虽然身为仆人，但相貌身材也是中上水准，五官端正，身材匀称，但在调色盘组合的对比下，尤其是金发少年的出众美貌面前，就黯然失色了。

　　只见这群人眨眼间就布置好了舒适的用餐环境。三名少年和年轻神官品尝起葡萄酒来，而另外一边，随从们开始精心烹饪，有的煮芝士浓汤，有的用平底锅煎肉排，有的开始用火熏烤肉块，有的开始拌蔬菜沙拉……

　　易龙龙趴在艾瑞克背上，看着那些人好像机器猫小叮当一样从背囊里取出一件又一件东西，眼睛越睁越大：她要收回刚才的评价，这帮人也不是来郊游的，他们是带着移动厨房加餐厅四处显摆的。

　　艾瑞克在角落找了个地方，放下箱子坐下，从箱子里取出水囊，再随手折一片叶子卷成小小的杯子形状，往叶子形状的杯中倒入几滴水，送到易龙龙的嘴边。

　　易龙龙还是不大敢冒头，她缩在树叶下，一边伸出小舌头舔食叶杯里的清水，一边偷瞄调色盘那边。

　　金发少年伊斯利优雅地抿了一口红酒，再拿起餐巾擦拭嘴唇。他的每一个动作，都透着富有教养的气息，礼仪举止无懈可击。只浅浅地喝了一口，伊斯利便放下了酒杯，对身旁的随从说："能否给我冰镇一下？"

　　随从应了一声，转头告诉刚才那个处理湿木的人。易龙龙好奇地看着，只见那人取出一个碗，嘴唇微动，不知道念了什么，随后他身前凭空落下几块拳头大小的冰块，正好落入碗中，散发着白色的寒气。

　　紧接着就有人接过碗来，敲碎冰块，把酒瓶放进碎冰里冰镇。

　　"居然还配备一位魔法师随行，真是奢华的阵容。"艾瑞克喃喃地开口。

　　魔法师在这个世界上并不怎么罕有，却也不是随处可见。有心人曾计算过，大约平均每一万人中，才会有一名魔法师，他们一般都为贵族官员甚至国家服务，但是伊斯利却拿来当仆从。

这在易龙龙前世的地球上，就好比让一个博士生去餐馆当服务员，不仅是极大的浪费，也是不动声色的奢侈。

艾瑞克并没有如何刻意压低音量，这话让易龙龙听到的时候，也传入了调色盘众人的耳中。对方没什么反应，显然对这样的惊叹已经习以为常，只有金发少年伊斯利礼貌地对艾瑞克点头微笑了一下，随后矜持地收回目光。

调色盘五人组中，只有罗兰不跟他们同桌。一来是因为桌子只有四边，二来，罗兰身为被雇佣的人，身份与其他四人还是不大相同。他四处查探一番，确认没有危险后，就朝艾瑞克这边走来，也在附近随意找了地方坐下。他低下头，紫色的刘海盖住了双眼，他拿出丝绢仔细擦拭短剑，检查弓弩的机簧。

前几天听艾瑞克介绍的时候，她已经知道，这个世界上的盗贼并不是原来地球上那种偷人钱包的小偷。这是一种特殊职业，作战时可以充当暗杀者或间谍，和平时期担任探子收集情报，或受雇于雇主做一些灰色的事。这些人精通机关和各种实用技巧，长期在野外游荡的经历使得他们能谨慎地避开许多自然灾祸。带一个富有经验的盗贼上路，对同行的所有人都是一种幸运。

虽然已知道盗贼在这里是正当职业，也知道她不该搞职业歧视，但易龙龙心理上还是没办法完全转变过来，看到罗兰便会感到有些异样。

34

易龙龙看了一眼距离艾瑞克不到三四米的罗兰，很快收回视线。这时候，调色盘四人组的聊天又吸引了她的注意力。

"伊斯利，你从家里出来冒险，到现在已经有一年了吧？"那个红发的少年喝了一口冰镇红酒，想起什么似的，提起贵族少年的家族考验来。

这个红发的少年名叫狄修安，和伊斯利一样，身上挂着剑，也一样是十八岁上下年纪，神情爽朗明亮，对伊斯利的态度也是所有人中最为亲热和不避忌的。

伊斯利轻轻点了点头，微笑着说："是的，虽然旅途十分辛苦，但我感到很有收获，这一年的旅行让我成长不少。"

易龙龙暗自腹诽：你这叫旅途辛苦？那艾瑞克迷路一年只能苦兮兮地啃肉干，就算得上在地狱里打滚！

狄修安和伊斯利自然不可能听到易龙龙肚子里的话，他们继续平和地交谈着。听红发狄修安道："我说伊斯利，我听说你们冒险的旅程，都会有人暗中观察打分，并且非常严格，也不知道是用的什么标准。不过听说前些年，海因涅家好像出过一个获得满分的，也是大名鼎鼎的……"

"艾瑞克·海因涅。"伊斯利恰到好处地接上，语调中带着礼貌节制的尊敬，"我的叔叔。"

易龙龙下意识地瞥了一眼正专心拿叶子杯喂她喝水的这个艾瑞克。

艾瑞克·海因涅。

易龙龙目光狐疑地看着近在眼前的这个艾瑞克，后者不为所动，好像完全没听那金发少年说话一样，手腕稳稳地一丝不颤，继续给她喂水。

眼前这个家伙，怎么也不像是能得满分的家伙啊。

是正主还是碰巧同名？

金发少年自报了他叔叔的尊姓大名后，又继续说："狄修安，关于我的家族考核，你不必为我担心。我已经事先向家中长辈打探过，只要我在这一路上不做出任何有损海因涅家族名誉的事，面对强敌不屈服，面对弱者不欺凌，面对引诱不堕落，面对假象不被蒙蔽，并且保持勤勉练习剑术，三年之后，无论如何也不会不合格。满分十分，其中六分是基本评定。"

他顿了顿，手势优雅地端起酒杯，脸上流露出一丝浅浅的微笑，这微笑顿时点亮了他俊美的容颜，"但是我想要的，是更高的评价。"

狄修安仔细思索一下，提出建议，"你知不知道你叔叔，我是说艾瑞克大人，他当初是怎么获得那么高评分的？或许你可以效仿他。"

伊斯利无奈地摇了摇头，"艾瑞克叔叔的旅程是不可重复的。这一点我也问过父亲，据他说，艾瑞克叔叔当初其他方面评分其实也只是平平，但是在旅程的最后一年，他遭遇了龙族之王银色永恒殿下，以卓越强大的实力获得龙族之王的认可，这份认可，给了他额外的加分。"

银色永恒？这名字怎么听起来有点耳熟啊。

易龙龙努力回忆，目光瞥见沉默的艾瑞克时，才猛地恍然大悟：银色永恒，不就是她这具身体的娘塔希妮雅的称号吗？

结合艾瑞克跟塔希妮雅的交情，易龙龙这才完全确认，眼前这位看起来像是落魄剑客的金发青年，竟然曾经有那么光辉灿烂的过去。

伊斯利遗憾地说："我虽然对自己的剑术有自信……但是问题在于龙。"

易龙龙听着，心中奇怪：龙有什么问题？就算塔希妮雅死了，也有别的龙啊，难道非要塔希妮雅不成？她这一世的龙娘有那么伟大吗？

两个少年浑然不觉易龙龙在偷听，只认真地商讨着。这个时候，他们的晚餐准备好了，各自分装上桌。伊斯利灵巧地操纵着餐刀，切开一块嫩肉排，用叉子送入口中，修长白皙的手指按在银制餐具上，指节的每一个弧度都极为漂亮。

红发少年不忙着用餐，他的脸上现出向往和憧憬，"真想再目睹一次艾瑞克大人的英姿……"

易龙龙瞅了艾瑞克一眼：英姿？在哪儿？

那边的话还没完，"九年前，我曾在帝都的街道上，远远地看过他一眼，那时他骑在一匹高大的骏马上，身上穿着白色绣金线礼服……"

易龙龙的目光下移，试图从艾瑞克灰色的旧衣上找出点金线。

"……佩带着名剑蔚蓝之诗，那是一柄剑柄完全以蓝宝石雕刻而成的宝剑……"

易龙龙的目光于是又移到艾瑞克腰间的粗劣铁剑上。

"金色的长发像缎子一样光滑整齐……"

目光上移，金发如草窝。

"教养良好，仪态优雅，风度翩翩，不愧为贵族的表率。"

这个第一天见面就吃光她好几天存粮的家伙哪里优雅了？

在狄修安说完一大串溢美之词后，易龙龙终于忍不住觉得，说不定那位银龙妈妈认识两个艾瑞克，调色盘小队正在谈论的，其实是世界上另外一个也叫艾瑞克的家伙。

伴随着狄修安的话，伊斯利也陷入了向往的回忆，他真诚地说："艾瑞克叔叔是我的偶像，他的实力和风度气质都是我努力的目标。算起来，我也已经有七八年没见到艾瑞克叔叔了。完成成年礼后，他带着他的从者离开，从此就再也没有回来，只是时不时从别处传来他的英勇事迹。"

就在你面前，刚才还被你支使去砍柴来着。

易龙龙同情地看着清丽秀美的金发少年：可怜的孩子，你要是看到现在的他，一定会偶像破灭的。

易龙龙正入神地听着，见罗兰朝他们走了过来，手上端着一只大盘子，来到艾瑞克面前，"阁下，假如不介意的话，请享用这些食物。"盘内盛装着一碗浓汤，两块烤面包，一块肉排，相对于他们自己的，这已经是十分丰盛的晚餐了。

艾瑞克简单地道了谢，接过盘子。但罗兰却没有走，他的目光有意无意地扫过易龙龙身上的草叶，"请问，这位需要些什么食物么？我们的储备很充足。"

易龙龙缩在树叶里，避开他的视线。

艾瑞克不动声色地挪动身躯，挡在易龙龙与罗兰之间，"多谢你的好意，但这小家伙很怕生，食物什么的倒是无关紧要。"

罗兰碰了个软钉子，没生气，只是笑了笑，便转身走开。

等罗兰走远了，易龙龙才松了口气。虽然已经告诉过自己几次不要职业歧视，可是每当罗兰的目光扫过她时，她还是浑身不自在，只想躲起来。

艾瑞克用随身的小刀切下一小块肉汁饱满的肉排，顶在指尖上喂给易龙龙，藏在头发下的眼睛带点疑问：你要躲到什么时候？我还打算跟他们几天，你总不能一直躲在树叶下吧？

易龙龙细细咀嚼肉排，咽下去后才回以眼色：你又打算给你侄子打几分？人家可是非常崇拜你哦。

艾瑞克一言不发地比了一个"八"的手势：八分。

易龙龙惊讶：这么高？

艾瑞克有些无奈和怀念地笑了笑，嘴唇无声开合：从前我也是像他这样喜欢摆架子的，看到他，就好像看到从前的我，只要他一路上不犯什么错，就稍微宽容些吧。

易龙龙诧异地往伊斯利那里看了看，有点不敢置信：你从前也是带这么多随从到处显摆郊游的？

艾瑞克脸红了一下，继续唇语：那时候觉得这样比较有身份啊。

易龙龙目露鄙视：原来你以前那么犯傻。

艾瑞克以眼屠龙：不准人年少轻狂么？

吃过晚饭，艾瑞克上前向伊斯利道谢，同时流露出弱者寻求保护的态度，自称在森林里迷了路——这倒是真的，希望与他们同行，以免在途中受凶猛野兽的伤害。

三言两语间，艾瑞克套出了调色盘小队来森林里的真正目的。

七　浓缩·是精华

　　调色盘小队，同时也是艾瑞克的侄子所率领的奢华冒险队伍，这一次深入茫茫树海，是因为接受了边境小镇的一桩委托，委托他们查探树海之中一座可能藏匿着邪恶魔法师的塔。

　　事情大约是从两年前开始的，一个越过树海的著名盗贼无意中看到森林深处的塔，便好奇地上门查探，却受到了塔内魔法的无情攻击。盗贼受了重伤，好不容易逃出树海后，来到树海附近的小镇里，临死之前说出了有关树海中恐怖魔法师的事。

　　这片树海实际上也是两国交接的分界线，边境警备官为了谨慎起见，请有实力的冒险者深入树海一探究竟。

　　树海地域辽阔，各处都有猛兽出没，加上茂密的树木形成障碍，并不适宜大队伍行军，而边境也没有多余兵力可以这样浪费，因此雇用冒险者是最经济合算的选择。

　　但是自从两年前起，冒险者来了一批又一批，却没有任何人带着结果回去，这反而越来越引发了警备官的重视。如今的调色盘小队，已经是第十批前来的人了，假如连调色盘小队都失败，警备官便会向帝都申请大队伍，开拔进入树海。

　　总之，调色盘小队是打着正义的旗号去讨伐邪恶魔法师的。

　　为了拆解塔内可能存在的机关和锁，伊斯利雇用了罗兰这个盗贼。为了防止对方使用诅咒类的魔法，他还请了一位神官同行。而随从之中又有魔法师，三个少年都是杰出的剑客。这个阵容，不管是遇到什么样的情形，想必都能应付一二。

说完了自己此行的目的，伊斯利才笑吟吟地问艾瑞克："请问阁下，你背上背着的究竟是什么动物呢？我并不是有意想要窥探他人的私隐，但我们面对的，极有可能是强大而邪恶的魔法师，每一个细节都必须照顾到，不希望有任何遗漏。"

艾瑞克轻快地说："这是我照顾的一个小家伙，不过她胆子比较小，不大敢见生人。我问问她，是否愿意跟你们见面。"

说完，他走回到箱子边，蹲下来与易龙龙平视，微微撩起凌乱的头发，那双温柔宽广的蓝眸便正好与她对上，"你总要接触除了我以外的人吧？现在就踏出第一步吧。"他温和地鼓励她。

要勇敢，要放开心怀，要去尝试，去接触。

假如一辈子缩在自己的壳中，也就一辈子看不到外面瑰丽的风景。

易龙龙凝视着艾瑞克的眼睛。与伊斯利的矜骄尊贵不同，这是一双漂亮洁净的蓝眸，洁净得像没有云的晴朗天空，又高又辽阔，那么温暖，没有半点儿阴影。

他温柔地鼓励她，并且，也一定会保护她。

刹那间便有了一种很可靠的感觉。

易龙龙抬起爪子，扯下盖在头顶的枝叶，露出雪白的脑袋来。她缓缓站直，用两只脚立着，两只雪白爪子交叠放在身前的草叶衣服下摆上，转向调色盘一行人，带点儿不安和忐忑地，微微鞠了个躬，声音幼嫩细小地道："我是艾文的同伴，请多指教。"当然，她没有忘记艾瑞克的假名。

易龙龙才一现身，调色盘小队看见她的时候，刹那间陷入死寂般的沉默，只有夜晚的微风吹过树叶发出来的声音。

听着这寂静，易龙龙越发志忐不安，不知道自己有什么问题。

也不知道过了多久，一名随从终于忍不住惊叫起来，"天啊！是龙！"

伊斯利等人虽然比仆人更早从惊愕中醒来，但是出于各种原因，都没有开口。直到有人打破沉寂，狄修安才头一个发出惊叹，"真的，是龙啊。我们没有看错吧？"

伊斯利悠悠地轻叹一声，"想不到我这一生，还有机会看见龙。"

狄修安赞同地点点头，"我们实在太幸运了……但是……为什么这么小？"

易龙龙一眼瞪过去：小怎么了？小不行啊？浓缩就是精华！

这回，不解的人换成了艾瑞克。觉察调色盘小队的眼神古怪，他忍不住挡在易龙龙身前，"诸位，这只是一只幼龙，没什么可惊叹的吧？"

方才伊斯利的表现太失水准了，虽然龙在这个世界上并不常见，可是以他的家族势力和他在家中的地位，想要看龙，并不算什么太过困难的事，为什么表现得如此激动？

伊斯利再长叹一声，惊疑地望着艾瑞克，"阁下难道不知道最近大陆上沸沸扬扬流传的大事件吗？"

艾瑞克警觉地问："什么事件？"他在森林中迷路了一年，当然不可能消息灵通地掌握外面的动态。

压抑住想要绕过艾瑞克再看看易龙龙的冲动，伊斯利说出让一人一龙都震惊不已的事实："其实从十年前，这个世界上的龙，就不断被秘密杀戮，只不过人类和龙族交往很稀少，加上知道这件事的帝国高层对此事秘而不宣，导致没人觉察。但是这半年来，少数几只跟人类较为亲近的龙，也被一一杀死。而不久前，在一夜之间，大陆上所有龙属分支的生物——不属于正统的龙，但也因为外形相似被冠以龙之名的双足飞龙、地行龙——也都同样莫名地失去了生命。现在，大陆上再也没有可以被称为龙的生物存在，除了你身旁这一只。"

虽然那只雪白的小龙体形过于渺小，可这也说不定就是她逃过一劫的原因。

易龙龙听得心惊肉跳。换句话说，她就是这个世界上最后一只大熊猫，疑似灭绝的白鳍豚，极度濒危的华南虎。

艾瑞克倒吸了一口凉气。

他怎么也没料到，事情的真相竟然是这样的，那么当初塔希妮雅的死亡，并不是一个偶然，而是对龙族杀戮的开始？

那个身份不明的黑影，杀死了塔希妮雅后，又陆续杀害了其他的龙族成员？

他这些年来，因为过往的事，几乎是有些刻意地不去关注龙族的信息。加上他离开了家族，一些内部消息也无从得知，竟然在数年后的今天，才知道这样严重的事。

艾瑞克几乎可以直觉地认定，那个大肆杀戮龙族的家伙，与杀死塔希妮雅的是同一个人。除了那个人，没有谁会有这样可怕强大的实力，也没有谁会有那样的狠毒无情。

对于艾瑞克的反应，伊斯利等人并不奇怪，只当他是太过震惊而说不出话来，毕竟这样震撼的事，一个没什么实力的流浪剑客听后能不吓得惊叫，已经是极为勇敢镇定的表现。

眼见艾瑞克好像打算就这么一直发呆下去，伊斯利终于忍不住开口打扰他，"非常抱歉，阁下，我有一个有些为难的请求，希望你能答应我……"

他看了眼艾瑞克身后，终究是克制不住内心小小的向往，行了一个庄重的礼，认真地请求道："请你把你身后的那只龙卖给我，不管多少钱我都愿意付，现在她是世界上唯一一条龙，一定会有很多有心人想要得到。说一句冒犯的话，以你的实力，应该不足以保护她。我个人的力量虽然极为微薄，可是我所属的海因涅家族至少有些能耐……"

贵族对平民是不必行礼的，但是为了表达自己的诚意，出身名门的贵公子还是稍稍屈尊了一下。先提出金钱诱惑，再点明艾瑞克带着龙有可能遭到恶人觊觎，接着客观委婉地告诉艾瑞克，他的实力太差，不能保护这么珍贵的龙——就算带着也是被抢走的份——最后亮出自己的家族，以表示自己才是有实力保护小龙的人。

假如艾瑞克真的只是一个微不足道的流浪剑客，在他这样一波三折引诱威压劝说之下，说不定真的就会软弱地让步，交出小龙的监护权。

但是艾瑞克不是。

他听了伊斯利这番话，唯一所做的，仅仅是转过身，伸出双臂温柔地把易龙龙抱进怀里，"对不起，我不能兑现我的诺言。"

他向易龙龙道歉。

他说过要带易龙龙去找她的同族，却没能兑现这个承诺，并且今后永远都兑现不了了。

他非常内疚：才带着易龙龙离开湖泊，却让她得知同族全部死亡的消息。

小心地抱着易龙龙，艾瑞克再转过身，他摇了摇头，拒绝了伊斯利的请求，"很抱歉，这条龙对我而言非常重要，我不会将她交给任何人。"

既然知道了现在龙族的境况，他就要更好地保护易龙龙。一方面阻止其他有心人的抢夺，另外一方面，则要防着这些年来杀戮龙族的神秘人找上她。

料想不到竟然会遭到拒绝，伊斯利俊美的脸上现出错愕的神情，"你不再考虑一下？太过固执会给你和这只龙都带来不幸的。"

艾瑞克语气坚决不容转圜，"唯独这件事，没有什么可考虑的。"

伊斯利将艾瑞克当成了一个幸运的流浪剑客，偶然捡到一条刚出生不久的幼龙带在身边，还恶趣味地给她穿树叶衣服。他理所当然地，将易龙龙当成是艾瑞克的宠物。

这是，世界上最后一条龙啊。

伊斯利心动不已地想着，虽然这条龙很小，但假如能将最后一条龙带回家中，他的考验一定能得到不少的加分。

至于易龙龙，在他看来，海因涅家族能给易龙龙提供最好的食物，保护她的安全，这就已经足够了。

　　易龙龙太弱小。

　　弱者是没有话语权的——这是世界的法则，也是海因涅家族一直传下来的从不外传的核心家训。

　　虽然海因涅家族一向以风度礼节平易谦和著称，不管在贵族还是平民中都有极好的评价，但是所谓的声称"面对弱者不欺凌"，从本质上说，首先将自己放在生杀予夺的强者地位，对弱者是施舍而不是尊重。

　　温情美丽的面纱下，就是这样的冷酷。

　　艾瑞克自己也是海因涅家族的人，他知道家族中的孩子受的是什么样的教育，因而他十分能理解伊斯利现在的心理和行为。

　　但理解并不代表赞同，易龙龙是他非常重要的朋友的孩子，世界上有一条龙也好，有千万条龙也好，塔希妮雅只有一个，塔希妮雅的孩子也只有一个，这是压根儿就不需要思考的事。

　　艾瑞克不打算向伊斯利解释自己与易龙龙的关系。一来解释起来很麻烦，以伊斯利现在的心态和阅历根本无法理解；二来也是他依旧不想暴露自己的身份，说出他与塔希妮雅的关系。

　　解释一句就要解释更多句，索性还是什么都不说的好。

　　乍然被艾瑞克抱住，易龙龙有点不好意思。不管怎么说，对方都是成年异性，可是这个怀抱是这么的温暖安全，在他的臂弯里，好像什么都不必害怕。她只僵硬了一会儿，就任由自己放松躺在艾瑞克坚实的怀里。

　　就把他当成可靠的长辈吧，她已经不记得被父母拥抱是什么滋味了。

　　听见艾瑞克的话，伊斯利的笑容凝滞了片刻。从前他说出自己属于海因涅家族的时候，都会收获不少异样的注视，或者是惊叹，或者是畏惧，或者是尊敬，却从来没有谁像眼前这个流浪剑客一样平静。

　　伊斯利自从离开家族外出游历以来，一路上所收到的都是鲜花和赞誉，从来没有遭到过这样不留情面的拒绝。看着被艾瑞克珍惜地抱在怀里的雪白小龙，他忍不住问："阁下不再考虑一下吗？我可以给你很大一笔钱，也可以给你找个体面舒适的工作。假如你有意，我甚至可以恳求我父亲为你安排官职。"

　　艾瑞克微微一笑，"没什么可考虑的，海因涅家的贵公子，我说得十分明确。您该不会是从小习惯被人吹捧，接受不了我小小的拒绝吧？"故意说出带几分挑衅的话，他暗中做好准备，等着伊斯利发难。

这同时也是他对自己这个侄子的测试——通过观察伊斯利处理目前状况的态度和手法，他将给出评分。

六个随从整齐一致地取出他们的随身武器，身份由随从仆人变成护卫。魔法师开始吟唱咒语，盗贼罗兰闪电般地后退，进了树丛之中，身形藏匿消失。狄修安握剑在手，他的剑身是与他的头发一样的火红色。神官有些紧张地劝阻伊斯利不要伤人。

但所有人中，动作最快的，却是调色盘组合里那个一直沉默不语、显得最不起眼和最低调的黑发少年。几乎在艾瑞克出言挑衅话音落下的瞬间，他便来到了艾瑞克身后，剑尖抵在艾瑞克的背上。

虽然看起来像是不务正业出来郊游的贵族公子，但这一支队伍的实力却是不容置疑。罗兰身为盗贼，本身不适合跟人硬碰，一旦有发生冲突的苗头，他就会进入掩蔽的地方，寻找机会帮助同伴或者偷袭。

艾瑞克看起来只是一个流浪剑客，然而经验丰富老练的盗贼却隐约感觉到他不简单，因此采取了最为慎重的态度。

侍从的举动是为了捍卫家族名誉和主人，红发少年拔剑维护自己的朋友，灰发神官虽然与伊斯利一路，却一直保持着中立的立场。而最为激烈的黑发少年，他的身份是伊斯利的从者。

海因涅家族中，凡是较为核心重点培养的成员，如伊斯利和艾瑞克这样的，每一个人，都会有一个年龄相近的贴身随从——从家仆的孩子中选出来有天分的孩子。他将从小和小主人一同上课，学习相近的东西，并且被灌输忠贞的理念；等稍长大一些，他便将一直与主人形影不离，成为只忠实于一个人的影子剑士。

从者的职责是保护主人，防备仇敌的刺杀，必要的时候替主人杀人。

视线越过艾瑞克的肩头，对上黑发少年从者冰冷没有感情的绿色眼眸，易龙龙吓了一跳。她从前虽然生病，但毕竟没有接触过这样铁血冷厉的人物，不禁下意识地贴近艾瑞克温暖的怀抱，用秀气的雪白的小爪子抓住他的衣领，担忧地小声问："你行不行啊？"

背上顶着一柄锋利的剑，艾瑞克却依旧十分镇定。他低头拍了拍易龙龙的爪子，用温和的笑容安慰她，表示自己没事。

变化只是一瞬间发生的事，伊斯利愕然的神情也只维持了一会儿，他深吸一口气，又恢复了谦和有礼的笑容，"不要对这位先生失礼，大家都回来吧……不早了，应该睡了，我们明天早上还要出发。"他有些艰难地说完，就立即回转营地，首先进入帐篷。

他一声令下，黑发从者立即执行，闪电般地收剑，随即一言不发地跟着伊斯利进了帐篷。

狄修安慢慢地把剑插回剑鞘，六个侍从又从侍卫转职为仆人，罗兰走出森林，神官也松了口气。

紧张得几乎要绷断的气氛因为伊斯利一句话，便轻轻松松地化解了。只不过冲突发生后，双方的隔阂非常明显了，调色盘小队各自回去准备休息，谁都没有多看艾瑞克一眼。

调色盘小队很有效率，只花了十多分钟便快速收拾好了一切，大部分人进了帐篷，只有两个侍从在外面负责守夜。

艾瑞克靠坐在树下，易龙龙则坐在他身旁的木箱上，正好与他齐高。她一爪撑在箱子边缘，另一只爪抬起，朝艾瑞克招了招，"哎，我们明天还跟不跟那个少爷一起走？"

八　往事·海因涅

　　招了两下，艾瑞克却没反应，易龙龙晃了晃爪子，叫他的名字，"喂，艾文！艾文！"那边还有两个守夜的人没睡，加上艾瑞克说过要隐藏身份，所以易龙龙很给面子地没有拆穿他。

　　只不过叫了两声后，艾瑞克好像还在发呆似的不理睬龙。易龙龙没办法，想要伸手拍醒他，但个头太小，爪子太短，不到两尺的距离都够不着，要是换成人类身体，随便一探手就能摸着，她现在是爪子和双足加起来都不够。

　　她没办法，只好蹦下木箱，小步走到艾瑞克的身旁，伸出爪子扯扯他的衣摆，"喂，想什么这么入神？"

　　艾瑞克突然之间被触到，手腕下意识地一转，手掌蓄满力道，但同时他瞬间清醒过来，想起现在跟他在一起的是易龙龙，便立即散去了力量，转而伸出手，让易龙龙站在他的掌心上，接着举起，让她坐在他的肩膀上，两人的头靠在一起，便开始咬耳朵。

　　"当然不走。"艾瑞克很肯定地说，"今天我试探他，本来以为可以有结果，可惜的是，他竟然能忍住了对一个流浪剑客出手。这样的状况有两个可能：第一，他的心地真的很善良，连一个流浪剑客都不忍心伤害；第二，海因涅家的教育很成功，将他教成了一个了不起的伪善者，一时的让步是为了今后更完美的获取。"

　　为了判断伊斯利究竟是哪一种人，他还需要再与他相处几天。

　　易龙龙似懂非懂地点了点头，其实去哪里她都无所谓，反正伊斯利应该没办法对付他叔叔。只不过，在得知这个世界上所有的龙都被干掉了之后，虽然她对那些龙没什么感情，却忍不住有些害怕和不安。这份不安比最初她接触外界时还要严重，好像有蚂蚁在心口上爬，无一刻不困扰着她。

不是不害怕，但易龙龙也不好意思大咧咧地对艾瑞克说诸如"你要好好保护我"这类的话，所以只好默默地忍着。跟艾瑞克说话，只不过是想让自己分散注意力而已。

仿佛看出了她的想法，艾瑞克伸出手指，轻轻地点在她爪子上，温柔地说："你知不知道我刚才在想什么？"

"啊？不是在发呆么？"

艾瑞克低低地笑出声来，"当然不是，我是在想，既然现在已经没有别的龙族了，我们今后有必要改变一下行程。所以我决定我们的下一个目标是去拜访大陆上几位龙骑士，以他们跟龙相处的经验，也许能帮助你快点长大。"

易龙龙仔细地看了看他俊逸的侧脸线条，再低头看看自己的爪子，转头默默地在木箱边棱上磨了两下，这才转头举爪威胁道："不准拐弯抹角嘲笑我个子小！"

"好，好。"艾瑞克笑得眼睛弯弯的，对这样小小的威胁完全没放在心上。

他跟易龙龙讲述了龙骑士的存在。先前已说过，龙族是大陆上最为强大的种族，想要成为龙骑士，首先必须拥有极为强悍的实力，如此才能获取龙的认可，与其达成协议等等。

是达成协议，而不是奴役。

没有人能奴役这个高傲强大的种族，就算侥幸能打败一条龙，但若试图奴役它，那条龙也会带着自己的骄傲死去。

在广袤的大陆上，就十年前艾瑞克所知，能与龙族达成协议的不超过三个人。

这一点易龙龙表示十分理解，毕竟航空母舰这种东西不是每个人都能拥有的。

但是大陆上被称作龙骑士的，却不止这三个人。这里，又要提及那些龙族的旁支，亚龙、地行龙之类，这些生物拥有部分与龙族相似的外形，因而也被带上了龙的名字，只不过它们不似龙族那样强大和骄傲。只要有一定实力，或许能征服一条地行龙，供人类骑乘。

这几种似龙之龙实际上并不是龙的种族，而是被称作伪龙，想要征服它们，并不算太难。

伪龙的龙骑士不像真正的龙骑士那样稀少，据不完全统计，这样的伪龙龙骑士大陆上约有几十人。

易龙龙再度表示理解：就算是伪造的航空母舰，相信买得起的人也很少。

接下来，艾瑞克为难地看了一眼易龙龙，语调委婉地道："龙骑士之所以数量稀少，是因为龙族，就算是伪龙，实力也是十分强大、难以征服的，但是你……"

易龙龙举起爪子打断他，很平静地说："我明白了，你是想告诉我，拖拉机……不，手推车谁都能买得起，对吧……信不信我咬你哦。"因为想起这大陆上应该没有拖拉机，易龙龙及时改了口。

调色盘小队的作息很有规律，第二天清晨，他们便都准时起来了。六个仆人忙碌地收拾帐篷，顺便还让贵公子安适地吃了早餐，一行人这才上路。

调色盘小队后方，多了两个拖油瓶。落魄的流浪剑客背着木箱，箱子上坐着缩在枝叶下的雪白的小龙。前方调色盘们走得认真谨慎且小心翼翼的，后方一人一龙二人组却走得嘻嘻哈哈的，这让调色盘们心里颇有点不平衡。

但是这个时候，伊斯利是无论如何都不可能让艾瑞克离开他们的。假如艾瑞克想走，他还会设法留下他来，因为他还没放弃想要得到那条小龙的念头。

一路走下来还算平安，遇见一两只野兽都被伊斯利那名沉默的从者出手干掉了。一直到中午，队伍停下来做短暂休息，让易龙龙总忍不住想歧视一下的职业小偷罗兰朝他们走了过来。

即便只是中午暂时的休息，作为礼仪典范的伊斯利依旧没有马虎随便。他一丝不苟地休息，吃午餐，艾瑞克看着他，仿佛看着穿透时光的镜子，看到从前自己的倒影。

海因涅家族，是一个极度冷酷的家族，虽然自己也是家族的一分子，但艾瑞克还是不得不用这个词来形容他生长的地方。

这个家族经历了几百年的起伏，延续了两个王朝，规模已经变得非常庞大，却依旧保持着强大富有韧性的生机，不得不说是一个异数。

树木想要保持旺盛的生机，就要及时切除生病或衰败的枝叶，海因涅家族也是这样。对家族后代的考核就是那么一把利刃，假如不想被当成残枝败叶剔出去，家族的子弟就必须非常努力上进才行。

才能平庸者、有明显不良恶习者、不堪造就者将会被冠以各种名由剥夺他的海因涅姓氏。为了不被淘汰，海因涅家族的成员都会付出最大的努力约束和磨炼自己，用这样冷酷的手法，来保证整个家族的素质。

海因涅家族，尤其是家族核心的成员，每一个都是风度翩翩的文武全才，在社交场合上是礼仪完美的贵公子，在冒险传说中是勇敢无畏的英雄。

整个海因涅家族表面光鲜亮丽，暗地里却弥漫着一种严酷的危机压迫感。不努力就会被抛弃，这样的训诫徘徊在每个人心头。

从前的艾瑞克，就是在这样的环境中长大的。

他之所以离开家族，在外界有很多传言。有的说他向往自由自在的冒险生活，不想拘束在严谨的帝都之中；有的说他因为痛失所爱，远走他方——不管哪一种传言，都带着无可救药的浪漫色彩。唯独艾瑞克自己和少数一些人知道真相。

那个时候，他身为家族族长的父亲身体开始衰败，而当时的家族下一代中只有他和他哥哥——伊斯利的父亲最有希望继承族长的位子。哥哥胜在年纪较大，经验丰富老成，而作为弟弟的艾瑞克的优势，则在其已声名远播，以及，即便是在海因涅这样变态的家族中，艾瑞克的剑术造诣也显得出类拔萃。

艾瑞克和他的哥哥都有各自的拥戴者，都有一定的实力，都想竞争族长的位子。举行成年礼不久，他便发现哥哥隐隐约约地对他产生了敌对的苗头。

当时是什么感受艾瑞克已经不想去回忆，总之最后的结局是：艾瑞克与哥哥进行了一个夜晚的长谈，艾瑞克便全面退让了，将自己所拥有的势力全部交给了哥哥，从此离开家族，一直到下一任族长正式确立为止，方可回去。

他离开海因涅家族时，除了他的从者，他什么也没带。从者是只属于他一个人，甚至不属于海因涅家族的影子武士。就算他被赶出海因涅家族，从者依旧是他的从者。

刚离开家族的时候，他和从者依旧保持着基本的礼仪，衣食住行绝不马虎。可是有那么一天早上，忽然有些疲劳，就不想按时起床，睡了一次懒觉。

完美的礼仪一旦出现缝隙，之后便一发不可收拾。从偶尔的睡懒觉到天天睡懒觉，从用餐时少了一些餐具到最后干脆用手。过了两年，艾瑞克开始觉得从者跟在自己身边太麻烦，就命令他随便去干什么，只要不在一块儿就好。

就这样，慢慢地，慢慢地，艾瑞克和从前的艾瑞克几乎完全变成了两个人。再后来，哥哥成了族长，但艾瑞克已经不打算回去了。

除了没有放弃磨炼剑术外，艾瑞克还在做一件事——他在找当初杀死塔希妮雅的黑影。

想当年，他才完成他的成年之礼，与塔希妮雅约好重聚，但接近重聚地点时，却发现前方有强大的力量在战斗。接着，银龙巨大的身躯从一座小山后飞起来，一个黑影紧随其后追逐着她。

那是他最后一次看到塔希妮雅，也是头一次看到那个散发着可怕威压的身影。

他甚至没能看清楚那个黑影的相貌与身形，甚至连对方是男是女都不知道。但那样强大的实力在整个大陆上是非常少有的，他相信，只要他一直寻找，总能找到对方。

收回飘远的思绪，艾瑞克有些出神地看着伊斯利。眼前这个孩子几乎就是他当年的翻版，海因涅家族好像特别擅长制造这样的贵公子。但在规规矩矩一成不变的模子下，每个灵魂却是不一样的，因此艾瑞克也不会觉得，自己现在的状态会适合伊斯利。

伊斯利比他幸运，他的父亲只有他一个孩子，将来他不会面对兄弟争斗的为难，他的父亲可以把心血只倾注在他一个人身上……

正想得出神，艾瑞克觉得自己的袖子被扯了一下，低头看去，却是雪白的小龙用一种奇异的目光看着他，"你这么专心地看那个家伙，不要告诉我，你爱上他了。"这是乱伦加断背，双重禁忌耶。

从坐下来休息开始，艾瑞克就一直看着伊斯利，伊斯利走到哪里，他的目光就跟到哪里。于是易龙龙又做出了大胆假设，面对当事人小心求证。

忍住！艾瑞克再一次努力地压抑住想要屠龙的冲动。

这时罗兰走了过来，他的步履悄无声息，很快便到了一人一龙的跟前，及时阻止了惨案发生。

"阁下，"罗兰朝艾瑞克行了一礼，"刚才我到前方查探的时候，发现了藏在树林中的一座塔。"

这座塔，很可能就是调色盘小队此行的目标——邪恶魔法师的巢穴。

九　少年·高塔中

　　本来，查探顺便剿除邪恶魔法师是调色盘小队的工作，无须知会艾瑞克的，但是伊斯利不舍得离开易龙龙太久，同时也是怕艾瑞克趁着他们与邪恶魔法师战斗的时候逃走，就打算将他一起带入塔中。

　　确定了塔就在前方，调色盘小队并没有着急冲进塔去。吃过午饭，一行人各自做好准备，有的检查剑，有的检查弓弩绳索等。魔法师则坐下来休息，以使精力保持在最充沛的状态。

　　伊斯利到现在还认为艾瑞克只是一个水准不怎么样的剑客，担心他在塔中给他们拖后腿，也担心他不慎让易龙龙受到伤害。针对艾瑞克，他做了一些准备，剑术一时间是不可能速成的，便只能从装备上着手。他解下腰间的佩剑，让随从送给艾瑞克当武器。

　　伊斯利的佩剑自然是少见的精品，艾瑞克心中暗笑，却还是接受了贵公子的"好意"。易龙龙趴在他肩头，好奇地问了句："把佩剑给了艾文，那你用什么？"

　　这还是从最初打招呼之后，易龙龙头一次跟伊斯利说话。

　　伊斯利一愣，随即，脸上现出些惊喜的笑容来，"请，呃，请不必为我担心。"难得小龙主动跟他说话，伊斯利意外之下，高兴得连说话都罕见地不流畅了。意识到自己的失态，他赶紧自我调整。

　　易龙龙撇了撇嘴，很小声地反驳道："才没有。"她怎么可能担心这个想用钱买她的家伙？

　　伊斯利非常认真地整理好衣衫，系紧下摆仅达腰际的银灰色短披风，随后从他的黑发从者手中，接过来一直背在从者背上的那个用精致的丝缎包裹的长条状物体。他解开束住丝缎的带子，首先露出来的，就是漂亮的蓝宝石剑柄。

名剑蔚蓝之诗，其剑柄完全由蓝宝石雕琢而成。

原本是属于艾瑞克的佩剑，但艾瑞克离开海因涅家时，将其交给了他的哥哥，接着这柄剑又被赠与伊斯利。

一切准备停当足足花了一小时，调色盘小队才朝罗兰所指的塔的方向进发。

大约又走了半小时，不知越过了多少树木，拨开了多少挡路的藤蔓，隐藏在密林中的塔终于呈现在易龙龙眼前。

这是一座有点儿像童话里那种专门用来关押公主的高塔，大约有三十米高。塔身呈圆柱形，从塔底到塔顶，其宽度略有收缩，表面光滑的青灰色砖块之间严密地合着，连一张最薄的刀片也插不进去，塔身上镂刻着的黑色花纹散发着古老神秘的气息。

附近的树木都十分高大，茂密的树冠没过了塔顶的高度，在远处根本看不出来这里有什么。

在高塔下方，有一扇拱形木门，门上拴着一把黄铜锁。

罗兰只看一眼就得出结论道："这门锁很普通，但门锁的方向不对，是锁在外面的，难道塔的主人不在？"

但是，这么原始的门锁堂而皇之地亮出来，总让人心里有些不安。罗兰犹豫了一下，往塔的上方看了看，只见在塔身三分之二高的地方，开着一扇差不多有一人高的窗户。

易龙龙下意识地想起小时候曾看过的童话——女巫养大了一个美丽的女孩，把她关进了一座高塔上，这座高塔在森林里，既没有楼梯也没有门，只在塔顶上有一个窗户。每当女巫想进去，她就站在塔下喊女孩把她的头发垂下来。女孩长着一头浓密的长发，一听到女巫的叫声，便松开她的发辫放下来，接着，女巫顺着长发爬上塔去。

不过这座森林里的高塔似乎没有女巫，也没有美丽的少女。

罗兰担心下方的门背后会有什么可怕的陷阱，使用弓弩将连着绳索的倒钩射到窗台边，随即灵敏地沿着绳索攀爬上去。

蹲在窗口边，罗兰朝内看了看，回头做了个一切无事的手势。随后，其他人依次上去，最后才是伊斯利和艾瑞克。

当然，以伊斯利所受的教育，他是绝对不会像其他人那样爬上去的，只见他在地上蹬了一下，身子便灵敏轻捷地跳起来，跃至半空时伸脚在绳索上点了一下，借助绳索的反弹之力，直接跳上了那窗口。

整个过程中，他的动作流畅优美，好像燕子一般轻盈，显然这一跳并没有尽他的全力。

这让易龙龙对他稍微改观了一下：看来这小子并不是那种只会装模作样的绣花枕头啊，至少还是有几分真材实料的。

艾瑞克把木箱放在地上，抱起易龙龙，也与伊斯利一样直接跳上了窗口。只不过他甚至没有在绳子上借力，就那么悄然无声地落在高塔的窗台上。

伊斯利从窗口往里跳落下去之后，转身想要叫艾瑞克上来，猛然瞧见流浪剑客不知什么时候已经跟了上来，雪白的小龙安安稳稳地趴在他的怀里，就好像躺在舒适的床上。

瞧见易龙龙，伊斯利又有些嫉妒，甚至忘了深思艾瑞克是怎么能不让他觉察地跟上的。

易龙龙两只爪子搭在艾瑞克一侧的肩头上，很不安地左右四顾。她活了两世，还是头一回不走大门走窗户，有一种好像正在入室行窃的错觉。

这样真的好吗？总感觉好像很奇怪似的。

塔内的结构是分层的，有楼梯可以连通上下，塔身用整齐的砖石堆砌而成，看外观似乎非常陈旧，可是却没有破败的感觉。窗口连通的第一间屋内的摆设很平常，有木质桌椅和柜子，虽然没有积灰，却给人以冷寂的错觉。

顺着房屋挨个搜寻，很快，调色盘一行人便找到了他们的目标：一个身穿黑色法师袍、面貌凌厉刻板的家伙正在调配药粉。

看见那位魔法师，罗兰准备上前问话。在这个队伍里，交涉是他的工作之一。但罗兰的口才并没有得到发挥，因为那个魔法师一见到他们就立即发动了攻击。

如同传奇冒险小说中所描写的那样，调色盘小队和这个家伙展开了激烈的战斗。颜料们英勇无畏，最终打败了他。

易龙龙有些害怕地用小爪子捂着眼睛，但忍不住好奇地偷偷从缝隙里去看。她始终有着些许不安，这不安因何而来，她却无从得知。

战斗的过程很华丽，罗兰发出最后一击，魔法师便倒下去了。他绕到了魔法师的身后，将短剑刺入他的身体。

易龙龙吓了一跳，整个身体往艾瑞克的怀里缩进去。

是真杀了人啊，那一剑是货真价实的。原以为颜料们至少会先抓住魔法师问一问的，可是却没料到他们下手这样干脆利落。

准确地说，下手利落的只是罗兰，伊斯利对他自作主张的行为有些不满，但他也在心中觉得这魔法师不是什么好人，想了想，还是没有为此指责罗兰。

将华美的蔚蓝之诗插回剑鞘，伊斯利轻轻舒了口气，确认全队没有较大损伤后，下令让其他人先处理伤势。黑发从者走上前，探了探魔法师的心跳，确定邪恶魔法师已经死去。接着，便有随从将魔法师搬运到一旁。

按照惯例，众人接着四处搜索，收获此行的战利品。

旁边有一具尸首，易龙龙很不自在，但是艾瑞克的神情还是那么平静，好像这是很平常的事情一样。这让易龙龙忍不住怀疑，难道这个世界是这么可怕的？

实在不想多看尸体，易龙龙让艾瑞克抱着她四处走走看看，过了一会儿，她听见上方传来一声惊叫，听声音似乎是神官。她伸出爪子拽拽艾瑞克的领子，后者立即心领神会地三两步便抢上了楼。

顺着楼梯一直来到塔顶的那一层，易龙龙看到了神官，以及使神官发出惊叫的原因——那是一个少年。

塔的最顶层整个是一间大屋子，屋内有一些居家摆设，有桌椅书柜等等，桌上还摆放着几盆秀气的花草。周围石壁上开着通风与透光的四方窗，在其中一扇窗户边，放着一张圆形的大床，雪白柔软的羽绒被之中，坐着一个少年。

易龙龙一看见少年，就发自内心地感到亲切，因为这少年是她来到这个世界以来，见到的头一个黑发黑眼的人类。

这发色和瞳色，顿时让易龙龙想起了前世所生活的环境。

虽然伊斯利的从者也是黑头发，但其眼睛是绿色的，而且五官较为深刻，不似眼前这个少年柔和秀美。

少年身上罩着一件单薄的黑色法师袍，以手臂环抱住膝盖，坐在床的中央。从长袍下伸出雪白赤裸的双足，漆黑的直发宛如瀑布一般披散着，在床上散开来，嘴唇像蔷薇花瓣一样娇艳，眼眸如同黑水晶一般剔透。

虽然他的衣着打扮和先前见到的那位魔法师一样，但没有人会认为他也是魔法师的同伙，因为他的手腕足踝上，各自扣着一只锃亮的黑色金属环，环上连着粗大的铁链，从床上拖到地面一直延伸，铁链的另一端，没入在高塔厚实的墙壁内。粗大的镣铐泛着冰冷的金属质感，衬着纤细白皙好像随时会被折断的手腕，更显出少年的柔弱可怜。

受镣铐铁链的制约，少年虽然能下床在周围稍作走动，但他所能走到的最远的距离，也就是易龙龙等人（龙）现在正站着的楼梯口。

高塔、邪恶的魔法师以及被囚禁的美少年，这样的情形，怎么看怎么都有一种诡谲的意味。

童话里的高塔上总是关着公主，但这座高塔里没有公主，只有一个漂亮得不像活人的少年。即便窗外有灿烂的阳光洒进来，少年的美貌依旧沉静幽深，他晶莹的眸子里，好像浸着浓郁的忧伤。

眼前的一切，明显昭示这少年是被邪恶魔法师关起来的。这么一想，伊斯利更加安心，觉得刚才罗兰杀死那魔法师，也不算太过分。

虽然塔的顶层一下子来了这么多人，但少年好似完全没留意，他只是定定地望着窗外，连看都没看他们一眼。

罗兰上前仔细检查了少年手脚上的镣铐，发现这镣铐的材质是坚铁之中混合着几种罕见的稀有金属，质地非常坚硬；而这个镣铐根本就没有他施展开锁技巧的余地，因为镣铐上的锁孔早就被铸死了。

神官走上前，目光怜悯地望着少年，道："请不要害怕，我们立即让你获得自由。"

但少年依旧听若未闻，他好像在一个与外面完全隔绝的世界中，外界的什么人什么事他都无法得知。

面对这样不理不睬不合作的被拯救者，调色盘小队都有些发愣。片刻之后，伊斯利做出决定，不管怎么样，先把人救出来再说，或许少年长期被邪恶魔法师折磨，人已经变得接近痴呆了也说不定。

没办法开锁，只有切断镣铐，伊斯利拔出了他的名剑蔚蓝之诗，举起来朝拖在地上的铁链用力斩去。他满以为可以一剑斩断，但剑锋斩在锁链上，溅出几点火星，却只在锁链上留下一道浅浅的痕迹。

伊斯利下意识地回头看了眼易龙龙，雪白的小龙眼睛一眨不眨地，正好将他的失败举动收入眼底。

被看到了，标准模板贵公子伊斯利懊恼地想，刚才那一下，一定会被认为没用吧。

伊斯利完全就没有放弃易龙龙的意思，反而打算从现在起就开始培养小龙对他的好印象。他想要尽力表现出自己最完美的一面，将来得到小龙后，相处起来也容易些。

调色盘小队没想到，他们连邪恶魔法师都打败了，却被一根铁链难住，这时候有随从走上来，手中握着一柄连鞘细剑。

那柄剑的剑刃比普通的剑刃略窄，套着黑色皮鞘，剑柄上镂刻着繁复细密的花纹，仿佛镶嵌了许多星辰一般，隐约闪烁着点点银色微弱光芒。据随从说，他们是在一个收藏得极为隐秘慎重的地方找到的这柄剑，但是他们谁都没有能力拔出来，只有带来交给伊斯利处置。

听随从这么一说，伊斯利顿时起了兴趣，让队伍之中鉴宝知识最丰富的罗兰过来。后者仔细辨认了好一会儿，不太确定地说："假如我没记错的话，好像曾经在某部传奇典籍中看到过很像这柄剑的介绍。这是七百年前就已经失踪的传奇名剑千亿星辰，能斩开任何物体。假如这柄剑真的是千亿星辰，应该能斩断这条锁链。"

"但是——"在伊斯利动手拔剑之前，罗兰又补充说，"还有一个没有文字记载的、只流传在民间的传言，千亿星辰是一柄有自己喜恶的剑，只有纯洁无瑕的少女才能将其拔出鞘来使用。"

换而言之，在场诸位都是男人，先不说纯不纯洁，关键在于，他们没有一个是"少女"。

果然，剑在除了艾瑞克之外的所有人手上轮转了一遍，最终也还是没人能拔出来。

众人面面相觑：难道一定要他们走出树海，再带个纯洁少女进来拔剑救人？

看调色盘颜料们对着一柄剑手足无措，艾瑞克轻咳一声引起他们注意，"我想我可以试试。"

他话音才落下，所有人的目光都转向了艾瑞克，所有人的神情都惊诧中带着惊骇。伊斯利睁大璀璨的蓝眼睛，俊美的脸上满是不敢置信地道："你……是少女？"

还是纯洁无瑕的那种？

易龙龙也同样颤声问："原来，我一直搞错了，其实你不是大叔，是大婶么……呃啊，我是说姐姐。"瞥见艾瑞克想屠龙的脸色，她飞快地改了口。

艾瑞克深吸几口气，借此平复情绪，他觉得他总有一天会被怀里的小家伙气得早衰，但眼前救人要紧，他忍下来不与小辈计较，"千亿星辰的传闻，我也听过一些，虽然说要求执剑者是纯洁无瑕的少女，但是并没有限定少女的种族。正巧，我怀里这位，算是不折不扣的龙族年轻女性吧？"

他笑吟吟地低下头，手指点了点易龙龙的脑袋。

十　所谓·无价宝

这下，调色盘小队的目光立即拐了个弯，往下转移了少许，如同聚光灯一样，刷刷地汇聚在易龙龙身上。

纯洁无瑕的，少女……呃，龙。

被这么多双眼睛直勾勾地盯着，易龙龙心里发毛，感觉别扭极了，恨不得能立即躲起来，但她也知道，目前能把人救下来才是最要紧的大事，别的事情都不如这件事重要。

"那个……"易龙龙小爪子扒拉扒拉艾瑞克手臂上的衣服，"我试试看，不成功你不能怪我哦。"

艾瑞克故意露出恍然大悟的神情来，坏笑道："你这么没自信，难道你不是女性龙族？说起来，我一直没有正式确认你的性别呢。"

很明显，他还在记仇刚才那句"大婶"。

"你敢确认，我咬死你。"易龙龙嗓音嫩嫩的，语气却是恶狠狠地说。

不管怎么不好意思，最后易龙龙还是让艾瑞克把她放在地上，而伊斯利也同样放下疑似千亿星辰的细剑，让易龙龙走过来拿。

一群人站成一圈，中间是相隔两三米距离的雪白小龙和剑，大家的目光都十分专注，想要亲眼见证传奇名剑被拔出来的瞬间。

易龙龙双足站立，往前迈了一步，衣摆晃动一下。她脚上穿着的是用青银草编织的小鞋子，圆圆的包在爪子上，踩在地上声音很轻；接着，她发觉周围太安静了，抬头一看，只见周围一圈儿相对于她身高可以算是巨人的家伙，几乎全都聚精会神地望着她。

易龙龙停下脚步，小圆草鞋磨了一下地面，小声地开口道："你们能不能转过身去……这样看着我，我一紧张，说不定就拔不出来了。"

这段话的潜层含义是：再看？再看我就不拔了！

易龙龙已经把话说到这份儿上，其他人也不得不稍让一下。互相看了看，贵公子典范首先转过身去，其余的人也跟着做了相同的动作。

易龙龙的目光停在艾瑞克身上，"还有你，也一样。"

艾瑞克笑了笑，点点头，还是满足了她的要求。

易龙龙大大地松了口气：这回没人看着了。

脚步轻快，连蹦带跳地走到平放在地上的剑旁，易龙龙伸出两只爪子，一左一右拢在一起，这才算勉强拿住了剑柄。接着，一种非常舒适的如同泉水浸泡一般的感觉渗入她的爪子里，好像给她小小的身子里注入了力量，易龙龙轻轻地向外一抽……

空气中回荡着非常缓慢悠长的剑鸣声，说不上是清悦还是低哑，仿佛从亘古的时代起便存在，并且将一直这样长久地存在下去。

而遥远冰凉的宛如星辰一般的光辉，自剑锋出鞘的刹那，舒展地绽放出来。自剑锋之上，好像逸散开无数微尘般细小的银色星星，它们散入空气中，很快便消失不见。

那一刹那，易龙龙仿佛以为自己看到了夜晚的天空，千亿星辰汇聚一处，神秘而又璀璨。

千亿星辰，终于重现。

易龙龙几乎看得发呆，好一会儿才醒悟过来自己应该做什么。她举起比自己还高的长剑，走向被锁链囚禁的美少年，走了两步又觉得自己这样看上去像是要去杀人似的，把人家吓坏了怎么办？于是又改举为拖，拖着长剑慢慢走过去，剑尖划过地面，留下一道歪歪扭扭的划痕。

跳上床，易龙龙深一脚浅一脚地在柔软的被子上快跑几步，来到少年身边。到了近处一看，更发现这个少年漂亮得不得了。他的皮肤白皙柔滑，瞧不见半点瑕疵，眉毛文秀雅致，眼睛晶莹剔透，浓密的睫毛好像扇子；而他的头发，如同乌檀木一样漆黑，直接就能当成效果最好的洗发液广告。

"那个，这位，能不能麻烦一下，把你的手脚伸出来，我要帮你把锁链切开，怕失手伤着你。"意识到少年是个大活人,易龙龙看了一会儿就不好意思继续死盯着瞧,忙偏开脑袋,注视少年被镣铐铐住的手腕。

原以为少年还会和刚才一样不理不睬,但是听到她的话后,少年意外地有了动作。他虽然脸上还是没什么表情,却顺从地伸出一只手,纤细白皙的手腕上几乎可以看见青色的血脉。

易龙龙做了会儿心理建设,对准少年手腕边的镣铐用力劈下去,如同砍瓜切菜一样。粗大坚固的铁环应声而断,与刚才伊斯利用蔚蓝之诗的情形大不相同。

虽然是亲自动的剑,但易龙龙自己也被这成果吓了一跳:这柄剑,简直锋利得有点儿接近嚣张啊。

确定千亿星辰可用后,易龙龙再接再厉,在美少年的配合下,刷刷刷三剑砍下去。出乎意料地,镣铐轻易地从少年身上脱了下来。

放下剑,易龙龙还不大舍得下床,索性坐下来。小小的身体在床上蹭来蹭去,身下的羽绒被软绵绵的,假如不是顾忌少年还在床上,她几乎想抱着被子满床打滚。

好软啊好软啊好软啊……这可是正儿八经舒舒服服的床啊。

要不干脆在这里住几天好了。

抱着这样的念头,易龙龙伸出爪子揪揪少年的袍角,"哎,我能不能知道你叫什么名字?"先彼此认识一下,然后问他借这张床睡睡看。

"名字?"少年看着她,目光微微迷惑不解,蔷薇花瓣般的嘴唇开合,轻声地重复了这个词。

不会是真的傻了吧?易龙龙同情地想,但还是耐心地解释:"就是问,别人是怎么叫你的?比如说,我叫易龙龙,那边那个总以为自己不是大叔的大叔叫艾……艾文。"

"07,"少年理解了她的意思,回答说,"我的名字是07。"

07?这算是什么名字?

用数字当名字的,易龙龙不是没见过,比如张三李四,但张零三,李零四,这就比较稀奇了。

"这不是名字,是惯用的编号。"在易龙龙斩断镣铐的时候,艾瑞克就已经转过身来。他看着美少年这么说,"这大概是把他关在这里的人所做的。"编号来做什么,他不清楚,但总归不是什么令人愉快的事。

美少年看了眼艾瑞克,眨了眨眼睛,"编号?"他像是对一切都懵懵懂懂的孩子般，遇见新鲜的词，都会轻声地重复一次。

看见少年这个模样，众人对他的同情更深，觉得他一定是被魔法师关得太久，以至于连基本的认知都丧失了。

"07，07，这么叫很不习惯啊。"经受不住身下软绵绵的诱惑，易龙龙低下头，拿脸蹭了蹭柔软的被面，歪头眼巴巴地望着少年，"你没有别的名字吗？换一个好不好？"假如一直叫着编号，她害怕少年又想起在塔内受的折磨来，虽说换名字不代表能忘怀过去的所有事，可是至少算是一段新的开始。

"别的名字？"少年学易龙龙的样子，也歪着脑袋。他的眼眸幽深忧郁，清丽的脸上却带着一种特别纯真的懵懂，除此之外再无其他表情，"什么？"

易龙龙忽然有了一种教小孩说话的错觉，不管她说什么，对方都会认认真真带着疑问重复一遍。假如眼前的人真是牙牙学语的小孩子，那倒也罢了，可他偏偏是一个已经十七八岁的少年，心智却宛如孩童……

一龙一人你一言我一语，一个童音软嫩一个语气天真，费劲地商量好半天，才终于确定少年的新名字叫林琦，易龙龙也终于长长地松了口气。她赶紧跳下床，不敢再问林琦借床用，要是林琦反过来问她什么是床为什么借床，再缠磨下去，她非得被逼疯不可。

林琦这个名字，是出于易龙龙的小小私心。少年的黑发黑眸让她有一种亲切感，就亲上加亲地取一个更亲切的名字。反正"林琦"这两个字不写出来，对于别人的意义也仅仅是这个发音而已，不会看出来什么问题。

跳下床时，易龙龙捎带上了千亿星辰。她小心翼翼地把细剑插回剑鞘，再走向伊斯利，打算把这柄剑还给他。虽说剑是她拔出来的，但并不代表所有权就属于她，更何况，她作为一条龙，今后用剑的机会也不会太多。

易龙龙跟林琦乱七八糟缠磨的时候，其他人也没闲着。伊斯利站在一旁，跟神官商议今后怎么安置林琦。调色盘小队的随从们和罗兰到楼下去收拾战利品，黑发从者与狄修安在原地休息。

艾瑞克靠在窗边，一边悠闲地往外看，一边打着哈欠。

易龙龙还没走近伊斯利时，便看到伊斯利的一名随从叫喊着跑上来。他的头脸身上都是鲜血，整个人也显得狼狈至极。才一到楼上，他便单膝跪倒在地。

见到这样的情形，伊斯利脸色大变，"怎么回事？"

随从忍耐着伤痛，断断续续地解释。从他口中，伊斯利得知跟着随从们一道下去的罗兰，趁众人不备，忽然发动偷袭，将他们打倒，随后卷走了所有的财物，逃走了。

这个上来报信的随从是几个人之中身手最好的，也是唯一与罗兰纠缠了片刻的人。正因为此，他身上的伤最轻，还能勉强爬上来向伊斯利报告。

听说了这件事，伊斯利再也顾不上盯着他想得到的小龙，立即命令狄修安和黑发从者做准备，跟他一道去追逐，只留下神官在塔顶上照料受伤的部下。

他可以不在乎丢失的财物，但是罗兰的行为，不仅违反了他们之间的雇用条约，也严重损害了他的尊严，这是绝对不能原谅的。

罗兰临走前拆掉了入口处用来攀爬的绳子，但狄修安、黑发从者和伊斯利三人的身手都极为矫健灵敏，凭自己的力量跳下去不是什么大问题。

跳出塔外，黑发从者在地上找到罗兰留下来的脚印，同时也发现他们留在塔外的随从被打晕在地，行李被翻得一塌糊涂。辨认了一下方向，三人便朝树林中追逐了过去。

整个过程中，艾瑞克都一直很悠闲地站在窗边。等调色盘三人走了，神官给上来报信的随从释放了一个简单的治疗术，下楼去救治其他人后，他才转过头来，居高临下地望向躺在地上的受伤随从，"人已经走了，你可以起来了吗？"

易龙龙惊讶地瞧见刚才还满身鲜血说话虚弱的随从，在听了艾瑞克的话之后，一个翻身跃起，稳稳地站立在地上。

"我早就知道你不简单。"那随从露出镇定的笑容，发出的声音竟然是属于罗兰的。他抬起手来在脸上一掀，却不知怎的，凭空掀开来一张黑色面具。那面具戴在他脸上时，现出来的是那随从的模样，可是摘下来后，面具下的脸形头发瞳色，也跟随着面具的取下，变化成原来的模样，"可是，刚才你为什么不立即拆穿我呢？"

紫发紫眼的左眼下有一道如同流泪一般的伤痕。面具的名字叫虚伪之脸，是罗兰从一个古物收藏家手中获得。这张面具是一件神奇的道具，拥有幻术的力量，只要取一滴血滴在面具上，再戴在脸上，就能变成那滴血主人的模样，时效很短，只有一刻钟有效时间，但是对于罗兰来说，已经够用。

罗兰先击晕其他随从，脱下那人衣服自己穿上，戴上面具，再假装受伤，谎称自己逃脱，引开伊斯利等人。

"我很好奇你究竟要做什么。"艾瑞克耸了耸肩，他可没有提点伊斯利的义务。

罗兰不慌不忙地脱下身上罩着的外衣，再下楼取出藏起来的工具袋子和短剑，扛着刚才被他们杀死的魔法师走上来，这才镇定地回答道："当然是，这里有我更感兴趣的东西。"

与伊斯利等人不同，罗兰并不认为艾瑞克只是一个普通的落魄剑客，能如此完好无损地深入这片树海深处，本身就侧面说明了他的实力。但是引走伊斯利等人后，他并不畏惧单独面对艾瑞克，因为他自己的实力，也远超出在众人面前所表现出来的水准。

他引走伊斯利，并不是怕了贵族少年，而是因为不想和他发生冲突，假如不慎伤了他，也许会与海因涅家族结下怨恨。

他这一次随队前来，表面上是受了伊斯利委托，但实际上在此之前，他还签了一份合约。海因涅家族的人雇用他观察记录伊斯利进入树海之后的表现，并随机对其进行考验。

他现在所做的事，也不算是违背第一份合约，制造状况对伊斯利进行考验，顺便也可以得到他想要的东西。

但是与罗兰相对的，艾瑞克自己也是自恃实力，觉得有把握对付盗贼，才任由伊斯利等人上当受骗追去，并且眼看着盗贼上上下下地拿东西。

罗兰把尸体小心地放在地上，返身下楼，取出他事先藏好的物品。

这座塔中的收藏品他检视过一遍，除了千亿星辰外，还有好几件只能在久远记载之中获取少许信息的传奇物品，任何一件都拥有莫大的诱惑力，甚至值得他违反合约去夺取。当然，为了避免麻烦，除了说出千亿星辰的名字外，他并没有说出其他物品的名字。

但吸引罗兰的不只是这些。

他将死去的魔法师尸体翻过来，背面朝上，解开对方的衣衫检查。易龙龙吃惊地倒抽一口气，接着飞快地转过身，不去看罗兰。

留意到易龙龙的动作，罗兰有些奇怪，却也没停下来。他一边撕开邪恶魔法师的上衣，一边随口问艾瑞克："她怎么了，害怕尸体吗？"

通过这些天的相处，艾瑞克已能了解易龙龙的思维模式，看她尾巴翘起的弧度就知道她在想什么。他毫不犹豫地说："她以为你要对这位尸体先生表达爱慕，作为矜持的女性，她觉得很不好意思，就转过头去，避免看到太过可怕的场景。"

艾瑞克这段话说得比较委婉，罗兰好一会儿才在脑海中自动翻译过来：易龙龙以为他有恋尸癖，喜欢在旁人面前亵渎尸体，所以少女龙转过身，以免看到……

易龙龙不光转过身去，还拿两只小爪子捂住眼睛，非常标准的非礼勿视造型，也算是证明艾瑞克没有胡说八道。

罗兰的脸青了又黑，咬着牙齿慢慢地说："我解开这个家伙的衣服，是想确定一下他究竟是不是人类。"

一听这话，易龙龙忙转过头来。仔细看尸体，才惊讶地发现，魔法师的肌理线条很僵硬，根本不像一个正常人——她好歹前世在医院里混了那么久，虽然是作为被医的那个，但对于一些知识也算有些了解，其中就包括人体结构——这具"尸体"的构架与正常人类差距不大，而在他背上的伤口里，没有多少血，从伤口中反而能看到一点金属的光泽。

罗兰点着"邪恶魔法师"的背部说："这是我们与他战斗的时候，我无意中发现的。这个魔法师，根本就不是真正的人类，他更像一种工艺极其复杂的傀儡人，拥有人类的外表，有的甚至能简单地思维，甚至做判断，但其举动最终还是受到主人的命令所操控……你们知不知道傀儡人，要不要我解释一下？"

易龙龙摇了摇头，这对她来说完全不难理解，所谓傀儡人，也就相当于前世小说里写的机器人呗，还是稍微带点儿智能的那种。

再看艾瑞克，他好像完全不吃惊的样子，易龙龙想起之前罗兰杀死这个傀儡人时艾瑞克轻松的态度，顿时明白过来，原来那时候艾瑞克就看出了这个邪恶魔法师根本就是假货。

罗兰微笑了一下，"如果我没猜错的话，塔的主人是真的外出了，他留下这个魔法师一样的傀儡人来看守他的家，可能也给他下达了命令，攻击一切外来闯入者。这样一来，他攻击我们的行为也能说通。我抢先攻击他的背部，破坏他的运作核心，才杀死他……这片大陆上，这种傀儡人技术极为罕有，不夸张地说，这具尸体简直与名剑千亿星辰一样贵重。"

确定了"邪恶魔法师"确实是他所猜想的傀儡人没错后，罗兰满意地给尸体穿上衣服，再望向易龙龙。

"我和贵族少爷不一样。"罗兰眼睛虽然看着易龙龙，却是在对艾瑞克说话，"你是真不知道还是假不知道呢？这条龙也就罢了，你甚至还这样浪费非常罕见珍贵的，只在特殊环境下才能生长的青银草给她编衣服。她这一身玩偶一样的打扮，足够买下一个村镇。"

罗兰说别的话时都还好，但最后一句却让易龙龙吃了一惊，"这种草，真的有那么宝贵？"她看到自己出生的那片湖边附近到处都是，还以为十分普通常见呢。

身上这些就能买一个村镇，那么她这一年来浪费的……

易龙龙飞快地在心里算账，差点心疼得跳起来。

易龙龙在这边心疼得不得了，艾瑞克却一点反应都没有，只笑了笑，说："那又怎么样?"

其实他一见到易龙龙，就认出了她用作衣服的草叶。作为海因涅家族的核心体系成员，除了礼仪与剑术之外，学识也是必不可少的教学内容，加上艾瑞克这些年来四处流浪，未必就比罗兰见识少，但他完全没有往心里去。

他原本就出身尊贵，对珍奇的东西不怎么在意，而这些年越是流浪，事物的世俗价值在他眼中就越是淡薄。一个铜子与一万枚金币对他而言的区别也仅仅是后者稍微沉重些，携带起来较为不方便；普通铁剑与蔚蓝之诗，用起来手感都是一样的。

因此他看见易龙龙身上的青银草后，脑海中虽然知道其珍贵，但却并未制止易龙龙浪费，也没有想过要自己采集收拢一些。

就算能买下一个国家又怎么样?已故龙友的孩子比这整个世界都要宝贵，她爱怎么用就怎么用，爱怎么玩就怎么玩，别说心疼，他说都懒得说一下。

比之易龙龙是阅历差距，比之罗兰，却是境界高低。

易龙龙有些吃惊地看着艾瑞克慢慢走过来，弯下腰朝她张开双臂，正如同他之前许多次所做的那样。他修长的手臂看起来很稳固，包拢着一块看起来十分安全的小天地。

真正接触到外界，知道许多事物的实际价值之后，易龙龙才猛然惊觉，原来她是这么的幸运。

假如闯入湖泊的人不是艾瑞克，而是其他怀有贪念的人，凭着龙在这片大陆上的珍贵程度，她一定会被转手卖掉。湖边和她身上的青银草会被对方据为己有，甚至湖底塔希妮雅的安宁说不定也会被打扰……这样巨大的诱惑，并不是每个人都能抵挡的。

幸好是艾瑞克。此时此刻，易龙龙由衷地想着。

虽然这个家伙喜欢嘲笑她个子小，还有总是迷路的坏毛病……易龙龙彻底释然了，浪费掉的那些村镇也就浪费了吧，没什么可后悔的，因为重要的是她没有错过最宝贵的。

正要抬起小爪子搭上艾瑞克的手臂，易龙龙的视线越过艾瑞克的肩头，看见后方的罗兰趁着艾瑞克背对他的机会，举剑刺了过来!

罗兰来得极为迅速，连风声都被压在一个细微的范围内。他深紫色的眼睛锐利冷冽，闪烁着捕猎的光，易龙龙的双眼虽然跟得上他的动作，可口中却来不及叫出来，只能眼睁睁瞧着罗兰一瞬间逼到艾瑞克的身后。

但接下来入耳的却不是短剑刺入身体的声音，而是金属交击声。

艾瑞克一只手依旧朝易龙龙伸出去，另外一只手却反握着刚才伊斯利赠送的长剑，架住了罗兰的攻击。

罗兰的动作易龙龙尚可以觉察，她这具身体的动态视力超乎想象的好，但是艾瑞克是什么时候招架的，她完全没看清。

罗兰一击不中，其后退的速度比来时更快，借了艾瑞克反击的力量，几乎是飘着，一下子飘到了墙边。

他愕然地望着艾瑞克，是一种看到怪物的眼神。

艾瑞克却没有回头看他，只是无所谓地收回了剑，继续朝易龙龙微笑道："走吧，趁着那小子还没回来，我们偷偷溜掉。"

他要保护这个孩子。这个信念从来没有像现在这么清晰过。

以易龙龙这么柔弱的状态，是个成年人都能把她活捉了去。就算暂时不能骑乘，但有实力的家族可以从小开始驯养她，待她长大后，留给后人使用。

艾瑞克曾身处在标准贵族的家庭，他非常清楚当权者将会有什么样的做法。而世界上唯一一条还活着的龙，光是这个唯一，便足以令许多人趋之若鹜。

他甚至也不打算表明身份或借助海因涅家的力量。假如他流露出软弱的姿态，反而有可能会被家族利益压倒他的个人意愿，海因涅家族会以各种理由争取抚养易龙龙的权利。一旦易龙龙落入他们手中，再要回来就不容易了。

看见艾瑞克轻轻松松地获胜，易龙龙心花怒放地伸出爪去，搭上比她的爪子大许多倍的艾瑞克的手，一用力，蹦上了他的手臂，探头对罗兰做了个鬼脸，"玩偷袭，坏蛋！真不要脸！"

面对小孩子一般天真声音的指责，罗兰觉得很委屈，"我是盗贼啊，最擅长的当然是暗杀，难道要我正面跟一个剑士对抗？"这种职业歧视太不讲道理了。

艾瑞克单手抱起易龙龙，转身过去。罗兰顿时警觉起来，他收回了短剑，转而从腰上系着的布袋里取出几样物件，都是他惯用的道具，准备随时应对。

艾瑞克没走过，只是目测了一下最近窗户的大小，抱着易龙龙走过去，准备往外跳。

千亿星辰易龙龙已经放下，他也没去理睬，留给伊斯利或者留给罗兰都行。

易龙龙奇怪地揪了一下他的袖子，"你不抓住那家伙么？"

艾瑞克摇摇头，"不，这是他的职业。而且伊斯利居然被这种小把戏蒙骗过去，他太习惯平顺，对紧急事件的应付能力太差，这是给他的教训。"他正要抬脚，忽然感觉不对，低头一看，却发现地面出现一道整齐的断痕。

艾瑞克打量着，以雪白大床为中心，几道笔直的断痕交错着，从床上一直蔓延到地面，再到墙边……

建造这座塔的坚固石料正缓缓地顺着裂痕错开。

罗兰也注意到了眼前这个境况，他脸色有些苍白，想起了一件事，"我记得还有个传说，千亿星辰可以发挥出握剑者的所有潜力……"

从前用剑的都是人类或者精灵族的少女，身体内最大的力量是有限的，可易龙龙是……龙啊。

换而言之，在千亿星辰和龙的双重作用下，锁住少年的锁链和这座坚固的石塔如同切豆腐般被轻易地切开了。

十一 组合·不愉快

　　在此之前，从不曾有龙手执千亿星辰，龙族素来依靠自己强大的身躯，他们本身便是无与伦比的武器，任何道具都不过是锦上添花的身外之物。因此，也没有人知道假如一条龙握着千亿星辰，被千亿星辰的固有特质引出全部力量化作剑的锋利时，将会是怎么样一番情形。

　　但现在艾瑞克和罗兰知道了。

　　罗兰曾试验过石塔的坚固程度，他使用那么锋利的剑，用尽全力刺下去，也不能在塔的墙面上留下一粒沙那么大的伤痕。

　　这座塔其实早在易龙龙砍断镣铐的时候就被剑风的余势彻底切割了，只不过因为锋利的程度超乎想象，虽然切开，却依旧如同完好无损一样维持着原来的形状。由于塔内人的不断动作，接二连三的震动终于打破密合的平衡，这座塔也跟着慢慢地崩塌。

　　这就是龙的力量！

　　艾瑞克与罗兰飞快地对视一眼，彼此看到了对方眼中的惊讶和惊骇。但现在并不是感叹的时候，下一秒，两人同时想起被罗兰打晕后抛弃在塔下层的五名随从和神官，假如这座塔倒塌，他们也会跟着被埋葬。

　　"这里交给你了。"给罗兰丢下话，艾瑞克已经抬到窗台上的长腿收了回来，他的手臂抱紧易龙龙，对她说："忍耐一下。"

　　易龙龙还没反应过来是怎么回事，身体瞬间由静转为动，但好在艾瑞克抱着她很小心，只是有些微不适，微微的晕眩后，一人一龙便来到了塔的下方。

至于留在塔上的罗兰，只得将无奈的目光投向依旧安稳地坐在床上，好像不知道发生了什么事的黑发美少年身上，"林琦是吧？"对于易龙龙给起的名字，他念起来有些拗口，"估计我说了你也不会明白……为了活命，跟我走吧。"

紫发的盗贼自言自语地说完，就一把抓起林琦。即便是带着一个人，身形依旧轻盈如故地越过窗户，直接从接近塔顶的位置跳了下去。

轻捷灵活地在塔身上踏了几下，罗兰如同猫一般轻盈地落地。仰头回望，正好看见稍下层的窗口中，是一个个接连被扔出来的人形物体。

人形物体准确无误地落在塔外十多米远的树冠上。

塔内的艾瑞克一手抱着易龙龙，用脚挑起地上昏迷的人后，另一只手把他们扔出去。好在罗兰最后一次下楼时，把五个随从和神官都放在了一起，省去了艾瑞克寻找的工夫。

挑起一个丢一个，这一连串的动作连贯而流畅，六个人如同连珠的星星一般被丢出去的时候，艾瑞克也跟着跳出窗外，轻轻松松地落在地上。

而这一幕，正好落入才抬起头的罗兰眼中。

过程虽说稍烦琐些，但对于同样拥有惊人实力的人来说，转眼间从塔内带人逃脱，并不是太过困难的事。

想起自己竟然把千亿星辰和其他传奇宝物遗留在塔内，心疼不已的盗贼放下神情茫然的林琦，身体微弓，打算重新回塔上去拿，但他还没动作，后领就被人揪了一下。

"快跑。"艾瑞克只拉了罗兰一下，便牵住林琦，身体如同离弦的箭一般，朝远离塔的地方射去。

就在他刚才落地的时候，塔身的裂缝更大了些，他忽然感觉到好像有一股他不大了解的力量，正从高塔下部源源不断地散发出来。他们入塔内探索时，只能往上走，找不到下方的通路，也没来得及探索高塔下部有什么，但现在，似乎有什么力量爆发开了。

那力量原本沉寂地被封锁着，可是易龙龙斩开了塔，如同打开了潘多拉的盒子……

艾瑞克的动作虽说很快，但还是快不过那股力量。罗兰是正对着塔的，他只看见塔身下方涌出来各种绚烂缤纷的色彩，如同光幕一般快速朝四周铺展开来，瞬间就没过了罗兰，接着赶上才跑出三四步的艾瑞克。

絢烂的光刹那间炸开，在林中造出不小的动静，甚至惊动了被假象误导追出去的伊斯利等人。与此同时，伊斯利也醒悟到自己的失误。

待他们返回查看时，原本耸立着一座高塔的地方，此刻只残留着一堆废墟。他们四处搜寻，分别在废墟外十几米到几十米远的地方找到四散的几个随从和神官，却怎么都找不到罗兰、艾瑞克、高塔美少年和易龙龙的身影。

"这是什么鬼地方啊！"

雪白小爪子抓着黑色的袍角，易龙龙发泄般冲着高塔上救出来的美少年大喊道。

后者随即学着她的语气，重复了一遍她所说的话，"这是什么鬼地方啊！"

只不过，稍嫌起伏的语调显得有些诡异。

听完这诡异的人工回音，易龙龙沮丧地垂下头，"好倒霉，艾瑞克不在。"

刚才，在被那道奇怪的光幕包围后，便有一股强大无比的力量，硬生生地分开了她和艾瑞克。慌忙之中，她的爪子死死抓住了一点能够到的衣料，接着便昏了过去。醒过来时，她看见自己爪子抓住的是林琦的黑色法师袍，艾瑞克却不知所踪。

两人此时正躺在一片树林里，这片树海太宽广了，以至于易龙龙甚至不能判断自己处于何处。

更让她不安的是，艾瑞克此时不在她身边，而跟她在一起的家伙看起来比她还需要人照顾。

"你们两个别叫了，再叫，会把野兽引来的。"紫发盗贼抚着额头，慢慢地走出树丛。

易龙龙一看到罗兰，立即闪身躲在林琦的身后，爪子还用力地揪着法师袍的衣摆。跟他们一起来到这里的，竟然是她一直歧视的职业工作者，这才是最让她不安的因素。

罗兰抚着有点儿疼的额头，说着自己到四周查探的结果，"这里的土质以及环境跟我们先前走过的很不相同，可以肯定，我们至少到了树海中另一片丛林里。假如我没猜错，那个奇怪的光幕应该是一个防御魔法，并且是极其高深少有人能涉及的空间法术，能把入侵者传送到别处。"

"我四处找了找，没看到你那位金发的同伴，他也许比较倒霉，被传送到了另一个地方。"

易龙龙顿时满腹同情：被抛弃在广袤的树海中，假如没遇到别的人，艾瑞克一定会迷路到死的。

确定这里只有他们两人一龙，易龙龙童音幼嫩、老气横秋地叹了口气，"唉，为什么会是跟这个家伙一起落难？"她真想念艾瑞克。

罗兰瞥了她一眼，有点儿咬牙似的道："不好意思噢，我就是个让人讨厌的盗贼。"

不管怎么不情愿，易龙龙还是不得不暂时与罗兰一道，眼前的紫发盗贼虽说可能心怀不轨，可是总比林琦稍微可靠一点。

易龙龙并不怎么担心艾瑞克的安危，以他的剑术，就算是到了森林的任何一处，都能够活下来，只不过无法找到正确的路罢了。

罗兰去四周探查的时候，顺便捡了一些枯木回来，堆在一起准备生火。相比起全身毫发无伤的易龙龙和林琦，他比较倒霉，被传送的地方正好在一处水洼，不仅弄湿了衣服，还不小心被水洼底的石头磕着了额头。

好在随身的工具袋没有弄丢，罗兰从防水的口袋里取出火石，轻轻擦一下，点燃枯木。

罗兰垂下紫色深邃的眼，思索下一步应该如何行动。

他虽然见识广博，但毕竟对魔法不算精通，更何况塔内所布置的是这片大陆上可以称得上稀有的空间魔法，别说是他，就连普通的魔法师都不甚了解，因而他无法判断他们现在所处的位置距离石塔有多远，而他们现在又位于树海之中的哪一块。

这片树海大得如同海一般广袤，再加上不是每一处都像他与伊斯利等人先前走过的路那样安全平顺，其中有极其神秘危险的区域。他现在担心自己正好进入了某一块危险领域。

火很快便旺盛地燃了起来，罗兰见状，暂时停止沉思，转而脱下衣服打算烤干。一掀起穿在最里面的套头紧身衣，他就听见幼嫩的童音惊叫一声，偏头看去，却是雪白小龙害羞地转过身，小爪子捂着眼睛——非礼勿视。

"喂……"面对这种情形，罗兰觉得很无奈，见易龙龙这样，他觉得自己好像是有暴露癖的色情狂，"你是龙啊，一条龙在乎人类穿不穿衣服做什么？"

易龙龙小小地哼了一声，"你也要知道，我是龙族女性。"

实在不想看到易龙龙做出这种暗示他是色情狂的动作，罗兰终于还是做出了妥协，用他的衣服在火堆边架起一道屏障，挡在了易龙龙和他之间。

烤衣服的时候，罗兰提起艾瑞克，"那个叫艾文的不知道现在怎么样了，希望他没被传送到树海中危险的地方去。"

易龙龙却是一点都不担心，"没事，我们还是担心我们自己吧，艾瑞……艾文保证不会有事的。"现在她已经不再像刚认识艾瑞克时那样一无所知，通过对比，也可从侧面得知表面落魄的金发青年的实力。能在树海之中安然无恙地迷路一年，估计艾瑞克什么危险的地方都已经横着踏过去了。

衣服很快便烤干了，罗兰又一件件穿回身上，接着从口袋里取出一块黑色的菱形水晶。

将水晶的棱角立在地上，盗贼慢慢念诵着咒语，水晶表面逐渐开始亮起奇异优美的纹路来。那在易龙龙看来更像是复杂交错的电路图，可是下一瞬间，像断了电一样，电路图一下子没了。

罗兰脸色微微一滞，左右看看，随后露出无奈的苦笑，道："原本想直接用魔法道具引路回去的，不过现在……可以说，我们很倒霉，这片森林是沉默的森林，一切魔法和魔法道具在这里皆不可用。从明天开始，我们得靠自己的力量慢慢去探路。"

对易龙龙而言，这并不算什么坏消息，她没遇上艾瑞克的时候，就独自在林中生活了很长的时间。而与艾瑞克一道走，每天看到的都是树，她也习惯了身处林中。只要不碰上足以置自己于死地的凶猛野兽和敌人，在树林里多绕几圈又有什么关系？

他们醒来并确认只有彼此的时候是傍晚。很快，月光穿透枝叶的缝隙，洒入沉默的林中，薄得像纱一般的银色月光仿佛给周围的物体都笼上了一层朦胧的轻纱，即便是在漆黑的林子里，也不显得恐怖，只让人觉得安宁静谧。

今天没办法像从前那样刷牙了，易龙龙还是在罗兰吃惊的目光下漱了口。接着，礼貌地道一声晚安，就跑到林琦身旁，打算揪着他的袍子睡。

入睡之前，易龙龙忽然想起来什么，睁开眼睛问罗兰："喂，你不会趁着我们睡觉后，把柔弱的小动物和纯真的美少年丢在幽深的树林里，一个人跑掉吧？"

罗兰面无表情地看着摧毁了一座塔的柔弱小动物，好一会儿才开口道："怎么可能？就算要丢弃，我也会先把你带出森林，把你丢在商人那里。"

他就算是把自己丢了，也不会丢下这世界上唯一存活的龙。

十二　黑影·夜之子

　　夜晚非常安静，坐在燃烧的篝火旁，作为守夜者的罗兰无意识地盯着易龙龙和林琦，脑海中想着别的事。

　　原本是极为顺畅的旅程，他接受双重雇用，一路观察并试探伊斯利，本来可以顺利地返回的，但却出了一点小小的意外。

　　龙。

　　他没想到，竟然在这里以这种方式邂逅了龙族唯一的遗裔。

　　龙这种生物的存在，绝对是令人战栗的存在。

　　纵然是后来被誉为"划破天空之光辉"的手执蔚蓝之诗的艾瑞克，也仅仅是因其实力获得龙的肯定，而非战胜——这种肯定，就如同老师对优秀学生的赞赏，或者拥有极高成就的人对这一领域后辈的认可一样。

　　莫测的龙族死亡事件给人类世界带来一种无形的恐慌。不管对方是一个还是一群，连龙都能杀死的强悍实力，不管放在任何地方都是一种可怕的威胁。但对方仿佛无意扬名，更没有对人类世界造成任何干扰，只是默默地干着屠龙的"大事业"。

　　大陆上的几个大国，曾经暗中派人寻找神秘的"屠龙者"，想要在世俗层面上予以拉拢，但他们自然是一无所获。屠龙者如同黑夜里的刺客，悄无声息地夺走一条又一条龙的生命，最后，甚至将他的利刃伸向仅与龙有些许关系的伪龙身上。

　　现在关注这件事的人对屠龙者的态度分为两派，一派认为屠龙者这样危险的存在应该尽量予以剿灭，这样的人足以左右大陆的局势甚至国家的生灭，留下来等于留下不知道什么时候会爆发的危险；另外一派则认为龙这种生物死了就死了，反正屠龙者看起来不像是对人类有恶意，假如可能的话，将其拉拢到自己的势力当中，会是多么大的一股强助。

但没有人见过屠龙者的真面目，一位龙骑士曾经在远处目睹过与自己达成协议的龙被杀死，但他并未看清楚对方的相貌特征，只依稀记得那是个黑色的人形，究竟是不是人甚至都不能确定，毕竟这片大陆上，拥有人形的物种并不单只是人类。

呃……黑色。

罗兰下意识地看一眼躺在火堆对面睡着的少年。少年漆黑的头发和衣服好像沉入了夜色之中一般，宛如从不见天日的地方诞生的夜之子，第一眼看到他的人，都会被这种沉静幽深的漆黑所吸引。

下一刻，罗兰立即自嘲地笑了起来：怎么可能？一定是今天磕伤了脑袋，才会产生这种诡异的联想，林琦只不过碰巧是黑色长发穿黑色衣衫而已，又怎么会是恐怖的屠龙者？倒是那座塔的主人值得怀疑：收藏了数件传奇珍品，拥有傀儡人的制造技术，以及少有人能涉足的空间魔法。无论其中哪一件，都值得在历史的年轮中大书特书，但那座看起来很有久远年代感的塔却是前不久才被发现的。

不过，这样一个可怕的人，用铁链锁住林琦为的是什么呢？而且还是锁在床上……

罗兰不无恶意地揣测着，他听说在某一领域异常杰出的人物多半都会有不可告人的怪癖，说不定林琦就是这种怪癖的牺牲品。

目光略微一转，罗兰便看到了弓着身体躺在林琦身旁的易龙龙。雪白的小龙把林琦的长袍扯过来一些，垫在身下，当床铺用。圆圆的小草鞋脱下来摆在"床"边，树叶是她的被子，两只小爪子紧紧地揪着叶片。

这只看起来像是玩偶宠物一样的生物，就他所知，却是世界上唯一一条龙。假如之前他还对其身份有所怀疑，但千亿星辰斩塔事件之后，就再也不需要更多的证据来确信了。

易龙龙躺了一会儿，忽然睁开眼睛，漂亮的蓝眼睛正对上罗兰的视线，"喂，那个谁。"少女龙不太好意思地说，"能不能麻烦你转过头去，不要看我？我不习惯被人注视着入睡。"

林琦倒是睡得很安心，才一闭眼，就好像立即死掉了一样，什么都不管地陷入沉眠。

紫发盗贼以一种没有起伏的口吻道："不好意思，请称呼我为罗兰或者盗贼，我不叫'那个谁'。"

"好吧，罗兰，你有注视女士入睡的习惯么？"

罗兰的脸忍不住黑了一下，他想了想，最后还是不大情愿地转过身子，"不得不说，作为龙，你拥有这样的怪癖实在是令人发指。此外，你不会趁着我转身偷袭我吧？"

"那是盗贼才干的事！"

"不准歧视盗贼！"

简短的争吵后，夜幕下的沉默森林又恢复了宁静。易龙龙躺在树叶下，小小的身躯左蹭蹭右扭扭，还是睡不着。她悄悄地掀起当做被子的树叶，偷眼瞄罗兰有没有背后长一只眼睛什么的，确定对方没有偷看后，她终于也跟着确定，睡不着是因为自己的缘故。

打了个滚，翻身坐起来，易龙龙抱着树叶，穿上鞋子，蹬蹬蹬来到罗兰身旁，伸出龙爪小心地戳了戳他，"哎，聊一会儿吧。"

她睡不着啊。

罗兰低头看她一眼，发出恶毒的嘲笑，"需要我给你讲睡前故事么，柔弱的小动物？"

易龙龙丧气地垂下小脑袋，有气无力地说："你就算说了我也睡不着，我认床，没有青银草叶子垫着，很不习惯。"就算跟着艾瑞克上路，每天晚上，艾瑞克还是会给她铺好软软的草垫子，让她在淡淡的芳香中入睡，一下子换了环境，她有些不能适应。

罗兰面无表情地道："那可真遗憾，我没地方给你找青银草弄床。"

易龙龙摇摇脑袋，"我不是这意思啦，我是说……唉，算了，反正我也睡不着，干脆换我守夜，你休息好了，明天还要依仗你的经验寻找出去的路呢。"

罗兰很不信任地看了她一眼，"你？你会守夜？"

其实就罗兰所知，因为沉默森林的特性，这里一般不会有什么太过凶猛的野兽或怪物，但稍微小心些总是没错。

易龙龙答得很爽快，"没关系，假如有危险的家伙来了，我会放声尖叫吵醒你的。"

"这话从龙的口中说出来，可真是叫人幻灭。"罗兰淡淡地说完，最终也没跟龙客气，翻身倒头便躺在地上，没一会儿呼吸便变得匀和。像他这样习惯野外生存的人，能够在任何恶劣的环境下迅速进入休息状态，以期尽可能快速地恢复精神和体力。

抱着树叶当棉被，易龙龙无聊地望着篝火。也不知过了多久，她见对面一个黑色的影子站起来，吓了一跳，定睛一看，发现是林琦，才松了口气。怕吵醒罗兰，她小声问："你也睡不着么？"

林琦没有表情，他的眼眸幽暗深沉，比之白日里又多了几分诡谲。

另一方面。

艾瑞克随手挥出长剑，看似平凡的剑锋凌厉无敌地斩开了比一个人还要高的怪物，如同划破天空的光辉，在夜色之中留下华美的痕迹。他收回剑，轻巧地一挑，将另一侧扑来的猛兽挑飞开去。

已是夜晚，形形色色的怪物还在无穷无尽地聚拢来，但相比起怪物，处于杀戮场中心的男子似乎更配得上"怪物"这个名词。周围的地上散落着足可堆积成山的怪物尸体，土地被鲜血染成比黄昏更鲜艳的色泽，执剑者一头凌乱的璀璨金发，却没有溅上半点血污，依旧那么光华耀目。

艾瑞克一边漫不经心地挥剑，一边苦恼地左顾右盼道："到底应该往哪里走啊？那小家伙也不知道现在怎么样了，会不会认床睡不着？"

十三　盛筵·红帽子

燃尽了木柴的火堆渐渐熄灭，只在灰烬之中还残存着一点若有若无的黯淡红光。

易龙龙好奇地带点儿紧张地望着林琦，不知道他这是要做什么。

林琦精致美丽的面容几乎没有生气，他没有回答易龙龙的问话，他仿佛感觉不到身边有人存在。他漆黑的眼眸仿佛被什么给迷惑了一般，带着魔性的力量，目光投向无尽遥远之处，那里是人类所不能涉足的虚空，仿佛有什么在召唤着他。

也不知道过了多久，林琦终于动了，他抬起脚踏出一步，雪白赤裸的足从黑色长袍里伸出来，但是，下一秒，他一头栽倒在地上。

易龙龙吃惊地张大眼睛，看见林琦脚边来回蹦着两只发着光的小东西，就好像故事里的拇指小人儿，身上穿着绿色的叶子，露出来纤细修长的手脚，全身都发着淡淡的光。他们的脑袋上，戴着个好像蘑菇顶盖一样的大帽子，帽子的颜色是鲜亮的红色，点缀着几个白色的圆形斑点。这帽子也泛着柔和的白光，乍一看去就好像蘑菇造型的电灯泡。

这两个戴着蘑菇帽子的小人儿手上牵着草绳，方才他们埋伏在地上，就是拿这草绳来绊林琦的。看林琦摔倒，小人嘻嘻哈哈地发出碎碎脆脆的细小笑声，抱着帽子满地打滚。

这时候林琦慢慢地从地上爬了起来，他困惑地摸着摔疼的手肘，神情虽然依旧懵懂，眼眸却恢复了清澈，再也瞧不见迷眩般的魔性。

易龙龙有些发愣，不知道发生了什么事，身后传来冷淡的声音，"林琦刚才的样子，应该是正在被什么所召唤，或是那个锁住他的人在他身上留下了我们所不知道的秘术……幸好，被那两个小家伙打断了。"

转过头看，却见不知什么时候醒来的罗兰屈腿坐了起来，压低声音对她解释着，"沉默森林的环境与别处不大一样，因此在这里可以见到一些很少见的生物。把林琦绊倒的那东西名叫红帽子，是一种非常喜欢恶作剧的小妖精，性情狡狯淘气，他们多半没有恶意，只是喜欢捉弄别的生物罢了。"

看着两只酷似蘑菇的红帽子，易龙龙的小爪子有些发痒，很想抓一只来看个清楚，但是又怕吓跑或弄坏了那么纤细的小人。

注意到她的异样，罗兰阻止道："你不要试图去捉他们。他们能活到现在，也有属于自己的自保本事，一旦被捉住，就会立即像一缕抓不住的空气一般彻底消失。但是很快地，他们会在别处出现，对你试图捉住他们的行为进行报复，让你做噩梦，让你的食物坏掉，或是带走你的好运，让你倒霉很长一段时间。"

易龙龙回头瞟了罗兰一眼，"你这是在恐吓龙？"

罗兰一脸严肃正经无比地道："不，我这是在忠告龙。"虽然红帽子的报复听起来就像是恶作剧一样儿戏，可是这对旅途中的人而言，几乎可以说是致命的伤害，噩梦是无休无止的，足以令人崩溃，旅途中没有可以吃的食物等于慢性自杀。最糟糕的，便是夺走好运，接下来将会厄运连连，什么危险的事情都可能遇到。

虽然盗贼这种职业她依然歧视，但是易龙龙还是谨慎地听取了经验丰富者的忠告。怕林琦触怒红帽子，她赶紧奔跑过去，用雪白的小爪子抓起他那两只白皙无瑕的手，放在他被长袍罩住的膝盖上，"乖乖地不要动哦。"

美少年听话地点了点头，真的规规矩矩地坐在地上，两只手扶着膝盖一动不动。

两只红帽子小妖精笑够了，又嘻嘻哈哈地去拉林琦的黑色长发。因为易龙龙刚才的交代，林琦竟然真的乖乖地一动不动，任由细小的小妖精将他的头发弄得一团乱。看到这样的情形，罗兰就觉得自己先前竟然从屠龙者联想到林琦身上，实在是太蠢了。

红帽子玩了一会儿，两个小人儿手牵着手，帽子挨在一起，一跳一跳地准备离开。易龙龙心里着急，又不能伸出爪子去抓，只好转过头来恳求地望着罗兰，"没办法留下他们吗？"

她漂亮的蓝眼睛晶莹剔透，带着一种不属于成年人的纯真，在夜色之中反而更加显得洁净无比。对上这样的视线，罗兰愣了一下，转瞬间他立即为内心居然产生了小小的萌动感到耻辱，黑着脸道："你看起来很悠闲嘛。不要忘了，我们现在的处境并不算好，就算穿过沉默森林，也不知什么时候能走出树海，路上会不会遇到猛兽怪物，或是会不会缺粮食和水。与其想着玩乐，还不如好好考虑一下这些现实的问题呢。"

挨了一顿教训，易龙龙并未如罗兰所料的感觉羞愧或发怒，只见她歪着脑袋想了想，认真地扯动罗兰的袖子，幼嫩的嗓音慢慢地说："我不同意你的观点呢，你说的那些危机确实存在，可是难道就因为处境不愉快，我们就要愁眉苦脸的么？"

这是她前世便已经想通的问题，如今搬出来反驳罗兰，是再顺畅不过，"难道因为注定死亡，我们就要流着眼泪过日子？难道因为看不到光明，我们就要把双眼闭上？"要说处境糟糕，可没有谁比她更糟糕了：因为与调色盘小队相遇，她得知了自己将要面对的问题，还不知那个要屠龙的变态者什么时候找到她头上来，但与其担心那么遥远的事，还不如先把每一天过得开心，那样才够本哦。

娇小的身躯发出嫩得好像能掐出水来的童音，言辞之间却有着成年人也及不上的通达透彻，"盗贼阁下，就是因为处境艰难，我们才不要放过任何一件可以快乐的事啊……"

罗兰愁眉苦脸地做了个暂停的手势，打断易龙龙继续说下去，"行了，你不就是要红帽子吗？你要多少我给你弄多少来，别对我说教了，我一听这个就头疼。"

这些大概也是那个叫艾文的剑客教给这条小龙的吧？虽然是很令人羡慕的生活态度，但并不适合他。

见罗兰肯帮忙，易龙龙欢天喜地地闭上嘴。她并不妄想几句话便改变一个拥有独立人格与思维的成年人，也无兴致做别人的心灵导师，方才说那么多，最终目的不过是想说服罗兰帮她引来那小小的红帽子而已。

罗兰把手伸进随身口袋里摸索着，同时口中解释道："红帽子这种生物，喜欢月光，讨厌日光以及太过明亮刺目的光线。假如你点火，这些小家伙便会立刻跑掉。"

"想要把他们引来并不困难，两种方法，其一是上好的蜂蜜，但是我们手头没有这东西，加上蜂蜜也可能会引来各种有毒蜂类和蚂蚁，因此这个手段，通常是推荐给实在没有艺术素养的人。只要你懂一点音乐，就能尝试第二个办法。"从口袋里摸索出一支口琴，罗兰握住口琴横放在唇边，最后解释一句，便开始了吹奏，"红帽子还喜欢优美的音乐。"

先断断续续地尝试着吹了几个音，罗兰温习了一会儿因为久不练习而生疏的乐感。过了一会儿，他半垂下紫色的眼眸，轻快的曲子从口琴中飞出来，悦耳的音调好像清澈的流水一般，萦绕着散开来。

而伴随着跳动的音符，易龙龙惊讶地看见，漆黑的树丛之中，陆陆续续冒出来许多蘑菇状的发光的红帽子，加起来有五六十之多。蘑菇顶盖一般的大帽子下，小妖精纤细的身体显得更加单薄，他们循着口琴声从四面八方过来，有的是翻着筋斗来的，有的在树叶之中跳跃着过来，还有的在地上慢慢地走，显出他们各自不同的性情。

大大的红帽子下，小妖精们的身躯都发着淡淡的光，他们逐渐来到两人一龙的身旁。易龙龙乍然瞧见这么多蘑菇牌电灯泡，反而有点儿受惊。她原本只想罗兰帮她留下那两只要走的红帽子就好，却不料他一口气引来了这么多。

过了一会儿，发现红帽子们没有恶意，易龙龙又放下心来。这些纤细的小人儿，他们围成一大圈，跟随着口琴的调子节拍，在地上踏着灵巧的舞步。当曲调陡然跳跃起来的时候，小妖精们拉着彼此，将自己的同伴丢上天去。

帽子底下是一个与身躯相称的细小脑袋，留着或长或短的翠绿色头发。他们好像很不愿意把绿色的头发露出来，一旦帽子掉下来，就会一只手捂着头发，另外一只手飞快地去捡帽子。

易龙龙还发现这些小妖精会跟着音乐唱她听不懂的歌曲，那种细细的优美的声线，给她一种仿佛身边有无数朵细小的花绚烂绽放的错觉。

小妖精们又唱又跳，非常快乐。看着他们无忧无虑的样子，易龙龙既羡慕又好奇，想知道他们在高兴什么。又听了一会儿，她觉得自己应该能模仿他们的声音——龙族的声带很复杂，就像艾瑞克所说，涵盖了一个极为广阔的音域，能够轻易地发出人类所没办法模仿的声音。

另外一种说法就是，龙族能够——通万物语言。

易龙龙不指望通万物语言，但是看着这些快乐的红帽子，她总觉得被排斥在他们的圈子外，让她有一点点不快。

为了不让罗兰发现她的小动作，易龙龙远离他几步，尝试几次后，逐渐掌握了发音的诀窍，虽然依旧不能明白他们在唱什么，但却可以一丝不差地将发音模拟出来。

最后在心里默默地确认发音无误，易龙龙微微地张开嘴，小心控制着声带的震动。唱出小妖精歌声的刹那，她眼前的景象立即就发生了变化。

她还是在沉默森林里，身旁的林琦与罗兰也不曾移动，可是眼前所看到的情形

龙
龙龙上

却出现了一种奇迹般的美轮美奂。原本淡薄如纱的月光，此刻像牛奶似的浓郁温润，色泽暗沉的树木枝叶通体晶莹透亮，在尖梢绽出仿佛月光凝结成的花，而夜空里现出无数明亮的光点，宛如流萤一般四处飞舞。

妖精们原本一些看起来无意义的动作，现在易龙龙却能看得明明白白。他们捉住这些光点，往彼此身上投掷，一旦谁被砸中，接着就会被一群小妖精往天上丢去。

而这时候，易龙龙终于能看清楚帽子下他们细小的五官，这是酷似人类的相貌，但也各有不同，有的眼睛大一些，有的鼻子圆圆的，有的皮肤黑一些，他们张开嘴唇大笑，脸上洋溢着欢乐的神情。

共振的歌声将那些细碎微小的笑意传入易龙龙心底，在同一片星空下，同样的歌声中，语言的隔阂变得微不足道，易龙龙一边低低地唱着，一边情不自禁地拍起了小爪子。

人生得意须尽欢，能快乐时便要尽情快乐。

一只相貌特别漂亮的红帽子忽然朝易龙龙跑过来，快要靠近的时候，他灵巧地跳起来，背后忽然张开好像蜻蜓翅膀一样形状的同样发光的双翼，飞到与易龙龙脑袋齐高的位置。

易龙龙好奇地望着他，不知他要做什么。

漂亮的小妖精主动脱下他大大的红帽子，凑近过来，在易龙龙的脸上轻轻地啄了一下。

好像一缕细细的清凉水汽掠过脸颊，易龙龙惊叫一声，下意识地抬爪捂住脸。但这时候小妖精已经亲完了，他咯咯笑着，又戴上帽子，快速地飞起来，回到了其他红帽子聚集的地方。

广袤树海之中，并不沉默的沉默森林里，这一场只属于深夜的盛筵持续了很久，一直到黎明到来，感受到强烈的光，红帽子们吱吱叫着蹲在地上，双手抓住帽子边缘往地上拉，直拉到地上罩住整个身体，接着，满地的红帽子便在逐渐明亮的晨光之中消失不见了。

红帽子们走了，亮晶晶的枝叶与树梢的月光花全都一下子无影无踪了，但空气之中却仿佛还残留着热闹的气氛。易龙龙两只爪子捂着脸——这是怕又有小妖精过来亲她做出的防御——她觉得自己好像做了一场梦，一场柔美而绚烂的月夜之梦。

易龙龙下意识转头看向罗兰，对上紫发盗贼嫉妒的目光，"你知不知道你遇上了什么？传说中'红帽子的祝福'，带着这祝福上路，今后很长一段时间内，只要你不去招惹野兽怪物，它们都不会来主动攻击你。"

红帽子的祝福，只给三岁以下的智慧生物，得到红帽子真心的喜爱，主动脱帽亲吻。

红帽子这种生物不大常见，而红帽子的祝福这种事他只在书籍上看过，本以为只是不能获得证实的传说，却不料今天亲眼看到有人……不，是有龙获得这种祝福。

要是这一口亲在他脸上，那该多好，罗兰嫉妒地想，这样他就能无所畏惧地穿越森林，甚至能探索一些较危险的地方。

盗贼忽然觉得现年二十七岁的自己，这个岁数似乎稍嫌老了一些。

十四　坏人·欺负龙

清晨的光逐渐亮了起来，红帽子们无影无踪，昨夜的篝火也只剩下一些余烬。

罗兰在地上用短剑挖了一个坑，仔细地将灰烬掩埋起来。虽然说在这种人迹罕至的地方没必要隐藏行迹，但罗兰的职业兼个性使然，留下来什么痕迹便会全身不舒服。

过了昨天晚上，相对于易龙龙的神情欢快，罗兰的态度显得十分冷淡。埋完了灰烬，他再用短剑削出一双粗糙的木屐，让光着双脚的林琦穿上。

林琦被他带出高塔时，脚上是没穿鞋的，塔内匆匆一瞥时，也没找到能让他穿的鞋。罗兰此时又恶意地猜想，林琦是不是从没下过床？

虽然先前林琦都幸运地没踩到尖锐的物体，但不代表今后也不会。罗兰这么做并不是出于善良，而是为了自己考虑，若林琦弄伤了脚，到时会耽误他们的行程。

准备好之后，两人一龙就这样上路了。进入茂林之中，层叠的枝叶几乎将整个天空遮盖住，只有几缕散碎的阳光自缝隙间洒落，在地上照出点点光斑。

罗兰走在最前面，林琦走在后方，易龙龙则趴在林琦的肩膀上。她雪白的小爪子紧紧地揪着林琦宽大的袍子，身体随着林琦的脚步起伏，一双蓝眼睛好奇地左右顾盼。

不得不说，论起野外生存技巧，罗兰比起艾瑞克，不知要好上多少倍，不管是辨认路途，还是寻找水源，又或是搜寻食物，都异常的娴熟，好像这森林是他家后院一般，没有半点生疏感。

他可以叫出任何一种见到的植物或动物的名字，并且说出其生长环境或生活习性，他也可以从细微的痕迹中获取信息，得知附近有什么生物，或是从土壤的潮湿状况判断水源。没过半天，在罗兰的带领下，他们便找到一条小溪，停下来略作休息。

休息之前，罗兰已经搜集了不少植物，还顺走了鸽子窝里一对野鸽和几只鸽蛋。

罗兰熟练地捡起溪边的长条石片，搭成一圈，往里面松散地放些木柴，用火石点燃路上捡来的枯木，石块顿时被烤得发红。

接着他取出一柄小刀，麻利地将路上抓来的野鸽子褪毛扒皮，就着溪水清洗后，拣那有肉的地方，切成一片片一寸见方、半厘米厚的肉片。

罗兰在石块上先垫上一层不知什么名字的嫩叶，在通过石块传递的热力的烤灼下，嫩叶散发出浓郁的异香。接着，把片下来的鸽子肉放在嫩叶上，再从腰间取出调料小瓶，随手撒出些粉末。

野鸽子剩下的肉少的部位被他切成细条状，抹上盐，用树叶包裹着，塞入路上捡的空心树枝内。

火光映照着紫发盗贼的面容，此时他没什么表情，显得分外冷峻。

不一会儿，薄薄的肉片上渗出光亮的油，肉汁流淌在石片上，发出刺刺的声响，香气传入两人一龙的鼻端。紫发盗贼用指尖夹着小刀，将肉片轮流翻动一遍，随后灵巧地挑起一片，仔细端详片刻，便转手递给易龙龙。

肉片很薄，散热也快，落在易龙龙爪子里时，已是能入口的温度。易龙龙用两只爪子横抓着肉片，放在嘴边咬一小口，香气浓郁的肉汁便从缺口溢开——罗兰切肉片是按照他的习惯和大小，相对于易龙龙而言，却还是大了些。

下一片鸽子肉递给的是林琦，林琦看了易龙龙一眼，也学她双手接过，放在嘴边蚂蚁一样地啃。

肉烤好了，罗兰顺手熄了火，再拨开灰烬，将塞了肉的空心树枝和鸽子蛋埋进去。这是继续利用灰烬的余热煨熟。

易龙龙吃了两片肉，已经差不多半饱，接下来就等鸽子蛋被煨熟。易龙龙伸出爪子摸了片嫩叶，小心地擦了擦嘴，同时照例对罗兰道谢。

"你不必谢我。"罗兰拨弄开灰烬，冷冷地说，"这一路上我会照顾你，等出了树海，你就会怨恨我了。"

易龙龙一愣，感到危险的她飞快地躲在了林琦身后，"你，你想怎么样？"她这一刻才终于感到危险。虽然之前罗兰被她职业歧视，后来又帮她引来红帽子，可这并不意味着罗兰就是什么友好善良的人。

在塔内，他还曾差点要抓她。

罗兰也不在乎易龙龙躲在林琦身后，他估算着火候已到，拨开灰烬取出剩下的鸽子肉和蛋，待其稍微散热后，分一半给易龙龙和林琦，"你觉得，我会轻易放过一条龙的价值吗？不过我也知道，假如带着你在身边，会引来不少麻烦，相较之下，把你交给海因涅家族，想必是不错的抉择。"

易龙龙一听之下，惊了一跳，她下意识地转身逃跑，可是她短短的小腿才没跑出几步，就看到原本在身后的罗兰不知什么时候已经挡在了她的前方，看他轻松的样子，似是早就在那儿等着她一般。

罗兰目光锐利地盯着她，慢吞吞地开口，"你的选择是，或是主动跟着我走，或是被我捆着带走。"他根本不怕易龙龙逃走，才会在她面前说出事实的真相。

以他的身手和知觉，就算是在睡梦之中，易龙龙也无法离开。

望着罗兰紫发下垂落的幽暗阴影，一瞬间，易龙龙陷入巨大的恐慌之中。现在艾瑞克不在，她完全没有自保的能力，林琦看起来也完全指望不上……

会被卖掉，也可能会被当成宠物关起来，或是拿去做别的用途。

一想到自己可能面临的各种境况，易龙龙感觉前途暗淡无光。

雪白的小龙的蓝眼睛里水汽氤氲，但这可怜巴巴的样子并不能打动盗贼，他露出恶意的微笑，拔出短剑在她面前晃了晃，警告她别妄想逃走，便转身返回原地坐下。

易龙龙恼恨地咬住自己的爪子。

坏人！

欺负龙！

要逃走，一定要逃走。

为了避免成为金丝雀或是小白鼠，或是被培育成奔驰或是桑塔纳，在罗兰走出树海之前，说什么也要从他身边逃开。

罗兰不是说她得到了红帽子的祝福吗？就算是在树林里乱晃，碰到野兽怪物也比跟人类在一起要强许多倍，至少野兽和怪物不会想着怎么把她给卖掉。

问题是，要怎么逃走呢？一顿午饭后，因为紫发盗贼的摊牌，易龙龙终于有了迫在眉睫的危机意识。

在溪水边休息了一会儿，罗兰宣布继续上路，沿着溪水慢慢行走。易龙龙趴在林琦的肩头，伴随着林琦脚步的起伏，两只眼睛盯着前方的罗兰，非常苦恼地犯愁。

跑是跑不过的了，这一点在午饭时已经得到了充分的证实，这甚至是不需要验证的事，只要比较一下双方腿的长短便能得到结论：易龙龙看了眼自己的小短腿，再瞧瞧盗贼修长有力的双腿，沮丧地放弃龙与人赛跑的可能。

至于飞，那更是不可能的，虽然她有一对小肉翅，但这双肉翅扇动起来，至多也就是起个扇子的作用，能扇起一点凉风什么的。

罗兰走在前面，只听见身后幼嫩童音一路长吁短叹，他回过头去，就正好对上易龙龙哀怨的目光。虽然这眼神看起来非常可怜，但一想到她的种族是龙，盗贼就禁不住有一种毛骨悚然的错乱感。

这大概是龙族有史以来混得最惨的一条龙了。

又行走了一个下午，黄昏的霞光投入丛林之中时，罗兰再一次停下来休息。这一个下午下来，易龙龙除了只会用哀怨的目光看着他之外，没有任何试图反抗的举动，这让罗兰省心的同时，又有些失望。

他之所以故意在这时便说出威胁易龙龙的话来，还有一个暗藏的目的，便是试探易龙龙是否真的像表面看上去那样柔弱。这是一点点不必要的好奇心，但假如不弄清楚，他心里始终会放不下。

千亿星辰斩塔的惊诧还在他脑海之中，他始终难以相信易龙龙的力量就只有目前所展现出来的这些，他甚至有些希望，易龙龙获知他的目的后，发怒反击。

这种试探是冒着风险的，罗兰当然知道这一点，但他活了这么多年，最为精通的，便是逃生的伎俩，纵然是之前面对艾瑞克的时候，他也有把握全身而退。

不过这一个下午过去，罗兰终于确信，这只幼小的龙真的完全没有威胁性。

就连罗兰自己，也不知道该如何解释心中的怅然：龙这种生物，自他有记忆以来，便在脑海之中烙印下了极度强大的印象，他少年时曾经近距离看到一条龙飞过天空，巨大的阴影掠过地面，那种纯粹的强大带来的震撼让他这一生都不能忘怀，那是一种绝对凌驾于万物之上的，完全不在一个层面上的强悍。

然而当他长大之后，却瞧见这么一只异类龙，曾经辉煌的存在沦落到这样的境地，让罗兰心中有一种不知该如何形容的失落感。

当然，罗兰不是艾瑞克。易龙龙看着正在溪水边清洗路上摘取的李子的紫发盗贼，心里再一次确认了这个感受。她前世住在医院里，没有太多与人交往的经验，纵然看得多，知道的也不少，但距离真正去做，却还是很远很远的。

现在就是这样子。

虽然心里也明知道，作为龙并且是最后一条龙，其他人必然会对她抱持不一样的态度，可是离开了艾瑞克，与不安好心的盗贼在一起，她才切实地体会到这一点。

易龙龙叹了口气，小爪子拍拍林琦，让他把她放下来，她的目光却不经意地扫过地上罗兰随手放置的短剑，这是刚才罗兰用来削砍树枝抽出来的，还没收回鞘内。

易龙龙快速小步跑过去，两只爪子抱住剑柄，举起短剑。这时候罗兰听见异样响动，回过头来，正好看到她这个动作。

对上闪烁着嘲弄光芒的紫色眼眸，易龙龙忽然就觉得，自己这个不假思索的举动实在蠢透了，她现在这个样子完全没有威胁力和震慑力，个子小小的雪白小龙举着相对于她身体可以称作巨剑的短剑，两者加起来都还没罗兰的腿长……

唔，太蠢了。

仅仅是对比一下双方的高度，易龙龙的战意便瞬间全消，剑身也跟着无力地垂下来。刚才一看到剑控制不住拿起来，就已经够蠢的了，现在若是再傻乎乎砍过去，只能是自取其辱。

在罗兰的注视下，易龙龙又羞又窘地放下剑，锋利的剑锋擦过她的爪子，划开一道浅浅的痕迹，伤口不深，连血都没流淌出来。易龙龙也没往心里去，只沮丧地舔着受伤的小爪子，拖着尾巴有气无力地往回走。

眼看着罗兰清洗好了一堆李子，水淋淋光亮亮的，堆在石块上，易龙龙自觉地走近溪边洗洗爪子，心情十分消沉。

罗兰顺手拿起短剑，削去李子表皮上的创伤，手腕一转，随手一抛，两只艳红的果实便顺着两道不同的抛物线轨迹，准确无误地落在林琦和易龙龙的身前。

易龙龙下意识地抬爪接住李子，薄皮绽裂开来，露出里面饱满的果肉，汁水溅了她满爪。

易龙龙伸出软软的小舌头，细细地舔干净爪子上的汁液，正要张口咬下去，忽然看见前方的罗兰一脸痛苦地倒在地上，他手上还拿着咬了一口的李子。

难道这李子是有毒的？

想起自己刚才也吸吮了一些汁液，易龙龙慌张不已，顿时全身僵硬，等待痛苦的死亡降临到自己身上，可是等了好一会儿，却不见什么异样。

想起刚才罗兰还丢给林琦一个李子，易龙龙连忙转头看去，却见身旁的林琦已经津津有味地把一个李子吃完了，他秀美的脸上纯真懵懂，带着微微的满足，安然无恙。

眼前的情形非常诡异，只有罗兰一个人满地翻滚呻吟着，另外一人一龙满怀好奇并排蹲着，眼睁睁地望着他表演。

林琦对于眼前的情形，十分不解，他伸出手指，碰了碰易龙龙的小爪子，有些奇怪地问："他在干什么？"

易龙龙随口胡扯道："不知道，可能是盗贼独家的饭前运动方式吧。"她记得前世有"饭后走一走，活到九十九"这样的俗语，说不定盗贼这种职业在吃饭时有某些特殊的要求呢。

真特别。

"你才独家饭前运动，你们全家都独家饭前运动！"罗兰艰难地从牙缝里迸出一句话，又痛苦得说不出话来。他只觉得自己全身上下如遭烈火焚烧，转眼间血管里却又好像流淌着极寒之地的冷冽，周身好像热得要炸开，可是转眼间又冷得仿佛要收缩。

昏昏沉沉间，罗兰想起了几乎被他遗忘的一个细节：龙的血液之中，蕴含有强大的力量，那是人类所不能承受的。刚才易龙龙握剑时不慎划伤爪子，虽然不明显，却有少许的血液留在剑锋上，而他之后又拿短剑削李子，或许正好那残留的血迹沾在了某个李子上，并且被倒霉的他给吃下了。

他因为确定了易龙龙的柔弱，便连带着轻视起她来，因而没能及时地想起来。即便落魄至此，她也是一条货真价实的龙。她身体之中流淌着的是这个世界上最可怕的血脉，即便只是半滴血不到的微量，对于他而言，依旧是致命的毒药。

剧烈的痛苦中，仿佛连生命都开始焚烧起来。

十五　走向·人世间

又做了一会儿盗贼独家的饭前运动，罗兰得到了片刻的缓和，他满面汗水地大口喘息着，愤怒地指责易龙龙，"卑鄙！装出让人放松警惕的样子，其实真实目的是用你的血下毒，真是太卑鄙了。"

易龙龙目瞪口呆，过了好一会儿，才想起来反驳道："乱讲，我的血怎么可能下毒？"

听听他说的，这太能冤枉龙了。

"果子是你自己摘的，是你亲手清洗的，也是你自己拿短剑削的，甚至最后丢哪个果子给我们吃也是你选的。自己笨蛋倒霉中毒还反过来怪无辜的龙，真是太不要脸了！"有条不紊地自辩完毕，易龙龙小口地呸了一下，表达对盗贼的无限鄙视。

易龙龙一顿反驳说得盗贼无言以对，笨蛋一词如同一记巨大的闷棍重重地敲打在他脑袋上，打得他自尊心严重受创。但是他怎么也不愿意承认，自己竟然这么疏忽大意，居然不留神吃下了沾了龙血的食物，这简直比吃饭噎死还丢脸，要是传出去，他不用在盗贼圈子里混了。

从前在这片大陆上，从来没发生过这样荒诞可怕的乌龙事件。一来龙本身的力量十分强大，根本没必要使用这么无聊的手段害人；二来，从前他所知的龙都是皮厚如墙，哪里像眼前这只一样皮薄馅嫩，一柄普通短剑就能割出血来？

皮这么薄，就不要出来害人啊！

倒霉的盗贼一边继续做饭前运动，一边发出让人误会的呻吟，好像被灼热的岩浆在焚烧，全身的血液都要蒸发干枯似的，可是即将干枯的前一刻，又会有一股极致的寒冰取代火热，充塞他的四肢百骸，冷热交替地折磨着他，很快地，他又说不出话来了。

易龙龙小心谨慎地观察了一会儿，终于确定罗兰是真的中毒了。她禁不住抬起爪子瞧瞧刚才被短剑割出来的伤痕，那道细细的伤痕几乎瞧不见了：难道她除了身为大熊猫东北虎之外，还身兼移动便携式鹤顶红的功能？

林琦挪动脚步慢慢蹭过去，伸手又摸了个清洗干净的李子来吃，顺便近距离地欣赏罗兰的滚动。吃完后，他洗了洗手，也学着罗兰的样子在地上滚了两圈，接着站起来，颇为扫兴地拨弄了一下沾上了树叶和灰的头发，"没意思。"

罗兰痛苦之余，快要给气疯了，这是什么人（龙）啊，能给点正常的反应不？

易龙龙看罗兰滚得难受，有些不忍，虽然明知道这家伙不怀好意，可是她没法眼睁睁地看着一个人在她面前就这样死去。她后退两步，防止罗兰忽然跳起来掐死她以泄愤，"喂，你有没有办法解毒？"

她是说龙血的毒。

此时罗兰几乎连哼哼都哼不出来了，他喘息着断断续续地道："我……要是……知道，就……不用这样了。"准确地说，龙血其实不是一种毒，而是一种毁灭性的力量，能消解力量的也只有力量，但他远远不够那层次。

这便是欧尔丁神所说的：心怀邪念的人，会被邪念反噬。

呃？

半昏迷间，罗兰想起了调色盘队伍里那个不起眼的神官说过的话，他素来对这类说教敬谢不敏，可是不知道为什么，却在此刻想了起来。

他自从做上这一行当之后，灰色的事没有少干，至于良心这种东西，更是早早地被抛弃了，如今竟然犯下连初学者都不会犯的低级错误，这大概是神明所降下的惩罚吧。

总之，罗兰这一场饭前运动做了很久，一直做到夜幕降临，星辰的淡薄光辉疏落地洒下，他的呻吟声才逐渐低弱，全身都被大量奔涌而出的汗水浸得湿透，虚脱地昏迷过去。

等罗兰没了声音很久，易龙龙才敢走上前。她站在罗兰的脑袋边，伸出小小龙爪探了下他的呼吸：盗贼的呼吸虽然微弱，但毕竟还持续着。

易龙龙松了口气：还好，毕竟没有死人。

易龙龙两只爪子合拢放在胸前，朝盗贼一鞠躬，"那个，真不好意思，因为你要抓我去领赏，所有，我也必须趁着你不能动的时候逃走啦。"这简直就是天赐的绝佳良机，她要是不趁这个机会逃走，那才是真正的脑残呢。

"哎，林琦，过来帮忙。"她伸出爪子招呼林琦。

易龙龙闭着眼睛指挥他洗劫盗贼，先扒光盗贼的衣服，让林琦把光着身体的盗贼拖进林子里一棵大树后，她这才敢张开眼睛，一件件搜刮罗兰衣服口袋里她看得懂看不懂用途的小玩意儿，全装在一起，让林琦背着。

"好啦，大功告成！"教林琦用罗兰的衣服做了一个简易包袱，易龙龙开心地拍了拍爪子，沮丧了一个下午的她，此时恢复了好心情，"就把讨厌的盗贼丢在可怕的森林里吧。"

示意林琦蹲下来，在准备跳上去之前，易龙龙忽然想起来什么，她双爪拿起间接救了她一回的短剑，几步走到林边，认真地插在地上。

她虽然恼怒罗兰，却没有想害死他的意图，等罗兰醒过来后，靠着短剑和他丰富的知识，应该能在森林中活下去。

没有衣服，想必罗兰也不敢光着身子在森林里乱跑，这给他们的逃跑多争取了一些时间。

易龙龙回顾了一下自己的想法，确定应该没什么大问题，这才放心地跳上林琦的肩膀，柔和雪白的小爪子一指月色朦胧的前方，"我们出发！"

一条史上混得最惨的雪白少女龙，一个被监禁太久导致头脑不清楚的神秘弱智美少年，离开了可以充作丛林生存指南的罗兰后，谁都没有走出去的头绪，只有对准一个方向，走一步算一步。

林琦的左肩上背着包裹，右肩上则趴着易龙龙，后者雪白的小爪子指向前方。

易龙龙小小的身子蹲在林琦的肩膀上，指挥着少年快步向前跑。月光洒在他们身上，寂静又自在，在一片夜色之中，连鸟啼虫鸣都消失了，只有高塔美少年的木屐敲打地面的声响。

让易龙龙有些意外的是，林琦虽然外表看起来弱不禁风，可是体力却相当不错。他就这样跑了一整夜，一直到太阳初升，晨曦清透的光辉射入林间时，也没有要停下休息休息的意思。就这样疾速奔了整整一夜后，他的气息居然如同刚开始一般均匀平和。

真是变态好体力啊！

易龙龙羡慕地拍了拍林琦的肩膀，"停下来吧，我们休息一会儿，那家伙应该追不上来了。"就算林琦体力好，也不是这么挥霍的，该休息的时候还是要休息。

林琦乖巧地点了点头，蹲下身来，让易龙龙下来，接着一人一龙各自听见对方肚子里传来咕咕的响声。

昨晚上，因为突如其来的中毒事件，易龙龙没有多吃李子。林琦虽然不怕死地又吃了一个，但接下来被易龙龙给拉住了，以免他不慎摄入龙血。

因此过了一夜，他们现在都饿了。

易龙龙脸上一热，连忙挥挥爪子转移注意力，"先想办法找吃的吧……对了，仔细看看那家伙都带了什么。"之前搜刮的时候没来得及仔细研究，现在正好得闲。

林琦解下肩头绑着的包裹，拆开来，将里面的东西一股脑儿地倒在地上。易龙龙蹲在一边，伸出爪子，一件件拿起来细细端详。

罗兰携带的东西很多也很复杂，其中开锁工具是必不可少的，还有形状细巧的各种道具：火石、小刀、镊子，甚至许多叫不上名字的东西，此外，易龙龙还找到了那个罗兰曾试图用来施展魔法的黑色菱形水晶。

易龙龙拿到眼前，借着晨光仔细端详，发现水晶表面并不是纯黑色的，它上面带着非常细的银色的纹路，只不过那线条比丝更细，一眼看去，看不分明罢了。

用爪子刮了刮那些细密交错的银色线条，不见刮下什么来，易龙龙觉得无趣，便放在一边，继续研究其他东西去了。

可是过了片刻，她忽然觉察周围仿佛有什么不一样，转过头去，却见弱智美少年跪坐在地上，单手悬空平举，掌心朝下，对准被她随意放置的菱形黑水晶。只见那黑水晶表面上的银色纹路此时仿佛活过来一般，亮出绚丽的光彩，这些纹路彼此吸引着，交错着，没过片刻，仿佛泉水一样的银色光芒喷薄而出，这些银光一直朝天空中直冲而去，渐渐地变细变窄。最后，原本有碗口粗的银光，纤细如筷子一般，此时这银光也不再是竖直朝天，而是倾斜往一个方向，从水晶的尖端起始，遥遥地指向森林深处，探往他们未知的远方。

易龙龙吃惊之下突然想起来，先前罗兰也企图用黑水晶的魔法指路来着，奈何当时因为身处沉默森林而不得不放弃，难道现在他们已经走出那所谓的沉默森林了？

而她现在所见的，便是所谓的引路之魔法？

换而言之，这道银色的光芒指向的，便是正确的离开森林的方向？

帅啊！

易龙龙有些兴奋地抬爪用力拍了一下林琦，"你会用这个？是不是那个塔里的魔法师教你的？"

林琦会魔法，易龙龙虽然吃惊，但想了想，很快便释然了。他长期被关在塔里，跟一个变态魔法师共同生活，就算是耳濡目染，也总该会懂些东西的吧。

易龙龙没在这方面多加怀疑，爪忙脚乱地收拾好盗贼的东西，只将水晶留在外面，凑过来高兴地问林琦："怎么样，怎么样？是不是一直跟着银色的光走就行了？这块水晶要怎么处理？"

难道说就丢在这里了？

真能引路的话，看来这是个好东西啊，赶明儿给艾瑞克配备一打。

林琦抬起白皙秀美的手，神情似是有些困惑，仿佛不明白自己方才做了什么似的。他并不知道黑水晶是什么东西，引路魔法什么的他也完全不理解，可是看到这器具，他的身体自然而然地便反应出了正确的做法，如同烙印在血液里的本能。

对于易龙龙的问话，他没办法回答，只有凭着直觉随意地点点头。

易龙龙已顾不上填肚子，既然发现了新鲜的东西，便开心地蹦上了林琦的肩膀，小爪子在他肩头一顿全没杀伤力的胡乱拍打，"那就走吧，走吧，走吧，等过会儿再吃，这个好好玩。"

她并不着急走出这片树林，可是新接触到的新鲜玩具让幼龙颇为高兴，很想看看光芒是否真的会引路。

就算最终走出这片树海，她也许会害怕，但不会退缩。诚然，不是每个人都像艾瑞克那样，但也不一定大家都是罗兰。

曾经身为人类的少女龙，对这个群体依旧满怀着信心。

一人一龙循着银色光线指向的路，什么也不懂地在森林中乱闯，十多天里竟然没发生什么意外，或是他们走的这条路正好特别安全，又或是红帽子亲的那一口祝福在起作用，不管是什么，总归是幸运。总之，一人一龙可以说是靠着幸运这种看起来完全不可靠的东西，在十多天后，看到了前方有烟冒起。

有烟，便意味着可能有人。

为了安全起见，易龙龙决定先藏起来。她让林琦把她装进他背上的包裹里，蜷缩着小小的身躯，伴随着林琦脚步的起伏，一晃一晃地向前行去。

外面就是人类的世界。

充满了不确定的未知。

离开宛如梦境的湖泊，走出绵绵茂密的森林，她从童话里，走向人世间。

十六　留宿·香草镇

按照易龙龙所交代的，林琦放慢了脚步。每隔一会儿，易龙龙都会从他身后的包袱里伸出雪白的小脑袋来，从美少年披着黑色长袍的肩膀上探出一半，小心窥视前方的情形。

林木逐渐稀疏，微热的风随之扑面而来。

筷子粗细的银色光柱，在这十多天始终不曾黯淡消散，清丽的光辉指引着他们前进的方向，一如神明的手指，坚定而永恒。

前方已经隐约能瞧见建筑的形状，此时是中午，炊烟缓缓升起。

易龙龙抬爪抓住林琦的衣服，示意他停下来。她完全不懂什么魔法，也不知那所谓的引路魔法是怎么发动的。但从逻辑上判断，假如是引路魔法，那么，很可能是有一个固定坐标，这个坐标很有可能是罗兰等人出发的边境小镇。

假如小镇上有人知道罗兰有这一招，但看到回来的人不是罗兰，会怎么想呢？

那么毫无疑问地，他们会被当成抢劫者给抓起来——虽然他们确实洗劫了罗兰没错，但那是合理的自卫反击。

退一万步，就算没人把他们当抢劫犯，但这条光柱想必已经持续了许多天，假如他们顺着光柱走出去，一定会引来许多人的注目。

她是低调的龙。小身子蹭了蹭，易龙龙从包袱里挣扎着爬上林琦的肩头，爪子拦住他急刹车，"停下来，我们另外换个方向。"

她扯着林琦退回森林，离开那道光柱，又谨慎地绕了大半圈，一直到暮色初降，他们才从另一个方向，缓步走近小镇。

罗兰等人出发的小镇算是边境上的防守哨卡，但这个镇有一个与武力完全不相干的名字，叫做香草镇，原因是这里盛产几种上好的香草，是制造香水不可缺的原料。

曾听调色盘小队聊天以及罗兰路上所说，除了香草外，香草镇还有另外两项名产，其一是橡树屋酒馆，其二便是镇上神殿里的神官。

神殿是这个大陆上的宗教建筑，大陆上普遍信仰一个叫欧尔丁的神。神殿的势力非常广大，世界各地都有他们的分部，派遣了许多神官，其中香草镇上的神殿里，就有两名神官。一名就是跟着调色盘小队走的那位灰发斯文人，另外一名则是罗兰口中的名产，其身份亦是灰发神官的老师。

当时说到第二项特产神官的时候，罗兰并没有说太多，只是露出一种不知该如何形容的笑容，"你见到他后，就会明白。"

天空中的光线转为昏黄，林琦的脚步终于接近了这座位于边境，同时也是与广袤树海相毗邻的小镇。小镇边上竖着一道古旧的城墙，石墙表面斑驳的痕迹说明了它所经历的风霜，如同垂暮的英雄，苍老而辉煌。

林琦才靠近小镇，就被附近巡逻的士兵发现了。经过十多天的林中生活，虽然一路都不曾遇到危险，但林琦的外表看起来还是十分狼狈。他黑色的长袍上沾满尘土，头发上挂着残败的枯叶，看起来就好像是落难的倒霉鬼。

士兵们似乎对林琦这样的人并不感到奇怪，也没有多少警惕。虽然树海广袤，但这里是冒险家最爱来的地方，附近周边几个小村镇也都与树海相邻，从这个小镇出发，从另外一个小镇回来，这种事并不算少见。

看林琦的打扮似乎是魔法师，并且是很倒霉的落难魔法师，巡逻队伍只随意派了一个人，询问了林琦的名字，就领他去镇上的旅馆住宿。

易龙龙原本还担心会被盘查审问，事先做了许多准备，现在全没了用场。

看来这个所谓边境的守卫十分松懈啊。

越过了边境的城墙，城墙后的小镇气氛与带着战争烙印的古老城墙大不同，在柔和昏黄的光线里，整个小镇洋溢着温暖安详的味道。

士兵走在路上，一路走一路笑眯眯地跟路上的行人打招呼，有时还停下来聊上两句，好像这里每一个人他都认识并熟悉。甚至看到一个老妇人搬着重物行走时，士兵还主动上前帮忙，送她回家。

原本不算长的路途，因为士兵一路的交际，走了足足半个多小时，他们这才走到那家旅店。

小镇上的旅店和酒馆都是合二为一的，第一层是酒馆，楼上则是供客人住宿的。

请林琦进入旅店，士兵也跟着向内走，"橡树屋酒馆是我们镇上酒最好喝的地方，来到我们香草镇，您若是不做两件事，等于没有来过。"

虽然林琦一路沉默不语，但士兵也没往心里去，依旧非常热情地介绍道："第一就是我们镇上的香草，许多贵族用的香粉和香水，都是以我们这里出产的香草做原料的哟。镇上有手艺人将香草做成干标本，您买一个带走，也别有些风味。"

"此外，橡树屋酒馆的酒，甚至比帝都的还要香醇，您来到这里，也不可不尝。"

易龙龙听他说得开心，想起了罗兰说过的香草镇特产，忍不住好奇地插了一句："那么神殿的神官呢？我听说镇上的神官也非常著名呢。"

十多天的相处里，易龙龙已经可以完全模拟出林琦的声音。她藏在林琦身后的包袱里，一说话，林琦就配合地动嘴唇开合，虽然口型未必能对上，但是不会有多少人注意这一点。

士兵也只当是林琦在说话，他苦笑一声，叹息道："原来您也有听说……假如说是那位神官大人的话，您还是不要去看了。"

好像触动了士兵的某根神经，他一下就闭上了嘴，很快地带林琦到酒馆柜台前，跟老板交代了两句，就转身离开。

酒馆老板看到林琦，便弯身从柜台里拿出一块木牌，木牌下穿着一把钥匙，"我们这里的习惯是先付钱，还有缴纳房屋的抵押金。请问您要住几天？"

易龙龙缩在包裹里想了想，决定先不住太久，万一有什么事要突然离开呢，"两天，两间房屋。"她一说话，林琦连忙配合张嘴。

老板愣了一下，"您还有同伴吗？"

秀美的黑发美少年神情纯真，嘴唇开合的节奏与说话声有些不吻合，"没有，但是我喜欢上半夜睡一间，下半夜睡另一间，两间房换着睡，不行吗？"

这多出来的一间房，自然是给易龙龙准备的，但是她并不打算现身。酒馆同时也是旅馆老板眯着眼睛看着林琦，暗自判断这小子是不是来找茬儿的，看了一会儿后，他判定这是个有奇怪癖好的魔法师，就没再继续往心里去。

算出两间房应该缴付的钱，再加上酒馆定时提供的饮食，酒馆老板报出三个银币的数目，接着他惊诧地看见，古怪魔法师小子身后背着的包袱一阵晃动，三枚银币好像自己跳出来一般，蹦过魔法师肩头，叮叮两声，落入林琦横放在胸前的手掌心。

接着林琦反手将银币放在木质柜台上。

林琦自然是不懂得付钱这东西的，这也是易龙龙事先辛苦调教的结果，教他一些要用那些金属片的情况，让他乖乖地配合。

老板又是愕然，忍住探头往林琦身后看的冲动，再度告诉自己这是魔法师的怪癖，身为见多识广的酒馆老板，不应该表现出太过好奇的模样。

此时酒店内只有几个客人，光线也较为昏暗。从老板手上拿过两把钥匙，林琦的木屐踏在空心的阶梯上，发出脆亮的声响。

走上二楼后，总算没了人，林琦迷惘地左右看看。刚才老板指着楼梯，他才知道往这里走，但走上来后，却又不晓得该怎么办了。

经过十多天相处，林琦才刚停下来，易龙龙就知道是怎么回事。她感觉这第二层没什么人，便也顾不及太多，便从包裹里爬出来，小爪子扒上林琦的肩膀，拿起系着钥匙的木牌。两块木牌上画着不同的花纹，而在作为旅馆的二楼，几间客房门上有类似的符号。

这是为了方便有他国人或不识字的人来住店，可以通过花纹来辨识房间。

老板给的两间房是相邻的，大概是为了方便让林琦半夜换着睡。易龙龙的小爪子努力握着相对于她的龙爪而言过大的钥匙，插入锁孔内，旋开。

木门开了一条缝，林琦伸手推开。

才一进屋，一股淡淡的香草味便传入他们鼻端，与漫溢着酒香的下层不同，楼上的房间打扫得极为干净，空气味道也十分清新。

屋内的空间不算大，最主要的摆设无非是一张床。这样的床自然是比不上高塔内用来囚禁林琦的那张舒适松软，但整齐叠起来的白色被子已足够吸引一条因为有认床毛病、好些天没好好睡一觉的龙。

易龙龙跳下林琦肩膀，扑上床，身体接触到柔软的被面，幸福得全身都要战栗起来。她快乐地抱着尾巴，在床上打了几个滚，从床头滚到床尾，再从床尾滚到床头。正要再来一个轮回时，她的双眼忽然对上一双清澄懵懂的大眼睛。

林琦蹲在床边，好奇地问："你在做盗贼的独家饭前运动？"

易龙龙的脸一黑，才想起来，自己十多天前胡扯盗贼的话，不想被弱智美少年认真地记了下来，且还当了真了。

这十天来一路同行，她告诉林琦什么，少年便一丝不苟地照单全收。

林琦就好像一张雪白无瑕的白纸，任由她随意涂抹，她涂上去什么，他就会记住什么。她几乎从来没有太认真地把他放在心上，可他却记得她说过的每一句话。

对上林琦认真得接近无邪的目光，易龙龙有些愧疚。她抱着被子坐起来，头一次认真地跟他解释，不是为了向他解释自己在做什么，而是让林琦明白这个世界。

对于她和林琦而言，这个世界是全然陌生的，他们两个都在懵懂地试探地了解这个世界。不一样的是，她脑海中比他多二十来年的经历，并且已经形成了稳定而系统的思维模式，而他却是真真正正的一张白纸，什么都不懂，什么都不明白。

易龙龙蹭动了一下身子，来到床边，伸出爪子，握住林琦的两只手——很小的爪子只能抓起林琦的一根手指头，于是她就索性只抓林琦的两根食指，"虽然我也是什么都不知道，但是……今后我们一起努力吧。"

艾瑞克现在或许还在森林中的什么地方打转，估计很难指望上他，她只能依靠自己。

假如说林琦和易龙龙的幸运值是满值数 10 的话，那么被他们丢弃在深林里的罗兰，幸运值可能降到了 0。

罗兰身上捆扎着树藤遮挡住重要部位，一只手紧握短剑，一路躲躲闪闪地，终于找到了正射出指路银光的黑水晶。

他的状况比易龙龙想象的要糟糕得多。龙血的折磨，导致他的身体虚脱了好几天，在这几天内，他不得不躲在隐蔽的地方，靠吃少量的果实维持着。好不容易等身体恢复了一些，又因为身上没有衣服，一路上走得提心吊胆，生怕遇见人。

幸运或称之为不幸的是，一路上他没有遇见人，倒是遇到了一些怪物野兽。他靠着一柄短剑，勉勉强强地逃出生天。足足花了这么久，才总算跟上了易龙龙与林琦第一夜的行程。

他的最大本事并不在硬碰硬的剑术上，他的优势在发挥那些被易龙龙带走的小道具上。易龙龙把短剑留给他，反而是最无用的。

见到黑水晶时，他脸色大变，"谁动了我的魔法？"

易龙龙所不知道的是，这个可以释放魔法的道具，是一个魔法道具师为罗兰量身定做的，而魔法的发动原理，除了制作者外，唯有罗兰一人知道。

更重要的一点是，其实这里，正是沉默森林的地界。

经过了这些天，银光已有些黯淡，再过些日子便会消散，但罗兰并没有着急沿着光线走，他只是在发呆。

能这样无视黑水晶的双重限制发动其魔法的绝对是一个导师级的魔法师，这样的人大陆上不会超过五个。但罗兰绞尽脑汁也想不出来，究竟是哪位魔法导师最近闲着没事干，跑边境来玩儿了。

此外，幸运值可以算负 100 的金发男子，还在一片满布着怪物的沼泽地里发愁：该往哪里走，是这边还是那边？

十七　荣耀·与耻辱

　　休息了一夜，易龙龙才从床上软绵绵地爬起来，浑身都是酥软的，好像骨头里给浸了麻药。小爪子弱弱地挠了一会儿被子，她才挣扎着爬起来。穿好草衣，再做一会儿伸展运动，爪脚恢复灵便之后，便啪嗒啪嗒去隔壁房间找林琦。

　　天还没亮，虽然很想继续睡下去，但今天还有很要紧的事要办，必须尽快做好才行。

　　林琦的房间就在易龙龙的隔壁，易龙龙将门拉开一条缝，小脑袋从门缝里探出去，左右看看，确定走廊上没有人，才飞快地蹿出来，来到林琦的房门前，抬爪轻敲门板的……底部。

　　这种受身高限制的感觉，真是……太让龙郁闷了。

　　才敲了第一下，门便闪电般打开，接着便看见早早就按照易龙龙所说，起床蹲在门后等待她的林琦。

　　好可爱啊，嘀嘀嘀嘀……

　　虽然林琦的体形对她而言可以算得上巨人，但不知道为什么，看着黑袍美少年乖巧懵懂的清澈大眼，易龙龙还是萌生了这样的念头。

　　爬到林琦肩头，她抬高爪子拍了下他乌黑的头发，再跳下来。易龙龙示意林琦关门，接着跟他商量今天要做的事。

　　她把时间算得很清楚。

　　调色盘小队谈话的时候，易龙龙基本上都在一旁默默听着，得知他们相遇之前，对方已经走了一个月的行程。换而言之，塔碎裂之后，就算伊斯利不在森林中寻找失踪的几人，想要返程，满打满算加快速度，至少也需要十多天。更何况，少了专门负责探路和引路的盗贼，他们肯定会被拖慢不少。

而被她遗弃在森林里的罗兰，以他被剥光后一个人的力量，想要赶上一路疾奔而行几乎没怎么休息的他们，恐怕也不是很容易的。

这样估算下来，他们至少争取到了五天以上的时间，能够在罗兰和调色盘小队回来之前，在这个边境小镇上稍作休息，随后整装出发。

只要一想到这个时间差，易龙龙就觉得，这一路上的辛苦赶路是值得的。

易龙龙不是不想等艾瑞克，假如一直在这里等待，只怕艾瑞克没等到，调色盘各色颜料就都回来了。

此时，有一人一龙的房间里传来这样细声细气的声音：

"首先你要把自己收拾一下，我们出来混的，门面是很重要的。"

"待会儿我让酒馆老板给送热水来，你清洗一下。"

"对了，你应该会脱衣服吧？我教你，先解开扣子……"

"哎，哎，别在我面前脱，等会儿，等我转身……不对，要先叫水……"

橡树屋酒馆内住进来一个年轻魔法师。

香草镇并不是一个太大的地方，镇上的常住居民彼此都认识，一有什么消息，便能快速地传开，现在镇上传言的，就是一个昨天住进橡树屋酒馆的年轻魔法师的举动。

今天一大早，这位魔法师便叫来酒馆老板，让他分别请来镇上的裁缝、木匠、铁匠、药材商人到他的房间里集合。

被酒馆老板叫来的一共八个人，其中三个木匠、四个裁缝和一名铁匠，有的还是从被窝里强行拖出来的。因为生活在这样的小镇里，并不需要太早起来开工干活。虽然不少人都对提出要求的魔法师有些不满，但那些许的不满，在看到床边桌上整整齐齐摆放着的八枚银币的时候，立即烟消云散了。

罗兰的随身物品之中，银币自然是少不了的。在来到小镇之前，易龙龙早在闲暇休息时点了个清楚明白，虽然不太清楚这个世界的物价水平，但从酒馆的食宿费数，她已推算出这些银币足够她和林琦好一阵子衣食无忧的生活了。

她时间不多，容不得浪费，因此只有通过砸银币来赶进度，光是请这些人来，便花费了每人一个银币，报酬另算。

裁缝、木匠和铁匠们跟随着酒馆老板来到林琦的房间后，见到的便是坐在床上、神情漠然纯真、相貌却出奇幽静秀美的黑袍美少年。因为才刚清洗过，他的头发微微湿润，更显出一种乌檀木般光润的纯黑，肌肤柔嫩白皙，比雪还洁净无瑕。

而他的眼眸，幽深漆黑却又清澈见底，映着这世上最真的纯粹，任何心怀邪念的人在这双眼眸的注视下都会自惭形秽。

小镇上的人固然是见过各式各样的冒险者，但何尝见过这样的精致人物，好像是由梦幻之手塑造出来的一般不真实，仿佛最为珍贵细腻的艺术品，只应被丝绸毛皮温柔地簇拥着，而不该来到这样的地方。

林琦可不管别人有什么感想，他只按照易龙龙事前教他的，将早已准备好的放在桌上的图纸，分发给八个手艺人，并一一提出了自己的要求。

他要求木匠做一个轻便结实可以背在背上的木箱，木箱之中分划出几个方格，木箱的顶部、边缘四面竖起大约半尺多高的挡板，挡板上镂空雕出简单的花纹。接着让铁匠用金属片加固木箱。

他要求裁缝用最快的速度，制作出三套不同于魔法师穿着的简易便装。同时还提供了一份图纸，上面画着一些图样，是他自己设计的衣裳。这些衣裳式样奇特，大小仅够婴儿穿。这样的小衣服他一口气订了十套。

关于木箱和衣服都在纸上画有详尽的示意图，基本上只要不是弱智都能看明白。但让几位手艺人吃惊的是，不知道为什么，纸上除了有墨迹，还有不知道什么动物的娇小爪印。

“越快越好，”林琦背诵易龙龙教给他的台词，“我可以加钱。”

于是，在中午林琦走出旅馆之前，古怪却拥有异常美貌的魔法师的传闻便像长了翅膀一样，传遍了整个小镇。

中午时分。

今天的橡树屋酒馆里，客人比往常要多三分之二，这多出来的客人，都是小镇上平日较为空闲的居民，听说了美貌古怪魔法师的传闻，就将每天晚上的喝一杯提到了中午。

他们倒也不是那么想见到林琦本人，但人总是喜欢往较为热闹且八卦的地方凑，便造成了现在的情形。

对于这个小小的意外，酒馆老板自然是十分乐见的，所以今天被林琦一大早叫醒跑腿所残留的那么一点点怨气也跟着消失无踪了。

众人一边喝着麦酒，一边猜测美貌魔法师的来历。一直到了中午，酒馆老板想起林琦今天早上起来后便没有叫吃的，便借故上楼敲门，询问林琦是否需要午饭。敲了片刻不见回应，他取出备用钥匙将门打开，只见房内空空如也，想起魔法师自称有换房间睡的爱好，他又开了另一间房，但也一样是空的。

这时候，林琦和易龙龙已经走在香草镇的街道上。

更准确些说，是林琦一个人走。他的背上背着才完工的大木箱，木箱顶端四面竖起的挡板上蒙着一层白布帐，其内垫了一套超小型的被褥枕头，因为塞了很多棉花，十分松软舒适。易龙龙就躺这里面，既遮阳，又省力。透过挡板上镂空的纹饰，她能看到外面的情形，但外面的人却未必能看清楚她。

林琦把及腰的黑色长发用发带束了起来，身上也换了一套轻便服饰。虽然依旧美貌出众，却不再如今天早上那样，充满幽静空灵的魅力。

还是老规矩，易龙龙提醒林琦该怎么做，且在需要问路或买东西的时候，两人一个上口型一个上配音，配合多次后，逐渐熟练起来。

路上他们买了一点镇上的特产香草饼干，林琦单手捧着还带着热气的厚纸袋，一路走一路慢悠悠地吃，取出两块，反手送到他背后的箱子的上边沿。两只雪白的小爪子从布帐里闪电般探出来，抓住饼干后，又闪电般缩了回去，接着林琦背后就传来咯吱咯吱的细小声响。

易龙龙原本是想找图书馆的，但香草镇这样的小镇，并没有图书馆之类的设施，于是一人一龙便只好转向神殿。神殿是镇上还算富有文化气息的地方。

这片大陆上的大部分人信仰一个叫欧尔丁的神，因此，教会的势力遍布数个国家，其影响力大到几乎能左右部分国家行政。在每个地区，教会几乎都建有一座神殿，且派遣神官前往当地负责传播教义和巩固自己的势力。

因为神官又懂得治疗人的神术，所以同时还兼任一些地方医生的职务。尤其在香草镇这种没什么好医生的地方，神官尤显得重要。

香草镇地处这个国家的边境，负责这个地区的神官叫李维，是三年前从帝都派遣来的。对于李维，通过其他人的描述，加上跟镇上的人打探，易龙龙事先了解了他一些事。

调色盘队伍里那位随行的灰发神官，是香草镇的原居民，原只是一个喜欢看书的青年，除了努力外，天资平平，但李维仅用一年的时间，便将他从一个普通人调教成一名正式的神官。

一般而言，想要成为神官并不是一件太过容易的事，必须拥有广泛的知识，了解深奥的神学宗教，以及经过系统的神术训练，按照一般流程，至少要经过十年的培养。然而香草镇的速成神官，只用了区区一年，便通过了帝都神殿的正规考核。

此外，还有传言，说李维神官原本是前途无量的大神官候选人，但因为桃色纠纷案件，从繁荣的帝都被贬放到了边境。甚至还有好心人担忧地看着林琦，小心地劝告他说："你要去神殿的话，最好还是当心一些。虽然你是个男的，但据说李维神官并不在乎性别……"

此外还有人称呼李维为"香草镇的荣耀与耻辱"。

被这么一路吓唬着，当林琦走到位于小镇东端的神殿之前时，易龙龙看着那庄严气派的建筑，已有了看着虎穴狼窝的错觉。

神殿是用白色石料建造的，透着一种分外厚重的气韵。神殿正前方的入口处，雕刻着威严慈祥的神像。

"哎——"易龙龙从挡板缝隙里伸出爪子，碰了一下林琦，很小声地商量着，"要不然，我们还是撤吧，感觉好像很危险的样子。"

林琦手上还抱着没吃完的半包饼干，凝望着神殿，他皱了皱眉头，不知为何，心里感觉不大舒服，易龙龙的提议正合他的心意，便道："好。"

说着，他就要转身，可就在这个时候，神殿内走出来一个穿白袍的少年，一看到林琦，连忙快步走过来，温和有礼地询问他有什么需要，是想要祈祷还是需要治疗。

少年相貌还算清秀，脸上有几颗浅浅的麻子，但神态举止十分文雅，让他看起来很顺眼。

易龙龙试探地问："请问你是谁？"

少年微微一笑，抬起右手并拢二指，按在左肩绣着的图案上，"我是神殿里的见习神官，跟着李维老师学习的，希望能成为一名正式的神官呢。"

原来神殿里不止一个人啊。

看这位见习神官神态平和，易龙龙立即放下心来，心想也许是镇上居民的传言夸大了，就好像今天一群人堵在楼下等着看林琦一样。

易龙龙依旧模拟出林琦的声音，"我想浏览一下神殿内的藏书，请问能否得到允准？"

见习神官微笑着做了个请的手势，"当然可以，请跟我进来。"

在见习神官的带领下，林琦进了神殿，来到一间藏书室里。见习神官临走之前，对林琦交代了几项注意事项，比如不要损坏书籍、不能带走等等。

很快地，藏书室中就只剩下林琦一个人，以及，一条龙。

十八　异端·破封印

确定见习神官不会再回来后，易龙龙从遮掩她的布帐下爬出来。

这是一间只有一个入口、三面封闭的石室，长和宽大约六七米，除了门附近，四面墙边都竖着书架，书一层层整齐地摆放着。一走进来，便能闻到一种陈旧的纸张和墨水混合的味道，室内中央摆放着桌椅，可以让人在此坐着看书。

这个世界的文字，自然是和地球上的大不一样，但同样奇特的是，虽然事先没见过，但易龙龙好像天生就能看懂似的。

这间屋子里的书籍大半是与宗教神学有关系的神学的阐述或宗教故事，少部分涉及大陆历史的也多半掺入了神秘主义的成分。

那位叫欧尔丁的神，在这个世界，基本上就相当于基督教里上帝一样的地位，只不过他的神威比上帝更广泛、稳固些，因为在这个世上真的能看到所谓神术的存在，因此大家信仰起来也更为死心塌地。

易龙龙虽然能泛泛理解，但对这类东西实在不感兴趣。找了一圈，没发现太有价值的参考资料，便不得不暂时放弃。等今后抵达大城市，再找正规的图书馆或书店。

来神殿的主要目的已经达到，易龙龙也不打算多留，万一李维神官真像传闻之中所说的那样，让林琦碰上，或许就不太好噢。

易龙龙藏回木箱上的屏障里，正指挥林琦离开藏书室，忽然，从门口进来一个人。

那人跑得很快，差点儿跟林琦撞到一起，但林琦敏捷地退后两步，恰到好处地避开了这一场碰撞，那人则险些失衡摔倒。

待那人站直身子，易龙龙才发觉他是个十六七岁的少年，穿着和方才见到的见习神官款式几乎一模一样的白色长袍，只是肩膀上多了一层宽大的领子，领边用银色丝线绣着繁复的迷迭香和百里香的花纹。

栗色的短发清爽利落，透着琥珀般的动人光泽，虽是非常端正清秀的相貌，但那圆圆的大眼睛以及稚气的娃娃脸，让少年看起来有一种很圆润很好捏的感觉。

看清楚林琦的样子后，少年很明显地愣了一下，眼里甚至现出一瞬间的迷惑。这样的神情易龙龙已经不奇怪，最初看到林琦的人，都会惊讶于他的美貌。

接着，少年脸上飞快地露出轻佻的笑容，他目光游移，上下打量着林琦，"请问你是来看书的吗？需要找什么书？说不定我可以帮忙呢。"

但这时候易龙龙已决定要离开，林琦也绝不废话，绕过他就往门外走去。

见林琦要走，少年赶紧手忙脚乱地拉住林琦，可怜巴巴地望着他，"等等，你能不能陪我一起出去？我刚才逃了功课，要是被捉到，一定会被惩罚。待会儿我陪着你出去，假如遇到人，你能不能帮我遮掩一下？就说我陪同你一起参观神殿来着，行不行？"他的样子看起来非常可怜，好像一个贪玩的孩子不愿被严谨的规矩拘束着。

林琦迷惑不解地望着他，直到后背被易龙龙轻轻戳了一下——这是约定好的暗号，表示同意——他才点了点头。

少年大大地松了口气，脸上随之露出欢快的神情，"我送你出去吧！"

一同走出藏书室，少年在前方带路。神殿里的走道非常安静，少年带着林琦转过两个弯，林琦忽然停下了脚步，因为背后易龙龙伸出爪子拉住了他的头发。

藏在林琦身后，易龙龙奇怪地道："刚才那人带我们进来时，走的好像不是这条道。"她跟某个迷路能迷回原地的家伙不一样，虽然不能走一遍就牢牢地记住，但还能隐约感觉到这不是来时的那条路。

少年头也不回，嬉笑着说："后门，后门啦……我怎么敢走前殿，一定会被抓住的。"说着，他回头露出讨好的笑容来，"拜托啦。"

沿着曲折的过道，一直走到尽头，是一座石门。

少年抬手按动石门边凸起的旋钮，石门缓缓升起。少年一边等着门打开，一边对林琦解释道："穿过这间祈祷用的神殿，就能到达后门了。"

石门完全升起，少年率先走了进去，林琦紧随其后，少年便顺手将门给关上了。

神殿十分宽阔，地面上刻着极为复杂的花纹，乍一看去，好像大大小小各种角度扣合的银色齿轮。当他们走到中心最大的一个圆盘图案上时，异变陡然发生！

圆盘底部绽出乳白色的光芒。

那光芒以一种看起来从容缓慢，实际上却十分快速的幅度扩大，周围的一切都被吞没在如水一般流动的光芒之中。当天顶上的雕塑都被乳白色的柔光笼罩之后，整个大殿发出了令人无法逼视的光辉，易龙龙也被这耀眼的光芒逼得几乎睁不开眼。

那乳白色的光芒凝成锁链，纵横缠绕住林琦的身体，那力量牢固强大到甚至藏在林琦背上的箱子里的易龙龙都能感受到。

而少年则依旧好像什么都没觉察似的继续向前走，走出十多步后，他才悠然转身，过分年轻的面容上，挂着冷淡的笑意，"才看到你，我就觉得有些不对劲……虽然表面是人类的形态，但你身上却有非人的味道……异端！"

顿了一顿，他抬手行了一礼，"忘了自我介绍，我叫李维，是香草镇的负责神官。"

这个看起来才十六七岁的少年，竟然就是那个传说中广博而强大，被称作香草镇的荣耀与耻辱的神官李维！

他有一张看起来完全无害的面容，脸上荡漾着十分讨巧的笑容。他先是装成逃功课的见习神官，央求林琦跟他同行，而后诱骗他来到这间殿堂内，随后不知用什么奇怪的法术，制住林琦。

无耻的骗子！

易龙龙心里一阵郁闷，刚才明明已发觉那路径不对，可为什么完全没警觉呢？甚至最开始，为什么要被李维说服，与他一道走呢？

更奇怪的是，为什么李维要说林琦是"异端"？

地球上，异端这个词指的是宗教信仰不同的人。但易龙龙隐约感觉到这个词在这个世界似有一层新的含义。听李维话里的意思，似乎是说林琦并不是人类。

林琦试图挣脱开那白光锁链，可他动了动身体，却发现手脚都异常沉重，好像全身上下挂着几千斤的重量。

残余的白光之中，李维方才还有些不大正经的笑脸，现在看起来竟然有几分庄严圣洁，"刚从外面回到神殿，有一瞬间，我感觉到一丝属于黑暗的力量，但在藏书室里，我看不出来你是什么。为了避免发生什么意外，只好先将你引来这里，这里并不是什么祈祷用的神殿，而是我练习神术的地方，地面上的花纹是我预先绘制的圣纹，能很大幅度地辅助封印神术的发动。"

　　他虽然很自信，但是对于看不透的林琦，依旧抱以最大的谨慎，将他带到这个只有自己才尽可能发挥优势的地方。

　　李维使用的神术名叫封印枷锁，但李维自己更喜欢称之为白链子，其功用是封锁对手的力量及精神。不管魔法师还是剑士，在这一招下都会受制。经由他的施展，原本就是高阶的神术，现在展现出超数倍的力量，在这样的束缚下，即便是大陆上的最强者，想要挣脱，也不是那么容易的事。

　　见轻易就锁住了林琦，李维也不着急发起攻击，反正神殿内的圣纹满地都是，就算林琦挣脱了一个，他也能很快地接连发动第二个。

　　李维就在神殿中距离林琦十多步之外的地方席地而坐，认真地端详全身都被锁链捆缚的林琦，"感觉你身上透出一种隐性的强大……你究竟是什么生物呢？"

　　"巫妖？不像。"

　　"暗精灵？也不像。"

　　他又说了几种生物，但每说出一种，很快又自动否定了。过了一会儿，李维抬起神情单纯的脸，非常诚恳地望着林琦，"你能不能告诉我，你究竟是什么？"

　　弄不明白这个问题，他会感到很苦恼的。

　　他拍了拍自己的膝盖，十分轻松地说："虽然香草镇是个小地方，但我既然在这里，这里便是我的地盘，任何异类生物都不要妄想在这里行恶。告诉我你的种族，以及你来此地的目的，我或许会考虑放你一条生路。"

　　易龙龙蜷在箱子里，静静地听着，也通过缝隙窥视现在的情形，但她并没有着急做出过激的举动。对方除了锁住林琦之外，并没有进一步的举动，更何况她也很好奇林琦为什么会被认为是非人。

　　林琦没理会李维，他正在全心全意地试图挣开身上的白光枷锁，可越是挣扎，那枷锁便将他束缚得越紧，看起来柔和的白光却展现了异常强横的禁制。黑发少年的脸上虽然没有什么改变，可是他的身体动作却越来越激烈，过了一会儿，他忽然彻底停了下来，好像放弃了一般，全身松懈地站立着。

　　见林琦沉默，李维皱起了眉，"连辩解都不愿意吗？"

　　少年只是静静地垂着头，低垂着眼帘。在李维看不到的角度，他的眼眸由清澈变得深沉，仿佛渲染上了一层充满魔性的魅惑力量，像比夜晚更深沉的漆黑里缓缓荡漾的水波一样起伏。

　　等了一会儿，没等到林琦的回应，李维缓慢地伸出手，对准林琦，这是他即将做出攻击的表示，"不管你是什么生物，我都会给你一个自辩的机会，假如你放弃，我不介意采用强制的手段来对付你……接下来，我将要使用的神术是圣光审判，破除一切虚伪，消融所有黑暗。一旦使用出来，你将没有挽回的机会，或许会受到不可逆转的伤害，你可要考虑好。"

林琦可能只是无害的生物，但李维却不得不警惕，尤其在他看不透林琦深浅的情形下，他不介意在动乱发生之前制住对方，即便是伤害无辜，也无所谓。

林琦不说话，依旧垂着头，他漆黑的眼眸里，和缓的水波已经转化为激烈的旋涡，疾速旋转着。其中一只眼眸里的旋涡边缘泛着丝丝晶亮的光芒，仿佛有什么正要挣脱出来。

始终没等到回答，李维叹了口气，掌心开始绽放出柔和耀眼的白光。

就在这个时候，他看见一只雪白的小爪子——非常娇小可爱的，白白的，还带一点肉，就算用力挠在身上也不会觉得疼、只会觉得痒的那种爪子——从被禁锢的黑发少年身后探了出来。

那只爪子上带着一个精巧的齿痕，不疾不徐地抓向林琦肩头的白光锁链。

接着，在李维惊诧的目光中，带着绝对封印力量的封印枷锁，仿佛遭遇了艳阳的春雪，就那么碎裂般消散开来。

断口逐渐扩散，不一会儿，林琦周身缠绕的锁链，都伴随着白光，渐渐散去。

虽然和艾瑞克相处时间不算长，但易龙龙从他口中得知了龙娘塔希妮雅的许多事，其中便有一项，塔希妮雅的血能无视甚至摧毁所有的诅咒和封印，这一点易龙龙原本没注意到，但自从罗兰误食她的血导致中毒后，易龙龙才想起来自己这具身体的血统是多么傲人……不，傲龙。

易龙龙抱着尝试一下的心态，她的猜测得到了很有效的验证，但是……疼啊！

伸出粉嫩的舌头舔一下伤口，易龙龙心疼地朝被自己狠心咬破的爪子吹气。

目光瞥见一边似是惊呆了还没回过神的李维，易龙龙顿时怒从中来，爪子一指，"林琦，上，把他给打趴下！"

十九　沟通·不愿意

做出决定，只是一秒钟的时间。

李维说林琦不是人类，这话让易龙龙稍微有点儿害怕。可是李维接下来的举动，让易龙龙快速做出了选择。

她不大清楚李维手上的白光有多少攻击力，就算没伤着她，等林琦被打倒了，她一样会被发现。相比起某个会骗人的神官，她更愿意相信林琦。退一万步说，就算林琦不是人，那又怎么样？人也分好的坏的，她自己还不是人呢。

所以易龙龙冒险伸出爪子，用自己的血替林琦破除封印法术，爪子抓住那白光锁链时，她感觉爪子接触到的是一片柔软的温暖的东西，如同温暖的水流一样。林琦却被这个东西束缚得紧紧的。

她轻轻一捏，水流就碎开，消散不见了。

因为易龙龙的打扰，林琦眼中的魔魅旋涡登时消散了，恢复一片澄澈。他迷惘地眨了眨眼，觉得自己好像有什么不对劲，却又不知是什么缘故。

接着，他听到易龙龙的指示，便下意识地三步并作两步冲上去，反手抽出木箱侧边挂着的铁棍，不客气地朝李维打去。

铁棍是早晨工匠们制造木箱时，易龙龙临时想到，让铁匠从他的店里弄来，给林琦防身用的武器。

当易龙龙用爪子解决封印，并且冒出来一个脑袋，以幼嫩的童音恶狠狠地指示林琦攻击时，李维吓了一跳，这是什么生物？

就在这个时候，他忽然发觉自己从头到尾都弄错了。那种若有若无的、飘忽不定的强大感，其实是来自这个小生物身上。那种强大竟然比雾气还要缥缈，实在太难以捕捉到，导致他在判断上出了偏差。

他已经有七八年没有犯过这样可笑的错误了。

林琦举着铁棍跑上来时，李维的身体也没有做出闪避的动作，他紧紧地盯着易龙龙，心中反复自问，那是什么？

林琦虽然看起来文秀，可是动作却极为敏捷，很快就到了李维身前，铁棍闪电般落下，但下一秒，却好像碰到了什么一般顿住。易龙龙定睛一看，却见铁棍之下，距离林琦身体不到半尺的地方，现出了一块两掌大小、边缘呈盾牌状的弧形的白光壁障，泛着淡淡微细的光，恰到好处地抵御住了林琦的攻击。

林琦愣了愣，转而朝另外一处打去，但不管他打向何处，那个地方都会现出白光的盾牌来，此起彼伏，上下闪烁不定，残影层叠，纵横交错。

林琦打过来的时候，李维还在发愣，但他身上的长袍上与这地上一样绘着圣纹，遭受到攻击时，防御一切物理伤害的神术便会自动地发动。虽然这神术支持的时间不算长，却足够李维从呆愣之中清醒过来。

恢复清醒后，李维也不惊慌，在不间断亮起的白光下，他露出有恃无恐的笑容，单手托起下巴，仰头望着林琦，"行啦，别费力了，反正你也伤不了我，我们坐下来谈谈吧。"

对于他这种毫不在意的厚脸皮，易龙龙牙齿痒痒起来，但同时，她发热的脑袋彻底冷静下来。现在的情形，对她和林琦来说，其实是很不利的。李维虽然是所谓的神官，但易龙龙绝对不会认为神官是什么纯洁善良之辈，尤其眼前这个人还笑得这么厚颜无耻。

想要逃走是不可能的，李维进来时关上石门，估计就是为了防止林琦逃走，更不要说地面上满是各式各样的圣纹。这里简直是李维的天然优势战场，恐怕就算是剑圣来了，也只能在短时间内立于不败之地。

望一眼满地的花纹，这些纹路非常美丽神秘，可是在易龙龙看来，却是莫大的恐惧。因为她不知道接下来哪一处会发起致命的攻击，她的血虽然可以破除封印，但艾瑞克从来没说过，塔希妮雅的血可以抵御攻击。

示意林琦坐下，易龙龙便噌噌地爬到林琦的肩头上，不大情愿地与李维对视着，"喂，神官，究竟是怎么回事？"

看着易龙龙的举动，李维又一次陷入惊讶，原来真正做主的并不是眼前这个纯真少年，而是那只小动物。

坐在美少年肩头上的是一只看起来像是微缩版本龙一样的小动物。她穿着布料柔软的米色小衣服，领口的位置还绣着两朵鲜艳的红蘑菇，几乎盖住双足的衣服下摆一角还绣着只爪印。

很像龙……不，就是龙。

李维叹息一声，在心里承认了这个荒谬的结论。

那隐约而飘浮的强大气势，其实是从这只白白软软的小家伙身上传出来的，至于那一丝黑暗波动，可能只是偏门的魔法道具。

李维一边解释着刚才的误会，一边打量着易龙龙，忽然话语停止，目光定在易龙龙的胸前。注意到他在看哪里后，出于前世身为人类的本能，易龙龙下意识抬起龙爪交错挡在胸前，警惕地问："你看什么？"

根据外面的传言，这位李维神官男色女色都不忌，是个危险人物，难道，难道……他连兽色都不忌吗？

易龙龙虽然不自恋，但她曾面对清澈的湖水看过自己的样子，这具身躯看起来实在是太玲珑可爱了，简直是杀伤性武器。假如不是她自己的身体，她会恨不得每天抱在怀里用力捏啊揉啊弹啊……

在少女龙眼里，俨然已经化身为衣冠禽兽的神官抿了一下嘴唇，脸上现出一丝古怪的神情，"麻烦你拿开爪子。"

他要看个清楚。

李维不说还好，这么一说，吓得易龙龙当即蹿回林琦的身后，娇小的身体动作敏捷，就好像一只受惊的小老鼠。

李维奇怪地问："你干什么躲起来？我又没有要把你怎样。"

易龙龙从林琦背后伸出一只颤抖的小白龙爪来，"你不可以一直盯着我胸口看，我是龙，你是人，我们是没有可能的。"

李维活了这么大，也算是见过风浪，曾经有过不少女人对他说过"我们是没有可能的"，或是他对不少女人说过这句话，但他万万没有想到，有一日，会有一条龙这么对他说这句话！

顿觉气氛沉默，易龙龙偷偷地探出半个脑袋，却见坐在对面的李维，擅长以笑容欺骗人的娃娃脸上僵硬着一种接近铁青的颜色。看他这副模样，易龙龙不确定地想：难道她猜错了？

心里想着，同时也将问题提了出来。

李维的声音是从牙齿里咬碎了蹦出来的，"不要忘了，你是一条龙，一条龙的胸口有什么好欣赏的，我又不是变态。"

易龙龙小心翼翼地望着他，"但是，我听镇上的居民说……"她不敢说下去了，因为李维用一种有点凶狠的眼神望着她。假如她继续说，可能会遭遇到什么不测，提早结束她的龙生。

沉默了好一会儿，李维才克制住自己，从屠龙的边缘立地成佛，"你胸前的星徽……是艾瑞克那小子的，没错吧?"假如不是顾忌着徽章的原主人，他是不介意送出一记神圣审判的。

易龙龙这才知道了李维所留意的东西：那是一枚六芒星徽章，中央镶嵌着一块透着细密星光的黑色宝石，边缘六个角都绘制着奇异的纹路。

那是艾瑞克送给她的。在湖边生活的时候，艾瑞克觉得她只穿草叶衣服太单调了，但一时间又找不到别的东西来打扮她，便将这枚徽章送给了她。据他说，这是当初塔希妮雅赠予他的纪念品，现在交给她正合适。

在森林里时，易龙龙一直小心地把徽章系在草叶衣服里，以防弄丢。后来到了小镇上，才让裁缝牢牢地缝在衣服上，这才被李维发现了。

易龙龙很惊讶地道："你认识艾瑞克?"

听李维称呼艾瑞克"那小子"的语气很是微妙，好像两人有很亲近的关系，只是熟稔之中，又带着十分的不客气。

李维没多做解释，他只是玩味地摸着光洁的下巴，盯着易龙龙说："虽然早知道那小子不简单，却没料到他竟然能找到世界上还存活的龙，并且收为宠物。"

易龙龙拍拍林琦的肩膀，"上! 继续打他，不必跟我客气。"

……

误会这种东西是可以通过沟通解除的。因为思维的差异，李维和易龙龙这一人一龙之间的沟通出了点波折，比如，易龙龙以为李维是好龙色的衣冠禽兽，李维以为易龙龙是艾瑞克养的宠物。在又一次几乎发生武装冲突后，才勉强算沟通完毕。

李维毫无诚意地表达了他错认林琦为非人类的歉意。相对地，易龙龙也毫无诚意地进行了误以为李维禽兽不如的认错。为了防止被人听去，李维在四周布下了一层隔音屏障，这才难得有了点认真的神色。

"艾瑞克在树海里迷路我不担心，那家伙即便是倒霉进入了树海里最危险的地方，应该也有自保的力量。现在最为担心的，应该是你自己才对。"收起嬉皮笑脸，李维淡淡地说，"先前你莽撞地解除我的封印，就是非常莽撞错误的行为。假如你不是跟艾瑞克有关系，我不介意把你卖掉换钱的，千万不要小看人类的贪婪。"反正他原本就不是什么正直无私的神官。

易龙龙目光微黯，"我知道。"对于自己的价值，她已经从罗兰的表现中明白了不少。

"你不知道。"李维冷酷地说，"你现在的价值，不单只是大陆上仅存的龙，你的血有破除封印的能量，光是这一点，就足以引发任何组织的争夺。他们夺走你后，会割开你的身体，取你的血液去做研究……"

虽然能感觉到易龙龙身上隐性的强大，但那种强大不能转化为攻击。换句话说，是来源于本身的血统，根本不能用于自保。

他忽然停住。

因为眼前的小龙已经被吓哭了。晶莹的蓝眼睛里涌出大滴大滴的泪来，易龙龙控制不住身体的发抖，她很害怕啊！

虽然不断地告诉自己要满足，能继续拥有生命便不该抱怨，要勇敢要快乐，可是为什么她偏偏是最后一条龙呢？为什么她的处境竟然这么糟糕？难道她要一辈子留在树海里永远不见任何人才是安全的？

就算在湖边的生活很安宁平和，可是曾经作为人的她还是想接近人类，否则她也不会跟着艾瑞克走出来。

能看到人，能跟人说话，其实她是很开心的，偷偷地开心。

树海中遭遇调色盘小队，伊斯利想要买她；分散后被罗兰胁迫，偶然幸运地逃离；来到香草镇，也不敢公然露面，只能偷偷藏在林琦身后，任何事都要以林琦的身份出面处理；想从神殿里稍微了解一些东西，却遇到李维不由分说的攻击。

假如她不是一条龙，而是一个人的话，她不会有这么多的困扰，这么重的压力。她一直害怕着，也一直忍耐着，直到今天听了李维的教训，仿佛一粒火星落入火药库里。

这段日子以来累积起来的压力便一次性地宣泄出来了。

易龙龙索性放声大哭起来，幼嫩的童音在殿堂中回荡，"你以为我愿意吗？"

十　愿望·纸老虎

"你以为我愿意吗？"易龙龙越想越伤心，越想越委屈，这些日子来沉默累积的压力终于在此刻决堤，脆嫩的哭声在封闭的室内回荡，显得分外凄楚可怜。

先前跟李维沟通时，易龙龙已经从林琦的肩膀上跳了下来。

此刻，她忽然觉得站着很累，便坐在地上，抽泣着抬起龙爪抹眼泪，但眼泪越抹越多，便索性不管了，只专心致志地哭起来。

难道她愿意变成龙吗？这家伙以为他是谁啊？这么不客气地教训她。

望着几乎要哭成一团的易龙龙，李维有些错愕，紧随而来的便是狼狈，"你怎么……喂，你别哭啊……喂……这样不好……"

他的声音听起来很虚弱，这种酷似小孩子的哭声对他而言比神圣审判更可怕，弄得他好像干了什么十恶不赦的事一样心虚。

就如同他没有料到会有一条龙对他说我们没可能一样，李维也从未想过，有一天会有一条龙凄楚可怜地在他面前哭着。

李维见怎么劝都劝不住，一时间不知该怎么办才好，手掌一张，放了个删减版的治愈术。原本用来治疗伤口的神术，现在只能消除疲劳，温热但不刺眼的光晕包围着易龙龙，暖洋洋地一点点渗入她的身体。

有经验的人都知道，人正伤心的时候，越是有人哄，便越是哭得凶，最好的办法其实是晾着。但显然李维没有这样的经验，而易龙龙原本已经哭得有些累了，正好李维来这么一手，消除了身体的疲劳，让她又有力气变本加厉地继续哭下去。

李维手上的神术光芒越来越弱，最后简直快要亮不起来，那不间断的哭声刺入他的耳中，没办法继续板着脸吓唬龙，李维只好低声下气地求饶道："哎，你别哭了，行不行啊……你是一条龙啊，哭成这样，太难看了……"

易龙龙抽泣间不忘回一句嘴，"不要你管。"

李维叹了口气，"你不要哭啦……你不哭的话，你要什么我都答应你……"

易龙龙正抬爪拭泪，闻言停下了哭泣，目光从爪缝里偷瞄李维，"真的什么都答应？"

不会是说话不算话吧。

见她总算暂时不哭了，李维不禁松了口气，"你不能要求太离谱的事，我不是神，不可能万能。"

易龙龙毫不犹豫地说："那好，我要找艾瑞克。"假如有艾瑞克在身边，她就不会这样害怕，她的人身安全也能得到保障。

听了她的要求，李维有些为难地道："老实说，这个要求，我很难完成，树海的面积实在太广大，藏匿着许多野兽和怪物，想要在里面找一个人，难度不亚于在大海中寻找一粒沙……你还是换一个吧。"

易龙龙听了李维这样的断然拒绝，便也不强求，毕竟树海之中的情况她是知道一些的，知道找个人确实不容易，于是从善如流地道："那么就换成……"她顿了一下，有些紧张，爪子不自觉地放下来抓住衣摆，声音细小却坚定，"我想变成人类。"

她想变成人类。

妄想也好，做梦也罢，她想变成人类。

她问过艾瑞克，龙能不能变成人。

艾瑞克想了想，摇摇头。

但她还是想变成人类。

大陆上最后一条龙，继承银色永恒强大的血脉，拥有破除一切封印诅咒的力量，可这又怎么样呢？

她宁可把这些全部交出来，来换得变成普通人类。

她前世是人类，她的心、她整个的灵魂都是属于人类的，就算换成了龙的身躯，就算提醒过自己不再是人了，她也不可能真正从龙的角度去看世界。

她睡在建造的屋子里，擅长使用工具而非爪子，喜欢吃熟食绝不吃生肉，睡前和醒来刷牙漱口，要穿衣服，这些都是人类的习性。就算别人看来觉得奇怪，她也不愿意改变，也不打算改变。

李维沉默了一会儿，才缓缓开口道："你想在多长时间内见到艾瑞克？"

李维最终还是两个要求都答应了一半。艾瑞克，他也找；变成人，他也帮，但这两者都不能完全保证。

对于艾瑞克，他只是让人在镇子上贴了个公告，并且通知附近几个镇上的酒馆和旅店，就说需要雇用冒险者寻人，假如谁在树海之中发现一个二十七八岁的名叫艾文的落魄金发剑客，请将其带到香草镇的神殿里，有人非常迫切地希望见到他。

报酬提得非常高，是五十个金币的价钱，这个数额足以引诱冒险者们放弃自己原本的目标，专心致志地只寻找艾瑞克一个人。但树海实在太大了，就算出动所有的冒险者，也不一定能达成目标。

李维打开石门叫来见习神官，将他的吩咐传下去后，再返身关上门，走回到林琦的面前，说道："好了，假如这样还找不到，那便是神的旨意。"

易龙龙从林琦的身后走出来，十分感激地道："实在太谢谢你了，让你这么破费。"

李维一脸无所谓地摆了摆手，"不破费，等艾瑞克被找到，钱就算在他身上。宠物欠下的债，当然要他来偿还。"

呃……她能收回前言吗？

重新回到一人一龙身前坐下，李维打量了易龙龙一会儿，说："原则上，想要彻底改变种族，那是神明的领域，我做不到。"

改变种族这种事在人类历史上不是没有，但那不过是改变成人类的变种，比如人类变成死灵或者巫妖。但若要那么做，便要舍弃自己的肉体，甚至以死亡来完成那样的转化；同时，从神殿的角度看，这是渎神的行为，必然会被绑上审判架的。

并且在历史上，也从来没有过龙变成人的例子。

看着易龙龙露出毫不掩饰的失望，李维接着说："但是，我可以采用一种稍稍变通的方法，只改变你的外形，你的内在依旧是龙族，这样至少能在一定程度上保护你的安全。"

李维所说的，是一种改变外形的技术，通俗地说，就是变形术：仅仅是改变外貌体形，却不能转换其本质、血脉、肌肉及气息等等，那些内在依然是属于龙的。

但能改变外形对易龙龙而言，已足够了。

方便的是易龙龙不像别的龙那样拥有强大的威压，或许她的血统很了不起，但完全没有实质性地开发出来。倘若不是因为李维的感觉特别敏锐，根本不会被感受到，只要再稍微学会一些收敛的技巧，且不与人有过密的交往，基本不会被瞧出破绽。

不等李维说完他的计划，易龙龙已禁不住两眼放光，猛地直点脑袋，"就这么办，具体要怎么做?"

李维伸出三根手指，"第一，魔法阵；第二，启动魔法阵所必需的宝石；第三，魔力有一定水准的魔法师。"

面对易龙龙迷惑不解的目光，李维叹了口气，估计自己跟这只幼龙说什么魔法她也是不懂的，但他还是耐心地稍稍做了些解释，"因为从前某些需要，我对改变形貌的魔法阵做过一番深入研究，所以这一条不难达成，难的是另外两项。"

"虽然魔力强大的人可以直接省略宝石甚至魔法阵，但很遗憾的是，我是神官而非魔法师，我本身的魔力不比一个魔法学徒强多少……宝石的作用是……呃……总之有用便是了。"张口结舌了好一会儿，李维发现自己实在不适合做魔法导师，他只知道一些宝石对稳定魔法阵的运作很有帮助，却完全不了解为什么会那样。

非常含糊地带过理论性问题，李维继续往下说："宝石需要大量的金钱来购买，但是，你也看到了，我这个神殿非常的清贫……真的……"他一边说，一边做出愁眉苦脸的表情。但就连林琦也能看出来，他的眼睛里带着狡黠的笑意。

易龙龙想了想，让林琦放下直到现在依然背在他背上的木箱，从背面打开箱盖，挪开其中一格的挡板，取出一只鼓鼓囊囊的口袋。她把口袋整个塞给李维，"这是我洗劫了一个想挟持我的盗贼得来的，里面有些小玩意儿，你看看能拿去换多少钱。"

反正是从罗兰身上得来的，对于想要贩卖她的盗贼的东西，易龙龙一点儿都不替他心疼。

虽然知道李维说神殿经费拮据可能是说谎，但易龙龙并没有拆穿，毕竟对方肯帮忙已经是非常大的恩惠，她怎么也不好意思让李维自己支出这笔花销。她不是一个得寸进尺的人，连同刚才寻找艾瑞克的花费，她也是打算一并支付的。

李维解开口袋，一件件取出里面的东西仔细端详着，过了一会儿，他抬起头来问："这三件东西你收着，这些，要么是非卖品，要么附近没人能买得起……能拥有这些东西的盗贼，是不是名字叫罗兰?"

调色盘小队里的灰发神官是他的学生，并且在香草镇停留了几天，他自然知道队伍中各人的身份，甚至比伊斯利更清楚罗兰的底细。

但是，他个人与罗兰并无什么交情，不太完善的道德观也不觉得易龙龙这么做有什么问题，甚至很高兴看到钱财的问题得到了解决。

李维将口袋里的物品分作几堆。做好这一切后，他抬起头来，神情接近肃穆，盯着易龙龙说出了狠话："你知不知道，胡乱把太过有价值的东西摆放在别人面前，是在引发人性中最容易膨胀的贪欲。要不是因为艾瑞克那小子，我早就把你这些东西给私吞了，顺便把你给卖个好价钱。"

虽然他现在的样子和先前教训她时一样冷硬不留情面，可易龙龙的反应却大不相同。她只是笑嘻嘻地冲李维摇爪子，"就因为是你，我才拿出来的啊，我相信你是个好人。"

不光是因为李维和艾瑞克认识，也是因为他的所为。

心底还残留着方才的一丝委屈和难过，但易龙龙却不再悲观。现在她可算是看透了，会因为一只幼龙的哭泣便慌得求饶的家伙，表面就算再怎么做出凶狠的样子，也只是一只纸老虎罢了。

更何况，李维这张看起来年轻俊秀的娃娃脸完全没有什么威慑力。

收到一张好人卡，李维无奈地叹了口气，知道自己现在吓唬不住龙了，只好继续研究第三个环节，"宝石的问题解决了，那么，魔法师呢？香草镇上没有实力足够强大的魔法师，他们大多居住在大城市里，虽然可以向神殿请求派遣，但若那样的话，就会把你暴露给他们，神殿高层不可能怜悯你的遭遇，只会把你控制起来。"

虽然本身也是神殿体系中的一员，但李维毫不在乎地批评自己所属的地方。他信仰的是神，不是神殿。

魔法阵、昂贵的宝石和魔法师三者之中，最难解决的是最后一项。

李维所认识的魔法师中，能信任的实力远远不够，实力够的又不足以信任。这件工作，无论如何都不能随便让他人参与进来，临时雇用的更是不可能，除非他事后便杀人灭口。

但这个问题对易龙龙来说，反而不是什么问题。她抬起小爪子，朝身旁的林琦轻轻巧巧地一指，道："可以信任的魔法师？我们有啊。"

远在天边，近在眼前。

十一　八卦·冒险者

虽然不知道林琦的魔法水准怎么样，但他既然是从那个塔里出来的，罗兰又说塔的主人很厉害，那么怎么说林琦也应该是懂一些东西的吧。看他在树海里启动引路魔法的表现，是有两把刷子的。

横竖已没别的合适人选了，抱着死马当活马医的想法，易龙龙向李维举荐了林琦，后者表示可以给他个机会，等魔法阵布好之后，让他尝试一下。

小镇虽然能进行一定的交易，却没有人能收购得起罗兰一些比较贵重的随身物品，在这里也不可能买到质量上乘的宝石，所以为了筹备足够的原材料，李维必须离开小镇数日，前往附近的城市去寻求。

在他离开期间，林琦和易龙龙将暂时留在神殿供客人住的房子里，没有他的允许，见习神官不得随意窥探他们……至少在这个神殿之中，他的权威是绝对的。

易龙龙与李维在封闭的殿堂里谈了许久，李维获知了不少树海中发生的事。但每当易龙龙问起他跟艾瑞克是什么关系时，李维总是快速转移话题。一直到晚上，两人一龙走出来，李维亲自送他们到神殿的客房里。

关上门，易龙龙便立即从林琦身后的木箱布帐里冒出头来，四下打量新的居住环境。

这里的神殿虽然地处边境小镇，人员稀少，但该有的基础设施一样不少。简洁干净的客房有宽大的一室一厅，还有换衣服的小隔间及单独的浴室，这是给其他神殿的来访成员准备的——纵然不能奢侈，但也不得不慎重一些。只不过由于香草镇实在不是一个太繁荣的所在，所谓客房的象征意义大于实用。

卧室里只有一张床，不过林琦身后的箱子上，已经给易龙龙设置了一个柔软的窝，因此睡觉的地方也算够用了。

临睡前，林琦坐在床边，易龙龙则趴在她的小窝里，身上还带着洗浴的水汽。她换了一身特制的睡衣，抱着尾巴，身体蜷成一团，与其说她是在对着林琦说话，倒不如说她是在自言自语。

"不知道我能不能变成人呢，希望能成功。"

"不知道李维跟艾瑞克是什么关系，等找到艾瑞克后，一定要好好地问问他。"

小声嘀咕了好一会儿，易龙龙才猛然想起一件事，"对了……林琦，等我变成人后，我们再找艾瑞克，接着就去找你的身份，好不好？这一路上，实在是辛苦你了。"易龙龙有些不好意思地说，"作为报答，让我陪你去找家人吧。你不像我，在被那座塔里的魔法师抓去前，你应该是有家人的，运气好的话，说不定能找到你的父母呢。"

不管雪白少女龙怎么说，黑发的少年一直沉默着，纯真的眼眸里带着些迷惘的神情。他现在已经有些能听懂易龙龙在说什么，但是……为什么却不知道应该如何回答呢？

父母，这个词从耳畔投入心间，没有激起半丝波澜，便平静地沉没下去。

父母？

创造他的人……吗？

那又是谁呢？

不记得了。

非常遥远的记忆里，如同镜中虚妄的幻影，只有一个模糊的笑容，怎么都捕捉不到。

早饭是见习神官送来的南瓜羹和炸芋头，细致的白瓷碗中，橘黄色的黏稠的南瓜羹散发出温暖香甜的气味，小个的芋头被炸得酥脆金黄，一口咬下去，香气便在唇齿间逸散开来。

易龙龙和林琦醒来的时候，李维已经离开了神殿，前往附近的城市。他临行前让神殿里的见习神官照料林琦的起居，但除了三餐及林琦的召唤外，见习神官不要随便打扰他。

昨天晚上李维交代过易龙龙，在他外出的几天里尽量保持沉默和低调；总留在神殿里也会引人怀疑，因为林琦是以李维的路过来访的朋友身份住下的。他们不妨

二十一　八卦·冒险者

出去逛逛，但最好不要接近镇上那些冒险者，更不要与他们发生冲突。

因为有李维的交代，本来打算做几天宅龙的易龙龙，不得不再让林琦把昨天新打造的木箱拆解开，重新拼成一个小木箱，用来装着她走出神殿。

毕竟昨天新打造的箱子太大了，虽然方便，但现在背出去未免太过引人注目，而易龙龙让木匠动手时，便随时做好了拆解重组的准备。

自然，没有意外地，木箱上三分之二高的位置，四面都有菱形镂空花纹，倘若盯着花纹仔细看，或许会对上其后一双莹蓝色的漂亮眼睛。

在镇上游荡的时候，易龙龙向镇上种植香草的居民买了几种香草，每一种都只买一点儿，打算今后晒干了自己做香包玩。通过与小镇的商人交易时聊天，她也得知了不少事。

很久以前，距离树海最近的边境原本是附近一个叫锡金的城市，那里有着较为完善的警备，也拥有帝国委派的政府职员。但是树海之中的各种野兽和怪物，以及丰富的矿产药物资源，吸引了源源不断的冒险者，一个有生意头脑的人在距离树海更近的地方，建了一间名叫"山姆大叔的小屋"的店铺，为冒险者们提供食物和酒水，以及休息住宿等服务，生意良好。

而在那个人之后，便不断地有效仿者前来，在附近开设其他店铺，让冒险者们能在进入树海前得到充分的休息，以及重新补充食、水和装备。

就这样，渐渐地，这些商人又带来了自己的朋友家人，在树海的附近，形成了新的居民区。后来有人发现这里能种植出优质的香草，那时候锡金城正在向中央政府申报新的行政区，于是便命名其为香草镇。

如同点缀在树海边缘的沙砾，附近的几个小镇纷纷在交通较为适宜的地方，与香草镇有类似的发展模式，形成了一半自给自足、另一半则依靠来往交易的经济环境。

镇上没有正规的驻军，真正的武装力量在临近的锡金城里。这里的士兵都是镇上的青年或退休在此养老的冒险者自己组成的，换而言之，他们是民兵。

正因为如此，林琦和易龙龙进入小镇时，没有受到严格的排查。

此外，易龙龙还打探到了些李维的八卦。据说他是因为桃色纠纷才被从帝都流放到边境来的，其桃色对象，下至风月街中的流莺，上至某公爵夫人，甚至有的人说是跟公爵本人……

易龙龙听着这些八卦，几乎想要抱着尾巴在箱子里打滚。

一直到了下午，易龙龙才忽然想起要回昨天那家酒馆退还房间钥匙。虽然李维已经派人通知了酒馆老板他们换地方住，但对方的房间钥匙还在她这里呢。

对了，还有押金也必须要回来。

这么想着，易龙龙让林琦回神殿取来钥匙，便直奔橡树屋酒馆而去。

此刻酒馆里比易龙龙来的那天要热闹得多，坐着不少人，却没一个是镇上的居民。这些人都随身带着武器，比调色盘小队更符合易龙龙对于冒险者的想象。

怎么来了这么多人？上次不是这样的啊。

易龙龙心里奇怪地想着。

虽然李维叫她尽量不要靠近冒险者，但此刻人（龙）都已经进了酒馆，再慌忙退出去，反而会引人注意，遭人怀疑的。

从桌椅的缝隙中穿过去，林琦的到来吸引了酒馆中大部分人的目光。虽说冒险者并非每个都是五大三粗的人物，但长期在刀口上讨生活的他们，除非是有很丰厚的身家和很好的修养，否则都会流露出一种在易龙龙看来可以用"草莽"来形容的气质。

这些冒险者看起来并不是同一批，从他们的打扮和聚众方式可以看出，酒馆里至少有几拨人。

有的东西因为比较而更加凸显。林琦来到他们之中，被鲜明地衬托出少年出尘的幽静，近乎空灵的美貌一瞬间便吸引了许多视线。

对于投注到身上的视线，林琦仿佛完全没感觉，他只是走近老板，将两把房门钥匙放在柜台上，示意酒馆老板退还押金。

归还钥匙的过程很顺利，没花多少工夫，酒馆老板便将余钱找回给了他，并顺便问林琦是否要买一些酒，昨天他们才从城里运来了上好的蜂蜜酒。

林琦按照易龙龙说的不多废话，直接无视了老板的推销，抓起柜台上的银币和铜币，反手往木箱里一塞，转身就要离开。

易龙龙心里虽好奇究竟发生了什么事引来这么多冒险者，但此刻这里已属是非之地，还是早些离开为妙。

走到接近门口的位置时，林琦忽然停下脚步。易龙龙心里奇怪，但这儿周围有太多人，别说是问林琦，她就连凑到箱子边看情况都不敢。

在林琦的脚尖前，一条腿大咧咧地横着，而腿的主人还伸出一只手，手上握着酒杯，正好放在林琦的身侧。

假如林琦没有发现那条腿，走上去被绊倒，接下来便会顺理成章撞翻那杯酒，对方便可以顺势发难找茬儿，这是一些性情凶狠好斗的冒险者常用的挑衅手段。

冒险者并不都是英雄人物，他们中的某些人品行不那么端正，比敲诈勒索的流氓好不到哪里去。像调色盘小队那样的队伍，虽然其排场让人不敢恭维，但其素质却是冒险者之中较为上乘的。

现在林琦遇到的就是冒险者中十分低劣的败类，因为看林琦孤身一人，模样柔弱但穿着不错，便想趁机敲诈一笔。

酒馆中其余的人也都朝这个方向看了过来，看到挑事的人之后，不少人都流露出看热闹的神情。冒险者虽然时常居无定所，但这个圈子里的人也算是彼此都知道一些情况。他们知道这个挑衅者是一个时常惹事、声名极恶的家伙，连带他的团队都带着让人厌恶的色彩。

虽然挑衅者的小伎俩没成功，但以常理来看，任何有血性的人遭遇到这样的恶意，都会心有不忿，就算不立即予以反击，也会与挑衅者发生口角，接下来的冲突便顺理成章。

但很遗憾的是，林琦偏偏例外。什么被挑衅啊，什么恶意啊，他完全感受不到，甚至也不明白为什么这个人要忽然把腿伸出来。他仔细端详了一下拦在面前的脚，唯一的感想便是这双鞋子有些破了。

林琦自己脚上穿着的是顺便让兼职鞋匠的裁缝制作的小羊皮靴，柔软的质地包裹着双脚，走起路来很舒服。

看了几秒钟，林琦便好像什么事都没发生过一样，抬脚从那条腿上迈了过去。

这样的行为比激烈的反击更能表现出无言的嘲弄，过了好一会儿，酒馆中几张桌上爆出大笑声，还有人嘲笑着大声叫喊："杰尼斯，别人根本就没把你当一回事！"

杰尼斯就是挑衅者的名字，听到这话，他原本对林琦三分的敌意变成了十分，拔出腰间的弯刀，猛地朝林琦的脑后横斩过去。

而林琦依旧仿佛什么都不知道一样地走着，好像不知道自己即将丧命似的。

伴随着响亮的金属碰撞声，即将斩上林琦脑袋的弯刀被一件飞来的物件猛地撞得脱手飞开，待那件东西嵌入酒馆对面的墙上时，众人才看清楚那是一柄小型手斧。

林琦这才停下脚步，回头看去。

掷出手斧的人，从酒馆角落的桌边站了起来，并且脱下了遮蔽容颜身体的斗篷。那是一名婀娜高挑的红发女性，二十五六岁，身上穿着合体的暗红色软甲，长长的红色大波浪卷发以黑色束带在脑后绑成马尾，整个人英气逼人。

和她一同坐在角落桌边的五个人，身上都罩着和她一样的斗篷。

她站起来后，酒馆里有一大半的冒险者立即倒抽了一口凉气，有人则直接喊出了她的名字："蕾茵娜！"

英气的红发女性环视一周，最后目光停驻在发起挑衅的杰尼斯身上，以异常沉稳的口吻说："这件事就到此为止吧，不要太过分了。"

杰尼斯似乎十分害怕蕾茵娜，虽然不大情愿，但还是点了点头。他捡起弯刀，结完账之后，与几个人匆忙离开了酒馆。

替林琦解了围，蕾茵娜并没有上来搭话，只是收回自己的手斧，朝他点了点头，便与其他同伴一同走上楼去——看来他们是在这里住宿的。

易龙龙心里好奇得要死，究竟是谁跟谁发生了什么事啊，那个叫蕾茵娜的大姐又是什么人物？

因此林琦才走出酒馆，她便赶紧让他回酒馆小坐会儿，一来是为了回去听八卦；二来，她从空隙里瞥见刚才被蕾茵娜赶出酒馆的家伙正和其他几个人站在街角，凶狠地望着这个方向。

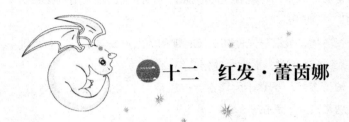

十二　红发·蕾茵娜

李维说的没错，冒险者本身就是危险的代名词。

林琦坐在酒馆里的时候，易龙龙暗暗埋怨自己，为什么不干脆让神殿的见习神官帮忙跑腿呢，自己非要走这一遭。刚才她在木箱里眼看着杰尼斯一刀劈过来，连叫喊都来不及，假如不是那个红发大姐相救，林琦说不定现在已经挂了。

因为蕾茵娜的出现，酒馆中的冒险者们都转移了注意力，现在已经没人再理会林琦是不是去而复返，也没人注意到林琦放在桌上的箱子里有双蓝眼睛在看他们……他们全都热烈地讨论起蕾茵娜出现在这里的原因。

唯一没有遗忘林琦的，是酒馆老板。他悄悄地送来一只高脚玻璃杯，杯中盛着蜂蜜酒，说："为了补偿您在本店受的惊，这杯酒算是本店赠送。"

琥珀色的酒液散发出绵软的甜香，林琦没去理会，只静静地和易龙龙一起倾听。酒馆既是是非之地，也是八卦之地，不多一会儿，易龙龙便知道了不少事。

之所以会出现这么多冒险者，是因为调色盘小队里那位贵族少爷的缘故。一个多月前，调色盘小队在附近的锡金城受当地警备官的委托，深入树海，探查高塔。但是前不久，那位警备官忽然得到消息，得知那位金发少年伊斯利竟然是海因涅家族的重要人物，惊慌的他连忙发布高额悬赏，召集所有他所能委派的冒险者，前来寻找伊斯利。

镇上忽然出现的大批冒险者，便是为此而来的。

蕾茵娜，她从前也是一个冒险者，但现在她属于另外一种与冒险者类似，但组织和纪律都更严密的较大型团体——佣兵团。

简单地说，佣兵团便是有组织有纪律有一定规模，并且通过了正规登记的冒险者团体。若论起自由和随心所欲来，自然是冒险者强些，但谈到素质与战力，佣兵团普遍比冒险者胜出一筹——自然，伊斯利那样的精英调色盘小队除外。

蕾茵娜在三年前便是非常著名的冒险者，"绯色暴风"之名曾经令许多大男人吓得说不出话来，但是其三年前忽然放弃冒险者的自由身份，加入了一个名叫"白牙"的著名佣兵团，并成为佣兵团内的高级干部。

现在蕾茵娜出现在这里，却是因为什么呢？难道和他们的目标相同？

虽然冒险者的总数较多，可是自从蕾茵娜显露身份后，他们每一个人的声音都不自觉地低了几分。

趁着酒馆里的人都在谈论蕾茵娜当年的光辉往事，甚至酒馆老板也入神地听着，易龙龙悄悄地从木箱侧面把挡板掀开，飞快地探出短短的白爪子，搭在酒杯两侧，发出轻微的啪嗒声。接着，她把装有蜂蜜酒的酒杯，直接抱进了箱子里。

在近处闻，淡淡的酒香里混合着蜂蜜的清甜，易龙龙深深地吸了一口气，接着低头伸出粉色的纤薄舌叶，在酒杯边小心地舔了舔。

舔食了少许液体，易龙龙咂咂嘴：有一点……奇怪。

前世因为身体拖累，她被严令禁食很多种饮食，其中酒就是最高违禁品之一。好在易龙龙没喝过酒，对这种饮品没什么特殊欲望，便一直这么过来了。直到今天被香味勾引，才小心地尝了一点。

入口的液体甜甜的，还带着一丝说不出的口感，但总体来说感觉不坏。

反正这一世的身体也不算亏，至少从前许多忌口的东西都能吃了。又给自己找出个值得高兴的理由，易龙龙抱着酒杯舔了舔，还没等她尽情品尝，那边酒馆老板便悄悄地走了回来，"您从后门走吧，我听人说刚才那个冒险者的几个同伴在外面等着您……我听说您是神官的朋友，希望您不要遭遇到危险。"

他这么做，倒不是出自对神或者神殿的尊敬，而是不敢得罪俨然就是小镇隐性Boss的李维。虽然李维并不是地方官员，但镇上没有太好的医生，居民们凡是有什么伤痛，都会求助于神殿。假如得罪了李维，那么就求神保佑自己一辈子不要受伤生病吧。

林琦对此没什么异议，伸手拿起放在桌上的木箱。易龙龙在箱子里感受到摇晃，赶紧抱紧酒杯以免翻倒，但还是有少许液体因摇晃洒了出来。

这时候老板的目光奇怪地一扫，有些犹豫地望着林琦，"请问，刚才的酒杯……"假如他没记错，他似乎请了他一杯酒，但酒杯呢？难道一起吞下肚了？

不过这话他说了一半，还是选择咽回了肚子里，权当是买一赠一送出去了，不过是个普通的玻璃杯，吞了就吞了吧。接着，他赶忙把林琦从后门送走，便算是完成了义务。假如路上林琦还是遭遇到什么危险，那便不是他的责任了。

才走出酒馆，正要走上街道，林琦却停了脚步。

在街道口，杰尼斯神情凶狠地等着他。

说到底，不管林琦还是易龙龙，他们都太嫩了，就连酒馆老板都能想出来从后门离开，难道经验丰富老到的杰尼斯会想不到？

杰尼斯一边让自己的同伴在酒馆正门附近守候，自己则来到酒馆后方的街道，便不出所料地等到了林琦。

杰尼斯伸出手，一把抓住林琦胸口的衣服，冷笑着说："不要以为有蕾茵娜替你出头，我就会放过你，今天一定要给你些教训。"

他一边说着，一边拔出刀，锋利的边缘在林琦脸上比画着，"长得比女人还漂亮，不知道往上面划两下，会是什么样子。"

杰尼斯的话才说完，他们上方就传来了一个隐含着压迫力量的声音，"杰尼斯，我说过的话，不希望你这么快就忘掉，需要我再提醒你一遍吗？"

128

在他们的后侧上方，是酒馆二楼的住宿间，蕾茵娜散着头发靠在窗台边。她的软皮甲解开了一半，露出里面的白色衬衣，披散的大波浪红色卷发让她看起来比方才多了几分女人味。但杰尼斯看到她，却吓得说不出话来，甚至连林琦也顾不上，丢开了他，转身便逃。

蕾茵娜依旧含笑靠在窗台边上，下方街道上的少年在地上站定后，回头往她这里看了一眼。但那双清澈的眼眸里，既没有别的冒险者看到她时的畏惧或厌恶，也没有好色男子看到她时的贪婪的目光，甚至连脱险的感激都没有。

看了一眼蕾茵娜，林琦便回过头去，打算继续往前走。

蕾茵娜正想目送林琦离开，身后传来一个刻意压低的声音，"我刚才打听到了，那个叫林琦的少年，是先我们两天来到香草镇的魔法师。现在他似乎住在镇上的神殿里，是李维神官的好友。"

另一个声音接上来，"李维？那不是……"

蕾茵娜一笑，忽然纵身跃出窗户，凌空利落地翻了个身，正好落在林琦身后不远处。

"这位小弟,我听说你是李维神官的朋友,正好我们也找他有事。作为我两次帮忙的报答,带我们去拜访他如何?"

易龙龙在林琦背后的箱子里,正好能从缝隙里看到蕾茵娜。此刻的蕾茵娜,因为脱掉了碍事的软甲,更显出她傲人的身材:她个子非常高挑,隆起的胸线往下是纤细的腰肢,修长的双腿藏着与外表不符的强大爆发力。

这是易龙龙头一次看到这个世界上的杰出女性,虽然之前见过镇上的少女和妇人,却从未有人拥有像蕾茵娜这样出众的美貌以及发号施令的气魄。

正好林琦背对蕾茵娜,易龙龙便索性代替他说话:"李维不在神殿,他有事离开了香草镇。带路不必了,假如你们要去神殿,往东边一直走,就能看到。"

不知道为什么,刚才林琦被杰尼斯揪起来用刀威吓时,易龙龙始终没有什么紧张感,反而更在意木箱中蜂蜜酒洒出来的事,盘算着回去后要好好清洗,否则这种带着甜味的东西不知道会不会招来蚂蚁。

可是蕾茵娜赶走了杰尼斯,她不但没觉得松了口气,反而更加紧张起来。

一直到离开酒馆,走在小镇边缘的街道上,易龙龙还在思考这件事:蕾茵娜明明没有做过任何坏事,甚至没有流露半分不利于他们的意图,反而十分可亲,为什么她会莫名地不想理睬她呢?

易龙龙原本以为她与蕾茵娜的交集仅止于此,但她显然低估了蕾茵娜的行动力。等她和林琦回到神殿时,却看到红发女佣兵和她的五个同伴竟然都在。

蕾茵娜的同伴里有一个神官,现在那个神官正在与神殿的见习神官交涉,希望让他们暂时在神殿里居住,以便等李维回来。因为那名神官的关系,加上允诺丰厚的捐款,他们的要求很轻易地便得到了满足。

确定入住,步入神殿的时候,蕾茵娜的几个同伴都纷纷摘下了身上的斗篷。假如说伊斯利率领的队伍是因为不同色泽而被易龙龙称作调色盘小队,那么看清楚这几个人的样子后,易龙龙立即给他们冠以另外一个称呼。

蕾茵娜背后背着长剑,两条修长的大腿上绑着两只手斧,看起来是位惯于作战的武士。剩下的几人,可以分别从他们的装备和衣着上辨认出来,这支队伍里有魔法师、神官、弓箭手、盗贼……几乎可以说是职业大全。

除了第六个人始终藏在斗篷下看不清楚外,至少其他五人的身份都是不一样的。

相比起伊斯利那样贵族架势的业余冒险队,蕾茵娜的队伍无疑要专业得多。虽然容貌神情各异，但队伍中几乎每个人都带着果断干练的气息，给人一种十分老练可靠的感觉。

虽然有些不安，但作为神殿的客人，不管是易龙龙还是林琦，都没有权力阻止职业大全小队住下来。这些微的不安在接下来几天的平静里也跟着消磨干净。蕾茵娜等人虽然拥有惊人的实力，但除了盗贼每天出去打探消息外，其余的人并不惹是生非，也没有对林琦表现出过分的关注。

每天早晨，蕾茵娜与队伍中的弓箭手、盗贼都会在神殿后的空地上做一些武技的对打练习，而林琦对此似有兴趣，每天早上都会准时去旁观。

蕾茵娜等人并不在乎被人看到，就算林琦看到了他们的对练，也不可能了解其中的发力技巧。

就这样平静地过了三四日，但迟迟不见李维归来，蕾茵娜等人终于失去了耐心。

出发的前夜。

六人在房间内或站或坐围成一圈，蕾茵娜面前摆放着这些天搜集来的资料。她伸出修长有力的手指，有节奏地敲击着桌面，"我们大概是等不到李维了，不能继续在这里浪费时间。明天就进入树海，用我们自己的方法寻找艾瑞克。"

和镇上那些为了伊斯利而来无秩序的冒险者不同，他们来这里，却是为了来自另外一个方向的请托——一个非常特别的请托。

在与易龙龙分开的第一时间里，陷于树海深处的艾瑞克便向他昔日的从者发出了求救讯号，虽然分开了很久，但他与从者之间始终有一种保持联络的道具，能让对方知道其所处的大概位置。

假如不是因为易龙龙，艾瑞克就算继续在树海中迷路十年，也不会动用这个求救信号，因为没必要，但现在他必须尽快地找到能给他明确带路的人。

彼时，艾瑞克的从者正在非常遥远的地方，不能及时赶来，为了避免让艾瑞克辛苦等待，便通过魔法传信，向白牙佣兵团发出请托，如此，蕾茵娜六人才来到香草镇。

十三　召唤·月落前

　　与蕾茵娜同行的几个人，都是佣兵团中在各方面的顶尖好手，不同的专长几乎能让他们面对任何状况。

　　通过求救信号所显示的模糊位置，肯定了艾瑞克是在树海之中，但至于在树海中的什么位置，或是他遭遇到了什么事，导致他必须发出这样的信号，蕾茵娜佣兵团却一无所知。

　　蕾茵娜手上拿着一张有些残破的纸，"我们来的第一天，发现香草镇的神殿发布的悬赏，他们所要寻找的人，根据描述，与那位艾瑞克大人的形象有些相符；再加上调查得知这位神官的身份，我有理由怀疑他所要寻找的人，与我们的相同。所以我才会在这里等待他，希望能从他那儿得到更详尽的信息。"

　　红发女郎的声音果断而沉稳，有条不紊地分析着，"但我们实在来得不巧，不知道李维神官什么时候才能回来，无限制等待只会错失机会，也不是我们一贯的风格。所以，我决定放弃等待，明天清早进入树海寻人。"

　　对于蕾茵娜的提议，其余五人有四人表示同意，蕾茵娜便将目光投向了最后一人，"兽王，你有什么问题吗？"被称作兽王的人，即便是和同伴坐在封闭的室内，也依旧穿着严密遮住容貌身体的斗篷，坐在墙角一言不发。

　　沉默片刻后，斗篷下传来低低的声音，"那个叫林琦的少年……我总觉得他身上的气息有些奇怪。"

　　蕾茵娜皱了皱眉，思索一会儿，道："那少年的气质确实有些特别，但我们此行肩负着任务，再加上他与李维有些关系，我不希望与他发生不必要的冲突。"她朝那穿着斗篷的第六人请求，"兽王，进入树海之后就全靠你了，先把精力专注地放在我们的任务上，可以吗？"

被称作兽王的人无声地点了点头。

见已达成一致，蕾茵娜轻轻拍了拍桌面，简洁地下令道："好，就这么说定了，明天晨曦之际，大家准备出发。"

就这样，在第五日的早晨，蕾茵娜一行人辞别神殿，和其他前来此处的冒险者一样，踩着草尖上还未蒸发的露珠，进入茫茫的树海。

站在树海前，其中一人停下脚步，回头朝神殿所在的方向看了一眼。

"走吧，兽王。"

"好。"

"总算是走了！"

蕾茵娜一行人离开神殿后，易龙龙做的第一件事，便是在床上狠狠地打了一个滚。

虽说那位红发大姐没对她做什么，但每天出入时对上她的目光，还是会有些忐忑不安。兼之对方又是老练的人物，易龙龙唯恐在她面前露出破绽。

她这些天还是和林琦每天外出一会儿，却不敢太靠近镇上，只在附近的山野之中随意走动一会儿，看辽阔宽广的天空，呼吸野地里芬芳的空气。

林琦静静地坐在床边的椅子上，看着易龙龙的举动。这是给人睡的床，在如此大的床上，雪白小龙在上面不管怎么折腾都不会担心摔下来。

看着易龙龙随意地打着滚，林琦甚至能从她的动作里感受到一种欢快飞扬的情绪，可他不知那是什么，于是困惑地问："为什么……打滚？"

过了一会儿才反应过来听到的问话，易龙龙的心情还有些高昂，她抱着被角坐起来，望着身边的林琦，说道："因为高兴啊，前些天因为有蕾茵娜在，弄得我一直有些压抑，现在总算是解放了……"说了这段话，易龙龙才注意到自己现在的姿态，有点不好意思。她赶紧松爪，理了理压出皱褶的衣服，"好啦，我承认，作为一个曾经的人，我滚成这样是有点夸张了……但这么宽的床，我没忍住……"

觉得越解释越乱，易龙龙自己翻了翻白眼，索性不说了。

林琦想了想，低声道："不懂。"

停顿了一会儿，他忽然低下头，轻轻舔了一下易龙龙的眼角，"上次，这里冒出来的水又是什么？"

易龙龙呆了半晌才反应过来，顿时尖叫一声，"啊！你干什么舔人！"

林琦迷惑不解地道："你不是常舔么？"他常常看到她舔爪子上沾的液体，所以今天也学了一下。

易龙龙几乎跳起来，"废话，你是人！我不是人……不对，我其实本来是人……也不对……关键不在是不是人……"

满月的光辉洒落而下，照在六个人身上，在铺了一层淡淡薄光的林间空地上，投下模糊的影子。

以蕾茵娜为首的职业大全小队六人，分开一定距离，站在这片不算大的空地上，铺开了一张七八米宽的不知用什么材料制作的薄布，表面上分布着交错纵横的复杂图案，图案的几个角上摆放着拳头大小的珍奇宝石。

穿着斗篷的那人站在中央，好像立于旋涡深处，而其余五人则分别站在图形边缘之外的五个方向。

蕾茵娜对着那人说："开始吧。"

穿着斗篷的人这才伸出手，扯下兜帽，兜帽之下却是严严实实的面具，要是换在别处，肯定会认为他在耍人，但蕾茵娜等人却完全没有反应，只是静静地等待他的下一步动作。

摘下面具，被遮挡住的容颜终于展露在人前——那真是非常特殊的相貌。

月光照出他深褐色的皮肤，尖长的耳后生着白色的细绒毛，他俊美的眉眼鼻唇形状和人类无甚区别，可脸上却长着奇异的白色花纹，自额头为起始点，如同莲花一般绽放开来。

如同银白烟花般的头发，以及宛如灼烧着灵魂的白色眼珠，走在人群中，这绝对是令人侧目的面容。

相貌奇特的男子单膝跪地，一只手按在地上纹路的中心，五指好像生生陷入图案中，周围迸出了一圈浅浅的光辉，紧接着，散淡的月华好像遭受到什么东西的吸引，竟然大量地汇聚在如同旋涡一般展开的图形纹路上。

月光被吸纳入那些纹路之中，也好像吸入了男子苍白的眼眸里。他快速低声吟诵着无人能听懂的语言，伴随着他的声音，图案上汇聚的月光呈现浪潮一般的翻涌。

渐渐地，月光中心形成了一个旋涡，好像在吸引着什么。

易龙龙站在桌上，吃力地用爪子抓着几乎可以当棍子挥舞的笔，慢慢地在白纸上写字。

虽然能看懂这个世界的文字，但想要用爪子亲笔写出来，却还是有些困难，趁着现在没什么事，易龙龙便拿神殿里的书当字帖练习。

只不过由于她的爪子太小，神殿提供的笔太粗，兼之神殿内的书籍都是圆体字，导致她写的字虽然还不至于难看得辨认不出来，但每个字都圆圆胖胖的，整体一行又歪歪斜斜的，看起来好像要集体造反滚出纸面一样。

又写下一个圆得像球一般的字，易龙龙懊恼地放下笔，顺便在纸上蹭一下自己沾上墨的爪子。她张开两只爪子，伸了个懒腰，打算今天到此为止。

就在这个时候，封闭的室内仿佛吹过一阵轻柔的风。易龙龙愣了一下，耳边听到有什么人发出细碎的呢喃声。

那呢喃声仿佛有着强烈的吸引力，召唤着她往某处去。

一边看白发男子施术，蕾茵娜一边向旁边的同伴解释："你是第一次看兽王做召唤吧？兽王与生俱来拥有远古神兽的血统，通过图腾召唤来附近最高等阶兽类，现在他所召唤的，是附近高阶层的较有智慧的野兽，希望能从它们那儿获取讯息。"

其余五人之所以分开站立，是为了预防万一招来太过强大的野兽，他们可以随时以武力应付。

凝望着不停旋转的月华，蕾茵娜道："最远召唤距离三百里……"她敏锐地发现有些不对，询问道："怎么回事？"

兽王皱了皱眉，"好像……有一点古怪……出现了什么障碍……"他眉宇间忽然现出凌厉的锐气，五指弯曲扣成爪状，随着口中的念诵，他耳后的细绒毛开始渐渐地生长蔓延开来。

易龙龙惊恐地看着，自己身体的周围居然浮现出了月华一样的光辉，那些光辉游动着，环绕着，好像想包裹住她。

"这，这是什么？"

这些东西，是从哪里来的？

试着动了一下爪子，发现自己还能活动，易龙龙松了口气，可是当她想要跑向桌边的时候，却发觉身体不由自主地往后退。

"这是怎么回事？"

突如其来的状况吓得易龙龙不知如何是好，只能伸出爪子朝林琦求救，"林琦，快来帮忙。"

林琦在卧室里听到易龙龙的呼唤，快速地跑出来，也不管发生了什么，便张开双手抱住易龙龙的身体。

毫不迟疑地，毫不犹豫地。

也就在这时候，回荡在易龙龙耳边的呢喃声仿佛变成了无数野兽的咆哮，月华猛然变得异常浓郁，形成了强烈的旋涡，将两人一起包裹在其中。

第二日一早，见习神官们来送饭时，只看见空空如也的房间，以及遗落在地上，还残留着爪印和稚嫩字迹的纸张。

扑通！

"啊！"

伴随着跌落声和一声仿似孩童的惊叫，蕾茵娜等人惊讶地看见，召唤阵的中央，坐着一个异常秀美的少年，而少年的怀里，抱着一条穿着衣服的雪白……幼龙。

众目睽睽，一览无余。

二十四　游戏·到此止

又见面了。

但是这样的重逢，无法让易龙龙感到半分喜悦。

前一刻她还在神殿的招待客房内，而下一刻，却和林琦莫名其妙地一起出现在了森林中，周围还围绕着六个应该算是认识的人。

除了蕾茵娜五人外，相貌奇特的第六人应该就是几天来一直藏在斗篷里的那个人，大概也就是她出现在这里的原因。

目光一扫，易龙龙心里就有了结论。

但是，眼下这个境况，她应该怎么办？

"千万不要小看人类的贪婪。"

"不要接近冒险者。"

李维的警告言犹在耳，易龙龙自责不已，觉得都是自己的疏忽引来了这些人，落到这个境地是自找的。对方肯定早就发现了她的存在，故意装成什么都不知道的样子离开，然后用奇怪的手法把她直接抓来。

这会儿，易龙龙又猜错了。蕾茵娜并未发现易龙龙的存在，之所以会出现这样的状况，也实在是意外的巧合。白发男子最初的目的只是想召唤附近的兽类询问线索，却意外地召唤来了易龙龙，让竭力隐藏自己的幼龙毫无防备地暴露在人前。

数双眼睛齐刷刷地盯着少年和雪白的幼龙，其中被称作兽王的白发男子目光最为灼热，他喃喃自语，"原来如此……我感觉到的，就是这个……"

原来真正让他有异样感觉的并不是少年，而是与少年在一起的龙。

丝毫没有心理准备暴露在人前，一时间易龙龙感觉自己的心肝都颤抖起来了，过了最初几秒钟的不知所措，她终于醒悟过来现在该做什么。

短短的爪子一拍林琦，"快跑！"

趁着他们还没动手，赶紧逃跑！

林琦快速地从地上一跃而起，迈出大步就要从前方盗贼和弓箭手之间的缝隙冲出去，但才跑了几步，只见人影一闪，林琦猛地停下，原本站在一旁的盗贼已来到了他身前，恰恰挡住了他的去路。

盗贼手持短剑横挡在林琦的身前，目光却看着易龙龙，口中问蕾茵娜，"绯红大姐，该怎么办，你决定吧。"

这是……龙啊。

面对太过传奇的生物，一时间无法做出决定，盗贼习惯性地将选择权交给了领队的蕾茵娜。

令人意外的娇小身躯，衣服外露出的雪白皮肤映着满月的光辉，而那双晶莹的蓝眼睛又闪动着惴惴不安的神色。

蕾茵娜瞬间做出决定，道："留下他们！"说着，拔出腰间的长剑。

而与此同时，林琦的身体再度动作，转了一个方向，试图朝另外一边的空隙冲出去。

身侧传来锐利的风声，林琦反手一抓，白皙修长的手指抓住弓箭手射来的漆黑箭矢，他的身体却没有停下来，反而顺势向前扑倒，避开蕾茵娜从身后横斩过来的一剑。矮身之际，他将易龙龙放在地上，而他就地一滚，双臂交叉架住白发男子从高处跃下的攻击。

盗贼吹了声口哨，"好身手，传闻不是说他是魔法师吗？"

林琦的身体后仰躺在地上，长腿一脚踢开白发男子，让开身后射来的箭矢，旋即赤着双手切向盗贼的短剑。

林琦修长秀美的双手在接近短剑的时候做出了不可思议的巧妙动作，绕过不算长的剑锋，直接切向盗贼的手腕。趁着盗贼吃痛松手的时候，林琦将短剑夺过来，握在手中。

盗贼还来不及为自己失去武器惊愕，让他更加惊讶的却是另外一件事，"绯红大姐，你什么时候把你的得意绝技教给了这小子？"

这种空手夺白刃的手法，在六人之中，是蕾茵娜的独门技巧，虽然由林琦用出来，比蕾茵娜少了一点迅疾的暴烈，多了几分说不出的优美，但其中的高明技巧，如出一辙。

因为林琦的举动，蕾茵娜也略有迟疑地道："我没有啊。"

这个时候，林琦已经挥动短剑，迎向再度扑来的白发男子。短剑巧妙地划了一个圆弧，留下一道几乎可以称作明亮的光辉。下一刻，剑锋却好像隐入夜色之中一般，消失不见，接着在白发男子肩头留下一道血痕。

看到林琦的这个动作，蕾茵娜目中含怒，瞪着盗贼，"说什么我教给他绝技，难道不是你泄露的吗？"

刚才林琦所使用的，却是盗贼的得意剑技——夜刃，通过对光线的利用，将短剑隐藏在黑夜中迷惑对手，进而达到杀伤的目的。

一击得手，林琦俊秀的脸上一派漠然，既无得意，也无畏惧。他快速地向前，目标直奔易龙龙，想要趁着这个机会抱起她逃离。

然而一道忽然蹿起的火墙阻止了他。

队伍中唯一的魔法师一直到此时才终于出手，他不紧不慢地说："大家别吵了，你们难道没看出来吗？这些技巧，都是你们这些天对练时让他旁观偷学去的。"

魔法师说话的时候，林琦又用蕾茵娜等人所熟悉的动作，斩落弓箭手射来的箭。

盗贼如同见鬼了一般盯着林琦，"这怎么可能？"假如只要看几眼就能学走他们经过千百次锤炼才成的武技，那么这个世界上还需要武技老师这种东西吗？他们许多年的苦练难道只是笑话？

看一次便能完全掌握，并且使用出来的巧妙程度完全不逊于原主人，这对于拼命苦练的人，未免太不公平了吧。

盗贼话音未落，便看见林琦手腕一转一挥，一道火墙猛然蹿起，挡在魔法师面前。两道火焰之墙，一前一后，照亮了林中的夜色，也照出众人脸上的惊骇。

这下不光是盗贼，就连先前保持沉稳的魔法师都发出切齿的诅咒，"见鬼了，难道这也是可以看到之后现学模仿的吗？"

魔法这个东西，并不是随便做一下手势念一下咒文就能成功用出来的，那是一种比寻常武技更难以理解掌握的本源力量。假如没有经过专门学习和系统练习，甚至连一个火星都发不出来——这也是大陆上魔法师数量远少于战士的原因。

但是，眼前这个少年完全颠覆了他们原有的认知。

只要他看过一次的任何动作，他都能完美地模仿出来，好像经过了千百万遍的练习一样，而他对魔法的使用更让队伍中唯一的魔法师崩溃：完全省略一切烦琐的施法步骤，没有魔法道具和魔力聚积过程，也无须咒文的手势准备，只是随意地一抬手，就能使用出来曾经在他面前出现过的魔法，好像魔法之神是养在他们家后院一样。

接下来，便是一场一对六的奇特战斗。

一是完全没有任何名气的神秘少年，六是大陆上著名佣兵团中的精英。

原本该是一面倒的局面，却因为林琦的独特才能，无限延长下去。

被围在中央的少年一手紧握短剑，身体高低腾挪，闪躲格挡，在六人的围攻下竭力自保，并不时地随手甩出个魔法，扰乱对方的节奏。

每一个曾经出现过的魔法都在他手上重现，而盗贼与蕾茵娜现时使用的剑技就这样被正大光明地学去。唯一没被少年学去的是神官的神术，但队伍中的神官主修并非攻击，其威力可以忽略不计。

倘若是在别的场合遇到林琦，蕾茵娜或许会想方设法地拉拢他，让他成为自己团队的助力，可眼下的情形却注定他们只能是敌人，并且不能罢战。

又制造出一道新的火墙，不敢再使用新种类魔法的魔法师面露苦涩的笑容，道："有时候，我们得承认，这个世界上，是有天才存在的。"

最初蕾茵娜等人还存着看他有多少本领的想法，出手都有部分保留，可随着时间的推移，原本各自独立的技巧通过实战，逐步融合起来，甚至展现出数倍于原来的效果。

蕾茵娜脸上的神情越来越凝重，她一声低呼，五名同伴立即会意地配合，同时发出猛烈攻击，而她则趁着这个空当跳出了战斗的圈子。

猛攻之后则是片刻的喘息，林琦左手虚握凛冽的火焰，右手执染血的长剑。即便是经过了这么激烈的战斗，他的脸上依旧干干净净的，一滴汗都不见有，耀眼的火光将月色映照得惨淡，而林琦秀丽的眉目却仿佛游离于这个世界之外，清雅幽静得令人心醉。

这是反击逃跑的好机会。

林琦不带感情地默默计算着从哪一个角度攻击能造成最大伤害，对自己更为有利，这种计算与其说是依赖直觉，倒不如说纯粹通过理性逻辑进行，如同一架精密的机器。

蓄势待发之际，他忽然听见一个不紧不慢的声音道："假如你不希望她受伤的话，就站在原地不要动手。"

林琦转过头，清澈的眼眸顿时笼上一层乌芒，如无尽的黑暗降临：空地边缘，蕾茵娜修长窈窕的身躯立在树下，她单手掐着易龙龙的脖子，长剑的剑尖抵在她的双目之间。

蕾茵娜全身上下都散发着冷酷的气息，"这位小弟，乖乖听话，放下剑吧。"

易龙龙两只小爪子胡乱扒拉着，试图拉开掐得她几乎喘不过气来的那只手，但这么做始终徒劳无功，蕾茵娜的手就好像铁铸成的一般，丝毫不为所动。

又难过又害怕，易龙龙的眼角溢出泪来，她现在后悔没有跑远一些，而是躲到树后就以为不会被发现了。但她不知道，假如她一开始便逃离，一直分心留意着她动向的蕾茵娜会提早抓住她。

面对蕾茵娜的威胁，林琦有些发愣，对方是在用易龙龙威胁他，可他却不晓得是否应该听从他们所说的。

这些人会对他造成威胁和伤害，假如他放弃抵抗，下场一定不妙。

这是两种选择：假如他继续攻击，自己应该能逃离；但假如他放弃攻击，他和易龙龙都会落入对方手中。

至少保全一个与两个都保全不了，这本来应该是很简单的选择题，但不知道为什么，林琦却产生了一丝犹豫。

蕾茵娜给林琦犹豫的时间也不过只有一秒钟，见林琦没有屈服，她的剑尖立即果断地刺入易龙龙的皮肤，"你死还是她死？"

选择是一瞬间的事。

林琦松开握剑的右手，左手的火焰随之熄灭。

在易龙龙惊恐的目光里，弓箭手张弓搭箭，盗贼捡起短剑突刺，白发男子五指如钩。

快捷无比。

束发的蓝色发带因激烈的运动散开，伴随着林琦倒下的身躯飘落，落在地面残留的火焰之中。

李维忘了说一件事，即便接近冒险者，也不要靠近佣兵，在某些情形下，佣兵是更加铁血无情的。

"好了，游戏到此为止。"蕾茵娜面无表情地松开手，放易龙龙摔落在地，任由幼龙小小的身躯发疯一般扑向血泊里的少年。

十五　人性·不自由

林琦还没有死。

当易龙龙小小的身子跑到他身边的时候，发现躺在血泊里的少年还有微弱的呼吸，易龙龙见状，心里稍稍有一丝安慰。

易龙龙第一个念头是求蕾茵娜等人帮助，毕竟林琦的伤势太重，假如没有熟练的料理手法和良好的药物，根本就救不回来。但是话还没出口，她念头一转，飞快地伸出爪子，抓起地上一支折断的箭矢，用尖尖的箭头对准自己的咽喉，才转过身看向蕾茵娜，"救他，否则我自杀，让你们什么都得不到。"

她晶莹的眼睛里含着畏惧的泪水，爪子却稳稳地一丝不动，对着蕾茵娜说："一只活的龙，总比死的价值要大，不是吗？"

蕾茵娜并没有忙着动作，而是冷笑着双臂环胸，"自杀，你敢吗？"她虽然不能说是阅龙无数，但是与人的交往经验告诉她，这条龙柔弱又胆小，根本不足为惧，先前她抓住她的时候，甚至能感觉到掌下的身躯在发抖。

易龙龙忍着疼，将箭尖刺进脖子的皮肤少许，虽然害怕得不得了，但她还是定定地望着蕾茵娜，道："我的确非常怕死，但那要看情形。就算你们现在阻止了我，今后只要一有机会，我还是会想方设法寻死的，你就算能阻拦一时，也阻拦不了一世。"

她确实不喜欢死亡，但那并不代表她不敢面对。前世重病的时候，她每天最重要的工作便是说服自己宽慰自己，以平静的心态等待最后一天的到来。那时候她必须那么做，否则将陷入无法挣脱的痛苦。

已经历过一次死亡的她，对待死亡比其他人的心态更果敢通透，也更易做出判断和抉择。

蕾茵娜有些迟疑，那只看起来柔弱胆怯的生物，娇小的身躯内仿佛滋生出坚不可摧的韧性，莹蓝的双眼里虽然依旧有恐惧，却也有另外一种东西——那是一往无前的不能更改的决绝——不自由，毋宁死。

易龙龙所想拥有且珍惜的不仅仅是生命，在她看来，还有许多与生命同等价值甚至超出的东西，比如自由，比如尊严。

倘若被人类俘虏，会有什么下场，李维已经不厌其烦地警告过她。那个时候，易龙龙就有了必要时再死一次的决心。

但比自由和尊严更重要的，却是那个为了她拿起剑却又慨然放下剑的少年。

易龙龙至今也不知道林琦是什么人，他的过去是怎样的，为什么会出现在高塔内，但那又怎么样呢？不管真相是什么，林琦就是林琦。

短暂的十数日相伴，其实并不足以产生多么深厚的情谊。最初与林琦在一起，也只是为了互相帮助，林琦不知道该怎么跟人说话，而易龙龙不能出面与人交往；林琦教她认字，而她教林琦一些日常的基本认知。

最初只是这种类似合作者伙伴的微妙关系。

但在少年为她流血的时候，一切都不一样了。

不管怎么说，只要林琦还有一口气，易龙龙就不会放弃救他，就算拿生命与自由来交换也无所谓，这是做人最基本的道义。

现在，是她为林琦做些什么的时候了。

就算变成了龙，但是少女灵魂深处，依旧深刻烙印着最真挚纯善的人性。

林琦的呼吸越来越微弱，易龙龙心里着急，爪子握紧箭尖，用力刺向咽喉。下一刻，蕾茵娜来到她身前，比普通女性稍嫌粗糙但十分有力的手握住了断箭的尾端，"好吧。"假如整天盯着一个要寻死的龙，那也是很麻烦的。

蕾茵娜的命令发下，神官上前施展神术治疗林琦的伤势，很快便止住了流血，接着给他的伤口用上最好的药，用绷带牢牢地捆扎起来。

易龙龙与蕾茵娜站在一旁，看着他们忙碌。见林琦的呼吸恢复平稳，蕾茵娜冷淡地说："好了，现在你可以放心了吧。不过他也是我们要一起带走的，这个你不能阻止。"她原本打算杀死林琦毁尸灭迹的，既然不能杀，就只能带走他，以免被人知道是他们做的这一切。

现在盗贼已经在清理周围留下来的痕迹，伪装成与怪物野兽搏斗的情形。

易龙龙也知道这个道理，能保住林琦的命，已经是蕾茵娜的让步。但她心中不忿，便轻轻地哼了一声，很不甘心地说：“李维会发现的，你们早上才离开，我和林琦晚上就失踪。假如李维回来，问明其他见习神官这几天的情形，很容易就会怀疑到你们身上。”

蕾茵娜微微一笑，接上她的话，“但是他没有证据。我们清早就离开了神殿深入树海，并且一直都没有回去。只要将你和这位小弟藏起来，装出什么都不知道的样子，不承认我们做过的事，就没人会发觉。李维就算再怎么有本事，他本人也要受到神殿的制约，我们的矛盾可以通过佣兵团的外交来解决。”

在下令捕捉易龙龙之前，蕾茵娜就已经将这件事的前后思索了一遍，并且充分考虑了可能产生的后果，得到的答案依然是值得冒险一试。

“事关你的身份，他只能在小范围的影响内私下解决。假如他愿意将你的存在暴露在所有人的视线中，那么我们就立即将你交给有势力的人，换取利益以及对方的庇护。”她弯下腰，非常轻柔地，但压迫力十足地摸了摸易龙龙的脑袋，“所以，乖乖跟着我们走，是最正确的选择，至少我保证这一路上不会亏待你。”

易龙龙嫌恶地避开她的手，冷笑道：“不会亏待？捉住小动物后把它们关在笼子里，折断它们的爪子，生死都操纵在你手上，心情好的时候喂它们一点好吃的……这样就叫不会亏待吗？”

什么叫不会亏待？说这话也不怕脸红，失去自由，便是最大的亏待了。

易龙龙不耐烦地一爪子拨开蕾茵娜的手，扬起脑袋与她对视着，“我会跟着你们走，但希望你能信守诺言，不要偷偷地害林琦。”

她和林琦都是没有经验的菜鸟，对方有什么手段，她根本无法防范，只能用最笨的也是最决绝的底线去威胁对方，“假如林琦死了，我会毫不犹豫地放弃生命。这一点，我说得出，做得到。”

一十六　打滚·跳一跳

这是一座低矮的岩石山，一股清澈的泉水自半山腰蜿蜒而下。

在泉水边做一天伊始必要的清洗，魔法师抹去脸上的水珠，回头望了眼还在林琦身旁沉睡的雪白幼龙，有些感慨地说："假如对别人说出来我们捕获了龙，一定很难让人相信。"

距离那个充满了意外的夜晚，已经有八天，为了那个意外，他们果断地放弃了此行原本的目的。但是为了不让人看出破绽，他们还是假装继续深入树海，绕路穿出树海后，在野地里行走一段路途，以期能绕过香草镇乃至更远的地方，悄悄地潜回驻地。

不一样的是，他们的随身行李中，多了一个人和一条龙。

泼水的响动通过岩石传入睡在地上的易龙龙的耳中，她动了动身体，像是要醒了。

身体小小的幼龙先张开两只爪子，做了两秒钟舒展运动，接着她抿着嘴，幼嫩童音发出痛苦的呻吟，与睡魔做艰苦的斗争。

好不想起床啊。

易龙龙痛苦地想。

果然是由俭入奢易，由奢入俭难。

一旦睡上柔软的床，她便不再适应露宿野地。这些天跟着蕾茵娜等人在树林里东奔西跑，每天晚上睡的都是坚硬的地面，睡得她筋骨酸痛，晚上睡不着，早上起不来。

但是，再怎么不情愿，她还是得乖乖地听话，遵守别人的行程安排——就算是在睡梦里，易龙龙也有这样清醒的认知。

起床！起床！

伸出爪子抓住林琦的衣摆，使劲地蹭了一下，脸颊与布料的摩擦让易龙龙稍微清醒了些，接下来摇摇尾巴，扭扭身子，两只脚来回蹬几下，松动了筋骨，才撑着好像被卡车压过一样的身体站起来。

揉了揉还有些困倦的眼睛，发现蕾茵娜等人都在盯着自己看，还有些迷糊的易龙龙下意识回礼，有气无力地瞪了他们一眼，这才啪嗒啪嗒跑到泉水边，认认真真地漱口洗脸。

看着站在水边的小龙用小小的爪子努力舀起泉水，轻轻地拍打在脸上，蕾茵娜觉得有一种不真实感。经过这些天的相处，她总会产生一点错觉，觉得自己抓住的并不是龙，而是一个拥有龙的外形的人。

在恶劣的环境下也不忘爱干净，找到水一定要洗脸洗爪子，穿着衣服和鞋子，不喜欢被太多人看着，不让队伍中的男性成员抱她……这些小习惯让她看起来充满了人的特质，并且是人类年轻女性的特质。

蕾茵娜飞快地压下心中的动摇：这是龙，不是人，不要被迷惑了。

这几天，整个队伍的气氛都有些压抑，在此之前，众人完全没有想过，他们几人会通过挟持"龙质"这样卑劣的手段，来迫使一个如同宝石般流光溢彩天分惊人的少年就范。

这些天来的相处，易龙龙的柔弱和林琦的纯真在他们面前一览无余，当从易龙龙口中得知林琦曾经被人关押折磨得久以至于变成什么都不懂的一张白纸时，神官喊了一声"请欧尔丁神宽恕我的罪恶"。

他们会愧疚，是因为他们心里还有残余的良知。

但直到现在，蕾茵娜也不后悔自己做的决定，不管从近期看还是从远期来说，这条龙的价值都值得他们这么做。近期的效果是，佣兵团可以直接将这条龙献给皇帝，换取晋身的阶梯；而远期的打算则是，他们自己养大这条龙，留给今后的佣兵团使用。不管近期还是远期，总能提升佣兵团的整体实力。

看了看山头太阳升起的高度，蕾茵娜招呼同伴准备早饭，同时做好出发的准备。今天他们会离开郊野，伪装一番，进入距离香草镇很遥远的梅林镇，接着，回归佣兵团驻地。

职业大全小队携带的食物不像艾瑞克那样简陋，自然也不似调色盘小队讲究到夸张，只是简单的硬面包夹肉，送到易龙龙爪子里时，她便将肉片从面包里扯出来，面包还回去，肉片留下来。

慢慢啃着肉片，易龙龙的心情却越来越消沉。今天就要进入有人烟的地方，这几天蕾茵娜并没有囚禁她，是因为吃准了她逃不掉，才毫不吝啬地显示大方。但一入城镇，毫无疑问地，她就会被关押起来，为避免其他人看见她。

这些天她尝试过弄点血出来放在蕾茵娜等人的食物和水里，就好像当初对付罗兰那样，可惜被那个叫兽王的白头发怪男人识破并阻止了。

心里正入神地想着，易龙龙忽然感到后领被人用力一拽，整个身子被粗暴地拽起来。紧接着身前传来锐利的破空声，随即有什么东西嵌入岩石的声音。

好不容易稳住身体，易龙龙定睛一看，发现自己原来站立的地方，斜插着一支弩箭。

是什么人？

易龙龙惊诧于什么人要杀她的时候，蕾茵娜却惊诧于什么人靠近了他们。

队伍中的盗贼是反跟踪的一把好手，就算是一般身手好的佣兵冒险者，也很难接近他们而不被发觉。但通过这支弩箭的力道看，对方很明显是在近处射击的。蕾茵娜环视周围，最后目光定在七八米外的一棵树上，"为什么要攻击我们？阁下能否露面？"一边慢慢地说着，一边在心里下了杀人灭口的决定。

不管这人是谁，易龙龙的存在，决不能让佣兵团之外的人知道。

蕾茵娜这话原本只是试探，并没有想对方会被立即引出来，但是她话才说完，便看见树上跳下一个人来。

那人身上穿着有些旧的衣服，单手握着弓弩，背上背着一张长弓及厚帆布背囊，腰间挂着长短两柄剑。

蕾茵娜十分惊讶，这人身上如此负重，竟然能悄无声息地来到距离他们这么近的位置。

易龙龙更是惊讶万分，"你的衣服不是……被我让林琦扒了么？"后半截话在对方眼底露出的凶光中咽了回去。

紫色的头发和眼睛，眼睛下一道宛如眼泪的伤痕。

追上来且差点杀死易龙龙的是久违了二十多日的罗兰。

易龙龙眨眨眼，你真……顽强啊。

被她整成那样的罗兰居然还能追赶上来。

易龙龙虽然嘴乖巧地闭上了，但眼睛却忍不住好奇地上下打量着新装扮新风貌的紫发盗贼。

罗兰身上穿的衣服虽然还算合身，但刚硬衣着并不像他从前的风格。可以推测，这身衣服其实不是他的，而是从别人身上扒下来的。

这是很容易联想到的事，前些天那么多冒险者涌入树海，怎么也会给罗兰碰上几个，而后被他洗劫一空，穿上身材相近的人的衣服，并且取走他们的武器。

易龙龙大着胆子张望，一点也不担心自己会被罗兰杀掉，她现在虽然是蕾茵娜等人的俘虏，但蕾茵娜也必须保护她的安全。假如他们六个人都对付不了罗兰一个，干脆回家待着去好了，还玩什么佣兵团。

她现在唯一好奇的是，蕾茵娜这些人遇上她已经是意外中的意外，八天来他们更是尽量隐蔽地绕路，但罗兰究竟是怎么追上来的？

罗兰只草草地扫了蕾茵娜等人一圈，而后冷冽犀利的目光回到易龙龙的身上，虽然刚才偷袭的一箭没射中有些可惜，但接下来有的是机会。

罗兰自己也说不清楚应该是幸运还是倒霉，虽然因为误食易龙龙的鲜血而导致身体受创，但一段时间的虚弱后，迎来的却是可喜的变化。他的感触变得更加敏锐，耳力目力都得到了双倍的提升，身体更轻盈有力，从前较为费力的技巧现在居然能更轻松地完成。

罗兰心里知道，这是易龙龙给他带来的变化，但他并不会因此感激某只自称柔弱小动物的家伙。身体虚弱的那些日子，他全身赤裸地在树海中躲躲藏藏，虽然没有被人看到，但那份耻辱却铭记在他的心间。

他体力恢复后所想到的第一件事，就是找到易龙龙报这份耻辱之恨。

令他颇为惊讶的是，当他想找寻易龙龙的时候，心头会模模糊糊地现出一个指向，指引着他前进的道路，他就是依靠着这种表面看来完全不可靠的直觉，一路追踪而来，才在今日追赶上了。

看情形，那只该死的龙应该是落入了有"绯色风暴"之称的蕾茵娜手中，但这与他无关，他现在不想做龙贩子了，他要做最后一个屠龙者。

蕾茵娜伸出一只手，尽量以和缓的语气问："请问，你和这条龙是不是有什么仇恨？假如可以的话，我做一下中间人帮你们调解，如何？"她的脸上平静温和，背在身后的一只手却对同伴们做了一个"杀"的手势。

罗兰完全不理会蕾茵娜的问话，他身体就地一滚，便飞快地藏匿起来。虽然周围的地形并不适合盗贼作战，但紫发盗贼的经验和技巧可以弥补环境的劣势。

箭矢被不断射出，罗兰采取了一种十分恶毒的战略，他放弃攻击易龙龙，转而攻击队伍中自保能力最弱的魔法师和神官，两支弩箭接连射出来让他们受伤，削弱蕾茵娜等人的特殊优势。

他不冀望于蕾茵娜所说的调解，因为他自己也是在生死阴谋中打滚的角色，他能够想到对方在这种情形下会做出的选择。得到了稀世的龙，在通过其换取实际利益前，他们不会让除了自己以外的活人知道龙在他们的手上。

更何况，没什么可调解的，他所遭受的耻辱必须用生命来洗刷，对于杀死易龙龙这一点，他绝不会让步。

伴随着罗兰敏捷而流畅的攻击，蕾茵娜再一次感受到惊讶。看对方的攻击方式，应该是盗贼，然而在展现惊人技巧的同时，却还能拥有这样可怕的速度和力量。他们自己的盗贼已经是这个职业里的佼佼者，可与眼前的男子一比较，便逊色了很多。

魔法师和神官都因为最开始被偷袭而受伤，不方便全力加入战斗中去，剩下的盗贼、弓箭手以及兽王三人合起来，也依然被罗兰耍得团团转。蕾茵娜实在看不下去了，她一把抓起易龙龙，塞进斗篷里背负在背上，拔出剑便朝罗兰冲过去。

蕾茵娜是队伍中最强的战力，她的加入顿时改变了原先一边倒的局面。然而罗兰要的就是她过来。与蕾茵娜近距离交手的瞬间，他口中吐出毒针，越过蕾茵娜肩头，险险地擦过易龙龙的脑门。

这是他唯一一件虚弱时没有被搜走的武器，因为机簧藏在口中，易龙龙没有发觉。

等毒针飞过去，易龙龙反应过来刚才发生了什么，顿时惊得全身僵硬，害怕地叫起来，"滚开，不要靠近我！"

这原本只是随意的情绪发泄，可是半秒钟后，奇异的景象发生了。

罗兰忽然莫名其妙地就地躺倒，骨碌碌地朝外滚了去，一直滚到好几米远，被一棵树拦住，他才好像陡然惊醒一般跳起来。

这是……怎么回事？

一时间，不光是易龙龙，就连蕾茵娜等人也惊呆了，他们甚至忘了趁着罗兰露出空隙的时候攻击他，而是眼睁睁地望着他滚远。

罗兰跳起来后，愤怒地盯着易龙龙，"你做了什么？"刚才她话说完后，他就感觉好像有什么力量支配了他的身体，迫使他做出愚蠢的动作。

易龙龙愣了愣，"真的是我干的？"

不会吧？

她轻轻地拍了拍爪子，"为了验证真假，我们来做一个试验吧！"眨眼工夫，易龙龙给罗兰设计出一连串动作，"罗兰，你先招招手，再学兔子跳两下，接着原地转个圈，最后做一个胜利的手势。"

在众人骇异的目光里，罗兰丢下弓弩和短剑，朝易龙龙招了招手，接着两只手都伸出食指中指，放在脑袋上，双腿微屈发力跳动两下，放下手，他原地转了个圈，再转回来时，做了个"V"的手势。

真的是……因为她啊？

易龙龙还在惊奇，但蕾茵娜已先回过神来，趁罗兰手上没有武器，拔出手斧朝他掷去，同时身体敏捷地欺上，剑出如风。

当易龙龙说完她的命令后，罗兰又一次陷入不能自主的状态，言语好像化作了力量，彻底支配了他的身体。

做完了易龙龙专门给他设计的一整套动作后，罗兰只觉得羞愤交加，一时间连仇也不想报了，只想干脆找棵树就地吊死算了。

他这哪里是来报仇的，分明是送上门给龙玩弄的。

没等他撤退，蕾茵娜的攻击已经扑面而来。

虽然已经羞愤得想死，但罗兰依然十分珍视自己的生命。他一个侧身躲过蕾茵娜飞来的手斧，接着敏捷地拔出挂在腰上的长剑，挡住蕾茵娜跃起向下劈斩的剑锋。

下落的去势加强了斩击的力量，罗兰手掌被震得麻木，险些松开剑柄。他脚下用力蹬地，身体疾退。刚从死亡线上逃回来，他却不觉得恐惧，只恶狠狠地看着易龙龙，"你究竟做了什么？"

易龙龙觉得她无辜得要命，"我什么都没做啊……"她就是随便说了一句话而已，难道有这么大的威力？抱着尝试一下的想法，她转向蕾茵娜，稚嫩的童音尝试地发令道："蹲下。"

蕾茵娜本来打算追击罗兰，猛然听到易龙龙竟然把主意打到了她身上，身体冷不防地打了一下寒战，同时神经紧绷，唯恐自己也做出愚蠢的动作。但片刻的迟滞后，什么都没有发生。

换而言之，易龙龙的言语命令只对罗兰一个人有效。

这么说来……

易龙龙忽然想起了什么，抬头望向罗兰，后者也正好想到了什么，看了过来。

交错的视线中，一人一龙想到了同一件事：

血……

被罗兰吞下去，折腾得他死去活来的那点血，现在依然还在发挥着余热，继续折磨着可怜的紫发盗贼。

这时候，易龙龙听到一个低沉的声音："是龙仆。"她转头一看，却发现说话的人就是那个穿着斗篷、被称作兽王的奇异白发男子。自从那一夜之后，白发男子又再度穿上斗篷，日日夜夜遮掩住容貌。这些天更是一言不发，干脆省略了说话这一功能。

斗篷下，白发男子的声音很低，好像从非常远的地方传来似的，"就我所知，非常古老的时候，是有人成为龙的仆人的，你们是否进行了什么仪式？"

因为白发男子忽然出声，蕾茵娜等人也暂缓了对罗兰的攻击，等待白发男子继续解释原因。

罗兰紧咬牙关，盯着易龙龙，眼中射出仇恨的火焰，恨不得扑上来咬她一口，"什么见鬼的仪式，我只是不小心吞下了她的血而已！"自从遇到易龙龙后，他所遭受的耻辱就在不断打破纪录。

白发男子依旧平静地道："这就是了。在远古的时候，龙第一次给人类饮下的血液，便是最为古老简单的契约仪式，以血统的强度来决定谁是主导方。"

看现在的情形，很明显，主导方是谁根本无须多言。

发展至后来，龙与龙骑士的契约，其实是这种仪式的修改版本，通过某些方式能让人类免疫这种命令。

成为龙仆其实也不是没有好处，好处之一便是龙会将自己的力量以血为媒介部分传导给龙仆，因此易龙龙自身被限制着的力量，反而在罗兰身上传导并展现出来。

更通俗一些说，那就是罗兰虽然实力增强了，但因为受龙血的契约限制，他不但伤害不了易龙龙，反而会任由易龙龙揉捏着随意玩弄，爱怎么玩怎么玩。

易龙龙就算是让他去死，他都不能违背。

明白了前因后果，蕾茵娜双眼一亮，顿时想到了解决罗兰的办法，但是易龙龙的反应比她更快，赶在蕾茵娜动手前，她第三次对罗兰发出命令，"离开这里，不要被他们找到！"

她的话音还飘荡在空气中，罗兰的身体已经在飞快地后退，那速度超过了职业大全小队任何一人的极限，只片刻工夫，他便快速地绕到了小山后，彻底脱离战场。

既追不上他，远程攻击也伤不到他。

蕾茵娜在第一时间做出判断，果断地放弃追击。刚才意识到易龙龙可以命令罗兰时，她想到的就是通过易龙龙和罗兰的特殊联系杀死他，但遗憾的是，易龙龙比她先想到这一点，抢在她之前，命令罗兰逃走。

目送着罗兰的背影消失，易龙龙松了口气。假如蕾茵娜用林琦来威胁她伤害罗兰，她可能真的会做出不情愿的事。唯一两边都不伤害的解决办法是罗兰远远地避开，听不见她的命令。

蕾茵娜从背上解下易龙龙来，把她丢在地上，随即下令继续进行被打断的早饭。她并没有责难易龙龙坏了她的事，他们立场不同，所作所为，也都仅仅是从自己的角度出发，正如她不后悔捕捉易龙龙，这没有什么值得非议的。

虽然让罗兰逃走了，但现在不必担心罗兰会向外传播龙的事，他反而会尽力遮掩。因为他是世界上唯一的龙的仆人，假如易龙龙有了什么意外，他自己也得遭殃。

经过罗兰的突袭打扰，下半截早饭时间气氛更加沉寂压抑，唯一不受影响的，大概就是林琦。他的手腕上铐着跟食指差不多粗细的镣铐，镣铐拥有干扰魔力的作用，林琦戴着镣铐，便很难凝聚魔力来使用魔法。此外，为了防止他伤人，每顿给他吃的饭中，都掺入了盗贼配制的大量致昏迷药物，让他一天之内大部分时间都在昏睡。

尽管遭受这样的对待，林琦却并没有表现出不悦。他的平静由始至终，只在那夜受重伤后第一次醒来时，看见易龙龙安然无恙，眼睛里才焕发出微微的亮光。

吃过早饭，盗贼给每个人分发改变容貌的药物进行伪装，再从镇上买下一辆旧马车，伪装成一支普通的冒险者队伍。为了避免遇到什么别的意外，他们没在镇上做停留，而是直接驶往附近的城市。

马蹄与车轮声不紧不慢，道路的尘土上留下浅浅的车辙，迎着暮色辉光，慢慢地驶近临近的伯德城。

而在马车驶过后，一个敏捷的身影，踏着车辙，悄无声息地跟随着。

二十六　打滚·跳一跳

二十七　城市·旧相识

　　伯德城是一座很有历史的中型城市，其城门伯德之门有一个很有趣的典故。

　　据说在接近两千年前，并不像现在这么和平，世界一片混乱，国家和国家之间还在激烈地打仗，那时候伯德城叫别的名字，其所属国被别国侵略。在战乱之中，出现一个拥有卓绝军事才能的英雄，他的名字叫伯德，他率领军队击退了入侵者，当他胜利凯旋的时候，经过这座城市，进入城门前，他却在马背上睡着了。

　　因为穿着遮挡大半面孔的盔甲，当时没人发觉他的异状。军队进入城门，城内的民众朝他们的英雄发出欢呼声，但睡着的英雄错以为这是叫自己起床的声音，便习惯性地动了动身体，就这样在万众瞩目之下，他正好在门口的位置摔下马来。

　　这件事后来传到国王耳中，国王大笑着以伯德的名字为这座城市命名，并且将城门称作伯德之门。

　　当年的国家已经在历史的变迁中烟消云散，只有伯德城和伯德之门一直流传了下来。

　　马车经过伯德城门口，停下来接受卫兵检查。盗贼灵巧地塞过去一小袋银币，对方露出会意的微笑，只草草地往马车内看一眼，就放行通过。

　　马车被检查的时候，易龙龙一直被塞在行李中，从缝隙里看到盗贼和士兵的小动作，心里暗暗感慨：不管是在哪个世界，都有收受贿赂和玩忽职守啊。

　　她并没有发出声音，不管是蕾茵娜还是她都非常清楚，假如她暴露在大众的视线中，对他们双方都不是什么好事，就算她能一时趁乱逃离，也无法应付接下来的麻烦。

一过检查关口，易龙龙立即从行李后跳出来，求蕾茵娜让她从窗口的缝隙里看外面的情形，这个不算过分的请求很快便得到了允许。

马车进入伯德城时，整个城市笼罩在橘色的黄昏里。昏黄柔和的光线照在街边两三层的建筑上，给这座有历史的城市镀上了一层陈旧纸页一般的色彩。街道上行人来往，与平和悠闲的小镇不同，城里人们的脚步更为匆忙一些。

易龙龙趴在马车厢壁上不到一尺宽的窗户边，透过缝隙静静地看着外界，忽然，她的目光定在前方的街角，那里站着一个她认识的人。

李维换下了神官服装，身上穿着合体的精美礼服，年轻俊秀的脸上泛着温柔的笑意，他伸出手，牵着一位美丽的贵妇人一同走下珠宝店门前的台阶。

易龙龙心中大喜，来不及深思要去锡金城的不良神官为什么会在这里，她立即张口呼救："李……"但一旁的蕾茵娜早已注意到她的异状，及时伸出手来，一把抓住她，手掌牢牢捂住她的嘴。

讨厌！

不要拦着她！

李维不要走！

易龙龙挥舞着爪子拼命挣扎，但蕾茵娜的手好像钢铁铸成的一样，毫不留情地掐灭了她乍然升起的希望。

在易龙龙逐渐黯淡至绝望的目光里，李维一边与贵妇人说笑着，一边与她共同登上一旁等候着的华丽的敞篷马车。上车后，他倾身靠近贵妇人，附在她耳边不知道说了什么，惹得对方一阵娇笑，随后马车开动，渐行渐远。

往车外看了一眼，蕾茵娜放开易龙龙，而少女龙也没有任何回击的反应。倘若是前些天，她或许还会瞪她一眼，或是骂两句，但现在，身材幼小的龙只是慢慢地走回行李堆边，往上面一跳，了无生趣地躺在一只箱子上。

刚才那个人，是李维没错吧？

易龙龙抬爪捂住眼睛，不让别人看到自己眼中涌出的泪水。

艾瑞克不知道在什么地方，林琦被她连累成为俘虏，可是这些天她一直还存有希望，希望今后有机会逃离蕾茵娜的魔爪。

当初李维说去锡金城变卖罗兰的物品购买施法材料，她因为相信他，才把罗兰的所有物品都交给了他。纵然被蕾茵娜抓住这么久，易龙龙心里对李维依然有小小的期待，暗暗猜测李维回到神殿发现她不见后，会怎么寻找她。但今天却偶然发

153

二
十
七

城
市
·
旧
相
识

现，他仿佛根本没有想到有一条龙在等待着他，他根本不在他所说的锡金城，而是在另外一个城市，跟美丽的女人约会。

被欺骗了的承诺，被背叛了的信任。

这才是痛苦的真正来源。

说什么几天就回去，现在都过了多少天了？他在干什么？

易龙龙命令自己不要为了不值得的人浪费情绪，但眼泪却好像怎么都止不住似的，从小爪子的缝隙间流淌出来。

林琦在马车角落里昏昏欲睡，身上披着遮挡镣铐的斗篷。他迷迷糊糊地醒来，看见易龙龙躺在不远处哭泣，便勉强挪动身体靠过去。

贴近易龙龙的脸，他本能地想要尝一下那透明液体的味道，却陡然想起来易龙龙说过的不准随便舔她，只好费劲地抬起手，用指头揩了少许泪水，放在唇边细细舔舐。

那是带着淡淡咸味、尝起来非常苦涩的液体。

蕾茵娜率领着她的职业大全队伍在城中僻静的街区找了一间旅馆住下，一共要了四间房，其中一间她带着易龙龙同住，剩下三间余下六人均分。

自从白天见到李维后，易龙龙就不再抱什么希望了。她默默地吃过晚饭，一言不发地直接跳上床，蜷缩着身体在角落里躺下。

床头柜上的花瓶里插着晚饭时有人上门兜售的新鲜花朵，本来是令人愉悦的花香，但现在闻起来却完全无法让易龙龙高兴。

蕾茵娜轻轻地叹了口气，解开身上的皮甲，坐在床边。她想对易龙龙说些什么，但还没开口，就觉得自己这么做实在没必要，试问狼在吃羊之前，会对羊说什么吗？

弱肉强食，这是不管到了什么地方都通用的法则。

"睡吧。"她拍了拍床沿，躺在床的另一边，几乎将一半的位置让给了身体不足她八分之一的小龙。

夜深的时候，城市的灯火几乎都已经熄灭，但蕾茵娜等人居住的旅馆外，却有一条黑影徘徊着。

紫发的盗贼此时一身黑衣，蒙着面孔，眼睛里却放出挣扎的光芒。

明明知道一靠近那条龙自己的下场就会很悲惨，可为什么他还是不由自主地跟来了？难道他从身体到灵魂，都已经沦为了幼龙的男仆？

罗兰盯着夜色里漆黑的建筑，旅馆的大门虽然已经紧闭，但他想要进入，并不是什么难事，现在问题的关键在于他要不要去救那只可恶的龙。

作为一个合格的盗贼，消息灵通是必备条件之一，蕾茵娜等人可以不认识他，但他却不会不认识蕾茵娜。

蕾茵娜的绯色暴风之名，并非来源于她红色的头发，而是来自她的赫赫战绩。她做冒险者时，曾接下剿灭一群山贼的委托，本来应该等待一支佣兵团队伍共同参与的，但她却早早地一个人杀上山去。当其他的佣兵赶来时，只看见在上山的道路上，山贼的尸体到处都是，暗红色的血液一路蜿蜒，仿佛被绯色暴风席卷而过。

绯色是敌人的血流淌出来的颜色。

倘若不是因为最近实力忽然有大幅度增强，罗兰知道，今天早晨在蕾茵娜面前，他恐怕连一个回合都支撑不过。

除了那个穿戴斗篷的人他看不出来外，另外四个人皆是颇有实力和名望的好手，再加上这群人背后是著名的佣兵团，而他虽然实力有所增加，却不得不受限于幼龙言语的束缚。假如再度与这些人发生冲突，对他而言并不利。

但为什么他还是不由自主地跟来了呢？

眉头重重地锁起，想了想，新晋龙仆走开，到了另外一条街的角落。他掏出一枚银币，心里对自己说，就让神明来决定这一切吧。假如银币落地时正面朝上，就去救龙；反之，就此放弃。

放弃技巧的操控，罗兰随意地弹出银币，金属硬币在空中转了几个圈，落在地上，发出清脆的声响，罗兰低头一看：正面。

真不想去救那条龙啊。

痛苦地盯了会儿银币，罗兰将之拾起来，心想，刚才只是试验，现在再来一次。

银币落下，正面。

罗兰仇恨地望着银币，又找了个理由：这枚银币一定是有问题，刚才的结果作废，换一枚金币继续。

金币落下，正面。

刚才他手滑了，再来一次。

……

……

一直等罗兰重试了七八次，一个在街角蹲着的流浪汉终于忍受不了，扑过来一把抢过金币，呲着牙咬了一口，说："我说，你要是不想要这金币了，就干脆送给我吧，丢了又捡，捡了又丢，磨磨蹭蹭的算什么男人？"对于罗兰的装扮，他连多看一眼的兴趣都没有。像他这种无家可归的流浪汉经常会有不少事，要是每一件都大惊小怪，他早就死了。原本他还打算继续装睡，但金币的魅力实在太大了，他才控制不住上来抢夺。

看了一眼被夺走的金币，罗兰没有要回来，只看着空了的手掌，叹了口气，目光却转为坚定，转身快速地返回。

回到旅馆后方的街道上，罗兰回忆今天查到的蕾茵娜等人入住的房间，那条龙应该是和女佣兵同房。他伸手在墙面上一撑，身体如同猫般蹿起来，两三步就到了旅馆的房顶。

今天傍晚的时候，他曾试图在佣兵团的食物和水里下药，但遗憾的是，那群人非常老练谨慎，就算到了城市里，他们也依旧只吃自带的食物，水则一定检验过后才喝，完全杜绝了被下药的可能。

但这并不代表罗兰完全没有办法。

下药的方式，不仅仅限于食物和饮水，用别的方法虽然比直接摄入的效果差一些，却更为隐蔽和不易觉察。

食物和水下药失败后，他立即绑架了旅店老板的家人，命令其必须配合他的行动。接着，便先后有两人去打扰了旅店里的所有客人。第一个是因为生活贫苦而被旅馆老板可怜，允许她在这里兜售鲜花的小姑娘，她逐间逐间地敲开房门，问旅店里的客人是否需要才摘下来的新鲜花朵。花朵都是些常见的郁金香与百合，但花蕊上洒了少量与花香气味相近的药水。第二个则是由罗兰亲自扮演的旅店内的杂工，进入每个房间，给他们更换新的床单和荞麦壳枕头。一种外观看起来像荞麦壳碎片的药渣就藏在荞麦壳里，药渣本身的气味被荞麦壳的味道所掩盖，就算对方把枕头拆开，也发觉不了什么异状。

幸运的是，蕾茵娜买了鲜花，也收下了枕头，两种药物配合起来效果更佳。但为避免被觉察，他只能采用一些气味不那么浓烈的药物，让对方睡得比平常沉一些。假如发出太大的动静，还是会被发觉。

双脚倒钩在屋顶边缘，罗兰如一只蝙蝠般倒垂下来。他抽出腰间的匕首，轻轻地撬开蕾茵娜所住房间的窗户，窗口开了一条缝，他朝屋内看去，红发的佣兵依旧在床上沉睡，并没有被惊醒。

救出易龙龙的过程比想象中的还顺利，罗兰无声地走到床边，直接提起幼龙的衣领，往背上早已准备好的空背囊里一塞，便敏捷地朝窗外蹿去。

在此过程中，他没有半点儿想伤害蕾茵娜的意思，因为像蕾茵娜这样久经战阵的高手，对杀气甚至比对声音更敏感。惊醒了她倒是小事，假如行动失败，才是大大的失策。

软底鞋踏过窗台，罗兰越窗而出。与此同时，蕾茵娜猛然惊醒，瞥见窗前一闪即逝的黑影。她下意识转头望向床边，见应该躺着幼龙的地方空空如也。

来不及穿软甲，蕾茵娜抓起放在枕头下的剑，衣衫不整地疾奔到窗边，低头一看，便见街道口一辆马车飞快地行驶着，眨眼间拐了个弯，消失不见。

"有人入侵！兽王看着人！其余的人跟我追！"蕾茵娜敏捷地从二楼窗口跳下，大步朝马车消失的方向追去。

蕾茵娜口中的"其余的人"都出了旅店，跟随着蕾茵娜一路留下的印记追去。过了许久，房顶上才传来细微幼嫩的嗓音，"他们走了。"易龙龙从背囊里探出脑袋，恳求地望着罗兰，"你能不能帮我去救林琦？"

二十八　脱逃·告别信

罗兰所采用的手法，无非是利用人的心理弱点，从最细微最不经意之处入侵，他甚至没估算错蕾茵娜的警觉，事先安排了一辆最快的马车来扰乱对方的注意力。黑夜加上情急，蕾茵娜来不及深思，便会上他的当，被引到别处。

蕾茵娜等人固然是老练的佣兵，但罗兰所最擅长的正是对付这些老练的家伙，有心算无心，在有准备的条件下，他能取得最大的优势。

本来一切都很顺利，救了易龙龙，趁着蕾茵娜被引走的空当，他可以从容离去，但幼嫩的童音轻轻响起，听在罗兰耳中，却宛如炸雷一般轰鸣着。

又，又来了。罗兰绝望地想。

易龙龙的本意只是请求，但她忘了一人一龙之间的特殊关系，她现在说的每一句话，不管是命令还是请求，不管罗兰是否情愿，他都必须当成圣旨一样来执行。

不管易龙龙说出什么要求，罗兰的身体都会执行。假如她说出详细的步骤，就如同上一次她设计的那一连串动作，罗兰便会完全遵照指令照做，这个过程不需要经过大脑的思考；而假如她只说出模糊的大致要求，在听到她声音的同时，罗兰的脑海中会本能地反映出一套甚至数套方案，而他的身体会选择其中最合理有效并且最能达成目标的方案来执行。

假如罗兰是个反应迟钝的人，可能在听到易龙龙的要求时会愣一下，不知道如何处理，但他偏偏非常机敏，方案几乎是瞬间产生的，导致想反抗都反抗不来。

现在就是后一种情况。

当易龙龙请求他救出林琦时，他立即思考了这种可能，得出硬闯也无所谓的决定。因为刚才蕾茵娜的叫喊，不管邻房住的是什么人，恐怕都已经清醒得不能再清醒了。假如对方只有一个人，只要不是最可怕的蕾茵娜，罗兰觉得自己还是可以用武力应付的。

接着，罗兰欲哭无泪地看着另外一扇窗口在眼前放大，他的身体不受控制地闯入林琦所在的房间，进入的同时，他拔出短剑，防备地盯着屋内踞坐在墙角的黑影。

屋内，林琦平躺在床上，另外一人却坐在墙角，这些天，易龙龙知道了他的名字叫卡卡，他身上依旧穿着斗篷，严严实实地盖住了他奇特的外貌。

罗兰从窗口跳进屋内后，令他意外的是，那穿着斗篷的人好像完全没有发觉他的到来一般，依旧维持着原来的姿势。

罗兰一边防备着那人突然发难，一边快步走到床边，确认了林琦的情况，发觉他是被用了药才导致昏睡的。他单手抓起林琦扛在肩头，又一路防备着卡卡，慢慢退到窗边。

一直到罗兰带着一人一龙从窗口离开，白发男子才略微动了动。他看了窗口一眼，慢慢站起来，藏在斗篷下的白色眼眸，闪动着莫测的光辉。

蕾茵娜一行人追上马车时，却发现马车厢内空荡荡的，什么也没有，而驾驶马车的车夫正用畏惧且不解的目光看着她。她立即明白自己中了敌人的诡计，红发女佣兵根本来不及拷问车夫，立即转身，以最快的速度往回赶。

她相信易龙龙不会丢下林琦，有卡卡在，至少能跟入侵者周旋一段时间。

然而当她回到旅馆时，却发现卡卡和林琦都不见了。

蕾茵娜看着空荡荡的房间，足足愣了有几分钟。她几乎不敢相信自己的眼睛，房里没有打斗的痕迹，甚至就好像没人来过一般，可现实却是，不仅他们的俘虏被救走了，就连他们的同伴也一并杳无踪迹。

"难道兽王被对方……"弓箭手将心里的猜测说出来，却没有说完，因为他看见了蕾茵娜的面孔。

那张充满了凛然英气的美丽脸孔，此时苍白无比，带着深深的耻辱和自责。她的牙齿深深地咬入嘴唇中，嘴唇被咬破，流淌下来一线血液。

越是刚硬，便越是容易惨痛折断。

即便是当初被白牙佣兵团的团长击败时，也不曾这样惨痛过。

被敌人耍弄得团团转，失去了重要的龙和人质，这些都是小事，令蕾茵娜最为痛苦的，却是卡卡的失踪。

卡卡是佣兵团里非常重要的成员，临行之前，团长特别交代她，要好好地保护卡卡，可是现在呢？临时改变了目标，放弃原本肩负的任务，得到了龙却又失去了，甚至还损失了卡卡。

龙纵然是珍稀的，可卡卡又何尝不是他们佣兵团的瑰宝！

盗贼小心地看了眼蕾茵娜，请示道："要不要分头搜寻？"

蕾茵娜无力地摇了摇头，"不必。"她现在想起来睡眠时头脑有些沉重，原本以为只是旅途疲惫，现在才醒悟是被下了药，回想晚上入睡前的一切，更加惊异于那人的巧妙心思。

即便是在愤怒和挫败之中，她也没有失去理智，"那人是个十分高明的行家，能够设下这么一连串心理陷阱，必定也准备了完美的退路。假如一定要搜寻，不如回去通过佣兵团的势力寻找。"

蕾茵娜等人并没有立即离开旅店，而是在此又停留了半个晚上，只是这时候没人有心思休息，每个人都怀着不同的心思，各自揣测着。

他们唯一共同的希望是，卡卡并不是被对方带走，而是外出追击去了，只是这个可能微乎其微。他们之间有过约定，假如一个人单独追出去，一定要在路上留下痕迹。

一直到清晨，蕾茵娜猛然听见窗外有人叫她的名字。她几乎是下一秒便来到窗前，却见到一个衣衫褴褛的小男孩在楼下冲她招手。

"你是蕾茵娜？"男孩看着女佣兵的眼里满是惊奇的神情，"有人叫我交一封信给你，他说给你这封信，我能得到两个银币的报酬。"

蕾茵娜心中一沉，知道是对方给带来的信。她随手掏出两枚银币丢给男孩，便抢过信来撕开信封。

信纸上的字歪歪扭扭，看起来好像是小孩儿初学写字，而每一段的末尾都有些诡异：

蕾茵娜女士……我不知道该怎么称呼你，就这样随便叫吧，当你看到这封信的时候，我已经逃得远远的啦（v）

希望你不要来找我，我要当一只自由自在的龙，今后也不想见到你呢。我们永别吧^_ ^乂

当然，我知道你有可能会向外说我的事 >__<

但是我手上也有你的把柄，你们队伍里那位卡卡，不方便被外人看到吧？乀(ˊ▽ˋ)ノ

想到能有什么来威胁你，出一口这几天被你挟持的怨气，我心中就感到无限的欢喜ｏ（∩＿∩）ｏ

祝贺阁下一路顺风，半路失踪（0）ｙ

后会无期！

落款处，是一只沾了墨迹的爪印。

二十九　无情·神圣银

　　写完信，易龙龙满意地看了几遍，虽然字还没练好，但猜测着蕾茵娜看到信时会有什么表情，她心里就痛快得不得了。

　　看了看，她觉得好像还少了点什么，便伸出爪子在墨水瓶口蹭了蹭，啪嗒一下，用力按在信纸右下角，留下爪印作为签名。

　　罗兰拿过刚完成的信，折叠好塞入信封。

　　这里依然是伯德城内，一间等待出售的空置的民宅，甚至距离蕾茵娜等人的旅馆不算太远。罗兰没有带着易龙龙出城，是因为一来半夜带着一个人不方便出城；二来，并无此必要。

　　按照易龙龙所说，当初她是被召唤才落到蕾茵娜等人手上的，他与其漫无目的地逃跑，倒不如做好防备，假如易龙龙再次被召唤走，也不至于措手不及。出去一趟，找了个贫民区的孩子送信给蕾茵娜，罗兰又折回，却正好对上幼龙晶莹的目光。

　　易龙龙望着罗兰，居然是最没有想到的人把她带出了困境，这让她无比地意外，也不知道该如何表达自己心中的感激。

　　终于顺利脱逃的时候，易龙龙有一种从死寂中瞬间复活的感觉，全身每个细胞都洋溢着快活，她甚至有些怀疑，这是因为她过于渴盼而做的梦。

　　就算原本她和罗兰有什么过节，现在也可以一笔勾销，至少，在她这边，是一笔勾销了。

　　想到这里，易龙龙诚心诚意地对罗兰鞠了个躬，"谢谢你救了我。"就算不知道该如何表达感激，她也应该做最基本的道谢。

罗兰沉着脸轻哼一声，"何必对仆人道谢！"

自从昨天决定救易龙龙时，他已经彻底向命运的无常低头，接受了自己被一条龙控制的事实。但尽管这样，对于"龙仆"这个词，他还是满心地不快，忍不住拿出来刺易龙龙一下。

易龙龙的笑容僵住，认真地想了想罗兰现在的处境，她露出歉意的神色，"至于这个，能否请你先忍耐一下，我会尽快地找到解除血契的办法的。"

一提到血契，罗兰更加不快，他忍不住冷笑起来，"解除血契？你倒是会说大话，你会吗？你有那个能力吗？现在的你，除了操纵我之外，还能做什么？"他越想越不甘心，声音也在不断提高，"既然做不到，就不要承诺。"

易龙龙瞥着罗兰，任由他发泄般地说完，才不疾不徐地开口道："你说完了吗？说完了就闭嘴，坐下，听我说。"

易龙龙说出"坐下"的时候，罗兰的身体立即不受控制地硬生生往下坠，好像被一股巨大力量按着一样，直接坐到了地上，而他的嘴唇，也听话地紧紧闭起来。

易龙龙站在椅子上，这个高度让她能平视着罗兰，"我知道我现在说的任何话对你来说都很没有说服力，任何承诺都可能有兑现不了的时候，但是，我曾经尝过失去自由的滋味，我知道那是什么样的感受……"

回想起跟蕾茵娜相处的那些日子，易龙龙的眼睛里掠过一抹阴影。虽然蕾茵娜并没有捆绑住她，甚至还允许她在附近走动，但是那种身为俘虏，被当成低一等生物看待的屈辱感，始终挥之不去，"我不愿意被人剥夺自由，也不希望剥夺别人的自由。你可以认为我在说大话，但我确实这么想的，或许会很困难，但总要尝试一下。"

易龙龙直视罗兰，非常幼嫩的童音，但吐出的字句却异常清晰，"对于血契的事，假如你觉得受到了委屈，我向你道歉，但请相信我对你没有任何敌意，也绝对没想过要将你当成仆人。"

她说得很慢，说话的过程中，一直与罗兰对视着，这是毫不遮掩的诚挚眼神。

要自由要平等要尊重，但易龙龙要的这些，并不是对于她自己单方面的，己所不欲，勿施于人，她自己不愿意遭受的事，也不会让别人去承受。

什么神殿啊，什么信仰啊，什么契约啊，这不是她认定的法则。

为了自己的利益罔顾违背他人意愿，还要冠以正当之名，是最恶劣的行为。

她无法控制与罗兰的血契，对于这一点，她对紫发盗贼抱有愧疚之心，并且真

二十九　无情·神圣银

心实意地想为他做一些什么。

易龙龙说完后，便是一阵沉默。良久，罗兰才开口道："先不说这个，接下来你打算怎么做？是立即离开伯德城，还是有别的什么要求？"为了避免他的安排与易龙龙的意愿发生冲突，还是先问清楚一些的好。

易龙龙还没回话，便听见一声低低的呻吟。她连忙转头看去，那声音是从一旁的旧木床上发出来的，秀美少年的眉毛因不适而蹙着，羽扇般的眼睫微微颤抖，似开未开。

等了会儿，林琦并没有醒，易龙龙失望地叹了口气，想了想，轻声道："我想在伯德城里找一个人。"

昨天她乍见到李维出现在伯德城里，因为预想和现实相差太远，本来应该在锡金城内买材料或者回到小镇找他们的神官，却在相距不算近的伯德城跟女人约会，这样的落差造成巨大的心理冲击，让她十分难过。但是现在仔细回想，李维根本没有必要对她说谎，在真正确定之前，她不应该认定神官背弃了承诺。

那个会冷笑着恐吓她，却又因为一只幼龙的哭泣便手忙脚乱不知道如何是好的神官，不应该是一个空口白话夸夸其谈的骗子。

李维是纸老虎。

在心里默默重复了一遍当初的心情，易龙龙忍不住微笑了，她轻缓的声音如越过原野的微风吹在风铃上，"我要当面向他确认一件事。"

想要找到李维，在别人可能有些难度，但对于罗兰来说，想要在城市里找一个已知身份的人，一点难度都没有。

在城市这种地方，不像村镇那样单纯。这里什么样的人都有，其中就有一类人，他们一般生活在不起眼的角落，偷窃诈骗无所不能，这一类灰色人群反而是最灵便的消息来源。

罗兰向易龙龙详细询问了李维和贵妇人的外貌，以及昨天遇到他们的地点，便穿上斗篷走出门外。

一直到中午，罗兰才回来，简单地告诉易龙龙她想要知道的：根据易龙龙所描述的，他打探到那位美丽的贵妇人是一个守寡的伯爵夫人，从帝都来这儿旅游；在城郊的地方她拥有一座庄园，这两天正在举办一场聚会，邀请了附近城市中较为有身份的人前往参加。

最近几日，伯爵夫人身边陪伴着一名身份不明的美少年，与伯爵夫人同进同出，两人神情亲密，据说是被伯爵夫人包养的情人。

罗兰十分肯定地说："我在得知这些后，就潜入那座庄园里，看到了伯爵夫人和她身边的少年……我听到伯爵夫人称呼那少年李维……"

易龙龙非常不适应地搓爪子，好像这样就能抹平被罗兰口中消息带来的战栗感。罗兰瞥着她的样子，有些不怀好意地问："现在确定了是李维，你是不是非常伤心失望？"

易龙龙撇撇嘴，"才不是……我是被你的说法给恶心到了。美少年？"她微微转身，小爪子很有气势地指向还在昏睡的林琦，"看清楚，这个样子的才叫美少年，那个不良神官算什么美少年？"

纯真又澄澈，所谓真正的少年，要外貌与心灵一样的青葱呀。

像李维那样的，就算裹多少层葱皮，也掩盖不住里面老辣的味道。

虽然从外表上看不出神官的年龄，但易龙龙至少可以从李维的神情和说话方式中感觉到这个人的岁数绝对是超过了二十五的，只是不知道他用什么办法才保住了青春的外貌。

难道信仰那个什么欧尔丁神还能够顺便有驻颜效果？

易龙龙决定等找到李维，变成人的样子后，要仔细地问明白这方面的问题。假如真是信仰的关系，她不介意立即抛弃原来的无神论观点。

这可是非常重要的事。

完全没有被李维的所在打击到，易龙龙满怀期待地望着罗兰，"你既然有办法见到他，那么能不能想办法让我跟他单独说话？"

这对于盗贼，也不算什么难题。

现在李维就住在那座庄园里，庄园或许有些守卫，但是在罗兰眼中，基本上形同虚设。

午后，庄园内大多数人都在休息，李维好像没骨头一般躺在二楼白阳台的躺椅上，身旁含笑坐着的是这些天他一直陪伴的美丽女性。

这位女性好像一只丰满多汁的蜜桃，虽然已经结过婚，却正好在一个女人最丰盛的年纪。她美好的面容和身段如同娇艳的花朵，无时无刻不散发着引诱的香气。但是美丽的贵妇人，那双足以勾动异性心魂的眼睛里，只专注地看着慵懒的神官，"真让人嫉妒呢。"温柔的神情下，却有些不甘心的语气，"在许多年前，我还是在你身边撒娇的小姑娘，现在我已经老了，你却还这么年轻。"

李维侧过身子，正好望着伯爵夫人，"美丽的夫人，您要是这么说，那便太看轻您自己啦。您难道不知道，昨天的聚会上，您吸引了多少人的目光吗？所有的男人都用嫉妒的目光看着我，嫉妒我能站在您的身边呢。"轻易吐出不要钱的甜言蜜语，李维支撑起身体半坐起来，冲女性温柔地微笑，"我已经陪伴了您好几天，请问，您什么时候能将神圣银给我呢？"

贵妇人原本一直含笑听着，但在听到最后一句话的时候，却如同小女孩一般露出生气的神色，"那可是你当初送给我的分手礼物，用来安抚我破碎的初恋——会向过去的女伴索回馈赠礼物的男人最糟糕了。"

假如换作别人，或许会稍微露出一点尴尬的神情，可是李维完全没有辜负易龙龙对他的期待，他非常轻松自若地说："那是因为我不是那种注重表面形式的庸俗男人。在我看来，最宝贵的礼物应该是我们之间相处的回忆，而不是一件物品。"

又费了一番口舌，李维最终还是没能得到他想要的东西，只能目送着已经不像当年那样容易哄骗的女性离开。

重新躺回躺椅上，李维抬手抹了一把脸，年轻的面容下终于现出一丝疲惫，这疲惫不是身体上的，而是精神上的。

用来构筑魔法阵的材料中有一部分物品非常稀有，其中便有一项：神圣银。这种原本就很少在市面上流动的金属大部分被神殿总部以及魔法师们所垄断，想要得到并不是那么容易的事。李维不想惊动神殿，又偶然遇见从前有过一些牵扯的女性，想起自己曾非常败家地送给她一块神圣银，就想问她要回来。

可惜经过时间的打磨，当年纯真的少女已经不那么好对付，经过这几天，李维觉得自己的耐心快要用尽了。假如再这么下去，他可能会打破从前不对女性出手的原则，动用暴力达成目的。

一条完全没有自保能力的龙和一个没什么正确认知能力的少年，把他们放在神殿里真的合适吗？当初为了快去快回没有带上他们，却不料现在浪费了比预期多得多的时间。

"麻烦的龙……"李维喃喃地出声，才开了个头，便有一个幼嫩的童音打断了他的说话，"喂，神官，你是在说我的坏话吗？"

白色阳台围栏一角上有一朵巨大的百合花雕塑，幼小的白龙双爪扒着花瓣边缘，努力控制自己不要从倾斜光滑的花瓣表面滑下去。她娇小的身体扑在优美舒展的雕塑花瓣上，好像自花中生出的精灵。

好不容易在花心处稳住身形，易龙龙笑眯眯地抬起头，对目瞪口呆的神官摇晃着爪子，"在背后说人坏话是不好的哦，说龙的坏话也不行。"

说龙，龙便到。

一直到罗兰也紧随着跃上阳台，李维才仿佛惊醒一般眨眨眼，接着，他毫不客气地伸手指戳了戳易龙龙的脸。

易龙龙被他戳得有些疼，慌忙躲开来，低声叫道："你干什么？不良神官！"

刚才在外面趴着听到他和那个伯爵夫人的谈话，她还在心里抱歉先前错怪了李维，现在给这么一戳，那点儿歉意也都给戳没了。

李维对易龙龙说话，目光却盯着罗兰，"你怎么来了？"

易龙龙嫩嫩的嗓音重重地叹了口气，"……这件事说来话长。"

神官回头瞥了眼阳台内侧，确定伯爵夫人不会去而复返，才快速地道："简短地说。"

经过了这些天的精神折磨，他已经没有多少耐性留给女性，包括女性幼龙。

要是知道失恋的女人会这么恐怖，他宁可回神殿总部偷取神圣银，或是去面对那些可能会狮子大开口的魔法师，也不要招惹方才那位女性。

易龙龙长话短说，"佣兵团，被俘虏，带到此，得逃脱，罗兰救了我，林琦在昏睡。"多么简短明了。

虽然李维心情不佳，但听到这样的描述，还是禁不住笑起来。他并没有多问什么佣兵团的事，只是盯着罗兰问："我记得前些天你还告诉我，这家伙想对你不轨，不是吗？"

罗兰顿时脸色发黑，"什么叫对她不轨？我又不是幼龙控。"

他心里有些紧张，不愿意易龙龙说出他是龙仆这件事。虽然这已经成了事实，但多一个人知道，他心里的屈辱感便会更加重一些。

但是说与不说，这个权力却是掌握在少女龙爪子里。

易龙龙轻描淡写地一语带过，"过程就干脆省略掉吧，总之，罗兰现在是可以信任的同伴。"

罗兰大大地松了口气。

易龙龙都已经这么说了，李维便耸了耸肩不再追究。他低头思索片刻，直接转向罗兰道："那么盗贼，我现在委托你做一件事，事后你要多少报酬都可以，你是这方面的专家，应该比我更擅长。许多年前我送给了伯爵夫人一块神圣银，大概有这么大……"他用手指比画出核桃大小的样子，"神圣银外表很好辨认，是最纯正的银色，你看到神圣银后，就会觉得，从前看到的一切精美银制品都黯然失色。我希望你在不伤害伯爵夫人的前提下，替我把那块神圣银取回来，越快越好。"

布置变形魔法的大部分材料他都准备好了，只欠缺神圣银一种，并且无法用其他材料来替代，这也是他不得不留在这里的原因。

李维微微眯着眼睛，这让他看起来老成了两三岁，"根据伯爵夫人自己所说，她将神圣银藏在附近，你将搜索范围限定在这座庄园里就好。"

罗兰想了想，出于职业习惯问了一句："只要不伤害那个女人就可以了？假如我实在找不到，是否可以采用一些稍微激烈的手段？"

李维犹豫片刻，点了点头。

见到李维后，主导权便立即被他接手过去。不愿意再继续浪费时间，神官决定使用非常手段，将任务交给这方面的专家罗兰，至于今后伯爵夫人发现神圣银不见了，那也是今后的事情。

为了不干扰拖累罗兰完成任务，易龙龙只得与他分开，与对伯爵夫人谎称外出办事的李维一起回到他们之前容身的废屋。从下午等到夜晚，一直到第二天的凌晨，才看到面带倦色的紫发盗贼。

罗兰确实是累了。这些天他一直追踪着易龙龙的行踪；前天早上与蕾茵娜等人交战，晚上为了救易龙龙又忙碌地布置安排；接着，第二天立即寻找李维的下落，以及接受了偷取神圣银的委托……就算他的体魄得到了极大的增强，但毕竟还是属于人类的范畴，到了这个时候，终于显露出疲态。

伸手抹了抹带着深深倦意的英俊面容，罗兰简短地向李维汇报行动经过。

昨天他先入侵伯爵夫人的卧室、书房，以及其他几个惯常用于藏匿重要物品的地方，仔细地搜索过一遍，却一无所获。这样一直到晚上，确定继续这么搜索下去也很难找到他要的东西，罗兰便果断地采取了他曾经说过的"稍微激烈的手段"。他弄来了大量燃油与木柴，放火焚烧庄园。

"啊？"罗兰回来的时候，易龙龙也正好一觉醒来，便听他说整个经过，听到这里，她忍不住轻轻地叫了一声。

就算罗兰找不到想要的东西，也没有必要烧别人家的屋子啊。

罗兰淡淡地说："能够搜索的地方已经搜索过，我不可能翻过庄园的每一间房屋进行地毯式查找，这是最快的办法。"

易龙龙愣了一下，豁然明白了。

在发生危机的时候，人会下意识地去寻找对他而言宝贵的东西，就好像前世网上有一个帖子问，假如地震了，你会带走什么？

回帖五花八门，有人说带钱包，有人说抱着电脑跑，也有人说，要先确定自己所爱的人是否有逃脱出去。

这在一定程度上，反映出人们关注的侧重点。

罗兰用的，就是在危急关头的反应来对付伯爵夫人。假如按照李维所说的，伯爵夫人应该会在发现失火的第一时间，取出她藏起来的神圣银，逃出危险的地方，但令他惊讶的是，伯爵夫人没有去找任何东西，而是随手披上一件衣服，直接离开已经映上了火光的卧室。

讲完忙碌了一个下午加晚上的经过，罗兰得出结论道："神官大人，你被耍了，那女人根本就没把神圣银放在身边。"

"是吗？"听到这个消息，李维的神情却出乎罗兰的预料，意外地平静，甚至连眼神都没有半点波动，只淡淡地问了一句。

他的反应让罗兰觉得很是无趣，便耸了耸肩，将接下来的话说了出来，"现在，那位伯爵夫人已经猜到昨晚的一切是你的授意了，正在满大街找你。"

李维微微一笑，"那么我就去见她最后一面吧。"丢下这句话，他便走出了废屋。

易龙龙拽了拽罗兰，后者顿时会意，穿上用来伪装的斗篷，把易龙龙装在袋子里，背在背上，装扮成一个长途旅行者的模样，也追着李维的脚步走出去。

再度找到李维时，他已经被看热闹的人群围得里三层外三层。在他身前，站着身穿华丽长裙、神情幽怨的伯爵夫人。

伯爵夫人注视着李维，看了许久，才轻声询问："你就把那东西看得那么重要，甚至为了得到它，而不惜伤害我吗？"

李维操纵着非常自如的微笑，好像十分深情地凝视着美丽哀伤的贵妇人，"夫人，请相信我，我绝没有一丝伤害您的心……"

伯爵夫人忽然出声打断他，"那么，叫我的名字。"

李维一愣。

美丽的女性目光坚定地望着依旧保持着年轻的神官，"叫我的名字，不要叫我夫人，像从前那样叫我的名字。"

李维的脸上开始现出微微的困惑。

望着李维，伯爵夫人露出更为哀伤的神情，"你根本不记得了，对吗？"

因为根本就没有将她放在心上，所以连她的名字都一并忘却了。

这样一个无情的人，却是让她付出了这一生全部的爱情。

伯爵夫人伸出手，从衣领中缓缓地拉出一个吊坠，链子上挂着一只颜色璀璨的金核桃，"这是你要的东西。"

看到她的动作，不光是李维，连挤在人群中的罗兰，也禁不住十分惊讶。

不管是罗兰还是李维，从来没想过，伯爵夫人竟然会将神圣银带在那么贴身的地方。只要有些常识的人都会晓得，神圣银虽是非常珍稀的矿物，但太过贴近人体，会对人的身体造成一定伤害，这种物质不能做成饰品，倘若长期佩戴含有神圣银成分的饰品，将会缩短佩戴者的寿命。

所以罗兰在搜索神圣银的时候，下意识地忽略了伯爵夫人本人。

昨天晚上他放火焚烧庄园，伯爵夫人之所以什么都没带便跑出来，是因为她早就将重要的东西贴身佩戴着。

李维伸手接过吊坠。面对这个甚至不惜损失寿命也要将他的分手礼物带在身上的女性，他并没有太特殊的反应，好像要回来的只是一件平常的物品。他微笑以对，"多谢，夫人。"

一直到伯爵夫人离开，李维的神情依旧都是那么平静。

人群里，易龙龙从罗兰所穿斗篷的裂缝中看着面貌如同少年的神官。

与林琦因不知道感情不同，李维知道感情而不在意感情，曾经恋爱过却什么都不珍惜，万花丛中过，最后片叶不沾身。从某种意义上看，这是一种更加彻底的无情。

二十　生命·魔法阵

坐在回程的马车上时，罗兰在前面赶车，易龙龙、李维和林琦则坐在车内。

这辆马车的外表看起来是运货的大车，巨大的马车厢内，入口堆着伪装成货物的箱子，但实际上里面盛装的却是路上必需的食物和水，以及李维搜集来的材料。用这个方法，三人一龙不显眼地混出伯德城。

自然，罗兰现在还不知道，这些材料大半是卖了他的东西后买来的，至于剩下的钱，则进了不良神官的口袋。

道路凹凸不平，即便车轮上包了一层防震的毡垫，马车依旧走得不那么平稳，连带车厢内的乘客也随着车的行进微微地晃动。

现在距离伯爵夫人离开，已经过了两天时间。易龙龙只觉得自己的小骨头被马车震得有点酥麻，还有点儿难受，很想像林琦一样，什么都不知道地睡过去。

想到林琦，易龙龙又担心起来。

自从被罗兰救出后，黑发的少年便一直昏迷不醒。最初罗兰给他做了检查，没发现什么异常，只能解释为被喂了过多的昏迷药物，药效还没有过去。可是几天以来，他依旧昏睡，这已经不能用药物过量来解释。于是李维给林琦释放了几个恢复性的神术，但还是如同石沉大海一样，一点效果都没有。

易龙龙小心地蹲在林琦的脑袋旁，伸出爪子戳戳他光滑细致的脸颊，但是林琦一点儿反应都没有，甚至不曾出现前几天呻吟一声后动了动睫毛的情形。

李维懒散地屈腿坐在对面，看到易龙龙的动作，随口安慰道："你不必担心，他死不了的。虽然不知是什么原因造成他的昏睡，但我可以保证，我从来没有见过这么完美得接近艺术的身体机能。我不是医生，我观察一个人健康状态的方式，是直接感受他的生命。他的生命波动很平稳，生命力的循环完美得几乎看不到流失。"

易龙龙愣了愣神，迟疑了一会儿，开口询问："能不能麻烦详细解释一下你刚才那段话？"

她总觉得李维这段话中，好像有什么她所熟悉的东西。

李维仔细想了想，反正旅途上闲着也是闲着，便耐心地说："这是我个人总结出来的感知方式。我的感觉比世界上大多数人都要敏锐一些，长年累月的观察积累下来，我发现每个人身上都有一团生命能量，初生的婴儿很少，打个比方，只有这么小小的一点。"他伸出手指，掐在食指的第一指节上，表示数量的多少。

"随着年龄的成长，生命能量便会逐渐增加，一直到壮年身体最巅峰的时候，生命能量达到顶点……嗯，大概有这么多。"顿了顿，他伸出两只手，双掌做了一个合拢的姿势，大约有一只保龄球那么大。

"但是在成长过程中，生命能量并不是天然就会增加的。人的生命能量会每天流逝一些，需要用摄入食物等方式来进行补充。少食，少眠，精神状态不佳，或者生病受伤，都会导致生命能量加快流失，而当人过了壮年，生命能量也很难再继续累积增加，会随着衰老一点点地减少，当减少到没有的时候，就是这个人死亡的时候。"

易龙龙明白过来了。

其实李维这一套说法，就是地球上的人体科学的另类演绎，人摄入食物，从食物中获取营养，身体吸收养分，增生细胞或者提供能量用以运动消耗。只不过李维从他的角度出发，才有了另外一套解释。

他说的生命能量，生命力，换过来的说法，其实是对营养转化能量的摄取和利用，然后，把李维的话翻译过来的意思就是……林琦的身体里，能量几乎不流失？而是被全部有效地利用起来？

而接下来的几天，林琦的身体状况，似乎完美地印证了李维的说法。这些天里他不吃不喝，就那样躺在马车里，可是他白皙如雪的肌肤依旧富有光泽弹性，嘴唇嫣红如蔷薇花瓣，好像他只是刚刚睡着，而不是异常地昏睡了许久。

时间的魔法在他身上驻足。仿佛从一开始，他就这样沉睡着，并且将一直沉睡到世界末日。

花费了大约十天的时间，易龙龙又回到了她第一个抵达的小镇——香草镇。

回到神殿，李维遣散了所有的见习神官，放了他们几天假，让他们各自回家去。接着，他才开始着手布置最初谋划的事。

神殿的二楼上有一个观星台，但平时就算是作为神殿管理者的李维，也很少上来。这里环境较为平整空旷，比较适合用来布置大型的魔法阵。

李维花了足足两天，并且让罗兰从旁协助，才在观星台上绘刻出他所说的魔法阵。倘若从高处俯视，会发现这个魔法阵是一个等边三角形，但若要仔细看，其中复杂的纹路和符号很容易让人头晕眼花。

将不同的金属矿石磨成粉末或煮成液体，浇灌涂抹在刻出来的凹痕里，就如同给黑白的绘图上色一般，使得整个魔法阵呈现出一种缤纷瑰丽的色泽。

虽然魔法阵弄得十分漂亮，可是易龙龙却不是那么有信心，总觉得这玩意儿看起来花里胡哨的，不如她想象中的那样庄严神秘。

差不多准备就绪时，已经到了晚上，李维、罗兰和易龙龙分别站在魔法阵的三个角上。本来根据最初的要求，还需要一个水准不错的魔法师，然而现在林琦依旧没有苏醒，所以李维打算采取一种代用的方式。

神圣银是一种用途广泛的金属，除了用作构筑这个魔法阵外，剩余的数量正好用来做另外一件事：那就是直接将李维作为神官的信仰力量，转化为启动魔法阵所需要的魔力。

这是李维头一次使用完全改变外貌体形的魔法阵，就连他自己也不能完全保证成功，再加上转化魔力这一环，又增加了一项不确定因素。但林琦始终无法醒来，易龙龙也不能一直无限制地等下去。

他们其实并不悠闲。

蕾茵娜所属的白牙佣兵团里，蕾茵娜并不是最厉害的角色。虽然易龙龙用威胁的方式，暂时缓解了她的身份往外流传，但这件事最终会暴露出去。因此，早一天把易龙龙变成人类的形状，也能早一天增加她的安全保障。

李维从胸前取出装着神圣银的吊坠，问易龙龙："准备好了吗？"

易龙龙的两只爪子交叉扣着，忐忑不安地点了点头。

李维伸手探入衣领中，将挂在脖子上的金核桃吊坠取了下来，手指轻轻一旋，金制的核桃便分开成两个半球，其中静静地躺着一块金属。

这两天来，李维忙碌的时候，易龙龙并不时刻在他身边，这还是她第一次看到神圣银的模样。

作为容器的金核桃原本做得十分精美，浮凸的花纹交错着璀璨的金光，可是当其内填充的神圣银展现出来时，却已经没人能注意到这容器。

当初李维并没有过多地描述神圣银的样子，只是简单地说看到就会明白，现在易龙龙明白他当初为什么会那么说了。

那是一种有生命的颜色，分明是固体的形状，却显出了如同水银一般，仿佛随时会流动起来的液体质感。细腻而纯正的银色清亮澄澈，照着人和龙的眼眸，也照出李维淡漠的神情。

在对外界民众的宣传中，神官所拥有的光明力量是对神的信仰而得来，与魔法不能混为一谈。为了维护信仰的需要，少有的几种神圣力量转为魔力的途径，都被神殿最高层核心所控制掌握，但绝不外传，一旦外界有这样的说法，便立即趁着还没有扩大影响，以渎神的名义处决。

站在神殿的立场上，李维现在做的事是渎神。

但是，拥有少年人面孔和成年人心性的神官对此一字未提，甚至好像并没有将这当成什么重要的事。他只是将还残留着大半块的神圣银倒入手中，掌心周围顿时也同样映上了那种绚丽到极致也细腻到了极致的色泽。

神圣银这种金属，本身有一个奇异的特性，那便是不管多高的温度都烧不软它，但若是直接接触到人的肌肤时，其反而能在常温下化成液体。

躺在掌心的银块慢慢地融化，好似吸收了生命一般，渐渐蔓延遍李维平摊的手掌，随后顺着指缝一滴滴漏下来。

第一滴神圣银落入魔法阵中时，周围亮起了一抹微微的银光，但很快便黯淡下去，第二滴第三滴紧随而下，那银光变得略持久了些。

李维朝易龙龙看了一眼，后者立即会意地站进这个她完全没多少信心的三角图形中，站在李维预先指定的某个点上。随即，她看见自己的眼前被银色所包围。

接着，在一片银色的世界里，从四面八方飞过来各式各样亮着光芒的符号纹样，先后打在她的身上，随即没入她的身体中。第一个符号印在身上时，易龙龙吓得不敢动弹，好像有什么东西渗入肌肤中，却没有确定的实质，一旦接触身体，便立即融化开。

随着那样的符号越来越多，越来越密集，易龙龙渐渐放松下来。她仿佛能感觉到，身体内有什么在涌动着，仿佛从内心的深处，卷起了不可逆转的狂澜。

周遭感受到的压力越来越重，空气也仿佛要凝固起来。

易龙龙禁不住屏住呼吸。

就如同赛跑时的最后冲刺，等待着冲线的那一刻。

随后，周围的各种色泽，蜂拥着挤入了银色的世界，好像汇聚了所有的光彩，绚丽得炫目。

不同的色泽同时最大程度地绽放，好像无数个太阳爆炸，易龙龙甚至还来不及闭上眼，眼前就被太过耀眼的光辉淹没。

下一刻，所有的光辉瞬间消散。

眼前和头顶，又再度恢复成幽静的夜色。

易龙龙还有些回不过神来，怔怔地站在原地。过了好久，她低头看了看，爪子还是爪子，雪白柔嫩，带着一点肉，并没有变成她心目中的模样。

李维轻叹一声，手腕一转，收回剩余的神圣银，"失败了。"

夏夜很静也很温柔，在这个没有风并不寒冷的夜晚，易龙龙却忽然打了个寒战。她又低头看了看自己的爪子，好像多看一会儿便会有所不同似的，然而不管她怎么看，爪子还是爪子，始终没变成手。

是否，她永远都必须维持这个模样呢？

以龙而非人的形体生存着，不管到了哪里，都必须迎接别人错愕的目光，紧随着，便是别有用心的人打她的主意，一生都不可能有正常人的日子。

她走出树海，就是为了这样的将来吗？

虽然李维曾对她说过可能会变身不成功，虽然她也告诉过自己假如没成功，不必灰心丧气，可是真的面临这个境况时，她还是有些难以承受。

在不知不觉间，因为感受到外界的压力，她渐渐地将所有的希望都寄托在这个变身的魔法阵上，甚至还幻想过自己变成人的时候，能不能变得比前世好看些……

不过现在，她什么都不必想了。

易龙龙轻笑了一声，异常软嫩的童音，却显出些微的苍凉。她一握爪子，空气从缝隙间溜走，眨眼之间什么都没握住。

"就这样吧。"易龙龙慢慢地走出魔法阵，"谢谢你，神官，虽然你有点儿奇怪，但你确实是一个好人。"

也许变成龙是无法改变的事实，也许生命获得延续就要付出代价。谁都不会明白，她想变成人，并不单是为了不受伤害。

正如那熟悉的话：得之，我幸。不得，我命。

也许她真的没办法变成人吧。

她又转向罗兰，冲他微笑道："盗贼先生，虽然我们之间有一点不愉快，但我希望现在都已经化解了。你放心，今后我不会再打扰你啦。"

听出她话语中的诀别意味，李维皱起眉头道："你要干什么？"

易龙龙轻轻地说："我要回树海去。"她目光平静，声音轻得像一抹烟。

她知道自己这样子看起来就像个逃兵，可现在她只想找一个安静安全的地方，默默地舔伤口。

三十一　归去·是林琦

她要回到树海里，要回到那个最初出发的、宁静寂寞宛如童话的湖边。她从童话里来到人世间，冷不防撞上冰冷的尖刀，受了伤害没人安慰，现在她什么都不想，只想回到那个虽然孤单但至少安全的地方。

这是害怕，是逃避，是胆小，可易龙龙就是控制不住。飞快的刀光剑影，绚烂神秘的魔法，以及各种奇妙的秘术，这些带给她的不是新奇而是恐惧。

过高的期待与现实带来的落差让她灰心丧气，或许今后她能振作起来，但绝不是现在。

听了易龙龙的决定，李维并没有反对。他半蹲着身体，检查魔法阵中有无疏漏之处，过了许久，才慢吞吞地问："现在就走?"

易龙龙犹豫了一下，"我希望越快越好，既然做出了决定，就不能拖拉。晚一天说不定会发生什么变故，不过今晚上会不会不大合适? 刚才这里发出这么强烈的光辉，镇上的人可能注意到了。"

李维不以为然地道："被发现是必然的，不过不会有人在意。我经常不时地弄个圣光什么的玩玩，比这更大的动静都有，这里的人早就习惯了。"若不是有这个前提，他也不会这么大胆地在露天的观星台使用魔法阵。

既然如此，易龙龙总算略为放心，飞快地接上，"那么我今晚就走。"

她一刻都不愿意多停留。

这里没有什么是她放不下的，唯一有些牵挂的就是林琦。但是跟她在一起，已经给这个单纯得如白纸的少年带来了巨大的伤害，她越是放不下，才越是要离开。

易龙龙慢慢地跳下观星台，对人而言很平常的阶梯高度，对她却是高台。她只能用蹦跳着上下，然而跳下的声音和节奏传入耳中，也是那么的低落。

回到神殿的一层，易龙龙穿过长而幽静的走廊，两旁的墙壁上挂着黄铜壁灯，灯座上有铜币大小的神殿标识。这条走廊她不是第一次走，可从前都是在林琦背上，此时以自己的双足行走，才发觉走廊是那么高大，而自己的身躯那么渺小。

林琦房间的门没有关，易龙龙用力推开虚掩的门，走到床边跳上去，才看得到林琦的面貌。

少年睡得很沉，呼吸轻微均匀，如同绵绵的曲调。易龙龙落寞地坐在枕头边，望着他漂亮的侧脸，好一会儿才开口道："林琦，我要走了。对不起，我是个说话不算话的笨蛋，说要帮你找父母，不但没有给你任何帮助，还连累你成这样。"

她想了想，伸爪子进自己衣服里，把一直带在身上的星徽摘下来，小心地别在林琦的领子上。

"我没有什么东西能给你，这是艾瑞克送给我的。假如他回来了，应该可以照顾你，当然李维也可以照顾你。这两个大人虽然外表看起来不大可靠，但他们都是非常有主意的好人，我很感激他们。假如可以的话，你也顺便代我向艾瑞克说一声谢谢吧……啊，对了，我忘记了，你现在听不到……那怎么办呢……"

她还记得，在树林中跟林琦一道赶路时，他们俩彼此照应。她始终记得林琦的眼神，那是世界上最干净纯澈的目光。所以，后来她才会那么毫不迟疑地选择信任他。

易龙龙喃喃地自言自语，她思绪混乱，甚至不知自己在说些什么，只一径低低念下去。她的声音原本软嫩童稚，咬字又不大清晰，这么低下去，乍一听去，好似幼兽含糊的叫声，"我不想做龙啊，为什么我是一条龙呢？假如我本来就是一条龙，或许不会这么难过，可是我本来不是啊……"说着说着，忽然伤心地哽咽起来，"我受够了！对不起，林琦，对不起，对不起……"

她是人。

就算改变了身躯，这个念头也一直坚持着。这一年多来，像一个人那样穿衣服，住房屋，吃熟食，或许只是为了不让她自己忘记，她始终有一个人的灵魂。因为有时候一梦醒来，她会忍不住怀疑，她究竟是一个穿越成龙的人，还是一只以为自己曾是人类的幼龙？

正如同庄周梦蝶，却不知是庄周做梦变成了蝴蝶，还是蝴蝶做梦变作了庄周？

易龙龙是和罗兰一起上路的，毕竟现在还有冒险者前往树海活动，为了防止被他们撞上抓住，便委托了罗兰这最后一程。

前进的方向由易龙龙自己来指定，虽然身在树海之外，可是当她回想起初生的湖泊时，心中会模模糊糊地现出一个方向——那是意味着归属的地方。

一路上盗贼和易龙龙避开了几拨冒险者，当持续几天都没有再遇到人时，沉默了一路的易龙龙才终于开口说话："就送到这里吧。"

尽管只是随口说，但易龙龙的话对罗兰依旧有不能质疑的约束力，罗兰立即不由自主地停下脚步。

易龙龙苦笑一下，从罗兰背上的背囊里爬出来，手脚麻利地顺着他的衣袖一路溜下来，空中翻了一圈，轻巧落地。

对神情僵硬的盗贼点了点头，易龙龙轻声说："我们就此分别吧，我做过试验，我们之间距离远到你听不见我的声音时，我对你的命令是无效的。只要我们远远地分开，你还是自由之身。"

"麻烦了你这么久，实在抱歉。"因为很快要分开了，所以易龙龙的心情也分外平静，"我让李维把你的那些东西变卖掉了很多，谢谢你发现后并没有生气。"

她的声音越来越低，最后用力对罗兰鞠了一躬，"再见了。"

随后，雪白的幼龙转过身去，迈着不是很大的步子，娇小孤单的身影逐渐隐没在草丛里。

"计算时间，盗贼小子这时候应该已经和那条龙分开了吧。"李维背部倚靠在墙上，一手拿书观看，另一只手有一下没一下地给躺在侧面床上的睡美人施放神术。

虽然确定林琦就算是不吃不喝一直睡下去也不会有什么问题，但是热爱本职工作的神官每天不放几个神术就会手上痒痒，所以索性趁每天来看望的机会拿林琦当靶子，将各种恢复治疗性的神术一股脑儿地丢过去。

这些都是治疗异常状况，比如生病、衰弱、受伤、被诅咒等情形的神术。林琦本身无病无伤，不管用多少神术都不会有效果，但李维本来就不是为了什么效果而来的，他只是少一个神术施放对象而已。

终于丢了个痛快，李维舒畅地叹了口气。正准备离开时，他忽然隐约想起，刚才神术大派送时，似乎有些异样。那种感觉细微而隐蔽，以至于以他的敏锐感觉，居然在丢了这么多天的神术后，才发觉不对劲。

或是因为难得这么多次重复地对同一个完全健康的人施用神术造成的？

横竖暂时无事可做，李维便走回床边，打算再仔细研究一下这具保持着完美循环的身体。然而当低下头时，他不经意地瞥见了别在林琦衣领上的徽章，那是易龙龙留给林琦的纪念。

纪念啊……

拥有少年面孔的神官的眼眸里顿时变得有些迷惘……这个世界上，有什么是值得他纪念的呢？

不管多么深刻的感情，都如同被风吹走的沙砾，不留半点痕迹。

李维缓慢地抬起手来，正正地按上了自己的胸口，那里挂着一只球形吊坠，是以金核桃盛装着的剩余的神圣银。

普通人不能携带神圣银，是因为神圣银会损伤人的生命力，但他是神官，本身精通对生命力和神术的操纵，并不害怕被这样少量的神圣银伤害。

伯爵夫人究竟叫什么名字呢？

他是真的想不起来了。

他记得曾经与那个女性有过一段恋情，并不是忘却，只是过去的事如同平板单薄的画面，就那样被丢弃在脑海中。他的记忆力其实很好，任何复杂的神术祷词或圣纹画法，他只要看一眼听一次就再也不会忘记，甚至本职之外的魔法阵也不在话下，当初教导他的神官说这是灾难般的天分。

他还记得伯爵夫人从前的相貌，以及自己把神圣银随手送出去的事，但也仅限于"对方是一个女性"这样普通的概念而已。

是谁其实没有分别。

他的手指向左侧移动两寸，便是心口的位置，可以感觉到心跳。

在"那个"的作用下，他一辈子都不可能对别人付出浓烈的感情，也无法回应那样浓烈的感情。

隐约想得出了神，持续了很久的敲门声将神官惊醒，说声"进来"，便转头看见走进神殿来工作的见习神官。

见习神官先匆匆行了一礼，才说出自己前来的目的，"神官大人，海因涅家的伊斯利少爷回来了，他在神殿外厅，希望能见到您。"

李维点了点头，"好的。"他走出门前，反手丢了一个光明洗礼在林琦身上，很快地将刚才要检查的念头弃置一旁，再没往心里去。

李维关上门时，光明洗礼的效果还持续在林琦身上，柔和圣洁的光辉将少年白皙的面容映出一层如玉的光辉，少年的睡颜看上去宁静安详。然而就连李维也不知道，在这宁静的睡颜下，藏着怎样的暗潮涌动。

林琦孤身一人站在一片漆黑之中，只能看清身体周围的方寸之地。他低头看了看自己，发现自己竟然穿着那件黑色袍子，而他的四肢则又扣上漆黑沉重的镣铐锁链。

四周黑沉沉的，看不见丝毫光辉，也感觉不到任何事物的存在，林琦却只是随意地左右看看，清澈纯净的眼眸里，满是对陌生状况探究的好奇。

这是什么地方？

"07。"

虚空中响起低缓的声音，那声音就像是从四面八方而来，却又像不在任何一个方向。

林琦甚至也不能分辨对方声音的音色如何。异常恢弘的、辽阔的、足以压倒灵魂的冲击，伴随着这个声音从容不迫地一并降临，能给人这种感觉的，只有——世界。

大地上所有生灵都会为之战栗低伏，那是超出了个体、超出了人类范畴的存在。

林琦的身体仿佛被那声音固定住了似的，却依旧有小小的念头挣扎活动着。他露出困惑的神情，"07？林琦……我叫林琦。"

易龙龙说的，他叫林琦。

这些天来那么多次的呼唤："林琦，林琦，林琦……"

有的声音扬起来，有的尾调拖长，有的抑扬顿挫……软软嫩嫩的声音便渐渐印在了灵魂中。

"林琦？"那声音低低地笑了一下，"你？"

少年清澄的眼睛里闪动着微微的不安，以他的没心没肺程度，依旧能感受到那声音凌越一切的强大，进而本能地不安，但他还是抿了抿蔷薇花瓣一般的嘴唇，很认真地点头道："是，林琦。"

易龙龙说的，他叫林琦。

林琦，林琦，林琦。

不是07，是林琦。

她曾经写出两个方块形的字，偷偷地告诉他，在她那儿，这个名字是这么写的。

"林琦就林琦吧。"那声音无所谓地说，"我现在有了一点小麻烦，来找我，我需要你的帮助。"虽然像是处在什么困境里，但那声音听起来仿佛并没有怎么放在心上，只是随意地吩咐着林琦。

他每多说一句话，林琦的眼神便空洞一分，不再是平常的澄澈，而是更虚无的感受。

呃……不对，不该是这样的。

虽然心里有这样小小的念头在动摇，可那力量太过强大，毋庸置疑地禁锢着他，让他一寸寸地滑向不能回头的深渊。

二十二　突变·湖泊边

李维缓步走进神殿的会客厅，进屋的一刹那，他那年轻俊俏的脸上原本嬉笑散漫的神情瞬间作了微妙的调整，变作有一点儿绷着、有一点儿压抑不快却又无可奈何的模样。

外厅里，伊斯利坐在茶几旁，其余的人或站或坐围绕在他的身边。

好不容易才回来的金发贵族少年，他的衣衫已经不像出发前那样整齐，绣着金线银边的白色外衣上出现了几处不明显的皱褶，璀璨的金发也有一些凌乱。调色盘小队的其他人，也都显出不同程度的狼狈样来，但只是少了出发前同行的罗兰。

当发现失去了罗兰和易龙龙的行踪时，伊斯利不甘心地继续留在树海里，四处搜寻罗兰和幼龙的下落，这才拖延了他们回程的时间。

少了罗兰的帮助，伊斯利等人的行程走得并不像来时那样顺畅。携带的食物吃光了，随从们便兼任猎手的职责获取食物，这倒还是小事，让伊斯利耿耿于怀的却是，没有红酒奶茶咖啡和各色精美的点心，旅程的最后几天，他的生活品质以前所未有的速度下降。

幸好一切都结束了。

伊斯利在心里叹了口气，优雅地端起骨瓷茶杯，低头轻啜见习神官递上来的新制香草茶。温热甜润的液体漫过口腔，缓解了一下他紧绷的神经。

见李维到来，队伍里的灰发神官连忙冲自己的老师行礼，向他报告了行程中所发生的事。李维虽然早就从易龙龙口中得知了全部经过，却还是流露出一副什么都不知道的模样，十分耐心地听着。

或是因为伊斯利的要求，灰发神官省略了路上遇见易龙龙一事，只是说遇见一名金发的落魄剑客。对于这一点，李维也仅仅是保持着淡淡的微笑，并不加以戳穿。

一直到灰发神官说到在高塔的顶层，见到一个黑发黑眼、长发几乎及膝的秀美少年时，李维忽然打断他，问道："你们说的那个高塔中被邪恶魔法师囚禁的少年，是不是这样的？"他简略地描述了一下林琦的外貌。

李维还没说完，伊斯利便禁不住失态地站起来。意识到手上还拿着杯子，他连忙放下来，骨瓷茶杯的杯底与大理石茶几桌面相碰，发出异样的清脆声响。金发贵族少年恳切地望着李维，"请问，那位少年现在在什么地方？"

在高塔之中，他被罗兰骗出塔外，回来的时候只看到一片碎石的废墟，而被打晕的神官和随从都昏迷不醒。

高塔里究竟发生了什么事？为什么这么结实的塔会倒塌？消失的三人一龙到什么地方去了？

这都是他迫切要知道的，然而那段时间内，神官和随从都失去了意识，他只能通过剩下的几人获知真相。

虽说找到那什么都不懂的少年或许不会多知道什么，但至少是一条获知的线索。

184

李维耸了耸肩，道："我也不知道该说是太巧了还是太不巧了，总之，你跟我来吧。"

他带着伊斯利一直走到林琦休息的房间，让他看到了昏睡的林琦。

望着昏睡不醒的少年，李维以一种非常惋惜的口吻说："大概在前些日子，这个少年来到镇上，并且进入神殿图书馆浏览书籍。我无意之中发现他在神术方面非常有天分，想要培养他成为神官，就让他暂时以朋友的名义在神殿住下。我自己因为有事要办，暂时离开了香草镇。当我回来的时候，发现他已经失踪了。接着没过多久，我无意中在树海边缘发现了他，那时候他全身都是伤痕，有匕首和长剑的痕迹，也有魔法留下的烧伤，他几近死去，是我花了不少工夫才把他给救了回来。"

"虽然他的生命已无碍了，但不知道什么缘故，他始终没有醒来。"不动声色地观察着伊斯利脸上的神情，李维不紧不慢地述说着，语气还恰到好处地带着些困惑地继续道，"在他昏迷的时候，我偶尔听见他的呓语，一直在念着什么龙……"

一听到龙，伊斯利又险些控制不住自己，差点儿冲到床边摇晃林琦的身体命令他起来。

究竟发生了什么事？

伊斯利俊美的脸上现出焦灼的神情，认知上的欠缺让他有一种被蒙住双眼的焦灼感，而唯一的龙又使得他很难冷静下来。

李维也望着林琦，轻声说："我询问过神殿里的见习神官，得知在我离开后，曾经有一支佣兵队伍在神殿暂住。他们在某日早上离开神殿前往树海后，第二天，林琦人就不见了……我虽然怀疑是他们做的，但没有证据。"

看着伊斯利神情变幻，逐渐变得坚毅，而后走出门去，李维的脸上露出了微笑。

林琦曾在他的神殿居留过几日，这件事是瞒不住的，只要伊斯利愿意花一些时间，在镇上或者向其他的见习神官打听，就能得知这件事，所以李维反过来利用了这条信息。

他的话半真半假，假装不知道有龙的存在，只是叙述了表面的事实，诱导伊斯利自行得出一个结论：那就是蕾茵娜等人因为发现了林琦和龙，重伤林琦后，掳走了龙。

林琦是否与龙同行，这一点，伊斯利也能够通过向其他见习神官询问得知林琦现在的情形，而后通过各种线索自己去想象。只不过由于李维的刻意误导，导致他想象出来的真相出现了一个很大的谬误。

真正高明的说谎者并不是说得天花乱坠，不说真话，而是用尽可能多的真话去误导他人，让对方自己推导出错误的结论。

横竖伊斯利所属的海因涅家族和蕾茵娜所属的白牙佣兵团都会知道易龙龙的存在，李维没有办法阻止，只能反过来利用，转移矛盾的焦点，让知道龙存在的两个团体彼此消耗，造成他们错误的认知，能在一定程度上缓解易龙龙目前的压力。

用伊斯利所属的海因涅家族这柄剑去攻击蕾茵娜所属的白牙佣兵团，在易龙龙前世所生活的环境里，有一个极其简明扼要的概述：借刀杀人。

已经足足有六七天没有看到野兽了，夜晚也不再听得到虫鸣声。纵然仍在密林之中，然而周围的环境却好像一下子变得空旷起来，异常洁净的空气里泛着寂寞的味道。

于是，易龙龙明白过来，经过长途跋涉，她终于回到了银龙塔希妮雅威压的领地。

据艾瑞克说，假如别的人或其他动物走到这里，感受到的会是无尽的强大压迫力，然而对于她而言，除了有些冷清外，便是回到家一般的亲切安适。

携带的食物早就吃了个精光，这些天一路上寻觅浆果和嫩叶为食。脚上的鞋子已经磨破，身上的衣服也沾了不少泥印子，甚至有几处裂缝。

再往前走一段距离，易龙龙发现一棵树下聚着几只毛球，艾瑞克告诉她那是一种叫做耶克的低等生物。注意到她的到来，毛球们尖叫着四散蹦跳开，这一次，易龙龙只是微笑地看着它们，看着一只只毛茸茸的球跳进树丛里，消失不见了。

按说这里是她的家，回到这里她应该感到温暖才对，但此刻她的心里却是空落落的，迎接她的，只有四散逃窜的耶克。

忽然开始想念起来，想念盗贼，想念神官，想念不知道在哪里迷路的落魄剑客，也想念高塔中宛如白纸的美丽少年。但是，易龙龙并不后悔回到这里，她身份特殊，到外面去只会惹来纷争与麻烦，她会受到伤害，也会让关心她的人受到伤害。

再怎么舍不得，也只有离开他们。

从前在湖边独自生活时，还没有太过明显的感受，可是离开了家园，特别是离开了艾瑞克的保护后，不断有人以各种形式来提醒她，她是一条龙，是与人类不一样的，她永远都不能融入人类的世界，她永远是这个世界的异类。

她精神上的同类永远会以各色异样的目光看着她，而这个世界里，她身体上的同类，都已经死亡殆尽。

捕捉，奴役，利用，伤害……

从未如此孤独过，从未如此绝望过，她的身份是无解的死结。

虽然外面是那么危险，她曾经遭受到那样的伤害，可她还是会想念。即便是在暗黑的夜里，还会有温暖的留恋，如同不可磨灭的光。

想到这里，易龙龙随意地伸出爪子，拉扯着身旁长长的青草，自言自语地道："林琦，林琦，不知道你醒来了没有。"

李维神官倾听着伊斯利的脚步声越走越远，纯良的面孔上现出狡黠的微笑。

假如他估算得不错，伊斯利现在应该是去找他的同伴求证他所说的这一切，毕竟是海因涅家的人，不可能太过轻信别人所说的话。

但伊斯利越是去求证，只会越顺着他的设计走。

这是他最后能够为那只幼龙做的事。

龙
龙龙上

易龙龙回到树海里，暂时不会出来，短期内，应该不会再发生别的什么事。

李维仔细地盘算了一会儿，觉得没什么问题了，顺手丢给林琦一个治愈神术。就在这个时候，他忽然听见一直昏睡不醒的少年发出低低的呻吟。

李维微微一怔，走到床边，见林琦色泽鲜润的薄唇微微开合着，伴随着低吟声，"龙……易龙龙……"

但是他只发出这么一声，便没了下文。

李维皱眉看了会儿，确定他还是没醒来，只得转身离开。

终于……回来了。

凝望着眼前辽阔的湖泊，好像巨大蓝宝石一样镶嵌在地面上，周围白色的鹅卵石点缀着边缘，树木枝叶如翡翠，安静得就连一粒沙落下来都能听见。

树下生着茂密的青银草，据罗兰所说，这种草叶在外界异常珍贵，然而世俗的价值在这里毫无意义。

她也一样。

身为龙，在外界，她会被捕捉，被争夺，但在这里，她不是什么异类，也不是珍稀濒危的物种，就只是身为易龙龙的自己。

"回来之后，就做一条龙吧，忘记我曾经是一个人，不去想外面的事，就当成什么都不知道一样地活着。"易龙龙轻声地对自己说。她想了想，慢慢地伸出爪子，解开已变得褴褛不堪、如同布条一样挂在身上的衣衫，光滑的皮肤勾画出流畅的线条，雪白娇小的幼龙身躯就这样呈现出来。

易龙龙将衣服丢在草丛里，小步走出去，走出草丛几步，她忽然停下脚步，浑身不自在地左右看看。

唔，虽说已经明白这里别说是人，就连野兽都不可能靠近，但她还是很不习惯啊。

分明是温暖如春的气候，她的皮肤却觉有一种凉飕飕的感觉。

易龙龙强迫自己走了几步，终于无法忍受，用最快的速度连滚带爬地扑回从前居住的小木屋，找出自己留在这里的草叶衣裳，套在身上，这才终于消除了那种"在光天化日下裸奔"的感觉。

痛苦地挣扎了一会儿，易龙龙最终还是放弃了身心向一只真正的龙靠拢的念头，继续依然故我地做她的小龙人。

心绪终于平静下来时，易龙龙伸出爪子抚摸木屋的各处。屋子里还保留着她离开前的模样，因为这里的环境特别洁净，因此连灰尘都没有，好像她只是出门散了一圈步一样。

这里摸摸，那里拍拍，检查了一遍，没发现屋子里有什么问题。易龙龙来到湖边，望着宁静的湖面，两只爪子合在胸前，小声地念着，"塔希妮雅，这么叫你没错吧？我不是故意占你女儿身体的，我也不知道怎么会来到这个鬼地方的……真的，很对不起。"

喃喃地念了一会儿，易龙龙低下了头。

不管用多么无辜的理由为自己辩护，她侵害了塔希妮雅的骨肉，这是不争的事实。

"我不奢望你能原谅，事实上，让一只已死去的龙来原谅自己也太无耻了些。我很抱歉，但是我还是要活下去。"垂下脑袋鞠了一躬，易龙龙慢慢地朝湖水中走去。

既然回来了，就要继续做从前的事，用水块制造生活工具。

本来一切都应该很顺利，然而潜水到一半的时候，易龙龙感到，好像有什么强大的力量快要从她的身体中爆发出来似的，剧烈的疼痛席卷了她的四肢百骸。

易龙龙惊恐无比：难道真的是塔希妮雅在天有灵，在给她被侵占身躯的女儿报仇……糟糕，刚才不该自承罪状的。

剧痛肆虐着神经，宁静的湖泊里忽然卷起狂暴的旋涡……

易龙龙几乎被这疼痛夺去神智，破碎的叫喊声淹没在水中，只吐出几个模糊的名字："……艾瑞克……林琦……"

救命……谁来救她？

二十三　孤独・一百年

　　林琦站在无尽的黑暗里，他的四肢被铁链镣铐锁着，长长的乌发垂落披散在一侧，雪色的面容在黑暗里越发显得白皙明丽。他清澈的眼眸逐渐变得空洞，那个人的声音仿佛拥有巨大的魔力，侵吞了他全部的意志。他完全抵抗不了。纯粹由灵魂构筑的身体，被四周蔓延的黑暗逐渐侵吞，从雪白的双足开始，一点点地被蚕食消融。他无能为力，甚至连目光也不能表达自己的意志，只能任由那声音的主人摆布着。

　　当黑暗蔓延到胸口时，广袤而辽远的声音忽然停了下来，微微地"咦"了一声，显出些惊讶。

　　就在这个时候，林琦的胸口仿佛有什么闪烁着。温暖的白色光晕绕着一团晶莹剔透的东西，并不明亮，却固执地守护着自己的位置，让黑暗无法靠近。

　　那是什么？

　　被控制感暂时减缓时，林琦的眼眸便恢复了清明，神智归位，他慢慢回想起来，那始终固执不肯屈从的是一份记忆。

　　执着千亿星辰笨拙地来到他身边，为他切开束缚的枷锁，从牢笼里解放的那一刻，幼龙的身躯便印在眼睛里了。

　　然后是幼龙的名字。

　　名字是什么？

　　07？

　　换一个吧。

叫什么好呢？

商量一下。

从枷锁中解放出来的时候，旁边并不是没有别的生物，但只有那个小小白白的东西会认真地跟他说话；即便有时候会很吃力，仍旧努力维持着耐心，甚至加上白嫩的小爪子不厌其烦地比画着，一直到把该说的事说明白。

虽然在某部分认知上出了障碍，但林琦毕竟不是真的白痴，谁对他真的好，他便本能地倾向谁。

表面上他没什么感觉，实际上他所感受到的是最本质的东西。直指本心，正是如此。

那声音忽然笑起来，"哎呀呀，是谁拿走了我的依兰朵。"

这是在民间各国流传很广的一个故事。故事里，冷酷刻板的魔法师怕女儿学坏，将自己的女儿依兰朵关在房屋里，美丽的少女寂寞地长大。到她十六岁的某一天，她听见窗外传来动听的歌声，探出头去看，发现唱歌的是一个英俊的少年，寂寞的依兰朵很快便爱上了少年，随后，便与少年私奔了。

这个故事在民间演绎后，流传出好几个版本，有美满结局的，经过抗争，坚贞的爱情战胜了一切，依兰朵和少年过上了幸福的生活；有悲剧结局的，魔法师发现后，很是震怒，杀死了少年，悲哀的依兰朵也随之而去；也有颇具警示意义的结局，两人私奔后，少年很快便厌倦了依兰朵，将她抛弃，而魔法师也将女儿赶出家门，最后依兰朵在绝望中死去。

少女们喜欢第一和第二个结局，而第三个结局则多半是严厉的父母用来教育女儿用的。

但不管哪个结局，其开头皆因依兰朵的感情一片空白，才让一个唱歌的少年有了进驻她心灵的机会。

宛如白纸一般的少年被囚禁在寂寞的高塔中，一日，外人闯入，进入他心灵的，却是一只幼龙。

"麻烦了。"那声音听起来有些微苦恼，但依旧不损其辽远强大，"真让人意外，我从来没有想过，你竟然会有不听话的一天呢，毕竟你是……"

"算了，就这样僵持吧，反正时间对我来说没有意义，但对你却能磨灭一切。"声音里有着看淡岁月的悠长。

林琦眨眨眼，忽然明白了男子话中的含义，生出微微的惊恐，黑暗之中，缓慢地伸出一只修长而从容的手，轻轻地一拨，周围便仿佛有了什么不同。

锁链仿佛有生命般倏地四散开。

一获得自由，林琦立即飞快地奔跑起来。

没有太阳，没有月亮星辰，没有光和影，也没有声音，一切在无尽的黑暗宁静之中。

这是比易龙龙所感受到的更可怕无数倍的寂寞。

那只手拨动的是时间。

在这没有光与声的虚空里，只有时间缓缓流淌着，淌过林琦的灵魂。

林琦纵然纯粹如水晶，比别人更能忍受孤单，可是，他也熬不过时间。

……

已经不知道过了多久，一天，十天，一个月？还是一年，十年，一百年？

时间失去了意义。

林琦停止了奔跑，因为他终于明白，不管怎么奔逃，都逃不出这个世界。他叫喊过，他寻找过，他痛苦过，他焦急过。

时光如水不可留。声音、思绪、情感、意志都被时间吞没。他已经感受不到时间的流逝，也忘了自己是什么人，为什么会在此处。他低头看自己，手指依旧清隽秀美，黑发却已经变成了雪白。

时间是什么？

未来是什么？

忘却是什么？

铭记是什么？

知道的是什么？

不知道的，又是什么？

林琦再不能思考，只知道自己的意志如烟雾一般，渐渐淡薄，消散。不知道为什么，他依然有一丝执念，本能想要留住什么。一定不能失去。

看不到过去，也看不到未来；看不到起点，也看不到尽头。他到底是谁？他又在等待谁？

身躯渐渐变得透明，这是即将消失至虚无的灵魂。然而在变得透明的身躯里，却有一事物越发清明起来，温暖，真挚，纯然，如同夏夜里的萤火虫。

虚空中又有一只手伸出来，在那微微的光辉上轻轻一抹，指尖却沾上了一滴晶莹的水珠。带咸味的液体在舌尖化开，品尝到的却是微微的苦涩。

那是……眼泪。

随后，幼嫩的童音，穿透时间与空间、现实与虚幻的阻隔，毫无阻滞地传来，"林琦……"挣扎痛苦中带着恳求，"林琦，救救我。"

他是谁？对了，他是林琦。

一直躺在床上昏睡不醒的少年蓦然张开双眼，眼眸中是长久沉淀出的清澈，更为幽静澄明。对旁人而言，不过是短短几日，他却经历了百年孤独般的煎熬。

过了一会儿，林琦缓缓坐起身，思绪依旧模糊，毕竟在虚幻之中，他度过了百年的时光。如眼神一般清醒的只有不灭的意志。

林琦呆坐了许久，思绪才缓慢地从百年的悠长中收回来，逐渐回想起昏睡之前发生的事。树海，神殿，那些人，夜晚……易龙龙！他陡然想了起来，想起了易龙龙。少年猛地从床上跳起来，却一下子没掌握好身体的力量，半空中失去平衡，重重地摔在地上。

先前在虚幻空间里他的存在形式是灵魂，那是与身体不同的操纵习惯，一时间没有切换回来。

摔了一次后，这回他学乖了些，小心地伸出手，撑着身体坐起，往四周看，却发现自己身处在神殿的房间里，而梦境中变得雪白的头发，依旧乌黑如墨。

少年微微流露出惊讶的神情：究竟……发生了什么事？

林琦那边瞬息万年，而易龙龙这里却度秒如年。

一贯宁静柔和的湖水忽然变得狂暴起来，她眼前什么也看不见，耳边充斥着惊浪骇涛。

痛得连叫喊声都发不出来，娇小幼龙的身躯在湖水里翻滚挣扎，时而浮在碧蓝的水上，时而被雪白的浪花掩盖。

不行，一定要想办法逃出去……

易龙龙强自支撑着意识，努力地用短短的爪子划着水，尽管她每划出几寸都会被旋涡状的激流带回原处，但她还是坚持着，不放弃，继续重新朝岸边划去。

事实上，在剧痛之中，易龙龙没有太多的空闲来思考摆脱这个困境的方法，她的大部分意识被痛楚占据着，撕扯着，只有一小部分固执地坚持着，觉得自己只要到了岸边就不会有事了。

到岸边就好了，再试一次。

再试一次。

太过强烈的痛苦中，仿佛感觉不到身体的疲惫，或许不懈的努力终于有了成效，又或是不知什么时候，湖水的波澜稍稍减缓了，易龙龙终于一点一点地朝湖岸靠近。

易龙龙跌跌撞撞地爬上岸，才踏上干燥的鹅卵石，便支撑不住，好像全身都碎裂了一般倒在温暖的白色石头上。

然而，即便是脱离了湖水，也依旧没有结束。

躺在鹅卵石上时，湖泊里的旋涡就此消失，然而痛苦依旧在身体里盘桓着。那是一种仿佛被解剖的感觉，好像有丝线在骨骼肌理中切割穿刺，连细胞都要碎裂开来。

易龙龙痛得在石头上打滚，她的肌肤变得分外敏感，仅是温暖的鹅卵石，她也感觉滚烫灼热，好像将她摊在煎锅上烧烤似的。尽管如此，易龙龙却不敢再回到水中去，岸上固然不好受，但也比在水里不知怎么死的好。

她软嫩的嗓音好像撕裂的丝帛一样变了调，发出长长的嘶喊哀鸣。剧烈的疼痛中，身体来回滚动，撞上坚硬的石头，她却感觉不到；草叶衣服已经碎开，她也感觉不到；身体被尖锐的石头划破，在雪白的鹅卵石上留下斑斑血迹，她依旧感觉不到。

宛如宝石一般的湖边，安宁而寂寞，林间只回荡着幼龙痛苦的叫喊。即便是前世病得最重的时候，易龙龙都没经历过这样的痛楚，那似乎是超越了肉体承受的极限，几乎令人发狂的感受。

一路翻滚着撞飞了鹅卵石，易龙龙滚入茂密的青银草的草丛里。沾上幼龙的血液，青银相间的草叶上升腾起琉璃色的冰冷火焰，这火焰微微减缓了痛楚，但却无法遏止。片刻后，另一波更强烈的痛楚袭来，易龙龙哭喊着，滚入树林中。

眼前五色杂陈，耳畔五音乱响，从白天到夜晚，星辰的光辉再变为晨曦，几个日夜轮转而过。她静静地伏在林子里，早已失去了哀鸣的力量，好像全身被抽空了，连翻滚都做不到，空荡荡的躯壳里只有痛苦充斥着。

清晨，露珠从草叶尖端滚落而下，冰凉凉地滴在她好像要裂开的皮肤上，偶尔有几滴滑入她的嘴唇，滋润她干燥的舌头。

眼前是一片迷蒙，因此易龙龙看不见自己的身体在发生什么样的变化。

最初，是各色奇异的符号在她身体表面浮现，接着，这些符号各自发出微微的光芒，吸收着周围的光线，日光、月光和星光都好像被吸走一般，在她的周身出现一片由细腻银光织成的茧子。

银白色光茧中的影子形状缓慢变化着，在这难以忍受的煎熬痛苦中，就像人鱼公主用遭刀割般的双脚翩翩起舞，如同夜莺将蔷薇花刺插入心脏，发出垂死清丽的歌唱，仿佛柔嫩的蚌肉被沙砾残酷碾磨，分泌出圆润的珠泪，有些东西总要在浸泡了泪水的痛楚里终得升华。

易龙龙倒在地上。周围细小的嘈杂声渐渐消失，她的身体好像碎裂成无数的细屑，又被无形的力量重新收拢起来。

黑暗的森林里，一抹柔和的银光缓缓绽放。天穹之上，璀璨的星河悄无声息地流转着。

当易龙龙再一次能看清周围的事物时，她感觉到了微妙的不同。

最先映入她眼帘的，是一双鞋子。

有人走到了她的身前。

三十四　脸红·再相见

人？

易龙龙盯着眼前的那双鞋，忽然醒过神，自己正趴着，便连忙想站起来。伸出手，她尝试支撑起无力的身躯，然而下一秒，她的身体僵住，目光也僵住。

那是……手。

已经习惯拿到眼前的是一只小小白白的爪子，易龙龙呆了好一会儿，才意识到自己的爪子又变回了手。

白嫩的肉肉的小手，皮肤在晨曦的光辉映照下几乎呈半透明，好像轻轻一掐就能捏出水来，易龙龙张着手，手背上便现出几个浅浅软软的肉窝。

易龙龙目瞪口呆：这，这只手几岁……啊，不对，这个人几岁……啊，也不对，应该先弄明白的是，自己的身体怎么了。

难道变成了人？

怎么忽然就变了，一点招呼都不打？难道是李维的那个变身的魔法阵发作延时的后果，导致她回来后才变化成功的？

忙于解决自身的问题，易龙龙甚至忘了身前还站着一个人。

顺着手背、手腕看下去，便是嫩乎乎的手臂，人说藕臂藕臂，今天易龙龙总算是亲眼见到了——在自己身上。

圆滚滚的雪白胳膊仿佛映着莹润的光，手臂并不算胖，但纤细的骨架上肉很多，还是最细嫩的那种。

易龙龙有些困扰地皱起眉头：唔……光看这只手，不需要更多的旁证，她就能知道这具身体应该不超过六岁。做幼齿龙也就罢了，为什么变成了人，她还是连牙都没长结实的年龄啊？

不过值得欣喜的是，她终于变成了人。

这样过了许久，一直觉得自己像是在做梦般的易龙龙才总算想起来，变成人了她应该感到十分高兴。因年龄而带来的小小困扰登时不翼而飞，她双手支撑着地面，想要爬起来。

……等等！

好像有什么地方不对！

目光顺着光滑粉嫩的手臂往上，看到了雪白圆润的肩头，再看到……接着，目光朝前，看到一双鞋，才想起来，她身前一直站着一个人。

易龙龙脸色发白，忐忑不安地仰起头来，正对上一双清澄无瑕的眸子，漆黑的眼眸中倒映着她白嫩光洁的身体……

白不白嫩不嫩洁不洁这都是小事，重点在……她身上是光溜溜的。

换而言之，她全身上下都给人看光了！

易龙龙发出一声惨叫，但这声音听起来软得就像新出锅的黏糯米，清润得像纯天然的山泉水，就是完全没有凄厉的意味。伴随着这声惨叫，她一下子跳起来，柔嫩的小手捂着脸转头就跑，三两步跑进附近的草丛里，白生生的小脚丫在地上踩出几个浅浅的脚印。

易龙龙蹲下来，让高高的草叶遮挡住自己的身躯，这才欲哭无泪地重新望向林琦：亏了，亏大了。她身上可是什么都没穿啊，先前套上的草叶衣服早就在翻滚挣扎的时候没了，就算还在，她比先前略为长大的身躯也会撑开那衣服的。

不过，她也不能怪人家林琦，毕竟是她自己没穿衣服躺在森林里的，林琦只是来这儿罢了……咦，他是怎么找来的？他总算从昏睡中醒过来了？

仔细打量着少年的模样，林琦漆黑的长发柔顺地垂着，身上穿着的还是她临走前看见的那套便装，但他的眼里，却好像多了什么更为深刻的东西。

见易龙龙躲进草丛里，林琦也不急着追，只学着她一样蹲下来，也不在意垂落在地面的长发，只望着露出半张脸的龙……不，女孩。

就这样彼此僵持了一会儿，易龙龙觉得这么下去不是办法，只得红着脸小声地说："林琦……你认不认得我？"

少年目中出现微微的欣悦笑意，轻轻地点了点头。虽然易龙龙的外表看起来不一样了，但他还是第一眼就认了出来，否则也不会一直就这样看着她。

易龙龙感觉脸上更热，用比蚊子大不了多少的声音说："你转过身去，暂时不要看，好不好？"她要穿衣服啊。做龙的时候她都没有光着身子的习惯，现在变成了人，就更加不能光身子了。

　　等林琦依言转身，易龙龙才长长地嘘出了口气。

　　接着，她有些不好意思地开口道："能不能把你的衣服脱下来借我穿？"这具身体比起自己原来身为幼龙时大了些，再想用草叶编衣服，未免麻烦了，更何况眼前就有现成的，她不愿意再光着身子几个小时。

　　林琦一听，二话不说地脱衣服。

　　"哎哎……不要转身……你背着身体丢给我就好。"

　　"等等！脱外面的一层就够了……裤子不用脱……"

　　一阵乱七八糟的叫嚷后，易龙龙才裹着林琦的细亚麻上衣，磨磨蹭蹭地走出草丛，过长的衣摆盖过足踝，差点儿绊了一跤。

　　林琦微微侧着头，注视着换了新模样的少女。她娇小白软的身体包裹在宽大的细亚麻上衣内，过长的袖子挽了好几圈，才露出肉乎乎的小手。虽然已经将扣子扣到了最上方的一颗，但相对于小女孩纤细的脖子而言，有些宽大，露出来颈侧大片雪白细嫩的肌肤。

　　虽然苏醒后便面临了这么尴尬的事，但易龙龙心中的欢悦并未减少。她赤着小脚走过来，坐在林琦身旁，向他述说这些天来的经历，找个人分享她的痛苦她的快乐。

　　幽静的少年什么都没说，只是静静地倾听着。他没有说在虚幻中自己如何熬过那孤寂无比的一百年，也没有说是因为易龙龙他才醒了过来，更没有说自己是如何来到这个地方的。

　　苍翠的丛林里，他只是非常安静地倾听着……

　　慢慢地说完自己这些天来的经历，易龙龙傻笑着抬起手，盯着自个儿的双手高兴地瞧个没完。

　　变成人了变成人了，这真是太好了！

　　发生的一切太过美好，易龙龙忍不住抬起手来，放在嘴边，啃了一口，牙齿嵌入软嫩的肉里。确定不是假的后，接着继续傻笑。

　　虽然对先前所遭受的疼痛犹有余悸，但那也比不上能变成人更重要。看着自己的双手，易龙龙心中几乎要绽开出花儿来，先前那一点点对年龄的不满也抛诸脑后。她现在是人了，想去哪里就去哪里，再也不必担心会被人当成稀有动物捉住关起来。

易龙龙猛然想起还一直没看看自己的脸相，便拉起林琦，踏过柔软的青银草，踩着坚硬的鹅卵石，一路跑到湖边。然而接近湖边大约三米距离时，林琦忽然停下脚步，不管易龙龙怎么拉扯，都不再上前。

易龙龙惊讶地回头望林琦，却见少年纤细的眉头微微拧起，显出一点点令人心怜的样子。她想起艾瑞克所说的塔希妮雅死后威压犹存，心想或许他虽然闯了进来，但还是不够实力，所以不能靠近湖边。

既然林琦不愿意，易龙龙便也不勉强，松开了他的手，独自跑过去，蹲在水旁，这才算瞧见了自己的容貌。

这具身体不出所料，非常幼小，也就五岁左右，白皙水嫩的脸颊连她自己也想戳个指印上去。头发有点儿短，只到耳根，然而有些超出易龙龙预料的是，她的头发和眼眸，竟然是与林琦一样的黑色，而不是原先设想的，雪白的幼龙变成了人后，眼睛应该是蓝色，头发是白色。

虽然奇怪于自身的变化，但这个小细节的差异对易龙龙而言没什么不好的，反而更有些乐见其成。毕竟她前世原本就是黑发黑眸人种，看着这副样子反而更有亲切感。今后别人看着她，也不会因为颜色近似而发生联想。

变成这副模样，便表示她的安全大概无虞了。

易龙龙想得高兴，完全没注意到，站在她身后的林琦一直用带点儿抗拒的眼神望着湖泊。那目光并非出自畏惧，而是带点儿困惑，不知为何竟会对此有敌意。

才回来没多久，易龙龙便又要穿过漫长的路途走出树海去，但与来时低落消沉的心情相比，这一趟却是满怀着期待与兴奋。

然而走了一段路后，林琦忽然停下脚步，转头望向易龙龙，张开双手，接着一只手往自己肩上拍了拍。

经过这些天的相处，易龙龙也明白这个动作是让她爬到他肩上去，就如同从前她是龙的时候一样。她步子小，加上动作又慢，便拖累林琦的速度，刚才那一路走来，林琦总是要刻意放慢脚步等她。假如以她的速度走，只怕要很长很长的时间才走得出去。

但她现在是人了啊，趴在年轻男孩子的怀里，好像不大好……

犹豫了一下，易龙龙还是抵不住想要快点儿出去的渴望，不好意思地搭上林琦修长的手臂，顺着林琦的引导，弯曲双腿坐在他的右肩上。

才一坐稳，易龙龙便感觉到一只手扶在她的腰上，确定稳当后，身下的林琦迈开大步，快速地走了起来。

透过衣衫能感觉到少年的体温，易龙龙满脸通红，但为了能快点儿出去，她还是强忍住不自在，没话找话地跟林琦闲扯，以分散自己的注意力。但说着说着，她禁不住又高兴起来，快乐就像泉眼里的活水，一波又一波地涌出来。

以林琦的速度，这一段行程还是走了很久。一路上，他们能找到吃的就吃，找不到就先饿着。终于回到香草镇的时候，已到了秋天。

再踏入香草镇时，易龙龙学了乖，先和林琦两人在树海里蹲到夜晚，接着才从偏僻狭窄的道路绕行至镇的东边，直接进了神殿。

这个时候是万籁俱寂的深夜，神殿也已关闭。易龙龙让林琦在隐蔽的地方等着，自己跑到神殿门口，便开始用力敲打雕着精美花纹的大门，一边敲一边喊："开门！开门！"

被软嫩童音吵醒的见习神官打开门，发现门外站着个幼小的女孩，小女孩身上穿着一件过于宽大的男装，更衬出她身子的娇小。

虽然还有些困倦，但见习神官还是先赞美了一句欧尔丁神，随即亲切地询问："小妹妹，这么晚了，来神殿干什么？"

易龙龙看了一眼这个见习神官，见是上一次带她和林琦到藏书室的那人，便深吸一口气，口齿清晰地说："我来找我爸爸。"

见习神官愣了愣，"你爸爸？"同时，他心中升起些许不妙的预感。

"对啊，我爸爸。"易龙龙认真地点点头，一双看起来天真无邪的眸子眨了眨，悄悄滑过一丝狡黠，"我妈妈说，我爸爸在香草镇的神殿里，是神殿里的神官。"

香草镇神殿中，神官一共有两人，但是能莫名其妙跑出来一个女儿的，见习神官几乎连想都不要想，便满脸痛苦地转头对同样被吵醒走过来的神官说："李维大人，您的私生女上门来了。"

三十五 含冤·私生女

　　还有一点儿睡意的李维登时被惊得完全清醒过来，他快步走上前，眯着眼看门外的不速之客，有点儿咬牙切齿地说："这根本不是我女儿，不要听她胡说八道。"

　　易龙龙顿时露出可怜巴巴的眼神，仰头望着李维，软嫩的声音慢慢地说："我不知道你是不是我爸爸，但是，我妈妈临死前说，我身上这件衣服是爸爸留下的，我妈妈让我来香草镇找我爸爸。妈妈生病花了很多钱，家里的东西都被拿走了，只剩下这件衣服。据妈妈说是您上次去我们家时留下来的。"说完，她还想弄两滴眼泪出来加强效果，但眨了眨眼，却挤不出来，只有作罢。

　　见习神官仔细地看了看小女孩身上穿的宽大衣服，再偏头看看李维，神色更加难看，他痛苦而挣扎地扶住额头，艰难地道："李维大人，神官大人，老师，作为您的学生，我一直很尊敬您，您强大的神术令人仰慕。虽然您的私生活不大检点，甚至前些天还传出在伯德城调戏一个伯爵夫人被其当街拒绝的消息，这也没有损害您在我们心目中的形象……"

　　见李维无语，见习神官叹了口气，更加沉痛地说："但是，作为一个男人，您不负责任也就算了，居然连女儿都不愿意承认，您真是太让我失望了！"他回头一指易龙龙，又指指李维睡衣外罩上的外套，"看，这不是您的衣服么？和您身上穿的这件款式完全相同。"

　　林琦去找易龙龙的时候，身上穿着李维的衣服，两人身材相仿，正好合身，如今却给易龙龙拿来当成陷害忠良颠倒黑白的工具。

　　李维嘴唇张了张，迟疑了好一会儿后，目光由郁闷转为无奈，叹了口气道：

"好吧，就算她是我女儿，接下来是我们父女的事了。你回去吧。"

见习神官虽然还想多瞧瞧热闹，但李维既然都已经这么说了，他也只有万分不舍地一步三回头地往回走。

等闲杂人等远离，李维才一手搭在门边，低头眯眼打量着易龙龙，"女儿？你……"他左右看看，问道，"林琦那小子呢？让他给我滚出来。"

虽然一下被两人给扣了一个大黑锅，但李维也没怎么太过生气，反正他早已全身上下满是黑锅，离谱的八卦谣言满天飞，也不差这一个两个。

易龙龙有些惊讶地道："你知道我跟林琦在一起？那你知不知道我是谁？"

李维微微冷笑道："那小子忽然失踪，我便估计他是去找你了，至于你……魔法阵是我亲手绘制的，怎么可能不知道效果？按照我的推测，因为你自个儿身体的限制，你就只能变成这么大小的女孩模样。"

不过让他微微吃惊的是易龙龙的发色和眸色。按照理论说来，他的变形魔法阵变化也会让头发和眼眸的颜色一起改变，但那种改变是源于变化者自身对颜色的认知。按常理，一只白色毛皮蓝色眼睛的动物，潜意识里应该变成白发蓝眼的人类，易龙龙却不同。

想到林琦，李维便又释然了，也许易龙龙变化时想到的人是林琦，便拿他的样子作了变化的模板。他并不知道，在易龙龙原本的认知中，她就是黑发黑眸的模样。

第二日一早，香草镇便迅速地被全新的八卦所风靡：全身上下都是争议，每一根头发牵系着一条八卦，连呼吸都漫溢着桃色气息的神官大人，终于被他遗留下来的私生女找上门来了。

对于这个消息，全镇人的反应并不是"怎么可能"，而是"这一天终于来了"，或是"我早就知道会如此"，甚至是"怎么这么晚才有人找来"，等等。

而绯闻的主角正和他的私生女及私生女携带的美少年坐在神殿客房内，商量今后的行程。

易龙龙乖乖地坐在桌子边，低头认错道："对不起，我不知道谣言会传得这么可怕。"昨晚上来敲门的时候，她其一是为了以合理的借口找李维，其二也有点开玩笑的意思。当时神殿里只有李维和见习神官两个人在，却没料到那个见习神官完全不给他老师留面子，转头就散播八卦去了。

李维扯了扯嘴唇，摆摆手道："行了，这没什么，其实你编造这个身份，也不是完全没有好处，今后对外就声称你是我的养女吧。"名义上是养女，但传闻中却是私生女，他再伪造一些资料，这样真真假假地混合起来，很难让人发觉易龙龙的真实来路。

完全没想到李维会这么爽快，易龙龙忍不住"啊"了一声，心里有些古怪地想：先前在树海湖边刚见到艾瑞克时，她就误会了一个爸爸，这回又主动有人认养，真是罪过罪过，她又给塔希妮雅弄了条绯闻。

不过李维的提议确实是好办法，因此易龙龙也找不到反对的理由，便就此答应下来。

易龙龙以私生女的身份在神殿里住了大约半个月，最开始不时地有镇民以祈祷之名来神殿看她，但过了几日，大家的兴致淡了，易龙龙便再度得到了清净，而这清净一直到海因涅家族的贵公子去而复返，才终于中止。

自从被李维用巧妙的手法误导之后，来自海因涅家的标准贵公子伊斯利便离开了香草镇，通过某些渠道向自己的父亲传达了已被歪曲过的事实。

但这件事被限制在了一个极小的范围内，伊斯利的父亲并没有大张旗鼓地向白牙佣兵团发难，而是派遣亲信对蕾茵娜等人进行秘密的调查。

与此同时，蕾茵娜因为没能保住捕捉到的龙，却走失了自己的同伴，不得不匆忙去找佣兵团团长请罪，外加请求指导对策。然而，这行动在外人看来，更像是捉到了龙匆忙回去交给首领处置的样子。

因为隐瞒，欺骗，以及各自的私心，巧合的误解，各种因素综合起来，反而将情报信息推向一个越来越错误的方向。假如他们双方愿意开诚布公地交谈协商，很容易就会发现自己被欺骗了。

然而坦诚和信任这种事，一般只能在小孩子身上见到，成年人向来缺少此可贵品质。

立场，利益，疑心，需要考虑的各个方面……越是老练成熟，便越是不容易相信，更加不可能向他人敞开想要隐藏的秘密。

虽然时常被绯闻缠身，甚至发配到这样一个地方，但是外貌宛如少年的不良神官，却有着深刻洞悉的眼力。

伊斯利一回到香草镇，便也听说了神官的私生女事件，对此感到十分惊讶。而当他来到神殿时，早有准备的李维，却向他提出了一个要求，让他们在离开的时候，顺便带着林琦和易龙龙走，前往位于邻国的风都。

这片大陆上有几个国家，其中易龙龙现在所在的香草镇所属的国度名叫莱特帝国。而与其相邻的国家有两个，分别位于东西两侧，西侧是被隔在树海之后的伊顿，东侧则是接下来伊斯利要前往的奈切斯。

李维先是说了自己的安排。具体的地形易龙龙其实并不大清楚，她所能明确了解的只有一件事，那便是：要开始远行了。

听了李维的要求，伊斯利更为惊讶，他的目光转向坐在会客厅内的少年和小女孩，道："带上他们？"

这，似乎有些不方便吧？

少年正低着头认真看书，而小女孩则趴在椅子边上拿少年的头发编辫子，自顾玩得不亦乐乎，似乎全然没注意到伊斯利的存在。

李维满不在乎地道："那么，就当成是我委托你们完成的任务，这样可以了么？不要拒绝，你出来游历三年，难道就只打算挑选顺遂的事来做？偶尔携带上两个需要保护的麻烦，也算是一种体验和锻炼……至于委托的报酬嘛，你是海因涅家族的贵公子，想必不会跟我计较那点钱，就一个银币好了。"

伊斯利还是被说动了，倒不是为了那低廉的一个银币的报酬，而是冲着"锻炼"那个词。对于还处于青春期的热血少年，煽动性的语言比什么都有用。

狡猾的神官先指了指林琦，道："这个孩子，因为受到了太大的创伤，或是脑子出了什么问题，不再适合当一个神官；而这个女孩，虽是我的养女，但我希望她能受到良好的教育。你只要将他们送到奈切斯的风都，按照这上面的地址找一个人就行了。那个人是我从前的朋友，他会代我照料他们俩的。"

一边说着，李维一边从口袋里掏出一个折叠的信封，交给伊斯利，同时也将易龙龙和林琦交托给他。

因为李维早就说过他的安排，所以交接过程中，易龙龙一直表现得十分乖巧，甚至李维让她拉着林琦回屋休息时，她也只是轻巧地站起来，扯了扯林琦的衣袖，清澈如水晶的少年便被牵走了。

等易龙龙一走，李维便变了一副神色，他的目光投向站在伊斯利身后的灰发神官。这是他一手教导出来的弟子，自从上次跟调色盘小队进入树海回来后，便一直没有离开伊斯利，伊斯利走到哪里，他便跟到哪里。

表面上是伊斯利请灰发神官作旅伴，但其中的内情，李维看得很清楚透彻。作为树海一行的同行者，灰发神官得知了龙存在于世间的事，为了保住这个秘密，伊斯利只有把他放在看得见的地方监管起来；同时灰发神官也是一个不错的神官，在路上能给他们很多帮助。

平心而论，更加保险的办法应该是直接杀人灭口。然而，伊斯利虽然出身海因涅家，骨子里却还没有被完全染黑。于是，他选择了比较费劲的方式。

上回走的时候，灰发神官的神情还有一些不情愿，这次回来，李维却细心地发现，他的学生的神情看上去有了改变，从前平淡的眼神中燃起了火焰，那是对财富地位的渴望。

灰发神官会动摇，这一点李维并不感到意外。事实上，任何人在有权势的人身边被感染久了，都会对权势地位财富这一类东西产生艳羡，进而想要追求，神官也只是普通人。

定定地看了灰发神官一会儿，李维知道自己要失去这个学生了，但他并不怎么放在心上，甚至连出言劝阻都没有，便又收回目光望向伊斯利。

选择何种道路，是一个人的自由，即便身为其老师，李维也不认为自己有横加干涉的权利。但每个人都要为他自己的选择负责，今后他的学生发生什么事，他也不会代替其收拾烂摊子。

闲杂人等离开，伊斯利才亮出自己此行的真正目的，他也取出一封信，递向李维，"这是我父亲给你的信，他说，假如你想要回到海因涅家，随时可以再度冠以这个姓氏，堂叔。"

他唤出对李维的称呼。

这个称呼一叫出来，除了灰发神官感到惊诧外，在座的其他人神情却十分平静。

这本来就不是什么秘密。

李维，原名李维·海因涅，血缘上是伊斯利的堂叔，与艾瑞克平辈。不同的是，艾瑞克是自己抛弃了海因涅家族，而他则是被海因涅家族抛弃了；艾瑞克至今还在名义上保留着海因涅家族的姓氏，但他却连姓氏都已被强制剥夺。

十多年前，李维曾经是那种最典型的纨绔公子。他热爱享乐，以追逐美丽的女性为乐，与传统的纨绔公子一样，实力非常平庸，武技不成，魔法不成，在知识与艺术领域也没有杰出的成就。他前十六年获得的人生评价，除了无能，还是无能。

以海因涅家族的一贯作风，这样无能的人，没有资格冠以海因涅家族的姓氏，更何况李维的父母在家族中并没有什么过大势力，没办法调动资源改变这一状况。因此在惯例的三年游历结束之后，李维便被以最快的速度剥夺了姓氏。

自那之后，李维失踪了一年，再度出现在众人面前的时候，非常出人意料地，他成了一名神官。这是一个与他的性格作风完全不符的职业，然而李维却是近五百年来罕见的神术天才，任何中低端神术，他只要看一遍就能熟练掌握，而高阶神术也学得比旁人不知道容易多少倍。

用一句有点恶心人的话来说，他好像天生便拥有欧尔丁神的眷宠，是神明行走人世间的代言人——见鬼的代言人，真要有神明像他这样一边赞美欧尔丁一边跟女人开房，做了神官依旧不改纨绔本色，那全天下的神殿都可以倒闭了。

李维身上的绯闻虽然大半是经过夸大扭曲的，但其中一部分，也未必没有事实基础。

一边递出信，伊斯利一边观察自己这位堂叔。

他们海因涅家族私下的调查得知，这位堂叔比他表面所展现出来的还要强大。他的神术水准超过大陆上的任何一位神官，现任教皇曾私下亲自规劝过李维，只要他肯收敛一下放荡行为，不要那么明目张胆地勾搭女性，那么十年后教皇的位子将属于他。

然而，李维断然拒绝。

很快地，他被发配到香草镇这个小地方，并且，距离回去的日子遥遥无期。

伊斯利对于自己此行能够成功丝毫不抱怀疑，在他看来，被逐出海因涅家，又被教廷神殿发配，李维现在的日子应该是非常凄惨灰暗的，只要海因涅家族朝他递出橄榄枝，对方没有拒绝的理由。

恢复尊贵的身份，重新成为一个贵族。

然而李维却没有伸出手来，他只是饶有兴味地望着信封。信封的材质是上好的印花纸，月白色的信封上印着玉兰的浮凸纹路，边缘镶着一圈细细的银边，细腻的做工显出主人优雅的品位。

"我拒绝。"欣赏了一会儿，李维不紧不慢地开口，就好像当初他拒绝教皇的恩赐一样，拒绝了海因涅家族的邀请。

望着模范贵公子惊愕的样子，李维笑笑，轻快地说："当初你们叫我滚，我滚了。现在叫我回去，对不起，我滚远了，回不去了。"

他，不回头。

伊斯利忽略了一件事。他身在海因涅家族里，太把家族当一回事，即便出来了一年，也没有感受到世界之大——神殿的势力遍布大半个大陆，几乎可以说，有人的地方便有神的光辉照耀，李维甚至拒绝了教皇的职位，又怎么还会在意区区一个海因涅家族身份？

纨绔公子还有一个特性，那便是骄纵任性。

在这方面，李维贯彻得无比坚决。

在神殿停留了两日，费尽口舌也没能说服李维改变主意，伊斯利带着浓浓的失望和遗憾，踏上了回程的路。同行的人中，则多了一个黑发少年和一个黑发小女孩。

原本伊斯利对林琦还有些兴趣，毕竟能让李维看中的一定不是普通人，但确定少年在认知方面出了障碍后，他的兴趣很快便消散了；对于据说是李维私生女的小女孩，他则没有多留意。

贵公子的排场是四辆规格完全相同的舒适马车，由六名随从中的四人分别驾驶。按照排列顺序，最前面那辆坐着伊斯利与他的同龄朋友，第二辆坐着随行的其他人，最后一辆专门用来运载他的行李。第三辆作为机动使用，需要携带货物多的时候或者队伍中又多了并非旅伴的人时，都放在第三辆马车里。

就好像易龙龙和林琦现在这样。

易龙龙趴在马车的窗户边，凝望远处的山峦树木，偶尔低头看路边的石子杂草在马车的行进中一晃而过。

车内备有可供休息的折叠床，茶几上层摆着精致的纯银茶具，下层则摆放着各种蜜饯果脯，是伊斯利专门给易龙龙这个小孩子准备的。

平心而论，伊斯利对易龙龙还算照顾，但易龙龙怎么都生不出感激之情。只要一想起伊斯利也是想要把她当珍稀物种获取并拥有的人，她便浑身不自在，所以她甚至不大愿意跟伊斯利说话。

好在跟伊斯利在一起也就只是这一路，只要抵达目的地，便不用再见到这张脸。

稚嫩的小脸上带着与外貌年龄不符的沉凝之色，易龙龙重重地叹了口气，转过身时，却发现黑发少年正捧着盛装甜食的银盘吃得津津有味。

在外人看不到的地方度过了漫长的孤独，林琦原本就空灵幽静的美貌平添了几分可以称之为深刻的魅力，然而他的眼眸始终是人之罕有的，接触到了新鲜东西，少年白皙纤长的手指拿来各种不同的甜食，一样一样地品尝着。

见易龙龙望着他，林琦愣了愣，有些舍不得却很坚决地将银盘放下，推到易龙龙这边。

原本有些低抑的心情莫名地好了起来，易龙龙忍不住微笑道："喂，不要吃那么多啊，小心蛀牙。"

……

就这样，旅途平静而顺畅，即便路上有遇到不长眼的劫匪，也被调色盘小队的强大实力给轻易打败了。

经过二十多日的行程，一行人抵达了莱特帝国的帝都。

三十六　双城·在帝都

　　帝都，换而言之，就是一国的首都，是一个国家的政治中心。不过，莱特帝国的帝都看起来更为重要一些，它不仅是莱特帝国的政治中心，同时还是宗教信仰的核心。

　　皇宫和教廷的神殿总部都在这座城市里。

　　这个政治和信仰的双重中心，其地位是如此重要，因此其防卫也是同样严密。

　　在距离很远的时候，易龙龙便看见了几乎可称作巍峨的厚重高墙，那一尺宽一尺半长的黑色石块堆垒成一道威严的屏障，彰显着这座城市的特殊地位。

　　因为临近首都，道路都被修整得非常平坦，就算在马车中饮茶，茶水也不会洒出来。

　　距离城门口还有半里远的时候，伊斯利便让随从放缓了马车行进的速度，徐徐行来。

　　他在用自己的行动，表达对这座城市的足够敬意。

　　进出城门的人们井然有序，接受门口士兵的查验，即便是伊斯利，也没有例外。马车静静地在长队后停了下来，等待着。

　　等候的过程中，易龙龙发觉帝都的守卫素质是她所见过的最高的。每个人的外貌都在水准线之上，其工作认真严谨，不卑不亢，见到衣着寒酸的人不为难，见到衣着排场富贵的人也不谄媚；遇到受贿求他们放松检查的，果断地给予拒绝，遇到气焰嚣张无理取闹的人，则理性地做出处理。即使遇到孤身且美貌的女性，士兵们也从不骚扰，依旧与对待其他人一样，礼貌而尊重地执行工作。

莱特帝国作为大陆上最强大的国家，其帝都是名副其实拥有君主气魄的城市。

莱特帝国的帝都，与易龙龙等人即将前往的奈切斯的风都，这两座天下闻名的都市，被称作"双城"。

城门口的长队在一点点往前挪动，虽然士兵检查得很认真，但工作很有秩序，效率还不错。等了大约五分钟，伊斯利一行的马车便来到了城门下，随从将携带的文书递给其中一名守卫。对方查验的时候，便有另外两个士兵来查看马车中的人和货物。

检查的过程十分顺利，伊斯利及其同伴随从都有官方出示的身份证明。至于林琦和易龙龙，在经过之前的城市时，伊斯利已经用自己的身份特权，为他们开了香草镇的户籍身份证明，同样是表面上看不出任何问题。

马车随即驶入帝都之中。

城门之内，街道笔直宽阔，宽度约有一百米。虽然街道两旁的建筑不是那种几十层的高耸楼宇，且看起来都有了一些年份，然而这年份带给人的感觉并不是陈旧，而是凝练了时间不衰败的雍容典雅。

四百年前，当时执政的皇帝花费了大量的物力与财力，请来大陆上最有名的几十位建筑师和艺术家联合设计城市的规模及构图，而后由举国最好的工匠修筑而成。如今这座雍容典雅的城市便呈现在易龙龙等人的面前。

务求每一条街道，每一座建筑，分开和整体都拥有协调大气的美感，当时皇帝的要求提出来后，几乎耗费了建筑师和艺术家们所有的心力，才终于设计出来这座城市，历时五六十年，才终于建成。这已经不仅仅是人居住的地方，而是一件足以保存许久、见证人并且为人所见证的艺术品。

街上的人们既不像小镇上的人们那样神情悠闲，也不像别的城市的人们那般忙碌，这是一种更加自信与稳重，眉宇间浸染了城市本身风貌的神情。

街道上还有神官在传教，有诗人在唱歌，也有小孩子嬉笑玩耍，然而易龙龙没能再仔细看下去，因为马车顺着街道行驶，拐了几个弯，很快便抵达了目的地——伊斯利在帝都的住所。

下车的时候，易龙龙有些奇怪地自言自语道："不是说游历三年么？怎么中途也可以回家吗？"看伊斯利的架势，似是打算回家探亲什么的。

路上一直负责赶她这辆马车的随从听到了她的自言自语，便笑着给易龙龙解释道："就算是游历三年，也没有说完全不能回家啊。更何况再过几日是家族聚会，同时也是少爷母亲的生日，作为一个很爱母亲的孩子，少爷当然得赶回来为她庆祝。"

这是伊斯利回帝都的最主要目的。

换而言之，易龙龙和林琦必须跟随着伊斯利在此多耽搁几日。

易龙龙对此并无意见，毕竟她是搭别人的顺风车，就当是旅途休息好了，在哪里不是休息。

伊斯利在家中换了整洁正式的服装，便独自离开了。离去之前他让随从安排易龙龙和林琦在他家中住下。这里是他的私人住宅，是他十五岁时父亲送给他的生日礼物。他的父母则住在城郊的庄园内。

在伊斯利住宅之内草草地逛了逛，易龙龙很快便觉得无趣。她征得了一名随从的同意，且与那位随从同行，拉上林琦，三人一道出门上街去。

难得来到一国的首都，加上之前赶路，途中并无过多停留，易龙龙很有兴趣看看这个世界的大城市是什么样的。

带易龙龙和林琦出来逛街的随从名叫比索，他陪同两人出来，除了做向导外，也有保护二人的意思，毕竟这两人一个是不懂事的小女孩，另一个则是认知出现障碍的少年。

说起这位随从的名字，其实也颇为有趣。市面流通的币种材质分别有铜、银、金和白金，易龙龙初出树海，不懂得这许多，她就根据对方报价和硬币材质胡乱给钱。后来接触得多了，渐渐明白过来，这些钱币有一个专用的基本计量单位叫比索，算是钱币计量的官方叫法。乡下做买卖交易时，一般都说几个银币几个铜币，较为正规的地方则说多少比索。

这位随从的名字叫比索，巧合的是，姓氏也是比索，合起来便是比索·比索。这样一个名字，在易龙龙前世，就好像一个人姓钱名钱一样，凡是听到这样的名字，别人多半会想这孩子的爹娘起名字时都在想什么呢。

比索走在前方，易龙龙牵着林琦的衣摆紧随其后。

三人在街道边上漫步，钱钱先生不时地向他们介绍本地的建筑和一些趣闻，全没想到小女孩脑瓜子里正转着什么念头。

易龙龙自个儿在心里玩味了一会儿，收回思绪，静静地观察着周围的景物、人群。

先前在马车上时，不过是匆忙浏览，如今放缓脚步，徐徐而行，这才瞧了个清楚明白。

街道上的建筑明显经由官方规划，虽然不是完全相同，但统一的制式还是让街道整体看起来有一种严正之美，而商店的装潢和招牌都比外地的城市要漂亮得多，这并不是表面上的花枝招展，而是在材质做工与品位方面的上乘。

街道两侧，种植着整齐高大的树木，虽是秋天，树叶依然碧绿茂盛，远看宛如绿色的镶边。秋意的萧瑟似乎还没感染到这座城市的人们。

种种不经意的细微之处，烘托出城市整体的美丽，而数百年沉淀的底蕴让这景象不显轻浮。

但景物不过是陪衬，假如没有组成城市的人，那么就算整个城市以白玉雕成，也不过是一座冰冷的死城。

街道两侧行人的脚步声、交谈声及街上往来不断的马车车轮滚动声，在带着萧瑟秋意的空气里浮现出大城市独有的繁荣。

走过居民区，三人来到商业区，这里比之前所见的更热闹些。比索想到一件事，连忙转身冲二人提议道："你们要不要逛逛商店？这里可以买到别的地方很难见到的珍品……"话没有说完，他的声音变得有些迟疑。

在这一路上，少年和小女孩一直表现得十分乖巧安静，完全配合他的安排，这让他对这两个孩子有了一些好感。可是蓦地回头看去，只见才五岁大的女孩稚嫩的面容上带着超出年龄的恬静微笑，正以一种不属于这个世界的眼神偏头望着这座城市。

那是游离于世界之外，独自站立着，纯粹旁观的目光。

即便是在这人来人往的繁华都市里，她依旧只是一个人……不，或许还要加上她身旁的黑发少年。

听到比索的提议，易龙龙缓缓地反应过来，立即很感兴趣地露出甜甜的笑容，道："好啊，好啊！"这一笑，瞬间冲淡了原本笼罩在她身上的孤寂气息。比索犹豫了一下，觉得自己方才可能看错了，便很快排除杂念，笑眯眯地介绍起来。

因为时间有限，易龙龙不能将商业区的每一家商店都仔细看过，只有挑选几个典型的。她第一个去的便是书店。

书店里除了医药、剑术等各类专业书籍之外，还有一些用以娱乐的故事书。后者的内容无非是贵族少年家破人亡，只有他一人逃了出来。在逃亡途中发生了一连串的事，比如坠崖不死，遇上魔法导师或者剑圣。魔法导师或者剑圣一看到少年，发现少年天分惊人，哭着喊着求少年做他的学生。最后的结局自然是学成归来的少年报仇雪恨杀死仇人，最后带着报仇过程中认识的漂亮姑娘结了婚，自此过上了幸福快乐的生活。

这基本上就是易龙龙前世看过的武侠小说的套路，想不到这样的套路在另外一个世界也很是吃得开。

倒是比索十分不解，不知道为什么，他说起让人热血沸腾的传奇故事时，小女孩的脸上一直现出那种很古怪的好像强忍着什么的神情。

走出书店，易龙龙接着参观了武器店、珠宝店、服装店，最后走到了魔法道具店。

直到现在，易龙龙依旧没能理解魔法究竟是什么玩意儿。最早接触到的艾瑞克是剑术的专家，罗兰与李维亦是半瓶子醋，都是知其然，而不知其所以然；至于林琦，他虽然能完美地学会别人用过的魔法，但若要让他解释原理和使用方法，他自己也说不明白。

至于别的途径获取的信息，比如路上人们的闲聊，则更杂乱无章，只是不懂魔法的人凭着自己的想象作出的夸张揣测而已，可信度几乎为零。

因此对于魔法，易龙龙至今还处于一种雾里看花水中望月的状态，只是朦朦胧胧地看着想着，却如何都触摸不到。

现在有机会见识一下与魔法有关的道具，虽然不是直接学习魔法，却也足够让易龙龙感到新奇有趣了。

魔法道具店一共有三层，店门口镶嵌着魔法协会的倒三角形状标志，店内的面积比易龙龙想象的要大得多，几乎可以说是一个中型超市，其商品也比易龙龙预想的要丰富得多。

店中有售卖增强魔力的宝石、精制魔法杖与卷轴……除了这些辅助魔法师的物品外，也有给普通人使用的魔法道具，比如镶嵌了一粒微小的火元素宝石而制造出来的打火机，使用照明水晶不用燃料也能发光的壁灯，能自动加热保温的旅行水壶，利用风魔法阵制造的旋转风扇……

易龙龙看得目不暇接，同时心里也明白过来，虽然这个世界没有发展出以电为基本能源的科技，但因其本身的特性，走上了另外一条发展的道路。

世界是发展变化的，不管在哪个世界都一样，就算没有稳定的电能，也未必不能生成另外一种文明。

这些东西的标价十分昂贵，显然不能普及到平民家。但它们的出现，意味着魔法就在生活之中，推广开来是迟早的事。

而参观魔法道具店，对于易龙龙而言，好处则在于原本神秘不可测的魔法被撕开了那层朦胧的面纱，只要将魔法与她原来所在世界的电能热能相类比，其感觉便不再是那么不可触及的神秘。

　　假如有机会，魔法她是一定要学的，并不是像先前那本小说里所写的，为了杀死什么人或达成什么目标，而纯粹是对新鲜事物的求知欲望。

　　在她原来的世界里，魔法这种东西只存在于幻想中的，如今幻想成了真实地发生在眼前的事。她见过蕾茵娜队伍中魔法师与林琦炫目的战斗，也见过伊斯利队伍中随行魔法师对水这种物质随心所欲的操控，能够掌握这种自身之外的力量，本身便是一件很拉风的事，她怎么能轻易错过呢？

　　念头转得很快，从一楼走到三楼的短短时间内，易龙龙已经在打主意怎么求伊斯利几个随从中的魔法师教她魔法了。

　　虽然心里还有些小疙瘩，但易龙龙已经基本上消除了对伊斯利的恶感。这一路上她吃住都蹭别人的，吃人嘴短拿人手软，再有什么敌意，也实在说不过去，毕竟伊斯利并未真正伤害到她。

　　这些天伊斯利忙着给他母亲庆祝生日，不得闲工夫。等他一旦闲下来，她便要尝试着求一下伊斯利，向他的随从学习魔法，这个要求应该不算太过分吧？

　　一边随意浏览着店内的商品，易龙龙一边心里小心地斟酌着要求的尺度。她不贪心，不要学多么强大的魔法，禁咒啊毁灭城市啊什么的她就不想了，只要一点点，一点点就够了，就算能点个小火苗，也是很好的。

　　正想得入神，易龙龙的思绪忽然被一阵歌声打断，那是从三楼敞开的窗口外传来的，清亮悦耳、直冲入云霄的歌声。

　　听到那声音的第一时间，易龙龙只觉得她听到的并不是人类的声音。宛如传说中能魅惑人心的海妖，不需要任何唱腔技巧，每一个音调的起伏都震颤心弦，只是纯粹的发声，便有令人倾倒的魅力，甚至让人忽略了其所歌唱的内容，只沉醉在那美妙的音色中。

　　假如不是易龙龙身为龙，本身便拥有广泛的音域，耳朵对这样的音质有承受能力，恐怕在第一时间就会被迷住。她转头看了一圈，不管是店员还是其他顾客，都呈现出一种接近呆滞痴迷的神态，甚至连钱钱先生也不例外。还保持着清醒的，除了她自己外，还有林琦。

　　不知道为什么，林琦也没有被那天籁般的嗓音迷惑住，他好像什么都没听到，依旧专注地欣赏着柜台上一枚造型别致的徽章。

　　过了片刻，那歌声逐渐远离，其他人也陆陆续续清醒过来。他们不约而同地涌到窗边，想要看清楚唱出那样歌声的人是谁，易龙龙虽然也想看，但见窗口人太

三十六　双城·在帝都

多，便只好作罢，招呼比索，下楼离去。

接着，又进出了几家商店，走过艺术馆、剧院、豪华酒店旅店，前方便是一片辽阔的圆形广场。还没走近，易龙龙便再度听到了那歌声，在广场上空徘徊着久久不散。

歌咏的内容无非是先前易龙龙看过的复仇少年的英勇传奇故事，然而迅速朝广场聚拢的人群似乎没有多少是冲着故事去的。

这一回，或是因为距离较远的缘故，比索保持了适度的清醒。他稳定了一下心神，转头为难地看了一眼易龙龙，说道："广场上人太多了，可能会拥挤走散，我们能不能别过去？"他自己是没什么问题，但既然带着这两个人出来，便有责任护全他们的安危。

易龙龙很善解人意地点了点头道："好啊，我们就在人少的地方转转吧。"反正对方的歌声相当地高亢响亮，就算站在远处，也能听个大概，没必要特地凑近了去。

在广场上别的地方看了看，易龙龙饶有兴趣地参观了广场内某处的喷泉。用魔法阵制造出的高达十二三米的喷泉，雪白水花喷射升腾上半空，到达顶端时，水珠四散着落下，映着周围安置的其他魔法阵透射出来的七彩光柱，显得十分璀璨华美。

迎着空气里沁凉的细细水雾，易龙龙看了会儿也便失去了兴趣。这喷泉虽然壮观好看，但她易龙龙前世的世界里也不是没有类似的，甚至花样更多一些。

正要跟钱钱先生商量是否打道回府，忽然瞥见前方驶来一辆马车，后面紧随着一队骑兵护卫，不紧不慢地朝歌者的方向驶去。马车上挂着精美的金色剑兰纹章，花冠后的金色叶片锐利宛如长剑。

金剑兰，这是海因涅家族的标志。

 三十七 心战·千里外

毫无疑问，车上的人是模范贵公子伊斯利。他显然是被这歌声吸引而来。

清越的歌声在广场上空盘旋，如同水银之中抽出来的脆而亮的金属细线，陡然拔至最高之际，戛然而止。

就在这时候，马车在距离人群还有二十多米远的地方停下。伊斯利一身雪白华服，心口处绣着金色剑兰纹样，如同王子一般从侧面拉开的车门里走下来。金秋的阳光照在他的金发上，映出耀眼的光泽。

虽然对伊斯利在旅途中也要讲究排场的习惯不大看得过眼，但易龙龙这时也不得不承认，贵公子优雅的行为举止很是赏心悦目，经过严格训练的一举手一抬足，划动着恰到好处的弧度。

不需要骑兵如何驱赶，歌声停下来后，回过神来的人们注意到身后的马车，也看到了马车上的标志，便很快就分散开来，给贵族少爷让开了一条宽敞的路。等级的壁垒在这样的不经意之处展露无遗。

易龙龙自觉没必要继续看下去，便扯了扯比索的衣袖，道："走吧。"

伊斯利是伊斯利，她是她，没必要在这时候凑过去引人注目。更何况，她不用脑都能猜到，伊斯利大约是看中了歌者的嗓音，希望歌者在他母亲的生日宴会上唱歌。

至于其中与其余的细节，那不是易龙龙这个外人该操心的。

三人循着来时的路慢慢走回伊斯利家。进了客厅，易龙龙意外地瞧见，贵公子伊斯利一身华服坐在客厅沙发上，手中拿着一本诗集正在阅读。

听见三人回来的声音，伊斯利放下书本，抬起头，站起身来，走向他们，以不容拒绝的口吻道："我父亲想要见你们。"

易龙龙一怔，很快她回过神来，知道对方大概是对"李维的私生女"有兴趣。迟疑片刻，她还是小心地点了点头。

虽然不清楚对方的来意，但去见见总不会有什么差错，毕竟帝都可以算是对方的地盘，她这一路安全的旅行，也算是承了对方儿子的恩惠。

坐上了伊斯利那辆挂有家徽的华丽马车，大约行驶了一个多小时，才来到一座精巧的别墅前。易龙龙下车的时候，已经身处花园之内。

跟着伊斯利的脚步走入别墅正门，看到大厅内坐着的人时，易龙龙才忽然想起来，这个人其实是艾瑞克的哥哥，而海因涅家族，则是艾瑞克的家族。

这是个身材高大的男子，年约四十，整齐地向后梳的金发之中已隐约能见几缕银白。他的相貌英俊刚毅，神情稳重威严，容貌与艾瑞克有几分相似，但艾瑞克的气质偏向更飘逸的清俊。

虽然是两兄弟，但处境却完全不同，一个身处最为繁华的帝都，稳坐公爵之位；另外一个则化身流浪剑客，现在也许还在广袤的树海之中寻找出路。

然而——易龙龙在心底偷偷一笑——后者未必不比前者更快活。

伊斯利走上前去，朝公爵大人行了一礼，礼貌周到地道："父亲大人，我将您要见的人带来了。"

虽然是父子，但两人之间的气氛却不怎么热络。公爵对自己的儿子略微点点头，目光便移到易龙龙身上。

正对着神情威严的公爵，易龙龙除了感觉心虚的畏惧之外，还有便是……公爵老了。

或许他的身材依旧挺拔，但他眼神里的疲惫无力已显露出来。

公爵大人凝视易龙龙片刻，才绽出一个微笑，柔化了面部表情，由一个威严的上位者一下子变成和蔼的长辈。他先询问了易龙龙来到帝都的感受，并告诉她就把这里当成自己的家，想要多住几日都没有问题。接着话题转到香草镇，询问李维在香草镇过得如何，直到易龙龙自己的情绪也终于跟着舒缓时，他忽然冷不防地问："听说李维是你父亲？"

易龙龙几乎下意识就想顺嘴说不是，声音在嗓子里卡了卡，吐出的一句话还是："不是。"

才说完，公爵便露出深思的神情。

这个有意识回答的"不是"和无意识的回答表面上完全相同，可是效果却截然不同。在控制住自己的前提下刻意么说，会让对方误以为李维命令她不准说出来他们真正的关系。

在香草镇的时候，李维便揣测了这位海因涅家族领导者的思路，并且针对此做出相应的对策，提前教给易龙龙，以免她在遇见情况时被弄得不知道如何是好。

接着，公爵又问了几个问题。易龙龙尽量表现得像一个受过警告和训练的稍微聪明一些的五岁小孩，遇到什么关键性问题，就紧紧地闭上嘴，害怕地什么都不肯说，让对方误以为一切都源于李维的禁止。

一路问下来，公爵竟然完全相信了易龙龙就是李维的私生女。

这是一场看不见刀剑的较量，较量的双方距离上千公里，落败的却是长期处于钩心斗角环境、老于世故的公爵。

因为没有人能料到，这样一个幼小的女孩，其实有着比表面看起来更缜密成熟的心思；也没有人能料到，一个身处边境小镇上的被发配的神官，能在阴谋这方面胜过政治中心的人物。

等公爵审问完了，易龙龙才生疏地行了一礼，按照李维的剧本，完成最后一个环节，"公爵大人，我听说您是很有权势的人，能做到许多人做不到的事。不知道能否答应我一个冒昧的请求？"

易龙龙所请求的，与她自身无关，而是为了林琦。

她希望公爵使用他的人脉和权势，寻找林琦的父母或家人。

因为才瞒眼前的大贵族玩了一把心机，易龙龙的呼吸有些急促，幼嫩的小脸上呈现出一种十分紧张的神情，但这样反而增加了可信度。平复一下心情，她才慢慢地说出来林琦的来历以及她的请求。

林琦的来历，公爵早已经先后从密探和自己儿子那里得到消息，如今听易龙龙说，也不过是第三次重复。但他依旧很耐心地听完，然后问："仅仅是帝都的人口就达百万之数，你知道莱特帝国有多少人吗？"

易龙龙一愣。

"你知道这片大陆之外，所有国家加起来有多少人吗？"

"所有人中，像这个孩子差不多年龄的人有多少，你知道吗？"

"而你又知不知道，想要仅仅以十八年以内、失踪的黑发黑眸的孩子这两条线索来追寻往事，需要多么庞大的人力和物力？"

这甚至比在树海之中找一个人更艰难。

因为即便是在树海之中找人，也只需固定一个确定的目标，但是易龙龙所提出来的，却是在所有人类之中搜罗寻找，并且还必须辨认真伪，防止冒认。

　　信息的传递，过往时间带来的障碍，各种可以预知甚至不可预知的妨害，都会扰乱真正的结果。

　　易龙龙有些失望地低下头，末了，还是有些不甘心地抬起头来，道："难道不能请神奇的魔法师来帮助寻找吗？他们不是会厉害的魔法吗？"

　　公爵忽然忍不住笑起来，道："孩子，你以为魔法师是什么？他们不是万能的神。你所要求的，没有哪个魔法师能做到。"听到这样天真可笑的话，长期处于压力中的公爵感到难得的轻松，露出发自内心的微笑，"换一个要求吧，或许我能答应你一些别的。"

　　易龙龙眨了眨眼，苦恼地想了许久，才怯怯地提出第二个要求，"那，我能不能学魔法？"

　　"这个当然不是什么困难的事。"公爵一下子笑起来，非常慷慨地说，"不管你是不是李维的孩子，你毕竟是我儿子的客人，在离开之前，你们可以住在这里。明天，我会为你请来一个魔法老师，不过我可要事先说明，能不能学会，这要看你的天分。"

　　这一回，易龙龙答得非常爽快，"没问题！"

　　见过了大家长，便有穿着蓝色长裙的女仆请易龙龙去准备好的客房休息。

　　一旁立着的伊斯利也正打算跟着告辞，却被公爵叫住："伊斯利，我还必须让你见一个人。"

　　他拍了拍手，便有一道身影轻巧地落下。易龙龙不经意地瞥了一眼，差点儿叫出声来。

　　紫色的头发，紫色的眼眸，眼下一道宛如泪痕般的划伤……许多天不见，易龙龙还以为他又到什么地方去干被她歧视的工作了，却没料到他居然混到了苦主家里。

　　好歹伊斯利也算是被他摆过一道坑了一把的人吧，他怎么还敢大摇大摆地在这里出现呢？

　　见到罗兰，伊斯利立即露出愤怒的神情。他飞快地拔出腰间的佩剑指向罗兰，同时向自己的父亲告状，"父亲，这个盗贼曾经混进我的冒险队伍中，蓄意进行破坏。"

他说话的时候，易龙龙已经跟没事的人一样，跟着女仆走向大厅后方，与罗兰错身而过的时候，两人都没有多看对方一眼。

好像他们彼此不曾相识。

而身后，传来公爵失望的声音，"你还没有看出来吗？这个盗贼，是我特地雇用来，是专程测验你的应变能力的。"

背对着公爵，易龙龙终于能放心地露出小小的得意笑容。

虽然是李维背后出谋划策，但是在一个庞大帝国的二号人物面前，能够做出这样的成功演出，也让易龙龙颇有成就感。

目前易龙龙最大的烦恼还是身份问题：如何掩盖她过去的身份，以及她和林琦在一起，怎么样才能不被他人联想起曾与林琦一道的幼龙。

私生女这个身份无疑是很好的幌子。之前李维曾考虑过，把林琦和易龙龙分开，给他们安排各自的去处，但是这个要求一提出来，林琦立即紧紧地抱住易龙龙，并用警惕的目光瞪着神官，甚至夜里要睡觉时，也赖在易龙龙房里不走，甚至企图爬上床来。

虽然明知道林琦就算上了床也不可能对她做什么，易龙龙还是坚定地踢了他一脚，这一脚对林琦自然是不痛不痒，却把她自己疼了个够呛。

拥有人类灵魂的人形幼龙的自尊大受创伤。在易龙龙严正的要求下，她再重踢一遍，而林琦必须配合着她那一小脚跌下床去。等终于把爬上床的少年"踢"下去，易龙龙坐在床边，对坐在地上的少年一顿教导，不可以随便爬上女孩子的床。

不能爬她的，当然，别人的更不能。

林琦既然表现出这个态度，两人便不能分开来，更何况不光是林琦不愿意，易龙龙自己也不舍得。于是李维便设计出了第二套策略，便是今天她来到公爵家中所做的一切。

不管是面对公爵聊天中的盘问，还是最后要求寻找林琦的父母，实质上都只是为了一个目的服务——那便是，坦坦荡荡地，让人认为他们没有任何藏私，也便失去了持续窥探的欲望。

但事实上，他们所想要隐瞒的最大秘密，便行走在他们眼皮底下。

灯座下为最黑暗之处，最危险的地方即最安全。这样的冒险，利用的正是人的心理盲点。

三十八　白菜·魔法师

听了公爵大人的话，伊斯利为之愕然。

长期养尊处优的少年做梦都没有想到，耍弄他、令他生气愤怒的盗贼背后的主使者竟然是自己最为敬畏的父亲。

"为……什么？"话卡在喉咙里说不出来，贵公子伊斯利一时间有些回不过神来。

公爵叹息一声。在自己孩子的成长期，他实在太忙碌了，忙着培养自己的势力，忙着做出更多的功绩以及忙着打压自己的弟弟艾瑞克并清除他余下的枝蔓，以至于没有工夫来教导自己的孩子。等他终于有闲暇的时候，却发现自己的儿子已经长成了一个不懂得变通的小笨蛋。

他对自己的孩子保护得太好了，这样的性情，或许适合做一个忠诚的骑士，勇敢的剑手，甚至安逸的贵族，但却绝不是一个合格的政客。

假如是别人，成为前三者也没有什么，但这是他的孩子，他假如不能成为政客，便只会变成牺牲品。

以一个父亲的身份，公爵神情复杂地望着伊斯利。

神是公平的，他用不光彩的手段排挤走了艾瑞克，所以，他的儿子也相应欠缺了某方面的天分。

即便是当年的艾瑞克，以绝世的剑术为人所称道时，也不是在权谋上一窍不通的呆子，否则不会在恰当时候审时度势退出与他的竞争；甚至连远在香草镇的那个从前的纨绔公子，他之所以不接受教皇的职位，也不单是因为其性情放纵，而是看清楚了教廷内部纠缠的纷争。

相比之下，伊斯利确实是个不开窍的笨蛋。

但这个笨蛋却是他的儿子。

公爵感到微微的焦灼和心痛，这时候他不再是一个上位者，而是一个单纯的父亲。

他的身体，其实不像外表看起来这么健壮，也许再过一两年，他便无法承受繁重的工作。那时候他没有足够的能力再庇护伊斯利，只能任由其置身于险恶的环境之中。

海因涅家族不是他一个人的家族，家中并不缺出众的人才，他也不可能为了自己儿子的安全提前毁掉他的对手，因为那会毁灭家族这个整体。

不管怎么样，家族高于一切，甚至比自己的亲人更重要。

"……所以，我雇佣了最高水准的盗贼，对你的应变能力进行测试。在树海之中不会有其他人知道结果，但是你的表现让我十分失望。"说完这些，公爵抬了抬手，示意伊斯利可以走了。

而大受打击的贵公子伊斯利，呆滞了好一会儿后，才如同梦游般恍恍惚惚地离去。

易龙龙自然不知道公爵父子说了什么，就算知道，她也不会理会别人的家务事。逛了半天的街，又接着来到这里，跟公爵聊完时，已是傍晚该吃饭的时候。

易龙龙让女仆把晚餐直接送到二楼的休息室来。撒入了松子与核桃碎粒的奶油汤，蜜汁乳猪柳，深海鳕鱼肉搭配蓝莓酱，柠檬苹果派，梅子果冻，番茄酱通心粉，都是适合小孩子的较为温和并且大部分偏酸甜的口味，盛装在花纹繁复的银制餐具中。刀叉和勺子的柄上，为了防止滑脱而留下的螺旋花纹中，还镶嵌了细碎晶亮的钻石。

使用银制餐具，其一是外观好看，且显示财富；其二则是因为传闻银有接触毒素会变黑的特性，用这样的餐具，可以在一定程度上防止中毒。

菜肴做得十分精美可口，是易龙龙来到这个世界后吃得最好的一顿。因为太过好吃，她甚至吃了平时两倍的量。假如不是因为这里的环境不大好，她的身份亦有问题，她几乎想要干脆就此长住下来。

次日早晨，在煎蛋培根吐司与焦糖蛋奶补丁面前，易龙龙等来了她的魔法教师。

因为昨晚上吃得太饱，早上还不大饿，易龙龙只随意地尝了两口，便恋恋不舍地用香草茶漱口，接着跳下对她的身体来说仍嫌太高的椅子，快步朝前方一字排开的六人走去。

公爵昨天虽然说要给她请一个魔法老师，可是眼前却出现了六名魔法师，显然都是奉命而来，供她像挑选白菜一样挑拣的。

正常情况下，魔法师绝不是白菜，但在海因涅家族，一般的魔法师，也跟白菜差不了太多。

这个时候，易龙龙再次感到了李维曾说过的，作为他"私生女"的便利。

六名魔法师站成一排，每个人的心里对公爵让他们来供一个小女孩挑选都感到不大痛快，但谁都没有表现出来。带领魔法师前来的管家对易龙龙介绍了各人的来历，无非都是一些场面上的赞美，说每个魔法师都来自什么地方，学过多少年魔法，专精哪一方面。接下来便让易龙龙挑选学习的对象，最后定下其中一人，作她的老师。

易龙龙微微一笑，脚步轻巧地走过去，先对六人行了一个学生的礼节，接着露出苦恼的神情，道："我知道六位都是了不起的魔法师，我也很难选择，究竟应该选择哪一位作为自己的老师？要不然，都留下来怎么样？"她转头望向一旁的管家，问出天真可笑的问题。

虽然昨天的关已经蒙混过去，但住在公爵家的这些天，她必须时不时表现出一点小孩子的幼稚，这样才不至于引起怀疑。

易龙龙就算再怎么无知，也知道人力有穷尽而学问无穷的道理，但面对一排六棵白菜，她还是很傻很天真地问出了能不能通吃的问题，便等着管家劝阻。

然而管家还在犹豫要不要打消这个特殊小客人的妄想时，却听到魔法师中站在最边上的一个年轻男子轻声接话道："假如你想学会每一种魔法，那是不可能的。"

那是六人之中最最年轻的魔法师，只有二十三四岁，身上穿着一件蓝色的法师袍，从布料里隐约能看见华美的暗纹。

年轻的魔法师有一头墨蓝色的齐肩长发，容貌斯文，隐含书卷气，脸色带着病态的苍白，目光却极为平静，他的声音同样平静如水，"小朋友，魔法的世界是你所不能想象的艰深精奥，假如你只是想玩几日游戏，我劝你还是改玩别的好。"

他这话一出口，基本上就等于是在炒自己的鱿鱼。其余五个魔法师原本还在担心互相竞争，听易龙龙说全要，虽然自尊心有些受损，但能借由这个孩子与海因涅家族扯上关系，还是极为划算的，于是都各自松了口气。怎料年轻魔法师毫不遮掩，直接把关键人物顶撞回去。

易龙龙倒没生气，她把魔法师当大白菜挑选，对方没生气已经很不错了。这时候管家也来劝说，她便顺水推舟下台，"那个，这样吧，我也不知道学什么才好，你们能不能把自己会的魔法都表演一遍，给我看看？看谁最厉害，我就当谁的学生。"

她这么要求，也是对魔法一窍不通的表现。每个人的天分、体质都有所不同，适合使用的魔法也不一样。人类学习魔法，是魔法在选择人类，而不是人类主动去选择魔法，假如违背自己的天性，只会事倍功半。

假如是常规的魔法学习，那么面对这样的要求，任何魔法师都会将易龙龙狠狠骂一顿，但现在的情况有一些不同。

易龙龙学不学魔法，对公爵而言，只是次要的事，他是想借由易龙龙，拉近他与李维的关系，而请来六个魔法师，不过就是找几个人来陪小朋友玩耍。

从头到尾，公爵都没有怎么把这个五岁小女孩放在眼里，而来这里的魔法师，也都知道自己的职责是陪小姑娘玩……教魔法？一个五岁小女孩，对她说艰深的魔法原理，她能明白多少？

没有人把这当做一回事，除了易龙龙自己。

既然要施展，公爵的别墅里自然是不方便大打出手。而面对这样突然的要求，管家只好叫来马车和一名随从，送他们去不会影响别人的地方演示。

陪同的随从还是昨天一道逛街的比索。大型马车内坐了八人，依旧不显拥挤。路上易龙龙乖巧地沉默着，好奇的目光在六个魔法师身上来回移动。

马车在城郊外一处庄园边停下来，这里也是公爵的领地。一行人下车的地方，一片人工湖依傍着一小片树林，湖中心修筑了雪花石少女雕像，少女纤细修长的手臂抬起一只瓶子在肩头，瓶口流淌出清澈的水，顺着少女的身躯滑下，最后流入湖中。

比索指了指湖泊，对六人宣布道："公爵大人说，这就是给予各位用于演示的场所，不必担心损毁问题。"

虽然公爵这么放下话来，魔法师们却依旧有些拘谨，最后是一名戴着鹿皮手套的魔法师打破沉默，指着湖心的少女雕像开口评价道："这座雕像内部安置有魔法道具，使用魔法阵将水从湖底抽上来，再由瓶口流淌回湖中，持续循环往复。"

之前管家曾介绍，他是一名魔法道具师，换而言之，昨天易龙龙参观的魔法道具店中，许多可以用在日常生活中的魔法道具，便是他这类人制作出来的。

三十八　白菜·魔法师

魔法道具师才说完，他身后便探出来一只手，掌心朝外平推，湖面上立刻出现一个小型旋风。那旋风最初只是在湖面上吹起一个旋涡，过了一会儿，势头变得猛烈，呼啸着卷起大量湖水。风声和水声呼啸澎湃，远远看去，好像一只倒立着的巨大白色圆锥。

　　虽然原本没怎么认真，但此时此刻，易龙龙也看得有些艳羡。

　　接着，又一位魔法师走到湖边，站在大理石修筑的岸上。他半蹲下去，单手虚按湖面，口中念诵着咒文。慢慢地，以他的掌心下方为起始点，湖面反映出剔透的光辉，并且迅速朝四面八方扩散。只不过几秒钟的工夫，整个人工湖冻结成一整块剔透的冰晶，在阳光下折射出冰冷耀眼的光芒。

　　因为缺少了源头的支持，旋风中旋起的水很快落下来，洒落在冰面上，跟着凝冻起来。

　　即便是站在距离湖边七八米外的地方，易龙龙依旧能感受到那凛冽的寒意，觉得有些冷。她情不自禁地后退了几步，身侧便传来带笑的声音："小姐怕冷吗？那么我让你温暖一些吧。"

　　他话音未落，湖面上便传来什么裂开的声响。易龙龙先闻声，看向说话的人，发现是之前没有出过手的魔法师。当她再望向湖面时，却看见原本剔透的冰面下蹿起鲜艳的橙色，宛如长蛇一般在湖底游走，眨眼间，火焰冲天而起，冰面四散炸开。

　　声色与辉光共舞着，烈焰在湖水中燃烧，反而更显妖异，而在火光的包围中，湖心雪白的少女雕像，焕发出稳定柔和的光芒，仔细看去，在少女的肩上手腕上，停着几只拳头大小的光球。

　　似是因为易龙龙看过来的缘故，光球缓慢地生长增大，最后，竟然笼罩住了整个雕像，宛如一个巨大的太阳，在湖面上散发出不可逼视的辉芒。

　　其他几人折腾得厉害时，先前那位说出湖水循环原理的魔法道具师缓步走到易龙龙身边，手中拈着一朵淡紫色的锦葵递过来。乍一看去，好像新摘下来的花朵，但是接过来托在手上，才发觉这是纯手工制作的物品。

　　锦葵一共五瓣花瓣，扯动每一片，都会有不同的效果，比如吹出微风，或是喷出水雾，变得温暖，或是能发出不同颜色的光。魔法道具师让易龙龙软嫩的小手拿稳了锦葵，很亲切地教易龙龙怎么使用，完了才后退半步，微笑道："作为魔法道具师，我也许一生都无法站在绚丽的舞台前，但是我所制作的道具会比我的生命更加长久。"

说完，他略一点头，退到一旁。

六人中的五人各自展现了他们的能力，唯独先前不客气教训易龙龙的那位，斯文苍白的脸上带着一点儿微微不屑的冷笑，既不出声，也不动手。

易龙龙的双眼，还在凝望着湖面燃烧的火焰与笼罩住雕像的光球，那光辉是那么的炽烈，以至于遮盖住了幼小女孩眼眸中的怒意与冷笑。

虽然此前曾有少许的艳羡心动，可是冷静下来后，她有些生气地发现，这五个魔法师并不是在展示实力，而是在表演戏法。

他们大概以为她是什么都不懂贪新鲜的小孩子，因而故意将场面弄得宏大炫目，实际上也只是简单地操纵魔法。她虽然不懂魔法，却会看人的神情，看这些人的模样，明显就是没尽力的样子。

说是要让她挑选老师，但这些人仅仅是将她当成一个幼童在哄骗罢了。

等所有的动静都恢复成原样，五名魔法师都等待着易龙龙的决定，唯独那个名叫文森的年轻魔法师冷笑着开口道："我退出，本来我来到这里便是一个偶然的巧合，我的魔法不是用来表演的，而是用来战斗的。"

五人看不惯他的嚣张气焰，从来都是被归为后勤类的魔法道具师对战斗两个字尤其不快，与之针锋相对地道："战斗，为什么不说屠龙？只会夸夸其谈的家伙！"

文森依旧冷笑道："屠龙么？那也得这世上还有龙才行，那些龙死得太早了，假如他们还活着，我想我或许真的会尝试一下。"

听他这么说，其他魔法师便嘲笑起文森的不自量力来。

易龙龙脸色发青，这些家伙左一口屠龙右一口屠龙，当她是死的啊？

强压住心头的不满，化身为幼小女孩的幼龙，小手在衣袖下握成拳头，嫩乎乎的小拳头好像一个软软的小肉团。她那水汪汪的大眼睛看看这个，又看看那个，随即露出苦恼的神情，求助似的转向林琦，道："我不知道该选谁呢？你怎么看？"

林琦此时很老实地蹲在地上，见易龙龙问他话，正想说出自己的判断，却见幼小的女孩冲他拼命眨眼，顿时有些明白过来。

背对着众人，身体又正好挡住林琦的脸，易龙龙嘴唇开合，口中发出来的却是黑发少年的声音，"那就让他们打一架吧！"

接着她自问自答，又再度恢复了自己的嗓音，好像得到了好主意一般，欢快地转过身来，笑眯眯地对六棵还不知道自己得罪了什么生物的白菜道："就按照林琦的建议，你们打一架吧，最后赢的人做我的老师。"

她就是在报复！

原本对自己的想法还有一点儿愧疚，但是听了这些家伙满口屠龙屠龙的，她那点儿愧疚早给屠飞了……不知道残害珍稀动物是重罪吗？这个世界就没有濒危动物保护法吗？

而听到易龙龙提出的新要求时，不光是五个魔法师，就连刚才决定甩手不干的文森，都觉得这点子实在太恶毒太阴损了，这简直就是在逼他们自相残杀嘛。

六棵白菜不约而同地望向林琦，光看这少年的外貌，纯净宛如水晶，却没料到他不动声色间竟然出了一个这么恶毒的主意。

易龙龙装作什么都不知的样子，天真地说："对了，你们要和和气气地打哦，不要受伤了。"

事实上，真要全力战斗起来，又怎么可能一点伤都没有？易龙龙这么说，也不过只是有些后悔地亡羊补牢，不希望出现真正的死亡，至于受一点伤，那是难免的。

犹豫了片刻，魔法道具师自动往后退，表示自己弃权，而其他四人，忽然不约而同地转向文森。接着，凌厉的风刃破空而去，水蛇从头顶奔腾而至，文森脚底下蹿起火焰，而他眼前，则忽然绽出刺目光辉。

那四个人竟然是在短暂的目光交流中，决定先对付文森这个与他们格格不入的家伙。

眼看着四重攻击同时抵达，易龙龙眼睛被光刺得睁不开眼，心却紧张地提了起来。她虽然想让文森吃一点亏，却没有料想到其他四人下手竟然如此狠辣。

猝然被太过刺眼的光芒照耀，易龙龙的眼睛疼得眼泪直流，过了好几分钟，等混乱的声音安静下来，她才重新看清楚场面：原本以为文森被四人攻击，八成会重伤死亡，再不济也会受伤倒地，然而眼前的情形却是四个魔法师躺在地上生死不知，而文森好端端地站立着，身上看不见丝毫损伤。

水，冰块，焦土，断木，地面的裂痕，无一不说明这里才经过一场激烈的战斗，在这样的狼狈环境里，文森整齐的模样就更为难得。

四对一，后者完胜。

这个结果，要么，那四人严重放水，要么，说明文森的实力远在四人之上，这是毫无疑问的压倒性的胜利。谁当老师已无须言语宣判，易龙龙遵守自己先前所说的话，上前行了一个学生礼，慎重地道："辛苦老师了，请问老师，我们明天可以开始上课么？"

湖泊及四周一片狼藉，好像被炸弹轰炸过一轮似的，就连人工湖后的小树林也遭了殃。

　　小心地看了看那四位倒下的魔法师，发现他们身上也没有太严重的伤痕，并且胸口都还有呼吸起伏，易龙龙才终于松了口气。

　　在场其他三个还有意识的人，比索和魔法道具师看着文森的眼神，都已经转向敬畏，虽然不能得知刚才的具体情形，但是也可以从旁人的反应中看出实力的对比。

　　唯独林琦面无表情，不过就连最熟悉他的易龙龙也分不清楚，他这是镇定过人还是压根儿就没有正常人的感触。

　　震撼了好一会儿，比索才想起来，连忙把四位昏迷的魔法师扶进远处停着的马车中，接着才用敬畏的语气请文森上车。

　　虽然来去都是这么些人和一辆马车，但气氛和局面却大不相同。宽大的马车厢内，织花地毯上放着四个昏迷的人，原本嘲笑文森的魔法道具师甚至不敢靠近对方，只坐在距离其最远的地方。

　　唯一态度比较平和的，就是易龙龙和林琦，因为没能亲眼目睹文森战胜的过程。易龙龙虽然对这个结果感到吃惊，却并未感觉害怕，当然，她对魔法缺乏认知了解，也是原因之一。

　　有时候人们说，无知者无畏，这并不是嘲笑的话，缺乏了解确实会造成理解障碍与感受失当，就好像这个世界的人不知道核武器的恐怖一样，易龙龙也很难对魔法的力量有深刻的认知。

　　文森坐在车厢角落里，面容依旧是病态般的苍白，神情与来时并无二致，但每次对上他冷诮的目光时，易龙龙都会有些不安，她怀疑他是否发现了什么。

　　如此这般各怀心思，回到公爵别墅时，已是中午。

　　四名昏睡的魔法师经过家庭医生的检查，得知他们并无大碍，仅是身体受到了一些不至于留下损伤的力量冲击，因为精神透支才一直昏迷，只要给予充分的休息，便都能恢复过来。

　　家庭医生从药箱里取出一种透明的浅绿色药水，给昏迷的四人灌下。喝下不久，他们便先后苏醒过来了。

　　四名魔法师看到一旁的文森，各自一阵羞愧，无颜在此继续停留，他们连同没有受伤的魔法道具师一起向管家告辞。然而，管家却微笑着说："五位都是了不起的人才，公爵大人让我转告各位，正好一些职位有空缺……"

　　五人原以为这一轮争取失败后，就失去了通过公爵晋身的资格，却没料到有这样的意外惊喜，都不由自主地露出了笑容。而新的安排，也不是陪小女孩玩耍，而是正经的受尊敬的职位。相比之下，反倒是胜出的文森更为不幸些。

被淘汰的人得到好的前途，最为优秀的却必须被安排做埋没才能的事，管家宣布结果时，脸上带着为难的表情，但这是公爵的安排，他没有资格扭转上位者的决定。

五人都露出幸灾乐祸的目光，但文森苍白的面容却看不出半分波动。

等五位魔法师心满意足地告辞后，文森转过头来，与易龙龙约定明天早上前来上课的具体时间，接着便离开了公爵别墅。

午饭潦草地吃了一点鹅肝酱煎鲜贝及面包，易龙龙便嚷嚷着累了，借口要人陪着午睡，拉着林琦回到卧室之中。

她的卧室是特别准备的，整个房间都是云一般柔软的粉红色。深浅浓淡不一的粉色墙壁、床铺、柜子、棉被、枕头、抱枕和玩具等，乍一看去，好像连空气中都飘浮着粉红色的泡泡。

易龙龙小时候就经常往来医院中，甚至在病房过夜，家里弄得如同小型医院，对正常小孩的卧室不大了解，也不清楚这个世界的有钱孩子是否都这样，所以只好忍耐着满眼的粉色。

好在易龙龙忍着忍着就习惯了，能够逐渐把周围的粉色当成自然背景。

严实地关上房门，拉紧窗帘，她脱了鞋，轻盈地跳上床，白嫩的小手招了招，示意林琦坐过来。

易龙龙转过身来时，却发现林琦还站在门边上，秀美的脸上透出些微的不知所措，她忍不住奇怪道："你干吗不过来？"

林琦眨了眨眼，迷惑地道："你说过，不准我上你的床。"但她现在又要他过去，前后的要求相矛盾，这让他不知该如何是好。

易龙龙一愣，望着林琦漂亮乖巧的样子，差点就想放下抱枕扑过去。她挪动了一下身子，让开床边一点空位，笑眯眯地道："过来吧，平常假如没有得到我允许，不能上来，但假如是得到我允许，或者有紧急状况，都可以不必理会。"

得到允准，林琦赶紧跑过来，挨着易龙龙坐下。

准备说秘密的事了，易龙龙有些紧张。深吸一口气，她站在床上，小手搭上林琦的肩膀，整个人凑近他耳边，轻声地问："哎，今天你都看清楚没有？"

柔嫩的嗓音带着软软的湿润呼吸，吹在林琦耳朵上，让林琦觉得耳朵痒痒的，但却不知为何，不想避开。他点了点头，也一样扭头冲易龙龙吹回去，"看清楚了。"

易龙龙有些期待又有些紧张地睁大眼，"那，学会没有？"

林琦想了想，慢慢地点头。

这才是易龙龙的真正目的，她不认为自己是什么绝世天才，能够三五天就变得很厉害。虽然魔法自己也要学，但是在这个前提下，却必须抓紧一切机会，增强林琦的实力。

林琦的本事，之前在与蕾茵娜发生冲突时，已经展现出来，那种看一遍就能学会的特殊才能，想必就算是在这个神奇的世界，也是极为罕见的。

三十八　白菜·魔法师

三十九　隔绝·第一课

在易龙龙期待的目光下，林琦弧线优美的下巴微微地点了点。

接着，易龙龙便感到了风。

异常强烈的气流，在她身边旋转着，与在湖边不同，这里没有水可以卷起来展现旋风直观的形状，但依旧能感受到。

易龙龙先是一愣，接着想起来什么似的猛地一惊，便赶紧丢开抱枕扑向林琦，喊道："停下，停下！"她才想起来，不能在卧室里施展，要是他把学到的魔法都演练一遍，别说是这间卧室，就连这栋别墅是否能保住，都是一个问题。

扑过去的时候，她脚下不稳，身子一歪，落在旋风的范围里，被强劲的风席卷起来，眼看就要遭殃。

林琦神情不变，甚至也没有做出什么特别的动作，旋风便刹那间消散了。他伸出双手，正接住小女孩险些摔下地的轻软的身体，轻轻地抱在怀里。

被旋风席卷之际，易龙龙脑海空白了一瞬间，等神智恢复过来的时候，她已经躺在了林琦的臂弯里，抬起眼来，正近距离对上少年比世上任何水晶都要剔透的清冽的目光。

从最初到现在，她的样貌改变了，她的身份改变了，她的处所改变了，然而始终不变的，却是林琦的眼睛。那双在高塔之上便清澈得令人心醉的目光，不管是在寂寞的森林，还是在繁华的帝都中，都看不到半点儿杂质，且从未被影响，从未被动摇过。

好一会儿，易龙龙才意识到自己正横着躺在林琦怀中，赶紧手脚并用地爬过林琦的腿，小心坐回床边，又捡起落在地上的胖头鱼抱枕，用力地抱住。

想起刚才的危险，易龙龙还有些后怕，幸好林琦最开始用的是风，假如是别的什么，或许她现在已经受伤了。

林琦既然说他学会了，那么也不需要一个个验证。虽然对文森击败其他同行的过程还有不解，但她相信，假如她现在向林琦求证，说不定他又会现场演示一遍。那时候就不光是摧毁别墅的问题了，说不定他们会因为蓄意谋杀公爵的罪名成为通缉犯。

虽说睡午觉只是借口，但靠着林琦坐了一会儿，易龙龙便感觉有些困乏。半日的来回加上心神的紧张，耗费了她大量的心力，不知不觉地，周围越来越漆黑，越来越安静，最后，少女龙毫无反抗地坠入睡眠之中。

林琦眼看着原本靠在自己胳膊上的小脑袋一点点歪过来，连忙轻手轻脚地接住易龙龙滑落的身躯，小心翼翼地将她放在床上。他却没有离开，只低头凝视着粉色大床中央的小小身躯。即便是在睡梦中，易龙龙依旧不忘抱着抱枕，蹭得撩起来的袖子外露出一截圆滚滚的粉嫩手臂，软嫩的脸颊贴在抱枕边，好像戳一下就会有水冒出来。

林琦很专注地看了一会儿，跟着打了个哈欠。因为易龙龙先前允许他上床，他便没回自己卧室，就近翻过身，躺在易龙龙身旁。

伸出双手，如同易龙龙抱着抱枕一样，少年抱住小女孩香软的身体，舒服地蹭了蹭，安心地闭上了双眼。

至于醒来之后会不会再被踢下床，那并不是他现在要考虑的问题。

听到管家报告小客人去睡午觉时，公爵露出感慨的笑容，道："真是无忧无虑的孩子，趁着还能够享受天真的时候，多享受会儿吧，等长大之后，便必须面对这个世界了。"

整日里忙于处理公务私事，他已经有十多年没有所谓的午睡了。

待管家离开，站立在他身后的身穿银色铠甲的人，淡淡地继续才开了个头便被打断的叙述，"按照你的要求，我追查了那女孩的来历。五六年前，她的母亲确实跟李维有过一些暧昧关系，但很快就嫁给了其他人。不过你也应该知道，关于李维的谣言，一向无比混乱，就算是最严谨的情报专家，也很难清楚分辨，至于具体情形，估计只有当事人才知道。"

那人说话的语气散漫随意，也没有用敬语，但公爵却好像完全不在意，只微笑着道："知道这些已经够了。"直到现在，经过多方面的检验，他才算是完全相信了所谓私生女的身份。

次日，便是第一次魔法教学课。

基于只有自己才知道的私心和理由，易龙龙带上了林琦牌学习机，就算在上课时没听懂文森所说的内容，也可以让林琦先学会，过后她自己慢慢跟着复习。

上课的地点，文森定在书房中，这里并不是公爵唯一的别墅，书房内也没有太过重要的东西，因此可以随便供外人使用。

林琦一进书房，便按易龙龙说的，自觉主动地坐在一旁，找了本书当掩护。易龙龙则自己走向文森，冲他鞠了一躬，直起身子后，才道："老师，我们可以开始了吗？"

师者，传道授业解惑也。

不管之前如何，今后如何，此时此刻，文森是她的老师，易龙龙便以自己的方式表达作为学生的敬意和感激。

文森瞥了林琦一眼，虽然有些疑惑，但并没怎么放在心上，而是转向易龙龙，"其实我昨天出现时，只是按照公爵的意思走个过场，就算你最后选中我，我也不打算留下来。你知不知道，我是因为什么而改变主意的？"

墨蓝齐肩长发的年轻魔法师，一见面就不客气地提出了质问。

文森的脸色还是那种接近病态般的苍白，初次见面的人几乎会误以为他身患绝症，随时都会倒下似的。但是，他的眼眸却充满自信，显示出内在的强大。

易龙龙一愣，想了会儿，才委婉地回答道："难道，是因为我让你们打一架？"

思来想去，这似乎是昨天唯一出格一些的意外了。

文森的脸上现出微微的冷笑，"差不多就是这个原因，我原本以为你会被那些笨蛋表演的花招所迷惑，那样也正好符合了我的想法。不过，之后你的表现出乎我的预料，反正我这阵子因为某个原因需要跟公爵打交道，与其面对那群麻烦的家伙，不如面对你这个还算有意思的小鬼。"

他说话的语气十分优雅，用词却毫不客气，几乎可以称为刻薄。这种刻薄并非嫉妒者的尖酸，而是源于其严厉的本性，"好了，闲话就说到这里。我不想也没必要长篇论述魔法的起源与历史，只需要告诉你，现在魔法发展到这个时候，已经发展出许多分支和旁系。你昨天所看到的那个魔法道具师，就是魔法的旁系之一，首先我必须确定，你适合学习什么。"

说完，他让开身体，露出了放置在书桌上的东西。

书桌已经被特别清理过，现在放置于其上的是一只木质储物箱。文森伸出一只手开启盖子，随后取出了放在箱内的物件。那是二十多只盛着各种颜色液体和粉末的拇指大小的水晶瓶，以及细小的锥形水晶杯。

文森走出书房外，叫女仆送来一些温水和冷水。他回到书桌前，扫了一眼放置在桌上的各色物件，语气依旧充满自信，"我是第一次教学生，所以也不知道什么是正确的办法，不过，先确定你适合学习哪一类魔法，总归没错。就算遇上我不擅长的，我也能在初期指导你。"

易龙龙有些吃惊，倒不是为了他的自负之语，而是为了桌上那些东西，"那些是用来干什么的？难道测试魔法属性不是通过一个叫做测试水晶的东西进行吗？"

逛书店的时候，比索曾简单地跟她说过故事情节，路上也跟她讲以前他所看过的小说，凡是学习魔法的主角，在最初测试其魔力和属性时，无一不是拿出一个水晶球来，让他对着水晶球冥想，不同属性的魔力会发出不同的光芒，且魔力越强，发出的光芒越耀眼，多半主角们的光辉几乎耀得人睁不开眼睛，甚至水晶球承受不住裂开。

"原来你也看过小说家编造的故事。"想起自己小时候也相信这些，文森嘴角的微笑微微柔化了，"那当然是骗人的，假如魔法天赋的测试是这么容易的事，只要在每一个大城市发一个水晶球就能解决一直以来困扰的传承问题，有天赋的人就不会被埋没。"

这世上魔法师少，一来是因为有天赋的人不多，其次，则是测试出一个人是否有天赋并不容易，需要的材料和人力都超出普通人所能担负的范畴，贵族和富商自然是有机会接触这些，就算不成功，也最多是损失一部分金钱，但对于平民，却是连测试和学习的门槛都摸不到。

也就只有公爵这样的权势，才能随意调来六个魔法师供易龙龙挑选，倘若是普通平民，只怕连想要见魔法师一面，都要看运气。

文森往锥形水晶杯里倒入少量蓝色粉末和灰蓝色液体，将杯子握在掌中。不知他做了什么，杯中的液体呈现出一种透着幽蓝光泽的黏稠的质感，接着他端起杯子转过身来，道："你不需要知道测试的原理，也完全不必担心其中的危险性，你只需完全按照我所说的去做就好。"

居然连做个测试都有危险吗？

原本没当回事，但听了他这话后，易龙龙反而心惊胆战起来。她心里打定主意，假如文森要她喝杯中的液体，她誓死不从。

怀着忐忑的心情，易龙龙按照文森的吩咐，做了一项又一项测试，把小手放在杯口想着什么东西，或是感受文森释放的魔力……将文森取出来的道具每一样都尝试过一次后，总算没有要她喝什么，易龙龙悄悄地松了口气，却意外地发现文森眉宇间的神情变得比测试前更严肃。

心中预感到有些不妙，易龙龙小心翼翼地询问："请问，是否有什么问题？"

怔了好一会儿，文森才缓缓地转动目光，望向被测试的对象，"你身上有没有携带什么干扰魔力的器具，比如铁器等金属？"

易龙龙不安地摇了摇头，表示没有。

在这里住下的第一天，管家便叫裁缝来，给她制作了数套衣服，按照老管家的要求，身上没有半点儿金属，因为在此前易龙龙已经提出了要学魔法的要求，而大部分金属会对魔力凝聚造成干扰。

文森抿了抿与脸色一样苍白的嘴唇。

严格说来，世界上大多数人都是有魔法天赋的，只是多少的问题罢了，有的人练习两三天便能用出一个魔法，有的人却可能要一辈子。他的测试方法结合了前人的总结和自己的构思，即便是天赋最差的人，也能够有一丝反应。然而，他的测试对眼前的小女孩却完全无效。

非常罕见的隔绝体质，却在这里给他遇上了。

虽说罕见，却并不令人欣喜，因为这样的体质除了不能使用魔法，其他方面没有任何补偿或突出优势，就好像一个人天生失明或失聪一样。

这是完全不可弥补的损失。

本来文森是充满了自信的，以他的本事，就算易龙龙的天赋再差，只要方法得当，加上使用辅助工具，怎么也能让她学会几个最简单的魔法。

但眼前的女孩，是彻底的隔绝体质，魔法的世界在她面前紧闭上大门，只留下门上华丽的纹饰供她瞻仰。

怀疑刚才的测试中出了什么问题，文森又让易龙龙重新过了一遍测试流程，得到的结果与第一次相同。这一回，他才终于愿意承认，他的第一个学生完全不能学习魔法。

见文森除了叫她做测试外，其他的什么都不说，易龙龙禁不住有些着慌地道："是不是……有什么不好的事？"该不会她的身体有什么问题了吧？

还是……她是龙这件事被发觉了？

一想到这个可能，易龙龙本能地恐惧起来，甚至下意识地后退了半步，眼睛瞟了一眼林琦，盘算着从哪里逃跑是最快的。

待文森说出检测的结果，以及解释了隔绝体质的含义后，却看见小女孩稚嫩的面容上露出如释重负的神情，乌黑的眸子瞬间变得明亮，完全没有他预料之中的沮丧样。

皱了皱眉头，年轻魔法师道："你是否听明白了我说的话？隔绝体质，意味着你这一生都不能使用魔法。"

对生命已经与魔法融在一起永远不可缺失的文森来说，失去魔法就等于失去了世界，而身具隔绝体质的人，在他看来几乎与身患绝症没什么两样，那几乎是人世间最悲惨的事。

得知文森的凝重神情并不是发现了她的身份，易龙龙放松之余，心里大大松了口气。虽然不能学魔法这件事让她有些失望，可是也说不上是世界末日，不能学就不学呗，又不是什么大不了的事。

既然从未得到，也便谈不上失去，更不会因此而不舍。

不为力量所迷惑，不被欲望所引诱，站在旁观者的角度，易龙龙拥有刻骨的冷静与清醒。

不要为已经摔碎的鸡蛋而哭泣，尤其这鸡蛋不曾属于她。

不是不失望的，但这失望尚在可以容忍的范围，并且也不至于对易龙龙的情绪产生太大影响。她生涩而认真地朝文森行了一礼，稚嫩的小脸上满是恳切的请求之色，"虽然是这样，但我依旧希望您能继续做我的老师。与您一样，我在这里也不会停留太长时间，至少在我或您离开之前，我希望能从您身上获取知识。"

四十　学生·仅四天

明白自己学魔法确实是没希望了，易龙龙便将全部的希望寄托在林琦身上，想要通过让林琦旁观来学习，比较麻烦的却是文森的态度。

看他之前的言谈，大概说明他是一个非常骄傲的实战派魔法师，假如直接要求其表演魔法只怕会断然拒绝，而易龙龙又不能表现出超越一个五岁小孩太多的理解力，只能用一个个细碎的问题慢慢地诱导文森主动做出为了证实自己说法的演示。

就如同易龙龙前世的各种学科一样，有数学、语文、英语、物理和化学，而往后又有更细致的分科，以化学为例，分作物理化学、生物化学、无机化学、化工……等等。

魔法也可类似地相提并论，分有风系、水系、雷系、火系、精神系和死灵系……又有衍生而出的魔法道具方向。一般来说，魔法师不会只学自己的天赋所擅长的那一类魔法，也会学一些别的类别的低端魔法，方便应付一些突发状况，以及做某些辅助。

文森尽量将魔法的道理讲述得很浅显，因为初次接触魔法的人，可能甚至听不懂他在说什么，但易龙龙拿来跟前世的学科印证一下，便很容易地理解了他的意思。就如同一个有化学天赋的人不能够只学化学一样，他必须先读懂文字，认识字母，学会运算，运用物理知识做试验，学科是彼此相通的，魔法也一样。

唯一有些不同的，便是学了物理化学不能用来打架，魔法却能直接运用在实战中。

讲课的过程中，曾有女仆送来香醇的咖啡，却被文森冷淡地退回，"一个好的魔法师必须对自己的精神状况有严格的控制，这种会导致精力反常亢奋的饮料不适合我，请送一些清水来。"

用清水润了润干燥的喉咙，文森继续先前的解说，在说了魔法的分类后，接下来便说到魔法的使用方式。

这一般可以分作三种。

第一，是以魔法咒文聚积、调动和催化魔力，以此来施展魔法。

第二，则是缩短咒文，只以某几个简短的关键字来配合魔力施展魔法。

第三，不用咒文，完全以自身魔力为引导与推动力，发动魔法。

这三种之中，第一种最省力，是因为要念诵咒文，速度比较慢；第三种因为省略了言语步骤，速度最快，但因为完全依靠自身魔力，消耗过大，且稳定性及控制度较为困难；第二种则一切居中。

初学者一般用第一种方法释放魔法。假如自身有强大的实力，有自信控制魔法不出差错，也可以用第三种方法。越是高等阶的魔法，其耗费魔力越大，控制起来也越困难。

说完了这些，文森总结道："除了以上我所说的之外，魔法的操控推动，魔力的聚积调派，每一种魔法都有或多或少的差别，需要从理论和实践中认真体会，才可能掌握分辨，你从那些流行小说中所看到的，从前没有学过魔法的人，只看别人施展一遍便能当场默发魔法，这是小说家的离奇幻想臆测，是完全错误的。"

倘若有那样的人，恐怕也不能称之为人类。

他八岁学习魔法，天分与勤勉在老师的所有学生中最为出众，十六岁便达到了普通魔法师四十年的修业水准，即便他那样优秀，也不能做到那种程度。

易龙龙听着新老师的训斥，一边连连点头，做出受教的样子，一边悄悄地朝林琦那边看了一眼。

她将林琦的能力假托小说之名说出来，向文森求证，后者大概做梦都想不到，能够实现所谓小说家幻想臆测的人，就坐在他的面前。

白昼与黑夜交替了三次。第四天，文森开始课程前，看着易龙龙道："这是我最后一次给你上课，明天是公爵夫人的生日，也是我留在这里的最后一天，等我拿到了自己想要的东西，便会离开。"

他语调坚定果断，显示出这个决定不能更改。顿了一顿，他语气微微缓和，继续道："虽然你不能掌握魔法，但你始终是我的第一个学生。我这几天仔细思考过，既然人类的魔法知识不能帮助你，今后你可以尝试从非人类的角度入手，尝试一下能否从非人类的体系中获益。"

本来文森只是随便说说，但易龙龙听了却惊呆了，连忙紧张地追问："人类和非人类用魔法的方式不一样吗？"

原本以为自己是真的完全学不来魔法，可是现在剖析文森话语中潜藏的意义，似乎她不能使用魔法，并不是因为她全无天分，而是因为她的种族问题。

纵然有人类的外表，可是李维说过，她的本质，依旧是龙族。作为非人类的种族，没办法使用人类的魔法，似乎也是理所当然的事。

易龙龙细白的额头沁出密密的汗水，一来是紧张地等待着文森的回答，二来唯恐自己的身份被发现。

幸好文森只是以为自己是隔绝体质，假如他的思维更发散一些，怀疑她是非人类，她现在只怕将不再是公爵家的座上宾，而是阶下囚了。

既然有变化外形的魔法，那么相对的，肯定也有还原的技术。只要有人产生怀疑，不难让她现出原形来。

惊觉自己竟然与危险擦肩而过，易龙龙出了一身的冷汗。

文森看在眼里，也只是以为小孩子对学习魔法的急切，但这急切很合他的心意。于是他语气更温和地道："你暂时不要对此抱太大的期望，这个构想没有经过实证，可能是完全错误的也说不定。"

他从今天带来的小皮箱中取出一本精致的鹿皮封面笔记，递给易龙龙，"这是我所总结的一些非正规方法，以及做出的构想。不要让别人看到，等你认字后再自行阅读，在不危害安全的前提下，可以尝试验证。这里面有风险，我知道你是个聪明的孩子，不要做出超出自己能力的事。"

接过笔记本，易龙龙翻开来，草草地看了看。笔记本外表看起来很新，内页却写了足足差不多半本内容，墨迹也都看不出陈旧的痕迹，可以推断出，这些都是新写上的内容。

易龙龙抱住本子，有些吃惊地望向年轻魔法师。他的脸色看起来比初见时更加苍白，坚定自信的眼眸微微发红。或许他这些天都没怎么好好休息，每天除了来给她上课，便是回去写这些构想。

说起来，他们相识也不过五天，但文森却尽了一个老师所能尽的所有职责。他那依旧苍白严厉的面孔，落入此刻的易龙龙眼中，便瞬间显得可亲可爱起来。

文森的最后一课上得很简短，主要就是把他这些天匆忙写出的东西交给易龙龙，告诫她谨慎地尝试。他离开书房的时候，易龙龙站在他的身后，以一个学生所能表达的最大敬意，朝门口深深地弯下腰。虽然只是相处了几日，但文森严谨认真的负责态度，让她发自内心地尊敬他。

送走文森，易龙龙又找借口拉林琦去"午睡"，虽然文森说要等她认字后才能打开看，但易龙龙已经等不了那么久。

文森总结的办法，一共两方面。

其一是寻找稀有的宝物及药剂改变自身体质。只不过这些东西即便是以公爵的权势，也购买不到，大部分是传说中的珍宝或圣物，无人知道其所在，也无人有能力获取。

其二则是尝试其他种族的魔法体系。但现在大陆上已经被人类占据，其他的种族各自藏匿在固定的领地中，与人类很少有交往，更无法得知他们的具体魔法理论，文森只能将他从前看过的散碎资料抄录下来。

最让易龙龙重视的是，在笔记中，抄录了几条龙语魔法。

文森在笔记中这样写着：

根据典籍记录，龙族的声带比人类更为复杂强韧，他们拥有极为广泛的音域，龙语魔法的咒文，也是人类不能企及的。以我们所知的最简单的龙语魔法而言，仅仅是发出一个小冰弹，其咒文的发音，相当于三个人同时说不同的文字。但是龙的声带能够同时发出这三个人的声音，并且不会混在一起，也不会有声调的错误。

现将我所知道的龙语魔法抄录如下。

之后便是三排无意义的连贯文字。

这三排文字不是要分别读出来，而是要同时在声带里发出，正常人都做不到这一点，我也做不到，这是龙的能力领域。可惜今时今日，已经再看不到一条龙的存在。

而后又是几段龙语的发音记录。

在笔记的最后，文森写道：

这里之所以留下龙语魔法的记载，并不是让你去学习龙语，而是留给你一个可以借鉴的方向及思考的路径。

　　虽然你只做了我四天学生，但是你是我第一个教导的人，在此之前我都只是别人的学生。

　　我并不强迫你在魔法上有多么光辉的成就，今后你的道路依然是你自己的。但是我希望，至少，已经闭合的魔法之门能向你打开。

　　假如你已经不打算再追求魔法，那么就烧掉这个本子，别让别人知道。

——留给我仅四日的学生

文森

四十一　危机·龙形态

最开始，是端正整齐的字迹，下笔有力，每一个转折都仿佛有锋棱冒出来，正如其主人的一贯表现与性格，严厉，高傲。

但到了后来，笔迹逐渐潦草，甚至一页之中出现多处涂改，显示文森在书写过程中并没有完全成熟的想法，有的下笔后才想到不妥当，便涂抹掉。

而最后，甚至有出现单纯的修改错字，说明书写者疲惫到了一定程度，以至于精神无法集中。

直到最后结语时，字迹又恢复了最初的严正。透过字迹，易龙龙仿佛能看到文森严苛的目光，苍白嘴唇中吐出的是刻薄的言辞，但他的严厉不仅是对别人，也是对他自己。

不得不说，这份临别的赠礼实在太贵重了，贵重得易龙龙觉得有些烫手，虽然迫不及待想要立即尝试真正适合她的魔法，但为了小心起见，她还是压抑住了这种冲动。

再等几天。

易龙龙闭目呼吸，这样告诉自己。

她不会魔法过了这么久，也不在乎多几日。

明天就是海因涅家族的聚会，此后再停留数日，便能离开帝都，前往更广阔的世界。

在恰当的时间，恰当的地点，做恰当的事，才是保护自己的谨慎。

海因涅的家族聚会在明日举行，但在此之前，却是公爵夫人的生日。

与铺张的宴会不同，在生日这天，仅是公爵一家人，外加易龙龙与林琦两个客人一同共进晚餐。

公爵夫人是美丽优雅的女性，看起来还不到三十岁的模样，眉目间满是温柔的神采。

公爵身后立着一名身穿银色全身铠的剑士，连头脸都一并罩在头盔中。

在上菜之前，伊斯利忽然从座位上站起来，对公爵说："父亲大人，有一件事必须向您禀告。前些天我在广场上发现一名歌者，拥有令人沉醉的歌喉，胜过帝都所有剧团的歌手，我想让他在几日后的宴会上表演，但那名歌者的主人要求与父亲您见面。"

对于对方失礼的要求，伊斯利原本是要断然拒绝的，但这些天他与公爵的气氛一直僵硬冷漠，他想要做些什么来改变这一现状，便拿那歌者来做借口。

"人已经在门外等候，假如父亲同意与对方见面，可以随时让他们进来，否则便请对方回去。"

公爵瞥了他的儿子一眼，沉默了片刻，才缓慢地开口道："好吧，让那个不知好歹的小子进来见我。"

跟在管家身后走进来的，是一名美貌的青年。他大约二十五岁，相貌阴柔妩媚。易龙龙从前所见外貌出众的人物，伊斯利华丽端正，艾瑞克清俊飘逸，林琦幽静澄澈，但眼前的这位，却是一种宛如娇媚女性的、阴柔得令人心脏情不自禁紧缩的异样丽色。

但青年修长强健的身材，让旁人完全不会错认他为女性。

青年身穿青灰色骑士服，浅金色长发在脑后编成一尺长的发辫，纤长的眉目冰冷淡漠。同样是金发蓝眸，但他身上的色素比伊斯利要浅不少。

走到公爵身前三米外站定，青年施了一礼，"我的名字叫席格，我希望您能看一件东西。"他干脆利落地提出自己的要求。

公爵的神情十分平稳，直到看到青年取出来的徽章之后，他的神情终于有了改变。他让身后的银铠骑士取来徽章。那是一块白金制的剑兰徽章，磨损的程度显出徽章已经有些年月。看到这块徽章后，公爵的神情变得凝重，仔细端详了一会儿，他抬起头来问青年席格："这是你从哪里得来的？"

席格冷淡地说："我特意让仆人去广场唱歌，便是为了被你的儿子注意到，进而被引荐给你。假如我说出徽章的来历，你愿意承认吗？"

听着这对白，易龙龙虽然是旁观者，却忽然升起荒谬的熟悉感。一直到公爵请席格到偏厅谈话，再走回来向大家宣布席格是他的儿子时，她才恍然大悟：这不是当初她栽赃李维说是他私生女的情形么，只不过当初她认亲的信物是一件衣服，这一回则是正经的更加有纪念意义的徽章。

这青年是公爵当初结婚前留下来的风流债务，现在找上门来了，他也不打算否认。

公爵夫人神情有些不自然，她低头称自己忽然有些头疼，匆匆地离开餐桌去休息。而被留下来的伊斯利，则难以掩盖一脸震惊的神情。

他怎么也想不到，只是让父亲见一个人，这个陌生人便忽然成了自己同父异母的哥哥。

公爵临时让这位新晋家族成员加入餐桌。这时候已经没有人去注意这是为谁举行的家宴，有血缘关系的三个人神情非常微妙，几乎每吃一口，都要看看其他两人。

伊斯利看着席格的目光震惊中带着愤愤不平，席格偶尔冰冷而敌视地望着伊斯利，公爵则似乎在沉思着什么。

对于海因涅家的人来说，这一顿饭可谓吃得食不知味。然而易龙龙却觉得这顿饭的佐餐调味太丰富了：大贵族年轻时的风流往事、私生子寻父、公爵夫人遭到冷落、唯一的继承者忽然多了一位竞争对手……

假如是换在易龙龙前世，这条新闻足以占据八卦报纸头版的整个版面。

为了多看一点热闹，易龙龙故意吃得磨磨蹭蹭的，多次要求添加佐餐酒，一小口一小口地抿着，以此拖延时间。

一直等公爵家三人离桌，她也终于有了些醉意。

脑袋晕晕乎乎的，易龙龙奇怪地皱了皱眉：她记得那种浅桃红色的佐餐酒的口感很淡，几乎等同于稀释的葡萄汁，自己怎么就喝醉了呢？

她让林琦自便，自己脚步不大稳当地走到二楼卧室。

随口向二楼的女仆交代不要打扰她休息，易龙龙进了卧室。掩上门后，她一下子脱力靠在门背上，忽然觉得身体沉重无比，意识愈发模糊起来，身上开始变得燥热，好像有什么东西要从皮肤下奔涌而出。

不对，这个状况不正常。

残留的理性告诉她，她并不是单纯的喝醉，然而容不得她细细思考，那种隐约带着灼痛的热潮须臾间席卷而来，将她的意识整个吞没。

她合上眼，靠着门背软软地滑下，人事不知。

　　林琦是最后离开餐桌的，他面前的餐点，都被吃得干干净净。

　　倒不是因为饥饿，而是他对于尝试新食物很有兴趣，仔细地品味了每一种菜肴，与餐桌上各怀心思的其他人不同，他大概是唯一专注于食物本身的食客。

　　经过易龙龙的卧室门前，正要继续朝前走时，他忽然感觉到一丝不寻常的气息从门后散发出来，想了想，林琦伸手轻轻推了推卧室的门。

　　门没锁，但门后好像有什么堵着，正是那逸出气息的来源。

　　推门之际，将那东西也一并推开了，出现一道容人侧身入内的缝隙。林琦闪身而入，发现堵在门后的是一套散落的幼童衣服，衣服内有什么隆起的东西，微微起伏着。

　　随手关上房门，林琦蹲在那套衣服旁，目中却流露出一丝欢欣的笑意。他从下方轻轻地掀开衣服，便瞧见裹在衣服里缩成一团的小龙。她蜷缩着身体，即便是在昏睡中，两只小爪子依旧用力地抱住尾巴。

　　与原先的通体雪白不同，不知什么缘故，幼龙的身体呈现出柔润的淡粉色、从头到尾巴，从尾巴到爪子，就连秀巧的尖尖小指甲都晕染着动人的粉色光泽。

　　这个颜色，不知为什么，看起来好像让人非常有食欲的样子。

　　林琦盯着易龙龙，想起方才餐桌上软嫩的小鹿腰肉、鲜美的乳鸽肉与小兔肉。细嫩的肉质口感还残留在口中，明明已经吃得很饱，可是不知为何，却忽然有咬一口的冲动。

　　这个不能吃。

　　林琦告诉自己。

　　克制着莫名萌生的食欲，他手上的动作反而更加小心，拎起易龙龙的一只爪子，扯落她身上累赘的衣物。他满意地把幼龙整个儿提起来，挑肉多的地方摸了摸，发现她的体温比平时高出不少，而那粉色的光滑皮肤，好像是被过热的体温蒸出来的一般。

　　似乎是昏睡中被提起来感到不适，幼龙挥舞了一下小爪子，尖小的指甲轻轻刮在林琦手背上，却连伤痕都没留下，只带起一丝生嫩的麻痒。

　　吃晚饭的时候，女仆过来敲门，询问是否要将晚饭送进卧室来。过了一会儿，门内传来闷闷的声音，"今天晚上我不想吃了，你不用管我，去干别的事吧。"

龙
龙龙 上

女仆虽然奇怪，却也不敢多问，只得遵命离开。

今天别墅内发生了大事，私生子找上门来，公爵与夫人之间气氛诡异。他们作为仆人，唯一明哲保身的办法就是不该看的不看，不该听的不听，不该问的不问，主人吩咐什么，就乖乖地去做好。

而门内，易龙龙整个身体缩在被子里，只有两只小爪子紧紧地揪住边缘，神情十分苦恼。

今天喝醉酒后，她不知怎么昏睡过去，等醒过来时，先是发现自己光溜溜地躺在床上，林琦蹲在床边看，后是发现自己竟然变回了龙的身形。

前者已经发生过一次，她有了点儿抵抗力了，虽然依旧羞窘得想钻进地缝去，但一爪子扇过去也算扯平了，目前却有一个更为重要的问题必须解决——怎么才能变回人形去？

假如变不回去，继续留在别墅里，迟早会被发现。她今晚可以借口不吃晚饭留在卧室里，但明天呢？后天呢？

一顿不吃没什么，要是几顿不吃，肯定会被人注意到的。

而明天又是公爵夫人的生日宴会，她没有借口缺席。

实在不行，便只能走为上策。然而就连这最后的退路，也不大容易走。

她如今正在公爵府上，虽然平日里进出都不会遭到阻拦，但却知道公爵府周围的防卫十分森严，别说是一只幼龙，就算一只苍蝇想飞出去，恐怕也不是太容易。

退一步来说，即便她能设法逃出去，离开这繁华的城市，途中亦有被人看到的危险。

而再退一步，即便她运气好逃出城外，公爵发现"李维的私生女"不见了，派人寻找之余，也难保不会发现什么。

怎么办？怎么办？怎么办？

慌张得不知如何是好，易龙龙一头钻进被子里，闷得喘不过气来后又抬起头来，却依旧没有想到解决的办法。

深深的呼吸让幼龙稍微冷静下来，她仔细回想，估计自己变回龙的关键是喝了酒，这是她变成人之后第一次喝酒，或许酒精中有什么成分对她的身体产生了影响。

她怎么能料到李维的变形魔法这么不稳定，居然一杯酒就能打回原形？早知道有这样的忌讳……现在后悔也来不及，原因已经找到，那么解决的办法呢？

要怎么样，才能变回去？

还是说，她又不得不恢复成从前的状态，继续躲躲藏藏地过着见不得人的日子？

 四十二 瞬间·攻防战

公爵别墅中的女仆们，平常工作还算清闲，一来女仆人数不少，二来平时也没有太多的事务要做，但在这一天，女仆们受到了不人道的压榨。

压榨的源头是住进别墅没几天的客人。

清水、咖啡、牛奶、红茶、果汁、饼干、蛋糕、布丁、果冻、沙拉、烤肉、鱼汤……除了酒之外，凡是易龙龙所能想到的食物，林琦都跑出去要求女仆准备一小份，拿回来给幼龙品尝。而且这些东西不是一次要全的，而是一次要一样，从傍晚一直要到半夜，才总算停下来。

"看来是完全没办法了。"失落地叹了口气，易龙龙拿小爪子抚摸着被撑得圆滚滚的肚子，腹中再也塞不进任何东西后，她终于放弃了从食物上入手，企图用什么食物抵消酒精作用的愚蠢尝试。

为今之计，只有三十六计走为上计。

不能变成人的模样，便只有逃。

不过不是现在。

明天正好是海因涅家族的聚会，那时候人来人往十分热闹，正好趁乱逃离，当然在此之前，还要做一些准备。

下半夜，易龙龙房间里的灯光始终没有熄灭。

宴会从早上便开始等待并迎接客人，除了派有专人在门口等候外，还有随从专程去请已经在别墅内的客人出来。

女仆先敲了林琦的房门，没回音，接着她再去请易龙龙，隔着门说完来意后，她听见门内传来幼嫩的童声，"好的，等一下，我马上出来。"

门开了，出现在门口的，却是她方才邀请而不得的少年。他身穿带白蝴蝶领结的黑色礼服，漆黑的长发以宽大缎带松松地束在脑后，幽静的神态不论何时看去，都宛如艺术品一般秀美绝伦。

少年的臂弯中，抱着一个用衣衫包裹得严严实实的身躯，看身形的大小应该是与少年同来的小客人，披风上的绒毛风帽拉起来遮住头部，整张脸埋入少年怀中。

女仆虽然知道有些事不该多问，但还是有些担忧地问了一句："请问，她没事吧？"幼小漂亮的女孩，即便是对同性也极具杀伤力，这一句有些冒失的询问并非出自于仆人的职责，而是单纯的关心。

"我没事，"少年怀里传出来甜美幼嫩的嗓音，"谢谢你啊，姐姐。"

听出女孩声音无恙，这时候，作为贵公子随从的比索走了过来，女仆识相地退向一旁。

比索带着林琦离开，却不是带他前往宴会大厅，而是直接从侧面的楼梯，连通另一条出口，快步往别墅外走去。

一路上遇到护卫和随从询问，比索都简单地解释，林琦和易龙龙要为了参加宴会做一些准备，需要暂时外出一会儿，很快便会回来。

比索是跟在伊斯利身边的老人，别墅内外的人都认识他，走出别墅的过程中，他们完全没有受到任何刁难。

然而，意外却在门口发生了。

在找到公爵之前，席格已经是一个小型佣兵团的团长。说是佣兵团，其实团内的人数并不多，只有五六十人，但是其整体的素质完全不逊色于白牙那样的大佣兵团。这个佣兵团也有名字，叫做：骇浪。

骇浪是席格自己一手建立起来的，十五岁成为冒险者的他，十年来不断积累势力，自身拥有强大实力的同时，也非常富有统筹调派的能力。但尽管拥有这样的实力，比起海因涅家族公爵的权位，所谓业界最精锐的队伍，也不过是一吹就破的纸而已。

虽然即将冠上海因涅的姓氏，但席格还必须处理与佣兵团的关系，因此并不住在别墅里。这天清早，他前来参加公爵夫人的宴会，然而来到大门口时，却看见比索和林琦正往外走。

目光在比索的脚下和林琦的怀里绕了一圈后，相貌阴柔的美青年露出冰冷的微笑，他毫不客气地走上前，拦住了三人，"停下来。"

比索匆忙地低下头，将已经说过数次的理由又重复了一次，接着补充道："我忽然想起来，我还有少爷交代的事没做，客人您就自己出去吧。"

席格冰冷狭长的眼中闪烁着的是嘲讽的光芒，直接挑明了说道："你不是我所见过的那个随从，你是谁？"说完，他又瞥了林琦一眼，"你怀里抱着的，也不是人体，那是什么？"

不管什么样的伪装，其实都是有破绽的。

席格一看到"比索"，便敏锐地发觉这个仅见过一次的人的不同，他是武者，观察人的方式是对方的实力强弱。上次见到比索时，他的脚步完全不像今天这么轻盈，而林琦怀里的那个人形，也许别人看不出破绽，但是他却依旧能觉察，衣服里包裹着的人体有些不自然的僵硬。

他所修炼的剑技，对人体有相当程度的了解，任何一丝细微的不自然，落入他眼中，都可以数倍乃至十数倍的放大。

被他一口叫破，"比索"脸色大变。此时已经到了门口，迈出一步，便能转出门外，他沉着脸，对林琦低喝一声："快走！"

他没有时间欺骗辩解，虚伪之脸的作用只能维持一刻钟。

他自然不是真的比索，而林琦怀里抱着的，也不能让外人瞧见。本来一切都很完美，却不料被新出炉的私生子发现了异常。

面具下，"比索"的目光瞬间转为犀利，手腕一翻，一柄匕首便出现在他的掌中，他反手飞快地刺向席格的左眼。

面具下的人，是罗兰。

因为彼此之间存在契约的缘故，罗兰再见到易龙龙的第一时间，便明白了她的身份，但是那时候有公爵在场，更是为了避免他人的怀疑，便假装不认识易龙龙。

不管公爵家中发生了什么事，纵然在别人为了私生子困扰或为即将举办的宴会忙碌时，藏在暗处的紫色眼睛却一直关注着易龙龙与林琦的动向。在易龙龙支使林琦要这要那时，紫发盗贼敏锐地觉察出了其中的异常气息。

接下来便是潜入，相见，摊牌，商议。

别墅外部庭院的守卫十分森严，即便是罗兰，也不能够在这样的守卫下潜伏着进出。不过他们也完全没必要偷偷地离开，以他们的身份，完全可以光明正大地出入而不受怀疑。

先让幼龙钻进童装内，将衣服内空洞的部分填满，做成人的形状，戴上帽子，由林琦怀抱着。

但是这样还不够，假如只有林琦和易龙龙两人，假如没有获得准许，外面的守卫不会放行。需要一个能当成通行证的人在一旁陪同，于是这些天偶尔陪伴易龙龙与林琦外出的比索，变成了第一选择。

罗兰打晕比索，取得他一滴血，滴在曾在树海高塔中使用过一次的面具上——李维变卖罗兰的道具，并没有全都卖掉，而是保留了一部分，之后罗兰又自行找回一些，总算没有损失太大——虚伪之脸立刻变成那滴血的主人的模样。时效一刻钟，每用过一次后，需要隔一段时间后才能继续使用。

除了顺利混出去外，这么做还有一个目的：昏迷的比索会在适当时候被发现，等他们发觉林琦一去不回，便会得出错误结论，认为有人入侵别墅，假扮成比索的模样骗走了林琦和易龙龙。这样今后易龙龙假如恢复人形，也可以谎称是被人绑架的，罪责不在他们身上。

然而完善的剧本，却因为席格的出现被突兀地打乱了。

对方既然看破他们的伪装，辩解也是无用的。罗兰果断地做出决定，自己突袭阻挡席格，让林琦带着易龙龙逃走。

他知道席格的身份，也知道自己的剑技不如对方。骇浪佣兵团的团长，在十年前还只是一个冒险者的时候，便以卓越的剑术备受瞩目，十年后更是老练的杀戮者，即便是以他被提升过的体质，也完全不是席格的对手。

因为必须掩藏身份，他有很多道具不能使用，这很大幅度地削弱了他的实战能力，但他还是不得不拼，就算自己受一点伤，也不能让易龙龙被发现。

在这个时候，这个地方，假如易龙龙的踪迹显露出来，那么全大陆都会很快知道她的存在。

然而罗兰的匕首才拔出来，刺出去还不到一寸距离，便感觉手腕传来一阵剧痛，一块指甲盖大小的金属片刺入了他的手腕肌肤内。

席格是什么时候出手的？

罗兰骇然地望向私生子，却发现对方诡丽的容颜同样染上了惊愕，仔细一看，他发觉自己并不是唯一被这样招待的人。

席格的右手微微抬起，似乎正要拔出腰间的佩剑，然而此时他的动作完全凝固住，手腕上也镶嵌了一块同样的金属片，甚至还遭到了特别优待——不光手腕，两只鞋尖都被金属条牢牢地钉在地面。

而在他们的附近，除了守在门外的守卫，以及抱着易龙龙飞快往外走的林琦，便没有其他人。

　　这究竟是谁做的？

　　为什么要同时攻击他和席格？

　　他有什么目的？

　　虽然是偷袭，但对方的实力不可谓不骇人，居然能同时让他们没有觉察地受伤……

　　诸多思绪在紫发盗贼脑海中一闪而过，也不过只是一瞬间，常年的经验让他迅速做出判断，闪电般地收起匕首，迅速越过席格的身侧，朝外跑去。

　　那个暗中出手的人用意很明显，似乎是禁止他们交战打斗。至于别的，他来不及深思，只能趁着这个空当，抓紧时间逃去。

　　从他决定先下手为强，到决定撒手，也不过是一两秒的瞬间，附近的人甚至没有觉察到这里发生的变故。就算有人从远处看着这里，也仅仅是看到席格走过来，"比索"站定跟他说什么，接着林琦独自走出去，席格与"比索"的手分别动了动，但是什么都没做，就又各自分开。

　　除了当事人，谁都不会知道，他们差点儿在公爵庭院的大门前展开一场生死搏杀。

　　快步追出去的席格没有再遭到阻拦，他心中似有所悟，明白那人大约是别墅的守护者，不希望宴会发生骚动，只想将他们的争斗压在不影响宴会的范围。

　　既然是这样，那么接下来的出手便不必担心了。

　　林琦先走，罗兰紧随其后，席格紧紧追逐着。

　　三个人的行动，不过是前后脚的差别。

　　走出门外，林琦和罗兰便不再保留速度，两人全速狂奔。罗兰经过特殊锻炼，对自己的速度很有自信，只一个眨眼便移动了七八米，本来想顺手拉林琦一把，却反手抓了个空，转头却见林琦赶到了他身前，始终保持在超出他半米左右的位置。

　　罗兰心里吃惊，又加快了些速度，但林琦却又轻轻松松地跟了上来。他怀里抱着易龙龙，无法像罗兰那样双手借力。

　　高速飞奔让少年长长的发辫在脑后绷成笔直的一束，好像凝固起来一般。他柔韧的修长身躯在风压中完全舒展开，虽然正在奔跑，甚至可以说是在逃命，可他的动作却有一种闲庭信步的从容。

　　"这么能跑。"席格跑出几步，眼见着距离越来越大，明白自己追不上，只好停下来。站定后，他从怀里掏出一只哨子，吹出长短不一的几个哨音，仿佛召唤着什么。

罗兰指引着林琦一同逃跑，跑出了席格的视线范围后才松了口气。然而前方的巷道上，却已经有人在那儿等着他们。

四十三 一步·杀一人

易龙龙的身体团在衣服和棉絮中，感觉呼吸有些不畅。

即便是龙，被长时间闷在空气不大流通的环境里，也会感觉气闷的，更何况这条龙严重发育不良。

不过为了自身的安全，也只能暂时忍耐，易龙龙安慰自己，等到了安全的地方就能出来透气了。

她小小的身体蜷缩在黑暗的地方，先是与门外的女仆对话，接着便是保持沉默。

她感觉到林琦在往外走，她的身体跟着移动。

顺着楼梯往下，转弯，向外走。

她看不到景物和光线，只能紧闭着眼，通过倾听来判断现在的位置。

走出别墅，她听到罗兰和林琦的脚步加快了一些，接着，她听见席格的声音，同时两人停下。

"快走。"这是罗兰的声音。

脚步声。

又动了起来。

让易龙龙意外的是，不知道发生了什么事，席格轻易放走了他们。接着她感到林琦的速度骤然加快，但是他的双手依旧很稳很小心地抱着她，即便是加速的瞬间，也没有让她感觉不舒服。

可是跑了没一会儿，便停了下来。

究竟是怎么了？

易龙龙心里焦急着，方才听见席格的声音时，她心里已经捏了一把汗，而现在这个时候，外面安静得可怕，让她更心焦。

不确定外面有没有其他人，易龙龙也不敢随意出声，更不敢伸出头来观看，只能任由仿佛在小火上煎熬的焦虑蔓延。

望着堵住去路的人，罗兰的脸上现出了苦笑。

今天席格前来参加公爵的宴会，原来并不是孤身前来的。他有佣兵团的同伴在附近等待，听到哨声，便遵从他的号令赶来堵截。

罗兰扫了一眼，一共十个人，其中至少四人的实力与他相当，合起来他完全不是对手。倘若比逃跑，这里的人不是他和林琦的对手，但现在后退的话，将会正好碰上追赶过来的席格。

只能拼了。

罗兰用力地抿着嘴唇，此时面具的效用已经过期，一张纹着彩色花纹的面具覆在他的脸上，他心中满是无奈：早知道会弄得这么狼狈，他还不如直接冒险把易龙龙偷运出去，那样或许还有几分成功的可能。

现在反而要跟人硬拼，真是划不来。

他拔出腰侧的长剑，丢给林琦，"你会不会剑术？会的话跟我一起拼吧，能解决掉几个算几个。"最后一句话，他的声调陡然转冷。

林琦下意识地松开一只手接过剑，另一只手依旧抱着易龙龙。他望着盗贼的目光一尘不染，"解决？"

罗兰冷笑一声，"就是杀。"看林琦这个样子，他也不抱什么希望，咬了咬牙，便打算上前硬拼。直接冲过去，在对方的防线上打开缺口，或许还有逃离的可能。已经到了这一步，他们没有退路。

心中正想着，罗兰忽然看见林琦从他身旁越过，脚步轻盈地朝前方走去。

他的前方是席格的同伴，骇浪佣兵团的精英。

秀美绝伦的少年，一手稳稳地抱着怀里的幼龙，另一只手握着剑柄，剑尖指向地面。因为刚才的疾奔，束着长发的发带已经松脱，漆黑长发柔顺地垂落，映着宁静幽雅的秀致眉目——这家伙出尘得不似人类。

这样一个人朝他们走来，佣兵们虽然觉得有些异样，却没有一个人提起警觉。他们都是久经实战的人，能够看出来一个人是否有威胁，那些惯于战斗的人，身上都会带着铁和血的味道，但林琦身上的气味太干净了，干净得什么都没有。

站得最靠前的佣兵甚至上下打量着林琦，笑道："小少爷，你杀过人吗？"

佣兵下一句调笑的话没有说出来。

林琦抬起了手，他手中的长剑好像忽然消失了，一抹冰凉从佣兵喉间切过，接着，佣兵听见风声灌入了自己的喉管。

林琦的目光很平静，好像刚才切开的不是一个人的咽喉，只是一块柔软的蛋糕。空气中开始漫溢开的血腥气，也宛如带着奶油甜味的柔软芬芳。

这变故来得太突然，不光是罗兰，佣兵那边也都一下子没反应过来发生了什么事。林琦再走上前一步，从容而闲适地反握着长剑，银白色剑刃竖着贴在黑色礼服袖子上，他的手臂轻轻地横过又一个人的脖子，伴随着他的走动，锐利的剑锋这回以更加缓慢些的速度切开喉管。这时候，众人才跟着脸色大变。

罗兰情不自禁地张大了双眼。

原以为需要他出手保护的少年，此时一个人在前方，以一种一尘不染的幽静神情，展开了凌厉的杀戮。

他的眼里清澈无瑕，虽然正做着收割人命的狠毒行为，可是他的动作，却好像在下午茶会上切蛋糕那么自然散漫。他从容地往前走，闲适地割喉，明亮的剑锋划过人脆弱的喉管，留下一道绯色的痕迹。对于每个人，他只出一剑，接着便绝不浪费地继续前行。

除了最初的一剑外，他接下来的动作看起来都十分轻缓，即便是这里最强的佣兵，也跟不上他的速度。

偶尔遇到反击，他也只是微微侧身，避开对方的兵刃，接着露在黑色礼服长袖外的白皙手腕一转，继续割喉的动作。

被他割开咽喉的人，连叫喊声都发不出来，只能拼命捂着伤口，瞪着眼，慢慢倒下。

林琦所到之处，人影一道道接连倒下，最后，少年的身姿清雅如莲，悠然独立。

罗兰感到深深的恐惧。假如他站在林琦的对立面，即便是以他现在的实力，用尽身上所有的道具，穷尽一切手段，他也完全没把握能逃过林琦的屠杀。

高效，精准。简直就是，最完美的——杀戮机器。

才不过几个呼吸之间，少年便完成了决定性的逆转。

不算宽阔的巷道里，尸体不规则地倒伏着，四散溢开的鲜血燃烧着激滟的红

255

四十三 一步·杀一人

光，如同墓地里盛绽的龙爪花，渲染着绚丽艳美的光辉，而少年高挑修长的身影，依旧如同初出尘般不带半丝戾气。

停步，收势，转身，林琦单手抱着易龙龙，回眸望向罗兰。他清澈纯净的目光令罗兰控制不住地头皮发麻。

刚才林琦的出手完全不带风声，这并不是因为他动作太慢，而是他通过一些细微的动作，压制住了动作带起的风。即使只是很轻的声响，在战斗中也往往起着关键的作用，老练的战士通常只听风声或者感受到微风就能盘算袭击的来处，进而让身体避开，假如少了这两项，判断便容易产生失误，反应也会相对迟缓一些。

这是顶级刺客的技巧，罗兰自己也能做到，但却只能在准备好的一击中完成，无法像林琦那样，毫无破绽地融入每一个动作中。

林琦杀人的时候，没有使用什么剑技，只是重复一个很简单的动作，割喉，但没有一人能逃脱他的杀戮。这并不是对方太过无能，而是林琦对身体动作的操控，达到了极为可怕的境界，完全没有多余的花招，目的只是杀死对方，也就是罗兰说的"解决"。

但罗兰所恐惧的并不是这些，而是，林琦杀人的时候完全没有杀气。

正常来说，一个人想要出手，尤其准备杀人时，都会流露出一点或多或少的杀气，这是因为思想意念而产生的特殊波动，尤其在拿起武器时，几乎无人能避免，即便是剑圣，也会有泄露出气息的时候。

但是，林琦完全没有。

好像杀人是一种天生的本能，或许他眼中完全没有生死的概念，也没有所谓的战意杀机，仅仅是——切断。

切断喉管，也切断生命。

林琦神情安适，静静地抱着易龙龙，他右手的剑上还滴着血，左手臂弯却异常珍重地环着柔弱的生命。

刚才杀死一个人后，他觉得好像有什么东西在身体中苏醒了。他娴熟地操纵着身体，毫不费力地扫除障碍，不似上次面对蕾茵娜等人时的生涩。他隐约地感到自己身体的深处，有什么经过了淬炼提纯，正缓慢归来。

足足愣了两秒钟，罗兰猛然苏醒过来，他快步赶上去，沉着脸道："跟我来。"原本已经做好了拼命的准备，却没料到林琦一人便快速地扫除了障碍。看他的身手，即便后方的席格追来，也有干掉他的把握。

罗兰压下萌生的诱人念头。

席格不能杀。他和这些佣兵不同，是已经得到公爵承认的私生子，并且即将冠上海因涅的姓氏。杀了他，无异于今后都要在公爵势力的追杀中度过，直至听见死亡的叹息。

只不过，对于现在的罗兰来说，不论是跟着林琦一道还是对上私生子，都不是什么令人愉快的事。

四十三 一步·杀一人

四十四 怀疑·一对一

"这里能暂时安全地躲藏一阵。"关上房门，罗兰终于长长地舒了口气。

与那些武力卓越的人物不同，罗兰更擅长的是各种知识和伎俩。那次追逐易龙龙，攻击蕾茵娜等人，已经是他武力所能发挥出来的极限，也是在他极度愤恨之下的作为，放在平时，能用偏门手段，他是不会正面硬碰的。

每到达一个城市，他都会尽快找到城市中一些见不得光的灰色据点，作为发生意外后的退路，研究逃亡的路线，守卫薄弱的地方，即便是在帝都也是一样。

表面上繁华亮丽的城市，同样有光辉照耀不到的阴影。

现在他们藏匿的地方，表面上是一家平凡无奇的旅馆，但暗地里却是非正规情报来源与走私黑市的接头处。在这里住下，虽然不能保证绝对安全，但至少能争取几天的余暇。

听见外面传来表示安全的声音，易龙龙终于忍受不住，小爪子奋力地扒拉开填充的棉花和布条，从衣服的缝隙里钻出一个脑袋来。

"闷死我了。"不敢发出太大的声音，幼龙小声嘟囔着。

好容易呼出肺部的闷气，易龙龙身体依旧缩在衣服内，扭头看看林琦，再看看罗兰，发现他们都做了改装，然而这改装也无法掩盖紫发盗贼那奇异僵硬的神情，易龙龙不解地问："罗兰，怎么了？"

犹豫片刻，罗兰侧过身子，慢慢地后退几步，拉开自己与林琦之间的距离，他站在客房的窗口边，随时都可以破窗逃生。

确定了退路，罗兰才慢慢地将路上发生的事说了一遍。他盯着林琦，沉声道：

"请原谅我的怀疑，但是我必须弄明白阁下是什么身份。今天的事已经将我们绑缚在了一起，身旁有这么一个来路不明、出手狠辣的高手，我很缺乏安全感。"

他一说完，易龙龙也呆了。那时她缩在衣服中，听到罗兰说杀后，以为接下来的声音会十分惨烈，却不料只听着了几下奇异的响动和什么落地的声音，接着便是继续逃亡。

现在听罗兰叙述了当初的情形，她才将整个过程在脑海中连贯起来。

说不清此时是什么滋味，易龙龙转身问林琦："你杀了人？"

被太过离奇的事实所震撼，易龙龙不知道自己应该做出什么反应。照理说她应该害怕，可是，假如不是她变回了龙，林琦也不必带着她逃跑，更不会遇上席格。可以说，那十人因她而死。

假如林琦是杀手，那么，她便是共犯。

林琦撇了撇嘴，有点委屈地一指罗兰，"他让我杀的。"

易龙龙交代说路上要听从罗兰的安排，所以罗兰让他杀人他就杀了。易龙龙不能被发现，他们不能被抓到，这不是很正确的事吗？

林琦想不明白，让他杀人的明明是罗兰，为什么到头来反倒是罗兰自己流露出排斥的态度，就连易龙龙，好像也不赞同他的做法。

他究竟哪里做错了？少年困惑地想。

易龙龙此时也意识到，自己现在应该表示出一个态度，可是作为最初的起因，她认为自己没有什么理由指责林琦。

这个少年只是想保护她，从出发点来看，他并没有什么过错，只是手段有一些过激。

倘若不说，这样的事今后也许还会再度发生，那绝非她所乐见的。

不知道为什么，潜意识里，易龙龙完全没有想到林琦会伤害到她，她之所以感到畏缩，只是单纯对死了人感到害怕而已。

一听林琦说是罗兰主使，她心中猛然一亮，好像瞬间找到了出口，立即瞪向紫发盗贼，"你干吗教唆林琦杀人？"

对啊，林琦只是听从安排，真正最初要杀人的是罗兰才对。

罗兰一愣，下意识地点了点头，接着又连忙涨红了脸反驳道："喂，怎么又是我的错了？我当初之所以那么说，是因为觉得局面严峻，想着能解决掉几个是几个，怎么能想到这家伙的实力这么恐怖？"

这就是认知的误差所造成的分歧，当初罗兰之所以对林琦说"解决"，是因为他以为己方实力远远不如对方，必须硬拼才能打开缺口逃出去。假如他早知道林琦的实力这么可怕，他甚至不会用这种方法出逃……不过现在说这些已经晚了，人已经杀了，出逃的行动也被发现了，再来说"假如"没有任何意义。

而林琦更加无辜，罗兰说解决，他便听话地去解决了，至于所用的杀人方法，是因为那样最有效，也最符合他身体的本能直觉。

易龙龙叹了口气，抖开塞在衣服里的棉絮布条，示意林琦把她放在屋内的方桌上。身子娇小的龙身上挂着对她而言依旧过大的童装。她一只爪子抓着衣领，另一只爪子从剪开的衣料中伸出来，苦恼地按着额头，道："好了，罗兰你给我坐下。"

她话音未落，紫发盗贼想起来什么，脸色一僵，随即身不由己地重重地坐在地上。

梳理了一下思绪，易龙龙扫了一眼林琦和罗兰，道："首先，我要说，你们两个都没有错。"

身高还不足人膝盖高的幼龙坐在桌上，一本正经地教训屋内两个身高是她数倍的人，这情形若是外人看来，会觉得十分好笑，但事实上，这两人却是真实地掌握在幼龙的爪子里：罗兰身受契约束缚，不能违抗易龙龙的每一个命令，而林琦则是真的只听易龙龙的话。

平时，易龙龙会让林琦抱着她，并且听从经验老到的罗兰的安排，但是现在他们还没有逃出帝都，自己内部便产生了裂痕。面对这个状况，易龙龙不得不主动做出决定。

软嫩的童音在房间内低低地响起，声线幼稚，但声调却饱含深思熟虑，"我们正在同一条船上，利益和进退都应该保持一致。罗兰，我可以理解你的顾忌，但在确定之前，能不能不要做出随时拆伙的准备？你这个样子，也让人很难信任啊。"

罗兰脸色微变，又听易龙龙继续道："林琦的过去是一片空白，我曾经问他能不能想起来从前的事，但并没有得到结果，就算你现在来问，也是一样的。"

"可能他拥有一些我们所不知道的本事，但是，这世界上有什么人是能将自己的一切毫不保留摊在别人面前的？"易龙龙诚恳地望着罗兰，"你，以及我，不都是这样的吗？"

谁能真正坦诚？

至少她不能，她也有绝对不能说出来的事，关于她是来自另外一个世界的灵魂。

但至少她能够选择相信。高塔上被锁链扣住的手脚，清澈的没有阴影的眼眸。

别人不知道，但一直跟林琦相处的易龙龙却是知道的，林琦从什么都不懂到现在可以跟人做简单的交流，并不是一天而就，而是一点点学会的。也只有易龙龙知道，她花了多少心思去解释正常人都知道的常识和道理。

林琦现在的世界观，至少有一大半是她给灌输的。从吃饭穿衣和清洁这些日常生活细节，到微笑眼泪喜怒哀乐，都是她想方设法地用林琦能听懂的方式一点一滴地教给他的。

林琦魔法和武技的天分十分可怕，但在日常生活方面却好像少了半根弦。易龙龙曾经不只一次猜测过他从前的身份和经历，但每次接触到少年单纯且信赖的目光后，都化作一片安然。

她相信林琦。

听了易龙龙的解释，罗兰僵硬的神情稍微软化了些，锐利的目光亦和缓了些。他沉默一会儿，道："好吧，就算你说的，他目前对我们无害。假如他现在这样只是失去记忆，那么你怎么能保证将来有一日他恢复了记忆，不会站在对立面屠杀我们？"

林琦割断人喉管的场景给他的冲击太大了。那种精密而流畅的动作，好像是处于食物链顶端的存在，没有怜悯与迟疑地收割生命。

假如林琦翻脸，他完全没有自信能抵抗。

易龙龙奇怪地道："你为什么一定要把事情往坏处想呢？当然，缜密周到是好事，可现在什么都还没发生，你就随时考虑着别人会背叛的可能。虽然完全信任不好，但过度的怀疑，也不是什么正常的所为吧。"

她现在才想明白觉得怪异的地方。虽然林琦杀人的举动看起来很吓人，但罗兰的反应也未免有些过激。她来自和平的世界，害怕杀人，但罗兰是经验丰富的冒险者，不至于也跟她一样吧。

好像被针刺到一般，盗贼露出狼狈的神情，他匆忙扭过头去，咬牙道："好吧，我暂时相信你，也暂时相信他。"

解决了罗兰，易龙龙笑眯眯地冲林琦招了招爪子，"好了，现在轮到你了，过来。"

林琦听话地走到易龙龙跟前，即便此时她站在桌上，依旧赶不上林琦的身高。踮着脚挥了两下爪子，她懊恼地发现自己连林琦的下巴都够不上，只好郁闷地再度要求道："你，蹲下来一点。"

半蹲在地上的少年，总算在幼龙能够着的高度上。易龙龙伸出小爪子，拍了一下少年光洁白皙的额头，道："你也要记住，今后不要随便杀人了，这样不好。"

"嗯，嗯。"

"假如你的实力远超过敌人，那就用最小的伤害把他们制服，让他们无法继续攻击或者追击我们就好。"

"嗯，嗯。"

"之前我让你偷学的魔法，有一些杀伤力不太大的，也可以拿来用，比如放一个旋风把那些人都卷走。"

"嗯，嗯。"

相较起盗贼的顽固偏执，听话的美少年让易龙龙心花怒放，她又嘉许地轻拍了下他的额头，声音更加柔和地道："今天的事过去了就算了。今后要记住我的话，假如不是遇到非要拼搏生死的敌人，不要随便杀，好吗？"

林琦又一次乖巧地点头，"嗯，嗯。"

让易龙龙和罗兰同时感到意外的是，他们从公爵的别墅里逃出来，最后甚至还干掉了公爵私生子手下的十名部下，然而公爵那边好像完全没有反应，城中及城门口的戒备也不见有所加强。

一人一龙俱怀疑这是陷阱。

但他们的怀疑止于中午送来的一封信。

信是由旅店侍者送来的，没有写收信人，但侍者传话说对方指明要送给早上住进来的两人。

不算藏起来的易龙龙，林琦与罗兰，自然是两人。

等侍者离开，躲进柜子里的易龙龙立即钻出来，看罗兰拆信，信上写道：坐上门外的马车。

字迹舒展，非常简单的一句话，但其中的含义却让她胆寒。

原来对方根本就不需要全城戒严，那太小题大做了。他们早就掌握了她的所在，但为什么没有人来抓她？

看到信的一瞬间，易龙龙两爪冰凉，再一次后悔自己变成人形后太过大意，乐极生悲，以致落入这样的境地。过了好一会儿，她才从惊骇中回过神来，忽然想到不大合情理的地方。

以公爵的势力，既然知道了她的所在，派高手来对付似乎也不算难，为什么反而只是送来了一封信？

上马车，是要带着她去什么地方？

罗兰试图从信纸和信封上分析一些东西，信纸和信封乃至所用的笔和墨水，都是廉价货，应该是随便从杂货店买的，但是字迹却不小心泄露了写字者的身份。这是贵族中最为流行的字体，写字的时候，笔画末端微微带着卷，却不明显，这种似卷非卷的字体显得非常优雅漂亮，能将这种字体写得自然不做作的，多半经过长时间的练习。

而现在，除了海因涅家族，他们还会跟哪个贵族扯上关系呢？

说出自己的判断后，紫发盗贼将信纸丢给易龙龙，让她拿主意。后者连忙伸出双爪接下，学罗兰那样很仔细地端详，却完全看不出来字体上的独特。

只踯躅了片刻工夫，易龙龙便决定按信上说的去做。这并不是她所能选择的，假如她不照做，恐怕对方随后送来的便不是信而是围攻的军队了。

按照对方的要求，他们走出旅馆，坐上在旅馆门前等候的马车，易龙龙自然是整个团在林琦的怀中，外面用斗篷罩起来。

登上马车，罗兰才发觉，马车内早就坐着一个人，却是这些天来一直跟在公爵身边的银铠剑士。他的腰侧佩着两柄剑，这样全副武装地安坐着，看起来有些怪异。他身上的银色铠甲加入了稀有的柔银与幻金，使得原本坚硬的金属片变得柔软，不妨碍关节的活动。铠甲贴合包裹着他修长而强健的身躯，即便静坐的时候，也仿佛凝聚着惊人的力量。易龙龙曾私下评价，这是典型的"从脚趾武装到牙齿"。

让易龙龙惊讶的是，对方并没有带着他们回到公爵的别墅，而是一直往东行驶，直至抵达城门。

马车在出城时也没有遭到阻拦，银铠剑士取出一份文件，让守门的卫兵看了一眼，对方便立即敬礼放行，甚至没有查验林琦和罗兰的身份。

渐行渐远，一直到看不见城墙的时候，已经是夕阳西下，银铠剑士头盔下才传出低沉的声音："下车吧。"

这是见面之后他头一回发出声音来，说完他从座位底下拉出一只两尺长的黑色木匣，率先下了车。

罗兰一愣，随即点了点头，与林琦一道下了车。他们才站定，马车随即从原路返回，而银铠剑士则走出宽阔的道路，朝荒野的方向走去，夕阳的余晖照在他银亮的铠甲上，映出残血一般的光芒。他的声音虽低，话语中却好像有不能违抗的力量，让罗兰情不自禁地跟着他走。

易龙龙在林琦的怀中，从斗篷的缝隙里看到这一切，同时无声地用爪子戳了戳林琦的胸口，示意他照做。

银铠剑士走得很慢，也很有耐心，假如罗兰和林琦慢下来，他会停步等一会儿。银铠上照着的晚霞光彩逐渐黯淡消失，很快映上了清冷的月华，淡而朦胧地晕开。一片寂静中，只能听见脚步的响动。

易龙龙早就从林琦的怀里钻了出来，因为银铠剑士远离道路后，说出的第二句话便是："那条笨龙不必藏着，我都知道了。"

纵然惊骇至极，但易龙龙没有逃跑。银铠剑士晚了半天才要求他们出城，肯定也做了一些准备，就算能从他身边逃离，却又能逃向何方呢？

逃出莱特帝国，还是逃出这片大陆？

银铠剑士将他们带到了一片幽暗无人的小山坳里，这里有小山和树木遮挡着外界，即便是发出什么较大的动静，也不容易被觉察。

在空地上站定，银铠剑士卸下腰间的一柄剑，丢给林琦，"拔出剑。"他淡淡地说。

"我知道你们的秘密，也看到了他出手的过程。"从银色头盔下发出的低沉声音，似乎带着点不容拒绝的意味，"我压下了那十人的死亡消息，并没有告知公爵。"

"带你们来到这里，我给你们一个机会。"说到这里时，他才转过身，正面朝向林琦，"我已经很久没有找到一个像样的对手了。跟我一对一公平地决斗，假如你赢了我，我就放你们离开这里。"

他话没说完，罗兰的目光却亮了起来：或许，这真的是最后一丝机会。

 四十五　决斗·手滑了

　　对于公爵身边人的情报，罗兰是下过一番工夫的。

　　这位银铠的剑士，是公爵的从者。

　　海因涅家族成员的从者，一向是作为主人的保镖甚至盾牌而存在的，但这位公爵的从者，却是凶戾的战车。公爵年轻的时候，曾经遭遇到一场大规模刺杀，接近五十人的职业杀手针对他暗夜围杀。最后，当警备队赶到的时候，只看见满地的尸体，浴血的剑客，以及没有丝毫损伤的公爵。

　　那位浴血的剑客，是公爵大人最强大的保护伞，如今便站在他们的面前，要和一个看起来才十七八岁懵懂不解事的少年一对一地决斗。

　　罗兰忽然明白，为什么银铠剑士在看到林琦杀人的情形后，依旧这样放心地独自一人与他们相处，是因为他对自己的实力足够自信。但正因为想明白了这些，罗兰才感到了希望。对方越自负，对他们越有好处，假如银铠剑士真的将事件压在了一个影响极小的范围，那么只要解决了他，就等于解决了一切。

　　可惜的是，银铠剑士穿着全身铠甲，就连眼眸也藏在头盔的阴影里，导致他无法从对方的神情中获取更多的情报。这让紫发盗贼不能更准确地判断，因此他决定先假装让林琦答应对方的要求，自己在一旁伺机行动。

　　银铠剑士将手上提着的黑色匣子放置一旁，而林琦也放开易龙龙，弯腰捡起了佩剑。

　　这是平时用来练习的佩剑，黑色的皮鞘包裹着精钢剑身，剑柄与月牙盘护手带着冷硬的质感。从用剑的选择上，也可以看出对方是有备而来，居然还有闲暇弄了

两柄练习专用的剑。

银铠剑客自己也拔出剑，随手丢开剑鞘，"我身上穿着铠甲，算是占了你的便宜，但是我知道你会魔法，决斗中你可以任意使用……我们开始吧。"

下一刻，站在一旁远避的易龙龙和罗兰便看见两人的身影交错在一起，发出激烈的声响。

林琦身上穿着黑色的礼服，银铠剑士则是一身银白，黑白迥异的打扮非常容易区分。一黑一白交错之后，又快速地朝向前，在对方之前的站立点定住转身，好像他们只是互相交换了一下彼此的位置，但是罗兰却能隐约地分辨，交错的刹那，他们的剑至少彼此撞击了三四次。

林琦凝望着前方银白色的身影，虽然能感受到对方的强大，但他清澈的眼里宁静得像是无风的湖水，没有悲喜，也没有紧张或恐惧一类的情绪。

此时他心中什么都没有，只如同最精密的仪器一样，计算着彼此的差距。

速度，不足。

力量，不足。

准确，平手。

三项中有两项劣势。

假如纯粹拼剑术，他会输。

得出结论，林琦这一回抢先出手。他迈开修长的腿，身形宛如闪电，在宛如半透明白纱的月色之中，无声无息留下一道黑色的残影，将月光朝两侧剖开。

他的脚步声太轻，直到黑白两道身影再度缠在一起时，旁观的盗贼才猛然想起来：难怪他觉得异常熟悉，这明明就是他惯用的技巧，脚在接触地面时，以足部力量缓冲，减轻发出的声响，却不知什么时候给林琦学走了。

他什么时候学会的？

想起易龙龙曾跟他提过林琦的学习模仿能力，罗兰的神情有些怪异：易龙龙说的时候，他还没怎么在意，觉得林琦就算偷学，又能学到什么程度。现在的事实却是，他通过几年才完善的技巧，被少年不声不响完全地攫取走了。

只拼剑术不是对手，林琦开始在交手的时候，适当地使用一些魔法，将他所掌握的所有法术，随手挥展出来。

冰荆棘、爆炎、火流星、旋风、真空刃、闪电、地刺、麻痹、晕眩、阴云……除此之外，林琦身上还现出了一层焕发着微光的透明魔法护壁，球形的光罩不时地闪现，用以阻拦银铠剑士的攻击。

不受种类的限制，没有咒文，也好像完全不需要凝聚操纵魔力的时间，林琦的存在打破了世界上现有的对魔法的认知，即便是罗兰这样的半吊子，也看得脸色发白。但处于激战中的银铠剑士，却好像完全没有意识到其中的可怕一样……不，其实更可怕的，是这位银铠剑士。

在这个少有人至的荒郊野地里，正在进行一场人类世界中最高层次的战斗。面对如此密集而凶狠的攻击，罗兰自忖自己怕是不知道死了几百次了，但银铠剑士依旧有条不紊地进退，挥剑，收剑。

他身上的银色铠甲是极为有名的守护之铠，其最显著的功效并不是防御物理攻击，而是能抵消直接施加于穿着者身上诸如麻痹、晕眩等会直接削弱体能的魔法。

虽然事前银铠剑士说一个穿铠甲一个用魔法，两方面抵消，但真正打起来时，还是他自己吃了亏。他的铠甲并不能完全防御造成物理伤害的魔法，有时候他在与林琦拼剑术，还得同时解决从不同方向袭来的爆炎和闪电。

然而也正是如此，才显出银铠剑士的可怕。在这样的攻击下，他的银色铠甲上仅仅在不重要的部位有少许划痕。

林琦后退了一大步，身前忽然出现一片暴风雪。银铠剑士脚下轻踏，如同离弦的箭矢带起一簇银色流光，眨眼间便飞到林琦面前，长剑直刺林琦的咽喉。

剑尖距离林琦还有大约一尺的时候，微微地停滞了一下，一层柔软的魔法护壁挡住了攻击。但对方的力量直接刺开护壁，以只比方才慢少许的速度继续朝林琦刺去。这少许的差别却给林琦争取来反应的时间，他侧身格挡，回避，接着又继续下一轮的攻击。

可怕的僵持战在两人之间持续，对方的剑技无与伦比，林琦以各种魔法辅助，才跟他打成平手。他们谁都无法重创对手，想要分出胜负，似乎必须等一方的体力或者魔力耗尽。

罗兰与易龙龙一人一龙蹲在远离战场的安全位置，齐齐凝望着大约十多米外的战斗者。

最初的距离是没有这么远的，但有一次林琦放出的火流星被银铠剑士拨开，落到易龙龙身前不远处时，幼龙终于有了点安全意识。为了避免殃及池龙，她慢慢地后退几步。

其实不管是林琦还是银铠剑士，他们的对决虽然激烈，但战场范围并不怎么大，都控制在不会伤到旁人及旁龙的范围内，只不过因为林琦的魔法有时候是大范围无差别攻击，看起来场面骇人，才导致易龙龙一退再退。

黑白两道影子还在交错，现在他们已经放弃了复杂的花招，不断交错分开的身形每次都只交换一个回合。刺，劈，或者格挡，闪避，只是比谁更快，比谁更准，比谁更狠。

　　不断交击的长剑，好像是在机械地做重复动作，而交战中的两个人，一个身上覆盖着冰冷的铠甲，另一个的神情也冷静得没有丝毫动摇。

　　两人都无比地有耐心，比谁先犯错，比谁先力竭。

　　易龙龙别的本事没有，视力却是格外的好，能大致看清两人的动作，时不时给罗兰做现场直播。最初她以为林琦一定能赢，毕竟从场面上看，林琦那边的声势浩大，看起来比较占优势。然而久战不下后，易龙龙终于越来越担忧，终于忍不住问罗兰："你觉得，谁会赢？"

　　罗兰盯着前方，目光宛如凝滞一般，过了好一会儿，他才回过神来，回答他的龙主人，"林琦会输。"他说出易龙龙不想听到的结论。

　　他不像林琦那样拥有可怕利落的身手，也不像易龙龙那样身为龙族，有某些天生的天赋，他只是普通的人类，但是假如论起经验和审时度势的眼光及综合知识，林琦和易龙龙加起来都不是他的对手。

　　那是一种微妙的直觉。他能感受到，银铠剑士还有一些没有使用出来的余力或杀招，但林琦现在已经差不多用光了所有底牌。有的时候，战斗也许就好像一轮牌局，谁的强大底牌多，谁就距离胜利更近一些。

　　今天早晨，罗兰还觉得林琦像妖魔，现在，林琦的对手比他更接近这个形容。

　　易龙龙呆了一会儿，目光很快便转为坚毅。好像下定了决心一样，她反复回忆了几遍曾经记忆的咒文，确定每一个发音都不会弄错的时候，幼龙澄蓝的眼眸陡然凝起晶莹的微光。

　　接着，罗兰听见极低的声音，那好像是从非常遥远的地方传来的歌声，又仿佛苍雷滚过天空，雨水洒落地面。三种不同的声音，以一种悠长的节奏混合在一起。

　　这是易龙龙第一次，并且还是在这样关键的时候尝试龙语魔法。本来这应该是等到安全且有空闲的时候做，但眼下林琦的情势并不乐观，假如他输了，接下来那个银铠剑士要解决的，恐怕就是她。

　　第一个音节从喉间发出来后，易龙龙忽然好像产生了一种理所当然的信心，好像这样的发音天生就属于她。她清楚地感觉到周围的空气里多了原本她感受不到的东西。

　　那不是捕捉不到的光，也不是能抓到掌心的固体，而是一种处在实体物质概念之外的东西。眼前虽然依旧是原来的景物，可是身体之中仿佛长了另外一双眼睛，能“看”到那些仿佛云雾一般飘浮分布的……细小微粒。

那些微粒，仿佛在发光却没有光，看不到又看得到，好像实体却又不是实体，不能抓住又能抓住。

看不到的，是肉眼。看得到的，是感觉。

不能抓住的，是两只爪子。能抓住的，是自灵魂延展而出的精神。

而她的声音，在眼睛看不到的领域中，仿佛拥有莫大的力量，震动着那些微粒，让它们仿佛被赋予了生命一般自动凝聚起来，目标指向……正在交战的林琦和银铠剑士。

可以的，她可以的。

易龙龙忽然隐约感觉到了一丝兴奋。有一扇门向她打开了，她走过这扇门，连通的是截然不同的世界。

这是文森的笔记上所记载的最简单的龙语魔法，冰弹术。

易龙龙没想过使用太大杀伤力的魔法，她只想趁着银铠剑士不注意，从旁偷偷地帮林琦，反正林琦那边火焰雷电始终不断，不会注意到她这边的一点儿小动静。她总觉得林琦已被银铠剑士逼到了某个界限，或许他现在已经到了他所能承受的攻击的极限，再多一点点，就算是一颗冰弹，也会成为压垮骆驼的最后一根稻草。

最坏的情形也不过就是没成功，同时被发现，但一颗小小的冰弹，她完全可以要赖说手滑了。

确定袭击的对象，易龙龙的咒文很快便念完了。她的信念中萌生出奇妙的直觉，这一击非常顺利，一定会成功。最后一个音调落下时，她的身体微微一僵，接着，仿佛有什么从她的身体中疯狂地抽取出来，不是体力也不是血液，而是平常无法捕捉到的力量，或可以称之为魔力。

身体好像被一下子抽干了似的，易龙龙身体摇晃一下，接着，她看见了完全想象不到的事：一座大约两米多高的雪白冰山凭空出现，迅如流星地朝正交战的两人撞过去。

怎……怎……怎么会这么大？

直到看见了冰山，易龙龙大吃一惊，过后才模糊地想明白，那个冰弹术的“弹”，是针对龙而言，假如放在人类的标准，那或许可以换一个名字，叫做冰山投掷术。

冰山的出现大大出乎易龙龙的预料。原本针对银铠剑士一人所发动的偷袭，因为"冰弹"的体积问题，也成了对两人的无差别进攻，以至于不管是林琦还是银铠剑士，都不得不暂缓交锋，身体飞快地后撤，让开容冰山飞行的道路。

冰山挟带着凛冽的寒气与威势直冲向远方，一路上树木皆折断倒伏，擦过的地方凝结了一层晶莹的冰霜，最后撞上一块地面上凸起的一人高的石头时，才终于停下来。

大地甚至颤抖了一下。

林琦与银铠剑士不约而同地扭过头，望向始作俑者。易龙龙悔不当初，欲哭无泪，结结巴巴说着此时显得很荒谬的理由，"手，手滑了。"

滑了好大一下。

四十六　上路·追逐者

"手滑了？"银铠剑士发出低笑声。但不知为什么，易龙龙听在耳中，却觉得这个银铠剑士并不是那么讨厌，甚至，那声音里还有着一种似曾相识的意味。

预感不期而然地降临，易龙龙的心跳不由自主地加速。

她看见银铠剑士居然主动甩开剑，抬手摘下包覆住整个脑袋的头盔。银盔是开合式的，卸开一旁的扣锁，便从两侧开了一条缝，而银色的金属缝隙间，首先流泻出来的，是一缕即便在月光之下也稍嫌过于灿烂的金色。

银盔整个取下，金灿灿的长发自头盔的紧缚中释放出来，有些凌乱地披覆着，盖住银铠剑士的半张脸，但剩下的半张脸，却是易龙龙再熟悉不过、再想念不过的那个样子。

没有被金发盖住的另外半边面容，年轻潇洒而俊美，蔚蓝的眼眸里含着温柔的笑意。

单手托着银盔，艾瑞克笑嘻嘻地望着目瞪口呆的幼龙，对于自己所造成的惊讶十分满意，"好久不见啦，小家伙。"他一边说着，一边将身上各部位的铠甲分别卸除，先是手掌，再是手臂、胸前、背后、腰腹、双腿……完整的铠甲被拆成零件，堆放在地上，铠甲内的身躯只穿了一层内衬的衣服，修长的肢体并不显得单薄，反而有一种力量完全收敛起来的感觉。

易龙龙呆了好一会儿，直到看着那层银色铠甲逐渐剥离，露出来一个完整的熟悉的人，她才陡然尖叫一声，声音里充满了欢喜与欣悦。她快步跑上前去，一直跑到金发青年身前，一下子蹦到了他伸出来的手臂上。

艾瑞克微微一笑，单手抱住娇小的幼龙，顺势就地坐下，放下头盔。他弹了下她的脑门，"小笨蛋，你这些天做的事我都看在眼里，太不小心了，变成人之后就忘记要自保了吗？要不是我一直在暗中处理，你的身份可能早就传开了。"

易龙龙脸上发热，很不好意思地拿脑袋蹭了蹭艾瑞克的手臂，"那个，我太高兴了啊，所以一下子得意忘形。你不要说我啦，我知道错了。"

笑了笑，金发青年展开双臂，用力把幼龙肉乎乎的身体抱紧在胸前。他垂下眼眸，嘴角含着温暖的笑意，嗓音低柔地道："你没事，实在是太好了。"

自打在树海中他与易龙龙分开，便一直在焦虑地寻找出路，但真正从树海中找到他并带出来的，却是公爵派遣去的人。

通过伊斯利和罗兰的描述，公爵意外地发觉那个与自己儿子偶遇的落魄金发剑客应该是被他排挤走的弟弟。出于某些目的，以及为了不让更多人知道海因涅家的传奇剑客竟然是个不折不扣的路痴，他便秘密遣人深入树海，将艾瑞克带了出来，并请他回帝都。

途中经过香草镇时，艾瑞克与神官沟通了一下，也得知了易龙龙变成人形的事。

艾瑞克并不想以自己本来的身份出现在公众场合，因此就假扮成公爵的从者，从易龙龙来到公爵家的第一天起，他就一直看着。

前后过程大致就是这样：罗兰带着易龙龙出逃后，他便敏锐地觉察到她面临的麻烦，阻止席格与他们在门口发生冲突；与席格谈条件，让他不追究那十名属下的死，并且另外找一个事故安置他们；接着便是找到易龙龙，将他们带出帝都，来到安全的地方，提出与林琦决斗。

跟林琦较量，第一是因为他亲眼目睹了林琦切人喉管的过程，作为一个武者，他乐于跟高手较量。第二，也是他想要测试林琦的能力强到什么程度，今后能不能保护易龙龙的安全。

安静地躺在艾瑞克的怀里，听他说这些天来的经历，一直听到艾瑞克说测试林琦时，易龙龙终于感觉出不对来。她连忙伸出爪子按住艾瑞克的胸口，推开一段距离，仰起头看向金发青年，"保护我的安全？你今后不跟我在一块儿吗？"见到艾瑞克后，她原本以为今后都可以在一块儿，这样也不用怕危险，然而听他所说的，似乎他们马上就要分开。

"没办法。"艾瑞克无奈地耸了耸肩，"谁让最后把我救出树海的人是我哥哥呢？我答应过他，要帮他一段时间，暂时不能离开帝都。而且，我跟你在一起很可能会引起怀疑，毕竟当初在树海中，最初你就是被看见跟我一道的。"

他偶尔出手帮易龙龙一把，可以推说是受李维的托付帮忙照看，反正李维身上的黑锅足够多，也不在乎多背上一个，但假如长期地照顾，便说不过去了。

林琦陪伴在易龙龙身边，还能勉强理解为被李维刻意安排在一起，但艾瑞克不一样，他的身份更被关注，假如他也跟易龙龙在一起，太容易引发人的联想。

必须等时间将他们的关系渐渐从人们的关注下淡化了，他们才能进一步接触。

经过艾瑞克的解释，易龙龙虽然不大情愿，但也只能接受现实。她快快地点了点脑袋，但很快又振作起来。她伸出两只小爪子，拉扯金发青年的袖子，"对了，你知不知道我现在是怎么回事？我原本好好的，怎么又变回龙的样子了？"

艾瑞克叹了口气，"这个具体的原因，应该问香草镇里那位黑锅王，不过我猜测，应该是……你发育不良的缘故吧……"

"喂，喂，谁发育不良，我咬人了啊！"

"这还用说吗？"

"讨厌，没听过打龙不打脸啊……"

"没听过。"

一人一龙久别重逢，说着说着便笑起来。艾瑞克笑嘻嘻地正要伸手去拽易龙龙的尾巴，忽然感觉到身侧传来劲风，他身形微转闪开来，随后看到那是一枚锐利的透明冰箭，从他脸颊旁擦过后，深深地嵌入地面。

冰箭射来的方向，黑发美少年长身玉立，他面无表情地甩了甩手，声音冷淡地道："手滑了。"

一眼望不到尽头的道路上，一辆外观看起来毫不起眼的马车慢慢行驶着。驾驶马车的人安坐在座位上，身穿斗篷，只在斗篷边缘，露出一缕深紫色的头发。

而马车内，黑发美少年缩在角落里，站在他身旁的，是一只身高不足四十厘米的幼龙。幼龙身上披着不合身的衣衫，像是小孩穿着大人的衣服，虽然她现在穿的，是她作为小女孩时的外套。

"林琦……你就告诉我嘛，艾瑞克后来又跟你说了什么？"易龙龙伸出爪子拉扯林琦的衣摆，又一次软语哀求，蔚蓝的眼睛眨巴眨巴，水盈盈地仿佛随时会冒出泪光。

那夜艾瑞克表露身份后，林琦似乎依旧对他抱有敌意，甚至"手滑了"一记冰箭，但艾瑞克并没有生气，而是带林琦走到一旁，说了一会儿话，像是在叮嘱他

四十六　上路·追逐者

什么。

当时她也想旁听来着，却被艾瑞克一句话挡住，"这是男人之间的谈话。"

艾瑞克说了什么，她不知道，只知道两人走回来时，林琦便不再"手滑了"。这也导致她心里猫抓一样地好奇，等艾瑞克一走，她便一路缠着林琦询问。

本以为只要随便一问便能得到答案，却不料这一回，一直都很听话的少年不知哪里得来的固执，不论易龙龙怎么哀求恳求，都不肯说出当时的对话内容。

这一问，便问了十多日。

当然，易龙龙也不是每天什么都不干就净干这个，只是在有空的时候，便拿出来问上一问。

对上易龙龙水汪汪的眼睛，林琦目光动摇少许，但随即抬起双手捂住耳朵，同时闭上眼睛。他双腿并拢屈在胸前，花瓣般漂亮的嘴唇微微开合，小声地念叨着："不说不说，就是不说。"

易龙龙叹了口气，身体向后一仰，就地躺倒打了个滚，问了这么久还没效果，看来林琦是真不会告诉她了，也不知道艾瑞克给他灌了什么迷魂汤，居然让他这么守口如瓶。

好吧，不说就不说吧，反正艾瑞克也不会害她，她其实也只是好奇心作祟罢了。想起来这一路上没少纠缠林琦，易龙龙又有些不好意思。她想了想，尾巴一打车厢地板，顺势借力坐起来，接着又小步蹭回林琦身旁，伸出爪子戳戳他的手肘，"哎，别捂着耳朵了。"

林琦一下子闭紧眼睛，眉毛皱起来继续念咒："我听不到，我听不到。"

易龙龙扑哧一声笑起来，继续戳，"真的听不到？"

"听不到，"少年认认真真地回答，"真的听不到。"

易龙龙正要继续逗他，忽然听见前方罗兰压低的声音传来，"你们两个小心一些，有情况。"

易龙龙缩回爪子，林琦也睁开双眼，放下手来。

玩闹结束。

易龙龙笑意收敛，飞快地小碎步走到马车厢前方，贴着驾驶座问："怎么回事？仔细说说看。"

罗兰驾驶马车的动作一如往常，甚至连左右看看都没有，好像什么事都没发生一般，但是斗篷底下，一双紫色的眼睛却闪烁着浓浓的戒备，"我刚才感到有人在窥视着我们这个方向，不过这感觉不太明显，时有时无的。大概来自我们的右侧后方，但具体的位置和距离我无法确定。"

罗兰是个多疑狡猾的家伙，他的经验和敏锐正是易龙龙所欠缺的。仔细思考了一会儿，易龙龙问："那么你打算怎么办？"

临别的时候，艾瑞克给他们提前准备好马车，以及相关身份证明、书信文件，这其中就包含着一份海因涅家族的身份证明，假如她将来恢复了人形，就能够以依露露·海因涅的身份去任何一个地方。

依露露是易龙龙变成人形后的名字。为了避免人联想怀疑，易龙龙给自己取了一个符合此地习惯，又和她本名稍微谐音一些的名字。

但在恢复人形之前，想要做什么都是白搭。

现在，她还没有恢复成安全的状态，却已被人盯上了梢，这无论如何都算不上一件值得欣喜的事。

麻烦一波未平，一波再起，易龙龙心里苦恼，声音中也带上了忧虑。

罗兰依旧不紧不慢地驾驶马车，"你不必过分担忧，至少目前不必。我感觉对方最多只有三人，可能是来跟踪和侦查的探子，只要把他们全部截留住，就能暂时争取一些时间。抓住了这些人，也能够得知他们的来历和目的。"

易龙龙点点头，回头拍了拍林琦，"交给你了。"她话音未落，侧面的马车门立即开了，林琦已经不见了踪影。

道路两侧是大片略有起伏的原野，此时已经是深秋，地上的草木已经枯黄，只有少许树丛依旧保持着些微灰蒙蒙的绿意。林琦黑色的身影宛如无光的利剑，直线破开荒原上的枯草。他所经之处，枯黄的草叶好像承受不住，纷纷朝两侧倒伏开，好像在黄色的海浪之中分开了一条道路。

树丛后躲藏的两人，原本还在观察，忽然瞧见马车上下来一道黑影，其中一人揉了揉眼睛，有些不确定地拍拍身旁的同伴，"伙计，你来看看，我好像眼花了。"

还没等他们看清楚，黑影便来到他们的身前。

两名打前哨的探子自然不是林琦的对手，他们连反抗的机会都没有，就被闪电般地卸开四肢关节与下颌，一只手一人给倒提了回来。

而落在紫发盗贼的手上，用分开询问的方法，没多费工夫，便从他们口中挖出来了新情报——白牙。

这两人是白牙佣兵团的成员。很显然，白牙盯上了这辆马车，或许还没有确定龙在马车中，但至少已准备向曾经与龙有过较为紧密关联的两个人下手了。

罗兰将两名俘虏击晕过去，让林琦将他们丢远一些，接着回头对马车内的易龙龙说："白牙是个大佣兵团，就算暂时争取了一些时间，对方还是会再追上来。我个人的建议是，暂时放弃前方风都，转而朝北行进。"

　　这么做，一来是为了避免白牙已经看出他们的目的地，在前方守株待龙；二来，一直往北走，便能抵达龙语山脉一带。

　　龙语山脉，从前是无人涉足的、巨龙栖息的地方。

四十七　呼吸·龙之忆

一路向北。

假如有人能够飞翔到足够高的上空，俯瞰整个大陆，就会发现，这片大陆看起来很像是一只鸡腿的形状，伊顿、莱特和奈切斯三个国家从左向右排列，位于南端，占据了鸡腿肉最多的那一块，同时也是这片大陆最为富饶肥沃的土地。

而在莱特与奈切斯以北，也便是鸡腿的中部右半边，横亘着一片连绵的山脉，几千年来，巨龙栖息于此，他们舒展双翼，庞大的身躯飞越或苍翠或漆黑的峰峦。

那是一片几乎可以媲美一个国家那么大的领土，但不管是毗邻的哪一个国家，都没有想要去占领这块区域。连绵的山区并不适合居住，虽然有许多珍贵的矿物和动植物，但这里与树海一样，都是占据了之后获利远小于所付出代价的地方。

即便是在得知龙族全部死亡后，也没有人轻易涉险。因为除了龙之外，那里还生存着其他诸多种类的魔兽怪物，其数量比树海之中的更为密集，危险程度翻倍提高。每年都有不少人前往树海冒险，但却几乎没有人说自己要来龙语山脉探索，因为那无异于接近自杀的行为。

即便是像艾瑞克那样的实力，也不敢夸口说能轻易通过龙语山脉。

而现在，罗兰所需要利用的，就是龙语山脉的危险。

虽然对林琦的身手很有信心，但白牙佣兵团并不是杀掉几个人就能解决的，即便毁了其中一拨，还是会贪婪者不休的追逐，最坏的情形是对方倾巢而动。他就算再怎么缜密小心、经验丰富，也丰富不过一个几百人的团体。

从某个角度来说，人类是世界上最可怕的种族。与其面对同样狡诈和危险的人类，他宁愿踏入象征着危险与死亡的龙语山脉。

罗兰这么说的时候，脸上带着阴郁的神情。

闯入龙语山脉并不代表着去送死。罗兰的另一个依仗就是易龙龙曾经获得红帽子的祝福，这个祝福能庇佑他们尽量少碰见危险的生物。

自从见到了两名探子后，罗兰就干脆舍弃了马车。卸下来拉车的两匹马，他与林琦一人一骑，易龙龙则依旧坐在林琦的怀里。

马是艾瑞克特地挑选的。从北方引进的寇迪亚血统的骏马，经过严格的训练，不论是用来平稳地拉车还是在战场上疾驰，都能够适应良好。

林琦最开始不会骑马，但看罗兰示范一次，便立即多掌握了一项技能。

经过半个多月没日忘夜的疾驰，冬天姗姗来迟的时候，易龙龙终于能看清前方屹立着的，即便是在寒冬降临之际依旧苍翠而巍峨的山峦。

她的呼吸有一瞬间的凝滞。

从前不管是听艾瑞克说要来龙的老家，还是听罗兰讲述这里的情形，她其实都没有怎么太深的感触，然而接近这里的时候，却仿佛有什么迎面笼罩过来，就连空气里，都仿佛有了不一样的味道。

眼睛隐约灼痛，好像有什么在眼瞳内燃烧，挣扎着撕裂着要出来。易龙龙禁不住难过地闭上眼，等灼痛感缓和了一些，才慢慢地重新睁开。

这么一会儿的工夫，两匹马已经接近了最外侧的山脚，山谷中逸散出危险而恐怖的气息，这气息比战场上的杀伐更尖锐可怕。那些马匹尽管经过了严格训练，此刻仍然承受不住强大的压力，前蹄凌空抬起身体，慌乱地高声嘶叫起来，不管怎么驱赶，它们都不肯再靠近一步。

罗兰叹息了一声，翻身下马，随即望向林琦，"它们能来到这里已经是能力的极限，再往前，就要靠我们自己的双脚来行走。"他说完才发觉，不管是林琦，还是兜在他胸前衣服里只露出一个脑袋的幼龙，似乎都没听见他说话，只见他们双眼直直地望着前方山谷入口。

易龙龙看到了幻影。

她看见苍穹之中，庞大的身躯舒展足以遮盖太阳的双翼，却以燕子一般轻盈的姿态飞过。她看见山峦之中，才睡起的生物慵懒地舒展着肢体，如同一座苏醒的小山，却完全不显得臃肿笨重，每一个细微的动作在缓慢地展现着结合了力量的优美。

那是人类范畴以外的另外一个层次上的强大与美丽。

如同洗练的苍穹，如同广袤的大地，如同巍峨的山峦，如同永无干涸的海洋。

那般的壮阔辽远，远远超出易龙龙原本苍白的想象。

一条又一条龙的影像在易龙龙眼前闪现，她仿佛能看清楚每一个细微之处，包括光滑的鳞片、羽翼的棱角以及高傲又从容的目光。

甚至在每一条龙出现的同时，易龙龙的心底都会现出他们的名字：墨黑原野，翡翠山脊，彩虹倒影，沙漠之风，迅空雷声……

熟悉而陌生的感觉纷至沓来，大量的新信息涌入脑海，灌满思绪，让易龙龙无法思考。而她身后的少年也是一样地思维正停滞着，与易龙龙脑中塞满信息不同，他却在捕捉少得可怜的记忆碎片。

这里，他好像来过。

虚渺空幻、一闪而逝的浮光掠影中，闪现出与眼前同样的景象，而那一次，他来到这里，是为了什么呢？

他不记得了。

记忆中有血，有光，有暗影，有冰霜，有火焰……很多的龙，唯独没有易龙龙。

那是无比孤寂、仅有黑白两色、荒凉得不愿意回想的世界。

只在山前停留了片刻，易龙龙便被罗兰催促着从幻象之中惊醒过来。她身后的林琦，宁静的眼眸中已经没有异样。

接着，他们进入龙语山脉，正式踏足这片危险的土地。

在这个人迹罕至的地方，不必担心被人看到，易龙龙便探爪从林琦衣服里爬出来，蹭动小小的身体，伏在他的肩头上。

空气中异样的氛围仿佛被什么所吸引，慢慢地汇聚到易龙龙的身上，带起一片看不见的旋涡，以易龙龙的身体为中央和起源，不断地朝四面八方发散开来。

但这旋涡并不激烈，就算是最靠近中心的地方，也仿佛只是一缕轻柔的风吹过，并不怎么引人注意。

易龙龙愉快地享受着迎面吹来的和风。不知怎么的，一入这里，她便有一种到了家中的感觉。这与湖泊边有些不同，湖泊中塔希妮雅的气息是与她同源而混合的，她完全觉察不到；在这里，她能感受到其他龙残留的气息，却丝毫不觉得害怕。

身体本能地认同并亲近着逝去的同族，易龙龙正左顾右盼着，却意外地发现走

279

四十七 呼吸·龙之忆

在林琦身侧的盗贼紫色的眼睛里流露出来的是如临大敌的凝重与戒备，在山谷外时，他还没有这样的反应。

易龙龙不禁担忧地问："怎么了？是不是有发现什么情况？"

难道是白牙的人那么快就追来了，还是附近有什么危险的生物？

罗兰嫉妒地看了眼易龙龙，"你完全感受不到吗？山谷中那种几乎令人窒息的强大威压，高阶生物的强大气息，即便是在他们死后，依旧残留着。除此之外，还有其他的强大魔兽，即便是在这么遥远的地方，依旧能感受到它们的存在。"龙的种族优势真是让人羡慕。

他的目光转向林琦，后者感受到他的视线，偏过头来淡淡地一瞥，随后便不在意地移开目光投往别处。

于是罗兰更加嫉妒：易龙龙作为龙不受威压影响倒也罢了，为什么就连林琦也这么轻松，好像完全感受不到空气中无所不在的可怕压力一样？

看罗兰好像不大舒服的样子，易龙龙有些担心，忍不住开口询问："你没事吧？要不我们暂时停一会儿？"从山谷隘口进来，他们才行走了不到一公里的路罗兰就这么难过，要是再往前走，那他会不会承受不住？

罗兰摇摇头，"不必。这种威压对我的身体并没有实质伤害，只是会影响我的精神而已。"他曾经特地训练过自己的感官，能够感觉到很细微的气息，但一般过于纤细精密的东西，总是容易被巨大的外力摧毁。罗兰在心里估计，假如不是因为龙语山脉的龙已经灭绝，只留下残余的气息，他可能已经被过于浩瀚的威压逼得精神错乱。

环境给他造成负担，对后方的白牙也应该是一样的，此时，罗兰反而更加确定进入龙语山脉躲避这个决定的正确性。世界上没有多少龙，也没有多少如林琦这样不能用常理解释的怪物。白牙佣兵团的成员，基本上都是像他一样的普通人类，他们所有人都会受到巨龙威压的影响。

白牙佣兵团并没有放弃追逐他们。这一路上，尤其是远离了城市后，从平原走向丘陵，走向山区，中途几次闪现被注视的感觉，但是附近没有人——那是对方的侦查魔法，能够扩大视野范围，甚至绕过弯看见被山和树木所遮挡住的目标。

罗兰嘴角现出阴冷的笑意。

假如白牙够聪明的话，就应该在山谷外停下他们追逐的脚步。假如他们走进来，所受到的损失，将远超过他们的想象。

巨龙虽已不再叹息，但龙语山脉依旧永恒存在。

"咦?"易龙龙的低呼声打断了罗兰的思考。顺着她的目光看去,只见前方几十米外的空地上,缓慢踱来了一匹美丽的白马,模样甚至比他们之前所骑的更加神骏威武,就连鬃毛都是雪白无瑕的。

虽然自己并不觉得龙语山脉的所谓威压有多么可怕,但对于罗兰关于环境的判断,易龙龙还是相信的。能在这里出现的马匹,一定不是什么简单的生物。

罗兰立即面露警戒之意,易龙龙亦提起了十二分的小心。林琦起初没反应,但看看罗兰,再看看易龙龙,他也赶紧调整面部,显出很紧张的样子。

等白马走得近了一些,看得更清楚了,罗兰忽然松了口气,"没事,这种生物,只要你不主动接近,就不会有危险。"

他在一本很罕见的书籍《大陆异物志》里看过,那是一种隶属于水怪的生物,半牛半马形态,脑袋上顶着牛的犄角,拥有幻化外形的能力,多半变成白马的模样。一旦有人骑上,就会带着他狂奔,直至将人摔入水中淹死,接着吃死者的尸体。

只要细心一些,就可以发现,这匹马的蹄上湿漉漉的,所走过的道路,都留下一道宽阔的湿痕。

小心地绕过白马形状的水怪,罗兰恶意地想,白牙佣兵团中好像有骑兵队伍,假如他们真敢闯进来,不知道会不会有精通骑术的人被白马所引诱。

罗兰等人进入山谷两个小时后,一支足足有五六百人的队伍,也来到了山谷之前。

这支混合的队伍中,有骑兵、战士、弓箭手、魔法师以及神官。原本魔法师和神官坐在马车内,但在比罗兰弃马更远一些的地方,马车便因为马匹跪倒在地而无法继续前进。

作为团内的高级头目,蕾茵娜原本以马代步,但此时也不得不放弃了坐骑,走到队伍中一名男子身旁,"团长,现在应该怎么办?他们真的进去了。"

被称作团长的人身材高大,肩膀宽阔,然而他此时发出的叹息却那般无奈,"我们已经没有退却的机会。"

 四十八　白马·并非马

　　超过五百人的团体在停滞了片刻后，舍弃了自己的马匹以及过于累赘的负重，一直休息的魔法师和神官也下了车，整个团队都沉浸在凝重的气氛里，没有人多说话，虽然都知道前方的危险，但是他们没有退路。

　　现在的白牙佣兵团，身上烙着叛国的罪印。

　　可笑的是，在外界被风传为叛国的人，却是最后一个知道自己犯下重罪的倒霉鬼。一夜之间，他们便全部成了通缉犯。

　　佣兵团中有消息灵通的人，通过隐秘渠道得知，是海因涅家的那位公爵对白牙提出的控诉，出示了许多证据，有的证据甚至连团长自己都忍不住差点儿就信了自己是他国的间谍。

　　再结合他们所搜集的信息，海因涅家的贵公子伊斯利曾在蕾茵娜遇见龙之前涉足那片树海，因而，便推导出朦胧的答案：这不过是为了夺取龙而做的争斗。

　　输家自然是白牙。

　　他们没有地方去上诉和自辩——要怎么自辩呢？谋反的证据很齐全，而他们唯一所能提的理由便是龙。可是在这个时候提出，只会被认为他们在绝境中被逼疯了，竟然想出这样荒谬的借口。

　　在清剿的军队来临前，白牙紧急集合，狼狈逃离，并将目标对准了前不久才离开帝都的罗兰和林琦。

　　军方的侧重点在往东通向邻国的道路，因为北方是龙语山脉，南方是大海，西面是树海，都不是逃亡的好去处。但白牙团长基恩却带领着自己的部下，直往北方

追来。基恩天生有一种准确的直觉，他直觉龙就是和这两个人在一起，只要能抓住龙，他们的自我辩护才能站得住脚；即便离开莱特帝国，前往别的国家，也可以将龙献给国王换取奖赏和立足的资本。

好不容易来到这里，路上甚至折损了一百多人，怎么能够这时候放弃、退却？

基恩挥了挥手，便有人吹起指挥的号角。以兽角制作的号令工具发出悠长而悲怆的声音，仿佛野兽死亡之后徘徊不散的哀鸣。

这是孤注一掷。

几名身手敏捷的佣兵走在最前方探路，与后方大部队相距大约一百多米。他们虽然也同样感受到了巨大的威压，但毕竟不是每个人都像罗兰一样感觉敏锐，他们的负担相对较轻，而会受到较大影响的魔法师则服食了珍贵的药物获取免疫的压力。

不一会儿，探路者看见前方迎面走来的白马，那完美的姿态几乎令每一个爱马的人都感到心醉。其中一名探路者原本是骑兵队队长，素来爱马的他，因为之前舍弃马匹的事心情低落，便主动申请来前方带领探路，此时看到这样的骏马，禁不住靠过去，伸手抚摸白马的鬃毛。

"小心，这里的生物可都不是什么简单的货色。"有人提醒道。

"放心吧，你看它多乖巧！也许它拥有特殊的血统。假如山谷里还有这样的马，我们的路上会轻松许多。"

"您是否能驯服它？"

"我试试看。"

虽然嘴上这么说，但骑兵队长的脸上却是一派自信的神情。他的骑术是团中最好的，剑术也有剑师中位的水准，曾经降服过三匹著名的烈马。

说话者翻身跨上白马的背脊之后，情势陡然发生变化，原本一直安闲徜徉的白马忽然转身飞奔起来。骑兵队长有些惊讶，却并不慌张，他俯下身体试图安抚马匹，却发现自己完全无法动弹，好像整个被固定在马背上一样。

被带出一段路后，骑马者终于感到这不是他能应付的危险局面，连忙张口向同伴呼救，但没有人能追赶上疾驰的骏马，只能眼睁睁地看着他被带着远离，只在地面上留下一条湿痕。

其余探路者慌忙派人回报，与大部队会合，仔细叙述了当时的情形。一直到他们赶到事发地点，发现地上的水迹，才有一名知识较为渊博的魔法师勉强猜出了正确的原因，同时宣判了骑兵队长的死亡。

罗兰虽然曾在心里诅咒白牙的骑兵上当遭殃，却没料到幻化成骏马外形的水怪这么争气，一下子便弄掉了其中最好的骑手。

这个时候，罗兰正在跟易龙龙讲述他所知道的白牙佣兵团的情况，"这个团体有几种不同的兵种，到了关键时候，可以协力作战。佣兵团团长基恩今年三十七岁，十年前便已经拥有剑师的证书……"

"等会儿?"易龙龙开口打断罗兰，"证书?"

罗兰惊异地看了眼易龙龙，不知道她为什么会对这个感兴趣，难道她也想考?但他没有多问，只是耐心地解释道："没错，是证书。不管是武者，还是魔法师，或是药剂师等职业，都需要考核其水准。"

国家有专门的考核机构，在每年的春季和秋季，缴纳一定的费用便能参加水准考核。武技方面，分为剑手、剑士和剑师，剑师又分作上中下三位，只要通过官方考核，就能得到一份相应的能力证书，以证明其职业水准。

怕幼龙不能理解人类世界的事，盗贼又举例说明，"假如两个人同时求职一份护卫的工作，一个拿着剑师证书，一个拿着剑士证书，那么在其他条件均等的前提下，前者比较容易获得工作。假如一个人同时拥有魔法师和药剂师的职业证书，那么其获取好工作的机会总比单一技能的要多一些。"

易龙龙露出古怪的笑意：这个证书，和地球上的英语四六级计算机等各种考试何其相似! 虽然她自己没有考过，但上网时也经常看到相关讨论：证书多的毕业生就业机会比较大一些。

"继续，继续。"一边听一边暗暗与前世地球上的现象作对比印证，易龙龙兴致勃勃地催促罗兰说下去，但没等罗兰接口，她的目光停留在前方某处，"这是什么?"

这一路走来，易龙龙已经不记得自己问过了多少次"这是什么""那是什么"。

进入龙语山脉的地界后，她便不断地看见全新的物种。有的外表虽然是已知的动物，但实际上是另外一种东西，比如最开始遇见的白马，后来又遇上幻化成宝箱的怪物，以表面的纹路来吸引人。

幸运的是，这些生物罗兰大半都认识。他曾专门地研究过这方面的知识，才在被询问时不至于捉襟见肘。

遇见如同那匹白马一样的引诱性怪物，他们便绕路远离，如不幸遇到主动攻击的猛兽，也只是凭借着敏捷的身手躲避开去，并不主动与之发生冲突。

龙
龙龙
上

284

他们是下午一点左右进来的，几个小时下来竟然没遇到太危险的状况，不过这与罗兰的谨慎小心，以及两个人类的敏捷身手是分不开的。

罗兰随意地瞥了一眼，发现前方道路口横着一朵巨大的花，半径超过两米，艳红色的肥厚花瓣舒展地摊在地上，散发出浓烈的芬芳，而在花心的位置，却没有美丽的花蕊，而是一圈白森森的尖利牙齿。

话问出口后，易龙龙摇了摇爪子，"行了，这家伙是吃肉的，我没猜错吧？"地球上应该也有类似的植物，比如捕蝇草等。只不过这样近距离地观赏，冲击性还是不小，易龙龙估计自己要是给吞了，都不够那朵花塞牙缝的。

面对这样的拦路花，罗兰自然还是建议以回避为主要策略，毕竟他们是来逃难的，不是专程打怪练级的。两人一龙都是实用至上的角色，对于退让这种事没有什么抵触心理，而留着这些怪物，能给身后的白牙佣兵团增添一些麻烦也是好事。

罗兰感觉身后依然不时地有被窥视的感觉，这说明白牙始终没有放弃追踪，虽然不知道他们为什么这样锲而不舍。

在罗兰一行人离开帝都后，白牙叛国的消息才传开，而路上他们又尽量远离热闹的城镇，这也是罗兰没有及时获取最新消息的原因。

沿路摘取草药，搜集食材，顺便给后来者布设陷阱，相比起悠闲的一人一龙，罗兰觉得自己像是陪伴天真不知愁的少爷和少爷的宠物出来郊游的仆人，不过看他们满不在乎的样子，他似乎也有些被感染，感觉精神上的负担不那么重了。

走了大半日，夜晚降临，易龙龙一行便找了个避风的山洞休息。"万能男仆"罗兰熟练地用路上拣取的干树枝生火，随意烤了烤路上摘取的果实，就着面包片作为晚餐。

吃过晚饭，罗兰拔出腰间的匕首，在地面的沙土中划出龙语山脉的草图，"不知道什么原因，白牙佣兵团居然也跟了进来。在这里，他们的劣势比我们要大很多，我们只有两个人加一条龙，粮食补给方面可以就地取材，但是他们五百多人的粮食，不是那么容易补足的。"

第一天，追与逃的双方都在以自己的方式探索新环境，速度不会太快，但明天的情况应该会有所不同。

听罗兰仔细分析过敌我双方的优势劣势，易龙龙静静地想了一会儿，开口问道："他们这么不放弃的原因是什么？"

罗兰翻了翻白眼，"我怎么知道？传说白牙的团长是谨慎的人，我想不出他为什么要使自己的团体陷入危险中。"

285

四十八 白马·并非马四十八　白马·并非马

易龙龙一笑，"那就问问他们好了。"

罗兰一怔，"问？"

他完全没想过这么做。多年下来，他已经不会轻易相信别人，更不要说产生这么天真的想法。

"对啊，问。"易龙龙十分肯定地点头，"坐下来心平气和地谈一谈，劝他们不要继续追逐，否则会造成更严重的伤亡。这样我们也会轻松很多。"

易龙龙自己也知道这个想法可能会引人发笑，但她始终觉得一些流血是可以避免的，不光是对他们，对对方也是一样。

沉默片刻，罗兰将匕首插回鞘内，身体向后一靠，"你没必要跟我商量，就算我不同意，也不可能干涉你的行为。"

他忽然有些明白过来，眼前这条幼龙，完全没有身为猎物的自觉，她将自己放在与其他人平等的位置。除此之外，她也没有任何身为主人的意识，有时候不自觉地命令了他，过后又会道歉。

这让他有些不知所措。

经过一天，白牙佣兵团又折损三十名成员，除了最初的骑兵队长外，还有因为各种各样的原因被怪物引诱上当的倒霉鬼。

说是倒霉，其实也不完全没有原因，假如受害者不是被欲望所引诱，这个数字至少能再打两个对折。

看见白马想要驾驭，看见箱子莽撞地开启，闻到芬芳的气味被引诱迷惑。

白牙团长在昨夜休息的时候，做出了对策，他下令全团之中拥有剑师下位及以上资格的人站出来，临时编组成精英小队快速追逐，其余的人就地扎营，等追踪者回来。

他反复强调，留下来的人要遵守纪律，不能轻易靠近看起来无害的东西，在这里一个不谨慎就将面临死亡。

白牙佣兵团里，拥有剑师上位水准的一共六人，剑师中位的二十一人，剑师下位的四十人，这个数目不管是放在哪里都十分可观。白牙团长将他们一共分成三队，每两名剑师上位的成员担任正副队长的职务，分三路进行追捕。

然而在整队出发之前，白牙佣兵团的队伍前方，空气里忽然荡漾起水波一样的纹路。

四十九　开始·速度战

　　"是镜影术！"留下来休息的人员中有五位魔法师，其中一人惊呼出声。

　　就好像石子投入平静的水面，涟漪的水波映在空气中，身前大约两米长两米宽的景物扭曲变幻，缤纷的色泽交缠扭曲，斑驳变幻，波澜平复下来时，最终生成稳定的虚影。

　　周围的环境并没有改变，但是有人将不属于此处的景象投影在了他们的面前。

　　影像之中，紫发紫眼的盗贼稳当地坐在方正的石块上，但吸引住众人注意力的却是他身旁那只身材娇小的生物。

　　那是一条非常幼小的……龙。

　　她身上穿着松松垮垮的童装，看起来很不合身，领口中钻出来小巧的脑袋，一双眼睛莹蓝澄澈，让人看了之后忍不住怀疑，这真的是龙吗？相比起盗贼的身材，她的个头实在太小了。

　　佣兵团的绝大多数成员都是第一次见到易龙龙的样貌，忍不住发出惊呼声，紧接着队伍中弥漫着小声的议论，混合成嗡嗡嗡的一片。

　　白牙团长冷静地望着让佣兵团陷入绝境的根源，并没有感到怎么愤怒。他们其实都不过是在强权之下翻覆挣扎的牺牲品，不管是人还是龙，都只是在争取生存和自由的权利。

　　虽然本身不会魔法，但在长期的战斗经历中，白牙团长对于各种魔法的实用价值并不陌生。镜影术是一种将一处的影像投射到另一处的魔法，能够施展镜影术，说明对方所在的位置距离他们并不算遥远。

进入龙语山脉后，随队的魔法师们精神力受威压的影响，不管是魔力的凝聚还是魔法的使用，都比在外面时更吃力些。镜影术这种魔法要求魔法师高精度的操控，白牙团长知道，至少他们团队里，没有人能做出宛如真人来到眼前一般的镜像。

他们队伍中也有这样类型的魔法师，却没有这样精准的操控能力，该魔法师只能用较为低端的侦测魔法，一个人独自看到对方的大概位置和周围环境，并将其描述出来。

这就好像，一个已经用上了高清 DVD，另外一个，却还在使用黑白胶片。

白牙佣兵团看着易龙龙的时候，易龙龙也在好奇地打量追捕自己的团队。

白牙那边的也就是两米长宽的屏幕，而易龙龙这边，却展开来足达十米，即便是这样，也没能完全将佣兵团所有人包囊其中。

林琦用的魔法是双向的镜影术，让双方都能看到彼此，颇有些视频聊天的意思，影像的重点放在白牙团长身上，清晰地展现出这名男子身上的每一处细节。易龙龙是看个新鲜，但罗兰却是根据他们的外表分析其心理状态。

就这么互相打量了一会儿，易龙龙率先打破双方之间的凝滞，她以爪掩口，清了清嗓子，随即笑眯眯地抬起爪子，冲五六百佣兵招了招，"同志们辛苦了。"

清脆幼嫩的声音配合林琦的扩声魔法，以铺天盖地之势浩然降临，送入白牙团长等人的耳中。

白牙团长曾听蕾茵娜等人描述过林琦的可怕学习能力，也可以想到，施展镜影术的人是他。对于不能立即看到那个神奇的少年，他感到略微遗憾，暗中做手势，让擅长侦测的魔法师搜索对方所在的位置。面对一人一龙，白牙团长也让团队中的魔法师给自己用了个扩声魔法，开始向对方声音传来的方向喊话，同时拖延时间。

一个童稚清脆和一个低沉稳重两道截然不同的声线此起彼落，相隔着上千米的距离交互应和。

先是双方问好，交流了一下对天气和山区环境的看法。接着白牙团长为蕾茵娜从前的冒犯行为道歉，易龙龙也非常大度地接受了他的致歉。正谈话的一人一龙好像多年不见的好友一般，心平气和，言辞之中完全听不出敌意。

过了两三分钟，易龙龙忽然话题一转，笑眯眯地对白牙团长道："对了，你看原本这件事就是一桩误会，能不能当它没有发生过呢？你们没必要这么拼死拼活地追赶吧？"

昨天晚上，她就已经让林琦多次试验过镜影术，那时候只是趁对方睡着时看他们的影像，发现大部分人露天休息，其中有些人身上还带着战斗留下的伤痕。

甚至还有几具尸体被树枝潦草地掩盖了。

易龙龙就算再怎么不谙世事，但见此情景也能隐约明白，对方有非追不可的理由，如同落网的野兽一样顽强急切。因此在今天谈话之前，她便已经做好了不能和平解决的心理准备。

虽然易龙龙不希望流血，但假如一定要有一方牺牲，她不甘心做被牺牲的那个。

这是不管在何时何地、不管以什么身份都不可能放弃的求存本能。

白牙团长犹豫了一会儿，心里估算着自己的人应该很快就能找到龙。现在这条幼龙与他们交谈，无意中暴露了他们就在附近的信息……那么，将原因告诉她也无妨。

做出决定，沉稳的中年男子坦然说出原因。他凝视着影像中的雪白幼龙，"很抱歉，我必须这么做，这不光是为了求取利益，而是为了让我和我的部下活下去。"现在他们每一个人都是叛国贼，一旦被军方捉住，会被就地格杀，连上诉的机会都没有。

沉默片刻，易龙龙慢慢地伸出爪子，这回却不像刚开始玩笑似的说话，而是前所未有的凝重，"这样确实是无路可退，没办法了，以实力见真章吧，看我们谁能最后活下来……还有……对不起。"

虽然不明白幼龙那句"对不起"是什么意思，但面对敌手的宣战，白牙团长还是慎重地伸出一只手，在空中虚拍一下，仿佛是与幼龙那只娇小的爪子击掌。

这一击掌后，面前的虚影晃动一下，随即消失无踪。

明白对方停止了通话，白牙团长也不着急，他冷静地转身，询问魔法师侦测的结果，随即分配临时精英小队各自的任务。

根据他的估算，幼龙所在的位置与佣兵团的距离不会超过一千米，再远一些，镜影术便不可能这样清晰，而扩音魔法也无法将声音扩散到太遥远的地方。

侦测魔法得来的消息，目标在大概八百米距离处的一座山峰顶上，只不过山区的地形复杂，不能直线抵达，假如算上途中的绕路，合计大约两千米。

虽然派出去的探子还没有回来，但为避免幼龙趁此时间逃远，佣兵团长果断下令，立即出发。

289

四十九　开始·速度战

根据魔法师的侦测观察,幼龙所在山峰距离地面大约六七百米,只有一条道路可以下山,周围没有其他通路。最好的结果是,他们能赶在幼龙下山之前截住她。

白牙团长不明白为什么那只幼龙会选择一个对她如此不利的位置,但是这对他们只有好处,因而也没有多想。

三个小队全速飞奔,不到三分钟,便抵达目标山峰的脚下。白牙团长扫视一眼部下,厉声道:"剑师上位,跟我来!剑师中位,五息后跟随!剑师下位,休息二十息。"说完,便率先登上山石,敏捷矫健地朝山上奔去。

他的安排是根据团队中的梯队水准而做出的相应调整。虽然只是两千米路程,但短时间内全速爆发疾奔,会耗费不少体力,这对于剑师上位的人来说,在可以承受的范围内,但剑师中位和下位,便需要休息片刻,以期以最好的状态攀登上山峰,面对他们的敌手。

虽然对手只有两人一龙,但白牙团长并不因此而轻视他们。那个紫发的盗贼十分老练狡猾,而根据蕾茵娜的描述,另外一个拥有黑色长发与美丽面孔的少年,则拥有可怕的学习能力,能掌握他所看过的一切攻击技巧。

飞快地攀登上山峰,白牙团长终于亲眼看见了他们的目标——紫发盗贼和趴在他肩膀上的幼龙,但林琦却不知所踪。

与此同时,他突然明白为什么幼龙会选择在这里跟他们通话,山峰顶上并不是只有一条退路,还有另外一条退路是在盗贼的身后。

在盗贼身后一块凸起的岩石上,粗大的藤蔓缠绕了好几圈固定住一侧,而藤蔓的另一头,则一直系在一百多米外的另一座山峰上。

罗兰站在山峰顶的边缘,冲着最早上山顶的白牙团长微微一笑,随即脚下猛地一蹬,好像弹射出去的利箭,顺着藤蔓所指向的直线轨道,直朝对面山峰射去。

昨晚一整夜,二人一龙没有半刻钟休息,就是为了今天做准备。

对于这样的情形,白牙团长也早做好了心理准备,并不太吃惊。他飞快拔出背上的长剑,挥剑斜向虚斩,伴随着斩击的动作,剑尖迸出一道足有一米多长的风刃,凌厉地朝罗兰背后咬了过去。

他的剑是珍贵的魔法剑,剑身雪白,剑尖有一个很小的弧度,乍一看去形状仿佛野兽的牙齿,这也是佣兵团名字的由来。

然而风刃只飞行了几米,就被一道无形的屏障挡住,力量被悄无声息地吸收。而这一击之后,因为失去魔力的补充,透明的魔法护壁也随之消散。

只这么一眨眼的工夫,罗兰已经在藤蔓上射出二三十米距离,不是这么容易能打中的了。白牙团长心中一瞬间闪过几个念头：

第一，追上藤蔓，也学罗兰在软藤上飞奔。

第二，斩断藤蔓，让盗贼和龙一起摔下去。

第三，就此放弃，退回原地。

他直觉面前有异常可怕的危险，然而却无法确定究竟会怎么样。犹豫片刻，正打算追过去时，原本在藤蔓上疾奔的罗兰却忽然翻身斩断树藤，让这条作为桥梁的藤蔓从中间断开，他不慌不忙地伸出手，抓住半截藤蔓的一端，朝对面山壁上悠悠地荡过去。

白牙团长叹了口气，收回迈出的脚步。这段距离，不是剑师上位的人所能跨越的。

逃脱的设计非常精准，先设定一个绝境，准备好逃离的路线，在他们赶来的途中，由那位会魔法的少年使用飞翔术扯着藤蔓一头前往另一座山峰上，连接好供逃脱的桥梁……

只是，为什么要做得这么复杂呢？

回身看到跟上来的其他同伴，白牙团长陡然变了脸色：不对，对方这么做，并不是单纯地为了逃跑，而是要把他们全部佣兵团的精英都聚集在这个无法立即逃脱的山顶上！

他忽然明白过来先前易龙龙说对不起，是为了眼前的情势。这是对方早就布置好的战略，设下陷阱，只等着他们往里面跳。

本以为白牙佣兵团是捕猎者，而两人一龙就算再怎么强大，也不可能逃脱他们的围攻，却没料到竟然有这么胆大的猎物凭借着地理环境，将猎人和猎物的地位完全颠倒！

好像是为了验证白牙团长心中所想，山下发出巨大的轰鸣声，脚下的山体跟着微微震动起来。

五十　皆杀·毁灭曲

下位剑师四十人、中位剑师二十一人、上位剑师六人加上他自己，一共六十八名白牙佣兵团的顶尖战士，全都落入了对方布置好的陷阱中。

白牙团长深吸一口气。

在危急关头，他依旧保持着冷静镇定，挥手让同伴不要慌张。他低头看山下的情形。

山腰上燃起橙色的明亮火光，又伴随着巨大的爆炸声，浓烟和尘土翻滚着朝四处蔓延，火焰席卷一切可以焚烧的物体。

来到佣兵团长身边，红发女剑客看见下方的情形，英气逼人的脸上微微发白，不由得喃喃道："他们想烧死我们。"

对方的目的并不是单纯的杀死，而是一网打尽，一个都不放过。

顺着陡峭的斜坡，火焰恣意地朝上爬行。山上树木都成了劣质的燃料，浓黑的烟气冲天而起，以山峰腰腹为起始线，周遭一整圈，此时都成了火焰的海洋。

以山峰为罗网，以自身为诱饵，让林琦施法从旁辅助，这是易龙龙昨晚上想出来的作战策略。假如是一般人，只会将关注的重点放在如何逐个击破分批消灭，但自从走入这片山脉后，易龙龙的心态渐渐发生了变化，她时不时能看见过去龙族的幻影，那种浩瀚的感觉几乎让她心醉，接连的，她的思路也不知不觉地偏移了原本的轨道。

确定了一定要分个你死我活，易龙龙不再迟疑，就算有同情心，也不该用在这时候。她借用山川险峰之势，先将敌人的精锐引上孤峰，再以火围绕焚烧。

假如成功的话，应该就能一网打尽。

然而对手毕竟都不是简单的人物。

只惊了两三秒，白牙团长立即做出相应的指示，命令团员分成三路，立即闯过火线。

必须趁着火还没有完全烧起来的时候闯下去，否则等整座山烧起来后，他们连落脚的地方都不会有。

而分成三路，也是为了方便互相照应，避免对方守在火圈外以逸待劳施以突袭。假如是普通人，面对这样的情况只能等死，但他们是白牙的精英，凭借矫健的身手，方法得当的话，并不难从此间脱险。

作为佣兵团的领导者，白牙团长带领一支队伍，在最前方突围。接近火圈的时候，他的身体高高跃起，穿过浓烟和高厚的火墙，落地后顺势在山坡上滚了一圈，压灭身上的火苗，站立起来时，挥剑削断烧起来的头发。

其余的成员也如法炮制，遇到自己灭火麻烦一些的，其余的人会上前帮忙拍打。

在白牙团长冷静准确的判断下，所有人都顺利逃脱险境，虽然部分身上带着轻度灼伤，但也比被烧死在山上强。

其中一名团员犹自惊魂未定，转头看其他人，却发现所有的同伴身上都带着焦黑，头发也好像被狗啃过一样，便忍不住指着对方笑出声来。其他人也跟着发现同样的情形，一同放声大笑起来。

白牙团长忍不住笑了笑，随即拍拍手掌，示意大家集中注意力，"都脱了险很好，大家注意，对方应该还在附近，我们现在赶紧追过去，应该还来得及。"他并没有强制阻止部下大笑，毕竟才从对方的陷阱里逃脱，这样笑一笑有助于调节大家的心情，振奋士气，但假如继续笑下去，只怕来得及会变成来不及。

来得及……捕猎。

听团长这么说，其余的人也收束自己的心情，死里逃生的惊险让他们的心情都有些愤慨，追逐起来也更加卖力。

精英队伍之中有当过盗贼的，便追踪罗兰留下来的蛛丝马迹，两方又一次玩起了一追一逃的游戏，只不过，现在有了些微的不同。

白牙佣兵团大部队的营地中，奉命留下来的团员接受头目和魔法师的指挥，砍伐树木，在周围布设陷阱。

这是为了避免有危险的动物闯入，队伍中虽然有会警戒魔法的魔法师，但其魔力并不足以长时间支撑这么多人所占据的面积。

他们知道团长和头目们在为佣兵团的出路拼命，因而他们所需要做的，是保护好自己，不给前方的战士添乱。

假如没有意外的话，这本来应该是很好的安置。

安迪是佣兵团一名普通佣兵，今年十九岁，已有三年的佣兵资历。他年纪小，又会说话，在团内很有人缘，有两个上位剑师还不时地指导他的武技。因此他虽然只有十九岁的年纪，却已拥有剑士的水准，准备明年去考相关证书，却不料发生了这样的事。

团内这么多高手追击着那条龙，一定没问题的！刚砍断了一棵碗口粗细的树，正弯腰横抱起树干，安迪满怀信心地想。

正要低头往回走的时候，他忽然发现前方站立着一个人影。

从足部慢慢地往上看，人影的最下方是一双精致的皮质长靴，靴子的侧面扣着带银环的皮扣，上面还镶嵌了指甲盖大小的蓝宝石，而皮靴上是呢绒长裤包裹着的修长双腿。

佣兵团里穿得起这样打扮的，似乎都去追龙去了，这人是谁？

安迪心中现出不妙的感觉，抬起头，看清来人的相貌，这是一个看起来比他还小但相貌却异常漂亮的少年，黑色的长发束在脑后，有几缕垂落在脸颊边，清澈的眼睛非常动人。

这样出众的美少年，即便放在帝都之中，也能轻易吸引贵族小姐们的目光。

安迪一愣，正想说些什么，忽觉颈上一凉。

死神翩然而至。

佣兵团营地最南边，几名佣兵正在挖掘地面准备陷阱，有些疲惫时，便坐下来围成一圈说话。

其中一人忽然想起来刚才离开去砍树的同伴，笑道："安迪怎么还不回来？让他去砍棵树而已，该不会这小子在偷懒吧？"

砍树的地方距离营地也就是一个转弯，就算遇到什么意外，呼喊一声便能听到，因而几人并不怎么担心。

说话的那个人一边笑一边站起来，打算去催催。然而他才起身，目光投往前方，却愣了一下，"你是谁？"

不知什么时候，他们前方不远处出现了个少年，乌黑的眼眸和长发拥有异样的美丽。说话者看着少年，愣了愣，忽然想起来似乎曾听谁说过的事。

拥有异样的美丽以及诡异的现场学习能力，灵活的身手足以对抗四名剑师级的佣兵……

是他！

那人正要开口叫喊，却和先前的安迪一样，感到喉间一凉，接着便什么都说不出来。

与他在一起的其余几名佣兵也在随后遭到了同样的命运。

微风轻轻地吹过，吹散了空气中淡淡的血腥气味，也微微扬起少年死神般的长发。林琦默默地计算着剩下的人数，片刻后坦然踏入佣兵集结的营地里。

而自他踏入后，四周忽然暴起冲天烈焰，围绕成一个大圈，将此地活人一个不留地囊括其内。

而火光之中，隐约传出来喝骂声、惨叫声、奔跑声、武器交击声，不一而足。

足足过了半个小时，火焰逐渐熄灭，营地里横七竖八的尸体中，黑发少年执剑而立。

这是易龙龙的第二步战略，罗兰带着她飞奔，引开佣兵团的精英，而由林琦回来解决掉佣兵团的其他人。由于大部分高手早已被白牙团长带走，余下的人虽然多，却因为缺乏指挥，更加容易对付。

周围布下一圈火焰，目的并不是为了杀人，而是防止有人逃走，同时也能增加对方心理上的恐慌情绪，使对方难以冷静下来组织判断。

剑身上不断向下滴露鲜血，林琦缓步走到一个魔法师尸体身旁，半蹲下去，慢条斯理地将剑刃上的血迹抹在魔法师还算干净的长袍上。

站起身时，林琦微微一怔，他这个动作好像非常熟悉，做过了千万次一般，但是在此之前，他真的这么做过吗？

三日三夜。

自从与林琦分手后，罗兰代替他背着易龙龙，一直在群山之中来回躲藏奔跑。

好几次，他都险些被追上，但又凭借着经验和机智或是易龙龙半吊子的龙语魔法，给逃了过去。

这三天来，他们几乎没有怎么休息，只在进食和引水时稍停片刻，接着便继续朝前奔逃。

现在假如被对方追上包围，他们只有两条路可以选择：

俘，或是死。

但这两条路，易龙龙都不想选择，因而就算感到辛苦时，她也从不曾出声抱怨，因为背着她到处逃跑的人比她更辛苦。

计划是这样的。

第一步，以自己为诱饵，引佣兵团的精英们上山，以火攻围杀。这一步失败了，易龙龙也不怎么失望，毕竟那么多剑师水准的高手也不是能轻易杀光的。

第二步，依旧是以自己为诱饵，引着那些精英不回到他们的大部队营地，让林琦独自去清理其余的人。

虽然明知道这是你死我活的残酷局面，但一下子策划主导杀死这么多人，易龙龙的心情实在不算好。她这几天的胃口也不怎么样，必须强迫自己补充营养，才能勉强进食。

每次休息的时候，紫发盗贼都会发现一直看起来非常天真的幼龙，眼里生出了不一样的东西。

不过罗兰没有多余的闲暇深思。一开始他确实只是带着剑师们绕路，因为不确定林琦完全解决留守营地里的那些人要多少时间，他特地多估算了一些。但后来他却是被逼着不得不狼狈逃亡，六十多人组成的剑师队伍，并不是那么容易糊弄的。

六十多人可以分成几个方向包围追逐。为了躲开这样紧迫的包围，罗兰有时候不得不多跑好几倍的路程。到后来，逃亡已经失去了明确的规划，他只是尽可能地往能够避免被追上的方向逃生，凭借着经验和本能躲避一次又一次的危险。

剩下的计划，必须等待林琦跟他们会合之后才能完成，但林琦那里好像出了点意外，他没能及时赶上来。

"该死的。"才坐下来休息了一会儿，眼光瞥见远处的人影，罗兰咒骂一声，身体却飞快地站起来，转身便朝另一侧发足狂奔而去。

但是，这样的三天逃亡已经耗尽了他的体力，他才一迈步，便感到脚下一阵发软，踉跄着几乎要跌倒，赶紧稳住身体，往后一看，白牙的人又接近了一些。

罗兰咬着牙关，正要继续往前，忽然感到身后传来劲风声，原来有一名弓箭手远远地便张弓射箭，眨眼箭矢便到了面前。

假如是从前，这样程度的箭罗兰很容易就能避开，可是现在他的双腿却好像灌了铅一样，只能眼睁睁地望着等死。

罗兰苦笑一下，正待闭目，忽然身前炸开火光，一只很小的火球斜刺里飞出来，硬生生地打折了箭杆。

紧接着，林琦脚步轻捷地跑了过来，一把抓过易龙龙，紧紧地抱在怀里。

长手长脚的黑发美少年一把抱紧幼龙娇小的身体，以一种几乎要窒息的力度，将她用力按在怀中。

没等他抱两秒，一旁罗兰便有些不平地拍拍林琦的肩膀，道："你们要谈情说爱呢，请等脱险后再进行，后面还有人追着呢。"

才这么一会儿，白牙佣兵团的人又逼近了几十米。林琦回头随意瞥了一眼，手掌一挥，便在路上设置了一道能暂时阻拦几秒钟的魔法壁障。接着他一手抱紧易龙龙，另一只手飞快地抓向罗兰，趁他猝不及防的时候，将他整个人横着提起来，迈开大步飞奔。

身体瞬间颠倒了位置，耳边传来呼啸的风声，罗兰这才意识到林琦做了什么，"喂……你放开……"这么被个小鬼提着跑，他男人的尊严被置于何地啊？

象征性地挣扎了两下，紫发盗贼便放松下来。三天来，他的身体已经疲惫到了极点，虽然被提着跑比较难看，但这实在是有效又轻松的跑路方法。

一颤一颤的起伏中，盗贼逐渐陷入昏睡……至于男人的尊严……让它去死吧……

易龙龙没有睡，但林琦一回来，她也放松了不少，小爪子有一下没一下地揪扯着少年胸前宽大的衣领，"你怎么这么慢才找到我们？路上有遇到什么问题吗？"

林琦摇了摇头，即便在疾奔中，他说话的声音也依旧那么平稳，"没有，多花费了一些时间做准备。"

三天下来，白牙团长所带领的精英剑师队伍也露出了疲态，但他们一来可以分开包围，二来可以轮换休息，所以还算节省了不少力气。唯一较为辛苦的，是负责追踪痕迹的盗贼，但整体的战斗力还算是比较完整地保存了下来。

这一回，眼看要追上的时候，白牙团长忽然看见林琦的身影，心中现出疑惑：为什么这三天一直没看到这位少年？好像只有那紫发盗贼一个人带着龙在不停地逃跑。

但三天紧绷的劳累也让他的判断力微微下降，不能清晰地把握全部脉络。

眼看着林琦带着人和龙跑进前方一处山谷的隘口，白牙团长心中升起淡淡的欣喜：这漫长的追逐终于可以结束了。

绕来绕去，他们又回到了最初开始生死追逐的地方。这片山谷，就在驻扎营地附近两千米左右，他们曾查看过，只有一个入口，内侧呈现环形，围绕着陡峭的山壁，没有出口。

只要林琦跑进去，他们就能谷中捉龙。

大概是提着一个人力气有些不支，林琦的脚步有些慢，加上弓箭手时不时地放箭干扰，虽然没射中，却扰乱了林琦的脚步。

这一段路途中，追和逃双方的距离又拉近了不少。

快步跑进山谷内，发现前方是绝壁时，林琦并没有失望，他跑了几十步，猛地停步转身，便开始数数。

一，二，三……十一，十二，十三……六十一，六十二，六十三……

六十六，六十七，六十八……

人齐了！

白牙团长的速度很快。十多秒钟前他还在山谷口，很快他便逼近了林琦。靠近的时候，他看清楚了这少年的样貌，实在是如同蕾茵娜所说的，令人惊叹的美丽。但让他心生警戒的是，这少年的脸上完全没有表情，好像并不害怕被他们追上。

靠近之时，白牙团长已经拔出了自己的爱剑，正准备挥砍过去。却不料少年脚下刮起一阵旋风，身形猛地一下子拔高，人飞到了半空中。

居然忘了，他是会魔法的。

白牙团长苦笑一下，他目测一下山崖的高度，并不算难攀爬。唯一需要考虑的，就是在翻越过去时，会不会遭到那少年的攻击。

正准备让弓箭手朝天空中射几箭，他心中陡然浮现出异常恐怖的警兆，还没等他反应过来，地面上便蹿起黑色的火焰，猛地一蹿三四米高。

蕾茵娜心中猛然生出彻底的绝望，伴随着一阵大恸。

都是她的错啊……

假如不是因为她，佣兵团不可能遭受这样的噩运。

她加入佣兵团，并非外人以为的她被打败了，她只是想跟这个人并肩作战而已，却没料到因为她，将整个团体包括这个人一同拖入了地狱。

假如要下地狱，那么，就让她先行一步吧。

蕾茵娜奋不顾身地扑向团长，用尽全身力气拥抱住了从前不敢拥抱的人。

此时林琦已经飞到了四五十米的高空，但依旧能感受到脚底灼人的热度，他不得不飞得更高一些。

下方没有传来喊叫声，因为所有的人在地狱火燃起的一刹那，便被焚烧成灰烬了。

方圆上百米的黑色火焰，如同吞噬生命的魔鬼，而火焰之中传来沉闷的爆裂声，如同一曲永恒的毁灭之歌。

这是林琦准备了三天的成果，也是易龙龙的第三步计划。

解决掉佣兵团其他成员后，再返回来对付精英团体，依旧是以自身为诱饵，以自然环境为陷阱。易龙龙让林琦布置一个厉害的魔法，却没料到，厉害到了这样的程度。

全部秒杀。

这三天的时间内，林琦在山谷中绘制了魔法阵，并灌入了大量魔力，等引来白牙的人后，便立即引发。

黑色的火焰很快熄灭，漆黑一片的地面上连尸体的残骸都找不到。

易龙龙目瞪口呆地看了许久，才下意识问林琦："你怎么会这么厉害的魔法？"

林琦微微皱眉，似乎是有些不解地道："不知道，好像一下子就会了。"

准确地说，是他进入龙语山脉后，仿佛想起些什么来，其中包括一些杀伤力异常可怕的魔法。

易龙龙愣了许久，才转头问林琦："他们……都死了？"

林琦点点头。

易龙龙继续怔怔地问："我……安全了？"

这三天来罗兰疲惫不堪，她也不好受，沉重的精神压力，时刻担忧自己被追上，担心计划失败……这是生死搏杀的三天。

林琦再点点头。

又发呆了好一会儿，易龙龙忽然用力抱住林琦的手臂，放声大哭起来。

（上部完）

龍

龙龙

Loog Loog Loog

天衣有风◎著

（中）

中国文联出版社

目录（中）

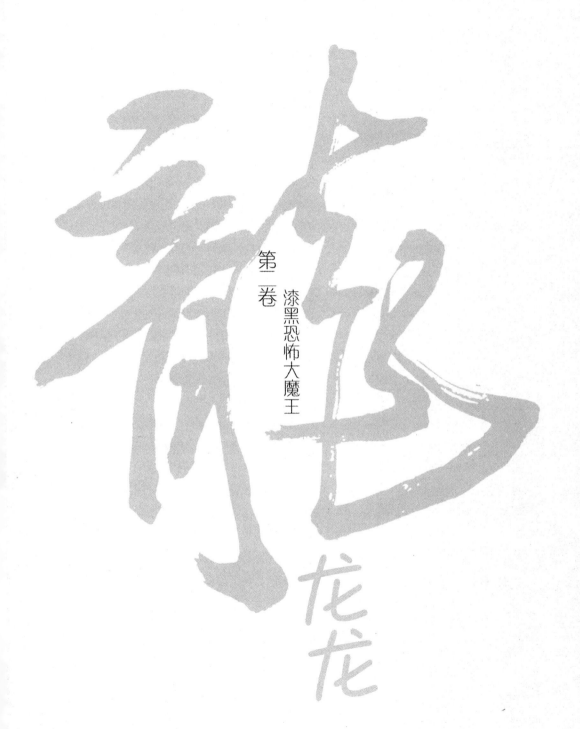

第二卷 漆黑恐怖大魔王

龙 龙

五十一　放松·变变变

假如这时候有新闻报道，那么其标题应该是：

　　一级保护动物幼龙策划数百人谋杀巨案，罪恶滔天

副标题是：

　　——案后与一名神秘男子相拥而泣，其中有何隐情

　　易龙龙控制不住地放声大哭。这些天来，恐惧、害怕、焦虑与懊悔等情绪好像沉重的山压着她，在绝境中，亲自谋划且杀死了敌人，既非易龙龙所愿，亦不是她所乐见的。

　　三天来被紧迫地追赶着，她没有闲暇多思考，现在从被俘虏的威胁中解脱出来了，缓过神来，易龙龙这才清晰地意识到，她谋划并杀死了六百人。

　　那六百人，全是被她杀的。

　　在前世地球上，她连只鸡都不敢下刀，可一来到这里，才不过短短几天的工夫，手头便有了这么多条人命。这个认知如同灼热的烙铁印在她的心上，痛得她不知道如何是好。

　　她杀了人了！

　　虽然不是她亲手杀死的白牙佣兵团众人，但易龙龙十分明白，他们的死都是因为她。林琦不过是忠实执行她的计划而已，真正满手鲜血的是她自己。

理智上，易龙龙可以找到一万条理由为自己开脱，毕竟她也是自卫反击，可杀了人就是杀了人，再怎么伪装，也不能抹去那流淌的鲜血。

坦然地面对世界，坦然地面对内心，易龙龙从不自欺欺人。

这个时候，不需要压抑情绪，不需要隐忍，更无须沉思。才谋划了一场算得上滔天命案的易龙龙，抱着她的同谋大声哭泣。

易龙龙伤心得要命，难过得要命。六百条人命啊，这个数字好像化作了实质，沉甸甸地压着她的心灵，让她觉得好像心被剖开了一样痛苦。

她明明也是人，为什么却要因为身为龙，而不得不与曾经的同类拼死搏杀？

她心中有隐约的恐惧：这样大肆谋杀生命……她是不是距离人类……越来越远了？

林琦起初微微诧异，但很快便平静下来。他随手丢开已睡着了的盗贼，另一只手轻轻地、笨拙地抚摸着易龙龙的背脊。

他不知道这样做有什么用，只是本能地想安慰她。她的哭声好像有莫大的魔力，让他的心情也跟着压抑消沉。

一下又一下，渐渐地，动作成了习惯，林琦脑子里开始回忆自己新掌握的——也许是重新掌握的——杀戮技巧。

心思放在别处，因而林琦没有发现自己不断抚摸幼龙的那只手，手背上逐渐焕发出柔和的银光，伴随他的动作，银光逐渐包裹住易龙龙娇小的身体。等易龙龙哭够了发觉异样时，这时候他也回过神来，幼龙的身体周围已经完全被水一样的银光包裹着，形成了一只银色的放光的像蚕茧一样形状的容器，嗯，就叫它为光茧吧。

这是什么？

易龙龙悚然一惊，她眼前是一片银白色的世界，除此之外，什么都看不到。她尝试地想探出爪子，可才一动作，便感到一股尖锐得好像要裂开般的痛楚，自爪子的趾甲间快速传至全身。

这是怎么了？

剧痛中，易龙龙脑海中闪过一丝熟悉的感觉，却捕捉不住。她来不及仔细思考什么时候经历过类似的事，便忍不住惨叫出声。

虽然看不到易龙龙此时的模样，林琦却能听见她的叫声。他双手捧着包裹住易龙龙的光球，却不知如何是好。

少年清澈的眼眸现出无助的慌张，他的身体对于杀戮这种事有着天然的熟悉和适应，但反过来的救治却不在行。这种全然的陌生感让他惶恐而不知所措，可强烈的想要帮助易龙龙解除痛苦的愿望让他拼命地想做些什么。

前不久他还有一点小小的得意，心里想着他干掉了那么多人，易龙龙一定会很高兴，说他很厉害。可这一刻，他却觉得自己竟然如此无能，面对这样的易龙龙，听着她痛苦得仿佛要裂开的声音，他却只能怔怔地发慌。

他有很大的力气，但这力气只会伤到身体脆弱的幼龙。

他可以杀人，但就算杀死再多的人，也不能用来解除其他生命的痛苦。

要……要怎么办？

林琦动了动手掌，试图摸一下易龙龙的身体，但手却被一股无形的力量弹开。接下来，一直静止的光茧发生了变化。

一只小手慢慢地从瑰丽银光的光茧中伸出来，随着这只小手的动作，整个光茧慢慢胀大。最后只见光茧内扭动了一下，另外一只小手伸了出来，水银般的光华才逐渐消失。

光辉散尽后，易龙龙张开双手，用力扑在林琦身上，皱着脸，有些欢喜有些抱怨地嚷嚷道："疼死我了，难道每次变形都要这么疼吗？"

是的，现在是一双手。此时的易龙龙，又变成了人的模样。

易龙龙惊喜地望着自己的双手，不住地打量自己的身体。她变回龙的时候，因为不方便制作合身的衣服，身上一直穿着小女孩的衣裳，现在正好省去了换衣服的环节，只不过，这衣服看起来似乎变短了一点。

是错觉，还是她的身体长了一些？

乍然变化的欣喜冲淡了易龙龙先前的难过，身体的痛苦也分散了她一部分注意力。等身上不那么疼了，易龙龙才开始琢磨自己怎么又变回来了。

究竟怎么回事？难道是因为刚才哭的缘故？要不……再试验一次？

假如试验，接下来就必须喝酒变回一条龙；若是先前的猜测错误，并非因为哭的缘故，要是变不回来了，那怎么办？

犹豫了许久，易龙龙还是下定了决心，咬牙赌一把。

她两次变成人都充满了偶然性，这实在太不可靠了。就算冒变不回来的风险，她也要明确掌握住变化的规律。

首先，要找到酒。这个不难办，他们所携带的行李中，除了艾瑞克给准备的文件外，还有罗兰在路上买的一小瓶烈酒，这不是喝的，而是用来做菜的；后来白牙佣兵团追得急，他也忘了丢弃，就这么一直带着。

三天前，为了行动方便，他们将大部分随身物品藏到了一个隐秘的地方，现在正好找回来。

酒瓶是深绿色的玻璃，圆胖的瓶肚只有苹果大小，但易龙龙的小手只能握住纤细的瓶颈。她伸出细软白皙的手指，倾斜酒瓶，蘸了点透明液体，挣扎了好一会儿，才慢慢将手指送入口中。

为了能安静地试验变身，易龙龙找了个隐蔽的山洞，让林琦提着罗兰在洞外把风，她一个人站在被树枝遮挡的洞里，小心地蘸了一滴酒。

酒是高度数的烈酒，还没入口时，芳香酷烈的气味便冲入鼻端。

易龙龙小心地舔了舔手指，辣得直吐舌头。好不容易皱着眉头舔干净指头上的液体，她等待片刻，不见有任何变化。

白白的小手还是小手，没变成爪子，身后也没有长出尾巴。

难道是酒不够？

易龙龙挣扎一会儿，两只手抱起圆胖的瓶肚，皱着脸硬是灌下一口。

咕咚。忍着火烧般的热辣，易龙龙咽下难以入喉的液体，将酒瓶子塞好放在脚边。又等了一会儿，这回，她终于感到了身体的异样，如同上次醉酒后一般，血像是烧了起来。

易龙龙感觉体内体外被热气蒸着，她咬着牙感受变化的过程。虽然此时脑子里已有些模糊，但她还是强迫自己不要睡过去，要尽可能清醒地审视自己身体内部的变化。

具体变化的过程，易龙龙并没能看清楚，因为每次变化的时候，她身上都会包上一层浅浅的光，等光芒散去，便是另外一番模样。但她也不是一无所获，在变化的过程中，她仿佛感觉到了什么，却还是不能准确地把握住。

变回了龙，理所当然地，现在就要试验变成人了。

易龙龙用力地晃动一下握紧的爪子。刚喝了一口烈酒，她现在还有些晕乎乎的，只觉得全身热血沸腾似的，就算再来个白牙佣兵团也不怕……但问题是，在这样的情绪状态下，她要怎么哭出来呢？

目光在洞内环视一圈：为了方便她临时想起什么要用的，他们的随身物品都留在了洞中。她取出水囊来，淋湿了爪子，搬动酒瓶，倒了两滴酒上去。

这一回易龙龙迟疑得更久，一直到爪子上的液体快要蒸发干时，她才咬牙狠心抬起爪子，用力一弹。飞溅的细小水滴落入眼睛里，顿时泛起热辣辣的疼痛，随即眼泪便流了出来。

这是眼睛的自我保护机制，异物进了眼睛时，泪腺会自动分泌眼泪，起冲洗的作用。易龙龙实在哭不出来，只能利用生物本能。

易龙龙默默地流了一会儿眼泪，却始终不见自己变回人形。随着时间的推移，她禁不住慌张起来：难道她的猜测是错误的？先前变回人的模样，并不是因为流泪，只是巧合而已？

虽然事前做好了承受失败的心理准备，但当发现真的变不回去时，难过的情绪便油然而生。她的心情原本就不好，只是因为变回了人形的意外带来了些许欣喜，现在却给打回原状，失望之下，便不由得愈加伤心。

林琦站在洞外，脚边是因过于疲惫而陷入昏睡的罗兰。他目光看着前方，耳朵却竖起来，留意洞内的声响，当洞内传出细微的哽咽时，他第一时间反应过来，转身拨开洞口的树枝，毫不迟疑地跨入洞中。

光线不大好的山洞里，雪白幼龙坐在一堆衣服里低声哽咽。见林琦进来，她眼里犹自噙着泪花，模模糊糊看到有个修长的身影走近洞口，下意识地撇撇嘴，"我是不是傻乎乎的？真的以为哭一下就能变成人的模样。"

试验失败，还赔上好不容易得回来的人形，这回亏大了。

林琦静静地摇了摇头，他走到易龙龙面前蹲下，伸出双手，"抱抱。"

一开始的时候，被林琦抱着，易龙龙还有点不习惯，她虽然是龙的身体，但骨子里的灵魂毕竟是女孩子，整天跟美少年搂搂抱抱的，这像什么话？

后来时日久了，易龙龙也渐渐适应了，安慰自己说反正这是龙的身体，抱一抱也无妨，还能省了自己走路。

现在林琦一伸出手来，易龙龙便非常自觉地靠上去，伸出两只爪子迎接他安慰性质的抱抱。

抱抱再抱抱，易龙龙舒服地躺在林琦的怀里，轻轻地抽噎着。林琦也不说话，只是静静地抱着她，有一下没一下地抚摸她的背脊。

当又一次变化来临时，易龙龙终于恍然大悟：原来她根本弄错了方向，变身的关键不在于眼泪，而在于"抱抱"。

呸呸呸，这是谁发明的变身魔法，居然要用"抱抱"来触发，也太色情了！

为了验证猜测，易龙龙再度舍身试验。

咕嘟。

307

五十一 放松·变变变

咽下烈酒。

变身。接下来——

"抱抱。"

还不行。

"再摸摸……"

变了。

"咕嘟。"

"抱抱。"

"摸摸……"

虽然找到了变成人的办法，也解决了追击的白牙佣兵团，但易龙龙并不着急离开龙语山脉，而是继续在这片对外人来说十分险恶的地方四处游逛。

依靠罗兰的知识和林琦的武力，这片地方对她而言不算太险恶。或是因为红帽子的缘故，他们每次碰见凶猛的魔兽怪物时，对方很少攻击他们，有时候甚至会主动退让开。

之所以滞留此地，不单纯是为了好玩，而是想多磨蹭些时候。她现在的样子，经过几次变化，外形和年龄长大了一些，假如说在帝都时是五岁小女孩的模样，她现在已差不多七岁了，假如这个时候出去，被公爵的人看到，她不知该如何解释自己为什么会长这么快。

变回人形的欣喜只过了几天就逐渐消失了，每想起白牙佣兵团，易龙龙都会难过许久，对于那六百条人命，她始终无法释怀。然而时间是最好的疗伤药，在龙语山脉度过了整整一个冬天，天气渐渐回暖的时候，她也终于能慢慢放开往事，回想起白牙虽然还会黯然，但很快便能平复心绪。

除了补救年龄上的问题外，留在龙语山脉还有一个原因，是因为这是罗兰的提议。

传说中龙都是宝物收藏家，喜欢闪烁着美丽光泽的金子和宝石，龙的住处常常会有难以计算的财富。现在绝大部分的龙都已不在了，那么原本属于龙的财宝是否还在呢？

五十二 托孤·跨种族

在龙语山脉之中，四季的变化比较模糊，不像外界那样冷热分明。这里夏天没有令人烦躁的酷热，冬天也不会寒冷得结冰。愈接近中心，四季的气候便愈像被一双无形之手揉捏混合均匀了，没有冷热的变化。

冬天暖和而夏季温凉，空气洁净遍野苍翠。假如不是因为这里长期栖息着巨龙且地形崎岖复杂，倒是非常适合人类居住。

为什么唯独龙语山脉出现反常季节？这个问题人类学者始终没有答案，有人认为龙语山脉一带的地理情况特殊，也有人提出巨龙影响天气的观点。

尽管有种种猜测，但没人能验证其中任何一种。因为巨龙栖息于此的时间，甚至比人类的文明历史更久远得多；而如今唯一有可能知道真相的种族已经断绝，只剩下易龙龙这个来自地球的灵魂把持着最后一具龙的身躯。

易龙龙飘浮在高空之中，长风呼啸而过，将衣衫吹得紧贴在身上。

洗练明净的蔚蓝天空分外广阔，那几乎占据全部视野的色泽好像滤去了杂质，相当取悦眼球。

易龙龙低头往下看，映入眼帘的是那如同波浪一般起伏的翡翠山脊。假如专注视力，甚至能看到某些地方的大型魔兽彼此争夺地盘，但……没有龙。

龙语山脉地界很大，重峦叠嶂。就算细致地搜索每一座山，每一个角落都不放过，可能找到寿命终结，也找不到龙的巢穴。

所以易龙龙三人采用粗放型的浏览方式，每行进到一个区域，便先让一个人用魔法飞上天空，观察下方四周的情形。假如发现有什么异常，比如有巨大的洞口或是不规则的凸起凹陷，就对那个部位重点搜索。

众所周知，龙的身躯很庞大——现存的这一只例外，搜索他们的痕迹，也只需要往大处看，不必深究细节。

这个工作最初是由林琦抱着易龙龙做的，三人之中唯一能熟练使用魔法的人只有他。但在彻底解决了白牙佣兵团半个月后，易龙龙开始时不时地练习一下文森笔记上抄录的几个龙语魔法。

最简单的就是当初她"手滑了"的"冰弹术"。每次看到一座小冰山轰然砸出去，易龙龙的脸上便露出不忍心看的神情；而一个魔法用出来后，她全身的魔力都会被抽干，必须休息好几天才能恢复过来。

但随着时间的推移，数次练习之后，易龙龙发现自己的魔力不再会被抽得那么彻底了。有了余力，她开始尝试控制冰块的大小，最后能控制成篮球那么大——从冰山到篮球，这已经是非常了不得的进步了。

熟练了一个魔法，易龙龙才开始转向其余几条龙语魔法。那些咒文比冰弹术更为复杂，饶是她拥有先天的种族优势，也花费了好几天的工夫才终于掌握了其中一条，这便是易龙龙现在正在使用的浮空术。

念着神秘的咒语，身体周围的空气略微黏稠膨胀，身体一瞬间变得轻盈，随后在轻轻的和风中缓缓地飘浮上空中。以意念掌握气流，控制身体的高度，用自己的能力领略一览众山小的滋味，让易龙龙非常有成就感。

这一日，浮在空中好一会儿，她才依依不舍地降落，随即对下方等待的两人摇头道："附近没发现什么，今天随便逛逛吧。"以人类的形态施展龙语魔法，难度比身为龙形时要大得多，但易龙龙宁可多一些困难，也坚持维持着人类形态。

让易龙龙有些奇怪的是，未发现龙的巢穴也就罢了，能否找到龙的宝藏对她来说并非十分重要，但照理说死了那么多龙，总该有一条龙的尸体吧？就算龙肉被其他野兽瓜分了，那龙骨头还是会留下来一些的吧。

但自入龙语山脉四个月以来，她甚至没看到半根龙骨头。根据罗兰所知道的情报，大陆上其余几只死在外面的龙，也就是与人类达成契约的那几只，最多一天之内，尸体便消失无踪。

谁干的？

去哪儿了？

对方是什么人，要那么多龙的尸体干什么？

假如那人有古怪的收藏癖好，收集这么多巨大的标本，未免也太占地方了。

照例又想了想这个不会有答案的疑问，易龙龙轻叹了口气，简单地吃过早饭，和林琦、罗兰下山去。昨晚上他们在山顶过夜时，易龙龙睁着眼睛看了一晚上星星。

行至半山腰，忽然传来尖啸声。易龙龙第一时间转身跳起来，扑进身后林琦的怀里。后者极为配合地抱紧她，跟随紫发盗贼的脚步，飞快地闪入附近的隐蔽之处。

若要在龙语山脉生存，不小心一点不行。虽然目前没有怪物朝他们主动攻击，但不代表今后也没有，每当发现情况，都会出现上述情形。

易龙龙深知自己的动作不够敏捷矫健，发现情况时只能抱抱，让腿长的林琦负责带着她跑。

虽然恢复了人的身体，但……抱着抱着，也就习惯了。

这回的屏障是一丛茂密的树。确定安全之后，易龙龙伸出小爪子……不，小手，小心地拨开枝叶朝外看去，发现在半山腰外的空中，距离山崖十多米的地方，有两条影子正来回冲撞着，刮起的强烈劲风甚至刮得她身前的枝叶簌簌作响。仔细看去，发现其中有一只是她已经知道的狮鹫，拥有仿似狮子的身体，但生有双翼，脚下是巨大的爪子；而另外一只外形像是巨大的鹏鸟，头部为淡金色，身体双翼连同爪子都是白色……

易龙龙下意识地瞥一眼旁边的紫发盗贼，"移动人肉资料库"罗兰立即解说："栖枝，传说中是神创造出来守护其他鸟类的神鸟，喜欢洁净，一生只栖息在干净的树枝上，不愿意让泥土玷污它的身体。"顿了顿，他仔细看了一会儿半空中的战况，不太确定地说，"根据我看的那本书上说，栖枝应该比狮鹫要强才对……"

但现在的情形却是栖枝羽毛凌乱，身上好几处撕开了巨大的伤口，淡红色的鲜血不断地向下方的虚空洒落。

狮鹫凶猛地扑击，眼看巨大的爪子就要撕裂栖枝的身体。就在那一刹那，巨大的神鸟仰头凄厉地鸣叫，周身爆发出耀眼的彩色光辉。它的身体忽然增大一圈，展翼翻身，双爪抓裂狮鹫的身体，用力摔向山壁。后者的尸体就挂在了半山腰凸起的石块上。

栖枝杀死狮鹫后，身上的光华随之黯淡。它歪歪斜斜地飞了几米，飞向易龙龙等人所在的树丛，仿佛想最后一次栖息在树枝上。

然而它的生命终于支持不住，就在仅距离树丛两米的地方，它一头栽倒在地上，翅膀抽搐两下，洁净的身躯终于第一次被尘土玷污。

静静等了一会儿，发现没动静后，三人才敢走出去。易龙龙笑眯眯地望向罗兰，道："靠你了，万能手。"

罗兰耸了耸肩，拔出腰间匕首走上前去，准备采集接下来几天的食材。

观战完毕。

鹬蚌相争，渔翁得利。

自入龙语山脉以来，易龙龙一行从未主动狩猎过，要么拣这种鹬蚌相争的便宜，要么就干脆吃素。

越是深入山区腹地，所见怪物便越是强大。不管是外表凶猛的还是看似柔弱的，能活在这里的，便说明它们不止两把刷子，保不准他们看中的食物不会反过来饱食了他们——虽然到目前为止没有生物主动攻击易龙龙，易龙龙也不打算打破这种由来不明的和平。

好在身边有罗兰这个大厨在，烧得一手好菜，有时候遇上差一点的食材，他也能通过特殊处理做得相当可口。

采集的食材不可能一下子吃光，剩下的便由林琦冰冻起来带着。

最初一次看到本地生物互相厮杀的时候，易龙龙还有些害怕，但几个月下来，看过十多场之后，神经渐渐被锻炼得强韧了。除了小心不让自己卷进去，她已经能以相当平和的目光如同看《动物世界》电视节目一样观看。

312

罗兰快要接近栖枝时，原以为已经死去的巨鸟忽然振翅飞起来，宽阔的双翼扇起强烈的气流，身上每一根羽毛的边缘居然都泛着金属的光泽，显现出锐利的质感。它又奋力飞起来几米，从易龙龙的身侧越过，好像怕伤着什么似的，轻缓落地。

没错，落地。从不沾染尘土的栖枝，竟然在活着的时候，用双足接触了地面。在它落脚点的前方，一丛拥挤的香草丛中，静静地躺着一只十多厘米高的彩色球形蛋，蛋壳上布满了斑斓的曲线和色块，十分炫目。

那只蛋就在易龙龙所在树丛之后的不远处，但他们起初只顾着看栖枝与狮鹫的战斗，并没有过多注意身后。

栖枝收拢宽大的白色羽翼，垂下脑袋。它那拥有五种色泽的眼瞳里凝聚着温柔的神采，就这么凝望着那个彩蛋。过了片刻，它转过身，脚步极不稳当地摇晃着来到易龙龙的身前，伏低身体，展开双翼贴向地面，口中发出奇异的鸣叫。

易龙龙求助地望向罗兰，"喂，我不懂鸟语啊，你知不知道它在说什么？"

罗兰脸色一黑，"你不懂，难道我就懂？"顿了顿，他还是说出了自己的见解，

"假如我没猜错，这只栖枝在向你表示臣服，请求你照顾它的孩子。"

易龙龙一愣，"为什么是我？"

不管怎么看，在场的另外两个人，无论是年龄还是外貌，看起来都比她要可靠点吧？

罗兰撇了撇嘴，"我和林琦都是人类，你不一样。"

易龙龙一愣，忽然想明白了这几个月存留的疑问：龙曾经是龙语山脉的王者，是这里最强大的存在。虽然现在那些龙都已经消失，可并不代表这里的生物就立即忘记了龙的气息。

这个时候，她来了。

她也是龙。

虽然还是人类的外形，但她身上确实是有一点非常难以觉察的龙的气息。

李维曾说过，她身上的龙威感觉太淡，淡到即便是感觉极为敏锐的人也很难觉察其存在。这在某种程度上对她有好处，让别人不会那么容易觉察她的异样；但这里的生物长期与龙共舞，对龙的气息极为敏感，只要易龙龙一靠近，它们便知道，这是龙来了。

气息是它们判断的唯一依据。

这也是为什么几个月来没有怪物主动招惹他们一行的缘故。不知道易龙龙的实力之前，除非是自己不想活了，否则没有谁敢不自量力地向曾经的王者挑战。

换而言之，易龙龙算是又拣了一次现成的便宜，依靠着身上一点点龙的气息，瞒天过海、狐假虎威，平安地混过了几个月。

眼下这么一看，情况差不多清楚了。狮鹫想要袭击栖枝，而栖枝也许是被自己的孩子所拖累，导致不能完全发挥实力，最后或是拼死发动了什么要命的绝招，杀死狮鹫的同时，自己也失去了生命。它临死之前还惦记着自己的孩子，向"龙"表示臣服，请求这位"王者"代为照顾自己的孩子。

假如它死去，它的孩子迟早会被什么生物当补品吃掉。

易龙龙哭笑不得，她要是能像一只真正的龙那样强大有力，也不至于躲到这个地方来。

栖枝自然不知道易龙龙根本就是一条纸扎的龙。它只是支撑着最后的生命，静静地伏在地上，任由从未被玷污的身躯沾满泥土。

易龙龙看了栖枝一会儿，忽然转头问罗兰："假如我答应它，我应该做些什么表示？"

罗兰一愣，下意识地答道："大概是赐给它一滴你的血吧……不过你真的要答应么？跟这种神兽打交道，假如答应了就不能反悔的，否则你自己会遭到誓言反噬……"他忽然住了口。

易龙龙从林琦的怀里跳落在地，弯腰捡了一片栖枝掉落的羽毛，才发现羽毛的边缘确实非常锐利。她擦干净羽毛，随即皱着眉在左手食指上割出一道细小的口子。

这个世界就是有这点不好，涉及契约的时候多半都需要血啊血的，就连收养个孩子都得放血，就不能文明点，弄个文件什么的吗？

不过恐怕就算弄来了文件，这只鸟也不会签约的。

易龙龙无奈地叹了口气，从伤口里挤出一滴血来，滴在栖枝的脑袋上。后者发出一声高亢的鸣叫，即便易龙龙不懂鸟语，也能听出这声音里的欢喜感激之意。

慢慢地垂下头，栖枝就着伏地的姿态死去。它其实已经耗干了所有的生命力，强撑着不死，只是为了求易龙龙照顾它的孩子，现在心愿得偿，总算安心了。

罗兰也叹了口气，"你为什么要答应它呢？这只栖枝已经到了生命尽头，就算不答应它也没有丝毫损失。等它死后，那只蛋就是你的午餐了。要知道，栖枝蛋是非常珍贵的滋补品，吃下后，能大幅度增强体力和魔力，并且一生都不会沾染上污秽的东西，能抵抗所有的疫病和黑暗亡灵类魔法。"

盗贼话音才落，便见易龙龙微微一笑。幼小的女孩拥有精巧稚气的容颜，可神态之中却仿佛带着一种满不在乎的洒脱，"有什么关系？我将来要成为强大的龙，靠一只蛋走捷径，这太没意思了。"

虽然强大的力量并非最高愿望，却是自保的利器。入龙语山脉、杀死白牙佣兵团后，易龙龙的观念便在逐渐改变，看到的和经历的一切打磨着她的信念，而最初看到的巨龙幻象，仿佛灵魂之声，悄无声息地与她融合在一起。

她是龙。虽然现在依旧弱小，但她毕竟是龙，如今血脉之中的强大正缓慢觉醒。

强大不是力量，而是态度：大补的食物，有，固然不错，但并非必须。中途小小的得失，并不需要太过认真在意。

虽然个子那么小，并且还是人类的形态，可罗兰却忽然觉察，眼前这具身躯深处，仿佛有什么异常可怕的存在被唤醒了——她再也不是当初那只被他一句话便吓得不敢动弹、丢尽龙族脸面的柔弱幼龙了。

五十三　引诱·唐僧肉

　　易龙龙弯下腰，将色彩斑斓的彩蛋抱进怀里，随即闻到一股柔和滑润的馨香从蛋身上散发出来。

　　虽然答应了栖枝代养孩子，但易龙龙闻到彩蛋发出的香味时，还是忍不住舔了舔嘴唇，心里有一点动摇：这个蛋的味道实在太诱人了。她甚至怀疑先前那只狮鹫就是为了吃蛋才跟栖枝打起来的。

　　咽了下口水，易龙龙转手递出彩蛋，让林琦装进口袋里背着，以免她一个忍不住，真把刚收养的孤儿……孤蛋给吞了。

　　至于栖枝，易龙龙低头看着巨大的神鸟，眼里现出复杂的神色，片刻后，对罗兰道："我们火葬它吧，今天我正好想吃素。"

　　栖枝一出生后便只吃天然香料，全身都积淀着芬芳，它的肉因此是上好的食材，甚至不需要如何调味，只需天然地烤或煮便异常可口。

　　易龙龙收下栖枝蛋只是因为一时兴起，对于栖枝本身并没有多少情谊可言，但这只巨鸟让她想到了塔希妮雅。

　　同样是母亲，塔希妮雅当初身负重伤，看着还未破壳的孩子时，是否也曾像栖枝一般忧心忡忡，担心自己死后孩子会遭遇到危险？

　　一想到塔希妮雅，就算栖枝的肉再怎么美味，她也吃不下去。

　　栖枝是性情爱好洁净的鸟类，想必不愿意死后埋进土里。易龙龙等人四处看了看，发现附近有沉香树，便砍伐了大量树枝，铺在它的身下。

　　灰黑色的树枝上，静静地躺着栖枝的尸体，易龙龙看了一会儿，才低声道：

"点火。"

林琦手指微旋，早已悬浮在周围等待的几缕火苗忽然降落，很快就燃起了火焰。

弥漫的烟气里，清幽的香味缓慢逸散。易龙龙透过火焰凝视了一会儿栖枝的身体，首先转过身去，"走吧。"

为了处理栖枝的身后事，易龙龙等人又多耽搁了半天时间。一直到他们走下山后，回头依然能瞧见山腰处升起来的袅袅轻烟。

本来以为带着栖枝蛋上路最多也就是多一件行李，反正也不是很重，只需要小心别摔碎就好。可才走出不到两个小时，易龙龙就发觉并不是所想的那么简单。

在这两个小时中，他们遇见魔兽的几率比从前高了五六倍。原本最多是每隔一个小时才会看见一只，现在几乎每过十多分钟就有魔兽从前方迎面走来，或在两侧静静地蹲伏，或从身后悄然地跟随。它们好像被什么吸引着，恋恋不舍地不愿意远离。

现在的三人和昨天前天并没有什么不同，唯一多出来的，就是林琦背上的栖枝蛋。换言之，这些生物都是冲着滋补品而来的。

鬼使神差地，易龙龙想起了《西游记》里面的唐僧肉也是这样强烈地吸引四方妖魔鬼怪。吃了唐僧肉可以长生不老，吃了栖枝蛋呢？

慑于易龙龙身上的龙威，虽然魔兽们已经非常靠近，却没有一只敢冒失上前攻击抢夺的。毕竟龙这种生物长期在龙语山脉中占据统治地位，即便死后，亦是余威犹存。

然而它们有的不甘心就此离去，便一直不远不近地跟在易龙龙等人身后，保持着十多米的距离。

面对这种情形，易龙龙也不知道该如何是好，只能走一步算一步。她既然答应了栖枝要照顾它的孩子，就不会出尔反尔。虽然明知道只需要抛下栖枝蛋就能摆脱眼前的困境，但易龙龙却完全没有这个打算。

平衡于三个小时后被打破。

出乎易龙龙的预料，首先发起进攻的，不是那些外貌看起来凶猛庞大的魔兽，而是眼前这么一群小家伙：这是一群不足四十厘米高的小矮人，一共十五六个。他们光着上身，下身围着兽皮的裙子，皮肤呈现淡金色，有圆圆的鼻子和一双大脚。最有趣的是，他们的双手上都拿着餐具做的武器，各种形状和大小的金属制餐刀，有调羹、叉子、汤勺、碗和碟，乍看去，好像正在聚餐一般。

而令人吃惊的是，小矮人出现后，原本已经在逐渐靠近易龙龙等人的魔兽反而后退了少许，好像特意给这些小个子让开场地似的。

小矮人们眼睛里焕发着食欲的光辉，他们挥舞着餐具，勇敢地冲向胆敢随身携带唐僧肉的三人。

即便是在交战前夕，罗兰也没有忘记他身兼的移动人肉资料库的工作，"贪吃鬼，拥有金属制器的天赋，一生都在为食物而战斗。为了能得到一顿好吃的，如果龙肉足够美味可口的话，他们甚至敢去挑战龙；为食物而战死是他们最大的光荣，但假如能活捉他们并给他们一顿美食，将会有意想不到的好处。"罗兰语速很快，在小矮人冲上来之前，已经飞快地说完一长段话。

易龙龙好奇地跟着追问："什么好处？"

这时候小矮人已经冲到了罗兰的身前。盗贼反手拔出短剑，朝前一挥，正好砍中一只跳起来的贪吃鬼。然而小矮人的身体被利刃击中，却发出金属一样的声响，被击飞出去后摔在地上。但立即能跳起来，毫发无伤地继续冲上来。

罗兰微微吃惊，嘴上却没忘记答道："不知道，我看的书籍上就这么多资料，更详细的东西，只能我们自己来验证。"

林琦那边也一样。他拿着从白牙佣兵团那里获取的匕首，准确无误地割中贪吃鬼的颈项，但匕首尖端并没有传来熟悉的割破喉咙的触感，而是仿佛接触到了什么光滑坚硬的东西，轻轻一错，匕首就滑开了。

林琦自从开始割喉以来，头一次因为意外而失手。

贪吃鬼身上淡金色的皮肤好像金属一样坚硬强韧，几乎可以说是刀枪不入。他们的攻击不算凶狠，很容易就能格挡打开，但不管怎么用力挥砍，都只能在那淡金色的皮肤上留下一道比头发丝还不起眼的浅淡痕迹。

林琦和罗兰并肩站立，他单手抱着易龙龙，另一只手握着匕首，以简单得不能再简单的劈斩动作扫开扑上来的贪吃鬼。虽然并没有生命危险，但对方锲而不舍的精神着实让人头疼。

贪吃鬼们好像完全不知道恐惧为何物，或是他们完全不担心自己会受到伤害。食欲让他们充满活力，即便被远远地摔出去，也不过打个滚又站起来，继续加入战斗。

这还不是最危险的。易龙龙趴在林琦的怀中，担忧地环顾四周：自从贪吃鬼发动攻击后，魔兽们又逐渐包围靠近过来。也许它们发现了易龙龙并不似印象中的龙那么强大，或是小矮人的举动引发了它们的战斗欲望，一步步地，越过了十多米的安全范围，靠近被贪吃鬼包围的三人。

易龙龙软绵绵地挂在林琦的颈上，越过少年的肩膀，看见有贪吃鬼从他们身后袭来。她伸出一只白嫩的小手，指尖指向那只贪吃鬼，嘴唇轻微地开合，三段合一的咒文声响起。

手滑了。

一座冰山赫然出现，由上而下带着呼啸的狂风，重重地砸在贪吃鬼身上，将他的身体压入干硬的泥土中。

贪吃鬼被压在冰山之下，而逐渐靠近过来的魔兽也暂时停下脚步，有些敬畏地望着人形少女龙。

易龙龙基本上没想过逃跑，又能逃到哪里去？

比速度？周围有好几种生物是以高速著称的。

飞起来？这里会飞的魔兽也绝不算少。

更重要的是，易龙龙心里知道，他们之所以这么多天来一直安然无恙，是因为她扯着龙族的大旗，震慑住了不明真相的魔兽，但假如她现在逃走了……这些生物并非没有智慧，它们说不定会看出来她内里的空虚。到了那时候，恐怕日子不会太好过。

优哉游哉地郊游与拼死杀出一条血路逃跑之间，易龙龙当然是比较喜欢前者，就算林琦强得不畏惧任何怪物魔兽，也没必要平白多耗费体力。

最好的办法是就在这里解决掉这些贪吃的小矮人，顺便再震慑一下周围观战的生物。

打定了主意，易龙龙拍拍林琦，解说几句，让他如法炮制。

接着，林琦收起匕首，魔法准确无误地指向一个个小矮人。他的水准比易龙龙高不少，没有缺少技术含量地用大块冰硬砸，而是直接将小矮人们冻在冰块里。才一眨眼的工夫，周围便多了十几块大冰块，每一块冰块之中冻着一只贪吃鬼。

战斗转瞬间终止，嘈杂的四周终于暂时恢复安静。易龙龙微微翘起圆润的下巴，环视周遭的反应。威吓的效果比她想象的要好得多，原本围上来的魔兽竟然悄悄地退却了。等它们都退走之后，易龙龙才松了口气。

警报暂时解除。

贪吃鬼们除了一个被压在冰山之下，其余的都冻在冰块之中，但这并没能困住他们太久，这种生物与食欲一并著称的就是他们强大的生命力和坚韧结实的身体。

没过一会儿，最初被易龙龙砸中的小矮人便挣扎着从冰山下爬出来，继续挥舞着刀叉前进。

对于此，易龙龙也早做好了继续应付的准备。她小小的身体伏在林琦的怀里，只露出脑袋来观察小矮人，口中发号施令：

"来个火球。"

"风刃。"

"地刺。"

"迷雾。"

每一次攻击，都会暂缓小矮人的脚步，甚至将他击退。被林琦冻住的其他贪吃鬼还在努力破冰，发出咯吱咯吱的声音，而那个孤独的贪吃鬼为了食物前进再前进……

先让林琦试验了一遍低级魔法，易龙龙得出初步结论：贪吃鬼的表皮非常坚韧，没有办法以物理手段伤害；而那些直接作用在身体上的魔法，比如重力、晕眩、石化等，也仅能对其产生少许作用，过了片刻便自动恢复正常，无法真正造成伤害。

试验得差不多了，其余的贪吃鬼也纷纷破冰而出，接下来便是重复的过程。

罗兰架起了"便携式铁锅"，将前些天剩下的肉丢进锅内煮着，等汤水沸腾起来后，他开始将各种调料配菜撒入锅内。

先前在山腰上火葬栖枝时，罗兰收集到不少上好的香料，这时候正好用上。他切碎少许，撒入锅中，最后加入几片石菇，很快地，肉汤便散发出诱人的香味。

罗兰负责烹饪时，易龙龙和林琦两人乖巧地并排坐着，面前摆放碗勺，一副准备开饭的样子。然而周围三四米外，以他们所在的位置为圆心，地面上堆满了碎冰，一层一层地向外盛开，倘若从高空往下看，仿佛地面上绽放开一朵巨大的冰之花。此时已经是傍晚，龙语山脉的晚霞绚烂艳丽，为地面上的冰花镀上一层浅浅的金色外衣。

贪吃鬼们还在冲锋，但每当有一只踏入警戒圈内，林琦都会以一发魔法飞弹将其打出去，接着立即冻结，等其破冰出来，便再来一遍。

因为只需要两个简单的魔法交互使用，林琦熟练后便十分悠闲，甚至连看都不必看贪吃鬼一眼，就能做出精准的攻击。

里面三人悠闲地野炊，外面贪吃鬼们徒劳地进攻。鲜美的肉汤香味弥散飘荡在空气里，让热爱美食的小矮人眼睛都快红了，恨不得能早些到达锅边，但林琦毫不留情地粉碎了他们的企图。

煮好了汤，罗兰优先给易龙龙盛了个满碗，还特地给她舀了两大块肉和一片石菇，道："你这么有耐心跟他们耗下去？直接杀了不行吗？"

易龙龙舀起乳白色的肉汤，翘起精致小巧的嘴唇吹了吹，喝下一口，才淡淡地道："没必要玩种族灭绝，这些家伙只是贪吃而已，并不是什么大罪过。"

其实最开始她是想杀光小矮人的，那时候她甚至准备让林琦祭出地狱火。然而开口之前她猛然警醒：什么时候她变得这么心狠手辣了？

好像进了龙语山脉后她便逐渐发生了改变，最明显的一件事就是她灭掉整个白牙佣兵团。虽然事后感到难过害怕，可在那之前，她却以连自己都感到惊骇的冷静果决做出清扫的决定。

仿佛站在极高的位置，孤独漠然地俯视下方，那种感觉……

非常之奇怪。

在龙语山脉里，前后只有两拨敌人攻击过他们，第一拨，是白牙佣兵团，现在他们已经都没了；第二拨，则是眼前的贪吃鬼们。

在这之间，因为身上带着龙的气息颇有威吓作用，她没有再受过任何攻击。

一旦遭受攻击，性格便会发生转变吗？

还是别的什么？

320

发现了自身存在的问题，易龙龙表面上若无其事，心中却掀起惊涛骇浪，并立即决定控制住自己，转而让林琦打消耗战。假如对手没有威胁性，她根本没必要使用血腥手段，快意恩仇固然是一种快捷手段，但她并不喜欢随意践踏生命。她的快乐与尊严不需要通过凌虐来获取和表现。

夕阳渐渐沉入黑暗的怀抱，明月渐渐升上夜空，清淡的光辉洒下，地面上大片的冰之花绽放出雾气一般的浅浅光晕。

林琦的魔力仿佛没有耗尽的一刻，但贪吃鬼们却终于出现了疲态，有的开始脚步不大稳当起来。

虽然已经吃饱，但罗兰又一次架起了铁锅，煮香味四溢的肉汤。终于，有一只个头较大的贪吃鬼，好像终于厌倦了这种无休止的单调攻防。他蹲下身子，将手上的刀叉重重地戳在地上。这么做之后，其余的小矮人也都做了相同的动作，刀叉碗勺丢了一地。

接着，光着脚的贪吃鬼们手拉手，绕圈跳起舞来。

罗兰微微一笑，"我们赢了，这是贪吃鬼表示投降的方式。他们不会向敌人低头，但必须认输，就这么做。"

这个举动似乎在说：我不是怕了你，而是我们要进行快乐的聚会，不跟你打了。

努力回想书籍上的叙述，罗兰盛了一碗汤，主动走向贪吃鬼们。

 十四　贪吃·霸王餐

　　大片冰块逐渐融化，空气寒冷而湿润，但在靠近火堆的地方，却是一副非常热闹的景象。

　　易龙龙偎依在林琦的怀里，注视着眼前的情形：几个小时前还在不要命进攻的敌人，此时东倒西歪地躺在地上，满足地抚摸着肚子。还有一个小矮人大约是没吃饱，索性将身体埋进煮汤的锅里，舔干净锅底残留的汁液。

　　看着这一幕，易龙龙面无表情地道："罗兰，明天我们把这口锅给扔了吧。"

　　盗贼欣然点头。

　　吃饱喝足，在地上躺了一会儿后，那个带头投降的贪吃鬼一骨碌爬起来，一手拿餐刀，一手拿着叉子，砰砰砰地用力相互敲击。他走到易龙龙的面前，朝她举起拿叉子的右手。

　　看他维持了一会儿这个动作，易龙龙迟疑地猜测他的目的。她指了指叉子，又指了指自己，"给我的？"

　　小矮人哇啦哇啦地叫着，一边更加用力地将叉子举得更高一些。

　　易龙龙心想，我要你的餐具做什么，但还是伸手接了过来。一入手才发觉，这只淡金色的叉子比想象的要沉得多。

　　见易龙龙接过叉子，小矮人转过头，大声冲其他的贪吃鬼喊话。虽然听不懂他在说什么，但却可以感觉出他语调里颇有志得意满的味道。

　　接着，小矮人们都拿起了各自的刀叉，顺便还收缴了易龙龙等人的锅碗据为己

有，接着不约而同地转过身，跟着个头最大的小矮人的脚步，踏过因为化冰而湿淋淋的地面，好像打了胜仗一样离开。

易龙龙目瞪口呆。她见过不客气的，没见过这么不客气的：这帮家伙完全没有身为战败者的自觉，好像只是来蹭吃的客人，大吃大喝一顿，扫空了他们携带的所有食物后，扬长而去，还把主人的锅碗家什打包卷走，最多就支付了一把叉子做报酬。

虽然她早就决定扔掉被贪吃鬼舔过的铁锅，但也没说要给他们啊！

这叉子算什么？白条？

易龙龙瞪着手上颇为沉重的淡金色叉子，这把叉子比普通餐叉略大一些，分量很沉重，看不出是什么材质。见罗兰走过来了，她便随手递过去，"能看出什么来吗？"

这上面有没有什么记号表明何时付账？

罗兰接过餐叉低头端详，紫发紫眼的盗贼眼下的伤痕如泪，他安静的时候，在夜色里有一种诡异的俊美。

仔细端详许久，罗兰想了想，忽然露出神秘的微笑，"我们跟上去。"

贪吃鬼们的踪迹并不难寻找。周围地上的冰已经融化，碎冰与泥水混合在一起，他们踩过地面，脚上便留下了泥印子，一路蜿蜒而去。

静谧的月夜下，地面上，罗兰迈着轻盈敏捷的脚步，循着贪吃鬼留下的印记，悄无声息地追踪。半空中，林琦抱着易龙龙慢悠悠地飞，柔和的风偶尔拂上少女龙与少年的面颊，黯淡的影子偶尔掠过地上的盗贼。

没过几分钟，三人便追上了贪吃鬼。吃饱喝足的小矮人们走得并不快，他们松散地结队行走，队伍歪歪扭扭的，有的小矮人因为吃得太撑了，脚步都不大稳当。

月光，山林，结伴而行的小矮人。

追踪的三人都很安静，夜色里只有小矮人的大脚板踩过地面的声响。偶尔有一两个贪吃鬼意犹未尽地咂嘴，好像在回味刚才的食物。

在半空中望着这群吃霸王餐的家伙，易龙龙忽然轻笑起来。这时候，最初的些微郁闷已经伴着清爽的夜风一并被吹走，只留下来满腹的好奇：贪吃鬼们这是要去哪里？罗兰为什么要坚持跟来？

小矮人的目的地是一处山脚下。在一片凌乱的山石中，有一个只有一米高的洞口，小矮人们摇晃着身体挨个走进洞去。

而易龙龙三人，也都在这洞口面前停下脚步。

洞口周围散布着形状不规则的巨石以及茂盛杂乱的茅草，三人在洞口踯躅片刻，还是慢慢地走了进去。

洞口狭窄且矮小，必须弓着身体缓步前行。幽暗的隧道中，易龙龙睁着眼睛小心打量，虽然光线不佳，但这并不妨害她的视力。空气中弥散着淡淡的湿润泥土的味道，她禁不住有点紧张。

她倒不是害怕危险，有林琦在呢，让她不大习惯的反而是她自己。

这算不算是擅闯民宅？

过了一会儿，她又禁不住失笑，她连策划六百人谋杀这样的惊天大案都做了，闯个民宅算什么？更何况，按照罗兰的说法，贪吃鬼也不算人类。

易龙龙沿着狭窄的隧道走了四十多米，四周忽然宽阔起来，眼前出现了亮光。抬眼望去，陡然倒吸了一口凉气——距离地面近百米高的洞顶，数千条雪白色的钟乳石错落起伏，宛如波涛一般倒挂着，又如同千百支长短不一的白色利剑。

目光下移，望见平整得如同镜子一样的地面前方，易龙龙一时间不由呆住——五六十米方圆的地面上，堆满了各式各样的珍宝，足有好几米高，形状迥异的金器和珍珠宝石胡乱地混杂，华贵的珠光宝气耀眼生辉，照得黑暗的洞中也明亮起来。自然是两辈子加起来她也没有见过这么多金子。

324

这些东西本应珍而重之地放置在珠宝店中，标上高价出售，此时却好像不要钱似的随意堆放着。周围地面上散落的小珠宝都足够普通人家吃一辈子的，而这里所有的东西，恐怕足够买下一个国家。

易龙龙进来之前并没想到会看到这样的景象，过了好一会儿，她才从震惊之中回过神来，看向最可能知道这是什么的罗兰，"这是怎么回事？"难道他早就猜到贪吃鬼家里有很多财宝，打算入室行窃？

听易龙龙这么一问，罗兰才慢一步回过神来。他缓缓地吐出口气，低声道："贪吃鬼有淬炼金属的天赋，能够将金属提取出来融合。那只餐叉含有比重不轻的贵金属成分，我怀疑贪吃鬼住处有金矿，就一直跟过来，却没料到发现了比金矿更好的东西。"

顿了顿，紫发盗贼被映上一层珍宝光泽的嘴唇钩起笑容，"这里并不是贪吃鬼的家，你还记得我说过要找什么吗？"

易龙龙一怔，随即恍然：龙的巢穴。

那足可敌国的财富，其最初的作用，不过是龙的卧床。

寻找了几个月的东西，就在眼前。

洞窟四周明显被修缮过，光滑的地面和墙壁，如同被刀平平削过似的那么整齐，唯独头顶上的钟乳石，因为其自然的美态，才得以保留下来。

从林琦的怀里跳下来走近一些，易龙龙更感觉眼前金山的庞大。金山的主要成分是黄金，但也不仅仅只有金子，也有大块黄金，有做工精美的顶着一圈夜明珠的白金灯台，有流转着细腻银光的神圣银手镯，有镶嵌满了各色宝石的黄金马鞍，有托着拳头大小纯净钻石的王座权杖……

有的宝物已经不仅仅是本身材质的价值，还有更多附加的价值。

少女龙捡起地上的一条项链，白金的纤细链子上挂着一块接近球形的多面体透明宝石，转动宝石，其周围棱边上便交替折射出缤纷的光辉。

金山珠宝，易龙龙前世只在电影里见过，但与屏幕中那种用特效制作出来的光芒不同，眼前的金银珠宝，即便是焕发出来的光辉，也呈现着一种富有震撼力的质感，让她毫不怀疑它们的真伪。

又凝视了一会儿金山，易龙龙才缓慢地收回视线。

他们一路跟踪而来的贪吃鬼们并没有在金山附近。在金山后方有一个小小的洞口，想必他们都进了那里。

眼前的情形大概可以这么解释：这里居住的龙死去之后，入口发生过一场小型塌方，落石和泥土堵住了洞口，但贪吃鬼们不知什么原因，在这里掘开了一条道路，中途便直达龙的卧室。

有人曾说过，当财产超过一定数量时，便只化作了单纯的数字。

现在面对这难以计数的财富，易龙龙呆滞一阵后，干脆放弃了计算其价值的心情。

但……这么多啊……

这些从前都是龙的，现在龙族灭绝了，就剩下她一个。横竖她也勉强算是龙族的一员，那么理所当然地，这堆金山归她所有。

脑子里艰难地转换着这样的逻辑，一下子看见如此众多的财富，易龙龙有些木然。过了好一会儿，她才意识到，有了这批财宝，可以保证她想吃什么吃什么，想玩什么玩什么，买房子买地都不成问题，挥霍一辈子的光阴只当米虫也不必烦恼。

睡觉睡到自然醒，数钱数到手抽筋，人生的最高理想，在一堆金山面前就这么轻易地实现了。

但问题是，要怎么带走呢？

还没来得及体会这种暴富的兴奋，易龙龙就想到了现实问题，随即迅速冷静下来：现在金山她有了，但怎么带走呢？总不能拉着一车金子就往大街上走吧？这简直就是在身前挂一张牌子，上书：我有钱，来抢我吧。

更何况，眼前的金子也不是区区一辆车就能运走的。

一直到三人循原路走出洞穴，易龙龙脸上还呈现出一种做梦般的表情。她手上提着那串最初被她捡起来的项链走了出来，到得外面，发现竟然已经过了一夜，远处的山巅泛起朦朦胧胧的亮白。

左右端详链子上挂着的宝石，易龙龙更是感觉到不可思议，"那么多的金银珠宝，就那么嗖地一下全不见了？"

半小时前她才感慨入宝山而不得不空手回，左右哼哈二将，呃不，左右林琦和罗兰，问明她是为了带不走金山而苦恼后，一个给出理论指导，一个给予技术支援，眨眼间便解决了问题。

机器猫的那种空间袋，这个世界也是有的。连接着另外一个空间、能够装入大量物品却一点都不显形状和重量的口袋并不是没有，但这一类空间魔法技术还不大成熟，一来制作烦琐耗费，二来容易破损。最致命的是，假如有什么非常重要的东西放进去，极可能会因为意外而遗失。

相对较为稳定一些的则是空间魔法物品，但这种东西的做工更加复杂，耗费更昂贵，不要说是平民，就算贵族也很难配备一个。

但在龙的财宝之中，林琦轻轻松松地便翻出了三四件据说是十分珍贵的空间储存物品，其中一件就是一直被易龙龙拿在手上的项链。

林琦只随便念了一句咒文，那熠熠生辉的金山一下子全都不见了，而想要拿出来什么也是一句咒文，那东西便凭空出现在眼前。

其实说白了也很简单，所谓连通空间，就好像在没人看到并抵达的地方建立了一座仓库，只有手执魔法物品的人能找到并开启仓库的大门，取出里面的物品。这条项链最多算是钥匙，而不是仓库本身。

忙了一晚上，易龙龙感觉困倦，她打了个哈欠，便索性趴在林琦的胸前合上双眼，嘴角还挂着甜甜的笑容。

她没有继续朝更里面小矮人的住处进发，这回能发现龙的宝藏已经算是捡了天大的便宜，再想得到什么就是贪心不足了。

发现易龙龙睡着了，林琦小心地给她调整了一下姿势，让她睡得更舒服些。他走出几步忽然停下，回头看方才出来的洞口，澄明的目光毫无感情，仿佛机械一般冰冷锋利。不过维持了一两秒，感觉怀里的小女孩扭动一下身体，林琦便连忙低下头，看着小女孩毫无防备的睡颜和那嫩嫩脸蛋上呈现的淡淡粉色，他眨了眨眼，目光随即恢复正常。

易龙龙睡饱醒过来的时候已是中午。罗兰又找到了新的食材，不过因为他们的锅丢了，只能将就着做烤肉串。饱餐一顿，罗兰送上一只盛满水的叶杯，开始跟易龙龙商议正事，"在龙语山脉里待了这么久，现在是可以出去的时候了。"

易龙龙用两根手指捏着用树叶做的杯子，小口小口地抿着，听罗兰这么说，禁不住一愣，"不是说至少要待上半年来缓冲我的外貌变化吗？现在才四个月……"

其实在龙语山脉里也没什么不好，也就是怪物多了些，晚上时常露宿。但罗兰的手艺很棒，晚上还可以拿林琦的身体当床，易龙龙自己没吃什么苦。

罗兰微微一笑，道："昨天因为发生了一连串的事，我没来得及深思，但今天忽然想起来，你已经有了最好的理由来解释为什么会长得这么快。"

忽然明白了罗兰的用意，易龙龙解开林琦身上的布包，抱出来的圆球色彩斑斓——栖枝蛋。

 十五　遭逢·龙骑士

　　罗兰的意思并不是让易龙龙去吃栖枝蛋，而是以栖枝蛋为借口，谎称自己吃下了另一只，造成身体快速成长。之后，假如身体再有什么不寻常的变化，也可以把黑锅都推到那只莫须有的蛋上。

　　反正迄今为止吃过栖枝蛋的人不超过十个，虽然都有获益，但反应各不相同，没有一定的规律，怎么编造都成。

　　易龙龙沉思片刻，点了点头，同意了罗兰的提议：他们躲在山中已有四个月了，野味吃久了，她也有些想念外面的世界，更何况她龙假龙威的也不知还能混多久，还是趁着没被发觉前提早撤退为妙。

　　最重要的是，她刚获得那么一大笔龙族遗产。钱就是用来花的，想要痛快花钱，就得去人群聚集的大城市。

　　三两句商定今后去路，罗兰简单辨识了一下方向。他们来时是从南方而来，虽然在地形复杂的山脉之中绕了许多圈子，走了不少弯路，但大致方向依旧向北。

　　吃过早饭，漱了口，易龙龙三人便上路了。

　　回程方向是往南，虽然南方可能会有人拆穿她的身份，但南方诸国罗兰比较熟悉。假如继续往北，又必须重新了解环境，多了不少麻烦。此外，艾瑞克帮易龙龙准备的东西，比如跨国境文件及身份证明，也都只能在南方的两个国家——莱特与奈切斯的境内使用。

　　有人的地方就有恩怨，不管哪里，都不能说是绝对安全的。

　　现在，易龙龙却发觉胸中畏惧之心减轻不少，或是因为她掌握了变身的要诀，

有了自保能力。就算再遇见白牙的情况，她也不会像先前那样慌乱无措。

这么想着，她的心情便十分愉快，抬目望向前方，却见前方的一棵树下仿佛躺着一个青灰色的人影。

易龙龙远远地看着，微微一怔，片刻之后心想，那可能又是什么拥有变幻人形能力的怪物。毕竟像他们这样能在龙语山脉里横行的家伙还是少数，就连白牙佣兵团，也只是才一入山脉外围就被她一网打尽。

走得近一些，易龙龙看得更加清楚：那"人"身材高大英武，一身青灰色的武者衣服合体地衬托出他的宽肩和长腿，苍青色的短发有些凌乱。虽然风尘仆仆，却依旧掩盖不了他雕塑般的英俊。他的箭囊和弓叠放在脑袋下当枕头，系着黑色宽皮带的腰间挂着墨蓝色剑鞘的长剑，纯黑皮手套包住手臂直至肘部。虽然闭着眼睛，但他如剑一样的眉毛却依旧显得十分凌厉，好像随时会扎伤人一般。

易龙龙让林琦在五米远处停下脚步，上下仔细地打量这人，随后惊叹地转向罗兰，"我头一次看到变幻人类变幻得这么像的怪物呢，你看看，连沾上的灰尘和衣服边角的磨损都变出来了。他伪装成落魄昏倒的旅人，等我们上前查看不加防备的时候就趁机偷袭我们，是这样吧？"

这片山脉之中会拟人拟物的怪物基本都是这个调调，先变幻成让人放松警惕甚至人心中渴望的模样，要么变成白马，要么变成装满财宝的箱子，或是英俊的男子及美貌的少女，引诱人靠近上钩后再原形毕露，发动攻击。

罗兰站在易龙龙的身边，凝视片刻后道："不，那本来就是人类。"

虽然确定是人类，但三人依旧没有着急靠近，只上前两步，更仔细地上下打量着。

对于易龙龙来说，人类有时候比山中的怪物更危险，尤其这人竟能一路安然无恙地入了龙语山脉的腹地，从侧面更进一步说明了其实力。

首先必须确定这人是不是白牙的漏网之鱼。这一点从外表看不出来，虽然是佣兵团，但白牙成员一没有统一制服，二不会在脸上写明自己的身份。

其次，还必须确定这人是睡着了还是在假寐。

不管是前者还是后者，都需要靠近查探。

罗兰对易龙龙做了一个手势，示意自己上前查探，让易龙龙和林琦原地等着，假如有什么不对他们也好随机应变。他悄无声息地走近那人身侧，一手攥紧匕首，正打算弯腰去拔出那人的剑……

一道青色的电光，突兀无比地在白日里凛冽射出。

罗兰还维持着半倾身的姿势，林琦抱着易龙龙后退一步。而原本躺在地上好像睡熟的人，此时依旧躺着，但他修长有力的右臂举起，握紧长剑，剑尖准确无误地抵在罗兰的咽喉上。

那只是一瞬间的事，甚至比一秒钟的十分之一还要短些。

罗兰弯腰，那人飞快地拔剑刺出，林琦保护着易龙龙后退防备，这三者几乎是同时发生。其中那人拔剑的速度，快如电光石火般。

那人并没有站起来，仍继续躺在地上，执剑稳稳地抵住盗贼的咽喉，青色的眼眸显出异样的冷酷。他盯着罗兰，薄唇抿了一下后，发出沙哑的声音："你们是谁？"

被冰冷锐利的剑尖抵着，罗兰反而露出职业的微笑。他轻轻地摆了摆垂下的手，索性丢开匕首，"请不要紧张，我们刚才看见阁下睡在地上，想确认一下您的身份，并没有什么恶意。"对方既然在拔剑后的第一招内没有杀死他，这就意味着有转圜的余地。

垂下眼帘，罗兰瞥了眼青色剑身上绞缠的黑色花纹，嘴角现出淡淡的微笑，"这么说吧，我身后那位小姐是一位贵族，我和那少年是她的随从，一同进了龙语山脉，希望能探寻得龙的遗迹。不过，十分遗憾的是，一路走来什么都没找到，反而遇上了您，青骑士。"

话的末尾，他轻声说出对方的身份。

青骑士微微一怔，像是在思索罗兰所说的话是真是假。片刻后，他闭上双眼，手臂好像陡然被抽去力量一般，连同紧握着的长剑一起，砰的一声落地。

抬手抹去颈上的血珠，罗兰蹲下身检查青骑士的状况，止不住莞尔微笑道："他饿昏过去了。"

从罗兰口中，易龙龙得知了青骑士的身份。

这位青骑士，名叫修·布拉得里克·奥古斯，是大陆上非常著名的人物。他手中的剑名叫誓约之剑，剑身呈现均匀的青色，剑脊略厚，在靠近剑柄的位置，有一段绞缠交错的黑色藤蔓状花纹，这是他的标志性武器。

因其外貌和武器，修被称作青骑士，他曾经与一只名叫苍月之峰的龙签订契约，是大陆上仅有的四名龙骑士之一。

但现在，应该称他为，前龙骑士。

最亲密的伙伴被杀害，曾经的荣耀悄然坠落，但修依旧如同一柄时常擦拭的利剑，即便是在他昏睡的时候，依然能感受到即将透出身体的锋芒。

紫发盗贼征求意见，"救他吗？"

回答自然是肯定的。

罗兰从背包中取出一只梨形银瓶，掰开青骑士没有血色的嘴唇，倒出瓶内金黄色的黏稠液体，给青骑士灌了一些，再喂了点水。

那黏稠液体是采集糖枫树的汁液熬制成的枫糖浆，平时给易龙龙当糖水喝或做甜点，在这时候又派上了用场。青骑士因为饿得太久导致身体虚弱，给他摄入一点糖，能快速补充能量。这是罗兰在生活中积攒的经验。

不一会儿，青骑士缓缓张开苍青色的双眼，第一眼看到的便是黑发小女孩专注凝视的稚嫩面孔。小女孩看起来不过六七岁，面容精巧美丽，手脚纤细柔弱。

这个女孩……他愣了一下，看到旁边紫发青年时，他想起了昏倒前发生的事。

扫过林琦之后，青骑士的目光回到易龙龙身上，冷淡地开口道："多谢。"说完，他又闭目休息。

调整了片刻身体状态，之后他才慢慢地坐起来，接过罗兰递去的肉块和水。他吃得很慢，却十分仔细认真，每一块食物都经过了充分咀嚼才咽下，好像那没有调过味的烤肉是珍贵罕有的美味，甚至连几块半焦的肉渣都一起送入了口中。

易龙龙一直安静地看着他，直到他看起来吃饱了才轻声问道："请问阁下入龙语山脉是为了什么事呢？或许我们可以帮上忙。"

她声音稚嫩柔细，温言软语显得很有礼貌。修原本以为这是一个因为自己任性就强迫随从一道莽撞冒险的骄纵女孩，听到易龙龙的问话，微微一怔。他不大喜欢跟人说话，但眼前之人毕竟救了他，纵然觉得麻烦，但还是一派平静地道："没有什么特别的事，我只想看看苍生长的地方。"

他口中的苍，便是死去的巨龙伙伴苍月之峰。

面对这么一张没有表情的脸，易龙龙一时间分不清楚他这话是真是假，见他态度还算合作，便又问了一些其他问题。

看在刚才那顿饭的面子上，对于易龙龙的每一个问题，修都尽量回答。他入龙语山脉已经有一个月，是从龙语山脉东南侧进来的，与易龙龙他们不在一个方向。他没有带上足够的粮食，又不会自己烹饪，而龙语山脉里并非是个活物就能吃，不少植物有毒。他不像罗兰那样拥有丰富的知识和经验，能够分辨有毒物质以及通过偏门手法去毒，他只能用最笨的办法，每次吃东西前，必须先等数只魔兽以身试毒，确定没问题之后才吃。虽然没中毒，但这导致他一天三顿至少饿两顿半，半个月下来，身体就变成现在这样了。

青骑士活生生的例子摆在眼前，这说明出门在外，随身携带一个像罗兰这样的百科全书兼生活万能手是多么的重要。

堂堂前龙骑士闯入龙语山脉，居然不是因为与强大怪物搏斗战死，而是因为饥饿差点儿下了地狱，本该是十分丢脸的事，但修说出来的时候，神情理所当然，丝毫不觉得难堪窘迫，好像这是很平常的事一样。

讲完这些天的遭遇，修苍青色的眼眸望向易龙龙，简洁地说："我欠你们一条命，今后会偿还。"从罗兰口中得知易龙龙是三人之中真正做主的，他便直接与她对话。感谢的话他不会多说，救命之恩他记在心里，今后会以实际行动回报。

他的言下之意，就是要跟易龙龙等人分手。

其实眼下的状况，跟着易龙龙等人一道是最好的选择：他不仅可以不必再挨饿，还能相互照应。但青骑士脑子里好像天生没有求人这根弦，吃了救命的饭，谢过救命之恩，就打算离开救命之恩龙。

易龙龙原本打算等他自己提出要一起走，结果反倒等来了"大恩不言谢"和"后会有期"这样的话。她不得不主动出击，让罗兰取出信，递过去，"在走之前，能不能请你看一封信呢？"

李维与艾瑞克两人都有自己的人脉关系，对于易龙龙变成人后在人类世界的生活，都做了自己的安排。在最终目的地风都，他们各自找了一个负责接应照顾易龙龙的人，并写下亲笔书函，让易龙龙到达地方后便交给相应的人。

其中艾瑞克的人选，便是眼前的这位青骑士。

修与艾瑞克认识的时候，他还没有被称作青骑士。他们的剑术师从同一位老师，可以算是师兄弟。但学剑的时候，两人并不在一起，只是彼此知道对方的存在。后来艾瑞克流浪四方，曾想找到修，却又因为各种原因错过。

这对师兄弟素未谋面，可世界上有的人有的事并不一定非要见面才明白，正如同艾瑞克直接写信托付修代为照顾易龙龙。后者看完信后，便利落地折好收起，简单地答了一个字，"好。"

他接受艾瑞克的托付，照顾眼前这个女孩。

听到修答应了，易龙龙松了口气。她悄悄地打量笔直站立的青骑士，这个男子身材跟艾瑞克相仿，气质却截然不同。艾瑞克也是剑术高手，却不像修这样，不管站立还是端坐，整个人都仿佛一柄剑一样。

这柄青色的剑，虽然冷漠锋利，却无咄咄逼人的刺眼光芒。

既然答应了要照顾易龙龙，修也知道不可能让这三人跟着自己在龙语山脉中乱跑，而是配合三人的行程。

这样一来，易龙龙一行就变成了四个人，当然，其中一个是龙假冒的。

又过半个多月，四人终于走出龙的故乡，将群山甩在身后。

紫发盗贼发出如释重负的叹息。虽然说前往龙语山脉最初是他的提议，但山脉中的重重危险，加上无处不在弥漫着的威压，让他的精神时刻处于紧绷状态，直到现在，才算完全放松了。

罗兰恨不得立即远离龙语山脉。易龙龙却转过来，定定地看了许久。随后，她表情肃穆地朝苍翠的山峰欠身为礼。

这几个月，她得到了非常珍贵的东西，今后也不会抛弃。那并非世俗意义上的财富。胸前挂坠收藏的黄金珠宝，反而是收获里最次要的。

徒步行至附近的村镇，购置了一辆马车，照样是由罗兰驾驶，却是以一种与来时的匆忙完全不能相比的悠闲，慢慢地驶往遥远的风都。

五十六　他乡·遇故知

奈切斯。风都。

时间刚刚入初夏，但风都一年里至少有三季都吹着和风，徐徐的微风之中，气候十分怡人。

迦南学园的白色围墙外，是整洁清净的道路。一辆棕灰色马车从远处拐角处驶出，车轮缓缓地滚过方正的青岩砖地面，发出一阵阵轻响。

道路两侧种植了繁茂的绿树，在灿烂的阳光下留下两道清爽的荫凉。

学园外的各色商店大都在午休。一个站在门口打扫卫生的店员看见驶来的马车，忍不住好奇地看过去。

马车在学园大门的七立柱前停下。这一处建筑是其创始人在六百九十年前留下的，其意义却无人知晓。这些高达两米的圆柱用上好的白色石料雕琢，其上纹刻有魔法阵，附以固化魔法，使其经历近七百年风吹雨打之后依旧完好无损。

每年夏天的一个夜晚，七立柱顶端便会射出耀眼的白光，直冲天际。但这究竟是做什么用的，恐怕只有已经入土化灰几百年的首任校长才知道。

马车停下后，前方赶车的人首先跳下来。假如不看脸上那道险些毁去眼睛的伤痕，他可以算是个相当英俊的年轻人。他腰间佩着短剑，紫色的头发和眼睛显得很特别。

紫发青年手脚灵敏轻盈地落地后，打开马车的侧门，做了一个请的手势。

首先走出来的人让店员吃惊地张大了眼。他知道那人身份，所以才更加吃惊：素来喜欢独来独往的青骑士，居然像娇贵的公子小姐一样坐起了马车，这是在做梦么？

　　然而青骑士接下来的举动，则干脆让店员情不自禁地将嘴张大到几乎脱臼的程度：青骑士下车之后，居然站在车旁，仿佛侍从一样，等待车中的人走下来。

　　青骑士之后，是一名拥有乌黑长发的美丽少年。他的眼神澄澈干净，即便是在初夏清透的阳光中，也如一汪没有温度不含杂质的水。

　　少年脚才踏上地面便立即转身，展臂伸向车内。他白皙秀美的手上搭着一只小了几号的白嫩小手。接着，他反手一拉，将一个小小的身体拉入自己的怀中。

　　那小小的身体像是努力挣扎了一会儿，才总算从少年怀里冒出头来，却是一个才七岁大的小女孩，稚嫩精巧的面容上挂着无奈的微笑。这女孩虽然看起来年幼，然而她与少年之间，却好像女孩才是较大的那个。

　　觉察到店员的视线，小女孩转过头来，冲着他微微一笑，漆黑的眼眸里却仿佛绽放出璀璨的金芒。

　　这几人便是易龙龙一行。他们从龙语山脉走出来，沿路游玩了一阵，这才抵达风都。

　　奈切斯的风都与莱特帝国的帝都并称为"双城。"假如说帝都是宗教政治的中心，风都则是文化学术中心，它拥有全大陆唯一一所综合学校，该校于六百九十九年前创立，名叫"迦南"。

　　随着时间的推移，易龙龙逐渐了解了大陆上的情形：不管是在哪个世界，都需要知识的散播与传承，学校这种机构也便应运而生；此间虽然不似地球上那样普及教育，但至少在大城市还是会有一两所学院，专门教授各方面的知识技能。这些学院都有共同特点，那便是课程单一，并且规模较小；要么只教剑术，要么只教诗歌文化，因为魔法的特殊性，授课的学院数量更少且与外界隔绝。

　　但迦南不同。

　　风都之所以成为著名城市，并非因其景观，也非什么辉煌历史，而是因为拥有这么一所规模极大的综合学园。

　　魔法，武技，礼仪，宗教，历史，文学，绘画，音乐，乃至不入流的厨艺，家务，工匠……分门别类，各有科系。

　　在来时的路上，听罗兰介绍完迦南学园的情形后，易龙龙吃惊得说不出话来：这个教育模式，不就是地球上最普通的大学吗？

　　修虽然是前龙骑士，但他并不像艾瑞克那样出身贵族，背后有一个富贵家族能随时提供他各种花费。龙骑士也是人，一样要赚钱吃饭穿衣，修的工作便是当迦南学园里的剑术老师。

有青骑士陪同，加上罗兰出示的文件与身份证明，他们很容易便通过门口的值勤守卫，进了学园里。

才进门，易龙龙便迎面看见位于蔷薇花圃中的大理石雕像，雕像的底座上刻有这样的文字：

学问没有贵贱之分，只有高下之别。

自入龙语山脉以来，易龙龙有空的时候便学习认字，学习效果反而比在城市里更好些，现在阅读已经完全不成问题。

她知道这个大陆上阶级分明，魔法与武技高手受人尊敬。然而雕刻的这句话却似乎表明：各种学科，没有哪一种是特别高贵的。不管学习什么，那些知识的内容都彼此平等；只有学得好的和学得不好的，并不是说学魔法的就比学做菜的了不起。

在这个大陆上，这样的理念颇与众不同，虽然它在地球上并不新奇。

易龙龙很感兴趣地想着，随口问了一句这碑文是什么人的手笔，得知作者是学园创始人兼首任校长后，便忍不住对那位创始人有些好奇。

他们昨天入城，买下房子安顿好住处，并签字登记在风都居留；今天，便让修带着他们来学园。

跟广大学生的目的不同，易龙龙来这里不是为了求学，而是为了看书。她希望借用海因涅家族的名头，从迦南学园里全大陆最大的图书馆里借阅书籍，了解龙的习性与能力，并且让林琦增长知识。为了这个，他们必须先去见学园方面的有关负责人。

学园的行政区位于学园后方。穿过学园中心的广场时，易龙龙忽然拼命从林琦的怀里挣脱出来，双脚钉在地面上，目光望着广场上高耸的石碑。

暗青色的石碑有二十七八米高，碑身上雕刻着三句文字。

易龙龙定定地看了许久，只觉得自己心脏急遽跳动，几乎要蹦出咽喉，手脚也控制不住地微微颤抖。

"那……"张开嘴，发现自己的声音变调得厉害。易龙龙连忙深呼吸几下，确定差不多恢复后，才以尽量平静的口吻问道："青骑士阁下，请问，那块石碑上的文字是什么，我怎么看不懂？"

修顺着她的目光望去，冷淡地回答道："这是首任校长留下来的，不知道是什么意思。他说过，假如有谁能补足最后一句，便能继承他的遗产，包括迦南学园百分之三十的所有权。"

那三句文字很简单，都是简体中文：

> 床前明月光。
> 疑似地上霜。
> 举头望明月。

最后一句，石碑上没有书写，但易龙龙心里知道——低头思故乡。

为什么在这个世界会有与前世大学那么相似的综合性学校？

为什么刻在入口雕塑上的理念那么熟悉？

是因为在七百年前，易龙龙前世的故乡，已经有一个人来到这个世界。他来过，活过，在这里的历史上留下属于他的痕迹。

他乡遇故知，已死。

易龙龙心里也知道，前世地球上的中国，她社交范围不广，认识这位首任校长大人兼华人同胞的几率几乎为零。可此时在另外一个世界，即便两人彼此不认识且生死相隔，但她的心里却生出一股亲近认同感来。

或是因为思念着永世不可及的地球，尤其是中华文化，他在石碑之上留下了李白的诗句。而校门口的那七根石柱，现在回想起来，其落在地面的七个点，正好是北斗七星的分布。

易龙龙的小脸涨得通红，脸颊滚烫，好像血都要涌上来。

看见石碑上的字，她错愕之后，心中的狂喜无以言表——这个世上竟然有人与她来自同一地方！有那么一瞬间，自从到来之后便一直不曾散去的孤独感消失得无影无踪。

然而在得知立碑人的身份后，她又立即从欣喜的云端跌落失望的地面。

迦南学园创立已有近七百年，作为首任校长，就算再怎么长寿，到现在骨头也该化成灰了。

现在是上课时间，广场上十分安静，四人站在这里甚是显眼，很快便引起了旁人的注意。不一会儿，便有一名文质彬彬的中年男子走过来，发现了修，忍不住惊讶地道："奥古斯老师？你不是请了十个月的假吗？怎么这么早就回来了？"

来人是迦南学园的老师，也就是修的同事。被这么一打扰，易龙龙也不好继续在这里耽搁，很快便按照预定计划拜访相关人员，要求借阅书籍。

虽然有海因涅家族的特权在，易龙龙却也只能如同学校里普通的学生一样，借阅公众图书馆中的书籍。她拐弯抹角地打听到，还有几间需要高级别才能入得其内的藏书室，但她权限不够，不能入内借阅。

往迦南学园里打了一个转，办完应该办的事，易龙龙三人便在校门口直接与青骑士分别。依旧是罗兰驾驶马车，林琦与她坐在车中。

车厢底座上安装了减震弹簧，马车在行驶过程中即便有什么小的震动，经过缓冲，也只剩下微不可察的起伏。易龙龙盘腿坐在专用的软垫上，小小的身体几乎抱成一团。她目光茫然地望着前方，像是在发呆。

林琦就坐在易龙龙对面，起初只是安静地坐着，不一会儿就不安分起来。他先是抬起手在易龙龙的眼前来回摇晃，见她没反应，便又抓住她的一只软嫩小手，翻来覆去地轻轻揉捏。

按照以往的经验，骚扰到这一步，易龙龙就算在想什么，也会很快醒过来，然后扑上去捏回来。但今天她却好像没感觉一样，甚至还配合地伸出手，让林琦能捏得更彻底。

易龙龙有气无力，林琦也很快失去了玩小手的乐趣。他有些担忧地瞧着易龙龙，忽然伸手将她整个抱起来，"抱抱。"

被忽然抱起来，易龙龙也没反应，只是本能地调整身体，找了个更舒服的姿势。

林琦慢慢地放下易龙龙。

易龙龙这样，他很不喜欢。明明人就在眼前触手可及，可她的灵魂却好像完全抽离，飘飞到了他永远不能企及的地方。

他不知这是怎么了。此刻他和她之间好像有一道看不见的屏障，即便能触摸到身体，也触摸不到心思。本来不管怎么样都应该对他没影响的，可为什么会忽然觉得有些消沉呢？

胸口闷闷的，林琦也学易龙龙那样盘坐，抱住身体缩起来，眼睛却还是忍不住直勾勾望着她。望着望着，他又不知不觉地忘记了刚才的烦恼，专注地在心里描摹起易龙龙的五官来：这是眉毛，这是眼睛……

在两人的发呆出神中，马车很快驶到了家门前。

易龙龙在风都的房子，是昨天入城后罗兰找到城内的房产商买下的。

这是一栋超过九成新的二手别墅，附带庭院，虽然说是二手，但其实还没有人住过。

别墅的前主人是个做贸易生意赚了一大笔钱的商人，本来想好好休息享受一番，但建好了别墅，装修家具都已齐全，他却在入住之前意外身亡。商人没有继承人，这份财产便被没收充公了，并交由房产商代为售卖。

罗兰见庭院环境优美，距离迦南学园较近，且周围环境亦不错，价钱又合理，便干脆将别墅买了下来。

他们才洗劫了一个龙巢，完全没有缺钱的困扰。更何况，即便没有龙的财宝，分别前艾瑞克给了易龙龙一张跨国银行存折，能从别的城市的分行中取钱。虽然初见面时艾瑞克看起来很落魄，可实际上他毕竟身后有家底，出手便是巨款，买了别墅后，存折上还剩四分之三的余额。

打开庭院外的铁门，罗兰驾车驶入，随意地将马车停在一处，拴住马匹，三人便走进屋内。

他们昨天才来，一切都来不及收拾。屋内还是才买来时那样，家具上都罩着一层防尘白布，只有三间卧室昨天被临时紧急清理出来，将就着过了一晚上。

今后他们想要在这里长住，还必须招聘人手才好。

才一进屋，易龙龙便让林琦关紧房门，扯开手工沙发上的罩子，示意二人一起坐下。

等罗兰和林琦都坐下了，易龙龙反而沉默起来。她年幼娇小，坐上沙发后双脚够不着地面，只好悬着。她就这样低着头，两条小腿在沙发边轻轻晃动。

屋内没有点灯，加上门窗都紧闭着，幽暗之中更显寂静，易龙龙能很清晰地听到自己的呼吸和心跳。

犹豫了再犹豫，少女龙龙牙一咬，最终还是说了出来，"罗兰，我知道收集情报是你的专长，我能不能请求你做一件事，尽可能地帮我打探迦南学园自从成立以来的发展过程？包括其历任校长以及那百分之三十所有权的事。"

罗兰深深地看了易龙龙一眼，冷不防忽然问道："你认识石碑上的字？"他本来就擅长察言观色，今天在学园广场上易龙龙的失态又太过明显，想不留意都难。

易龙龙沉默片刻，艰难地点了点头。

确定了这一点，罗兰没有追问下去。他没有问石碑上是什么字，也没有问易龙龙怎么看得懂，更没有问易龙龙跟首任校长是什么关系。

他相当机敏圆滑，知道什么该问，什么不该问。

易龙龙沉思犹豫的时候，紫发盗贼目光亦在不住地闪烁，应承了调查迦南学园的托付。他忽然从沙发上起身，来到易龙龙身前，身体陡然一矮，竟然单膝跪在地上。

 五十七 招聘·小白脸

一跪之后，盗贼重重点头，随即站起来，转身朝外走去。

易龙龙吓得全身僵硬不能动弹。直到罗兰走远了，她才慢慢转头，问身旁的林琦："刚才是我眼花了，还是他骨质疏松摔倒了？"

林琦摇摇头，回答她第一问；再摇摇头，回答第二问。

两者都不是。

别墅一共两层，下层除了宴客的大厅、厨房、洗浴间外，还有七八间作其他用途的房间；上层则有收藏室、休息室、数间卧室及空置房，地下还有酒窖和仓库。

根据初步计算，住在这样大的别墅里，至少需要两个负责平时打扫收拾的女仆和一名厨师，平时出入还需要马车夫。最好再请几个护卫做做样子，以保障别墅的安全，防止小偷乃至强盗光顾。

这些招聘职位，罗兰一个人就能胜任，但辛苦了他这几个月，易龙龙也不好意思继续压榨他身上的剩余价值。而请护卫则只是为了做做样子，毕竟这么大一间宅院，假如没有几个保镖，可能每天都会被贼给惦记上。

真正珍贵重要的东西都收藏在易龙龙胸口的挂坠内，谁来了都偷不走。

最初，他们在附近随便贴了几张招聘启事，很快就有年轻女孩上门应聘。不过新上任的女仆有个坏毛病，工作不怎么勤快，却很喜欢打扫林琦所在的地方，林琦走到哪儿，她们就打扫到哪儿，因此经常是不到半天就被易龙龙辞退。

一连辞退了三四拨女仆后，易龙龙这才意识到，林琦的魅力对没有受过专业训

练的女仆来说是招架不住的。她只得将几个待应聘职位交给专门的职业介绍所，缴纳相应费用，两天内，对方便送来一批高素质的应聘者。

中介所需的费用很是不菲，但提供的人选质量也比易龙龙自己私人招聘来的强。这些女仆都是从落败的商人或贵族家里辞职出来的，原因往往是因为主人支付不起工资。她们都毕业于迦南学园的家政专业，算是非常高素质的女佣，不仅持有专业证书，而且外貌清秀，举止言谈文雅，态度温顺服从，还有工作经验，当然也有不觊觎美少年的职业素养。

家政专业是迦南学园首创的学科，首任校长最初开设这个专业时，曾有人取笑他居然连如何服侍人都要教。但迦南学园家政专业出来的学生，成了全大陆素质最好的管家和仆人，只要手执一份该校家政专业的毕业证书，就代表最优质舒适的服务。

被送来的女仆共四人，易龙龙特地让林琦在她们面前走了一遭，轮流让她们自我介绍。这四人没有一个脸红的，更没有人盯着林琦不转眼，只低头恭敬地报上姓名及过去的工作经历，言辞条理清晰。易龙龙高兴之下索性全部雇用，反正她也不缺钱。

询问后得知，四个女仆都会厨艺，并且考取了初级厨师资格证书，易龙龙干脆省去了招聘厨师，让她们轮流做饭。

易龙龙招聘人手时，把面试场地放在庭院的空地中，身后是精巧的喷水池，周围种满了绚烂的蔷薇。她半躺在折叠小床上，身前是白漆雕花茶几，零食饮料一应俱全，头顶上是巨大的遮阳伞。她挥手让新招聘的专业女佣进屋收拾，接着一边嗑瓜子，一边审视女仆之后才轮到面试的二十名青年男子。

这些人都是来应聘保镖护卫的，大部分是迦南学园出产，来自保安专业。

比起温顺可人的女仆，易龙龙明显在部分应聘者脸上看见了一丝傲气，甚至有几个流露出对她这个雇主不以为然的神情。他们大概是轻视她的年龄，也可能因为易龙龙优先招聘女仆，把他们晾在一边，让其中一些人不满。

虽然同是服务性行业，但保镖这种职业听起来总比女仆要气派体面些。而普遍的世俗看法，也认为服侍人是低人一等的工作，因此对于易龙龙的女士优先，未来的护卫们感到十分不快。

易龙龙抬起手来，伸手去拿茶几上的果汁。但她人小手短，身体又躺着，一下子够不着，手在桌沿边虚抓一下，抓了个空，顿时引得保安专业队伍中轻笑出声。

易龙龙没在意，只侧了一下身子，打算爬起来拿。但林琦已经抢先一步，端起玻璃杯，半蹲下来，杯口微侧，放在她的唇边，只要她张口便能喝到。等她喝了一小口冲淡的橙汁，林琦便体贴地掏出柔软的雪白丝帕给她擦嘴，动作轻柔得好像唯恐擦伤娇嫩的肌肤。

从前在外面时，易龙龙有时候练习完魔法全身感觉被抽空，懒得动手，就是林琦喂她，如今也是一样。但保安专业队伍中却有人发出低低的嗤笑，"原来是专门服侍有钱小姐的小白脸。"

他话一说完，便有其他人也低低地发出了赞同的笑声。

易龙龙微微冷笑一下，转头问陪同前来的中介人："能详细介绍一下这几位的来历吗？"

中介人觉察到雇主的不悦，流露出歉意道："您知道，保安专业方面的人手一向比较紧缺，优秀及有经验的人才都在第一时间被挑选走，这些……"

他没有说下去，但易龙龙也能明白他的意思，眼前轮到她挑选的，要么是淘汰下来的，要么是初出茅庐的新手。

她不在乎被嘲笑，但她在乎这帮家伙对林琦的不尊重。她压制住心中的不快，瞥了一眼这二十人，仔细观察他们的神情。过了一会儿，她拍拍手，露出若无其事的笑容，"请各位依次对自己的身份及能力做一下自我介绍。"

二十人之中，唯独让易龙龙比较留意的有三个人，也是年龄最小的三人。一个是红色头发的清秀少年，名叫尤金；另外一对少年是双胞胎，拥有非常柔软蓬松的鹅黄色头发，一个叫朱利安，一个叫朱利尔斯。叫朱利安的那个是弟弟，神情拘谨些，哥哥朱利尔斯看起来机敏聪明些。

这三人都没有保安专业的毕业证书，不过尤金有驾驶马车的本领，能做杂务；而剩下的双胞胎则都有剑师中位的资格证书。

基本上，拥有剑师中位资格，就算是身手非常高明了。在场的众人，除了他们外，就只有一个保安专业的拥有剑师下位证书，已经是其中的佼佼者。

更何况两人还那么年轻，今后成长的空间非常广阔，这样的人，怎么会没有工作，以至于和一般的保安专业毕业生一起来应聘呢？

易龙龙极有耐心，足足等了半个多小时，听完所有人的自我介绍，包括自我吹嘘，才慢悠悠地说明白考核方式，"我要的是最好的保镖护卫，所以我要给你们一个测试，以测试的结果来决定是否录用。"

一旁的中介人闻言，连忙接口询问："请问您的测试方式是什么？"来此之前雇主并没有说要测试，只说需要些人手，让他多带些来方便挑选。但他见易龙龙似乎有些生气，害怕她故意刁难，假如带来的二十名护卫一个不剩地给带回去，他这个月的工作业绩会受到影响。

易龙龙微微一笑，"放心吧，测试很容易很简单。你们看到我身边这位了吗……不是让你们看中介人……转过来，看这个少年，介绍一下，他叫林琦。我的测试就是，待会儿我喊开始后，一对二十，你们一起围攻他，可以随意使用武器，谁能打中他一下，就算是过关。"

她这话一出，周围空气顿时凝滞了片刻，好像所有人都停止了一两秒的呼吸。

一对二十，这话说得……太嚣张了。

甚至当场有人产生了诸如"她跟这少年有仇吗"此类的感想。

先不说二十人之中有两名中位剑师与一名下位剑师，剩下的成员大部分都有剑士资格证书；同时与十多名剑士加上三名剑师较量，就算是上位剑师，也不一定自信能安全无恙。

林琦女孩般美丽的面容时常会给人一种柔弱的错觉，他的力量都藏在稍嫌单薄的身体中，完全不显露出来。虽然易龙龙早就知道这少年的真正实力一点儿都不柔弱，但眼前的众人却不晓得，只以为眼前的贵族小姐太看不起他们——顿时就有人被激怒了，冷笑着问："能随意使用武器，万一不小心把他打伤甚至失手杀死了，该怎么办？"

易龙龙指了指放在茶几上的蛋挞，林琦赶紧用勺子挑起一只，装进银制小碗里，端起捧上。烤得松脆的蛋挞皮内，是色泽鲜艳明丽的凝固蛋浆。她伸手拿起来，咬一口，浓郁的香气便在齿间弥散开来，"死伤不论。"心想，明天再光顾隔壁街上的那家点心店。

听到她这句话，大部分应聘者都放下心来，有人甚至已经怜悯地看向林琦。众人取出各自的武器做准备，有的是剑，有的是斧，也有刀和长枪。那个叫尤金的红发少年是空手，而双胞胎每人拿着一柄弯刀，手握在黑色镶金边鳄鱼皮刀鞘上，刀柄压在腕侧固定，似乎就打算以刀鞘做武器。

见双胞胎竟然这么做，易龙龙有些惊讶地道："用刀鞘的话，不能完全发挥你们的本领吧？假如是参加测试，最好拿出你们的全部本领。"

双胞胎对视一眼，其中较为拘谨的朱利安露出温柔的微笑，"我们是来保护人的。"

紧接着朱利尔斯嬉皮笑脸地接上下半句："不是来杀人的。"

听到他们的对话，周围跃跃欲试的其他应聘者也稍微冷静下来，心想这或是雇主故意设置的圈套，假如有人下手狠了，反而可能会被淘汰。原本打算一上来就下狠手的众人，此时纷纷改了主意，决定待会儿不攻击林琦的致命部位。

等林琦走到二十人身前不远处，易龙龙坐起身子，从茶几上抓起一个核桃，向上轻轻一抛，核桃落在木质茶几上，发出啪的一声脆响，"开始。"

二十一道人影同时动了。一个方向有二十道，另一个方向只有一道。

易龙龙慢条斯理地咬下第二口蛋挞。她嘴巴很小，吃东西的模样也十分斯文秀气，在蛋挞边上咬下一口，留下个细巧的牙印，正好挨着先前留下来的咬印，好像小老鼠沿着边缘一口一口地啄。

她抿起嘴唇，等唇齿间浓郁的味道慢慢散开，过了片刻，又喝了一口橙汁，抬眼望去，"结束了？很好。"

中介人已经傻了。

双胞胎虽然还勉强站着，但两人衣服上一人一个脚印，眼中隐带痛苦神色，显然也是吃了亏。

身手最高明的两人已经这样，剩下十八人的状况更加糟糕。他们无一不是倒在地上，刚才发出笑声嘲笑易龙龙的那几人，还被特别关照了两下，关节都给卸开了。

现在距离易龙龙喊开始，也不过才十几秒的时间。众人看林琦的目光已经由轻蔑不屑转为惊骇。虽然其中双胞胎两兄弟因为使用刀鞘做武器制约了发挥，但能够这么快打倒他们所有人，林琦的实力至少超出了一般上位剑师的水准。

对于这个结果易龙龙一点都不意外。所谓的测试，不过是下马威的过场仪式而已，她之前还特意交代林琦留手，不要像从前对付白牙那样一招毙命。

控制着自己的力道连击二十人，林琦后退几步，连呼吸都没有凌乱。他只是转过身，快速地跑回易龙龙的身边，眼巴巴地望着小女孩。

见他一脸"夸我吧夸我吧"的神情，易龙龙笑了笑，起身站在折叠床边。而林琦配合地低下头去，正好让她伸出带着软嫩肉坑的小手摸个正着，"做得很好。"

少女龙笑眯眯地夸奖了一句林琦，随即转过头去，招呼中介人转过头来，"把名单给我，我留下几个。"

最后被易龙龙留下来的，是双胞胎兄弟和那名叫尤金的少年，以及剩下十七人之中未曾明显流露出瞧不起林琦神情的四人——其中便包括下位剑师。至于其余人，便让他们从哪儿来回哪儿去。

敲定了工作人选，中介人拿出几份雇用合同让易龙龙签字，并盖上她的魔法印章。

魔法印章是贵族专用的个人标记，是用一种天然生成纹路的石材雕琢而成，并附加魔法符号标记来区分，非常难仿制。艾瑞克给易龙龙准备的行李中就有一枚这样的印章。

等中介人带着被淘汰者走了之后，双胞胎里的一个走了出来。这两人服饰打扮相同，乍一看甚至分不清楚他们谁是谁。定睛看了一会儿，易龙龙才有把握地问："有什么事吗，朱利尔斯？"

她是这么记的：较外向的那个是哥哥，名字长一点，内向些的是弟弟，名字短一些。

朱利尔斯露出一抹无所谓的笑容，"老板，能不能预支给我半个月的酬劳？"

易龙龙扬扬眉，"理由？"

朱利尔斯耸耸肩，"我们昨天来到风都的时候已经身无分文，找了家旅店住下，还没有支付食宿费用。"他本来打算看看今天能不能找到工作，假如找不到，就带着朱利安偷偷逃走。

双胞胎兄弟带着半个月的预支薪金去而复返的时候，已经是傍晚。易龙龙给他们安排了一间较大的房，正好够两人住的。同时嘱咐他们今天先休息，明天正式开始工作。

她回到自己房间时，林琦正坐在床边。床头柜上的黑色托盘中，放置着一颗拳头大小的水晶球，其上正显示出两个人影来。

风都是文化教育中心，其对魔法的研究与运用也比别处更为彻底，在这里能买到更先进和花样繁多的魔法道具。现在床头柜上的，正是能传输影像和声音的魔法道具，另外一部分装置秘密安装在双胞胎房中，相当于地球上的监视器和窃听器。

一来是易龙龙不放心双胞胎的来历；二来，也是为了试用新买来的监视魔法装置。

 **十八　从前·不相识**

脱下鞋，蹦上柔软的床，易龙龙跪坐在林琦身边，目不转睛地望着水晶球。

水晶球中，隐隐约约地显出两条人影，脑袋上顶着一模一样的鹅黄色松软头发。水晶球个头太小，显现出来的影像亦有些模糊，球中的两团鹅黄头发看起来好像两块会移动的蛋糕。

魔法监视器是一块剔透的菱形水晶，名字叫洞察水晶，安装在双胞胎卧室上方的吊灯上。不熟悉魔法的人，只会以为这是灯具本身的装饰，而不会想到水晶后一双眼睛静静地凝视着屋内的情形。

买到了这样方便的魔法道具后，易龙龙的第一反应却是悚然一惊，忍不住努力回想当初在公爵别墅里时，房间里有没有这样类似的装置。但后来转念一想，她又安下心来，公爵应该不至于连个小孩都要监视，加上那时候有艾瑞克在暗中照看，想必就算出什么纰漏，也会帮忙遮掩过去。

林琦用魔力操纵着水晶球，让影像尽可能清晰些。易龙龙一边盯着，一边心里盘算着下一回去那家魔法道具店内买更高级的装置。了不起就是多花点钱，不然看个直播都得这么费劲。

两兄弟进屋关门，脱下外衣，一个坐在床边，一个坐在椅子上。

其中床上的那块蛋糕长长地舒了一口气，说："几个月了，总算是有了安稳的地方，我们应该彻底跟莱特帝国的过去撇清关系了吧。"听他那飞扬跳脱的语气，应该是较为外向的哥哥朱利尔斯。

接着，另一块蛋糕发出不太确定的声音，"或许吧。"

大概是有些牢骚，朱利尔斯郁闷地说："真是的，我们两个本来应该是前途无量的著名佣兵，怎么料到竟然那么倒霉，选择哪个佣兵团不好？竟然选择了白牙！前一天才通过中介所填写了入团的申请，第二天就得知白牙佣兵团叛国的消息。"

　　被监视的两兄弟颇为轻松，但易龙龙听到"白牙"这个词时，禁不住面色微变，身体也不由自主地僵硬起来。

　　双胞胎的自荐资料上，除了武技水准和原本的国籍，其他方面语焉不详。她万万没想到，这两人竟是白牙的漏网之鱼。

　　虽然已经过了许久，但再遇到跟白牙佣兵团有关的人，易龙龙还是禁不住心慌意乱。她紧紧盯着水晶球，两只手放在身侧，不自觉地握成软绵绵的小拳头。下一刻，一条手臂从她身前绕过，轻轻地将她环入一个温暖的怀抱里。

　　易龙龙一怔，接着才反应过来是林琦抱着她。

　　少年的身体虽然单薄，但怀抱对于一个幼小女孩却是足够了。他修长的手臂异常稳定，用力地拥抱着小女孩娇软的身体，却什么都没说，就只抿着嘴唇，固执地抱着。

　　虽然被勒得有些喘不过气来，可易龙龙却豁然露出微笑：白牙佣兵团又怎么样？有林琦在呢，不必担心——他的拥抱是这么说的。

　　易龙龙反手抱住林琦的手臂，就这么静静地窝在他的怀里。解除心头的警报，她又慢慢地从双胞胎兄弟的对话里，得知他们的来由。

　　朱利尔斯与朱利安原本是莱特帝国的人，两人初出茅庐，想找棵大树靠着好乘凉，挑选来挑选去，他们选择了白牙这个著名的大佣兵团，通过中介所提交了希望加入的申请。

　　两人前脚才提交完，打算回头休息两天等结果，却等来了白牙佣兵团叛国的惊人消息。虽然两人并没有正式加入白牙，但他们不确定自己是否也会被牵连，在偏僻的乡下躲了几个月后依旧无法安心，便偷偷地来到奈切斯。之所以选择来风都，是因为这里的居留证比别的地方更容易获得。

　　风都虽然在名义上隶属于奈切斯这个国家，但其政治体制却是本城自治。城主为最高决策者，拥有高度自治的权力，行政、法律、军事和经济都自行管理，有的在风都长大的居民甚至只知道有城主，而不知道有国王。

　　这也是七百年前的事，与迦南学园成立的时间相隔不远。因为立下了极大的功勋，奈切斯的国王问当时的城主要什么，后者便要了这座城市的自治权，几百年数十代的经营，让风都更加兴旺发达。

风都自获得自治权之后，曾经因为需要招揽足够的人才，修改了一部分法令，其中一条便是有才能的人即便在别的地方犯了罪，只要不是灭绝人性的罪行，来到风都，并且立誓遵守风都的法律，就会受到城主的庇护。因此，风都的另一个名字叫"自由之城"。

全大陆独一无二的学校，与众不同的首任校长，精彩纷呈的学术研究，包庇罪犯的狂妄法令，无人可撼动的独特地位——这是一个充满了传奇的城市。

朱利尔斯和朱利安虽然拥有高明的身手，但两人也有自知之明：假如他们上了莱特帝国的通缉名单，两人的力量绝对不足以与国家机器相抗衡，能与国家抗衡的，只能是另一个大团体，至少是一个城市。

来到风都没两天，两人身上的钱已经用光，不得已出来找工作，却误打误撞，正好投入了害得他们离开故国的易龙龙手上。

双胞胎只说了寥寥几句话，但易龙龙心里却好像过山车一样高低起伏。直到确定他们只是还没加入白牙的编外成员，投入她手下也只是偶然，她才放下心来。

想了想，她还是决定留下孪生子。毕竟他们只是偶然到了她手下，而且也算是受她的牵连。假如他们将来有什么异动，以林琦的实力，足够在他们做出不利举动之前灭口。

除了双胞胎来历有些问题外，其余的新招募员工来历都还算清白。尤金是本城普通人家的孩子，从小梦想成为英雄，跟一个老佣兵学习武技，也一样没有保安专业证书；但他非常机灵，会赶车，还会做杂活，加上外貌也讨喜，易龙龙抱着多一个人不多的想法，也留下了他。

日子如水流过，在招募了新人后，别墅内外终于步入正轨。易龙龙每天都躲在卧室里，研究自己的龙语魔法，林琦在旁陪伴，而另有任务的罗兰则每天早出晚归。

一周后的中午，罗兰意外地提早回来，直接来到易龙龙的卧室前，敲门入内。

反手关上门，他看着易龙龙，"你要知道的事，我查得差不多了。"

易龙龙最想知道的，自然是有关迦南学园首任校长的事。

但凡是历史上里程碑式的著名人物，身死之后总是会留下这样那样的传说。而因为时间的推移，口耳相传的夸张放大，各种宣传方面的需要，几百年后，流传下来的事迹能保持百分之五十的真实度就算难得的了。

就好像有一位广受敬仰的剑圣，他年轻时刚出来历练冒险时，第一战的战绩是打败了几个试图打劫他的拦路强盗，战果是保住了钱袋里的十二个银币。那时候剑圣还只是个笨拙的年轻人，剑术也不够高明，只是勉强获胜；但等到他成名之后，这一战被传颂时，就说年轻的剑圣大人只用了一剑，就击败了几个穷凶极恶的抢匪。

一传十，十传百，又将这个数字逐次放大，从几个，到十来个，到二十来个，到几十个，到上百个……

最后被记录在历史教科书上时，已经变成：剑圣大人刚出道时，听说某处有山贼横行，为了维护正义，他单人只剑杀上山去，一夜之间剿灭了上万名山贼，而他当时所用的只值六个银币的劣质铁剑，也被说成是不知名的绝世名剑。

传闻是这样不靠谱，因此，间隔了七百年，罗兰也不清楚自己所搜集的信息真实度几何，只能把纷繁的诸多说法全部告诉易龙龙，让她自己判断。

首任校长出身一个落魄贵族家庭，在其十五岁之前，一直没有表现出什么天赋，然而十五岁后生了一场重病，之后便如同被拭去了灰尘的明珠，完全变了模样。

从前性情懦弱的少年首先做了一件事——他离开那个已经开始走向没落、内部成员依旧彼此争斗不休的家族，接着便开始四处旅行增长见闻。

令人奇怪的是，他在旅途中很喜欢自己改名字，有时候自称"孤独的九柄剑"，有时候又自称"不害怕·张"，又有时候自称"整栋别墅都是鲜花"，每个名字都非常古怪，到了五年后，他才算是换了个正常普通的名字——迦南。

迦南是个很有智慧的人，他改良了当时的造纸技术。那时候的纸张薄而脆，不利于长时间保存储藏，只能用羊皮纸书写，导致书籍的价格十分昂贵。自迦南改良了造纸术后，纸张迅速取代羊皮，成为更为廉价的书写工具。

在纸张之后，他又首先提出"魔法应该是为了生活而不是为了战争服务"的观念，并且率先提出了一些使用魔法的全新方向。经过几百年的发展，虽然进展缓慢，其成果已经展现在了易龙龙面前：以魔力为动力的工厂，在冬天用魔法制造的地热，魔法道具店里的各种商品，包括易龙龙前些天买回来的监视水晶。

这些，都是因迦南而诞生的。

除了这些外，迦南最大的成就是集结巨额资金创建了迦南学园。他在这里推行他对于学问的理念。

迦南的一生是充满传奇的一生。他不是强若剑圣的武技高手，也没有成为顶尖的大魔导师，但这几百年来，他的学园培养出了大陆上五分之四的剑圣与大魔导师。他活着或死后，即便是掌握重权的将军、一国的宰相甚至国王，只要曾在迦南学园学习过，都得恭敬地叫他一声"校长"。

易龙龙听得心潮澎湃。

她已经几乎能完全确定，这位迦南是与她一样来自同一个世界，生前还看点儿武侠小说，穿越成为十五岁的少年。虽然事前早有心理准备，但听罗兰说了迦南一生的经历后，她还是禁不住入了神，心情随之起伏。

除此之外，她还有一些羡慕，倒不是羡慕迦南流芳百世，而是羡慕他运气好，能保持人的身份。

说完了迦南这个人，罗兰又开始说迦南学园。其实迦南学园虽然表面上看起来风光，但因为必须开设一些不怎么赢利的专业，加上大力支持魔法的研究和维护学园设施，每年的消耗都非常大，依靠学园本身的收入，几乎不能维持正常运作。

迦南曾经从一条龙那儿获得一笔巨额财富，才顺利建成学园并扩大发展。但他死后，学园的经济曾一度陷入危机，不得不向外界集资，以学园的部分所有权吸引商人贵族掏钱，换而言之，就是股份制。

不管如何变迁，始终有百分之三十的股权捏在迦南的手中。迦南一生都没有结婚，没有留下后代，他的遗产包括学园所有权，都暂时委托给信任的朋友世代保管。假如有人能解开他留下的谜题——也就是石碑上的那三句话，谁能正确地添上最后一句，便能够从他朋友或其后人手上取得百分之三十的所有权。

易龙龙倒是知道答案，但现在的问题是，钓竿上挂着一块大蛋糕，就在她眼前勾引似的晃来晃去，她究竟要不要蹦上去一口吞下肚呢？

假如吞下去，说不定会惹来什么麻烦，但假如就这么放弃，她又不甘心。这摆明了就是留给她的遗产，难道还有白白推开不要的理？

沉思了许久，易龙龙抬眼看着垂手站立在一旁的罗兰。见他低眉垂目，一副非常严肃恭敬的模样，她心中一动，忍不住问道："你觉得，为什么我会认识石碑上的文字？"她现在要知道，从旁观者的角度看，是怎么想的。

罗兰有些讶异地抬了抬眼，好像在吃惊为什么易龙龙会问出这样的问题，"几百年前，迦南不是曾经获得过龙的财富么？"

易龙龙一怔，随即恍然：当初是龙资助迦南创立学园的，加上她现在身为龙族，导致罗兰很容易地就误以为石碑上的中文是龙族的什么特殊暗号，完全不觉得奇怪。

再退一步想，即便不知道她龙的身份，从旁人的角度看，也仅仅会以为她的先祖曾经跟迦南有过什么关联，而不会想到真实的状况。

但，究竟要不要呢？

虽然从情理上这笔遗产应该归属于她，但是否真的有这个必要冒险，去站在他人目光的焦点处？忽然冒出来的继承人，怎么说也会吸引许多人的注意力。

她现在的状况是，拿了，会冒风险；不拿，又觉得可惜。

罗兰站一旁冷眼看着，观察小女孩脸上现出的挣扎犹豫之色。正当那神色转为放松，似是打算隐忍放弃之际，他忽然开口，说出最关键的事宜，"学园的机密藏书室中，有一些不为人知的资料，包括迦南的手札，以及一些外族包括龙族的隐秘报告。"

他话音才落，易龙龙当即断然拍板道："赌了！"

舍不得孩子套不住狼，舍不得龙龙套不住迦南！

五十九　仇敌·白日梦

重重地一拍床头柱，易龙龙又斜眼瞥向似笑非笑的盗贼，"我说，罗兰，说实话吧，你有什么目的？"

这些天来罗兰一改往日态度，表现得异常恭敬，刚才又引诱她跟学园牵扯在一起，肯定不是被她身上的龙威之气给折服了，而是另有目的。

所谓无事献殷勤非奸即盗。世界上没有白吃的午餐，想起自己吃了罗兰这么多顿，对于罗兰的所求，易龙龙已经做好了足够的心理准备。

马车在迦南学园门前停下来，尤金利落地跳下马车，殷勤恭敬地给小主人拉开车门。

他的工作与其说是保镖，不如说是车夫更加适当些。当日录用的所有武者中，以他的剑术最为低劣，但胜在手脚利落，加上外貌出色，打扮一下带出去十分体面，因此罗兰便给他安排了随从的工作。

目送三人走进学园大门内，尤金发了一会儿呆，才收回目光叹了口气。这个地方，从前他曾幻想着进入，比如学园校长或哪位资深老师无意中发现他的潜质，免费让他入学，并且提供一切生活所需资金——不过迦南学园的人似乎都很没眼光，不能从人群中发现像他这样的金子。

跳回赶车的座位上，年轻的随从自身子底下摸出一本封面有些残旧的《少年成长传记》。这是一本讲述一个普通平民少年如何通过努力和运气，获得美丽的贵族小姐青睐，从而成就了一番大事业的故事。小心地翻到上次折页的地方，尤金双眼放光，津津有味地看了起来。

　　他一边看一边在心里幻想着：他这次的雇主海因涅小姐的姓氏，即便他不是莱特帝国的人也曾听过。看样貌，小姐将来会是难得的美人，假如能够取得她的青睐，至少能少奋斗一百年……不过她现在这个样子，会不会太小了一些呢？

　　易龙龙自然不会知道随从正在做白日梦。她正被林琦抱在怀里，扭头左顾右盼，重新打量着迦南学园。这是她第二次前来。上一次，她最初心里只想着图书馆，后来又因为发现石碑上的文字感到震撼，以至于忽略了其他许多，现在才算是头一次认真地审视学园全貌。

　　学园内多见白色的建筑，放眼看去，显得肃穆而美丽。有教学楼、实验楼、行政楼、图书馆、武技馆、纪念厅、演武场，以及食堂宿舍、植物园和魔兽屋。校园内还设有各种售卖日常用品的商店，也有放松娱乐的茶室。听着这些名词，易龙龙更加能确定，迦南学园是地球上大学的翻版，只不过结合这里的实际情况，做了一定程度的调整。

　　上次来的时候，大部分学生都在教室内上课，这一回正好赶上了休息时间。学园内不少学生三三两两地结伴走着，穿长袍的魔法师抱着书籍闲适悠然，身穿劲装的武者佩带长剑，步伐更矫健些。其他的专业，除了刚下了女仆课的同学外，其余的人从外表上看不出身份来。

　　学园内学生的年龄基本在十五六到二十三四之间，连空气里都洋溢着青春的朝气。不管是文雅的魔法师，还是英挺的武者，或是未来的女仆，大部分人的脸上都带着一丝宛如新发青芽一样的稚嫩。

　　偶尔有几个人注意到易龙龙一行，也仅仅是投来好奇的几眼，依旧是继续自己的事，或聊天，或赶路。

　　易龙龙看得羡慕不已。她前世重病，青春期基本都在医院里度过，对外界的了解无非是通过网络和书籍，学习也是如此，关于学校的事，都是从网上、书上看来的。但那时候不管她怎么渴望，因为身体的缘故，始终不能踏入校园。却想不到在另外一个世界，能如此接近前世的梦想。

　　所谓越是得不到的便越是想要。倘若易龙龙前世上过学，受过考试的严重摧残，可能就不会产生这样的想法。但现在，看到迦南学园内的学生，这个渴望无可遏止地萌生滋长起来。

　　心动不如行动，易龙龙立即转头问罗兰："你知不知道怎么样才能在这里学习？"

这时候，正好有一男一女走了过来。少年身穿法师袍，少女则身穿女仆装，他们的手挽在一起，应该是一对恋人。男的正好听到易龙龙的问话，随即笑嘻嘻地接上，"这位小妹妹，你想入学的话，至少要等六七年后再来。你这个岁数，学园是不收的。"

年龄！

易龙龙郁闷得险些吐出血来。她还是龙的时候，就因为"发育不良"、年龄幼小，屡次被艾瑞克嘲笑，好不容易变成了人，却还是因为人小腿短，平时不得不让林琦抱着走，就连想上个学，也还是因为年龄小而被拒之门外。

易龙龙双手抱着林琦的脖子，换个姿势，恳切地看着那位少年魔法师，"这是学园规定？有没有办法修改？"

对方耸了耸肩，对易龙龙这么天真的问题不以为然，"当然不可能，这是学园的规矩。除非你是学园董事会股东会成员，或是学园的特殊高层。"虽然只将易龙龙看作不懂事的小女孩，但少年说话的语气还是十分温和耐心。

易龙龙原本正失望着，听到他的话，忽然笑起来，"只要董事会及股东会成员就有决策的权力吗？"得到这个信息，她不再多问，冲那少年点了点头，随即拍拍林琦，"好了，我们去见校长。"

迦南学园一侧的行政楼内，位于最顶层的校长室分外豪华，占据了几乎半个楼层。地上铺着猩红的厚地毯，周围的落地窗都是用特殊的魔法材料制作而成，视野良好，能从室内看室外，反过来视线却会受到阻隔。

天花板上的魔法灯由上千枚细小的水晶组成，每一枚水晶内都流动着不同形状的亮光，好像细小的游鱼一样在水晶内游来游去。易龙龙自从一进屋便盯着魔法灯瞧，一直到坐在黑色办公桌后的男子出声召唤，她才恋恋不舍地收回视线，看向此行的目标：宽达五六米的黑色沉重办公桌后，坐着一名四五十岁的男子，中等身材，神情沉稳干练——他就是迦南学园的现任校长泰伦斯。

办公桌两旁立着两名侍从。就连易龙龙也看得出来，这两个人一个是魔法师一个是武者，他们真正的身份是保镖。

注意到易龙龙的视线，泰伦斯笑了笑，"海因涅家的小姐对这盏魔法灯有兴趣吗？"

易龙龙眼珠子微转，甜甜地笑起来，"是呢，我从来没见过这么漂亮的灯具，这是从哪里购买的？"

泰伦斯露出有些骄傲的神情，"这盏灯是全大陆独一无二的，是学园里数十名学习魔法道具课的学生一同制作，送给我的礼物。"说完，他导入正题，"请问海因涅小姐提出要见我，是为了什么事呢？"

易龙龙微微一笑，"请原谅我的冒失，我这一次，是为了学园股权的事而来。"

泰伦斯一怔，随即站了起来，做了一个请的手势，"请坐下说话。"

在办公桌前几米外有一排长沙发。易龙龙拍拍林琦，后者随即抱着她走过去，将她好像布娃娃一样娇小的身体放在过大的沙发上。

易龙龙拍拍白嫩的小手，站在沙发后随侍的罗兰随即开启魔法锁提箱，取出一份文件证书，向泰伦斯展示。

在龙语山脉中，易龙龙身上的龙族气息是最有效的护身符；而在人类世界里，海因涅的姓氏，则又是上佳的通行证。

来见泰伦斯并非莽撞决定的。易龙龙先是去信前往莱特的帝都，与艾瑞克取得联络，暗示想要跟迦南学园扯上关系。随后，她很快便得到了回复，让她放手去做。

海因涅家族的财势远超出易龙龙的想象，即便是在莱特帝国之外的迦南学园里，也有他们的一部分投资，占学园股份的百分之五——也就是现在拿在罗兰手中的这份股权证明。

356

因为迦南学园发展早期很是缺钱，不得不拆分学园所有权成股份吸引投资。历经几百年发展至此，除了百分之三十的所有权还固定地留在迦南的遗产中外，其余百分之七十都已被各方经济政治势力瓜分完毕。

学园高层分为股东会和董事会。股东是老板，拥有最高权力，董事则是管理层，由股东选择出来代替他们效力。

现任校长泰伦斯也是董事会成员，同时掌握百分之八的股权。

易龙龙想要进作为管理层的董事会，就必须从股份这边下手。虽然她只要填出石碑上那首诗的最后一句就能平白得到百分之三十的股份，可她并不打算直接这么做——或许当初迦南立下遗嘱时是真心实意的，他负责管理遗产的朋友也忠诚可靠，可已过了这么多年，传了这么多代，谁知道那朋友的后代会不会不认账？

因此易龙龙便通过艾瑞克，取代了公爵原本在学园的代表，代为管理这百分之五的股权，打算先看看苗头，再徐而图之。

现在海因涅家族已经暗潮涌动，忙着内斗和准备内斗的家族成员们根本无心理会远在外国的这项投资，就连公爵也没怎么在意。当艾瑞克表示对迦南学园有兴趣时，为了拉拢自家弟弟，公爵几乎没怎么考虑就同意了。

公爵那边以为是艾瑞克管着迦南，而泰伦斯看见易龙龙携带的股权证明文件后，先是吃了一惊，但很快就自作聪明地认为她只是海因涅的一个招牌，真正负责事宜的其实是她身边的辅佐者。

两边都没有太过将易龙龙放在眼里，却不知道这个小女孩才是促成一切的幕后主使。

不过，作为学园管理者的董事会成员，是需要由股东选举的，易龙龙手头的股份份额太小，不得不寻求其他支持者，泰伦斯便是她第一个找上的人。所以她收回带着魔法印记的股权证明，笑眯眯地说：“作为海因涅家族的代表，我希望校长能推举我进董事会。”

交谈的过程中，泰伦斯对于那个在异国他乡的庞大家族暗暗感到吃惊与敬重：不愧是海因涅家族，就连出来的一个小女孩也是神情沉静，言辞谈吐条理分明，哪里像是七岁的女孩。假如排除外表和声音的因素，说她十七岁都可以。

他甚至盘算着，等今后跟这位有了交情，一定要打探清楚海因涅家是怎么培养高智商小孩的，用在他未来的孙子身上。

于是他同意在半个月后即将举行的股东选举中支持她成为董事会成员之一。

达成了来时的意愿，易龙龙十分高兴，虽然知道在这种场合不该表现出太明显的情绪，但她还是发自内心地感到欢喜。

一直到出了校门，易龙龙的笑意才微微收敛，好像如释重负般长舒了口气。

涉及诸如金钱交换和权力夺取，不管是对于前世还是现世的易龙龙，都仿佛是另外一个世界的东西。假如只想要那些高层资料，按照单纯的思维路线，她更加愿意让林琦直接潜入学园内藏机密的地方，将她要的东西全偷出来。

但不行。

一方面是因为迦南的来历，与她有遥远而亲切的关联，她想更加深入地接近和了解，而不是粗暴地攫取；另一方面，则是由于迦南学园拥有全大陆最强悍的魔法防御体系，几百年来没一人能入侵成功。虽然易龙龙相信林琦拥有出色的本领，但她并不希望他平白冒险，宁愿自己辛苦一些，按照正常的渠道，小心翼翼地跟老练狡猾的对手打交道。

她已经依靠了林琦很多，现在，她自己也应该付出努力。

远远看着马车停在街道对面阴凉的树下，尤金捧着一本什么书看得入神，易龙龙忽然想起了一件事，转眼望向罗兰，“你没事吧？”

罗兰的神情虽然平静无波，可他垂下的一只手却紧握成拳，指缝间透出红丝。垂下眼帘，紫发盗贼张开满是鲜血的手，淡淡地说："没事。"他血红的掌心，有三个模糊的指甲印。

他们才见过面的泰伦斯是罗兰的仇人。

易龙龙最先找上泰伦斯校长，还有一个原因便是想亲眼看看这位现任校长大人，罗兰曾跪下来求她帮忙向前者报仇。

六十　玫瑰·少年心

离开学园，三人乘马车去了风都一处隐秘的黑市中介，把罗兰一周前在这里定购的管制药材带回家。

一进屋，名叫翠西的俏丽女仆便轻柔地走过来，接过罗兰和林琦身上的外衣，殷勤地嘘寒问暖。

罗兰摆摆手，他将装有文件的小手提箱交给林琦，另一只手提着一尺见方的木箱，转头对易龙龙说："我要花些时间配药。"顿了顿，他又转向翠西，"在我出来以前，不要来打扰我。"

他对易龙龙深施一礼，快步离开宴客厅，走到一楼走廊最尽头的配药室，取出口袋里的钥匙，插入锁孔内。钥匙上细密的纹路中镶嵌着细小的晶石，锁孔内亮出细微的光，片刻后，门锁应声而开。

这是魔法道具店专卖的魔法防盗门，只有持有钥匙的人才能开启。假如使用撬锁工具或强行以外力撞击，会受到门上布置的魔法阵攻击。

罗兰走进药剂室，反手关上门，打开魔法灯，便看见室内中央的白色大理石桌以及上面的魔法炉、坩埚、药碾、小刀、杯勺等器具，还有两侧靠墙摆放的高得几乎挨着天花板的药品柜。

紫发盗贼走过去，将木箱放在桌边空闲的位置，掀开箱盖，便看到里面分别装着的包裹得严严实实的大包小包。这些都是在普通药剂店买不到的毒药材质，有的是植物，有的是动物身体内的毒素，加上他在龙语山脉中搜集的稀有毒药，这次应该能配制出更猛烈的毒剂。

想起刚才的会面，他的心跳又有些混乱，于是深呼吸几下，让自己的心情平静，才慢慢地伸出平稳的双手。

虽然已经有一阵子没有正经地配制毒药，但他的手艺丝毫没有生疏。

罗兰离开后，翠西便接着将目光转向易龙龙与林琦，继续尽职尽责，"那么小姐和林琦先生呢？"

易龙龙摇摇头，指了指客厅一角的酒柜，"给我拿一瓶杜松子酒。"

她伸手抓住女仆送来的琥珀色酒瓶，在二楼卧室门开启的同时，就从林琦的怀里跳下地，单手抱着酒瓶走进卧室。林琦也想跟着，但他才抬起脚，眼前的门便砰的一声给关上了。

少年望着门上的镀金纹饰发呆，没过几秒钟门又开了。他眼睛一亮，却见只开了一条缝，易龙龙伸出脑袋，一脸认真地叮嘱他："我需要不受打扰地安静地做一下实验，你忙自己的事去吧。假如等到明天早上我还不出来，你就来开门叫我。"

说完，门又被关上。

美丽的少年努力地盯了一会儿紧闭的门，这回门没再开，他只好失望地走下楼去，坐在休息室的靠椅上发呆。

易龙龙让他去"忙自己的事"，可没交代他做具体的事，他找不到有什么事是需要做的，实在不知道该去"忙"什么。从前跟易龙龙在一起，要做什么总是交代好了的，唯一一次分开是他昏迷了，但醒来之后他便遵从自己的直觉去找易龙龙。

他不像普通人那样，必须刻苦锻炼魔法和武技，一天的生疏就会导致退步。那些东西就好像刻在他的身体里，会就是会，不会就是不会，界限清楚分明。

会的，立即就能用出来；不会的，看一眼，基本也都能学会。就算隔了多么长的时间不用，需要时，还是一样娴熟自如。

在他身上，不存在"逆水行舟，不进则退"那样的事。

潜藏在身体里的能量强大到什么程度，连他自己都探究不到底线。

但是，还少了什么呢？

过去他拥有得更少，却不觉得缺少什么，可现在明明有了许多，却反而感到不满足——有什么填进了空旷的身体里，才觉察到那儿原本整个都是空的，想要填进去更多。

绝世锋利的武器，也只有拿在主人手上时才能发挥用途，然而一旦离开了战场，被搁置一边时，却只能孤零零地冷落蒙尘。

一种隐约可怕的念头攫住了少年的心，让他禁不住有些烦乱，究竟是为了什么，却始终不能弄清楚。

林琦抬眼望向易龙龙卧室所在的方向，仿佛能透过天花板和地面看到二楼室内的情形。他几乎想去敲开门，问易龙龙有什么事让他去做，可想起先前的交代，又强忍下来。

不让……打扰吗？

"我会很安静很安静的，不会打扰你。"有些郁闷又委屈，外貌美丽的少年微微皱起好看的眉，苦恼地低语。他发了一会儿呆，想起易龙龙从前曾劝他要学会过自己的生活，自己给自己找乐趣，就迟疑地穿回才脱下不久的细绒银灰色长外衣，慢步走出门外。

林琦沿着街道漫无目的地行走，丝毫不担心会找不到回去的路。四周的地形地貌，准确无误地印在他的脑海里，甚至只要他愿意，随时能绘出一张地图来。

心中想着心事，少年逐渐远离别墅，走到了大街上。

他漆黑的头发松松地编成一条辫子垂在脑后，凸显出秀气的脸型，眉眼中氤氲着毫无瑕疵的纯真。身上的衣料是精细的天鹅绒，剪裁得流畅优美，衣领上一细小胸针镶满碎钻，袖口上纹有本城最高档的服装店"风铃草"的标志，手腕上套着用整块蓝宝石雕琢成的手环。

这样的打扮、神情，外人随意一看，便会觉得这是个不解世事、很少单独出门的有钱少爷，而在贪婪狡猾的人眼中，这是一只引诱他们下刀宰割的肥羊，还是特大的那只。

林琦出现得太突然，胆小一些的不敢冒险出手。然而，还是有胆子和贪欲一样大的，在跟了一段路后，终于忍不住越众而出，追上少年的脚步，"这位小弟，我看你很面生啊，是不是第一次来这里？"

忽然见到有人拦在身前，林琦奇怪地瞥了对方一眼，觉得没有理会的必要，脚步一转，身体晃了个极小的弧度，直接绕过对方，连开口回答都省了。

他本来就对人类世界不了解，所知道的一切都来自易龙龙的教育。易龙龙曾说过"别人问话不回答是不礼貌的行为"，但她也说过"不认识的人搭讪小心不要理会，以免遇到坏人"。面对这样有些矛盾的教导，林琦脑子里权衡了一下，主动选择了遵从后者。

除了易龙龙以及特定的几个人外，其余的人在他眼中并没有什么分别。他看陌生人如同看见一块石头，或是看见一截树枝，仅仅是知道有这么个东西或人，却并不会有什么特殊感想。

　　那人有些着急，又快步追上来，半侧着身子与林琦并行，一边横着走，还一边连忙展开口才，"我叫考伯特。这位小弟，我看你也不熟悉附近，你要是想去什么地方，我能给你介绍。过一条街就是书店，现在正畅销一套很受年轻人欢迎的英雄小说。"

　　考伯特估计林琦这样的少年人是最向往英雄的了，便首先抛出这个诱饵，却不知眼前少年的实力甚至在真正的英雄之上，看小说还不如看他自己。

　　见林琦不买账，考伯特心里着急起来，口中介绍了这一带所有能买到的东西。在他说到"能讨女孩子欢心的礼物"时，一直自顾自向前走的少年忽然毫无预警地停下来，"真的可以让女孩儿高兴？"

　　考伯特一下子没刹住，往前冲出两三步才转回来，见少年睁着透亮清澈的眼睛，竟然是对讨好女性欢心感兴趣，忍不住在心里腹诽，早知道这位少爷这么没追求，刚才就不必那么费力了。

　　虽然心里腹诽，但考伯特表面还是一副毕恭毕敬的模样，十分诚恳地建议道："我想，不管是什么样的女人，大多数都不会拒绝花和珠宝。我知道有一种珍贵的玫瑰，是罕见的彩色，假如送给您心仪的女性，一定会让她感到欣喜。"

　　目前风都唯一出产彩色玫瑰的地方在几百米外的一处花园中，想要买，只得直接上门去。因此考伯特没怎么费劲，就说服了林琦由他带路前往。

　　一边说服林琦，考伯特一边朝身后悄悄做了个手势。这是他们流氓骗子中惯用的信号，意为通知暗处的同伙，鱼上钩了，准备扯网捞捕。

　　考伯特在心里计算同伴召集人手需要花费的时间，特意带着林琦在交错的街道之间绕圈，还时不时停下来跟他说某家店的特色商品，直到差不多到时候了，才满怀得意地走向事先定好的地方。

　　约定默认的下手地点是一条偏僻的街道，周围附近居住着小偷、骗子、无所事事的流浪汉、被裁员的倒霉失业者。这里的警卫很松懈，即便发生什么事，也不会有人站出来主持正义。

　　按照考伯特的设想，他应该将林琦带到僻静处，随后他们的人围上来防止他逃跑，洗劫走他身上所有的值钱物品。假如打探到少年的家世处在惹得起的范围内，还能敲诈上一笔。

　　但在实际执行的时候，却出了一点意外。

　　第一个意外是走到预定街道上时发现的。在那里等候的人不光是他，还有附近的几个混混团伙，几拨人同时向考伯特投以不怀好意的目光，神情显而易见说的是，"伙计，这么一只肥羊，独吞可不对。"

在打劫这方面，考伯特无疑是有资本的。他本人的实力与获得了资格认证的剑士相当，几个同伴也都多少有一些本事。可其他几伙人也不是什么软柿子，除了武者外，这些人之中甚至有魔法师。

既然已经被盯上，考伯特也无话可说，露出屈服的眼神。他转向被视作肥羊的美少年，神情立即变得凶狠，打算从他身上多挖出一些好处。

考伯特沉浸在损失的心痛中，以至于没看见边上一伙中的一个人。这个人在看到林琦的外貌后，立即露出惊讶的神情，随即跟同伴说了些什么，几人迅速转身退走。

那是一个因为素行不良被吊销了保镖证书的失业者，前些天从一个朋友口中得知对方应聘失败的经历，也顺带记住了描述中拥有与外表完全不符的实力的少年。他被同伙叫来这里后，看见林琦的外貌，与朋友描述的一对比，立即产生联想，并果断地跟同伴说明缘由，悄悄地撤走了。

能够瞬间解决二十个武者——其中大部分是剑士，还有三名剑师——的可怕怪物，他们实在没有招惹的必要。

事实证明他们是明智的，才退出街巷不久，便有人听到方才所在的地方传来断断续续混杂一团的惨叫声、呻吟声，以及令人心头发颤的、大得可怕的撞击声。

几人对视一眼，庆幸自己明智地及时退出了，并且彼此都流露出后怕的神情，不敢在原地过久停留，迅速地离开。

考伯特伏在地上欲哭无泪。他活了这么大，第一次离谱地看走了眼，以为是个不懂事的娇贵小少爷。可一旦动起手来，才发觉是一台不折不扣的人形兵器。少年以极其干脆利落的动作徒手劈斩摔拿，不过几个呼吸的工夫，他的人全倒地不起，魔法师也在第一刻被撂倒，连聚集魔力的时间都争取不到。

假如林琦还是从前的样子，只怕现在这些人都已经变成尸体。但自从易龙龙说过不要随便杀人后，他跟罗兰专门学了一套制敌的拳术，这套拳法远不如割喉来得高效省力，但只要易龙龙高兴，即便是再费劲十倍，林琦也是情愿的。

别人学武是为了提高自己的杀伤力，但他学习，却是为了压制住杀戮本能。

柔弱小绵羊瞬间变身成可怕的大灰狼，这种强烈的反差造成巨大的打击，考伯特也分不清楚现在他是身体上还是心灵上受的创伤更重些。

其他的人要么彻底昏死过去，要么重要关节被卸开，唯独考伯特的伤势最轻微，只是腹部受了一记凌厉重拳，最初的痛楚过后，便逐渐缓和过来。他看见一双穿着鹿皮厚底靴的长腿走近，于一尺之外站定，清澈而不带火气的声音自上而下传来，"玫瑰呢？带我去买。"

六十一　灵魂·宇宙间

易龙龙关上房门，手一松，酒瓶落在地毯上，背靠坚硬冰冷的门板，慢慢地吐出一口气。

她从衣领中扯出连通另一个隔绝空间的吊坠项链，手腕一翻，小手上便出现四只黑色的三角锥，底座却是亮白色的晶体。她将四只三角锥放置在房间的四角，以此操纵魔力引发后，房间内的空气出现一阵细微的波动，片刻后恢复如常。但假如仔细看，就会发现以四只三角锥为边界，贴着房间的墙壁出现了一道接近透明的屏障，这道屏障不仅能隔绝声音、气息和任何魔法窥探，也能在发生魔力乱流的时候起一定的稳定作用。

这是龙的收藏之一，看起来几乎是收藏品中最不起眼的，但实用性却颇合易龙龙的心意。

布置好了一重防御，易龙龙才重新捡起酒瓶，独个儿跳到床上，小手使劲掰开软木瓶塞，灌了一口。

床头的柜子上叠放着足有一尺多高的书籍，这是她第一次去迦南学园时顺道借来的。通过阅读书籍，结合在龙语山脉中反复拿自己做试验研究的结果，已经能得出初步的变身原因：她的身体可能是对酒精有轻微的过敏或别的什么反应，但这反应微弱得连她自己也很难觉察，因此平时发现不了。

然而那轻微的反应，扰乱了变身魔法在她身体内的持续作用，发生了混乱，导致魔法崩溃，才会让她变回原形。

她由龙变成人，这个过程也有一些玄机。

易龙龙自己知道，作为龙，她这个状态极为不正常，缺失了很多东西。体型、气息这些几乎可以说是最基本的，她都不具有；而缓慢的生长速度，似乎也断绝了她原先以为长大了就会改善现状的念头。

李维加诸她身上的变身魔法，应该也是因为她本身的缘故，导致变化不成功；然而当她回到湖边，这具身体的母亲——塔希妮雅残留的气息感染到了她身上，无意中又达到了变身的条件，但因为当时失去了用以维持稳定的魔法阵，导致她第一次变身极为痛苦。

回顾整个过程，大致是这样的：变身魔法——身体条件不足，失败——魔法效果固定在身上——回到湖边，塔希妮雅的气息补全缺失——变身——酒精扰乱身体机能变回原形——因为帝都中缺乏龙的气息，变不回去——入龙语山脉，再度贴近龙残留的气息，加上林琦的抚摸，不自觉地梳理了身体内紊乱的魔力，第二次变回人类。

再之后，她熟悉了体内魔力的流动与变化的方式，不必林琦帮忙也能够自行变身。

不过现在她关起门来，打算独自研究的却不是变身，而是别的东西。

吞下喉咙的琥珀色酒液开始发生作用，酒精的分子深入身体的血脉之中，一点一滴地朝每一粒细胞发散，微热的感觉从体表慢慢地渗透到骨髓里。

易龙龙从容地塞上酒瓶木塞，随手将酒瓶推到床头，便静静地等待身体变化。

龙语山脉中徘徊数月，虽然最初目的是为了其他，但却好像充电一样，给这具身体里暂时充满了足量的龙的气息。虽然外人丝毫感受不到，但易龙龙自己却明白，身体内流转着不属于她的强大投影。

银光仿佛飘浮的丝缕，涣散而游离地从身体表面一点点抽出，越来越浓郁和明亮。她合上眼睛，再睁开来时，已经是龙的形态。

娇小的幼龙蜷缩在松垮垮的衣服堆中，犹豫了一下，心说反正是在屋子里，也没人会闯进来，就蹭动一下身体，全身光溜溜地爬出来。

在龙语山脉中虽然有多次变身，但那时碍于林琦和罗兰在旁，她不方便脱光了自己看个仔细，也不好意思跟他们说"我要脱光了，你们不许看"这样的话，本来早该做的全面检查直到现在才得空进行。

小爪子上上下下摸索着身体，这儿按按，那儿拍拍，检查每一分每一寸骨骼肌理的形状，还忍不住掐了一把尾巴，确定身体除了微微发胖外，没有其他变化，易龙龙才放心地进行下一步。

最初入龙语山脉时，她看到的龙族幻象应该是龙语山脉中死去龙族残留的影子，因为这些干扰，导致她直到踏上前往风都的道路，远离那片区域后，才觉察出另一处变化。

她的意识里多了一些什么东西，好像有什么入了她的脑子，却又不是具体的实物。

易龙龙直觉那东西需要凝神去感受，可当时青骑士与他们同行，她不敢贸然尝试。假如再犯下在公爵家中那样的冒失错误，她干脆也不要变什么龙了，直接变成猪吧。

一直等来到风都定居，并借来了一些书籍学习，考虑了各方面因素后，她才开始小心翼翼地第一次尝试。

正对着床的墙面上，挂着一面一人高的镜子，幼龙整个身体都映在镜中。看着自己的影像，易龙龙抬起小爪子挡在眼前：原本是湛蓝的眼眸，却不知为何隐约透出丝丝华美璀璨的金光。

要怎么样才能集中精神呢？

易龙龙想了想，坐在床上，小爪子扳着两条腿盘在身前，试图像武侠电视里打坐那样。但才过了一会儿，她不但没能凝神汇聚，反而觉得双脚有点儿发酸发麻。

毕竟龙的身体构造和人类不同，并不适合这样的动作，再支持片刻，易龙龙终于受不住，只得身体一仰一滚，放弃打坐，解放受罪的双脚。苦着脸握住小爪子敲打酸疼的双腿，还翘起尾巴辅助按摩，待恢复得差不多了，少女龙索性就着侧躺的动作，开始搜寻脑中时时闪现的灵光。

她闭上双眼，眼前一片漆黑，却好像有另外一双无形的眼睛慢慢张开，追溯着若隐若现的微芒，飘然飞翔而去。

仿佛碰撞到了什么，轰的一声，铺天盖地，无边无际，她听见世界炸开的最初声音。"眼"前的一切变了大模样。

易龙龙用另一双"眼睛"瞧见的只是一片漆黑，隐约有微芒飞逝。而现在，她好像破开了无尽的黑暗，猛地闯入另一个世界，所见的一切都那么鲜活。

双眼依旧是紧闭着的，然而易龙龙却实实在在能"看见"。肉眼只能看见前方的视野，而这种"看"，却是全方位三百六十度地尽收脑海，没有视野的限制，是无比恢弘的情形。

绽放在眼前的是宇宙。

看见不是普通意义上的看见，展现也不是普通意义上的展现，并不是什么颜色和形状，而是直接对心灵造成的冲击，摒除扰乱耳目的声音形色，好像有什么人拿着烙印，直接将眼前的一切烙在了她的认知中。无法想象的浩大瞬间震撼住易龙龙的心灵。

不是空气尘埃，不是日月星光，不是风雪云雾，不是江河湖海，不是山川峰岭，不是草木花叶，不是鱼虫鸟兽，并不单纯是这些，却包含了这些。

没有实物的形态，只是一个恢弘的意念，若有若无地笼罩着易龙龙。

按照她借来的书上的说法，每一个人都有自己的意识空间，并且自身为其主宰。这是与现实世界不同的另外一个所在，只不过并不是每个人都能把握住这个空间，拥有特殊天赋，或是经过后天训练，才能够达到这个境地。

而人在意识空间里的存在方式，并不是实体，而是掌握在自己心念之间的精神——另一种说法，也可以称之为意识或灵魂。

但正常地来说，一个普通人的意识空间有一间房那么大便算是不错了，可她这样的状况又是什么？

她试图探究远方，意念一动，如同一个滑步，顷刻之间便飞出不知多远，或许有千万里，或许只是一个指节。 ●

易龙龙吓了一跳，不敢再乱动，她小心翼翼地观察最为贴近的地方，周围空落落的，却似充斥着所有一切的繁华。

静下来……

慌忙不知所措间，易龙龙忽然好像听到一个沉静的声音传入意识里，随后她直觉地照着做。静下来……

意念化为咒语，刹那间，周围变得无比清净，没有光，没有影，甚至也不是漆黑，只是虚无。

太空了，易龙龙心头想着。

一念之后，虚无之中便缓慢地现出清晰的影子，雪白而娇小的身体蜷缩成一团，尾巴柔顺地环着身体，好似熟睡一般悬空飘浮。

寂静里发出一声浅浅的娇嫩的哈欠，雪白的幼龙动了动，舒展开稚气幼小却优美的线条，却像牵动了周围的一切。

易龙龙觉得自己好像分成了两半，一半凌越于一切之上，全方位地看着这个无有边际的空间；而一半则留在那具意念构成的身体里，控制着虚拟的身躯。

宏大与幽微交错且相融。

又静静地等待了许久，易龙龙才算是适应了这全新的感受。她好奇地抬起爪子，新鲜地上下翻看，还拿两只爪子相互戳了戳，竟然也有感觉，身体仿佛凝结成了实体，可只要一个意念，就会立即消散在虚空里。

既然来了就四处逛逛吧，就当临时旅游了。

对于自己的意识空间如此辽阔，易龙龙虽然吃惊，但很快就见怪不怪地释然了：她身上已经发生了太多违背常理的事，多一件又有什么了不得？

意念飞驰间，易龙龙小小的身体在虚空中纵出千万里，虽然没有风，周围也没什么参照她是在移动的，可精神上所感受到的肆无忌惮的畅快却是从前未有的。

也不知道晃悠了多久，她意外地发现，前方有一个，好像有什么别的游离于她意识之外、不受掌控的外来物。

她心念一动，须臾靠近，发现那是一只悬浮着的凝聚云团。这东西乍一看，像一个圆球，但云团的周围散着较为稀薄的雾气，边上有细小的微粒徘徊着。

这云团体积超出她的身体七八倍，交错焕发着各种色泽的微光，光彩在雾气里氲开，显得非常好看。

易龙龙虽然看不清楚内里，却直觉地感到这个云团凝练着非常可怕的东西，如同一颗被密封的核弹，不是她随意碰得起的。

但这究竟是什么呢？书上好像半点儿都没说。

这东西就这么大模大样地留在她的意识空间里，会不会有什么问题？

本来想放着不管的，但易龙龙念头一转，忍不住担心起来。她小心翼翼地靠近云团，慢腾腾地伸出小爪子，飞快地抓了一小把从薄雾边缘飘飞出来的细小微粒。

易龙龙本来已经足够小心了，不直接触碰云团，而是探究其身上分裂出来的微不足道的粒子。她伸出爪子抓一把后，立即后退，算起来最多也就是十万分之一的分量。

可她还是错误估计了云团中所蕴含的东西。才抽身而退，她便感觉自己紧握着的爪子里有什么，陡然散开，凌厉之感直接贯穿她的身躯，带着突兀的剧痛，几乎连她本身的意识都完全击散了。

下一刻，易龙龙立即发觉，脑海中多了许多原本不属于她的东西。

那是另一段记忆，如同电影画卷一样，徐徐地在她面前展开——从前巨龙生活的情形，比之在龙语山脉之中更加具体而清晰。易龙龙自己仿佛成了主角，享受身体分开大气的快意。巨龙翱翔之际，与山峦、天空、海洋为伍。

易龙龙恍然明白，原来那些她在龙语山脉中看见的幻象，并不是看过就算了的，那些过去的留影，以一种更深刻的方式直接储存在她的灵魂之中。

看完了这一段景象，易龙龙还顺便学会了影像中巨龙使用过的一个魔法——隐形术。

这就好像是一场教学录影，只不过其传播的方式更为干脆，直接从精神层面冲击。也可以说，这是龙一族独有的传承方式。

只要有这个，她根本就不需要从人类世界里寻找书籍资料，这便是龙族生活的现场实录。

也不知过了多久，易龙龙回过神来，以敬畏的目光望着眼前的云雾，不敢有丝毫的轻视。她庆幸自己刚才没有莽撞地扑过去——仅仅是抓了一小把，就差点儿冲散了她的意识，假如引爆开这团云雾，她恐怕会变成比微尘更微尘的存在。

凝望云雾片刻，易龙龙叹了口气。再继续停留没有丝毫意义，明白这团云雾是什么后，她现在已经没有勇气再伸出爪子去抓一把，虽然抓得越多看到的就越多，但所冒的风险也是同等级放大。

探险到此结束。

意识空间中，易龙龙双眼一闭，现实世界里幼龙的眼睛便同时睁开来。

视角的骤然转换让她有些怔忡，逐渐适应这变化后，在柔软的床上蹭了蹭，因为无法尽情地探究巨龙的奥秘而有些心情低落，可扭动一下身体，她又很快微笑起来。

今天的发现已经足够多，一切都要慢慢来，不着急。

做龙，要知足。

眼光瞥见墙上的魔法挂钟，发现现在已接近傍晚，她忽然记起被她关在门外的林琦，忍不住好奇地想知道他现在正做什么。

六十二　水晶·小老鼠

　　好不容易变回龙一次，横竖现在没人在旁看着，易龙龙也不着急立即恢复人形。

　　她慢吞吞地坐起来，从身侧的衣服堆里找到挂坠，取出另外一件物品。

　　那是一只几乎通体透明的水晶老鼠，缩在一只圆形的托盘内，小得即便易龙龙还是幼龙的形态，也能用一只小爪子抓起来。它的两只眼睛由两粒漆黑的星曜石点缀而成。假如仔细观察，还会发现它身体内布满了纤细的淡金色与黑色交错的符文图案。

　　易龙龙一只爪子捏着水晶老鼠，另一只爪子扯了扯它身后细长的尾巴，顿时水晶老鼠体内的图案变得明亮清晰，虽然片刻后便黯淡下去，却有微微的亮光汇聚在了它两只眼睛里。

　　原本盛装水晶老鼠的透明托盘，此时成为显示的屏幕，现出星曜石双眼所见的一切。现在水晶老鼠是朝着易龙龙的，托盘上显示的也是幼龙的模样。

　　易龙龙盯着老鼠，发出指令，小老鼠登时动起来，好像一只活物那样灵巧地挣脱易龙龙的爪子，轻盈地落在地面上。下一刻，它爬上光滑的墙壁，动作敏捷得如同爬行在平地上一般。

　　爬上墙壁顶端，水晶老鼠钻进位于天花板之下的拳头大小的通气孔内。易龙龙只看见托盘之中显示的景象如风驰电掣般不断变幻。

　　一分钟后，眼前豁然开朗，小老鼠已经到了别墅的客厅之中。

　　在监视了双胞胎兄弟，发现了魔法道具的方便好用之处后，易龙龙曾与林琦关在屋子里，用了两个整天的时间，从龙的藏宝之中筛选出来对她有用的魔法道具，这只水晶老鼠就是其中一件。

简单地说，这只水晶老鼠的作用和她监视双胞胎时用的洞察水晶功用近似，但前者却有后者不能相比的好处。

就如同现在，易龙龙能单纯地以意念操纵着水晶老鼠的行动，不局限于只监视一处固定的地方，而是所到之处尽收眼底。

小老鼠的脑袋左右晃晃，发现林琦没在，它便一间间屋子找去。走到罗兰的药剂室前，它又一次钻入通风管道，顺利地潜入房门紧闭的室内，爬上靠墙的药品柜上，静悄悄地看着罗兰。

药房中浓郁的蒸气弥漫，烟雾里紫发盗贼脸上戴着一张防毒面具，双手套着特质薄皮手套，一只手拿着玻璃烧杯，另一只手拿着精巧的瓷勺往里面添加药粉。白色的药粉撒进灰绿色的黏稠溶液里，液体表面顿时冒出大量的气泡，一看便知道是药性非常猛烈的溶剂。

罗兰专注地配药，完全没有觉察屋内多了一只小老鼠。易龙龙看了一会儿后便觉无趣，于是操纵水晶老鼠从原路退出房间，继续寻找林琦。

找遍一间又一间房屋，始终看不到林琦，易龙龙这才想到他或许出去了，又操纵着水晶老鼠往外跑。

正好两个女仆收拾完庭院，打开正门相互说笑着走进来，易龙龙立即操纵老鼠，箭一般地蹿出去。

老鼠几乎是贴着一名女仆的脚边跑过去的，片刻，门后发出有些害怕的惊叫："啊，刚才我好像看到了老鼠！"

"哪，哪里？"听说有老鼠，另一名女仆跟着慌张起来。

"好像是我看错了，那个东西个头很小，身体还是透明的。"最先惊叫的女仆迟疑地说。

"一定是看错了，怎么会有透明的老鼠？"

易龙龙自然是不知道两名女仆的对话，因为这时候她已经让水晶老鼠跑出了别墅庭院，来到外面。

借着暮色的掩护，小老鼠沿着墙角一路飞奔。易龙龙不知道林琦去了什么地方，只能碰运气了，四处都看看，说不定就会在什么地方找到他。

也不知道让水晶老鼠跑了多久，夜幕已经完全暗了下来，但还是没看到林琦。易龙龙也没有失望，毕竟想要在城市没有确定的地点找一个人，这个难度实在太大了。

正打算召回水晶老鼠，忽然传来时断时续的说话声，易龙龙连忙让水晶老鼠停下，飞快地往前行，退回刚才经过的街道。只见几名男子互相搀扶着走过来，一边走一边嘴里还骂骂咧咧的，内容无非是"被那小子的外表骗了"、"想不到他手这么狠"之类。

易龙龙心中一动，暗想他们的描述正好与林琦相符，便让老鼠悄悄跟上他们。

几名难兄难弟走了一段路，在一座园子外停下脚步，其中一人迟疑地问："考伯特应该带着那小子到这儿了吧？是不是出了什么意外，怎么还不见考伯特出来？"

另外一人忧心忡忡地点点头，"会不会……"更可怕的猜测他没有说出来，但大家都想到了。

回想起白天少年打倒他们的狠辣手法，几个人毫不怀疑他是可以更进一步下杀手的。

考伯特的同伴还在犹豫害怕，却没注意到他们脚下，一抹微微晶亮的流光直接从墙角的洞口蹿进了园中。

园中建有数间花房，易龙龙绕了几个圈，才终于找到有人的地方。

那是一栋两层的小楼。

一进屋便瞧见客厅里坐着两个人，一个是神情局促害怕的陌生男子，另一个则是易龙龙要找的目标。

运气真好！找到了！

易龙龙正心里得意着，忽然瞧见林琦坐在椅子上怔怔地发呆，秀美的容颜在黑夜的阴影中显得十分落寞。

这神情居然与他在高塔中的时候有些相似。

易龙龙一愣之下便立即想明白，林琦之所以会露出这样的神情，是因为她。他们几乎一直都在一起，但今天她将他挡在门外，虽然是无心的举动，是不好意思说自己要脱衣服，但林琦却有可能因此受到伤害。

小小的老鼠静静地伏在角落的阴影中，星曜石的眼里此时仿佛流露出歉意的神情。不过这时候有外人在旁，用小老鼠的身体也没法道歉，还是等林琦回去后再说。

易龙龙正心里想着，却见少年忽然偏转过头。他清澈的眸子微微发亮，冲着水晶老鼠所在的方向眨了眨眼睛。

呃，难道被发现了？

易龙龙原本只以为林琦是随便看看，但从托盘上显现的影像观察，他好像发觉了她的存在。

　　虽说并没有存心偷窥的意思，但被抓了个正着，易龙龙还是有些尴尬。她让小老鼠抬起一只细小爪子对林琦招了招，算是打招呼，接着便嗖地一下蹿出屋外。

　　林琦没什么事就好，被发现了，她也不好意思继续看下去。

　　操纵着老鼠四处逛了逛，易龙龙才意犹未尽地命令它返回，接着收拾房间四角的锥体。

　　才收拾完，便听见门口传来轻微的敲门声，随即响起的是林琦小心翼翼的声音，"可以进来吗？"

　　易龙龙随口说了声"进来"，可话才出口她就后悔了——她现在还是龙的形态，身上还没穿衣服，而林琦，他是有她的卧室钥匙的。

　　她不假思索地一跃而起，朝床上的衣服扑去。

　　得了易龙龙的允准，林琦立即取出钥匙开门。他推开门，却看见一条尾巴在衣服堆里朝天翘着，伴随着衣服里乱动的小小身体——晃啊晃。

374

六十三　睡眠·三王子

日子过得平静而微有波澜，每一天都有小小的怡然乐趣。

迦南学园那边的事有条不紊地进行着。易龙龙借助海因涅家族的身份事先拜访了其他的股东，要么诱之以利，要么投其所好，希望他们能支持她成为董事。

罗兰的情报准备得很充足，几乎没什么悬念地，易龙龙成为董事会成员。她行使自身权力，所提交的第一条提议却是——放宽迦南学园的入学年龄下限，一直放宽到六岁，只要能通过考试，那么即便是六岁的孩子也有资格入学。

不管是易龙龙还是董事会其他人，都心知肚明，她的这个提案表面上看起来大义凛然，说是希望能更早地让有天赋的学生接受教育，但实际上纯粹是假公济私，为自己大开方便之门。

虽然都心知肚明，但董事会和股东会成员还是大部分同意了易龙龙的提案。虽说放宽年龄，但他们考试却不会放松，就算真有六岁的孩子能考进来，那也是难得的天才，他们没有往外推的道理。

表面上说是要考试，但实际上，身为学园股东，每年都有一个推举免试入学的名额，易龙龙毫不客气地将这个名额用在了自己身上，成为迦南学园史上最年轻的董事兼学生。

迦南学园内出现这样一道风景线：黑色长发的美少年抱着一个小女孩四处观看，亲亲热热地偎依在一起，两人衣领上都别着表明学员身份的徽章。

易龙龙选择的是历史系，她进学园纯粹只是想体验一下学校生活，弥补前世没有上过大学的遗憾，并没有真的打算从这里学到什么知识。

想学魔法的话，她意识里那团云雾是最可怕的老师，能传授原汁原味最正宗的龙族魔法；假如想要学武技，家里面不管林琦还是罗兰，甚至才聘来不久的双胞胎，都可以当她的老师。

有这样丰富的资源，她实在犯不着跟自己过不去，魔法和武技都是危险的活动，万一在学习过程中发生什么不可预期的失误，导致她原形毕露，那就太糟糕了。

而根据多方面比较，易龙龙发现历史系是最好混日子的，历史系又分为人类历史、非人类种族历史、魔族历史等等。学习这些东西，平时所需要做的无非就是看看历史书，背诵年代大事。至于更高深的课程，比如涉及古物鉴定，那是至少两三年后的了。那个时候，易龙龙还不知道自己是否依然留在学园里。

为了陪伴易龙龙，林琦也进了学园。鉴于易龙龙那个唯一的保荐名额已经用在了自己身上，他是完全凭自己的实力，以最好的成绩通过了入学考试。

历史并不是林琦的强项，他最擅长的在于用最快的手法杀人。但考试前夕，易龙龙将图书馆内所有与历史相关的书籍都借回了家。林琦凭着惊人的记忆力，几乎是将书上的内容一字不差地复制在脑海里，上考场时便所向披靡。

现在，他们两个都是历史系一年级的新生，由历史系一名即将毕业的学生带他们例行参观介绍。

"那边是军事政治系。"指了指前方豪华肃穆的建筑，历史系学生的口吻听起来十分八卦，"说起来，军政系大概算是本学园身份最高的专业之一。来这里学习的多半是他国的王子、贵族之子以及未来的将军。就算是平民，从这里走出去后，也会被各国以优厚的代价招募，混得最惨的也会是一个著名佣兵团的团长。

"军政系已经成立了几百年，最近大陆正处于和平阶段，没有大的战争。但根据历史记载，几百年前战事激烈的时候，时常会发生这样的境况，战场上相逢的两支军队将领，其实是从前一起学习的同窗。一般情况之下，战斗之前，两位将领先叙旧联络同学情谊，互相劝降，接下来才是正式的战斗。

"曾经有一位将领，他带领的军队人数少，呈劣势。但由于当初他在学园学习期间是整个军政系的霸王，经常欺负同学，而与他对阵的将领，学生期间几乎都笼罩在他的阴影下，因此两军相遇后，那名被欺负惯了的将领竟然失去了作战的勇气，率领大批军队撤退了。"

历史，说起来也不过就是古时从前的八卦，这位历史系学长显然深得其精髓，说起故事来眉飞色舞。易龙龙一边听一边四处张望，她眼尖，远远便看见军政系一栋大楼里摇摇晃晃走出来一个人。

那人看起来二十出头，亚麻色的长发乱糟糟的，仿佛很久没有打理，上衣纽扣扣错了一个。他的相貌虽然很不错，但始终半闭的眼睛，却给人一种委靡不振的感觉。

易龙龙吃惊地一指，"那人也是军政系的？"她以为学军事政治的人看起来都十分干练铁血呢。

历史系学生顺着她手指的方向努力看了看，确认了来人的身份，才道："哦，你说他啊，你别看他这副模样，他曾经也是龙骑士啊。"

大陆上真正的龙骑士一共有四人，迦南学园独占一半。

一个青骑士修，另一个就是眼前这位。就在易龙龙和历史系学长说话的时候，他们谈论的对象也逐渐走近，十几米外就能听见他哈欠连天声。

历史系学长亲热地朝对方打招呼，"雅各，又要回宿舍补眠吗？"

一路走过来，这位学长好像学园里的人都认识，不仅能上前与之打招呼，还能随口讲出对方的身份来历甚至趣闻逸事。

被称作雅各的困倦青年毫不掩饰满脸的睡意，有气无力地扫了三人一眼，接着才慢吞吞地答道："是啊……撑不住了……"说完，也没停步，越过三人，继续向前走去。他脚步虚浮，身体摇摇晃晃，好像随时都会摔倒在地上。

易龙龙转过头，目光追着雅各的背影，看他这么一副风吹即倒的模样，忍不住吃惊道："也有这样的龙骑士？"

未免落差太大了吧？她以为龙骑士都至少要像修那样英武刚毅，怎么竟然还有这样的？

历史系学长笑了笑，说道："雅各是天生的怪胎，他的身体强烈需要睡眠，一天之内的正常睡眠超过二十个小时，假如他连续清醒超过四个小时，就会觉得困倦。因此，在外界，他被赋予的称号叫睡骑士。"

睡眠骑士。

这个称呼被叫出来的时候，其实是带着一点恶意的。因为雅各取得龙认同的过程实在太离谱了，那些描写少年英雄的传奇小说都不敢这么写，以免读者认为他们在不负责任地胡编乱造，误导青少年。

雅各是大陆北方一个国家的三王子，他八岁的时候，因为宫廷内部的争斗，熟睡的他被偷偷地运出了皇宫，丢弃在荒无人烟的森林里，等待被野兽吃掉的命运。

很巧的是，一条龙途经他被丢的地方，见小雅各趴在一块岩石上睡得香甜，龙忍不住降落在地，在一旁跟着睡去。

一人一龙满不在乎地睡了个天昏地暗，途中不是没有谁醒过来，但看了一眼身旁的生物，又觉得还能再睡会儿，便翻个身，继续睡。

有龙在此栖息，别的野兽不敢靠近，一人一龙几乎是比赛着睡觉。龙族的身体资本雄厚，即便是睡上一百年也不成问题，但雅各是正常人类，睡了几天后身体逐渐衰弱，最后几乎快要死去。

直睡得雅各快要饿死了，那条龙还在半睡半醒间，觉得让这么能睡的人死去太可惜，就使用龙族契约，把他从死亡边缘救回来了。

就这样，雅各成了唯一一个靠睡觉取得龙认同的龙骑士。

之后，雅各回到自家皇宫。靠着龙骑士的身份，即便是在最惨烈的宫廷斗争中他也没有丝毫损伤，不管外面怎么斗，他都在特别建造的巨大屋子里，和自己的龙在一起安枕无忧地幸福地睡觉。

说到这里时，学长忽然停下来，因为他看见走出十多米远的嗜睡青年忽然停下脚步，转过身，似乎有些困惑地看了看他们，接着又摇摇晃晃地走回来，来到三人身前站定。

易龙龙的身体顿时变得僵硬。

眼前这人是龙骑士，与青骑士只有短暂三四年的龙骑士历史不同，这人是与龙相处过十多年的，难道，他发现了什么？

雅各站在易龙龙面前，似乎是很艰难地与倦意作斗争，睡眼眯成一条细长的缝，脸上始终抹不去疲惫的神情。

易龙龙悄悄伸出手，抓住林琦的袖子，示意他做好准备，接着笑嘻嘻地直视睡骑士，问道："请问，找我有什么事吗？"

只要雅各揭破她的身份，或说出什么不对的话，就立即让林琦发动攻击，然后逃走。

雅各迷迷糊糊地摇了摇头，含糊地开口道："不是你……是他……"他有气无力地指了指抱着易龙龙的林琦。

努力地将眯起来的眼睛睁得更大些，雅各的语气有些困惑，"我好像在哪里见过你……"

易龙龙一怔，她犹豫了一会儿，才不大情愿地道："你认识他？"

或许，从这位睡骑士身上可以找到林琦过去的身份线索。

易龙龙很矛盾，她既希望林琦能找到过去，但又不大愿意他想起从前。以林琦现在的本事看，他的过去绝不会是什么普通人，假如他想起来之后要离开她，那该怎么办？

睡骑士试图辨认出林琦，但实在抵抗不住睡魔的召唤，他刚才只是直觉这件事很重要，甚至不惜为此拖延回去睡觉的脚步。但现在仔细想想，认不认识这个人跟他有什么关系？实在是想不起来，雅各便干脆摇摇头，"不记得了……"

算了，睡觉去。又继续打着哈欠，雅各走出两三步，忽然一头栽倒在地上，就这么躺在人来人往的地方睡着了。

易龙龙悄悄地松了口气。

笑着摇了摇头，历史系学长走上前，搀扶起熟睡的睡骑士，"我先把他送回宿舍，你们也顺道一起来吧……刚才说到哪儿了？说到雅各成为龙骑士，我们接着说。"

等雅各长到十六岁，最后成功地夺取了王位的人是他的叔父。虽然雅各一直表现得十分平和，没有夺位的意图，但他叔父对于自家后院里栖息着一条龙还是很不放心，便以让他来迦南学园深造为借口，打发他离开故国。

雅各来到迦南学园时可谓万众瞩目，漆黑的巨龙从天而降，龙背上却趴着一个睡得迷迷糊糊的少年。

从那之后，雅各的睡骑士之名就被叫开了。不少自恃勇武的同学对他这样的人能成为龙骑士感到不满，传播这个名字时，还不忘加上自己的嘲笑评论。雅各最初来的一年，名声在学园内外凄惨到了极点。

但在雅各十七岁的时候，一切便改变了。

上百名以武技为专长的学生向雅各联名发出挑战，要求他答应决斗，否则便断开与龙的契约，以免玷污龙骑士的名声。随后，在约定的比武场上，雅各拿着临时借来的剑，一人对一百人进行车轮战，毫发无伤地达成一百完胜。对手之中不乏剑师级别的高手，之后就再也没人敢对他睡觉这件事提出异议，至少没人敢当面说。

总算来到雅各的宿舍，那是一栋独立的两层白色小楼。从雅各的口袋里摸出钥匙，开门进屋，历史系学长将熟睡的睡骑士搬上床去。

直起身体后，历史系学长轻声说："许多人都以为雅各成为龙骑士是走了天大的好运，可有多少人想过，八岁稚龄就能无视龙威安睡的人，世界上有几人？虽然很多人都知道雅各的睡眠量是正常人的三倍多，但很少有人了解，他不管学什么都比别人快八九倍。"

沉默了片刻，易龙龙肃然地望向沉浸在遥远追思中的学长，"学长，你就跟我说实话吧，其实你不是历史系的学生，而是间谍或情报专业的吧？"

　　要么……是八卦系？

# 六十四 破壳·新生命

离开睡骑士的别墅，易龙龙与林琦又跟着学长走了半个学园，听了许多奇闻逸事，睡骑士雅各同学只是其中之一。

除了军政系外，学园中还有些特殊专业，是保全系的高级分支——间谍、情报、盗贼和暗杀专业。这样的专业要是放在地球上绝对是惊世骇俗，可在这里，却可以堂而皇之地存在并招摇过市。

这几样专业各国虽然也可以自行培育相关人才，却怎么都比不上迦南学园专业培训出来的毕业生犀利。因此各国政要一边偷偷地把血泪往肚子里咽，一边不得不支付高昂的学费，派遣自己麾下的精英前来求学，顺便争取将其整套训练方法学好了带回去。然而多少年来成效一直不大。

现在全大陆现存的杀手中，至少有五成以上与迦南学园有关，同行抢生意时，偶尔会出现碰见校友甚至当年同窗的情形。因为彼此认识，甚至有的还曾有交情，便不好做得太过狠绝，有的自由杀手甚至立下规矩，不接跟同窗冲突的案子；假如接了，发现后主动放弃……导致杀手界呈现出一片团结友好的和谐氛围。

就连世俗地位最为低下、大批量培养专业女佣仆人管家的家政系，也同样流传着不平凡的事迹。当年曾有一位拥有女王气质的同学，虽然身穿女仆装，却以出众的美丽和优雅的仪态征服了大半个学校——还有一小半是女的，以至于在其毕业前就被同校一名男学生追求到手了，一毕业便立即转正为正式夫人，她甚至都没什么机会实践其在学园内学习的知识。

还有一位全国首富之子拒绝入住学园提供的宿舍，在学园里砸下重金买了一块

地建造金碧辉煌的宫殿，直到他毕业后，那栋别墅还作为纪念品留在学园中供后人瞻仰。

花了足足一天，总算是初步了解了卧虎藏"龙"的迦南学园。接着，他们在学长的带领下，前往早已安排好的宿舍。

学园并不严格要求学生住在校内，但这里的学生绝大多数来自各国，本地的居民少之又少，想要住在家里是不可能的了。而学园内现成的宿舍按照价格分为几档，上可满足皇室贵族，下可适应平民百姓，加上学园内治安极好，除非有特殊的为难之处，否则一般都会选择在学园里住宿。

易龙龙虽然已经在学园附近买下了房子，但她既然打着要体验学园生活的算盘，便不可能仅仅浅尝辄止，住宿这一环节怎么都不可能免去。

白天跟着学长逛校园的时候，罗兰已经让女仆布置好了他们的宿舍，把该带的行李都送了进去。

那是一栋白色的两层小楼，与睡骑士的王子宿舍一样规格，地方虽然不如家里的别墅宽敞，但内部相当精巧舒适，洗浴间、厨房一应俱全。

迦南学园虽然也有婚前同居的恋人，却没有男女学生混住的例子。不过由于易龙龙年纪尚小，需要人就近照顾，再加上这么小的小女孩也不会有什么孤男寡女的嫌疑，学校便允许林琦作为她的临时监护人，与她住在一起。

等宿舍里的闲杂人等都走了，关上房门，只剩下易龙龙和林琦两个人时，压抑了一整天的易龙龙终于露出激动的神情。

她从林琦的怀里跳到地面上，伸出小手，有些迫不及待却又十分小心翼翼地抚摸一旁的墙壁。

这就是传说中的宿舍啊。

要比装修，家中别墅更加豪华，这里的墙壁只是普通的墙壁，但因其特殊的意义，易龙龙的心情也大不相同。

林琦看易龙龙摸得那么入神，忍不住也伸出手摸墙，却始终不明白这墙壁有什么特殊的地方，能让少女龙这么失态。

陶醉地摸了一会儿，易龙龙满足地叹了口气，感觉心中长久以来一个缺憾正逐渐被填满。

冷寂的白色病房，弥散在空气中的消毒水气味，每天所见都是伤痛与濒临死亡者，没有同龄的朋友，不能背着书包一起去上学，没有机会在老师眼皮底下说悄悄话、看漫画或小说，没有人陪着一起吃零食，也没有手帕闺蜜一起偷偷讨论哪个男孩子比较帅、谁和谁有暧昧……那些都已经是前辈子的事。

经过这么多波折，死而复生，穿越成龙，因身份而被捕捉觊觎，痛苦变形，生死奔逃……这一切的一切过后，换来这样平静舒适的生活，来到这所独特的学园，连空气里都带着微涩的青春味道。

忽然间，易龙龙觉得一切都是值得的。

出了一会儿神，易龙龙释然一笑，转头朝林琦招招手，率先走向一侧的楼梯，"我们上楼去看看。"

两人的卧室都在小楼的二层。紧挨着相邻的两个小房间，两扇顶部呈半圆的浅绿色房门紧邻着，乍一看去，好像亲亲热热挨着，想要找另一人，出门一转弯便到了。

易龙龙进了自己房间，一进屋便先扑向占据了几乎房间二分之一面积的大床，躺着滚了一会儿才笑嘻嘻地翻过身，瞧向一旁蹲在床边的林琦。

她的脸上红红嫩嫩的，声音里依旧还有压抑不住的激动，"林琦，我好高兴。"蹭动身体靠得更近些，她伸手一把抱住少年的脖子，"真的，我好高兴。"

她不知道该怎么表达此时的心情，口齿仿佛忽然变得笨拙起来，只好用尽全力抱着少年，一遍一遍地说她很高兴。

林琦睁大了眼睛，但这吃惊很快便被舒心盖过。他毫不迟疑地反手抱住人形幼龙小小的身体，很努力地想了想，慢慢地、仿佛有些不适应地说出来，"我也很高兴。"

两人静静地拥抱着，待兴奋的热潮逐渐过去，便转为细水长流的柔和温煦。易龙龙抱着林琦，懒洋洋地不想动弹，忽然听见房间里传出来不属于他们的声音，啪，啪啪。

那声音像是就在卧室里。

什么人？

易龙龙大惊。

先不说她关门时已经启动了宿舍的防御系统，究竟是谁，竟然能不被林琦发觉就进了这房间？

顺着声音看去，易龙龙才发现声音发出的地方是位于卧室角落的半人高的小衣柜。柜子上方摆放着黑色的木雕托盘，托盘上伸出几个支点，固定住五颜六色的球体。乍一看这好像是什么装饰品，但识货的人却会发现，这是一只稀有的蛋。

现在，这只七彩蛋内正发出有什么敲击的声音——啪，啪啪。

伴随着蛋壳内的声响，蛋身发出微微的颤动。又响了几声，蛋壳里面的东西好像不耐烦了，只听得狠狠的啪的一声，蛋壳的侧面终于出现蛛网般的裂纹。

再接着几声较轻一点的啪啪声，裂纹逐渐扩大，蛋壳上出现了一个小洞，短短的白色鸟嘴从洞内戳出来。

林琦和易龙龙也顾不上抱了，只专心地看彩蛋。

弄破了一个小洞，蛋内的那位接下来便继续如法炮制，将洞口扩大，最后，一只白影从七彩的蛋壳内冲出来。不过它冲得太猛，加上不知道自己所处位置的险要，一下子摔出柜顶，伴随着一声脆嫩的哀叫，重重地摔在地上。

好在宿舍铺了厚厚的地毯，小家伙才不至于摔伤。它圆滚滚的身体在地毯上打了个滚，接着毫发无伤地站起来。

那是一只圆圆的小鸟，身高不过一厘米，亮晶晶的眼睛里竟然错落镶嵌着七种色泽，像炫目的七彩宝石。刚出蛋壳的小鸟羽毛还有些潮湿，只见它抖了抖，周身很快干了。

这个新的小生命左右看看，一眼便看到林琦和易龙龙，接着便毫无畏惧地、跌跌撞撞地朝两人跑过来。

六十五　历史·八卦系

　　历史系的学生除了必修的人类发展史外，可以自己选择研习其他课程，比如各国详尽的发展史、魔族侵略史、精灵族历史、羽人族传说、上古怪物、魔兽历史等等。

　　每年的年终考核，只要必修课过关，选修课积攒到一定学分，就能顺利升入第二年的学习。若补考不合格，将被勒令退学。

　　住进宿舍后，第二天，易龙龙便迫不及待地做好了上课的准备。

　　相较于那些需要现场指导或专门实践的学科，历史系的学习方式较为自由，学生自己去图书馆借阅或从书店购买相关书籍阅读，每天上午有两个小时前往历史楼的讨论室。学生之间彼此探讨研究，假如有什么问题，便直接出门右转，旁边房间里有老师为之解惑。

　　假如更喜欢一个人自修，也可以向老师提出申请，不参加每日的讨论。

　　讨论时间从上午九点开始。早上易龙龙穿衣吃饭，接着林琦抱起她，她抱起新生的小胖鸟，就这么一个抱一个地离开宿舍，前往讨论室。

　　白色小胖鸟就是昨天才破壳的栖枝幼鸟，毛茸茸、圆滚滚的身体看起来非常可爱。因为它破壳时发出的声音，易龙龙给它起名叫"啪啪"。当时小胖鸟对这个名字不大满意，但在易龙龙抛出另一个名字让它二选一时，它立即屈服了。

　　另一个选择是，旺财。

　　总算是有了一个比自己还小的家伙，易龙龙十分高兴，加上不放心将它独自留在家中，便带着它一起去讨论室，反正学园也没规定不准带宠物上课。

三层高的历史楼边缘绘着复杂的墨绿色花纹，楼房的侧面竖立镶嵌着一行淡金色的大字：

历史是什么？

阳光的映照之下，凸出墙面的文字流转着淡淡金辉，很远就能瞧见。

在一层入口处，被怀疑是间谍专业的学长正等候着他们。昨天分手时，易龙龙得知了他的名字是尼克。

尼克是即将毕业的优秀学生，该修的学分都已经修满，有大把的空闲时间，就被导师指派来照顾易龙龙。

见易龙龙来了，尼克学长笑着走过来。还没打招呼，他的目光就被易龙龙怀里的小胖鸟吸引住，片刻后禁不住惊叫出声："是栖枝？你从哪里弄来的？"

栖枝这种生物几乎是可遇不可求的。它们本身数量就少，其中大部分还生活在龙语山脉之中，加上其好洁与刚烈的性情，一旦被捕获，便会毅然自杀。因此，即便是一国的皇帝，也未必能拥有一只栖枝。

听完学长的叙述，易龙龙提起臂弯里眯着漂亮眼睛的小胖鸟，奇怪地看了看，"不对啊，我看它满能屈能伸的，昨天还在地毯上打滚来着……对了，学长你不要骗我，老实告诉我吧，我不会泄露出去的，你真的是历史系的学生吗？还是别的系派来卧底的？为什么连这种偏门生物都认识？"栖枝这种生物，好像并不常见吧。

尼克无奈地笑了笑，"学园图书馆内有相关记载，我只是看书比别人多一些而已。而且，历史系的学生向来以博学著称，不然我们打个赌，你一进讨论室后，至少有一半的同学都能认出这只栖枝的身份。"

他倒也没有多问易龙龙栖枝的来历，毕竟海因涅家族之名异常显赫，在这个姓氏的笼罩下，有什么出奇的地方也属正常。

在大楼正门前耽搁了片刻，尼克便带着两人入内，领着他们到了三楼。走到一间虚掩的房门前，看见门牌上铭刻着"魔族"的字样，尼克推门而入。

今天的讨论主题是魔族相关历史。

这时候距离讨论时间还差十多分钟，六七十平方米的宽大房间里，分散着六张圆桌。圆桌周围摆放着五张椅子，室内此时疏疏落落地坐着十多人，年龄在十六到二十岁之间，其中三分之一是女性。

发现来的人是尼克，学生们都纷纷向他打招呼，显示了尼克良好的人缘。看见尼克身后的易龙龙和林琦，他们与之前的尼克一样，很快就被易龙龙手中的栖枝幼鸟吸引住了。正如尼克先前所说的那样，至少有一半的人露出惊讶的神情，甚至有人叫了出来。

尼克简单地向学生们介绍了易龙龙的新生身份，微笑着退出讨论室，让易龙龙和同学们自己熟悉。他才一离开，立即有四名少女呼地一下围了上来。

看着这样架势，易龙龙吓了一跳，林琦也跟着警戒地往后退，不知道她们要做什么。

其中一个女生双眼放光地盯着栖枝，羡慕地问："请问，能不能让我摸一下？"

尼克介绍的时候并没有说易龙龙的身家姓氏，但比起锻炼身体的武技类专业，历史系学生所学的令他们更善于思考，很快便想明白易龙龙身后有雄厚的家世，否则不可能让她破格以幼龄入学。

虽然对圆滚滚的栖枝喜爱得不得了，但她们的态度还是谨慎中带着疏离，不敢太过冒失。

啪啪也被吓了一跳，原本就很圆的身体瑟缩成一团，使劲往易龙龙的怀里钻。但在其中一个女生拆开身上装饰的香包，取出一片半厘米粗细的香料时，小胖鸟立即屈服在食物的诱惑下，努力伸出不太长的脖子，小嘴啪啪啪啪地啄食香料，好像生怕有人跟它抢吃似的。

几个女生依次小心翼翼地摸了摸栖枝，丝毫不敢用力，唯恐摸坏了它。满足了心愿，她们望着易龙龙的神情明显友好了许多，其中一个女生摸过栖枝，立即从怀里扯出丝帕，把那只手紧紧地包起来，笑着说："这一周我都不用不洗这只手。"

过了一段时间易龙龙才知道，女生们之所以对栖枝趋之若鹜，是因为有这么一则古老的浪漫传说：据说能够亲近栖枝的人，就能够得到世界上最纯洁的爱情。

看女生们一脸满足的样子，教室里有个微胖的少年嘲笑起来，"一只小胖鸟有什么好摸的，这个世界上的非人生物，只有象征着强大力量的龙才有被摸的价值啊……"

他话还没说完，伴随着清脆的碎裂声，身体一歪便重重地摔在地上。这时候众人才发现，那少年身子下的椅子不知道怎么从中间裂开，碎成了几瓣。

手上裹着丝帕的少女反唇相讥道："喂，你是不是该减肥了？"

嘲笑者瞬间变成被嘲笑者。在满室的轰然大笑中，林琦安静地垂下眼帘。

笑声没过多久，就被一阵宛如歌声的清脆鸣叫声打断。易龙龙循声看去，发现发出声音的是挂在门侧墙面上拳头大小的深蓝色笼子，笼子一侧固定着一管笔帽改制的圆筒，圆桶内插着几根细草。

透过笼子的气孔，可以看见里面关着两只表面呈现暗金色与银灰色的甲虫，那如歌声般的鸣叫正是它们发出来的。

看出易龙龙的不解，刚才另一个摸过栖枝的少女主动为她解惑道："这是铃声鸣虫，是几十年前由生物系的学生开发出来的品种，通过某些手段控制，可以让它们定时鸣叫。从前上课报时用的都是魔法道具，需要耗费昂贵的魔晶，这种就相对便宜很多。"她一边说一边抽出圆筒内的细草，从笼子孔洞的空隙插进去，片刻后鸣虫就安静下来。

此时正好九点整。

"这种鸣虫饲养容易，成本也低廉，要是不小心弄死了，补上一个就行。"这少女气质相对稳重，做好这一切，她微微一笑，拍拍手转向其他人，"讨论时间到，我们开始。"

这个少女在这群人之中似乎有些地位。虽然刚才还笑闹着，但她命令一下，其他人立即回到座位上端坐着，就连坐在地上的微胖少年也哼了一声，站起来，重新找来一把完好的椅子。学生们翻开面前的书籍，开始正经地讨论起问题来。

解说鸣虫问题的少女也要回去，却还是特意关照林琦和易龙龙道："你们是新来的，假如没办法参加讨论，可以随意旁听。这里十分自由，要是有什么不懂的地方，课后可以问我，我叫沙耶。"

说完，她也回到一张桌边，迅速插入正讨论的话题，提出自己的观点。

易龙龙初来乍到，一切都打算先以观察为主，便在这张桌子旁转转，那张桌子边坐坐，零零碎碎地听了少许。

不过这么一听之下，她总算明白尼克学长为什么那么八卦。原来并不光他是那样，这是整个历史系的通病：从古到今、从人族史到魔族史无一不能八卦，从三百年前某国王后的秘密魔族情人到一千多年前魔族入侵时抗魔英雄所用的武器；女生们甚至兴奋地探讨起历史上魔族帅哥的外貌排名来。

这就是所谓的讨论课？

一群人严肃认真地讨论着谁比较帅，桌上还放着解渴的纸包柠檬茶与小点心。这哪里是历史系，分明是八卦系。

易龙龙目瞪口呆，怎么也没法将眼前一群八卦狂和严肃的历史联系在一起，但渐渐地，她眼中不以为然的神色消失，逐渐转化为理解和佩服。

虽然前世没有上过课，但所谓课堂上什么情形，易龙龙并非没有途径了解到。她所知的地球上的课堂，估计怎么都不会像眼前这样充满着自由奔放的氛围，可在看起来荒诞猎奇的讨论里，其实又包含着对历史的深层探索和研究。

两个小时很快过去，易龙龙四处听听也算是长了不少见识。十一点是下课时间，鸣虫的声音响起时，众人也都很快停下了讨论，各自收拾桌上的书本及饮料零食，三三两两地散去。唯独那先前摔了一跤的微胖少年离开之前，古怪地看了林琦和易龙龙一眼。

　　很快室内只剩下易龙龙和林琦以及名叫沙耶的少女。沙耶单手抱着两本褐色厚皮书，来到两人面前，看着易龙龙微笑道："我一会儿要去食堂吃饭，你们要不要一道来？"

　　一般说来，从外貌上看，普通人看到易龙龙和林琦在一起，都会以为做主的是年长的少年，沙耶最初也是如此。但课堂之中，她一边参与讨论，一边偶尔观察两人，发现每当他们要转移位置时，都是易龙龙首先走动，而后林琦才跟着。

　　这只是个很轻微的细节，却不经意地泄露出两人之中真正做主的是易龙龙。通过观察神情，沙耶也判断出易龙龙拥有独立思考的能力，并不是什么都不懂的小女孩，因此就直接对着正主开口。

　　食堂自然也是易龙龙要体验的学园生活之一，本来就有去参观一番的打算，现在既然有人主动提出带路，她自然求之不得，于是爽快地点头。

　　沙耶的外貌不算多么美丽，只能称得上白皙清秀，褐色长发理得很整齐，纤细的身材略为单薄。她说话时常带着浅笑，呈现出一种知性温柔且稳重的气质，给易龙龙的感觉很舒服，这也是她干脆利落地答应与沙耶同去的原因。

　　林琦抱着易龙龙，与沙耶一起缓步走出历史系。沙耶看了易龙龙一眼，柔声问："刚才使用魔法的，是你们中的谁？"

　　她很清楚，学园的椅子质量绝对没那么糟糕，而微胖少年的体重也不至于坐坏一把椅子，之所以会出现那样的情形，是有人用魔法作弄了少年。

　　其他同学她是很熟悉的，要么缺乏相关实力，要么不会多管闲事，所以疑点集中在新来的两人身上。

　　虽然她最初怀疑的重点在林琦身上，但经过观察，她发现林琦并不是太热心的人，除了他怀里的小女孩，他看其他人的眼光都是一样的冷漠，不大会为了一个女孩子被嘲笑而出头。

　　易龙龙一怔，随即明白过来，立即笑眯眯地主动承认道："是我们干的，那又怎么样？难道恶作剧也违反校规？"

　　沙耶慢慢地摇摇头，轻声道："不是校规的问题，而是你们可能惹下了一点麻烦。你们今天摔的那人跟学园的地下学生帮会有关联，假如他们报复，将会使用卑鄙阴险的手段。"

听沙耶的说法，似乎那微胖少年还有来头，易龙龙一听，更加高兴：学校啊，怎么能错过同学间彼此斗殴这档子事？她真幸运，第一天上课便结下了仇。

易龙龙并不担心会有什么危险。假如说敌人是学园的老师，可能会稍微为难一些，毕竟她还要继续在学园里混些日子，把老师欺负狠了未免说不过去。但对方是学生，还是不良学生，那岂不是随便玩？

至于胜负问题，她一开始就不担忧。

看易龙龙满不在乎的样子，沙耶猜测她可能也有些自己的依靠，她提醒到这里已经是尽了责任，再啰唆反而显得没有分寸。她微微一笑，也不再多说，前方的两层建筑就是食堂，她率先走过去。

学园食堂里的设置和前世大学里的有些相似，但令易龙龙遗憾的是，没能在饭菜里吃出钉子头发沙砾一类的东西。她听说大学食堂饭菜质量普遍低劣，不过现在看来，异界的食堂员工都颇为敬业。

易龙龙所不知道的是，由于身份和地位不同，地球上她所知的大学生要是吃到不该吃的东西，多半是骂声晦气，了不起也就是向学园抗议一番，并不能做什么。但异界学园的情形不同，这里的法律对平民生命的保障并不严密，贵族还是有特权的，而迦南学园内贵族的比率又特别高，指不定什么时候就有贵族来用餐，假如让他吃到不该吃的东西，那厨师就完了。

为了防止这种事发生的可能，厨师们自然非常尽责。

这一顿午饭是沙耶请客，吃饭的过程中，她还向易龙龙解说了一些今天讨论课上的问题。美味的饭菜加上温柔少女的轻声细语，除了没吃到钉子有些失望外，这一顿饭可以说十分愉快。

饭后易龙龙与沙耶告别，接着和林琦逛了一会儿学园内的商店，发现有宠物饲料售卖。虽然知道栖枝只吃香料，她还是买了一些，随后才跟林琦回宿舍。

想要抵达宿舍，必须从一片较为偏僻的园林后小道通过，易龙龙偎依在林琦的怀里，一手抱着啪啪，另一只手把玩着三角形的纸包，里面装着最高档的宠物饲料。

走着走着，林琦忽然停下脚步。

# 六十六　窥探·帝摩斯

会让林琦忽然停下来的，只有一个可能。

易龙龙顺着林琦转头的方向看去，只见树丛的阴影下，一个人影缓慢地从无到有浮现出来，最后清晰地出现在视野中。这是一个高挑修长的青年。

青年身上穿着紧身黑衣，腰间别着黑色短刃，看外貌在二十岁左右，茶色短发梳理得一丝不苟，暗宝石绿的眼睛含着浅笑，好像他并不是在跟踪，而是去参加一个盛大的宴会。

主动现身后，黑衣青年抬起手来欠身一礼，动作优雅从容，丝毫不显窘迫，微笑道："初次见面，海因涅小姐。我是帝摩斯。"

易龙龙原本以为他是为了那微胖少年出头的，不过听对方说出了她现在依托的假身份姓氏，便立即猜测这架多半打不成了。随即她的兴趣转向了另一面，"你怎么知道我的身份的？"

有时候，为了保护某些身份特殊的学生不被暗杀绑架，在入学的时候，迦南学园允许他们在公开简历上捏造虚假身份。易龙龙虽然不怕绑架暗杀，但还是好玩地这么做了，却不料才一个上午便有人发现了真相。

虽说她没有刻意封锁，有心人迟早会查探明白，但对方消息这么灵通，却大大地出乎她的意料。

帝摩斯微微一笑，"我是迦南学园暗杀兼情报专业的，消息渠道比别人多了一些。这个并不奇怪。"

首任校长迦南说过：杀手也要与时俱进，不能消息滞后。所以帝摩斯除了本行

外，还兼修了情报专业，毕业时能拿到双学位证书。

帝摩斯是学园地下帮会的首领，能够统合起桀骜不驯的青春期少年，尤其还有不少贵族，其手腕心智魄力一样不差。曾经有人曾劝说他干脆转到军政系好了，他这样的人，从政一定能获得很高地位，他却拒绝了。

通过各方面消息渠道，帝摩斯不仅知道易龙龙是新董事，也知道她的姓氏，甚至还知道前些天她招保镖时林琦一对二十的事迹。

那微胖少年下课后第一时间就去找帮会想要为自己出口气，但帝摩斯迅速地将此事拦截下来，反而主动与易龙龙友好接触。使用魔法道具隐身跟踪，则是想试试林琦除了战力外，其警觉性如何。

所谓伸手不打笑脸人，帝摩斯现身时，一直谦逊有礼、眼中带着真挚诚恳的微笑，哪怕是最挑剔的人也很难从他的态度上找茬。对方这么给面子主动和解道歉，易龙龙便也顺势下了台阶不计较。帝摩斯摘下腰间的黑色匕首递过来，"我看林琦似乎没有武器，假如遇到强敌会有些不便。若是不介意的话，这是赔罪的礼物，匕首上附带一个隐身魔法。"

这把匕首连柄不足一尺长，尖端有一点儿弯曲，柄上镶嵌了一块宝石，连柄带刃都是均匀没有半丝反光的纯黑，向宝石内灌入少量魔力就能隐藏身形。

易龙龙也没客气，让林琦接了，挂腰上。双方再寒暄几句，少年帮会首领表示今后不会让手下的人来打扰，便就此作别。

回到宿舍，易龙龙和林琦躲进同一间卧室，先用道具布置使人不能从外面窥探的结界，接着，取出了水晶老鼠。

易龙龙趴在床边，看林琦操纵着老鼠，在学园的地下排水管道和通气孔中迅速穿行，盘面上显示传输回来的影像迅速晃动变换。林琦操纵得非常精妙且惊险，有好几次易龙龙以为老鼠要一头撞上前方的障碍物了，还没惊呼出声，便看见画面一个快速旋转，转向另一条岔道。

这只水晶老鼠功用相当于移动监视器，通过精神远程操控，传输回来的图像清晰稳定，不受魔法波动的干扰，因为其细小的体型，能够从旁人意想不到的地方侵入。

根据罗兰的判断，它应该是某位魔法道具大师的最高杰作，但在其还没有为世人所知的时候就落入了龙爪子里，成为其黄金床内的千万装饰之一。

昨天花一天时间熟悉了学园环境，又借口自己方向感不好，要来了一本迦南学园地形全图，不仅有总地图，还有各处的局部图，其中便有标注校长室的具体方位。

今天她的目的，就是让小老鼠入侵校长室，查探是否能找到泰伦斯的作恶证据。

前些天，罗兰求她帮他报仇，说泰伦斯是杀害其家人、谋夺其家产的仇人。面对紫发盗贼少见的恳求，易龙龙十分为难。

假如罗兰说的是真的，她会让林琦帮罗兰达成心愿，但她不可能只相信罗兰一方面的说法，也不能直接问泰伦斯是不是曾犯下罪行。所以，她只能在住进迦南学园后，再慢慢着手调查。

虽然有辨别谎言的魔法，但易龙龙并不打算使用。假如说谎者能把自己都骗过，魔法也会发生失误，再退一步，又怎么弄明白罗兰所知道的就是真相呢？假如罗兰所知道的是别人刻意造出的假象，泰伦斯岂不是很冤枉？

因此除了体验学园生活外，易龙龙也是为了就近探查泰伦斯这个人。迦南学园防卫非常森严，易龙龙不打算让林琦冒险，便放出水晶老鼠充当她的眼睛。

这时候是午休时间，校长室内空无一人，身材纤细的小老鼠悄无声息地落在地板上，扭头左右看看，便毫不迟疑地奔向最醒目的办公桌。

易龙龙曾暗中打探过，学园内一些重要之地布置有警戒防御的魔法阵，假如有人触动，便会发出警报。但警戒魔法阵也不是万能的，它只针对拥有一定体积，并且有一定温度的物体。否则，假如不管什么落入魔法警戒范围都发一次警报，会有大量不必要的能量消耗。

水晶老鼠体积纤细，且没有动物的体温，正好钻了魔法阵防御的漏洞。透明的四肢踩上柔软的猩红地毯，水晶老鼠以一种与外貌完全不符的从容，攀上光洁的办公桌，来到厚厚一叠文件前。

桌面上都是些无关紧要的公文，易龙龙随便扫了一眼，便让林琦操纵水晶老鼠从桌面一跃而下，便见水晶老鼠透明的身体在半空划出一抹晶亮的流光，随即陷入柔软的黑色真皮沙发里。

能放在表面上的东西，多半都不会太重要、隐秘，对于桌上的文件，易龙龙只扫了眼标题就不再多看。小老鼠在沙发上打了个滚，翻身再站起来时，呈现在托盘中的影像，变成了办公桌后面的抽屉柜子。

抽屉柜子都是上锁的，但这难不倒小老鼠，它纤细的前爪伸到锁孔边，忽然扭曲变形，如同柔软的水一样拧着各种形状，接着这变形的前爪插入锁孔，一扭。

潜入，可视，开锁，这种富有针对性的多功能魔法道具，易龙龙怀疑其最初就是为了间谍活动而制造出来的，否则她今天不会如此顺畅。

费劲地将抽屉扒开一条缝，小老鼠嗖地钻了进去。借着缝隙的微光，易龙龙看见抽屉内躺着的文件名，是今年学园武斗会的计划表，随即不感兴趣地摆摆手，接着，小老鼠继续进攻下一个关卡。

将办公桌扫荡了一遍，一无所获，小老鼠又开始满屋子四处乱蹿，试图找到暗门或暗格一类的东西，好不容易找到一个，却发现里面装着的不是她所希望的实质证据，而是存放着学园股权文件等。

辛苦了一个小时一无所获，易龙龙也没太失望。来校长室只是第一步，原本来这里只是初步探测，顺便测试水晶老鼠的性能，想要挖掘好料，应该摸到泰伦斯家去。

估计这时候午休时间差不多该结束，泰伦斯应该快回来了，易龙龙招呼林琦，操纵着小老鼠将拉开的抽屉柜门归原位，跳下桌面之前，还拽起放置窗边用来擦拭的绒布，小心翼翼地擦拭了几个残留的细小爪印。

一切归于原状，小老鼠回头环视一周，确定没什么问题了，才猛地跳起来，顺着墙根飞快地爬入通风管道中。

半个多小时后，校长室的门缓缓开启。来人走到办公桌前，先悠闲地坐在沙发上，正打算打开抽屉时，手忽然顿了顿，接着猛地站起来。

六十七　幼稚·被发现

没有循原路返回，小老鼠按照林琦指示的路线，一路狂奔出迦南学园。泰伦斯校长的家就在学园外不远处，其规模比易龙龙自己的那座别墅还小些，但格局精致漂亮，远观近看都十分赏心悦目。

水晶老鼠顺着墙角慢慢地走着，这里不比学园内，学园内的地图和楼房构架她都是有数的，但这里需要一点点摸索，寻找最佳侵入口。

穿过有形和无形的栅栏罗网，花园中雕像上停栖的护园鹰看见了底下鬼鬼祟祟的小身影，眼中疑惑一闪而过，却没有发动攻击。好不容易到了别墅里，水晶老鼠抖落身体沾上的泥沙，找到书房的位置，身体一矮，就从底下略高的门缝钻了进去。

进书房后，小老鼠开始了一轮无差别搜索，专找账目契约合同等文件资料，找到后就让林琦强行背诵下来，她和林琦都看不懂这些东西，还需要抄录出来慢慢找专业人士来研究。

根据罗兰所说，泰伦斯从前是做纺织生意起家的，当时他和罗兰的父亲既是好朋友又是竞争对手。当年是怎么回事，商业上的具体细则，虽然罗兰已经说过一遍，但易龙龙没怎么听明白，总之大体是十多年前泰伦斯骗了罗兰一家，将他们陷害在一桩失败的生意里，导致罗兰家不仅破产，还被追究法律责任，虽然没有判刑，却被逐出当时所在的城市。才出城不久，他们就遭到马贼劫掠，而那一带并不是马贼经常出没的地点。后来罗兰大了一些，才从一些渠道得知，当初是有人雇用马贼那么做的。

过了四年，泰伦斯结束了他的纺织业生意，来到风都并积极参与迦南学园的团体，终于在三年前成为迦南学园的校长。

与在校长室内不同，泰伦斯的书房内有价值的资料随处可见，包括十多年前的支出账本，每一单生意的明细账目、合同契约，以及开销收入记录、银行票据。

这些，全都由林琦一眼看过去扫视，强行记下来。

花了半个多小时，林琦才总算将该记忆的东西都"印"在脑海里。在这个过程中，易龙龙虽然帮不上忙，却也一直紧张地盯着"屏幕"。忽然手边传来毛茸茸的触感，低头一看，却见被她提前放置一边的啪啪靠了过来，圆滚滚的小身体使劲蹭了蹭易龙龙的手背，蹭完，还伸嘴啄了两下。

易龙龙心情正紧张，瞥了它一眼，随口安抚道："别闹，乖。"

林琦的眼角余光瞥见啪啪的行为，面色不自然地僵硬了一下。一听易龙龙说别闹，他顿时得到指令，手指一弹，弹出一道风，准确无误地将小圆鸟掀飞到床的另一头。

小胖鸟骨碌碌地滚了一会儿，好不容易歪歪斜斜地站起来，七彩眼珠子里险些掉下委屈的泪花。过了片刻，它又愤怒地冲了过来。

以林琦的实力，欺负这只幼鸟连指头都不必多动一下，又一道风过来，让小胖鸟哪儿来的滚回哪儿去。小胖鸟百折不挠，越挫越勇。林琦也不管那边的水晶老鼠了，专心对付这个碍眼的小东西。从昨天开始，他不爽这只圆鸟很久了，仗着自己个子小就缩在龙龙的怀里，有本事像他一样把龙龙抱起来啊。

哼。

易龙龙实在看不过去，抬手用力敲了一下林琦的脑袋，"行了，别闹了，干正事去。"跟一只鸟过不去，林琦你幼不幼稚啊。

接着她也秉持公平原则轻敲了一下啪啪，"你也是，别闹，无聊就啃这个，我有要紧事呢。"说着，掏出刚买来的饲料包往啪啪面前一丢，接着又专心看向显示影像的托盘。

扁了扁嘴，林琦揉了揉有点儿疼的额头，看易龙龙还是往他这边靠了过来，便投给幼鸟一个微微得意的眼神，接着转身继续刚才中断的行动。

明面上的东西都已经看过了，接下来也不能放过这间屋子里的暗格。正打算仔细寻找，书房门忽然被推开，小老鼠闻声转头：站在门口的赫然是面色凝重的泰伦斯。

糟糕！被发现了！

根据情报，泰伦斯每天结束工作回家的时间是傍晚，怎么忽然回来了？

易龙龙有一瞬间的慌乱，随即赶紧叫出声："林琦，撤！"

不必她提醒，林琦就已经在这么做。小老鼠正伏在书桌一叠记事本上，对着门口的方向，与门口的泰伦斯对视了一眼，立即飞快转身，速度飙升到极致，在空气里只留下一道浅浅的影子。眼看着它就要扑下地面，接下来只要一个转身，躲到书桌底下，再顺着墙角躲藏溜走，就能顺利地逃过去，可泰伦斯的动作更快一步。他手上没有武器，就随手拔出胸前口袋里装饰用的金笔，朝水晶老鼠甩过去，正好打中半空中的小老鼠，接着双双落在地上。

小老鼠落在地上，并没有受太大损伤，翻个身起来，又要逃走。但这时候泰伦斯身旁的人已经快步赶过去，双剑交错插入地面，正好牢牢地卡住水晶老鼠的身体，令其动弹不得。

"这是什么？"出剑的那人是泰伦斯身旁跟随的保镖，根据罗兰的情报，其武技具有剑师上位水准，但即便是在剑师上位这个团体中，他也是顶尖的好手。

身边有高手保护，加上泰伦斯本人也是武技好手，这增加了罗兰的复仇难度。当初泰伦斯没来风都的时候，罗兰实力微薄，不足以与之抗衡，而当罗兰的实力有所增长，敌人的实力却进一步水涨船高，距离他更加遥远。

罗兰成为出色的盗贼，泰伦斯却已是受人敬仰的迦南学园的校长。

泰伦斯不慌不忙地走了过来，低头仔细端详水晶老鼠，跟在他身旁的魔法师戴上附带囚牢魔法的手套，将小老鼠抓起来，顺手加了一个束缚术，让小老鼠挣脱不开。

"好像是老鼠。"

"这可不是普通的老鼠。"

"魔法道具吗？"

"谁干的？"

小老鼠虽然被擒获，但其本身的功能还在运转，声音和图像通过托盘传递过来。看着托盘上放大的人脸，听着三人的讨论，易龙龙嘴唇紧抿，暗暗后悔。

经过片刻的慌神，她已经大致猜出来，是先前在校长室的行为可能留下了什么她没注意到的痕迹，被泰伦斯发现了。既然发现有人在翻找资料，泰伦斯自然会尽快赶回家，看家中更重要的东西有没有被翻阅。

否则不可能这么巧，泰伦斯早不回来晚不回来，偏偏在她搜查的紧要关头回来。

为了不被罗兰从旁侧影响，这件事是易龙龙自己独立做的，没有询问作为这方面专家的盗贼的专业意见，因为经验生嫩而出师不利。

但事已至此，责备自己也无用，水晶老鼠落入对方手中，毕竟不是战斗型道具，没办法挣脱开这样的双重禁锢。

那边的魔法师观察了一会儿水晶老鼠后，得出结论，"这件魔法道具是在被人操控着的，我试试看能不能找出对方的方位。"

易龙龙听到他的话，悚然一惊，下一刻，托盘上闪出前所未有的亮光，伴随着一声爆炸巨响，随即影像消失无踪。

而与此同时，泰伦斯书房里，魔法师捂着被炸断的手臂，痛苦地倒地呻吟道："这东西居然还会自爆！"

 六十八　密室·守书人

初次客串侦探失败，为了避免被校长大人怀疑到自家身上，易龙龙老实了好几天，在学园内该干什么干什么，一点出格的行为都没有。除了年龄过小外，她表现得就像是一个正常的历史系学生。

不过即便是装乖学生，易龙龙的生活也不至于无趣，喂养家中圆滚滚的小胖鸟成了她的主要娱乐。

假如不是亲眼看到啪啪从栖枝蛋里出来，易龙龙简直怀疑它是不是被调包了。这小东西完全没有它娘亲的傲气，除了羽毛的颜色与挑食之外，易龙龙几乎完全无法将它跟从前那只栖枝联系在一起，她只得期望着鸟大能十八变。

为了吃的，这只小圆鸟可以赖在地上打滚，或是用身体蹭她的手背，什么谄媚的手段都能使出来，就如同现在这样。但偏偏它还特别挑嘴，一定要吃上好香料，否则就任性地把饲料弄得满床满地都是。

小家伙偏偏还喜欢吃夜宵，时常半夜来骚扰熟睡的易龙龙，弄得她睡不好觉。

忍耐三天，易龙龙终于在沉默中爆发了。看着正在地上打滚的啪啪，她求助地望向林琦，"要不要整整它？"这几天来，她看出林琦跟小胖鸟很不对盘，虽然不知道究竟是为了什么，但现在她想给林琦报复的机会。

林琦眼睛一亮，随即拿起一段香料，双掌一合，掌心中发出令人心悸的碎裂声，接着再摊开时，整段香料已经变成比小米粒还要小的碎末。

这是林琦将上百道风刃高度压缩，控制在一个极小范围之内，才把香料切割成他想要的大小，这样高精度的魔法控制，即便放眼整个大陆也是顶尖的，但林琦却

用来切饲料。

切割的过程中，从他的双掌之间飘下少许香料粉末，白色的小圆鸟也顾不上计较恩怨，就在他脚边上蹦跶，还不时地仰起头来，张开小嘴接撒下来的粉末。

将切碎的香料放进来做饲料碗的黄金小碗中，林琦拆开今天易龙龙从宠物商店买来的饲料包，将差不多大小的饲料颗粒全倒进香料里，接着用魔法一搅拌，混合均匀。

香料和饲料的颜色相近，混在一起几乎分辨不出来。林琦做完这一切，才施施然拿起金碗，弯腰放在啪啪面前。

林琦这么做的用意是为了让啪啪看得着吃得着但偏偏不能吃，易龙龙忍不住赞了一声，"算你狠。"

这几天来她也有了经验，假如是别的饲料，就算再怎么饿，小胖鸟都坚持原则，绝不下嘴。

也不管急得乱叫乱跳的小胖鸟，易龙龙心情大好，去林琦的卧室补充这几天缺失的睡眠，留啪啪独个儿在她卧室里犯愁。

两个小时后，易龙龙一觉睡醒来，手上还拿着一段香料，她的目的只是教训一下闹腾的小鸟，并不打算真的饿死它，但一走进卧室，看见啪啪在翻倒的金碗边躺着，仰面朝天，两只小爪子缩在圆滚滚的肚子上。

起初易龙龙以为它是饿昏了，仔细一看，好像只是睡了。翻倒的金碗边撒了一地的碎粒，但那些颗粒却只剩下从商店买来的饲料，颜色略浅的香料碎末已消失得无影无踪。

在她离开的两个小时内，小胖鸟竟然将香料碎末不厌其烦地挑拣出来吃掉了。

易龙龙怔了好久，才又说了一句刚才说过的话，不过这回换成了，"算你狠。"

道高一尺，魔高一丈。

虽然水晶老鼠最后玩了一把英勇的自爆，没有让泰伦斯顺鼠摸龙，暴露出她的所在，但易龙龙也没敢再继续类似的行动，甚至原本预定的计划也因此暂时搁浅。

龙的那一堆宝藏里，水晶老鼠这样精巧的道具还是少数，大部分都是单纯的财物，没有太多的实用价值，就算有，也多半被龙的可怕体重给压坏了。

她开始专注于学园内的书籍。凭着董事的身份，再打通一些关节，她终于获得一把金色的钥匙，便于出入那些隐秘的藏书室。

中央图书馆是位于学园中心的建筑，一共有四层高，呈圆环状结构。圆环中心种植着美丽的花木，并安置有桌椅，学生在馆内看书觉得疲惫时，便可以走到花园中暂作休息，呼吸新鲜空气。

一层是各类专业学科书籍，比如历史、精算、诗歌；二层是武技类书册和英雄传说；三层和四层则都与魔法及其衍生学科有关。但易龙龙所要找的藏书室，却不在四层楼中的任何一层。

图书馆一层的弧形走廊末端少有人至，走廊的尽头是一扇紧闭的漆黑铁木门。易龙龙从林琦的怀中微微探出身体，取出金钥匙插入锁孔之中，略为一转，将门启开。

即便是对学园董事，秘密藏书室也不是全年二十四小时开放的。事实上，其开放时间比外面的图书馆更短暂，每个季度只有一个月的开放时间，其余时间任何人不能入内。即便是开放时间，每个季度也只有一个人能入内。

门内是一间空落落的小屋，三面墙壁雪白无瑕。易龙龙关上房门，让林琦走到对面墙壁前，抬起握成拳的小手，手指上松松套着的宽大戒指对准了墙壁的中央。

这枚戒指是董事会成员的信物，也是通行证，一共十二枚，在董事改组的时候由城主统一回收发放。

戒面上有复杂的花纹，边缘是两片以奇妙弧度包拢在一起的纤细绿叶，不知道用什么材料制成。对准墙壁时，戒指发出一道光束，射在墙壁上，过了片刻，墙面上缓慢现出一道洞开的门。

林琦缓步踏足入内，门后是一道长长的阶梯，朝下方蜿蜒而去，两侧的墙面上没有照明灯具，却焕发出柔和的光芒。

花了三四分钟，林琦走到阶梯尽头，那里是另一道门。他正要踏进去，一道屏障却出现在门口，硬生生阻拦了他的脚步。

阻拦林琦的是魔法制造的屏障，易龙龙一愣，下一秒立即反应过来，挥手打消林琦强行闯入的意图。随后，她听见门内传出倨傲而清澈的嗓音："为什么这次来的是两个人？"

易龙龙来之前曾听说过，在隐秘藏书室有一个守护者。阻拦他们的人应该就是那守护者，想不到听声音这么年轻。

易龙龙谨慎地说明来意，那声音沉默片刻，才缓慢地说："你可以进来，但另外那个人不允许，这是规则。"

仔细地斟酌一会儿，觉得在这里应该不会有什么危险问题，易龙龙从林琦的怀抱里跳到地面，转身仰头望着少年，"在这里等我吧，我会尽快出来。"

怕易龙龙抬头脖子累，林琦主动蹲下来，方便她平视，同时乖巧地点头，虽然神情有些不舍和委屈，但一点反抗的意思都没有。

不快地瞪了一眼门内某个方向，林琦恋恋不舍地松开易龙龙的小手，目送她迈开脚步，踏入门内，暂时消失的屏障又重新挡在门口。

很了不起么？

林琦撇了撇嘴，蹲在门口没动弹。

这种魔法屏障，他第一眼看到，脑海中便浮现出至少七八种解除办法，但易龙龙既然叫他在这里等待，他就不会违背她的意愿。

踏入漆黑的门内，易龙龙的视野顿时变暗，但她毕竟不是普通人类，即便是在这样的光线下，周围景物依旧看得清清楚楚。

这是一间四方的屋子，屋内没什么摆设，对面是另一道门。侧面角落里，一个身材纤细颀长的影子抱胸而立，碧色长发垂落而下，直达地面。

这一路上，除了林琦，易龙龙没有再看过这么长的头发，就算是女性也没有，毕竟长发不便打理，平常在外多有不便。不过林琦的黑发天然柔顺，不打结不分岔，加上他长发的模样实在好看，易龙龙也不舍得让他剪去，就这么一直留了下来。

虽然对方身材高挑纤细得过分，但骨架的形状依旧是男性，其性别从声音也可以听出来。易龙龙心中好奇，打量得更加热切，意外地发现那人的脸上戴着布满符文的半覆式面具，盖住了大半张脸，只露出尖尖的下巴和色泽鲜艳的嘴唇。在他垂落的发际，耳朵的形状却是尖长的。

愣了片刻，她才想起从书上看到的有这种特征的物种：精灵。

在这片大陆上，人类是毋庸置疑的统治者，虽然他们寿命短暂，天赋特长也不突出，却是世界的主宰，而原本的几种类人生物则早已从漫长的历史中一个个退出舞台，在大陆上销声匿迹。

身材纤细修长，拥有俊美的外貌和尖耳朵，这是人类对于精灵的普遍印象。据说，已经有四五百年没有人看到精灵了，却没料到，居然在迦南学园的秘密藏书室内有精灵的存在。

精灵被易龙龙看得有些莫名烦躁，因为他的特殊身份，多半会被人当成稀有动物看待，因此每次有人进来之前，他都会在室内施放一个夜色术，将屋内的一切都笼罩在黑暗中，超出人类视力所及范围。即便是面对面时，他也能通过精灵的过人视力看到对方，而对方却看不到他。

可这小鬼是怎么回事？

她好像能看到他，盯着他站立的地方瞧个不停。

精灵做梦都没想到，眼前的小女孩和他一样是非人物种，或许在视力这方面，比他还要强一些。

微微抿了抿嘴唇，易龙龙没说出自己能看清的事实，只笑吟吟地提起裙角，朝精灵行了一个淑女的礼节，"可以带我去看书吗？"

精灵在前方走着，易龙龙在他身后跟着。

走出暗室前，精灵在身上披了一件斗篷，几乎从头包到脚踝，也遮盖住了他戴着面具的脸和那对尖长的耳朵。

精灵的步伐轻盈而富有节奏，仿佛带着韵律的舞蹈。走出黑暗的房间，走过长廊，周围的光线便明亮起来。易龙龙原本以为地下的藏书室最多就是几间屋子，但长廊之后却是一间庞大的展厅，如同艺术馆一般，靠墙的展台上陈列着各种物品。

空气里散发着若有若无的柔腻芳香，墙面上画着绚丽的图案，大半是鲜丽的绿叶枝蔓，这让易龙龙一瞬间产生展厅被茂密的原始森林包围的错觉，但仔细看去，发现只是墙壁上恒定的色彩。

不到两尺高的展台好像是用完整的树桩雕琢成的，台面长宽各一尺半，光滑表面漆了一层半透明琥珀色涂料，易龙龙甚至能看见展台上年轮的纹理。

每座展台上都罩着层方形的水晶罩，内中要么是一本书，要么是一件别的物品。易龙龙在展厅入口便停下来，指向距离自己最近的一座展台，"我可以从这里开始看起吗？"

"可以，请稍等片刻。"

说完，精灵便主动上前替易龙龙取出放在水晶罩内的书。那是一本近一寸厚的羊皮书，依然保持着崭新柔软的色泽。

精灵冷冰冰地说："在这里浏览，不能外借，不可抄录，不许损坏。否则你就是敌人，不受这里欢迎。"

接过羊皮书，易龙龙翻开第一页，一眼便看见扉页上漂亮的中文行书，"我来到这个世界的时间，已经是在地球上生活的两倍了。"

易龙龙微微一怔，低下头，眼珠子一转，明知故问道："这是什么文字，我怎么看不懂？"

精灵居高临下俯视着小女孩，对于她的问题毫不奇怪。事实上，每一个入藏书室的人几乎都会这么问，但他的回答始终如一，"这是迦南的文字，这里的书籍用特殊的材料和墨水书写，并被施加了魔法。假如你不能理解这些文字的含义，那么合上书后，你将会忘却一切你所看到的，什么都不能带走。"

做出这一点特殊处理，是为了防止有记忆力超群的人强行记下文字形状，带出去散播，征求答案。

易龙龙耸了耸肩，"看不懂也要看。"

散出迷魂阵，她便放心地阅读起来。

在弄明白利害关系之前，她不打算让人知道她能看懂迦南留下的文字，之前她故意询问，就是为了迷惑精灵的判断。

翻过扉页，从第二页开始，就是迦南留下的文字：

　　我叫迦南。
　　对这个世界的人来说，这个名字或许意义重大，但对于我而言，至少在我生命中的前三十年，我不会想到这个名字与我有任何关联，而后四十年，又好像是一场永不醒来的梦。

这是……迦南的自传？

易龙龙这些天在历史系也不是白混的，相关书籍看了一些，其中就包括了几本名人自传。那些自传开头基本上都是这个调调，因此一看到类似的句子，心里就明白了这本书是什么。

真是，太拉风了。

假如不顾忌精灵就在一旁虎视眈眈地看着她，易龙龙几乎要吹个口哨。

作为一个里程碑式的人物，迦南和那些传奇英雄一样，都是被历史学家狂热研究的对象，甚至历史系内就专门有开设迦南研究社。这一份迦南自己手书的自传，其价值不言而喻。

瞥了精灵一眼，易龙龙接着往下看。黑色的墨迹沉入羊皮纸中，记载着七百年前的过往。

　　来到这个世界后，我曾有一度以为自己在做梦，或许哪一天会忽然醒来，可我始终没有等到那一天。这个丰富多彩的世界对我来说却异常荒凉，没有空调，没有冰箱，没有电脑，没有论坛，没有QQ，没有……这还是人过的日子吗?

仿佛能看到迦南在写下这些文字时愤愤不平的形态,易龙龙忍不住会心地抿嘴一翘。刚来到这里时她也不大习惯,不过她比迦南幸运,在地球上她已是必死之身,能够在这里活下来,足够冲淡失去现代设施的遗憾;她前世长期的住院生涯,也让她比旁人更加能适应寂寞,折算过来,她算是赚了。

但迦南不同,他在地球上或许生活得很美好,假如是这种状况下骤然改变环境,心生不平也是理所当然的。

接下来,便是迦南为了改变现状做出的种种努力。他之所以努力研究魔法,并提出了多项魔法用于实际的指导路线,不过是想还原出冰箱空调等日常家电的效果;而他四处流浪,最初也不过是为了寻找回去的办法。

他不想成为英雄,不想成为霸主,不想成就传世的伟业,他只想回家。然而颇具讽刺意义的是,他所不想的那些不知不觉地都达到了——英雄和霸主在他面前也要恭敬地叫他校长,他的名字永远留在大陆的光辉历史上,迦南学园声名远扬。但直到他死去,他都没有回到偶尔在梦中出现的、那个他生于斯长于斯的地方。

迦南始终不甘心就这样死去。他来自那个在他所处的环境里无人可理解的地方,那里拥有灿烂的文明、华美的诗篇,他总想做些什么,来证明自己前二十多年的记忆不是虚妄的梦境。

于是他留下了高耸的石碑,留下了秘密藏书室,留下了这本书。

他总要证明,在从前那个世界,他出生,长大,他曾经活过。

此外,他希望自己不是孤单的一个人,希望有像他一样的人来到这个世界。出于最后的私心,他保留了自己的一部分财产,留给或许永远不会出现的同胞。

整本羊皮书上一共只有两三万字,是迦南对自己这一生真正的简要自述。易龙龙翻着翻着,很快便翻到了底。合上书页,她假装成一无所获的模样,漫不经心地问精灵:"这上面的文字,你认不认识?"

这话也是从前来到这里的人问过的,精灵甚至连多看易龙龙一眼都不屑,直接从她手上拿走了书,放回展台之上,不耐烦地说:"我不懂上面的文字,不可能给你提供任何帮助。假如你觉得看一本读不懂又记不住的书很无趣,现在便可以离开。"

易龙龙低下头,努力不让精灵注意到她眼中的笑意,"不,我还想看看别的。"

六十九　百年·永不变

　　靠近展厅门口的第一本书是迦南的简要自述，接下来的，则是他来到这个世界后一生的游历记载。

　　每一件物品都加诸了固化和稳定的魔法，保证其在漫长的时光流逝中不至于损坏，所以即便人已经化作泥土里的微尘，但留下的文字却依旧没有磨灭。而地面上的魔法阵，也让这一片地下的空间一直相对恒定。

　　易龙龙一边漫不经心地翻看，一边随口问精灵："可以请问你的名字吗？"

　　精灵沉默片刻，才缓缓地出声："守书人。"

　　听这名字就知道只是一个代号。易龙龙也没往心里去，只继续有一搭没一搭地跟精灵搭讪："说起来，你为什么总穿着斗篷呢？不嫌麻烦吗？"

　　"个人兴趣。"

　　"能不能让我看看你的脸？"

　　"不能。"

　　"对了，你在这里看守了多久？"

　　"七百……七年。"

　　"我明天还想来，你还会在这里吧？"

　　"是。"

　　"你为什么会守在这里？"

　　"跟你无关。"

　　"你跟迦南是什么关系？"

"跟你无关。"

"一个人很寂寞吧?"

"不知道。"

精灵说话的声调极为美丽,即便那声音里饱含着不耐,但每一个音调的起伏都好像悠扬的音乐。

与人类不同,精灵的生命要漫长得多。虽然精灵后来改口,但之前他所说的七百,应该是七百年。这对人类来说或许不可能,但对精灵而言却是可能的。

这地下藏书室即便华美芬芳,可毕竟是无生命的遗留古物,连书籍都大半是看不懂的文字,七百年守在这里,那是多么的漫长和无趣。假如是易龙龙自己,不出几年她就会无聊得发疯。但身旁的这位脾气不大好的精灵却具有这样极为难得的耐性。

迦南留下来的藏书室一共四间。易龙龙仔细地看完第一本书后,对于其他的记载都只是草草地翻阅了一遍。这些书籍中有一半是中文书写的,另一半内容则是以大陆上其他几种稀有语言书写而成,里面记载着各种族的秘密及传说——比如精灵族的事就以精灵语书写——全方位地体现了迦南丰富的语言能力。

从第一间展厅到第四间,墙上绘着浓绿的枝叶,画得栩栩如生。但在第四展厅,却只有半面墙上有一些图画。易龙龙下意识地望向精灵,却听见斗篷下传出窘迫的声音,"我一个人在这里无聊,画点画,不准啊?"

易龙龙一笑,打量第四间展厅,意外地发现有几座展台空荡荡的,什么都没有。她指向空置的展台,问道:"那里的书呢?"

精灵还有些气恼,好一会儿才闷闷地答道:"被抢走了。"

"啊?"易龙龙有些不相信,怎么可能有人从这里抢走书?就她的了解,学园的图书馆是所有建筑之中防卫最严密的地方,几乎是三步一个魔法阵,五步一件魔法道具。这么说虽然夸张了点,却也相去不远。即便学园里魔法类学生和武技类学生同时在图书馆边开战,也不能对图书馆造成丝毫的损伤。而位于图书馆下方的秘密藏书室,其防御则更强,易龙龙想象不出来有什么怪物能从这里抢走了书。

但精灵没必要欺骗她,毕竟这里没有书单也没有记录,假如他想把那些书的存在隐瞒过去,只需要说本来就没有书就可以了。

"那些被抢走了的书,写的是什么,你知道吗?"

精灵随口答道:"是用龙语书写的龙族故事。怎么,你有兴趣?"

当然有兴趣!

易龙龙差点脱口而出，但还是强忍下来。

算算时间差不多了，易龙龙怕林琦等得着急，加上对这里的东西有了大致的了解，初步满足了她的好奇心，便退出了展厅。

她走出展厅，穿过长廊，隔着一间房的两道门，看见了蹲在门前的林琦。

双手抱住膝盖的美少年漂亮光洁的面容有一半没在阴影里，以一种拒绝的姿态沉静地靠在门边，宛若黑暗里的水晶雕像。

隔着几米远，易龙龙情不自禁地停下脚步。

先前看迦南的手书，那个人与她来自同一世界，他的感想和思路，与她是那么贴近，因此她也不能避免地受到了感染。

迦南的自传是用一种满不在乎的口吻叙述的，可字里行间全是寂寞与遗憾。

那个孤独的人，他来到这里，玩闹地换用各种古怪的名字，走过千山万水。他身边或许有伙伴，或许也曾去过繁华之地。当他建立起学园时，站在演讲台上，前方聚满了人，那些学生和老师仰慕着他，尊敬地叫他校长，可不管何时何地，当他垂下眼眸时，都只是失去故土、无法回到家园故土的凄凉人。

易龙龙能深切地感受到迦南的那种心境，透过羊皮纸上的黑色墨迹，她甚至仿佛能伸出手来，穿越七百年的时光触摸到那个荒凉的背影。

他学识满腹，站在辉煌的荣光之中，但他这一生却不能完满。

受到迦南的感染，易龙龙自己的心情忍不住低落下去，虽然知道不应该，可她忽然有一种厌倦的感觉。她这一生，就算再怎么努力，又能怎么样？再怎么了不起，也不过就是第二个迦南。

正消沉地想着，易龙龙注意到林琦的变化。

瞥见她回来，林琦黑琉璃般的眼眸一下子透亮了。他仰起头，嘴角跟着上扬，如同羽翼一般舒展地张开双手，朝易龙龙做了一个拥抱的动作，"抱抱。"他笑吟吟地，眼里荡漾着晶莹的光，好像天上的星子落入他的眸中。

蓦然地，易龙龙笑起来，迈开脚步，毫不迟疑地扑入为她敞开的怀抱，紧接着被一双手臂温柔地搂紧。

这是只属于她一个人的怀抱。

什么迦南啊，什么身份危机，瞬间抛诸脑后。

想那么多做什么呢？她不是迦南，她在地球上并没有那么多的牵挂。而在这个世界，迦南也没有一个像林琦这样的人，从开始到现在一直等待着他，永远地等待着他。

林琦一把抱起易龙龙，转身便朝外走去。

易龙龙笑眯眯地搂着他的脖子，脑袋靠在他肩膀上。

"林琦，我发现你最近好像变得情绪化了一点。"好像这个改变从她变身后，他们在湖边重逢，便不知不觉开始了。只是非常细微的差别，每天一点，日积月累地逐渐变成了今天这样。

"嗯……龙龙不喜欢?"

"呃，不是不喜欢啊，就是觉得有点奇怪……林琦，你会一直陪着我吗?"趁着现在赶紧拐人吧。

"嗯，永远不离开。"

"说定了?"

"说定了!"

身体相互偎依，是那么的安全、温暖。

很小的时候，易龙龙曾倚窗聆听，听窗外的孩子们唱歌，街巷中清脆童音远近错落：拉钩，上吊，一百年，不改变。

那个时候，那一刻，她真的以为可以一百年不改变。

易龙龙曾对精灵说过她会再次来访，而她也确实这么做了。

她为她学生的身份暂时请了假，现在是作为迦南学园的董事享受她所拥有的权力。

站在长长的走廊前，易龙龙扬起小手，笑眯眯地冲精灵打招呼，"你好，我又来了!"

在她身前，斗篷下高挑的身形，是一直掩藏着形貌的精灵。

这是第八天。

她每天都来藏书室报到，甚至为了这个，她将啪啪送回家让女仆代为照顾。

与前几天不同，今天精灵对她的到来没有如往常一样不耐地发出哼声。

易龙龙进了展厅，发现墙角摆放着一只精美的藤条编织成的圆形篮子，篮子里盛满了四季的新鲜水果和蔬菜。

迦南学园有植物系，其中有一项研究是使用魔法阵控制环境温度及作物成熟的时间，使得即便是在冬季也能吃到鲜美可口的蔬菜水果。这一项创意是当年迦南提出来，由后人继承发扬光大的，反季节蔬菜水果成为许多贵族展现自身气派的手段之一。

虽然历史上众说纷纭，但有一项说法普遍不为大众承认：迦南只是忽然想在冬天吃新鲜水果才想出这个点子的。

篮子里各种季节的蔬菜水果都有，毫无疑问是迦南学园里植物系四季园出产的。但易龙龙看着藤条篮子还是一愣，不知道精灵让她看见这么多蔬菜水果是什么意思。

注意到易龙龙的眼光，精灵轻咳一声，走过去，拿起一只放有新鲜白葡萄和草莓的树叶编织袋，动作有些僵硬地递给易龙龙，"假如肚子饿了，你可以在这里吃午饭。"

易龙龙没去接，只是笑着扬了扬眉，觉得颇有意思。来看书已有八天，她还是第一次得到这么好的待遇。前些天可不管午饭的，肚子饿的时候她问精灵，得到的回答都是不耐烦地让她自己解决，不吃书就好。

想了想，易龙龙接过精灵的午餐袋子，伸手往自己口袋里摸了摸，掏出四块用漂亮塑料纸封装起来的杏仁软糖递过去，"这是谢礼。"她也知礼尚往来嘛。

精灵迟疑地接过软糖，动作却是如临大敌般谨慎，先低下头翻来覆去地仔细观察一番，而后用修长的手指揉捏一把，接着拿到鼻子下轻嗅。

易龙龙看着他小心翼翼的模样，禁不住失笑，"没毒，吃吧。"

精灵瞥了易龙龙一眼，目光有些古怪。他没说话，也没有真的听话吃糖，只是手掌一拢，将软糖收进了斗篷的口袋里。

虽说精灵准备了丰盛的水果午餐，饱满鲜美的水果散发着香味，一直引诱着易龙龙的口水，但她一个都不敢吃，只好学精灵那样，收下东西暂且放好。

精灵或是怕她下毒，但她何尝不怕精灵加点什么？这个世界的奇妙药剂可比地球上的更难以想象。

易龙龙随意看了两本书，便提着一袋草莓、葡萄往外走。

精灵两三步追上来，似是有些惊异，但又像是怕打扰了什么似的，低声问："今天这么早就走了？"听声音似乎还有那么一点儿挽留之意。而前些天，他总是恨不得她早点儿走，他也方便收工休息。

易龙龙微微一笑，并不答话。

这些天看书的过程中，她一边向精灵搭讪打探更多的信息，一边还要做出假象迷惑精灵的判断，让精灵认为她看不懂迦南留下的那种不知来自何方的文字。但一直过了这么久，再怎么伪装也终于到了尽头。

精灵应该是看出来了什么，心里有了怀疑和猜测，但又不能确定，今天的态度才会这么反常。

快步越过长廊，穿过小屋，林琦照旧是在门外等待。安安稳稳地让黑发少年抱起来后，易龙龙听到精灵的声音，"你明天还来吗？"

先前在展厅内，因为林琦不在身旁，易龙龙还不敢多说什么，现在却不同了，她靠在林琦的怀里，笑嘻嘻地半转过身，稚嫩的面容对着精灵，飞上眼梢的笑意却异常镇定，"假如你愿意合作的话……精灵先生。"

秘密藏书室内少了龙族的那部分，对她而言，等于缺少了最重要的东西。但究竟是谁抢走了那些书籍，又是要做什么用，易龙龙这些天反复询问，精灵却始终守口如瓶，翻来覆去也没问出什么来。

继续在这里停留也不过是多学习一些迦南抄录的其他各族秘密知识，因为这些种族现在大半已消亡，她记住那些还不一定能用得上，相当于平白耗费时间和精力。正好，精灵开始怀疑，她也需要正式摊牌，询问精灵一些事。

虽然早就料到精灵不会那么平静地接受，可"精灵先生"这几个字刚刚说完，对方的反应却已经激烈得超出易龙龙的预料。

一段简短的咒文从精灵艳丽的嘴唇中冒出，重力骤然落在两人身上。易龙龙顿时觉得自己的身体沉重了许多，好像超出十多倍的重量压在身上，让她几乎要脱出林琦的怀抱往下掉。

而与此同时，精灵的斗篷中猝然亮起一缕锐利的银色流光，直直地朝她刺过来。

但林琦对此的反应更为简单直接。他抱着易龙龙站立不动，编成发辫的长发陡然挣开丝绸发带，在空中飘散了一下，易龙龙便立即觉得那强大的重量不见了。

而精灵刺来的银色细剑此时也被阻挡在看不见的魔法屏障外。

见一剑没有成功，精灵立即飞速后退，直到后背贴上墙壁才停下来，戒备地看着易龙龙，"你们是什么人？是谁派来的？"

虽然只是短短的一瞬间的交锋，但精灵已经敏锐地感觉到林琦潜藏的可怕力量。在不到一秒钟的时间内，便完全掌控住空气中的魔力流动，强行从本源上消解了他的重力魔法，同时用魔法屏障挡住他的破魔剑，这个世界上最顶尖的魔法师或许能做到这一点，但绝不会像林琦这么轻松地就达到。

看来……出现了一点儿误会，可能被认为是什么仇家了。

易龙龙揉了揉胸口，那里心脏还在猛烈地跳动。虽然相信林琦能保护她的安全，但精灵的激烈反应还是吓了她一跳。

易龙龙指了指眼睛，女孩外表的幼龙无奈地解释："你不要紧张，我知道你是精灵，是因为第一次见面的时候，我看到了你的样子。我的眼睛跟普通人不大一样，我能在黑暗中清楚地看见事物。"她并没打算表露本身的种族，只用"不大一样"这个词敷衍过去。

听到她的话，精灵紧绷的身体微微放松了些，反正身份已经暴露，他也没必要掩藏身份，索性一把扯下斗篷。顿时，晶莹剔透的碧色长发瀑布似的倾泻而下，宛如上好翡翠抽成的细丝从肩头垂过胸前，几乎垂落在地面上。

精灵的脸上依旧戴着布满符文的面具，露出来的艳丽嘴唇撇了撇，"不错，我确实是精灵。说出你的目的，人类。"

这就好了，肯安静地对话就是好的开头。

易龙龙望着精灵笑起来，"在谈话之前，能否交换姓名？我的名字你已经知道了，而你的名字我还不知道呢，我说的不是守书人，而是你真正的名字。"

精灵沉默片刻，嘴唇才缓慢开合，"翡翠·月见草，我的名字。"

七十　翡翠·月见草

这确实是一个精灵正常的名字。

精灵是亲近自然的种族，他们的名字多半以自然界之物来命名，比如泉水·蝴蝶兰、蔷薇·木、白鹤·追风等等。

回忆了一下自己从书上看到的知识，易龙龙朝名叫翡翠的精灵礼貌地点头，"月见草先生，在这里我就直接说了吧，我想你心中已猜到了实情，我能看懂迦南留下来的那些文字。那么以这件事为交换筹码，你认为你能付出什么，来换取我手上的什么呢？"

见翡翠已经说了名字，易龙龙为了表达诚意，也干脆摊出底牌。反正有林琦在，也不必担心对方能伤害到她。

大概是还不适应易龙龙跟他绕了这么久忽然单刀直入，或是因为易龙龙的坦率来得太漫不经心，用芳草和贵重宝石命名的精灵怔了好一会儿才叹了口气，道："你知不知道，假如懂得这种文字意味着什么？"因为之前曾有人谎称自己能看懂文字，在真正证实之前，翡翠依旧保持一半怀疑的态度。

易龙龙瞧着他微微一笑，"你又知不知道，我一个小孩子，为什么要取得迦南学园内部的地位？"因为海因涅家族的关系，她一开始便轻而易举地站在一个极高的位置上，没有花太多力气取得了学园的股份。假设是一个普通人，就算再怎么有钱，想要打入这个圈子，也不是那么容易的事。

假如不是因为瞧见了镌刻诗文的石碑，就不会有一切的开端；假如不是那三句诗，迦南学园再怎么充满传奇，也只不过是别人的事，与她毫不相干。

证明懂得中文，也不过是一件很简单的事。翡翠走上前来，从怀里掏出一张陈旧的羊皮纸，递给易龙龙。

易龙龙接过羊皮纸，一扫纸上的文字，愣了愣。随后她又恢复了笑意，向精灵要了笔，轻轻松松地在羊皮纸的背面，用这片大陆的通用语译出了文字的内容。

寥寥数分钟时间就完成了这一切。

拿回羊皮纸，翡翠反复对照着纸上正背两面新旧不同的墨迹，手腕却在微微地颤抖。他稳住纤细高挑的身体，后退几步，靠在墙边，鲜艳的薄唇微不可察地开合，用繁复优美如同长诗的精灵语念出易龙龙翻译的文字：

> 轻柔如风之低语，
> 为月光的幽静咬伤，
> 来自神明岛屿的少女，
> 玫瑰渴望着你，
> 你是春天的头发，
> 爱情的火焰。
> 你不需要花冠，
> 你本身便是无尽的花海，
> 毫无修饰之美，
> 刺痛我的心灵。

咔嚓！

精灵的面具上传出清脆的裂开声响，黑色的符文依次一个个亮起晶莹的光，熄灭后顺着纹理的方向均匀裂开，最后碎成几十块碎片，如同敲击玉石叮叮咚咚地落在地面上。

翡翠的面容首次展现在易龙龙眼前。

纵然明知道对方已是活了超过七百年的老妖怪，但看见那如同画卷一样美丽的面容时，易龙龙还是情不自禁地联想到新发的绿叶那样充满了鲜活生机的东西。晶莹碧绿的眼眸与长发是一样的色泽，以神所宠爱的美貌著称的种族，如同流水与新叶揉合而成，宛如清晨的翠叶一样天然美丽。

翡翠下意识地抚摸毫无遮挡的面容，怔怔地呆住了。

面具在他的脸上已戴了七百年，久得他有时候会觉得那面具天生就是在那里的，而不是被人为地强制戴上的。

七百年前，那个人打败他，给他戴上面具，用契约束缚住他的生命，让他守着这些书籍，不能离开，等待有懂得那种文字的人到来，给他翻译出解除束缚的咒文。

七百年了。

即便精灵的寿命远远超过人类，可一生又有多少个七百年？他等了七百年，如同一曲永不止息的漫漫长歌，却没料到，结束的休止符竟是这么干脆利落。

眼看着面具破碎后翡翠变得失魂落魄，易龙龙也不上前打扰。羊皮纸上除了那段被当成咒文的短诗，还有迦南的一段说明，大意是翡翠犯了重罪，作为惩罚，他让精灵帮他守候书籍，等待故乡人，契约的咒文束缚着他不能离开学园范围。假如真的有来人能看懂他的文字，可以在取得想要的东西后，再将释放咒文翻译成通用语交给翡翠。

本来易龙龙也可以如同迦南所说的，先要来所有书籍，榨干翡翠身上最后一滴剩余价值，再将咒文交还给他，但想到他竟然形同囚犯在这个地方被困了七百年，她就临时修改了迦南的说明，先把咒文写出来了。

七百年，足够人类好几代乃至十几代出生、长大、死去，而在这漫长的时光内，翡翠只能在这个不见天日的地方用画笔在墙壁上仔细地描绘绿叶，以此排遣寂寞光阴。

易龙龙心想，不管精灵曾犯下什么样的罪，七百年的监禁已经足够偿还了。翡翠并不亏欠她什么，假如拿着咒文命令这个可怜的囚徒，她实在于心不忍。

迦南有迦南的考虑，她也有她的判断，不会因为迦南与他来自同一个地方就盲目遵从。也许那时候翡翠确实不可原谅，但对于现在的她来说，精灵是清白无瑕的。

望着精灵现在的模样，易龙龙并不后悔，却还是忍不住对抱住她的少年问了一句："林琦，你说，我这么做是不是有点儿傻？"

本来打定主意要条件交换的，却一个不忍心便直接自由大放送，现在她手上一个筹码都没了。翡翠已经得到了他最想要的东西，完全可以不买她的账。她实实在在是在冒险。

林琦偏了偏头，清澈无瑕的目光凝视片刻，很快化作浅浅涟漪般的笑意："不，龙龙很好。"

很好，真的很好。

易龙龙心情大好，往林琦的怀里蹭了蹭，才做出决定，"我们先走吧。"

看翡翠这样，似乎还要许久才能恢复过来，她不如先回去吃个饭，睡个觉，养足精神再跟精灵继续商量。

从兜里掏出便笺本，易龙龙刷刷地写下自己在学园内的住址，"你什么时候愿意了，就来这个地方找我。当然，假如你不喜欢外出，我明天早上还会来拜访，希望那时候你还在。"

见翡翠毫无反应，易龙龙无奈地一叹，撕下便笺，反手递给林琦。后者手掌平展，巧妙的风魔法便将印着淡淡月白色碎花的便笺纸送到了精灵的面前，随即离开了这个囚室。

顺路在食堂吃了午饭，回到别墅后，易龙龙喂饱了啪啪，睡了个午觉，看了半个下午的书。眼看着窗外的阳光逐渐转为夕照的金黄，她心中泛起一丝失望来，心想，明天还是要去看看，希望精灵不要恶意报复，人走了不说，还顺便毁掉藏书。

易龙龙正兴味索然地吃着晚饭，忽然听到门外急促的敲门声。打开房门，却是泰伦斯的随从请她前往学园中心广场。

易龙龙心中一跳，以为水晶老鼠的事曝光了，但看随从神情恭敬，并没有什么敌意，她便与林琦一道出门。

中心广场就是易龙龙初次瞧见石碑的地方，这时候天边的霞光已十分浓厚艳丽，夜即将降临。

本是回家歇息的时候，但广场上却里三层外三层地挤满了人。

当林琦抱着易龙龙到来时，人群立即分开一条道，让她能直达入内。易龙龙抬头便看见石碑下站着一个高挑纤长的身影，虽然罩着斗篷，但几天来她已经熟悉了这个身形。

翡翠？

让她来这里，是翡翠的意思？

重获自由的精灵要做什么？

此时广场上至少站了上千人，五颜六色的一片脑袋看上去异常精彩，而就这样被上千人注目着，易龙龙感觉有些不自在。她转动脑袋，仔细地环视周围，发现人群中有各系的学生，有各位老师，甚至学园管理高层也都在其列。

青骑士修、校长泰伦斯、历史系的尼克学长、沙耶同学，就连眯着眼打盹的睡骑士雅各也被人架着领了过来。

易龙龙看清楚了人群，才重新转向翡翠，"这是怎么回事？"她隐约有一种很不妙的预感。

翡翠并不回答，只偏头问泰伦斯："现在人来了，可以开始了吗？"

泰伦斯很有风度地做了个请的手势。

易龙龙忽然想明白了什么，脸色大变。但这时候在众目睽睽之下想阻止也来不及，她只能眼睁睁地看着几名公证人依次走过来，检查翡翠出示的戒指，确认这确实是迦南委托者的信物，而藏在斗篷下的是管理迦南遗产的负责人。

接着，泰伦斯让随从朝他释放了个扩音魔法，均匀稳定的声音传入广场上每个人的耳中，向广大观众宣布：迦南留下来的谜题已经持续了将近七百年，今天终于有人能够解开并获得迦南的遗产，包括学园百分之三十的所有权。

而在此之前，还要完成一道仪式。

围观的人群再度分开一条道，几个身材高大的战士专业学生抬着一方巨大的砚台和一管粗长的毛笔，缓步走了过来。

砚台是由一块完整的紫灰色水成岩雕琢而成，呈椭圆形，长度达一米半，高有半米左右。边缘雕琢出如同水波一样的纹路，乍看上去，好像波纹在砚台内荡漾。

砚台内盛放着一半浓稠墨汁，饱满的表面如同黑色的光滑丝缎，但在漆黑之中，却又隐约透出来一种明亮的透彻感。

砚台之后就是毛笔。用雪山野兔长毛制成的饱满笔头，一米多长的木制笔杆，即便对成年人来说都不那么容易掌握，更别说是现在的易龙龙。

然而砚台和毛笔都不是重点，重点是在泰伦斯宣布易龙龙被证实是继承迦南遗产的人选后，原本只是部分人看着她，现在所有在场者的目光都汇聚在了她身上。笔直刺过来的视线夹杂着怀疑、猜测、敌意、嫉妒、羡慕……复杂得难以计数，混杂的议论声也在此时嗡嗡地响起。

翡翠缓步走过来，手臂伸展出一个优美的弧度，指向笔砚，"你现在要做的，是用这支笔和墨水，在石碑的空白处，写出最后一句话。"

易龙龙顿时头皮发麻。

她原本以为，不管是拿到迦南的遗产还是证明她懂得石碑上的文字，都是牵涉非常小、最多有限范围内几个人知道的事，没料到精灵一下子把局面弄得这么大，现在几乎是尽人皆知了。

糟糕，她今后要怎么在学园里自处，又要怎么向艾瑞克和他背后的公爵解释这件事啊？

再怎么头疼，那也是今后的事，现在的情形就如同箭在弦上，不得不发。她要是现在不写，说不定精灵就直接取消她的继承权了。所以尽管不情愿，易龙龙却还是不得不让林琦抱着她走到砚台边上，用两只手抱住涂上了珍贵芳香涂料的粗大笔杆，将雪白的笔毫探入漆黑的墨汁中。

这是迦南当初的安排，不论砚台还是毛笔，都是他设计出来后找人专门定制的，与他留下来的手书一起尘封在储藏室。历经七百年，这些文具终于在这一天重见天日。

被魔法保存得完好的笔毫饱满地吸收了墨汁，易龙龙顿时觉得手上沉了不少。她示意林琦松开手，自己操控魔法飞起来，流动的空气托着她缓慢上升，为了节省力气，她还分了一个浮空魔法在毛笔上。

经过龙语山脉中的勤奋练习，现在易龙龙使用这个魔法已经不需要念诵咒文，就能直接以本身力量催动魔法进而实现。

易龙龙身体缓缓浮上半空，下方的人头也逐渐缩小，成为一片色彩斑斓的圆点。她小心翼翼地让自己的身体更靠近石碑一些。

高耸的石碑上段，三句诗文一共分作两竖排，第一竖排刻着："床前明月光，疑似地上霜。"第二竖排则只有一句"举头望明月"，剩下的空位正好足够填入五个字。

长长地深吸一口气，空旷的风灌入肺部，易龙龙强迫自己忘记众多的眼睛，专注心神在眼前的石碑上。

迦南留下来的诗句很简单，在易龙龙的前世里，只要是读过两年书的人都会背，她这个没有正式上过学的也不例外。但现在的情势慎重无比，下笔之前，她还是小心地将闭着眼也能默写出来的诗句又在心中重温了几遍。

气定神凝，巨大的笔杆重举，笔尖轻落。第一个字是：低。

微一用力，笔锋柔软地弯曲，拖逦着浓深的墨迹，在石碑上落下了第一划。夕照的金色余晖斜射过来，黑色浓墨上竟然泛起鱼鳞般晶亮的光彩。

当易龙龙写下第一笔之后，她立即感觉自己被动地进了一个奇妙的情景里。

夕阳的色彩骤然消失，身后的人群、四周的建筑也全都不见踪影，天与地之间，仿佛就只有她以及眼前悠悠伫立的石碑。

第一笔写下后，仿佛手中的笔被另一个更古老有力的精魄所主宰，自己拥有了生命，不需要怎么使力，连贯着残余的墨迹，便流畅地接着一笔又一画写下去……

那是来自另外一个世界，凝练了数千年的文化。

屈原上下求索，"亦余心之所善兮，虽九死其犹未悔。"

刘邦击筑而歌，"大风起兮云飞扬，威加海内兮归故乡。"

曹植七步成诗，"相煎何太急。"

陶渊明采菊东篱，"悠然见南山。"

江淹得五色笔，"黯然销魂者。"

李青莲纵酒放歌，"人生得意须尽欢，莫使金樽空对月。"

白居易忆江南好，"日出江花红胜火，春来江水绿如蓝。"

柳三变杨柳岸晓风残月，"才子词人，自是白衣卿相。"

苏轼赤壁怀古，"大江东去，浪淘尽、千古风流人物。"

……

那些辉煌的，壮丽的，低婉的，悠远的字句，从四面八方而来，或呼啸，或幽回，在心间萦绕不散。

青山碧水间晨钟暮鼓，明月大江上，斯人于归。

丝竹管弦，墨色暗香。

来自另外一个世界的精魄，在易龙龙的灵魂之中激起波澜壮阔的歌声，那声音越来越高，响彻了全世界。

最后一笔落下，笔尖轻轻地离开石碑，独立的世界也骤然消散。易龙龙双手抱着长笔，浮在半空中，周围依旧是学舍，下方依旧是人群，而天幕已然换了接近漆黑的深蓝色彩。

万籁俱寂。

暗青色的石碑上，五个新写上去的字行云流水，静静地吞吐着月色光华。

低头思故乡。

是的，低头思故乡。

沐着夜月，清辉如水，易龙龙低下头，泪如雨下。

七十一　低头·思故乡

易龙龙浮上半空时，全校师生都在看着她。

关于石碑的传说，自迦南学园建立不久后便一直流传，普遍的说法都认为迦南校长留在石碑上的古怪文字是一种独特的咒语，甚至是某种上古禁咒。数百年来，无数魔法师与学者对着石碑苦心研究，三句简单的诗文被当成精深的难题，连每一个笔画的弧度，都有人能做出一篇论文来。

但不管怎么折腾，暗青色石碑载托着这三句文字，悠悠近七百载，终究是没人敢对着自己的信仰发誓说能真正明白。

渐渐地，石碑成了一个固定的未解之谜。但今天，忽然学园高层集体宣布，能够解开这个谜题的人出现了，而这个人却是一个不足八岁的小女孩。

充斥在全校师生心中的是不同的情绪感受，有的对此觉得不敢置信，怀疑是学园高层参与了黑幕交易；也有人觉得易龙龙根本就不知道第四句，只是编造了一个谎言欺骗大家，等着看她被揭穿；或是有人羡慕易龙龙的好运，以及即将获得的巨大财富；更有利益相关者开始考虑易龙龙获得那百分之三十的学园股份后权力构架的变动；也有人单纯地想知道困扰了大家七百年的谜题答案是什么……

答案揭晓的前一刻是最安静的，当易龙龙浮上半空，抱着巨大的毛笔，轻描淡写地书下第一笔时，不管怀着什么样的念头，几乎所有人都情不自禁地屏住了呼吸。

易龙龙的心神已经沉入另外一个世界，而众人所看到的，却是她手执巨笔，以异常缓慢却又流畅的动作，书写一笔又一笔。

每一笔都非常缓慢，足足用了好几分钟才完成。最初有人感到不耐，忍不住大声吵嚷起来，但他们的声音传不到易龙龙耳中，所收获的也仅仅是校长警告的眼神以及对抗议的压制。

渐渐地，产生了变化。

以石碑为中心，一片奇妙的氛围朝四周扩散开去，最初并不引人觉察，只是好像忽然被微微压抑的气息所笼罩，让广场整个儿沉寂下去。

接下来，悠长的节奏从无到有，由远及近，缓慢地响起。这并不是用耳朵听到的声音，而是直接传达至心底。

那么的哀伤，那么的落寞，那么的无所归依。

仿佛是一个宏大的魔法，但在场没有任何一个人感受到魔力的波动。

原本一直看着易龙龙的众人，也在这时候有了别样反应：有人回忆上学前父母的殷切叮咛，有人想念起妻子温暖的热汤，有人忽然很想回家看一眼与自己一起长大的小树，有人恍惚间已然回到阔别许多年的故乡。

迦南学园的师生，绝大部分从大陆上各个地方而来，他们来到这里，怀着极大的信心与抱负，决意有所成就，可不管再怎么沉醉于学习和工作，在内心深处的一块地方总是残存着挥之不去的思念。

亲人朋友手掌的触感和温度，微笑和忧伤的面容，家中熟悉的摆设、惯用的物件、山峦、树木、流水、桥梁，空中吹过的风……全都褪去古旧的外壳，新鲜地再度绽放。

低头思故乡。

是的，低头思故乡。

故乡是思念的地方，思念那个地方或那个人。

不需要语言来传递。不管是前世还是异界，人的心灵和思念的情感总是相通的。

不管是渊博的法师、勇敢的战士、虔诚的神官、狡猾的政客与严谨的学者，还是冷酷的杀手，每个人的内心深处，都有那么一个温软而脆弱的地方，毕竟世界上没有哪个人能一出生便心如钢铁，刀枪不入。

夕阳黯淡，夜幕降临。

伴随着一笔又一笔，哀伤的气氛越来越浓。虽然有人隐约觉得不对劲，但些微的怀疑很快又被更强烈的情感所掩盖。不知道是谁开的头，低泣声从人群中发出时，如同发生连锁反应般，将周围人的情绪全都牵动起来。

有人低声哭泣，有人沉默落泪，或眼中含着润润的湿意，以及黯淡的忧伤。

青骑士半蹲下身体，单手稳稳地按着地面，"老师。"

睡骑士的脑袋埋在身旁人的肩膀上，像是在熟睡，眼角却有淡淡的湿痕。

泰伦斯转过头，望向他所抛弃的故乡的方向，决定今天回去后让妻子做一次家乡的菜肴。

翡翠闭上双眼，喃喃出声："七百年，不知道我回去的时候，永夜峡谷中的青萝花是否依旧盛开？"

最后一笔落下，石碑吸收着月光，思念繁花，悠然绽放。

这时候，几乎已经没人理会还在半空中的易龙龙，甚至易龙龙自己也忘记了来到这里的初衷，以及自己现在的处境。

全身浸泡在七百年前遗留下来的情感中，易龙龙忽然彻底理解了迦南。他最痛苦的，并不是离开亲人朋友，也不是失去安逸便捷的都市生活，而是在这个世界他始终找不到归属感。

他找了几十年。

虽然不情愿，可在这个位置，她直接承受迦南情感的冲击，整个人被绝望的狂潮一遍又一遍地洗刷。她知道假如这样下去会完蛋，可她挣脱不了。

她来自和迦南相同的地方，情感上、思路上与迦南最贴近，因此受到的冲击也最为强烈。假如别人只是缓步蹚过思念的溪流，她却是在即将灭顶的怀念骇浪中挣扎。

在场的所有人，只有一个人不受影响。

所有人都陷入怀念，半数人发出低泣声，甚至有人放声大哭，然而人群内侧的边缘，黑发的美少年却恍若毫无知觉。他冷静而清澈的模样，在哀伤的人群中分外醒目。

思念是什么？

思念对林琦而言，就只是易龙龙，现在她就在他眼前，他不需要思念，只要凝视便好。

故乡是什么？

林琦无法理解。

行走，睡眠，陪着易龙龙。这个世界，每一个角落都是一样的。

从高塔到森林，从小镇到湖泊，从这个城市到山岭，或是到另外一个城市。什么人、什么地方都不重要，只要是易龙龙就可以了。

非常简单而纯粹的概念，明晰地存于少年的认知里，毫不犹豫，毫不怀疑。

看见易龙龙满脸泪水，林琦微微皱眉。他仔细想了想，漆黑的长发微微飘扬，修长的身躯如同被赋予了看不见的羽翼飞翔起来，一直飞到易龙龙身后。随后，他伸出双手，从身后用力抱住哭泣得发抖的女孩。

"不要哭，不要怕，我在这里。"贴着易龙龙的耳畔，林琦低声说。

拥抱真是有魔力的，声音也是有魔力的，惊涛骇浪刹那间消散，变作一片柔暖。身体被有力的双臂拥抱，身后贴着温暖的胸怀。

易龙龙忽然有一种错觉，仿佛这里便是她的故乡。

等局面恢复和稳定的时候，又不知道过了多久。

失态的人们清醒过来，纷纷慌乱地掩饰自己伤心的痕迹。这时候已经没有人怀疑易龙龙继承权的真伪，一来是没有心情，二来，铁证就在他们面前。

七百年来，也不是没有人尝试往石碑上添加什么，但不管是用墨汁还是用魔法，甚至以暴力挥砍，经过了特殊布置处理的石碑始终完好无损。可今天，石碑上空白的地方被填入五个字，吸收了月亮的光华，与其余十五字碑文一起，逸散着幽静华美的光。

千人在此目睹见证。

皎洁满月挂在墨蓝天际，焕发着光彩的古老石碑旁，美丽如画的少年拥抱着引发奇迹的女孩缓缓降落，他的乌发飞扬起来，仿佛背后生出黑色羽翼。

等林琦落地，翡翠缓步走过来，以精灵特有的优雅语调说道："那么现在，你准备好接受迦南的遗产了吗？"

易龙龙面无表情地盯着他看了一会儿，才不怎么情愿地微微点了点头。

那百分之三十的股权保存在翡翠手上，这让她有些惊讶，但转念一想便随即释然了。相比起对外界宣称的迦南好友及好友后代，拥有更长生命并且受到约束的精灵确实是更好的保管人选。

但今天弄出来的阵势却让易龙龙有说不出的恼火。她不知道翡翠是怎么想的，虽然依照约定将她应得的给她，但将她暴露在这么多人的眼前，让所有人知道她拥有价值不菲的财富，简直就是摆明了在她身上贴一张金光灿烂的牌子，上面写着：钱多人小，欢迎来抢。

易龙龙从前生活的世界的财富理念就是财不露白，这与这个世界一些喜欢炫耀自家金钱的贵族不同。一想到明天以后，她被迦南遗产这块大馅饼砸中这件事会广泛地传播开来，她就觉得浑身不自在。

说不定她回家的第一时间，就会有无数盗贼惦记上。

易龙龙并不是真的怕心怀不轨者，家中可以多添加几套防盗的魔法阵和器具。若是真打起来，林琦完全能应付敌人，她只是单纯地不喜欢这样。

翡翠从怀中取出一张羊皮纸，列数遗产清单，第一份就是百分之三十的股份。精灵一边当众念出来，一边伸手探入怀中，取出一只一尺长的扁木匣，浅褐色木匣表面绘满了黑色的咒文符号，以此保护匣内的物品。

木匣内放置着一份长期有效的股权文件，是迦南生前亲手签署的，即便是在七百年后的今天，它依然拥有效力。

翡翠随随便便地递出盛装着难以用金钱估算的文件的木匣，而易龙龙虽然苦笑，却也不得不接过来，转手交给身后的林琦，让他代为拿着。

送出遗产中最大的一块，翡翠又接着念下去。第二项遗产是迦南学园自己培养的龙骑士。从迦南时代开始，便有一名龙骑士在学园中，他会在适当的时机，寻找拥有天分和品德的弟子并将迦南的意志代代传达。

这一代的龙骑士是青骑士修，不过现在应该称之为前龙骑士了。因为某些不可抗的原因，龙没了。

打了折扣的遗产走到易龙龙身前，英挺的青骑士身姿如同挺直的标枪。他略微欠身，行了一个骑士礼节，"请您吩咐。"

料不到迦南的遗产中居然还有活人，易龙龙呆了好一阵子，才意识到青骑士依旧保持着行礼的动作，连忙开口道："平身……啊，不对，是不要行礼，像从前一样就好。"

艾瑞克托付修照顾她，虽然青骑士并没有表现得多么殷勤，但背后却默默地做了不少，比如帮助他们寻找安顿的地方，或是最初进迦南学园时借书的问题。在她能够自在生活，不需要帮助后，青骑士又沉默地退出她的视野。

虽然不常见面，但易龙龙心里已经将青骑士看成可靠的兄长式人物。现在这位兄长却忽然成为随从，对她行骑士对主人的礼节，让易龙龙有点儿受惊。

没有理会易龙龙的惊慌失措，翡翠继续宣读迦南遗产。第三项是一条龙给予的友谊，但现在龙已经灭绝，自然没办法再实现。

最后一份遗产也是活人，不过这回不是骑士，而是一个十二人的顶尖杀手和保镖队伍，合称"无月之剑"，也是迦南学园历代培养出来的。现在这些人大半都不在学园中，不能立即来到易龙龙面前，不过翡翠已经用特殊的方式向这些人发出信息，最迟不会超过一个月，"无月之剑"就能全部集结完毕。

终于回到家门前时，夜空已经泛起了接近黎明的淡白。易龙龙趴在林琦的怀中，懒洋洋地不想动弹，这个晚上发生的事对她而言实在太过冲击和混乱：先是翡翠将她推到了所有人的面前，又被迦南遗留的情绪洗礼，接下来接过百分之三十的股权，紧接着青骑士成了她的随从，最后还有十二名职业杀手保镖即将陆续向她报到。

遗产转交仪式完毕后，易龙龙一秒钟也不想在广场上多停留，立即抓住林琦让他飞上天空，直接用魔法逃走。不知道绕了多少圈子，才终于甩开所有追踪的人。而学园的宿舍她也不敢再住了，一步也不停留地往学园外的家中赶去。

正要按动魔法门铃，林琦忽然转过头，目光直直地投往侧面玫瑰花丛的阴影中，"出来。"

易龙龙也跟着看过去，只见空气中掀起微澜一般的波动，花丛边缓慢现出一个人影。看这现身的方式有些眼熟，直到那人的身形完全呈现，风度翩翩地施了一礼问好后，易龙龙才想起来眼熟的原因。

来学园正式上课的第一天，因为林琦教训了一个少年，她跟这位学园里的地下少年帮会的首领有过一次接触。那次是帝摩斯主动放低身段道歉。但现在帝摩斯出现在这里，又是怎么回事？

难道他这位目前还在就读暗杀专业的同学，是第一个上门的敌人？

烦躁了一整夜，易龙龙现在已经有点像惊弓之龙，望着帝摩斯的目光很快带上了些许警戒之色。暗宝石绿眼睛的青年看出了她的想法，还是那么从容不迫地一笑，再度欠身行礼，"刚才在广场上不方便出面，只好等到没有外人的时候再说话。无月之剑本代队长，帝摩斯参见主人。"

七十二　邀功·无月剑

　　经过粗略的了解，易龙龙大致明白了迦南的想法。作为一个成功者，这位同胞不可能不知道"怀璧其罪"的道理，因此在留下馅饼的同时，他也留下了保护这块馅饼的足够力量。

　　留下来的机密资料，大陆上最强大种族龙族的友谊，龙骑士、杀手，甚至翡翠本人都是她能够调派使用的助力。尽管因为易龙龙心软放走了精灵，又因为时光流逝变迁，龙族不复存在，让这保护力量打了个大大的折扣，但依旧十分可观。

　　虽然失去了龙，但作为获取龙承认的人类，曾经的青骑士依旧拥有旁人不可企及的卓越武力，他所拥有的是与别人一样的剑师上位证书，可同样的等级资格，没有几个上位剑师敢说自己拥有能与修较量的实力。

　　之所以没有更高等级的证书，是因为世俗的考核评定到此为止，更高的实力只有在人们心目中公认。

　　不过易龙龙判断青骑士实力的标准却不是人们的风评，而是他的另一个身份——与艾瑞克师从同一个老师。换而言之，他是艾瑞克的师兄弟。因为艾瑞克很强，所以作为他同门师兄弟的修，也应该弱不到哪里去。

　　接着是一共十二名成员的"无月之剑"。帝摩斯用一块雕刻着中文的铭牌证明了自己的身份后，看清楚铭牌上无月之剑四个字，易龙龙便撤了戒备请他进屋。

　　一名女仆将三人领进休息室，给他们端上撒了肉桂和杏仁粉末的奶茶及新开发出来的葡萄口味拇指蛋糕，便退出去关门，给三人留下谈话空间。

　　整个过程中，帝摩斯一直保持着良好风度。女仆端上蛋糕时，他还矜持而友善地说了声"谢谢",看上去完全不像杀手,反倒像是前来朋友家做客的贵公子。

易龙龙保持沉默,不时地抚摸一下怀里依旧熟睡的小胖鸟。

等到女仆离开,帝摩斯仔细品尝了一下奶茶和蛋糕的味道,毫不吝啬地赞美一番后,才慢慢地说出无月之剑成员的具体身份。

龙骑士和无月之剑都是一代又一代传承下来的,有的是自己的儿子,有的是收养的学生,七百年来,传承接近二十代。

无月之剑最初的十二人之中一共有六名杀手,六名保镖,对半分,象征白天与黑夜,一半光明一半黑暗。不过由于传承的不稳定性,有的后人在当保镖的过程中爱上了杀手这行,便主动弃明投暗,也有相反的状况发生。经过七百年,虽然总人数没改变,但职业交流的结果是杀手变成八人,而保镖只有四位。

虽然人数较少,但这四位保镖非常出名,就连国王也希望能长期聘请他们。

相对地,八名杀手除了帝摩斯依旧在学园中精修学业外,其余七人都已经开始工作。隐藏在黑暗中的几位杀手因为自身职业特性,名声都不显著——假如一个杀手出名,他就离死期不远了。

杀手所精研的是通过各种手段暗杀,而非正面决斗。无月之剑的杀手真正强大的地方并不在武力,而在于他们可以有本事将一场暗杀做得像是自然死亡。

帝摩斯有条理地将无月之剑的大致资料告知易龙龙后,身体微微后仰,靠在椅背上,端起骨瓷茶杯,暗宝石绿眼眸映着魔法灯的亮光,优雅而暧昧地凝望着易龙龙,"假如主人您想杀死什么人,尽管交给我去做,只要不是剑圣或大魔导师,我应该都能让对方死得不像死于暗杀。"

文雅的叙述、从容的神情下,是绝对有把握的自信。

站在休息室门前目送尚是学生的未来杀手离开,已经是清晨时分。前方才听到帝摩斯离开的关门声,后方就传来休息室窗户的声响。易龙龙一回头,便看见本该踏上回家旅途的精灵蹲在窗台上,晶莹的碧绿发丝比身后的树叶更翠绿,俊美的脸上满是苦恼的神情。

一看是翡翠,易龙龙立即情不自禁地眉毛一跳,很想扑上去尝尝精灵肉是什么味道,但她还是强忍住冲动,勉强露出笑容道:"你怎么找来我这里了?"

昨晚遗产交接的最后,她接过翡翠手上秘密藏书室的钥匙,并随口问他今后怎么办,得到的回答是他打算回到精灵的故乡。

形同囚徒一般被困了七百年,重获自由后,应该迫不及待地踏上归途才对,但精灵来她家中做什么？他还想干什么？

翡翠忧郁地叹了口气，"我也想回去啊，可我跟青骑士打听了一下，才知道原本精灵聚居的森林已经被人类的城市占据了。经过七百年，我的同族不知道去了什么地方。"

他长久地守在藏书室中，一直以为只要重获自由便能立即回到故乡。因为不愿意跟人类过多地打交道，他也不怎么留意外界的事，却没料到时隔七百年，他的故乡已经变成了别人的故乡。

易龙龙虽然对精灵满腹怨言，但听他这么说，也不由得有些同情，"那你现在怎么办？要不然先在风都找个地方住下，再慢慢寻找精灵一族的去向吧。"

翡翠仿佛就是在等她这句话，还没等话音落下，便猛地点头，露出开心的笑容，"对的，对的，我就是这么想。刚才我仔细想了想，我在这里也没什么熟人，算来算去，这里的人类就你算是比较熟悉，今后我就住在这里啦！"

不顾易龙龙一脸的惊恐，他兴高采烈地说："昨晚上的安排你还满意吧？我翡翠·月见草可不是一个不知道感恩的人，你没有拿着解放咒文对我提要求，证明你是好的人类。我听说你们人类都很喜欢获得荣耀，受到众人瞩目，昨天为了找来那么多人，我可花了不少力气呢。我敢打赌，今天风都里传的都是你的事！"

眼看着精灵丝毫不觉得自己做错了什么，没注意到她已经发青的脸色，还在得意洋洋地邀功，易龙龙终于忍无可忍，声音从牙缝里蹦出来，"林琦，不用给我面子，把他给我打到连他妈妈都认不出来！"

这精灵一把年纪都活到狗尾巴草上了吗？连最基本的察言观色都不会？

第一次见到翡翠的时候，易龙龙以为他是个傲慢的家伙，但接触了几天，便发觉他只不过是惯常地对人类抱有戒心。而当她无偿地将解除束缚的咒文交出去后，精灵便一下子改变了态度，大咧咧地将她当成了自己人。

一个寿命超过她几十倍的智慧生物，居然能保持得这么单纯，精灵究竟是怎样一种神奇的物种啊？翡翠终究还是没有被林琦揍得变形，主要是易龙龙怕他们打起来弄坏别墅，命令才出口就立即改口了。

但在那之后，易龙龙给翡翠好好地上了一堂人类心理的课程，让他彻底明白和反省先前错误的行为，并且保证不再重犯，这才让他在家中住下。

反正她不缺钱，多养个精灵并无大碍。只要翡翠不给她找麻烦，这个活了几百岁的家伙，应该也是一个不错的助力。

为了能在人类环境中生活，翡翠用精灵一族的秘术改变了自己的外貌，变成接近人类的模样，虽然依旧拥有动人心魄的美貌，但已经没有人会将他和精灵这种生物联想在一起。

本来继承迦南的遗产就是一件大事，因为精灵的火上浇油，让这件事的影响扩大到了一个新的程度。从第二天起，易龙龙派人出去四处打听了一下，街头巷尾、酒馆旅店、商行住家，几乎有人的地方就有昨晚上的八卦。

更有人想起当时广场上发生的事，认为石碑上储藏了一个可怕的精神魔法，易龙龙当时写下的文字，就是触发魔法的咒文，直接导致广场上随处可见魔法师狂热研究的身影。

同时有不少的好事者围绕在易龙龙的住处附近指指点点，甚至有人试图攀上围墙窥探，还有人恶作剧地按响门口的魔法门铃之后却又逃走。为了在不伤人的限度内赶走这些闲人，请来的保镖们四处奔波，忙碌不已。

这样的状况直到下午才有所缓解，倒不是人们的好奇心减弱了，而是因为青骑士来访。

修身上穿着黑色的骑士服，贴身的剪裁凸显出他挺拔英武的身材，眉宇间锐利刚毅的气质让人不敢侵犯。他步行来到别墅附近，先绕着别墅外庭园的围墙不紧不慢地走了一圈，不时地看向企图接近别墅的人群。接触到他目光的人，都情不自禁地低下头，敬畏地退让开。

尽管只是前龙骑士，但青骑士在这座城市里的威慑力甚至比海因涅家族的名声还好用。因为修的来访，外面的好事者想起来另外一个传闻，说是青骑士大人已经在昨夜宣誓向这里的主人效忠。假如他们闹得太厉害，就意味着挑战青骑士的权威。

青骑士是什么人？

他是曾经的龙骑士，是迦南学园的剑术老师。十八岁的时候，他完成了剑术修业，顺便在学园内教习剑术，挣一些生活费，同时继续磨炼自己的技艺。

毫不夸张地说，近几年来，迦南学园里出来的学过武技的学生几乎都受过他的指导，亦有不少经济上有困难的学生得到他的接济，一直铭记着恩情。

他虽然只是一个剑术老师，但风都内维护治安的警备官有一半是他的学生，另一半视他为偶像。只要他一句话，甚至能调动风都的大半治安力量，虽然他从未这么做过，但没有人怀疑这一点。

意识到自己的行为可能会触怒青骑士，不少人便悄悄地主动散去。

从流言传开的第一天起，青骑士坚持每天来拜访一次，在客厅坐半小时后便离去，如此持续了接近半个月。他不宣告什么，不张扬什么，只是沉默地用行动一次又一次来访，直到周围窥探的人越来越少。

一个月的时间，足够人们将一点点消息翻来覆去地谈论，直到他们心满意足。一个月的时间，也足够让一个沸腾的消息逐渐冷却，大众变得漠不关心。

毕竟每个人都有自己的生活，再怎么耸人听闻的震惊消息，只要不影响到自身，不过是一时的谈资而已，并不会真正地留下什么，热闹过后，大家还是回到自己日常的轨道上去。只除了少数有心人还在关注，但那关注也是在暗中进行的，很谨慎地不打扰到易龙龙。

然而让易龙龙最高兴的却不是大众的关注逐渐减弱，而是远在异国的艾瑞克派人送来的信，显然，他也是听到了有关消息。印着剑兰的信纸上只写着三句话："没事吧？需要协助吗？不必担心。"

非常简单平常的三句话，就算别人看到信的内容，也会一下子摸不着头脑，不明白这封信在说什么。但易龙龙知道。

第一句，是艾瑞克担心易龙龙会因为这件事受到什么影响，担忧地询问她的状况。

第二句，是接着第一句说的，假如易龙龙遇到什么困难，需要他的帮助，随时可以开口。

第三句，则是让易龙龙不必担心海因涅家族那边的反应，他会将一切都解决的。

艾瑞克完全没有问易龙龙是怎么破解迦南留下来的疑难的，也没有问具体的遗产内容，他所关心的，从头到尾都是她本人。

平时不怎么来往的青骑士，一改其不喜欢热闹和交往的性子，坚持每天来拜访；而总是嘲笑她发育不良长不大的艾瑞克，则在遥远的千里之外，毫不怀疑地站在她这边。虽然依旧处在有些尴尬窘迫的环境里，但想到这些，易龙龙便忍不住幸福地微笑起来。

不想去学园里当珍稀动物被观赏，易龙龙便索性请了长假，只让林琦帮她分批取来秘密藏书室里的书，放在家中慢慢阅读。

而家中白吃白喝的翡翠也做了些贡献，跟易龙龙说些当年往事。在反目之前，他和迦南可以说是朋友，曾经一同旅行冒险，比任何历史记载研究都更了解那个人的琐事。

有一次易龙龙随口问起为什么翡翠会被迦南囚禁起来，一直开朗得好像完全没有阴影的精灵忽然露出了异常痛苦的神情。看见那神情，易龙龙便知道自己不小心捅了他的伤口，匆忙道歉带过。虽然之后翡翠又没事一般恢复了朝气，但易龙龙十分谨慎地避免再触及这个话题。

迦南遗产一事闹得沸沸扬扬满城风雨，却又衍生出了意外的好处。当众人的注意力放在某一方面时，其他的地方便会被忽略，这大大方便了易龙龙派人做另外一件事：调查泰伦斯。

林琦默写出来当时看到的资料文件，易龙龙私下联络艾瑞克派来一个可靠且熟悉通晓商业资本运作的人，并借用海因涅家族的势力调查学园其他股东，其中包括校长泰伦斯。

虽然泰伦斯才是调查的重点，但易龙龙并不会特别指明，宁愿多耗费人手混淆他人的判断和注意焦点。这在别人眼中，也以为易龙龙想要掌握住学园的其他股东，而不会联想到其背后真正的目的。

藏起一滴水最好的办法是什么？

那就是将那滴水藏进大海里。

七十三　消息·好与坏

等到风波完全淡下去，庭院外门可罗雀时，已经过了整整一个冬天。

春意再度降临，针对泰伦斯的调查也于此时接近尾声。

然而，调查的结果却让人大失所望。

不管是对账目和文件的计算，还是对泰伦斯过去的探究，这个人的个人记录都非常漂亮，漂亮得让易龙龙几乎忍不住怀疑罗兰是不是记错了仇人。

在离开家乡之前，泰伦斯是一个成功而有口碑的商人。他是业内人的楷模，懂得适当地获取利益，但不使用卑鄙的手段，但凡修桥铺路建设孤儿院这种公益活动，都少不了他参与的一份。不能说他是个老实人，但绝对可以说，这是一个值得信赖和交往的人。

离开故乡到风都后，泰伦斯的发展重心开始逐渐离开原本的商业圈，而往文化气息浓厚的迦南学园内扩展。毕竟他做商人就算再怎么成功，终究也只是个暴发户，但若获得了社会地位，那么他的身价将会有所不同。

他与有身份地位的人交往，学习上流社会的生活习惯，逐渐提升自身地位，最后终于成为迦南学园的校长，拥有了与财富相匹配的地位。在这个过程中，也没有发现他有违法行为。

从资料上看，这个人简直太完美了。

将所有关于泰伦斯的调查报告放在紫发盗贼面前，易龙龙神情无奈地道："罗兰，你确定你真的没有恨错人？就连海因涅家族的情报网也查不出这个人有什么问题。你确定当初害你家人的真的是泰伦斯，而不是别的什么人？"

一连串的问题，问得连罗兰自己也终于流露出一丝犹豫的神情。他从头到尾阅览完所有的资料，低头沉默了一会儿，才慢慢地说："我，不知道是不是泰伦斯。当初我父亲曾说过，那笔让他失败的生意是泰伦斯促成的，之后因为失去竞争对手，获利最大的也是这个人。他应该是最大的嫌疑人。"

但他也一样没有任何证据。

假如他有确实证据，那么就不会只想着暗杀，而是通过法院公开的控诉来对付泰伦斯了。

易龙龙靠在林琦的怀中，隔着一张书桌，对面坐着罗兰。三人在门窗紧闭的书房内沉默无语，面对这样的情形，不知道该怎么继续下去。这时候，书房中突然传出三人之外的声音。与此同时，林琦也转过头去看向窗口。

本来从内部反锁的窗户不知什么时候被打开了，精灵晃荡着修长的双腿坐在窗台上，一脸的理所当然，"你们真笨，想要调查过往的事，何必用这么缺乏效率的方法？使用能够回溯过去的魔法不就好了？"

听翡翠这么一说，易龙龙也顾不上追究他不请自来偷听谈话的行为，接口追问道："有这种魔法？你会吗？"

假如有这种魔法，那确实会方便许多。易龙龙暗暗反省自己的失误，她还是太习惯用过去的观念来思考和判断。虽然知道这个世界是有魔法的，并且平时也会用上一些，却没有将这种信念贯彻到每一个角落，没有想过从魔法方面来寻找真相。

易龙龙这么一反问，却又把翡翠给反问住了。他愣了一下，无能为力地摊了摊手，"我不会，你们人类中难道没有会这门技术的吗？当年我和迦南流浪冒险的时候，曾经遇到过能使用这种魔法的家伙呢，可惜现在过了七百年……"

易龙龙注意到他说的分别是"你们人类"和"能使用这种魔法的家伙"，听翡翠的口气，似乎那家伙并不属于人类，或是像翡翠一样的精灵，或是别的什么种族。

然而这疑惑也是在脑中一晃而过。那家伙不是死了就是失踪了，现在肯定找不到，因此易龙龙关注的重点很快又移向别的地方，决定大略地了解一下这个世界的魔法知识，以免再出现这类疏忽。

为了具体地求证，易龙龙借口希望了解魔法知识，特地请来了迦南学园内最博学的魔法老师，从他口中获知确实有这种魔法，但却仅仅存在于传说之中，现在并没有人掌握。

确定了这一点，调查泰伦斯的事只得暂时搁浅，另一方面，别墅里迎来了意料之外的客人。

坐在客厅里等候的是一男一女。最初听女仆说有她的两个同学来找时，易龙龙下意识以为两人是一道的，可看到来人时，便立即明白不是。

分别坐在两侧长沙发上的男女，一个是身兼暗杀及情报专业的学生、迦南学园地下少年帮会首领和无月之剑领袖三重身份的帝摩斯，另外一个则是历史系八卦少女沙耶。这两人八竿子也打不着，连坐的位置也尽量远离，显然不是一道的。

听见有人走进客厅的脚步声，一直静静彼此打量的两人同时转过头来，看见好像洋娃娃一样被林琦抱在怀里的易龙龙，但他们谁都没先开口说话，而是看向彼此。

帝摩斯舒适地靠在沙发上，优雅地伸出一只手，做了个请的手势，微笑道："女士优先。"

虽然来易龙龙家门口时遇到了这位同学，两人碰巧一道进来，但和易龙龙的关系毕竟不是放在明面上的，他也无意在此时公开。

沙耶微一犹豫，没有谦让。她今天是作为学生代表劝易龙龙回去上课的。易龙龙请假缺课的时间已经接近了迦南允许的最大限度，就算现在易龙龙身为学园最大股东，也不能这么嚣张。要么退学，要么继续去上课，二选一，非常简单。

听沙耶说完来意，易龙龙爽快地点头。她躲在家中，主要是当初避开大家对八卦最好奇的高峰，尤其避开历史系学生对八卦的狂热。现在时过境迁，她就算挂一块迦南学园最大股东的牌子行走在学园里，也最多是引人多看几眼。毕竟这学园里光是各国王子和贵族少年的数量就是随随便便以打计算的，学园股东也不过是个特殊些的身份罢了。

料不到自己此行的目的竟然这么容易就达成了，清秀文雅的少女开心地笑起来。她从肩上挂着的浅绯色细带背包内取出两份表格，递给易龙龙，"今年正好是学园正式成立七百年，为了庆祝，半个月后一切课程停止，全校举办学园祭。到时候会有非常精彩的活动，这样盛大的祭典大礼，错过了十分可惜呢。"

两份表格，是让目前还算是迦南学园学生的易龙龙和林琦填写他们愿意参加的活动和比赛。

做完这些，沙耶礼貌地告辞，这样客厅内便只剩下另一位客人。

即便是确认了自己人的身份后，帝摩斯依旧不怎么来找易龙龙。他这次来访，距离上次已经有三个月时间。现在这位看起来像是贵公子的杀手，却露出郁闷的神情。

帝摩斯今天身上穿的是一套黑色便服，典雅的剪裁和上好的质料，加上最不可缺的个人相貌气质，反而显出绅士般的优雅端正。纯黑的面料内敛着一层暗光，全身上下唯一的装饰就是袖口上别着的银色飞鹰标志。拥有贵公子仪态的未来杀手十指交错虚握着，神情矜持，微带苦恼，"我的主人……"

他这话一开头，易龙龙就忍不住赶紧打断，"停，算是我的请求，今后你说话能不能换个称呼？"帝摩斯这么叫她，让她感觉浑身毛骨悚然。

帝摩斯缓慢地眨了眨眼，"那么称呼您为海因涅小姐？"

"随便。"总比叫主人强。

"好吧。"帝摩斯非常自如地改了口，"海因涅小姐，我有一个好消息和一个坏消息，您要先听哪个？"

易龙龙怔了怔，她前世看电视、小说，也能看到这样的台词，但凡这种开场白模式，好消息必定关联着坏消息。想了想后，她释然地摊摊手，"随便，按顺序说吧。"

先说后说又有什么区别呢？反正都是要说的。

微微一笑，帝摩斯先后说出。与其说是两条，倒不如说是同一件事的消息，"因为有人正在做一桩艰险的任务，赶回来迟了一些，一直到两天前，无月之剑的成员正式集合完毕，这是好消息。"顿了顿，坏消息接踵而来，"但，因为您的出现太突然了，而我的这些同伴多年在外面，已经习惯了不受人管束……"

他只委婉地说一半，剩下一半用惋惜和抱歉的神情表达尽在不言中。

易龙龙松了口气。

她先前胡乱猜想是什么可怕的坏消息，还有些担心，但听帝摩斯这么一说，反而放下心来。

假如是这方面，她早就做好了心理准备。

上次帝摩斯来访时，说很快便会有同伴赶回来，届时便会率领所有人与她见面。但这"很快"一下子就一个冬季过去了。事实上，在帝摩斯来之前她已经隐约猜测到了真相，经过这么多年这么多代的传承，怎么能保证活人的忠诚不变呢？

这时候的无月之剑已经不是第一代直接被迦南自己建立的组织，而她这个突然冒出来的继承人更加没有丝毫威信，这些人凭什么来服她？凭什么听从她的命令，任由她指挥？

从外表看，她只是一个稍微聪明些的小孩子而已。

青骑士遵从遗嘱，那是他正直、人品好，也可能还要算上艾瑞克那层关系；但无月之剑这些人都有些自傲，自然不会那么容易服从的。

最坏的情形也不过是失去这部分遗产，但有青骑士和林琦在，易龙龙不担心自己的安危，因此她的心情非常轻松。听到坏消息后，她反而笑吟吟地望向帝摩斯，"那么，你认为应该怎么解决呢？"

无月之剑的首领不是帝摩斯么？她就直接把问题抛回去，看他怎么办。

帝摩斯慢慢地说："昨天，无月之剑全体成员开了一个会，最后统一了意见。我们一共分成两组，对您进行考核。假如您能够通过我们的考验，那么我们会遵从遗嘱的安排，承认您的身份。"

这段话的背后含义就是，假如易龙龙不能通过，那就什么都不必说了，大家各回各家，该干什么干什么去。

帝摩斯始终是那副为难又愧疚的神情，就差没在脸上写着"我也不想这样，但他们不肯听我的"。易龙龙盯着他俊美的面容，过了好一会儿，忽然微笑道："我想知道，你们打算怎么考核？"

见说到正题上，帝摩斯的神色略为严肃了些，"我们一共分为两组，杀手组和保镖组。杀手组在前，一共七人，我排除在外。在今后的两个星期里，杀手组将对您进行不分时间不分地点也不择手段的暗杀，您可以借用青骑士以外的所有力量，假如您能够活过这两个星期，就算您通过了杀手组的考核。"

直白点说，就是他们先玩命地来杀她，假如杀不死，他们才肯乖乖听话。

易龙龙忍着怒气，但还是甜甜地笑着，继续问："那么接下来的保镖组呢？"

暗宝石绿眼眸满含真诚地望着她，"保镖组的人说，等您通过杀手组的考核，他们才会将自己的标准说出来。"

潜台词就是她能不能逃过暗杀还说不定呢。

易龙龙点了点头，一本正经地道："好，我明白了。"说完，她立即扭转身体，趴在林琦肩膀上。

帝摩斯只看见洋娃娃般的美丽女孩趴在美少年的肩头上，亲密地挨在他的耳朵旁，抬起小手遮住嘴唇，像是说了一句什么，接着，坐回沙发上原来的位置。

她说了什么？

帝摩斯微微感到奇怪，听不到易龙龙的声音，可能是女孩身上有隔绝声音的魔法道具，但什么事要当着他的面说却故意不让他听到呢？

贵公子杀手很快得知了答案——易龙龙说完后，林琦便伸手拿起身前茶几上的咖啡，加入大量的奶和糖，搅匀后，手腕一翻，杯中浅棕色的液体化作一道水箭，非常不客气地朝他射过来。

这个速度并不难避开。

帝摩斯不慌不忙地站起来，正打算往旁边跨一步，错开咖啡水箭，然而就在这一瞬间，他的身体忽然被异常恐怖的巨大重力压迫着。十倍体重的压迫力骤然压上他的身躯，在这样的突然变化下，他所能做到的只是稳住，不让自己狼狈跪倒。

水箭在空中拐了个弯，准确无误地射中他的额头。

易龙龙刚才交代的，就是这些！

帝摩斯闭上眼，感觉温热液体满脸流淌，忽听易龙龙冷笑道："你真的以为我什么都不知道？不要给我装出善良无辜的样子，你既然有本事成为无月之剑的首领，就肯定有出色的地方，怎么可能没办法约束部下的任意胡闹？这件事根本就是你一个人主导的。"

宛如贵公子的青年，此时头发和脸上都流淌着加了很多奶和糖的咖啡，还滴滴答答地往下落，狼狈的样子完全看不出往日的风采。看着帝摩斯现在的模样，一直忍着怒意的易龙龙这才觉得有些快意。

等无月之剑首领扯出洁净手帕，一点点擦拭去脸上的污渍，再度张开双眼时，易龙龙才扬起下巴对上他的视线，"对你刚才所说的，我的回答是，我拒绝。"

用来泼人的咖啡是特别加料过的，清理起来也格外困难，帝摩斯只擦了几把，勉强弄干净眼睛周围，便意识到必须用水彻底冲洗才行。但听到易龙龙的话，他忍不住有些诧异，也顾不上脸上的难受，反问道："为什么？"

易龙龙忍不住冷笑道："你还好意思问我为什么？说句不客气的话，你们有什么资格对我进行考核，我凭什么要接受你们这样无礼的要求？你们无月之剑要是不愿意被我一个小孩子指挥，随便你们干什么去，我又没有求着你们当我的部下！"

人敬她一尺，她敬人一丈，对于青骑士修，她始终抱着发自内心的尊重和感激，无论如何都不敢怠慢他；但假如反过来，比如帝摩斯这样表面一套背地里另一套的家伙，她没有客气的必要。

她根本不稀罕无月之剑的所谓杀手和保镖，她身边就有最强大的杀戮高手和保护神，为什么要听从无月之剑的安排，被他们所考验？

那群自以为是眼睛长在头顶上的家伙，他们以为自己是什么人？有裁判她的资格？

易龙龙用力摇响叫人魔法铃，很快便有女仆过来。易龙龙冷眼望着帝摩斯，

"思想有多远，你们就给我滚多远。什么世界第一第二，真以为我很稀罕么？"

她转向女仆，果断地下令道："帮我送走这位客人，列为拒绝往来的对象。今后他再来，也不要让他入内。"

帝摩斯露出无奈的苦笑。他跟随女仆走到门口时，忽然回过头来，虽然外表狼狈，但神情却是从未见过的坚决，强硬地道："尽管您拒绝，但我们这边依旧坚持。希望您在接下来的两星期里，做好充分准备。"

凝视着易龙龙稚嫩的脸，他在心中冷静地计算着：原本只计算了女孩和少年会简单的魔法以及少年拥有高明的武技，但现在似乎要给少年的实力再翻上一倍——瞬间默发重力术并精准地控制，这种水准可不是普通魔法师所能达到的。

兼修武技和魔法，还都修习得不错，这样的人真是可怕。

帝摩斯飞快地归纳总结新得来的信息，不等易龙龙反应过来，快步走出门外。

帝摩斯果然说到做到。

当天下午，易龙龙和林琦、翡翠一道出门，才踏出庭园大门，精灵和少年便敏锐地感受到了暗处传来的窥探。

精灵将发现告诉易龙龙，她正要说什么，忽然翡翠的身影一闪，很快转移到她身前。精灵纤长优美的手上，抓着一支银色的弩箭。

七十四　编号·一二三

　　精灵白皙的手掌握着银色弩箭，掌心还绽放着青翠的淡淡绿光。反手丢开弩箭，银色的小箭飞出去一程，在半空中炸裂开，变为分散的几道银色流光，以更快的速度飞散开，有两道射向易龙龙所在的方向，被先后张开的两道魔法屏障挡住，其中一道屏障较为明显，带着朦胧的绿意。

　　林琦看了眼翡翠。

　　甩了甩手，精灵满不在乎地解释道："这算是迦南时代的发明，双重暗杀箭，弩箭本身是设计精密的魔法道具，射过来的时候，假如有人挡开或抓住，会爆发第二重更猛烈的攻击。"

　　翡翠抓住弩箭时，用上了特殊的手法，暂缓了魔法机关的发动，令暗杀弩箭做了无用功。

　　在没有月的夜晚，漆黑的锋刃探出，悄无声息的杀意密布。

　　无月之剑的暗杀，从现在开始了。

　　眯起眼睛感受了一下，翡翠撇了撇嘴，抱怨道："那家伙逃了，城市里气息太乱，假如是在清净的森林里，我有把握找出藏起来的敌人……"

　　他话还没说完，忽然顿住。林琦不知什么时候离开，眨眼之间转了回来，手上提着一个被打晕的人。

　　光线充足良好的房间内，帝摩斯穿着白色浴衣，坐在精致的藤椅上，拿起柔软的毛巾擦拭湿漉漉的头发。蒸腾的水汽让他的眼眸宛如擦亮的暗绿色宝石，映着莹润的光泽。

"怎么样，情况如何？"丢开毛巾，帝摩斯问正趴在窗台上举着望远镜的男子。

"我们雇来当试验品的杀手射出一箭暗杀箭，准备逃跑时，立即被目标二号活捉了。我这里只能看到那个倒霉鬼，具体情报等安排在其他地方的人回来才能得知。"男子放下望远镜，转身从与窗台相连的敞开的落地窗踏入屋内，看见帝摩斯的打扮，忍不住皱起眉，"我说帝摩斯，我承认你很英俊，但我们是杀手，不是讨贵族小姐喜欢的香喷喷的小白脸。你那么爱干净做什么，回来布置任务后，你已经洗了三次澡了。"

帝摩斯抿了抿嘴唇，脸上流露出不堪忍受的神情，"你没有尝试过顶着满脸加料咖啡的感觉。他们居然在咖啡里加了那么多糖，我现在还能想起皮肤上黏糊糊的感觉……不行，我要再去洗一次，等其他人回来了通知我，我们进行下一步安排。"

虽然被易龙龙恶意地对待，但帝摩斯心里并没有怨恨之情，反而有些欣赏。假如易龙龙完全遵从他们的安排，他反而会有些失望。所谓的上位者，是要去主导他人，而不是被他人所主导。

本来当日下午就打算回学校的，但才出门便遭遇一场狙杀，捉住杀手后，易龙龙三人暂时回家，对其进行审问，发现对方并不是无月之剑成员，而是一个不熟悉情况的杀手被那群狡猾的家伙推出来当炮灰。

反正也没什么影响，易龙龙让双胞胎保镖将此人送去治安官处，这么一耽搁，她去学校的时间便推迟到了第二天。

抵达学园时，并没什么人注意，易龙龙和林琦参加了一节有关龙族历史的讨论课。课堂上，同学们偶尔会投来好奇的目光，但总算没什么人打扰。

下课后，两人与从图书馆出来的翡翠会合，一同前往校外新开的餐厅吃午饭。

他们要了餐厅的招牌菜，添加了马郁兰香料酱汁的鲑鱼卷，以及混合了两种酸甜酱汁的虾仁通心粉，除此之外，还有表面纹路做得像树干纹理的蛋糕卷，配合口味爽利的薄荷清茶。

两人坐下后，林琦却侧过身体，先将桌上的食物每样都品尝了一点，随后掏出纸笔，写下六种毒药的名字，用薄荷茶杯子压在餐桌上，随后拉着易龙龙的小手离开了。

目标一号：依露露·海因涅（易龙龙）

目标二号：林琦

目标三号：罗兰

目标四号：翡翠

评定：

一号目标，海因涅家族成员，据闻是某名成员私生女，与二号形影不离，是否睡在一起有待继续探查。虽然主要暗杀对象是一号目标，但必须将二号目标的实力计算在内。

二号目标，与一号三号一同进了风都，身份不明，武技和魔法水准骇人，能辨认毒素。（详细分析报告见后）

三号目标，大半时间留守在家，曾经是精通各种技术的盗贼，反而是我们最大的克制。（详细分析报告见后）

四号目标，来历不明，后期出现在一号身边，根据观察，其实力甚至与二号目标接近。（详细分析报告见后）

建筑防卫：中

以金钱堆砌的魔法阵和魔法道具防御体系，虽然严密，但并非没有入侵的可能。

人员防卫：弱

虽然有两名高段剑师，但其余人手水准差距较大，且专业素质不足。（针对每个人的详细分析报告见后）

……

帝摩斯穿着宽松的睡衣，闲适地端坐着，从昨天到今天，他一共洗了八次澡，现在他全身上下清爽无比，满屋子飘着沐浴露的香气。

他手上拿着从各种渠道搜集来的情报，因为地域和时间的限制，他无法全面了解易龙龙等人在莱特帝国内的情形，只有风都之后的情报比较清晰。

他现在所做的，是通过情报来判断易龙龙等人的实力，并且有针对性地制定出暗杀策略。

忍不住又想起来被泼了一脸咖啡时的情形，帝摩斯困惑地想了想，转头问身旁的人："你说，我们是不是真的太自以为是了？用我们的标准去评判其他人？"

被问到的人不断扇动手掌，试图驱散空气中洁净的沐浴露香气，"我们是不是太自以为是我不知道，我只知道你的洁癖太不正常了。"

"抱歉，我要再去洗个澡。"

"你迟早会脱皮的。"

尤金摸着怀里新借来的传奇小说封皮，兴奋不已地在街上走着。

虽然这样的小说已经看过许多次，但每一次他依旧充满期待，毕竟他很希望自己能成为那样的英雄啊。

昨天那位小小的海因涅小姐下了戒严令，也不知究竟发生了什么事，不过今晚上和他一起值夜班的还有双胞胎兄弟，不必担心会有什么危险。

话说回来，海因涅小姐不知走了什么运，居然继承了迦南校长的遗产，也不知遗产中有什么，有没有高深的魔法书籍和武技指导？或是大量的财宝？假如是他获得了这笔遗产……

尤金看一眼天色，发现时候不早了。喜欢做白日梦的少年正要加快脚步，怕迟到被扣薪金，忽然，感觉后颈一痛，随即失去意识。

过了几分钟，装扮成尤金模样的无月之剑成员快步走出关押俘房的房间。

他是无月之剑杀手组的一分子，名叫马斯克，专长是改装和潜入，通过独特的秘术能完美地变成另一个人的模样。不管是面容、身形还是声音，都模仿得一丝不差，就算被装扮者最亲近的人也不能辨认出来。

他曾经与某个被改装人的哥哥在同一间屋子里生活了半个月，也曾经改扮成一个戒心很重的富翁最宠爱的儿子，轻易走到富翁身边将其杀死。

现在，他将用类似的手段，遵照帝摩斯的安排，混进那位海因涅小姐的别墅。第一目标是搜集他们所需的情报，假如有适当机会，也可以酌情考虑展开刺杀。

来到别墅前站定，马斯克按动门铃，庭院铁门的栅栏缝隙间露出一双眼睛看了看，接着将门打开，让他入内。

"你又去借那些书来看。"开门的是双胞胎中的弟弟朱利安，他看了一眼马斯克，不赞同地皱起了眉。

经过这段时间，他们几个一同应聘来的保镖彼此都很熟悉了，尤金时常向兄弟俩请教武技，他们也不吝啬指点。尤金聪明机灵，很讨人喜欢，唯一不大好的就是他那个爱看英雄传奇小说做白日梦的毛病。

朱利安曾经劝过几次，但每次都被尤金含混过去，这一回又看见他怀里鼓起一块书籍的形状，想也不想就知道那是什么，忍不住又开口训诫道："尤金，我知道你有远大的志向，可……"

442

话说了一半，看见"尤金"一脸恭敬的神情，他叹了口气，没继续往下说。

他其实比尤金大不了多少，小时候也曾有过类似的梦想，但真正能成功的人，除了拥有超常天赋的，就只有沉下心来，以无上的毅力和专注练习。

他们都只是普通人类。

忽然间有些感慨，朱利安闭上嘴，无奈地让"尤金"走进来。

从按门铃到进来，马斯克的神情反应几乎与尤金平时的表现一模一样，即便是朱利安这样相处了一阵子的，也没觉察出什么异样来。

顺利地穿过庭院，正打算绕着别墅四处浏览一番，马斯克忽然听见侧面传来招呼声："尤金，你过来。"

马斯克自然不会忘记尤金是自己所假扮的人的名字，立即敏捷地转过头去，发现是之前看的资料中那位紫发紫眼的盗贼，连忙调整出适当的表情走过去，"罗兰先生，请问您有什么吩咐？"声音、语调与真正的尤金没有区别。

罗兰随意地说："跟我过来一下，有事情让你帮忙做。"说完，也不等马斯克答应，就立即进了屋子。

马斯克迟疑了一下，觉得这是个好机会。虽然他们搜集到这位盗贼的一些资料，但并不详尽，跟着他进去，正好看他关在屋子里忙碌什么。

尾随着罗兰走入药剂室，环顾周围架子上搁着各色的瓶子，马斯克内心微微惊讶，暗杀组中也有精通药剂的同伴，他们这种玩弄技巧的人平时会互相交流一下，似乎眼前这位与自己的同伴水准差不多啊。

记住这一点发现，马斯克打算回去向帝摩斯报告，脸上还是非常恭敬的样子，"您需要做什么？"同时他在心里盘算，要不要提前干掉这位呢？假如除掉这个人，对方便少一分助力。

虽然做好最后被打败且臣服的准备，但帝摩斯现阶段的命令却是，把易龙龙当成真正的目标刺杀。

罗兰在抽屉里翻找一阵，找到了一只药瓶，"嗯，你帮我拿着这个，等会儿我要出去一趟，你替我看着台上正在煮的药汁。等药汁煮得黏稠了，用细柳木枝搅拌一下，然后将这瓶子里的药粉加半勺进去。"

大理石桌面的平台上，小型魔法炉开着最小的火量，正不紧不慢地加热着一只白色小锅，锅中盛着浅绿色的药汁。

大概在制作什么药剂。

马斯克心里想着，随手接过瓶子握在手中。

"对了!"罗兰又一拍脑袋,"待会儿冒出来的气体可能会对身体有伤害,这是面罩,你戴着,还有解毒药剂。假如觉得头晕,就吃两粒。"

分别接过罗兰先后递过来的面罩和解药瓶子,马斯克看到罗兰还站在原地,忍不住询问:"您还有什么吩咐吗?"他不是说有事要出去吗,怎么现在还不走?

等等,为什么看东西变得有些蒙眬了?手指好像有些发麻……

越来越不清晰的视野中,马斯克看见紫发盗贼露出诡谲的笑容,"你现在还没发觉吗?"

咚的一声,杀手与不久前真正的尤金一样,干脆利落地昏倒在地。

"感谢你的到来。"罗兰笑眯眯地走上前去,取出毒针在马斯克颈上补了一下,确定他动弹不得了,才找了一根镣铐将他捆起来,"最近在那两个怪物身边,我的自信心每天都遭到致命打击,多亏了你,让我发觉自己还是有用的。"

易龙龙身边有一个林琦便已经足够让他自卑了,最近又来了位翡翠。后者和林琦单纯的强大不同,他不仅武力强大,对于各种机关和魔法阵、动物植物都有研究,博学程度直追图书馆。

因此,罗兰心中总有一种隐约的恐惧,假如他一点用都没有,他凭什么继续让易龙龙尽力帮助他复仇?他都没办法付出一点什么,又有什么资格来换取易龙龙的帮助?

虽然隐约知道易龙龙的性格并不是纯粹功利的交换,也不会因为他没用就立即踢开他,可盗贼自己的生活经历让他很难对人性抱有信心,他只能拼命地争取筹码。

幸好最近无月之剑的行动让他有了用武之地,先用一个下午让林琦学会辨识各种毒素,在饮食方面也保证易龙龙不至于被人做手脚。今天又遇到送上门来的大鱼。

罗兰微微一笑,拍了拍马斯克的脸,这就是他的新筹码。

当马斯克苏醒过来的时候,意识半昏半醒间,他的第一反应就是全身紧绷想要逃走,这是他昏迷前残留的意识,但发现身体被牢牢地束缚,便立即明白了自己现在的境况。

太糟糕了。

身处在像是地下室的房间内,唯一的出口是一条通往上方的阶梯,而面前摆放着几张椅子,分别坐着一、二、三、四号目标。这是马斯克第一次这么接近他们的暗杀目标，但遗憾的是，现在他脖子以下的部位都僵硬得像石头，连一根指头都动弹不了。

罗兰站在马斯克身旁，伸出手，好像色情狂一样在他脸上摸来摸去，十分好奇，"我研究很久了，怎么找不到改扮过的痕迹？"

翡翠撇了撇嘴，"那是一种失传的秘术，跟你那种用道具改装的低劣手法不同。"那是……他们精灵族的秘术，当年迦南看到他改变容貌，对此很感兴趣，便向他请教，最后两人一起研究出来一种人类能够使用的秘术，因为是从他这里传承的，所以他一眼就认出来了。

郁闷地咬了咬牙，罗兰决定不跟那句"低劣手法"计较，转而望向马斯克，"现在要做什么，你不难猜到吧？不想被酷刑折磨的话，就把你所知道的无月之剑的情形说出来吧。"

用易龙龙的话来说，就是：坦白从宽，抗拒从严。

七十五　翠色·还人质

　　所谓的暗杀，最基本的要求无非是从肉体上毁灭目标，但手法可以各不相同。可以光明正大地进行，也可以卑鄙阴毒地进行。

　　无月之剑这个团体，是整体而非个人，因此当其他人意识到马斯克已经出事后，虽然有人着急，可每个人都保持了超人的冷静，依旧冷静地制订计划，统筹安排，而没有谁莽撞地前去救人。

　　黑暗中的生物，尤其懂得隐忍。

　　帝摩斯依旧穿着浴袍，身上散发着沐浴露的芬芳，但他暗绿色的眼眸却好像刀锋一样冷静锐利，"马斯克从来不会因为粗心大意失手，这说明对方之中有在这方面更高明的角色，根据资料分析，非常有可能是三号目标罗兰。"

　　屋内一共或站或坐围着七个人，正是无月之剑暗杀组除了马斯克之外的其他成员。

　　另一人在旁冷静地补充，"同时，三号目标在药剂方面也有研究。再根据二号目标林琦在餐厅内的反应，我的毒药在这次行动中不能发挥主要作用，只能从旁辅助。"

　　帝摩斯点了点头，"这一条我会考虑，这次行动中，马斯克的失陷是我指挥失误，低估了对方的水准，我先自领一次处分，假如这次行动后能活下来再执行。"

　　"我已经发出了交涉书函，向一号目标提出交换俘虏，用我们手上的那个换回马斯克，同时给予附加承诺：假如他们能够完好无损地归还马斯克，我将保证在这次暗杀行动中，只针对他们四人，不牵连其他相关成员。"

所谓其他相关成员，指的是庭院内所有的人，算上保镖女仆，加上他们的亲人朋友，比如抓住某个女仆的父亲，让她被迫听从他们的指挥。暗杀者本来就无所谓卑鄙不卑鄙，不过为了马斯克的生命安全，帝摩斯适当地对自己做出了限制。

　　屋内一共七人，七条黑色的影子或长或短地打在地面上，以相同冷静的调子，依次表达自己的看法。因为马斯克的失手，反而让这杀手组从未统一合作过的七人，以前所未有的缜密联合起来。

　　他们是，没有月光的，夜晚下的利剑。

　　帝摩斯交换人质的提议，在第二天便收到了回音。为了避免己方的所在被发现，他们在交涉书函上附送去了半株两生花。

　　两生花是一种特殊的植物，一根主干从根部分作两根枝干，每一根枝干的顶上绽开着一朵形状如同喇叭一样的不同色泽的花朵。

　　这两朵花甚至可以从枝干的根部分开，即便相距千里远，只要其中一朵花遭到损伤，另一朵花便会迅速死去。

　　传说两生花从前是一对双胞胎兄弟，两兄弟少年约定分开闯荡，有一日兄长忽然遭遇灾难死去，远方的弟弟也忽然感受到剧痛，随之失去生命。

　　交涉书函的末尾注明，假如易龙龙同意他们的要求便撕毁两生花的一半，否则就完全保存或完全毁去。

　　第二天，两生花凋谢一半，帝摩斯带着还处在昏迷状态的尤金，朝约定的地点走去。

　　约定的地方在一片相对低收入的住宅区，也就是俗称的贫民区中。这里低矮的建筑和弯曲的道路，十分方便在发现情况不对时逃跑。而帝摩斯亲自前往，也是为了他的错误判断而负责。

　　单手提着尤金，但贵公子杀手的姿态却好像提着一束鲜花赴宴一样优雅闲适。他在附近绕了好几圈，确定周围没有埋伏，才慢慢地走向约定的地方，一眼就看到双胞胎兄弟，以及躺在两人脚边的身影。

　　交换的人选也是帝摩斯特别指定，目标一号不可能单独出现，而二号四号武力危险，就连三号也有过人的机狡，不能让这三人送还俘虏。

　　因此他选择了保镖中最强的两个人，帝摩斯自忖有能力从这两人的手下逃生，而且这两人不够狡猾，他比较容易应付。同时这两人算是有较高水准的武力，也是易龙龙放心让他们带人去的原因。

见到自己的同伴昏迷不醒，帝摩斯皱了皱眉，"马斯克怎么是晕的？"

"不好意思，你们的交换书函来得晚了一点，在那之前他已经吃了点苦头……希望你不要介意。"双胞胎中的哥哥朱利尔斯无所谓地耸了耸肩。

交换的细则都已经在书函中详细说明，双方也不再多话，只按照流程标准执行，先是双胞胎兄弟一左一右让开，让帝摩斯检查马斯克的真假。

秘术没有解除，马斯克依旧还是尤金的样子，从表面上看，就好像双方各自拿着两个一模一样的人交换。史上交换俘虏的不少，但交换一模一样的俘虏，这情形实在太诡异了。

一只手扣在尤金的颈上，假如有什么异动，这只手就会化作利刃切断少年的咽喉。帝摩斯蹲下身来，先抚摸了一遍马斯克的脸颊边缘。接着，他翻过其身体，撩起他耳后根的头发，在发尾最不起眼的根部，找到了如同小米粒一样的浅红色印记，这是从前马斯克对他说过的，使用秘术的标志。

终于确认眼前的人是马斯克，帝摩斯微微松了口气，再继续检查，发现马斯克身体外表似乎看不出曾受到伤害，只能怀疑是内部有所损伤，看情形没有生命危险。

魔法印记……没有。

会在归途中留下痕迹的物件……没有。

做了一番彻底的检查，谨慎地确认不会有后遗症，帝摩斯这才遵守约定，松开尤金的颈项，改为按在他肩膀上，同时一把抱起马斯克，站起身。

他们在尤金身上做了一点儿手脚，假如发现马斯克身上有什么后遗症，就立即引发尤金身上的东西，不过现在看起来，似乎没这个必要。

还需要回去让其他人检查一遍，帝摩斯在心里说。

面无表情地推开暂时失去用途的俘虏，趁着双胞胎兄弟去接尤金的时候，帝摩斯脚下用力一蹬，带着换回来的马斯克，整个人瞬间已飘出了二十米距离。

最后一眼确定双胞胎兄弟没有追来，他飞快转向，凭借对地形的熟悉，绕了几圈后，启动魔法道具，身形在空中消失得无影无踪。

半个小时后，帝摩斯出现在据点的房间内，招呼其他六人一同过来检视马斯克有无受到严重伤害。可他才将马斯克的身体放在沙发上，手腕却被闪电般地扣住，腕上传来的力量几乎要捏碎骨头。

帝摩斯不可思议地望向"马斯克"，却看见对方笑吟吟地张开眼睛，眼眸翠绿得惊人。

　　紧接着，整个房间，无月之剑的剩下七人，都被笼罩在宛如洪水一样暴涨的碧色中。

七十六　折剑·投降书

昨天，易龙龙收到了帝摩斯的交换书函，就意识到这是一个能将对手一网打尽免除后患的机会。

不论是什么人，被当成暗杀目标，还被嚣张地宣称期限为半个月，都不会感到太愉快。更让人不愉快的是，这些本来应该是属于她的部下，不听指挥也就罢了，还反过来威胁她的生命。

易龙龙根本就不在乎无月之剑是否承认她的身份。她既不想去杀什么人，身边也有最好的保护者，无月之剑的存在，对别人来说可能是犀利的武器，但对她而言，却只能算是可有可无的鸡肋。

通过询问翡翠，易龙龙得知了一件事：当初无月之剑创立的时候，翡翠也曾有参与，甚至有好几项技巧都是由他帮助开发出来的，其中就包括马斯克所使用的秘术。可以说，在这个世上，没有人比他更了解这个组织成员的弱点，也没有人比他更适合出手折剑。

早在七百年前迦南就想到了这个团体会不听指挥的可能，故意给每个人都留下一个隐秘的弱点，掌握在精灵的手中。换而言之，只要能找到无月之剑的成员，这柄剑，他随时可以折断，不会比折断一根树枝更困难。

"不听话的剑，留下来何用？折断好了。"精灵轻描淡写地重复迦南曾说过的话。

本来易龙龙是打算让林琦出手的，毕竟林琦本身的实力最强大，由他解决，一次性解决利落，但因为翡翠的特殊身份，折剑的任务就交至他手上。

对于自己的任务被转手，林琦毫不介意，什么功劳啊，什么任务啊，都不是他在意的东西，只要在易龙龙身边，拥抱着她的身体，便是世界上最幸福快乐的事情。

接下来，就与帝摩斯所看到的一样，只不过他们换回来的人并不是自己的同伴，而是正巧也通晓秘术的翡翠。

本来在帝摩斯的预算中，他们就算是半个月后不幸失败也不会败得太惨，可这一回他们遇上的人是翡翠，他们的命运在七百年前就已经注定。

帝摩斯宣战的第三日，别墅里不多不少，多了八条砧板上的鱼。

昏死过去再醒来，帝摩斯苦笑着发现自己身处在地下室中，与另外七名杀手同伴一起被镣铐锁着。

无月之剑杀手组八名成员倒是第一次在目标的地盘上聚齐，身上都被设下不能挣脱的牢固禁制，不论是武技还是魔法，都发挥不出来。

现在，帝摩斯已经大略想明白了前后经过。他仔细回顾全过程，从翡翠冒充马斯克到他们七人先后被放倒，来历不明的四号目标明显了解他们最隐秘的弱点。再结合翡翠出现在易龙龙的身边，加上他自己的猜测，真相便在脑海中成型——原来即便是过了七百年，无月之剑这柄剑，依旧只能为了迦南而挥舞。

抹去心中微微的感伤，帝摩斯转移开注意力，询问同伴是否有遭受损伤，得到的回答都是没有；甚至包括比他们先来到这里的马斯克，也只是被盗贼抚摸调戏了一番，四个目标围绕着他研究了一会儿。

头一次遭遇这么严重的惨败，其余七人都有些焦躁。但他们也知道，这并不是帝摩斯的责任，真正的原因在于那位四号目标拥有毫发无伤制服他们的能力，想起来都让他们感到惊骇。

在压倒性的强敌面前，不管什么手段都是上不得台面的小技巧，这一次失误只是让他们必然的失败提前到来。

连通上方的阶梯传来声响，帝摩斯轻叹一口气，再度抬起眼帘时，又展现出了那种宛如贵公子的仪态风度。他的老师是前代首领，因为没什么人对这个位置有兴趣，加上老师去世很早，这副担子在他十三岁就顺延落在了他身上。虽然是无月之剑中最年轻的一个，但身为首领，他却必须费劲地安排统筹好每一个人，同时身兼首领、杀手、外交使者乃至情报中心的职责。

随时随地从容冷静，情况越是恶劣越是需要这样，别人都可以焦躁，但他不能。

依次走下楼梯的是罗兰、翡翠和林琦，易龙龙不用走，她一般都是让林琦抱着。

刚才翡翠帮忙解除了尤金身体内留下的隐患，结果尤金醒来后，得知自己的遭遇，一点儿都不害怕，反而非常惋惜为什么整个过程一直昏迷而没能在危险中碰到什么奇遇。惋惜之后，他就兴冲冲地拿着易龙龙给他压惊的加倍薪水，去购买心仪很久的传奇英雄小说精装版。

打发走了这次暗杀行动里唯一的受害人，易龙龙才跟着处理敌人。

四个人三张椅子，坐在杀手们面前，易龙龙则直接坐在名叫林琦的椅子上。她身体微微动一下，身后的"椅子"就心领神会，稍微调整了姿势，让她可以坐得更舒服。

易龙龙看着八个人的时候，帝摩斯也在用估量的眼光打量易龙龙，他现在依旧觉得有些不可思议：为什么是她呢？

假如是别的人，是一个拥有广泛才能名望的人解开了谜题，他们的抗拒心理也可能不会这么重，但为什么偏偏是这个女孩呢？

她除了海因涅家族这个姓氏外，还有什么特别的地方？居然能让林琦和翡翠那种不可思议层次的高手听从她的命令？

不管心中有什么样的疑问，输了就是输了，帝摩斯也不会推说易龙龙是靠翡翠的帮忙。他们无月之剑从第一代起就有一句话流传下来，"成功者是国王，失败者是盗匪"——甚至，失败者什么都不是。

盯着帝摩斯看了一会儿，易龙龙才慢吞吞地道："我相信之前我也说过，我对你们不感兴趣。你们假如不想听我的命令，完全可以离开，我不会阻止。但是，你们不应该自以为是地要考核我，还是用暗杀来考核。"

贵公子杀手点了点头。他目光平和镇定，语调文雅礼貌，"现在我们失败了，也做好了承担您怒火的准备。但有句话是这么说的，活下来的人总比尸体有用。假如您觉得尊严受到了冒犯，我愿意以生命来偿还，但请相信，我的这些同伴都是很好的帮手。"

从他成为首领的那一天起，他就做好了准备，用自己的牺牲来换取整体的利益。

易龙龙撇撇嘴，不屑一顾，"我要杀你们早杀了，根本不必等你们醒来。现在你们在我手上，我要你们对我承诺，今后不会再来找我的麻烦，用这个换你们的生命和自由，今后你们可以去任何地方，这笔交易还划算吧？不过为了确保我的利益，避免你们赖账，所以必须签署一份保证。"

易龙龙所说的保证，是一份魔法契约。这是一种非常特殊的协定方式，协议双方为了防止对方反悔，在协定时，双方或某一方签署魔法契约，签署者的行为和生命受到契约束缚。

背誓者死，这句话在这个世界不仅仅只是说说而已，而是真的有办法实现。

这种契约虽然好用，但因为成本昂贵，工艺复杂，制作者水准要求极高，根本不可能在市面上买到，只得通过特殊的关系获得。不过以易龙龙的身份以及与艾瑞克的关系，想要两张誓言契约来玩玩并不是什么难事。

让罗兰先放开身为首领的帝摩斯，易龙龙从林琦的怀里跳下地，拿着契约和笔走到他面前，笑眯眯地说："来，签字吧。"

单膝跪地支撑着疲乏的身体，贵公子杀手试图活动一下手脚，发现对方将药量掌握得很精确，正好能让他抬起手拿笔，除此之外想做别的动作，却是不可能了。

近距离凝视易龙龙天真稚嫩的面容，帝摩斯忽然露出奇特的笑意。他抬起手，却没去拿笔，而是轻轻拉过易龙龙的小手，低头在她娇小柔嫩的手背上印下一个浅吻，"帝摩斯·亚历克西亚，以我的灵魂在此立誓，我向你臣服，主人。"

这是他的签字。

非礼啊！

易龙龙惊得快速抽回手，差点儿转身夺路而逃。想明白这是吻手礼，她才忍耐着没发作，保持着镇定，问道："你这是什么意思？"

她让他签字，是让他用笔签，没叫他用嘴亲！

尽量不显出慌乱，易龙龙转身不紧不慢地走回林琦身前。才转过身，就被身后的人一把抱起来。

林琦抓起易龙龙的手，拿手绢郁闷地擦擦擦擦擦，又怕弄疼易龙龙，不敢下大力气。他心中懊恼，感觉非常不快，虽然不知道原因，但他发自内心地不愿让任何人亲近怀里娇小的身躯。

幼稚得要死的独占欲，笨得连自己都不知道，只是小心翼翼地温柔地拥抱着她，好像怀里的人娇贵得像一碰就碎的花朵。

因为缺乏体力，贵公子杀手依旧只能半跪在地上，单手支撑着地面。他眯着眼睛微笑，声音虚弱却平稳，"这是忠诚誓言。您通过了我的考核，所以我承认您是主人，就是这样。"

自从他亲吻了易龙龙的手背后，其余七名杀手便都流露出惊愕的神色。而当他说出这番话后，更有人露出了抗拒的神情。易龙龙一看就知道这是帝摩斯的临时决定，笑着道："你可以代表所有人做决定吗？我看好像有人不同意哦。"

这帮家伙她看着就烦，最好一个不留，全部走掉。

帝摩斯依旧镇定，"无关团队，这是我个人的意志，我心中有疑问不能开解，在我得到答案之前，请让我留在您身边。"

按照约定，易龙龙通过了考核，就是他们的主人。既然易龙龙要无月之剑解散，那么这个团体就不复存在。他现在不是无月之剑的首领，而是作为他自己，向这个小女孩宣誓效忠。

他做出这个决定，并不是出于正直，也并非感激钦佩，更不是为了什么阴暗的目的。他只是单纯地无所归依，加上想要看清楚易龙龙，才以这种方式留下。

他太早担负上无月之剑的重责，还没有成熟的心志被过于沉重的负担压制束缚，以至于听易龙龙说放他们自由后，他反而在一瞬间产生了不知道应该去做什么的茫然。

但同时帝摩斯性格中也有坚毅果断的一面，片刻的迷惘后，他迅速地为自己做出决定，留在这个让他好奇的女孩身边。

不管怎么费口舌，易龙龙都无法劝说帝摩斯改变主意。一怒之下，她也懒得费心签订什么契约，直接让翡翠把这八人扫地出门，并告诫他们下次谁要再来捣乱就不再心慈手软，直接让林琦格格杀勿论！

花了三天时间解决无月之剑的杀手，仗着翡翠的存在，剩下的四名保镖易龙龙更加没放在眼里，她甚至也懒得问保镖组给她安排了什么考核，只当成什么事都没发生过，照常进行她的学园生活。

稍稍有些改变的是，易龙龙不再继续住学园的宿舍，对比一下，还是家中环境比较舒适。而且学园不禁止学生在校外住，住处距离学园又不太远，每天走路上学也不费事。

大概意识到有熟知他们弱点的人存在，无月之剑迅速地沉寂下去，再也没有做出挑衅行为。只有帝摩斯三次来别墅请求拜访，但均在庭院大门外吃了闭门羹。

被拒绝了三次，估计他也死了心，之后不再前来。

一周多的光景一掠而过。春天好像树上新抽出来的柔软枝条，翠绿的尖梢点缀着清透的空气，梳理着风都终年不散的微风。而在从未亲身体验过的喧嚣声中，易龙龙迎来了迦南学园七百年的学园祭。

从几天前开始，全校的老师学生就在为这一桩盛大的典礼做准备。学生能请假的请假，老师能放水的放水，尽量把所有空闲时间腾出来，用鲜花木板和涂料甚至魔法，将清淡典雅的学园装点起来。

易龙龙从未见过迦南学园如此喧嚣热闹。

屋顶和墙壁画着鲜艳的图案，空气里到处飘浮着五颜六色的魔法球，从建筑顶上可以看到喷射的虹彩流泻而下，各种乐器演奏的音乐交错在一起。

三人一同走在学园里，因为现在只是闲逛，不需要节省时间，因此易龙龙也难得地下地自己行走，稍微活动一下她缺乏运动的小胳膊小腿，身旁的两人则放慢脚步，配合她的速度。

"假如从艺术的角度出发，简直糟糕透了。"以审美严苛出名的美丽种族，对周围的景观发表了自己的看法。

易龙龙耸了耸肩，无所谓地笑道："但这不是为了艺术而做的啊，只是在庆祝节日而已。"学园建成七百周年，这就是迦南学园全校师生的节日，既然是节日，当然要怎么热闹怎么来。

翡翠点点头，"所以我仅仅说是从艺术的角度出发，虽然只是一群不懂艺术的人类，但还算做得不错啦。"精灵似乎也很少经历这样的环境，虽然嘴上说得勉为其难，但他四处张望的眼睛却透着新奇。

易龙龙是迦南学园的最大股东，几天前已经向校长泰伦斯要来了学园祭的计划表过目，但看纸上的描述，始终不能跟亲身体会相比较，直到现在，易龙龙才算是真正体会到盛典的气氛。

四周都是人，就算是平素里最专注于做研究的学生也被强行拉出来，在这个日子里抛开课业。来自四面八方、不同国家的学生暂时放下一切，不管是家族的利益还是国家的立场、未来的艰险以及现在的困境。

他们来到这里，就是迦南学园的一分子。

过去，将来，那有什么关系？现在，这里是迦南。

一队少女唱着轻曼的歌曲，从身边依次走过：

还在等什么？风琴声已经响起。

还在等什么？你可看见风儿多么轻快？

放下枯燥的书本，

放下沉重的武器，

今天是迦南的节日，

今天是我们的节日……

前方就是历史系搭建的临时舞台，今天他们要表演戏剧，巨大的广告牌高高地
竖立，台下吸引来不少观众，密密麻麻地围了一大圈。

易龙龙抓住林琦的手，快步朝前跑去。

还在等什么？

456

七十七　表演·恐怖屋

按照规定，每个系都必须为庆典准备至少一个节目。历史系的学生们所选择的就是戏剧。

由临近毕业的尼克学长所发起，而剧本则是历史系中有些文学天赋的沙耶连夜赶写出来的。接着，便是迅速选角，排练，如今才这样呈现在大家的面前。

因为沙耶最近正在研究有关魔族的历史，因此出自她手的剧本，截取一千多年前魔族入侵的战事作背景。但感性的少女并不想按照教科书里所写的那样只单纯书写战斗胜负和牺牲，她虚构了一个强大但不慎受伤的魔族，魔族之王独自流落在人类世界中，从最初的漠视人类变得逐渐接触了解这个群体，最后甚至爱上了人类世界的女孩。再度与魔族遭逢时，为了保护那个女孩，他付出了自己的生命。

剧情并不复杂，却饱含种族仇恨、战争、爱情、冒险与牺牲，沙耶将这些元素巧妙地串联起来，配合漂亮的台词、优美的音乐以及俊美的演员，即便是以易龙龙这个从多元文化地球来的人的眼光看，也可以称得上不错。

演员是沙耶从历史系内仔细挑选出来的，务必要求每一个人都符合角色的要求，甚至历史系的人手不够，她还从外系借来了大量人。凭借着可以说是奢华的演员阵容，这场戏剧早在演出之前就吸引了许多人，甚至其中一名只露过一面的龙套杀手，也是由帝摩斯这个帅哥兼暗杀专业的学生来客串。

本来沙耶还想请青骑士也参与戏剧表演的，不过仔细想想，修的演技实在有待商榷，加上他的坐骑已经失去，不能重现龙骑士的风貌，只得忍痛删除了这个角色。

易龙龙坐在林琦的肩膀上，津津有味地望着舞台上由魔法做出来的声光效果，虽然不像好莱坞电影那样惊险刺激，但在异世界也实在无可挑剔。

历史系的演出大获成功，演出结尾出现的舞台效果是：辽阔的荒野上，周围魔族的尸体倒了一地，其中包括故事的主角。少女俯身拥抱战死的魔族，夕阳的光辉落寞地投影下来……那一刻，舞台下不少女孩被感动得哭出声来。

当帷幕拉上，所有演员走出来谢幕时，台下一波又一波掌声雷动。但这个时候，易龙龙等人已经离开，到别处逛去了。

别的系的学生并不是每个都像沙耶和尼克一样有人脉，并不打算弄得太铺张，毕竟演出节目的花费是必须由自己出的，因此一个个具有特色的小节目也层出不穷。

保全系的学生干脆摆下一溜桌子椅子，集体跟人比掰手腕，连赢几场的人能从他们这里得到一件小礼物。

也有骑士系的学生绕着操练场，表演精彩的马术。

更有家政系的女生们，身穿蓝白相间的女仆长裙，手端盛满了亲手制作的精巧美食的托盘，沿路散发小吃……

走着走着，越走越偏僻，易龙龙走到了一栋被涂料粉刷得花花绿绿的小楼前，屋顶上竖着宽大木牌，上面歪歪扭扭地写着：魔法冒险屋。

从形状和位置上可以勉强看出来，这魔法冒险屋的前身应该是学校提供的两层小楼独立宿舍，作为公共场所使用。也不知道是哪位同学贡献出来的。

同样被抹得五颜六色的宿舍门紧闭着，看不到里面的情形。但见门两侧站着两名身穿法师袍的学生，看样子应该是相关的负责人，易龙龙便问他们："魔法冒险屋是干什么的？"

站在左侧的学生笑眯眯地说："小妹妹，这里面很好玩的哦，进去玩玩吧。"

站在右侧的学生看了看易龙龙，则露出担忧的神情，扯了扯左边那个人，不让他继续怂恿，"海因涅小姐，我建议你最好不要进去，这里面虽然不会受到什么真正的伤害，但还是挺吓人的。"

易龙龙看看左右两人的反应，心里大致有谱了，便上前推开虚掩的门，毫不迟疑地迈步入内。翡翠和林琦也紧跟着入内。

一进屋，便感觉周围被一片沉沉的黑暗所笼罩，翡翠用了照明术，发出来的光线在第一时间被黑暗所吞噬。这是用魔法制造出来的黑暗空间。

假如是普通人，就只能摸索着前进了，但易龙龙这具身体的种族天赋正好拥有在漆黑中视物的能力，虽然不像在阳光下看得那么清楚，但至少能够清楚地分辨物体的轮廓形状。

易龙龙问了问翡翠和林琦，确定他们也一样能看清。三人凑在一起耳语一番后，才敢在屋内走动。

屋内的空间被魔法墙分隔成更狭窄的曲折通道，将原本就不大的宿舍布置成了一个小型迷宫。三人在迷宫之中随意地走着。

易龙龙三人的形态看上去很悠闲，在屋外用魔法观察着他们行动的几个人却悠闲不起来。他们在迷宫中到处布满了恶作剧的魔法陷阱，比如踩上某一地面时，脚下忽然出现一个水坑，或是出现吓人的蛇，可这三人走了这么久，怎么连一点意外都没发生呢？

难道布置陷阱的时候出了什么差错？

屋顶上少年们紧盯着用来监视观察的水晶球，心情反而比屋内的人更紧张。他们精心设计出来的这个魔法冒险屋，因为地方太偏僻，等了这么久，才终于等到第一批上门的受害者，却没料到原先布置的陷阱完全不起作用，这让满心期待着听到惊恐尖叫的少年们感到非常挫败。

又等了一会儿，还是听不到惨叫声，几个人终于忍不住商量起来。

"怎么办？"

"要不然，干脆我们自己进去看看？"

"正好我手上还有些活动道具，喏，每人一个怪物面具，我们进去吓吓他们。"

几个人从二楼给自己预留的入口悄悄地潜入，每个人脸上都戴着凶恶的怪兽面具，打算待会儿等那三人走上来时，忽然撤去黑暗术，让他们看清楚可怖的模样，达到吓人的目的。

上楼的脚步声由轻到重，越来越近，爱恶作剧的家伙们也越来越兴奋。等确定三人都走上来后，他们忽然大喊一声，屋内一片光明。

双方正面对上。

看清楚眼前三人时，期待着对方发出尖叫的少年们反而凄厉地惨号出声，接着争先恐后地夺窗而出。

"好了，林琦，撤除幻术吧。"幻术解除，易龙龙撇了撇嘴，"我就知道这是有魔法特色的鬼屋。"

几张怪兽脸算什么，她可是被恐怖片熏陶过的。

负责在鬼屋门口招揽迎接受害者的两名学生听见屋内传出高低起伏的惨叫声，最初一刻还以为是易龙龙等人中招了，可很快便发觉那声音是他们熟悉的朋友发出来的。

接着，二楼的窗口传出玻璃破碎的巨响，几条人影伴随着碎玻璃狼狈地摔落在地上。好在几个人都是道具系的学生，随身携带了护身的物品，落下时张开了魔法壁障，缓和了身体与地面的冲击，才不至于受伤。

几个少年从散落在地面上的玻璃碎片中爬起来，苍白的脸上满是恐惧的神情。

过了片刻，魔法冒险屋出口的门被推开，先前进去的三人缓慢地走出来，看他们的神情，好像刚才游览的不是鬼屋，而是景色怡人的风景区。

"果然是很有意思的地方。"易龙龙特意转过头，冲刚才怂恿她进屋的学生笑了笑，接着，便与林琦、翡翠扬长而去。

七十八　夜会·我是谁

　　这个在角落里发生的小小插曲并未影响庆典的欢乐气氛。最大的后遗症就是这件事被人知道后，有人好奇地问那几个人究竟看到了什么，竟然会那么害怕，而几位倒霉的始作俑者所能做出的唯一反应只是脸色发白地不住地摇着头。

　　而反恶作剧成功的三个人则已走在迦南学园里热闹的地方。新鲜地环顾左右的景象，翡翠嘴里咬着刚从家政系女生那里领来的一种充满了丰沛甜水的草杆，还在回味鬼屋里的小游戏，"我觉得呢，那个幻术做得还不够吓人，假如能够同时配上恐怖的声音，一定能把那些人吓得连逃跑都跑不动。"

　　精灵是亲近自然的生物，相比起人工做成的食物，他们更喜欢新鲜的水果和蔬菜，在它们成熟的时候，采摘下来后就直接送进嘴里，品尝最原始本质的味道，不需要任何调味和加工。当初易龙龙送给翡翠几粒软糖，翡翠不吃，倒不是怕软糖有毒，而是根本不喜欢加工过的食品。

　　易龙龙随意地笑了笑，"那种程度足够了。反正他们也只想恶作剧吓唬我们而已，真要把人给吓出精神病来，我还得赔偿治疗费用哪。"

　　走着走着，前方一条长龙队伍吸引了易龙龙的目光。上百人排成一条长长的队伍，队伍中多半是女孩。易龙龙好奇这么多人排队干什么，便赶紧拉着林琦凑过去。

　　直到分开人群走得近了，易龙龙才看清楚队伍的源头———一桌一椅一人。

　　桌子像是讨论教室里的圆桌，足够几人围坐，黑色的桌面上是木雕底座托着的一颗硕大的水晶球，旁边还散落着几张制作精美华丽的塔罗牌。

在桌旁的椅子上，坐着一个二十七八岁的青年，黑色短发，蓝色眼眸，身穿长袍，漆黑的长袍上错落点缀着大小不一的星星图案。虽然星辰的意义象征着神秘深邃，但由于这些星星都是圆圆胖胖的，不但不神秘，反而像孩子的玩具。

虽然身穿夸张讨喜的装束，但桌后的青年依然给人一种温和悠远的感觉。看见他的时候，会让人觉得仿佛是面对宽容的兄长，可若想触碰这个人，却又好像隔着一段长长的距离。

易龙龙一边走过去，一边听着旁人的议论，得知这个青年名叫赛文，是学园里预言魔法系的负责人。说是负责人，其实整个预言魔法系，从系主任到老师，全是由他一人担任，而且他手下没有一个学生。

这是一个已经没落的学科。

预言魔法这个东西，其实最初是为了政治存在的，预言重大事件，是服侍国王和权贵的。但预言魔法这个东西难学也难精，是魔法体系之中最难掌握的学科，有的人甚至终其一生都不能触摸预言的门槛。

伴君如伴虎这句话，不管在哪个世界都适用。本来预言魔法师数量就不多，所谓的预言也极难准确，一旦发生错误，触怒了君主，下场不是流放就是死刑。

随着时间的流逝，预言魔法逐渐失去了其神秘和崇高的地位，到今天已是濒临断绝的地步。有的父母宁可让孩子去辛苦学习剑术，也不愿走上预言魔法这条道路。总而言之，这是一门吃力不讨好的学科。

一门学科没落得只剩下一个人，但这位名叫赛文的青年却丝毫看不出沮丧和卑微来。他和煦地微笑着，温文尔雅地回答每一个前来占卜的学生。

简单地说，这就是个异界的算命摊子，虽然大家都知道预言魔法有很大的失误几率，可现在是学园盛典活动，前来占卜的同学们也只是图个新鲜好玩，并不是很在乎预言魔法有几分准确。

赛文似乎也非常了解同学们的意图，每次占卜完毕，就算有什么不好的预言也委婉地带过去，让每一个离开的人脸上都带着笑容。

尽管对异界的算命非常好奇，但易龙龙却没往前走。这位预言魔法师可能是半吊子水准，没什么真本领，但她的身份不能曝光，就算只有百分之一的危险，她也不能靠近这种可能会被看出身份来历的东西。

与她的情形类似，翡翠也是一样，作为在人类世界里稀有的种族，精灵虽然不至于遭遇龙那样的事，但因为这种美貌的生物非常容易惹来别样恶意，能够避免还是尽量避免的好。

易龙龙心里想着，目光便不由自主地转向林琦。假如说他们三人中有一个可以去算命，大概就只有林琦了。林琦的过去依然是谜，或许通过这种方式能帮他找到遗失的东西。

虽然很早就决定要帮林琦找到他的过去，但真要这么做时，易龙龙反而有些不情愿，有些忐忑。她怀着矛盾的心情低声问："林琦，你要不要去占卜看看？"

说不定这个预言魔法师还是管用的，也许能够把林琦的真正身份占卜出来呢。

自从看见赛文之后，林琦清澈的眼眸便有些迷惘，一直到易龙龙发问，他才猛然惊醒，看了看她，迟疑地摇摇头。

因为自己的私心而有些心虚，易龙龙一直没大注意到林琦的神色。当听了他的回答后，她立即松了口气，便率先离开这个让她动摇的地方。

入夜，从易龙龙居住的别墅里悄悄走出来一个影子。过不久，那影子出现在迦南学园的一栋两层的木质小楼边上。

少年长长的黑发柔软地垂落，漆黑的眼眸色泽比夜色更浓。

而小楼的大门正好在此时开了，门内传来悠然的声音，"我等你很久了，07。"

这是非常温和的、像宽厚的兄长一样包容的声音，就这么轻轻地、缓缓地穿过空气，传入了林琦的耳中。

林琦缓步走进宿舍小楼敞开的大门。他才踏进屋内，身后的门扇就好像被一只无形的手所推动，无声地关上了。

迦南学园给学生提供宿舍，相对地，也会给没有在本城购置住房的老师安排住处。这栋作为教师宿舍的小楼周围是翠绿的草坪与雪白的栅栏，外观精巧雅致，里面也同样不含糊。

门厅的墙壁漆成淡雅的嫩绿色，头顶上悬着魔法吊灯，两侧安放着鞋柜和衣帽架，方便客人脱衣换鞋。

林琦犹豫了一下，想起易龙龙平时的教导，进别人家时，假如看见门厅摆放着用来更换的拖鞋，说明主人家比较注意家中的洁净，不能直接穿着沾满外面尘土的鞋子走进其家中。

林琦乖巧地蹲下身体，挑了一双雪白的绒毛拖鞋换上，这才继续朝屋内走去。

穿过门厅后就是客厅，白天才见过面的预言魔法师还穿着那身镶满了可爱星星的长袍，黑色短发清爽利落，蓝色的眼眸宛如大海。他单手端着精美的白瓷茶杯，靠在客厅的另一侧门边。

赛文微微一笑，"许久不见了。怎么，不打声招呼吗，我的07？对了，上回你告诉我，你叫林琦，那么我今后也这么叫你吧。"

青年原本只是随便说说，却没想到林琦迟疑了一会儿，清澈的嗓音认真地吐出来一句话："好久不见。"

怔了怔，赛文又笑笑，目光诧异地上下打量林琦一番，才示意他跟上来。

坐下来时，是在专门的茶室。小巧的圆桌上摆放着白瓷茶具，杯中淡蓝色的液体温柔地荡漾着，好像稀释了的海水的颜色，这是用稀有的香草精制而成的月夜茶。

好像两人是久别重逢的朋友，赛文的神情平和而友好。他也给林琦倒了一杯月夜茶，请他随意品尝。后者捧起茶杯，掌心贴着温热的杯壁，小口地抿了一口，接着对赛文点了点头，"谢谢。"

一直到现在，赛文才终于忍不住笑出声来，"啊呀，是谁把你教导得这么像一个人？"会打招呼，还会在做客时注意不弄脏主人家，受到招待后会说谢谢，从前的杀戮机器变得这么乖巧可爱，让赛文几乎怀疑这是相貌相同的另外一个人。

林琦低下头沉默不语，涉及易龙龙的事情，他不想告诉任何人。

虽然主动找上这个青年，但林琦心中其实并不清楚究竟是怎么一回事。白天在学园庆典中他见到赛文，当时内心深处就产生了怪异的感觉，好像他很久以前就认识这个人。

但这种认识并不是充满亲切友善的，相反，那感觉非常糟糕，自己的身体里好像有什么东西要冲破禁锢喷涌出来似的的。

而那个时候，赛文好像随意地抬起头来扫了他一眼，目光与他交错而过。只是那一眼，就在林琦心中种下一个认知：等到无人的时候，要私下见面。

那不是通过口舌发出的语言，甚至也不是以精神沟通的魔法，而是一种更加本质的、完全没有隔阂的思想传递。

于是现在，林琦出现在这里。

他的灵魂深处，好像有一扇紧闭的大门，那扇门后是什么，是幸福还是痛苦，是灾厄还是希望，是温柔美好的天堂还是狰狞艰险的地狱，他始终不明白。

打开那扇门，他也许会得到，也许会失去。

对于自己的认知，过去是什么样的，来源是什么样的，所有混沌不明的东西，似乎在眼前这位青年这里可以得到解答。

本来他完全可以忘记这些问题，但赛文来到他面前，便意味着他不能无视，只能面对。

放下盛着月夜茶的细瓷茶杯，林琦低声问："我是谁?"

他是谁?

他是什么地方的人?

易龙龙说过，每个人都有父母……他的父母是谁?

他究竟多大了? 生日是哪一天?

他过去是什么样的? 在这个世界上有没有别的亲人朋友?

他的武技和魔法是跟谁学习的? 为什么任何技巧一看就能明白?

赛文笑吟吟地望着林琦，这个外貌灵秀清澈得惹人怜爱、内心空旷虚无的躯壳，居然会产生近似于迷惘的情感，这是多么巨大的变化啊。

也不知道看了多久，赛文平和地说："你是谁，这个问题很重要吗? 关键在于，你违背了我的命令，你知道这意味着什么吗?"

伴随着青年的声音，灵魂深处紧闭的门缓慢地开了一条缝隙，过去如同流水，伴随着不可抗拒的意志，从门缝往外流淌出来。

而林琦眼中的神色逐渐变得空洞。

青年放下茶杯，十指交握地放在桌沿边，凝视林琦的神情从容温和，完全没有压迫力，"乖孩子，你应该明白，你是属于我的。"

"是的，属于你的。"林琦在心中重复。

"你不需要有思想，也不需要有自己的意志，你只需要服从我就好。"

"是的，不需要思想，不需要意志，只需要服从。"青年每说一句话，林琦便失去一分对身体的控制，到了最后，意识也变得一片空白。

身体与灵魂都不能自主，那也没有关系，武器是不需要思考的，只需要杀戮就可以了。

深知自己对林琦的影响力，青年丝毫不奇怪少年的改变，只继续发布命令，"那只幼龙，我需要她，你去拿给我。"青年话音还没有落，便感觉到喉咙一凉。

原本坐在桌子对面的林琦，瞬间来到赛文身边，抬手，横刃，用娴熟得不能再娴熟的手法切断了他的咽喉。

少年秀美的面容上满是痛苦之色，强行取得身体的控制权，并且做出快速行动，这让他全身每一根骨头都像要碎裂开来。

尽管这么疼痛，林琦却紧紧地盯着被切断喉咙的青年，一字一顿地说："龙龙是我的。"

是他的是他的！

不管是人还是龙的形态，不管是娇弱的爪子还是软嫩的小手，从头到尾巴，全部都是他的！谁都别想染指！

是他的！

这个意识比灵魂更深刻。

即便连自我都失去之后，那份独占欲依然存在。在听到了要献出幼龙的指令时，他本能地反抗，斩除任何有阻碍的人与物。

易龙龙比世界上的一切都重要。

咽喉的切口处还没来得及冒出鲜血，青年的神情从容怡然，"原来如此，我不小心触动了你的逆鳞了吗？真叫人苦恼，出了一趟远门，便发现自己养大的孩子变成别人的了……好吧，就算没有你，我也能回来，虽然会比较费事……"

他微笑着，身体忽然像水波一样荡漾起来，随即化作虚影，消失在空气中。

而灵魂中才开启的门，轰然紧闭。

易龙龙清早醒来，还惦记着今天要赶早去学园，继续参加学园庆典。等她穿好衣服走出卧室，却发现林琦不见了。

在卧室、书房、客厅、厨房和地下室里，到处都找不到少年顾长的身影。

易龙龙站在二楼的窗前正奇怪着，便见外面的微雨中，大开着的庭院门外，黑色长发的美少年慢慢地从外面走回来。

细小晶莹的水珠挂在林琦长而翘的睫毛上，朦胧的湿意让少年看起来更为清透可人。易龙龙赶紧跑下楼，正好在客厅截住彻夜未归的人，"你去干什么了……呃，是买早餐去了？"

发现林琦右手上提着印了店家标志的纸袋，易龙龙想起昨天她自己随口说想吃距离半个城市远的温迪馅饼店的烤馅饼，却不料林琦今天一早就给她买回来了。

易龙龙赶紧让女仆接过纸袋，扑进林琦的怀里，担心地拍打他身上的水珠，"你有这个心我就很高兴啦，可也不必特意跑那么远啊。外面还下着雨，你不是会魔法么？怎么也不给自己挡一挡？我知道你身体好，但身体好也要提防感冒……"

林琦沉默地看着怀里娇小的女孩，忽然开口打断她，"你不会怪我的，对不对？"

易龙龙一愣，不知道他为什么忽然问这句话，但还是顺着他的意思回答道："嗯嗯，不怪，不过下次你要是这么不小心自己的身体，我就会生气哦……哎，你怎么了？我喘不过气来了。"

　　满身湿漉漉的少年忽然收拢双手，好像唯恐失去一般，用力抱紧怀中的女孩。是什么人都没关系，过去是什么样的都没关系，付出什么代价都无所谓，易龙龙是林琦的。一百年，一千年，一万年，谁都别想夺走。

七十九　胜利·赛后吻

　　虽然天上下着细雨，但这并不影响迦南学园内正热烈进行的庆典。规模巨大的魔法阵启动了，整个学园上空好像张开了一层蔚蓝色半球形罩子，将绵绵的细雨阻挡在外。

　　而天色阴暗的问题，也在魔法太阳升空后得到了彻底解决。

　　西瓜大小的橘色球体飘浮在空中，均匀地朝四面八方传递着光芒。假如不去看学园外，会以为这是一个非常美妙的艳阳天。

　　浮在空中的球体正规的名称叫人造魔法太阳，有一个很肉麻的别称，叫"迦南的小太阳"。一听这个命名，易龙龙就知道又是迦南的杰作。就算不是他亲自研发的，也至少提出并参与了这个创意。

　　翡翠今天有事要去图书馆查找资料，因此四处闲逛的便只有她和林琦两人。

　　两人依旧随意走着。走到昨天经过的地方，易龙龙无意中发现昨日排起长龙的占卜圆桌，今天不知道怎么的，居然不见了。

　　易龙龙行使身为学园董事兼股东的权力，询问附近的庆典组织者，才得知那位赛文老师是出了名的行踪飘忽之人。因为所教授的是没落学科，很久都没有学生，赛文基本上一年只在学园里出现几天，其余时间都请假外出，去各地游览，增长见闻。

　　解答了心中的疑惑，易龙龙的心思便不在这上头停留，继续朝前方热闹的地方走去。

　　她的手被林琦牵着，不知道为什么，今天林琦显得特别黏她，从早上回来开始，就一直不肯跟她分开，只要两人之间的距离超过两尺以上，他就会主动靠过来，要么拉扯她的衣袖，要么握住她的手。问他为什么，他也不说。

不认为会发生什么严重的事，易龙龙也没打算探究少年的隐私，反正这样的感觉不坏。在这样愉快轻松的日子里，两个人像是亲密无间的家人，手牵着手，感觉彼此手指的触感和温度，偶然微微地晃动，好像荡漾在溪水上的小舟，那么安心与温柔。

易龙龙看过庆典的计划书，记得安排大体是这样的：

第一第二日，让学生展示自己准备的节目或游戏，掀起节日的热闹气氛。

从第三日起，就是学园官方组织的各种正式比赛活动。

魔法道具系的比制作成品，历史系的玩辩论，军政系的铺开沙盘推演战事，武技相关的科系直接擂台上见胜负，家政系的同学们则以组为单位，开设饮食店，比几天内谁卖出去的食物金额总数多。

虽然依旧是一派热闹的气氛，但比起前两天的悠闲，学园中多了几分竞争的紧迫感和火药味。

各项赛事中，延续时间最长、影响最广、更多人关注的是武斗比赛。

这个世界比易龙龙从前生活的环境更注重个人武力的强大，因此类似于较技的比赛也非常受欢迎和追捧。更重要的是，这类比赛不像历史辩论那样深奥与专业，也不像军事演练那样枯燥乏味。武技和魔法这样的东西，就如同易龙龙前世的那句话一样，"外行看热闹，内行看门道"，打架这种东西是雅俗共赏，喜闻乐见，皆大欢喜。

竞技比赛一共分成三块，魔法、武技及混合。最后一项是照顾二者兼修的同学，但一般来说，还是专修的人数比较多，因此，最后的那项只是辅助的陪衬。

封闭的大型竞技馆内，中心是擂台，周围是观众席，三项比赛交叉进行，贯穿了学园祭的大半个进程。比赛终于走向尾声时，学园祭也到了倒数第二日。通过激烈的竞争，三名冠军脱颖而出，在颁奖的台上举起了奖杯，朝欢呼的观众示意。

易龙龙坐在前排的座位上——这就是拥有特权的好处，不需要跟别的学生抢夺好的座位票，她一句话就能要来全馆内视野最佳的座位——看着台上的三个人，通过几天的比赛，她也能看明白这三人是学园里的佼佼者。但那种强大，在已经眼界颇高的易龙龙看来，实在是算不上什么。

回想起到这个世界后，她所遇到的人几乎都处在武力的顶层。最初在湖边，就是在这世上被人当成传奇和偶像的艾瑞克；而现在自己身旁的林琦、翡翠，一个是神秘地打碎了所有学习的规则，另一个则压根儿就不是人类，漫长的寿命足够他积累强大的实力。就算刨去这些怪物一般的存在，青骑士修、盗贼罗兰乃至远在边境的不良神官，在他们的领域里，也都是了不起的顶尖好手。

此外，也有易龙龙自身的因素。她身为龙，虽然龙族的许多本领都还不能使用出来，但自从龙语山脉一行后，她的灵魂深处已经留下了一抹痕迹，平时便会不自觉地拔高眼界。

颁奖之后，还有赛后特别节目。

主持人站在高台中央，用扩音魔法将声音传播到馆内的每一个角落，

观众之中的任何人都可以向三位冠军发出挑战，假如能够连续战胜三人，他将获得学园提供的一件奖品。

奖品是一只有两只手掌大的圆环，形状像一块环形的玉佩，扁平的环上纹饰着精密复杂的纹路，纹路间不规则地镶嵌着十六块雕成菱形的绿色魔法宝石。

主持人向众人介绍，这是从一片遗迹中发现的物件。根据专家鉴定，判断其是一件魔法道具，但没人知道它的作用。即便不作为魔法道具，只作为装饰品也是很不错的。

仔细打量奖品的时候，易龙龙脑海中忽然浮现出翡翠的声音来，"把那个弄到手。"

易龙龙下意识地扭头看去，正对上翡翠肯定的目光，脑海中又一次响起精灵使用秘术传递的声音，"你不是想知道泰伦斯的过去吗？把那件魔法道具弄到手，那东西在我们精灵族之中有记载，叫做记忆转轮，能看到一个人最真实的过往。"

猛然想起罗兰的请求，易龙龙侧过身体，望向林琦。

他们三人之中，唯一能上台的就只有林琦了。

翡翠虽然能跟易龙龙一同出入迦南学园，但那是因为他身份特殊，手执几乎可以算最高级别的通行卡，但这个比赛，只有身为迦南学园的学生才能参与。

不限制年纪，不限制学科，只要拥有学生的身份，任何人都可以上台。

在这个前提下，符合条件的，就只有易龙龙和林琦两个，易龙龙自己是不可能上场的，非常自然地，她将目光投向了林琦，眼中隐含的意思不言而喻。

两人目光交流的时候，台上主持人已经取出了水晶沙漏在倒计时，毕竟也不能让三位冠军一直等着，假如十分钟内没有挑战者，这个小节目就算到此结束。

林琦看看台上，又看看易龙龙，黑琉璃一样的眼眸里现出些许不情愿，但他无

论如何也不会违背易龙龙的意愿，恋恋不舍地多摸了几下她的手，才站起身来。

三人占着前排视野最好的贵宾席位，但同时，这里也是整个武斗馆中观众席上一眼能看到的地方。当林琦一有动作时，几乎所有人便注意到了，视线齐刷刷地扫了过来。

被这么多双眼睛看着，在旁边的易龙龙已感觉有些不自在，但作为目光焦点的少年却好像完全没有感觉，他迈着从容的脚步，穿过座位之间的过道，缓慢地朝擂台走去。

赛后挑战的环节其实只是一个互动小游戏，虽说是游戏，但积极参与的人并不多，毕竟三位冠军都是学生中的佼佼者。假如有人能一一战胜三人，又有出风头的兴致，多半一开始就会报名参赛，而不是等赛后才站出来。

虽然林琦平时只跟易龙龙在一起，言行低调，从不惹是生非，但学园中认识他的人不算少。一方面是因为易龙龙当初轰动风都那阵子，大家八卦热情高涨，连易龙龙身边形影不离的林琦也一起八卦了；二来，则是林琦本身外貌出众，光是靠着他那张脸，也能在学园女性中有很高的知名度。

观众席上议论纷纷，认识林琦的怀疑他是否有实力挑战三位冠军；不认识林琦的听旁边的人介绍之后，也跟着怀疑起来。

林琦的打扮在旁人看来是非常奇怪的，他身上的穿着是城中最好的裁衣店做的，充分衬托他修长的双腿和出尘的气质，假如这是比美选秀，那别人便可能当场认输作罢，但现在是在比打架。

他身穿质料名贵的休闲服饰，身边既没有刀剑也无魔杖，好像并不是要去比斗，而只是去摘一朵新鲜的花。

不管是武者还是魔法师，假如不是自身刻意地隐藏，一般人都会立即明了其身份，那是由其特殊性决定的。

武者战斗时肢体需要大幅度摆动，这就要求身穿能够活动开手脚，但又不会被比如树枝等东西挂住的劲装，关节的部位要松一些，方便活动。最好还应在胸腹等要害处垫一层护甲，用以保护生命安全。而作为武者，必须时刻与自己的武器在一起，这是迦南学园武技类学科的第一课。

魔法师则又不同，他们虽然不需要像武者那样身穿护甲，但法师袍和魔杖是他们独有的武器。法师袍上时常绘有几个常用的瞬发魔法，能够在遭遇偷袭的时候保命；好的魔杖则对施法有辅助作用。

这并不是规定魔法师一定要穿长袍或武者一定要穿护甲。假如愿意倒过来也无妨，只不过那样会妨害自己长处的发挥。

工欲善其事必先利其器，不管是魔法师还是剑客，都有自己专门的利器。台上那三位之所以获胜，不仅本身水准高，也有两三成的因素在他们的武器上，他们的法袍魔杖或衣甲长剑都是名贵罕见的珍品。若非比赛要求不能使用辅助性装备，他们可能还会带上更多。

然而，此时走上擂台的林琦却两手空空，让超过百分之九十五的观众都坚定地认为他根本就是上去凑热闹的。那剩下百分之五的观众则是希望他弄出点花样来。

只有易龙龙和翡翠毫不怀疑。易龙龙坚信，只要林琦参加就一定能获胜，所以甚至没有去关注台上，而是和精灵用心灵感应聊了起来。

翡翠仅仅是被困在学园范围之内，不能离开校园，每次在校内举行的比赛，他是可以来看的。作为七百年来最忠实持久的观众，对于这类比赛，他最有评论资格，反正闲着也是闲着，就挑过去几件比斗中发生的趣事说给易龙龙解闷。

林琦轻盈地飘浮起来，落在擂台上。他转头看了一眼正交流的精灵与女孩，有些微的不高兴，心想，自己才走开一会儿，易龙龙就不看他了……讨厌的翡翠。

按照程序，主持人走过来，问林琦："请问这位同学，你打算先挑战哪位冠军？"

林琦随意地扫了一眼三位冠军，又扫过台下正心灵交流的易龙龙和翡翠，有些低落地说："三个一起来吧。"心想，才离开一会儿精灵就抢他的龙龙，要节省时间快点结束，回去再把龙龙的注意力抢回来。

只想着速战速决，林琦完全没料到，他漫不经心的一句话让全场哗然，也成功地激怒了三名冠军同学。

林琦站在中央，三名被同时挑战的冠军分别围在三个方向。比斗才开始，三人就施展出各自最强的招数。与此同时，林琦的身影瞬间消失了。

瞬间消失，不是快速移动，因为就连眼力绝佳的精灵和易龙龙也没看清楚林琦是怎么不见的。消失的同时，三个林琦分别出现在三人身后。

几乎没有给人反应过来的时间，三名冠军就倒在了地上。

翡翠微微地倒抽了一口气，"空间魔法，他什么时候会这个了？"住在易龙龙家中时，他偶尔和林琦较量，虽说是点到为止，但差不多对林琦的实力有一个大概的了解，但现在，翡翠发现自己却看不透这个少年了。

他最近好像发生了什么，技能又拔高了一大截，完全不明白原因。

刚才，发生了什么？

龙
龙龙中

几秒钟的寂静之后，台下发出嗡嗡嗡的噪音，上千人交头接耳的细微声响混成一片，彼此询问刚才有没有看清楚是咋回事。

太快了，主持人宣布开始的话音还没有落下，台上的胜负就分了出来。

假如说林琦是经过了一番艰难苦战取得了胜利，那么观众席上这时爆发出来的将会是一片欢呼，但这个情形实在太诡异了，诡异得甚至有人不得不往黑幕、作弊这方面去联想。

更有想象力丰富的，想起了易龙龙是迦南学园的最大股东。

不光是观众、主持人，甚至比赛的评委们也都没反应过来。最初的震惊后，他们迅速交换看法，研究刚才那不到一秒钟的时间内所发生的事。

别人的心思林琦管不着，他解决了三人，身影重新出现在中央，立即扭头望向主持人，更准确地说，是望向主持人手中端着的托盘中的奖品，就那么眼巴巴地一直瞧着，把主持人给瞧得立即反应过来，赶紧去询问评委意见。

过了几分钟，主持人满脸不可思议地走上台，用微微颤抖的声音宣布林琦获胜。

等不及慢悠悠地颁奖，林琦一把抢过来托盘上的奖品，随即转身朝台下走去。

"为什么是他赢了?!"

"怎么回事?!"

"作弊!"

"黑幕!"

"这是上层的权力交易！我们抗议!"

"对！说清楚!"

"我们要解释！我们要解释!"

"迦南学园堕落了!"

主持人不知所措，三个冠军还躺在地上昏迷不醒，评委们意见不一，观众纷纷叫喊……台上台下一团混乱。

但在混乱之中，林琦悠然地走回来。

迎着易龙龙的目光，少年走到她面前，一只手拿着奖品，另一只手抬起来，从耳侧擦过，撩起长而柔软的黑发至肩后，同时倾身弯腰……

易龙龙只见林琦的脸越来越近，脑海中一片空白，直到那张脸在眼前放大，她嘴唇上传来柔软的触感。

眼睛看到的是少年清澈漆黑的眼睛，长长的睫毛微微翘起，很是漂亮。

而嘴唇上的触感，柔软温热，带着浅浅的润泽湿意，细细的暖意带着微微的刺麻，一点点渗透入内。

发生了……什么事？

现在他们的行为……算是什么？

易龙龙睁着眼睛，与林琦四目相对，脑海中什么都想不起来。

刚才还喧闹纷扰的观众席变得寂静无声，轻缓的呼吸成了空气里最大的响动，数千双眼睛全都望着嘴唇相触的两个人。

少年优雅从容地弯下身体，墨发如同丝缎，女孩矜持地微微仰起玉白面容，在千万人的围绕中，他们亲吻着。

仿佛整个宇宙只剩下他们两个人。

也不知过了多久，林琦眨了眨眼睛，觉得易龙龙的小嘴很软很嫩，忍不住伸出纤薄的淡粉色舌叶轻而暧昧地舔了一下。

与此同时，终于有人打破沉寂。翡翠双手环抱胸前，斜眼望着二人，"你们打算亲到什么时候？"

神游的意识逐渐归位，终于意识到林琦对她做了什么，易龙龙脸上的热与脑海中的热一并轰然炸开。

八十　那么·我爱你

今年的赛后节目，是七百年来最别开生面的。

林琦以超出人想象的速度，同时对付三名冠军并获胜。在观众发出质疑后，评委们派一个代表上台，向所有观众作了长篇解说，分析那不到一秒内所发生的事。

首先宣布的是，林琦在比赛中，用了这世上掌握者极少的空间魔法。

与预言类的魔法类似，空间魔法也是一种非常难以掌握的魔法分支，但预言魔法的没落是因为其实用性欠佳，而空间魔法的传播狭窄，则是因为其危险度极高，被称作死亡率最高的学科。

瞬间从一个地方移动到另一个地方，这只是最初等的空间魔法。高深一些的，甚至能够穿透平行世界的屏障，抵达另外一个世界。可问题在于，这种魔法在练习的时候危险性太高了，初学者很难保证自己使用魔法后能精确移动到安全的地方，历史上因为练习失误将自己送到沼泽地魔兽窝的魔法学徒数不胜数，失败案例遍地都是。

因为太过危险，学习的人便越来越少，虽然还不至于断绝失传，但整个大陆上，精通这类魔法的人用一只手就能数过来。

林琦分别移动到三个人身后，以超卓武技配合巧妙的魔法，完全压制住三人的抵抗，接着将他们打晕。因为他的速度太快，虽然击败三人的时间有先有后，但看起来却像是同时发生的一样。

弄醒了三名冠军后，三人也证实了评委的说法。

但这时候，观众席上已经基本没什么人关心林琦是怎么胜的了，所有人兴奋的焦点，都转移到了方才那一个轻吻上。

"喂，你看清楚没有？我刚才被人挡住了！"

"我看到了！真的亲下去了，嘴对嘴的！"

"谁知道莱特帝国的法定结婚年龄是多少？"

"别管多少，对这么小的女孩下手，总是不正常吧?!"

"又一只好萝莉被提前采了！"

"绝望了！对这个萝莉控的世界绝望了！"

"少年啊！你堕落进了邪道！"

"美少年就算变态，那也是变态的美少年！"

……

全校师生一片哗然的时候，变态美少年与萝莉幼女龙已逃离了案发现场。

啊啊啊啊啊啊啊啊！

紧闭的书房里，易龙龙满屋子围着绕圈，林琦乖巧沉默地跟在她身后，易龙龙走快，他就加快脚步，易龙龙走慢，他便放缓步子。

转了几圈，回头一看，发现林琦就在身后，易龙龙气不打一处来。但想起刚才的情形，立即泄了气，满脸通红。努力了好几次，她终于做足了心理建设，猛地停步转身，手指用力一指林琦，"你给我站住！"

林琦神情略微迷惘，但还是听话地遵从了易龙龙的命令，停下脚步。

"你，你……"易龙龙脸上火烧，结结巴巴地"你"了好几下，才终于把话给完整地说出来，"你怎么可以那样？"

在那么多人面前……不对，关键不在人多……他怎么能那么做？

那个，是初吻哎……就这么莫名其妙没了……

易龙龙本来应该一巴掌打过去，但那个占便宜的家伙的神情，看起来比她这个被占便宜的还要纯洁无辜，仿佛他什么都没做，先前的一切都只是幻觉。

镇定，镇定。易龙龙在心里说。她深呼吸几下，压下混乱的情绪，尽量平和地问："你怎么会想到要这么做的？"具体做了什么，她实在说不出口。

虽然一直不明白易龙龙在生什么气，但林琦很明白，易龙龙生气了，还是在生他的气。所以他认错地低下头，老实地招供道："先前有人比赛啊，胜利的人走下台，就像我那样。"

学园并不禁止学生在校内谈恋爱，平时上课时间，学园里就偶尔能看见结伴而行的恋人，在这个节日里，他们更加不会分开。

恋人里也有参加比赛的，在激烈的比赛后，获胜的少年带着辛苦和荣誉跳下台来，与亲爱的情人接吻庆祝。学园的风气比较开放，也不是很忌讳这个。

然而问题的关键在于，被林琦看到了。

林琦看别的学生胜利后跟女伴接吻，以为这是赛后庆祝的动作，正好他也不抗拒跟易龙龙亲密接触，就非常高兴地学了下来。

他是看到别人那样做才跟着学的。本来只是想轻轻地碰一下就分开，可不知道为什么，唇瓣接触的时候，他寂静的心底滋生出奇妙而紊乱的感触，好像中了不知名的魔法，时间的流动停止，周围的嘈杂都不存在，脉脉的温柔中，又恨不得将全世界最好的东西捧到她面前。

是什么魔法，这样令人心动？

听林琦说明了前后原因，易龙龙终于恢复冷静，心中一片无奈：说白了，这件事还是因为她没有教育好的缘故，她应该早点儿教林琦这种事不能随便做才对……

现在后悔也晚了，她的初吻就沦陷在一个简单的误会中。更重要的是，今天是比赛的最后一天，几乎全校师生都在斗技馆内看热闹，除了看比赛的热闹外，也顺带欣赏了她的热闹。

不想见人了……

找了张椅子爬上去坐好，易龙龙懊恼地将脸埋在屈起的双膝上。片刻后抬起头，瞪了眼林琦，看他无辜不解的样子，又很快地消了气，只自顾自地烦恼起来。

记得前一次她躲在家中，还是因为书写迦南留下来的石碑惊动太大，为了不至于一到学园就被围着观赏，她连续请假几个月。但现在回想起来，当初那点小八卦根本不算什么！

不就是继承了迦南的遗产吗？

不就是成了学园最大的股东吗？

不就是填完字后，不知道触动了什么，导致全校跟她一起泪流满面吗？

比起今天的窘迫，那些事根本就不值一提啊！

上辈子身为重病药罐子，没有太多机会接触同龄异性，因而与恋爱完全绝缘的少女龙龙此时异常认真地苦恼着。一个浅浅的吻在她心中是非常了不得的大事，比她之前所经历过的任何危机都要严重。

完了完了，这叫她明天怎么去学校见人啊！别说是学校，她现在连家里的人都

477

不好意思见。

自建校以来，在首任校长的倡议引导下，迦南学园中有好几种学生自办的八卦小报，每周发行一刊，上一回因迦南遗产的缘故，易龙龙连占所有报纸四五期的头版。这一回，不知又要被怎么八卦。

一想到可能会出现的耸人听闻的标题，易龙龙就有在地上挖个洞钻进去再也不出来的冲动。

郁闷了好一会儿，易龙龙叹了口气，说出了最后的决定："算了，都已经这样了，我也没有别的办法，明天去退学吧。"

学园是不能去了，就算别人不提，但她心里有鬼，看到人，可能就会情不自禁地想对方当时有没有看到……与其这样，还不如干脆退学来得痛快些，反正学园里教授的知识，她假如愿意，可以通过别的方式来获取，没必要非得当学生获得。

做出了决定，易龙龙的心情平复少许，目光随即转向林琦，咬着牙道："过来。"

今天易龙龙老师要重新开课，向林琦同学讲述青春期恋爱问题。虽然自己在某方面也是完全没有实战经验的新手，但情势所迫，易龙龙不得不强迫自己担任起老师的职责。

让林琦拉张椅子在对面坐下，易老师板着童稚的面容开始教育道："没有教你这方面的知识是我的错。现在，你给我听好，那种事……就是嘴唇对嘴唇……也就是接吻……是不能随便做的……"

说到具体的名词时，易龙龙自己的声音微弱了许多，非常不好意思地停顿了一会儿，才接着往下说："那种事，必须是最亲密的人才能做的……"

林琦举起手，表示自己有话要问，得到允许后开口反问："我们就是最亲密的啊。"

这一路上，不管在哪里，在什么地方，他们始终在一起，身体拥抱相依，假如这不算亲密，又算什么呢？

易龙龙被狠狠地噎了一下，咬牙补充道："我还没说完……这种事，一定要双方彼此喜欢才行……"

林琦又举手，"可我喜欢龙龙啊，难道龙龙不喜欢我？"

他睁大了一尘不染的眼眸，定定地望着易龙龙，专注的神情几乎有一种深情的错觉。易龙龙再度不争气地红了脸，继续强行辩解道："没说不喜欢你……"只是她的声音越来越微弱。

易龙龙非常懊恼，本来应该是她教育林琦正确的恋爱观的，怎么现在变成她说一句他堵一句了？

更糟糕的是，她还找不出说林琦错的理由，因为林琦每问一句，都完全符合她先前的说法。

难道她能说她不喜欢林琦吗？

这么个少年，一路生死相伴，彼此扶持，她怎么能不喜欢？

可是，那和恋爱是不同的。

她要怎么向他解释呢？

易龙龙涨红了脸，结结巴巴地做最后的挣扎，"你不明白……唉，我要怎么说呢……喜欢也分很多种的。这个世界上分很多种感情，有亲情、友情和爱情。亲情是陪着你走过生命起点的人；友情是与你共同走过一段路，或许很快就会别离的人；爱情则是与你相互扶持着，共同走过下半生，直到终点，微笑迎接死亡到来的人。"

"你今天做的那种事，是只有拥有爱情的两个人之间才应该发生的，其代表的意义，是'我爱你'的承诺，并不像表面那么简单，你明白吗？"

易龙龙艰难曲折地说出从前曾无意中听病友说过的亲情友情爱情三大定义，最后终于松了口气。然而下一秒，她屏住呼吸，几乎连心跳也一并停止了。

"那么，我爱你。"没有迟疑，毫无矫饰。听完了易龙龙的解释，林琦凝视着满脸通红的女孩，认认真真地说，"我喜欢你，我爱你，龙龙。"

易龙龙呆呆地望着少年，清楚地看见他眼中的真挚与恳切，也看见他蔷薇般的嘴唇不紧不慢地开合，"我不知道什么是亲情、友情和爱情，我只知道不能离开你，全世界最重要的就是你，我想陪你从起点出发，走过中途，并且走到终点，微笑迎接死亡。"

他低声说："你属于我，是我一个人的，谁都不能夺走。我也属于你，是你一个人的。我的亲情、友情、爱情全都归属于你。"

他顿了一下，又说："只要我有，只要你要，全都属于你。"

易龙龙以外的其他任何个体，对他而言都没有太大的意义，他永远只会为了易龙龙愉快或难过，他存在的全部意义也在此。

0和100之间，没有1，没有50，甚至连99都没有，要么是0，要么是100。这是绝对的，毫无保留决不动摇的情感。

林琦的语调很轻，可每一个发音都好像清澈的水晶，那么纯粹坚定，"如果这是爱，那么我爱你。"

八十一　拥抱·便足够

如果这是爱，那么我爱你。

如果这是爱，那么我爱你。

如果这是爱，那么我爱你。

……

易龙龙坐在卧室窗台的角落里，窗台很大，她坐下后还有空余。背后就是一整面百叶窗，斜射的阳光穿过浅绿色宽叶的缝隙，疏落地照在她身上，而她身前垂着厚布窗帘，她看不到外面。假如此时有人走进卧室，也看不见她。

易龙龙双手抱膝，身体缩成一团，发出懊恼的叹息。

三天了，从林琦说出那句话到现在已过了三天，她慌乱无措地做了三天的鸵鸟。林琦说的那一番话对她的震撼太大。她傻愣了一会儿，之后第一反应就是将自己藏起来，谁也不见，就连必要的饮食也是让女仆从门缝里送进来，等她吃完了，再从门缝里推出去。

"那么，我爱你。"

三天来，林琦的声音就像是挥之不去的魔咒，始终缠绕着她。她看书的时候会想起来，吃饭的时候会想起来，就连睡着做梦的时候也时常听到这句话，随后心跳如雷地睁眼苏醒。

那么坦然而毫无保留的告白，对她的冲击力甚至比原子弹爆炸更强烈。

讨厌！

易龙龙用力地扯了一下窗帘底边上缀着的流苏，觉得丧气极了。为什么她就要慌慌张张地躲起来不见人？而那个始作俑者却一点都不脸红，完全没有半点儿不好意思。

正自沮丧着，易龙龙忽然感到周围的光线变亮，身前的窗帘被掀开，迎面便瞧见一个纤细高挑的身影。

易龙龙吓了一跳，定下神来发现是翡翠，这才松了口气，"你怎么进来的？"她的卧室是相连的两间房，她记得之前反锁了卧室房门啊。

翡翠撇撇嘴，不屑一顾地道："你门窗上安装的现在最流行的魔法锁的核心，是我和迦南以及另外两个人在七百年前一起研发出来的，虽然七百年来也有改进，但其基本原理没有改变，这种锁根本挡不住我。"

顿了顿，他语气微有不善地道："躲了三天，你也该出去了吧。你躲了三天，那小子也不敢闯进来，就在外面一直等着，你什么时候出去见他？"

人类有时候真是莫名其妙，他看了三天，也想不明白为什么两人会变成这样。

易龙龙脸上微微发烧，低下头小声说："我不想见。"

翡翠想了想，身体一翻，轻巧地坐上窗台，微微侧转身子对着易龙龙，奇怪地问："我也有不明白的地方，你为什么要把自己关在屋子里？"

虽然说易龙龙现在的年龄还没到人类的生理成熟期，可在精灵看来，这完全不成问题。他们精灵族之中，也有生理成熟之前就产生了爱情并决定相伴一生的例子。精灵们不但不会对这样的情侣有任何非议，还会一起祝福他们，因为他们比别的精灵更早寻找到了爱情。

易龙龙一愣，随即想起来自己现在外表看起来还只是个小女孩，也难怪翡翠误会了她的烦恼——虽然这也是一方面，毕竟七八岁的女孩和十七八岁的少年当众接吻，实在太过惊人了。不过她心理年龄与外表不同，所以这反而是其次，最关键的是，她没弄明白自己心中是什么样的感情。

同时，让她不确定的，还有林琦。

她并不怀疑林琦对她的真诚，林琦在说那番话的时候，毫无疑问是真心实意的……可，太快了。

那么强烈的、绝对的、倾尽所有的情感，好像是一块稀世的奇珍，被珍而重之地捧到了她面前。然而因为太过珍贵，她不敢伸手去接，许是害怕不慎摔碎，许是觉得这太不真实了。

她有没有资格去拥有？她有没有能力去回应？

见易龙龙只顾发呆，并不说话，精灵叹了口气，也懒得追问，就好像当年迦南笑着说过的那样，他可能永远都不能理解人类，"不管你是怎么想的，你先出去见一见那家伙吧。你把自己关在卧室里，还有女仆给你送吃的喝的。但你知不知道，自从你进屋之后，那小子就一直站在门外等着。"

林琦眼巴巴望着卧室房门的样子实在有些可怜，精灵看不过去，才参与进来干涉两人的私事。

"你进来多久，他就在门外等了多久，不喝水，不吃饭，不睡觉……"精灵话还没说完，小小的女孩就飞快地跳下窗台，用最快的速度冲向门口。

易龙龙用力打开卧室门，一下子就看见了门口的林琦。少年蹲在地上，长发披散垂落，秀美的眉宇之间满是透彻的落寞。

看到易龙龙主动开门，林琦眼睛一亮，下意识地伸出手来想拉易龙龙，但手伸到一半，又迟疑地停住，小心翼翼地望着她，"你是不是还在生气？"

他明白易龙龙是因为他而不高兴了，并且这一次事件比之前任何一次都严重。

林琦隐约有这个认知，心里第一次如此恐慌。

尽管论起战斗能力，十个易龙龙加起来也敌不过一个林琦；尽管只要他愿意，随时能强迫易龙龙做任何事，可那种不忍心让她难过的心情，让武力异常强大的少年心甘情愿地听从少女龙的任何命令。

假如易龙龙生气，会不会不要他了？

三天来，不安定的恐慌一直围绕着林琦。他很想看一眼她的身影，可易龙龙不允许，他便宁可自己越来越慌张，即便他手上就有钥匙，眼前的门他也不会去打开。

易龙龙不回答，只瞪着林琦，"你是不是一直在这儿不吃饭不睡觉？"

林琦点了点头，承认。

"笨蛋！"易龙龙鼻子有些发酸。为了掩饰自己的失态，她握紧拳头，用力地敲了一下少年的额角，"我要是一直不出来，你是不是就打算饿死自己？"

这时候，也顾不上什么尴尬害羞，易龙龙一把抓住林琦的手，扯着他往餐厅走去，一边走一边向正走来的女仆交代，尽量送熟食上桌。

坐在餐桌旁相邻的位置，几乎是监视着林琦吃饱了，反复问了他是否需要休息，在后者摇头后，易龙龙全身的力气忽然卸掉了似的，又想起了之前困扰她的事来。

她当然可以更加粗暴地拒绝，可林琦这样，她怎么忍心？

龙
龙龙中

就算充满了怀疑和不确定，可她无论如何都不愿意林琦遭到伤害。

终于沉下心来，仔细地想了两人之间的关系，易龙龙垂下头，盯着自己的鞋尖，低声道："林琦，关于三天前你对我说的话，我也有话想对你说。"

虽然脸上逐渐开始发热，但易龙龙还是坚持将自己的想法说了出来："我非常感激你对我那么好，但我可能没办法用同样的态度对你。因为爱情这种东西太虚无缥缈了，我甚至还不知道那到底是什么，也不知道我是否能回报你的感情。"

林琦从什么都不懂，直到现在这样，他的认知都是她教的，在这个关系的前提下说爱，实在是太别扭太奇怪了。

林琦凝望着易龙龙，对于易龙龙所说的回报他并不怎么在意。他不是为了易龙龙的回报才付出所有的，现在他所关心的只有一件事，"那，你不会不要我吧？"

"当然不会！"易龙龙连忙抬起头来澄清，"不过，我希望我们还像从前那样。"

"那可以抱抱吗？"

"嗯……可以，不过不能乱亲了。"

"哦。"

略微有些失望，但更多的是高兴，林琦倾过身，开心地张开双臂，再一次将女孩娇小的身体拥进怀里，"这样就够了。"少年垂下长长的眼睫。

他要的不多，一点都不多，至少现在，这样就足够了。

只要拥抱，只要呼唤名字，就能让他无限满足。

八十二　延缓·庭外招

　　学园祭结束不久，迦南学园的学生们还没有完全忘却赛后吻事件，又因为另外一桩惊人的消息而感受到巨大的震惊。

　　一个名叫拜德尔·奥格的神秘人，在不久前向风都第一法院提交了一份控诉，指控迦南学园的校长泰伦斯在十多年前犯下的罪行：商业诈骗，买凶谋杀。

　　自昨日始，法院已经正式接手这一起诉讼，并给泰伦斯送去了法院传票，传唤其在开庭审理当日到庭参加。

　　据说原告是受害一家唯一的幸存者，为了保护原告的安全，在开庭之前，他不会在公众场合露面。

　　这一桩新出炉的消息登时让同学们暂时忘记了少年与小女孩之间的那点儿小情调小暧昧，注意力全都转移到了法院这边。

　　泰伦斯过去是商人，但现在，他是迦南学园的校长。因为他平时不错的表现，在学生心目中的形象还算良好。现在居然有一个不知道从哪里冒出来的家伙，用远在十多年前的事向他发难，法院不仅受理了这桩案子，居然还表现出维护那家伙的态度。

　　不少学生愤怒了。

　　泰伦斯是他们迦南学园的校长，代表了迦南学园对外的形象，法院这样针对泰伦斯，就是在针对他们整个迦南学园！

　　消息传开的次日，第一法院门前便聚集了大量的学生，大多是武技相关的科系。他们全副武装，将护甲和武器都穿戴上，整整齐齐地站在法院大门前，堵住了入口，以此示威。

数百人聚在一起，悄然无声，凝重而冷厉的杀气便散发开来。

别说法院的工作人员一靠近就会被武器威胁，不能正常入内，就连不相关的民众远远地看见了，也低下头快步绕开。

法院的二楼，隔着一层单向可视的窗玻璃，法院院长与他的书记官正在喝酒。

已经六十多岁、头发都变成浅浅的银白色的院长大人指着下面的人群，微笑着对他的助手说："你猜，假如这面玻璃是双面可视的，那些小家伙看到我们在这里，会不会将他们愤怒的武器投掷过来？"

年轻的书记官面无表情地道："院长大人，这个玩笑一点都不好笑……还有，您早晨是不是又没有吃早饭？您已经过了可以任意挥霍身体健康的时候了。"他一边说着，一边转身从旁边的储物柜里找出储存的小圆饼，用托盘装着放在桌面上。

他偏头看了一眼围在外面的人群，又担忧地皱起眉，"这群人一直不散去，我们怎么办？"他和院长一早就进了法院，所以才没被挡在法院外，可这样一来，似乎更加糟糕，前门后门都被堵住，令他们无法离开。

作为旁观者，他很容易看出来，有人在暗中煽动学生们的情绪，并将这股力量组织起来向他们发难，否则只是出于个人的愤怒，人群无论如何也不会这么整齐。

院长开朗地笑了笑，"我亲爱的孩子，你还年轻，时常皱眉是上了年纪的人的权利。放心吧，很快就会有人来解决这个问题，用不了太久的时间。"

书记官依旧有些不安地道："法官大人，假如那些凶狠的学生冲进来……"他也算有一些见识，能看出来示威队伍中有不少难得的高手。假如这些人冲进法院捣乱，那么，以他们现在微弱的保卫力量，是无论如何也阻拦不住的。

学生武者队伍一旁还席地坐着几十名魔法系的学生，有他们在，法院的魔法保安装置恐怕也不能支撑太久。

更糟糕的是，这群人之中，还有不少学生是家世尊贵富有者，即便是请来全城的警备队伍前来驱赶，争斗之中发生什么意外，他们还是将会承担被牵连的后果。

眼前的局面，不得不说是个难题。

院长没有进一步解释，只是笑着让书记官尽管安心，随即戴上水晶眼镜，低头看即将审理的案件资料。

法庭的正门前，立着一座威严高大的青铜雕像：一个身穿法官制服的中年男子，据说是最初第一座法院的院长。他一只手举着长剑，另一只手端着天平，这代表着法院的两条准则：审判和公正。

也有人会在背地里诽谤这代表的是暴力和金钱，因为长剑的用途是杀戮，而天平，其最普遍的用途是用来交易的。

但不管怎样，站在肃穆的建筑前，每个人的心中都会产生些微戒慎的感觉。

示威队伍在法院门前站立了足足有四个小时，武者的体力足够他们支撑这么长时间而不觉得疲惫。但就在这个时候，队伍中有人不安起来，左右看看同伴，低声问："我们堵在法院门口这么久，是不是不太好？"更不要说他们是旷课来的。

他话才出口，周围的同伴也都被引出了相似的想法。毕竟法院在大多数人眼中还算有一定地位，公然跟法院对着干，无论如何都不可能完全安心。

眼看着队伍中出现些微的骚动，很快便有人站出来高声疾呼，呼吁同学们不要向强权低头，迦南学园是每一个人的学园，他们要用实际行动来维护校长大人的尊严和声誉。更何况，他们在这里站立示威，并没有触犯任何法律，完全不必担心会惹上麻烦。

在这样的号召之下，才产生的动摇很快又被压了下去。

午饭时间，有专门的人给站立示威的同学们送来食物，所有学生整齐地坐下，原地用餐。

平时准时到学园办公的泰伦斯，这时候却在自己家中，凝望着桌面上的法院传票，露出意味深长的笑容，"原来奥格家的那个孩子，居然还活着？"

泰伦斯身前站立着他的长子，长子恭敬地望着他的父亲道："父亲大人，我已经按照您的吩咐，收买人煽动学生去干扰法院的正常运作，只要能干扰几天，我们应该能有充足的时间找到那位原告先生。"

对方显然是想准备充足后才露面，因此他们也需要有足够从容的反应时间。

泰伦斯点了点头，"你做得很好。我一直都跟你说地位是很有用的，你看，这个时候，整个学园的学生都将是我们手上可以使用的资本。"

变化是在午饭后发生的。

吃饱了饭，所有学生沉浸在饭后少许乏力的慵懒中。忽然，有别系的学生跑到了示威的队伍中，拉住一个人，低声说了几句话。被拉住的人脸色一变，犹豫片刻做了决定，转身走出队伍，与来人一同往旁侧街道跑去，很快便没了踪影。

紧接着，类似的事接二连三地发生。不断有人跑过来，拉住队伍中自己相熟的人，有的是一人，有的则拉好几人，在耳边说上几句后，被找上的人就会一言不发地离开，并且再也不回来……不，也有回来的，不过他们回来是拉走更多的人。

从一个两个，到三四五六个，当离开的人超过五十人的时候，暗中的组织者终于按捺不住，拦住又一个跑来的学生，冷声问："你们是不是来捣乱的？"

被拦住的学生体形瘦弱，看见高大的武者站在身前，神情有些慌张，但很快便镇定下来，冷笑着抬高声音道："是帝摩斯叫我来的，他说，只要还是他朋友的，希望不要参与进这件事中。本来他不想闹大，只让人低调处理，但假如有人阻拦，说出来也没关系。"

阻拦者脸色变了变。

帝摩斯这个名字，虽然在易龙龙这样层次的眼光看来不算什么，但在学园中，他毫无疑问是令人敬畏的风云人物，拥有很高的声望和号召力。

那个学生才说完，示威队伍中一下子又哗啦啦地出来七十多人，带着微微的歉意，向不知所措的组织者点了点头，大规模地整齐地离去了。

就这样，人数比原来少了接近三分之一，排列得整齐的队伍，渐渐变得疏落起来。

帝摩斯？他插手这件事做什么？这好像没有侵犯他的利益啊？

组织者暗暗咬了咬牙，转头高声对剩下的人说："不要理会那些懦弱的胆小鬼，我们怎么能向强权屈服？"

又一段长篇煽动性的讲演后，终于消除帝摩斯的暗中操控所带来的影响，浮动的人心勉强安顿下来。

"帝摩斯？"

法院门前所发生的事，在第一时间就传到了泰伦斯面前。即将成为被告的校长大人皱了皱眉，似乎在回想这名学生是否与原告有什么关联，随后他挥了挥手，"不必介意，明天继续去学园里买通和煽动更多的人。帝摩斯能操控的人，从数量上算，只是学生中的少数。"

就在泰伦斯再度下令的时候，法院门前又来了另外一个意想不到的人。

青骑士。

声名显赫的青骑士修，迈着稳定均匀的步伐，非常从容地走到队伍的前面。

一时间，所有人都安静下来。每个人都在心里猜测这位前龙骑士的来意，他是来强迫他们回学园的，还是来支持他们的举动的？

青骑士扫了一眼示威队伍，便非常随意地询问："谁是这里的领导者，让他出来跟我说句话。"

犹豫片刻，组织起这场示威的学生缓步走出去，虽然心里害怕，但还是鼓足勇气回答道："阁下，你是被腐朽的强权所胁迫收买，来阻止我们维护校长大人和整个迦南学园的名誉的吗？"

听了他的质问，青骑士冷峻的眉宇间现出一丝微微的嘲弄，"我是吗？我会吗？"

他声音不大，但因为身上佩戴了魔法物品，清晰地传到每个人耳中。

他是那样的人吗？

他会被强权胁迫收买吗？

答案自然是否定的。

每个人都知道，青骑士阁下的品格绝对不容怀疑，而以他的实力，也没必要向小小的强权低头。

甚至说得更夸张一些，假如将校长泰伦斯和青骑士修放在一起，说他们之中有一个人犯了罪，那么至少百分之九十五的人会将怀疑的目光投向泰伦斯而不是修。

组织者更加心虚，为了不在脸上显现出来，他更加强硬地质问："那么您来到这里是为了什么呢？"

青骑士并不在乎一个人的无礼，他只转向示威队伍，很平淡地问："我也很想知道，你们来到这里是为了什么？"

"当然是为了保护校长大人的名声不受损害！"不等组织者回答，队伍中已经有人叫喊出来。

"名声，是吗？"青骑士依旧没什么表情，甚至声音都没有半点起伏，"我头一次听说名声是这样维护的，难道你们都认为泰伦斯校长有罪，所以不敢让他接受公正的审判？"

"当，当然不是！"刚才理直气壮的学生顿时理亏，"但我们怎么能相信法院一定公正判决？万一他们跟那个不知道从哪里冒出来的原告勾结在一起，诬陷泰伦斯校长怎么办？"

青骑士目光锐利地直视说话的学生，"现在甚至还没有开庭，你凭什么断定法院会不公正判决呢？难道你认为自己可以代替法律？"

比起帝摩斯，甚至比起泰伦斯，青骑士的威望在所有习武学生之中无比崇高。

每一个对上他目光的人，都情不自禁地觉得自己犯了错，羞愧地低下头，默默地听青骑士依旧沉静的声音。"迦南校长曾经说过很多有趣的警句，其中有一句是这样的：做了坏事的人总是心虚的。难道你们也是这样吗？做了为恶者的同谋？否则为什么会在法院审理之前就带着巨大的受迫害的妄想，任意地想象法院会做出不公正的判决？"

青骑士一番话下来，剩余的学生也终于被说动，开始反省自己这次可以说是脑袋发热的狂热举动，绝大多数人都萌生了退意。

停顿了一会儿，修默默环视一圈，计算队伍中的学生人数，心中有些奇怪，这和易龙龙跟他说的有点差别，不过这份误差没什么太大妨害，"假如你们还愿意承认自己是迦南学园的学生，并且愿意承认是我的学生——现在，立刻，离开这里，返校！"

他毫不留情地宣布："从明天起，所有旷课扰乱秩序者，你们的武技课都统一调排，由我负责。明天我给你们的第一节训练课，是负重绕着学园外围跑十圈，成绩计入学年评分。"

在一片抽气和哀号声中，青骑士与来时一样，背脊笔直地迈步离开。在经过一旁看热闹的魔法师小队旁边时，他脚步一收，冷淡地告诉他们，"对了，我来之前，听魔法系的负责人似乎在打算，将魔法系的旷课者全都调排给芭芭拉老师，由她负责统一教导。"

原本因为事不关己，魔法师不需要上武技课，魔法系学生们还在看示威队伍的热闹，甚至出声嘲笑他们运气不好，然而听到了青骑士的宣告，大部分人的笑容在脸上僵出比哭还难看的表情，甚至有心脏脆弱的人当场昏死过去。

芭芭拉老师是魔法系中最为疯狂的魔法师，据说其训练学生的手段堪比人间地狱，除非是活腻了，否则没有人敢修她的课。

相比之下，似乎现在武技课的学生们更加幸运些。

第二份最新消息很快又送达到了泰伦斯的桌上，校长大人难得地吃了一惊，"青骑士？他不像是喜欢管闲事的人啊？"

皱眉想了一会儿，他又笑起来，"算了，不必管那么多，现在即便不拖延时间也没什么关系了。神是眷顾我的，在这个时候，让我请到了最好的律师来为我辩护，三天后的开庭审理，我一定会被当庭宣判无罪。"

那位律师是法律界的传奇人物，他正式出道十年，一共参与过九十五起诉讼，

八十二　延缓・庭外招

无一败绩，有些辩护案例甚至被选入了新版的教科书。

三日后，风都的第一法院内，迦南学园现任校长泰伦斯的诈骗谋杀案正式开庭审理。

八十三　正义·胜利者

派克，是一位年轻律师的名字。

三十岁出头，这在法律界里普遍还是正在前进奋斗的年龄，然而派克先生却站在了律师界的顶端，成为其他同行羡慕嫉妒的对象。

他二十三岁起正式作为律师给人辩护，才出道就打了几桩漂亮仗，迅速在业界蹿红，凭着对法典的熟悉，以及机敏灵活的思维，曾成功地让许多有罪者逃脱了法律的制裁。

更加可恶的是，他是个非常贪财的律师，甚至有这么一个说法，只要雇主能支付足够的佣金，他不介意为魔族辩护。

在受害者眼里，他是应该上绞刑架的魔鬼；在有钱人的心目中，他是非法之门后的一道庇护伞；在法律界，他既是众人看齐奋斗的目标，也是被道德唾弃的对象。

贪婪的派克，狡猾的派克，可怕的派克，这些名字始终伴随着他。

派克的高频率活动地点在奈切斯的首都，今年正好是他从业十年，刚结束了一桩大案子的律师先生打算放松度假，正好来到风都附近，遇上了急需律师的泰伦斯校长。

两人进行了一段长时间的谈话，从书房出来的时候，双方脸上都带着满意的微笑，泰伦斯觉得自己今晚能睡个安稳的好觉，而律师先生的口袋里，则多了一张数额巨大的支票。

有了这位业界著名律师为自己辩护，泰伦斯走上法庭时，心情稳定了许多。当他看见正在与法庭书记官说话的罗兰时，微微地愣了愣。

那不是海因涅家小姐的随从吗？他怎么在庭上？即便是来参观审理的，他也不应该是在那个位置。

发觉泰伦斯来了，书记官眉角讽刺地扬了扬，上前为泰伦斯做介绍："校长先生，这位就是提出控诉的拜德尔·奥格，当然，你可能更熟悉他现在改的名字，罗兰。"

罗兰神情冷漠，对泰伦斯点了点头，随后便转身回到自己的座位上，连看也不看他一眼。

整个风都最大的法庭上，厅中的排布是这样的：

最前方是法官席位，接着是审判团的长桌。

再接着是被告席以及证人、检控官与律师的位置。

余下的空间分作两半，是双方的亲友乃至其余相关人员的席位，中间一条过道分割开来，泾渭分明，简直就好像是比赛时的拉拉队方阵，双方各据一地。

因为被告人身份特殊，人脉广大，这一场诉讼特地安排在风都面积最大的法庭里，亲友席一共能坐下三百人。左边作为被告亲友的一百五十人席位早早地被占满，这其中有泰伦斯的家人、朋友以及迦南学园的学生、老师，假如不是学园有规章强制约束，可能来的人会更多。

相对于热闹的被告亲友席，原告这边则几乎可以用冷清来形容，都是些生面孔，连最前面的两排都没坐满。

派克身穿镶蓝边律师长袍，鼻梁上架着半框金边眼镜，站在庭上环视四周。这里是他挥洒的舞台，虽然休假让人身心放松，但只要在法庭上，他便能找到自己的价值。

开庭时间还没到，所以现在人还没有到齐，代表罗兰提出控诉的检控官还没有到。据说这位检控官是前两天临时换来的，但派克完全不认为会有什么人能阻止他再一次攫取大额的佣金。

法庭一侧的小门开启时，派克下意识地朝发出声音的地方看去，却意外地看见一个对他而言非常熟悉的人，立即惊愕地道："老师？"

他的老师，从前带领他入行成为律师的老者，十年前为了给他让位而退出律师界，到迦南学园教书，此时却一脸庄重，穿着检控官的服饰。

没等派克从惊愕中回过神来，他便听见法官宣布现在开庭。

泰伦斯安稳地坐在被告席上，神情坦荡肃然，好像今天他并不是作为诈骗案的被告，而是主持公正的法官。

泰伦斯身后的派克，也是冷静从容。

不管是罗兰的身份也好，检控官临时换人也罢，这些都只是小小的意外，虽然让人吃惊，但对他们并没有太大的影响。他们已经做好了充足的准备，自信不会被判处刑罚。

一般的审理流程都是大同小异，先是介绍双方身份，接着便提出罪名，双方举证和辩论。

稍微多出一层的，则是在身份那一环节，罗兰必须先证明自己就是真正的受害者家人拜德尔·奥格。

罗兰的头发和眼睛的颜色并不是天生的，而是服食了一粒名叫"复仇"的果实之后产生的变化。那种果实非常稀有，用毒液和鲜血在看不见光的地方浇灌，成长的过程超过二十年，对人体有一定的毒害作用。

由几名植物专家共同作证，说明通过他们的验证，罗兰确实服用过那种果实；再加上几份身份证明的文件，以及特地从家乡请来的证人，共同证实了罗兰的身份，然后审理才继续正常进行。

接下来就是控诉和举证。

检控官平缓地说出控告泰伦斯诈骗谋杀，被告亲友席上传来一阵嘘声，但检控官并不怎么在乎，说完之后，便向法官请求开始举证。

泰伦斯颇有兴味地来回看着检控官和罗兰，他自信当初做得没有空隙，也不认为有人能找到十多年前就被湮灭的人证物证，尽管身体坐在庭上，但他的态度，反而像个置身事外的旁观者。

检控官特别向法官请求，因为他的物证比较特殊，所以希望能够顺便请一些人证共同上庭。

获得允准，法庭一边的侧门再度开启，不一会儿，门外依次走进来四个人。当每一个人的名字被报出来时，庭上众人都发出一阵骚动，法官不由得苦笑出声。

走出来的四位平均年龄超过六十岁的老者，身份都是大魔导师。这四人可以算是站在大陆人类魔法领域的最高位置，他们分属不同的国家，有两位是莱特帝国的宫廷魔法师，另外两位是迦南学园的资深导师。宫廷魔法师暂且不说，就连迦南学园的那两位，因为自身的学识，他们在学园中拥有超然的地位，只挂一个名字，不必上课而享受福利，平时泰伦斯想要见他们一面，也必须等两位大魔导师有时间有心情才行。

而现在，这四个人居然为了一桩十多年前小小的谋杀诈骗案，同时出庭作证。

这样浩大的阵容！

这样强大的权力！

泰伦斯终于露出惊容，忍不住看了一眼依旧面无表情的罗兰，心中终于忍不住发酵出嫉妒的情绪。

他当然不会认为凭罗兰自己能请来这四位拥有极高地位的魔法师。这一切自然是由他所侍奉的海因涅家族为幕后主导，甚至有可能今天法庭开庭审理也是由那个小姑娘身后的家族所操控。

四名大魔导师同时出庭，其实只是为了证明一件魔法道具的用途，那道具正好就是前些天学园祭魔武大赛后挑战赛的奖品。由四名地位最高的魔法师同时担保，这是一件能够轮转时光、看到过去所发生的事的魔法物品。

证据？

这就是证据。

有什么证据能比亲眼看着回溯过往更加真实无伪的？

怀疑魔法道具是假的？怎么，你居然怀疑大魔导师的判断？

由一名大魔导师端着被当成奖品错误发放的"记忆转轮"，走到泰伦斯面前，询问他是否愿意接受证据的考验。

不敢接受，就说明他心虚；假如接受，那么他记忆中过往的一切都会真实地呈现出来。

凝望着因为没有鉴别出真实用途而被自己亲手选作挑战赛奖品送出去的道具，泰伦斯露出无奈的苦笑，但他的神情很快转为从容坦然，"不必测试了……我承认，我曾经进行过商业诈骗以及买通强盗杀人。"

都是他做的，他承认。

法官、检控官、证人、被告和被告律师，这些人身上都被施放过扩音魔法，他们所说的每一句话，都会清晰地传入法庭内所有人的耳中。

泰伦斯承认罪行后，坐在泰伦斯身后被告亲友席上的大部分人都露出惊怒交加甚至是不敢相信的神情，有的快速离开，有的虽然没有离开，但背脊也不再像先前那样挺直。

"好极了。"检控官微笑着道，"那么，你这是认罪了？"

"我的当事人无罪。"正当检控官打算做最后陈述时，派克律师飞快地插了进来，打断了他的老师。

年轻的常胜律师单手按上桌面上厚厚的法典，目光锐利，如同一只择人而噬的猛兽。猛兽追逐的是食物，而他贪婪不休所追逐的，是唯一的胜利。"在宣判我当事人的罪行时，我希望大家能记住一点，这里是风都。而在风都，有一条特殊的法律，一直到现在依然有效。"

风都的特殊法律规章：只要是有才能的人，即便在别的地方犯了罪，只要不是灭绝人性的罪行，人来了风都，并且立誓遵守风都的法律，就会受到城主的庇护。

因此，风都的另一个名字叫"自由之城"。

派克神情冷静，声音有力，"很好，我的当事人承认在来到风都之前，他的确曾经做过错事，可来到风都之后，他的行为没有一丝可以指责的地方。不管是在公益慈善事业的付出上，还是对迦南学园的管理，都做得非常出色。我的当事人，有资格受到城主的庇护，免除罪行！"

他的声音饱含感情，措辞却充满了煽动力，"风都是什么地方？这里是自由之城，这里是有才能的人的天堂，这里是给有罪者重新开始的地方。谁能发誓自己从来没有犯过错？谁能保证一生之中绝不会犯错？"

这就是泰伦斯和派克的最后一张牌。

他们事前已经考虑过，原告方有备而来，说不定真的能找到证明他有罪的证据，那么他们唯一的逃脱方向就在风都的特殊法令上。

泰伦斯无疑是有才华有能力的人，自他来了风都之后，便再也没做出过违法的事，完全符合法令的规定。即便从前他犯过罪，但只要他留在这座城市里，他就能获得赦免。

派克以一种缅怀的表情，怀念了当初风都建设发展的历史，以及自由之城名字的由来，甚至举出了许多实际的真人例证，说明这些人从前都犯过错，但他们确实对风都作出了巨大贡献。

因此，综上所述，泰伦斯校长也应该是无罪的，大家要学会宽恕一个真心悔过的人。

慷慨激昂地做完了长篇的论述，派克习惯性地环视周围，心中颇有些暗暗得意。很明显，大部分人都被他说动了，原本对泰伦斯不满的人，不悦的神情也略有松动。

一阵沉默后，检控官缓缓地道："说完了吗？那么，接下来请不要打断我的话。"

检控官的发言不像派克那么富有激情，他的声音非常平静，说的话也不多，只寥寥几句："有充足的证据表明，从前被告与原告一家是相交多年的老友。友情是人类最珍贵的情谊之一。为了心中的贪欲，甚至能亲手扼杀友情的人，我想象不出来，这样的人，能够不被称作灭绝人性。

"此外，还有一条，你手上的那部法典已经过期了。从今日起，由城主所颁发的新法典，修改了你所提出的那一条的内容，提出了一条特例：杀人罪不能赦免。"这一句话，是特别转身对着派克说的。

"我要说的，就是这些。"

通过魔法道具装置，易龙龙坐在卧室的床上，全身裹在软绵绵的羽毛被里，只露出脑袋凝视着水晶镜中显示出来的法庭现场。与预料之中的完全一样，泰伦斯被判处有罪，死刑。

望着镜中泰伦斯灰白的脸色，易龙龙却不怎么开心，只是低头叹了口气。

也许从明天开始，就会有人编出新故事，歌颂正义必胜，可她却知道，这并不是正义的胜利，而是强权的胜利。

假如罗兰没有海因涅家族的背后支持，那么法庭上的一切都将不成立。不管是作为被告律师老师的检控官，还是专程出庭作证的四名大魔导师，以及为了一桩诉讼而专门修改的法律，这一切的前提，几乎都是因为海因涅家族的权势。

虽然在请动魔法师的时候也稍微借用了一下翡翠在魔法方面的知识，引动魔法师们的兴趣，但假如不是海因涅的姓氏在背后支撑，魔法师们也不会为她做这么多。

而关于法律的修改，易龙龙不大清楚地球上的法令是什么样的，但这里的法律，在貌似公平的外衣下，以公正之名，行不公正之实，权贵的利益最高，否则她也无法暗中操控促成修改法令。

正义必胜？

不，只有胜利的，才会被称为正义。

易龙龙知道，在人类的社会中生活，必然会牵扯各种各样的利益关系，但真正踏入其中时，她还是会感到微微的不适。

正在易龙龙沉思的时候，水晶镜中一粒拳头大小的红宝石闪烁了一下，接着，艾瑞克的身影浮现在虚空中。

 八十四　保重·第一站

　　易龙龙刚抵达风都的时候，虽然也有能远程联系的魔法道具，但却害怕在技术层面上出什么意外，泄露两人之间的谈话，毕竟当初就算是在地球上，电话也有被监听的呢。

　　与艾瑞克早期的联系，用的是最原始的通讯方式：写信。

　　最开始就是普通的信纸，写下一些平常的语句，语句中包含少许暗示性的词句，交给可以信任的部下来往于两个国家之间，传递相互的信息。

　　后来状况好了一些，改在专用的保密信纸上写下内容，卷成一个比小指更细小的纸卷，塞入精巧的管状圆筒中，中段封口的部位设有一旦被错误开启就会燃烧自毁的魔法锁，信使便由人变成善于长途飞行的鸟类。

　　而现在，他们之间联络十分方便，直接使用目前最高精端的魔法道具联络，如同可视电话一样，能彼此看见影像听到声音。

　　通讯方式的进步，说明了艾瑞克在海因涅家族内部势力的逐渐巩固。

　　最开始，他还隐身在幕后帮助他的公爵哥哥，并整理资料做准备。后来，他开始逐步接手海因涅家族内的部分权力，公爵将当初夺走的东西逐步还给了艾瑞克。但那时候他的势力还不够稳固，反而是最紧张的时刻，每一次通讯都要消耗一只价格昂贵的魔法锁信筒。现在，两人可以没什么顾忌地直接用魔法装置传讯，其根本原因是艾瑞克在海因涅家族中基本站稳了脚跟，有了自己的一席之地，能够调用最新的魔法技术，也有足够的安全保障措施。

　　出现在易龙龙面前的虚影是艾瑞克的半身影像，色泽逼真，三维立体。

金发蓝眸的俊美青年这时候的模样与初遇时截然不同。他就像完美的衣架子，将面料反映着一层微光的黑色礼服撑起来，肩膀与手臂的线条清晰流畅，宽大的领子好像羽翼一样向两侧舒展开，过长的金发梳理整齐，用寸许宽的银色缎带束在脑后。

英挺，优雅，这是与树海之中的落魄剑客截然不同的另外一番面貌。

看见艾瑞克，易龙龙愣了愣，随即流露出一脸要笑不笑的古怪神情。虽然说艾瑞克这模样比他在树海中帅了好几倍，但看他微微不自在的样子，好像身上穿的不是礼服，而是束缚行动的枷具一般。

通过魔法道具的作用，艾瑞克那边也看见了易龙龙此时的神情，无奈地叹了口气，伸手去解衣领上的扣子，"没办法，刚参加了一场典礼回来，待会儿还要再去参加宴会，这个样子别说你看不惯，我自己也非常奇怪。"

生活在上流社会的圈子里，并不是只有武技就能横扫一切，尤其是帝都那个大小贵族云集的地方，各种大型的仪式典礼自然不能缺席，而贵族之间的小范围交际，对诗歌、戏剧、绘画、雕塑、美食、珠宝饰品等的品鉴欣赏，以及个人的品位形象、礼仪谈吐，也都是交际的武器。

好在他早年曾经在这方面受过严格训练，虽然说不上完美无缺，但做做样子还算过得去。假如是十多年前，帝都也许是适合他的舞台，但已经放出了牢笼，身心再无拘束的男子已经不再适应这种生活。

掀开衣领，露出内衬的白色丝缎衬衣，艾瑞克的身体往椅子的靠背上一仰，放松了紧绷的身躯，舒畅地叹了口气，才重新望向易龙龙，"怎么样？我算了算时间，现在应该差不多是庭审结束的时候了，结果没什么意外吧？"

易龙龙沉默地点了点头。

罗兰与泰伦斯的旧账，本来按照罗兰的意思是找个暗杀专家直接把泰伦斯刺杀了事。毕竟这是十多年前的旧事，想要将泰伦斯告上法庭，还得烦琐地寻找证据。但当易龙龙将这件事告诉艾瑞克时，已经逐步取得了地位的青年提出了不同意见。

刺杀虽然是简洁省事的手段，但事后的处理却不容忽视。迦南学园的校长被杀害，肯定会引发各方注意，继而追查凶手。而迦南学园的管理也会一时失去控制。更重要的是，假如泰伦斯被刺杀而死，那么即便是他死后，人们也会记得他的好名声。

于是，由艾瑞克主导，展开了接下来的一系列行动。

这个计划最基本的核心是以权势压迫人。

首先，由罗兰向法院提出控诉，甚至不给泰伦斯充足的反应时间，雷厉风行地开庭审理。而在得知泰伦斯请了派克做他的辩护律师后，他们这边又紧急作出了对策，请了派克当初的老师出山，务求在每一个细节上都胜泰伦斯一筹。

艾瑞克的策略是把胜负放在风都的特殊法规上。

海因涅家族在背后支持着罗兰，这个认知压着泰伦斯。而派克的老师，则在心理上让派克承受负担，以至于在四名大魔导师出庭作证，并且取出了一件魔法道具后，泰伦斯和派克首先做出退让，没有在泰伦斯是否曾犯下罪行这一条上做拉锯式的争辩，因为他们认为自己还有一张免罪的护符，只要最后搬出风都的特殊法令，那么从前的一切都能够抹杀。

然而这正好是艾瑞克的目的。

就好像猎人驱赶猎物从三方包围，却在第四个方向留下来一道缺口；猎物看见缺口，慌忙之下就会从缺口逃生，但缺口外等待着他们的却是一张异常结实的网。

由海因涅家族的势力所造成的巨大压力，就是那三方面的包围，而风都的特殊法令，则是那最后一道逃生的缺口。因为有这道缺口，派克才会轻易地放弃狡辩式的拉锯辩护，抓住那条已经被修改了的法令，结果最后一败涂地。

得知了泰伦斯辩护律师的传奇后，易龙龙曾让人弄来派克的辩护案例，看着他的精彩辩论，情不自禁地佩服。假如不是设下这么一个圈套，即便他们有魔法道具，即便有魔法师作证，以派克从前的经历来看，他甚至有可能在这个条件下翻盘。

严格地说，派克的这一次辩护，并没有败给他的老师，他只是败给了更大的权势。

虽然这个结局非常好，做过坏事的人得到了他应有的惩罚，罗兰十多年的仇恨也终于解脱，因为事前有准备，迦南学园的管理很快也会有人接手，但达成这个结果的过程，却让易龙龙无法释然。

对上易龙龙消沉的目光，艾瑞克忽然明白过来什么，神情转为温柔包容，温和地道："你觉得不习惯，是吗？这就是人类的世界，不管愿不愿意承认，世界本来就是以各种利益交织在一起，才形成了一个完整的整体……不过，让你接触到这些，是我疏忽考虑了……对不起啊。"

艾瑞克非常认真地反省。他在帝都里，为了取得更多的权势，因此不得不暂时将自己的思维放在了领导者的位置，反而有时候会不近龙情，只顾着用最便利的手段来解决，却忘了易龙龙能不能接受。

易龙龙一听，顿时有些惭愧，"你不要跟我道歉，其实我也知道你的做法是最好的，以最少的损伤，让泰伦斯受到应有的审判，只是我自己还有些调整不过来。"

就算是有人道歉，也是她跟艾瑞克道歉才对。

虽然艾瑞克从来没有说过，但易龙龙隐隐约约也是明白的。这个初见时无拘无束的流浪剑客是为了她才留在莱特帝都那个充满拘束的贵族圈子里的。他为了保障她的安全，担心她的身份一旦暴露会引来觊觎，才违背自己的性情去拿回他放弃了很久的权力。

这个计划也是她自己同意的，又怎么能怪艾瑞克呢？

虚影中，拥有璀璨金发的青年偏头想了想，蔚蓝眼眸凝视着她微微一笑，"你觉得自己现在做的事是错误的吗？"

易龙龙立即摇头。

艾瑞克的笑容继续放大，"那么你觉得，拥有强大的力量，这是错误的吗？"

易龙龙还是摇头，摇过头后，她心中仿佛有什么地方微微地亮起来。

抓紧零碎的时间签署了几份文件，隔着非常遥远的距离，金发青年宠溺地望着容颜稚嫩的女孩，声音柔和地道："假如你有强大的力量，并且可以使用这力量去做正确的事，为什么不去做呢？"

放下签字笔，艾瑞克轻声说："不要怀疑正义，也不要怀疑力量。不管是胜即正义还是正义必胜，思考这些是没有意义的，真正的标尺在我们自己的心中。"

只要自己的心没有偏差，即便是使用权势，那又有什么过错呢？

随时随地坦然前行，只有坚定无畏的心才能挥出坚定无畏的剑。

艾瑞克话才说完，两人便同时听到了提示的铃声。他说了一声稍待，就匆匆离开通讯的可视范围，片刻后转回来，手已经放在衣领上，准备扣上才解开的衣扣，"我马上就要去参加一场聚会，今天就说到这里吧。今后有机会再联系，假如有什么疑惑的，不要独自烦恼，尽管说给我听。"

顿了顿，他的脸上现出一丝古怪的笑意，语调稍稍放缓，"我很久没看你发育不良的幼龙形态了，非常想念，你能不能变一个给我看看？"

他原本只是随口说笑，但对面的虚影之中，身体团在羽毛被里的女孩，脸上先现出不情愿的神情，随即身上发出变幻的柔和白光。片刻后，一只身上松松垮垮地挂着衣裳的娇小幼龙，挣扎着从重叠的被子下钻出来。

有一阵子没变幻外形，花了几秒钟适应，易龙龙才勉强站立起来，不至于滚成一团。她朝虚影中半身的青年伸出爪子，"其实我也比较喜欢你当初的模样，假如实在受不了这身打扮就离开帝都吧……哪，你要保重。"

在那么遥远的地方，请多多保重。

艾瑞克面色微滞，随后禁不住流露出怜爱的神情。他伸出手来，朝书桌上幼龙虚影的爪子探去。

呈现在眼前的娇软幼小的身躯是完全不设防的脆弱，却让人发自心底地感到温暖起来。

伸手，保重。

相隔上千里距离的两地，一人一龙各自以轻缓的动作贴上对方手或爪子的虚影。修长有力的大手，与娇小白嫩的爪子，放在彼此掌心时，却有意外安稳的感觉。

多保重。

解决了泰伦斯，易龙龙彻底失去了继续在风都停留的牵挂，虽然与林琦相处如前，但她总想着逃开学园中的其他人，以避免自己的尴尬。

除了赛后吻因素，另一半则是易龙龙自己的意愿。学校是怎么一回事，她也算亲身体验过了，弥补了前世的缺憾。现在她更想做的事，不是继续上学，而是像当初的迦南一样四处行走，用自己的眼睛去看这个世界。

易龙龙甚至有一种冲动，想要学迦南化用武侠小说里主角的名字，直接意译过来作自己的假名。但仔细考虑了一会儿，发现居然没有能比较准确直接翻译的女主角姓名，黄蓉怎么翻译……小龙女？算了吧，这不是索性自暴身份么？

只得无奈作罢。

同行的人并不算多，林琦是第一人选，罗兰这位生活万能手也必不可少，新加入的翡翠正想借此机会寻找精灵的去向，便加入了旅行队伍。至于别墅里的其他人，则让他们留下来继续照看这块地方，毕竟这一处房产易龙龙还不打算放弃。

一共两个人、一条龙和一个精灵，准备了几天后，便要上路。

但赶在易龙龙出发以前，却有一名意外的客人来到别墅前请求见面。

通过女仆的转述，易龙龙得知来人是历史系里的同学沙耶。对这个文雅认真的少女，易龙龙始终抱有一定的好感，犹豫片刻，便让人请她到客厅相见。

时间已经是初夏，沙耶一身藕色连衣长裙，双腿并拢，裙摆垂落地坐在沙发上。见到易龙龙后，她下意识地往她身后看了看，似乎想在她身后看到什么人……

"别看了。"易龙龙脸上发热，她当然知道沙耶在看什么。眼前的少女大概正在想，她的绯闻对象怎么没有跟在她身边？"你今天来找我，是为了什么事呢？假如是让我去上课，那么就不必了，因为我已经递交了退学申请。"就是不愿意和林琦一起出现又被人产生联想，她才特意让林琦留在客厅门外。

"当然不是为了那件事。"意图被看破，沙耶有点儿不好意思，"今天我来这里，其实是为了私事，请求您的援手协助。"

易龙龙有些好奇，"什么事？"

沙耶在学园里的人缘很不错，就算有什么事是她自己无法完成的，也有朋友能帮忙。究竟是什么重要的事，连沙耶广大的人脉都无法解决，以至于必须来向她央求，甚至在称呼时用上了敬语？

注意到易龙龙并无拒绝之意，沙耶悄悄地松了口气，说出了前因后果，"是这样的，我今年自己选择的论文课题是对有关魔族遗迹的探索。但那个地方目前无人涉足，我虽然请了一些同学陪伴一起上路，但担心他们实力不够，发生危险，所以才厚颜来请求您的帮助。"

虽然沙耶说请求易龙龙的帮助，但双方心里都明白，少女所期望的是林琦异常强大的力量。假如有林琦一同上路，那么这次行动的危险性应该会降到最低。

易龙龙让沙耶在客厅稍待片刻，自己转身离开，找来翡翠仔细询问了一番才又转回来，轻快地说："好，我答应你，不过林琦必须和我在一起，所以你的旅行我要多带几个人参加。"

反正她正好打算出游，就让沙耶的课题作为她踏上旅途的第一站吧。

八十五　出发·故人来

据说在这个世界相邻之处的另一个平行空间内，生存着另外一种与人类外形极为相似但本质却截然不同的生物。

那一种族多半拥有魔性的美貌，有的勇武强大，有的善于引诱人心，整个群体被称作魔族，称呼的起源已经不可考，但却一直流传下来，直至今日。

关于魔族的存在，易龙龙也曾在迦南的笔记上看过相关的推论。

可以打这么一个比方，宇宙是由很多个平行的空间组成的。无数个宇宙重叠在一起，但又各不相干，正常情况下，也不能相互交流连通。

易龙龙从前所在的地球，处在某一个平行宇宙中，发展的是科技文明。而现在这个世界，则处在另外一个平行宇宙，拥有相似却又不同的构成，发展的是魔法文明。

而魔族所生活的世界，又是另外一个平行世界，只不过略有不同的是，假如说地球与这里距离十万八千里，那么魔族的世界——简称魔界——与这个世界，则好像是一扇门的两面，有谁能通过那扇门，就能抵达另外一个空间。

迦南之所以研究这些，是因为在得知了空间魔法之后，他想到利用这种魔法回到原本的地球家乡，但越是深入了解，反而越是绝望，直至死去也没能如愿以偿。

所谓的魔族遗迹，就是当初某部分魔族来到人类世界，建造了自己的住所，留下魔族生活痕迹的地方。

沙耶是历史系的优等生，由于成绩优异且早早攒足了毕业的学分，在提交了越级毕业的申请后，她被获准提前进行实际考察，选一个课题来完成她的毕业论文。

通过一番仔细的分析比较，出于对神秘领域的向往，沙耶跳过容易完成且已经有大量现成资料的人类史，转而挑战魔族遗迹考察——那个美貌、强大，并且曾经给人类世界带来巨大灾难的种族。虽然所有人都知道魔族很恐怖，但却没有什么人能深入了解其内涵。

听见易龙龙同意了她的请求，沙耶脸上露出欣喜的神情。正要说话，却又被女孩抬手示意暂缓。

易龙龙盯着沙耶，平静地说："你先不要着急高兴，我还有别的条件，假如你同意，我们才算达成协定。"

沙耶谨慎地点了点头，但也没有随口答应，"请说。"虽然与易龙龙交往不多，但心细的少女很早就发现，不能真的把易龙龙当成一个七八岁的小女孩来看待。

仔细考虑了一下，易龙龙不紧不慢地道："虽然旅途的最终目标是你来决定，但整个旅途的过程，我要求由我来主导。比如以什么速度和什么路线上路，或以什么方式在什么地方休息。这不是刁难，只是我不放心把自己的安全交到别人手中。"

许是前不久才与艾瑞克谈过话，让易龙龙的心态放得更加坦然，因此现在她先把自己的要求作为前提说出来，看似不近人情，却是稳妥的做法。假如现在不说，旅途上发生什么冲突矛盾，反而更加麻烦。

顿一下，易龙龙提出更具体的要求，"你所邀请的同行学生，我要求你一个都不留下。虽然只是假设，但假如真的发生了不可预期的危险，平庸的能力反而会拖后腿，甚至会害死他们。我想，你也不希望见到这种情况发生吧？"

林琦负责抱着她，翡翠带一个沙耶也足够，罗兰仅能自保逃走。但假如再带上其他人，很容易照顾不过来。

经过一番认真的探讨，沙耶争取到两个人的同行名额，并保证这两人的武力绝不下于武技魔法比赛的那三位冠军，不会给易龙龙拖后腿，这才算协议达成。

易龙龙也懒得问是什么人，更不打算提前调查，等出发时自会见到。假如发现沙耶说谎，那时候撕毁约定也不迟。

本来易龙龙也是打算旅行，沙耶那边亦是做了出行准备，双方半点儿时间都没耽搁，约定第二天就上路。

黎明，易龙龙缓步走出别墅大门。

天才蒙蒙亮，站在鲜花绽放的缤纷花架下，她深吸一口带着几分凉意的空气，放眼望向还带着几分夜色的苍穹，心情舒畅地微微一笑。

她不像迦南那么想念地球，也就没有那么深切的哀伤和思念。对于现在的生活状态，她很满意。住在舒适的环境里，吃着可口的食物，身边有可以依赖和信任的人，行走或停留，欣赏新鲜的景色与事物，欢喜和忧伤的时候，会有人跟她一起分享、分担；迷惘困惑的时候，也会有人指引她尽快走出来。

假如这不叫幸福，又叫什么呢？

易龙龙看了看由自己今春亲手栽种下的紫藤花，抬手轻抚了一下簇拥在一起的淡紫色花瓣，回头望向同行的人。她身后站得最近的是林琦，之后则是打算寻找家乡的精灵，而作为随行的罗兰，则早早地去准备马车，停在前方等她坐上来。

扫了一眼权当确认，在心里说这就是同行的阵容，易龙龙将手伸向林琦，还是打算像平常那样让他抱，忽然听到虚掩的门口传来很厉害的撞击声。

装饰华丽的厚重门扇被撞开了一条缝，紧接着，一个小小的白色身影骨碌碌地从门缝里滚了出来，滚下台阶时还非常有弹性地跳了跳，最后落在毯子一样的碧绿草坪上才总算勉强停下。

那是，啪啪。

栖枝幼鸟比刚出壳时稍稍长大了一些，但却是横向发展地长大，结果是使它看起来更像一个披覆着白色羽毛的圆球。曾有一次它缩起脑袋和爪子躺在地上睡觉，差点儿被易龙龙当成玩具球给一脚踢开。

好容易头昏脑涨地站稳了圆滚滚的身体，啪啪一看易龙龙就站在庭院门口，一副即将出发的模样，也顾不上刚才摔得全身都疼，连滚带扑腾地、跌跌撞撞地朝易龙龙跑过来，就好像它当初刚孵出蛋壳，第一眼看到这个生物便认定了自身的归属一样。

易龙龙一愣，眼看着啪啪来到她跟前，嘴边还叼着一小块切好的香料，望着她的眼神可怜巴巴的模样，宝石一样瑰丽的七彩眼珠蒙上晶亮的泪水，绕着她脚边不住地扑腾，两只爪子试图抓住什么，却只是一次次地滚过易龙龙的脚背。

易龙龙叹口气，在啪啪又一次跳起来的时候，她弯腰伸手接住它的身体，收拢双臂抱进怀中。没注意到站一旁的林琦忽然郁闷的脸色，她低头望着还在努力吞咽香料的小圆鸟，"你干吗跟来？要跟我一起走？"

啪啪拼命点脑袋。

看它点头的时候还不忘努力把香料咽下肚里，易龙龙忍不住笑起来，"原来你还记得我啊，我还以为你早就忘记我是谁了呢。"

由于前阵子啪啪进食的时段太频繁，易龙龙也不是专业养鸟的，实在撑不住二十四小时地照顾它，便索性将这小家伙交给了别墅里的女仆，让她们轮班喂养。

横竖多带上一只小鸟也不是什么负担，易龙龙原本打算让栖枝留在家中得到更悉心周到的照料，现在既然这样，她便不忍心抛下它。

随口交代罗兰多带上一袋香料做行李，易龙龙抱着啪啪，自己则由林琦抱着，坐在舒适宽敞的马车车厢内。

清晨如纱的薄雾中，马车缓缓启动，驶向与沙耶约定的地点。

同一个清晨，同一个城市，风都的城门口，一早刚开门放行时，进来一个人。

那人披着半身斗篷，兜帽拉起，遮住头脸，低着头行色匆匆，来到一家旅馆内。他取出一袋钱，放在一楼负责登记的前台上，哑声说："我要在这里住十天。"手腕翻转之际，护腕上露出来一个白色獠牙的图案。

店员数了数钱，退出多余的数额，接着取出登记本，"好的，请说出你的名字。"

"卡卡。"

两驾马车间隔两三米的距离，位于侧面的车门相对敞开，坐在车厢内的人彼此对望。

易龙龙稚嫩的面容上没有表情，看了好一会儿，才以一种厌恶的口吻，慢吞吞地问道："为什么这家伙也会在这里？"

一早出发，出城门外，来到与沙耶约定的地点。真正碰头后，易龙龙才意识到当初她没有仔细问沙耶同行的人是谁是多么粗心的疏忽。

除了马车夫和两名路上护送一程的护卫外，马车内坐着沙耶的两名同伴。其中一人是历史系的尼克学长，就是当初带着易龙龙逛学园的那位，他因为对沙耶的课题很感兴趣，便请求加入了探索队伍。值得一提的是，尼克除了是历史系的学生外，同时还是一名神殿内部派遣培养的优秀神官，等他毕业之后，便会在教廷中心任要职。

这样一位同伴，易龙龙自然没什么意见，但问题在于两人之中的另外一位！

全迦南学园，她讨厌见的人屈指可数，然而居然在这时候碰上了那个微乎其微的概率。

尼克的身旁，坐着动作优雅如同贵公子一般的前无月之剑首领——帝摩斯。

据沙耶介绍，帝摩斯之所以参与旅行，是为了完成他的导师给他安排的毕业考题：护送沙耶安全往返。

虽然帝摩斯就读的是暗杀系，但暗杀保全差不多可以说是一体两面，必须深入了解对手才能更好地执行本职工作。以常理推论，帝摩斯分到这个考题并不奇怪，但看着帝摩斯脸上笑吟吟的样子易龙龙就禁不住一肚子火，怀疑这就是他预先故意安排的。

注意到易龙龙和帝摩斯之间的暗潮涌动，沙耶的八卦之心不由有点儿萌动，但很快又被更大的担忧压下，"请问，你们两个认识？"

"我想和他单独谈谈。"

"请问，能暂时离开一会儿吗？"

一先一后，易龙龙和帝摩斯分别转头对沙耶说道。

虽然沙耶心里忐忑外加十分好奇内情，但她素来知道分寸，晓得有些事不能参与，便让自己的马车先行一段距离，在前方等待易龙龙等人。

等沙耶走远了，易龙龙才将先前克制的厌烦神情流露出来。她皱着眉头，也不下车，只安稳地靠在林琦的怀中，坐在车里，望着站在车外的帝摩斯，后者也就那么站着。

看了好一会儿，她无奈地叹了口气，"何必呢？何苦呢？"

该说的，上次她都已经说得很清楚。她不需要杀人，也不需要额外的保护，无月之剑于她毫无意义，这些人尽可散去。却没料到帝摩斯竟然这么执着，辛苦地绕了这么一大圈，还是来到了她眼前。

帝摩斯轻声道："我是剑，没有主人的剑，也失去了存在的意义。"

易龙龙自信表词达意没有纰漏，但帝摩斯也有他自己的理由，看现在的情形，似乎他们谁都没办法说服对方。先前刺杀的事她已经释怀放下，这时候也不可能为了一点骚扰开杀戒，没办法阻止帝摩斯与她一道走。

念头一转，易龙龙觉得自己也没必要，既然有人哭着喊着要上门听她使唤，她干吗要拒之门外？权当是多一个不要钱的劳工也好。

这么想着，心情顿时轻松不少。易龙龙耸了耸肩，将啪啪交给一旁的精灵，自己站起来走到马车门口，看着帝摩斯道："好吧，这回我不赶你走，但你要记住，不要再打什么歪主意。我并不是一个能容忍多次的人，一次，就这么一次，明白吗？"

帝摩斯微微一笑，倾身弯腰，又如上回一样，拉起易龙龙的小手，"谨遵命令。"

他一边说着一边低下头，准备亲吻易龙龙的手背。就在嘴唇即将触碰女孩娇嫩的肌肤时，他眼前忽然飞快地闪动一下，紧接着，他的嘴唇碰到了另外一样东西。

林琦不知什么时候来到了易龙龙身后，从她肩头探出手来，飞快包覆住易龙龙的小手，正好代替少女龙接受了贵公子杀手的吻手礼。

"我猜对了！果然是争风吃醋！"

远处停下的马车上，离开车厢壁上的小窗，沙耶放下望远镜，一扫平日的文雅气质，以略带兴奋的神情转向尼克，"超越年龄的恋爱，三角恋情，俊美的青年与少年一同爱上了年幼的女孩，并为了她彼此产生仇恨，这是多么爆炸性的话题啊。"

这种禁忌的恋情，在她这种怀春少女看来，实在是太浪漫了！

易龙龙等人基本没注意到另外一辆马车正在八卦他们。就在嘴唇触碰到手背的刹那，两人分别意识到自己亲到了什么，以及自己被什么给亲了，帝摩斯和林琦同时好像触电般地震了一下，接着一个抬头一个收手，两人飞快分开。

分开后对视一秒，林琦从口袋里抽出手帕，当着帝摩斯的面，很仔细地一遍遍地蹭手背上被亲过的那一小块皮肤。直到蹭得皮肤发红了他才丢开手帕，转身抱易龙龙坐回车内，坐下之际，长腿一伸，风魔法巧妙地推动车厢门，砰地一下给关上了。

被留在车外的帝摩斯怎么样，因为车门的阻隔，易龙龙不得而知，不过当天她们到附近的小镇落脚住下后，隐约听人议论，旅店有位客人洗了一晚上的澡，一整个晚上都让旅店老板不停地往屋里送热水，还偶尔能听见屋内传出这样的话语："男人……男人……我亲了男人……"

第二天一早出发的时候，易龙龙发现帝摩斯戴着口罩，几乎遮挡住了半张脸。

八十六　临海·全鱼宴

　　半个月的行程不紧不慢，易龙龙虽然说要求主导旅行，但并没有干涉太多。半个月之后，他们抵达了位于奈切斯沿海边境的海角城。

　　海角城位于大陆东南部突出的尖角，三面皆环绕着海水，是一座不折不扣的海港城市。

　　因为海角城附近的海域洋流复杂，各方水流汇聚于此，导致此地的海产品极其丰富，又由于其地理位置优越，便成了繁荣的海港。

　　每一个来到海角城的人都不会错过此地的特产，那便是各种各样的鱼类大餐。在捕获的季节里，一月举行一次全鱼宴，上百名优秀厨师拿出一样自己拿手的鱼类菜肴，在城东聚会饮宴用的大厅内摆开，让过往的客人品尝。

　　易龙龙等人抵达海角城的时候，就正好赶上了全鱼宴。

　　在路上，易龙龙已经听罗兰说了全鱼宴的热闹之处。一抵达海角城，找到休息的旅馆，她便着急拉着林琦和罗兰，前往早已经打探好位置的城东宴会大厅。

　　翡翠是精灵，不喜欢加工过的食物，也不喜欢吃肉食，便没有一同前往，而是留在旅馆中休息。

　　微风吹拂着，略带腥咸潮湿的海风气味，不知为何却有一种令人心旷神怡的开阔感。海边城市的居民，被太阳晒得微黑的脸上多数挂着爽朗的笑容。

　　入全鱼宴大厅之前，必须先交上一笔对普通平民而言数额不算少的门票钱。易龙龙本来就很有钱，并不在乎这个，在门口给了钱，就与林琦、罗兰入内。

　　一入大厅，易龙龙就禁不住惊叹出声："哗，真热闹。"

原本是非常宽阔的空间，足足有八九个教室合起来一样大，中央分布着几根粗大的柱子，支撑着建筑的稳定，可以容纳上千人的空间，但此时却显得非常拥挤。

最吸引易龙龙视线的，自然是在数排整齐排列的长桌上一溜陈列的菜肴，盛装在各色美丽的器皿中，不管是碗还是碟子，上方都盖着一只银色的半球形罩子，保证食物的香气和热气不外泄。在桌后，则站立着招待的侍应生。

除了长桌、食物和厨师外，大厅内的其他人，就是和易龙龙一样的食客。此时已经有几十人四处行走，偶尔停下来，询问某种食物的细节。

易龙龙走向距离自己最近的长桌一端，望着年轻的侍应生，问道："请问，我们应该怎么品尝美食呢？"

年轻的侍应生笑眯眯地说："这位年轻可爱的小姐，很简单，只要一个金币，就能获得一份精心制作的美味。在别的日子，可没有这么多厨师一起共同为您服务哦。对了，我们餐馆的名字叫银鱼餐馆，假如您觉得口味还适合，下回不妨去我们餐馆光临呀！"做说明的时候，他还不忘记给自己所属的餐馆做了广告，同时指了指身上的服装，胸前绣着一个银色小鱼的标志。

易龙龙爽快地让罗兰递出三个金币，侍应生连忙从桌下取出三只表面绘有大片浓艳绿叶的、巴掌大小的碟子放在桌面上，接着手腕一翻，掀开罩子，手执精巧的银刀，挑出三片小银鱼，还冒着一丝热气，分别放置在三只碟子里。

银色的小鱼体积也就只有成人的拇指大小，去了头部，还只是半片，更显得伶仃。鱼身上残留着少量银色鱼皮，露出内部微白又带着莹润透明质感的鱼肉，衬着碟子内翠绿的叶子，显得分外可口。侍应生往三只碟子边上又分别加了一勺浅绿色的透明酱汁，便推了过来。

"这么少？"

这三只碟子里的小鱼，也就刚够吃半口而已，用一个金币才换来这么点儿，易龙龙怀疑自己遇上黑店了。

"千万别这么说。"侍应生张大眼睛，认真地解释，"之所以只设定这么少的量，是为了能让诸位客人尽可能地品尝到更多品种的美食呀。假如才吃一种菜肴就吃饱了，那岂不是失去了来这里的乐趣？这位小姐，你不要看银鱼这么小，这种鱼细嫩的肉质是最难烹饪的，必须用昂贵的魔法道具，长时间维持在一个恒定的温度，缓慢煮熟。假如热度过高或不均匀，都会损失肉质的鲜美呢。"

易龙龙倒也不是心疼那三个金币，只是纯粹有些惊讶，听过解释随即释然。且不说这是不是餐厅为了赚钱而想出来的幌子，反正她自己是打算留着肚子尽可能多地品尝菜肴的，也没必要计较这一口两口的。

细小的银鱼本身肉质鲜美绝伦，而银鱼餐厅在制作时又特别抽去了少量会影响食欲的刺，蘸一蘸绿色的酱汁，整个放入口中，软嫩香滑。

与印象中鱼总是带点儿腥味不同，这种银鱼本身就没有多余的异味，不需要如何仔细烹调就是绝顶美食，而经过了餐厅火候恰当的处理，再配上能更好衬托出鱼肉口味的清爽酱汁，一口下去，易龙龙顿时觉得一个金币非常物有所值。

再往前走两步，又是另一家餐馆的席位，又付出三个金币，换来三只白瓷碟，碟中盛着一粒不比指头大多少的鱼肉小球，表面煎得酥脆金黄，在球上插着两根形状肖似牙签的青翠嫩枝，入口香酥爽口。

第三家又有不同。这家的食物是用碗装的，碗的形状和大小都好像一朵绽开的白玫瑰。碗中居然盛了半碗，可惜都是火红的辣汤，用细柄勺子翻了翻，才总算从红彤彤的汤水中翻找到一片火红色的鱼肉，尝试放入口中，最初没什么感觉，可大意地咬开鱼肉片，顿了半秒，便好像有什么在舌面上猛烈炸开。

"好辣好辣！水！水！"易龙龙手一抖，小碗眼看就要摔落在地，林琦一只手抱着她，另一只手随意一捞，轻轻地接住放回长桌上。

低头一看，只见小女孩眼泪都给辣出来，少年顿时心疼不已，手忙脚乱地轻抚她的背脊，却不知道该怎么减轻她的难过。

"角落有冰冻的爽口饮料，不过客人也可以尝尝我们特制的鱼汤。"在第四个食位后站立的人和气地开口，手上已经舀了一小碗汤送过来。碗和第三家相同款式，颜色却是翠绿色的，里面盛着半碗乳白莹润的汤，偶尔有一缕微甜的香气冒出来。

易龙龙也管不了那么多，招招小手示意罗兰付钱，随后飞快地伸出手，抢过玫瑰小碗就往嘴边送。汤的温度恰好是刚能入口的温热，液体在嘴里漫开，所到之处，甜丝丝的液体就像清润的甘霖，抚平灼烧舌头的火热。

喝了两三口，易龙龙终于缓过来，舒适地靠在林琦肩头，回想起刚才的超辣鱼片，依旧心有余悸。然而心跳之余，却又忍不住有点儿回味，当时伴随着辣味一起炸开的还有浓郁奇异的香气，现在火辣的感觉过去了，那香气仍然回荡在唇齿之间，缭绕不散。

易龙龙恋恋不舍地回头看了第三家一眼，有些想回去尝尝，却又怕再给辣得受不了，犹豫了好一会儿，还是怕辣，这才打消了再回去的念头。

虽然说第三家辣得要命，但第四家的鱼汤确实很不错，易龙龙又让罗兰买了一碗，两只小手端着玫瑰般的小碗，好像小心翼翼地捧着一朵花，侧过身来送到林琦嘴边，"林琦，你尝尝，这个汤味道很不错的。"汤汁口味偏向清淡，但并不是那种缺乏味道的寡淡，喝到嘴里有很清润的感觉。

因易龙龙状况好转而松了口气的少年，毫不迟疑地微微低下头，漂亮的嘴唇就着碗边抿了一小口。汤水是什么味道，林琦已经不大清楚，这是易龙龙亲手端给他的，就算端来的是一碗毒药，他也会当蜜糖一样喝下，"龙龙也喝。"

"嗯。"正好这回辣味又有点儿返上来了，易龙龙赶紧啜了一小口，在嘴里细细地抿开，接着又想起林琦没喝多少，又送往林琦嘴边，"你再喝一口。"

两人脑袋挨得近，你一口我一口，亲亲热热两小无猜，甜蜜的青葱味道简直要往四面八方漫溢开。罗兰跟在两人身边，感觉郁闷极了，只觉得自己像是超高亮度的魔法灯：大失误，他为什么不跟着沙耶那一拨行动呢？

有过一次险些被辣死的经历，易龙龙接下来吃东西时便谨慎了许多。每次入口之前，都先询问一下食物的原料口味甚至做法，顺便也长些见识。

全鱼宴中，果然全部的菜肴都是由鱼类制作，但不一定都是鱼肉，鱼身体的其他部分也可以拿来作食材，比如鱼骨，直接拿鱼骨熬汤；磨碎了鱼骨，与肉混合炸丸子；将小鱼的鱼骨腌制发软后食用。

除了鱼骨外，还有鱼泡、鱼鳞、鱼唇、鱼子、鱼眼和鱼肝。海角城的厨师们没有辜负本地的丰富海产，将烹调鱼类的技术发挥到了极致。在这些东西中，鱼鳞制作的鱼鳞冻、水晶鱼眼以及鱼唇等等，易龙龙有点心理障碍，没有品尝，但看别的食客的神情，应该是非常美味的。

有的鱼味道比较普通，吃的却是一个趣味。比如有一种鱼名叫接吻鱼，身体呈现心形，顾名思义就是喜欢接吻，供应食物的厨师特地在旁边增设了一只水箱，能够让客人在品尝前一睹两只鱼接吻的情景。

每一家所提供的食物，都差不多只有一小口的分量，汤会多一些，但也不过是三四口。虽然都以鱼作食材，但经过了特殊处理，只留下鲜美的口感，没有半丝腥气。

假如觉得食物的味道太重，也可以问角落里的侍应生要免费供应的淡口味饮料，洗去口中残留的余味。

就这么慢慢地沿着桌子一路走下来，走过了大半的时候，易龙龙也差不多吃了个大饱，而时间也过了小半天。品尝了不少鱼类的味道，丰富的口感得以满足，易龙龙摸了摸肚子，回头望向大厅门口，"时间差不多了，我们也该回去了，问问沙耶他们办得怎么样。"

她前来品尝美食的时候，沙耶他们也没闲着，但他们所做的却不是享乐，而是为了此行的正式奔波，去港口租用或买下足够结实牢固的航船。

　　因为接下来，他们要出海。

八十六　临海·全鱼宴

# 八十七　徽章·金剑兰

　　走出宴会大厅，正好在回旅馆的路上经过港口，三人便顺道去看看，希望能碰见沙耶。

　　远远地便看到码头边有一群人聚集着，易龙龙拍拍抱着她的林琦，后者立即会意，托起她的身体，让她稳稳地站在他的肩膀上。

　　双腿被林琦抱着，保证她不会摔下去，有了高度上的优势，易龙龙轻而易举地看到了人群包围中的沙耶，她与帝摩斯、尼克站在一起，三人面对着超过二十人的全副武装的佣兵。

　　人声嘈杂中，易龙龙不大能分辨得出他们在谈什么，只从沙耶和对方首领不大愉快的表情看来，似乎双方发生了冲突。

　　看着里三层外三层的人群，犹豫一下，易龙龙转向罗兰道："想个办法。"

　　用魔法也能直接飞过去，但那样会有后遗症。

　　在迦南学园那边，因为是魔法研究和传播的学术中心，魔法师云集。可后来出了风都易龙龙才发现，在别处魔法师实在是稀奇的东西。她有时候为了图省事，直接用浮空魔法飘起来，却引得路人像看熊猫似的列队参观——虽然她现在比熊猫更珍贵——甚至还有富人亲自来拜访。

　　后来她便开始收敛起来，尽量不让行为太过出格。

　　罗兰点了点头，从怀里掏出个钱袋，手一甩，便丢在几米外的地上，钱袋的口松开来，里面金币银币铜币叮叮当当，在地面上滚得到处都是。这声音惊动了附近几个正看热闹的人，连忙冲过来争抢钱币，而他们的举动又引得更多人注意，纷纷

回过身来捡钱。

　　会出现在码头附近的，多半是水手和搬运工人，生活在小康水准下的人们自然不会跟白捡的钱客气。很快地，原本围得密密实实的人群顿时稀落了，这让易龙龙和林琦轻而易举地走了进去。

　　站到沙耶身旁，易龙龙低声询问少女怎么回事。对方看他们这边来了人，也连带地对易龙龙等人投来不友善的目光。

　　听着沙耶简短的叙述，易龙龙得知了事情的始末。

　　沙耶这一次寻找魔族的遗迹，并不在这片大陆上，而在东南角的一片海岛中。为了能抵达目的地，就必须坐船出海，但需要能够远航的结实大船，然而不巧的是，近来正好是水路货运的高峰期，几乎所有能远航的船都已经派了出去，现在码头仓库里只有一艘名叫白夜号的船暂时空置着。

　　沙耶自然而然要租用白夜号，但还没跟船主商谈的时候，却来了这么一批佣兵，也表示要租船出海，两方谁都不肯退让。船主年轻时是地道的海上男儿，性情爽快，懒得处理这么麻烦的问题，直接让他们自己商量，等商量好了再去找他花钱租船。

　　船主倒是省了心，两拨人却因为一艘船而争持不下。

　　事先双方都打听过，已经派出去的航运船要等很久才能回来，而造船也不是十天半月能完成的事，假如现在想要出海，只有白夜号一个选择。

　　佣兵中为首的人似乎是对这样的争辩感到不耐烦，冷笑着开口道："这样说下去也不会有结果，干脆就用武力来解决吧。"他话音才落下，他身后的同伴便同时拉出武器。

　　打架？

　　有林琦在身边时，是最不害怕打架的了。

　　对方准备攻击的刹那，帝摩斯的身影同时瞬间消失，尼克口诵圣言，张开了防护罩。

　　抛开两个女性，一个能使用隐身魔法的武者，一个看起来水准不低的神官，此外还有个看不出深浅的少年，佣兵首领盘算了一下，觉得还是己方的赢面比较大。他下令准备攻击，忽然觉得身上压着难以负担的重量，那可怕的重力忽然加诸于身，几乎要将他的骨头压成碎末。

　　这是……魔法师？

　　佣兵首领试图让自己队伍中的魔法师想办法，却发现那倒霉的家伙因为体力不如武者，已是一脸痛苦地被压趴在了地上。

易龙龙见到对方的痛苦样子，吓了一跳，顿时明白怎么回事，小手连忙轻拍林琦水嫩的脸颊，"停停，下手太重了，这些人可不像帝摩斯一样经得起折腾，弄坏了不好。"

帝摩斯在三米外缓缓现出身形，看到林琦，自然地想起不幸的回忆。他面露痛苦之色，忍不住又抬手擦拭一下几乎被擦破的嘴唇。

林琦点点头，听话地解除了重力魔法。身上的压力一轻，还在竭力抵抗重力的佣兵们失去平衡几欲摔倒，而佣兵首领虽然勉强站稳，但看着林琦的眼神完全改变了。他脸色变幻几次，咬牙挥手道："我们走。"

队伍中有魔法师，佣兵首领对魔法也不算是一无所知，他知道能做到这个程度的魔法师有多么可怕，而能拥有这样魔法师做随从的人，不是他们能惹得起的。

原本以为只是一群稍微有钱些的小孩子，现在看来必须重新评价。

任务什么的可以暂时放下，在这种事上丢掉性命太不值了。

一群人摇摇晃晃，有的甚至还彼此搀扶着才离开码头。佣兵首领有些魂不守舍，与走过来的一个人撞了个正着。他心中正郁愤，一把推开连声道歉的撞人者，推得对方跌坐在地上，看也不看地离去。

被推到的紫发撞人者等佣兵走远了才面带微笑缓缓站起来，手上一抛一抛的，却是从佣兵首领身上摸来的钱包。

他虽然不是那种低等窃贼，却并不代表这种事他做不来，想要顺手从别人怀里牵走什么，只要不遇上超出层次的高手，还是非常容易的。

罗兰倒不是贪图这一点钱财，而是佣兵们偶尔会将重要的物件和金钱一起放置，从对方的钱包里，能获得不少信息。

笑嘻嘻地走到易龙龙身前，打开皮质钱包，除了一些散碎的零钱外，果然找到了其他物件。但看到其中一件时，沙耶、尼克、罗兰同时情不自禁地轻呼出声。

那是……海因涅家族的金色剑兰标志。

看到金剑兰徽章，几人吃惊片刻，便同时将探询的目光投向易龙龙，意思这是你们海因涅家的事，你看要怎么处理？

被注目的易龙龙则还有些茫然，直眨巴双眼。过了好一会儿，她才懵懂地反应过来，金剑兰好像是某个家族的家徽标志，而她现在的身份坑蒙拐骗地挂在了那个家族名下。

海因涅家的金剑兰徽章，有些层次和见识的人几乎都认识。那位佣兵首领将一枚徽章随身携带，多半不是为了仰慕别人而收藏，而是应该与海因涅家族有些关系，甚至很有可能他们这一行奉的就是海因涅家族的使命，否则佣兵团在陆地上干得好好的，出海干什么？

如此就又产生了新问题，易龙龙记得海因涅家族似乎没插手过海上事业，这群佣兵是来干什么的？

暂时压下疑虑，趁着竞争对手退走，易龙龙等人赶紧去租用了白夜号，定好三天准备期，用来购买粮食和其他必备工具，同时雇用老练的船员、水手。

将一切全权交给罗兰办理，其余几人回到住宿的旅馆，商议一二，立即有了新的主意。

易龙龙自己不缺钱，这一路上野外住宿倒也罢了，假如到了小镇或城市，就会找到那里最高档舒适的旅馆，一来是为了休息环境的舒适；二来，也是为了一行人能蓄积充沛的精力更好上路。

到了海角城，她也没有例外，所租住的旅馆叫做深海鳕鱼，是海角城内最豪华舒适的住地。而佣兵们却不像她那么挥霍，他们所选择的是与深海鳕鱼相隔一条街的比目鱼旅店，那一家的价钱较为低廉，住宿环境也在水准之上。

这就是海角城的另一特点，城中几乎所有旅馆都以海产的名字命名，还有电鳗旅馆、海藻旅馆等等。

此时，住在比目鱼旅馆里的佣兵们，却在为了任务受挫而发愁。

几名队伍中地位较高的成员聚在一间房中商量，提出了几种解决办法，却都被自己否决。

用暴力？

不可能，不管是对船主还是争抢航船的人。后者本身实力惊人，至于前者，他们倒是能够暗中胁迫船主交出航船，但出海并不是一个人的事，即便有了船，他们也必须借助船主的人脉招募水手，在海上，他们的生命是掌握在那群水手身上的。

别的手段也完全行不通。

可他们的任务非常紧急，假如在海港耽搁时间，可能会导致最终失败。

几人反复商量也想不出办法，忽然有人听到敲门声，佣兵首领米歇尔去开门，却意外地发现门口站着先前争执的对手，立即下意识地戒备起来。

帝摩斯一点都不奇怪对方的反应，他脸上挂着既不过于生疏也不过分亲密的笑容，和善礼貌地说："很抱歉打扰阁下，阁下在海港那儿遗失了东西，我特地前来送还，此外还有一件事想与阁下商量。"

看到帝摩斯手上眼熟的钱包，从海港那里就开始满腹烦躁的米歇尔终于意识到身上少了什么。他接过钱包，也没有细想是如何丢失的，眼睛朝微敞的开口处随意一瞥，并通过手上分量大致确定没有丢失什么，才面色和缓地开了门，请帝摩斯入内详谈，"你要商量什么？"

看清楚只有帝摩斯一个人前来，米歇尔松了口气。在他看来，那群人之中最恐怖的是黑色长发的少年，至于其余人，他相信自己和同伴还能应付。

在屋内找了张空椅子，掏出手帕仔细擦拭了一会儿，帝摩斯这才安稳地坐下。他双手十指交握，放在大腿上，动作从容优雅，"我的主人让我询问阁下，你们出海的目的是什么？"

米歇尔听了，皱了皱眉。

注意观察着他的神情，帝摩斯微微一笑，"我说话稍微直白了一些，请不要介意。我家主人想说的是，我们的船很大，假如诸位跟我们去的是同一个方向，我们不介意顺路捎带你们一同前往。"

顿了顿，他从口袋里取出一张制作精细的地图，地图上画的是海角城外侧的大片海域。他将地图提起来，指向蔚蓝海面上的某处，"我们的方向是往东偏南，登上这一带的一座岛屿，进行遗迹考察……哦，对了，忘了自我介绍，我们是迦南学园的学生，这一次出来，是为了完成毕业考题。"

原来是那个地方出来的。

米歇尔一听帝摩斯自报家门，立即释然，安慰自己说输给那个地方的人不算丢人。但同时他又有些忐忑，因为帝摩斯所提出来的建议，正好就命中了他心底动摇的位置。

这群学生毕业考察的地点，好像就在他的目标附近，甚至两处有可能重合。

同意？假如这是一个陷阱怎么办？

拒绝？假如对方是真心的呢？

明显能看出米歇尔的挣扎，帝摩斯并不开口催促，他只是非常从容地站起来，走到门口，一手拉着门把，侧身回头道："我的使命已经达成，假如同意我们的建议，这三天内请到深海鳕鱼旅馆来找我们，找帝摩斯、沙耶和翡翠这几个人都可以。三天后，我们将起航出发。"

说完，他毫不留恋地离开。

眼看着帝摩斯关上门，米歇尔心中更加矛盾，挣扎着究竟要不要同意。过了一会儿，他忽然想起一件事，打开钱包，翻出压在最底层的金色剑兰徽章。

凝视良久，佣兵首领好像明白过来了什么，露出得意的笑容，"原来是这样。"

第二天一早，米歇尔亲自登门拜访，表示自己同意他们的建议，同船出航，并且感谢其主人的慷慨。而被他所感谢的"人"，却正拉着林琦穿梭在海角城的街道中，寻找昨天品尝全鱼宴时印象比较深刻的几家餐馆。

昨天那丁点儿食物太不过瘾了，出发之前，她要好好地吃个够。

三天后，万事俱备，易龙龙等人和佣兵团的三十名成员依次登上白夜号，在水手悠长而富有节奏的号子声中，起锚，出航。

八十八　歌声·在海上

　　白夜号是一艘很大的远航船，虽然外形不够优美气派，但胜在实用稳固。

　　船身各处用的都是最结实的料子，船首像是以青铜铸的美丽女性雕塑，乞求在远航途中得到海之女神的庇佑，一路平安。

　　水手都是用四倍价格雇用来的好手。有人专司测量方位角度，有人操纵船帆，有人在高处瞭望，有人清洁甲板，也有专门的厨师，一同驾驶着白夜号平稳前行。

　　偶尔有船员闲下来的时候，便会大声地谈笑说话，企图引起客人之中唯一一位年轻少女沙耶的注意，使得沙耶能不出门尽量不出。

　　至于易龙龙，不在正常人的守备范围内，反而能悠闲地与林琦四处闲逛。

　　头两日，她对白夜号本身抱有莫大的好奇，成天拉着林琦上蹿下跳，偶尔还参观船员们的工作，就差没把白夜号剖开来看了。

　　那两日，几乎所有船员都能看见小小的女孩在前面跑，而秀美的少年一步不离地跟在她身后。

　　最初的新鲜劲儿过去，易龙龙很快便安静下来，大多数时间都留在屋中，偶尔与林琦走到甲板上，也只是坐在船舷边看风景。

　　大海无限辽阔，一眼望去不见尽头，周围看不到人烟，只有他们一艘船分开海水航行。原本在港口看感觉很大的白夜号，放在辽阔的海洋中，便如同飘零的树叶，那么微小单薄。

　　带着湿意的爽朗海风迎面吹来，整个灵魂都仿佛变得空旷。

海上一连过了十日。

这段时间，不管是风向风速，还是海上天气，都正好适宜，白夜号航速良好。

据有经验的水手说，假如再过半个月，风向将会逐渐改变，天气也不再这么稳定晴朗，不利于出海远航。米歇尔听到这些话后，心里暗暗地庆幸，幸亏他上了这艘船，否则再拖延一阵子，会错过最好的出海时机。

而这十日中，易龙龙等人基本没什么事做。

帝摩斯假惺惺地去与佣兵们套交情，沙耶整天将自己关在房中，她最近好像迷上了写小说。

翡翠不喜欢海上的气味，平时也很少出门，有时候连饭都不怎么吃。

罗兰则与水手们混了一块儿，还从一名水手那里学来了海钓的技艺，偶尔钓两条海鱼上来，换着花样做给易龙龙品尝。码头上他曾偷窃米歇尔的钱包，虽说苦主疏忽没认出他来，但他还是尽量地少接近佣兵团的人。

米歇尔等人则多半安静地留在船舱里，并不惹事。不过他们上船时，几个佣兵抬着一个巨大的箱子，那箱子一直放在屋内，不知道里面装的是什么。

这一趟航程太顺利了，顺利得甚至有些过于平淡。没有海啸，没有暴风，也没有海盗来袭，以至于易龙龙甚至盼着能来两个海盗。

船以超出水准的速度航行了十天，根据测量员测定的位置，差不多到达了沙耶指定的区域，便放缓了航行速度。事关自己的毕业正事，少女不得不放下才写了一半的小说，拿出地图仔细对照。

"应该就是这里没错，请帮我看看附近有没有类似岛屿的地方。"一边说着，沙耶一边从行礼中取出一架精致的望远镜交给瞭望员。

她携带这种工具不光是为了看易龙龙的八卦，更主要的是为方便海上瞭望。

瞭望员攀到高处，小心翼翼地举着昂贵的魔法远距离高清望远镜。他头一次使用这么高档的工具，难免有些手抖，但过了片刻，便渐渐镇定下来。

片刻后，瞭望员给了沙耶否定的答复。

"怎么会这样呢?"沙耶叹了口气，皱起秀气的眉头，又低头去看地图。

易龙龙耸了耸肩，道："我早说过神棍……不，占卜师的话不能随便相信。"自从知道沙耶是怎么判断魔族遗迹所在地的，她就不怎么抱期望。

沙耶从几乎可以说是海量的资料中，推断出一处不为人知的魔族所在地应该在海上的某处，但具体是什么地方，因为准确情报有限，她无法更细致地进一步推测。

然而在迦南学园的学园祭上，她偶然看到给同学们占卜的赛文，好奇之下去试了试，却意外地发觉赛文的占卜并不是随口胡说，而是几乎百分百准确。那时候她正苦于自己的毕业论文碰上瓶颈，着急之下做出了看起来非常荒谬、不可思议的决定，让赛文占卜魔族遗迹的地点。

　　在她说出要求后，赛文不知为什么奇异地笑了笑，随后取出一张纸来，亲手给她画下了精确的地图，就是她现在手上拿着的这张。

　　而事后，沙耶再三考据，估算地图所标注的位置有至少百分之五十以上的可信度，便冒险前来。

　　难道真的要一无所获地回去？

　　沙耶细白的牙齿咬着嘴唇，目中蓄满忧愁。

　　这边正举棋不定的时候，米歇尔走了过来，朝看起来是领导者的易龙龙施了一礼，问道："这位尊敬的小姐，请问，假如你们不能确定航程的话，能不能先让我们完成任务呢？"

　　易龙龙一怔，接着朝沙耶投去商量的眼光，"你的意见？"

　　虽说这一路上她要求自己主导，但现在毕竟是沙耶的毕业考核，后者有权做决定。

　　沙耶略一犹豫，点了点头，反正她目前暂时找不到想要找的海岛，不如先方便别人。同时这也能满足大家的好奇心，看这队与海因涅家有关系的佣兵队伍究竟要做什么。

　　得到首肯，米歇尔立即回去安排，过了一会儿，船舱中传出高亢而异常美丽的歌声。

　　歌声响起的刹那，易龙龙的眼神迷惘了一瞬间，但下一瞬她很快清醒过来，再看船上其他人，林琦神情如常，尼克、帝摩斯、罗兰和沙耶几人也在几秒后依次清醒。

　　而船上的其他人，水手们，包括部分佣兵，也都还在失魂落魄中。

　　宛如传说中海妖的歌声直接渗透入灵魂深处，能迷惑人的心智，绝顶的宛转音色，易龙龙来到这个世上后，只在一个地方听过。

　　第一次听到这歌声时，是在莱特帝国的帝都中，那时她第一天抵达那个城市，被名叫钱钱的随从先生领出去参观闲逛，接近广场时，听到了那奇妙的歌声。

　　那直接撼动灵魂的音色，即便是间隔了这么长的时间，也清晰得宛如昨日一般。

不过这声音怎么会出现在船舱中？

易龙龙还没想明白是怎么回事，思绪便被砰的一声巨响打断。伴随着这声音，翡翠高挑纤细的身影瞬间出现在甲板上。

精灵不大喜欢海风的咸味，上船后几乎一直都留在房里，就连沙耶等人犯愁找不到目的地的时候他都懒得出来。原以为必须等停船靠岸后才能请得动他，却不料他现在忽然出现。

此刻翡翠的神情有些异样，他精致俊美的脸紧绷着，翠绿色的眼眸蓄满森严浓烈的杀意，神情比当初在藏书室中产生误会交手，甚至比折断不听话的无月之剑时更可怕。

翡翠嘴唇冷酷地闭合，他左右看看，确定了什么，身形一纵，化作一道翠绿色的影子，朝歌声传来的方向射了过去！

他所前往的地方，是佣兵们在白夜号上的住处。

下一秒，又是一声巨响，歌声陡然停止。

易龙龙吓了一跳，连忙揪住身后的林琦，示意他带她跟上。

屋内站着刚进来的翡翠，翠色长发垂落在脚跟，纤长的双手白皙优美。而原本屋内的佣兵，包括米歇尔都痛苦地躺在地上，手脚俱被残忍地折断，衣衫上满是可怖的鲜血。

这是翡翠干的？

易龙龙几乎不敢相信，在她的印象里，翡翠是个大大咧咧非常开朗的家伙，虽然迦南留书说他犯下重罪，但长期相处下来，那份记载并不妨碍易龙龙认为他本性善良……可现在的翡翠却像完全换了一个人。

翡翠没在乎地面上半死不活的佣兵，也没去看赶到门口的易龙龙和林琦，他只是站在屋内一只大木箱前，静静地凝视着。

易龙龙认得那个木箱，那是佣兵们抬上船的大箱子，差不多有一米多高，不知道里面装着什么。

翡翠专注地盯着箱子，脸上浓厚的戾气逐渐消散。慢慢地，他长出一口气，抬手敲了敲箱边，用易龙龙听不懂的语言说话。接着，箱子里怯怯地传出来优美绝伦的音色，与刚才高歌的是同样的嗓音。

这，这是怎么一回事？

易龙龙当即愣住，难道这群佣兵是人贩子？可他们往海外开，这是要把人卖给谁？

几个念头同时在脑海中闪现，但她没办法立即串起来，反而陷入了交错纷杂的混乱。她看着精灵赤手拆开木箱，木箱之内，却是一只水箱，水箱里躺着个全身赤裸的瘦弱少年。

易龙龙吓了一跳，本能地想转过头非礼勿视，可转头之前，她又眼尖地发现，少年的样子和正常人类不大一样，他的双臂肘部、手腕手背、双腿的膝盖与足踝都生着细密的淡粉色鳞片，而他的双耳也不是人类的耳朵，是浅蓝色的，形状好像展开的鱼鳍，样子古怪，却是异常的美。

这下子，易龙龙完全呆了，脑子里乱糟糟的，只能眼睁睁地看着翡翠抱起瘦弱少年，脱下外衣，盖住他湿淋淋的身体，缓步朝外走去。

翡翠在房内停留的时间不长，一秒钟制敌，几秒钟思考，再用几秒救出少年，前后不超过二十秒。他走出房门时，其他听到动静的佣兵才赶过来。

看到自己同伴的惨状，佣兵们纷纷朝翡翠发动攻击。因为前些天米歇尔跟他们说过林琦的可怕，谁都不想来找这个人的麻烦，只不过，找上翡翠也同样倒霉就是了。

将所有佣兵按照屋内的标准统一折断四肢，精灵这才满意地停下来，继续抱着少年往自己的房中走去。

易龙龙看着满地哀号的人，忙交代尼克和帝摩斯在这里帮忙治疗，自己则与林琦去追翡翠。

翡翠的房门也是直接撞开的，看来他很在意怀中的少年。进屋之后，先安顿少年躺在他的床上，又从口袋里翻出一粒植物种子握在掌心。那粒种子立刻以肉眼可见的速度，从他指缝间生出翠绿的藤蔓，缤纷地垂落，枝蔓上开花结果。

翡翠摘下一粒成熟的紫色果实送入少年口中，用不知什么语言柔声安抚着。在精灵耐心的安慰下，瘦弱少年惶恐不安的神情逐渐消退，合眼沉沉睡去。

易龙龙很有耐心地看着翡翠做完这一切，当翡翠坐在床沿边发呆时，她才轻声开口道：“方便的话，能告诉我怎么回事吗？”

翡翠的目光仿佛看着某个遥远的地方，过了好一会儿才转过头来，有些诧异地望着易龙龙，“我以为你会责怪我的举动。”

毕竟他打伤了他们人类，不是吗？

易龙龙笑笑，“原本我是有点奇怪的，不过我觉得应该相信你啊，而且你毕竟没有杀人，不是吗？再加上后来看到那位……”她朝翡翠身后扬了扬圆润娇小的下巴，"你是因为他在生气吧？我能猜出来的就这些，其他的，还是希望你亲口告诉我。"

精灵神情有些古怪地道："你相信我？为什么？我记得迦南留给你的记载中，应该写过我曾经犯下重罪吧？这样你也相信我？"

觉得这么说话不大舒服，易龙龙在林琦的怀里换了个姿势，两条小胳膊挂在少年的脖子上，后者适时配合地换了个抱法，让小女孩能称心如意，"为什么不能相信？就算你以前是大坏蛋好了，但那是过去的事了。我认识的翡翠，是个笨得连报恩都会搞砸的笨蛋，同时也是很好很善良的人。"

就算是地球上，犯人关几年刑满释放，也要给他一个重新做人的机会，更何况翡翠足足被关了七百年！

她嘴角挂着甜甜的微笑，目光真挚诚恳地道："比起迦南的留书，我更相信这个我认识的翡翠。"说她傻瓜笨蛋也无所谓，她就是相信翡翠。

翡翠张了张嘴，好像想笑，可一瞬间又流露出来要哭的表情。他努力地眨眨眼睛，脸转向别处，避开易龙龙的目光，才慢慢地开口说话："就像你看到的这样，这孩子不是人类，他是另外一种稀有的类人族群，鲛人。"

鲛人，说得通俗一些，就是人鱼。相比起其他的类人种族，魔族强横霸气，精灵优雅善战，羽族纵横天穹，鲛人所拥有的一切却是灾难。

他们容貌美丽，身体柔弱，更让贪婪者趋之若鹜的是他们无双的歌喉，那是世界上最好的人类歌手以及任何乐器都不能比拟的声音。古代曾经有一名君主因为沉迷于鲛人的歌声，派人捕捉了上百名鲛人，把他们关在皇宫的各处水池里，让他们日夜不停地唱歌，据说每一个经过皇宫附近的人，都会为那声音迷醉。

鲛人的歌声，是用生命去唱的，他们每歌唱一曲，生命就缩短一截。

越是美好，越是容易凋谢。

因为鲛人这种生物柔弱又纯真，还那么美丽，曾被当成贵族们玩赏的高级物品。在大量捕捉以及被折磨致死后，鲛人的数量急遽减少，近几百年几乎消失，有人说是绝种了。

翡翠低低地叹了口气，"同为稀有种族，彼此之间应该守望相助，希望你不要介意。"

精灵不大擅长说谎，从他躲闪的语气中，易龙龙很明显能听出他没有完全地说实话，至少还保留了什么，但她并没有多问。

忽然外面传来米歇尔的说话声，听到这声音，翡翠柔和的脸色又再度转沉。他冷笑一声，看了眼依旧昏睡的鲛人少年，便与易龙龙、林琦一起走出去。

在尼克的治疗下，体质较好的米歇尔已经恢复了一半。他强压着愤怒前来质问，但看到翡翠时，想起刚才此人的手法，忍不住心中发寒。

定了定神，米歇尔转向看起来应该比较好说话的易龙龙，"阁下，我想我需要解释。"

翡翠上前一步抢话，"我也需要解释，可以看出来，那鲛人少年已经被你们折磨得快要死去，你们为什么还要逼迫他唱歌？"

米歇尔委屈辩解地叫出声来："那是迫不得已的。我们的任务是寻找幻影海岛，但这周围的海域有幻象，只有鲛人的歌声能够破除！"

翡翠一把推开他，大步走到船头，放眼望向辽阔的海面，"是吗？谁说只有鲛人才能破除？"

说完，他身上焕发出浓烈的碧绿光辉，而被秘术掩盖的精灵形貌，也在光芒散去后清晰地呈现在每一个人面前。

# 八十九　秘术·无数花

类人种族，这其实是站在人类的角度上说的，指的是那些外表肖似人类，但在构造上又与人类不同的生物。

不是人，这句话在地球上说出来绝对是辱骂的话。但假如在这里，你对某个长得像人的家伙说他不是人，却有可能是在说实话，因为那家伙也许真的"不是人"。

比如精灵，比如鲛人，比如羽族，比如兽人，又比如从另一个空间到来的魔族。

他们全都"不是人"。

翡翠站在船头，碧色长发倾泻而下，半掩住沉静的脸。这个时候，他才显得像是一个有些年岁的家伙，尖长的耳朵现出他非人的身份，垂目凝视着平静无波的海面。

慢慢地，慢慢地，他口中逸出高雅繁复的精灵语：

> 植入广袤大地的坚韧根须，
> 破开苍茫天穹的挺拔枝干，
> 遮蔽日月光辉的繁茂树叶，
> 凝聚晶莹露珠的绚烂花朵，
> ……

他一面吟咏，一面缓步前行，两步迈出去，在易龙龙惊讶的目光中，他整个人就这么直直地走出船头，身体直落而下。

不会吧？要跳海自杀？

虽然相信精灵不会这么脆弱，但易龙龙还是惊吓着赶紧追过去。她趴在船舷边探出头，才发现翡翠并不是跳海，此时他的身体悬停在海面上，双足鞋底恰好贴着平静的海水表面。

站在海水表面，翡翠却没停下来，他一边吟咏精灵语，一边缓步向前行走。

精灵语被称作世上最美丽的语种，词汇复杂且语法繁多，智慧普通的正常人几乎要消耗二十年的时间来学习，可学会之后，每一个发音，每一个顿挫的节奏，都带着奇异优雅的韵律。

停下脚步时，翡翠将一粒种子投入海面，片刻后，碧绿的藤蔓破开雪白的浪花，从他脚边生长开来。

藤蔓仿佛具有生命，迅速地长大，变粗，周身呈现出妖异湿润的丰沛绿色，以翡翠和白夜号所在的位置为中心，朝四面八方扩张，绿色以可怕的速度占满视野。

易龙龙看得目瞪口呆：翡翠这是要干什么？在海面上发展绿化事业吗？

一旁传来的惊叹适时解除了她的疑惑，"原来这位居然是精灵，还是精灵中的植物司掌者。"

易龙龙扭头一看，发现说话的是尼克，立即用充满期待的目光望向他，等这位以八卦为主专业、历史为第二专业的学长继续发挥他的特长。

对上易龙龙水汪汪的眼睛，尼克苦笑一下，将他从书上得知的信息有条理地说出来。

精灵虽然被传说是优雅美丽的种族，但同时也非常善战，其中有一小群个体的战斗能力尤为突出，被称作争战之灵。他们在族群中的地位相当于人类中的大贵族，各自司掌不同的事物，比如有的司掌光，有的司掌风，有的司掌植物。

只不过才几分钟的时间，藤蔓却已经扩张到了好几海里外，白夜号四面八方被仿佛没有边际的绿色缠缠绕绕，漂浮在海面上。一直到藤蔓扩张到某个位置时，好像被什么触发，柔软的绿枝上开出碗口大的雪白花朵，随后藤蔓停止生长，蔓枝上的花由远及近陆续绽放，又仿佛在碧绿的叶片上覆盖了一层晶莹的雪，形成奇异瑰丽的绚丽景象。

伴随着花一朵朵绽放，一座海岛逐渐清晰地呈现在易龙龙的望远镜中。

对于这个结局，翡翠似乎早有预见，他看也不看，只将手一招，漂浮在海面上的藤蔓便缓缓地沉入海底，方便白夜号继续航行。

回到船上，精灵微湿的鞋底落在甲板上，留下两个清晰的鞋印。他脸色有些苍白，神情却非常轻松，"好了，那应该就是你们的目标。该怎么处理你们自己决定，我不上岸，帮你们看着船吧。"

说完，他毫不迟疑地转身回房。

精灵族秘术——世界上无数朵花，操纵植物按照自己的心意快速生长。

幻象之花——藤蔓类植物，正常生长永不开花，只在吸收幻象后才绽放，幻象的规模越大，绽放的花朵越多。

以秘术配合幻象之花的种子，在这片海域大规模地铺开幻象之花，很容易便能找到幻象的源头并加以破除。只不过这个"容易"仅仅是对翡翠而言，别的人，就算是别的精灵亲身来此，都不可能这样轻易地完成。

岛屿就在前方，唤醒看呆了的水手们，易龙龙下令尽可能接近海岛岸边。

行驶的过程中，甲板上的双方，易龙龙和沙耶等人与佣兵们之间的气氛，不知不觉地产生了微妙的变化。

到了这个时候，双方都能明显看出来，恐怕对方的目的地和己方正好是同一个，都在这被幻象掩盖的海岛上。易龙龙是自家事自家知，他们确实是来做遗迹考察的，可佣兵们呢？

易龙龙想起了钱包里的那枚金剑兰徽章。

海因涅家族派遣他们来到这里，有什么目的？

更准确地说，公爵大人那位来意不善的私生子——席格有什么目的？

虽然已经间隔超过一年，但易龙龙却还清楚地记得，当初那位帝都的歌者，其主人是私生子先生。

一连串的疑问在易龙龙脑海中飞快滑过，回想起席格阴柔却狠毒的相貌，她感到些微不舒服的厌憎，小小的身体一转，用力蹭进林琦温暖的怀抱。

在各怀心思的沉默中，白夜号行驶到靠近岛屿的浅水处，为避免撞上礁石搁浅，不得不停下来。先后经过歌声和精灵的双重震撼，水手们现在还带着点儿不可思议的惊愕神情，但现在是个人都能看出来双方气氛极不友好，便也没人敢上来打扰，只各司其职，沉默地工作着。

微微的晃动中，白夜号停船。易龙龙叹了口气，正色转向米歇尔，"好啦，这应该就是我们要找的遗迹所在地。现在给你们两个选择：第一，留在船上，等我们回来后，你们爱怎么折腾这座岛屿都没关系；第二，跟我们一起上岛探索，但前提是听从我的指挥。二选一，你们选哪个？"

这就好像是买东西，有些独一份的东西是先到先得，他们买完了挑剩了，才会让给米歇尔选购。

既然目标很可能重合，那么他们这边就没有了礼貌谦让的理由，再加上之前的鲛人事件让易龙龙对米歇尔一群人都反感起来，更不会在言辞上多么客气。

米歇尔神情不定。

他们这一行实在太倒霉了。本来只是按部就班地来幻影岛上寻找一件物品，但从抵达海角城港口起，便陷入了一连串的不顺中。

先是争船时遇上强大莫测的少年，跟随他们上船，却又被手段狠毒暴戾的精灵夺走鲛人，还折断了他们大部分人的手脚。虽然双方都有携带神官，治疗后立即好转，但这并不能抹杀之前所受的痛苦。

而现在，双方的目标可能冲突，对方便逼迫他们退让服从。

受到这样的打压伤害，可他们却连反抗的意志都聚集不起来。林琦沉默低调，翡翠华丽张扬，但不管是两人之中的谁，都拥有足以击溃正常人自信的强大。

那已经超出了"人"的范畴。

那边米歇尔还在沉默着，易龙龙已经招呼沙耶等人先到岸上，反正佣兵们不管怎么选，他们自己都是要立即出发的。

罗兰、帝摩斯和沙耶、尼克先后乘小船上岸，四人踏在雪白的沙滩上，对易龙龙和林琦挥手。

是出发的时候了。

等不到米歇尔的回答，易龙龙也不在乎。她抬起软软的小手，抓一下林琦的衣领，示意他直接飞到岸边。林琦的脚才离开甲板一厘米距离，便听到米歇尔几乎在牙齿里咬碎了的声音，"我所肩负的任务，是海因涅家族的席格大人所派遣的，假如失败，会遭受很大的损失。你就不怕席格大人的报复吗？"

果然是那家伙啊。

易龙龙从林琦肩上探出脑袋，稚嫩的小脸冲米歇尔微微一笑，"你是海因涅家族成员的部下，我还是海因涅家族的正式成员呢。依露露·海因涅，假如你比较关心家族内部派系斗争的消息，应该会知道我的名字。"

在米歇尔震惊的目光中，少年背上仿佛生出看不见的双翼，从容流畅地腾空而起，飞向看似很近又似遥远的海岛。

九十 魔王・所罗门

易龙龙、林琦、罗兰、帝摩斯、尼克和沙耶一行六人正式踏足海岛。

翡翠留在白夜号上看护少年兼船只，而好吃贪睡的啪啪也错过了登岸的时机，被易龙龙丢在卧室里大睡。

海岸边铺着白色细沙，上岸后易龙龙便让林琦把她放下来，双脚踩在沙滩上，能感觉到微微的下陷，柔和的触感通过鞋底传递。她打量了一番岛屿，这座岛屿面积不小，边缘是白沙海岸，再往前则是茂密的丛林，远处隐约还能瞧见低矮的山丘。在岛的中央，缭绕着如同薄纱一般的浅淡白雾，让外人看不真切。

应该没什么事吧？

与想象中不同，岛屿上的景色异常美丽，不管从哪一个角度看去，都宛如一幅安然静止的画卷。但不知道为什么，易龙龙却感觉有点不安。

仿佛感受到易龙龙的心情，林琦俯下身，一言不发地从后方伸出手来，拥抱住她娇小的身体。

被林琦一抱，易龙龙忽然放松地笑起来：她一定是多想了，有林琦在，没有什么好害怕的。

对，有林琦呢。

这么想着，微微的忧虑便都化作了笃定的安然和温暖。易龙龙蓦地双手一搂，环抱住林琦的一只手臂，侧脸转向林琦，微笑道："我们出发吧。"

在易龙龙一声令下后，一行六人便踏着地面上的细白沙粒，缓步朝岛屿中央走去。在他们身后，跟着伤势在尼克的强力治疗下已经复原的米歇尔等人。

神官的一项主要能力就是治愈伤势，水准差点的也就治水果刀割开的伤口；水准高超的，就像尼克这样，断手断脚也能半小时治愈。治好了所有佣兵以后，尼克虽然没有立即瘫倒在地上，但眼下暂时也没办法再使用神术，大约需要一个晚上来恢复。

说到神术和神官，易龙龙又不由地想起一个人。到了风都定居后，她才偶然从艾瑞克那里得知，原来神官之中能力最强的居然是她那位挂名的爸爸——身背无数口黑锅的绯闻神官，只要一个人还有呼吸心跳，管他是少了手脚还是少了什么，都一样能给治好。甚至还有秘闻传言，说他掌握了大复活术，能复活死人，但这仅仅是传闻，当事人从未承认，也没人能证实。

她是后来才知道，原来李维是那么了不得的家伙，想起最初见面时的情形，易龙龙禁不住发自内心地微笑起来。

野外探索这种事是盗贼的专长，来到岛上，易龙龙便让罗兰在前面探路。当初在树海里遇到伊斯利的调色盘小队时，紫发盗贼担任的也是同样的角色。

虽然岛屿出现的方式很神秘，本身也被大家的猜测所围绕着，但岛屿上并没有什么危险。易龙龙等人中午靠岸，一直走到晚上也没有遇上猛兽，甚至也不曾瞧见飞鸟鸣虫，四周只有植物尽情舒展青翠的身躯。

第二天早上，众人找到一栋古堡。它虽然陈旧，但并不衰败，只是静静地伫立在丛林中，这应该就是沙耶正在寻找的魔族遗迹。

接下来，就是沙耶和尼克的主要工作。

为了避免自己这样的外行因为不了解而破坏现场，易龙龙便只让沙耶和尼克两位专业人士携带工具入内，而剩下的四人，便在城堡入口处休息。

是的，休息。

罗兰取出来一叠折好的四方大块白布，展开铺在地面上，随后在白布中央摆上水果，以及从风都带来的美味糖果，他们一路旅行时在各地买下的特产零食小吃，一直用魔法冰镇着的透明鱼冻以及饮料。

帝摩斯喜欢红葡萄酒，罗兰喜欢金酒，易龙龙碍于体质特殊不便沾酒，只能喝果汁，于是林琦陪着她一起喝。

四人（或说是三人一龙）各据白布一角，一边享受着温暖的晨光及林中清爽的空气，一边悠闲地吃早饭，看得米歇尔一行人个个眼角抽搐，直想上来咬人。但好在他们还是用理性压制住了冲动，静静等在一旁，等现在占据强势地位的人处置完城堡后，他们再入内寻找需要的东西。

希望那东西不会被他们所找到并看上。

慢悠悠地咬着嘴上的一片芒果干，易龙龙瞥了一眼佣兵团的人，想起艾瑞克说过的一件趣闻。

艾瑞克的地位大致稳固后，两人联络时，偶尔金发男子会说起帝都最近的一些事。有一次便说起有关私生子席格的。据说席格不知道发什么神经，居然去信奉了一个不知道什么来头的邪教，希望能从邪神那里获取力量。这件事被传开后，虽然教廷没有找他的麻烦，但在帝都之中却沦为一桩笑料。

神秘岛屿。

佣兵团。

鲛人。

遗迹。

占卜师。

几个名词在易龙龙脑子里打着转，好像有缤纷的碎片交错纷飞，偶尔拼接在一起，却又很快地被不稳定的思绪吹散。

她隐约能感觉，有什么好像快要浮上水面，但缺少最关键的线索。她串联不起来的那些散碎的信息，如同散落一地的珍珠。

沙耶与尼克忙了足足一个上午加半个下午。在接近日落的时候，两名历史系学生一脸满足的神情，疲惫却又轻快地走出来。

沙耶小心翼翼地抱着一本厚厚的笔记本，好像抱着最珍贵的东西，眼里尽是迷蒙的雾气，"货真价实的魔族遗迹！因为处于孤岛上，没有遭受人为的破坏，里面的资料都是第一手的，作为学历史的学生，没有什么比发现这个更让人激动的了。"

尼克无奈地对众人笑了笑，"沙耶无论干什么，一旦投入就会非常忘我。让大家久等，真是抱歉。"

在林琦的陪同下，易龙龙也进古堡参观了一圈。这是一间中规中矩的古堡，有议事厅，有餐厅，有卧室，还有武器房、牢房等等。虽然内部奢华，但装饰风格她不大喜欢，只略微看了看，便出了城堡。

示意罗兰挪开挡在门口的野餐摊子，按照约定，他们探索完后，便会让佣兵们进行他们的任务。

目送佣兵们进了城堡，易龙龙扭过头，目光在余下的人的脸上一扫，"怎么样？

是继续留在这儿等他们，还是先回白夜号？"

虽然对米歇尔等人即将取得的东西感到好奇，但不知道为什么，她居然有点儿不安，那不安甚至催促着她赶紧远离。

然而没有等易龙龙做出留下或离开的决定，犹豫几分钟后，众人便听到城堡中传来凄厉的惨叫。

那是米歇尔的声音。

易龙龙终于不再犹豫，脆嫩的童音又快又急地道："尼克、帝摩斯，带沙耶返回！罗兰跟我来！"至于林琦，不需要言语，他也知道应该做什么。

他就是她，他们是一起的。

尽管易龙龙曾在事前对沙耶不留情面地说过，她不会冒险，出了事会抛下累赘，可真的事到临头，尽管心里隐约不安，她还是要返回去协助救人。虽然不大喜欢那群佣兵，但这并不代表她可以坐视他人的死亡。

闪电般地冲入古堡，在第一层转了一圈，循着惨叫声传来的方向，易龙龙意外地发现之前没有看到的一条通往地下的通道，心知那大约就是佣兵们的去向，于是顺着阶梯向下。

以最快的速度来到阶梯尽头，她看到了城堡下方的景象。

534

那是一片高阔广大的地下空间，其面积甚至比城堡本身还要大一些，周围竖立着一共七十二根黑色的高耸圆柱，圆柱上环绕着奇异的文字。

地下空间非常明亮，整块天顶都是照明的器具，焕发出柔和的光芒。最中央的地方，有一片宽大的白色祭坛，祭坛之上，散了一地暗红色水晶碎片，错落站立着五个从未见过的人。

这五人看外貌年龄平均在二十五到三十五岁之间，容貌几乎都在水准之上，就是其中相貌最普通的，也带着一种让人有些难以移开目光的魔性魅力。

这五人都穿着宽大的银色披风，包裹住肩膀以下的部分，在右侧肩头以一块圆形红宝石固定。

一人面前悬浮着一本摊开的书。

一人肩膀上停栖着一只巨鹰。

一人容貌最为美丽，男女莫辨，耳朵下挂着两只耳坠，分别是牛和羊的头像。

一人眼睛里燃烧着鲜红的火焰。

还有最后一人身后背着弓箭，头上戴着一顶绿帽——想必魔界的习俗跟人类世界不大一样。

看到五人的同时，易龙龙瞬间便明白过来：这些人便是书籍上记载的魔族。

没有什么证据，也不需要询问沟通，看到后便立即产生了这样的认知，眼前五位外貌虽然非常像人类，可浑身都散发出强烈深刻的异类气息。

先注意到五人后，易龙龙才看到七零八落倒在祭坛周围的佣兵们，有人已经身体僵硬地死去，剩下的虽然还有呼吸，却被恐惧压迫得动弹不得。

再看身边的罗兰，也似乎被什么给压着痛苦地跪倒在地上。

没有感觉的，似乎就只有易龙龙和林琦。易龙龙倒也不是完全没感觉，她能感觉到眼前五人气势强大，可比起当初龙语山脉中龙族残留的威严，还是稍微弱了些。

面前摊开书本的那位魔族人，注意到后来闯入的易龙龙，眉头皱了皱，张口说了一句话，随后便有凌厉的黑色利箭朝他们射了过来。

林琦单手抱着易龙龙，另外一只手朝前平推，掌缘前仿佛生出一层无形屏障，被挡住的黑箭发出刺耳的尖啸，随即消散在空气里。

书本魔族人微微惊诧，开口继续说话。易龙龙也尝试跟他沟通，可惜双方来自不同世界，语言更是完全不通，你一句我一句，始终是各说各话。

易龙龙就算再怎么有语言天赋，能天然听懂这个世界的人类语言，也不能超越世界的屏障。几句过后，她主动放弃先礼后兵的前半部分。

她本身对魔族并没有什么成见，虽然书本上记载魔族人非常凶狠残暴，但对她而言，那都是非常遥远的东西。在沟通无效的前提下，也只能动武抢人了。

"怎么样林琦？有没有把握？"大约一半的佣兵死了，但还有一半存活着，虽然这时候出手晚了些，却总比什么都不做的好。不过出手之前，必须确定林琦的能力界限。

最重要的是林琦。

但林琦还没回答，祭坛上又出现了新的变化。

即便是隔着一层保护屏障，易龙龙依然能感觉到祭坛上传来一股莫大的压迫力。

那并非是实质，而是精神上的压迫感，与先前五人的有些类似，可质量上却完全不可同日而语，那是浩瀚海洋和一杯水之间的差距。

易龙龙情不自禁地屏住呼吸。

过了几秒钟，祭坛上方的空气之中缓缓伸出一只手来。

那只手修长宽大而有力，轻描淡写地向旁侧一拨，好像舞台上的演员拨开帷幕那么简单，空气里就出现一条巨大的裂缝。

裂缝之后是纯粹的黑，似若凝聚着狂暴的、不可分割的力量。

那只手平静地，以不可抗拒的威仪力量，撕裂开了空间。

空间裂缝是不可能有人能够生存的地方。然而易龙龙清楚地看见，一名身穿黑色礼服、黑色直发长过膝盖的高大男子，从裂缝中缓缓地走了出来。

走出裂缝后，他悬浮在半空，转头看向左右，先是打量一下四周环境，接着才缓缓地降落在地上。落地之前，他没忘记将撕裂的空间重新合拢，像拢上舞台帷幕一样。

一直到男子落地，易龙龙才艰难地从对方带来的压迫力中挣脱出来，同时看清了那人的形貌：那几乎是无可挑剔的美貌，强势尊贵、无与伦比的俊美中带着浓烈压迫性的尖锐气魄，任何人只要看过一次，便再也无法忘怀。

身穿黑礼服的男子出现后，祭坛上的五个魔族人全都露出如临大敌的神情，然而这神情很快化作凝固的冰晶，因为这名男子抬起了手。只不过一眨眼的工夫，五个魔族人都变成了银蓝色的人形晶体，维持着原来的形态动作，永远地站在了祭坛上。

虽然之前没有交过手，但易龙龙能够感觉到，祭坛上的五个魔族人，平均起来似乎有接近青骑士修那个层次的水准。然而这么五个人，居然瞬间就被后来出现的一身漆黑的男子秒杀了。

那男子是什么人？他也是魔族人吧。

他为什么会出现在这里？为什么要杀死自己的同伴？

杀死同伴后，接下来，他是不是要对他们下手了？

在漆黑男子的强烈重压下，剩下的佣兵本来已经受伤，眼下更是直接死去，而盗贼罗兰原本承受能力欠佳，此时也陷入了昏迷。

眼看着漆黑男子缓步走下祭坛，易龙龙渐渐感到恐惧。经过这么多事，现在的她已经不像当初那样柔弱无助，可面对这个人时，她忽然感觉像是回到了从前，没有防备地变成可以任人随意宰割的幼龙。

她努力强迫自己不要害怕，可漆黑男子给人的感觉太强烈了，几乎将她的心志完全压垮。

与祭坛之间的四五十米距离很快被越过，漆黑男子走到易龙龙身前三米外停下。站得近一些，才发觉他大约有接近两米高，比林琦足足高出二十厘米，身材修长，富有美感。他停下脚步后，易龙龙心中一紧，暗道：要动手了吗？

因为有了之前的失败例子，她甚至没有想过对漆黑男子说些什么。

可下一秒，易龙龙却意外地听见标准的本大陆语言从漆黑男子开合的口中传出来："请问，这里是不是所谓人类的世界？"

听到悦耳的男低音吐出尚算礼貌的言辞，易龙龙愣了一下，才下意识地答道："大概是吧。"顿一顿，她猛地想起眼前的男子是可以用语言沟通的，连忙又问："请问你是……"

发现漆黑男子居然能说他们的语言，易龙龙的恐惧感顿时减轻不少。

男子微微一笑，以一种充满自信的强势口吻回答道："我是以瑟，以瑟·所罗门。魔族之王。"

九十一　崇高・真实瞳

魔王？

虽然说魔界和人类世界如同一扇门的两面非常贴近，但也不是谁都能互相串门的。穿透屏障阻隔需要消耗巨大的力量，假如不是有什么目的，没有魔族会闲逛至此。

那么眼前的魔王，是为了什么目的而来呢？

要开战了？

毁灭世界？

在人类世界建立魔族殖民地？

可是，假如是要攻打人类世界，他的态度怎么这么友好，看起来反而像是个旅游的？

还有刚才那五人是什么人？为什么会被杀死？

不管是在地球还是在异界，战争这种事对于易龙龙而言是非常遥远而陌生的概念，加上之前的变化太过突然，先是佣兵们遇难，五个魔族人与魔王先后出现，后者杀害同族，身上散发出强大危险的气势。

事态的接踵变化太过突然，易龙龙也说不出来自己现在是不是在害怕，也许恐惧、迷惘、疑惑与混乱兼而有之。以至于她问了一句后，盯着魔王以瑟充满男性魅力的脸孔，一时间又陷入词穷。

似乎非常习惯这种被人盯着发呆的情形，魔王殿下暂时放下易龙龙，暗金色眼眸打量一遍四周，目光掠过死去的佣兵和魔族五人时，没有丝毫停留。他收回视线，非常有气魄地一挥手，"走吧，小呆龙，带我去看看人类的世界。"

易龙龙还在混乱，听了他的话，下意识地一拉林琦，后者便一手抱住她，一手拎起昏死的盗贼，跟上以瑟的脚步。

过了两秒，她才反应过来：小呆龙？什么意思？

魔王脚步不停，很快离开地底空间，长腿迈开大步，走出城堡。

距离刚才易龙龙冲入城堡不到半小时，天边犹有夕照残辉。本来应该按照她的要求离开的沙耶三人此时还留在城堡门口。

魔王的气势张扬猛烈，毫不遮掩，一出城堡，便直冲三人扑去。

其中实力最弱的沙耶首先承受不住，瞬间被压得心跳呼吸停止，陷入休克。

见她出了事，尼克也顾不上自保，拖着才恢复不久的身体施展神术救护，勉强保住沙耶生命的同时，他自己也昏死过去。

比他们多清醒几秒的是帝摩斯，但在魔王的强势威压下，他也仅仅是徘徊在崩溃的边缘苦苦支撑。视线越过魔王身侧，看到后方的易龙龙和林琦时，他忽然心神一松，紧跟着步了那两个人的后尘。

以瑟才一出来，城堡外便砰砰砰一连倒下三人，而始作俑者却没事人似的停步回头，"这是你们的同伴吗？现在要怎么办？"

易龙龙小心翼翼地观察，发觉以瑟似乎并没有大开杀戒的意思。假如忽略掉他一开始杀同族的举动以及他周身强烈的气势，他其实是个看起来很好说话的家伙。

不管他的目的是什么，现在似乎不适合跟他硬碰硬地翻脸，只能走一步看一步。

易龙龙建议魔王原地休息，又让林琦将昏迷的四个人挪动至较远的空地上，以减轻以瑟压迫力的影响，静待他们清醒。

等待同伴清醒的过程中，易龙龙心绪逐渐平静。她重新将野餐用的白布铺在地面上，与魔王各自占据对角坐下，通过询问解除了部分疑惑：

魔界和他们这个世界一样，也是分为几个国家，分属不同的势力，近两千年来一直处于纷乱的征战中，在不久前才终于由以瑟的父亲一统。

按照以瑟的说法，人类世界的环境并不大适合魔族人生存。长期生活在这里，会对身体造成不可修复的伤害，当然像魔王大人这样的强者例外。以往来到人类世界的魔族，其实大部分是战场失败者中的强者或较强者群体，企图通过空间魔法逃到魔界以外的地方，便正好穿过了两个世界之间的那扇门。

先前那五名魔族人，亦是属于此列。

根据以瑟的鉴定，岛屿上的这座城堡应该是魔族一位强者在穿过空间之门时，发动强大力量，连同自己的家人一起带了过来。同时这里也成为两个世界较为容易穿透的薄弱点。

这也是魔族五人和以瑟都在此出现的原因。

相比起易龙龙的谨慎，魔王显得相当开朗健谈，几乎是有问必答，毫不隐瞒，言辞中也看不出说谎的痕迹。

了解完前因，易龙龙稍稍松了口气。听魔王的语气，似乎还打算到人类的世界中看看。她正打算问以瑟还有什么别的目的，却忽然听到低低的呻吟声，知道是同伴苏醒，连忙转头看去。

最先醒来的是尼克，他勉强使用神术救醒余下三人。此后，四人虽然想走过来与易龙龙会合，却碍于魔王气势浓烈，始终不能靠近。

大约是龙的身体比较特殊，易龙龙与以瑟共处了一会儿，已经能逐渐忽略那让人屏息的压迫力，可别人却不能像她一样快速适应，于是新的问题便产生了，"糟糕，你说你要去人类世界看看，这样可不行啊，你身上的力量太张扬了，不管走到哪里，都像太阳一样耀眼。"

易龙龙已经能想象出这样的情景：以瑟走到人多的地方，每走过一处，前后左右，不论男女老幼，一概昏迷休克，大片大片地倒地不起——他简直就是人形鹤顶红或会走路的蒙汗药，连口服都不用，只要一入威慑范围，立即生效。

经过一番磋商，易龙龙从储物项链里取出龙族藏宝中的一枚戒指，它的指环呈黑色，指环上方镶嵌了一粒晶莹的宝石。

戒指名叫节制之戒，顾名思义节制向外发散的力量，能掩饰佩戴者身上的气息。不过易龙龙身上的龙族气息薄弱到接近没有，所以并无佩戴的必要，这时候正好送给以瑟。

戴上戒指，魔王逼人的气势顿时收敛一空，四人这才得以靠近。

围成一圈，环绕坐着，听易龙龙转述完以瑟刚才说过的话，众人沉默许久，才由沙耶小心翼翼地打破了沉默，"那么魔王大人，请问您来到人类世界还有什么要做的事吗？"

"有啊。"不知道是过于坦率还是过于自信，魔王爽朗地回答，"两件事。一件公事，一件私事。"

"我现在虽然继承了王位，但执政的还是我父亲。他给了我一个任务，要我到人类世界找到我哥哥，才准许我回去正式执政。"

"说到我哥哥，就不得不提我父亲年轻时的事。在魔族大战激烈展开之前，他是来人类世界旅游的常客。我父亲对女性的审美比较独特，他不喜欢魔界强悍艳丽的女性，反而觉得这个世界的女性温柔可爱，每次来这里，都会发生一段恋情。我哥哥就是其中一段恋情的产物。"

见魔王殿下的语气非常和蔼可亲，沙耶的胆子稍微大了些，那被恐惧压下来的八卦之心便缓缓浮了出来，"魔族的女性不好吗？"

以瑟耸了耸肩，停顿片刻，很仔细地想了想，问："你们这里有食人花吧？"

易龙龙点点头。她在龙语山脉看过，就是那种个头很大、色泽艳丽、花心里不生花蕊反而长牙齿的花。

"这么说吧，你们人类世界就算是最拔尖凶悍的女性，顶多就是带刺的玫瑰，可我们魔族的女性，平均起来都有食人花的水准。"

……那，确实是有点可怕，难怪前魔王总来这个世界猎艳。

见大家都露出心有戚戚焉的神情，以瑟笑嘻嘻地说："我从小就听父亲说人类世界的女孩多么温柔可爱，所以我来这里的第二件事，也是我自己的私事，是希望能在这里找一个人类女朋友，展开一段很棒的恋爱！"

审美已经完全被父亲同化的魔王，那充满了异样魔性魅力的面容上，竟然绽放出带点儿羞涩期待，宛如初恋大男孩一样的神情。

征服世界？错。

终于有机会摆脱父亲的魔掌来旅游，那种打打杀杀的事怎么会比谈一场恋爱更重要？

面对这样亲切友好、平易近人的魔王，众人的恐惧之心逐渐消散，与以瑟相谈甚欢。

就连亲眼目睹以瑟杀人的易龙龙，脑海中的可怖印象也慢慢地淡去。

打开了话匣子，以瑟开始滔滔不绝，从他小时候去打仗一直说到魔界最新流行的武器款式。从月亮才升上树梢直听到高悬夜空，几位听众这才明白，原来魔王大人是个话痨。

"我跟你们说，我的父亲真是魔界最糟糕的人渣，不，魔渣……在我才一百岁的时候——换算成你们人类的年龄，也就是不到两岁的孩子。那时候我才那么小，武器都比我整个人高，他就逼着我上战场，不仅奴役童工，还不给酬劳，说什么人类世界中儿子都很孝顺父亲，会无偿为父亲做事……你们人类世界的父亲会让自己才两岁的儿子上战场杀敌吗?"

"一百二十岁的时候,我跟他一起去猎杀魔界一种非常凶猛的野兽,结果我被当成诱饵,全身涂满紫枫糖丢在荒野中引诱魔兽出来!"

"一百二十五岁的时候……"

"一百四十岁……"

好不容易等以瑟将一千多年生命中所发生的大事都说了一遍,易龙龙也跟着如释重负,心想,总算结束了,但听众中还有人意犹未尽。

沙耶一手托着摊开的硬皮笔记本,一手执笔速记。魔王停下来时,她有点儿不好意思,但又万分期待地望着以瑟,"魔王大人,我能问您几个私人问题吗?"

盯着人类少女清秀腼腆的面容,魔王也跟着有点儿羞涩,却还是十分大方地说:"你问吧,我不会隐瞒的。"

人类的少女,眼前就有一个呢,不过这位的相貌呢……因为自身过于美貌,审美标准也跟着提高的魔王在心里暗暗盘算片刻……今后还会有更好的吧。

得到允准,沙耶手腕颤抖一下,很快又握紧了笔,开始问第一个问题:"请问您多大年纪?"

"一千六百三十三岁。"

"您的长发这么漂亮,请问是怎么保养的?"

……

"您的母亲是什么样的人?"

……

"您喜欢什么类型的女孩?"

……

"请问您的身高、体重?"

"您的三围?"

"方便的话,能不能脱下衣服,我有点好奇魔族的身体长什么样……"

"您要是实在不愿意脱裤子,只脱上衣也行……"

"请您相信我,我真的只是抱着一颗八卦之心……学术研究之心,希望能了解更多……"

……

魔王殿下欲哭无泪,"姐姐,你放过我吧,我的外表看起来跟人类真的没什么不一样。"父亲骗人!人类女孩一点儿都不温柔可爱。

就这样，武技和魔法几乎都在最低水准的人类少女沙耶，成功地在初至人世的魔王大人心里留下不可磨灭的阴影。

一直到了后半夜，围绕在城堡前月光下对坐的几个人才各自找地方睡下。

易龙龙照旧是用林琦的怀抱做床，躺在少年温柔呵护的臂弯中。

正睡得香甜，她隐约感觉到身体动了动，接着有声音传来，"跟我来。"那声音充满毫不怀疑的自信，是今天才认识的以瑟。

"不走吗？好吧，反正这里的人不会醒来。"他在对谁说话？

易龙龙迷迷糊糊地觉得会发生什么重要的事，可不知为何意识格外沉重，怎么都无法从漆黑的睡意中摆脱出来。

"第一眼看到你，我就发现了你不一样。"

哪里不一样？

"你身上有我们魔族的封印，而能够达到这种水准的，除了我父亲，也就是我那位从未见过的兄长。"

什么封印？什么兄长？

"我应该有能力解除封印，不过我不太清楚封印者的具体手法，所以有失败的可能。你要尝试吗？"

解除？失败了会怎么样？不要！

易龙龙在心中叫喊着，可意识却不受自己控制，昏昏沉沉地滑向沉睡的深渊……

当早晨的第一缕光线照在身上，晨露在细柔的草尖摇摇欲坠时，易龙龙躺在林琦的怀中，蹭动一下娇小的身体，过了片刻，她张开清澈却迷惘的眼睛发呆。

心里空出一块儿，好像不小心丢失了重要的事，但不管她怎么努力回想，都想不起来。

用力呼吸清晨林中的清新空气，易龙龙双手抱紧林琦的手臂，顿时觉得心情好了不少，也不再深思遗忘了什么。她扭头招呼大家，吃过早饭准备出发。

魔王大人似乎一夜未眠，他靠坐在一株大树下，平伸修长的双腿，低头凝视自己的手掌。见易龙龙醒来，他十分快乐地走过来，"对了，小呆龙，今天你们是不是要出发？带上我一起走吧！"

听到他的称呼，易龙龙大惊失色，瞥一眼其他人还没怎么清醒，连忙拽着魔王躲到旁边密林中，让林琦布下隔音结界，才咬牙切齿地问："你刚才那个称呼……是什么意思？"

以瑟笑眯眯地望着易龙龙，"因为昨天和今天你在我面前总是发呆，我叫你小呆龙有什么不对？"

她哪里有"总是"发呆？不对，这不是重点。虽然身处绝音环境，易龙龙还是禁不住心虚地左右看看，压低声音道："你知道我是龙？"

魔王丝毫不觉得有什么问题，满不在乎地答道："知道啊。我的眼睛是魔族的真实之瞳，能看破虚伪表象。对了，这个世界的龙是这么小个的么？"

"我个头小不小，不要你管！"易龙龙咬着牙，伸出两根白嫩的小手指，"假如你要跟我们走，希望你能做到两件事：第一，不要在任何人面前说我龙族的身份；第二，不要乱杀人。"

虽然以瑟一直表现得爽朗亲切，但易龙龙依然能感受到他骨子里的强势。他好说话是因为并没有人触犯到他的底线。昨晚上，面对沙耶那一通八卦之问，是他不跟小女孩计较。假如魔王决定了要做什么，以其强势作风，他们谁都阻止不了。

易龙龙只得在不阻止的前提下尽量争取和平。

以瑟爽快地应下，"没问题！"他是来找温柔漂亮可爱的人类女朋友的，可不是来杀人的。

易龙龙一行人从白夜号出发时，一共是五人一龙，一个都不少地回来，还捎带上本岛特产魔王一名，而与他们一同出发的米歇尔等佣兵则全军覆没，永远留在城堡中。

回去之后，易龙龙只把真相告诉了翡翠，而对船上的留守佣兵则谎称魔王是在岛上钻研魔法的神秘天才魔法师，其余同行的佣兵因为冒犯了这位魔法师，都死在了他手上。

虽然不能抖出魔族的事，易龙龙还是把责任都推到以瑟身上。当然，看两名留守佣兵的神情，似乎并不相信她的说辞，而是认为她让人干掉了佣兵。

即使这件事被算到她头上，易龙龙也不会感到害怕。假如她推测得没错，米歇尔这些佣兵应该是已被贵族收编成私人武装，也就是席格本人的私兵，席格就算借此发难找茬，也必须先过艾瑞克那一关。

回去的航程还是那么平静，却因为魔王的存在，变得丰富多彩起来。

九十二　鲛人·归去来

初次来到人类世界的魔王对一切新鲜的东西都感到好奇。虽然他过于俊美的外貌在初见面时会给人不好接近的感觉，但其亲切爽朗的性格加上话痨作风，很快就拉近了因为面容而产生的距离感。

他跟着水手学操帆，学用简易的渔竿钓起海水中的鱼，跟罗兰学烹调，还试图跟尼克学习神术——要知道，现在的神殿之所以能在大陆各地分布，主要是因为当年其在魔族侵略战争中受伤害最大，这才建立了神殿的崇高地位——虽然以瑟没成功，但还是把身为神官的尼克惊吓得半死。

第一次见到翡翠时，他甚至很热切地上前询问精灵有没有姐姐或妹妹。

对比其所拥有的魔王头衔，以瑟实在是非常令人幻灭的存在。

一身漆黑的装扮，但个性却完全不恐怖，收敛住气息后，甚至也瞧不出传说中所谓王者的威严。他会大笑，会玩闹，对新事物好奇得像大男孩，理想竟然是找温柔可爱的女朋友。

作为魔王，以瑟几乎完全不合格。

但这样不合格的魔王却非常讨人喜欢，众人由最初的戒慎畏惧，渐渐放松，到后来完全放下了戒心。就连身兼神官之职，曾受神殿教育的尼克学长，也无法真正讨厌这名开朗的魔王。

白夜号上足足热闹了三天，尤其魔王的精力特别充沛，可以持续很久不休息，半夜时依然可以听到甲板上传来他的笑声。一直到返航第四天，以瑟才终于安静下来，这倒不是他折腾累了，而是因为沙耶塞给了他一本书。

侧坐在船舷上，以瑟低头翻书，安静下来的侧脸宛如无可挑剔的雕像。只要他不开口说话，便是一道美丽的风景线。

让林琦将屋内的方桌拉到甲板上，迎着柔和的海风，易龙龙将松饼掰成更细碎的小块，一点点往嘴里送。

虽然有些惋惜米歇尔等人的死亡，但既然已成事实，追忆也没什么用。更何况易龙龙对佣兵们感观不佳，也不会为了他们而伤心，只是偶尔想起时会有些感慨。

这些天来翡翠的心情都不大好，当然，被魔王觊觎他不存在的姐妹是次要的原因，主因在被他亲手救下来的鲛人。有时候翡翠看着鲛人少年，会露出非常哀伤的神情，仿佛通过这个稀有的种族遗民，他可以看到另外一个人。

易龙龙没有问精灵想着什么人，但她知道那一定伴随着精灵的一段痛苦的记忆。

随着鲛人的身体逐渐好转，精灵的脸色也阴转多云，相信总有一天，那个大大咧咧的没心没肺的翡翠会再度回来。

然而在那之前，需要时间来缓冲。

林琦学易龙龙的样子，掰碎了松饼往嘴里送。他注意到她不时看向精灵住处的方向，忽然想到一个问题，微微皱了皱眉，轻声问："精灵……很不喜欢稀有种族被伤害？"

易龙龙仔细想想，叹了口气，"我猜想，翡翠从前可能也有同族被人类伤害过，所以才会看不得鲛人被虐待吧。"

林琦低下头，长睫毛控制不住地颤抖，声音变得更轻，"那么，龙龙也会这样吗？"

易龙龙听到脚步声从身后传来，便转过头去看，正好错过了林琦的异样。她漫不经心地随口答道："可能也会吧，虽然我现在已经没有同族了，可我讨厌残暴的屠戮。因为自身的私欲而恣意断送其他的生命，是非常恶劣的行为。就好像那个神秘的屠龙者，我很讨厌他。"

因为背着身体，她完全没注意到在她说出这番话之后，林琦秀美空灵的脸上一瞬间变得异常绝望。

易龙龙被身后的脚步声吸引了注意力，因为那不是别人，正是魔王以瑟。

以瑟手上还拿着沙耶借给他的书册，大步走向船舱，也不知要做什么。

非常出乎易龙龙的预料，过了片刻，他又迈着大步回到甲板上，大手拎着拼命挣扎的啪啪。身体雪白的圆滚滚的小鸟，两只细小红爪子被倒提着，小小的翅膀不住地扑扇着，却始终挣不开魔王的魔掌。

虽说小家伙贪吃又任性，但易龙龙觉得自己还是有责任保护一下它的生命安全，连忙开口劝说："以瑟，你要是想吃栖枝肉的话，等养肥一些再吃吧。你看这家伙现在个头这么小，估计连塞牙缝都不够呢。"

嘴上虽然说着个头小，但易龙龙却不由自主地打量啪啪，发现小家伙身上的肉似乎又增多了一些，看起来圆滚滚的极为诱人。再这么发展下去，它很有可能长成一只因为体重超标而无法飞翔的栖枝，成为神鸟族群中最大的耻辱。

魔王看了她一会儿，又看了看啪啪，忽然做出一个让人意外的举动。他另一只手放在应该是啪啪颈项的位置（因为实际上已经分不出颈项在哪里，所以只能大概估测），然后对易龙龙做出凶狠的表情，道："今后你一举一动都要听从我的命令！否则我就宰了它！"

易龙龙吃惊地睁大眼睛，"原来人类世界的环境对魔族有危害这种说法是真的，才这么几天，你脑子就不正常了。"

魔王呆滞了一下，"谁不正常了？"

发现掐着啪啪对易龙龙没什么影响，他悻悻地丢开小圆鸟，拿出放在口袋里的书本，翻开某一页后，拿过来指给易龙龙看，"你看，书上写的，你们人类的女孩子都是这样，对自己的宠物特别有爱心。只要抓住她的宠物威胁她，她就会乖乖听话，虐待之后，两人便产生了恋情。"

书上是这么写的啊，难道人类的恋爱不是这样的？

从小被当成苦力奴役的魔王，虽然经常从他父亲口中听到吹嘘说人类女孩如何好，恋爱是多么有趣，但具体该怎么做，他却是一无所知。

得到了这本书后，他如同得到了一本行动指南，仔细看了书中的内容，便想找个对象来试验。然而船上只有两名异性，人类少女他已经不敢去招惹，只好拿易龙龙开刀。

易龙龙随手接过书，草草翻阅了一遍，发现居然是本手写的言情小说，不由得哭笑不得，"学习这种三流言情小说，只会把你的恋爱观带往完全错误的方向。我猜作者肯定是个不超过十四岁的小女孩，才会幻想这么天真可笑的情节。"沙耶怎么搞的，居然让魔王看会让他误入歧途的东西。

沙耶正在附近，闻言红着脸走过来，一把夺回小说，"喏，不好意思，这本三流恋爱小说的作者，就是我。"这是她在船上写出来的小说手稿，准备回风都后自费出版。

　　与来时花费的时间差不多，白夜号顺利返回海角城，只是在归还船的时候，因为精灵给船舱造成的破坏，遭到了船主的一顿训斥。

　　易龙龙知道自己理亏，只得乖乖地任凭责备。好在船主骂了一顿后也消了气，甚至因为他们年纪小，没让他们赔钱。众人离开海港，又回到海角城的深海鳕鱼旅馆稍作休息。

　　众人出海时，他们的马车暂时停放在深海鳕鱼旅馆，赶车的随从也在旅店中等候。

　　在城中有名的餐馆里订了一批外送的海产美食后，易龙龙等人聚集在一间客房中，用餐的同时，商量接下来的行程。

　　易龙龙环视一周，忽然发觉圆桌周围的非人比例几乎达到了一半：九名成员中有四个不是人。她的目光扫过魔王和精灵，最后定在被翡翠救下来的鲛人少年身上。

　　经过在船上的休养，每天时不时到海水里泡一泡，名叫阿绯的鲛人少年逐渐恢复了健康，苍白憔悴的面容焕发出生动的光泽，黯淡脱色的头发和眼眸已恢复成与鳞片色泽接近的淡粉色。

　　下船前，翡翠用精灵族秘术改变了他的外貌形态，掩盖住他身上的鲛人特征，现在他看起来只是个神情胆怯的人类少年。

　　自从被翡翠救下，阿绯还是第一次跟这么多人相处。他缩着单薄瘦弱的肩膀，埋头一个劲儿地往嘴里塞鱼肉，注意到所有人的目光都集中到他身上，连忙害怕地停下动作，嘴里还含着半根鱼骨头。

　　看着阿绯可怜巴巴的模样，易龙龙猜想他从前可能受过很多苦，便下意识地放柔语调，"阿绯，你今后有什么打算？假如你想回家，我们可以把你送回去。"

　　阿绯眨了眨眼，咬碎鱼骨咽下肚，迟疑了好一会儿才慢慢地摇头，用不大连贯的语句，第一次说出他的来历：没有家，也不记得别的鲛人是什么模样。从他有记忆起，就被一个魔法师养着，从他身上放血作魔法材料。后来魔法师老死了，他被还是佣兵的席格发现，囚禁起来，在有用的时候逼他唱歌。

　　咔嚓。

　　阿绯在叙述往事的时候，易龙龙听到清脆的声响，扭头看去，发现是翡翠捏碎了握在手中的苹果。

目前的情况是：精灵和鲛人的存在，同时为白夜号上的水手及幸存佣兵得知，虽然给他们支付了封口费并亮出身份威胁，但这并不能完全保证两人身份不外泄。这当中，翡翠本身力量强大，身份暴露后，对他而言也就是麻烦一些，但阿绯却毫无自保之力，最好的办法还是跟着他们。

所以，不需要怎么商议，众人便全票通过让阿绯跟在身边的决定。

在陆地上生活，鲛人需要每天泡两个小时的海水，加上每顿都要吃很多鱼，易龙龙自忖还不至于养不起。她收留阿绯，一半是出于同情，一半则是为了让翡翠好过些。

余下几人更好商量。

魔王大人从一开始就宣布要跟着易龙龙走，因此他的行程不必考虑。

沙耶和尼克原计划是一探索完魔族遗迹便返校完成论文，可探索魔族遗迹居然探索出了一个魔王，这个魔王不但不凶残，还相当地开朗亲切。虽然这次探索可以说是空前成功，所得完全超出了想象，但却不能写在考察报告中，尤其不能提到魔王以瑟。

到现在为止，以瑟至少没有表现出恶意，尽管他的力量绝世强横足以横扫人类世界，但他却只想着找人类女孩儿恋爱——这一点没什么可怀疑的，魔王没必要对他们说谎。可如果不小心泄露了以瑟的存在，各方势力、神殿以及想要出名的武者魔法师都会接踵找来。

他们倒不是怕以瑟有危险，而是怕魔王一怒之下改变志向，放弃恋爱，改为毁灭世界。

不能写魔王，也不能写作为魔族遗迹的城堡，因为论文交出去后，为了评估真实性，迦南学园会派遣人前来实地探查。然而离开城堡前，以瑟应众人请求封印了城堡，防止再有魔族通过城堡这个薄弱点前来人类世界，同时也阻止了外界人入内。

岛上所发生的一切，他们都必须当成最大的秘密永藏心里。

魔族遗迹考察报告自然不能再写。

沙耶的计划是依旧按照原定计划返校，重新选择一个简单一些的课题，然而在此之前，她还要做一件事。

得知翡翠是精灵并且想寻找同族的所在地后，历史系两位高材生（八卦专业户）的特长便再次发挥作用。他们回忆阅读过的海量史料，通过精灵的风俗习惯、演变发展以及当时的军政环境和世界格局，推演出几处精灵可能的聚居地。

有了一点同族的眉目，翡翠自然是等不及要去寻找。然而这样一来，一路同行的几人目标在此时产生分歧：易龙龙想陪翡翠一道，而沙耶因为交毕业论文的时间紧迫，必须由尼克与帝摩斯陪同护送赶回学园。

沙耶在海角城多停留了一天，与尼克认真讨论后，在地图上更确地定下了四个位置。在这四处，最有可能找到精灵族人的移居地。

回到海角城后的第三日，双方各自上路。易龙龙宽大的马车载着增加的两人先行离开。

身体倚靠在马车边，沙耶目送一路行来的同伴消失在视野里，清秀的面容上微笑变成落寞。她轻轻地叹了口气，返身回到自家马车上。

易龙龙的旅行才刚开始，但她的旅行却已经结束了。

迦南校长曾说过，世界上没有不会离散的相聚，此时想起来，不禁怅然。

翻开随身行李，沙耶找到亲笔写的爱情小说：故事的主人公是一名大贵族家的大小姐，向往平凡但自由的生活——虽然被易龙龙嘲笑是小女孩的天真幻想，但至少有一点是真的。

确实有大贵族的女儿宁愿自己是普通人，并与家人约定掩藏身份，不借用任何家族势力来到学园中读书。

不过，浪漫结局往往只存在于小说里。

她之所以赶着完成课业，是因为与父亲约定的自由时间快到了。三个月内，她必须返回大陆北方的家中，履行身为家族成员的责任，与从未见过的未婚夫结婚，完成一桩政治婚姻。

虽然对那位海因涅小姐非常好奇，也很想继续观察魔王大人，可她的时间已经不够，不得不就此惋惜地中断。

她可以想象，今后易龙龙的旅程会有更多的精彩，可那些都将与她无关。

合上手写小说封面，少女的目光变得坚定，尽管异常留恋这样的日子，但她不会推脱自己的义务。

她，不后悔，不逃避。

九十三　星星·眨眼睛

　　精灵是崇尚自然和喜欢绿植物的种族，喜欢住在茂密的森林中。想要找到他们的聚集处，至少可以将人类繁荣城市以及沙漠荒原所在的地域排除。

　　尼克与沙耶一共总结出四个大概地点，指明了可供翡翠搜寻的方向，简单地用四个词总结起来就是：树海，水城，环山，群岛。

　　此外还有几处可能性较低的地方，易龙龙则干脆交给掌握一定情报渠道的帝摩斯专门负责。

　　树海，说的就是易龙龙的诞生之地。那几乎无穷无尽的森林，是人类群体很难深入涉足的地方，但对于亲近自然甚至能沟通役使植物的精灵来说，却是绝佳的环境。假如精灵藏身在树海中的某处，近几百年来不被人类觉察也不奇怪。

　　因为树海目标太大，搜索起来困难，易龙龙等人商量了一番后，反而将其放在最末，转而先研究其余三处。他们现在正前往的地方，就是距离海角城最近的一处：水城。

　　水城只是城市的别名，其正式名称叫做威尼斯。易龙龙一听到这个名字便立即想起地球上的那个威尼斯，得知了威尼斯的建立过程后，她便一点儿都不奇怪了。

　　七百年前，威尼斯只是一片由一百多座小岛构成的海边浅水滩，荒无人烟，少有人至。当时，迦南一位贵族朋友与人打赌买下这块地方，说要把这里建造成美丽的城市。那位贵族的原定计划是人工填土造实地，迦南及时阻止了他，并提出了自己的设想。最后在此基础上建成了这么一座水上都市，由一百多座小岛、二百多条水道、四五百座桥梁错落构成。

七百年后，当年那位贵族的名字已经没什么人能记得，但迦南当年画出来的城市规划图却依然保留在水城最古老的博物馆中。

　　在易龙龙看来，迦南实在是个懒家伙。他不仅在城市的结构原理方面照抄地球上的水城威尼斯，甚至连名字也原封不动地盗版过来，仗着人家正版威尼斯没办法追到异界来起诉他侵权，就这么堂而皇之地在异世界弄出一座几乎一模一样的水城。

　　威尼斯距离海角城不算远，沿着海岸线北上，约莫四五天便到了。这座城市与大陆连接的唯一媒介是一条长堤，在长堤前建造了一座象征性的城门作为入口。

　　易龙龙等人的马车驶近城门口，便有一个守卫走过来，拦住马车后对他们行礼，"抱歉，威尼斯唯一的交通工具是船，其余的车辆或马匹皆不能入内。假如客人想要入威尼斯，希望能先找地方停放好马车。"

　　顿了一顿，他便热情地介绍道："此外，我向客人推荐附近的马车旅馆，那里是专供前往威尼斯的各地游客存放骏马和车辆的地方，有坚固的房间为各位保存马车，马匹也有专人负责照料，用上好饲料喂养。您需要付出的，仅是一点点酬劳。"

　　这是怎么回事？

　　易龙龙坐在车中微微一怔，便抬手敲了敲马车壁，询问前方驾驶马车的罗兰。后者压低的声音很快透过车厢壁传来，原来是这样的：威尼斯有一条与别处都不同的法令，不允许船只以外的任何交通工具在城中行驶，比如马车或任何一种动物坐骑。

　　因为拥有独特的风情，威尼斯逐渐发展成一座著名的旅游城市，每年都会有人慕名而来。游客们自然不可能是徒步来的，然而他们的交通工具不能入城，因此便发展出来一个副产业——马车旅馆。马车旅馆中居住的不是人，而是旅客的交通工具，大部分都是马与马车。

　　易龙龙听得有趣，随口表示入乡随俗，按照规矩办。

　　让马车住进旅馆后，一行人才穿过城门，正式踏足威尼斯。

　　虽然在心里有点儿鄙视迦南的偷懒，但易龙龙对他更多的还是佩服。假如不是他将威尼斯的构想照搬过来，也许这个世界便不会有这么一座风情独特的水城，而她也没有机会欣赏到这一奇异的景观。

　　威尼斯的通用交通工具是一种轻盈纤细、造型别致的小舟，名叫尖舟。舟身漆成黑色，映着碧蓝的水波，以及水道两侧白色的美丽建筑，洋溢着浓郁的水上风情。

因为同行人数较多，易龙龙雇了两只尖舟。驾船的两名船夫身穿格子坎肩上衣，戴着宽沿灰帽子，表示他们是城中船运行的员工。

两只尖舟一前一后在水道中并行，曲折的水巷弯弯绕绕。易龙龙坐在船中，感受船身的荡漾，看着两侧宛如从水中升起来的精美建筑，如同漂浮在水光荡漾的梦境里。

歌剧院、画廊、雕塑广场、赞美诗厅……这里汇聚了全国，不，全大陆最美丽奔放的艺术。无数有名或无名的艺术家聚集在这里，他们的才华梦幻般地在这座水上都市里缤纷绽开。

七百年前，这里是荒芜的浅滩，七百年后，这里是艺术之都。

水城是沙耶所给的四个可能地点中唯一一个人类聚居的都市，这也是远避人类的精灵唯一有可能涉足并停留的城市。在这里，翡翠有一定几率找到同伴的踪迹，因为精灵是各族之中对艺术之美最为狂热的种族。

抵达威尼斯后，易龙龙照例是找到城中最豪华的天鹅旅馆住下，接着便拿出旅馆赠送的威尼斯地图，研究接下来应该去什么地方寻找艺术精灵。

虽然说得简单，但真正实施起来也不是那么容易的事。艺术本身有很多类别：绘画、歌唱、戏剧、诗章、雕塑……在这座城中都有丰富的展示。

这里甚至连精美的建筑，表现的手法也各不相同。作为艺术之都的威尼斯，一共有四座大型歌剧院，五条画艺回廊，两块大型的艺术广场，一座赞美诗厅。至于各种风格的豪宅宫殿，乃至零碎分散的小屋，其分布几乎覆盖了整座城市。

选择太多也是一种苦恼，易龙龙不知所措，问翡翠，他也不知该去哪里。于是幼龙闭上眼随意一点，"就这里吧！"

睁开眼便看见她手指点着的地方，地图上明白标示着：星空歌剧院。

天鹅旅馆与城中一家船运行有长期的合同，每年付给船运行一笔钱，后者优先为住在旅馆的客人提供运载服务。

一听易龙龙要去歌剧院，旅馆侍者便打算去召唤船只，却被易龙龙阻止，"不必，我们想自己走着去。"

不知道是吃惊于住这种档次旅馆的人居然宁愿步行，还是诧异于这么一群气质相貌奇特出众的人群中，主导走向的竟然是最幼小的女孩，侍者诧异之余，注视着这一行人走出旅馆，直到他们沿着河岸慢慢走远。

阿绯始终不适应人太多的地方，罗兰也有自己的打算，因此去歌剧院的阵容精简到四人：易龙龙、林琦、翡翠和以瑟。

然而才走出来没几分钟，易龙龙便开始后悔带魔王同行，更后悔自己步行游览城市的决定。

以瑟长得高大俊美，与林琦、翡翠是截然不同的类型。本来，他具有隐约带着邪气与压迫力的独特美貌，带在身边实在是一件很有面子的事，但现在易龙龙却恨不得在身上贴块牌子：我们不认识这家伙。

实在太丢人了。

艺术之都不愧是艺术之都，不仅环境优美，就连城中年轻少女的相貌气质，似乎也比别处的要好上不少。自从来到人类世界后便叫嚣着要找人类少女谈恋爱却未能畅怀的魔王，此时终于有了用武之地。

每看到一个美丽女孩，也不管对方身边有没有护花使者，他都会冲上前去，问对方要不要跟他约会，甚至八岁的小女孩也在他的询问范围之列。

很快，威尼斯来了个对幼女下手的变态者的消息顺着四通八达的水道传遍整个水城。这消息越传越离奇，越传越夸张，以至到了后来，一旦远远看到以瑟的身影，上自四十岁、下至四岁的女性都会惊叫着逃开，四岁以下的则由她们的家人抱着跑。

当四个人走到星空歌剧院的时候，还能瞧见门口有人朝他们指指点点，"你看，就是那个变态，那个个子最高的，他刚才居然当街扒光一个半岁女婴的衣服！"

流言猛于虎啊！

然而，不管流言怎么扭曲，让人惊讶的是，倒是从来没有人把同样是黑色长发的林琦与以瑟搞混，就连当初赛后吻事件，群众的反应也与今天大不相同。大约是因为以瑟看起来就有点儿凌厉有点儿坏，而林琦则是纯然的乖巧宝宝好少年模样。

呃，气质真的很重要啊！

距离演出时间尚早，星空歌剧院外的人不算多。支付了不算便宜的入场费，易龙龙等人拿了入场券走进光线较暗的剧院里，才终于将琐碎的议论声阻隔在外界。

这家歌剧院是威尼斯最大的表演场所，其外观的奢华典雅让人几乎错以为这是王室居住的宫殿。门前有一根高耸的水晶圆柱，每一位曾经来此演出的著名歌唱家和演员都被请求在水晶柱上留下他的名字，现在这根柱子上布满了用魔法笔留下的字迹，几乎找不到空白之处。

进了歌剧院，每人获赠一张节目表，是今晚即将表演的节目。看了一会儿节目单，无非都是些著名歌剧表演，易龙龙便随手放下，转头去看翡翠。

看节目单应该是非常高雅的艺术歌剧，但易龙龙不管前世还是今生都没有受到过这方面的熏陶，只得将求助的目光投向以高雅艺术闻名的精灵，视线却正好对上翡翠求助的眼神。

"这个，你懂不懂？"一龙一精灵同时问道。

易龙龙脸色一沉，"你不是精灵吗？精灵不都是很热爱高雅艺术的吗？"

翡翠也同时一怔，"你不是贵族吗？我听说你们人类贵族都很注重艺术素养的！"

易龙龙张口说话的第一时间，无需交代，林琦便早早地布下隔音结界，两人说话也没什么称呼上的顾忌。

翡翠脸一红，"精灵也有例外的。"

别的精灵学习艺术的时候，他正忙着打架呢。

易龙龙也是脸上一热，"我……是半路成为贵族的。"

还是假冒的。

来之前，易龙龙以为这方面翡翠应该是专家，没什么问题；而翡翠看易龙龙毫无疑问的样子，以为她的贵族素养不错，也没多问。一直到坐进了剧场，才发现彼此一窍不通。

本来原定计划是找精灵顺带熏陶一下艺术细胞，但同行的人之中，别说艺术细胞，连半个艺术细胞核都没有。精灵是族中异类，林琦没有学过相关知识，魔族的艺术就是战斗。

实在欣赏不来太过高雅的艺术，观众差不多都落座时，翡翠和魔王目光四处扫视，企图借用精灵对同族的熟悉以及魔王的真实之瞳，能在人群中找出乔装改扮的精灵。易龙龙无事可做，只好仰头盯着歌剧院上空发呆。

表演开始前，歌剧院里充满淡黄色的柔和魔法灯光，表演正式开始，观众席上的魔法灯便全都熄灭，只余表演台上一片白昼般的明亮。

歌剧院上空是一整片拱形的漆黑穹顶，当周围完全暗下来后，穹顶各处逐渐透出点点星芒，一粒粒闪烁着晶莹微光。剧场中的所有人就仿佛身处在繁密的美丽星空之下。

歌剧什么的，易龙龙实在是无法体会其中的深奥魅力，别的观众都如痴如醉

九十三 星星·眨眼睛

时，她也只得在这里索然无味地数星星。

数着数着，她忽然想起小时候生病失眠，看护姐姐为了哄她睡觉，在她枕边柔声唱儿歌，她的小床对着窗口，正好能看见窗外的星空。

沉浸在回忆里，不知不觉唱出声来，"一闪一闪亮晶晶……"

发出声音后，易龙龙自己吓了一跳，赶紧左右看去，发现翡翠和以瑟好像都没注意，才注意到周围又布上了隔音结界。

林琦侧过头来，清澈的眼睛有些好奇，也有些关切地凝望着她。

易龙龙心里有些暖意，主动握住林琦的手，低声说："我很喜欢看星星。"

"嗯。"

"我想摘一颗下来。"

"……"

"开玩笑啦，以前有人骗我说，摘下一颗星星就能一直健康地活下去，可我没有摘下来，后来也真的死了。"

"啊……"

"唉，这个你不明白……算了，要不要我教你唱这首歌？"

点头。

"喏，跟我唱，这对你来说是外语吧，跟着我发音就好，待会儿我解释给你听……"

台上歌声陡然拔高，咏叹爱情的句子拉出悠扬嘹亮的长音，那么热情炽烈。而台下不起眼的角落，稚嫩的童音与生涩的少年声音错落地、低低地、清清脆脆地一起唱：

> 一闪一闪亮晶晶，
> 满天都是小星星，
> 挂在天空放光明，
> 好像千万小眼睛，
> 一闪一闪亮晶晶，
> 满天都是小星星，
> ……

举世闻名的艺术之都威尼斯，歌剧院里的星空之下，在一个小小的角落，有两个自得其乐的家伙在温柔幸福地唱着：

    抬起头来，星星在对我们眨眼睛。

九十三　星星·眨眼睛

九十四　同族·巡礼者

一曲终了，又换了名歌手上来演唱，这回唱的是较为通俗的歌曲。演唱者是一名青春美貌的少女，假如刚才的歌手是实力派，这位就是偶像派。

节目单上有注明，少女的名字叫凯瑟琳。

虽然凯瑟琳唱的难度不如之前的歌手高，但她的外表很是讨人喜欢，也赢得了热烈的掌声。唱了一支歌后，她神情轻松愉快地对观众宣布，希望能有人上来与她合唱一遍这支歌曲。

找一个观众上来一起唱歌这种事，在易龙龙前世所看过的演唱会节目中是很常见的，但在这个世界却极不寻常。扩音魔法的作用下，甜美清脆的声音传遍每一个角落，就连正忙着找同族的翡翠也分出一丝心神，诧异地往台上看了一眼。

这一看，他立即睁大眼睛，惊愕地从座位上站起来。

那是……

凯瑟琳话音方落，翡翠就从座位上站立起来。幕后工作人员连忙打开角落里的魔法灯，让易龙龙等人所在的那个角落亮起来，也让所有人看清了翡翠的样貌。

即便是变成了人类的模样，翡翠的外貌依旧高挑美丽。凯瑟琳非常满意，便挥手示意，让工作人员领精灵上台来，完成两人的合唱。

因为翡翠突如其来的举动，易龙龙与林琦也停下了两人的小动作，撤除隔音结界，专心看台上的表演。

她原本以为翡翠上台后会闹笑话，可音乐开始后，一男一女两道歌声响起，非常悦耳。最初观众们的注意力还放在凯瑟琳身上，到了后来，却逐渐被本来只是配合的男声所吸引。翡翠的歌唱技巧虽然欠佳，但本身音质的优美却足以弥补，即使未必及得上鲛人那种直达灵魂的撼动，但开几场演唱会却也是绰绰有余了。

唱着唱着，逐渐沦为陪衬的凯瑟琳也不由得在心里嘀咕起来，不时偷眼打量身旁美貌青年的神情，怀疑他是不是竞争对手派来搅局的。不过，用这种手段搅局，未免成本太高并且收获太小，而看这人的样子也不像怀有恶意。

歌声停止后，得到的掌声比上一回更热烈，偶像歌手却怎么都高兴不起来。不过为了形象，她只好露出无懈可击的笑容，偏头看向翡翠，"这位先生唱得真好，有专门学过歌唱吗？"

假如对方说有，她还可以稍微挽回一些面子，毕竟输给专业的不算丢人。

翡翠的回答简洁有力，"没有。"

暗暗咬着牙，偶像歌手已经恨不得直接把眼前俊美的青年踢下台去，但还是不得不继续维持着自我形象，"那么，可不可以告诉我你的名字？"

不同于凯瑟琳只是稍稍偏头，翡翠唱完了歌便直接转过身体，目光定定地望着她。他美丽的眼眸里有淡淡的惆怅，浅浅的忧伤，看得少女偶像歌手心中一颤。她想到一个可能：难道这个人是我的仰慕者？因为一直只能远远地望着我，便把情感藏在心中不能表露？如今终于有了接近我的机会，他一下子难以自持，才没有注意跟我配合？

自我想象补充之后，少女立即高兴起来。

翡翠随口说了自己的名字，接着说道："能不能把你的耳坠取下来给我看看？"

凯瑟琳的耳坠是两只指甲盖大小的水晶，上面绘着翠绿的纹路，其精细繁复的美感竟会让第一眼看到的人感到目眩。

凯瑟琳大方地摘下耳坠递过去，本以为仰慕者会更加感激迷恋，却不料对方一把抢过耳坠，那惆怅忧伤的目光跟着转移方向，便再也不看她一眼。

前后反差这么大，让少女歌手气白了脸。她这才明白刚才翡翠并不是看她，而是在看她的耳坠！

翡翠仔细辨认耳坠上的纹路，确认无误后，他的手控制不住地轻轻颤抖起来，又过了一会儿，才想起来问："这耳坠是哪里来的？"

自身魅力被完全忽视，少女歌手赌气地说："不知道，您可以下去了吗？我们还要接着表演。"

翡翠还想追问，这时忽然一道黑影蹿上台来，挡在两人之间。

高大俊美的黑发男子握住凯瑟琳的手，目光热切，"这位美丽的小姐，你愿意跟我约会吗?"

　　看清以瑟的模样,少女歌手想起上台前还听到的"非礼女婴的变态"的描述,惊恐地尖叫起来:"救命啊!"

　　狼狈地逃回天鹅旅馆,一关上房门,易龙龙终于忍不住对魔王说道:"你也稍微收敛一点好不好,你是魔族的王,这么干,不觉得丢脸吗?"

　　以瑟耸了耸肩,毫无羞耻心地答道:"不觉得。我听船上的水手说了,追求女孩子就是要脸皮厚。再说了,现在除了你们,谁知道我是魔王?"

　　朽木不可雕也!

　　易龙龙放弃了对魔王的规劝,叹了口气,转向翡翠时已经挂着笑容,"那个耳坠是不是有什么?"到威尼斯的第一天就发现了精灵的线索,这实在不能不说是天大的幸运,易龙龙发自内心地为翡翠感到高兴。

　　翡翠点了点头,小心地从怀里取出刚要来的耳坠。因为魔王的搅局,他没能继续追问下去,趁着当时场面混乱,就索性没归还耳坠,直接拿了回来,"这上面的纹路,是我们精灵巡礼者的标志。"

　　"巡礼者?"听到这样陌生的称呼,易龙龙重复了一遍。

　　"是的,巡礼者。"翡翠嘴角现出一丝怀念的微笑,轻声告诉众人原委,"为了避免纷争和灾厄,精灵族避开人类世界聚居,几乎处于全封闭状态。但为了不与世界脱节,每隔五十到一百年,都会派遣两三名精灵到人类世界学习知识和新技术,回去之后发展我们自身。当年的我,就是以巡礼者的身份来到人类世界的。"

　　只不过他万万没有想到,一般的精灵巡礼期最多只有五十年,他的旅程却那么漫长,漫长得让他失去了回家的方向。

　　翡翠卷起袖子,露出修长如玉的手臂,上面也环绕着与耳坠类似的翠绿纹路,"这是巡礼者的标志,因为出来的年份不一样,每个人的图案都略有不同,耳坠上纹路的主人应该比我晚一百多年。"

　　现在他们应该做的,是追寻耳坠的来历。

　　几人正说着,门被推开,罗兰拖着疲惫的步子慢慢走回来。

　　即便是在威尼斯这样光鲜亮丽的艺术之都,也不会缺少灰色地带,罗兰所熟悉的就是这方面的门路。

　　工艺品、饰物、魔法道具和书籍,乃至黑市奴隶——虽然这年头已经发布了禁止贩卖异族奴隶的法令,但若有稀有的物种,比如精灵,比如鲛人,还是会因其自身过分的美丽而惨遭噩运。

翡翠等人在歌剧院砸场子的时候，罗兰则在偏僻狭隘的角落寻访盗贼、诈骗犯、探险家、黑市商人、黑帮首领……

听易龙龙说完今天的收获，罗兰拿着耳坠仔细看了看，毫不犹豫地说："像这样大剧团的著名歌手，身上的饰品应该是由名家设计，越是有名就越容易找。这个不着急，我这边也获得了一点资料，你们要不要听？"

一屋子人的目光都聚集过来，罗兰也不客气，直接拉过来一张靠背木椅坐下，喘了口气，神情犀利机敏地道："首先，我先说一下已知的官方资料。"

在最早的时候，精灵与人类之间的关系是互相防备且彼此伤害的，人类会捕获精灵做奴隶，而精灵也会在自己的领域设下强有力的防御，一旦有人类闯入，便立即杀死。

后来，魔族来到这个世界，征服并摧毁一切。为了自保，全大陆所有的智慧种族团体不得不联合起来，为了共同的利益，放弃彼此的仇恨与成见，共同抵抗魔族。那是空前未有的"大联盟年代"，在那个生死存亡之秋，不管是人类与异族，还是人类的国家与国家之间，都暂时放下了隔阂。

也就是在这个时期，神殿地位稳固。

而魔族被清除之后，原本存在的矛盾又再度浮出水面，虽然人类世界已经立下公约，不得强迫买卖精灵为奴隶，然而还是有暗中那么干的人。精灵不像人类由于生命期短而容易繁衍，他们因为抵抗魔族而损失的人口始终没能补回来。为求自保，不得不集中族人群体迁移，隐居在人类难以抵达的森林深处，回避与人类接触。

不知从什么时候起，人类所能获知的精灵的消息越来越少，直到四五百年前开始，再也没有人见过传说中的精灵。

以上是简要的明面资料，但罗兰还另有说法，也是前不久他才获取的情报。

事实上，四百年前还是有精灵出现的。那是一个半精灵少女，即人类与精灵的混血。她爱上了一名画家，不顾一切地追着他来到威尼斯，进了人类世界。

为了照顾翡翠的情绪，罗兰说得十分隐讳且含糊。他只简单地说半精灵少女不幸落入黑市商人手里，最后逃了出来，却又结束了自己的生命。

精灵是热爱生命的种族，既包括自然界一切生命，也包括他们自己的生命，因此自杀是精灵族中的最大禁忌。自杀死去的精灵没有资格回归大地。

虽然具体过程没有细说，但易龙龙几乎可以想象得出来，痴情的半精灵少女也许正是被她的人类情人出卖，才会在逃出来后绝望自尽的。

罗兰说完后有些不自在，似是觉得告诉精灵这样的事会进一步激起翡翠对人类整体的仇恨。他找了个借口离开，因为今天劳累了一整天，也应该早些休息。

易龙龙不安地望着翡翠。

她现在大概有些明白为什么看到鲛人被伤害时他会那么愤怒，现在翡翠面无表情的样子，是不是在生气？会不会也连带着对同样身为人类一员的她感到不满？

毕竟，他们曾遭受过那样惨痛的伤害。

望着被罗兰关上的门，翡翠忽然笑了笑。他笑得很温柔，翠色的眼眸仿佛温润的碧水，完全不同于平日里大大咧咧的样子，也终于一扫这些日子以来的压抑神情，整个人变得豁然开朗，"小盗贼大概以为我会迁怒于你们，真是笨蛋！又不是你们做的，我看起来就那么像是非不分的精灵吗？"

"以你平常冒失的表现，是蛮像的。"易龙龙很想顺口打击一下，但看到精灵的面容，一句话都说不出口。

轻轻地握紧手上绘有巡礼者标志的耳坠，翡翠又看向自己裸露的手臂，"迦南很早以前就跟我说过，就算都是人类，但人和人也是不一样的。有的人残酷冷漠，有的人温暖善良，正如这个世界上有白天与黑夜一样。"

因为少数人的行为憎恨整个人类团体，这与只因为在吃饭时吃到了一颗沙砾便武断地判定整碗都是沙砾这样愚蠢的逻辑有什么区别？

正视恶的存在，但也不放弃对善良的期待——七百年前是亲手将他囚禁的迦南，七百年后是无条件释放他的易龙龙。翡翠之所以不因时间漫长变得冷漠，是因为有人让他感到温暖。

为寻找更多的线索，一行人在天鹅旅馆里住了半个月。以瑟很快成为威尼斯最不受欢迎的人，当人们看到"曾经非礼女婴的变态"时，至少一半性别的人会害怕地避开。也曾有热血青年想要为民除害，然而魔王的实力毕竟不是摆着好看的，尽管遵守对易龙龙的承诺没有杀人，却也没让他们好过。

或是因为以瑟看起来就不像是什么好人，加上威尼斯又是艺术之都，受艺术熏陶太多的人们善于夸张的想象，导致魔王身上的黑锅以前所未有的速度累积起来。前一秒他还被说成在城东抢小姑娘的棒棒糖，后一秒就被认为到了城西追逐孕妇。若非因为时间太短暂，易龙龙几乎想让他去跟香草镇的神官大人比一比谁的黑锅更多。

只不过短短半月的工夫，魔王大人便犯下了常人一生都难以企及的"罪行"，甚至就连本地治安官员也纡尊降贵地上门拜访，委婉地恳求海因涅小姐能体谅他们的辛苦。

正好此时调查工作到了尾声，易龙龙也终于忍受不了每天都有人在旅馆附近很有精神地叫骂，便顺势答应了对方，于半个月后的清晨，天还未完全亮的时候，悄然离开了风情万种的威尼斯。

又经过大约一个月的周折辗转，花费了大量金钱、时间，易龙龙等人才终于找到当初那位半精灵少女的遗物。

那是一块从一名收藏家手中高价收购来的椭圆球形状的水晶，一只手就能抓得满满的。水晶外表光滑无瑕，没有半丝缝隙，但内部却散布着瑰丽如云的纹路。

在收藏家家里时，翡翠看到水晶，眼睛就已经发直了，这让收藏家趁机抬高了一倍的价钱。好不容易到手后，回到旅馆，他也来不及再仔细找僻静的地方，就直接在旅馆中试验。

幸好见过这块水晶的人不识货，只将其当成奇妙的艺术品，却不知道其真正的用途乃是精灵之间的通讯工具。

当初翡翠作为巡礼者出游，遇见迦南后，从他那儿获得不少有意思的构想，其中便有一项是能够远距离联络的通讯水晶。在迦南的帮助下，结合精灵自己的实际情况，翡翠编写了一整套技术开发建议报告，让遇见的另一位巡礼者前辈送回精灵族群中。

后来他没能再回去，也不知道研究是否成功，然而却在今天看到了他构想中的实物与他当初所提出来的设计几乎完全相同。

听翡翠说完通讯水晶的来历，易龙龙也跟着为他高兴起来，"这么说，只要用这块水晶，就能联络到你的同族？"

翡翠抿了抿嘴唇，没有正面回答，"我试试。"

易龙龙、林琦、翡翠和罗兰四个人围坐在桌前，看翡翠一个人小心翼翼地行动。

他割破手指，滴一滴鲜血在水晶上。令众人惊讶的是，那滴血并没有顺着水晶光滑的表面滚落，而是逐渐被吸收，逐渐染红了内部的纹路。

确定滴血的方法可行，翡翠轻轻舒了口气，逐步加量，一直到整块水晶完全变成像红宝石一样嫣红的色泽，这才让指尖的伤口愈合。

接着，他往已经变色的水晶中灌入魔力，耀眼的红光在一瞬间绽放开来，好像所有的晚霞都充满进来。

红光褪去后，水晶还是嫣红的颜色，似乎有了什么不一样。

易龙龙在旁边看得心急，但见翡翠神情沉静，也不好开口打扰，只好静静等待。

时间一点点流逝，也不知道过了多久，就在翡翠眼中的期待逐渐转为失望时，水晶中传出来带着几分怀疑、几分诧异却不啻于天籁的声音，"……是谁？"

那音色说的是繁复深奥的精灵语，除了翡翠外，屋子里其他人都一窍不通。

已经足足有七百年没有再听到乡音的翡翠，一时间激动得不知道如何是好，张了张嘴，却意外地发现自己发不出声音。

对方又重复问了两遍，声音一次比一次不耐烦，接着又恢复沉寂，而这时候翡翠才终于找回自己的声音，同样以精灵语说道："你好，我是流落在人类世界里的精灵……"

他说了几遍，水晶还是一片沉寂，似是先前那精灵感到不耐烦，从通讯装置前离开了。

翡翠咬了咬嘴唇，继续等待。

又等了一会儿，水晶才再度传出声音。这回的声音明显比刚才那位稳重成熟一些，并且说的是人类的语言："请问，是什么人得到了我们的通讯水晶？"

原来是先前那精灵以为水晶这边的是人类，听不懂他们的精灵语，便换了个懂外语的来沟通。

翡翠深吸一口气，这一回，他没有再犹豫错失机会，飞快地将自己的情况简要叙述出来，表示自己是流落在外的精灵，希望能够回到族人身边。

他说完之后，水晶又陷入沉默，过了一会儿才传出低缓的声音："根据精灵族记载，确实曾经有一位名叫翡翠·月见草的巡礼者外出未归，你有什么证据证明你就是他呢？我们现在看不到你，甚至不能确定你是不是精灵。"

还要证据？

翡翠下意识地道："我会说精灵语，这不是证据吗？"

那声音有点儿幽默，"我还会说人类的语言呢，难道我就是人吗？"

他这么一说，不光是翡翠愕然，一旁听着的易龙龙也不由得扑哧一声笑出来。

笑声被通讯水晶忠实地记录传播，对方微微警觉地道："你身边还有人？"

翡翠毫不迟疑道："是我信任的人类朋友。"他虽然平时有些大大咧咧的，但精灵族的训诫却还一直记得，不会轻易对外泄露族人的消息。准备与族人联络前，他只让愿意完全信任的三个人留在房中。

虽然心里早已通透，但听翡翠这么明确地说出来，这种被人完全信任的感觉还是让易龙龙心花怒放。林琦没什么感想，而罗兰却是微微一怔。

"人类？朋友？"通讯水晶另一端的精灵有些诧异，接着好像去跟什么人说话，细细碎碎的声音听不清楚，过了一会儿，才复转为清晰，"根据记载，当初巡礼者翡翠确实与一个人类走得很近，但这也不能证明你的身份。"

听他这也不能，那也不能，翡翠忍不住着急起来，"能说直接点吗？"

那精灵笑了一声，"我们既不能确定你是不是遗落的精灵，也不能确定你是不是狡猾的人类，尤其你还与人类在一起。我们不会抛弃自己的同伴，但也不愿意被人类再度欺骗伤害。既然这样，将你的命运交给自然吧，希望自然指引你正确的方向。我给你一个提示，知道人类世界的风都吗？"

"知道。"不仅知道，他甚至还在那里被囚禁了七百年。

"我们就在风都的附近。"那精灵说。

"怎么可能？"不光翡翠，就连易龙龙也忍不住叫出声来。

这，太离谱了。

他们在风都生活了那么久，怎么不知道什么地方有精灵？

风都是建设开发得较为彻底的都市，那里有全大陆闻名的迦南学园，汇聚着八方来客，假如精灵们在那附近隐居，怎么可能不被发现？

风都周围并没有适合精灵藏身的地方。大片的城市，周围是四通八达的道路，偶尔有丘陵与小片树林，但也是非常零碎地分布着。

说精灵就藏在风都附近，未免也太扯了。精灵族的数目虽然不多，但少说也有几百上千个吧？这么些人，会藏在那里？

翡翠不甘心地继续追问，但对方似乎已经下了决定，不管他说什么，都坚决地不再透露半点儿消息，只让翡翠"听从自然的指引"。

等对方强行切断通讯，翡翠的脾气终于忍不住爆发出来。他腾地站起来，转身一脚踢翻自己的椅子，长发在空气中甩过一道碧绿的弧线，"听从自然的指引！你怎么不听从一下自然的指引，判断我是不是精灵？"

踢完椅子，他还想摔水晶，但才举起手，又舍不得地放下来，小心翼翼地收进口袋里。

翡翠的怒气来得快去得也快，骂了几句后，他无可奈何地叹了口气，转眼看向

九十四　同族·巡礼者

易龙龙，"你怎么看？"

　　易龙龙耸了耸幼小的肩膀，"没办法，先回风都去看看吧，或许我们遗漏了什么呢？"

　　事到如今，也只能按照对方的指示，走一步看一步。

　　没想到出来一圈，绕来绕去，却还是回到了最初的地方。

 九十五　精灵·圆耳朵

离开风都的时候，是枝叶繁茂浓绿的灿烂夏日。

返回来时，却已经到了天空悠然飘落雪花的冬天。

易龙龙慵懒地靠在林琦的怀里，被车厢中温暖的空气熏得昏昏欲睡。

外面飘落纤薄的雪花，马车车身以微小的幅度震颤，顺着每年定时修整的道路缓慢驶向风都的城门口，在薄雪覆盖的地面上留下两道黑色的车辙。

第二天，易龙龙和林琦带着以瑟出门，打算利用自己的职权给他在迦南学园内安排一个老师的职位。以魔王的本事，不管是魔法还是武技课程应该都能够轻松胜任。

想要当老师的要求是以瑟主动提出来的，但易龙龙就算用尾巴想也知道，这家伙真正的目标并不是传播知识，而是学园里可爱漂亮的女学生。

虽然明知道让魔王进迦南学园无异于放一只狼进羊群，但假如拒绝，则可能导致更可怕的后果。好在以瑟虽然有时候像思春期少年，骨子里倒还有几分绅士风度，被拒绝后从不纠缠，更不会恼羞成怒地报复，只是笑嘻嘻地去寻找下一个。

经过两个月，魔王也不是一点长进都没有，至少知道了追女孩子不能太直接，得先熟悉认识了再提约会要求，也不能对十四岁以下的出手。只要守住这两点原则，威尼斯的旧事就不会重演。

此外，在回到风都的第一天，众人便从之前忽略的地方找到了精灵的藏身之所。

那并不是藏在什么狭小偏僻的地方，也完全符合通讯水晶里精灵所说的"风都附近"，只不过他们看不见。

精灵在天空之中。

风都是常年吹拂着微风的都城，这个自然环境在其建立初期便存在着，但始终没有人能发现原因——风都外侧的上空，有一朵普通人看不见的白云，巨大，洁白，柔软。但那并不是真的云，而是通往某个隔绝空间的入口。

真实之瞳是以瑟与生俱来的天赋，使用的时候，能窥破一切虚幻。而在他传授了一些技巧后，林琦、翡翠和易龙龙三人也先后看到了那朵出奇洁白的云。

根据以瑟的说法，应该是有人在风都的上空开辟出了一个小世界，其原理与易龙龙颈上挂着的空间项链有点儿类似。项链的原理是以链坠为联系媒介，造出一个可以容纳物质的空间；空中隐匿的云朵也是媒介，原理虽然相似，但规模却不可同日而语。

云朵也不是完全没有瑕疵，因为其所连通的空间规模过大，影响了周遭环境，导致风都周围气流不大稳定，这也是风都多风的由来。

什么空间什么原理的，易龙龙不大关心，从以瑟的话里她大略听明白了两件事。

第一，那朵平时看不见的云是一个入口。

第二，精灵族就藏在那后面。

那么，就到云上去看看吧。

很快做出决定，易龙龙、林琦以及魔王大人一同来到风都外侧，到了一处偏僻的小山谷中，大约正对着云彩的下方才停下脚步。

根据目测，那朵云距离地面少说也有七八百米高。

来此之前已商量好了办法，因此翡翠也没有浪费时间，直接从口袋里掏出三粒圆润青翠的豌豆，随手撒在地面上。随后他单膝跪地，一手按着地面，发动秘术——世界上无数朵花。

在奇异力量的催动下，三粒豌豆好像有了生命，灵巧地钻进还残留着冰雪的土壤里，迅速生根，发芽，碧绿鲜嫩的叶子钻出冷硬的地面，在半覆盖着冰雪的褐色土地上茁壮成长。

本该纤细柔软的茎蔓却长得比普通树干还要粗壮，丰沛润泽的绿色展现出妖异的张力，每一根都足以让一个人抱个满怀。三缕藤蔓交错纠缠在一起，却仿佛被什么所吸引，直直地朝天空中生长去，茎蔓的顶部直达云端。

足足有人的小臂粗细的叶梗错落分布在豌豆茎蔓周围，并张开巨大的叶片，正好构成一列由下而上的回旋阶梯。

而在藤蔓开始生长时，魔王张开大范围的幻象，完全掩盖住不正常生长的藤蔓，以免他们这里的动静被风都居民发觉。

做好了这些准备，翡翠除去假扮人类的伪装，轻轻地吐了一口气，"我上去了。"说罢，抬脚踩上叶梗阶梯，一阶一阶地，缓慢向上走去。

这是巡礼的结尾，当巡礼者回到精灵之地时，需用自己的双脚走过最后一段距离，以此完成巡礼的仪式。虽然如今发生了巨大的变化，但翡翠却还是做了他认为应该做的事。

易龙龙、林琦与魔王不需要遵守规矩，便没有跟着翡翠慢慢走楼梯，由林琦抱着易龙龙，三人用魔法缓缓上浮。

升至半空，瞥见魔王在空中飘荡的长发，易龙龙随口问道："对了，假如方便的话，能不能告诉我，你为什么留这么长的头发？"虽然说学园不限制师生的个人发型，但这么一位长发飘飘的男老师总是有些奇怪。作为迦南学园现在的最大股东，易龙龙觉得自己还是有权利过问一下的。

以瑟微微一笑，目光似有若无地晃过林琦，才慢吞吞地答道："头发是不能剪的。这么说吧，我们魔族除了你们会的魔法外，血统纯正的魔族还掌握着另外一种更本质同时也更加狂暴的力量，这种力量的吸收、储存和控制都通过头发来进行，平时不使用的时候，头发就是用来封存储藏力量的容器。"

头发越长，便间接地显现出力量越强大，当然，也有强到一定程度已经不需要拘泥于容器的，也就是他的父亲。

易龙龙点了点头，心里模模糊糊地仿佛要想起来什么，然而翡翠的声音打断了她的思路，"到了。"

不知不觉地，他们已经来到藤蔓顶端，也即是云朵的上方。

顺着探出去的藤蔓，踏过厚实宽大的叶片，翡翠走到云朵上，双脚微微下陷。易龙龙看着好玩，也让林琦跟着走上去，并放下她。

远看的时候，易龙龙就觉得云朵像棉花，真正接触后这感觉更加鲜明。脚下传来的触感软绵绵的，不知道是什么材料，用手一压会微微下陷，等放开手后，它又立即弹回原状。

翡翠没心思玩，他才一站定便朝前方平推手掌，自掌心绽放出翠绿的光辉。光辉的范围延展扩大，从手掌蔓延到手臂，袖子在劲射的绿芒中碎裂开，露出修长手臂上的巡礼者之纹。伴随着光辉越来越盛大，四周纷纷扬扬地响起宛如号角一般的长鸣，此起彼落。

时隔七百年，巡礼者归来。

云朵的面积非常大，几乎与一个篮球场等同。易龙龙等人站在边缘，听到巡礼者归来的号角响了约莫十多分钟，才看见在云朵中央，白色的饱满云团变幻形状，结出一道巨大的门。

门后景物变幻，不一会儿，从里面走出来三个精灵，都是美貌尖耳。最前方的一人看起来近四十岁，身穿花纹绚丽的长袍，浅褐色短发向后梳理，眼角有细细的纹路，但并不显得苍老，反而透出成熟的魅力。

他身后跟着的两名精灵年轻一些，看起来二十岁左右，一人腰上佩着长剑，一人背上背着巨大的角弓。

翡翠上前与年长精灵说话。他们小声地说了很久，好像商量什么事，最后年长精灵微笑地点了点头。接着，翡翠便被带进门中，而作为巡礼者朋友的易龙龙三人，也沾了翡翠的光，被捎带着领进门内。

门后是另一个世界。

云朵不见了，脚下踩着的是厚实的土地。

辽阔而瑰丽的森林好像油画上一笔浓重的绿彩，慢慢地在眼前铺展开。

易龙龙趴在林琦的怀中四处张望，这里的环境与外面的世界没什么不同，同样是蓝天白云碧草绿树，只是空气更加洁净一些。

走进森林中，在一些高大繁茂的树木上都可以瞧见树枝之间搭起的木屋，有圆顶的，也有尖顶的，屋檐边绕着翠绿的青藤，藤上挂着一簇簇颜色缤纷的小花，形成漂亮的花团。虽然外界是冬季，这里却温暖如春天。

进了树林后，易龙龙等人便与翡翠分开。翡翠好像被叫去见什么人。作为客人，易龙龙等人则被最先见到的那名年长精灵带到丛林深处的一座树屋内。树屋分成好几间房子，高低错落地顺着树干的结构建造，纤柔的细藤自树枝上错落垂下，如同一道翠绿的屏障。

在来的路上，易龙龙还看到了十几个精灵，面容都非常稚嫩，也就是十二三到十五六岁的模样。他们的目光纯真而好奇，大概是听说来了人类，纷纷前来观看。

被精灵打量的时候，易龙龙也以外来者的目光，静静地观察周遭的一切。

建造在树上的房屋充满自然清新的风味，虫鸣与鸟叫如同风铃一般动听，而偶尔从树上冒出来的精灵，则宛如森林里一粒粒精致瑰丽的宝石，却有着宝石所没有的鲜活。

"听说，那就是人类呢。"

"人类的耳朵好奇怪，居然是圆的。"

"我还没有摸过圆耳朵，不知道人类会不会让我摸一下。"

"还是我们的尖耳朵比较好啦。"

"这些是翡翠大人的朋友呢，他们也会操纵植物吗？"

"翡翠大人是谁啊？"

"不是说人类不漂亮吗？这三个还不错啦。"

"人类都是黑色的头发吗？"

"那个高个子在看我们耶，他的眼神好像有点奇怪。"

唧唧喳喳唧唧喳喳，精灵少男少女们无忧无虑地坐在树上，他们晃荡着光溜溜的小脚，三五成群地对易龙龙一行品头论足，就差没跳下来伸手摸摸了。

因为决定要前往精灵的聚居处，在出发之前，以瑟给自己和易龙龙、林琦都用了一个高难度的魔法：在三天内，依靠这个魔法，他们能够听懂所有的语言。但这时候，易龙龙却有些哭笑不得——她还是头一回因为身为"人类"而被当成稀有动物观赏。

年长精灵的名字叫做松叶，已经活过了三千多岁。他的谈吐文雅谦和，非常容易让人心生好感。

交谈了一会儿，易龙龙想起当初通讯水晶中他与翡翠联络时的态度，有些奇怪地问："那个，你们难道不是很敌视人类吗，为什么今天的态度不大一样？"

用通讯水晶联络时，松叶明显表现出不信任人类的态度。易龙龙本以为来到精灵的地盘要做好遭到冷眼的准备，却不料和想象中的完全不同。

松叶带点狡猾地笑起来，眼睛连同眼角的细纹都愉快地弯了起来，"那时候我根本不能确定通讯水晶另一边是不是心怀恶意的人类，当然要小心一些。事实上，我们正打算等朝露节过后就派遣精锐到风都寻找翡翠以确定他是不是精灵，但你们却给了我更大的意外，居然这么快就找来了。"

易龙龙犹豫了一下，欲言又止。

似是看出了易龙龙的疑问，松叶又笑起来。他好像特别喜欢笑，使得他眼尾的纹路更加鲜明，"你觉得我们精灵应该是什么样的呢？骄傲？偏执？自大？敌视人类？"他的笑容很轻，富有魅力的成熟面容显出纯真的孩子气，"你知道，我们精灵生命漫长，有足够多的时间去积累阅历和丰富知识。也许年轻的受过伤害的精灵会仇视人类，可那不是全部。当阅历丰富到一定程度的时候，就会明白个体的作为并不能代表整体，偏执只会蒙蔽自己的双目。"

人类是什么？

是与他们生存在同一个世界的强大种族。

这个种族生命短暂，每一个个体也不够强大，可当那些个体凝聚起来时，却是异常可怕的力量。

这个种族充满创造力和进取心，也许有时候会化作贪婪与邪恶，但其整体是向上的。有光的地方必然有影，这无可避免。

这个种族，为友，是强大的臂助；为敌，是强有力且值得尊敬的敌人。

尊敬自己的敌人，也是尊敬自己。

松叶如是说。

确定了精灵的态度，易龙龙终于松了口气。她跟着翡翠一起回来，除了想看看精灵居住的地方，也有一点儿不放心翡翠。

在一些记载中，精灵因为受过巨大的创伤，对人类极端轻蔑仇视。她担心翡翠会因为有人类朋友受到族人欺负，听了松叶的话，才总算放下一直悬着的心。

这并不是一个盲目偏执的种族。精灵之中，有不少人与翡翠一样，不仅拥有广博的知识，也拥有更广博的心灵。

他们虽然曾经遭受伤害，却不以被害者自居。

这更不是一个死板严苛的群体，苍翠的森林中充满了令人愉快的气氛。

她可以放心地在这里与翡翠说再见。

九十六　节日·最喜欢

松叶派了两个小精灵来招待易龙龙等人。他们是两个看起来十二三岁的男孩子，一个叫星夜，一个叫晨曦，相貌精致美丽，手脚纤细灵巧。

两个小家伙进门时还乖乖的，等松叶一走，立即露出不安分的神情，一前一后踮着脚尖快步跑过来。两双同样美丽的大眼睛眨巴眨巴着，好奇地瞅着三人。星夜有点儿跃跃欲试地问："那个，客人，能不能让我摸一下你们的耳朵？我还没有摸过圆耳朵呢。"

星夜说完后，晨曦也跟着猛点头。

面对两只小精灵的请求，易龙龙莞尔一笑，"我不能帮别人做决定，不过我的耳朵能让你们摸一下。"她话才说完，立即感到腰上一紧，身体换了个位置。

林琦的神情不大高兴。他单手将易龙龙送到自己身后，撇了撇嘴，撩开柔顺的长发，露出如同白玉般的耳郭，"摸我的。"

虽然不明白为什么客人会有这样的举动，但两个小精灵并没有怎么往心里去。他们伸出纤细的手指，小心地碰了两下便满足收手，"谢谢客人。"

晨曦和星夜手脚麻利，很快便将原本就整洁清雅的房间收拾得更加舒适，并给三人准备了满满一篮子的水果。

从两个小精灵口中，易龙龙也得知了现在精灵们在忙什么。

再过三天，是精灵四年一度的朝露节，于清早的朝露晶莹闪烁之际开始，直到次日朝露晶莹闪烁之际结束。朝露节是精灵的艺术之节，为了在那一天有出色的表现，许多精灵都在认真准备。

见易龙龙有兴趣，晨曦和星夜便带他们出去四处走动，这也是松叶事前交代的。

精灵们的住处多半都建立在树上，大部分是直接构架在粗大稳固的树杈间，也有少数比较个性的：有的挖空粗壮树干作房屋，直接在树干内居住，或是使用坚固的藤蔓将屋子像吊篮一样挂在树上。

易龙龙看着挂起来的屋子，觉得好玩，用力推了推，屋子便悠悠地晃动起来。

一路走过来，易龙龙瞧见了不少精灵。他们有的在练习唱歌，有的在研究一个舞蹈的动作，有的背着画板四处寻找灵感，有的拿着雕刻刀对着选好的树枝下刀。

在森林中随意穿行，易龙龙还看见了专门的植物园，其中一种植物能抽出蚕丝一样的纤维，织布机整整齐齐地摆在专门的房屋内，这是他们的衣料来源。

精灵是以水果和蔬菜为食的种族，这倒不是说他们像出家人一样禁食肉类，而是他们的体质不能接受油及荤。但是，半精灵身体成长却需要肉食营养，因此，种植园旁的草地上，也放养着牛羊等温顺动物。

而森林的深处，在传承精灵本族知识的智慧树旁，还有专门开设的学堂，学习人类的魔法武技乃至各种新技术。

虽然森林中有充足的资源，足够近两千名精灵和四五十名半精灵无忧无虑地生活很久，但经过了动荡和波折，精灵们已经学会居安思危。即便是生活在这样安全的地方，也没有放弃自我磨炼。

"这是跟人类学来的。"易龙龙正看得入神，忽然身边传来温和的嗓音，转头一看，是不知什么时候到来的松叶。

松叶微微笑着，平静地说："人类这个种族太可怕了，他们在不断地进步，逐渐改变世界。假如我们一直守在原地，就会被整个世界所抛弃。"

精灵必须改变，否则只会逐渐走向灭亡。

现在他们所居住的环境确实十分安全，暂时不会有人类发觉，但今后呢？

随着人类的魔法技术不断向前发展，这里总会有被发现的一日。假如精灵不努力变得强大，那么那一天到来时，就是精灵灭亡的纪念日。

松叶笑眯眯地望着易龙龙，笑容好像一只狡猾的狐狸，"这位小姐，我听翡翠说你是迦南学园的最大股东，这个，没错吧？"顿一下，他笑得更加热情，"作为翡翠的朋友，您应该也不希望我们精灵因为落后而被人类欺负吧？能不能，请您帮一个小忙呢？"

松叶所说的小忙，是请求易龙龙从人类世界搬运一些书过来，帮助精灵能更好地掌握人类世界的发展动向。

几百年前，因为精灵的人数已经少到了一个危险的程度，不得不躲进安全的浮空之岛里，并暂时停止对外派遣巡礼者。因此他们现在所掌握的人类世界的情况，都是四百多年前的。

经过这些年的休养生息，没有外来敌人与自然灾害，精灵人口高速增长，又到了应该与外界接触学习的时候。七百年来，以这个地方人类世界最大图书馆为家的翡翠的归来，正好补足了他们缺少的东西。

不过这里面还有一点小小的问题，那便是翡翠有个毛病，他不感兴趣的东西绝对不碰，说得好听些，这叫专项人才，说得难听些，就是严重偏科。

翡翠带回来了魔法、武技、道具等相关知识。在松叶的恳求下，原本打算来精灵世界度假的易龙龙也加入到帮忙的行列，在朝露节到来之前，数度离开空之岛，回到风都甚至迦南学园的图书馆内，购买或抄录军事、政治、历史、商业甚至礼仪艺术等方面的书籍，分批逐步运到精灵的世界。

虽是没有任何报酬的白工，但看到精灵们感激的目光时，易龙龙便觉得这是最好的报酬。原本还有些精灵对易龙龙等人的到来态度冷淡，但因为她的努力，渐渐地，在她那精灵世界的屋子门口，每天都堆满新摘下来并用清甜冰凉的泉水清洗过的水果。有时候水果篮里还装着项链、手镯饰品，或自己编织的衣服，也有半精灵送来他们拿手的菜肴。

易龙龙在空之岛忙碌时，风都内也有人在忙碌。

爱看书爱幻想的少年尤金已经有些不耐烦，"这位先生，我已经说过了：海因涅小姐她是回来过，可很快又离开了，现在去了什么地方我也不知道。"

他倒是想再从这位拿宝石当小费的客人手里再多得些好处，可惜这几天来那位小主人几乎不着家，偶尔回来一下，也只是拿了什么就走。

想到这里，尤金无可奈何地摊摊手，"抱歉了，帮不了你，不过我估计海因涅小姐就在风都附近。不然您四处走走，看看能否找到她吧。"

以瑟也很忙碌，忙着跟美丽的精灵搭讪，可几乎十次里有九次，搭讪并熟识后才发现对方是男精灵。

虽然他俊美，强大，尊贵，可自从来到人类世界后，却连一个喜欢的女朋友都没找到。

魔王绝望得想哭。

短暂的三天在易龙龙的忙碌之中转瞬而过，精灵的朝露节到来了。

这个小世界里的日夜变化与外界一样，都有日升月落。

天还没完全亮，朦胧的微光中，晨露颤颤地立在柔嫩的草尖上，晶莹得如同星辰落下的泪珠。

森林的边上，小精灵们甜美清脆的歌声悠扬地响起。

所有不满二十岁的小精灵排成一条长长的队伍，晨曦与星夜站在最前头。他们头上戴着美丽的花环，花朵好像一粒粒五颜六色的星星，拥挤热闹地凑在一起。

他们端着盛满清澈泉水的坛子，一边唱歌行走，一边将泉水洒在身侧的树叶上。

翠绿叶子上水滴映着初绽的晨光，亮晶晶的，十分可人。

就这么一路洒着水，唱着歌，沿路叫醒还没睡醒的其他精灵，问成年精灵索要节日礼物，小精灵们来到森林中一大块芳草地上。

即将在朝露节上展览的作品已在各处安置好，有的放在草地里，有的挂在树梢上。精灵们三五成群地聚在一起。

朝露节并没有什么固定的形式，只是每个精灵拿出自己最得意的艺术作品，在这一天彼此交流探讨。这一天也是适合求爱的日子，传说假如有心仪的对象，在这一天向对方表白心意，会很容易成功。

易龙龙也特地前来，在草地角落找了个人少的地方，与林琦席地坐下。两人面前摆放有好几个精灵送来的水果篮，还有盛满了清甜爽口树汁的木雕细颈瓶子。晨曦和星夜两个小家伙还把他们脑袋上的花环摘下来，给易龙龙和林琦戴上。

易龙龙为节日忙了三天，此时好像没骨头一样靠在林琦身上，听着精灵悠扬的歌声，偶尔张开嘴唇，一口咬下少年修长手指送来的小巧浆果。

她虽然想偷个懒，却不知道自己偷错了地方，这里全场就他们两个人类，不一会儿便有精灵过来找他们。

最先走来的是两个写诗的精灵，他们各自都认为自己的诗比对方出色，争论之间偶然看到易龙龙，便提出让她做评判。

两人都拿出自己书写的长诗，用人类的语言给易龙龙各自朗诵一遍，接着都用盼望的眼神望着她，希望她认为自己胜利。

面对这玩意儿，易龙龙根本一窍不通，而且不管说哪一边赢，都会让另外一方不高兴，于是她随口胡扯了一通"文无第一"，费了不少工夫，才总算将两名精灵诗人给哄骗走。

接着，精灵画家、精灵歌手以及精灵舞者们，也都先后光顾了易龙龙这个唯一的异族据点。甚至有画家现场作画，用树叶、树枝以及自己灵巧的手指，在一张雪白的布上给易龙龙画了一幅肖像。

虽然有些不好意思，易龙龙还是很高兴地收下了画家的礼物。

晨光由暗到明，再到天色大亮，日光灿烂之后，接着黄昏降临。夜幕以一种从容而优雅的姿态，慢慢地笼罩一切。

夜幕落下来后，便有精灵捧来许多花盆，盆中种植着同一种植物，心形的叶子间捧着杯盏形状的白色花朵。夜色里，这些白花竟然绽出柔和明亮的光辉，宛如皎洁的月色，将黑暗的夜空照得朦胧似雾。

在精灵原来的聚居地附近有一条峡谷，因为地势特别，日光与月光都照不进去，常年处于黑暗之中，因此被称作永夜峡谷。在这峡谷里，生长着一种特别的花朵，叫做月光花。

月光花在暗处会绽放出宛如月光一样的辉芒，精灵们迁徙至此时，也带来了月光花的种子，用来在节日点缀。

夜空底下，精灵们一起欢乐地歌唱。他们的声音是那么美妙，仿佛一个永远沉醉不醒的梦境。易龙龙靠在林琦身上，享受着好不容易回来的平静。过了一会儿，她忽然开口道："林琦，你还记不记得当初在树海里遇到的红帽子？"

眼前的情形让她想起了那时候。那时候也是她和林琦在一起，只是两人当初才刚认识，远不像现在这么亲密。

那时候她也没有想过后来会发生那么多事，而她则与这个少年在一起，一直走过来，直到今日。

一直一直在一起，直至今日。她已经没有办法想象林琦不在身边时自己会是什么感受。

伴着歌声，精灵们开始在空地较大的地方翩翩起舞。有一个精灵少年忽然停下脚步，拉住一名精灵少女，对她说了什么，随后摘下头上的花环，双手递至精灵少女面前。精灵少女红着美丽的脸颊，也摘下自己的花环。然后两人各自亲手为对方戴上。

交换花环后，附近的精灵便含笑围住他们，推着精灵少年少女，让他们抱在一起。

虽然在精灵族里过了好几天，但易龙龙依旧听不大懂精灵语，只偶尔从少年与少女的发音中分辨出一个词：最喜欢。

这应该就是精灵的求爱方式吧。

易龙龙正颇有兴趣地看着，忽然感到手臂被轻轻地碰了一下，扭头一看，发现是林琦。

他秀丽的面容映着身旁的月光花，神情温柔安静，又带着微微的青涩。他摘下头上的花环，两只手端着，好像捧着很珍贵的东西，送到她面前。

他眼睛一眨不眨地望着她，每一个发音都真真切切，"最喜欢龙龙了。"

真的，最喜欢，最喜欢。

看到她便满心欢喜，喜欢得不得了。

不知道该怎么表达心里饱满得快要涨开的情感，那仿佛是一朵花开的瞬间萌发出来的无限喜悦。

望着送至眼前的花环，易龙龙愣了一下。

花环是今天早上晨曦与星夜送的，因为施加了魔法，还像是刚摘下来一样新鲜完好。美丽的花瓣纤柔脆弱，仿佛一碰便会破碎。

最喜欢……吗？

那么她呢？

易龙龙看着林琦，沉默了许久，想了许多。

最开始在高塔上邂逅，后来两人结伴走出树海，她手把手地教他日常生活，仔仔细细告诉他遇到什么事应该怎么做。

后来白牙佣兵团到来，那时候林琦还很脆弱，为了她，他放下武器，自己却倒在血泊里。

再后来逃脱，她黯然返回树海，回到出生之地。可昏迷醒来后的第一眼，看到的人还是他。

是从什么时候起他们变得那么亲密——甚至有时候不需要说话，他就知道她要做什么——好像同一个人似的？

又是什么时候起，她的生命里打下这个人的烙印，如同影子一般不可分离？

从前她没有多想，可自从林琦认真地表白后，她便也跟着有些异样的感觉。有时候不经意一瞥，会感到非常不可思议：最初那个人偶娃娃一样的07，什么时候变成了现在这个情意纯洁真挚的少年？

易龙龙至今都不明白自己对林琦是什么样的情感，可有一件事毋庸置疑，那便是，这少年的重要性，凌越于全世界之上。

这是不是就代表喜欢？

心尖是滚烫的，好像有什么在炽烈地融化。易龙龙抬起小手，有一点羞涩地垂下眼帘，摘下自己的花环，踮起脚尖站起，小心地给林琦戴上，同时也让林琦给她戴上花环。

好像猛然获得了巨大的珍宝似的，林琦张开手臂，拥抱少女龙娇小轻软的身体，喃喃出声："最喜欢龙龙了。"

仿佛被他的热烈所感染，易龙龙也情不自禁地回应，"最喜欢林琦了。"

"最喜欢龙龙了！"

"最喜欢林琦了！"

最喜欢……

精灵还在歌唱，月光花的光华细腻皎洁，少年和少女龙彼此拥抱着全世界。

九十六 节日·最喜欢

九十七　远方·保护者

浮空岛屿与世隔绝，精灵们歌唱之际，世界依旧按照自身的轨迹运转着。

风都的夜晚安宁，微风慢悠悠地吹过。而双城中的另一城——遥远的帝都内，截然不同于风都中的闲适慵懒，这里汇聚着最火烫的权力财富、最悠久的家族历史，以及最激烈的钩心斗角和恩怨情仇。

夜幕笼罩下，华丽的马车不紧不慢地在街道上行驶，车轮压过平整的道路，富有节奏的声响在寂静的空间里显得更加清脆。

夜晚巡逻的卫兵绝不会自讨无趣地去拦阻检查，因为马车上挂着金色剑兰的家族徽章。这样的徽章属于最显赫的家族。

马车在一座庭院前停下，走出来的人身姿挥洒利落，黑色礼服让他整个人几乎要融入黑夜中，宛如吸收了太阳碎片的金色发丝却依旧那么耀眼。

艾瑞克对站在门口等候的侍从微微一笑，抽出口袋里的请帖晃了晃，在侍从的引领下，走进敞开的门内。

虽然忙碌了一整天，但他的脚步稳健有力，动作和神情中完全看不出疲态。

穿过庭院，一直走进宴客的大厅，侍从才停下脚步，欠身行礼，悄悄地离开，留下艾瑞克面对大厅内另外一人。

大厅中灯火辉煌，昂贵的魔法灯将房间照耀得如同白昼。铺着织花餐布的长桌上，摆放着镶嵌宝石的银制餐具，盘子和碗中盛装的食物形色俱美，光是看着便足以让人食欲大动。

使用最好的材料，请帝都中最豪华餐厅的厨师专门烹饪，这是一场十分用心的晚宴。然而现在已经是深夜，餐桌上冷却的食物却一口未动。

这当然不是因为所有的客人都在节食，而是因为根本就没有客人前来。

餐桌的一头站立着身穿浅灰色礼服的美貌青年，与艾瑞克一样是金发蓝眸，然而色素却要浅淡许多，仿佛是被稀释洗掉了一层颜色。青年阴柔的容貌气质，使旁人第一眼看到他就会产生不好亲近的感觉。

艾瑞克在餐桌的另一头站定，随手启开一瓶红酒，倒在水晶高脚杯里，随后转身举杯微笑，"席格，晚上好。"

身为公爵私生子的青年露出带着几分苦涩和几分自嘲的笑容，"你是专程来看我笑话的吗？"

真是太讽刺了。

他为了今晚的宴会提前好些天做准备，邀请帝都内不属于他这一方的贵族，但艾瑞克得知了这个消息后，故意也在同一天的同一时候，向他的所有客人发出另一份邀请函。于是原本都将参加他的晚宴的客人，都丝毫不意外地去了另一个地方。

所有人都能看出来，艾瑞克的行为是变相宣战，并且非常明确地让持中立态度的人表明立场。

结果在傍晚宴会开始依旧没有人前来赴约时，便再明白不过。

收过席格请帖的人，有的派随从来表示有意外不能赴约，有的干脆连表面的礼节都省了。

确定不会有人赴约，席格遣散了所有的仆人，只留下一个信任的随从在门口等待。

他还在等，等一个也许会来的人，现在他终于等到了。

虽然艾瑞克没有殴打他，也没有用言辞责骂他，可今晚上的经历比任何行为都更让人灰心丧气与羞辱。

稍稍了解海因涅家族近期情形的人都知道，公爵大人的身体状况在逐渐恶化。作为两个可能继承海因涅掌控权的候选者，公爵年轻有为的弟弟和新冒出来的私生子分为两派，一直在争夺权力。

不得不说，席格让所有人刮目相看。虽然只是佣兵出身，可他好像对权力特别敏感，一上手就能娴熟地操纵这柄武器，手段之狡猾犀利，令即便是在名利场中沉浮几十年的老家伙也为之惊叹。

但，那又怎么样呢？

席格有些灰心地想：既然命运指引他走向这条道路，可世界上为什么要有艾瑞克·海因涅这个人呢？

比起基础薄弱的席格，艾瑞克所拥有的优势实在太多。首先，他是公爵首肯的人，而公爵手下至少三分之一以上的势力原本就是属于他的，此时重新接手回来，比从陌生开始要容易许多。

其次，他本身拥有很高的声望。少年与青年时的传奇冒险、俊美的容貌、亲切的态度和优雅得体的举止，让他非常迅速地融入贵族圈子中。

最后也是最重要的，艾瑞克玩弄权力的手段，不比席格差多少。

席格想着想着就忍不住有点儿悲愤起来：不是说不够专注的人不能在剑术上取得极高成就吗？为什么这个人一方面是绝顶高明的剑士，另一方面还能够成为称职的政客？他看起来也不过就比他大几岁而已！

出乎席格的预料，艾瑞克并没有露出炫耀的神情，他只是诚恳地望着席格道："这么说可能会让你觉得不可思议，但我今天来这里是希望你能放弃。"

虽然能够玩得圆滑熟练，但他发自内心地不喜欢这种权力争夺，尤其是发生在亲人之间的。

今天他故意这么做，是为了彻底挫败席格的信心，提高劝说的成功率。

本来还准备了一些说辞，可对上席格的目光，艾瑞克想了想，还是放弃了。

那是为了某个目标不惜付出一切的、异常决绝的眼神，如同决斗时遇上视死如归的对手，不杀死对方，攻击就不会停止。

这样的心志，不是他几句话能够撼动的。

艾瑞克明白自己今天是白来了一回，没有继续停留的必要，便无奈地耸了耸肩，放下尚未沾唇的酒杯，转身朝外走去。

今后，就要真的惨烈厮杀和交锋了，到这一步，谁都不能退缩。

他走到大厅门口时，席格忽然发出声音，"我有一个问题。"

艾瑞克停下脚步，"请说。"

迟疑了一会儿，席格缓缓开口道："我可以感觉到你并不太喜欢这种生活，我也知道当初公爵大人对你不太好，为什么你依然愿意帮助他呢？"

艾瑞克微微偏头，蔚蓝色的眼睛里含着微微的笑意。这位强大的剑士与政客，此刻流露出来的目光却那么温柔，"因为我自身也需要这份权力的帮助，我有一个无论如何都想要保护的对象。"

就这么简单。

九十八　松叶·智慧心

精灵的朝露节过后，易龙龙又在空之岛上多住了一些日子。作为精灵们的贵宾，她受到热情周到的招待。

除节日之外，精灵们平时的生活都很规律。他们每天晨光亮时即起床，进行学习和训练，以期熟练掌握各种知识和技巧；下午则是放松的自由活动，可以自行钻研感兴趣的艺术。

此外，成年精灵编组轮流劳作，照顾种植园和牧场，甚至修葺房屋，织布裁衣。

每一个普通精灵几乎都有多方面的才能，出得厅堂，入得厨房，下得学堂，上得战场。

思春期魔王越挫越勇屡战屡败。虽然以瑟的相貌确实不错，但精灵的审美多半偏向本族成员，而他的无差别大范围撒网也容易给人不真诚的感觉，自然仍是一无所获。

而这段日子里，易龙龙充分见识到，一个物种假如变异起来，可以指向完全不同的两个方向：精灵中有大大咧咧、完全不在乎艺术且只对战斗有兴趣的翡翠，也有比所谓人类还要狡猾、能利用的决不手软、笑得好像老狐狸的松叶。

松叶不仅让易龙龙免费帮忙给精灵族运送书籍，甚至在发现以瑟的实力惊人后，还说服魔王每天给精灵们做实战指导。以瑟思春归思春，但他的战斗经验却是从小在残酷的魔界战场上磨炼出来的，头一天便让所有精灵心服口服。

就这样足足过了一个多月，大量用易龙龙私房钱买下的书籍陈列在精灵的藏书室里。同时，经过以瑟的训练，加上翡翠的从旁指导，精灵们的实战能力往上跨越了一个大台阶。

精灵居住的空之岛山清水秀，非常适合隐居。但易龙龙毕竟年纪轻轻，还没有退隐山林的打算，住了一阵子便开始想念都市里的繁华景象。

是告别的时候了。

最初来时，易龙龙看精灵们很快便出来迎接翡翠，就以为真的好像打开一扇门那么简单，后来才知道，精灵们为了能迎回流落的同伴，由四名长老耗费大半力量开启空岛与外界连接的门，这才使得他们进出自如。

这扇门只能开启两个月。

两个月后，精灵们的空之岛又会再度与世隔绝。

当然，假如易龙龙希望，她完全可以让力量强得没地方用的魔王强行撕开空之岛的保护层，但那样对现在的精灵们并没有多少好处。结界的存在是为了防止外来人类入侵，也是为了阻拦本族对外界好奇的精灵莽撞地跑出去。

在松叶又一次前来拜访的时候，易龙龙打算向他告辞，但话还没出口，狡猾的年长精灵便在她之前开了口："是打算离开了么？"

易龙龙有些诧异地道："你怎么知道？"

松叶笑眯眯地指了指自己的眼睛，"你的想法都写在脸上了。"

易龙龙情不自禁地翻翻白眼，"你真的是精灵吗？我看其他精灵都挺纯真的，怎么就光你这么狡猾？"

松叶欣然笑纳，"多谢夸奖。"

面对这样的精灵，易龙龙颇为无奈。她好不容易培养起来的一点离别伤感气氛都给扫得无影无踪，只剩下哭笑不得。

想了想，她低声道："等我们走了，这里又只剩下精灵了。"还有半精灵。

虽然易龙龙说的是废话，但松叶却露出了有些感慨的神情，"是啊……"顿了一下，他似乎想到了什么，忽然语气转变道，"请跟我来。"

松叶在前方缓步行走，那件有着斑斓纹路的宽松长袍看起来有些花哨，但穿在他身上却不显得轻浮。他的步伐不像那些年轻精灵一样弹跳敏捷充满活力，而是宛如一片静静落下的树叶。

他是精灵族中地位很高的长老，认真比较起来，甚至在翡翠之上。不过精灵世界没有太多烦琐的礼节，路上即便是有人看到他，也只是平常地打招呼。

林琦抱着易龙龙，一路跟随松叶，走到从未抵达过的森林深处。

一圈清澈如水晶般的溪水环绕着一片圆形的土地，土地上立着一株大树。

易龙龙即便是在树海之中，在龙语山脉里，那些少有人至树木茁壮成长的地方，也没见过这样巨大的树。别的树木与它相比，简直就是小茅屋与摩天大楼的差距，也可以说是易龙龙与其他龙族之间的体积比例。

繁茂的枝叶纠结参差，巨大的树冠几乎完全遮蔽住天空，七彩的虹光如同有实质的水一般在周围的空气中流淌。不用松叶介绍，易龙龙也知道这株树来头不会太小。

果然，松叶不一会儿便说出来，这是精灵族的智慧树，也是精灵们传承知识的宝物。简单地说完这些，松叶便望着智慧树发呆。

他这是什么意思啊？

易龙龙有点儿摸不着头脑：话说这个智慧树应该是精灵族很重要的东西吧，怎么随便带她这个外人来参观？参观就参观吧，但又哪里有导游把客人撇一边自己发呆的道理？

这么些天来，易龙龙还是头一次瞧见老奸巨猾的精灵露出这种微微恍惚的神情。

不过易龙龙自认为绝对是一只非常尊重他人个人爱好的龙，既然松叶有对着他们智慧树发呆的习惯，她也绝不打扰。等了约十多分钟，她听见松叶喃喃出声。这个拥有过人智慧与心机的精灵，此时的语气却那么迷惘，"我自己也不能确定这么做是正确还是错误，但假如不这么做……"

或是这句话坚定了他的决心，松叶忽然扭过头来，目光诚恳坚定地望着易龙龙，"这些天来真的非常谢谢你，你是我们精灵一族的恩人。"

翡翠带来的这个女孩，是真的非常善良。他请求她送书给精灵，其实是在给今后的人类培养竞争对手。假如没有易龙龙，要让他们自己去人类世界搜集那些书，恐怕要付出巨大的代价。

这一份恩情，他知道，并且一直放在心中。

难得老狐狸如此正经，易龙龙有点不好意思，"没那么严重，我其实没做什么。"嘴上是这么说，但易龙龙心里却偷偷地高兴，毕竟被人肯定总不是什么坏事。

松叶微微一笑，目光又转向高大的智慧树，"用来维持智慧树生命的，不仅需要光、水、土壤，在智慧树的中央，还有一颗智慧之心。假如智慧之心被拿走，不超过两百年，智慧树就会逐渐枯萎。"

易龙龙有点不妙的预感：这家伙跟她说这个做什么？

没有理会易龙龙防备的神情，松叶继续说："万年以来，精灵智慧的传承都依靠智慧树。通过智慧树，我们不需要花费多少时间和精力，就能完全继承前代精灵的武技、魔法，以及各种知识技能。

"除此之外，智慧之心还是维持空之岛的能源之一。假如失去智慧之心，空之岛只能继续隐藏一百年。"

说了这么多，无非是说智慧之心很好很强大，很重要很珍贵……可易龙龙感觉却越来越不妙：智慧之心是好东西没错，但为什么要告诉她？

松叶忽然扭过头，目光直视易龙龙，"这些天来麻烦了你许多，实在抱歉，但更加抱歉的是，我可能还要你帮一个忙。"

听他说要帮忙，易龙龙以为还是从前那些事，顿时感到放松，没多想就答应下来，"这个不难，你们还要什么方面的书籍，我尽快给你们带来……"

她的话被松叶打断。

"不是带来，是带走。"松叶沉着地说，"接下来我说的话请不要吃惊。我的请求是，请你带走智慧之心。"

果然……

居然……

一瞬间，易龙龙脑海中同时浮现这两个词。

她就知道这狡猾的老家伙先前给智慧之心打了重量级的广告不是白打的，肯定要做些什么，可即便她有了防备，也完全没想到松叶竟然要让她带走智慧之心。

易龙龙前世读小说，看小说里说古代帝王之所以能当上皇帝，是因为其祖先的墓地正好建在名叫龙脉的风水宝地处，汇聚天下的尊荣气运，泽福后代。一旦龙脉被破，那么朝代将会走向衰败。

精灵的智慧之心也有点儿这个意思。它虽然没强大到让精灵占领世界，但也算是庇佑精灵的安全，并且延续其传承。

现在这个精灵族的长老让她带走智慧之心，这基本上就等同于掘精灵的"精灵脉"，断精灵的生路。

这该叫做什么行为呢？

吃里爬外？扒什么？

通敌叛国？跟谁通？

卖族求荣？卖哪儿去了？

难道松叶是人类假扮的，派遣他深入精灵据点做卧底？也不对啊……假如松叶是假货，那么以瑟应该早就拿真实之瞳照出来了……

出卖的人生不需要解释……胳膊肘向外拐……嫁出去的女儿泼出去的水……

赶紧煞住逐渐走向诡异的思路，易龙龙调整了一下自己惊愕的面部表情，尽可能显得平静一些，再度定睛凝视松叶，"解释。我需要一个解释。"

随后，松叶的解释让易龙龙明白了他的用心，但听完之后，她又觉得自己这一个月来的感想没错，松叶在安逸平和的精灵族之中确实是一个大异类，他的思想甚至比恐怖分子还要危险一些。

松叶所想的无非是内忧外患的问题。在他看来，现在的精灵族还是稍嫌忧患意识不足，尽管反复教导让年轻精灵们努力上进，但过分安逸的环境很容易让精灵们失去奋发的动力。虽然有老一辈殷切督促，可年轻一辈精灵的心态还是非常散漫的。

这样缓慢发展着也许并没有什么过错，但松叶的目光看得更远，他担心许久之后精灵们会进一步懈怠，乃至忘却人类的强大，忘却自身的危机。

尽管精灵们自身也在努力，但这远远不够。

智慧树与空之岛，这是对精灵一族的保护，也是对精灵一族的禁锢。

松叶产生了一个冒险的想法：假如失去智慧树，失去了赖以隐藏的空之岛，会不会让精灵从此警醒过来，真正拥有下一秒就会灭亡的危机意识？

而失去了智慧树的传承，精灵们会不会像人类那样，完全通过自己的能力来学习，真正绽放出思维的火花，而不是依靠这种便捷但只是全盘接受的传承方式？

一直以来他都在思考这个问题。翡翠回来后，通过与这个长时间生活在人类世界的巡礼者交谈，松叶更加坚定了自己的想法。

拿走智慧之心，智慧树不会马上枯萎，岛上其余的力量还能继续隐藏空之岛大约一百年时间，这段时间是给精灵们用来准备的缓冲期。一百年，不论是学习魔法还是武技，都足够了。

智慧之心藏在空之岛上任何一处都有可能被发觉，只好委托外人将其取走，精灵们才会无路可退。此外，智慧之心是纯粹的力量核心，没办法轻易毁去，因此松叶只能请外人带走。

这是破釜沉舟。

是置之死地而后生。

虽然完全能明白松叶的想法，但明白是一回事，接受是另外一回事。易龙龙震惊之余，感情上很难接受。

这种关系一个种族存亡的大事，对于像她这样柔弱的幼龙来说，还是太刺激了一点。

大脑停摆了好一会儿，易龙龙有些不安地往林琦的怀里蹭了蹭，下意识地左右张望，确定没有第四者在旁，才仿佛做贼一般低声问："为什么会找上我？我们其实不算太熟吧，你怎么就这么放心把珍贵的东西交给我？不怕我拿了智慧之心去干坏事？"

拿走智慧之心，这本身就是在干坏事了。

看出易龙龙的不安，松叶挥一挥手，在周围布下结界，"这个你完全不必担心，智慧之心就算被取走，智慧树本身还有力量，大约要好几年之后才会发现。我既然把智慧之心交给你，你打算怎么处理，都是你的事。"

他可以看出来眼前的女孩不是滥用力量的人，即便智慧之心被她用去，那也应该是因为有正确的需要。

见易龙龙还不肯答应，松叶又继续劝说："不然，就当是给你们这些天辛苦的报酬吧。"

这报酬未免丰厚得有点过了。

足足僵持了半天，易龙龙才终于沉着小脸，点头答应。她与松叶约定，她只负责暂时保管智慧之心，今后精灵族假如遇到危机，她会立即归还。

易龙龙一点也不想当精灵的改革先锋。她之所以答应下来，主要是怕松叶在她这里碰壁后，会做出更严重的事来。至少智慧之心拿在她手上，就当是暂时放进保险箱吧，什么时候精灵需要了，她可以随时归还回去。

得到易龙龙的允诺，松叶露出轻松的笑容。他走到智慧树下，单手按在树干上，从远处看，巨大的智慧树衬得他的身影分外细小，几乎只是一个微不足道的小点。

因为松叶的这个动作，周围流动着虹光的空气静止了片刻。随后，易龙龙看见透明晶莹的淡薄虹彩，如同百川入海，从四面八方向松叶的手掌下汇聚。

松叶的手抬起来时，掌心凝结着一个拳头大小、光芒柔和的七彩圆球，其边缘朦朦胧胧的，仿佛柔软晶莹的水晶包裹着一层浓郁的雾气。彩虹的颜色在雾气间回旋流转，最后相互交错融合，变成一团雪白。

取出智慧之心后，周围聚拢的虹光骤然散开，依旧是缤纷绚丽的景象，乍一看与先前没什么分别，但倘若非常仔细地观察，会发现那光芒失去了少许生动的气息。

松叶低头看了看智慧之心，好似有些不舍，但还是一咬牙递给了易龙龙。

易龙龙小心翼翼地捧着这个珍贵的圆球，听着松叶告知安置保管智慧之心的注意事项，注意力却不由自主地飘向掌中。

手掌的触感很奇妙，智慧之心好像一个温润柔软的水球，接触的皮肤好像被温暖的水汽润泽，可是一拿开，皮肤上干干净净，什么都没有。

虽然下定了决心要彻底放弃，但毕竟智慧之心是精灵族的重要宝物，交给易龙龙后，松叶终于忍不住流露出依依不舍的神情。

易龙龙看得好笑，随手将智慧之心丢进链坠的空间内，安慰道："放心吧，智慧之心存在我这里，存几百年都行。安全防盗，特别优惠少数民族，不收你们利息，什么时候要，我什么时候还给你们。"

松叶虽然有点感激，但对易龙龙的话还是很不以为然，"你是人类，最多也就活一百多年，小孩子不要动不动几百年地说大话。"

易龙龙抿了抿嘴唇，只是一个劲儿地笑，不作解释。

九十八　松叶·智慧心

九十九　客人·吃软饭

易龙龙离开空之岛的时候，还有些心惊肉跳。

虽说主谋是松叶，她只是个小小帮凶，且当时没有别的精灵在场，不可能有人觉察智慧之心在她的项链空间中，可她还是好几次做贼心虚地想，也许就在她踏出通往外界门口的那一瞬间，会有精灵忽然跳出来，指着她大叫留下宝贝。

好在直至她的双脚站在云朵上时那样的情形也并未发生。

易龙龙回头看去，只看见松叶微微笑着，站在门边对她挥手。

希望他的冒险有价值吧。

翡翠没有来送她。作为有七百年在外经历的巡礼者，他所研究掌握的东西比任何一个精灵巡礼者都多，就连精灵们庆祝朝露节他也没有离开学堂半步，夜以继日地书写下来他记忆的知识及对一些技术的改良建议。

见不到翡翠，易龙龙给他留了一封信，信中把自己的真实身份告知了他。

最初翡翠才到她的别墅时，易龙龙被这家伙给气坏了，压根儿就没想过告诉他自己是龙；后来索性忘了这件事，直至来到空之岛前才想起这回事，但那时她又不知该如何找机会跟翡翠解释一直隐瞒的事实，拖着拖着，便拖到分别之际。

跳下云端，易龙龙情不自禁地抬起头，只见那朵巨大的白云逐渐变得透明，最后消失在视野中，而原本白云所在的位置，是一大片蔚蓝的天空，空旷得让人有些惆怅。

翡翠和她分开了，原本时常能看见的身影陡然消失，再也看不到那长长的翠发晃来晃去，便觉得空气里仿佛少了什么，即便是家中又多了两名客人——以瑟与阿绯这两个从海上带回来的特产——也不能填满忽然缺失的那部分。

然而这样微微的失落与感伤并不影响日常生活，易龙龙也只是在闲极了的时候会忽然抱住林琦说："你不要离开我哦。"

少年什么都没说。他既不应承，也不拒绝，只是每一次都紧紧地反抱住女孩娇小的身体。

悠闲的时光并没有持续多久，易龙龙回到别墅后的第三天，便有意外的客人登门造访。

说意外，其实也不算意外。易龙龙回来的第一天，便听尤金报告有个神秘的家伙找了她许久。在会客室里，来人掀开斗篷露出真容时，易龙龙还是有些诧异，忍不住皱了皱眉，"怎么是你？"

这么奇特的相貌，她怎么也不可能忘记，更何况，她第一次感到巨大的痛苦与伤害就是拜他所赐。

深褐色的皮肤上长着奇异的白色花纹，自额头为起始点，如同莲花一般绽放开来。

如同白色火焰一样的头发，以及宛如灼烧着灵魂的白色眼珠。

白牙，卡卡。

那个血与火的夜晚，林琦倒下的身影，她永远不会忘怀。虽然事情已经过去很久，白牙佣兵团也都已经埋葬在龙语山脉中，但此时看到眼前的人，不愉快的回忆还是立即清晰地浮现在心间。

当初他与蕾茵娜等人同行，也一直穿着斗篷，这个看起来不大像人类、名叫卡卡的家伙，似乎拥有把她召唤到另一个地方的能力，这样才让她落入险境……

他为何没有像白牙佣兵团其他成员一样在群山间死去？

此外，他来这里做什么？

仿佛感觉到易龙龙的情绪，林琦面无表情地抬起手来，掌心对准眼前的兽人。现在与当初不一样，他至少有十多种方法一瞬间杀死这个人。他对卡卡并没有多少恶感，但易龙龙不喜欢，他也不喜欢。

注意到林琦的举动，易龙龙抬手按住他的手腕，示意他暂时不要出手。同时，她想起了一件事，问道："你怎么知道是我？"她扮成人类的模样，配合神官的骗术，就连公爵也被骗过了，他是怎么确定她身份的？

卡卡撇了撇嘴，"我闻出来的，房子周围有你的气味。"他的嗅觉比人类灵敏许多倍，那种平常人甚至感受不到的微妙气味，他却能准确地加以区分。

易龙龙轻哼一声，"下次我会记得送你一瓶超浓缩香水。"

不同于易龙龙满脸警惕与厌恶之色，卡卡非常仔细地打量易龙龙，随后露出轻微的笑容，"看来，你在人类世界中生活得很好。"来此之前，他仔细地查探了有关易龙龙的消息，却发现这个幼小的龙在人类世界里无比适应，仿佛她原本就是人似的。

易龙龙完全不理会他语气中的友善，防备地盯着他，"你来这里的目的，请说出来吧。"

看见卡卡，易龙龙立即决定最近每天都要跟林琦腻在一起，睡觉也不分开，以免又出什么意外。

卡卡低头看了看自己的手掌，轻声说："我是兽人。"

兽人，也是像精灵、鲛人那样的类人种族之一。严格地说，鲛人与羽人，都应该归于这个大类中。

传说这个种族是野兽蜕变而来，身上有一半野兽的血统。

兽人族跟精灵差不多，也在人类世界发展的历史中被排挤，被淘汰，只不过命运比精灵更凄惨些。精灵好歹被官方记载为纯真善良，美貌优雅，可轮到兽人，那些形容词便全部换作野蛮粗鲁、残暴血腥。也正因为此，兽人族的遭遇非常可怕，精灵尚且要藏起来，兽人更要如此。

兽人躲躲藏藏一直至今。现在的兽人都生活在西北部的荒蛮平原上，那里艰险贫瘠的土地人类不屑去开垦，才留下他们的一席容身之地。

卡卡身上继承着远古兽王的血脉，加上一些小小的变异，让他看起来较为贴近人类。他给白牙佣兵团打工，只是为了赚取足够的金钱，能带给族人更好的生活。

精灵亲近植物，而兽人则相对地较为亲近动物，尤其是像卡卡这样的特殊血统。他当初放易龙龙走，纯粹是天性使然。自那之后，他知道不能再回佣兵团了，就独自离去了，正好避开了公爵栽赃的叛国罪，又因为他在团中的身份十分隐秘，便没被牵连。

听着听着，易龙龙紧绷的神情逐渐缓和下来。由于前不久才跟精灵一起生活，她对于命运相似的兽人也很容易产生同情。现在回想起来，当初罗兰救走她和林琦时，卡卡应该是在装睡，故意放他们离去的。

静静地等卡卡说完，易龙龙才温和地问道："那么，你找我做什么呢？"

他今天来找她，总不可能是为了叙旧吧。虽然是与刚才意思相近的问题，但易龙龙的语气却温和了不少。

卡卡干脆利落地道："求婚。"

易龙龙全身石化，林琦直接踩碎了地板。

求……求婚？

易龙龙有些呆愣。她看看林琦，再看看卡卡，接着揉了揉耳朵，怀疑自己是不是耳朵出了毛病，"能不能请你再重复一遍？"

"求婚。"卡卡理直气壮地说。

林琦再踩碎一块地板。

这个时候，他平时只会计算如何最快最有效打倒敌人的脑海里，已经排列组合出上百种杀人方法，但易龙龙软绵绵的小手还按着他的手腕呢，所以他现在只能用眼神杀死卡卡。

过了好一会儿，易龙龙才带点儿侥幸地问："可不可以麻烦说清楚一些，你要向谁求婚？"

回答简洁明了，完全打破了易龙龙最后一丝幻想，"你。"

易龙龙郁闷极了，她转头抱着林琦，好像小虫子一样，用力地往他怀里蹭，发泄完了才再度强迫自己冷静下来，脸色依旧有点儿发黑，"为什么你会有这么荒谬的念头啊……你难道不觉得奇怪吗？我是龙耶。"

卡卡十分耿直地答道："我是兽人。"

"就算你是兽人，跟我也不是一个种族的啊，你见过猫和老鼠结婚的吗？"

"在我们兽人部落里，这个不成问题，鼠人和猫人可以结婚。"

那是兽人部落里代代流传的故事——《老鼠爱上猫》。

"问题是我根本不是兽人，我就是纯粹的龙。"

"这个没关系，只要你愿意，我们族里还有古老的图腾，能帮助你变成龙人。"

"但……你不觉得对这么小的幼女或幼龙求婚很禽兽吗？"

"我本身就是兽人啊。"兽人才没有人类那么多规矩，多少岁结婚都可以。

两个人你一言我一语，看起来好像是沟通无碍，但易龙龙的感觉却越来越无力，几乎有些哭笑不得——看卡卡那么理所当然的表情，好像向一条龙求婚是很平常的事一样。

她原以为卡卡在开玩笑，可现在看来，他竟然是认真的。

"能不能请问，为什么你要向我求婚呢？"易龙龙当然不可能答应求婚，对卡卡会提出这种事却好奇万分。

卡卡这回终于犹豫了一下，轻声说："按照我们兽人的规矩，结婚后，雌性的财产完全属于雄性。"

易龙龙很有钱，正巧，他很缺钱。

他离开了白牙佣兵团后，因为不敢轻易暴露自己的真实身份，所以再也没找到好工作。后来他听说了易龙龙人类身份的一些消息，就打起了吃软饭的主意。

首先，易龙龙是龙，层次非常高阶，即便变成了兽人也是强大的种族，能生下强大的后代；其次，假如跟她结婚，就能得到很多钱，正好能暂时缓解族人的粮食问题。

娶一条龙一次性解决婚姻问题和部落危机，正好一举两得，卡卡的算盘打得噼啪响，一点都不吃亏。结婚是次要目的，他的主要目的是吃软饭。

……这个，该怎么说呢？

总算弄明白是怎么一回事，易龙龙想笑也笑不出，想气却又没什么好生气的。

眼前的兽人，即便曾经与人类相处，但其本质上毕竟不是人类，他的理念和观点自然与人类有偏差。吃软饭这种事在他看来完全不是什么耻辱，向幼女龙求婚被说是禽兽，他也可以十分坦然，毕竟他本来就是兽人。

不过既然卡卡要钱，她无偿赞助一些也没多大关系，毕竟当初他算是放了他们一马，这些钱就算是偿还当初那份人情吧。

她现在最不缺的就是钱。

金币果然是非常有用的东西，易龙龙一说想要钱就别提求婚，卡卡立即乖乖地闭上了嘴。他已经穷得快要去睡街头了，来的时候是空着双手来的，离开的时候，手上却拖着一只沉甸甸的带滚轮的大旅行箱，里面装得满满的都是金子。

对于易龙龙而言，现在金钱已经只是一个普通的数字，多点少点都无所谓。虽然一箱子的金子对于兽人部落来说足够买下维持好些年的口粮，然而这不过是当初龙族宝藏的九牛一毛而已。

卡卡拖着装满金子的皮箱走到会客室门口时，一手拉着门把将转未转，一边回头望向易龙龙，"我之所以知道你的存在，是因为我曾经接触过一个叫席格的家伙。"

易龙龙一怔。

卡卡垂下眼帘，低低地叹了口气，"我还在帝都的时候，被那家伙找上，询问有关你的事。我不大清楚那些人在搞什么，但可能会对你有危险。作为一个异类，想要留在人类世界里，你要更加小心。"

易龙龙有些意外，原来卡卡也不是完全为了吃软饭，同时也是来提醒她要小心。

卡卡苍白的眼瞳里映着忧郁，"虽然过了好几年，可我始终不能融入人类世界，并且时时刻刻要担心自己的身份暴露。这次我有了这些钱，足够维持部落生活几十年，我也不想再回到人类世界。"

他不能融入人类世界，也没有足够的勇气与力量坚持面对今后可能身份暴露之后的种种艰难。

但愿她可以。

默默地在心里说完，卡卡拉上斗篷的兜帽，拉开门，大步朝外走去。

九十九 客人·吃软饭

 **流言·如火烧**

　　好容易解决了以求婚为由想吃软饭的兽人，易龙龙长长地松了一口气，不经意地一低头，却发现会客室的地板裂得不成样。

　　转过头去，正对上少年一双清澈专注的眼睛，里面映着她的影子。

　　"求婚。"林琦凝视着易龙龙，一字一字清清楚楚地说，"我也要求婚。"

　　想到居然被人抢先求婚了他就有些不高兴，虽然易龙龙没有答应，但他就是不高兴。

　　那家伙可以求婚，那他也可以。

　　先前，卡卡说要求婚，易龙龙感到荒谬不可思议，惊讶过后，便能冷静思考。可现在，她望着少年漂亮的嘴唇一开一合，只觉得仿佛有汹涌浪潮自心口里爆炸开，那热烈而羞涩的情愫，只一瞬间便将她的整个身心席卷了去。

　　喂喂喂，那家伙是来吃软饭的，你凑什么热闹啊！

　　易龙龙心里喊着，起身离开林琦的怀抱，抬起手就要去敲他的额头。可视线交错间，少年纯挚剔透的目光如同一汪温柔泉水，她高高扬起的手落下，却只是如同蜻蜓点水一般，轻轻地在他额角擦了一下。

　　始终没办法对他生气，现在甚至连手重些她都会先心疼舍不得。

　　不由自主地，易龙龙涨红了脸。

　　卡卡求婚，她甚至可以当成是开玩笑，然后问明白是怎么回事，进而找到解决处理的办法。

　　可，可林琦……

脸上仿佛有滚烫的热流涌动，全身都如同置于蒸笼里，热气熏得她的脑袋都有些迷糊。

朦朦胧胧地，易龙龙隐约明白，她正在以飞快的速度朝某个深渊滑落，可就连她自己也不想停下来。

非常费劲地让自己清醒过来，易龙龙脸上还是通红的，又有些微微的懊恼埋怨：林琦真是的，他学什么不好，怎么偏偏跟人学这个。

傻瓜笨蛋！

易龙龙在心里用力地叫了两声，才稍微舒服些。

林琦坐在沙发上，易龙龙坐在林琦身上，现在两人虽然分开来，却依旧靠得很近。

等不到易龙龙的回答，林琦悄悄凑过去，小心地抓住她的小手，低声问："龙龙，你不高兴？"

被抓着手，手背贴着林琦温暖的掌心，易龙龙有些不好意思，可却不想挣开，只是轻声地说道："没有不高兴，可……你不要看别人做什么就学什么啊，像上次那样……"

上次，林琦看别人比赛后亲吻，就在大庭广众下直接吻她，这回看卡卡求婚，也跟着有样学样。

他倒是非常自在，每次不自在的人都是她。

再这么下去，她或许真的会无法自控。

她不是迦南学园最大的股东，她不是海因涅家族某位成员的私生女，她甚至不是世界上唯一存活的龙。在最初的最初，她只是一个寂寞地躺在病床上、数着星星盼望能多活几日的少女。

虽然偶尔会有些微的罪恶感浮上心头，提醒她这个少年与她之间或许只是长时间的彼此依赖，并不是那种深刻的情感。可随着时间的推移，这样的想法越来越薄弱，薄弱得几乎要消失不见。

林琦，林琦。

这个名字越来越温柔，或许改变的不是名字，而是她的心情。

听易龙龙这么说，林琦吃惊地睁大眼睛，有些委屈地解释道："我这回不是学啊，我知道求婚是怎么回事。"

弄错过一次后，他就很认真地去学了相关知识，他早已不像当初那样什么都不懂。订婚之后是结婚，结婚之后两人就会住在一起，两个人之间会更加亲密，至少可以随便亲亲抱抱。

只不过易龙龙曾经说过希望能够维持现状，他才一直没有采取行动。但卡卡的到来让他有了很重的危机意识，他恍然明白过来，就算他不求婚，也会有别人先求婚的。

所以他一定要抢在前头才行。

龙龙当然只能是他的，别人连求婚都不可以。

趁着易龙龙想不起责怪他的话，林琦赶紧靠过去，重新把娇小的身躯拥进怀中，亲亲热热地凑在她耳边，说出甜蜜的絮语："龙龙可以先不答应呢，书上说可以结婚的年龄是十八岁，我等十几年好了。不过你不可以答应别人求婚哦，要答应只能答应我的。"

要永远永远在一起。

只能跟他在一起，不能是别的任何人。

求婚什么的，林琦其实并不怎么在意，可龙龙的一切，都要是属于他的，包括求婚的权利。

今后假如要结婚，当然也是和他。

日子过得温和平淡，冬天很快就过去，春天到来了。春暖花开之际，魔王的思春症状也越来越严重，每天一大早就往迦南学园跑，不知道的还以为这位以瑟老师是辛勤的园丁，忠于岗位勤于教学，也就是易龙龙知道这家伙是为了早些见到学园里的花朵们（仅限女性）。

好在魔王这回真的学会了克制，虽然已经教了几个月，但始终没有真的开始对哪位学生伸出魔掌，而是用实际行动树立了一个光辉的老师形象，很受学生的欢迎。

天要下雨，魔王要思春，只能由他去吧。

才旅行一次就带回来一个魔王当成特产，这给易龙龙留下了一点儿心理阴影。她原本打算继续周游世界，现在这个计划也暂时搁浅——天知道假如继续旅行，她会不会又遇上什么危险角色。

同时，为了不给艾瑞克添麻烦，还是留在家里比较安全。

易龙龙从艾瑞克那里得知，他与席格的斗争已经到了白热化阶段。席格曾打听过相关的消息，有可能发现了艾瑞克关心她。为了避免成为拖累艾瑞克的龙质，易龙龙特地加强了别墅周围的保安措施，整天与林琦腻在一起，不给对方一点可乘之机。

易龙龙虽然猜到席格有可能会利用她去威胁艾瑞克，但却猜错了威胁的方向，也用错了防备的办法。

直到有一日，她跟林琦外出散步途经一家酒馆时，听到里面传来大声喧哗，似乎有提到"龙"这个词。

易龙龙心里一动，连忙进去，却听到一个令人震惊的事实：不知道是谁散播的消息，现在整个大陆都在传言，有一条龙还活着。

虽然还没有谁知道那条龙在哪里，是什么模样……

易龙龙的身体偎依在林琦的怀里，一瞬间变得僵硬无比。她本身的存在就是对艾瑞克的拖累。

她连忙赶回家中，找出魔法通讯器联络艾瑞克，但始终联络不上。

龍

龙龙

天衣有风 ◎ 著

Long Long Long

下

中国文联出版社

目录（下）

第二卷 那个傻瓜说爱你

龙

龙龙

一〇一　失踪·无间道

　　联络不到艾瑞克，易龙龙有些慌张。她最后一次跟艾瑞克通话，是在六七天前，那时候他还很轻松地给她说了两个笑话，可是现在呢？艾瑞克去了哪里？

　　今天流言才开始传播，昨天还一点儿征兆都没有，爆发的速度如此之快，足以说明是有人在背后操纵。

　　究竟是谁把消息半掩半露地散播出去的，易龙龙心里基本上有了底。

　　她在风都这儿安全无虞，就算有什么仇敌，也会直接找上她，而不是用这种方式来向她施加压力。

　　问题应该出自艾瑞克所在的帝都，在那里，她曾经变回了龙的模样，虽然有艾瑞克的帮忙掩护，但毕竟还是留下了些微痕迹。

　　而现在最有可能针对艾瑞克的人，就是席格。席格一定是知道了些什么，或许已经知道了她的真实身份。

　　流言只散播了一半，只说是有龙，却没有说龙在哪里。他究竟想做什么？假如他想指认她是龙，那有什么证据吗？

　　就连她都知道了广泛传播的流言，艾瑞克没有道理不知道，但是知道流言的他会怎么想？怎么做？

　　假如席格用她来威胁艾瑞克，艾瑞克会不会有什么损失？甚至，会不会有生命危险？

　　想到这里，易龙龙更加焦急，可是通过通讯器找不到艾瑞克，派人去找又嫌速度太慢，这让她头一次感觉到，两座城市之间的距离是那么遥远。

怎么办？

易龙龙的心口被忧虑塞得满满的，身份暴露的问题反倒成了其次。对她来说，最坏的结果不过就是抛弃现在这个身份，带着林琦跑到没有人的地方藏起来。现在最大的问题是联络到艾瑞克，席格要散播她的身份，就让他散播去，此处不留龙，自有留龙处，换个身份躲藏起来，对她来说，还是非常方便可行的。

她非常急切地想告诉艾瑞克自己的决定，唯恐他那边出什么纰漏，可是从前一直都能联络上的通讯器，此时却没有人接通。

为了不打扰艾瑞克的工作，从前两个人通话，都是艾瑞克主动联络，好不容易易龙龙主动一次，对方却不在。

艾瑞克现在在做什么？是正在忙碌着处理公务，还是为了她的事情而烦恼？会不会已经中了席格的什么圈套？

易龙龙全身僵硬地站在通讯器前，不断地往启动装置里灌入魔力。随着时间一分一秒的推移，她越来越担心，几乎克制不住要往坏的方向思考，想得她心如火燎，手脚冰凉。

见易龙龙脸上露出痛苦难过的表情，林琦微微蹙眉，半蹲在她身旁，小心地抓起她的手，安慰道："龙龙不怕，我会保护你。"

他会尽他所能来保护她，保护她不受到任何伤害。

只是轻轻的一句话，仿佛清凉柔软的雨丝悄无声息地扑灭了焦灼的火焰，而掌心传来的温度，又是无尽包容的温暖。

易龙龙怔了怔，随后用力抱住林琦。

不要怕，有林琦在。

这句话在心里又重复了一遍，伴着隐隐约约的甜蜜，易龙龙忽然就不害怕了。焦灼的心情缓缓平复，从惊闻身份可能暴露的那一刻起，直到现在，易龙龙才彻底地清醒过来。

而清醒过来后，易龙龙终于想起了被她忽略的事情。

虽然通过正常途径，想从风都赶往帝都找到艾瑞克需要一些时间，可是这并不意味着她束手无策。

望着易龙龙稚嫩的脸庞不再写满忧愁，林琦的心情也跟着好了起来。他反手抱住倾注他整个灵魂的娇小身躯，喃喃地说："要是龙龙不喜欢这里，我们就离开吧。"

易龙龙抬眼望着他，眼睛里亮晶晶地映着浅浅的水光，"万一我们很倒霉，要躲去很危险很贫瘠的地方呢？可能会吃苦哦。"等到那时，她又要辛苦林琦了。

回答她的，是理所当然但又满不在乎的誓言，"你在哪里，我就在哪里。"

天之涯或是海之角，山之巅或是河之畔，去哪里都无所谓，只要在一起就好。

今天轮到爱幻想少年尤金值班守卫。

换班的时候，他正好看到才出门不久的小主人满脸焦急地赶回来，一下子冲上二楼，随后便传来大力关门的声音。

出了什么事？

虽然感到有些好奇，但尤金知道主人的闲事不能多管，便将这件事放到了一边，转而求相熟的女佣给他准备些好吃的。

端着堆放手指蛋糕的托盘，尤金蹲在大厅角落才吃了两口，就看见小主人带着她的绯闻对象从楼上走下来，面上已经换作了平静的神色。

易龙龙看见尤金，便招呼道："尤金，你过来，替我去一趟迦南学园，找到以瑟，就说我有急事要找他，请他回来一趟。"

趁着等待尤金去找人的闲暇，易龙龙坐在客厅的沙发里，静静地考虑今后的退路。

魔王就让他继续待在学园里吧，看现在的情形，他对于这样的生活很适应。更何况，就算她想带以瑟走，以追求人类女孩和找哥哥为目标的魔王，也不一定愿意陪她这条没什么用的龙。

接下来的，就是鲛人阿绯。

翡翠不可能带鲛人去精灵的空之岛居住，因此那孩子还是得住在她这儿。原本她是不介意养个闲人的，但是今后如果她必须抛弃现在这个身份，就不会有多余的资源来保护他了。

正好前两天阿绯流露出了想走的念头，他有精灵的秘术可以维持人类的形貌，派人护送他去海边，应该也不会有什么问题。

罗兰，这个不小心跟她结下了主仆契约的倒霉盗贼。

易龙龙一个个罗列着身边的人，为他们考虑今后的出路。轮到罗兰时，易龙龙忽然想起来，好像从昨晚到现在，都没瞧见紫发盗贼的身影。

易龙龙让人在别墅里找了一通，不管是一楼还是二楼，包括药房，都没有找到。她查问过昨晚和今天值班的保镖，几个人都表示，没有看到罗兰外出。

心中微微一动，易龙龙有些不妙的预感，连忙又下令寻找阿绯，结果与罗兰一样。

　　虽说阿绯现在已经不怎么怕生，但平时的表现依旧有些自闭，时常躲在屋子里，不大与人来往。因此易龙龙是先觉察到罗兰不见了，连带着才发现阿绯也失踪了。

　　因为新的变化，才冷静下来的易龙龙又不由得焦急起来：这两个人到底去了哪里？

　　或者，他们并不是自愿失踪的？

　　现在易龙龙不像先前那么慌张，即便是发觉罗兰和阿绯同时失踪，也还能有条理地从头分析。

　　她一层层地抽丝剥茧，慢慢回忆。

　　自从卡卡来访后，她错误地判断，以为席格有可能抓她做人质来威胁艾瑞克，便刻意加强了别墅的安全防卫，花大价钱购买了一套最新的魔法防御装置，并且还特意让人进行过试验。虽然挡不住林琦和以瑟这样的高手，但是这种层次的高手，本来就不在她的防备范围内，基本上，挡几个罗兰，乃至一般的上位剑师或者魔导士，都不成问题。

　　旧的问题还没有解决，新的问题却又蹦出来了好几个。

　　是不是席格干的？

　　假如是他的话，那么他已经抓住了她是龙这个把柄，再抓一个罗兰就当做是求证吧，可是为什么又牵连到了阿绯呢？

　　假如不是席格，又会是别的什么意外？

　　再往前看，这一切都是基于席格是幕后黑手的推测，假如这个推测从一开始就不成立呢？

　　越是深思，易龙龙便越有不确定的问题冒出来。

　　正好肚子有点儿饿，易龙龙让女仆准备了点心，一边吃着樱桃派，一边等待着必要的人手回来。

　　等了好一会儿，客厅的雕花白漆木门被一把推开，出现在门口的，是一身气焰嚣张的以瑟。他皱着眉头，不满地抱怨道："我今天好不容易才约到一个女学生，待会儿就要到约定的时间了。有什么事，你快点儿说。"

　　为了赶时间，他直接用空间魔法从学园赶回来，想着解决了易龙龙的事，还来得及赶赴约会。

　　易龙龙哑然失笑，心里明白魔王已经很够意思了。假如她没有算错，这应该是他第一次成功地约到人类女孩，却因为她的事而特意放下。

易龙龙简单地说了现在的情况与可能面临的问题，在说起罗兰失踪的时候，以瑟微微扬了扬锐利的剑眉说："谁说他失踪了，昨天晚上我还见过他呢。"当时他不认为那是什么大不了的事，也压根儿不认为有跟易龙龙交代的必要。

易龙龙诧异地直起身子，问道："你知道他在哪里？"

仿佛是专程印证以瑟的话，罗兰从客厅旁侧的走道里缓步走出来。他神情疲惫厌倦，眼下还带着淡淡的黑影，道："我没有离开。"

易龙龙忍不住朝他身后望了一眼，有些好奇他是怎么出现的。先前女仆把整栋别墅都找过了，就是找不到他，这家伙到底是从哪里冒出来的？

罗兰脸上没有什么表情，讷讷道："我在地下室。"

原来如此。找人的时候只找了地上的部分，倒是把地下给忽略了。

易龙龙松了口气，心想既然罗兰没有失踪，那么阿绯也可能是有别的什么原因不见了，当然人还是要找的，想着她就说了出来，却见紫发盗贼原本就不大好看的神情更加阴沉。

"他也在地下室里。"

跟着罗兰来到地下室，易龙龙惊讶地看到，失踪的阿绯就躺在地下室的墙根边。

此时的阿绯全身赤裸，已经恢复成了鲛人的形态。他身上缠着沉重的铁链，黑色的冰冷金属压进他白皙柔嫩的肌肤中，几乎要勒出鲜血来。他的身体不时地微微抽搐，头发湿漉漉地贴在脸颊边，水润的眼眸空洞无神，因承受不住巨大的痛楚，他的目光已经涣散。

看着眼前的情形，易龙龙大致明白昨晚两人失踪去干什么了，罗兰把阿绯带到地下室，可能对他做了什么惨无人道的事。地下室安设了单独的隔音装置，就算有再大的响声，外面也听不到。

虽然阿绯的体表除了捆缚的痕迹并无其他伤痕，可从他不时无力抽搐的身躯可以看出，他正承受着莫大的痛苦。

"罗兰。"易龙龙看了看，很快便不忍地扭过头，沉痛地望向紫发盗贼，"虽然我一向不干涉个人的自由，就算是会导致没有后代，也是你自己的事，不过，你不该用强迫的手段啊！再说了，兔子还不吃窝边草呢，你对身边的人下手……"

听着听着，罗兰涨红了脸，急忙打断她的话，"你不要搞错了，我没有做这种事！"这误会实在太可怕了！

易龙龙满脸不信，"解释就是掩饰，你没事把人家脱光了用铁链锁起来做什么？"

眼看着易龙龙一脸"你别说了大家都知道是怎么回事"的神情，罗兰气急败坏地叫道："我是在刑求！这小子是内奸！"

他话音刚落，周围一下子静了下来。

觉察到自己有些失态，罗兰苦笑一下，从头慢慢解释。

前些天，他发现阿绯的神情有些异样，基于从前养成的多疑习惯，这些天就下意识地多注意了一下阿绯。正好在昨天，他没有敲门就直接进入了阿绯的房间，阿绯看到他，立即将一张纸条匆忙塞入口中。罗兰用尽办法，可他就是没有把纸条吐出来。

那时候，罗兰便断定阿绯是什么人派来的探子，当时是晚上，易龙龙已经睡下，他暂时也没有掌握具体的情况，不方便告诉她，便趁夜将阿绯押到地下室，企图用刑求的手段逼迫他说出来历和目的。

可是罗兰怎么都没想到，这个外表柔弱的鲛人少年居然这么强硬，无论怎么折磨他，从昨晚到现在，阿绯都只是发出痛苦的呻吟，却一个字都不肯说出来。

罗兰心中感到深深的挫败，挫败之余，也有遭到背叛的怒意。

当初翡翠救下阿绯后，粗心的精灵并不适合干照顾人这样的精细工作，因此照料阿绯的活，有一半是罗兰帮忙分担的，就算是养一条狗，养久了也会产生感情，更何况眼前的生灵是这么地接近人类。

当然，这一点罗兰就算心里知道，嘴上也不会承认。

想起自己曾那么用心地照料眼前的骗子，罗兰心中恨意更重。针对阿绯的种族特性，罗兰昨晚强行给他灌了几种药剂，其中一种是脱水剂，能令他的身体缓慢脱水，这对鲛人而言，是最大的酷刑。

易龙龙轻轻地叹了口气，摆摆手，"有没有办法让他的身体恢复一下，我有事情要问他。"看阿绯现在的样子，似乎已经神志不清，这个状态是很难沟通的。

罗兰没有说话，只是沉默地取来一杯水，翻转手腕，直接泼到阿绯的脸上。

无色的液体顺着阿绯的脸部轮廓流淌，有少许流入他微张的嘴唇中。得到水分的滋润，阿绯的目光逐渐恢复明澈，一看清站在面前的罗兰，他立即条件反射地道："我是不会说的。"

易龙龙向他走近两步，轻声问："是席格对不对？"

有了阿绯这条线索，她现在可以将前后发生的事情串联起来。

一〇二　约定·节制戒

假如加上阿绯这个环节，那么还需要再往前推一段时间。

实际上阿绯是席格的部下，他们和佣兵在海角城的遭遇，可能是偶然，也可能是刻意安排的，但不管怎样，最后的结局都是阿绯混到了他们身边，进而探听到她的秘密，让席格有了能用来威胁她的把柄。

起因是什么，易龙龙一点儿都不想探究，她所关心的只是结果。

不同于罗兰的愤恨，易龙龙异常平静，相比起对艾瑞克的担忧，其他的都微不足道。

听见席格的名字，阿绯的神情一顿，随后一个字也不说了。

这就算是默认了。

阿绯躺在地上，易龙龙俯视着他说话，不一会儿便感到不自在。想了想，她蹲下来，望着还在不断颤抖的鲛人少年，轻声问："回答我几个问题好不好？只要你肯告诉我，我保证立刻放你走。"

不等阿绯回应，她已经迫不及待地抛出了一连串的问题。

"席格究竟想怎么做？"

"他会不会伤害艾瑞克？"

"嗯，有关我的事，是不是你告诉席格的？你是怎么知道的？"

首先最关心的自然是艾瑞克的安危，其次，她也有些好奇阿绯的手段。虽然她并不是心思缜密而又小心翼翼的人，但是吃过亏后，她习惯了掩饰身份，这样做基本不会出差错。她从来不记得什么时候在阿绯面前透露过自己的真实种族。

话说回来，鲛人不会和魔王一样，也有什么真实之瞳吧？

易龙龙连问了好几遍，阿绯大概是打定了主意做烈士，干脆闭上了双眼，来表达他非暴力不合作、暴力也不合作的态度。

在脱水剂的作用下，清水带来的润泽很快从鲛人少年身上消退，好不容易恢复少许的身体又开始新一轮的抽搐。他的脸色苍白憔悴，比死人还要惨厉，他的嘴唇微微颤抖，曾经发出美妙歌声的喉咙里，断断续续地溢出虚弱的呻吟。

近处观察，易龙龙发现，阿绯白皙的皮肤看起来好像非常干燥，皮肤表面完全失去了健康的光泽。这种状态，就算是正常的人类，也不会太好过，更何况眼前的是与水密不可分的种族。

易龙龙静静地望着阿绯，有些冷漠地看着他，看他的身体变得越来越虚弱，最后几乎要陷入休克，才让罗兰取来一杯水给他灌下。

有了水分的支撑，阿绯再度恢复清醒，这一回几乎是从死亡关头被拽了回来，他忍不住伸出舌头，将唇边的水渍舔干净，望着众人的目光却依旧固执倔犟，"我是不会说的。"

易龙龙盯着他看了一会儿，叹了口气说："不说就算了，罗兰，待会儿放他走吧。"

听见她的话，阿绯愣了愣，一直没什么神采的眼睛诧异地望向面无表情的女孩。

易龙龙没有再朝他多看一眼。做出决定后，她站起来，毫不迟疑地转身朝外走，一边走一边冷淡地说："我不是可怜你，只是不想杀死翡翠救下来的人。我不知道你为什么会给席格卖命，但是翡翠如果知道自己救下来的是个骗子，他一定会很伤心。"

走到地下室的楼梯口时，易龙龙听见身后传来虚弱的声音，"人类只记得鲛人的歌喉美妙婉转，却很少有人知道，我们的听力非常敏锐。"

易龙龙停下脚步，侧耳倾听。

"至于席格有什么打算，我不知道，他一向是机密主义者，他的想法只有他自己能完全知道，我只是按照他的命令在做事。"

易龙龙点了点头，"多谢。"

易龙龙让罗兰放走了阿绯。她站在大厅的角落，目送鲛人少年身上包着斗篷，拖着虚弱疲惫的身躯离开别墅。

等阿绯一走，易龙龙立即让罗兰尾随跟踪。

作为异族生命，阿绯无处可去，应该只能回到席格那里。在安全的前提下，人或许会透露出比被酷刑折磨时更多的东西。

她从一开始就没想过真的要放人。

用最快的速度处理好这件事，她转回书房，走近一直若有所思的以瑟。

深吸一口气缓和压抑的心情，易龙龙试图让心情放松一些，在请求以瑟帮忙之前，她还需要确定一件事。

"以瑟，请问，你的空间魔法能达到什么程度？能不能立即赶到帝都，大概在这个位置。"

拿出准备好的简略地图，易龙龙伸出白嫩的手指，比画出风都到帝都的距离。

她现在的对策是这样的，既然无法用通讯器找到艾瑞克，那么就直接跨越上千里的距离，亲自赶赴帝都，而最好的跑腿人选就是能撕裂空间屏障的魔王大人。

虽然林琦也会空间魔法，但一来易龙龙不舍得让他去冒险，二来，现在她必须以保全自己为第一要务，既然席格要用她去威胁艾瑞克，那么相对地，保护好自己，就是对艾瑞克最大的帮助。

易龙龙仔细地向魔王交代了艾瑞克的相貌、身份以及他在帝都的住址。以瑟非常爽快地应承说没问题，用力挥了挥手，眼前的空气微微扭曲，以瑟高大的身影便立即消失不见了。

接下来的时间，便是等待。

得知意外消息时，是上午十点。

发现阿绯是内奸时，是十点半。

放走阿绯并让罗兰尾随跟踪，是十一点。

魔王离开，是十一点半。

然后，易龙龙便静静地靠在林琦怀中，等待以瑟或者罗兰回来。

时间一分一秒地过去。

十二点，墙上挂着的魔法钟发出动听的响声。魔王离开的时候，说这点儿小事半个小时就能解决，还能赶回来去赴下午一点钟的约会，但是现在已经十二点了，他还没有回来。

午饭送来，易龙龙没有吃。

时间缓慢推移，下午一点，两点，三点。

易龙龙让女仆准备下午茶，可是才吃了两口便厌倦地放下。

四点，五点，六点。

夕阳的余晖扫过庭院，投入微开的门缝里，最后沉入夜色。

室内乳白色的灯光自动亮起。

易龙龙坐在会客室的沙发中等待，一动不动，好像化成了一尊雕像。林琦就在她身旁，侧着身体，专注地凝视着她。

挂钟的指针指向八点的时候，门被推开，站在门口的人是罗兰。

几乎同时，紫发盗贼身后空气一阵扭曲，以瑟高大的身影凭空显现。

罗兰阴沉着脸，以瑟神情中透出微微的懊恼，光是看他们的态度，易龙龙便隐约明白了他们的收获。

确定了结果，易龙龙反而放松下来，微笑着问道："看来应该出了点儿意外，你们谁先说？"她开口的瞬间，林琦就在屋子里布下了隔音结界。

虽然阿绯已经被赶走，可是她实在不想再有什么人能听到不该听到的事情。

"今天真是麻烦……"

"事情很简单……"

只差半秒，以瑟和罗兰一先一后开口，发现抢了彼此的话，魔王爽朗一笑，在会客室里找了张沙发坐下，做出个请的手势，"简单的先说吧。"

确实很简单，罗兰三两句便交代完了他跟踪的结果，"阿绯找了家旅馆住下后，就一直泡在浴缸里。我等了几个小时，他才告诉我，他早就知道我在跟踪他。"

这至少证实了一点，阿绯确实拥有过人的耳力，连罗兰的尾随跟踪都能觉察到。

罗兰说完，就轮到以瑟。

魔王摊了摊手，慢慢地从头说起："你那张地图不够精确，我按照地图上的方位进行空间移动，却没有抵达帝都，而是落在一条没有什么人的公路上。我本来想回来向你再问个清楚，不过后来路上过来了一队商人，依靠他们的指点，我找到了帝都。回想一下，第一次落点偏离了大概十多公里。"

"帝都确实非常繁华，在我们魔界里都没有那么热闹的城市，我问了五次路，才找到你说的那个地方，向守卫自称是你的信使，要见艾瑞克。"魔王的话痨本性再度发作，不厌其烦地描述无关紧要的细节，就连商人运送什么货物、帝都的道路状况、守卫的武技水准如何，都仔细地描述了一遍。

虽然心里着急重点，但看以瑟说得这么欢快，易龙龙也只好翻着白眼忍耐。

趁着侍从去报信的间隙，以瑟懒得在门口等待浪费时间，直接尾随侍从，来到书房，见艾瑞克，但是这个人却不是艾瑞克。

书桌后和一堆文件坐在一起的金发男子，确实拥有与艾瑞克一样的外表，然而在魔王的真实之瞳面前，这层伪装轻易就被看穿。坐在书桌后的那个"艾瑞克"，其实是由另外一个人假扮的。

发觉那个人是假货后，以瑟便直接询问对方真正的艾瑞克在什么地方。以瑟可以说是没有经过允许擅自闯入，兼之没有任何证明身份的依据，那人当然不会轻易告诉他，反而怀疑他是敌人，下令让人围攻。

战斗的结果毫无疑问是以瑟获胜，但是以瑟正打算进一步询问失败者时，神殿的人来了。

听到这里，易龙龙心中一沉，这才想起来，帝都除了是莱特帝国的首都，还是神殿的总部所在地，那里的神官数量跟别的地方根本不是一个数量级的，而以瑟所属的魔族正好是神殿崛起的踏脚石，也是最大的敌人和异端。

这一点，易龙龙从前就知道，只不过神殿跟她没有任何利害冲突，加上在帝都停驻的时间不长，就没怎么放在心上。长久下来，她几乎忘了神殿跟魔族是死对头，这一回甚至还失误地让魔王到帝都去，虽然现在魔王用指环封住了气息，但难免还有一丝泄露，而帝都是神殿总部，说不定有什么出色的人才……

以瑟兴致勃勃地说："中午大概有几十个神官围上我，他们使用的力量很特别，正好能针对性地消解魔族的力量。我觉得很有趣，就花费时间研究了几个小时，差不多大致了解了那种力量后，我才从他们的围困里闯出来。本来想把那些人通通干掉的，不过因为曾经跟你约定过不随便杀人的，所以只好作罢。"

他一边微笑着说，一边抬起手来冲易龙龙晃了晃，手指上正好是当初易龙龙送他的指环——指环的名字叫做"节制"。

易龙龙一怔。

她当初只是抱着能阻止一些就阻止一些的态度，跟魔王约定请他不要随意杀人，却没想到在遭到主动攻击的前提下，以瑟依然遵守了这个约定。

带着微微震惊的心情，易龙龙继续听下去。

"因为那些神官用的什么力量的白光太明亮，照得分不出光线明暗，我又忘记了留意时间，离开圣光的范围后，才意识到已经是晚上了。"

明白确实找不到艾瑞克了，以瑟便直接移动回来，告知易龙龙。

听以瑟说完经过，易龙龙并未失望，而是郑重地向他点了点头，"多谢。"不光

一〇二 约定·节制戒

是为了他辛苦跑这一趟，也是为了他居然遵守了不杀人的约定。

让魔王去帝都是她的失误，假如真的因为这件事以瑟杀死了神殿的人，那么她应该担负最大的责任。

至于以瑟的身份暴露问题，易龙龙反而不担心。以瑟去帝都之前，为了能尽量低调，她特意让他改变了形貌，届时就算帝都神殿想要追查，也很难一下子查到她这里。

虽然过程意外，结局却还算庆幸，总算没有闹得不可收拾。

以瑟靠坐在沙发上，伸了伸长腿，随后笑嘻嘻地望向正思索着的易龙龙，"其实你完全不必这么费心啊，只要你一句话，我现在立即回到帝都去，找到那个叫席格的家伙，把他给干掉。"

在他看来，这么做才是一了百了的便捷手段。易龙龙烦恼这么久根本没有必要，假如换作他在易龙龙这个位置，不想让人知道他的身份，直接将知情人全部杀光就好了。

不管表面上怎么爽朗平和，但魔王本质上是在铁与血中长大的角色，一旦遇到问题，还是喜欢用最直接也是最根本的方式解决。

他本人拥有这样的实力。

易龙龙笑了笑，并没有赞同他的话，只是礼貌地谢过他的建议，随后心情愉快地吃了夜宵，和林琦拥抱一下，才安稳地回房睡觉。

她做出了一个重大的决定，今晚要养好精神，迎接明天的到来。

找不到艾瑞克也没关系，她心中已经有了其他的打算。

一个一劳永逸、彻底解决的办法。

一〇三　意外·更意外

虽然是万物复苏的春季，但睡骑士雅各同学，依旧保持了十几年的良好作风，一如既往地昏昏欲睡。

雅各已经连续睡了二十多个小时，身体却始终不能感到餍足。打着哈欠走进军事分析课堂时，他心里还盘算着等这节必修课下课后，一秒钟都不多停留，立即回宿舍休息。

至于今天其他的必修课，雅各自动在心里忽略不计了。

必修课选逃，选修课必逃，唯有如此，他才能挤出充分的时间来补眠。

走进教室，雅各意外地发现，几个同学正凑在一起聊着什么。

八卦这种事，在历史系很常见，但军政系里培养的多半是各国将来的军政大臣，各个人小小年纪便是政治家的苗子，平时谨慎言辞还唯恐来不及，很少会有这么随意聚在一起磨牙根的情形。

难得见到稀有的景象，雅各忍不住也有些好奇，撑着睡意走近一听，却不由得愣住了——他们说的是龙。

那种从前强大无比，现在却只能存在于书本中和传说中的生物。

一个学生说得正兴起，见雅各来了，连忙招呼道："你来得正好，作为龙骑士，你是最有资格讨论这个话题的，说说看你是怎么看的？我们这里最熟悉龙的就是你了。"

他这话说得没头没尾，雅各怔了怔，原本脑子就还没完全清醒，现在更是一下子不知道该怎么回答了。

那学生见他露出奇怪的神色，想了想，恍然大悟道："对了，昨天你缺了课，还不知道对吧？这消息从昨天就传开了，有很多人在谈论，这世界上还有一条龙一直活着。"

雅各愣了愣，似是有些出神，好一会儿才眨了眨眼。

那同学对雅各的反应不大满意，又补上后续的消息，"还没完呢，今天又听说，那条龙就藏在我们风都！"

接连两个消息几乎将雅各震得回不过神来，他下意识地晃了晃脑袋，觉得会不会是因为他睡得太久了，以至出现了离奇的梦境。

几个同学怀疑雅各可能还没睡醒，颇感无趣，又扭过头去，继续方才的话题。

"我认为，这可能是一场阴谋。"

与别的少年不同，军政系的学生们拥有更敏锐和透彻的观察力，他们所看到的，并不仅仅限于表面，相信的也绝不仅仅限于传言。

"不错，流言散播的范围非常广，而且几乎是所有人都异口同声地这么说，假如没有人在幕后操纵，我把家族徽章输给你。"

"我要你的徽章干什么？我们当然都知道这不是什么偶然的巧合，关键是，阴谋背后隐藏着什么？谁能想明白？"

"我认为这个谣言有点儿缺乏根基，虽然现在表面看起来很热闹，但假如对方没办法拿出更进一步的证据，说明龙在哪里，那么很快就会被当做一场笑话让人遗忘。"

"我觉得……"

三句话不离本行，几位军政系的学生各执一词，有人取出一张国家分布图，索性将这当做一堂国际形势讨论课，分析有哪个国家会利用这样的谣言来对付风都，以及对方将会采用什么手段。

雅各进入这个学校学这个专业纯粹是为了混日子，他听了一会儿，很快就对几位同窗的话题失去了兴趣，转而将全副心思放在刚才听到的消息上：有一条龙还活着。

这消息究竟是真的还是假的？

雅各习惯性地来到角落里自己专属的桌子后，盯着桌面，想像往常那样伏桌休息片刻，可是现在的他，居然怎么都挤不出一丝睡意来。

即将到来的军事分析课没有上成，因为在上课之前，现任校长用魔法发布了全校通知，让目前还在学校的所有老师、学生到广场上集合，海因涅家的小姑娘，也是本学园最大的股东，有重要的事情要宣布。

通知循环播放，给人非常急迫的感觉，催促着全校师生快速行动。

因为自身的特殊体质，雅各从来不参加学校的任何集会，学校高层也特准了他这一自由，但是今天他正好无心睡眠，便抱着闲着也是闲着，说不定能在开会时找到睡意的想法，随着人流走到学园中心广场。

广场中心的石碑前，临时用魔法架起了一座高台，广场上站满了人，所有人的目光，都集中在高台顶端的小小的身影上。

易龙龙站在高处，身后不远处，则是与她形影不离的林琦。

"真是意外，雅各你也会出现在这种场合吗？"身旁传来轻快的招呼，雅各转头一看，将眼前的面庞和记忆库一对照，很快就搜索出对方的名字与身份：帝摩斯，暗杀兼情报专业学生。

尽管彼此并无多少交情，雅各还是微微地点了点头，接着就看到帝摩斯目光微微一闪，继续若无其事地询问："这个通知真是有些意外，不是吗？"

今天帝摩斯对校长的这个通知感到很意外。

他事前没有得到任何风声，忽然就听到易龙龙有重要事情要宣布的通知，赶来的途中，心中十分疑惑。根据他从前对这位小主人的观察与分析，她应该是不喜欢引人注目的，有什么通知不能直接通过学校的机构传达，非得集中那么多人当众宣布呢？

见一向不大合群的雅各也出现在这里，帝摩斯便怀疑他是不是知道什么内幕，情不自禁地向他打探内幕。但让帝摩斯失望的是，雅各来到这里，纯粹是失眠睡不着，跟内幕没有半点儿关系。

好在帝摩斯没有猜测太久，台上的易龙龙看来的人差不多了，就准备讲话了。

台上用了一个扩音魔法，范围覆盖整个广场，能将她说的每一个字传达至所有听众耳中。

深吸一口气，易龙龙稍稍往前跨了一步，就连这吸气和跨步的声音，都被魔法忠实地扩大。而在这之后，童稚的嗓音清晰冷静，带着一种与年龄完全不相符的、义无反顾的决断。

"昨天和今天，在风都流传了这么一个说法，说大陆上目前还有一条龙活着，并且那条龙就在风都。"

"今天在我来到这里之前，我在路上问了几个同学，有些人认为这是虚假的谎言，根本不足为信。"

"但是，我今天要说的是，这并不是谎言。"

为了保证吐字清晰，易龙龙刻意说得很慢。微微一顿的空当，她往嘴里塞了粒酒心巧克力。

巧克力中包裹的烈酒缓缓流入咽喉，迅速进入胃部，被吸收。

身体在发热，血脉在沸腾，易龙龙目光有些潮湿，微微一笑道："我就是那条龙。"

她就是那条龙。

就这么简单。

于是，在众目睽睽之下，微笑着的娇小女孩，身侧游逸着闪亮的银白色光芒，而银光之中，她的身体迅速缩小，最后光芒散去，出现在众人眼中的，是一条雪白娇小的龙。

那条龙身上挂着稍嫌过大的衣衫，异常柔嫩的嗓音软软地又说了一次同样的话："我就是那条龙。"

这是一劳永逸、真正治本的办法。

她所担心的，不愿意的，能够动摇艾瑞克的，席格唯一拥有的筹码，就只是她的身份罢了。

那么，只要她抢在席格之前，把自己的身份公开，席格还能利用什么？

魔王所说的杀人灭口，虽然也是一个办法，可是这种办法，她已经在白牙佣兵团身上实践过一次，杀人的感觉并不好，更何况，杀死席格只能治标不能治本，谁能保证今后不会再来个什么人拿着她的身份牟利？

当初，她竭力隐瞒身份，但是在今时今日，此时此地，却这样坦然地说了出来。

莽撞与勇气的区别，前者是不经过思考也不考虑后果，后者却是经过深思熟虑，即便知道可能不会有好结果，甚至感到害怕，却依然坚持要这么做。

面对上千人的目光，易龙龙眼眶微微潮湿，心头颤抖。

不是不害怕，身为龙的身份一公开，她不知道外界的反应会如何，甚至也不知道，今后将会迎来什么样的目光，可是她依然坚持这么做。

不能让席格有机会在她的身份上做文章，以此对艾瑞克造成任何伤害。

找不到艾瑞克，那么就用这种方式昭告全世界。在学园中宣布后，她相信，聚集在学园里的各方势力，都会用最快的速度，将消息传回自己所属的阵营，而她也会在幕后推波助澜，甚至积极促成消息的散播。

只要艾瑞克还在关注外界信息，便不难知道这件事，也一定会明白她的用意。

不能光让艾瑞克保护她，她也希望能保护艾瑞克。

就算只是微不足道的一点点。

她已经不再是当初那个因为自己的身份而害怕得要死，甚至会被神官的几句话吓得流泪哭泣的易龙龙。

……

她被佣兵捉住，亲眼看到林琦几乎因为她而被杀死，从那时起，她便开始思考自由、尊严与生命的问题。

她得到神官不求回报的帮助，从而感受到陌生人的温暖。

她无比害怕地逃回出生之地，那是她第一次绝望无比，灰心丧气。

她终于变成了人类的形态，睁开眼睛，看见纯洁的少年和光溜溜的自己，宛如新生。

她跟随贵族少年来到帝都，因为意外变回原形，而又惊险无比地逃离。

与白牙佣兵团的一追一逃。

龙语山脉中，她做出决定，主客易位，她斩草除根，但铲除人命的滋味并不好受，成为留在她心中的阴影。

她与林琦、罗兰在山脉中游荡，见过拼死保护自己孩子的神鸟，从而看到了生命的壮烈。

遇到青骑士，来到迦南学园，她好奇而欣喜地满足了一次当学生的愿望，品尝了青葱岁月的味道。

她发现迦南学园的创始人是与她来自同一个世界的人。迦南非常孤独，但是她有林琦的陪伴。暧昧亲昵的赛后吻，打破了他们之间的微妙距离。

用强权扳倒了泰伦斯，她迷惘的时候，艾瑞克告诉她，要坚信自己。

跟沙耶他们出去旅行，遭遇思春的魔王，魔王身上的压迫力那么浓烈。

即便是大大咧咧的翡翠，也有埋在深处的痛苦，然而痛苦之后，他依然能保持宽容的心态。

翡翠找到了精灵的藏身之处，但是所看到的，却是一个与想象中截然不同的精灵族。狡猾的老狐狸精灵长老富有冒险精神，他坚定地说，一百年后，精灵族会重新成为人类的竞争对手，堂堂正正地与人类并肩站立。

松叶说那些话的时候，眼中充满无可阻挡的信心和勇气。

人的一生，总要有一个勇敢的时刻，那么对她而言，就是现在了。

就这样光明正大地，剥除虚假的外衣，以真正的形貌站在所有人面前。

广场上一片寂静。

被通知强制召集来的时候，有些人还在心里暗暗抱怨，为什么要弄得这么麻烦，有这工夫还不如找个没人的角落休息一下。

但是今天过后，以为只是无关紧要的集会，故意偷懒不来的人大概会感到后悔，因为他们错过了也许这辈子都不能再度瞧见的场面。

因为过于震惊，不少人的思维都陷入了一片空白。随着时间的推移，陆陆续续地，众人清醒过来，然而依旧沉浸在难以置信的震惊中。

迦南学园的最大股东，曾经与他们同窗的海因涅家的小姐，居然是一条龙！

虽然个头袖珍了一些，但确实是一条真正的龙。

带着惊疑的心情，不下十数道探查幻影的魔法扫过易龙龙的身侧，却发现这并不是魔法造成的假象，反而更进一步确定了眼前景象的真实性。

又经过几分钟的沉默，广场上才陆续有人发出低低的、不知所措的议论声。

雅各目光平静地望着易龙龙，常年盘踞在他眼底的睡意此时荡然无存，他想他大约会为此失眠好几天。

而站在雅各身边的帝摩斯，已经完全失去了他应该保持的风度。他无比震惊地望着台上娇小的幼龙，怎么也不敢相信，他所决定效忠的主人，此时应该称作主龙了……

让师生们议论，又花了一些时间，之后，台下终于有个求知欲比较强的学生，高高地举起手，扬声问道："请问，我可以问一个问题吗？"

易龙龙扫了一眼声音传来的方向，彬彬有礼地道："请问。"

"您是龙，那么您身边的那位少年，他也是龙吗？"

易龙龙耸了耸作为龙更加幼小的肩膀，"不，他是货真价实的人类。"

紧接着，又有一个声音问道："您既然是龙，那么您是怎么成为海因涅家族的成员的呢？难道说海因涅家族有人跟龙结婚了？"

易龙龙笑笑道："我只是一个养女啊，谁说我是海因涅家亲生的？"当初不良神官对外的正式说法一直说她是他的养女，只不过利用种种消息不想让别人想歪了而已。

接着又有人问了几个问题后，忽然，一个古怪变调的声音响起，"你只是一条龙，有什么资格做我们迦南学园的股东？交出股权，有尾巴的家伙从迦南学园滚出去！"

那声音从四面八方响起，并且混合了好几种杂音，一听就知道是用魔法做出来的特殊效果，让人分不清楚声音究竟是从哪个方向传出来的。

虽然早已预料到这样的情形，但真正被言语攻击时，易龙龙还是忍不住心口抽动了一下。

而下一刻，从西北方向的角落里，陡然斜飞出一道黑色的人影，在半空飞行了七八米，伴随着一声惨叫，重重地摔落在前方的地上。

那是一个身穿黑色魔法师袍子的学生，虽然没有受伤，但摔下来的狼狈也足以让他觉得丢脸。他慌慌张张地爬起来，也顾不上拍去衣衫上的灰尘，而是转向他被抛出来的方向嚷道："浑蛋，什么人干的？难道我说的有错吗？她只是一条龙，有什么资格拥有迦南学园？"

黑袍学生飞出来的地方站着一群人，此时人群朝两侧分开来，露出一条道路，道路的另一端站着一个身材挺拔的人。

上午的阳光有一点儿耀眼，但是比阳光更耀眼的，是那人微微凌乱的长发。

艾瑞克风尘仆仆地站立在广场的角落里，他俊逸的脸上带着温柔的微笑，在易龙龙看过去时，也正好朝她看来。

不再去看被他丢出去的家伙，艾瑞克从人群让开的道路一路走来，直朝易龙龙而去。一边走，他一边朗声说："真想表达自己的观点呢，就要像个男人，公开大声地说出来，用魔法做这种不要脸的事，就连我这个不懂魔法的人，都替魔法而感到羞耻。"

易龙龙不敢置信地睁大了眼睛。

假如说她给了所有人一个巨大的意外，那么艾瑞克则是给了她一个更大的意外。

她顿时明白，为什么昨天以瑟找不到艾瑞克，因为艾瑞克早就离开了帝都，他可能比她还早就知道了席格的打算，所以直接赶来找她。

艾瑞克完全不懂魔法，他不像以瑟那样能瞬间来回，他想要来这里，只有使用正常的交通工具，花费时间心力，穿越国境，长途跋涉。

艾瑞克轻松地跳上高台，嘴角带着玩味的微笑，仔细地打量着变回幼龙的易龙龙，随后转过身，高声宣布道："我是艾瑞克·海因涅，今天我仅以我个人的名义站在这里宣布，这条龙是我的保护对象，假如有任何人想要伤害她，都将是我的敌人。"

每一个发音都掷地有声。

一〇四　勇气·再一步

　　说完，艾瑞克也不管台下的反应，倾身弯腰，修长有力的手臂一把捞起易龙龙，非常自然地，就好像当初在树海中那样，将她放在肩膀上。

　　捏了一把易龙龙白嫩光滑的尾巴，吓得她不由自主地缩起身体，两只小爪子紧紧揪住他的衣裳。艾瑞克好气又好笑地望着她晶莹水润的眼眸，说："小家伙，你对我就这么没有信心吗？我又不是没有解决的办法。"虽然是责问的话，可是声音里却溢满了宠溺的意味。

　　前些天，他就发现了席格的目的，因为不想让易龙龙感到害怕，就没有告诉她，而是决定自己来处理。

　　他做好了全面的准备，却依旧担心易龙龙会出意外，所以决定到她身边来就近照顾。

　　前一阵子，艾瑞克从翡翠那里学会了改变容貌的技术，所以他让从者改扮成他的模样，作为他的影子，代替他留在帝都，而他则日夜兼程，不眠不休地赶了回来。

　　这也是昨天他们联络不到的原因。

　　可是艾瑞克万万没有想到，他只不过是比流言散布开的时间晚到了一天，易龙龙就做出了惊人的举动，用最简单也是最直接的办法，把最隐蔽的秘密，在最光亮的地方，摊开。

　　事实上，在易龙龙还未开始宣布前，他就已经站在了广场的角落里，但是他没有现身阻止，而是静静地看着女孩变回幼龙的模样。

虽然作为龙的体型毫无长进，还是一副发育不良的幼小模样，弱得他一个指头就能将她弹倒，但有时候勇气与勇武并不成正比。那一瞬间那个小小的身影所迸发出来的勇气，让金发青年微微动容，并且发自内心地感到欣喜和骄傲。

他会尽力保护她，也会尊重她的任何选择。

发现艾瑞克到来，不用说，现在易龙龙也知道自己可能坏了他的什么事情，忍不住了缩脖子，身体缩进宽大的衣服里，只留两只小爪子揪紧他的肩，露出脑袋眼巴巴地望着他。

别说艾瑞克压根儿就没有生气，就算他原本有气，看到她这个模样也烟消云散了。

一人一龙相视微笑，但台上的第三者却十分不舒服。没过一会儿，一道呼啸的风声传来，艾瑞克侧身一让，一座两米多高的小型冰山就砸在了他原先的落脚点，而与此同时，肩膀上的娇小身体陡然一空，被人冷不防抢走了。

这情形……似曾相识啊，不过似乎还多了一个步骤。

因为早就知道出手的人是谁，艾瑞克也没有着急，而是笑吟吟地转头看去。

漆黑长发的美少年用力抿着嘴唇，好像抱着自己的所有物一样，密密地环抱住娇小的幼龙，他漆黑剔透的眼眸里毫不掩饰坦然的敌意，"手——又——滑——了。"

哼！

手滑归手滑，这只是内部矛盾，艾瑞克耸了耸肩，说："先回去吧，以后再说。"接着他率先跳下了高台。

紧接着林琦也抱着易龙龙，轻盈地落在地上。

两人一龙，一前一后地往外走，但是他们所走到的地方，都有人不由自主地让出路来。

即便不是在莱特帝国，也有不少人知道艾瑞克的名字。他的传奇不分国界，因此，听到他说话，许多人惊讶得都忘记了去证实眼前的人究竟是不是真的艾瑞克。

不过艾瑞克还是没有一路畅通无阻地走出广场，道路的前方站立着两个人。

世界上一共有四名龙骑士，迦南学园一下子占了两个，这样的比率让迦南学园又添上一份传奇的色彩。现在这两名龙骑士，不约而同地从两个方向走来，交换了一下微微诧异的眼神后，同时将目光投向艾瑞克。

知道这两个人应该有些疑问想要解决，艾瑞克向他们点了点头，说："一起来吧。"

小主人出去的时候是人，回来的时候变成了龙，后方还尾随着两名龙骑士，这个惊人的消息将别墅里所有的工作人员都震得木立当场。

而易龙龙被林琦抱上楼后，再抱下来时，又恢复成了人类女孩的形态。

客厅里，两名龙骑士和艾瑞克分别坐在两侧的沙发上，一边神情严肃，一边笑容亲切。

易龙龙当然是毫不迟疑地坐到了艾瑞克这边，而林琦则紧挨着她坐下。

相关人员基本到位，艾瑞克说道："我大概知道你们想知道什么，这样吧，我先从最开始说起，等我说完了，你们再问，怎么样？"

雅各轻轻地"嗯"了一声，青骑士沉默地点头。

他从银色永恒——塔希妮雅说起，说了他们的相识与分别，以及后来遇到易龙龙，带着她离开湖泊边，之后意外分开，以及经历的一系列波折。

分开之后的事，艾瑞克已经在后来与易龙龙联络的时候，从她口中得知了大概，挑选重点关键的说，前后也能串联起来。

因为易龙龙打算来风都，艾瑞克又不得不留在帝都，因此他就写了一封信，希望青骑士修代为照顾易龙龙。

想起易龙龙曾吃过的苦，艾瑞克禁不住爱怜地摸了摸她的脑袋，"之后她来到风都的事，你们应该也都知道了，至于我不告诉你们她的真实身份，是为了保护她的安全，对不起。现在，两位还有什么疑问吗？"

青骑士首先开口，"不必道歉，假如换成是我，我也会这么做，不过，你当初真的没有看清楚屠龙者的相貌吗？"

艾瑞克微微苦笑，摇了摇头。

雅各难得完全清醒地思考，沉思片刻，说："我们不知道屠龙者有什么目的，但假如他真的想杀死所有的龙，那么也不会放过这一条，对吧。"

"是的。"

"现在她的身份已经公开，有可能屠龙者会杀死她。你打算怎么做？假如你选择面对，那么，短期内，我希望能住在这里，一起面对那位屠龙者。"顿了顿，雅各嘴角逸出一丝浅浅的微笑，"我的要求不高，只要给我一张很好的床，就是最舒适的招待。"

修淡淡地在一旁补充道："我也希望能够留在这里。"他的要求更不高，对床的质量丝毫不挑剔。

艾瑞克没有直接答应下来，而是转头看向易龙龙，问道："你的决定呢？"

一〇五　唯一·龙骑士

易龙龙做梦也没有想到，会有一天，跟两名龙骑士住在一座别墅里。每天抬头不见低头见，好在两位龙骑士品格高尚，也有可能是曾经沧海难为水，或是因为曾乘坐过航空母舰，看不上她这拖拉机，完全没有流露出要将她占为己有的意图。

艾瑞克短期内不打算离开，同样在易龙龙这里住下来，每天除了用魔法通讯仪遥控帝都那边的部下做事，还会跟两名龙骑士较量剑术——准确地说，是时常与青骑士较量，睡骑士虽然稍微缩短了睡眠时间，那也只是稍微而已。

青骑士修与艾瑞克出自同一个老师，但是两人的剑术风格完全不同。即便是同样一个动作，修出手简练犀利，富有力量感，不够美丽，但是实用，艾瑞克则飘逸潇洒，看起来轻飘飘的，好像在剑光中跳舞一般。

两种截然不同的剑术风格与两人的经历性格有关。修是平民出身，在他的观念中，剑术只要能对付敌人就是好的剑术，根本不会在乎好不好看，而其人性格也造就了出手方式的简练；艾瑞克跟修不一样，他是贵族出身，从小受的是上层的尖端教育，早些年的他，对仪表、排场什么的都十分注重，剑术走的也是华丽路线。离开家族后，他的剑术才真正拥有灵魂，放开束缚演变成如今的风格。

至于雅各，那又是另外一类。他不拘泥于任何一种武器，无论是长枪还是短刀，剑还是匕首，甚至斧头、长鞭，只要是武器，不管形状多么奇怪，拿在手上，他都能灵活使用。他的战斗风格会随武器的改变而改变，让人完全捉摸不透，但缺点也非常明显，失去武器后，他的战斗力将大幅下降。

每当艾瑞克与修在花园里练剑时，都会引来不少人旁观，大多数是别墅中雇用的保镖，这种层次的练习不是时常可以见到的。虽然对易龙龙的身份感到震惊，但是易龙龙跟他们提出假如不愿意为一条龙工作，可以立即离开后，有的保镖甚至拿出了自己的积蓄，坚定地表示宁愿倒贴也希望能继续在这里工作。

对于这样的事，无论是艾瑞克还是两名前龙骑士都不怎么在意。这片大陆上没有什么狭隘的门户观念，不像武侠小说里那样，本门功夫不能外传。有时候，他们还会随口指点在场的人，因此每当一场剑术较量完毕，比剑双方的身边都会迅速地围绕许多人。

正对着花园的二楼阳台上，也有三位观众，只不过他们从不靠近。一个是易龙龙，她是来看热闹的，不是来学习的，她不上前，林琦就一直留在她身边。

让易龙龙有些意外的是，自从有一次偶尔看见艾瑞克和青骑士较量剑术，魔王一下子转了性子，不再每天从早到晚地泡在学校里，而是一上完课便迅速地跑回来，站在较远的地方做观众。

一次易龙龙好奇地问他，以瑟毫不隐瞒地告诉她，假如是生死相搏，他完全可以杀死青骑士或是艾瑞克，但是那并不是因为他的武技有多么高明，而是因为他本身握着强大的力量，假如把能释放的力量压制在与对手等同的水准，技巧方面，他不是艾瑞克等人的对手。

打个比方，就好像有一个人只拥有一桶水，另一个人却拥有一池水，浇灌花园时，拥有一桶水的人，会精打细算，挑选最能让植物吸收的位置倾倒适量的水，而拥有一池水的人，则可以无所顾忌地到处泼洒。

前者的资源总量不多，但运用起来更有效率，后者资源总量虽然多，却因为其本身拥有太多了，反而忽视了去珍惜，导致利用效率较低。

这并不是说，以瑟的武技技巧低下。他战斗过多年，杀过的敌人可能比易龙龙见过的人还多，单论技巧，放在人类世界里也是上乘水准，但对于更高一层的细腻掌控，却不如已经在这方面做到极限的艾瑞克三人。

发现自己有不足，以瑟连思春的要紧事都暂时放下了，每天默默地在远处观察几个人的较量，并且将所观察到的东西都吸收为己用。

花园中，青骑士与艾瑞克的身影还在不断交错，保镖中水准最高的双胞胎兄弟给众人临场讲解战况。易龙龙坐在白色的躺椅上，看了一眼以瑟，忽然感觉有些奇怪。过了片刻，她下意识地忽然扭头，看向站在她另一侧的林琦，竟然意外地发现，此时此刻，这两人有些诡异的相似。

尽管一个是秀美洒脱的少年，一个是邪魅强势的成年男子，可是假如忽略二人迥异的气质，就会发现一个让人震惊的事实，他们的五官有不少相似的地方。

假如林琦的年龄再大个十岁，身体再拔高健壮些，五官和面部的轮廓再变得强硬深刻些，那么活脱脱的便是另一个以瑟！

从前她怎么就没有注意到呢？

这两人偷师学艺的习惯，几乎也一模一样，都只是在一旁观看。姑且不说以瑟能不能像林琦那样看一眼就学会，单是这种方式，就足够让易龙龙感到惊骇。

这时候，易龙龙不由自主地想起从前的一件事。她当初在帝都，跟一个叫文森的魔法师学习魔法，虽然没有成功，却从文森口中得知，假如有谁能看一眼就学会魔法，那么那个家伙应该不是人类。

当时，她还在心里偷偷地笑着说，你眼前就有个特例，可是现在回想起来，却指向了另一个事实。

林琦……林琦他……

以瑟和林琦都在专注地观看花园中的剑术表演。此时是上午，春光正好，暖洋洋的日光洒在人身上，可是易龙龙却觉得有些发冷，禁不住为自己的猜想微微颤抖起来。

难道林琦就是以瑟要找的哥哥？以瑟发现这件事了吗？假如真的是这样，林琦会不会被带走，到他们的魔界去？

假如是那样，他会不会永远离开，再也不回来了？

林琦虽然正在揣摩艾瑞克运剑的方式，但依然将另一半心思放了易龙龙身上。易龙龙一有异样，他立即扭过头，看她脸色发青，连忙上前抱住她。

"怎么了，龙龙？"他抓住易龙龙的小手，发觉她的手指冰凉，连忙包覆在掌心里温暖，过了一会儿，不见她脸色好转，清澈的眼睛更显焦急。

易龙龙默默地摇了摇头，身体前倾，将脑袋轻轻地靠在少年的肩膀上，低声说："林琦，让我靠一下。"

枕着的肩膀虽然并不宽厚强壮，但是非常稳固。易龙龙靠在林琦的肩头，感觉到他的呼吸轻轻地吐在她耳后，慌乱的心情逐渐平复下来。

先不要这么慌张，林琦未必真的就是以瑟的那什么哥哥，就算是，以瑟现在估计也没有发现，即便已经发现了，林琦也不一定真的就要跟他走。

不着急，不要慌，现在林琦还在，还留在她身旁。

易龙龙安慰着自己。

别墅内的情形还算和谐，有两名龙骑士，外加一位完全不逊于龙骑士的剑术高手在坐镇，谁都翻不出浪来，只是幻想少年尤金偶尔投过来的饱含憧憬的迷蒙眼神，让易龙龙心头有点儿发麻。

别墅外的气氛却极为不平静。

易龙龙的目的已经达到，席格失去了底牌，不得不撤销了所有的行动，接着被艾瑞克指挥着帝都那边打击得一塌糊涂，然而这一举动带来的影响却远不止此。

世界上还有一条龙活着，袖珍的，浓缩的。

这消息以最快的速度朝四面八方传播开，远胜野火燎原之势。听说的人，有不相信的，有半信半疑的，有感到震惊的，也有好奇怎么回事的，紧随而来的便是验证事情的真伪。一个月内，风都的客流量达到了百年未有的高峰，不少人千里迢迢地赶来，只为了亲自看一眼那条传说中的雪白幼龙。易龙龙的别墅又一次成为旅游观光胜地，只不过这一回所遭受到的骚扰，远胜于之前任何时候。

有人按照正规的礼节登门拜访，也有人企图偷偷潜入或恃强硬闯，但不管是哪一类客人，易龙龙都只抱定一个原则——不见。

正规拜访的被礼貌回绝，擅自闯入的被乱棍打走。

就算身份公开了，她也没有作被观赏动物的打算。

尽管在公布身份前作好了最坏的打算，但真正公布后，易龙龙发现情况并不像她原本想象的那么糟糕。

首先，风都是一座特殊的城市，本城法令中有一条规定，只要是智慧生物，不管属于什么种族，只要遵守风都法令，都可以成为风都的合法居民，这其中也包括龙。

这条法令，是为了迦南学园培养的龙骑士而专门设立的。从迦南时代开始，便有一名龙骑士在学园中，那位龙骑士会在适当的时机，寻找拥有天分和品德的弟子，将迦南的意志代代传达，一直到这一代的青骑士。数代龙骑士的龙，都是同一条，为了能让那条龙更安心地在学园中生活，便有那么一条法令，规定龙也属于风都的合法居民。

后来雅各来到学园，他的龙同样得到了一个专门为了龙而量身打造的永久居民身份证，现在，第三张证书，被颁发给了易龙龙。

其次，风都虽然在奈切斯国的地界上，却并不完全属于这个国家，又因为建立在城中的迦南学园，使得其处于一个势力平衡的交界点，无论是哪个国家，哪股势力，都不会首先冒失地来侵犯这个禁区。

再次，就是易龙龙本身的关系。她本身是迦南学园最大的股东，手中握着大笔股权，假如她出了什么意外，整个学园都会受到牵连。以迦南学园为核心的风都，为了本身的和平稳定，不得不站在易龙龙这一边。

易龙龙身边有两名前龙骑士，有一名全大陆都知名的剑士，根据各方势力的私下调查，她身边的林琦和以瑟虽然没有什么太大的名气，可是他们曾经表现出来的实力，完全不逊于另外三人。

此外，艾瑞克已经全面掌握了海因涅家族，假如有必要，整个家族都是他强有力的后盾。

暗杀和保镖组织——无月之剑，再度放下手头一切工作，回到风都待命。

神殿里一位绯闻缠身却实力强大的神官，是教皇内定的继承人，这人在名义上是易龙龙的养父。这位神官虽然曾被发配边境，但不久前被调回了帝都，似乎即将重回神殿权力核心。假如让他成功地掌握了神殿的权力，那么神殿也将成为龙的支持力量之一。

只要是消息灵通一些的势力，都能调查到这些事实。真正全面搜集资料，才发觉这只龙身边的阵容华丽得让人难以想象。即便是国王，也未必有这样的待遇。因此，任何势力想要动一下易龙龙，都会谨慎地考虑再考虑。

大的势力必须考虑全局，不敢轻举妄动，但小的势力和个体却不会管那么多，几乎可以称得上是前仆后继。除了龙骑士外，大陆上还有不少伪龙骑士，这些次一等龙的骑士对易龙龙的兴趣最大，于是护龙使者们的工作又多出一个，轮流出门打发挑战者。

内部平静而外界喧闹，始终没有等来想象中的屠龙者，雅各与青骑士修跟艾瑞克商量之后，先后搬出别墅，回到他们各自原来的住址。不过每隔两三天，依旧会登门拜访一次，顺便打发走来骚扰的伪龙骑士。

如同往常一样，再一次打发走伪龙骑士后，艾瑞克回到别墅里，目光投向易龙龙，微笑道："你跟我来，我有些话想要问你。"顿了顿，他又瞥了一眼林琦，"你也一起来吧。"

走进书房，艾瑞克坐在书桌后，易龙龙与林琦两人规规矩矩地并排坐在对面的沙发里。

静静地凝望两人片刻，艾瑞克似乎思索了一会儿该怎么开口，才缓慢地说道："事情已经过去一个多月了，但是我相信，想要得到你的人，没有减少，反而增多了。"

大陆上四名前龙骑士虽然无一例外都是强者，但他们反而可以排除在危险范围外。能够获得龙肯定的人类，不仅拥有强大的武力，更要拥有强大的心灵。他们与龙定下约定，这一生直至死亡，只会做一条龙的骑士，就算再有别的更好的龙出现，或者自己的龙死去，他们也不会变心。

　　一生一伴，这是龙骑士永不更改的忠诚誓约。

　　原本对于这一点，艾瑞克也不大肯定，但是仔细询问过了修和雅各，他才真正放下心来。

　　"但现在的问题在于，只要你一天没有定下来骑士，就会有人对你抱有幻想，尤其是那些伪龙骑士，有的人品德不够高尚，他们想去除那个'伪'的头衔已经很久了，即便只是一条严重发育不良的幼龙，对他们也有足够的吸引力。"

　　易龙龙忍不住翻了翻白眼，抗议道："谁是严重发育不良的幼龙？我会咬人的！"顿一顿，她缓下声音，问，"那么，你的意思是？"

　　艾瑞克轻轻地说："很简单，只要你定下龙骑士，那么就能让那些家伙失去目标，至少也能转移他们的注意力。你，要不要选择一名龙骑士？"

一〇六　长大·我拒绝

　　艾瑞克让易龙龙这么做，主要目的是为了彻底断绝部分人的妄想，一条龙只会与一名龙骑士结成契约，在任何一方死去之前，都不能有第三者插足。这么做，假如定下龙骑士，那么易龙龙身上的压力，至少有一半将转嫁到那位龙骑士身上。

　　艾瑞克蔚蓝的眼眸温柔地凝视着易龙龙，亲切地说："现在你的身份已经公开，假如你不愿意放弃目前的一切，躲藏到偏僻的地方，那么，在公开的仪式上选择一名骑士，即便只是名义上的，也可以帮助你挡去不少的麻烦。"

　　不过这样一来，那名骑士就要独立迎接挑战，而且还要承担许多风险。

　　骑……骑士？

　　这个词听起来怎么这么别扭啊！

　　易龙龙还没有想到该说什么，就看见对面的金发青年，抬起修长的手臂，倒转过来，指了指他自己，"有资格担当龙骑士的人不算多，这个人至少需要一定的武力，假如有较高的地位，那么将会更加具有威慑效果，我个人的建议是，选择我。"顿了顿，他站起身，从书桌后走出来，一直走到易龙龙身前，单手覆在她头顶上，"放心，我不会耻笑你的身长问题的。"

　　——你已经在耻笑了。

　　暗地里腹诽着，易龙龙却有些感动。她已经完全明白了艾瑞克的用心，他其实只是借用骑士这个名义，名正言顺地为她遮风挡雨，但是……

　　同样回望着青年，易龙龙低声说："谢谢，但是，我拒绝。"

　　她拒绝。

在沙发上挪动一下身体，易龙龙直起背脊，试图让自己看起来高一些。她轻声说："艾瑞克，谢谢你的提议，我很感动，但是，这不是我要的。"

"我是龙，可是在这之前，我是一个独立的个体，我希望能够平等而自由地生活在这个世界上，这个愿望，不因为我的身份变化而转移。"她微微抿了抿嘴唇，脸庞依旧童稚，脆弱得仿佛一压便会碎掉的花朵，却依旧坚持挺直腰身。"即便只是为了避开麻烦，我也不愿意以坐骑的名义与任何一个人建立关系。更何况，这种建立在某种目的之上的单方面利用，那不仅仅是对我的不公平，也是对那位承担风险的龙骑士的不公平。"

艾瑞克的心意，她十分感激，但是，她却绝对不能赞同。

一口气说完这些，易龙龙忐忑不安地抬起头，绕过手臂的遮挡，偷瞄艾瑞克的神情，虽然她的主意很坚定，但说出来后，却害怕艾瑞克会不高兴。

金发青年垂目沉思，过了片刻，他放开盖在易龙龙脑袋上的手，蹲下身子，视线与她持平，随后，易龙龙的小鼻子被用力地刮了一下。

"小笨蛋就是小笨蛋，你这是什么表情？怕我生气吗？你能有自己的想法，并且愿意对我说出来，我不但不会生气，反而还会感到高兴。既然你不愿意找骑士，那么就不要找，我是一直站在你这边的。"

小孩子终于长大了。

艾瑞克微微感慨着，瞥了一眼一旁的林琦，想起前一阵子风都内安插的部下传回来的报告，报告上详细地说明了那桩曾经让易龙龙闻名全校的绯闻。只是那时候他还在忙碌，抽空要问易龙龙时，后者解释是林琦弄错了赛后庆祝方式，他就没有往心里去。

这些天住在同一栋楼中，他发现这两人并不是小孩子过家家。无论何时，无论何地，两人几乎都是腻在一起，虽然这其中也有易龙龙喜欢让林琦抱着代步的缘故，但是吃饭的时候互相给对方夹喜欢吃的东西，走路时始终脚步一致，一个眼神一个动作，就能领会对方的意图，这样的默契，即便是合作多年的伙伴，也未必能达到。

或许，是因为这个少年，易龙龙才以独立而非龙的身份生活？

因为错误认知颠倒了因果，艾瑞克在心底得出了偏差的结论，同时滋生微妙的感觉。

虽然是一人一龙，但只要感情真挚，也不应该受到歧视。艾瑞克拥有一颗包容的心，并不会太在意种族的差别，但为什么隐约有些不甘心呢？

这感觉，就好像女儿被某个臭小子夺去一样。

不管是谁，只要看过易龙龙与林琦相处的情形，都不会怀疑少年真挚的情感与纯洁的心灵，艾瑞克从前也很欣赏这个战技卓越的少年，但现在用另一种眼光看，却有些恨恨的，感觉不顺眼。

为了避免年轻有为、风华正茂的自己陷入可怕的父亲心态中，艾瑞克赶紧摒除杂念，安抚地又拍了拍易龙龙的脑袋，便借口有事起身离开。

走到书房门口，艾瑞克的手刚按在门把手上，身后就传来焦急的声音，"龙龙不要骑士。"

进入书房以来，林琦一直很乖巧，但那是因为易龙龙告诫他不要打断艾瑞克的话。好不容易等艾瑞克要走了，少年立即侧转过身来，抓住易龙龙的小手，恳求道："不要骑士，就我和龙龙两个人。"

易龙龙微微一笑，安抚他道："我不是没有答应吗？放心吧，我不会让任何人做我的骑士的。"

林琦眨了眨眼，随后小心翼翼地提议，"那，我做龙龙的骑士好不好？就在这里偷偷地做，不告诉任何人。"他先把这个位置占住，就不会有别人来抢啦。

不等易龙龙答应，他身体一转，在易龙龙跟前单膝跪下，柔顺黑发直直地垂落。他低下头，专注而虔诚地在易龙龙的指尖上吻了一下。

"全知全能之神，请你为我们见证，从今往后，我们彼此陪伴依赖，相互敬爱，彼之生命即为我之生命，彼之荣辱即为我之荣辱，共同度过生命中的每一日，分享欢笑和忧伤，永远相信，永不背叛。"

这……好像不是骑士的誓约啊！

易龙龙疑惑地看着林琦，忽然想起前一阵子在精灵空之岛居住的时候，所见识到的精灵的婚礼仪式。

易龙龙一下子脸就红了，尤其想起艾瑞克人还没走，更觉得尴尬羞涩。易龙龙咬着牙，压低声音说道："傻瓜，你弄错啦。"

艾瑞克已经打开了门，见状摇了摇头，无奈地离开。

小笨蛋和大傻瓜。

真是天生一对。

一〇七 风起·再云涌

帝都。

幽静美丽的花园中，伫立着一座大约一米多高的六芒星平台。平台上绘着诡异的黑色纹路，粗细深浅不同的线条好像一个个挥舞着的爪子，交错纠缠在一起。而最中央的位置，镶嵌着一块半米高的棱柱状血色水晶，暗红的晶体中仿佛流淌着生命的活力。

席格阴沉着如同女性一般的脸，目光定定地落在血色晶体上。

不知道花费了多少心力才取得的深渊之血，现在是他最后的筹码。

因为被利用，情感遭到践踏的母亲很早便因忧伤过度而死去。那时候他甚至还来不及对母亲产生什么感情，便不得不咬着牙关学习独自生存。因为曾经被践踏在泥泞中，所以他对权势分外渴望。

他来找公爵，并不是为了复仇，而是想取得地位。可是在观察了一阵子后，他失望地发现，公爵虽然因为他的母亲勉强承认了他，却不打算给他继承权，甚至也不愿意提高他的地位。公爵最心爱的孩子，依旧是他那位天真的异母弟弟。

不给他，他就自己去抢。

海因涅家族的内部，并不是严密得完全没有裂缝，多年前权力斗争中的失败者一直憎恨着公爵，各怀目的的人走在一起，将力量凝聚在他手上，目的只有一个，取得最高的权力，击败他的父亲。

本来事情可以很顺利，公爵的身体日趋虚弱，而他心爱的儿子又不能担当重大职责，只要公爵一垮下，他手下的势力就会失去统帅。但是令人意外的是，离家出走十年的艾瑞克回来了。

接下来，等待他的，就是失败，失败，再失败。

不管是席格还是艾瑞克，都有同样的认知，这并不是一场公平的战役。艾瑞克的根基太深，名声太大，优势太多，正因如此，席格才不甘心就这样认输。

席格神情漠然，狭长的眼睛里却跳动着冰冷怨毒的火焰，这是他所能够做的最后的反扑。

曾经有一段时间，帝都流传着一个笑话，说席格信奉荒诞的邪神。虽然神殿在大陆上有不可动摇的统治地位，但是并不干涉人民的信仰，即便是邪神，只要不与神殿对立，就允许其存在。

他故意让人嘲笑自己，是为了隐瞒自己真正的目的，眼前的六芒星台，被宣称是祭台，但真正的作用是——召唤魔族。

他偶然得到了一本违禁笔记。根据他的暗中调查得知，笔记的前后几任主人都是神殿的最高机密罪犯，这些人无一例外都干了同样的一件事。按照笔记中的记载，用召唤魔法召唤出一位强大的魔族，与魔族成为主仆，可以获得令人羡慕的强大力量。

假如不是那些家伙在得到力量后得意忘形，也不会被神殿发现并被销毁，抹去了他们存在的痕迹。

他会更谨慎地使用这份力量。

席格在心里暗暗地说。

除了席格本人外，还有六名他看重的魔法师部下留在这里发动魔法。召唤出魔族后，为了保守秘密，这些魔法师必须死去，这样，谁都不会想到，就在神殿总部所在的帝都，竟然有人敢召唤魔族。

六位水准相当的魔法师站在六芒星的六个角上，按照席格的要求开始释放魔力，台上的黑色条纹好像刹那间活了过来，而血红的水晶却渐渐褪去了颜色，逐渐变得如清水一般澄澈。

席格有些忐忑不安地等待着，按照笔记的记载，能够被这个魔法阵召唤的都是非常强大的魔族，强大得甚至超出人类的想象，但究竟强到什么程度，他并没有太大把握。

血色水晶完全褪去色泽后，发出轻微的脆响，从中心开始，最先是出现一个细小的白色斑点，接着以斑点为中心，蛛网般的裂纹迅速向四周延展，布满了水晶内部的每一个空间，最后，大块的水晶化作细小的碎片，散落一地。

六名魔法师被抽干了所有的力量，此时全都昏迷不醒，倒在召唤台边。

召唤的物品完全按照记载中所描述的景象被消耗，可是被召唤的对象呢？

六芒星台上依旧空荡荡的什么都没有，席格禁不住张大眼睛，仔细地看了一遍又一遍，却依旧只能看见地面上的水晶碎片。他顾不上六名魔法师投来的疑问眼神，喃喃地说："在哪里？"

话音未落，身后传来含笑温和的嗓音，"请问，你是在找我吗？"

想不到会有人忽然出现在自己身后，席格想也不想就闪电般地拔出了剑，反手朝身后发出声音的方向刺去，同时飞快地旋身后退。

他的警觉性不差，而家中的防御也称得上严密，能够悄无声息地来到他身后，可以说对方十分可怕。

剑尖刺破空气，席格扭转身体，才发现在自己身后两三米的地方，站着一个二十七八岁的青年。

青年身上穿着漆黑的长袍，黑色的刘海随意地飘在宽大的前额，眉毛平整舒展，眼窝略深，蔚蓝的眼眸深如大海，看人的时候却显得那么平静温和。

不管这青年的气质多么无害，他都是突然出现的危险角色。席格紧盯着他，警戒地问："你是谁？是怎么来到这里的？有什么目的？"

青年莞尔一笑，"你难道忘记了自己正在做的事情吗？是你让我出现在这儿的。自我介绍一下，我叫赛文，多亏了你，否则我还不能回来呢。"

中央神殿。

祈祷厅。

向神祷告是身为神官每日的必修课。宽大的祈祷厅中，数百名神官密集地站在一起，口中念出神圣的颂词，光明的圣焰自脚底升腾起来，却并不灼伤人。

每日例行的功课完毕，神官们便三三两两地朝外走，其中十多名神官没有走正门离开，而是穿过侧门，从祈祷厅直达会议室。

神官之中，有一个看起来宛如少年的人不客气地坐在会议室的主持人位置。他看起来虽然年轻，但在场的人都知道，假如绯闻可以成真的话，这家伙的儿女数量足够组成一支军队。

李维紧绷着让他看起来至少年轻了十多岁的娃娃脸，目光锐利地扫视着众人，"今天只是例行会议，请大家按照以往的顺序，向我报告昨天的收获。"

前段时间，一个来历不明的强大魔族闯入海因涅家族闹事，虽然因为神官的及时赶到，才使得被闯入的地方人员没有遭到实质性的伤害，但神殿与魔族是势不两立的死敌，意识到魔族的强大，神殿便紧急将分散在各地的强大神官都集中调回帝都。

李维就是其中一员，被调离平和的香草镇，回到繁华的帝都，只是为了猎杀那个强大的魔族，神殿甚至将圣物——曙光的叹息交给他使用。

遭到魔族袭击的受害者是海因涅家族的艾瑞克，只要是帝都的上层人士，都知道会针对艾瑞克的敌人是谁，因此怀疑的重点非常自然地放在了作为对手的席格身上。

以瑟闯入的那天，主持局面的人是艾瑞克的从者。根据当时的情况，他判断魔族的出现可能是席格的阴谋，甚至没有用这点儿小事去麻烦艾瑞克，向神殿讲述经过的时候，他直接隐去了以瑟曾说过的，易龙龙的名字。

一方面故意隐瞒，另一方面根据常理判断，席格在不知情的情况下，就已经被认定是与魔族勾结的重点怀疑对象。

没等部下开始报告，会议室的门被砰的一声推开，一名神官快步跑进来，匆忙地行了个礼，还没完全站稳，就飞快地说：“李维阁下，我们观察到，席格使用召唤魔法，召唤出了一个魔族！”

李维毫不迟疑地站起身，果断地发布命令：“诸位准备！出发！”

听了青年的自我介绍，席格只觉得脑海中有一瞬间的空白。好一会儿，他才理清混乱的思绪，“你是……你是……我召唤来的魔族？”

他是魔族？

这怎么可能？

一瞬间，心中全是荒谬的错乱感，席格不可思议地望着温和微笑着的青年。

为什么会在他身后出现？按照记载，被召唤出来的魔族，不是应该出现在召唤台上吗？

而且，这自称赛文的青年，容貌俊美，风度翩翩，明亮知性的目光看起来像是一个睿智的学者，而非以凶残暴戾闻名的魔族。

席格暗暗地咬了咬牙。不管怎样，既然召唤出来了，就算这青年看起来不像魔族，他也应该尝试一下。这么想着，他抬手一指召唤台边昏迷的六名魔法师，道：“我给你的第一个命令——杀死这些人！”

早在赛文出现的时候，就有一名魔法师清醒过来。听到席格与赛文的对话，他心中无比恐惧，却依旧保持了表面的冷静，继续假装昏迷。等魔力恢复少许后，便听到了席格要求杀死他们的命令。

魔法师在身上加了一个风翔术，身体陡然蹿上半空。

赛文微笑着，只是静静地目送魔法师逃离，却没有出手阻拦。

但魔法师还是在升至三米高时，惨叫一声落在地上，背后插着几乎完全没入身体的银白色弩箭。

席格面无表情地放下手臂。他的手上拿着一只精巧的银白色手弩，再度安装上小箭，这回，手弩指向赛文所在的方向，问道："这是怎么回事？"

根据赛文出现的时间，他应该是魔族没错，可是为什么与笔记上记载的不一样？这个魔族并不是出现在召唤台上，而是直接来到他身后，甚至，他的命令对赛文完全没有约束力？

注意到席格的表情，赛文露出玩味的笑容，"十分惊讶吗？很简单啊，因为那份笔记，是我仿制出来骗人的。"

不知道出于什么缘故，赛文很有耐心地为席格释除疑惑，"我的生命十分漫长，偶尔会想出一些游戏来给自己解闷。这本笔记就是游戏之一，有深刻欲望的人类会被笔记上本身依附的魔力所迷惑，进而妄图召唤我。而当我心情比较好的时候，会很愿意陪捡到笔记的人玩一场游戏，满足他的愿望，游戏结束后，我就会收取对方的生命。"

"事实上，我不会被任何契约甚至规则所束缚。"赛文温和地说，"我本身就是规则。"

他的语调平静柔缓，即便是对着陌生的席格，也如同对很亲近的人说话，但话语中透露出来的却是狂妄的自信。

顿了一下，赛文又说："今天我不打算玩游戏，加上你帮了我的忙，作为报答，我不会夺走你的生命。"

席格一直沉默，他愣愣地望着赛文，脸上逐渐流露出绝望的神情，内心发出连他自己也觉得荒诞的笑声。他原以为这是拼尽全力的最后一搏，却没有想到，居然只不过是恶魔为了娱乐而设计的一个小小的游戏。

赛文欣赏了一会儿席格的绝望，才满意地点了点头，"现在是告辞的时候啦，很高兴能认识你，希望今后我们能有机会再见面，前提是，你能处理掉外面那群白袍者。"

白袍者？

因为受到的打击太大，席格全身心地沉浸在悲惨的绝望中，甚至来不及领会赛文话中的意思，就听见一声巨响，随即看见一道明亮的圣光汇聚成利剑，越过花园横斩过来，直直地向赛文头顶上落下。

神术圣光之剑。

猛然想起这意味着什么，席格脸色微白，转向圣光之剑挥出的方向，只见断壁残垣后，几名身穿白袍的神官正在合力操纵这一神术。

被神殿发现了……

来不及想为什么神殿的人会及时出现在这里，席格咬着牙关，身体一转，也不理会赛文有没有被圣光之剑所伤害，就用最快的速度，朝相反的方向逃去。

穿过花园的另一个侧门，席格身手利落地翻过墙壁，几个起落跳到了庭院外。意外来得太突然，他甚至来不及做任何准备，身上只带着剑和手弩，甚至也不知道今后该去什么地方。

神殿在大陆上几乎处于宗教的统治地位，虽然平时最常做的工作只是传播神的信仰教义，以及派遣神官来救治伤病人，而且并不阻碍民众信仰其他的神明，可是有一件事，神殿不能宽恕，那就是与魔族勾结。

可以想象，不久之后，带着他名字的画像将被传往全大陆每一个有人的地方，通缉令上会有丰厚的悬赏，除非他愿意一辈子躲在无人的地方，否则无可避免地会遭到神殿的逮捕和审判。

才翻过外墙落地，席格就撞上了一大群身穿白色长袍的神官，为首的娃娃脸少年嘴角挂着甜蜜的微笑，眼神却比冬天还寒冷。

双方的目光撞上，少年神官毫不迟疑地道："席格？"说完不等席格回答，他就挥了挥手，白色的光柱栅栏从地面升起，紧紧地束缚住席格的身体。

"交给你们了。"交代身边几名较低阶的神官留下后，少年神官甚至没有多看席格一眼，就直直地从他身边越过，匆忙赶往庭院内，与同伴会合，对付强大的魔族。

被留下来的几名神官围绕在光栅牢笼旁，依次十分客气地向席格道了歉，随后伸出手来，准备进一步施展神术制住他的自由。但是他们还没有开始任何动作，就听见一个无比高亢清丽、异常动听的歌声。

那歌声足以夺去人类的魂魄，几名神官只是刚刚有资格跨入中央神殿的新人，无论是神术水准还是个人意志，都不够强烈坚定，在歌声震荡摇曳之中，他们的脑海一片空白，等恢复神智时，原本被他们围在中心的席格，已经失去了踪影。

一〇八　分别·亲一下

　　阿绯连拖带拽地抱着席格的身体，跌跌撞撞地跑着。

　　他暂时用歌声迷惑了那些神官，但持续的时间不会太长，必须趁着他们失神的时候赶快离开，否则他和席格很快就会被追上。

　　席格的身体好像灌满了铅一样沉重，他身上还残留着神术的束缚效果，阿绯咬着牙关，尽力地迈出脚步。

　　最近几天，他来不及泡海水，身体内部流失了大量的水分，穿着硬质皮革靴子的双脚踩在地面上，就像踩在锋利的刀尖上，每一步都让他痛得皱起了眉头。

　　阿绯慌乱地跑着，甚至来不及分辨方向和道路，也不知道跑到了什么地方，忽然脚下一绊，他重重地扑倒在地，忍不住呻吟出声。

　　绊倒他的是一株大树露出地面的树根，阿绯顾不上手上磨破的皮肤，拾起滑落的斗篷兜帽，又连忙扶起一同摔倒的席格，正打算继续向前跑，忽然听到席格说："放开我。"

　　那是席格的声音，却不是从前席格的声音。在阿绯的记忆里，他从来没有听过这个声音发出如此绝望的语调。怔了怔，阿绯艰难地扭过头，却看见席格美丽如女子的脸上，平静得没有任何表情。

　　"放开我吧，我已经是神殿的罪犯，无论到了哪里，都不可能安全。"席格的目光没有焦距，他以一种令人心悸的平静语气叙说着。顿了一下，他露出古怪的微笑，"正好，不必等神殿的人来了。"

　　或许是经过了摔倒的震动，席格身上竟然恢复了一点儿力气。他勉强挣脱阿绯，就近靠着树干坐下，有些不屑地抬起眉毛，逼视着从远处走来的棕发青年。

席格认识来人，那是艾瑞克的从者。在艾瑞克离开之后，就是这个人代替艾瑞克将他最后的势力吞吃干净的。

等从者走近，席格露出冰冷的微笑，狭长的淡蓝色眼睛里，射出刻毒的光辉，"是来检验并收获最后的胜利成果的吗？"

他现在的模样真是悲惨，一败涂地，还因为与魔族有了联系，成为神殿的敌人，沦落到这样的境地，连他自己都想放声嘲笑，更不要说是过去的敌人了。

棕发从者居高临下地望着席格，目光似乎透出些怜悯。过了好一会儿，他轻声道："艾瑞克说，他并不想逼迫你走上这条道路，他让我注意你的举动，在最后关头给你提供帮助。我可以为你找到隐蔽安全的地方，你躲在那里，不会被神殿的人找到。"

听见从者的话，阿绯脸上露出惊喜的表情。但此时席格却忽然放声大笑，他力气衰竭，才笑出来一声，接下来便成了低哑的喘息，"这是在给丧家犬一个舒适的狗窝吗？真是无聊的同情心。"

他一边说，一边抽出腰间的长剑，棕发从者以为他想拼死一搏，后退半步，做出防御的准备，但席格并没有发动攻击，只是掉转手腕，将尖细的剑尖抵在微微起伏的心口。

手上微一用力，剑尖没入心口半寸，鲜血迅速从创口处涌出来，晕开一片灿烂的血花，但席格好像感觉不到痛楚，他的目光平静而又决绝。

"输了就是输了，我不接受敌人的怜悯。"

"即便失去了一切，我也不会活在敌人的恩惠下。"

席格抬起另外一只手包覆在剑柄上，"我从小就想得到权势，这是我生命中唯一的渴望，假如追求不到权势，我还能做什么？"

说完，他毫不犹豫地握紧剑柄，倾尽全身的力量，将富有韧性的细剑穿透心脏，余势钉在树干上，将生命终结在这一刻。

席格自杀时，阿绯一直坐在旁边，没有做出任何阻拦的尝试。

等席格停止了呼吸，他拿起落在地上的手弩，同样对准自己的心脏，平静地按下机簧。

棕发从者看着两人交叠倒在一起的身体，微微叹息一声，然后独自离开。

帝都内的战斗并没有影响风都愉快和平的生活。当炽白圣焰的光辉在遥远的地方亮起时，易龙龙和林琦正坐在二楼阳台的茶桌旁，品尝新开的蛋糕店的招牌产品。

在迦南留下来的记载里，有一份可口可乐的饮料配方。那是迦南来到这个世界以后，因想念家乡的可乐味道，请美食家经过上千次的试验，才仿制出的与可乐味道相似的饮料。

现在易龙龙的面前，就放着一杯接近黑褐色的液体，不过林琦似乎不大习惯这种味道，他面前的茶杯盛装的还是普通的奶茶。

"龙龙吃这个。"林琦轻轻地拈起一粒球状的小蛋糕，送至女孩唇边，在她张口咽下后，伸出手指，仔细地擦去她唇角的奶油。

林琦明亮的眼睛弯了弯，又拈起一粒小蛋糕，咬开蛋糕皮，奶油甜蜜的滋味在口中化开。他定定地望着易龙龙，总觉得怎么都看不够。

易龙龙也用细小的指头拈起一块混合着青瓜子烤成的小薄饼，同样递给林琦，"你尝尝这个……"但是让她意外的是，少年却没有像往常一样露出甜甜的笑容，而是仿佛忽然被什么吸引走了注意力，整个人呆呆地出神。

"林琦？林琦？"易龙龙连叫了两声，对面的少年才回过神来。他投来抱歉的目光，清澄的眼睛里好像忽然蒙上了一层忧虑，"对不起啊，龙龙。"

易龙龙不以为意地笑笑，"没事，怎么忽然走神了？"

林琦犹豫了一下，并没有说话，只是心虚地低下了头。看他的样子，易龙龙知道他有事隐瞒，不过既然林琦不愿意说，她也不勉强，相信很快就会弄明白的。

用小手帕擦拭嘴唇，易龙龙忽然感到一种无以抗拒的困倦。

怎么又想睡了？

打了个哈欠，易龙龙伸出手，让林琦抱着她回房。坐在床上，她正准备往床上倒去，却发现林琦没有离开，而是一直站在床边，望着她，像是在期待什么。

强撑着绵绵睡意，易龙龙笑望着他，问道："有什么事吗？"

似乎是终于下定了决心，林琦半蹲下身体，目光与她平视。他水晶一样剔透的眼睛里饱含着真挚的情感，小心翼翼地轻声问："龙龙，能不能……亲我一下？"

亲……亲一下？

易龙龙脸一下子红了，有些含混的脑子也微微清醒了些。

虽然她默认了林琦喜欢她的事实，不但不讨厌，隐约还有些甜蜜的欢喜，可是头一次听到这样的要求，还是很不好意思。

易龙龙下意识地想要拒绝，但瞧见少年眼巴巴的样子，拒绝的话到了嘴边，轻轻地打了个旋儿，却怎么都说不出口来。

不拒绝就意味着要亲了……

脸上好像要蒸出热气，易龙龙咬了咬嘴唇，垂下眼帘，避开林琦的视线，低声道："为什么……忽然要……那个……亲一下啊?"

看易龙龙好像有点儿动摇，林琦又柔声哀求道："龙龙，就一下，一下就好了。"

虽然隐约觉得林琦有些反常，可易龙龙正不好意思，也没有分心细想，说："就一下哦。"

"嗯。"

沉默了一会儿，易龙龙飞快地看了一眼门口，小声地说："你先关上门。"虽然更大尺度的都已经在大庭广众面前表演过了，可这并不代表她的脸皮厚度有所增加啊。

"哦。"林琦连头也不回，甚至没有任何动作，便有无形的风推着门缓慢地合上。

易龙龙差点儿忘了，这个家伙会魔法。

本来还希望林琦离开一小会儿，让她有作心理准备的时间，现在却一下子跳过了。

易龙龙懊恼地瞥了他一眼，不过既然答应了，就不能反悔。"那，你不要看我。"睁着眼睛她会不好意思的。

林琦兴高采烈地合上眼，漂亮的嘴唇微微翘起，一脸期待地等待奖励。

鼓起勇气前倾身体，易龙龙偏头靠近林琦光滑柔嫩的脸颊，即便距离这么近，也看不出来皮肤上有任何瑕疵。

如同蝴蝶划动羽翅，还带着蛋糕芬芳的小巧嘴唇在林琦脸颊上飞快地啄了一下。

睡意再度涌来，易龙龙看见林琦的眼睛很漂亮，好像落满了星星的天空，又情不自禁地凑上去，在他眼角上亲了一口。

甜蜜的羞涩，就好像才吃过的柠檬口味的蛋糕，软绵绵的微酸滋味在心头一圈一圈荡漾开来。

易龙龙睡下了。

林琦望着她安静的睡颜，圆圆的脸蛋上还带着羞涩的红晕，看起来好像鲜脆可口的小苹果。

脸颊上还残留着嘴唇的柔嫩触感，林琦深深地凝望着易龙龙，嘴角不自觉地翘起来，眼睛里却涌出晶莹的泪水。

林琦抬起手指，揩了少许湿迹放在唇边，轻轻地舔了一下，淡淡的咸味感觉苦涩又甜蜜，充满了留恋和绝望。

他低下头，恋恋不舍地轻吻她秀巧的眉梢眼帘，眼泪纷纷洒落，落在她熟睡的脸上，渐渐滑入她微开的嘴唇中。

他绝望地亲吻着她，不知道该如何是好。

那个人回来了。

在正常人不可能生存下来的空间缝隙流岚中，那个人以强大的意志和力量为指引，破开一切障碍，终于归来。

他知道那个人要做什么，全世界都毁灭掉也无关紧要，可是他的星星他的光，他的女孩他的龙，不能有一丝一毫的危险。

假如是从前的他，不会害怕死亡，可是现在他心里有了留恋，想到今后或许再也不能见到易龙龙，心脏便好像被撕裂了一样痛苦。

低下头，他贴在易龙龙的耳边，哽咽地轻喃："我会把全世界的星星都留给你。"

走出卧室，反手关上房门，林琦背靠在门上，抬手抹去脸上的泪痕。

别墅里有些冷清，昨天艾瑞克接到了帝都那边的急报，然后匆忙地赶了回去。而雅各与青骑士也没有过来，罗兰在配药，保镖和女佣们安静地做自己的工作。

林琦想了想，转身走向一旁的房间，推门进去，便看见圆滚滚的小胖鸟正在软绵绵的窝里睡得正香。

这只栖枝自从被易龙龙带回来，基本上就处于宠物的状态，身体倒是长大了一些，却是横向发展，完全看不出其母的风采。

可恶的是，小胖鸟还企图跟他抢易龙龙的怀抱。想到这里，林琦撇了撇嘴，走上前去，毫不客气地一把拎起肉团一样的小鸟，用力把它拍醒。

小胖鸟好梦正酣，忽然被拍醒，连忙愤怒地睁开小眼睛。一看是老仇人，又不甘示弱地挣扎起来，它扭动着身体，又是抓挠又是啄的，企图给敌人造成一点儿伤害。

林琦面无表情地抬起手，仔细地审视了一下啪啪，手腕一转，忽然改抓为托，同时从掌心中绽放出柔和的白色光辉，仿佛有生命一般包裹住啪啪的身体，最后形成一个直径一米的巨大光球。

随手将光球丢回窝里，林琦缓步走出屋外。碰上屋外的人影，他忍不住皱起了眉头。

以瑟双手环抱在胸前，望着林琦说："纯血的魔族体质，居然能够操纵神殿的那种高浓度光明力量，你是怎么办到的？"

林琦瞥了他一眼，丝毫不理会。正要从他身边越过，却忽然听见以瑟说："你，是不是感觉到我哥哥在哪里了？"

林琦的脚步一下顿在原地。

以瑟转过头，充满自信地道："我一直跟在你们身边，就是为了等哥哥出现，他在你身上留下了封印，一定会回来找你的。"

看出林琦戒备的神情，以瑟微微一笑，"你不用担心，我不会伤害那条小呆龙，我的目标只是我哥哥……屠龙者，是他没错吧？"融入这个世界已经有一段时间，以瑟大致知道了一些事情。他虽然思春，却并不代表他愚蠢，通过仔细分析，很容易推测出事情的真相。

"你没有把握对付我哥哥吧，实在不放心，就把他交给我吧，我直接把他带回魔界去。"以瑟笑嘻嘻地侧过身，单手搂住林琦单薄的肩膀，用力带着他朝外走去，"我能隐约感觉到，他受了伤，现在是最好的机会……带路吧。"

真可惜！这么快他就等到了哥哥的消息，好不容易有了第二次约会的机会，也只有再度遗憾地失约了。

辽阔的荒原中，一个人静静地行走着。

那是一个穿着黑色长袍的青年。他神情温和从容，即便是在荒无人烟的地方，他眉宇间依旧呈现出浅浅的笑意。

忽然，青年身前不远处，空气一阵扭曲，随即两个同样是黑色长发的人凭空出现。

三人目光交汇。

这是一种奇妙的默契，即便不需要确认，也可以在第一时间，肯定彼此的身份。

赛文、以瑟和林琦。

以瑟一眼就看见了自己的目标，他快步走上前，非常熟练地握住赛文的双手，

一〇八　分别·亲一下

诚恳地道："哥哥，请跟我约会吧。"

丝毫没预料到会从素未谋面的弟弟口中听到类似告白的台词，赛文眨了眨眼，嘴角古怪地翘起。

"哎呀呀，不好意思，最近总在练习这句话，不小心顺口说出来了。"对于这样的严重失误，毫无羞愧之心，魔王笑眯眯地改口说，"哥哥，跟我回魔界吧，父亲很想念你。"

赛文不着痕迹地抽出被握住的手掌，坚定地道："我拒绝。"

"拒绝吗？"以瑟毫不意外这样的结果，假如随便说一声就能让兄长乖乖地回去，父亲也不必派遣他来了，"没办法，那么，请哥哥务必原谅我的粗暴。"

同样带着笑容，身为兄弟的两人同时抬起手，并拢的五指闪电般朝对方心口刺去。

而一旁的林琦，也悄无声息地来到赛文身后，指尖凝聚着比绝世名剑更犀利的杀伤力，切向赛文的颈部。

一〇九　迷惘·在哪里

易龙龙猛地坐起来！

她大睁着双眼，脸上浮现出惊骇的神情，但片刻就从恍惚中完全清醒过来，那莫名的心悸也随之消散。

小手捂着嘴打了个哈欠，易龙龙伸了伸手臂，隐约有些奇怪自己为什么会在这时候出现在床上。

她从头回忆，逐渐想起来，自己是在吃了点心后犯困的，后来，林琦将她送回房间，再后来……易龙龙忍不住一下脸红了。

接着，她就睡着了。

真奇怪，她最近几天也没有缺少睡眠啊，怎么会忽然觉得那么疲倦呢？

漫不经心地想着，易龙龙慢慢地蹭到床边，穿好外衣，光着的小脚伸进绒毛拖鞋里，才晃动着小小的身体，跳下床来。

拖着慢吞吞的步子走出卧室，易龙龙站在门前，忽然产生了一瞬间的迷惘，好像身边缺少了什么。她左右看看，好一会儿才恍然大悟——原来是没有看到林琦。

那么，林琦呢？

以前即便是她午睡，醒来后走出门，也会第一眼在容易看到的地方瞧见林琦，但今天却似乎有些不一样。

林琦既没有在门口等着她，也没有守在楼下。

心里有些纳闷，易龙龙转身走了几步，来到林琦的卧室前，推开门，卧室里是空的，林琦并没有午睡。

连续找了几间屋子，还是不见林琦的踪影。

会不会是出去了？

这样的情况，在以前也是有过的。有时候她随口说想吃什么，或者需要什么，以及有什么想送给她的，林琦就会趁着她休息特地出门买回来。

应该很快就会回来了吧。

心里这么想着，易龙龙让女仆帮她泡了一杯柠檬茶，随意从书房里取了一本书，坐在大门正对的厅内，一边翻看一边等待。

翻着书，易龙龙有些心不在焉。这两天她好像没说过需要什么，那么大概就是林琦想要送给她东西了，不知道他会带回来什么。

易龙龙慢慢抿着酸甜口味的柠檬茶，茶已见底，林琦还是没有回来。她忍不住皱了皱眉头，看了一眼墙上的魔法挂钟，发现自己已经等了将近一个小时。

他应该是在她睡着时离开的，怎么还不回来？

该不会是迷路了吧？

这个念头才冒出来，易龙龙随即哑然失笑。林琦又不是艾瑞克，他的记忆力堪比电脑，完全不存在迷路的问题。

但是到现在他怎么还不回来呢？

又等了一会儿，易龙龙开始有些不安。她放下茶杯，找来家中的女仆，问她们有没有看见林琦。

连问了三个人，易龙龙才从一个名叫翠西的女仆口中，得知她最后一次看到林琦是在二楼的走道上，他正和以瑟站在一起说话。

听到以瑟的名字，易龙龙心中一沉。前些天，她才发觉林琦和以瑟有些相像，怀疑林琦可能就是以瑟要找的人，今天他忽然就消失了，这会不会跟以瑟有关系？

易龙龙忍不住慌张起来，强压着情绪挨着屋子翻找，找遍了所有的房间，连上次忽略的地下室都没有放过，但是既没有看见以瑟，也没有发现林琦，只是在宠物房内，发现啪啪沉睡在白色的光球中，也不知道发生了什么意外。

透过亮白的光幕，观察到啪啪似乎不像是生病受伤，易龙龙暂时顾不上管它，又去别墅外询问今天的守卫，得知以瑟和林琦都没有外出。

这两个家伙都是懂得空间魔法的，守卫没看到他们外出并不代表他们没有离开，只能说明他们离开的方式比较隐蔽……

究竟是什么事，要不惊动任何人地走呢？

越来越怀疑是否真的发生了她不乐见的事情，易龙龙咬紧下唇，心想：先不要着急，不要紧张，或许这只是巧合。

混乱了好一会儿，易龙龙又强迫自己冷静。她定神想了想，将罗兰从药剂室里叫出来，交代他去学园找人，先找以瑟，再找帝摩斯，顺便把青骑士修和睡骑士雅各一起带回来。

罗兰的行动效率很高，加上易龙龙的住处距离迦南学园较近，很快便从学园带回来了帝摩斯、修和挂在青骑士挺拔的身体上昏昏欲睡的雅各。

可是，没有以瑟，也没有林琦。

来不及也不知道怎么跟他们解释，易龙龙只是简单地说以瑟和林琦不见了，她担心他们可能会出事，希望帝摩斯等人能帮忙寻找。

虽然奇怪于易龙龙为什么会这么焦虑急迫，毕竟那两个人失踪也不过就是几个小时的事情，连最基本的报案标准都够不上，但青骑士几个人并没有多问，而是爽快地答应了易龙龙的请求，然后出门分头去寻找。

罗兰负责寻找城市里的灰色地带成员。

帝摩斯有自己专门的情报渠道。

青骑士修直接找认识的治安官员，操纵全风都的保卫警力。

而睡骑士雅各，是唯一一个没有这方面特长和基础的，但是他来到这里也不是完全无用，他负责陪在易龙龙身边，保护她的安全。

起初，易龙龙睡下，大约是上午十点半。

她醒过来时，是午后一点左右。

她发觉不对劲时，是午后两点。

接着她找来帮手，便等待消息。

现在这个境况，跟当初她等待以瑟去寻找艾瑞克下落时的情形多么相似。可是这一回她的心情更为焦灼，仿佛有什么人将她的心挖了出来，放在慢火上一点点地炙烤。

林琦，林琦。

她在心中默念这个名字。

既温暖又酸涩。

记忆好像一幅从头展开的画卷，一幕幕在她眼前铺开。可是她从来没有想过，这幅画卷会中止得这样突然，毫无预警。

随着一个又一个失望的消息传回来，易龙龙越来越慌张。她嘴唇颤抖，浑身发冷，几乎要哭出来。

一〇九　迷惘·在哪里

今天，在风都，没有人看到林琦。

学园中，街道上，商店里，城门口，哪里都没有。

没有，没有，没有，没有。

哪里都没有。

易龙龙整个陷在沙发里，小小的身体蜷曲着，每次听到令人失望的消息，她就好像畏寒的小动物微微缩起身体。

不知道该如何是好。

这与上回面临身份被揭穿，找不到艾瑞克时不一样。

那时候她虽然慌张，可是有林琦在身旁安慰她，最后还是镇定下来，并做出决定，可是现在，她真的不知道应该怎么办。

青骑士修、雅各、罗兰、帝摩斯……这些人都在帮助她，她非常感激，可是只有林琦才能让她一下子从极度的慌张中安定下来，只有林琦拥有轻易牵引她欢喜哀愁的魔力。

她被林琦宠坏了。

从树海到风都，林琦始终竭尽全力地保护着她，他以让人难以想象的速度成长着。从最开始什么都不懂，直到后来能毫发无伤地将她抱在怀里，给她温暖与安全，而她也习惯了林琦的陪伴和保护，甚至从心底希望就这么一直走下去。

可是林琦现在不见了。

找艾瑞克可以去帝都，可是现在她不知道应该去什么地方寻找林琦。

易龙龙睁着空洞的眼睛，她从前一直不敢想象林琦离开后她会是什么样子，现在她知道了。

那是仿佛失去了饱暖的衣裳，失去了果腹的食物，失去了行走的双足，失去了归属的家园一样的感觉。

时间很快从下午到了晚上，青骑士三人陆续回来，易龙龙坐在沙发里又发了一会儿呆，才强迫自己站起来，朝三人深深地鞠了一躬，"很感谢你们，大家去休息吧，暂时不要再找了。"

她有些茫然地说完，转身朝卧房所在的二楼走去。

身后好像有轻柔的女声在说什么，可是她已经没有力气去留意。

站在自己的卧房前愣了一会儿，易龙龙又拖着慢吞吞的脚步，转身进入林琦的卧室。她走到林琦床前，床上整理得整整齐齐的。林琦很乖很听话，因为她说过起床后要叠被子，他就每天都这么做，不像她时常一蹬被子就什么都不管了。

易龙龙又走了几步，走到靠墙的大衣橱边，打开镶嵌着一人高的大镜子的衣橱门，里面整整齐齐地用衣架挂着一排衣服，有好几十套，除了这里，还有专门的衣物储藏室，那里存放着更多闲置的衣裳。

她来风都不久，跟林琦去城中最有名的衣饰店买东西。她手头有大笔横财，看林琦试穿这件衣服好看，那件衣服也好看，就开心地全买了下来，甚至还定制了许多款式的衣服，之后林琦穿的衣服就没怎么重样过。

衣不如新，然而人不如故。

易龙龙用魔法飞起来，摘下其中一件。她用力拥抱着衣服，好像这样能稍微安心一些。呆呆地抱了一会儿，易龙龙返身回到床边，仰面倒在床上，小脑袋枕在林琦的被子上，身体却又不由自主地缩了起来。

林琦会不会真的跟魔王走了？

躺在林琦睡过的地方，易龙龙脑海中又浮现出了这个问题。

她是相信林琦的，以林琦自身的意愿，绝对不可能不告而别，就算他真的要跟以瑟回魔界，他也一定会告诉她这件事。

会不会是……以瑟没有给他这个机会？

下意识地将责任都归咎于魔王，易龙龙正想得出神，忽然听见门上传来轻轻的敲击声。

"林琦？"易龙龙的第一个念头就是，会不会是林琦回来了？

可惊喜的表情还没有完全浮现，易龙龙就被传来的声音打散。

"我是雅各。"

易龙龙酸涩地自嘲一笑，对了，她怎么糊涂了，这是林琦的房间，就算他回来了，也不会敲自己的房门啊。

没忘记等在外面的雅各，易龙龙打起精神，回应道："请进来吧。"

雅各应声推门。

他站在门口，瞥见易龙龙抱着衣服的样子，微微一怔，接着才说自己的来意："青骑士回去了，明天早上他还会再来。假如不介意的话，我希望能住在这里，请问有没有较为靠近你的空房间？"

从前他们的职责只是挡住外面骚扰的家伙，真正的贴身保护是交给林琦的，现在林琦不在，他们就必须把这份职责担负起来。最基本的，夜晚时，他们要住在靠近易龙龙的地方，方便及时面对任何意外状况。

看到雅各眼睛里有明显的倦意，却依旧强撑着，易龙龙感激地点了点头，表示附近的空卧室他都可以随意使用。

雅各转身走开后，便露出了跟在他身后的影子，那是家中名叫翠西的女仆。不等易龙龙问她来意，翠西抢先说道："您从中午开始就一直没有进餐，在临睡前，请您吃一些食物吧。"

易龙龙有些惊讶，下意识地反问："我没有吃吗？"

好像真的是这样，有好几次，女仆过来问她是否需要用餐，她都随口说不饿，有时候甚至干脆连女仆的问话都没怎么听进去，直接当耳旁风略过。

易龙龙想了想，低声说："给我送两份来，就送到这里。"

易龙龙面前摆放着为配合她的身高而定做的矮脚餐桌，桌上两侧摆放着一模一样的食物，一份放在易龙龙面前，而另外一份放在她的对面。

易龙龙让翠西放下食物就离开了，自己一个人盯着桌子发呆。

很奇怪，她明明感觉到肚子饿，可是不知道为什么，却完全没有张口进食的欲望，任凭胃部难受得抽搐，却依旧不想吃东西。

易龙龙坐在餐桌边，一直等着。她一会儿靠在椅背上，一会儿抱着身体蹲在桌脚。

可能林琦真的只是有什么事，他会回来的，说不定明天一早，他又会微笑着叫她起床，然后他们心情愉快地一起吃早饭。

她在心里说，假如林琦回来了，她一定要用力地咬他一口，报复他让她这么担心……不，太用力会疼的，轻点儿好了。

想着想着，易龙龙又饿又困，终于不知不觉地睡着了。

一一○　傻瓜·说爱你

被门口传来的敲击声吵醒，易龙龙睁开眼，发现自己正躺在桌脚边，怀中紧紧地抱着林琦的外衣。

慢慢地朝四周张望了一下，她露出了失望的神情。

林琦还是没有回来。

敲门声越来越急促和粗暴，甚至开始撞门了，却不说有什么事，易龙龙觉得奇怪，但还是站起来去开了门。

门一打开，一道巨大的白影子就向易龙龙怀里撞过来，过大的力量让她急忙后退了几步，差点儿跌坐在地上。

好不容易站稳了，易龙龙吃惊地发现，原来敲门的并不是什么人，而是一只体型惊人的白色巨鸟，看外形好像是……栖枝？

见那只栖枝还想凑过来，易龙龙连忙摆手后退，问道："你……"顿了顿，她瞥见这只栖枝是站在地上的，陡然想起一个可能，"你是……啪啪？"

栖枝是喜好洁净的神鸟，除非死亡，否则只栖息在树上。就易龙龙所知，也就是她养的那只小圆鸟例外，可是啪啪怎么忽然变这么大了？

回想昨天在啪啪房间内看到的光球，易龙龙估计是那光球造成的。仔细打量现在的啪啪，只是一夜之间，它从那个小小的个子，一下长成了比它母亲小一号的体型，圆滚滚的身躯舒展开有力的弧线，宽大的羽翼足以包裹住她的整个身躯。

知道易龙龙认出了自己，啪啪高兴地叫了两声，扭动一下身体，便又想往她怀里撞来。易龙龙忙不迭地后退，现在已经不是当初她能把啪啪抱在怀里的时候了，她这小身板可经不住这一撞。

别墅里的人听到声音，早就赶了过来，女仆、保镖以及青骑士、帝摩斯和罗兰，看见啪啪长成了这样，感到非常惊讶。惊讶过后，紫发盗贼首先提出了一个实用性问题，"现在它是不是会飞了？"

易龙龙闻言，转眼望向啪啪，但后者只是睁着色彩斑斓如宝石般晶莹的眼睛，努力地想往她怀里蹭。

易龙龙当然不可能让它蹭着，她现在还有正事，没工夫陪它玩。侧身闪开啪啪，她快步跑出林琦的房间，转眼看向青骑士三人，"今天还要继续麻烦你们。"

林琦已经失踪了一天，原本并不以为然的青骑士和帝摩斯，也终于意识到了事情的严重性。

假如是别人，失踪个一两天，有可能是巧合或者意外，但林琦不一样。他一直陪伴着易龙龙，始终形影不离。两人之间的相互依赖，只要有眼睛的人都能看出来，不管出于什么原因，他都不可能就这样离开。

几个人商量了一阵，为了扩大搜索面积，决定花钱发布有悬赏的寻人启事。帝摩斯简单地算了一笔账，通过魔法影印技术，可以在很短的时间内复制出千万份林琦的绘像，而各地的魔法师协会之间，也可以通过传像装置散播林琦的肖像，但是想要这么做，无疑将花费高额的费用。

656

易龙龙毫不犹豫地肯定了帝摩斯的提案。她从龙语山脉带出来的财富足够支撑做这一切，就算花光了所有的钱，只要能找到林琦，也是值得的。

为了避免有人用伪装魔法来骗取赏金，青骑士特地回到迦南学园，请了一位精通这方面魔法的老师来，帮易龙龙把关验证，并在寻人启事上声明，假如用魔法来骗龙，他们将追究其法律责任。

当天，寻人启事发出去不久，便有人找上门来，但是都不需要侦测魔法，看到对方的第一眼，易龙龙心中就一片雪亮。

她用以判断的，并非是外貌，而是眼神。

林琦看着她的目光，是那么真挚，宛如一块毫无瑕疵的水晶，那个单纯、坦然、温柔、强大的少年，谁都模仿不来。

尽管已经作过警告，但是在巨额悬赏的诱惑下，还是有源源不断的骗子找上门来。

"我要找的是少年，不是大叔……下一个。"

"戴着假发就敢来行骗，你们是不是以为龙是弱智？下一个。"

"谢谢，我要找的人是男的，女人就不要来了。下一个。"

……

一连三天。

这个不是林琦。

那个也不是林琦。

那么多人朝风都涌来，来到她面前，可是谁都不是林琦。

易龙龙每天睡在林琦的房间里，用林琦的衣服当被子盖在身上，每次吃饭或者用点心时，都会让人准备两份，另一份食物是留给林琦的。

她总希望，什么时候，那个少年忽然出现在她面前，用力拥抱她，跟她说他回来了。

甚至在梦里，易龙龙也梦见了这样的情形。然而每次睁开眼，她所能拥抱的却只是一件衣服。

林琦失踪的第四天，依旧一无所获。入夜，易龙龙找了件林琦穿过的衣服，抱着坐在林琦床边，给自己加油打气——说不定明天林琦就自己回来了，然后他们再也不分开。

没等她睡着，空气里忽然闪了闪，一道身影在对面墙边凭空浮现。

易龙龙睁大眼看着那个身影——那是……以瑟？

之所以这样不确定，是因为以瑟现在的模样狼狈极了。他断了一只手臂，浑身都是血污，从一只紧闭着的眼睛下面流出了鲜血。

魔王来到人类世界，他刚一出现，就瞬间杀死了他的几位同族，气势强硬凌厉，压得人喘不过气来，虽然情路坎坷，但他始终是那么自信，易龙龙甚至没办法想象魔王战败的情形。

可现在是怎么回事？

还有，林琦呢？

想到林琦，易龙龙什么都顾不上，连忙跳起来扑过去，企图抓住以瑟，以免他跑掉。但是她的身体却从魔王的身体中穿过，双手所触摸到的是魔王身后的墙壁。

魔王低低地笑起来，"小呆龙，不要扑啦，我现在正在用投射的虚影跟你说话，我所剩的力量不多，你抓紧时间听，不要插嘴。"

易龙龙转过身，瞪着以瑟，焦急地问："林琦呢？是不是你把他给带走了？"

魔王摆了摆手，"你先听我说吧，有些事，林琦从前怕你生气，一直不敢告诉你。"

虽然迫不及待地想知道林琦在哪里，但实在没办法拿话痨的魔王怎么样，易龙龙也只有压住心焦，听他从头道来。

说话的时候，以瑟额角上又流淌出鲜血来，鲜红的血液盖过暗金色的眸子，为他的眼睛渲染上一层血光，但以瑟没有去理会，只是继续说道："林琦不是人类……"

易龙龙忍不住打断他的话，"是魔族吗?"

以瑟摇了摇头，"他也不能算是魔族，虽然他拥有最纯正的魔族王族的血统，但他并不是天然的生命，他是被我哥哥创造出来的。"

简单地说，林琦是人造人，也可以说，是魔造魔。

易龙龙一愣。

她忽然想起来，最初在高塔之上，问林琦名字的时候，他却只说出一个号码：07。

那已经变得遥远的记忆，现在又陡然清晰起来，以一种异常凌厉的姿态刺入她的脑海。

以瑟微微一笑，"我哥哥制造了林琦，然后命令他去杀死所有的龙。换句话说，林琦才是传说中的那位屠龙者。"

以瑟所传达的消息太过震撼，易龙龙还没有完全消化，就又被新消息弄得有些发蒙——林琦是屠龙者，怎么可能?

她几乎失去了反应的能力，只能呆呆地站立着，听魔王说下去。

"你不要怀疑，这是在找到我哥哥之前，林琦那家伙亲口告诉我的。"

"我来到人类世界的第一天，就发现林琦身上有一个封印，那个封印用的是我们魔族的本源力量，不仅封印了他的力量，也封印了他的记忆。"

他解开林琦身上的封印，随后一直跟在易龙龙身边，等哥哥来主动找林琦。所谓的追求人类少女，只是用来掩盖真实目标的借口，当然也是附带目标。

跟林琦一道出发之前，他打心底认为一切会顺利。他活了一千多年，在战斗中长大，虽然哥哥的年龄比他大一些，但魔界的战斗磨炼和力量积累，是人类世界所不能比的，他完全不觉得哥哥会比他强。

但是他猜错了。

真正交手之后，他才明白为什么出发前林琦流露出了诀别的绝望神情，因为林琦了解哥哥的强大，他知道这一去就不可能活着回来。

无奈地苦笑了一下，以瑟轻声说道："哥哥快杀死我时，林琦救了我。用空间魔法送走我之前，他跟我立了一个约定，假如我能活下去，那么就回来代替他保护你。"

之后的情形他无法知晓，但在被送走之前，他清楚地看见，林琦的目光坚定决绝，那是，早就做出了决定的神情。

林琦要与哥哥同归于尽。

"找到哥哥的时候，位置大约在龙语山脉北面的荒芜平原上，不过我被林琦用魔法传送走，现在无法确定他们的具体位置。我需要休养恢复，半个月后就会回来。在这之前，希望你多保重。"以瑟顿了顿，想起林琦说那句话的神情，那是在奔赴死亡之前，依旧充满了幸福光辉的柔和浅笑，"丢下你一个人，他非常抱歉。他希望你能很好很幸福地活下去，还有……还有……"

"他爱你。"

以瑟勉强地将要传达的话说完，意识到自己的力量已经不足以支撑，果断地撤除魔法，这时候，他才有心思仔细打量四周。他正处在一片小山谷之中，附近有疏落的树木。正思索是否要走到外面去看看，以瑟的目光却定在了某个方向上。

几十米外的一座较矮的土丘上，站立着一个少年。少年身穿白色长袍，这是神殿的装扮，白袍上的晨星花纹，显示出少年在神殿中的极高地位。

少年拥有一头栗色的短发，年轻的脸上却是冷静的肃然，在以瑟看见他的时候，他已经取下背上背着的巨大长弓。

长弓没有弓弦，弓身上是华丽的金色，各种浮凸的纹路交错纠缠在一起，以富有力量感的姿态回旋，握在少年白皙的手掌中。

假如他没有记错，这应该是神殿记载之中的圣物——曙光的叹息，拥有高度凝聚的光明力量，对于他这样的魔族最有杀伤力。

假如在他没有受伤之前，对付这种东西根本不在话下，可是现在却有些麻烦……不，是非常麻烦，有资格使用这种等级武器的人，也不是好应付的对手。

站在土丘上的少年完全没有与魔族交流的意愿，他一手紧握长弓，一手在空中虚拉，做出拉动弓弦的动作。伴随着他的动作，辉煌的白光在夜间闪耀，自弓身之上凭空抽出了白光汇聚而成的弓弦与弓箭。

神殿对魔族的态度——杀无赦。

逃不掉。

以瑟摸了摸脸上的血污。

真有些遗憾，他大概无法完成对林琦的承诺，而且好不容易才等来的第二次约会的机会，又注定要失约了。

但是，他在战斗中长大，死在战斗中，这将是多么美好。

以瑟放声大笑，再也不管剧烈疼痛的创伤，黑发恣意飞扬，力量全数释出。

少年面无表情，轻轻松手。

曙光之箭宛若流星，划破空气，直直地朝以瑟射了过来。

山谷之中，爆发出比太阳更耀眼的光辉。

易龙龙呆呆地坐着，怀里还抱着林琦的外衣。

自从以瑟说完了那些话，她就一直维持着这个动作。

她原本以为，林琦跟以瑟回魔界，这就已经是最坏的事情了，可是却没有想到还有更糟糕的情况。

那个纯挚如水晶，用整个身心爱着她的少年，永远不会回来了。

说什么会一直陪在她身边，永远不分开。

说什么会一直保护她。

为什么什么都不告诉她呢？这种不对等的保护，她才不要！

易龙龙猛地抱住衣服，将脸深深地埋入其中，无声无息地流泪。

林琦是大笨蛋！

大笨蛋！

大笨蛋！

她一直坐着，直到月亮落下，太阳升起。

然后，满世界的星星，都熄灭了。

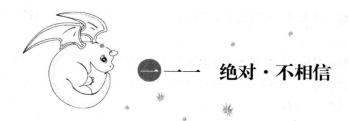

一一 绝对·不相信

林琦失踪的第五天，寻人启事全面收回。

林琦失踪的第十天，艾瑞克回到了风都。

他回来之前，就已经得知了部分情形。回来之后，他先去见了青骑士修和帝摩斯，接着才回到别墅。经过大厅时，他向罗兰点了点头，问出易龙龙在什么地方，接着直奔二楼而去。

站在林琦的卧房门前，艾瑞克轻轻地敲了一下门，随即推门而入。

推开门，艾瑞克眼前一片光亮。

卧室的窗口敞开着，午后的阳光自窗外洒入屋内，薄而轻透的窗帘被风吹起，而小小的女孩抱着膝盖，孤零零地坐在窗台上，侧脸看着窗外。

那么安静。

艾瑞克怔了怔。

易龙龙转过头来，神情异常安静，好像来自非常遥远的地方。

没等艾瑞克说话，易龙龙首先开了口："艾瑞克，我有话要跟你说。"

仔细打量易龙龙的神情，确定她现在的情绪还算稳定，艾瑞克松了口气。他反手关上房门，"正好，我也有话想要问你。还是我先说吧。"

前一阵子他返回帝都，是为了最后处理家族内部的事宜。

内部有击败席格之后的收尾工作，同时也是稳固权力。

外部则是因为席格召唤魔族，神殿对此的反应。

用一天的时间快速处理了主要事件，他又得知易龙龙这边发生了事情，甚至没来得及喘息休息，就马不停蹄地赶回来了。

回来之前，他已经得知了大致情形，发现了一些被易龙龙刻意含糊过去的疑点，便去见了青骑士和帝摩斯，也将他们的疑问一起带了过来。

"现在这个时候，你跟我说实话吧，以瑟是什么人？"

当初易龙龙外出旅行，回来时同行诸人中多了两个人，一个是阿绯，一个是以瑟。

不管是之前翡翠的精灵身份，还是后来阿绯的鲛人身份，易龙龙都没有丝毫隐瞒艾瑞克，但唯独在说到以瑟时，她却只是很抱歉地望着他，坦言不能说实话，但是也不愿意对他说谎，只能暂时保证，以瑟不会伤害她。

那时他的注意力全部放在帝都的权力斗争中，无法全面追查以瑟的身份，加上在接下来的一段时间中，他让属下观察以瑟的行为模式，觉得一个整天只想着追求女孩的家伙应该不会有危害，便暂时放下了对以瑟身份的核查。

可是这一回他不得不引起重视，因为他是跟林琦一起失踪的，而易龙龙在五天前就撤除了寻人启事，应该也说明她知道了些什么。

这些疑问，青骑士等人不是没有发现，但是他们跟易龙龙的关系，还没有达到能直接询问的地步，只有等他回来，由他来解决。

易龙龙苦笑一下，慢慢地，有选择地，说出了事实的真相。

她原先不说，是因为乘船归航途中，所有知道以瑟身份的人，都立誓要保守这个秘密，不再传扬出去，这并不是为了保护以瑟，而是为了保护其他人。虽然她知道艾瑞克不是冲动的人，不会一听说以瑟是魔族就冲过来找他拼命，但是少一个人知道，这个秘密就更安全一些。然而现在，她已经不能再继续隐瞒艾瑞克了。

以瑟是魔王，他来人类世界是为了寻找他的哥哥，林琦是他哥哥创造的人造生命，这些，易龙龙都毫不保留地说了出来，但她隐瞒了最重要的一件事，那就是林琦是"屠龙者"。

虽然当初林琦只是被操控的工具，然而易龙龙不希望艾瑞克与林琦之间有任何的隔阂，她知道艾瑞克十分记挂塔希妮雅之死，但那并不是林琦的过错。

所以她将屠龙者这一块完全略过，谎称是因为她带走了林琦，激怒了以瑟的哥哥，导致对方起了杀意，而林琦为了保护她，才跑去跟对方同归于尽。

易龙龙叙说得不大完整，比如为什么以瑟的哥哥要创造出林琦，为什么一定要同归于尽，就没有别的解决方法吗？但这些出人意料的消息，已经足够让艾瑞克震惊。

魔王！

以瑟在迦南学园中当老师时，将自己的力量压制到人类魔法师的最高阶水准，因此艾瑞克根据搜集来的情报，也就只以为这个人是一个古怪的魔法天才，却完全没想到他真实的身份竟是这样骇人。

心里想着，他又忍不住打量了一下身处的房间。在不到两年的时间里，这栋别墅里先后居住过一条龙、一个精灵、一名鲛人、一位魔王、一个魔族制造的人造人、两个龙骑士……对了，还有一只洁净的神鸟栖枝。

即便是号称包罗一切的迦南学园，也未必有过这样辉煌的战绩。

但，假如按照易龙龙所说的，以瑟最后回来传讯，告诉她林琦死了……

艾瑞克担忧地走上前，低头凝望易龙龙幼小孤零的肩膀。他伸出手来，想抱一抱她，可是却又忽然顿住，因为他知道，易龙龙真正渴望的是另外一个人的拥抱，可是那个人永远不在了。他叹了口气，伸手摸了摸她的脑袋，"不管怎样，你要不要暂时先离开这里？"

离开风都，有两个目的，第一是为了避祸，虽然以瑟说林琦会跟他哥哥同归于尽，但假如对方活下来了呢？易龙龙会不会有危险？第二，希望能通过改换环境，让易龙龙离开这个充满了她和林琦回忆的地方，让她不要那么难过。

易龙龙点了点头，居然笑了起来，"嗯，我正好有这个想法，想跟你说呢，过几天，我就会离开风都，去找林琦。"

艾瑞克一愣。

易龙龙仰起头望着他，目光是全然的坚定，"我想过了，我始终不相信林琦就这样死去了，他说过要一直陪伴我的，他说过的。"

活要见人，死要见尸，见不到，她就认定林琦还活着，没有理由，没有依据。

她相信相聚，不相信别离。

她相信生存，不相信死亡。

她相信永远，不相信瞬间。

天真也好，任性也好，怎么样都好，说好要永不分离，永远在一起，说过的话就要算数，即便他说永别，她也会追上去，再一次相见。

一一二　绝对·不相信

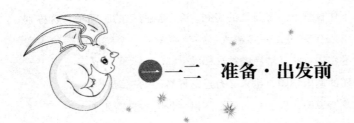

一一二　准备·出发前

　　易龙龙打算外出寻找林琦，对于她的决定，艾瑞克的第一个念头是反对。

　　按照易龙龙的描述，并没有确定的证据表明以瑟的哥哥已经死了，假如那个魔王还活着，易龙龙就没有脱离死亡的阴影。

　　他不畏惧强大的敌人，但是有的事并不是单纯的一个不畏惧就能完全解决的。

　　甚至，最谨慎最安全的做法，应该是立即抛弃现有身份及所处环境，将她隐秘地保护起来。

　　但是，易龙龙不会开心。

　　她现在之所以不怎么难过，是因为她始终相信林琦还活着。假如阻止她将信念付诸行动，她或许会像失去水分滋养的花朵一样枯萎，那是他更加不愿意见到的。

　　艾瑞克想了想，点头同意，但又附加了一个额外的条件，"你要去找林琦可以，不过安全问题必须由我来负责。"

　　虽然非常急迫地想出发去找林琦，但易龙龙却没有立即这么做，她在风都又停留了数日。

　　寻人启事已经收了回来，也没有必要继续发布了，毕竟林琦并不是走失，而是……一般人想必也没有能力找到，因此易龙龙将这件事委托给了熟悉情报方面的帝摩斯和擅长获取消息的罗兰。她付出一笔钱，分成两份交给他们，一份让帝摩斯建立完善的情报体系，另一份则交给罗兰，让他用最快的速度赶往以瑟最后通话时透露出的地点——龙语山脉北部的荒芜平原，在那一带调动人手搜索。

罗兰这边的是短期计划，最后一次见到魔王时，他说出了与其兄开战的地点，现在去那里，或许还能找到一些残骸，假如幸运的话，说不定，能在附近找到还活着的林琦。

帝摩斯那边是长远的安排，毕竟不管是林琦，还是以瑟，都是能用空间魔法到处乱窜的家伙，想必以瑟的哥哥也不例外，想要找到他们，不能只局限于某一个具体的地点，说不定全大陆都要列入搜索版图。

此外，易龙龙这边，也需要作足够的准备，就算不用艾瑞克提醒，她也会注意自己的安全问题。

以易龙龙现在的状态，即便有心独行，现实情况也不允许。她人小力弱，身份还异常特殊，假如独自出门，遇上坏人，知道她身份的，直接绑架她去换赏金做研究，不知道她身份的，也有可能拿她当做小孩去拐卖。

易龙龙不必问，也知道艾瑞克打算陪着她，但艾瑞克现在所拥有的地位，即便是外出旅行，也肯定会有很多事情需要处理，假如还要全力保护她，未免太过辛苦。就算不能阻止他一道上路，但易龙龙至少希望，能有人来替他分担一些保护上的负担。

在人选的考虑上，易龙龙暗暗将自己认识的人一个个数过去，最先数过的，是那个让她非常非常想念的名字，微涩的甜蜜立即便在心头软绵绵地化开。

从前，只要是他们在一起，他总是保护着她的。

嘴角含着浅笑，易龙龙出神了好一会儿，才继续下一个名字。

翡翠？那家伙现在正在精灵岛上呢，也实在不方便继续麻烦他。

无月之剑除了帝摩斯外的其他人？算了，虽然前些天因为她身份的问题，帝摩斯强行急召那些人回来，但毕竟大家不是很熟，她也没心思强迫他人为她服务。

她家中的其他保镖？还是算了，除了双胞胎兄弟外，其他人的武力实在没法说。

从前因为有林琦在，易龙龙完全没想过储备别的保护力量，现在思来想去，也只想到了青骑士修以及还在她家中呼呼大睡的雅各。

青骑士修那边很方便，作为迦南学园的剑术老师，他的工作可以说是最清闲的，而学园每年都会给教职员一段时间的假期，这个假期还可以累积。修做了这么多年老师，攒下了不少假期，唯一一次使用是独自去探索龙语山脉，还没怎么用完，剩下的正好在这个时候使用。

而睡骑士，易龙龙却有点儿发愁。

跟雅各相处了一阵子，她也有些了解这个人的脾气，这家伙简直就是没脾气，每天懒洋洋地眯着眼睛，一副没睡饱的模样。雅各生命中最重要的事情就是睡觉，想让他离开舒适的床，去进行居无定所的旅行，恐怕比杀了他还要痛苦。

怀着忐忑的心情，易龙龙在午后两点，也是今天雅各第一次起床，正在餐厅内补充错过的早餐、午餐时，跟他提了这个建议。

"去找林琦？希望我能陪同保护？"听了易龙龙的要求，睡骑士打了个哈欠，眼角沁出些微泪痕，"会不会很累啊？"

听他这个口气，很明显有些不情愿的味道，易龙龙有些丧气，但并没有不满，毕竟别人愿意帮她，那是人情，即便不愿意，那也是他们的权利和自由。

话尾调子一转，雅各微微地笑起来，"三个条件，第一，要用马车，我绝对不骑马。"

易龙龙一怔，随即明白过来雅各这是同意了，连忙接口道："好说。"

"第二，马车要足够大，要有床。"

"可以。"

"第三，麻烦你动用一下特权，把我的毕业课题改成《策划保护迦南学园股东考察其他国家》吧，顺便让我轻松毕业。"

说到第三条，雅各眯着原本就有些惺忪的睡眼，总算是说出了他真正的目的。

雅各虽然在军政系，但是他从来没有获取权力地位的野心，就算他学成了回去，他的国家也不会有他的位置。

但这么一个懒散的异类，放在平时气氛紧张的军政系中，实在是太扎眼了，不光有的同学心里不平衡，就连军政系的部分老师，也看这个混日子的学生很不顺眼。前一阵子，学校已经对他下了最后通牒，要么毕业，要么退学滚蛋。

雅各在情感上是很愿意退学滚蛋的，但理智上，他觉得还是混一张毕业证书比较好，正好易龙龙有求于他，他怎么可能放过这个走后门的机会呢？

混到毕业证书后，他可以学青骑士那样在迦南学园当剑术指导，他羡慕这个清闲的工作已经很久了。

易龙龙如释重负，"成交！"

就这样，几天后，趁着天还没亮，躲过附近依旧因为龙而聚拢来的人们的视线，易龙龙等人离开风都。

目标：林琦。

出发！

一一三　决斗·炎骑士

　　三辆马车，一辆装睡骑士及他的床，一辆装易龙龙、艾瑞克和青骑士，剩下的一辆则装着同行的随从及所携带的物品行李，自风都出发，向北而去。

　　既然以瑟说他们最后找到他哥哥并开战的地点在龙语山脉北部的荒芜平原，那么他们就在那一带寻找，已经派了罗兰尽快抵达目的地，而易龙龙这边，基本上是日夜兼程。

　　为了保持低调，易龙龙这一回不仅没有在马车上挂海因涅家族的纹饰，还特意定做了外表朴实的车辆。马车车厢高大宽敞，内部布置得十分舒适，但假如不打开车门，绝对看不出来车内坐着有钱人。

　　这么做，是为了尽一切努力避免不必要的骚扰。

　　就比如现在——

　　马车内安装有魔法监视装置，即便足不出车，也能从封闭的车厢里看到四面八方的情形，现在易龙龙等人面前，所展现的是正前方十米外的景象。

　　剃了平头的魁梧男子，大咧咧地站在道路中央，一柄超过两米长的银白巨剑插在他身前的地面上，试图阻挡马车的去路。

　　他看起来三十出头，穿着十分简朴，白色紧身短袖上衣，像是直接用兽皮切成的腰带，以及灰色的帆布宽松长裤。与易龙龙身边的艾瑞克、青骑士以及雅各都不同，男子浑身上下筋肉纠结，薄薄的上衣布料绷得紧紧的，透出充满爆炸性力量的肌肉线条。

　　不必询问，只看这"此路是我开"的架势，易龙龙就知道，这家伙是来打劫的。

他们已经尽量装扮成普通人的模样，还是被劫匪盯上了，对方也太饥不择食了吧？

不过，打劫找上他们，应不应该说这人太倒霉呢？

这么想着，易龙龙转头瞥了一眼艾瑞克与青骑士，发现他们脸上都是一副十分微妙的神情。

男子从地上拔出巨剑，扛在肩头便开始喊话："喂，不要怕，老子不杀人，交出你们携带的财物，老子就放你们走！"

他的声音异常响亮，即便是隔着十多米，传到车中的易龙龙耳中，依旧清晰得好像在耳边炸开一样。

见马车中毫无反应，男子有些奇怪，照理说遭遇抢劫，不管怎样，对方都至少会慌张或者愤怒吧，为什么车内那么平静？就连马车夫看着他的眼神，都好像有点儿怜悯。

"喂，你们不要看老子只有一个人，老子可是很厉害的……"男子的话忽然卡在了嗓子眼里，他张大眼睛，呆呆地看着从马车上缓步走下来的金发青年。

艾瑞克微微一笑，"炎龙骑士，好久不见。"

诺顿。

听到这个名字，易龙龙第一个想到的自然是电脑杀毒软件，但异界没有这玩意儿，在这里，诺顿是人名，还是眼前据说是龙骑士的名字。

艾瑞克下车后，并没有直接与拦路的强盗开战，两人似乎认识，交谈几句后，艾瑞克便带着他一同上了马车。

大陆上一共有四名龙骑士，按照易龙龙认识的顺序来说，青骑士修是第一位，睡骑士雅各是第二位，而第三位，就是眼前这位杀毒软件……不，诺顿先生。

诺顿的称号是炎龙骑士，这个名字得自他的龙，一条名叫火山的赤龙。虽然现在龙已经没有了，但许多人还是习惯性地沿用他们从前的称号。

完全没有自己的行为会给龙骑士称号抹黑这样的认知，杀毒软件先生上车后，便毫不脸红地跟所有人打了招呼，接着便笑眯眯地向艾瑞克伸手借钱。

对于他的作为，艾瑞克和青骑士都是一副见怪不怪的神情。

与睡骑士雅各的嗜睡一样，炎龙骑士的贪财也是众人皆知，甚至大多数人在背后称其为比索骑士。（比索是基本货币单位及金钱的代称）

向艾瑞克要了一张支票，反复检查确实能取到钱后，诺顿满足地收起支票，这才想起说别的事，"我都听说了，你居然藏着世界上的最后一条龙不让人知道，好家伙，果然是越有钱的家伙越小气啊。对了，我听说那条龙只有这么点儿……"

他顿一顿，小心地捏住一根手指的第一指节，只露出一小截指头来，比画着说："就好像我的手指这么大……"

易龙龙在一旁气得脸都黑了。她承认，她的发育是有点儿不良，但也不至于这么不良吧，至于捏着指头来比画吗？

接下来，杀毒软件的话直接让易龙龙的脸色由黑转绿，颜色越发精彩。

"我说艾瑞克，你养那么小一条龙也没什么用，不如卖了换点儿钱……我给你介绍一个买主，卖了的钱我们五五开好不好？"

"不然四六？"

"不然三七？"

"二八，我那份不能再少了。"

……

虽然炎龙骑士有着这样或者那样的毛病，但艾瑞克还是非常坚持地让诺顿加入了同行的队伍，并且以最初见面给诺顿的支票，作为预付的酬劳，雇用他帮忙一路护送。

按照艾瑞克所受教育的理念，能够驱使的力量，即便不喜欢，也不应该盲目排斥。炎龙骑士虽然贪财，曾经拦路抢劫，甚至还想勾结他贩卖易龙龙，但仅论实力，他确实是出类拔萃的，而且，只要收了钱，诺顿就会非常对得起所得酬劳，尽职地干好保镖的工作。

携带的行李中，还带着长大的啪啪。这只栖枝鸟虽然身体长大了，但心灵上却无法摆脱对易龙龙的依赖。易龙龙打算出远门，它就死活赖着跟来，偏偏它现在还不会飞，只有跟行李塞在一起。

诺顿瞧见啪啪时，眼睛和知道易龙龙的身份时一样，再度射出金钱的光辉，但他总算是没有忘记自己已经收过一笔钱，艰难地将拐卖的念头压下。

经过数日的行程，易龙龙等人绕过龙语山脉，终于抵达了北部的荒芜平原边际。

龙语山脉横亘大陆中部，将整块大陆分作南北两个部分。南部的人想到北部去，有两个方法：第一是冒着风险横穿龙语山脉，第二，则是大多数人所选择的，向龙语山脉的两侧绕路而行。

易龙龙一行虽然有横穿的能力，但即便如此，他们也没有必要在有省力的同时去挑战高难度，更何况龙语山脉地形复杂，曲折迂回，如果真要从龙语山脉走，走过的路途可能比绕路的路程还要长。

绕路的同时，他们也顺利通过了国境线，从东南部国家奈切斯，抵达了大陆中部偏北的国家寇迪亚。

在寇迪亚境内，有一片荒芜的平原。这里原本叫沃土平原，因为土地肥沃，人们在此耕种繁衍，但一千多年前一场激烈的魔法大战摧毁了土壤的质地，不管事后怎么补救都无法挽回。

现在这片平原上，只有少数生命力极强的杂草能勉强生存，甚至连动物都不大愿意来这里，久而久之，沃土平原便成了现在的荒芜平原。

易龙龙等人没有直接开进平原，而是先来到平原边上的一座名叫银橡树城的城市。

入城之前，在检查过入境证明文件后，门口的士兵却没有像别的城市那样让开放行，而是问了他们一个有些古怪的问题：“诸位是特地来银橡树城的吗？”

听到他的问话，易龙龙一愣，不知道有什么用意。

说话间，士兵已经取出几枚明显可以看出来是手工制作的木质挂饰，以及帽檐上别着翠绿细橄榄枝的白色宽檐帽，“假如各位不希望在城里遇到麻烦，最好购买一些进入本城时的必需物品，挂饰钉在马车上，各位出门时，最好戴着帽子。”

挂饰大概有一个成年人的手掌大小，做得十分粗糙，用普通的木头削成菱形，表面涂上绿漆，边缘并列排着三支白色羽毛。

帽子有多种款式，可以让客人任意挑选，但白色的帽身和用塑料做出来的翠绿橄榄枝是共同点。

在艾瑞克的解释下，易龙龙明白了这里面的缘由。

大陆上各国的风气不大一样，比如南边诸国比较推崇魔法师，魔法师的地位较为崇高，但北部的国家，则更加热衷于真刀真枪的武技。

银橡树城曾经出过两名剑圣，又因为一些历史因素，导致这座城市里武风极盛，几乎是半数以上的人习武。男孩子一生下来不久，大人就会抓着他的手去摸武器。街道上，庭园中，随处可以看到佩戴武器的人。全城大大小小一共有几十个教习武技的团体，相对地，城中几乎没有魔法师，即便有那么少数几个，他们在城市里的地位，也不像在别的城市那样超然。

只不过，武者的性情不像魔法师那样沉静，平时一个一言不合，就可能拔出武器来对砍，砍完后如果受伤了就直接送到神殿里去，非常考验本城神官的神术水准。

而在这里最流行的风俗就是决斗。

平时上街买东西，买卖双方吵起来，也会抄家伙进行决斗。

两个小孩子在一起玩，争执起来，毫无意外地会扭打在一起，最后导致双方家庭集体决斗。

甚至，谁要是看一个人不顺眼，也可以一言不发地上去拍一下，说我看你不顺眼，便开始决斗。

从六岁到六十岁，人人崇尚决斗。

这座城市里洋溢着一种奇异狂热偏执的气氛。意外的是，即使如此，还是发展了下来，至今更是达到了繁荣昌盛的状态，甚至还因为这个特色，成为吸引别人来旅游的景观。

为了避免本城居民误伤观光客，因此在外来人口入城之前，士兵们都会推荐他们花小钱买一些必备物品，只要看到带橄榄细枝的白帽子，以及带羽毛的挂饰，居民们就会明白这是外来的客人，即便看谁不顺眼，也不会主动进行挑衅。

帽子被称作和平之帽，而挂饰则叫温和徽章。

听完了原因，易龙龙顺势让艾瑞克买下士兵推荐的物品，毕竟他们是来办正事的，并不打算跟人玩什么决斗。

入城之后，易龙龙先兴致勃勃地拿起一顶帽子，戴在自己头上，接着转头问艾瑞克好不好看。

艾瑞克正让部下分发帽子，却意外发现帽子的总数比人员总数多一个，忍不住愣了愣。易龙龙顺势又拿过一顶来，笑眯眯地抱在怀中，小声解释道："这是给林琦留着的。"

她有的东西，林琦也要有一份才行。假如能在荒芜平原上找到他，回来时这顶帽子正好能派上用场。

看着她微笑，艾瑞克在心底叹息一声，没说话，只是继续让人分帽子。

分完帽子，马车继续行驶。路上，易龙龙趴在窗边，时不时地能看到两个人在街上乒乒乓乓地打架，但旁边的人却依旧该干什么干什么，完全不当一回事。偶尔有人发现易龙龙，瞥见她脑袋上的帽子，又好像没看到她一样转回去。

来到城中一家名叫风暴长剑的旅店住下，易龙龙先让所有人在旅店客房内休息，接着派遣几名随从外出寻找先来到此地的罗兰。

先前看着外面的热闹，诺顿已经有些忍耐不住，刚找到落脚地，他就跟易龙龙说了一声，接着就拿起他的巨剑，也不戴帽子，直接走出门外，准备享受被挑战的乐趣。

进入旅店半小时后，派出去寻找的随从还未回来，罗兰便主动找上门来。他戴着外来人必戴的和平之帽，几乎完全遮住了他的紫色头发。乍一见到他时，易龙龙险些没有认出来。

见了面，易龙龙、艾瑞克、罗兰三人就关上房门谈正事。紫发盗贼摘下帽子，神情微微凝重，"情况不妙。"

罗兰抵达银橡树城之后，便立即着手探索平原的工作，但是没想到有人比他更快一步赶到，并且封锁了平原的部分地区。这些天来，他想尽办法却依旧不能入内。

在隐蔽自身的前提下，他曾经尝试过不同的办法，贿赂、收买、潜入，每一次都失败了。失败之后，他也不敢采用过激手段，毕竟对方是——神殿。

一一四　神殿·见故人

　　神殿不是一个国家，只是一个宗教，但这个宗教的力量假如聚合起来，甚至可以跟国家相抗衡。

　　经过长期的发展，神殿这股势力，已经如同参天大树，张开了一个庞大的根系，深入大陆各个角落。

　　神殿本身没有军队，但是他们的举动拥有举足轻重的影响力。

　　平时，神殿并不干涉个人的宗教信仰，除非举起了旗子跟神殿对着干，否则，就算像席格那样叫嚣一下自己信仰邪神，也最多是被神殿笑话一番。

　　但不作为并不代表没有能力作为，神殿的低调并不代表无能，他们的利益范围一旦受到侵犯，就会表现出强硬而决绝的态度。

　　就比如现在这次。

　　根据罗兰的分析，神殿肯定是得知了荒芜平原中的一些情况，才会派人来封锁通道，而一旦牵扯上魔族，对神殿而言，就完全没有商量的余地。这是他们的专属领域，在这片领域中，别人没有插手的余地。

　　正因为对手是神殿，导致罗兰来此之后，各种手段都在对方的庞大势力下派不上用场，或者干脆不敢用出来，以免因此给易龙龙惹上麻烦。

　　听了罗兰的全部汇报，易龙龙和艾瑞克也不由自主地陷入沉思——这的确是一件非常麻烦的事。

　　假如是别的势力，他们丝毫不害怕与之发生冲突。封锁？好办，三个前龙骑士联手闯过去就是。但不管是谁，跟全大陆占据统治地位的神殿作对，总是要考虑一下。

易龙龙背后牵扯着艾瑞克和迦南学园，艾瑞克背后牵扯着海因涅家族，无论是谁，他们都不能轻举妄动。

三人在屋子里商量了一会儿，暂时也想不出什么直接有效的办法。他们原本的计划是，来到平原后，较为隐蔽低调地找一个什么借口探索平原，却没有想到神殿会在这个时候，以这样强硬的方式插一脚。

神殿，为什么是神殿呢？

这时候，屋内的三人，都有一种忍不住想要相对苦笑的冲动。

易龙龙想了想，问艾瑞克道："你打算怎么做？"

半个小时后，易龙龙和艾瑞克两人，头上戴着白色的和平帽，出现在决斗之城的街道上。

易龙龙被艾瑞克抱在怀中，帽檐下两只眼睛四顾打量。与在车中不同，直接走在街道上，仿佛少了一层保护的屏障，旁边投来的目光，更加直接而没有阻挡。

罗兰已经事先打听过，神殿派遣了大量人员来到平原上。那些人必须有接应休息的地方，于是距离平原最近的银橡树城，就是最好的据点，从平原上回来或者即将前往平原的神官，都会暂时在城中的神殿停留。

现在，易龙龙就是打算与艾瑞克伪装成观光客，先去神殿那儿看看，届时见机行事。

两人走在街上，远远地看到杀毒软件龙骑士举着他的巨剑，非常豪迈地跟一群本城居民对砍，看样子，他甚至比本地人还具有本地人的风范。易龙龙看了一会儿，低声问艾瑞克："要不要上前阻止？"

艾瑞克想了想，摇摇头，"不，等他砍完了再说。"

诺顿放倒一拨人后，大笑着将巨剑扛回肩头，继续大摇大摆地走在决斗之城的街道上，这副嚣张的姿态简直就是在脸上写着——来砍我啊！来砍我啊！

艾瑞克并没有理会继续去寻找乐趣的比索骑士，而是手一托，将易龙龙由怀中转到肩上，让她自己坐稳，接着便走过去，来到刚才的战场，现在躺着一地伤者的地方，问正在七手八脚将伤者搀扶起来的人们："需要帮手吗？"

诺顿造就的伤者太多，本城居民人手不足，便让艾瑞克这个外来者也帮了一把手，随着运送伤员的人群，将伤者送往神殿。

虽然魔法师在银橡树城里不怎么吃香，但神官却受到人们的尊敬。毕竟这座城市里的受伤率太高了，假如没有神官的治疗神术，许多人或许要在床上多躺个十天半个月。虽说药剂也同样有治疗效果，可是能够一天就恢复的伤势，谁都不愿意慢慢养上七八天不是吗？

来到神殿大厅里，不光是易龙龙，就连艾瑞克，也被这里的壮观景象吓了一跳。大约一百多平方米的大厅中，居然密密麻麻地摆满了伤者，后来的人几乎找不到能够躺下来的地方，有的伤势轻一些的，甚至只能哼哼着靠在墙边。

易龙龙睁着眼睛愣了好一会儿，才小声地冲一旁额头脸颊带着大块淤青，看起来好像是涂了颜料一样的伤者低声询问："这里，每天都会有这么多人受伤吗？"

那位脸上挂彩的男子瞄了易龙龙一眼，虽然有些意外外来人为什么会出现在这里，但还是郁闷地解答了她的疑惑，"你弄错了，这不是一天的伤员，而是半个小时内送来的。"

听了这话，易龙龙更加惊骇，"半个小时就有这么多伤者？"

她原本以为决斗之城打就打吧，大家应该也知道分寸，半个小时就倒下这么多，这未免也太凶残了。

怎料那男子继续郁闷地道："而且，我们这些人，大部分是被同一个人送进来的。"

易龙龙愣了一下，随即明白了——都是诺顿一个人的杰作。

艾瑞克微微一笑，"但是，那家伙并没有主动招惹你们，对吧？"

男子不大甘心地点了点头，"是，是我们看那家伙太不顺眼，主动上去挑战的。"他说得坦荡，虽然不甘心，但并没有怨恨，输了就是输了，决斗之城的好男儿输得起。

因为伤者太多，大厅中嗯嗯哼哼的呻吟声不绝于耳，而神官虽然能施展神术，但个人力量毕竟是有限的。只见几个身穿白袍的神官在大厅中来回走动，给这个止血给那个止痛，忙得快趴下了。

就在这时，一个娃娃脸的栗发少年，缓步从后方侧门走了出来。

少年身穿华美的白色长袍，纹饰华美精致，一张非常年轻讨喜的脸冷冰冰地板着，好像在场的人欠了他千八百万金币一样。

这少年自然是老熟人李维。

他来到大厅之中，目光扫了一圈，并没有留意到大厅边上的易龙龙和艾瑞克，只是扭头问一旁的神官："怎么有这么多伤者？"

被问到的神官在大厅中忙碌了许久，已经疲惫不堪，轻声地将原因简述一遍后，貌似少年的神官恨恨地咬了咬牙，道："该死的风俗。"

抱怨归抱怨，他还是顺手拿过了旁边神官的手杖，单手握着镀了一层神圣银的杖头，稳稳地拄在地上。看见他愿意出手，旁边的神官松了一口气，接着，就看见柔和的白光自李维握杖的手指缝隙中溢出。

最初只是淡淡的光芒，甚至比弦月的光芒更加淡薄，渐渐地，那光芒浓郁起来，平缓地铺展开，覆盖住整个大厅。

白日里天色明亮，但神殿中的圣洁光芒，却比外面的日光更辉煌。

一片白光之中，易龙龙凭借过人的眼力，还是可以看见近处的情形。只见距离她最近的，也就是方才回答她问题的伤者，脸上的青紫淤伤迅速淡化消退，而他脸上痛苦的神情，也伴随着这白光逐渐得到缓解。

片刻，白光如潮水散去，但神殿中还在呻吟的伤者却基本上没有了。刚才的白光笼罩住所有人，轻伤患者都被治愈，而重伤的人员，其伤势则得到了缓解。

正常地说，一名普通神官，一次最多能救一两个人，但李维不但一次性救了一百多人，其时间还比别人单独救一个人更短暂。他所展露的这一手，一下子便镇住了大厅内所有的人。

早在白光亮起的时候，艾瑞克就抱着易龙龙后退到更不显眼的角落，此刻更是抬手压了压帽檐。

676

在众人敬畏的目光中，李维依旧是一副冷冰冰的模样。他随手将辅助施展神术的手杖还给原主人，接着便在大厅中缓步行走，看还有谁的伤势比较重，便补上一次专门的救治。

他从与易龙龙所在的地方相对的大厅另一侧开始巡视，易龙龙正要开口叫他，忽然嘴被捂住。吓了一跳后，她发现是艾瑞克，忽然明白了他的想法，忍不住也压了压帽檐。

李维救治了几个人，问明似乎没有更严重的伤势后，将余下的小事交给其他人处理，又回到他原先走出来的那道侧门中。

门后是神殿内部的建筑，不是普通民众能随意观光的地点。

看李维离开，艾瑞克沉默地抱着易龙龙，也转身离开神殿。

走出神殿，易龙龙才大大地呼出了一口气，微微拉起帽檐，道："吓了一跳，居然是那家伙呢。"

她刚才有一瞬间，想要叫住李维，与他相认，从他口中询问荒芜平原的消息，可被艾瑞克阻挡了一下后，她也陡然明白了其中的原因。

李维不光是他们认识的人，还是神殿的重要成员。

别的事情，李维可以给他们提供便利，甚至亲自帮助他们，可是，这一回牵涉的是魔族，是神殿，也是每一个神官的死敌。

就连艾瑞克，也是花了一些时间，才接受生活在同一栋别墅里的家伙是魔族这件事，更不要说身为神官的李维了。

李维不同于那三名龙骑士，更不同于他们的随从，随从只要付工资就好，三名龙骑士，也可以分别通过酬金、师兄弟情谊，以及交换条件获取他们的帮助。尤其是青骑士和雅各，他们甚至允许易龙龙有一些不能对他们启齿的秘密。

可是李维不同。

就连艾瑞克自己，也不敢说完全看透了这个绯闻满身的家伙，在一重又一重的谎言之中，永远长不大的面庞看起来是那么不分明，谁都猜测不到他的真实心思在什么地方。

假如需要李维提供神殿方面的消息，那么相对地，他们这边也必须提供完整的缘由，届时必须暴露出他们与魔族的关系，那或许会导致更加糟糕的后果。

面对那家伙，甚至连隐瞒一部分事实都很难，因为那家伙本身就是说谎话的高手，拥有洞察真伪的能力，这或许是他年轻时骗女孩积攒下来的丰富经验。

让艾瑞克不能确定的，还有一个因素，那便是李维身上的服装。从他长袍上绣着的花纹，可以看出他现在在神殿中拥有极高的地位，几乎仅次于教皇，再也不是当初边境小镇上的普通神官。拥有这样的地位，人所做出的考量也会有所不同。

更麻烦的是，李维这家伙太狡猾了，假如被他发现他们在这座城市里，甚至有可能会让他联想到什么。原本只想来神殿探一下消息，可是看到李维后，艾瑞克觉得他们可能是遇到了最糟糕的状况。

两人快速返回所住的旅馆，又关上房门仔细商量，决定暂时回避与李维的接触，趁着今天晚上，他们偷偷潜出银橡树城，凭借艾瑞克过人的身手进入荒芜平原。

只有他们两人，旁人一概不必参与。

为了半夜的计划作打算，两人商定主意，便立即回各自的房间休息。傍晚杀毒软件，不，诺顿回来后，艾瑞克又塞给他一张支票，让他与他们暂时分开，到另外一家旅馆居住，并从现在开始继续努力到处惹事，尽量给神殿的工作增加负担。

夜晚八点，易龙龙清点可能派得上用场的道具，艾瑞克则向罗兰要了一些东西。

夜晚九点，正是大多数人都准备入睡的时候，风暴长剑旅店的二楼，轻盈地落下一道人影，如果仔细一看，便会发觉，其实是一个大人影抱着一个小人影。

夜晚十点，这道影子出现在荒芜平原上。

一一五　潜入·探战场

辽阔的平原一眼望不到尽头，沉寂而安宁的夜幕下，宛如轻纱笼罩一般，淡薄的微凉月光洒落地面，在柔和的沙砾上覆盖了一层白霜。

疏落的苍青色草叶被夜晚的微风吹拂，发出极细小的簌簌声响，可是在安静的夜里，却仿佛被无限放大。

嗒——嗒——嗒——

非常轻且不易觉察的声音，仿佛一粒指甲盖大小的碎石不起眼地落在泥沙里，却以匪夷所思的速度在辽阔的原野上移动着。

假如这时有人站在远处，便会发现，一道幻觉似的淡淡痕迹，在无边无际的平原上，如同抛弃了影子的风，飞掠而过。

夜晚的风有点儿冷，但艾瑞克的怀抱很温暖。易龙龙又往艾瑞克的怀里缩了缩，小心控制着一直悬浮在两人身前的风盾，挡住因为移动速度过快迎面刮来的劲风。

估算着差不多到了地点，艾瑞克缓下脚步。与此同时，易龙龙撤除风盾，两人的身形如同鬼魅，眨眼间变得透明，最后消失在暗沉的夜色里。

易龙龙做了很多准备。

从前跟林琦在一起的时候，因为不管什么事都可以由林琦代劳，武技啊魔法啊什么的他都会，以至于易龙龙虽然有增强实力的条件，却懒得去利用和努力。

有林琦在啊。

林琦会做这个。

让林琦来做就好。

每一次，她都这么想，任性又甜蜜，不知不觉已经依赖得上瘾，可是现在林琦不在了，她必须自己来做。

现在想系统地学习魔法已经来不及，但易龙龙也不是没有办法。在龙语山脉，她搜集了一些龙族的财富，之后在风都，凭借丰厚的财力加上身为迦南学园最大股东的权力，她非常轻松地便获得了各种有针对性用途的魔法道具。

临阵磨枪，不快也光。

现在易龙龙十根细嫩的手指上，松松垮垮地套着十枚戒指。为了防止戒指太松而滑落，她还特地用韧性材料制作的细链子将这些戒指穿在一起，链子另一端则系在手腕上。

每一枚戒指都储藏着一到两个能够只用极少魔力便触发的魔法。今天傍晚，易龙龙特地将魔法戒指挑选出来，方便随时使用。

而除了手指上的戒指，易龙龙颈上还挂着一条藏着小空间的储物项链，那里收藏有更多的道具，假如有必要，也可以随时取出使用。

不管是先前的用来挡风的风盾，还是现在的隐身和消音魔法，都是易龙龙已经仔细设想过的情形，并挑选出针对性的储藏有魔法的戒指。

罗兰虽然不能进入封锁区域，但他至少做了一件事，给易龙龙指明了神殿所封锁的具体区域，避免他们在平原上浪费时间。

艾瑞克放缓脚步向前行走，几百米后，便与易龙龙看见，前方的地平线上，数十名身穿银白色铠甲的剑士，列成几队，沉默地来回巡视。

那些人是神殿骑士。

神殿之中除了神官，还有这么一支武装力量，便是眼前的这些神殿骑士。这些人拥有帝国骑士所应该懂得的一切骑士战技，但同时他们也兼修神术，可以说是神官和战士的综合体，甚至更优秀、卓越。

但所谓的优秀、卓越，也仅仅是相对于普通人而言，真要打起来，艾瑞克并不畏惧这样的敌人，但现在并不是正面交锋的时候。

调整呼吸和心跳，让自己的行动与空气融为一体，隐藏了身形与声音，艾瑞克和易龙龙几乎没有受到任何阻碍，好像平常散步一样，就跨越了神殿骑士的第一道防卫线。

越过神殿骑士的守卫，易龙龙随即又看见前方驻扎的帐篷，那是神殿派遣成员在此地的临时据点，也正是他们今夜前来的目的地。

帐篷之中透出柔和的光亮，说明现在神殿的人还没有入睡。考虑到魔族对于神殿的特殊意义，可以估计他们宁可连夜不睡，也必须尽快达成封锁这里的目的。

帐篷附近还有另外一重神殿骑士的防卫，也被艾瑞克以相同的方法越过。

固然，通过隐形及消音的魔法，可以隐藏住身形和他们的一切声响，但艾瑞克却不是简单地依赖于魔法。人走动的时候，不管怎么小心，都会牵动空气，并且，就算身形与声音彻底隐去，但这个人还是真实存在的，亦可称之为生命存在感。

武技方面的高手，不光通过眼睛与耳朵来判断敌人，他们还拥有一种接近直觉的感知，而艾瑞克调整自己的行动，则是将自身的动作和存在感降至最低，尽可能减少被发觉的可能。

负责守夜的神殿骑士平均水准都不错，但他们之中实在缺少如同艾瑞克这样已经达到了极致的高手，才会这么轻易地被他们潜入。

神殿的临时驻扎营地一共建立了十四个圆顶帐篷，前后错落地排列着。接近帐篷时，易龙龙抬手按在艾瑞克肩膀上，又转动一枚戒指——侦测魔法。

帐篷的附近有部分魔法陷阱。

在艾瑞克的手心慢慢写下陷阱的位置，两人又顺利地绕过。

静静地等待了十多分钟，在距离他们最近的帐篷中，走出来一名神官和魔法师。两人站在门帘前，说了两句告别的话，接着神官便往另一顶帐篷走去，而魔法师原地站立片刻，也返身掀开布帘回到帐篷中。

魔法师转身的瞬间，他的身后已经贴上了一个看不见的影子，而魔法师毫无知觉。

帐篷之中有休息的小床和只有一尺高的方桌，桌上放着平原地图，而桌子的两侧，似乎堆放着同一规格的黑水晶瓶子，不知道里面放着什么东西。

魔法师似乎已经十分疲惫，他走近小床，正准备躺下睡一小会儿，忽然感到颈上贴上了一个冰凉的东西，而一道刻意压低的声音，简短而决断地在他耳边响起。

"不准动，不准大声叫喊。"

"声音超过五十贝的话，杀。"

"试图反抗逃脱，杀。"

"现在请安静地回答我的问题。"

帐篷顶内侧倒挂着一台便携的魔法照明灯，淡黄色的明亮灯光自上方倾泻而下，让整个帐篷充满温暖的色泽，但魔法师却觉得，颈上的那一抹冰凉让人感觉到异常寒冷。

有人潜入。

是敌人。

魔法师没有挣扎，也没有叫喊，许多魔法老师教授学生的第一课，不是魔力锻炼，也不是魔法咒文，而是冷静。

一名合格的魔法师，无论何时，即便是在死亡关头，都要保持清醒和冷静。

贝是衡量声量大小的单位，五十贝，大概也就是贴着耳畔低语的音量。魔法师控制自己的情绪，尽量让语气显得软弱些，"请不要杀我……我会回答阁下的问题。"

魔法师没有质问闯入者的身份，更没有试图探询对方的目的，这种明显不会得到答案的问题只会让对方感觉他有反抗情绪，进而更加敌视戒备，对方以这种态度闯入并询问，已经说明了一些问题。

会有机会的。

魔法师自信地想。

颈侧紧贴着的冰凉锋刃应该是匕首，擅长使用这种武器的，大概是盗贼，但盗贼来这里做什么？

一边默默地逐步猜测，魔法师悄悄地回忆魔法咒文。他有把握瞬发三个不同的魔法，一个魔法护壁挡开匕首的锋刃，一个迅捷飞翼术拉开与入侵者之间的距离，同时发风刃攻击入侵者，让他不得不躲避或者格挡防御，来不及紧随追击。

这人应该是用隐身魔法潜入的，但考虑他制住自己的习惯，却像是武者，不排除魔武双修的可能，但通常这么做的人，往往是两方面都不精通。

只要拉开距离，不让对方贴着身体，不管是反击还是呼救，他都有回旋的余地。

详尽而周密的考虑只在一瞬间便闪过，这时候魔法师听见身后的人询问："你们封锁这片地区究竟有什么目的？"

是时候了！

魔法师的脑子清醒无比，以意志催动体内的魔力，同时操纵三种魔法。这种事他从前就做过，此时也不会太吃力，可魔力凝聚起来的刹那，却宛如坚硬的石块陡然化作细碎的沙砾散落开来。

魔法师这才陡然发觉，他居然不能使用魔法了，不管他怎么拼命地凝聚魔力，都会在最后关头溃散。他不但没能使用半个魔法，反而因为精神过度损耗，导致脑中仿佛针刺般隐约作痛。

这是怎么回事？

一瞬间的慌乱后，魔法师冷静下来，重新审视自己现在的处境。

他不能使用魔法，应该是入侵者做了什么，才会导致这个结果的，是……

他全身上下都十分正常，唯独左侧耳后两指宽的位置，有一小片失去了感知。

而身后的那个人，声音里似乎带上了些笑意，"你是感觉不到的，我在禁魔环的刺针上涂抹了局部麻药，会麻痹你的肌肉神经。"

禁魔环?!

魔法师苦笑一下，知道对方做了充足的准备，这一回他是真的完全不能反抗了。

禁魔环是针对魔法师制作的道具，能阻止魔法师在清醒的状态下使用魔法，装置放在魔法师身上，可以强行阻止魔力的凝聚，以及加倍消耗魔法师的精神力量。

这种道具十分昂贵，但实战用途却不怎么好，必须先制伏魔法师，然后安放在对方身上，才能发挥作用。因此市面上可以轻易买到禁魔环，但是很少在战斗之中使用。

可是艾瑞克并不需要禁魔环来辅助他战斗，他制服了魔法师后，取出禁魔环，拉出刺针刺入魔法师耳后，因为刺针上预先涂抹了强效麻药，魔法师没有及时发觉，而其敏锐的感知也受麻药的影响，变得有些迟缓。

不能使用魔法的魔法师，本身又没有兼修武技，与一个普通人没什么两样。

确定自己失去了反抗的机会，魔法师终于不得不表现出认真合作的态度。艾瑞克问一句，他答一句，问到不清楚的地方，他还会针对某个细节反复地咨询艾瑞克的意见。

根据魔法师所说，他是帝都魔法协会的成员，这次来到荒芜平原，是跟随神殿组成的队伍一道前来。

神殿封锁平原做什么，并不是他这种神殿外援能知道的，他只是完成魔法协会会长交付给他的任务，服从神殿的调派和指挥，按照他们的要求做事。

根据他所知道的情况，神殿来到平原这一带后，便立即率领人马四处搜索，似乎在寻找什么。被封锁的区域中央，有一大片狼藉的战场，那里的地面炸出比湖泊更巨大的深坑，原本的低矮山丘被可怕的力量夷平。空中盘桓着漆黑的风，土地仿佛遭到了烈焰与冰霜的肆虐，并充斥着死亡、衰老、黑暗、恐惧、腐朽、毁灭等绝对负面的魔法旋涡，象征着平原上曾经发生过一场骇人的战斗。

无法用言语完整准确地形容那遗留的战场情形，魔法师曾经亲临现场，当时他站在辽阔的平原上，只感觉世界上仿佛只剩下他一个人，空气中狂暴的力量，即便只是残留的，也几乎将他整个精神压垮。

那一瞬间，他产生了这样的想法——这真的是人类世界会出现的战斗吗？

他心中隐隐约约有一些猜测，但那是他不能够触碰的禁忌，因此很快便被压下，将所有的精力投入到接下来的工作中。

神殿从战场上采集了不少样本，大部分是泥土、石块、草根和空气，从这些东西残留附着的力量中，来分析推演战场上真实的情形。

易龙龙听着魔法师的讲述，心跳情不自禁地加快，整个人缩在艾瑞克怀里微微颤抖。

是林琦！

一定是林琦！

她不能看到当时的情形，可是即便是听魔法师简单的叙述，也能大略想象出来战斗的激烈程度，而战斗中的一方，就有她的林琦。

她手指僵硬，微微扯了扯艾瑞克的领子。后者随即会意，进一步询问："那么你们推演的结论是什么？"

战场究竟怎么样了？哪一方胜利了？

魔法师还没有回答，艾瑞克的神情陡然一凛，快速扯起斗篷，将自己连同易龙龙一起严密地包裹住。接着，便看见耀眼的白光，从帐篷外凌厉地刺入，直切向他和魔法师两人之间。

一一六　深夜·超友谊

　　易龙龙原本正悬着心等待战场分析结果，忽然眼前一片漆黑，整个人被笼罩在斗篷里。她先是一愣，随即明白过来——有意外发生了。

　　她心中焦急，暗骂怎么早不来晚不来，偏偏这时候来，但局势如此，她也无可奈何，只能配合艾瑞克对敌。

　　艾瑞克轻轻地退了一步，与魔法师拉开距离。

　　气势浩大的耀眼白光，宛如切开了黑夜的光之剑，将整个帐篷一分为二。

　　支架崩散，失去了支撑的厚布软绵绵地堆叠在地。帐篷分开后，艾瑞克看见，一位身穿雪白骑士服的男子，手中握着通体浸润着白光的长剑，静静地立在帐外。

　　而帐篷分开的第一时间，便有数道白光加持在被挟持的魔法师身上，给予他迅捷、坚固、守御等多重祝福，防止艾瑞克挟持人质。

　　艾瑞克没有理会，此时他身上披着宽大的斗篷，银灰色的斗篷映着清冷的月光，泛着星星点点的波光。

　　斗篷也是魔法道具，但是并没有任何实战方面的用途。其表面布设了一个幻觉魔法，能掩盖穿着者真实的面容和身材。面容这方面，艾瑞克在出发前已经做过修饰，他穿上斗篷唯一的目的，只是为了不让人看出来他的怀里还抱着一个孩子。

　　先前魔法师配合艾瑞克回答问题，并不是盲目配合。他有意识地在细节上纠缠，表面顺从，却不露痕迹地拖延时间，终于在被询问到关键问题的时候，等到了救星。

　　救星的名字叫雪莉，虽然是女性的名字，但本人却是不折不扣的男性。他是比神殿骑士更高一阶的圣骑士，同时也是神殿中唯一的、大陆上四分之一的——龙骑士。

目光锐利地盯着雪莉，艾瑞克忽然微微扬起下巴，深深地吸了一口气。接着，他全身爆发出惊人的速度，好像从强劲弓弦上射出的箭。与此同时，神殿骑士与圣骑士周围亮出明丽的光，从高空看，漆黑的地面上瞬间蹿起数道弯曲交错的火蛇，将神殿骑士与雪莉完全隔开。

滔天的烈火燃起，将天空映得火红，令人屏息的热浪狂嚣地铺卷开来。

神殿骑士们纷纷倒抽了一口气，事先毫无预警，瞬间竟发动了这样大规模的魔法。可怕的是，事先他们还没有觉察到一丝一毫，可见对方是多么可怕的魔法师啊！

一瞬间，几乎所有人都陷在惊愕的情绪里，唯独雪莉骑士安稳镇定。他毫不迟疑地迈出脚步，比冰雪更寒冷的眼中映着火光，身体没有加持任何防护穿过烈焰。

"幻象而已。"以冷静与美貌著称、拥有冰雪之名的圣骑士淡淡地开口，并没有着急追击，"会有用魔法的顶尖武者吗?"

艾瑞克与易龙龙逃回风暴长剑旅店。

悄悄地潜回易龙龙的卧房，艾瑞克打开自带的魔法灯，室内一片光明。他松了一口气，一把扯下斗篷，将有些发晕的易龙龙小心地安放在窗边，扶着她幼小的肩膀坐稳，问道:"没事吧?"

一边说着，他一边抬手揭开罗兰送的面具。

刚才他在极短的时间内爆发出速度，逃离神殿的营地，他的身体拥有强大的协调性，完全能承受动静的变化，但易龙龙的身体并不是那么强悍，尽管他尽力减少对她的影响，还是不可避免地让她的身体受到了一定冲击。

易龙龙皱着眉头，小脸苍白，一副很不舒服的模样。艾瑞克看着有些心疼，伸出修长有力的双手，一手按着她的额角，另一只手覆上她的背脊，轻轻地按摩，借由接触将均匀稳定的热力传递给她。

过了好一会儿，易龙龙才觉得全身的不适感减轻了一些。她小小地吐出一口气，有些沮丧地瞥了一眼艾瑞克，"对不起啊，我又拖累你了。"

她坚持想去看看林琦可能曾停留的地方，才央求艾瑞克带她同行。从被发现的那一刻起，她就成了艾瑞克的负担。假如不是为了照顾她，艾瑞克不会逃得这么狼狈，甚至就连逃跑，她的身体也有些支撑不住，逃回来后还得他来照顾。

艾瑞克微微一笑，大手覆上她的小脑袋，忍不住用力地揉了一把她细软的发丝。

"小笨蛋，你帮了我很多忙啊。那些魔法道具都是需要魔力来发动的，我从来不用魔法，假如没有你，这回也不会这么顺利啊。"

他蔚蓝色的眼眸里满是温柔，宛如包裹万物的明净天空，"不要灰心，你已经做得很好了。"

是的，做得很好了。

这些天来，她的努力他都看在眼里。她认真地阅读带出来的魔法书籍，在闲暇时取出魔法道具一件件仔细研究，反复地锻炼使用魔法的速度和控制能力。虽然只能做一些辅助工作，可比起从前什么都不会，有了很大的进步。

这个一直被他保护在羽翼下的孩子，正在努力地迈开脚步，试图扇动她自己的翅膀，然后展翅飞翔。

想到翅膀，艾瑞克想起易龙龙的真身，那背后的一双小肉翅与身体一样，似乎始终长不大，忍不住莞尔一笑。

听艾瑞克这么说，易龙龙稍感安慰，暗自勉励自己今后要继续努力，这才开始跟艾瑞克商量今晚的收获。

今晚唯一的收获是，基本上可以确定，平原上被神殿封锁的区域，确实是林琦曾经与魔王的哥哥战斗过的地方，但是具体情形如何，神殿有没有在战场上发现幸存者，这些都还不知道。

魔王的哥哥，因为不知道对方的名字，总不能老哥哥哥哥地叫，易龙龙就在心里私下给他起了个称呼，叫做大魔王。

她乐观地想，只要没有找到林琦和大魔王的尸体，那么就表示还有希望。

一晚上长时间地使用魔法，易龙龙很快就支撑不住了。确定这里是林琦最后出现的地方后，她的上下眼皮子便开始打架。虽然还在苦恼究竟该如何进一步探究情报，但疲倦如潮水一般将她席卷，很快她便歪倒在床上。

艾瑞克笑了笑，抱起易龙龙，给她脱去外衣和鞋子。照顾她睡下后，他看见她小小的嘴唇微微开合，发出喃喃的声音，"林琦……"

艾瑞克安抚地拍拍她的脸颊，低声说道："好的，我帮你把那小子找回来，安心去睡吧。"

转身熄灭魔法灯，艾瑞克走出门外。他才打开门，便撞上住在旅店对面房间的少年尤金在开门。

一一六 深夜·超友谊

尤金一手拉着门，瞧见艾瑞克大半夜从易龙龙房间走出来，他神情一变，脸上的睡意瞬间飞散。他下意识地看了一眼门牌号，脸上露出了古怪微妙的神情，接着飞快地说："我什么都没看到。"

　　后退，砰的一声，门被关上。

　　怎么了？

　　艾瑞克正自奇怪，下一刻，他忽然有些郁闷自己的耳力为什么那么好，只听见门后传来有气无力的轻喃："林琦是这样，艾瑞克也是这样……神啊，难道要成为杰出人物，一定要跟龙发生超友谊关系吗……绝望了！对这个人龙的世界绝望了！"

一一七　交战·雪骑士

艾瑞克站在门口，好像中了石化魔法一样呆立了半分钟。终于恢复思考能力后，他低头看了看自己身上。先前抱着易龙龙行动时，小女孩偶尔会紧张地抓住他的衣领，再加上刚才用力扯开斗篷的动作，导致他胸前的衣料皱巴巴的，领口大大敞开，好像曾被什么蹂躏过一样。

他在流浪时习惯了不修边幅，此时不在家族中，即便知道自己打扮不整齐，也没怎么在意，却不料因为这个微妙的时间地点……

艾瑞克张了张嘴，有点儿想踢开对面的门，把那个看书看出毛病爱幻想的小子揪出来，但想想实在没必要为了这种事专门澄清。再说，黑锅这种事也不是他一个人独有的，神殿里的某人背的黑锅跟他不是一个数量级的，也没见那家伙专门澄清过。

好笑地摇了摇头，艾瑞克返回自己的房间，换了身衣服。确定易龙龙还在睡觉后，他单独离开了旅店，出城前往平原。

根据被他制住的那个魔法师的描述，那片战场中还残留着没有消散的负面力量，即便只是踏入其中，没有加持强大严密的防御保护，也会受到伤害。

想要明确探索林琦的生死，他无论如何也要亲临战场亲眼目睹亲身感受，不过这一回却不能带着易龙龙，她的身体抵御不了那些伤害。

没有隐形魔法的掩护，艾瑞克完全凭着自身的速度，以及从盗贼那里学来的潜入技术，悄悄地穿透数重封锁线，来到魔法师所说的遗留战场中。

墨蓝色的夜空看不到星子，空气中却有一团团宛如云烟一样朦胧的幽蓝雾气。月光被雾气吞噬，好像针尖的微芒，凌乱地晕开。

荒芜的地面上，覆盖着一层晶莹的白雪，而雪地间，却怒放着黑莲般的大片火焰。白色的雪地映着魔魅的黑莲，仿佛无数狰狞的爪子，眼睛一闭，便会张扬着扑来。

这是何等奇异诡丽的景象，然而却是不可触摸的惊怖。

那些浅蓝色的云雾，浸透了无限安宁的终结湮灭，而地面的白雪与黑莲，一半凝冻万物，一半焚毁灵魂。

这时候，有一双雪白的长靴平稳地踏过黑莲烈火。长靴主人身上笼罩着一层浅淡却牢固的白光，薄得看似不堪一击的光罩，却不论冰雪火焰与蓝雾怎么肆虐，都不能侵入半分。

圣骑士雪莉，拥有孤高之血的龙骑士，浅金色的头发与浅碧色的眼睛，眼中仿佛凝聚着永远不散的冰雪，其冰冷傲慢的美丽姿容与他的武技一样知名。伴随着神术圣洁的光辉，他孤身来到死亡之地深处，然而在他之前，却已经有人踏足这个地方。

先到的人身披银色斗篷，半蹲在一个巨大的圆形深坑边。他背对着雪莉，单手按着地面，似乎在检视着什么。在那人身后十米远的地方站住，雪莉忽然开口："我知道你会来这里，艾瑞克·海因涅。"

对方慢慢地站起身，一把扯去遮挡身形面容的斗篷，耀眼的金发顺着肩膀滑落。

两人相互对视。

倘若说雪莉是冰凉的雪，那么艾瑞克便是璀璨的太阳，即便是在这样暗沉死寂的安宁之地，他脸上的微笑依然与他的金发一般，仿佛聚集了太阳的碎片。

反正被发现了，艾瑞克也懒得为已经发生的事后悔，更没必要转身逃跑，反而饶有兴趣地向冰雪骑士请教，"雪莉骑士，我很好奇，你怎么知道斗篷下的人是我？"

雪莉冷冰冰地道："在营地里，你逃跑的时候，用呼吸调动身体力量，一瞬间爆发出超人的速度。根据情报分析，运用呼吸协调身体至最佳状态，这应该是你的专有技术，别人就算可以学去使用，也做不到像你这么完美。"

"哦？"艾瑞克眼睛一亮，"你搜集了很多人的情报？除了我之外，别的人有没有明显的特点？"

龙
龙龙
下

在帝都时，虽然在典礼或聚会的场合，他见过雪莉几次，但两人从未交过手，而他喜欢运用呼吸这件事，也是他年少时为了超水准发挥武技而弄出的技巧，这些年来已经很少使用。雪莉能说出这一番话，至少在一定程度上说明了他情报的完备性。

雪莉面无表情，调子还是那么冰冷，"我只搜集同等水准的强者的情报。"

他说得很简略，艾瑞克却不肯放过他，笑眯眯地追问道："比如呢，同等水准，就拿你们四位龙骑士来举例吧……"他爽朗地摊了摊手，一脸的轻松自在，"别紧张！我人在这里，你想击败我，时间非常充裕，我很好奇你的见解呢。"

沉思片刻，雪莉淡淡开口："青骑士修，个性严谨端正，他的武技讲究实用，动作简练快速，通常能直接指向敌人最薄弱的地方。"

艾瑞克微笑地点了点头。

"睡骑士雅各，他身上传承着稀有的剑之血脉，他拥有最贴近剑的灵魂，世界上一切武器，都是他的从属，所以，不管什么武器，他都能轻松地使用，导致他的武技风格多变，完全没有规律。"

"炎龙骑士诺顿，天生拥有超人的力量，剑技豪迈粗放，此外，他应该是龙骑士中魔法水准最高的人，虽然并不能算是真正意义上的魔武双修，但骗骗外行还是很容易的。他对初级火系魔法的掌控很不错，能够完全地融入武技里，配合他那柄名叫'红'的炎魔法巨剑，与他战斗的人，除了要当心被斩伤外，还必须防备火焰。"

听这位冷冰冰的冰雪骑士如同背诵资料一般说完三人的武技特点，艾瑞克很自然地接话："那么第四位龙骑士，阁下你的武技又拥有什么样的特色呢？"

雪莉看了艾瑞克一眼，像是很奇怪他为什么还可以这么镇定。他缓慢抽出自己的剑，连剑身上都泛着冰霜，"这个，需要你用实战来问。"

开始吧。

刚才说话的时候，雪莉在心里默默评估击败艾瑞克的几率。他不知道艾瑞克为什么一定要插手他们神殿的事务，但既然能在这里遇见他，就说明了他们敌对的立场。

在魔族问题上，神殿寸土不让。

道具方面，艾瑞克身上应该带了至少超过五个魔法的魔法道具。

武器方面，艾瑞克腰上挂着的，仅仅是普通的佩剑，但是他手中握着的，却是名剑霜雷。

魔法神术方面，艾瑞克应该会依赖于魔法道具，但他的剑本身附着冰雪与雷两种魔法效果，同时，作为圣骑士，他能够施展神术，给自己增益与防护。

环境方面，这附近曾发生过一场可怕的战斗，普通人即便只是接近，也会感到那足以撕裂灵魂的强大力量，而神殿的骑士与神官，都必须先给彼此施加神术的保护，才敢踏入这里，这是先来者用生命得出的教训。

可是艾瑞克呢，他轻轻松松地站在那里，即便周围是黑暗和死亡，他也仿佛站在无尽灿烂的阳光中。

冰雪骑士冰雪般冷漠的眼中闪过一丝嘲讽——就这么毫无防备地让死亡力量侵袭他的身体，即便他再怎么强大，也会一点点变得虚弱。

他有神术，艾瑞克没有，所以这个环境对他有利。

综合几方面的因素，雪莉几乎笃定他会取得胜利。可是不知道为什么，内心深处，却有一丝丝不安。

艾瑞克慢慢地拔出剑，那是很普通的佩剑，他出门时随手带上的。他笑容灿烂，带着那么一点点几乎是气死人的自信说："喂，冰雪骑士，打个赌吧。假如我赢了你，我不会杀你，作为交换条件，希望你不要对任何人说出今晚的事。"

当然，假如他输了，自然是雪莉爱怎么样就怎么样，这是双方都明白的事实，不需要他多废话。

雪莉没有多想，一口答应，"好。"

速度、力量、守御、飞翔，各种祝福的神术，几乎在同一时间落在了雪莉的身上。他白色的骑士服上亮起隐约的圣纹，一片浅浅的光辉中，宛若冰雪般凛冽。

与此同时，迟滞、囚牢、沉重等各种束缚的神术，纷纷地加诸他的对手，金发璀璨的男子，身躯仿佛被白色的锁链和光栅所绑缚。

正准备用剑攻击，雪莉忽然看见，艾瑞克抬起手，他的剑尖轻轻扬起来，紧接着光之枷锁寸寸破碎，眨眼间消失在空气里，而他自己的身体，却好像承受了负面魔法一般，沉重得不受控制。

吃惊的瞬间，他感到胸口沁入一抹冰凉，定睛一看，发现是艾瑞克不知何时到了他身前。

艾瑞克微笑着，十分从容地，将长剑插入冰雪骑士的胸膛。

一一八 神啊·第三个

易龙龙还没来得及作打算，便迎来了不速之客的拜访。

她没有主动去找李维，但李维却主动找上了她。

外貌宛若少年的神殿红人，却在天还没有亮的时候，一个人隐藏行迹，悄悄地来到旅店。

因为他的到来，易龙龙不得不早早地从被窝里爬起来，接待这位不知道是敌是友的家伙。

旅馆房间的客厅里，两排相对的沙发上分别坐着两个人，这是按照李维的要求，让易龙龙与他单独谈话。

易龙龙见李维既然找上门来，索性坦然面对。她先前镇定地答应李维一对一谈话的要求，说服艾瑞克在另一个房间等候，但现在单独和神官相处，心里还是忍不住有些忐忑。

李维进屋后的第一件事便是用神术在房间里布下隔音结界，阻碍外界力量的窥探，这让他们能放心地畅所欲言。

大概是为了方便私下见面，李维没有穿神官的长袍，只做了轻便的常服打扮，一脸的天真无邪，利落的栗色短发让他看起来更加富有青春朝气。

这个怪叔叔。

易龙龙正暗自腹诽，这时怪叔叔忽然说："小鬼，你们来这里干什么？"

见招拆招，易龙龙眨了眨眼，也跟着对面的家伙装纯真，说道："我们是来考察银橡树城的武风的。作为迦南学园的股东，我觉得我有义务为自己的财产做一些贡献。正好闲着没事，听说银橡树城武风浓厚，就带着学园的剑术老师——青骑士修一起来到这里，希望能观摩学习到一些有用的教学方法。"

听到这明显是在胡扯的话，李维并没有生气，他只是定定地望着她，明亮的眼睛里透着洞悉的智慧，仿佛在说：我知道你在说谎，别胡闹了。

唯独这双眼睛，能透出他真实的年龄。

在这样的注视下，易龙龙抿了抿嘴，不甘心地垂下眼帘。

她答应与李维见面并单独相处，其实就已经默认了将会在一定程度上对李维让步，以此来换取作为神殿骨干的神官的帮助。但具体怎么让，究竟要让到什么程度，该透露多少真相给他，易龙龙现在还没有把握。

所以她只能静静地等待李维先发话。

低头等了好一会儿，易龙龙听见对面传来奇怪的响声，同时听李维说："给你看一件东西。"她闻言抬起头，却发现对面那位以绯闻缠身著称的不良神官散开外衣，正抬手解胸前的衬衫扣子。

他要干什么?!

694

易龙龙大惊失色，想要后退，但后方已经是沙发和墙壁，她手脚并用，小小的身体一下子蹿到了沙发的一头，尽量距离这变态色魔远一些，两只眼睛依旧警戒地瞪着李维，大声叫道："暴露狂，不要脸，离我远一点儿，你要是敢过来，我就叫人啦!"

说不定这家伙本来就是变态色魔，不然为什么独独传他的绯闻传得那么凶猛呢?

她嘴上说着话，手上也没闲着，昨天准备的，还没有来得及收起来的魔法戒指现在就派上了用场。魔法护壁、风盾、水墙三道屏障先后出现，两人之间的地面上，地表开始沙化，任何人踏入泥沙里，都会陷入其中。

一口气用了四个魔法，易龙龙还不放心，又捏紧了储藏有隐形魔法、眩光术、风翔术的三枚戒指，一旦李维有什么异动，这些魔法也会先后发动。

李维愣了愣，随即嘴角挂起讽刺的笑意，非常轻蔑地扫了扫她全身，"小鬼，你觉得我会对一个发育不良的家伙干什么?"

此时他已经解开了衬衣纽扣，掀开一侧衣襟，露出平坦的左胸。易龙龙先下意识地想移开目光，但没等她有动作，却已经被李维胸前的异样情形给吸引住了。

在他心口的位置，白皙富有弹性的皮肤上，却印着一个漆黑的图案。易龙龙说不上那是什么，好像是一个小型魔法阵，又或许是别的什么东西，那漆黑的色泽，好像深得透进了骨头、灵魂里。

这是李维要给她看的东西。

指着那个印记，李维淡淡地说道："这是魔族留下来的印记。十多年前，我曾经遇到一个魔族，他给我留下了这个印记。因为这个，我的外表一直保持着遇见他时的模样。但是在那之后，不管怎么与女性约会，我都再也不能对她们产生特殊的感情。"

他获得了持久的青春，却失去了爱人的能力。

爱无能，那是难以用言语来形容的痛苦，并不剧烈，不会撕心裂肺，可是不知不觉间，整个人都荒芜了，就如同城外那片平原，只有空旷孤独的风与之相伴。

那是魔族给他留下来的，这辈子最深刻的教训。

从那之后，他投身神殿，发誓一定要找到那个魔族，杀了他，或者归还他的爱情。

给易龙龙看了印记，李维才拢了一下领口，轻声道："给你看这个，是条件交换，我将我最大的秘密告诉你，那么你能不能如实地告诉我，你为什么会来银橡树城，林琦的失踪与魔族有什么关系？"

神殿有自己的情报机构，最初易龙龙为了尽快找到林琦，基本上全大陆都有寻人启事，他自然也知道了。但直到无意中发现易龙龙来到银橡树城，他才敏锐地意识到，这二者之间，可能有什么不为人知的联系。

这也是他私下拜访的原因。

甚至为了换取易龙龙的信任，他将自身最大的禁忌告诉了她——神官的身上居然留下了魔族的印记。这件事假如被传出去，将会引发轩然大波，最好的结局也是他失去神官的身份以及被神殿监管起来。

李维毫不在乎与易龙龙私下进行交易，即便现在获得了极高的地位，也并不打算忠于神殿，他只忠诚于自己以及心中的神明。

易龙龙撤除魔法，反复在心里盘算了好久，才慢吞吞地，有选择性地，说出部分内容。

其实，就算她不说，李维应该也能推测出一些事。林琦失踪的时间与平原上发生战斗的时间那么巧合，而她紧接着又来到这里，真要说完全没关系，就连她自己也不会相信。

可是她也不能将真相完全告诉李维，看李维这个架势，很有点儿跟魔族势不两立的味道，假如他知道林琦勉强也算是魔族，会对他怎么样？

也许李维真的能不计较，不迁怒，忽视林琦的身份，但是无论如何，她不能够拿林琦作任何冒险，她不希望林琦再遭受半点儿伤害。

告诉李维的真相，比告诉艾瑞克的还要少一些。隐瞒去林琦的真实身份，易龙龙只说他好像是与一个魔族有旧怨，觉察到那个魔族的存在后，便在平原上与之战斗，之后生死未卜，她担心林琦的安危，因此赶来查探。

两人彼此都明白，对方只是说出了部分事实，要么欺骗，要么隐瞒。

李维那边，没说明白的是，他是怎么跟魔族相遇的，为什么那个魔族给他下奇怪的印记，拿走他的感情干什么。

而易龙龙这边没说明白的有，究竟林琦跟魔族有什么旧怨，林琦又是什么身份。

他们虽然明知对方不老实，却颇有默契地没有指出来，这个回合，算是完成他们第一层的情报交换。

虽然不够坦诚，但双方心里仿佛都有一点点默契，都明白对方可能是有什么不能言语的隐衷，至少易龙龙自己这边，不是她喜欢骗人，而是有些事情实在不方便公开。

达成了第一步，接下来的交流，就顺畅了很多。

易龙龙承认昨天晚上，她和艾瑞克曾经去"拜访"神殿的营地，被圣骑士发现后才撤退回来。而李维也表示，神殿之所以会来到平原，主要是因为有人发现了平原上的遗留战场，告诉了最近的银橡树城神殿。而本城神殿又向神殿总部报告，正好总部正在为魔族的事情而保持高度警戒，对此报告高度重视，于是派遣大批神官前往银橡树城，并封锁荒芜平原。

李维昨天早晨刚刚抵达银橡树城，也就是比易龙龙等人早那么两个小时进城。虽然才到来一天，但通过阅读其他神官的报告和记载，他也算大致了解了情况。

李维稳稳地坐在沙发上，伸出三根手指，悠然说道："就其他神殿成员对战场的分析看，目前我可以得出三个结论。"

"第一，平原上没有发现尸体。"

"第二，战场内没有发现活人。"

"第三，残留的毁灭力量非常强大，就算有人曾死在那里，其尸体也很有可能已经被消灭的力量吞噬，又或者早就烧成了灰烬，我建议你，不要再找了，那片战场上是没有尸体的。"

他非常冷静地说出残酷的事实，"小鬼，放弃吧，林琦已经死了。你现在应该做的是，立即带着你的人返回风都，你留在这里只会浪费时间，也会给你带来危险。"

从理性上说，这其实是最客观的认知，也是不打折扣的实话。可是这实话异常伤人，好像一柄血淋淋的刀，毫不留情地切开防护的外衣，划破血肉，割进骨头里。

他说战场上没有留下尸体。

他说林琦死了。

他让她放弃。

易龙龙的脸色刹那间变得苍白。

这是她离开风都之后，头一次有人对她这么说。

林琦没有死，林琦一定会活下来的，这样的想法，仅仅是她一遍又一遍自我加强的信念，甚至可以说，是她在自欺欺人地勉励自己，假如不这么相信着，她不知道会陷入怎样的悲伤中。

她不承认林琦死了。

是的，她不承认。

假如林琦死了，她该怎么办？

这个问题，无解。

所以她拒绝承认。

艾瑞克非常温柔，尽管明知道林琦凶多吉少，却依旧体贴地从来不提，全都顺着她。她说要找人，他就真的放下家族事务，陪她一起奔赴千里。

可是李维不一样，他不介意冷笑着说出伤人的事实，一针见血地戳中她最心虚的地方，还逼着她去面对。

易龙龙咬着下嘴唇，几乎要咬出血来，"林琦没死。"

她不承认就是不承认。

李维冷笑一声，正要继续举出例子来验证自己判断的正确性，但刚开口却又忽然哑然，因为他看见，身体缩在沙发角落里的娇小女孩，用力咬着嘴唇，眼睛好像不服输一样睁得大大的，但眼泪却不争气地流了下来。

这是易龙龙第二次在他面前落泪。

头一次，是他们初次见面，易龙龙还是幼龙的形态，他毫不留情地告诉她，像她这样的幼龙，假如被贪婪的人发现，会遭遇到什么下场。那时候易龙龙初次接触这个世界，一下子被巨大的恐惧与压力击倒，吓得哭了出来。

现在的易龙龙，已经不再是当初那样稚嫩，她经历了很多事情，慢慢地成长了许多，并且鼓起勇气，公布了自己龙的身份。可是此时，她却依旧像个长不大的孩子，又一次流出眼泪。

一瞧见易龙龙脸上的泪水，李维微微慌了神，严肃冷酷的神情瞬间不翼而飞，取而代之的是满脸的无奈。

"喂……你不要哭啊……"

这小鬼怎么每次都用这一招？

太狡猾了！

易龙龙眨了眨眼睛，哽咽着强调道："林琦没有死。"

李维翻了翻白眼，叹了一口气道："好好好，林琦没死。"她说什么就是什么吧，他没必要跟一个小鬼计较。

"你刚才是胡说。"

"是，我胡说的。"

听他顺从的安慰，易龙龙终于有些舒心了，抬手抹去眼泪。她正打算跟李维说下一件事，忽然房间的门被人从外面用力推开，门口站着艾瑞克等人。

"刚才下面的客人说这房间漏水……"

门被推开的刹那，李维忽然想起自己胸前不能让人看到的印记，闪电般地拉起衣服，但他不拉还好，这么一拉，却好像做了什么欲盖弥彰一般。

艾瑞克身后，尤金发出绝望的哀叹，"神啊，第三个……"

一一九 神明·请给予

旅馆一共有两层，上下皆是住宿的房间，易龙龙等人住在第二层。

在他们的正下方，居住着别的住客。

在易龙龙正下方的住客正在吃早饭时，忽然光洁的天花板上簌簌地落下一片细沙，接着又有水滴从不知什么时候产生的裂缝里滴落下来。

那位客人向旅馆的侍者抗议，侍者找到尤金希望其代为通报易龙龙，尤金去找艾瑞克，正好青骑士也在，三人便一同前来。

眼前的情形是：幼小的女孩整个蜷缩在沙发的角落里，脸上残留着泪痕，而屋内的另一个以绯闻著称的男子，则好像正慌慌张张地湮灭罪证，拉起敞开的衣领。

门口站着三个人，艾瑞克、青骑士、尤金，不提尤金，就连艾瑞克和青骑士，看到这样的情形，也忍不住想歪了。

两道人影几乎同时发动，一左一右，仿佛锐箭一般刺入屋中，剑光与白光同时亮起，空气里撕扯着破空而来的风声。

易龙龙被乍然亮起的光晃了一下，再看时，发现艾瑞克与青骑士不知什么时候进了屋，一左一右站在李维的两侧。他们手上握着剑，却在切向李维颈项的途中，被温润的白光护壁阻挡。

李维稳稳当当地坐在沙发上，身体外笼罩着一层茧形的光罩。虽然在两名剑术高手的夹击下防护罩有不稳定崩毁的趋势，但至少现在他是安全的。

一击不成，艾瑞克与青骑士的反应也不一样，青骑士微微收臂，接着又一剑犀利地斩过去，而艾瑞克则转过身来，快步来到易龙龙面前，伸臂小心地抱住她，

"没事吧?"

好一番折腾后,易龙龙和李维才共同向艾瑞克与青骑士解释清这是一场误会,而楼下房客的遭遇,可能是由于易龙龙刚才受惊时,使用魔法防御造成的。原本流沙魔法应该在平地上使用,所以刚才即便撤除了魔法,也导致两层楼之间的地板结构发生了变化。

该散的散了,李维又与易龙龙谈了一会儿,两人总算达成共识,各取所需。

假如李维在神殿这边发现任何有关林琦的线索,都会及时通知易龙龙;而倘若易龙龙有魔族的什么消息,也要秘密地告知李维。

易龙龙只要林琦。至于李维,当初他用召唤之书召唤出魔族,并不知道对方的名字,甚至也没有看清其相貌,只有宁错杀勿放过,将目标范围扩大到魔族全体。

只要不让李维知道林琦拥有魔族血统,他们之间就没有利益冲突。

达成协议,李维笑眯眯地转向因为不放心他而坚持留下来旁听的艾瑞克,"能不能送我一程?"

艾瑞克点了点头。

两人让易龙龙暂时留在房中等待,接着并肩走了出去。

走出旅馆,此时天色已经亮了不少,但街上的行人还不算多,李维拉起领子上遮脸的兜帽,微微仰起头,望着发白的天空。

"喂,昨天半夜,平原上的神殿驻地紧急给我送来一个只剩下一口气的伤者,是我们神殿的冰雪骑士,那个,是你干的吧。"

艾瑞克笑了笑,既不承认,也不否认,只是反问道:"哦,你觉得呢?"

李维瞥了他一眼,"行啦,别装了,虽然外界对你和四个前龙骑士的评价差不多在同一水准上,但是我的感觉天生比别人敏锐,总觉得你不应该只有他们的程度,在公开场合,你隐藏了部分实力。你虽然不像睡骑士那样拥有剑之血脉,但是你天生就是个武技方面的怪物。"

艾瑞克颇感无奈,"你这是在骂我吗?"

"是赞美。"抬手拍拍艾瑞克的肩膀,李维加快步伐,越过艾瑞克,大步朝前走去,"就到这里吧,那只小鬼还等着你呢。"

李维来时,天还未亮,他离开时,同样没有惊动多少人。

但是这一来一回,易龙龙顿时感觉轻松了许多。以李维在神殿的地位,他愿意做内应的话，那么易龙龙就不必跟神殿敌对，也能得知被他们封锁地区的具体情形，这实在是再好不过。

神殿这边至少可以放心一半。

送走李维，艾瑞克返回来，又与易龙龙商量他们接下来该怎么办。

根据李维提供的情报，他们只能分析出来，平原上发生过一场激烈的战斗，但战斗的层次太高了，已经超出他们所能理解的范畴，所以无法在短时间内反向推演出战场情形。而他们已经派人在平原四周搜索过，没有发现活人或尸体，就算易龙龙亲自去搜索，结果也不会有改变。

假如继续留在这里，最大的作用不过是消耗时间，却对找到林琦没有任何好处。易龙龙很仔细地想了想，慢吞吞地说："我想回树海。"

她第二次这么说。

上一回，因为被伤害，连累了林琦，她带着满心的忧伤，回到出生的地方。

这一次，不是退缩，不是逃跑，而是去寻找最初与林琦的相遇，那座被她不慎摧毁的高塔。

在银橡树城又停留了半日，易龙龙作了一些简单的安排，让罗兰、睡骑士雅各以及其他的随从留在这里，算是建立简单的据点，方便随时与李维联系，获取神殿方面的消息。

接着，易龙龙偕同艾瑞克、炎龙骑士诺顿以及青骑士修，再带着一只赖着不肯与易龙龙分开的栖枝，乘坐一辆马车，缓慢地朝城外驶去。

路上，决斗之城的居民依然在热火朝天地进行决斗，受伤流血冲淡不去空气里的尚武气息，而易龙龙等人的来去，对他们也没有丝毫的影响。

能够看见城门时，易龙龙想起神殿就在附近，便凑到马车的窗口，朝外看去。

从远处望去，白色的建筑群庄严肃穆，高处的神像低着头，仿佛俯视着芸芸众生。

易龙龙捏紧李维送的银白色菱形徽章，微微合上眼帘，脑海中浮光掠影般闪过各种画面，最后定格在——高塔顶层，在那里，她第一次看到林琦，那个纯真无邪，好像剔透水晶一样懵懂的少年。

假如这个世界上真的有神明，请给予我坚定的决心，给予我无畏的勇气，给予我……

林琦。

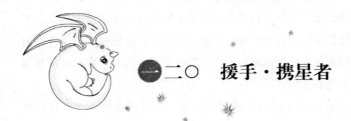

一二〇　援手·携星者

　　从风都前往荒芜平原，是由南向北，绕过龙语山脉。

　　而离开银橡树城，归途的路线，却发生了小小的变化。

　　倘若按照原本的计划，是应该循着原路回去，但杀毒软件先生却对横亘大陆中央的龙语山脉表现出极大的热忱，兴致勃勃地要求从龙语山脉穿行。

　　与易龙龙同行的三人，都可谓与龙族关系密切，诺顿一提起要走龙语山脉，这个提议顿时就得到了其余人的响应。

　　青骑士和炎龙骑士没有家人与家业，艾瑞克将家族事务全权委托交给别人，四人便无所牵挂。

　　所谓艺高胆大，艾瑞克与青骑士修都对自己的武技有足够的自信，而易龙龙从前来过一次龙语山脉，也不怎么害怕。只犹豫片刻，四人便决定更改路线，几日后弃去代步的马车，进入龙语山脉。

　　故地重游。

　　易龙龙曾经在这里游荡长达数月之久，刚接近龙语山脉，便再一次感受到熟悉的气息，宏大而浩瀚的力量，震动她的灵魂。

　　同行的三人虽然同样感受到了威压，但所受的影响却不像易龙龙那样大。

　　艾瑞克抱着易龙龙走在最前方，青骑士与炎龙骑士紧随其后，最后方则跟随着栖枝。与上回一样，因为易龙龙身上牵引着龙的气息，导致周围的魔兽虽多，却没有几只敢主动靠近众人。

　　易龙龙一边看着四周的景色，一边凑在艾瑞克耳边说话。

她曾经来过龙语山脉，对于这里的一草一木，不能说是了如指掌，但至少也比艾瑞克熟悉很多。进入苍翠连绵的山脉间后，她便开始指着各种呈现在他们面前的动植物，告诉艾瑞克那是什么。

"艾瑞克，看那个，那种花瓣好像手掌一样的花叫拍手花。我第一次跟林琦来的时候，林琦伸手才碰了一下，花瓣就啪的一声合上了，声音很像我们在拍手。"那时候，她和林琦觉得好玩，在一片拍手花之中，摸摸这一朵，拍拍那一朵，噼里啪啦热闹极了。

"艾瑞克，这边这边，那是跳舞的树。这种树的根很浅，每当下雨的时候，它们就会连根拔起，摇动树干树枝，在大雨之中跳舞，等天气放晴的时候，又会重新扎根进土壤中……可惜现在没有下雨，你看不到……有一次，我跟林琦用大片的树叶挡在头上，一起蹲在雨里看这些树跳舞。"

那时候，雨滴叮叮咚咚地落在丰润饱满的叶片上，发出好听的声响，他们两个好像蘑菇一样，偎依在一起，看着雨帘高挑的树木，舒展着优美的枝干，好像生出了双脚一般在地面上移动。

易龙龙说着说着，忽然抿了抿嘴唇，眼眶一热，低头沉默了。

每一件认识的事物，都浸透着她和林琦的回忆，当时是非常平常的事，现在回想起来，却充满了清爽的甜蜜，可甜蜜的回忆过后，留在心尖上的却是又酸又涩的思念。

她很想念林琦啊。

弃车而行，四人循着山峦间的空隙，迂回曲折地行走。

苍翠的山脉依旧，但相似的环境，身边的人已不同，易龙龙偶尔出神，恍惚萌生出物是人非之感。

数日过去，易龙龙胸中的低郁之气逐渐散去，甚至开始有兴致与其他人讨论起午餐与晚餐的内容。

他们一行人中，唯一一个精通厨艺的是身负火元素魔法剑的炎龙骑士。艾瑞克还生长在海因涅家族的教育体系中时，他便已经常年在外流浪，因为本身也擅长火系魔法，所以他的厨艺也不错。

秉持不浪费自己所付出薪酬的念头，几天来艾瑞克不断地推陈出新，高标准严要求地让诺顿翻着花样准备食物，几乎没有一次是重样的。这一回在龙语山脉中虽然没有罗兰随侍，但配合他们充分准备携带的食材、调料与工具，日常饮食水准却比上一回更高。

而几天之后，易龙龙郁结稍解，也向诺顿提起了一些与林琦、罗兰在龙语山脉中的经历，几人不再忙着赶路，而是时不时地停歇下来，去寻找易龙龙口中所说的有趣的地方。

龙语山脉没有明显的季节变化，一年四季都是温暖的天气，但是也有例外的地方。因为曾居住着来自极北之地的冰龙，有一片三面山峦环抱的山谷中，常年覆盖着冰雪，原本生长在山谷中的植物，都化作美丽剔透的冰凌。

易龙龙偶然提起，其余三人都颇有兴趣，便一道前往。

还没靠近冰封山谷，便感觉到寒意扑面而来。艾瑞克让易龙龙从项链空间中取出一件雪狐披风，罩在她身上，几乎将她整个身体都裹住，只露出来一张小脸，才接着朝前走。

刚走了几步，艾瑞克忽然停下来，看向前方某处。易龙龙循着他的目光看去，惊讶地发现，在前方皑皑的白雪之中，静静地躺着一个人。

那人身上穿着绣着金色与银色星星的黑色长袍，眼眸紧闭，俊朗的脸比冰雪更苍白。

看清楚那人的相貌后，易龙龙忍不住"啊"了一声，因为她居然认识这个人。

当初在迦南学园的学园祭上，易龙龙看到一个排着长队的摊位，摊位的主人是现今仅存的预言魔法师，名叫赛文，也是迦南学园不领工资不上课的老师。

虽然只见过一次面，但因为赛文那身奇异的打扮，衣服上布满了大大小小的星星，易龙龙对他的印象非常深刻，以至相隔了许久，再度遇见时，一眼便认出了他。

"艾瑞克。"易龙龙从披风里伸出一只小手，轻轻地拉了拉艾瑞克的衣服，"他死了吗？"

这个问题，很快由上前检视的青骑士代为回答："没有外伤，身体冰冷，心跳微弱，但是可以肯定他还活着。"

听他这么一说，易龙龙悬着的心当即放下，回头招呼炎龙骑士，"玩火的，帮个忙，救人吧。"

先不论赛文是学园的老师，就算只是一个陌生人，萍水相逢，遭遇落难，也是要救的。

诺顿抱着赛文远离冰封山谷，接着众人便找了一片较为空旷的地界，生火。

炎龙骑士身上背负的巨剑是火元素魔法剑，由名匠以魔幻之铁混合精金，以及

龙
龙龙
下

自火山深处取来的焰心锻造而成，剑柄上镶嵌了一粒魔法宝石，并纹刻有复杂而精妙的魔力系统，只要微微往剑柄内灌注魔力，剑身便会由银白色变成赤红火焰的色泽。

诺顿捡起一根树枝，轻轻地在剑脊上划过，树枝上随即升腾起火焰，接着以此为火源，在干燥的地面上燃起一堆篝火来。

空气里的温度慢慢升高，在场的三人一龙没有一个懂得治疗护理，因此也检查不出赛文身上有什么伤势，便直接将他丢在火堆旁，让空气里传递的温度温暖他冰冷的身体。

而三人等着他恢复的时间内也没有干坐着，青骑士去前方探索接下来要走的道路，艾瑞克回到冰封山谷中，看看有没有别的残留线索，好弄明白赛文昏倒在那儿的原因，而与易龙龙一道留守的诺顿，则又朝火焰巨剑之中灌入魔力，待剑身呈现赤红色，便直接以宽大的剑脊当做烹饪用具，做铁板烧。

易龙龙抱着双膝，蹲守在赛文身边。上一回见到赛文只是从远处观望，此时凑近了看，她发现这位预言魔法师的相貌很顺眼。

其实赛文的五官说不上完美无瑕，他漆黑的眉毛平展，眉梢微微下压，眼窝有点儿深，嘴唇也不是锐利坚毅的薄唇，而是略为饱满，但是这样的五官组合起来，却展现出一种奇异的魅力，平和安宁。

诺顿往他的巨剑上撒上油盐酱醋。虽然因为体形巨大，炎剑的外貌欠优雅，但价值昂贵的巨剑此时却拿来做锅碗一样的用途，易龙龙每次看到，都不由得有明珠暗投之感。但是她不会对此提出任何意见，毕竟巨剑确实是烹饪的好材料，在诺顿的手上，能随时精确地调节温度，这是别的工具所不能比的，假如真说得诺顿今后再不用巨剑烧烤，则平白少了一份口福。

易龙龙望了一会儿赛文昏睡的脸，他脸色苍白如雪，即便在火光的映照下，也依旧看不出半点儿生气。

该不会是挂了吧？

易龙龙伸出软软的小手，摸上赛文心口的位置，等了好一会儿，她感受到微弱的震动，总算是确定这家伙暂时没死。

火堆另一边传来诱人的香气，诺顿正手法娴熟地控制"铁板"的温度，混合着特殊酱料的肉香伴随着热气扑过来，易龙龙一下子便放下了赛文，转而很感兴趣地望向诺顿，"对了诺顿，我还不知道你是哪国人呢。"

诺顿撇了撇嘴，又拿起调料罐往肉片上猛撒，"不知道，老子从有记性起，就跟着养父四处流浪，是没有身份证明的黑户，哪里有国籍呢。"

易龙龙正闲着，见他答话，就顺势问下去："以你龙骑士的身份，要个国籍不难吧，安定下来，你也不必四处抢劫啊。"

最初遇到诺顿时，易龙龙对他的印象实在不怎么好，拦路抢劫，言谈粗鲁，贪图钱财，居然还试图说服艾瑞克把她给卖了。但相处日久，渐渐地，她发现这人也不是那么坏。他虽然贪财，但只要收了钱，便肯尽力做事，一路上当他们的专用厨师丝毫没有怨言。

他言辞虽然不那么讲究，但脾气很不错，偶尔几句粗话只是个人习惯，并无恶意。

此外，他性格直爽，在相处的时候，不必费心猜测他的喜恶，有什么想法，他会直接表达出来。

印象变好之后，易龙龙便开始好奇，为什么他堂堂一个龙骑士，居然会沦落到拦路打劫的境地？

只要他留下，想必会有很多国家愿意捧着大堆的金子送上，将他奉为上宾。

诺顿咧嘴一笑，露出雪白的牙齿，"成为龙骑士出名后，确实有人这么找过我，还不止一个，但是老子不干。"

易龙龙有些惊讶地问道："为什么不干？"

诺顿更惊讶地瞥了她一眼，"为什么要干？我要是真在哪个国家安顿下来，身上就被印上那个国家的标记，今后干什么都不痛快，还可能被人支使去做不愿意做的事。为了一点儿好处，失去最宝贵的自由，这么赔本的生意，老子才不干。"

这话说得粗鲁豪放而又痛快，好像子弹一样砰砰砰砰地打过来，易龙龙被打得有点儿晕头转向，好一会儿才小声地争辩道："你说得太夸张了啊，想招揽你的人，一定不会对你限制太多的。照你的这种说法，世界上大部分人都不自由啦。"

诺顿笑了笑，小心地翻动巨剑上炙烤的食物，"别人是别人，我是我，有的人喜欢安定，也无所谓遵守一些规则，像那位睡骑士，你让他留在银橡树城驻守据点，他高兴得不得了，那种人比较喜欢安定，但是我从小就野惯了，我不习惯身上有任何束缚，现在我不是一样过得很好？"

他的笑容爽朗豪迈，好像一个国王，"我爱抢劫就抢劫，爱打架就打架，爱流浪就流浪，谁都不能约束我，这是我的自由。"

与易龙龙等人同行，一来是收了艾瑞克的钱，二来，也是最重要的原因，他觉得这群人很有意思，值得他花费时间暂时同路，等他的兴趣淡了，便会毫无牵挂地离开。

每个人都有自己的性格与爱好，随心所欲，痛痛快快地活着，这是他的幸福。

一边说着，诺顿手上不停，铁板烧即将熟透装盘。青骑士与艾瑞克先后回来，艾瑞克两手空空，摇摇头表示没有收获。他去探索冰封山谷，没有找到任何关于赛文为什么会昏倒在那里的线索。

找不到原因，只有等赛文清醒过来再询问。虽然赛文的呼吸和心跳一直微弱，微弱得让人以为他随时会断气死去，约莫过了两三天，他终于睁开了眼睛。

一二一　锻炼·好啪啪

赛文缓慢地睁开了双眼。

他的目光微微茫然，随即又迅速清醒。

黎明撕破黑暗，冷寂的晨光悄然地沉淀着夜色，虽然不算明亮，但赛文还是轻易地看清楚了身处的环境。

这是一个宽敞的山洞，他正仰面躺在靠着山壁的最内侧地面上，身下铺着柔软的垫子，空气里散发着白芦铃的芬芳，那是仿似新鲜苹果一样的令人清爽香甜的气味。

他微微偏过头，发现脸侧摆放着一大束芳香的白芦铃，宛如一朵朵小钟似的莹白花朵倒挂在细软的翠绿茎蔓上，在半明半昧的晨光里，静静绽放着小巧秀致的美丽。

双手勉力支撑身体，赛文缓慢地坐了起来。

躺在他不远处的，是一个身边放着一柄火元素魔法巨剑的魁梧男子，而魁梧男子右侧几米外，则是一只栖枝。

有些不同的是，这只以洁净高傲著称的神鸟，却以一种非常滑稽的姿态熟睡着。它躺在柔软的干草上，肚皮朝天，两只爪子缩在腹部。

赛文颀长幽深的眼忍不住弯了弯，目光掠过栖枝，后方是一块依偎着洞壁凸起的长石，一个金发青年，眼眸闭合，双腿微屈地靠坐在石边，均匀轻缓的呼吸显示他正在安睡。他身侧摆放着一只特制的小型睡袋，只露出一张安甜的稚嫩睡颜。

外貌是小女孩的幼龙，她躺在睡袋里，却不怎么安分，偶尔会扭动一下身体。

是的，幼龙，并且还不是普通的幼龙。

虽然易龙龙此刻是人类的形貌，但赛文看东西，早就已经过了会被表面迷惑的层次，不需要真实之眼，他一眼便看透了本质，并发现了一些有趣的东西。

听见山洞外传来极轻的脚步声，赛文偏转视线，正看见在洞外守夜的青骑士。看清修的相貌后，赛文忍不住笑了起来。真是奇妙的偶遇，瞧瞧他都遇到了谁？两个龙骑士，以及最后一条漏网之龙。

才踏入洞口，对上被救援者的目光，那么平静安宁，深如大海，让青骑士这个救援者之一禁不住有些发怔。

他在洞外守夜，四处转了一圈巡视有无潜在危险，走回来时，却发现被他们认为在生死关头挣扎的人居然醒了。

同是迦南学园体制下的老师，青骑士修也算是知道赛文这个人的存在。但由于赛文素来行踪飘忽，他最多也就是曾在校园里远远地看过对方一次，两人完全谈不上有过什么交情。

因为从小便与巨龙相处，即便是近距离面对巨龙时，修也不会感觉到有压力，但不知为何，看着这个身体还很虚弱，需要以双手支撑才能坐起来的男子，他却忽然有些微微紧张，不知道该如何是好的感觉。

相较于青骑士的踌躇，赛文倒是很适应眼前的状况，他微微一笑，道："是你们救了我吗？非常感谢！"

青骑士无声地点了点头，算是回答。

同是高明武者，艾瑞克与诺顿的感觉非常敏锐，赛文才一开口，诺顿与艾瑞克便几乎同时睁开眼。瞥见是赛文醒了，他们虽然惊讶，但也没有多说什么。艾瑞克低头去拍醒易龙龙，炎龙骑士则自觉主动地去准备早饭。

给易龙龙准备的是新采集的甜浆果；艾瑞克三人直接吃昨晚保存的肉食，而作为虚弱的病患，赛文得到的是最利于身体吸收的稀释糖浆。

遵守食不言的原则，早饭吃得很安静。吃饱之后，易龙龙用真丝手绢小心地擦了擦嘴唇，才望向只说了一句感谢便一直沉默的赛文，简单地做了番自我介绍，接着便问道："现在你还感觉有什么不舒服吗？"

赛文慢吞吞地放下手中的白瓷茶杯，笑了笑，说："没有关系，我只要醒来就不会死去，请不必为我担心。"

他的语气平和舒缓，好像在说一件十分自然的事，即便他苍白的脸毫无说服力，可莫名的，易龙龙居然就真的放下心来。

"龙语山脉里很危险，假如没有什么重要的事，不如跟我们一道上路吧。"

赛文顿了顿，而后又一笑，"好的。"

本来易龙龙打算为了赛文身体的恢复，原地休息两天再出发，但赛文却表示他的身体完全没有妨碍。易龙龙的念头在他那非常温和，又隐约带着奇异魅力的笑容下迅速败下阵来，只有按照原定计划上路。

赛文似乎不打算说他为什么会出现在龙语山脉里，易龙龙念头转了几圈，还是将这个问题压下。不过萍水相逢，她没必要关心那么多，将赛文带出龙语山脉后，他们就会分道扬镳。

一行人中又多了一双走路的脚，然而走出一段路后，赛文便频频回头，望向他们的身后。

在众人身后，栖枝扇动着宽大的羽翼，迈动两只爪子，摇摇摆摆地向前走着。

又一次回头，赛文停下脚步，说："这只栖枝不会飞？"堂堂神鸟混成这样，真是惨不忍睹，连他都看不下去了。

易龙龙坐在艾瑞克肩头，跟着转过头去，看啪啪的样子，忍不住脸一下红了。

"呃，好像是不会飞，前一阵子它忽然就长大了，我也不知道该怎么办。"

市面上完全没有养栖枝的技术指导，身边的人对此也没有研究，她只能放任神鸟像走兽一样在地面上行走。

不得不说，作为主人，她有一点儿失职。

赛文转身返回，走近啪啪的时候，雪白的巨鸟抗拒地退了一步，但对上赛文的目光，它又立即顺从地垂下头，任由他伸手抚摸。

仔细摸了摸啪啪的头，赛文露出奇异的笑容。静默片刻，他转过身来，"栖枝是以明亮与芬芳为食物的神鸟，成长期为二十年。这只栖枝曾经被人强行灌注外力，令它快速长大，虽然身体成长了，但它的心灵还停留在幼小的阶段，需要有人加以引导。假如不介意的话，能否让我代为训练它？让它跨越过遗失的成长阶段。"

易龙龙又惊又喜，"你是饲养员？"听起来真专业。

"……我只是比较博学。"

赛文说自己比较博学，易龙龙原本以为这话带点儿夸大性质，但半天之后，她觉得赛文做人实在太谦虚了。

他何止是"比较博学"，说他上通天文，下知地理，博古通今，学贯各派也不为过。从前易龙龙认为见闻广博的罗兰，放在他面前那就是小菜，也就是积累了几百年知识的翡翠能勉强跟他有一拼，但翡翠是只关注自己喜好方面的偏才，赛文却几乎是无所不知。

他能随口说出在行走途中看见的每一样花木山石、飞禽走兽的习性特征、传说典故，也能与青骑士修谈论剑术的流派，与炎龙骑士聊魔法的实用技巧，甚至涉及高雅艺术及贵族礼仪时，他也能如数家珍。

最初，只是易龙龙一个人跟他说话，后来其他人都和他聊了几句后，几人纷纷感到惊异，话题逐渐往艰深领域滑行，但赛文却没有任何吃力的感觉，依旧带着微微笑意从容应对，好像那些知识是很普通平常的常识，并没有什么大不了的。

"我所研究的是预言魔法啊。"吃午饭的时候，赛文温和地说，"所谓预言魔法，有时候需要由现有的已知的事情去推导未知，就好像在打仗的时候推演结果。拥有军事素养的统帅或参谋，可以通过双方军备、后勤、军人素质以及当时的环境、气候，甚至对方统帅的作战计划等信息，大致推演出战斗的结局，所掌握的情报越多，推演出来的结局与事实就越贴近。"

"我所研究的预言魔法，其实也就是推演战争的放大，推演范围放大到全世界，而推演目的，则由战场胜败，扩大到世界上的一切事物。我要预知全世界，就必须了解全世界。"赛文温文尔雅地解释，"预言魔法的先决条件，并不是魔力或者咒文，而是知识面的广博。"

这才是预言魔法式微的最根本原因。

首先自身要有天分，对预言魔法有兴趣，并且还需要全面的知识储备。最要命的一点，知识是需要时间来积累的。

易龙龙想起了当初沙耶请求赛文指引魔族遗迹的位置，后者居然真的给出了正确的答案，再结合他现在所说的话，似乎可以验证，眼前的青年是一个不折不扣的、非常合格的预言魔法师。

她心中灵光一闪，脱口而出道："请问，假如我想要找人，你能否获知那个人在什么地方？"

假如沙耶可以通过赛文找到魔族遗迹的地点，那么现在，她能不能也依靠这个人，找到她的林琦呢？

话才出口，易龙龙又有些后悔，既盼着赛文答应，又不知为何，害怕他说出口来。她屏住呼吸，定定地盯着他的嘴唇，好一会儿，看见那嘴唇扯开奇异的笑弧，

锻炼·好啪啪

好像他知道了什么，却又好像只是微笑，"现在不行。"

赛文口头允诺，等他身体康复之后，便会为他们每人做一次预言，作为相救的报答。然而在此之前，限于状态不佳，他什么都不能做，最多只能走走路，说说话，玩玩鸟。

现在，赛文正在干的，就是最后一桩。

为了实行赛文提出的啪啪训练计划，一行人放缓了行程，还不到傍晚就找地方休息。

赛文安坐在一片香水草的草丛中，温和地向易龙龙普及饲养知识，"栖枝这种生物，有一个较为特殊的特征，它们刚出生的时候，眼瞳包含七种色彩，如同罕见的彩虹石。这是因为，我们平常所看到的日光，其实是由七种颜色的光混合而成的，这七种光，也算是栖枝的七种食物，在自然成长的过程中，栖枝会因为自己的喜好，选择性地吸收其中一种或两种，最后其眼眸的颜色，会转为单一。"

"但是你这只栖枝，眼睛还是七种颜色，那是因为，它被人强行灌注外力，令它没有选择地强制吸收所有的光，导致它的身体来不及达到最好的优化。想要改善这一状况，同时令其心灵成长，只能通过外力来锻炼。"他说到这里，便转过头去，招呼前方不远处的诺顿，"对，就是这样，然后逼它跳下去。"

前方十米外，耸立着一块四五米高的柱状巨石，巨石的顶部较为平整，现在诺顿正与啪啪一同站在上方，诺顿兴致勃勃地拿着巨剑，剑尖抵着啪啪的脑袋，逼着它往下跳。

赛文提出来要以残酷训练法磨炼啪啪后，不管是艾瑞克、诺顿，甚至做人比较厚道的青骑士都对此表现出了极大的赞同。因为这只鸟实在是太烦人了，又贪吃又挑食又无能，脾气还不小。他们进入龙语山脉后，最花心思照顾的，不是易龙龙，而是这只鸟。

而对于赛文的提议，易龙龙虽然有些不忍，但在对方一套"狮鹫的母亲会将孩子推下悬崖锻炼它们"的理论下被说服，勉强同意了他的安排。

啪啪从前无法无天惯了，现在一下子被高标准严要求很有些不适应，被诺顿的剑抵着浑身发抖，它眼泪汪汪地望着易龙龙，但易龙龙念着"鸟不琢不成器"，忍痛扭过了头。

最后的救星都没有理会它，啪啪终于明白大势已去，含恨地瞪了赛文一眼，眼睛一闭，凄厉地惨叫一声，张开翅膀跳了下去……

接下来的数日，赛文翻着花样折腾啪啪，比如逼着它走钢丝，让它胸口碎大石，有时候就连神经最粗的诺顿都有些不忍心了，但赛文却还可以慢条斯理地说出更折腾人的训练方法。

赛文这么做，虽然看起来是严酷了一些，但其效果却非常显著。他展开训练的第二天，啪啪便学会了飞翔，能展翅飞上天空；第三天，啪啪学会了给自己治疗；第四天，啪啪掌握了保护身体的防护罩。

见赛文的训练非常有效，其他人虽然不忍，但也开始逐渐配合起来。又过了几天，赛文说啪啪的实力可以在龙语山脉中战斗后，一旦遇到上来挑衅的魔兽，众人的台词都由从前的"诺顿，交给你了"，变成"啪啪，上"，或是"放啪啪"。

这日又一次"啪啪，上"后，雪白的巨鸟高低腾飞着，与魔兽进行激烈的战斗。

诺顿十分佩服地望着赛文，"真了不起！想不到这只蠢鸟也会有这么强的时候，也不知道是谁让它提前长大的，假如不是遇见你，啪啪就算是彻底毁了吧。"

赛文漫不经心地笑道："或许，那人一开始就没有想着要让栖枝变强大，只需要让其身体成长就好。栖枝有一个很少为人所知的本能天赋，假如栖枝被驯养，那么在其成年后，一旦它的主人被杀，栖枝会用自己的生命，化作保护的盾牌，代替主人死一次。"

有个人，不顾一切，只是为了保护另外一个生命。

易龙龙原本有些不是滋味地听着，但听到赛文的解释，她忽然控制不住地哭了出来。

星星在月亮在啪啪也在，但那个人已经不在了。

 一二二　语言·屠龙者

　　易龙龙坐在啪啪的背上，雪白的巨鸟展动宽大的羽翼，自由翱翔在碧蓝的天空中。

　　强劲的风迎面扑来，易龙龙必须伏下身体抱紧啪啪的颈项，才不会被风吹起来抛到地上。她眯着眼睛，俯瞰下方的风景。

　　那些连绵起伏的碧绿与苍青色线条，是远近高低的山峰，艾瑞克等人的身影，已经在视野中缩小成一个细微的点，必须穷尽目力才能隐约瞧见。

　　在这极高极宽广的天空中，她的胸中也是一片舒畅的空旷，但太空旷了，反而有些落寞。

　　假如林琦在就好了。

　　已经不知道想过多少次了，易龙龙闭上眼睛，在啪啪颈脖柔顺的羽毛上蹭了蹭。

　　她心里有一间小小的屋子，屋中写满了林琦的名字。

　　自己用魔法飞起来，和让啪啪托着，感觉就是不一样。啪啪的身体足够大，等找到林琦后，让他也一起坐上来，然后他们就是一对神雕……神啪侠侣。

　　自己想得好玩，易龙龙禁不住笑出声来。她张开眼睛，身体往前蹭了蹭，贴着啪啪的脑袋轻声说："我们下去吧。"

　　雪白的巨鸟扭过头，有些幽怨地望了她一眼，但还是不情不愿地听了话，缓慢朝下方降落。

　　啪啪每天载着易龙龙飞翔，这是赛文刻意引导的结果。

他一方面严格训练啪啪，另外一方面，假若啪啪跟易龙龙在一起，或者听易龙龙的话做什么事，他就会特意大幅度放水。时间久了，栖枝也觉察出了谁真正对它有利，每天早早地就蹭到易龙龙身边，死活要带她飞上天去兜风。

长久下来，利用这种趋利避害的本能，会在栖枝脑海中形成一个坚定的概念——只有易龙龙是对它最好的，听易龙龙的话就会有好日子过。

啪啪的每一点进步，每一种反应，都在赛文的预料之中，以至众人时常会忘记他预言魔法师的身份，真心诚意地佩服他在饲养员和驯兽师方面取得的成就。

接近地面时，已经能看清楚下方的情形，易龙龙忽然收紧手臂，"等等，先别下去。"下面有点儿情况。

应该在准备早饭的四人，此时被一群淡金色皮肤的小矮人包围着。小矮人赤着上身，下身围着兽皮裙，有圆圆的鼻子和一双大脚，而他们的双手拿着各种形状的餐具。

贪吃鬼！

见到老朋友，易龙龙顿时感到十分亲切，反正艾瑞克等人暂时没有危险，她索性就在空中作壁上观。

三名武者将饲养员……不，预言魔法师和他们的早饭护在中央，各自执剑劈开勇猛冲上来的小矮人，然而贪吃鬼的皮肤比金属还有韧性，虽然他们的攻击不足以威胁艾瑞克等人，但顽强的生命力以及死缠烂打的作风，却让以武技著称的三位高手感到有些头疼。

最初诺顿还会放几个火球，但当他发现高温并不能对贪吃鬼造成伤害后，便立即停止了这种浪费魔力的行为，与其他两人一样老老实实地用剑劈。

四人中最悠闲的莫过于赛文，他从热腾腾的汤锅里舀出鲜美的肉汤，给自己盛了半碗，一边慢悠悠地品尝，一边好整以暇地问其他人："贪吃鬼拥有世界上最坚硬的皮肤和最强韧的体魄，不惧怕高温与低温，不过假如使用直接毁灭灵魂的魔法，比如亡者审判什么的，这些小家伙半点儿抵抗力都没有。"

喝了一口汤，赛文又提出一个建议，"实在不行的话，那就逃跑吧，但还需要注意一点，这些家伙的嗅觉很灵敏，想要摆脱他们的追踪，可能不大容易。"

诺顿冷笑一声，直接否决了这个点子，"老子就算对上龙，也没有逃跑过。"

大约是终于感觉到不耐烦，艾瑞克平和的目光陡然变得锐利。他一剑劈开几只贪吃鬼，趁着空当向其余两人交代，"帮我挡一会儿。"

说完，他后退半步，将身前的空隙让给青骑士与诺顿，随后，易龙龙便看见他闭上眼睛，调整呼吸。

一呼一吸间，无形的压力在微微收缩后，充满凌厉的意味陡然膨胀展开。

易龙龙正好处在压力边缘，她吓了一跳，随即醒悟过来——要出绝招了？

直觉地感到贪吃鬼们即将性命不保，易龙龙终于不能继续看下去，她赶紧念出咒文，发动魔法"手滑了"，一座座冰山悍然在地面上降落，将勇猛的小矮人们砸进地面。

因为这意外的变化，正准备挥剑的艾瑞克愣了愣，抬头望了一眼易龙龙，忽然了然地笑了笑，神情恢复如常，紧接着，四周密集的压力陡然消失无踪。

小矮人们并没有被"手滑了"砸死，没过一会儿，他们又一个个地从碎裂的冰块底下爬出来。艾瑞克三人眉头一皱，又要拔剑，但令人意外的是，此时小矮人们却没有像刚才那样前仆后继地上来攻击，而是一个个盯着易龙龙，三三两两地凑在一起，唧唧喳喳地交头接耳，仿佛在说些什么。

难道这些就是上回她和林琦遇到的那一批？

贪吃鬼的模样基本上差不多，易龙龙实在无法分辨他们有什么不同。抱着一点儿侥幸的念头，她从项链空间里取出一只淡金色的餐叉，拿在手上冲贪吃鬼们晃了晃。

这是上回那批贪吃鬼留给她的吃霸王餐的纪念，虽然没什么用处，但后来易龙龙还是将这东西和龙的宝藏放在了一起。

见到餐叉，贪吃鬼们好像一下子确定了什么，他们抬脚用力踏着地面，彼此敲击餐具，随后以一种"放过你们了"的骄傲姿态，排着队扬长而去。

阻止了流血冲突，易龙龙十分高兴。她倒不是同情心泛滥，只是不希望与林琦共有的回忆遭到损伤。

不单要配合对啪啪的训练，也要照顾赛文虚弱的身体，一行人花了两个多月才终于穿过龙语山脉。这段旅程，对于易龙龙而言，是物是人非的故地重游，一看到什么事物，她就会想起林琦，记忆里盈满了温暖的回忆。

好不容易走出了龙语山脉，虽然几人都不是娇贵得一碰就碎的瓷娃娃，但连续两个多月在野外露宿，身心还是会感到疲惫的。终于回到有人烟的地方，看见旅馆的影子时，就连最适应流浪生活的诺顿，脸上也露出了愉快的笑容。

才走到旅馆，易龙龙便发现已经有人在这里给他们安排好了一切。原来艾瑞克在进入龙语山脉前，通知了自己的侍从，让他们提前做好迎接的准备，因此他们刚抵达，便有崭新的衣服、舒适的热水以及精美的食物在等待。

下午一行人抵达旅馆，又是换衣服又是沐浴休息。吃过晚饭，已经是夜晚时分，易龙龙惦记着柔软温暖的床，吃完饭就准备往卧室跑，却被赛文叫住。

接着，一行人便坐在了赛文的那套客房中。

几人围坐在一张圆桌边，赛文目光平和温煦，双手十指交扣，平放在桌面上。他的面前，摆放着两叠色泽绚丽、花纹繁复的卡片。

卡片长约十五厘米，宽五厘米，背面朝上，漆黑的表面刻着金色与银色的弯曲线条，好像流动的纤细河流，沉入了无尽的夜色里。

随后，赛文宣布，可以为四人作预言，"按照你们常用的说法，说是占卜也可以……这算是我对诸位救命之恩的报答。"

在龙语山脉中他就说过，要给每人作一次预言。

他话音刚落，三人一龙便先后开了口。

"林琦。"

"屠龙者。"

"屠龙者。"

"屠龙者。"

第一个说话的是易龙龙，而后接着，则是两名前龙骑士与艾瑞克几乎同时说出同一个词。说出来后，三人有些惊异地互相看了一眼，接着彼此眼中都浮现出理解的深意。

都是要找人。

一瞬间，赛文面上浮现出微妙古怪的笑容。他的目光扫过艾瑞克三人，缓慢道："三个人只要求同一件事，这是不是有一点儿浪费了？你们不考虑一下资源共享？省下两次机会，可以获知未来别的什么事？"

"我不需要。"青骑士沉着地说，"我的人生有自己的规划，知不知道未来对我来说没有影响，除了完全不了解的屠龙者，我没有什么需要借助预知的力量。"

艾瑞克微微一笑，"我这个人一向不贪心。"

虽然知道诺顿多半会拒绝自己的提议，但赛文的目光还是顺便转过去，不出意外地望见豪迈男子露出一口白牙，恶狠狠地道："只要能让老子找到屠龙者，干完最后一票，让老子一辈子不打架都行！"

他的神情凶恶极了，易龙龙毫不怀疑，假如现在有人站在他面前，自称屠龙者，他肯定会毫不客气地挥剑砍过去。

赛文脸上的古怪笑意慢慢加深，众人虽然看见了，但相处了一个多月，赛文常常这么笑，大家便也只当是这家伙的肌肉神经与众不同，并不怎么往心里去。

提起屠龙者，诺顿平素爽朗的刚毅面庞便布满阴郁，"无论需要多少年，我一定要找到那家伙，不管用什么手段，付出多少代价，我一定要杀了他。"

顿一顿，他意犹未尽地补充道："不，对于那样的浑蛋，杀了他太便宜了……要狠狠地折磨他，让他后悔活在这个世界上……"说起折磨，这个平时最喜欢爽快砍人的龙骑士有些犯难，转而询问另外两位同道中人的意见，"你们有没有好的折磨手段？"

作为贵族的艾瑞克慷慨解囊，"我们海因涅家族里有刑讯专家，随时可以调派给你。"

身在迦南学园的青骑士也当仁不让，"我记得迦南学园中也有老师专门钻研这方面的知识，假如有需要，可以拜托那位老师帮忙。"当然，限于实践器材不足以及内容太过血腥残酷，学园中没有开设这门课，只是有老师作为个人爱好私下研究而已。

听着三人说话，易龙龙虽然不是屠龙者，却也忍不住抖了抖。被他们记恨可真倒霉……幸好……当初隐瞒了林琦是屠龙者帮凶的那件事。

见艾瑞克与修如此上道，诺顿看两人越来越顺眼。

"等找到那家伙的下落，我们联手吧……我完全有理由相信，我们个人的力量并不是那浑蛋的对手。虽然屠龙者是个残暴的刽子手，可能长着一张连魔兽都嫌弃的脸，从小被人歧视，导致性格扭曲，以杀龙取乐，但是不能否认，他确实很强。"

眼看着话题有开始朝着人身攻击的方向发展，赛文轻咳一声，脸上的古怪笑意越来越浓厚，"既然你们都决定了……可以开始了吗？"他伸出手，手掌一抹，便拿起两叠卡片中较薄的那一叠。

易龙龙耳力很灵敏，赛文伸出手的时候，她看见他嘴唇微微开合，听见他发出几乎微不可闻的声音，"屠龙者一定欠了你们很多钱……"

手上拿着一叠卡片，赛文先跟他们解释自己接下来要做什么，"这次我将采用的是一种名叫塔罗牌的占卜工具，一共有二十二张主牌和五十六张副牌，具体的原理很难解释清楚，你们只需照着我说的去做就好了。"

他伸出手递出主牌，让诺顿、青骑士以及艾瑞克三人依次切牌，"照理说，给三个人作预言，应该分开来做，但你们三人目的一致，又结成了同盟，彼此之间会相互发生影响，分开后反而会不准确。"

切牌的顺序，是按照三人回答"屠龙者"发出声音的顺序来进行的，虽然三人几乎是同时回答，但在先后上还是有所区别。

切过主牌，赛文又拿过较厚的那一叠副牌，又让三人依次切过。

切好了牌，赛文仔细询问了三人一些有关他们所知道的屠龙者和龙的问题，接着将两叠牌又重新放回桌面上，背面朝上，"请三位等待。"

他轻松地收回手，可是应该静静躺在桌面上的牌，这个时候却动了。

先是卡片背面的花纹，好像真的流动起来，焕发出细腻的华彩。紧接着，桌面弥漫开一片幽深的暗色，那并不是什么烟雾，只是在这点着灯的明亮房间里，忽然间张开一块阻隔光线的空间。

塔罗牌就在这空间内。

接着，卡片们自己移动起来。它们好像失去了重力的束缚，被赋予了活泼的生命，一片片不规律地跳上半空。卡片背面的花纹抽出纤细得像丝一样的光，通过这些光线彼此交联，接着便宛如在流水中荡漾，仿佛没有规则，但又好似遵循着一定的轨迹，七十八张卡片在半空滑行。

牌与牌之间的纤细光线不断交叠折射，交叠点微微闪耀，密集得好像夜空里流动的星河。易龙龙看得眼花缭乱，也不知道过了多久，卡片终于缓慢停下，排列成一个稳固的形状，其中一张忽然失去飘浮的力量，直直地坠落下来。

啪的一声，硬质卡片落在桌面上，发出清脆的响声。

背面朝上。

赛文从容地伸出手，翻过牌面。

一二三　暗示·敲三下

　　牌面翻过一半时，赛文忽然停住动作，抬眼看了看三个人，"我必须在此说明，除非我知道你们的目标在什么位置，否则我的预言不可能给出具体的地点，只能指引大致的方向，以及预测你们今后的遭遇，预言准确程度，取决于已知信息以及你们的抉择……"

　　诺顿着急地打断他的话，"你说什么就是什么吧，这些我不关心，我只关心结果。"不要在这个节骨眼上停下来啊。

　　赛文莞尔一笑，继续翻牌，牌面向上，呈现在所有人眼中。

　　当这张牌翻过来时，又有三张悬浮的牌先后落在桌面上。从其向上的背面花纹，易龙龙认出来，与前一张主牌不同，后落下的牌是副牌，主牌和副牌的背面图案大体相似，但主牌上金色线条居多，而副牌上则是银色线条居多。

　　赛文挥了挥手，其余飘浮着的卡片好像受到无形的力量牵引，一张张规规矩矩地飞回赛文手中，又还原成两摞整齐叠摞的状态，但先前落下的四张牌——一张主牌与三张副牌依旧静静地躺在桌面上。

　　主牌的牌面上，绘着夜幕下的高塔，一道金色的闪电劈下，凌厉的电光仿佛利剑，几乎要摧毁整座塔身。

　　"'塔'，牌面基本意义为毁灭。"赛文平静地说出牌面的名称。他沉着地望着三人，"还要继续下去吗？不管接下来将翻出什么样的副牌，只要是这张牌作引领的主导，结果总会往恶化的方向滑行。"

　　他的身体微微后仰，靠在弧形的椅背上，目光深沉难测，"作为一名预言师，我对各位的建议是，放弃屠龙者。"

艾瑞克无声地笑了笑，三人之中，以他的神情最为温和，但是那蔚蓝色的眼眸里，没有一丝迟疑，"我有十年的时间可以退缩，但是我现在依然在这里。"

那是无可动摇的意志。

别的龙怎么样，他不在乎，他只是想为塔希妮雅的死亡做些什么。

其余两人虽然没有说话，但紧绷的脸与坚定的目光，也显示出他们不会改变主意。

赛文微微一笑，点了点头，"我明白了。那么我现在就开始说吧。"

他指着"塔"，解释道："这张牌背后有一个故事。有一座城市，叫巴比伦。狂妄的巴比伦人非常骄傲，他们一同修建高塔，希望能抵达天空中神的国度，但是快要抵达的时候，神为了惩罚他们的骄傲，落下闪电，将高塔摧毁，并让所有的人说不同的语言，失去沟通的能力，人们便无法团结一致再度建造高塔。"

"目前'塔'的方向是逆位，象征暴风雨前的宁静。"赛文面上浮现出古怪的微笑，以略带恐吓的口吻说道，"暴风雨即将到来，你们或许很快就将见到想见的人，不过呢，可能并不是以你们所期望的方式。"

接下来赛文又依次翻开三张副牌，说了一些话，无非是些似是而非、非常模糊的话语，听起来好像很有道理，但是具体是怎样的，完全没有表明。

最后赛文得出结论，他们很快便将满足心愿，但是绝不是以他们愿意的方式。虽然他说得含糊，但"很快"一词大大取悦了艾瑞克等人，让他们不再认真追究。

本来他们从未想过要通过预言魔法师来找到屠龙者，假如赛文说的是真的，那么再好不过，就算他说的是假话，他们的目标和行动也不会因为几句话而动摇。

三合一的占卜过去后，接下来，便轮到了易龙龙。

赛文声称要隔绝干扰，请艾瑞克三人离开房间，只留下他和易龙龙独处。

易龙龙双眼紧盯着赛文手中的牌，心里盘算着轮到她占卜时，可不能让他模糊地混过去，一定要仔仔细细地问清楚，最好能像上次沙耶找魔族遗迹一样，连地图都给准备好。

但是出乎易龙龙的预料，赛文什么都没做，他甚至收起了卡片。

对上易龙龙惊疑的目光，赛文缓慢地道："我不能为你作预言，因为你现在的状态，是被强行封印了血脉力量，不在世界的已知体系中。我的预言魔法，是根据世界已知事物体系排布的，不能用在未知事物身上。"

听他这么说，易龙龙吃了一惊，"封印了血脉力量？什么意思？"

赛问从容地解释道："你难道不觉得，你现在的状态很不正常吗？事实上，是有人在你出生以前，将你的血脉封印，导致你不能成为完整的龙族。虽然龙血可以解除世界上大多数的诅咒和封印，但是假如封印的力量超出了上限，还是可以封印你的。"

"根据我的观察，在你还是龙蛋的时候就遭到了封印，这个封印十分危险，甚至会毁灭你的灵魂，你能出生并活下来已经十分幸运。"

听赛文侃侃而谈，易龙龙心中已经惊诧得无以复加。

她虽然不清楚什么封印，但是赛文有一点说对了，原来那只龙的灵魂，确实毁灭了，现在存在于这身躯中的是来自另外一个世界的人类。

易龙龙正有些沮丧，忽然想起来一件事，连忙问道："那，你能不能解除这个封印？"他既然能够养栖枝，会不会对龙的成长，也有一定程度的了解呢？

赛文笑了笑，"我确实有办法，但是第一，我现在身体还很虚弱，力量没有恢复，作简单的预言已经是我的极限；第二，想要解开你身上的封印，是需要时间的，可是我们很快就要分手了。"

他抬起手，以一种缓慢平和的节奏，轻轻地敲了三下桌面，"你的一次预言，可以先存在我这里，等什么时候你可以恢复成真正的龙，我再给你补上……就这样吧。"说完，他站起身，转身朝外走去。

拉开门后，他往外迈了一步，反手掩上房门。

没过两秒，门再度被打开，赛文站在门口说："差点儿忘了，这里是我的房间……"

深夜，万籁俱寂。

易龙龙躺在床上，努力睁着眼睛，直勾勾地望着天花板。

墙上的挂钟指针缓慢移动，当指针指向第三个大刻度时，钟摆发出清脆的响声，这响声好像一声号令，惊得易龙龙一下子从床上跃起。

她手脚利索地穿好鞋袜外衣，转身爬上窗台，推开窗户，趴在窗户边看了看，接着，从二楼直接跳了下去。

用浮空术缓慢落地，脚才站稳，易龙龙担忧地看了一眼二楼，确定自己的行动没有惊动旁边屋子的人，才小小地松了口气。

她绕过半条街，从旅馆后面走回正门处，远远地便瞧见在旅馆门口，有一个顾长的身影在月夜下孤独站立，那背影虽然挺拔，但不知为何，却显得异常寂寞。

易龙龙走过去招呼道："我来了，赛文。"

叫出名字的刹那，赛文转过身来，俊朗的脸庞上的微笑有些玩味，"很准时。"

易龙龙翻了翻白眼。

前半夜赛文拒绝为她作预言，甚至拒绝帮她解开封印后，他在桌面上轻敲了三下，这个动作引起了易龙龙的注意，接着很快她想到一个故事。

《西游记》里孙悟空拜师学艺，但他的师父只是敲了三下他的脑袋，孙悟空便心领神会，半夜三更去找他师父，得其传授法术。

先前赛文说要离开，又说存着预言机会等她去找他，可是却不说怎么联络，易龙龙反复思索，最后得出一个结论：赛文要求她凌晨三点钟时，与他一道离开。

她考虑了小半夜，终于还是决定冒险。

越是相处，她越是觉得赛文深不可测，她也知道跟着一个才认识一个多月的人走太过冒险，可是，这么长时间以来，只有赛文一个人能准确地说出她的身体状态，也只有他，似乎有希望触摸到有关林琦的消息。

为了林琦，也为了她自己，易龙龙决定抛弃理智，冒一次险。

耸了耸肩，身穿星星长袍的青年迈开脚步，"现在出发吧。"

易龙龙赶紧追上去。

一高一矮、一大一小两个身影，在月色与星光下，一前一后，慢慢地走着。

易龙龙临走前，给艾瑞克留了一封信，大致交代了自己的去向，让艾瑞克不必担心。

可是有的人有的事，并不是说不担心就不担心的，第二天清晨，发现易龙龙和赛文的失踪，艾瑞克险些将旅馆及全城整个翻过来。

确定附近找不到二人，艾瑞克果断地下令，调动所有能调动的部下，以最快的速度，发布通缉令，通缉赛文，罪名是——拐卖无知幼龙！

无心再继续旅行，一行人如风一般离开旅馆。旅馆的侍者打扫房间时，在桌脚下发现了一张制作得十分精美的卡片。

卡片上的图案绘着高塔与闪电。

"这是客人留下来的吧？看起来很贵重。"侍者捧着卡片，惊叹地欣赏着，"或许那位客人不需要了，我可以拿去送给丽娜。"

爱不释手地欣赏着，侍者忽然发现了一些异样。他小心翼翼地伸出两根手指，用指甲尖拨弄了几下，接着竟然从卡片上撕下来一层。

然而高塔的图案被撕下来后，卡片并没有毁坏，反而露出了藏在里面的另一幅图案。

那是一个身穿星星长袍的人。

一二四　全才·魔术师

那个小笨蛋！才想夸她长大不少，就这么随随便便地跟人跑了！

自从易龙龙被拐走后，艾瑞克英俊的面庞便一直阴云密布。他以最快的速度调集部下，召唤人手，并且利用自己的影响力，发出通缉令。

但是他知道，易龙龙多半是自愿跟着赛文走的。

他检查了旅馆四周的痕迹，除了易龙龙留下来的书信外，他发现了打开的窗子，以及窗台上的淡淡鞋印，说明易龙龙为了避开门外走廊上的侍从，直接从二楼跳窗离开了。

而留下的书信中，有一些不明显的，只有少数人才能看明白的标志，也说明易龙龙写下这封信时是完全清醒且自由的，没有受到任何人的操控或胁迫。

信上，易龙龙写着，为了一件很重要的事，她跟赛文离开，请艾瑞克不必为她担心。

但是，怎么可能不担心?!

天知道赛文打的是什么鬼主意？假如只是一般的小女孩，他也许还不会这样焦虑，但易龙龙的身份太特殊了，稍有不慎，就有可能被那什么那什么。

第二天，艾瑞克的部下给他送来一封信，说是外面一个佣兵送来的。

看见信封上熟悉的字迹，艾瑞克皱了皱眉，拆开信封：今天天气不错，艾瑞克，别找我啦，你看，我现在非常平安。

接下来每隔一两天，就会有一封类似的信送来，信中文字大致与第一天的一样，只是偶尔会说一些今天吃得不错之类的话。

一封又一封地送信，艾瑞克最开始还有些焦急担忧，到了后来却有些哭笑不得，也不再认为赛文别有居心。这世界上哪里来的这么宽容的绑匪，还允许肉票隔三岔五地写信报平安？

八天后，艾瑞克撤销了发布的通缉令，反正找了这么久都没有结果，干脆也不要白费力气了。

艾瑞克撤销通缉令的时候，易龙龙已经和赛文走了很长一段路程。

虽然艾瑞克在发现易龙龙失踪的当天，就朝四面八方发布了通缉令，但是赛文却依旧光明正大，甚至满不在乎地带着易龙龙出入贴有通缉布告的地方。

通缉布告上画着赛文的画像。艾瑞克虽然主攻剑术，但少年时也曾对绘画稍有涉猎，他亲手画出来的赛文的画像，不敢说一模一样，但是也有九分相似，还详细地描绘了他的穿着。可是不知道为什么，当赛文站在城门口欣赏自己的通缉令时，周围的人即便看着通缉令上的人活生生地站在眼前，也好像完全没有反应。

假如赛文用了改变容貌的魔法或者药物，这还可以理解，但是偏偏赛文什么都没做，就只是以本来面目公然出现，甚至连那身非常有特色的星星长袍也穿在身上。

易龙龙惊讶的目光在画像、赛文本人以及周围人身上来回移动，她甚至还听见附近两个观看通缉令的居民的聊天，羡慕通缉令上标注的奖金，并热切讨论假如把那些钱都换成金币，能装满几个箱子。

虽然易龙龙并不怎么希望赛文被抓，但是面前诡异的景象还是让她有些难以接受，活生生的"几箱金币"就站在这里，然而却似乎没有人愿意多看他一眼。

"怎么会这样？"喃喃地，易龙龙说出心中的疑问。

赛文微微一笑，又欣赏了一下通缉令上的画像。虽然艾瑞克荒废技艺多年，但重新拿起笔来，还是很有两把刷子的。他画出来的赛文神形皆似，不仅画出了他俊朗温柔的脸，甚至也画出了他身上令人心折的和缓又深沉的魅力。"你有没有遇见过那样的人，那种人非常平凡，平凡到即便是见过很多次，你也很难记住对方？"

没等易龙龙回答，他又接着道："对于那种人，有一种说法，就是，存在感薄弱。那类人适合做间谍一类的角色，当然我并不是干这个的，只是道理与这个类似，我收敛了我们的存在感。"

存在感是一种很微妙的东西，只有达到某个层次的高手才能明确把握。收敛了存在感后，即便他和易龙龙就站在他的通缉令前，旁边的人也好像不知道他们的存在，不会多看他们一眼。

其实，易龙龙与艾瑞克一行的行程，非常地接近。

艾瑞克发现易龙龙不见后，立即调动现有资源，四处寻找易龙龙。同时他与两名龙骑士快速朝帝都进发，只要回到他的地盘，他就能掌握更多的情报，发动更多的人力去寻找。

即便他放弃了通缉赛文，但易龙龙依旧是要找的。

而赛文的行程，也正好是前往帝都，两拨人甚至有两次在同一城市里，只不过没有遇见。

通缉令取消后，他们与旁人的交往才逐渐多了起来。

经过某些城市时，赛文都会稍作停留，或是从什么人那里取走一本定购的书，或是将设计好的武器、魔法道具、首饰、服装等图纸送到商店里，或是指点他人经商、从政、魔法、武技……

看着他做这一切，易龙龙再度深深地感受到，这家伙是个不折不扣的全才，他所涉猎的知识方方面面，几乎没有他不知道的领域，恐怕除了生孩子，没有他做不到的事。

而在面对这些人时，赛文用的都是假名，有时候他自称"被遗留下来的人"，有时候又自称"星星闪耀光辉"。

这是迦南带起来的传统，假如有时候不希望留下真实的名字，或者身份需要保密，那么便给自己编一个带修饰的短句或词组组成的假名作为自称，俗称"马甲"，很多骨子里有浪漫色彩的人都喜欢这么做。

一路上，易龙龙记不清楚赛文究竟换了几件马甲，直至他们抵达帝都，易龙龙终于忍不住道："你对换名字有瘾啊?"

赛文有些狡黠地笑了笑，轻快地道："人生在世，总是要穿几件马甲的。"

这可是迦南的名句。

进入帝都时，普通人都要经过严格检查，才会被放行，但赛文却旁若无人地牵着易龙龙的小手，缓步穿过正门。两侧守卫的兵士和周围的人群都仿佛看不见他的存在，让他堂而皇之地无证入城。

自然，赛文还是用他的老办法——收敛存在感。

这一招简直就是万用通行证，易龙龙看着赛文一路用下来，只要不是高度戒严重兵把守的地方，基本都能畅通无阻。

入城之后，赛文与抵达先前几个城市一样，去了几处地方，多半都是完成他人的什么托付，或者给商店提供新设计和材料。

据赛文说，一路上完成的这些琐事是从前旅行途中陆续答应下来的，或者与某些店铺有协议，但后来他遇到了一些麻烦，耽搁了不少时间，直到这一趟才有空一次性解决。

两人在帝都绕了大半圈，直至夜晚降临，赛文才抱着走累了的易龙龙，从一家酒馆内走出来，身后跟着的是不住感谢的酒馆老板。

两年前，赛文曾提供给老板一种从海外带回来的稀有植物，配合失传的酿造方法，果实酿出来的酒带着海洋的奇异风味。今天赛文的到来是为了验收成果，顺便捎带走了一小瓶用那种果实酿造出来的"海洋之心"。

华灯初上，帝都的夜晚从来都与冷清无缘。

为了招揽生意而发光的招牌，居民房或豪宅里的灯光，道旁的路灯，永远明亮的神殿殿堂，或明或暗，大大小小的光辉交织在一起，为城市的夜晚披上璀璨的外衣。

赛文一手抱着易龙龙，慢慢地在街道上行走着，他神情从容温和，眼神却微微显出落寞，即便身处全大陆最繁华的城市，却也与在荒原之中一般无二。

偶尔有人从他身边经过，再怎么近的距离，依然仿佛隔着一个世界。

易龙龙并没有觉察到赛文的异状，她的注意力全放在刚到手的酒瓶子上。

"海洋之心"是那家酒馆的镇店之宝，因为不易酿造，而且材料有限，导致其价格昂贵。易龙龙手上的这一小瓶，就足够小康水准的一家三口在帝都生活一年。

圆肚短颈的透明酒瓶制作非常精致，外表光滑得找不到半点儿瑕疵，经过特殊设计的颈部弧线显得很雅致，而最令人心醉的是瓶中湛蓝色的液体，仿佛萃取了海洋深处的精华，沉寂深邃，如同赛文的眼眸。

赛文和林琦一样是黑发，但他的眼眸却是海洋般的湛蓝，深得看不见底，一如他本人。

易龙龙在跟着赛文偷偷出走之前，就隐约觉得这人高深莫测，而一路相处下来，反而越来越看不透他。

饲养员，驯兽师，神棍，裁缝，铁匠，厨师，设计师，艺术家，商人，政客，药剂师，魔法师，武者……几乎每到一个地方，易龙龙都能在心中给他的头衔添加几个前缀，无论什么时候，他总是游刃有余，随时随地能从他脑子里掏出新的东西。

面对这种人，易龙龙连自卑的心都省了。最开始她还会感到震惊，但后来见得多了，便几乎是以看变魔术的心态，等待看赛文还能变出什么新花样。

赛文在帝都有固定房产，因此两人今天不必去旅馆投宿。

从酒馆出来，再走过几条街道，顺路在途中的餐馆买了几样外带熟食，两人才抵达了赛文所说的地址。

相较于商业区的繁华，居民区的夜晚虽然也是灯火明亮，但道路上行人较少，显得不那么热闹。

整齐的两排居民房几乎都是结构简单的二层小楼。这里的居民多半是中层收入的群体，有正当体面的工作或不错的收入来源，但还没有富裕到能买豪宅的程度。

其中一幢小楼与别的楼房在外观上明显不同，屋内也没有灯光传出，那便是赛文的家。

"我把钥匙弄丢了，借用一根头发。"行至小楼前，面对紧闭的房门，赛文随手折下易龙龙的一根头发，纤细柔软的发丝在他指间变得坚韧。他将发丝插入锁孔中，手腕微转，不一会儿便听见机簧的响声，紧闭的房门应声而开。

易龙龙没来得及反应，头发便让赛文折走一根。赛文取她头发时，用的是"折"而不是"拔"，直接从中间折断发丝，不会让人感到疼，因此易龙龙反应过来后，也只有无奈，"干吗不用你的头发？"一边说着，她又在心里给他加一个头衔前缀：锁匠……或者小偷。

哪里有这么回自己家的？

赛文推开房门，随口答道："你的头发比较长。"

正准备进屋，他忽然停下脚步，脸上又浮现出一丝古怪的笑意，缓慢地转过身，看向一侧的街头。

易龙龙心里觉得奇怪，也顺着他的目光看去。

只见道路的尽头，站着一个人影。看清之后，易龙龙禁不住叫出声来："罗兰？"

紫发紫眸、劲装打扮的盗贼，正是应该远在千里之外的罗兰。

一二五　解除·还自由

来者是客。

赛文邀请罗兰进屋坐下，并找来酒杯，给三人每人倒了半杯"海洋之心"。此时在明亮的灯光下，湛蓝的液体透射出点点晶莹的波光。

这栋小楼的主人虽然离开了很久，但室内却没有多少灰尘，干净整洁得如同每天有人打扫一般。

三言两语，易龙龙便得知了罗兰出现在这里的原因。

原来自打她偷偷地跟赛文走后，艾瑞克担忧她的安危，不仅发布了通缉令，还将这一消息通知了驻守银橡树城的罗兰等人，让他们也小心搜寻易龙龙的下落，如有消息，迅速报告。

然而艾瑞克所不知道的是，罗兰与易龙龙之间有一种超乎寻常的联系，不慎成为倒霉龙仆，罗兰不仅行动受制于易龙龙，甚至，他还多出了一种近乎直觉的感应，能够明确易龙龙所在的大致方位。

罗兰没有告诉任何人，暂时放下手头的工作，交托给旁人代理，就悄悄地离开了银橡树城，用他的感觉一路追踪而来，并正好在此时此地相遇。

害罗兰平白一路奔波，易龙龙愧疚不已，低下头小声道歉，"对不起，是我太任性了……"

罗兰却没有看易龙龙，他的全副注意力都集中在赛文身上，而端着酒杯的赛文，也颇有兴趣地打量着盗贼。

在风都的时候，罗兰曾大规模地搜集情报，但关于赛文的消息却少得可怜。这个人，就连在迦南学园仿佛也没什么存在感，学园中的人最多就是知道这个人的存在，却对他没有什么印象。

然而今天第一次亲眼见到赛文，罗兰却感觉非常惊讶。

眼前的青年，相貌英俊，目光深邃，黑色长袍上散落着金色和银色的星星，却并不显得可笑。他身上蕴含着独特的气质，微微一笑，眼眸便仿佛浸润了深海的幽静与光辉。

在罗兰的注视下，赛文忽然伸出一只手，探至紫发盗贼额前虚按了一下，接着迅速收回。

罗兰来不及躲避，眼睁睁地看着赛文的手掌贴近，心里虽然有回避的本能，可是不知道为什么，身体却好像被固定住，只能任凭对方作为。

并没有被施加魔法，而是不知道为什么，在这个人面前，他完全没有反抗的余地。

收回手掌，赛文却转向了易龙龙，"你的身体处在被封印状态，只能发挥出一小部分龙的本能，比如眼前这位龙仆，就是本能造就的成果之一。不过假如你想破除封印成长，最好还是切断与他之间的联系，因为你与他的联系是在封印状态下建立的，假如就这样破除封印，会因为外物的影响，导致留下来痕量的封印力量。"

他一番话下来，易龙龙和罗兰都情不自禁地竖起了耳朵。

他刚才说了什么？

切断……联系？

罗兰有片刻的恍神，确定自己没有听错，他下意识转过头，看向易龙龙，正好与她投来的目光对上。

切断吗？

很久很久以前，罗兰还只是一个为了获取利益不惜违背良心的职业盗贼，他们在树海中相遇，与艾瑞克失散后，易龙龙落到了他手上。

接着又因为罗兰不小心误食龙血，两人之间形成了最原始的主仆契约，易龙龙为主，罗兰为仆。

最开始是不甘而愤恨的，他甚至曾想杀死易龙龙，然而身体却不听使唤，为了自保，他不得不反过来援助易龙龙。

再后来，二人从公爵家逃出，共同的患难让他们的利益紧紧地联在了一起，有一半是情势所迫，而另外一半则是利益使然。易龙龙有能力帮他报仇，而最后她也那么做了，不惜耗费大量的人力物力，只为了给泰伦斯一个应得的审判。

那之后，他便真的心甘情愿居为仆人。

抵达风都后，易龙龙背后是海因涅家族的支持，又获得了迦南的遗产，有越来越多的人为她服务。

武力方面，林琦一人足矣；杂学知识方面，翡翠更为广博精深；情报信息方面，帝摩斯比他更专业。渐渐地，罗兰发现自己的存在越来越无足轻重，他没有什么是独一无二的，没有什么是别人所不能及的，任何人都可以取代他。

他唯一所能做的，便只是在易龙龙身边，沉默又沉默地完成她吩咐的事情。

相较于罗兰的不知所措，易龙龙却是又惊又喜，忍不住一把抓住赛文的手，"你有办法对不对？"

根据一路上易龙龙对赛文的了解，他既然这么说，那么多半就是有解决办法了。

罗兰闻言，面色陡然一沉。

但他什么都没说，只是默默地按照易龙龙的吩咐，躺在客厅的沙发上。

屋内亮着一盏魔法灯，柔和的光线充满整个房间。赛文伸出一只手来，他的指尖好像连接着光线不及之地，黑漆漆地陷入一片虚无之中，这只手按上了罗兰的胸口。

看着那只手按过来，罗兰不由自主地绷紧了身体，目光一转，看见一旁易龙龙坐在椅子上，眼中满含期待，禁不住微微黯然。

赛文的手指好像插入了罗兰的胸口，但让罗兰意外的是，接触的地方没有传来半点儿疼痛。接着，他感到全身的血液变得滚烫，与最初误食龙血时有些相似，整个身体都仿佛沸腾起来，只不过这一回不似前一次疼痛难忍。

片刻，罗兰全身一松，好像整个人蒸了一次桑拿，全身的毛孔乃至器官、血脉、筋骨、肌肉都感到极致的放松，在放松之际，有什么被缓慢抽离。

从四肢百骸，从身体深处，从……灵魂里。

赛文抬起手来，指尖凝结着一粒细小的金色圆球，滴溜溜地转个不停——那是最初易龙龙的一滴血，萃取出来的精华。

罗兰坐起身，怔怔地望着那滴血。

对他而言，一切都因此而始。

因为命运与共，他不得不跟易龙龙绑在一起。除了林琦，他几乎是陪伴易龙龙时间最长的人。从开始的不情不愿，到后来的主动为易龙龙着想，他曾经也想过，除了回报易龙龙的恩情外，便再也没有别的了。

龙
龙龙
下

732

那一滴血对他而言是莫大的负担，他曾经那么希望摆脱，可是这一天到来的时候，心底盈满的却是不知该如何形容的怅然。

赛文手指一划，金色的血滴化作细碎的雾气，罗兰下意识伸出手，却无法阻挡雾气消散在空气里。

就这样结束了吗？

不同于一脸茫然的紫发盗贼，易龙龙十分高兴，她拉住罗兰的手，笑道："当初我答应过你，一定会解除血契，现在终于做到啦！"

虽然时间长了些，过程曲折了些，但总算是走到了这一步，她真心实意地为罗兰感到高兴。

罗兰抿了抿嘴唇，看着易龙龙笑嘻嘻的模样，他忽然很不甘心，一下子甩开她的手。然后他有些怨愤地道："是的，现在的我对你来说根本没有什么用处，所以甩开我你很愉快吧？"

他也不知道是怎么了，血契终于切断，他应该比易龙龙更开心才对，为什么却感觉好像被抛弃了一般？

他绝不是舍不得这只幼龙，只是不甘心没用了就被抛开而已！

易龙龙一愣，随即笑着大声叫道："罗兰，你先招招手，再学兔子跳两下，接着原地转个圈，最后做一个胜利的手势。"

一听到这样的命令，罗兰顿时想起当初他在白牙佣兵团的蕾茵娜等人面前出的大丑，甚至忘了血契已经解除，只是全身绷紧，如临大敌地盯着易龙龙。

过了好一会儿，他才后知后觉地反应过来，他已经不会再受易龙龙的言语操控了。

易龙龙又拉住他的手，诚恳地道："罗兰，我发誓，从来没有任何觉得你没用的意思，我觉得罗兰是非常能干的。"

撇了撇嘴，罗兰从鼻子里哼了一声，说："我不如林琦能打架。"

易龙龙温声安慰道："武技够用就好，需要他那个层次武力的机会也不多，林琦不像你那么精通杂学哦。"

"翡翠的杂学比我厉害。"

"先不说翡翠已经走了，就算他在，那也要分哪方面啊，他虽然活得比你长，但人情世故却远不如你呢。"

"社交这方面，帝摩斯比我更正规，他还身兼杀手和情报中心两项职能。"

"但是他不如你那么会做菜。"

毫不犹豫地一条条反驳回去，易龙龙盯着罗兰的眼睛，非常缓慢地道："罗兰，我可能一直没有说，从很久以前就该说的话……真的，辛苦你了。"易龙龙真心感谢他。

　　不管是当初还是今日，她始终都记得罗兰从蕾茵娜等人手中将她救下的恩情，以及进入龙语山脉中不离不弃的照料。

　　就算今后她身边出现了多么能干的人，但有的东西在回忆里始终无法被取代。

　　正因为这么感激着，她才一定要罗兰重获真正的自由。

　　这是她所能够给予的，微乎其微的回报。

一二六　真相·不是人

　　解除血契之后，罗兰才向易龙龙提起他的真正目的，便是让她离开赛文这个来路不明的人，回到艾瑞克的保护之下。

　　虽然赛文帮了罗兰一个大忙，但罗兰却丝毫不觉得感激，反而对这个人有了更高的戒备。

　　如同他与易龙龙之间，这样的血契，虽然缔结得草率简单，但血脉力量牢不可破。他私下查阅过书籍资料，以及询问在这方面有研究的学者，却怎么都找不到解除的办法。可是这个人，他不知道做了什么，竟然硬生生地将那一滴龙血的精华从他的身体里完整地抽取出来。

　　这样一个人，他拐走易龙龙，有什么目的？

　　虽然心中下了决定，但罗兰并没有说出来。他向赛文与易龙龙各行一礼，接着转身离开。

　　两个小时后，安静的街道上响起如雷的马蹄声，惊醒了熟睡的居民。有人带着睡意推开窗户，却看见路灯的照耀下，全副武装的士兵盔甲反射出冷硬的光芒。

　　上百名骑兵列队停在街道首尾两端，堵住两侧的出口，空气里弥漫着凌厉的气息，让冒出头来想骂人的居民又悄悄地关上窗户，以免牵涉入是非之中。

　　其中一侧的骑兵队伍里，两个没穿盔甲的身影越众而出，其中一人拥有璀璨的金发，一边驾驭着马匹，一边问另一个人："就在这里？"

　　罗兰肯定地道："是的。"

虽然受了赛文的恩惠，但是他依然是拐走易龙龙的可疑人物。罗兰原本想见到易龙龙后便直接带走她，但见识了赛文的能力，他立即明白两人不是一个层次上的，假如当面说要带走易龙龙，而赛文反对，他将毫无胜算。

因此，离开赛文的家后，他当即去找艾瑞克，请他亲自出面。

艾瑞克临时调动私兵，堵在街道两侧，而在两队骑兵后方，还分别站着一名龙骑士。他打算先出面见一见赛文，假如能和平解决这件事，自然是再好不过，假如要动武，有他和龙骑士联手，也应该足够应付。

两人来到赛文所住的小楼前下马，走到门前准备敲门之际，艾瑞克忽然轻轻地"咦"了一声，手腕一转变敲为推，大门一推就开。

这小楼的房门竟然是虚掩的。

罗兰看见艾瑞克的举动，也有了些不妙的预感，跟随艾瑞克走入屋中，走遍楼上楼下，每间屋子都转了一圈，不久前还在小楼里的一人一龙，却早已无影无踪。

"就是这样，现在你的叔叔应该正在搜捕我，我的房子不能继续居住，否则会受到打扰，假如不介意的话，我希望能在你这里住一段时间。"艾瑞克与罗兰推门之际，他们寻找的人却已经来到帝都之中的另外一栋房子中，提出暂住的要求。

不疾不徐地叙述了自己的来意，赛文看向房屋的主人。在他身旁的易龙龙，则禁不住向那人投以诧异的目光。

赛文来找的人，竟然是当初在树海之中遭遇的身为艾瑞克侄子的伊斯利。

自从易龙龙离开帝都后，便再也没有见过这个少年。

现在的伊斯利，比初遇之际长大了一些，无论五官还是身形都逐渐脱去了少年的青涩气息，略向成熟转变。然而伊斯利变化最大的，却不是外貌，而是神情气质。

当年的伊斯利，虽然有些装模作样，甚至还曾提出用金钱购买她，但是他的本性还算纯真善良，甚至有那么一点儿傻乎乎的味道，否则也不会那么轻易地被罗兰和李维先后蒙骗。即便是端着贵族架子时，依然可以感受到他骨子里单纯的生机。

可是现在的伊斯利，却仿佛被人抽走了灵魂，接着往这个躯壳里灌入另外一个截然不同的性格，才会发生如此翻天覆地的变化。

他端坐在书房的椅子上，来回打量沙发里的赛文和易龙龙，神情冷漠，毫无生气，眼神略带警惕戒备，似乎是想从赛文的话里分辨出真假，又或者怀疑他有什么别的目的。

审视良久，他非常勉强地点了点头，生硬地道："好的，老师请在这里住下。但是您既然来找我，就应该知道我现在的处境，希望您在这里居住的期间，不要随意外出走动，以免被叔叔发现。"

赛文微微一笑，"当然。"

吩咐侍从给赛文安排好房间，伊斯利又看了一眼易龙龙，在幼龙不解的目光中，他的脸上忽然闪过一丝狼狈，接着迅速扭头，逃也似的离开。

伊斯利一走，易龙龙便再也憋不住满肚子的疑问，道："这都是怎么回事？"赛文猜测罗兰回去找艾瑞克来对付他，这一点不难理解，可是伊斯利这边是怎么回事，他又怎么成了海因涅家族小少爷的老师？以及，为什么伊斯利会变成这副半死不活的模样？

赛文笑眯眯地伸出两根手指，道："第一，我虽然是迦南学园的老师，但学校的规章制度并没有禁止老师在外面做兼职。几年前我忽然有兴趣教学生，就做了伊斯利文史方面的家庭教师。"以他的能力，不管教什么都能轻松胜任。

压下一根手指，赛文又继续道："至于他变成这样，并不奇怪。会发生这样的变化，无非是与他家族之中的权力斗争有关系，你要是感兴趣，明天慢慢打听也还来得及。"

次日，易龙龙小心地旁敲侧击，才从侍者口中断续得知伊斯利身上发生的事。

赛文曾说过，狮鹫训练自己孩子的方法，是将自己的孩子从悬崖上推下去，而伊斯利就是那只被推下悬崖的小狮鹫，出手的人，则是他的父亲公爵大人。

虽然有艾瑞克帮忙接掌家族的重要事务，但公爵并没有放弃训练自己的儿子。为了让他尽快地抛弃不合时宜的天真幼稚，他亲自策划，让伊斯利品尝惨痛的背叛。

当日在树海之中，除了用来显摆的随从，小队里还有一个人，那人不是伊斯利的部下，而是他的好友，是个叫狄修安的红发少年。

狄修安是平民，公爵暗中派人用金钱和权位收买他，调唆他抢夺伊斯利心仪的少女，以及在公开场合击败他，甚至暗地里出手暗杀他。

遭到惨痛的背叛后，伊斯利的性格发生了一百八十度的巨大转变。

幼小的狮鹫被亲人亲自推下悬崖，纵然最后他们能获得成长，变得不可摧折，可是曾经遭受到的伤害，也许永远无法磨灭。

虽然伊斯利有点儿可怜，但易龙龙也只是感慨了一下，毕竟他们之间谈不上有多少交情，充其量也就是比认识更熟悉一些。

而伊斯利虽然明知道易龙龙的身份，却仿佛失去了从前的热衷，也从不来主动打扰。

然而看见神情大改的伊斯利，易龙龙反而会有点儿不安。伊斯利已经和当初大不一样，他的父亲苦心孤诣，肯定不是让他受点儿挫折教育这么简单，或许还会让他去夺回应该属于他的，海因涅家族的掌控权。

伊斯利想要什么易龙龙不关心，可假如他想要的东西正好属于艾瑞克，艾瑞克会不会受到伤害？

担忧伊斯利会对艾瑞克做些什么，因此每次他来找赛文请教问题时，易龙龙都会找借口留在赛文身边，倾听他们的谈话。

赛文和伊斯利依旧是师生关系，只不过这个老师可以教授的东西太多了。无论是武技魔法、政治军事，还是驾驭部属的手段，只要伊斯利提出问题，都能在赛文这里得到满意的解答。

他好像是没有边际的海洋，高不可攀的山峰，若这世间万物……

全知而全能。

有时候易龙龙甚至会不大恭敬地想，即便这个世界真的有神明，可能也比不上赛文的渊博。

738

有时候，赛文指导伊斯利时，易龙龙也会在边上旁听，渐渐地，她发觉赛文的观点看法，意外地符合她的口味。

就好像有的时候，伊斯利在与赛文讨论一个问题时，赛文说出他的看法，伊斯利可能还要皱眉思考一段时间，来消化理解和接受，但易龙龙却几乎是在第一时间，恍然萌生这样的念头，"哦，原来是这样。"并立即能理解赛文所说的东西。

这种微妙古怪的默契，让易龙龙有点儿别扭，可是当下一回面临类似的状况，她又控制不住自己的赞同与理解。

赛文是一个非常好相处的人，虽然他知识广博，却从不盛气凌人，任何人都能与他愉快相处。这愉快并不是赛文单方面的，与他相处的人，即便明知道他的了不起，也不会产生压力，反而会更加愿意与他亲近。

但是好日子不会太长久。

易龙龙与赛文一路同行，每天都问他什么时候能帮她解除封印，但是每次赛文的回答都是还要再等等，然而抵达帝都之后，他的回答终于有了一个确定的时间——再等半个月。

在伊斯利家中，易龙龙扳着手指，慢慢地算日子。

那一天终于到来。

那一天，是赛文亲自下厨。他提前让侍从准备好需要使用的工具和食材，一大早便待在厨房里，精心准备晚饭，拒绝任何人帮忙；同样是那天早上，易龙龙则一个人闷在卧室中，向伊斯利要来了纸笔，埋头奋笔疾书，甚至外面有人叫她吃午饭，她都没有理会。

两人专注在自己的事情上，一直到傍晚，赛文才推开厨房的门，一阵浓郁而奇异的香气扑入客厅。与此同时，易龙龙推开卧室的窗户，两只小手托着一只漆黑的小鸟，放它飞上天空。

有人敲门时，易龙龙应了一声，开门走出去。

或许因为没吃午饭，她的小脸有些苍白，可是眼神却异常明亮，亮得即便在黑暗的地方，也显得明澈清晰。

跟随侍从走向餐厅，还未接近，易龙龙便闻到逸散的食物香气，她愣了愣，觉得那香气好像有些熟悉。

走入餐厅，只有赛文一人，他静静地坐在桌边等待。

长餐桌上摆满了大大小小的银制器皿，边缘装饰以美丽的花纹，但这并不是真正吸引易龙龙注意力的地方。她睁大眼睛，有些不敢置信地望着餐桌上的食物。

过了许久，她才缓缓问道："这些，都是什么？"

赛文微微一笑，抬手一指，从长桌一头的第一道菜开始，为易龙龙一一作介绍，"蟹黄汤包，虾饺，烧卖，三鲜馄饨，汤圆，月饼，桂花糕……"

顿一顿，手腕微转，他又指向长桌中段，"豆腐脑，皮蛋瘦肉粥，肉粽……"

他的话还没说完，易龙龙已经忍不住打断他，"芝麻糊，龙须面……"随口说了两样，她又转向长桌另一头，压抑的声音微带颤抖，"狮子头，水煮鱼，宫保鸡丁，红烧肉……"

餐桌边上摆着的餐具很简单，没有这里惯用的刀叉，只是两根银制的细棍。易龙龙走上前，坐在桌边为她特别准备的加高椅子上，顺势拿起横放在餐巾上的银筷。

尽管已经许久不拿，可是手指接触那两根细棍的同时，灵魂里仿佛有什么自然而然地活了过来。她的手指灵活地操纵着筷子，夹起一小片东坡肘子，送入口中，

一二六　真相·不是人

几乎入口即化。

"东坡肘子。"易龙龙放下银筷，说出这道菜肴的名称，同时望向赛文，期望他能给她满意的答复。

"原来这道菜是叫东坡肘子吗?"赛文玩味地笑了笑，"我被教我做这道菜的人给骗了，他告诉我这是迦南肘子。"

易龙龙拿起放在一旁的茶杯，抿了一小口，尝出这是茉莉花茶的味道。听见赛文说话，她冷不防一口气没上来，险些被呛着。

迦南肘子?

前辈，算你狠!

艰难地咽下茶水，易龙龙顾不上嗓子里的不适，抬起头，怀疑地盯着赛文，后者莞尔一笑，坦然承认道:"教我做这道菜的人是迦南。"

心跳一滞，易龙龙闭上眼。

真相呼之欲出。

迦南已经是几百年前就已作古的人物，在其活着的时候与其相交，并且存活至今日的都不是人类。

翡翠是精灵。

易龙龙叹了口气，再看向赛文时，神情转为前所未有的坚定，"你是魔族。"

赛文所掌握的学识，其覆盖面的广度以及研究的深度，任何一项都足够耗尽普通人一生的精力。即便是天生奇才，能够达到赛文这个程度，也需要花费极长的时间来学习积累，这一点，寿命短暂的人类根本不可能做到。

赛文之所以能如此，是因为他根本不是人。

他是以瑟的魔渣父亲在人类世界留下来的儿子，他是林琦的创造者，屠龙的幕后操纵人。

他是魔族。

一二七　追问·告别信

　　易龙龙最初跟着赛文走，真的以为他是了不起的预言魔法师兼饲养员，虽然感觉这个人有许多秘密，但还是决定要冒一次险。

　　然而一路上相处下来，赛文不断地让她感到惊讶，渐渐地，她内心开始产生怀疑，猜测这个神秘家伙的来历。

　　其中最让她怀疑的，是时间。

　　赛文的知识太广博了，广博到了一个可怕的程度，以水来比较，普通人的知识是一杯水，广博的学者也许是一盆水，然而赛文——他是天下之水。

　　世界上不是没有天才，但即便是天才，亦有所不能到达的界限。有的东西是需要时间沉淀积累的，那么唯有另外一个解释能理顺一切……他根本就不是人类，所以即便外表年轻若斯，其实他已经活了很长的时间。

　　这个念头，最初是极为模糊隐约的，随着时间的推移而逐渐清晰明朗，但是另一方面，易龙龙又害怕和回避这个想法。

　　寿命漫长的类人种族不多，总共也就是那么三四种。精灵不吃荤腥和加工食品，根据一路上的饮食来看，首先可以排除赛文是精灵的可能。

　　羽人背后生有双翼，即便收起翅膀，依然有两条多出来的骨头，但赛文的身形与人类并没有什么分别。

　　而剩下最可能的，也是易龙龙最不愿意深思的……魔族。

　　论外貌，魔族最为接近人类，他们既没有多出一双翅膀，也不曾长着尖长的耳朵，可是……这么了解人类世界的魔族，肯定已经在人类世界生活了很长时间，同时也非常有可能，他就是以瑟要找的哥哥。

理性的猜测逐步浮出水面，易龙龙却头一次如此害怕面对。假如赛文是以瑟的哥哥，他活着，那么林琦呢……

易龙龙外表看起来若无其事，可内心却没有一天不在挣扎，最后她终于作出决定，跟赛文彻底摊牌，直截了当地询问他。可是却没有料到，当她走入餐厅，迎接她的是这样一番阵仗，桌上的食物都是前世所有的。她甚至有一瞬间，错以为遇见了同样沦落至此的同伴。

然而不是。

一句"迦南肘子"，足够说明一切。

易龙龙轻轻地叹了一口气，她很珍惜很小心地放下银筷，随即决然地望向赛文，问道："林琦呢?"

虽然她很好奇赛文当年与迦南认识的经过，也很奇怪赛文是怎么知道她来自地球，特意给她做这么一桌子菜的，可是这些都比不上林琦。

她压抑着恐惧，压抑着思念，尽量伪装成平静的模样，她不听任何人的劝说，一意孤行，固执地相信林琦还活着，一分一分，一秒一秒，所等待的，无非只是这样一个机会。

现在，她坐在这个全知全能的男子面前，声音里带着她自己全无觉察的颤抖，轻声问："林琦呢?"

她的林琦，他的07。

赛文微微笑着，并没有直接回答，而是凝视着易龙龙，深邃的眼眸有些怅然的痕迹。过了片刻，他一笑道："除了07，你就不想知道别的吗?"

短短的时间内，易龙龙全身都已经被冷汗浸透。她乌黑的发丝贴在娇嫩的脸蛋上，细白牙齿紧咬嘴唇，重复道："林琦呢?"知道了赛文的身份后，无尽的恐怖便笼罩在她心头，现在就连只是坐在他面前，都会给她带来巨大的压力。才不过几分钟的时间，易龙龙便觉得自己整个人几乎要崩溃了。

强大的压迫感并非来自力量，而是来自她自己的内心。

可是她强迫自己不能倒下，就算要倒下，也要先知道林琦的下落。

"不想问迦南?"

"林琦呢?"

"不想问你自己?"

"林琦呢?"

"不想问我为什么要屠龙？"

"林琦呢？"

"不想问……"

"林琦林琦林琦！"她牙齿都在打架，脑海中一阵阵晕眩不断袭来。易龙龙手脚冰冷麻木，心脏疼痛得快要裂开，用尽全身的力气，却只能发出比小猫的叫声大不了多少的声音："我只要林琦。"

又看了她一会儿，赛文忽然叹了口气，开口道："他没死。"

易龙龙心神一松，终于再也不能支撑，放任自己失去意识。陷入黑暗之前，她听见赛文若有所思的声音："可是也不能算活着。"

从者远远地看着侧坐在窗台上的金发男子。

平素宛如太阳般灿烂的青年，今天却好像整个人笼罩在冰层之中，如同清朗蓝天一样的眼眸此时布满了阴霾，爱笑的嘴唇抿出冷酷的线条。

从者心里暗暗吃惊，他很少看见艾瑞克露出这样的神情。据他记忆所及，艾瑞克最近一次露出这样的神情，是在十年前，因为银龙塔希妮雅之死。

自从收到了那只魔法传讯鸟之后，艾瑞克就变成了这副模样。

传讯鸟是一种魔法道具，通体黑色，身形娇小，中空的腹部藏着信纸，因为鸟颈上刻着绝密的特殊标记，因此只有艾瑞克一人可以看到信中的内容。

艾瑞克看过那封信后，便放下忙碌的工作，一个人坐在窗台上，望着窗外的夜景发呆。

藏在鸟腹中的信纸，此时已经锁进了保险柜。

信上的字迹有些稚嫩，可是每个字都极为认真，一笔一画，都仿佛斟酌了再斟酌，才落在信纸上。

　　艾瑞克，当你看到这封信的时候，我希望你不要生气，也不要着急。

　　首先，我必须向你承认，一直以来，我都对你说了谎。

　　我并不是塔希妮雅的孩子。

　　不，准确地说，我这具身体是塔希妮雅的孩子，可是我的灵魂却来自另外一个世界。在那个世界，我因生病死去，再度恢复意识时，便爬出了龙蛋。

　　你初次见到我时，是不是看到我像人类一样穿着衣服？我本来就是人类，因为克服不了本能的羞耻心，即便身体是龙，我也没法不去在意。

那时候我太弱小，又非常想活下去，因此就骗了你，隐瞒了自己的真实身份，享受属于塔希妮雅孩子才能得到的照顾。

这是我的过错。

我不舍得你的照顾，害怕会被怨恨，一直不敢向你坦诚。

所以，艾瑞克，不要再继续寻找我了，我并不值得被你这样照顾。

这一封信，是为了永别。

写到这里，墨迹似乎有些迟滞干涩，而下一行，或许是蘸了墨水，或许是换了笔，字迹再度流畅起来。

看到这里，不知道你会不会生气，不过就算生气，也请暂时不要丢开或撕坏信纸，因为接下来的话，我认为非常重要，至少，你看完了再慢慢生气吧。

这些天跟赛文在一起，我逐渐开始怀疑，他不是人类。

并且，他极有可能是伤害林琦的那个魔族，以瑟的哥哥。

之前的笔迹都还较为顺畅，但从这里往下，便明显可以看出墨迹深浅的隔断，可以想象，之后的每一句话，都是思考了许久才落笔的。

因为这个发现，我才下定决心，悄悄从他身边逃开，今后或许会找一个安静的地方躲起来，我想我还是很怕死的。

离开之前，我觉得有必要提醒你，那个人的恐怖，并不仅仅在于强悍的武技魔法，我甚至毫不怀疑，在他身体最虚弱的时候，依旧拥有坚不可摧的力量。

因此，艾瑞克，假如今后你遇见他，千万不要跟他发生冲突。根据我的观察，赛文并不是一个暴力主义者，只要别人不损害他的利益，他基本不会主动发起攻击。

此外，我最近藏在伊斯利家中，发现他的性格变化很大，似乎有可能成为第二个席格。虽然他是你的亲人，但我还是建议你要对他有所防备。

落款处，用中文写下了她本来的名字：易龙龙。后方标注着：这是我真正的名字。

不是海因涅家冒认的孩子依露露，不是塔希妮雅的唯一后代，她是易龙龙。

一二八　旧事·七百年

七百多年前。

……

"异界，我来啦。"

"给我一个起点，我能征服整个世界。"

"公主，女王，萝莉，御姐……女魔法师，女剑士……还有什么……女性精灵……算了，说这些也没意思。"

树林中传来喃喃的话语。与狂妄得接近荒诞的内容不同，说话的声音语气却是极为低郁，仿佛失去了生存意志一般空茫无力。

声音在细暖的和风中飘散，丛林里清澈的湖泊边，蹲着一个身材瘦削的浅褐色头发的少年。少年十五六岁，相貌端正娟秀，有些接近女性的柔弱，然而他的眼眸里却透着与年龄不相符的沉着与黯然。

少年望着水中苦着一张脸的自己，无奈地咧开嘴，做出一个笑的表情，可是他的眼眸沉寂幽深，宛如无声的哭泣。

"真荒谬。"少年直勾勾地盯着自己的倒影，喃喃地说，"为什么是我呢？为什么偏偏是我，莫名其妙地来到这里呢？"

即便来到这个世界已有半年，他依旧难以从绝望的心情中挣脱出来，好像一场永无止境的噩梦。

梦中，他离开地球，成为异世界里一个小贵族的儿子。装病掌握这个世界的大致情形后，他躲开家中财产继承权的纷争，拿了少量的钱，牵着一匹瘦弱的老马，孤独踏上旅途。

在后来的记载中，被称作传奇浪漫冒险之旅的起源，只不过是一个人灰心绝望的自我放逐。

蹲得双腿有些发麻，少年站起来的时候，身体晃了晃，一头栽进水里。好不容易爬起来，他抬手随意抹去脸上的水迹，便不理会湿淋淋的头发和上衣，牵着身旁的瘦马，缓慢绕过湖泊，朝不可知的前路行走。

去哪里都无所谓，只要在这个世界，不管是大陆上的哪个角落，对他而言，都是断肠人在天涯。

出来几个月后，迦南的心情逐渐轻松起来，他原本也不是钻牛角尖的人，认清了现实，便开始在这个世界给自己寻找乐趣。

游览每一个地方，品尝不同口味的食物，寄情于各地风物，算是不错的疗伤药，然而小小的副作用是花费太高。

迦南出门时携带的金钱不多，只不过几个月的工夫便花了个精光，财务状况窘迫起来，他不得不节省开销，并想办法赚取金钱。

这世界有一种职业叫做冒险者，算是服务业的一种，收取费用，并为雇主完成一些事情，服务范围十分广泛，只不过这种职业没有形成群体规模，多半还是零星地单干。

迦南目前所占据的贵族少年的身体，从前学过一些武技，这武技伴随着前主人留给迦南的记忆，给迦南留下来一小半，毕竟打架不仅仅需要知道动作，临场的反应与战斗意识也很重要。

依靠半吊子的剑术，迦南勉强混了个温饱，但偶尔还是会入不敷出，连用以代步的马匹，以及家族的银质徽章都给卖了。

此时的迦南，艰难地在山林中徒步跋涉。他口袋里连一个比索都没有，背包中只剩下几块干面包与装满泉水的水壶。他怀里的内袋中装着一封信，只要将信送到目的地，他将得到一笔报酬，便又可以支撑一段时间了。

为了抄近路，他选择了直接穿行这片被称作雾光之岭的区域，只要再翻过这几座山，便能顺利抵达目的地。假如沿着平缓的道路绕行，或许要多花三五倍的时间，那时候他差不多也该饿死了。

进入山区前，迦南曾听附近小村庄的村民说，山中住着可怕的妖魔，冒失闯入者会被妖魔吃掉。但迦南觉得，假如他选择安全的绕路，那么他就要饿得变成吃人的妖魔了，更何况也从来没人见过山里的妖魔长什么样，八成不是真的。

在山区中已经走了两天，除了早晨雾气浓重一些，山林寂静一些，路上都没遇见什么危险。迦南松了口气之余，心说大概是村民们比较迷信，等下回经过村庄，用自己作为实证，告诉他们山中很安全吧。

看看天色将暮，迦南决定在附近找个山洞休息。目光环视四周，他发现了前方百多米外的一个漆黑的洞口，连忙高兴地走过去。

然而走到洞口前，迦南忽然心头一凛，禁不住全身僵硬发冷。

只有一人多高的洞口，边上杂草密布，看不出什么异样，然而漆黑的洞穴里，却传出令人灵魂都凝冻起来的巨大压迫力。

也不知道过了多久，洞中传来似乎非常遥远，又似乎近在耳畔的声音："人类？"

那声音的音色极为优美，宛如天上骊歌，既柔缓又冷漠，顺着空旷山风飘然而来，飘然而去。

人类？

迦南苦笑一下，心中了然。

事实上，走到洞口，感觉身体不对劲时，他便后悔了。

进山之前村民们千叮咛万嘱咐的，他怎么就一点儿都不听劝呢？这个世界可不像他原来所在那么平稳安定繁荣昌盛，什么奇异的事都有可能发生。

眼下迦南的身体已经不能动弹，就算想逃跑也为时过晚，紧张过后，强自镇定，"是，请问你是？"

一边说着，迦南一边在心中飞快地盘算着，对方称他为"人类"，那么洞里的家伙多半不是人类。此外，能发出询问，又可证明，其为智慧生命。

最坏的情形，也不过就是一死，他沦落至此，还有什么可畏惧的呢？

心里想着，迦南的嘴角泛出一丝浅浅的笑意。

对方没有回答，只是继续说道："你……应该是人类，可是跟别的人类又不一样……你内心的东西很奇怪。汽车？飞机？麦当劳？电脑？"

那声音异常美丽，本来听起来应该令人愉悦，然而他每说出一个词，迦南的眼睛便仿佛见鬼一般瞪大一次。说出十多个名词后，迦南急忙高声打断他，"等等！你是怎么知道这些东西的？"

那声音顿了顿，才道："我天生拥有心灵之眸，能够看透一个人灵魂深处的东西。我刚才说的，都是你自己心中所想的事物，那是什么世界？跟我们所在的这个世界好像不大一样，你真的是人类吗？"

迦南一听，脸色大变，也不知道从哪里来的力气，他用力抬起手，指着洞口，气急败坏地叫道："不准看，你这是侵犯个人隐私权！再看，再看我就……"

一瞬间，他陷入不知所措的紧张惶恐里。内心深处的东西被人一览无余，就好像没穿衣服袒露在别人面前一样。他才想说些什么威胁的话，但临到头来，却又沮丧地发现，他似乎不能把洞里的家伙怎么样。

他能怎么样呢？只不过会一点儿粗浅的武技，连糊口都稍嫌勉强，洞里的那人可是连面都不露，便令他动弹不得的可怕家伙啊。

意识到自己做什么都无可奈何，迦南叹了口气，认命似的，沉默地放下手来，"要杀要剐悉听尊便吧，不过你能不能不要再窥视我的记忆了？"

"为什么？"自打一开始，那声音便一直平缓冷漠，却在这时有了些不易觉察的起伏，"为什么？因为你说的隐私权？"

迦南微微一怔，皱了皱眉，才缓慢开口："不。"

他垂下眼帘，低声道："因为有些回忆，是我最珍贵的财物，我不想跟不认识的人分享。"

来到这个全然陌生的地方，地球上的回忆便成了无比珍贵的宝物，被不认识的人任意侵犯窥探，这种感觉让他很不舒服。

"这样吗？"那声音淡淡地道，"假如我们认识了呢？"

什么？

迦南还没能回味过来那人的意思，便感觉洞中传来一阵巨大的吸力，好像有一双看不见的手，凌空将他"抓"进洞内。

进入洞中，迦南的身体重获自由。他好不容易站稳，抬头一看，瞥见洞穴的深处，一片纯粹幽深的漆黑中，有一个抱成一团的影子，隐约可以感觉到，那是一个人的形状。

接着，那影子发出声音说："我叫赛文，这样，我们就算是认识了吧。"

啊？

对方的思维太过跳跃，迦南又愣了一会儿，才明白赛文是什么意思。

敢情他以为只要"认识"，就可以继续发掘别人的隐私了？

但这话是他自己说的，一时之间，迦南也拿不出什么来拒绝赛文，只有哭笑不得地道："你行行好，能不能别再看了？你要是实在想知道，我说给你听吧。"

他长这么大从来没有这么不自在过，遇到一个有这种能力的生物，实在太倒霉了。

那声音有些奇怪，"我自己看，和你说出来，这有什么区别吗？"

打又打不过，逃也逃不了，迦南完全认清了现实，现在他就是砧板上的肉，别人想怎么切就怎么切，爱怎么玩就怎么玩，心情好的话，说不定还能给他雕朵花。他有气无力地道："对你也许没什么区别，但是对我而言，至少我比较喜欢喝敬酒，不喜欢喝罚酒。"

"敬酒是什么，罚酒是什么？"那声音好奇地问。

看这个架势，对方似乎是默许了他的提议。迦南松了口气，索性盘膝坐下，就这么跟黑暗中的人影交谈起来，"这算是我们那儿的俗语吧，你听我慢慢给你解释……"

一夜过去。

迦南从背包里拿出水壶，旋开盖子，翻过来倒了倒，瓶口颤巍巍地滴下一滴水，接着便再也没有液体流出来。

迦南动了动干燥的嘴唇，嗓子越发疼痛起来。

他一晚上没睡，充当了会说话的《十万个为什么》，详细无比地给黑暗深处的那位解释地球上的一切，讲得口干舌燥。水在半夜就喝完了，但在赛文一声声的"为什么"之下，他又不好停下来。

迦南扭头看了一眼洞口，晨光投入洞内少许。他疲惫地活动了一下手脚，转头看向黑暗里的影子，"早晨了，我该走了。"

经过这一晚，他发现那黑影虽然有点儿不通人情，但是只要跟他讲明白道理，还是非常好相处的。于是迦南疏离防备的心逐渐放松，现在对他说话，已经好像朋友之间一样自然。

赛文低低地应了一声："嗯。"之后便不再说话。

迦南站起来，缓慢地朝洞外走去。走到洞口的阳光下，他忽然好像想起什么似的，回过头来，冲黑影微笑道："那个，要不要一起上路？你一个人待在山洞里，会不会觉得太寂寞了？"

他面色有些苍白，笑意在晨光中却显得分外真挚清透。

黑影似乎有些迟疑，没有说话。

迦南等了片刻，略为失望，但也不好勉强，便说了声"今后有机会再见"，大步朝外走去。

才走出几步，身后传来的声音让他停下脚步，"等等。"

转过身，迦南看见一个黑发蓝眸的少年，静静地站在山洞口。

少年的长发漆黑如墨披散着，几乎及地，幽深的蓝色眼眸，映着深海的静谧与晶莹。那瑰丽无比的容颜，从骨子里焕发出魔性的魅惑，足以让任何涉世不深的人一头栽进去。

但是这些都不是重点，重点在，少年身上居然不着寸缕，白皙修长的身体在垂落的乌发间若隐若现。然而少年的神情十分坦然，好像身上穿着最华丽的礼服。

迦南满脸通红，快速扭过头移开视线，"我什么都没看见！"

这是七百多年前，遗落的魔族血脉，与异世界灵魂的奇妙遭逢。

一二九　龙龙·非常疼

　　"于是就这样，迦南把你从山洞里拐带出来了？"

　　空气里漫溢着食物的甜香。在小镇里一个不起眼的角落，易龙龙嘴里咬着本镇特产的长条薄脆甜饼，嘴里含糊地问。

　　真是人间悲剧。

　　在伊斯利家中昏倒后，她再度醒来时，已经与赛文离开了帝都。

　　她心里默默计算时间，用魔法小鸟寄出信的时候，大概是傍晚，接着她跟赛文摊牌。魔法小鸟的飞翔速度不快，其唯一的优势在于隐蔽，艾瑞克接到信时，至少是在那之后的两个小时。

　　其实易龙龙知道，她那封信中有些圆不了的破绽，但该交代的都已经交代得差不多了。她有些难过地想，光是她坦诚自己身份的那一条，就足够艾瑞克生气得不理她吧。

　　永别吧。

　　这样最好了。

　　摊牌之前，她想了很多，从龙语山脉之中最初遇见赛文开始。

　　赛文为什么会出现在那里？是故意还是巧合？

　　假如是巧合，他身上是否真的受了伤？伤到什么程度？

　　假如是故意，那么他接近他们，又有什么目的？是不是因为她？

　　他假装跟艾瑞克等人和平共处，但又在分别之际拐走她，然而一路上却好吃好喝地照顾着她，并没有横加虐待，他究竟想做什么？

她先前晕倒，究竟是因为太害怕，还是他做了什么手脚？

这些，她都无法确定。

然而唯一确定的是，她绝对不能让艾瑞克因此受到伤害。

可能赛文现在重伤未愈，也可能受伤是他伪装出来的假象，但是她赌不起。假如赛文并未失去实力，艾瑞克跟他对上，将会遭到很大的损伤，甚至可能因此死亡。

不管是危险还是灾厄，前途是毁灭还是消亡，这些都是她一个人的事，她不想再连累艾瑞克为了她而辛苦奔忙，更不希望他陷入危险之中。

林琦为了她，将生死置之度外，去挑战比魔王更可怕的魔王，现在，便轮到她为了林琦，一个人去面对这个无力解开的死局。

尽管早就作了决定，但易龙龙昨天真正开始面对时，依旧害怕得发抖，她的力量在赛文面前宛如微尘一般渺小。

可是她决定不逃跑，假如林琦活着，她无论如何也要见到他，假如林琦死了，那么她也要陪着他一起死。

她很怕死很怕死，可是，她更害怕失去林琦。他们承诺要一直在一起，永远不改变。无论生死，她都要将这个誓言实现。

这是她最后作出的决定。

咬着薄饼，易龙龙偷偷地瞄了一眼站在一旁的赛文。她醒来后，赛文说要带着她去见林琦，两人便继续上路。赛文简单地讲述了七百多年前他与迦南相遇的经过，说完后，他们便抵达了这座小镇。

小镇名叫潘帕斯，翻译成通用语便是"奶油蛋糕"。两人抵达时，正好接近傍晚，便决定在这里借宿休息。镇上居民大概正在举办什么活动，街道上到处散发着食物的香气。赛文看她一脸好奇，便随手给她买了一袋甜饼。

对上易龙龙怪异的眼神，赛文哑然失笑，"你那是什么表情？好像我把迦南怎么样了似的。当年我就跟07差不多单纯，没有被迦南卖了还给他数钱，就已经非常难得了。"

"是林琦不是07。"易龙龙撇了撇嘴，"你自卖自夸不觉得脸红吗？"他说他当年就好像林琦一样，难道说今后林琦会变成他这个样子？

一想到这种可能，易龙龙顿时觉得毛骨悚然。

赛文不以为意地笑笑，"好吧，林琦就林琦，反正名字只是一个代号。为什么我说真话，却没有人相信呢？"

当年的他，可是真的比小白花还要纯洁。

易龙龙也懒得跟他争辩，勉强点了点头，"就当你从前很纯洁好了，但现在你总归不纯洁了吧？"

从纯洁少年成长为变态的大魔王，时间是多么残酷。

话没说几句，易龙龙忽然想起来，赛文说过他天生拥有"心灵之眸"，能看透一个人的内心和灵魂，迦南的穿越者身份就是在他这一招下曝光的，那么昨夜他给她准备了一桌子的中餐，表示他非常明白她的来历……

想着想着，易龙龙脸色大变，下意识地后退几步，想距离赛文远一些。"你是不是也偷窥我的内心了？不要脸！偷窥狂！不准侵犯我的个人隐私！再看我就把你……"很有气势的话只说了一半，易龙龙陡然想起自己是待宰幼龙，只有恨恨地咽下后面的话。

赛文目光有些恍惚，他看着易龙龙，仿佛穿过她，看见了七百多年前的那个人，也同样是这样气急败坏，就连说的话都差不多……嗯，剔除偷窥狂不要脸那部分后。

——不准看，你这是侵犯个人隐私权！再看，再看我就……

微一走神，赛文很快又稳定了心神。他微笑地看着易龙龙，好像看着一个无理取闹的小孩子。事实上，相对于他的年龄，易龙龙也确实是小孩子了。"我何必看你的心灵？你能够填上迦南留下的石碑的最后一句，继承他的遗产，这件事本身就说明了你的身份。"他的心灵之眸也不是随便乱用的。

得到确定的回答，易龙龙这才松了口气，又再三强调要求赛文不许乱看，接着便与他找到过夜的地方，在一家有空房的民宅里借住。

夜晚，易龙龙从梦里惊醒，惊魂未定。

她梦见林琦被赛文以残酷的手段反复折磨，奄奄一息，秀美的脸上露出痛苦的神情。

他睁着茫然无辜的眼睛，说："龙龙，疼。"

易龙龙抬手摸了摸脸颊，脸上冰凉凉的一片泪痕。

明知道是梦，她心中依旧被撕开一般的疼。她喃喃地说："林琦，不要怕，我很快就去找你。"

静静地坐了一会儿，易龙龙再也睡不着，干脆穿好衣服走下床去。她走出门口，发现隔壁赛文住的房间，门敞开着。

一二九　龙龙·非常疼

易龙龙往门里看了一眼，发现里面空无一人。

易龙龙甚觉疑惑，索性直接走入赛文屋内。找了一圈确实没人在，才皱起眉头想：现在是半夜，他不在房间里睡觉，好好地跑出去做什么？

本来想什么都不管，但转身往自己房间走了几步，易龙龙又有些担心。她想了想，拉开窗户，轻轻地跳出窗外。

这样的居民小楼没有围墙，窗外便是街道。天上星光洒落，落在小女孩单薄娇小的身躯上，披覆遍身的寂寞。

易龙龙顺着街道行走。小镇的夜晚不比帝都，没有通明的灯火，正因如此，夜空分外清澈，一粒一粒闪烁的星子晶莹可爱。

小镇的夜晚异常安静，易龙龙在不算宽阔的街道上漫无目的地行走，没过一会儿便走出了小镇。镇外是一片草原，茂盛的杂草有一尺多高，拥挤在一起，留下足迹的地方，草叶柔顺地倒伏，在星光与月光之下，清晰地映出许多纷乱的足印。

那脚印不是一个人的，至少有超过二十个人。易龙龙找不到赛文，却又不愿回去睡觉，她仔细看了看，踏过草面的足迹还很新，便决定跟去看看。

大晚上的，那么多人往一个方向走，是要做什么？

非法集会吗？

为了安全起见，易龙龙给自己施加了一个隐身魔法，再掏出魔法戒指，十根手指都挂上，这才抬起脚，小心地踏着草地上的足迹，缓慢跟去。

草地随着地面的起伏铺展着，越过起伏的山坡。后方是一片漆黑的树林，脚印延伸至此，没入丛林之中。

入林之前，易龙龙又给身上附加了几层保护，才继续跟去。

穿过树林，到山脚下，还在林子时便隐约瞧见一道火光。易龙龙放轻脚步，悄悄地靠近林边，发现四五十人整齐地站成两排，每人手中举着火把，看他们的打扮，正是潘帕斯镇上的居民。

有一名长者站在队伍外，神情肃穆，指挥着居民们朝山的方向朝拜。而每一名居民的身前，都用藤篮装着丰盛的食物，其中就有易龙龙傍晚吃的那种甜饼。

从那长者指挥的情形来看，居民们似乎正在给一个名叫潘帕斯的魔神贡献祭品，恳求魔神庇佑他们平安幸福。

虽然先前想过是不是非法集会，但是亲眼见到后，易龙龙还是禁不住为之愕然，敢情这小镇里的居民全是信邪教的，难怪今天傍晚抵达时，没看到别处镇上都有的神殿。

不敢打扰邪教聚会，易龙龙待在一边静静地看着。居民朝拜完毕，忽然间她觉得腰上一紧，似乎被一条手臂抱住，还没来得及叫出声，嘴也被紧紧地捂住。

是谁？会不会是被居民发现了？

易龙龙本能地慌张了一两秒，正要挣扎，却听见耳畔传来极低的声音："是我，别怕。"

是赛文。

听到这声音，易龙龙陡然松了口气，居然意外地安心下来。

赛文随即松开手。

站在林边的两人静静地看着朝拜魔神的居民，难得近距离又安静的相处中，易龙龙陡然觉察出不对。

不对，太不对了。

她怎么一直没有觉察呢？一直以来，她对赛文的感觉竟然是这样的矛盾。

她佩服他的广博，隐约能感觉到他的强大，甚至曾有一度异常恐惧。可是除了这些，就连她自己也说不清楚，为什么会对这个人……那么信任。

是的，信任。

在此之前，易龙龙从未深思过这一点。她最初跟着赛文一起走，除了想见林琦外，那便是，她心底莫名地有些相信这个人。假如说那时候的相信，是因为她还不了解赛文的真实身份，可是现在呢？

晚餐时，赛文主动向她摊牌，应该是推测到她的决定，坦然地开诚布公。那一刻她的恐惧是真切的，然而待昏迷醒来后，为什么赛文说带她去见林琦，她居然还是第一时间相信了？

甚至在与他相处之际，有时候会忘记曾经的恐惧，关系甚至可以称得上融洽？

而方才那一刻，听到赛文的声音，她居然会放下心来！

易龙龙越想越觉得害怕，怀疑赛文是不是对她用了什么魔法，才让她变得这么奇怪。可这种魔法又有什么用处？现在她除了不大害怕赛文，继续跟着他走，并没有任何损失，而赛文也不曾借此获取好处。

易龙龙踟蹰片刻，很快作出决定：即便这里有什么陷阱，她也要往里面跳，毕竟赛文大概是世界上唯一知道林琦下落的人，只有紧紧地跟着他，才有机会见到林琦。

就在易龙龙走神之际，居民们已经完成了朝拜仪式，在地面上留下祭品食物，又举着火把，列队往回走。

直到他们走远，易龙龙挣开赛文的手臂，走开几步才回头。

赛文始终是那身打扮，一身改良成便于行走款式的长袍，周身都绣着醒目的星星。他静静地站在漆黑的树林前，乍一看去，好像一团星星汇聚在夜色里。

赛文双手环抱胸前，神情从容。他望着山脚下的几十篮祭品，忽然走上前，弯腰拿了一小块熏肉，送入口中。

虽然居民们朝拜的是邪神，但对来自另一个世界的易龙龙而言，并不觉得有什么太大不了的。而居民们的朝拜，除了进行的时间有些诡异外，看起来和家乡的求神拜佛没有什么不同，祭品也相当文明，没有用活物或者活人来祭奠。

但看见赛文吃祭品，易龙龙还是忍不住吃了一惊。在她记忆里，赛文并不像是个嘴馋的人啊，他半夜不睡觉，就是为了来这里偷吃人家魔神的贡品？

还是说这里的祭品有什么特别的地方，特别好吃，还是吃一块能增长五十年功力？

瞥见易龙龙的神色，赛文心中了然，他微微一笑，道："这祭品本来就是给我的，我就是他们祭拜的潘帕斯……不，准确地说，是我和迦南两个人。"

回想起来，那也是七百多年前的事了。

一三〇　神明·潘帕斯

深山野岭……

遇见赤裸的美少年……

孤男寡男……

迦南非常坚决地扭过头，不去看赛文的身体。

照理说两个都是男人，光着也没什么大不了的，看一眼也不会怎样，可是赛文的相貌太漂亮了，漂亮得让迦南很难将其当做同性，只有一边扭头一边叫道："你没有衣服吗？"他怎么就这么跑出来了？不觉得不好意思吗？

相较于迦南的紧张，赛文十分轻松坦然，"你们人类穿衣服是有两个原因，羞耻心和取暖。我不怕冷，也没有所谓的羞耻心，不需要穿衣服。"

迦南飞快地瞥了一眼赛文，目光一触，立即移开，这一眼差不多足够确定了赛文的体型。他放下背包，从包里取出一件有些破损的黑色长袍，背对着赛文，估计着他的位置，反手丢过去，"你的模样，到人类世界里会引起骚乱的……我就剩下这件衣服了，你将就一下吧。"

前不久，他给一个药剂师帮忙，不慎弄坏了配药专用的长袍，雇主便将破损的长袍丢给他处理。野外露宿时，迦南都将长袍折叠起来充当枕头。

丢出长袍后，迦南忽然问道："你会穿吧？"

"嗯。"轻应后，是一阵衣服摩擦身体发出的细微声响。待那声音再静下来，迦南转过头去，一看之下，目瞪口呆。

他竟然忘了，这件长袍最初就有破损，一路上被他拿来当枕头与山石摩擦，加上又勤于清洗，破损程度更上一层楼。眼下赛文穿在身上，好几处大大小小的洞口裂缝，露出内里白皙光润的肌肤，半遮半掩的状态比全身赤裸更有诱惑力。

迦南尽量只盯着赛文的脸，默念"正气凛然外邪不侵"，然后调整了一下呼吸，才开口道："你先脱下来吧，我手头有针线，给你补一下。"

穿或不穿，穿好穿坏，赛文都无可无不可，迦南要做什么，他也随意听他安排，于是便又脱下长袍。

拿过长袍，迦南从背包上拆下两块内衬的白布，用匕首比画了下。本来要直接打方块补丁，转念一想，觉得那样太难看了，于是别出心裁地将白布裁成星星的形状，一个个缝在衣衫的破口处，只要不仔细看针脚的位置，任何人看见这身长袍，多半会以为是独特的新款式。

迦南独自生活以来，各项手艺都长进不少，缝补衣服也不在话下。没一会儿，星星长袍翻新出炉，再一次罩在赛文修长的身上。

总算是勉强能走在人前了。

迦南后退两步，满意地打量着自己的成果，衣服是最基本的，虽然还欠一双鞋，但他现在实在没有，只有请赛文暂时忍耐，等翻过了山岭，再想办法解决。

拽着赛文出来已经有几个月，迦南还是和从前一样，当冒险者赚取路费。因为有赛文做同伴，迦南开始做那些从前他因为限于实力不能完成的任务，比如猎杀魔兽、给人当保镖什么的。

两人一路同行，从外表看，旁人总会误以为赛文比较柔弱，但只有迦南知道，赛文一根手指头就能灭他百八十次。

相处日子渐长，迦南逐渐了解了赛文的身份。他是一个魔族在人类世界留下来的孩子。一出生，他便有记忆和智慧，以及天生的心灵之眸，因为没有什么欲望和追求，赛文从出生之后，所做的便只是一件事——变强。

他通过心灵之眸，夺取经过山洞附近的人类的思维和记忆，其中有魔法师和剑士，他将这些化作自己的智慧，接着便静静地留在固定的地方，让自身逐渐成长。

他不在乎时间的流逝，也不需要像人类那样从食物中汲取能量。一直到迦南到来前不久，他的力量正好成长达到当时他所能够触摸的巅峰，难以继续增强，就连唯一能做的事都做不了，而迦南的到来引发了他的兴趣，便顺应迦南的请求，跟着他一起离开。

寂寞是什么，他其实并不明白。

工作赚钱的闲暇，迦南时常向赛文请教魔法的武技。作为报答，他尽量将自己所知道的，关于地球上的生活环境、科技文化，详细地解释给赛文。

有赛文在身边，不仅安全和生活有了保障，还有一项无人能及的优势。假如两人想研究某项魔法武技，但是两人都不懂，解决的办法很简单，找到懂这方面的人，找借口拜访或干脆在路上靠近一站，祭出赛文的心灵之眸，从别人脑子里神不知鬼不觉地拷贝一份，这样那份知识就是他们的了。

最初迦南还会为了侵犯他人隐私有些愧疚，但赛文这么做了几次后，他跟着尝到了甜头，从保持缄默到主动合作，堕落得非常快，后来迦南学园里不少稀有的知识记载，都是他们用类似的手法弄来的。

两人在人类世界闯荡一段时间，掠取了大量知识后，赛文提出要找个安静的地方消化那些东西，于是他们便隐居在一片山岭中，互相探讨。

虽然赛文在魔法武技方面的积累，乃至本身的力量，都不知道超出迦南多少倍，但是迦南却有一个优势，那便是他的思维方式是来自另外一个世界的，有时候能够从截然不同的角度得到启发。

那段时光，是赛文的力量完美融合并找到突破的时期，也是迦南大幅度进步，焕然一新的阶段。

他们在山中住了两年多，附近有一个小村落，迦南缺少食物的时候，就会从那里获取。只不过他的办法不是偷，而是与赛文一起装神弄鬼，伪装成一个名叫潘帕斯的魔神，在不露面的前提下，夜里悄悄地帮助村民们解决困难，随后带走一些食物作为报酬。

时日长久，村民们都相信山中住着强大的潘帕斯魔神，庇佑他们幸福平安。

几百年后，村庄发展成了小镇，相较于赛文漫长的生命，寿命短暂的人类换了一代又一代，但对于魔神潘帕斯的信仰，却一直流传下来。

"这一盘煎嫩羊肋条味道很不错，赛文你不来尝尝吗?"

假扮成魔神的少年和另外一个协助装神弄鬼的家伙，趁着月黑风高，偷偷跑下山来，巡视村民们给他们的贡品。

现在村民们都已经相信，山上住着帮助他们的魔神，魔神不收取金钱报酬，只需要少量的食物。因此村中居民都轮流准备好精心制作的美食，放在自家厨房的台上，一天轮一家，等待魔神夜晚光临。

曾经有人想看看魔神的真面目，便在准备好食物之余，躲在附近的暗处，但他

一三〇 神明·潘帕斯

藏着藏着就睡着了，等醒来的时候，给魔神的贡品已经被取走了。

这么一来，村民们更加笃信魔神的威能。

赛文望着笑吟吟的迦南，淡漠地摇了摇头。

两三年过去了，迦南稍微长高了一些，原本清秀柔弱的脸上逐渐磨砺出沉稳的俊气，但赛文依旧还是和初见时一样，无论是脸容还是身形都没有变化。

迦南挑选自己爱吃的菜色，放在预先准备好的超大食盒里，接着转手交给赛文，让他用魔法保存起来。这一次收获，至少能再支撑个三四天。

照例做完这些，迦南站起身就要往回走，走了几步，他发现赛文没有跟上，不由得好奇地问道："怎么了？"

此时的赛文，面上带着沉思的神色，似乎在思索什么难以解决的问题。听迦南询问，他轻声开口："神是什么？"

迦南一愣。

神是什么？

这个问题由不同的人回答，大概会有不同的答案。

大陆上普通的人民，大概会说：神是无所不知、无所不能的存在，神是高高在上的。

而神殿的说法或许会狂热地更进一步：神无所不知无所不能，他创造世界创造生命，他说要有光，于是便有了光。

但是迦南，他来自另外一个世界，很难对这个世界的神产生认同感。他在原来的世界所受的是无神论的教育，不管是所看、所听以及所处环境，都给他潜移默化地塑造了这个理念——神是不存在的。

即便是在旅行途中，亲眼看到神殿的超然地位，即便是亲身感受到可以救人的神术，但是在他骨子里，依旧很难树立起坚定的信仰。在他的脑海中，神殿也就是一个拥有力量与利益的组织。抛开其规模及影响力，神殿与商会联盟啊，魔法师协会啊什么的，没有多大区别。

不过迦南也知道，赛文不会无缘无故地问这个问题。他没有急着作出回答，而是先行反问："为什么会这么想？"

赛文看了一眼手上的食盒，轻声说："虽然我们知道自己是假的，但是，对这个村子的人而言，魔神是真的存在。他们因为不知道真相而坚信，在这个村庄的小世界里，我们是神。"

顿了顿，他又道："那么，对于我们来说，神又是什么呢？这片大陆，会不会只是一个更大的村庄？在村庄之外，也有人伪装成神的模样，对这个世界进行操控？"

赛文的问题问得有些绕，迦南静默了好一会儿，才完全理解明白。

举一个可以类比的例子，简单地说，井底的青蛙以为这口井就是全世界，那些井外嘲笑青蛙坐井观天的人，他们所生活的世界，会不会也是一口井呢？世界之外，会不会有更广阔的空间？

想明白后，迦南就忍不住有些郁闷，"好端端地想这些干什么？青蛙不知道外面的世界有多精彩，它在井中就能满足，而我们不知道外面是否还有一个世界，在这个世界里也有足够的乐趣。"

被他打断，赛文也没有再提起，两人还是和往常一样，回到山中隐居的地方。

次日早晨，迦南一觉醒来，发现赛文没在身边。他走出居住的山洞，在附近也没有看到少年的身影。

去哪里了？

迦南四下寻找，穿过丛林与溪流，攀越高山与峭壁，可是连绵的山岭之中，只有他一个人的足音空落落地回响。

迦南找了好几天，以赛文的实力，他相信没有人能不声不响地带走他，他一定是自愿离开的。可是他不明白赛文为什么连招呼都不打一声，就这么悄然离开了？

难道，两三年的相伴，在他漫长的生命里，比微尘更不足挂齿吗？

在山上度过了一个寒冷的冬天，确定赛文真的不会回来了，迦南才开始慢吞吞地收拾行李。

他来时是两个人，走时却寂寞地踏着自己的影子。

翡翠从很小的时候起，就是精灵族中的小魔怪。

与其他优雅清净的精灵不同，他纤细瘦小的身体里好像充满了用不完的精力，每天上蹿下跳，所到之处遍地灾难。

几乎每天都能听见精灵长老大失形象的怒吼：翡翠！给我站住！

三天不打，上房揭瓦——这话是对翡翠最恰当真切的形容。

精灵族的成员们苦苦熬了一百多年，好不容易等翡翠成年了，也确定他拥有自保能力后，一致投赞同票，让翡翠作为巡礼者，去人类世界学习新的文明技术，以备将来回来发展精灵族。

共同送走翡翠后，精灵族破例在非节日的时间举办欢庆宴会，有精灵洒下如释重负的泪水，"终于送走了，让他去糟蹋人类吧。"

"延长他的巡礼期，让他两百年后再回来。"

"好主意！"

且不说精灵族怎么大肆庆贺，翡翠哼着小调，身上穿着用植物纤维制作的衣服，带着长老临行前送的路费和武器，就这么慢悠悠地走出精灵之森。

精灵之森处在一片险峻的山峰后，森林外围设有隔绝进出的结界，防止外敌入侵，但身为巡礼者的翡翠，有自由进出的办法。

人类世界是什么样的呢？

满怀着新鲜的好奇感，翡翠的整颗心随着雀跃的脚步跳动，然而走出森林后，他看见了一个人。

那应该是……人类吧？

仔细观察对方的耳朵，圆的，确定之后，翡翠不客气地走过去，问道："人类？你来这里干什么？"

那人类相当年轻，以翡翠的审美观来看，相貌实在一般，但是眼眸中却有些翡翠在长老那儿才能瞧见的沉稳。他瞧见翡翠，笑眯眯地说道："我听说这附近有精灵，就打算来碰碰运气，没想到我的运气真不错。"

他瞥了一眼翡翠的打扮，笑道："你这是打算出远门吗？我正好在旅行，不介意的话，我们可以一道上路。我叫……"顿了顿，他将"迦南"的发音咽回去，眼眸中飞快地闪了闪，道："我叫，孤独的九柄剑。"

"好啊。"翡翠大咧咧地说，"你可以叫我翡翠……对了，人类，你要是打什么坏主意，我一定会揍你的。"他可以感觉到，眼前的人类实力不错，不过呢，哼哼，自然是比不上他的啦。

从那时起，迦南不再用"迦南"这个名字，他有时候叫"孤独的九柄剑"，有时候自称"整栋别墅都是鲜花"，又有时候，在报出名字时，他说他是"不害怕·张"。

时而是剑，时而是花，时而是不害怕的少年，因为自身实力不俗，他的名声逐渐传开。旅途之中，迦南认识了不少朋友，有一国一王子，也有身份见不得光的盗贼头目，甚至还有身为精灵的翡翠。

后来的记载中，并没有记录下。迦南的旅途之初，又辛苦又狼狈，甚至也没有记下来，曾经有一个身穿星星长袍的魔族，曾经与目光略带忧郁，但是又会露出开朗笑容的少年同行。

那是，淹没在时光里的，七百多年前的……

往事。

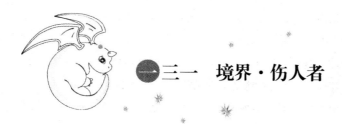

一三一 境界·伤人者

"当年你不告而别离开迦南,是去干什么了?"

易龙龙盘膝坐在用以祭拜的食物前,挑选自己爱吃的食物。既然这些是给赛文的贡品,她也不必跟他客气。

赛文垂下眼帘,淡淡地道:"我去寻找神。"

那时候,他所接受的观念来自两个方面:一方面,他吸收过这个世界人类的意识记忆,知道这个世界的人类是怎么看待神殿的;另一方面,他又从迦南那儿获取了截然不同的看法,这引发了他对所谓神的思考,并决定自己去找出答案。

神是否存在?假如存在,那么神又是什么?

迦南跟他说过不少地球上的神话和传说,在中国古代,人们的心目中,神仙们都住在天上,每天踩着云朵飞来飞去,但是那样的神,归根结底,似乎仅仅是强大一些的人类个体罢了。

假如有神,那么他有多大年纪?长什么样子?和人类一样吗?还是别的什么生物?神的高矮胖瘦如何?有无特别的喜好?

既然是神,那么他究竟怎么看待这个世界,以及世界中的人类?

虽然与迦南相处了两三年,但当时的赛文,并没有所谓的情感,离别的不舍更是与他完全绝缘。他心中有了想做的事,迦南的存在意义便立即被摒弃。

他走得毫不留恋。

易龙龙忍不住撇了撇嘴,其实这件事并没有多么严重,赛文没有将迦南怎么样,只是单纯地不告而别而已，可是这其中的感受，大概只有当事人自己知道。

假如换成是她，跟林琦形影不离地相处了两三年后，早已产生了深厚的感情，却得知林琦根本就不在乎她，随时随地能毫不在乎地离开，她想她一定会痛苦得不知道如何是好。

赶紧甩开这个可怕的假设，易龙龙随意问道："那么当年你有没有找到答案？神是什么？身高多少？体重多少？有没有不良嗜好？"

她跟迦南一样来自地球，基本上属于无神论者，对于异界的神，她从来都是处于观望状态的好奇，如今有机会，正好听听赛文的见解。

两人就在深夜漆黑的山岭下，大言不惭地讨论世界上最高的存在。假如神殿的信徒在此，听到他们说话，可能会发怒地斥责荒谬，可不管是易龙龙还是赛文，他们都有不敬畏神明的理由。

神是什么？这个问题，在他们的感受中，和普通的学术研究并无不同，当然，易龙龙是外行，只是纯粹听个热闹。

赛文干脆地说道："没有。"

他坦然地承认了自己的失败，"七百多年前我的层次还不够，虽然努力地尝试，但是最后什么都没有收获。"

易龙龙本来也没有打算从赛文这里听到多么高深的见解，但面对赛文承认失败，她还是有些惊讶，"难得有你不知道的事情啊。"她差点儿以为赛文真的是无所不知的。

她想了想，状似漫不经心地道："说到神，其实，我觉得以你的实力，可以说是像神一样强大了吧？"她自己虽然实力不济，但对他人的强弱，还是有一定研究心得的。

艾瑞克很强，四名前龙骑士很强，他们已经算是站在人类世界武技的顶点，但以瑟在他们之上。

以瑟很强，但在赛文面前，他又一败涂地。

依此类推，可以得到结论，赛文至少比艾瑞克他们强出两个层次。至于究竟有多么恐怖，她想，或许，许多龙族加起来才能抵上一个赛文。

她这话问得几乎可以说是有些幼稚和无知，但赛文却看了她一眼，随后一笑，笑得有点儿让易龙龙心惊肉跳，"不，当年的我，怎么说呢，以瑟你该知道吧，七百年前，我的实力与现在的以瑟差不多。"不过他的力量模式和以瑟又稍有区别，以瑟是纯粹的为战斗而生，而他的力量则趋于内敛。假如当年的他和现在的以瑟同时站在神殿面前，会被指认为魔族的人绝对不是他。

易龙龙问出那句话，本身带着试探的意思。她想不着痕迹地试探出赛文的真实水准，但话一出口，或许就被赛文看穿了她的真实目的，随后，她被他口中的事实惊吓住了——七百年前就跟现在的以瑟差不多？

那么，赛文现在又是怎样的一个层次呢？

易龙龙并不觉得赛文会对她说谎，他究竟是以瑟的水准还是艾瑞克的水准，都比她强出太多，根本无需夸大事实来恐吓她。

不管投以什么样的眼神，眼前的身影，都充满了深不可测的意味。

另一方面易龙龙又有些唾弃，以瑟那个家伙，当初那么神气活现，还自称是在魔界战场上练过的，结果居然这么不中用，人家赛文光是靠自修就领先了他七百年。

意识到自己的小心思瞒不过赛文的智慧，易龙龙干脆也不做掩饰，她的神情时而忧虑时而愤慨，很清楚地表现了她的想法。

赛文凝视着她稚嫩的脸容，淡然道："想问什么就直说吧，不用拐弯抹角。"他不必使用心灵之眸，以他这么多年的见识智慧，也能轻易推断出她的意图。

那点儿小心思，在他面前实在不够看。

易龙龙如释重负，连忙趁机抛出在心底积攒了很久的疑惑，"好吧，当初你在龙语山脉中晕倒，被我们遇到，是巧合还是你故意？"

"巧合，当时我是真的失去了意识。"

易龙龙情不自禁地双眼放光，"那么，你是真的受了重伤？"这话她早就想问了，但怕赛文会避讳不说，她也就一直没有提起。

"是。"顿了顿，赛文补充道，"你们错过了杀我的最好机会。假如你们在我昏迷的时候下手，我真的可能会被你们杀死，但我醒来后，便拥有了自保的能力。"虽然最初清醒的那段时间他的身体还很虚弱，但是他早已掌握了借用世界力量的方法，能轻易地引动外界力量抗衡敌人。

真是太可惜了！

当初看到昏迷的赛文时，她怎么就没有"手滑"一下，直接一座冰山砸过去敲死这家伙呢？可是当时的她，也真的完全不知道赛文就是害得她与林琦分别的罪魁祸首。

易龙龙忍耐着，尽量不让脸上流露出明显的惋惜神情，"你当时是怎么受伤的？是以瑟干的吗？"

赛文摇了摇头，神情温和，看起来真是相当的好脾气，即便是在说起差点儿置他于死地的人时，也是那么平和从容的样子，"以瑟还差得很远，让我受伤的人，是林琦。"

林琦，这个他亲手制作出来的傀儡娃娃，是第二个让他的身体受到严重伤害的人，而第一个，则是七百年前的，迦南。

一三二　情感·第二次

赛文再次见到迦南，是在五六年后。

他翻遍各种典籍，走了许多地方，始终没能达成自己的目标，甚至几年后，他的力量增长又再度停滞，让他不得不思索究竟是哪方面出了问题。

最后，他再一次想到迦南。

迦南的特殊之处，在于他的思考方式与这片大陆的人不同。赛文虽然拥有心灵之眸，但是他毕竟不可能完全模拟他人的思路。不得不承认，有时候迦南的想法别具一格，能带给他一些启发。

想找到迦南并不难，几年过去，迦南已经不再是当年的无名小卒，赛文随便向一些冒险者打听，就得知了他这些年来的经历，以及最近的去向。

做了几年的冒险者，迦南积攒下来一些钱，在风都买了房子，打算暂时居住一段时间，赛文便直接找了上去。

当时迦南正在书房里看书，觉察出门口出现了一个人影时，他头也不抬地微笑道："请问客人，寻仇还是挑战？"

闯荡江湖总会有些麻烦的，他这些年朋友虽然交了不少，但仇人也还是有的，或者有看他出名不顺眼的，总会时不时找上门来。对于这种情形，他已经习惯应付，"假如是寻仇，请暂时等一会儿，我想看完这两页书。"

赛文道："是我。"

迦南慢慢地抬起头来。

几年不见，当初的少年已经完全脱去宛如姑娘家的柔软秀气，长成了非常斯文俊秀的青年。他嘴角含着笑意，眼睛定定地望着赛文。

也不知道过了多久，迦南才叹了口气，眼睛里还是那么有点儿古怪的神情，"找我有什么事？"

他不想浪费时间叙旧，因为他很明白，赛文出现在这里一定是有什么目的。

赛文将他所遇到的难题说了一遍。

迦南静静地听他讲述，想了许久，他没有像当年那样，笑着说他这个想法不切实际，更没有开口阻止，而是很认真地道："我来总结一下，你看看对不对。"

"你对神的研究，大概出自两方面。"

"第一，那些传说和典籍，你试图还原传说典籍，来寻找神的下落。"

"第二，你试图增强自己的力量，希望能够达到神的程度，以期跳出这个世界，也就是我以前跟你说过的飞升，对吧？"

他曾经对赛文说过东方的修仙传说，大体意思是人类修习仙术，等到达一定程度后，就能够白日飞升成为神仙。

赛文也想用这种方法来印证这个世界上神的存在，可是他的力量没办法大幅度增长，也没有现成的实例告诉他要达到什么程度才够资格"飞升"。

迦南没有辜负曾经与赛文相处的三年，很容易地便从众多纷乱的头绪中整理出两条大线索。顿了顿，他脸上露出一个略带古怪的笑容，"赛文，我有一个建议，不知道你愿不愿意尝试？"

"说。"

从抽屉里取出一叠特制的卡片，迦南低头摆弄，一张张地翻开来。

他正在着手推广一些前世的小玩意儿，比如扑克牌、麻将等等，目前的试验范围在附近几条街道，其中以玩法多样携带简单的扑克牌最受欢迎，而最遭到冷落的，是他现在手头拿着的塔罗牌。

迦南拿起一张名叫"愚者"的卡片，卡片上画着一个身穿星星长袍的少年，黑色长发几乎及地，面庞模糊不清。"赛文，你始终不了解究竟什么是人类，你连这个世界上的人类都不了解，又怎么能试图明白更高一层的存在呢？"

赛文皱了皱眉，不知道为什么，他忽然间有一点儿不喜欢迦南现在说话的语气，虽然那语气十分温和，没有半点儿火气，可是他莫名其妙地，仿佛感觉到了一丝丝不怀好意，仿佛有人在他身前挖了一个坑，等着他走过去掉落。

赛文冷静地说："我不明白。"他拥有能看透人思想的心灵之眸，为什么迦南还会说他不了解人类？

难道他不应该是最容易了解人类的吗？

迦南笑了笑，感慨道："回答之前，我有一个疑问，魔族都是像你这样没有什么感情，不会产生牵挂，也不会去在意什么人吗？"

赛文平静地说："我不知道，我没有见过除了我之外的魔族。"他有记忆以来就是一个人，父亲和母亲对他而言只是一个名词而已。

迦南愣了愣，随后又是一笑，"好吧，刚才那个问题，就当做我没有问过。其实很简单，你虽然能看见别人的内心，可是仅仅是看见而已，并没有真正地去融入体会。"

他望着赛文，轻声问："你有没有过因为得到而发自内心的喜悦？"

"你有没有过因为失去什么而感到痛苦难当？"

"你会不会生气得失去理智？"

他望着赛文，神情复杂，仿佛有些恼怒，又好像有些悲哀怜悯，"在你的眼里，人类很渺小很简单吧？可是，人类并不是那么简单的东西，我们心脏的跳动，不仅仅是为了供应血液，我们大脑的活跃，也不仅仅是为了思考和分析问题。有一种东西，叫做感情，不依托理智而存在，这是人类灵魂的所在。"

会爱慕，会憎恨，会高兴，会悲哀，会惆怅，会挣扎，会有贪婪的欲望，会有不切实际的幻梦……那么多复杂的东西融合起来，才是真正的人类。

"赛文，你想了解人类，就先彻底了解人类的感情吧。想要知道水有多深，最直接的办法是蹚入其中，把你自己也当做是人类，彻底融入这个世界，真正成为这个世界的一分子。这样，你才能完全理解。"

他笑意盈盈，柔声劝诱。

赛文微微皱眉，想了一会儿，才道："我要怎么做？"

"听我的安排吧，你先找一个掩饰的身份，留在我身边，我会告诉你如何融入这个世界，尝试人类的情感。"

"好。"

这是赛文第二次向迦南应承一件事。

第一次，迦南带他离开永远黑暗的山洞。

第二次，迦南领他融入这个缤纷的世界。

一三三 金屋·藏魔王

易龙龙很用心地倾听着。

她似乎有些明白为什么赛文会跟她说这些了。

跨越七百年的时空，迦南与赛文，她和林琦，好像遥遥相对的……扭曲的倒影。

同样来自地球的她和迦南，以及同样最初没有感情，被她和迦南带着走入世界的林琦和赛文。

其实并不相同。

林琦宛如一张白纸般单纯，就好像才出生的小孩，有人教，他就会学，不知不觉拥有感情，不抵触不抗拒。可是赛文不同，七百多年前的他，无喜无怒无爱无恨，并非源于无知，他知道得太多，却始终只是作为一个看客，高高在上地冷漠观看。

赛文追求着更高的境界，他心志坚定毫不迟疑，无尽世界如同微尘，而林琦却单纯可爱，他也许没有赛文那么强大，但是他会微笑会生气会撒娇会吃醋，是她一个人的林琦。

她不理解当年赛文为什么只对神感兴趣，但是并不打算对此提出任何非议，毕竟再怎么样，那也是七百多年前的事，更何况，每个人的想法不同，不能强迫别人认同自己的观念。

易龙龙坐在魔神的贡品前，挑选食物当夜宵，同时听赛文讲述往事，不时地想起最初与林琦的相处。

树海中，易龙龙跟林琦相对蹲着，还是幼龙形态的少女伸出爪子，非常不客气地按上林琦光滑细致的脸蛋，"来，跟我一起说，茄子。"

林琦脸上留下两个小小的爪印。

"好乖……"

依然宛如昨日一样清晰。

从赛文简单的叙述中，她无从得知当年的具体情形，但想要改变一个意志坚定，具有成熟理性思维却几乎没有感性的家伙，其难度不亚于移山填海。

易龙龙吃过夜宵，又与赛文沿着原路回到镇上。这一晚她虽然没怎么睡，但付出少量的睡眠，换来一顿高质量的夜宵，还有迦南的隐秘往事作佐料，也算是非常值得。

次日一早，两人照常上路，但走出小镇后，赛文停步回身。他伸出一只手，掌心对着小镇，易龙龙一个错愕，还没来得及猜想他要做什么，就见自赛文掌心绽放出柔和而明亮的浅金色光辉，以不敢想象的速度延展膨胀，笼罩住整个小镇，只过了一两秒，又仿佛幻影一般消失无踪。

易龙龙的身体被少量光辉波及，能够感受到那淡金色的光中充满舒适愉悦的意味，似乎并无危害。她好奇地问道："这是什么？"

赛文一笑，"当然是……魔神的祝福。你不会以为，光靠七百多年前的一场闹剧，就能够让数代人一直坚定信仰吧？"这七百多年来，他每次路过这里，都会顺便留下一些东西，这并不是为了获取什么利益，也绝非贪图这虚假的崇拜，他只是想这么做而已。

好像有些微妙的东西，通过这个村庄，一直传承下来。

离开小镇后，两人继续上路。路上，易龙龙时常询问赛文一些问题，不管是什么问题，赛文都会予以解答，只除了林琦的现状。

赛文甚至不介意教易龙龙禁咒的用法，可是一旦易龙龙问起林琦的现状，他总会适当地保持沉默，脸上浮现出神秘的微笑。

根据赛文所走的方向，易龙龙隐隐约约地觉察到，他的目的地似乎是树海。

而过了数日，事实验证了她的猜测。

赛文与她，一同抵达了曾作为她踏入人类世界第一站的香草镇。

此时已经是秋天。

香草镇的街道上，偶尔飘荡着淡淡的香气，有当地人在街边兜售本镇特色工艺

一三三　金屋·藏魔王

品，偶尔遇见武者打扮的冒险者，或者怀抱梦想、为了赚取金钱的人，走入看不见边际的树木的海洋。

镇上的神殿已经改由李维在附近几个小镇上教导出来的神官弟子继承管理，都是非常有生机的年轻人，交谈之中可以轻易地感受到他们很老实，与某个喜欢扮嫩骗人的家伙不同。但是在这里，易龙龙想起来的，却是害怕小女孩和幼龙哭泣的纸老虎。

不知道李维现在在做什么？

他是否还留在那个武风强盛的银橡树城，在平原上探索战场的痕迹？

他的绯闻体质会不会又给他的光辉事迹簿上，添上了新的一页？

银橡树城。

神殿的角落，新调来的神官正在诚恳地向在此地驻守了一段时间的前辈请教问题。

先赞美神的伟大，接着交流神术的练习技巧，然后去平原驻扎地轮值安排。

说完了正事，今天还十分空闲的两名神官，沐浴着窗外灿烂的神赐予的光辉，开始闲聊。

神明在上，即便是侍奉神的神官，也要有自己的娱乐啊。

两名神官感慨本城居民的剽悍勇猛，话题自然而然地便转移到他们的顶头上司身上。

"李维大人看起来真是年轻，难怪他身上的绯闻始终没有断过，即便现在执行神殿的特殊任务，也不忘记享受人生。"

"您是说……"

"我悄悄地告诉你，你别对外人说啊。有人曾经发现，李维大人在城中秘密地买下了一栋二层小楼，并且时常带着大量食物前往。"

"天啊，难道……"

"就是那么回事，有人曾经趁着李维大人外出，前往窥视，发现在卧房里，凌乱的被子下面躺着一个人，不过因为视角视野受到限制，窥视者只是看到那个人露出来的非常长而美丽的黑发。"

"所以……"

"我们大家都猜测，被李维大人藏起来的是一位拥有黑色长发的绝色美人。神殿总部大略也知道这件事，但是前不久出现的魔族还没有被杀死，李维大人即便是犯下多么严重的过错，看在他的实力上，我们也必须保持沉默。"

"明白！"

两名神官谈话的时候，被他们议论的对象，手上提着足足有半米高的大食盒，缓步走入自己的秘密住所。

用钥匙打开房门，走上二楼，李维一路不停地进入卧室，最先映入眼帘的，便是床上如瀑布般散开的乌黑长发。

黑发的主人觉察到有人来了，一下翻身坐起来。

他赤裸着强健的上身，尽管脸色苍白，但英俊得接近邪气的脸上依旧是不可一世的骄傲神情。

李维年轻的脸上没有什么表情，他望了一眼床上的以瑟，默不作声地将食盒放在床边，打开顶盖，盒中盛装着的不是食物，而是各种颜色、大小不一的魔晶及魔法宝石。

魔王挑剔地瞥了一眼，随即露出轻视嫌弃的神情，"品质这么差！"个头小也就罢了，纯度还不高，纯度不高也就罢了，居然还有不少缺角裂缝。

他这是从哪里弄回来的魔晶宝石，从魔法师家的垃圾箱里吗？

李维闻言，忍不住翻了翻白眼，"我只是一个穷神官，那些高纯度的大块魔法材料也轮不到我，有这些已经很不错了，别挑三拣四了。"

以瑟勉强伸手从食盒里拿了一块约莫有鸡蛋大小的魔晶，握在掌心，毫不客气地反唇相讥道："当初是谁把我打成这样的？你当然要负全责。"

"呸！你最开始的重伤可不是我干的，要负责找你哥哥去。"

两人互相讥讽了几句，随即默契地休战。片刻，被以瑟紧握的魔晶表面，游离出丝丝缕缕的晶莹的光丝，如同水波一般柔和地荡漾着，最后仿佛被什么所吸引，纳入魔王的掌心。

随着光丝逸出越来越多，原本色泽艳丽的晶体，逐渐变得黯淡灰败，最后当以瑟放开手时，魔晶已经变成了一堆灰白色的粉末。

甩了甩手，以瑟又将手伸向另一块魔晶。

不久前，以瑟重伤之际，不幸遇到李维，当时李维二话不说就痛下杀手，直到以瑟只剩下半口气时，他发觉以瑟身上原本的伤口与他的力量正好相互冲突，剧烈恶化，便猜想是另外一个魔族下的手。

另一个魔族会是谁？是否就是当年他遭遇的那个人？

怀着这样的猜测，李维停下最后一击，想问以瑟，但那时以瑟已经重伤昏迷，

773

一三三　金屋·藏魔王

完全失去了意识。

站在神官的角度，李维应该立即诛杀以瑟，或者将其交给神殿处置，但李维却找了一个隐秘的地方，将以瑟藏起来，甚至在奉命来银橡树城时，与神殿大队伍脱离，私下携带魔族同行。

他不太了解易龙龙身边有什么人，否则会在见到以瑟的第一时间，便知道这个魔族与易龙龙有关系。直到与易龙龙见面后，他才产生调查易龙龙身旁人的念头，一查之下，以瑟的名字，与他私下藏在房中的魔族才终于重叠起来。

彼时，易龙龙与艾瑞克等人已经离开银橡树城，进入常人难以踏足的龙语山脉。

随后，以瑟苏醒，两人商谈条件，李维暂时保护以瑟的安全，并帮助他恢复身体状态；而作为交换条件，以瑟告知李维有关赛文的消息，并承诺力量恢复后，不报复李维，甚至可以帮助李维对付赛文。

面对共同的且太过强大的对手，两人暂时结成了同盟。

现在，是魔王的身体恢复期。

先遭受到赛文的重创，接着又被正好克制魔族力量的神官雪上加霜，可怜的魔王大人的身体几乎被彻底摧毁，自我恢复的速度极其缓慢。假如要等他自然痊愈，或许需要几千年的时光。

万般无奈之下，魔王只好捡起他幼年时增长力量的方法，从外界较为集中稳固且温和的能量来源，比如魔法宝石、魔晶这类材料中汲取力量，纳为己用。

这种手法不是没有缺点，因为力量来源不属于自身，且太过冗杂，吸入身体后，假如直接使用，会给身体留下隐患，但这是目前魔王唯一的办法。至于隐患，等今后恢复了力量，大不了损耗一些力量去消除，总比现在只能躺在床上的好。

假如是别的什么人受伤，以李维的神术水准，只要对方还有一口气，都能给救回来。可偏偏以瑟是魔族，他的身体天生与神殿力量相互克制对立，同样是圣光，沐浴在普通人身上会让人身体健康，但沐浴在现在的魔王身上，只会让他死得更快。

李维在橡树城中想方设法搜集魔晶，但橡树城并不是一个魔法盛行的地方，魔法师不多，而作为魔法材料的魔晶与宝石，也同样难以找到高品质的好货。

好在李维从来都算不上是个清廉正直的好神官，他曾经作为神的代言人，代替神收取过不少信徒的供奉，都暂时保存在了他的银行户头上。这一次为了获取赛文的消息，他动用了将来准备养老的储蓄。

暗中收购，钱好像流水一样地花出去，他才能像送食物一样，每天给以瑟送来大量的魔晶。有时候，李维看着以瑟，觉得眼前的不是一个魔族，而是一个专门吞吃金币的黑洞。

就在李维走神的时候，以瑟已经"吃"掉了七八块魔晶，又不停歇地拿起一块较小的魔法宝石。李维实在不忍心再看下去，扭头走出卧室。

回到一楼的客厅，李维坐在沙发上，思考这一段时间的得失。

钱没了虽然很可惜，但能换来重要的情报，也算是值得。大不了今后再想办法去骗一些，然而魔王在他这里的消息，他还没有想好要不要知会艾瑞克，这其中又有多少风险和利益呢？

藏匿甚至保护一个魔族，对于他现在的身份来说，是不可饶恕的重罪，即便他再怎么无所顾忌，也不愿意尝试成为全世界公敌的滋味。好在以瑟现在身体虚弱，即便是对力量最敏感的他，现在也不能感受到以瑟身上的魔族气息，只要他不说，以瑟不说，就不会有人知道真相。

又反复权衡了许久，神官终于作出决定，暂时保持现状，尽可能地将危险性收缩到他能控制的范围内。

他微微地松了口气，转身朝屋外走去。

虽然家里已经有一个魔族能告诉他战场上发生的所有事，但这一点绝不能让外人知道。神殿依旧没有放弃对战场残留痕迹的分析，每次的讨论会，作为重要成员的他，都不得不参加。

回到神殿，李维进入会议室，却发觉今天会议室里的人特别少，只有几名高阶位的神官以及圣骑士雪莉在场，每个人的表情都异常冷厉严肃。

平常的战场分析讨论会绝不止这些人，并且也绝不是这副表情。

难道……

李维飞快地眯了眯眼睛，转瞬露出天真无害的笑容，"我没有迟到吧？发生了什么事？怎么大家都是这副表情？"

脸上洋溢着轻松的笑意，暗地里，他已经心脏紧绷。

一三四　荆棘·为誓约

李维看见会议室里不寻常的景象时，他的反应是，藏匿魔王的事情被曝光了？

萌生这个猜测后，他迅速估量当前的情形，瞬间在脑海里拟定出逃亡路线，同时犹豫了一下，迟疑地考虑要不要回去带走魔王。

虽然心中已经非常紧张，但李维表面上看起来极其轻松，他甚至笑着问候圣骑士，"雪莉，今天感觉怎么样？"

前一阵子，雪莉曾重伤濒死，虽然他曾施救，但因身体受到战场残留力量的侵蚀，导致救治效果不佳，直至现在也没有完全复原。

李维曾认真地考虑过，是否需要在救治的时候，暗中使坏，干脆让雪莉永远醒不过来，以此帮助艾瑞克灭口，但最终还是没有这么做。好在雪莉清醒后并没有说出伤他的人是谁，或许他并不知道艾瑞克的身份。

相较于神官的笑容，圣骑士显得十分冷漠。他冷冰冰地道："李维大人，请关上门，我们刚才得知了一件很重要的事，与魔族有关。"

听他这么一说，李维几乎想立即转身逃走。他暗自稳定了一下心神，才缓慢地走入屋内，反手关上会议室的大门，"是什么事，雪莉骑士？"

"刚才收到帝都的消息。"雪莉说话的时候，旁边有神官递给李维一个文件夹。

"前不久，总部获得了一个魔族的确切详细消息，准备对其展开秘密搜索捕杀，需要各地神殿配合行动，我们在此随时待命。"

李维的心原本已经提到了嗓子眼，但听到这番话，又感觉不像是在针对他，假如有人发现他家中藏着的以瑟是魔族，根本不需要费这么多工夫。

文件夹是浅蓝色的封皮，右下角标注了绝密的字样。他翻开文件夹，映入眼帘的第一页，是一幅肖像画，画上的青年容貌俊朗，面带微笑，平展的长眉下是微深的眼窝，衬得他的眼眸分外深邃。

　　名字：赛文

　　种族：魔族

　　年龄：不详

　　身高：目测 190 厘米

　　体重：不详

　　特征：喜欢穿着奇装异服，比如绘画或绣着星星的长袍。

　　身份：原迦南学园预言魔法系唯一一名老师，现已被校方解雇。除此之外，其交游十分广阔，各个领域皆有涉猎。

　　实力：目前已知部分——预言魔法，对各流派魔法、武技、文学、艺术、政治、经济、历史、地理、动物、植物均有深入研究，未知部分——无法估量。

　　武器：不详。

　　危险程度：极度危险！！

　　备注：与魔族赛文同行的，还有世界上唯一的一条龙。该龙疑遭到诱拐或挟持，要求各神殿注意，优先保护该龙安全。

　　魔王很有威仪地靠坐在床头，端详了许久手上拿着的文件，才抬起头来，问李维："这是什么？"

　　李维双臂环抱，站在床边，微微一笑，"征婚启事……开玩笑，是神殿最高等级的秘密通缉令，今天刚送到我手上。"

　　平时他只在送魔晶的时候回来一次，但是今天情况特殊，他有必要让被通缉者的弟弟也知道这件事。

　　这个等级的通缉令，只有教皇有资格发布，因为预计敌人强大，因此甚至不能公然围捕，只能暗中下达命令。假如他估计得不错，除了神殿，各国君主应该也收到了神殿的请求函，请求提供支持和帮助。

　　这是一场全人类的行动，无可阻挡，无可避免。

神官面带微笑，目光沉着，心中却有些懊恼。神殿弄出这么大的阵仗，现在几乎所有人的目光都聚集在了赛文身上，赛文一旦被发现，就会触发激烈的战斗。这么一来，他很难私下确认赛文是否就是当初那个魔族，更加无从隐蔽地交流。

失算了。

根据那条备注，他大致能推测出来，神殿的这张通缉令，消息来源是艾瑞克等人，那些人显然比他更早接触到赛文，并得知了他的身份。

假如他能早些联络艾瑞克，将以瑟的消息告知，或许就能得到这个重要情报，可惜现在事态已经不在他能掌握的范围。

在这个丰盛的季节里，战鼓以隐秘的方式擂响，他只有两个选择，参与或回避这场战役。

与此同时。

帝都。

艾瑞克坐在书房中，神情冷淡。在书桌前，并肩站着两个人，分别是青骑士修与炎龙骑士诺顿。

而桌面上，摊开摆放着新出炉的秘密通缉令。

诺顿垂着目光，一直在研究通缉令上的文字。片刻，他皱眉问道："这是你与神殿达成的协定？"

自从易龙龙最后一次来信后，艾瑞克便时常外出。青骑士与诺顿分别有好几次看见他与神殿成员走在一起，但是那时候他们并不知道艾瑞克要做什么，直到这份通缉令出现。

赛文的身份一目了然，这时候，青骑士才大致推测出易龙龙最后一封信上的内容。

青骑士感到有些不解，他虽然对魔族没有什么好感，但是也很难想象，艾瑞克竟然会这么积极地跟神殿合作，甚至主动提供详尽情报。

艾瑞克的目光扫过二人，轻声道："给你们看这个，是因为这和你们也有关系。"

青骑士条件反射地皱了皱眉头。

诺顿不客气地道："要我帮忙可以，你付钱就行。"他和神殿里的信徒不同，对于魔族，他并没有刻骨铭心的仇恨，也没有什么理由出手。

听到他说话，艾瑞克一直绷着的脸上终于浮现出一丝笑容，"这一次我是不打算给钱了。假如我说了原因，诺顿你有可能会愿意无偿帮助我呢。修也是一样。"

顿了顿，他缓慢道："你们两个，都没有去探索被神殿封锁的荒芜平原上的战场吧？假如你们去过，或许会发现一些东西。"

"战场上，我感受到了一种类似的气息，与当年塔希妮雅被杀死时非常类似。"

银龙塔希妮雅是龙族的王，这一点，作为龙骑士的二人都非常清楚。

而塔希妮雅是被谁杀死的，杀死她的人还做过什么事，二人更是清楚明白。

果然，艾瑞克话音未落，青骑士与诺顿便先后变了脸色。

诺顿毫不迟疑，恶狠狠地点头，"好，这一回，老子免费，听你的安排。你说什么，我做什么！"

青骑士略一点头，沉默地转身走出去。

艾瑞克扭头看向窗外，落叶乔木的叶子已经变黄，脱离枝头飘落在地上，轻微地沙沙作响。

凋零肃杀的秋意，宛如歌声，随风而来。

虽然得知了非常骇人的消息，但青骑士的神情没有多大改变，依旧是平静的模样。他步伐稳定，走出艾瑞克的府邸。

他在艾瑞克这儿已经居住了一段时间，庭院内的侍卫都知道他的身份，看见他外出，不加询问，甚至会主动做出请的手势。

没多久，身形挺拔的青年出现在大街上，走入一家专门贩卖魔法道具与材料的商店。店门口挂着的招牌边缘，缠绕着黑色荆棘的图样。

通过店员找到店主，青骑士当着店主的面，抽出随身的佩剑。

见客人忽然做出这个动作，店主吓了一跳，以为是来抢劫的，正要启动魔法道具攻击防御，却发现对方并无进攻的意图。

青骑士抬起修长的手臂，横置长剑，剑身呈现出富有质感的均匀的青色，靠近剑柄的位置，有一段交缠的黑色藤蔓状花纹。他手腕微旋，偏转剑身，光线折射的作用下，花纹的形状奇异地发生改变，本来是叶子的部分变得尖锐细长，没过多久，柔软的藤蔓就变作尖锐的荆棘。

看见这幅景象，店主先是一愣，随即仿似想起什么，神情一变，快速请青骑士随他一同步入隐秘的房间。关紧房门，并布下隔音结界后，他才低身行礼，"荆棘为吾誓约，参见誓约之剑。"

誓约之剑，是青骑士佩剑的名称。

青骑士点了点头，握剑倒竖在胸前，低声说道："荆棘为吾誓约，以剑初始，荆

一三四 荆棘·为誓约

棘之环，从此启动。"

盛大的典礼，广场两侧的乐队正在奏响欢迎曲。因为平息内部叛乱立功的将军走过鲜红的地毯，走到授勋的高台上时，他与司仪擦身而过，司仪一个垂首，低而沉稳的声音传来："荆棘为吾誓约。"

将军脚步微顿。

一望看不见尽头的道路上，车队整齐地行驶，车队的前后，是护送的佣兵。忽然，一骑飞快地从后方追来，追至队伍前头，对一名佣兵行了一礼，说道："荆棘为吾誓约。"

那佣兵脸色大变，返身向队伍中说了几句话，不顾同伴的反对，便转身随着那一骑离去。

迦南学园。

密封的魔法小楼中时不时传出剧烈的爆炸声，这里是学校禁地，所有师生都知道，谁都不能在芭芭拉老师做魔法实验时去打扰她，否则即便没有被失控的魔法炸死，也有可能被愤怒的芭芭拉大师杀死。

从远处走来一个人，看也不看地便向小楼走去。附近的人虽然看见这一情形，却来不及阻止，只能眼睁睁地看着来人走入地狱的入口。

没一会儿，剧烈的爆炸掀起气浪，刚才走进去的人好像纸片一样被气浪吹出来，而紧随其后跑出来的，粉红色头发仿佛爆炸一般的女性，一把抓住来人的领子，恶狠狠地说："活够了吗？要是活够了，我送你一程。"

那人气息微弱，奄奄一息道："荆棘为吾誓约。"

芭芭拉面色一沉，停下动作。

荆棘为吾誓约……

荆棘为吾誓约……

荆棘为吾誓约……

……

七百年前。

这本来应该是一座还算繁华的城市，但此时却仿佛置身于原始的丛林中。

到处都是茂密的绿荫和粗壮的藤蔓，透过缝隙，隐约可以看见破碎的建筑残骸，盘踞在都市废墟上，丰沛的绿色展现出妖异的张力。

笔直粗壮的树干宛如竖立的标枪，直接穿出屋顶，藤蔓爬满墙壁，地面上铺开低矮的灌木草丛，整座城市，此时都已被嚣张的绿色所占领。

城市中的人们，老人、小孩、妇女、青年……此时都已经失去呼吸，要么被藤蔓牢牢地捆缚拧断身体，要么腹部被尖锐的树枝贯穿钉在墙上，甚至周身被巨大的花朵包裹住。稍微强壮一些的人显然有所反抗，但状况更凄惨，不少人手脚折断，胸腹凹陷大片，心跳已经停止，但鲜血犹在渗出。

温和的植物，居然也会拥有如此残酷暴烈的一面。

在城市最中央的广场，绿色最为茂密，一条纤细修长的人影，孤单地坐在半空中交错绞缠的藤蔓上。

他碧色的眼眸浓艳得仿佛要滴出来，同样色泽的长发柔顺垂落，但气势却张狂凌人，好像掌控一切的王者。

"翡翠。"

有人叫他的名字，他循声转过头来，看清来人后，便露出"果然如此"的神情，"迦南，你来了。"

因为曾服用过特殊的药剂，在杀人丛林中缓步走过来的青年，外貌比身体的真实年龄小了十多岁。他站在地面上，抬首凝望翡翠，好一会儿，才缓慢出声："翡翠，你应该知道我是来做什么的，停手吧。"

翡翠平静一笑，眼眸中却透出无法遏制的疯狂，"我拒绝。迦南，你也和那些肮脏卑鄙的人类一样吗？你知不知道，当我找到蜜雪儿的时候，她是什么模样？"

蜜雪儿是他来到人类世界后认识的半精灵女孩，他打算等巡礼期过后，便带着蜜雪儿回精灵之森。可前不久蜜雪儿忽然失踪，当他好不容易在这座城市的贵族别墅里找到蜜雪儿时，那个可怜的半精灵女孩，已经被摧残得彻底失去了生机。

美丽的脸上凝固着最后的痛苦，雪白的身躯布满被伤害的痕迹。那一刻，翡翠对人类刻骨地厌憎，他做的第一件事，便是杀死还在别墅里的所有人，接着，他的报复范围扩大到整个城市。

迦南叹了口气，"翡翠，我说过多少次，不要将个体的行为，算到这个个体所属的整体身上，更不要算到整体中其他个体的身上。假如你因为几个人类伤害了蜜雪儿，进而憎恨全人类，想要疯狂地报复，那么我可不可以因为你杀死了无辜的人，进而憎恨起全精灵族，对他们进行灭族报复？"

翡翠微微一怔。

迦南招了招手，他身后便有人走来，将十几个手脚锁着镣铐的人丢在地上，"这些，是我特地找来的，所有曾经参与贩卖精灵奴隶，以及曾经在那栋别墅里出没的人。你想要报仇，应该找准对象。"

翡翠冷笑一声，地面上刹那间穿出无数倒刺，刺穿倒地的身躯。接着，他转向迦南，"要惩罚我，好办，用武力打败我吧，否则我绝不认错。"

"这面具是干什么用的？为什么不杀死我？"

"下不了手，就算你是屠城的凶手，我也做不到铁面无私地亲手杀死朋友。"

"那你打算永远囚禁我？"

"不，假如有两件事中的任何一件发生，你都可以重获自由。在此之前，我希望你能静心地思考，不要继续盲目仇恨。"

"什么？"

"第一，有人能认识我留下的那些特殊符号，就像石碑上的那些，那个人自然可以给你翻译出解除面具束缚的咒文……当然，这个可能微乎其微，你还是等第二件事好了。"

"第二呢？"

"第二，我安排了一个很长远的计划。当有人跟你说一句话的时候，就说明这个计划启动，你可以重获自由。"

"什么话？"

"荆棘为吾誓约。"

空之岛。

"荆棘为吾誓约。"发了不知道多久的呆，翡翠忽然低声说道。他声音很低，这句话只传入了距离最近的松叶耳中。

松叶皱了皱眉，"你在说什么？"刚才说的，好像是人类的语言。

翡翠眨了眨眼，好一会儿，才慢慢地道："我好像听见了来自七百年前的声音。"穿透遥远的时光，一声又一声地呼唤。

松叶不客气地敲打他的脑袋，"别找借口偷懒，继续编写精灵教科书！你半个月前骗我说那条龙给你下了必死的诅咒，十天前说林琦遇到了危险，五天前说以瑟要勾引精灵族少女，前天说迦南进入梦中找你……"

"这回是真的……"

"我要是再相信你，我就不叫松叶，叫松鼠！"

一三四　荆棘·为誓约

一三五　湖泊·死之地

无论何时，树海中总是比外面的世界要安静些。

假如没有遇见活物，周围便只有无尽的树木相伴，风吹过枝叶的细微响声，仿佛带着韵律的节奏，一波一波地送入耳畔，清爽的空气仿佛永远与喧嚣隔绝。

易龙龙现在正跟着赛文，在这片连绵的树海里行走着。

她原本打算跟艾瑞克一起来树海，中途发生变故，同行的人换成了一个恐怖危险的家伙，但最终的目的地却奇迹般地没有改变。

潘帕斯镇的那夜之后，赛文没有继续对易龙龙说七百年前的往事，或许是他正在回忆，或许，有些事情，他并不愿意毫无保留地说出来。

至于易龙龙，因为进入了树海，预感很快就要见到林琦，她再也没有心思顾虑其他的琐事，更没有再询问怎么样长大、什么时候能见到林琦诸如此类的问题。

越是迫近，越是情怯。

带着微微的紧张，日复一日地沉默，走了不知多少天，周围的空气开始变得异样洁净。空气的温度逐渐从凉爽的秋意过渡到春天，充满了生机的温暖，树木枝叶翠绿，乍一看去，仿佛映着晶莹剔透的光辉。这景象是如此的熟悉，易龙龙曾经在这样的环境里生活过整整一年。

忽然明白过来赛文带着她来到什么地方后，易龙龙陡然警觉，"你要干什么？"

这里是什么地方？

这是塔希妮雅的长眠之地，是她最初出生的地方。

这里四季如春，空气如同被滤洗过一般洁净，枝叶翠绿明丽，就算她闭上眼睛，也能清晰地判断出那片湖泊所在的方向位置。

可是，赛文要做什么？

即便相安无事地共处了这么多天，易龙龙也依旧不会忘却他的身份。他是导致龙族几乎灭绝的真正幕后元凶，而他第一个下手杀戮的对象，则是身为龙族之王的塔希妮雅。

有着这样的身份背景，易龙龙很难怀着善意揣测赛文带她来此的目的。

其他龙族的尸体都在死后莫名消失，这更有可能是赛文的杰作。他杀害龙族的生命后还不过瘾，或许还对龙的尸体做了很不龙道的事。

仿佛是感受到易龙龙的视线，赛文偏过头来，看了她一眼，正对上"你是虐尸狂吗"这样的眼神。他微微一怔，随后莞尔笑道："请放心，我虽然不能被称作善良，但也并不是那样奇怪的变态吧？"

易龙龙撇了撇嘴，心说谁知道你是什么样的人，但她并没有将心里的话说出来，只是继续用眼神表达自己的想法。

赛文摇了摇头，没有继续为自己辩解。

他们一路向前，一天后，终于抵达易龙龙熟悉的湖泊边。

这里，还是与她原先离开时一模一样，平静无波的湖面宛如一块完整巨大的蓝宝石，剔透而美丽。她建造的小木屋静静地伫立在湖畔的树林里，周围的工具摆设，都没有被移动分毫。

仿佛时光倒流，一切都尚未发生。

木屋旁竖立着的木板，刻着她在湖泊边居住生活的时间，易龙龙掀开已经枯萎的草帘，钻进屋子里。她现在是人的形态，此时走入屋内，便一下子觉得空间狭小起来，手脚都很难活动开。

屋内有小小的桌子，小小的床，小小的木凳，小小的木碗和杯子，小小的水盆。

银青草编织的床单被子，此时已经干枯，变得纤薄。易龙龙轻手轻脚走到床边，低身小心地拂开轻飘飘的干燥草叶，转身小心地坐在床上。

柔弱的小木床发出吱呀的响声，原先仅仅针对幼龙身体的小床，此时坐上一个人，显然有些承担不住。

易龙龙赶紧站起来，又摸了摸屋内其他的物件，只觉得亲切。过了一会儿，她听见屋外传来悦耳的轻响，赶紧走出去，却发现是赛文来到了木屋旁，正在把玩垂在屋檐边的挂饰，木块与坚果相互碰撞敲击，发出玲珑的脆响。

赛文偏头向易龙龙笑了笑，随即转身朝湖边走去，易龙龙紧随其后。

两人来到湖边站定，各自低头看着自己在水中的倒影。易龙龙还有些紧张，时不时地偷瞄一眼赛文。根据艾瑞克的说法，塔希妮雅就长眠在湖底，赛文这一次来，该不会是想把塔希妮雅的尸体挖出来吧？

他可千万别有诸如分尸这样恶劣的嗜好。

虽然易龙龙并非真正的塔希妮雅的孩子，但是她自认为占据了塔希妮雅孩子的身体，并在此安全生活了许久，也算是大大地承了银龙的一份情，于情于理，她都不希望再看见死去的银龙遭受更多的伤害。

赛文低笑一声，道："你完全不必害怕，塔希妮雅在这里的事，我早就知道了，当时我没有做什么，现在同样不会。"

易龙龙一怔：早就？

赛文轻声道："早在十年前，我就来过这里，确认了银龙塔希妮雅的死亡，当然，也看见了还在湖边的龙蛋。塔希妮雅为了防止你被我发觉，在临死之前，她用残余生命激发秘术，强行将还未孵化的龙蛋封印，极端地压制生命力波动，极端地压制龙族血统，极端地压制龙属种类。这也是为什么塔希妮雅是银龙，你却是白龙的缘故，因为白龙的龙族气息最弱，她为了避免你被我发现，强行改变了你的部分种族属性。"

"同样，你的龙族天赋，也因此被剥夺大半。龙天生通万物言，但是你只能够天生懂得人类语言，别的更复杂的语言，你还得自己去学……龙族的各种天赋里，你大概只剩下不到十分之一。"

"此外，最重要的一点，也是我当初没有下手的原因，塔希妮雅的封印太过强大，虽然将她孩子的生命最低限度隐蔽地维持着，但是龙蛋的孵化需要严苛舒适的环境，当时龙蛋里还十分柔弱的幼龙灵魂，承受不住压迫，加上环境的呵护不够，很快便消散了。"

换言之，当时他放过那只龙蛋，是因为那条龙已经"死"了，他无须多此一举，只不过十年后发生了一点小意外，一个来自异世界的灵魂，填充了龙蛋里的身体，让这具身躯又重新活了过来。

听赛文说话的语气，平静舒缓，似乎他对龙族也并没有什么刻骨的仇恨，易龙龙忍不住问道："你当初为什么要灭绝龙族？"他看起来并不像是个灭族狂人啊。

赛文微微扬起眉毛，眼底带着浅浅的笑意，"你弄错了一件事，我最初的行为，按照人类世界的法律，只是自卫反击而已。"

当然，不可否认，他的防卫有点儿过当，但至少有一件事是千真万确的——最早宣战的那方，并不是他。

自卫反击？

易龙龙愣了好一会儿，才明白赛文话中隐含的意思。他说，当初他杀龙，是自卫反击，换言之，难道首先发动攻击的人不是他，而是龙族中的某条龙？甚至就是塔希妮雅？

这……双方的说法怎么这样不一致？

此前，艾瑞克跟她聊天，有时会提起塔希妮雅，总是称赞有加，不止一次说到塔希妮雅的脾气温和，宽大容忍，非常容易相处。这样的一条龙，怎么可能主动地攻击赛文呢？不光是塔希妮雅，整个龙族，都很少有脾气凶残暴戾的龙，大多数龙性情都较为温吞被动，甚至宁愿在龙语山脉里睡觉，也不乐意到处耀武扬威。

这两边，究竟谁在说谎？

易龙龙满脸的惊诧狐疑，一时间有些混乱，不知道该相信哪一边的说辞。

一方面是艾瑞克，她情感上不相信他会骗她。

另一方面是赛文，这家伙虽然不是什么好人，可是也没必要在这种事情上说谎。

易龙龙使劲地盯着赛文，被注视的魔族一脸真诚无辜，眉眼还带着微微的笑意，不闪不避地与她对视。

过了好一会儿，易龙龙才勉强开口："我还是很难相信。"

赛文理解地点了点头，他并没有解释究竟是怎么回事，而是语调一转，换了个话题，"我带你来这里，并不想对塔希妮雅做任何事，而是完成之前对你的承诺，帮助你解除禁制的封印。"

"什么？"

话音未落，易龙龙看见赛文露出来带点儿恶作剧的明朗笑意，接着，一只手在她面前骤然放大接近，眨眼间便按在她的额头上。

来不及躲闪，易龙龙周身泛起剧烈的银亮光辉，眼看着赛文的身体变大，不，准确地说，是她的身体在变小，接着，一股无可抵抗的巨大力量，将变回了幼龙的易龙龙，推入湖中。

身体入水，视野瞬间变作波动不定的水蓝色，透过水的屏障，易龙龙可以看见斜对面湖畔边赛文弯着腰，笑眯眯地向她招手。

还没等浮出水面去找祸首算账，易龙龙身下陡然传来强大的吸力，暴烈的旋涡包裹住易龙龙雪白的身躯，仿佛无形的手，将她从宽大的衣服里拖出来，直接拽入湖水的深处。

赛文慢慢地直起腰，依旧平静地微笑着。他撩开长袍的下摆，盘膝坐在湖边的白色鹅卵石上，凝望湖面，静静等待。

也不知道被旋涡拖了多久，当周围的水流恢复安静，易龙龙的身体重获自由时，她发现自己来到了前所未有的深度。伸展爪子慢慢划动，她好像身处极为黏稠的胶体中一般，而她抬起头，此时已经看不见湖面的情形，视野所见，上方是一片晶莹璀璨的莹蓝。

早在最初的那一年，易龙龙独自生活在湖畔边，也时常潜入湖中，但她潜水的范围，仅限于胶质以上的部分，并不敢强行深入胶质下面去探索，以免发生危险，但今天，她却被不知什么力量主动拉了下来。

赛文推她下湖，是为了让她来到这里吗？

冷静下来后，易龙龙的第一个念头，便是浮上湖面找赛文问个清楚，可这念头才升起，便又被现实给打压下去了。

下水之前，可能是赛文做了什么手脚，她变回了龙的形态，再因为旋涡的拉拽，将她整个身躯从宽大的衣衫中拉出来，现在易龙龙全身上下半片布都没有，假如现在浮上湖面，基本上无异于在赛文面前裸泳。

牙齿咬了再咬，易龙龙终究还是克服不了心理障碍，现在虽说水压大点儿，水质黏稠点儿，也没有什么影响。她能够像在岸上一样，在水底呼吸和活动，而目光所及之处，都看不到什么危险……既然如此，不如顺着那旋涡拉她下来的意思，暂时在湖底停留片刻，看看能有什么新的发现。

既来之，则安之。

努力划动小爪子，易龙龙朝更深处潜去。虽说水压很大，但她爪子划动所到之处，水流都十分听话，温顺地送她去想去的地方。下潜了超出预想的深度后，她终于看见一条盘踞在湖底的巨大的银龙。

那是，塔希妮雅。

瞧见银龙的第一眼，易龙龙情不自禁地屏住呼吸。

这是她第一次看见，除了她以外的，这世界上真正的龙，同时，也是她这具身体的母亲。

她不知该用什么词汇来形容——强大？美丽？悠远？宁静？

银龙安静地躺着，她巨大的身体弯成一个弧度，尾巴好像新月一样勾起来，而她的眼眸，已经闭合了许多年。

这只是银龙的尸体，可是易龙龙却有一种错觉，仿佛塔希妮雅还活着，她一直活着，并且将永远地活着。

易龙龙发了好一会儿呆，又犹豫许久，才终于下定决心，朝银龙所在的位置，下潜。

离银龙的身体大约还有十米，易龙龙的下潜终于抵达了极限，下方的湖水凝成了坚固的结晶，保护着银龙安宁的长眠。

易龙龙站在结晶上方，沉默了许久，才缓慢地开口道："塔希妮雅，这是你的名字吧？"

她的声音微微颤抖，有些害怕，也有些愧疚。

无论赛文此前所说的是不是真的，在她到来之前，龙蛋里的灵魂便已经消散，可她占据了这具身躯，那毕竟是不争的事实，对于塔希妮雅，无论何时，她都问心有愧。

"你也许不认识我，我的名字叫易龙龙，来自另外一个世界。"易龙龙低声说，"我不知道为什么死后会来到这里，并正好进入龙蛋……对于这件事，我有必要对你说一声抱歉。"

慢慢地，她弯下娇小的身体，朝塔希妮雅鞠了一躬，"湖面上那家伙，是杀害你的元凶，我不知道当年发生了什么事，也没有力量为你复仇，这是我第二件必须抱歉的事。"

沉默片刻，易龙龙想不出还有什么要说的话，正打算转身离开，忽然，自身体下方，传来一阵大范围的波动。

仿佛大地的呼吸，山峦的凝视。

易龙龙震惊地看见，应该永远长眠的塔希妮雅，睁开了她流动着璀璨金芒的双眸。

一三六　封印·十年前

饶是易龙龙此前想过许多种可能，也没有料到会是这样的情形。

难道赛文推她下来，就是让她亲自跟塔希妮雅说个清楚？塔希妮雅不是死了吗，她怎么又睁开眼睛了？

要说是诈尸，这死了十多年再诈，未免也太奇怪了吧？

一见塔希妮雅睁开眼，易龙龙心慌意乱，下意识的第一个动作便是双爪抱头，身体蜷缩成一个雪白的小肉球，紧闭双眼，不敢去看塔希妮雅。

对于侵占了塔希妮雅孩子的身体这件事，她总是抱愧于心，无论何时面对塔希妮雅，都情不自禁地带有几分畏惧，此时看塔希妮雅睁开眼，她更是不知道该如何面对。

等了片刻，没等到塔希妮雅冲出来给她的孩子报仇，易龙龙偷偷地张开一只眼睛，再瞄向银龙时，发觉银龙虽然睁开了眼，却并没有下一步动作。

要不要趁着现在逃走？

还是留下来看看情况？

易龙龙犹豫许久，才小心地蹲下身体，两只小爪子按着包裹住银龙庞大身躯的冰晶。剔透凝练的水蓝之中，银龙的眼眸中，映着她的身影。

接着，易龙龙听见了一个柔和的声音。

"我的孩子……"

"请允许我这样称呼你……"

"湖底的部分，我布下了结界，只有拥有与我血脉相连的生物才能进入。"

"虽然我知道，其实你并不是龙蛋中原本的灵魂……"

那并非通过口舌发出，而是直接传达进脑海，无限地宽广，仿佛没有边际的世界。

那也并非易龙龙所熟知的人类的语言，而是仿佛多重声音错落地震颤，每一道声线都遵循自己的轨迹，完美地交织起来。

银龙依旧静静地躺在温暖的冰层下，易龙龙惊诧得不能自已，只能呆呆地望着塔希妮雅的眼眸。

那声音继续传来，以温柔又无可抵挡的姿态，易龙龙听着听着，面部表情不断变幻，最后归于一片平静。

……原来是这样。

赛文在岸边已经足足等了一天一夜。

他微微合着眼，一动不动，身体好像石化一般，与环境融为一体。

水平如镜的湖面上泛起浅浅的涟漪时，赛文才开眼，露出微笑。

涟漪的波动越来越大，以湖心为圆心，一圈圈向外扩散，却弥散着广袤的平静柔和，好似被什么无形的力量所约束，没有激起半点儿水花。

随后，湖面透出静瑟银光，如同恬淡的月色，忽而集中成两道笔直的光墙，硬生生分开湖水，光芒铺就的道路中，一条人影踏着缓慢地走了出来。

那是……看起来约摸十七八岁的少女，她身上穿着长及足踝的湖蓝色连衣裙，玉白脸容精致美丽得无可挑剔，银亮的长发好似会流动的水一般，伴随着她的走动，映出动人的光泽。

一直走到湖边，湖面上的异样情形顿时完全消失，光芒散去，湖水重新平复如镜。

易龙龙赤裸的双足踏在湖畔的鹅卵石上，她低下头，似是有些不敢置信地打量自己现在的模样。

也不知过了多久，易龙龙终于注意到赛文微笑凝望的眼神，她抿了抿嘴唇，慢慢地走向赛文，在他面前的青银草丛中端正地跪坐下来。

湖底的银龙塔希妮雅，是确确实实已经死亡，方才跟她说话的，只是塔希妮雅的一缕残留的意念。

从银龙留下来的话里，易龙龙得知，当初塔希妮雅被赛文重伤，好不容易逃到此地，已经奄奄一息，而她随身携带的龙蛋也有一些损伤，龙蛋中弱小的灵魂早已被震散，再也聚合不起来。

陷入绝境中的塔希妮雅，用最后的生命给龙蛋加持了多重封印，这一点与赛文所说的没有什么差别。但在那时候，塔希妮雅已经知道，自己的孩子可能无法顺利地活下来，她费尽力量所能保存的，仅是一个已经失去了核心灵魂的躯壳。

即便只是躯壳也无所谓，她希望自己的孩子至少能有一部分活下去，只要有人给龙蛋注入别的灵魂，与龙蛋里残留的一丝丝龙魂碎片融合，那么这具躯体便能存活下来。

这是易龙龙从塔希妮雅的遗言中得知的。

易龙龙也不知道，这究竟是一种广博的大爱，还是陷入无可挽回境地下的绝望选择。

此外，塔希妮雅还告诉了她解除封印的方法。

在湖底时，易龙龙按照塔希妮雅说的方法，完成松动封印的第一步，从而获得可以自行改变外貌的能力，恢复了与心理年龄相符的人类外貌。

自从来到这个世界，她的模样不是幼龙就是小女孩，虽然按照她前后两辈子过的时光，她的岁数已及成年，可顶着个幼兽或幼女的外表，总是有些不自在。

尤其在林琦向她表白之后，外形上的限制也在不知不觉间影响了她的决断。林琦是世界上最单纯也是最纯粹的人，他的爱直抵灵魂，没有任何外在的顾虑。可是除他以外的任何人，即便是她自己，都做不到这一点。

而现在，易龙龙顿时觉得好像放下了一重负担，她甚至想立即飞到林琦跟前，让他看看她现在的模样，她相信，不管她变成什么样，林琦对她的感情也不会有任何改变。

选择金色的眼眸和银色的头发，则是为了永远记住塔希妮雅的恩惠，这是她唯一能为塔希妮雅做的。

这只是松动封印的第一步。

今后，封印逐步完全解开，她可以拿回属于龙的一切天赋本能，包括庞大的身躯和强大的力量，只要不遇上赛文这种变态，她便能在这个世界上横着走。

但是，这些都有一个前提，没有赛文的存在。

现在她在赛文面前，眼前的家伙还是能随随便便伸一根手指就碾死她，只要他不允许，她想做什么都无能为力。

进入湖底，获取了长大变强的方法，这只是附带的收获，真正让易龙龙惊诧得无以复加，直至现在也不知道该对赛文说什么才好的，是塔希妮雅说的另外一件事，这与赛文之前的说辞完全重合。

十多年前，确确实实是龙族主动向赛文发起攻击，最早一个出手的，也确确实实是身为龙族之王的塔希妮雅。

这是一场对双方而言都不得不进行的战斗，没有哪一方是有罪的，也没有哪一方全然无辜。

令世人震惊的，无差别灭绝龙族的惨案，并非是出于狭隘的利益，也绝非一时间丧心病狂的嗜血。

那是，足以改变或动摇整个世界，从七百年前便遗留下来的——生存战争。

一三七　追求·道不同

迦南学园校长室里，迦南坐在魔法灯下，出神地凝望着桌上的文件。

他来到这个世界的时间，已经比在地球上生活的时间还要长。回头一看，这条道路竟然那么漫长。

前十年，他到处流浪，见识了不少新鲜的东西，也结识了许多朋友。

接近三十岁时，他在风都定居。那时候风都只是一座普通的城市，远不如七百年后繁荣，他在流浪期间虽然已经彻底适应了异界的环境，然而却始终无法抛却对故乡的思念。

他两世为人，看过许多，也经历过许多，便不由自主地想要做些什么。

流浪期间，他发现异界没有学校这种机构，想要学习知识，要么是看书本自学，要么是请家庭老师在家中教学，最成规模的，也仅仅是一些老师招收十几个学生，每天一定时间聚在家中按时上课。

没有学校，他就成立学校。

花费十年时间筹备足够的财力、人力、物力，又花费十年时间壮大发展，此时迦南学园终于真正形成规模，名满天下。

他实现了许多构想，用魔法完成更高效率的造纸和活字印刷，以魔法为基础能源，设计出魔法灯和各种魔法用具应用在生活中；他简化了繁复的礼服式样，令其尽可能朝地球上的晚礼服靠拢；他推广了扑克纸牌等便携游戏……

作为第一任校长的他，终于不再是昔日的无名冒险者，他走到任何地方，都会迎来尊敬的目光，他的学生遍布世界各地……

然而站在荣耀的中心，此时的他，反而能更加清晰地感受到，他是这个世界的异类，不管有多少人亲近围绕，他心中始终有一个无法填满的黑洞，也是他一直不能完成的愿望。

身后发出推门的轻响，迦南没有回头。

现在已经是夜晚十点，而会从他身后的房门走进来的，只有一个人。

仔细地看完文件，并签署了自己的名字，迦南才转过头来，心里带着叹息，微笑着望向来人，"赛文。"

因为服用过特殊的药剂，迦南的外貌始终维持在二十七八岁的模样。当他的外貌不再发生变化的时候，赛文反而发生了改变。

他的头发逐渐缩短，从最初的及足踝，直至现在仅仅垂落肩头——头发是魔族本源力量的容器，一般来说，头发越长，代表其力量越强大，但赛文头发变短，却并非因为力量衰竭，而是他已经逐步抛弃容器，将力量完全收束起来。

最早见到赛文时，他全身上下都散发出魔性的魅力，仿佛多看几眼就会被引诱坠入深渊，可是现在，任何人再看向赛文时都不会有这样的感受，这并非因为赛文变丑了，而是他已经彻底掌握了魔族的本质，甚至能将本身天然的魔性一丝不漏地收敛藏住。

这些年来，赛文一直隐藏外貌和身份留在他身边，帮了他不少忙，然而……

迦南忍不住微微苦笑。

站在他面前的青年，大概二十出头，及肩的黑发整齐地束在脑后。他的外貌乍一看并非耀眼的俊美，但是细看起来却非常舒服，眉目神情亲切温和，很容易让人产生亲近的感觉。

只有迦南自己知道，眼前这个好像亲切的邻家兄长一般的男子，内心深处始终坚定冷酷，毫无迟疑动摇，多么温和的情绪，都只是随时能揭开抛弃的外衣。

他对名利没有渴望，对权势全无兴趣，虽然懂得享受美食和舒适的生活，但只要他愿意，随时能毫不留恋地舍弃，而他心中，更不曾留下任何人的影子，包括与之认识了二十多年的他。

收拾了一下无奈的情绪，迦南开口询问："你今天来找我，有什么事?"

赛文同样微微一笑，好像他真的发自内心地感到高兴，"我今天来说一声，我打算离开了。"二十年前，他再度来到迦南身边的时候，迦南对他提了一个要求，假如有朝一日他找到了自己的目标，并打算独自去实现，那么，至少不要不辞而别。

当年赛文答允了迦南，今天便来实现当初的承诺。

迦南愣了一下。

尽管心中一直有这样的念头，知道赛文迟早有一天会离开，但他却从未想过竟然会这么地突然，"为什么？"

"你记不记得，二十多年前，我曾经问了你一个问题——神是什么？"

"记得，但你不是没有找到答案吗？"

"我并没有放弃。"赛文淡淡地说，"现在我有了一个更加成熟的想法，需要证实这个猜测。"

"是什么？"

大陆上的各个种族，都有自己所信仰的神祇，人类信奉全知全能的欧尔丁，精灵信奉自然之神，不管是在故事传说里，还是在绘画雕像等艺术作品中，这些神总是拥有与自己种族有着相似的外貌和情感，而所宣扬的言辞，也无非是神佑世人。

但是，神真的护佑了世人吗？

为什么每一族的神，都与本族生命的形貌相似？

人类的神拥有人类的形貌，精灵的神也是精灵的模样，兽神则好像是一个兽人，羽人的神背生双翼……究竟是神按照自己的模样创造出这个种族，还是说，仅仅是各族人民本身幻想出神明的存在，并赋予了神明与自己类似的外貌和心性？

有迦南的存在，赛文能够了解到另外一个世界，这让他的眼界不仅仅局限于这个世界，思维同样跳出常规的轨迹。经过这些年的深思熟虑，他再度提出了一种看法，所谓神明，并不是一个与人类或别的什么种族类似的个体，神明不是生物，而是一种类似规则的存在。

比如迦南原来所在的地球，以科学为运转规则和生活核心，电力是世界最广泛的能源，物体由原子、分子组成。

再比如迦南现在所在的世界，所依靠的核心力量为魔法，元素是世界的基本结构，能源动力为魔力。

这便是两个世界不同的规则。

也是所谓的神明。

要验证这一点，只有一个办法，那便是，赛文抛弃自己作为生物的身份，成为这个世界的规则。

龙
龙龙下

听完赛文的解释，迦南低声说道："假如我阻止你，也没有用处，对不对？"赛文并不是一个会顾虑他人情绪的家伙，他这些年来非常听话，仅仅是因为他没有真正要做的事，并且不怎么在意罢了。

赛文理所当然地点了点头，来此目的已经达成，他转身离开。

走到门口时，身后传来迦南的声音："我始终不明白，赛文，你为什么一定要追求虚无的神明，这个世界真的让你毫无留恋吗？美丽的景色，平静的生活，人与人之间的关怀，乃至世界上所有的事，你都没有丝毫感触吗？"

赛文没有停步，更不曾回头，只有声音静静地飘来，"你曾经对我说过你们那儿的一句话，子非鱼，焉知鱼之乐也。你不是我，又怎么知道我所追求的不是璀璨绚烂的永恒美好呢？"

一三七　追求·道不同

一三八　世界·传承者

　　易龙龙神情古怪地望着眼前的青年。

　　结合赛文对她说过的七百年多前的往事，以及银龙塔希妮雅的遗言，她总算是基本上得知了当年的真相。

　　赛文的思维模式明显跟普通人的不大一样，志向也让人难以理解，只是为了追求一个看起来非常虚无的目标，他愿意抛弃无数在世人眼中非常美好的东西。

　　无论是美味的食物，抑或是华美的衣衫、舒适的住宅，还是清晨的第一缕阳光，夏日里清凉的湖水，春花初绽的绚美芬芳，冬雪降临的幽雅静谧，甚至人与人之间的情感，拥抱的温暖，令人心情舒畅的微笑，就连自身的身体，这些他都可以无视，只要他心目中最后的升华。

　　他的心寂如夜空，却又宛若有无数星子盛放。

　　他的意志无人能左右，即便是七百年前的迦南。

　　假如仅仅如此，那也没什么，毕竟赛文想怎么做，也仅仅只是他一个人的事。但是假如他要成为新的规则，那么必将颠覆旧的规则，这意味着，整个世界都要解构重组，最后会变成什么样，谁都不能预料。

　　或许，将会是彻底的毁灭。

　　他一个人的星空，要以全世界作为祭品。

　　七百年前具体发生了什么事，易龙龙不清楚，迦南肯定为此作过努力，当时赛文应该是没成功，他的力量还没有达到能成为"规则"的境界。但是七百年后，赛文的力量即将越过那个界限的时候，龙族终于留意到赛文的存在。

龙族，是世界上最接近神明的种族。他们的身体与大地、山峦和海洋一同呼吸，他们的力量天然拥有，并且散发出强大的威压。不过，这份资料只存在于迦南那些收藏在地下藏书室里的记载中，世人很少知晓。

龙族是最接近神明，也是最接近"规则"的种族，但他们毕竟还是生存在这个世界上的生物，假如世界毁灭，他们也逃不过相同的命运。因此，作为龙族首领的塔希妮雅，不得不干起了她不大喜欢的事，主动向赛文发动攻击，然而那个时候，赛文的力量已经远远地超出她所能抗衡的程度——塔希妮雅死了。

银色永恒长眠。

接着，其他的龙族，也先后步上了塔希妮雅的后尘。

彩虹倒影黯淡。

墨黑原野陷落。

翡翠山脊倒塌。

沙漠之风停止。

迅空雷声寂静。

……

杀了两三个主动找上来的龙族后，赛文一不做二不休，干脆斩草除根，免得不断受到骚扰，正好那时他正在研究创造生物，便创造出了林琦，让林琦代替他，做一柄沾染血腥的剑。

而杀光了所有的巨龙后，赛文又发现一件事，那便是，没有了巨龙，世界上其他的伪龙，比如双足飞龙、地行龙等，居然有一两只得到了进化，成为真正的巨龙，这大概是规则自动填补所造成的，于是他又干脆杀光了所有的伪龙。

这个男子心中，没有丝毫怜悯，亦无半分软弱。他是这样强大，这样无可抗拒，宛如这世间的一切规则，只按照自己的意志运行。

不管是动之以情，晓之以理，迫之以力，在今天之前，想必都已经有人或龙做过，然而赛文依旧不改其志。易龙龙也不认为自己能劝服赛文放弃这个念头，她不如迦南，跟赛文相处了漫长的时光，也不似其他龙族拥有强大的力量。她心上的人还在赛文手中，尽管拥有解开身上封印的方法，但是首先她需要时间和空间，其次即便得到了龙族的力量，她照样不是赛文的对手，这一点，无数前辈都已经用生命验证过。

她没有丝毫的筹码能与赛文讨价还价。

因此，尽管知道了真相，但易龙龙还是什么都没有说，只是古怪地看着赛文，像是看着一种她从来都不曾认识过的生物。

她原本以为眼前的男子是邪恶恐怖的魔王，却没有料到他即将造成的毁灭是这样的大，甚至包括他自己在内。

对于赛文即将要做的事，她有一种很不真实的感觉。事实上，任何一个人，乍然听到世界要毁灭这样的消息，第一个念头都不是恐惧，而是不信，觉得说话者是在开玩笑。

尽管相信塔希妮雅没必要死后还说谎，但是现在阳光明媚灿烂，易龙龙始终生不出世界末日的恐惧感和危机感，仅有一片空茫与不知所措。

想了许久，易龙龙才开口问道："呃，你打算什么时候毁灭世界？"这话出口的时候，她只觉得全身一阵别扭，总觉得不该用这种问"你什么时候吃晚饭"的语气来问世界毁灭的大问题。

赛文微微一笑，非常温和客气地，以类似于对待晚饭的口吻回答："等送你和林琦见面之后，就差不多是时候了。"他承诺过的事情就一定会完成，因此这一路上他多次停留，只是为了在世界毁灭之前，完成曾经应允的承诺……即便那些人很快即将随世界一道毁灭。

这是赛文的逻辑，信守承诺是一回事，毁灭世界，连带毁灭承诺过的人，又是另外一回事，两件事互不干涉，同样可以完成。

易龙龙松了口气，身体在半空中飘浮的不真实感，顿时有了稳定的落地感。

不管怎么样，至少，赛文答应让她见林琦。

这是她现今唯一能抓住的真实。

赛文站起身来，修长的身姿在湖边投下一道冷凝的暗影。他柔声道："作为你救下我的报答，我满足了你所提出的要求，假如你想得回龙族的力量，现在就能实现，但是假如你打算为同族复仇，或者维护世界什么的，我也不介意杀死你。"

说着他转过身，朝湖边的丛林走去，"还想见到林琦，就跟着我走吧，我会完成对你的承诺。"

易龙龙迈动赤裸的双足，双手提起裙摆，快步追上前方的身影，"你有没有想过，假如你失败了呢？失败了，你就不会成为新的规则，会把自己的生命也一起赔上。"

虽然不清楚具体的细节，但她依旧隐约感觉到，赛文所要做的事对他自身也是绝大的冒险。

前方的身影不停步不回头，"失败就失败了，死了就死了，那又怎样？我不在乎。"

脚底被尖锐的石子摩擦，易龙龙吃痛地拧了拧眉，不再言语，只专心跟上赛文的脚步。

世界怎么样，她完全不知道，她现在的全副心神，所能够想到的，就是再见到林琦。

只要能拥抱，就算下一秒世界将会毁灭，她也能微笑以对。

"七百年前，迦南校长留下荆棘之环计划，就是为了这一天。"宽大的会议室里，灯光亮如白昼，青骑士坐在首座的位置，他的眉目间仿佛蕴藏着出鞘的剑，坚定有力地道，"他给历代青骑士留下的关键词是——魔族、龙族、灭族。"

"当这三个关键词彼此关联同时达成，那么，便由当代青骑士为起始，召唤分散在各地的荆棘之环计划的成员。"

巨大的乳白色会议长桌边缘，绘着一段段散落的黑色荆棘。而荆棘之后，整齐地坐着七八十人。这些人穿着不同的服饰，来自不同的阶层，有显赫的王族，亦有普通的平民，男女各半，年龄跨度从十几岁到七十几岁。

所有人都专注地望着青骑士，倾听他的叙说。

"最初一代，荆棘之环的成员一共有一百名，都是迦南校长的学生，但辗转了七百年，有的已经断绝传承，有的遗失了初代的信念，现在能够找到，并且愿意前来的，包括我在内，一共只有七十三人。"

七百年前，迦南聚积起自己最出色的九十九名弟子，这些人都在自己那一方面的领域有过杰出的表现，有的是武技高手，有的是魔法导师，有的擅长外交，有的精通战术，甚至也有神殿的高层……他将这些人聚积起来，每个人给予一段黑色荆棘的图案，九十九人的荆棘连接起来，便能够结成一个完整的环。

他留下了这样一段话：

　　　　这或许是遥远漫长的等待，
　　　　无人将知晓你们的功绩，
　　　　这或许是永无尽头的跋涉，
　　　　永远看不见恒定的终点，
　　　　路途之上，
　　　　没有鲜花和赞誉，
　　　　只有刺破肌肤的荆棘，
　　　　然而为了共同的目标，

我希望你们能团结起来，

　　结成守望互助的环，

　　共同抵挡这不知何时到来的灾难……

　　迦南的九十九名学生，被托付了这样一个任务：等待荆棘之环连接起来的那一日，拯救世界范围的危机。

　　这乍一看，仿佛拥有英雄梦的少年的臆想，但迦南并不仅是说说而已，他为此作了充分的物资准备。他没有对学生们说出原因，也不说什么时候什么人会带来危机，只要求他们等待那一刻的到来，在那一刻到来之前，不断地积蓄自己的力量。

　　顿了顿，青骑士的神情变得有些无奈，"但是，具体是怎么回事，世界为什么会发生危机，这一点，据说只有青骑士的龙和荆棘之环的最后一人绿宝石才知晓。青骑士的龙已经在龙族的灭族之中一同死去，而根据情报分析，绿宝石，应该是前一阵子出现在迦南校长继承人——那位假冒海因涅家族成员的幼龙身边的翡翠。翡翠的真正身份是精灵，但是现在，我们没有找到翡翠的办法，而可能有途径联系翡翠的幼龙，又被魔族赛文拐走，至今下落不明。"

　　他这番话才说完，会议室内便有些骚动。不少人倾身与附近的人低声讨论，片刻，青骑士做了个下压的手势，声音便一下子静了下去。

　　青骑士继续开口："即便我们找不到翡翠，也不是完全没有办法。在把大家全部聚集起来之前，我向其中部分人询问了迦南校长向他们先辈的交代，根据他要求每一个人做的事，以及联系关键词的猜测，得出一个粗略的结论。"

　　"根据情报，那个名叫赛文的魔族，对人类世界非常了解，应该是长期生活在人类中的结果。或许在七百年前，赛文便打算毁灭世界，但是迦南校长阻止了他，虽然不能将其击败，但至少延缓了这件事发生的时间，直至今日。"

　　"我不知道我这一番话有多少人愿意相信，但我希望大家尽可能将这件事的后果想象得严重一些，假如只是普通的灾难，迦南校长不可能耗费巨大的心血来准备……这至少是为了我们自己的生存而作的挣扎，我在这里恳请大家，抛却国籍分别，旧怨成见，利益冲突，竭尽我们所有的能力，调动一切可以调动的资源，开始运行荆棘之环。"

　　结束长长的发言，青骑士站起身，单手按在桌子上，"现在，我要说的话已经完毕，愿意相信我，并留下来与我一道共同努力的，请抬起你的左手，按在桌面的

龙
龙龙
下

荆棘图案上，假如不愿意，随时可以离开。"

青骑士说完后，会议室中呈现了几秒钟的寂静，几乎所有人都露出了沉思的神情。片刻，一名衣衫华贵的少年微笑着抬起了自己的手，"我是一国王子，将来会成为国王，既然有可能危害到我的人民，我便应该为此尽一份力量。"

第一个人作出表态后，余下的人，也纷纷将手掌按在面前的黑色荆棘上。

"我明年即将结婚，我可不希望我的未婚妻有任何危险。"

"我妻子怀孕了，还有一个月就要生产了，我希望我的孩子生活在一个和平的世界中。"

"恭喜，我还没有结婚，不过我希望能一直研究魔法，假如世界毁灭，我也不能研究魔法了。"

"我……"

纷乱的声音中，有几个人悄然离开会议室，但余下的人，神情反而更加坚定。

空之岛。

翡翠双眼空茫，修长纤细的手脚用力环抱着树屋下粗壮的褐色树干，整个人好像猴子一样挂在树上。

松叶来找翡翠，抬起头来，看到的就是这样一副情形，在族人面前大多数时候都显得从容稳重的长老大人顿时崩溃了。"翡翠，你好歹也是精灵族的精英，能不能有点儿形象？"他现在这个样子，简直就是在往死里糟蹋自然之神赐予他的美丽外貌。

翡翠喃喃地道："荆棘为吾誓约……"过了好一会儿，他才仿佛终于清醒过来一样，利落地跳下树，正落在松叶的面前，"长老你来啦，这些天我一直在想从前的事，有些心不在焉，你不要生气啦。"

见翡翠这么快就认错了，松叶也不好再说，只是随意问道："究竟是什么事情，你想得这么入神？"

翡翠苦笑一下，"我因为找到了你们，过于开心，一时间竟然忘记了迦南当初的嘱托。那是一件很重要的事，至少我应该在离开之前，将自己的任务委托给另一个人啊，不知道现在外面怎么样了。"

本来他应该是荆棘之环中最稳固的一环，毕竟他身为精灵，生命漫长，不像人类那样会在一代一代的传承中失落，但最后反而是他自己出了纰漏。

可是，难道要为了他一个人，再度开启空之岛吗？

一三九　肋骨·小气鬼

算到现在，易龙龙至少与几个人一路同行过，艾瑞克、林琦、罗兰……可没有哪一次像这回一样别扭奇怪。

一方面，易龙龙始终记得身旁这家伙可怕的志向和曾经做过的事，另一方面，她又始终不能对赛文产生持久的仇视恨意。每次刚想起要保持警惕，但没过多久，赛文温和平易的笑容又会在无形间消除她紧绷的态度。

这样来来回回矛盾着，易龙龙索性不去多想，该怎样便怎样，这么一来，两人依旧相处得和谐愉快。

两人一道走着，偶尔聊聊天。

赛文似乎非常喜欢听地球上的事，每次易龙龙说到前世的情形时，他的目光会变得非常专注，眉梢流露出一丝奇特的笑意。即便易龙龙说的只是打针吃药这样在医院里非常枯燥的事，博学得几乎通晓天下事的青年，也依旧会听得津津有味。

相对地，易龙龙问起有关迦南的事，赛文只要知道，也会知无不言，言无不尽。赛文口中的，是一个跟记载中不大一样的迦南，那位前辈大部分的时候都非常缜密精明，但是冷不防也会有犯迷糊的时候。

比如有一次，赛文配了一瓶药剂，送到迦南面前，说了一声"喝"，后者顺手接过，仰头一口气将蓝紫色的液体全都倒入口中，咽下之后，才一边抹嘴一边问是什么药。当赛文告诉他是药剂配方的时候，迦南几乎三天都没有吃东西。

类似的例子赛文说了十几个，易龙龙听得差点儿打滚。然而她心中明白，这个时候再怎么欢笑，过几天后，都将化作镜花水月。

走出湖泊的范围，易龙龙已经大致得知了赛文的下一个目标，也是她此行的终点站，是那座最初发现林琦，并被她失手摧毁的高塔。

那座高塔周围，本来被赛文的力量所笼罩，普通人根本无从进入，但从几年前开始，他已经做好了取代这个世界规则的准备，但取代之后是什么情形，他自己的记忆，喜怒哀乐，乃至人格是否还存在，这一切都无法预料。因此在这之前，赛文打算前往迦南所说的他从前所在的"地球"去看一眼，算作最后的临别留念。

从这个空间跨越到另外一个空间，尤其两个空间的构成"规则"大相径庭，这其中的难度和风险性，相比起以瑟和他的父亲撕裂空间从魔界抵达人界旅游，至少高出一万倍。

当自己的身体穿越两个规则完全不同的空间时，所需要适应和抵抗的是全世界的规则洪流。更详细地说，假如换了普通人，可能当场便会灰飞烟灭。赛文却以本身宏大的力量，强行稳固住了身体，没有被另一个世界的规则撕碎。

他来到地球上，找到迦南曾经说过的他的家乡，亲口品尝了迦南念念不忘的家乡菜肴、零食小吃，也体验了一回坐在麦当劳肯德基里的感觉。他抓起一把地面上的泥土，代替迦南朝天空撒开，向故土作最后的告别。

甚至，赛文还因为穿着太奇怪，走在马路上时，被警察叫住盘问。

在地球上逗留了三四天，赛文才动身返回，但在返回的途中，出现了小小的意外。跨越空间之际，出现不可预期的空间风暴，假如只是在普通的地方倒也没什么，偏偏那时候赛文处在最关键和最危险的时候……

遇险的结果，便是他的身体乃至大部分精神，都被困在时空的虚无裂缝里，一时半刻无法离开。

赛文的身体、精神，包括他的力量，都被困在虚无里，这直接导致他原本布在高塔周围的领域，因为失去他的力量支撑而跟着消除，这才有机会让外人窥见了塔的全貌，甚至闯入其中。

高塔原本是用来存放林琦的，就像是一柄剑，总要有相对应的收纳的剑鞘。那座高塔，内里藏着针对林琦的封印，封印他的身体、记忆乃至力量，然而却因为易龙龙的误闯，导致封印初步崩毁。

而之后林琦的受伤，因其身体的自保功能，再度崩毁一部分封印，取回足以令他自保的力量，之后不断地发生变化。最后，便是以瑟，强行以外力解开封印，令林琦的力量恢复到巅峰状态。

至于其他的事，易龙龙差不多都已知晓。

一三九　肋骨·小气鬼

赛文被困在虚无裂缝里，残留的力量只能用在自己身上，没有外力帮助，他根本挣脱不出来。他本来想让林琦帮忙，但是那时候林琦已经跟着易龙龙，再也不复昔日的听话，最后还是靠着以前闲暇时玩的小游戏——封印之书，依靠席格的召唤，才终于回到了这个世界。

随后，他避开神殿，在平原上遭遇林琦、以瑟，开战。

那一战中，赛文虽然能将以瑟打着玩儿，但他自己却被林琦伤着了。他用自己存留的力量，将林琦转移回塔中封印，本来还想接着做别的事情，却因为力量耗尽，昏倒在龙语山脉，之后便遇上了易龙龙一行。

每当赛文说起龙语山脉的获救，易龙龙心中都会一阵痛苦扼腕，暗骂自己当初怎么就那么不长眼睛，把这家伙救醒了呢。但她自己首先是从赛文家里拐走林琦的人，又跟着有些心虚。

交错着懊悔和心虚，两人距离高塔越来越近，易龙龙忽然想起一事，问道："对了，你当初究竟是怎么造出林琦的？"

赛文眨了眨眼，微微一笑，道："我根据迦南曾跟我说过的，他们那里一个宗教的造人传说，抽取了自己的一根肋骨，赋予他自身的五分之二力量，创造出新的生命。"

用泥巴造人的难度比他想象中的高一些，他也不想只创造出一个会动的泥偶，因此他退而求其次，选择了难度较低的方法。

肋……肋骨！

易龙龙脚下一个踉跄，险些一头栽倒。

根据西方宗教的记载，上帝创造了亚当后，为了避免他感到孤独，趁着他熟睡时，从他的身体里抽取出一根肋骨，创造了他的妻子夏娃。

而东方造人的传说则是，女娲认为大地上太寂寞了，便用水和着泥土，按照自己的模样捏出来一个小人，落地即走，有五官和手脚，会说话会笑。

迦南上一辈子原本是东方人，不大清楚上帝最初造亚当用的是什么材料，便在这个问题上含糊过去，只说了夏娃的来源。而赛文也没有追究，当他想要造一个跟自己差不多的生命时，便从迦南说过的故事传说中选择了一个难度较低的。

相对于赛文的从容平静，易龙龙却是满怀震惊。她脑子有些晕眩，双手用力掐着自己，以免自己一下子晕过去，一边掐，她一边止不住打量身下这位兼职上帝的亚当，使劲往他肋骨那块瞟，怎么也无法将林琦跟一根骨头棒子联系在一起。

龙
龙龙
下

林琦？肋骨？肋骨？亚当？夏娃？赛文？

肋骨是怎样变成活人的，这里面的技术含量易龙龙怀疑自己一时半刻无法消化，也就没有追问赛文，只自顾自地沉浸在震惊之中。

易龙龙不知道很多事情。

赛文身在异空间之际，依旧能够直接联系到林琦，是因为林琦是他自己身体的一部分，即便距离再远，两人之间的精神依旧能够直接沟通。

而在那场战斗中，尽管赛文因为穿越异空间，导致身体力量的极大损耗，但只要他愿意，他能操控全世界的力量为他所用，正面交锋，林琦根本就不是他的对手。但林琦为了保护易龙龙，用了一个意想不到的，甚至有些无赖的办法——利用两人血脉相承的特性，他给赛文绑上同命誓约，接着，用所有的力量断然自尽。

只要他死了，被同命誓约绑缚的赛文也会随之消亡，那么从今往后，便能保证易龙龙安然无恙。

他还在风都之际，发现赛文归来后，便作出了这个决定，并作好了一去不返的准备。

他是赛文所创造的，被封印的那部分记忆认知中，有对赛文完全的了解。他知道以瑟根本就不是赛文的对手，这个世界上没有人能阻拦那个可怕的家伙。

可是他要保护易龙龙，不管敌人如何可怕，不管那个人是不是创造他身体赋予他力量，更不管他自己将会面临怎样的命运，他的心纯粹专一，只充满了对一个人的爱意。

他说过为了易龙龙可以付出一切，他说到做到。

他愿意用生命去爱易龙龙。

但是，出现了一点儿小小的误差。

假如林琦真的只是赛文的复制克隆，那么林琦恐怕就真的成功了，但是赛文造人，还是有一点儿技术含量的。他抽出肋骨后，做了小小的改造，对自己的血统进行提纯，只留下魔族最本源的那一部分，接着，才开始造人举动。

黑色的头发和眼眸，萃取了最纯净的夜色，赛文是魔族与另外一族的混血儿，然而用他的肋骨造出来的生命却是纯血魔族，其血统之纯正，甚至远远超过身为王族的以瑟。

两人之间血脉虽然相承，但是传承得不够彻底，因此林琦的同命誓约才出现了一丝裂缝，没能彻底干脆地置赛文于死地。

同命誓约。

林琦自尽。

赛文受创。

这三者几乎是同时进行的，但是速度有快有慢，因为同命誓约的束缚不彻底，导致赛文所遭受的创伤不够严重，还能够有余力赶在林琦完全死掉之前把他的命捞回来，重新丢回树海的高塔中锁住。

不管是血脉传承不够彻底，还是易龙龙在龙语山脉中误救赛文，总之没让他在昏迷中死于意外。

这是赛文的幸运，也是易龙龙的幸运。

假如不是这个缘故，虽然赛文也许不复存在，可是她也见不到林琦。

这一路上，她始终不能对赛文提起警戒心，也是因为林琦——易龙龙长期与林琦相处，习惯了对林琦不设防。当遇上了与林琦有些关联的赛文时，她时常会不受控制地觉得这个人很亲近，亲近得就像一直生活在身边——尽管她的理智非常明确地告诉她，赛文有多么危险。

两人走得不快，赛文偶尔还会停下来休息。过了二十多天，天气变得寒冷的时候，两人终于抵达了高塔的位置。

在外面看，入目所见是一片郁郁葱葱的树木，然而当赛文的脚踏过了某条无形的界限后，眼前顿时换成另外一番景象——高达数百米的石塔耸立在荆棘缠绕的灌木丛中，光滑的黛青色塔身墙壁上，爬着疏落的藤蔓，下方蔓延着青苔的痕迹。

易龙龙震惊地看着几乎望不见顶的高塔，回过神来，才转向赛文，惊诧地道："怎么会是这样？"她上次来的时候，这座塔还没有这么高，该不会是赛文故意搞什么鬼吧？

心里想着，易龙龙的目光自然而然地透着怀疑。

赛文微微一笑，"这才是这座塔的真实面貌，我给这座塔取了一个名字，叫巴比伦塔，是传说中通天的高塔。这片地区，是我控制住规则的领域。上一次你们前来时，我的规则消失，所以你们看到的是另外一番景象。"

易龙龙两次前来所见都是真实的，只不过是处在不同规则下的同一空间，而赛文回来后，被摧毁的高塔，也在规则力量重新运转后，恢复成现在的模样。

得到赛文的解释，易龙龙便也不去在意塔身的高矮，大不了待会儿直接用魔法飞上去即可，她现在所关心的是林琦。

"你说这里隶属于另外一个规则，那么我为什么没有感觉？还有，林琦有没有危险？"

赛文从这个世界去参观地球时，因为在两个规则之间穿行，导致他的身体几乎被摧毁，那么这里的规则和外面不同，会不会对林琦造成什么危害？

横竖已经抵达了终点，赛文也不介意最后来一次技术普及大放送，"没有影响，我这里的规则与大环境比较类似，只是在某些环节上存在些差异，对人类的身体当然有妨碍，但是你是最接近规则的种族，至于林琦……"

赛文笑了笑，"这本来就是专门为了他而设定的规则，影响当然是有的，一旦进入塔中，他的身体、力量、精神、意识将完全被封锁。他现在的状态，按照你们那里的说法，应该算是植物人吧。"

他神情温和，眼中却透着几分恶意作弄的味道，"我虽然很想像从前那样消除07的记忆收回我的肋骨，但是他现在的灵魂已经完全独立，脱离我的掌控，强行摧毁的话，同命誓约也将同样牵连我。没办法，只好便宜你了。"

虽然一路上，赛文承诺会让易龙龙见到林琦，但却是头一次明确地表示，同意放过林琦，转让给易龙龙。没等易龙龙露出惊喜的神情，他又补充道："不过呢，根据同命规则，假如我进入塔中，也不可避免将要受到自己规则的约束，很有可能不能离开，所以，假如你想见林琦，只能依靠自己的力量登上高塔。"

他只能送到这里。

能不能见到林琦，最后还得看易龙龙自己的。

易龙龙没有搭话，只是抬头看了一眼高耸入云的圆塔，盘算着待会儿直接用魔法飞上去。但这时候她应该尽量保持低调沉默，不能跟赛文对着干，以免他又想出什么别的为难她的手段。

说什么没办法送她上去……这绝对是赤裸裸的报复！

嘴上说便宜她了，干吗不干脆做个顺水人情，把林琦放出来跟她团聚，偏偏还让她爬高塔？

只站在他的角度，他不就是损失了一根骨头吗？

赛文是小气鬼！

小气鬼喝凉水！

喝凉水变魔鬼！

哼！

暗暗地腹诽着，易龙龙的手已经摸向了颈上的储物项链，准备取出魔法戒指查探一下塔中是否有陷阱，但不经意地，她又对上赛文含笑的湛蓝双眸。

"此外，还有一件事要提醒你，这片领域里，除了其本身存在的，任何外来魔法，一律无效。"

赛文的笑容刹那变得无比灿烂。

易龙龙那点儿小心思他怎么会看不出来？他就是报复怎么样？趁着主人不在家，偷走了他的肋骨……不，是07，还让07变了心，不再听从他的命令，甚至反过来倒戈相向，这个梁子结得太大了。

他承诺过迦南，不会主动伤害他那个世界的人，这个承诺，是迦南为了防止他穿越空间祸害地球而做的，此时对易龙龙，也同样有效。

更何况，易龙龙想要长成能危害他的程度，至少需要几百年的时间，他暂时没有必要特地斩草除根。

虽然不伤害易龙龙的生命，但这并不代表他就得不计前嫌地将自己的肋骨……不，林琦，双手捧着送到易龙龙面前，顺便提供嫁妆祝他们百年好合早生贵子。塔中是什么情形他十分清楚，他只负责将龙带到门前，易龙龙能不能见到林琦，林琦能不能醒来，就看他们的运气了。

眼看少女的目光一下子变得呆滞，赛文心情非常好，他拍拍易龙龙单薄的肩膀，脱口说出的却是不折不扣的中文："送龙千里，终须一别，我们就在这里永别吧。"

他的腔调字正腔圆，就好像他原本就是地球人一般。易龙龙愣了好久，才慢吞吞地道："其实，七百年前，迦南有一件事，还是成功了，对不对？"

虽然赛文的态度，乃至他将要做的事，都异常冷酷无情，可是易龙龙忽然间明白了一些事，赛文并不是真的完全没有感情，只是他的情感永远不会凌驾于意志之上。

810

赛文微微一怔，旋即微笑道："是。"

他坦然承认，又亲切地摸了摸易龙龙的脑袋，这才转身离去，并且，再也没有回头。

他走出十多步，跨出领域界限外，身影在空气里荡漾消散，转瞬间消失无踪。易龙龙轻轻地叹了口气，转过身来，抿着嘴望向高塔。

荆棘缠绕的灌木后，塔底有一扇门，按照赛文所说的，假如不能用魔法飞上去，那么她也只能用最笨最费力的法子，用自己的双脚，一步一步地爬上去。

她没有再与赛文讨价还价，虽然心里偷偷地骂过赛文，但在林琦这件事上，易龙龙不得不承认，赛文已经相当之宽容。假如换了她，被人闯入家中偷走自己的心血，甚至还让那心血反过来伤害自己，她恐怕还不会像赛文这么好说话。

能够被给予的容忍，能够额外得到的帮助，都到此为止。

林琦在等着她。

一四〇　是谁·在唱歌

银橡树城。

小楼的二层开着窗户，两个人影并排趴在窗边，一个黑发，一个栗发，对街道上的行人指指点点。

"唉，笨魔王，那女孩长得不错呢。"

"不良神官，你那是什么品位？练武的女性，身上都是肌肉块，脸部的皮肤又经常风吹日晒的，哪有女魔法师那么细腻温柔。"

"这就是你见识短浅了。我跟你说，一个真正的花花公子，要懂得欣赏不同类型女性的美好，温柔得像水一样的女孩固然值得呵护，可是刚健明艳爽朗的女武士也别有一番风味啊！"

"不，我看够魔界的女性了，来到人类世界，就要找截然相反的。"

"这么挑剔，你的人生乐趣至少要减少一半啊……"

这是魔王与神官之间近来最常发生的对话。

在神官提供了大量的魔晶后，魔王的身体状态总算是恢复到了能够自行修复的最低限度。一日，魔王偶然提起他来到人类世界的附带目标，顿时引发了曾经身为花花公子的神官的认同。两个身处截然相反阵营的家伙，总算在利益交换之外，有了共同语言。

正准备再说些什么来调教魔王对女性的审美，李维忽然听见下方传来门铃声，连忙先让魔王藏起来，自己下去开门。

片刻，李维带着文件回转。他望着魔王，似笑非笑道："有消息传来，发现了你哥哥的行踪。"

穆勒靠坐在佣兵团停放的马车边，目光灰败，神态颓丧。

他是一名神官。

许久之前，他还只是边境香草镇中资质平庸的青年，偶然得到镇上神官李维大人的提拔，在极短的时间内，他就成了一名正式的神官。

每日按时祈祷，救助伤病的人，倾听镇上居民诉说苦恼，钻研神术，这便是他一天的活动内容。

除去时不时到来的冒险者，小镇上的生活极为平静。他原本以为自己会这样平静地一直终老，却没有想到，一切，因为一名金发贵族少年的到来而改变。

改变他人生的少年名叫伊斯利，是海因涅家族的贵公子，拥有一个身为公爵的父亲。这样显赫的身份来历，本来是他这个阶层所不能接触的，但伊斯利公子居然来边境小镇上寻找随行进入树海的神官。镇上一共只有两名神官，李维大人不愿意奔波，这个职责便落在了他的头上。

陪同伊斯利出行后，他总算是见识到那个阶层的有钱人是怎么一回事，即便是在条件不好的树海中，他们依然能得到很好的服侍，而离开树海后，他又见识到了足以软化钢铁意志的奢华。

之后，他对小镇以外、神殿以外的世界产生了渴望和向往。他期盼着有朝一日也能成为这样的人。最开始他被伊斯利带走，是因为伊斯利要保守龙的秘密。可是渐渐地，他的抵触心理完全消失了，甚至盼望着就这么一直跟在伊斯利身边，进入海因涅家族的体系。

他忘记了从小生活的香草镇，忘记了一手栽培他的李维老师，满心想着财富和地位，却忘记了自己是不是有与此相匹配的才能与器量。

他如愿地被伊斯利带到帝都，正式见识了神殿的总部，并通过海因涅家族的关系，成为总部的一分子，还拥有了不大不小的职位。单纯以职位高低来比较，那时候他甚至在他的老师李维之上。

开始有贵族请他为他们的新生儿洗礼，他的名字逐渐被传开，作为最短时间内成为正式神官的传奇，有许多人乐于与他结交……他被狂喜和骄傲冲昏了头脑，不明白为什么李维面对海因涅家族的招揽毫不动容，被人关注和肯定的荣耀，那是多么令人迷醉的东西啊。

再之后，他的迅速蹿升引起了过多的关注，噩运和坎坷开始关照他。虽然成为神官的速度之快足以列入记录，但实际上，他的神术水准在众多神官中十分平庸，并不值得获取这样的地位，偶然遭人刁难，出了几次差错后，中伤、谣言、恶语接踵而来，而他也没有良好的心态来接受这样的挫折，不但没有静下心来反思，反而变得越来越偏激妒恨，最后终于被有心人利用，被神殿逐出了总部，并宣布全世界的任何神殿，都不准收留他。

这还是看在海因涅家族的面子上才从轻处罚他，否则他可能会被剥夺使用神术的能力。

他被逐出神殿后，正好赶上易龙龙公开身份，伊斯利最初只是因为他知道了龙的存在而将他带在身边的，现在既然此事已经成为公开的秘密，便与神殿同时抛弃了他。

神术水准平庸，有过恶劣的记录，被神殿驱逐，没有其他的才能，真正失去一切后，穆勒才终于明白，其实他什么都不是。

他没有脸回到养育他的香草镇，最后是现在这个名叫大地的中型佣兵团收留了他，让他运用自己的神术，为团内受伤的成员疗伤。

经过这些事，他的心已经如同一潭死水，最后的安慰便是他还能使用神术，神并没有抛弃他。

现在，大地佣兵团正在执行一项秘密任务，这任务是附近的神殿委托的，委托他们查探一个名叫赛文、喜欢穿着星星长袍的青年。除此之外，神殿还附加了一条追加奖赏，假如能杀死这名青年，所获得的赏金，足够佣兵团的每一个人奢侈地挥霍一百年。

这个条件太让人心动了。

尽管团长知道这份巨额赏金背后所随行的是巨大的风险，绝对不容易拿到，可是赏金的诱惑实在太大了，足以焚烧尽所有的理智。全团的干部开会商讨之后，最终的决定是冒险求财。

现在，他们埋伏在赛文即将经过的一条深窄峡谷两侧，峡谷从头到尾，布置了不知道多少个陷阱，而两侧的高地上，魔法师和弓箭手也在严阵以待，随时准备发起进攻。

即便埋伏失败，团长也准备了撤退逃跑的路线，对方即便再怎么强，也只是一个人——所有人都是这么想的。

穆勒对这场战斗的成败不大关心，他所需要做的就是看着队友的背影，在有人叫唤他的名字时，放一个神术出去，或者跟随队伍撤退。

峡谷中黑烟升腾，火光亮起，穆勒知道战斗开始了，但很快他便发现了不对劲，因为前方有些团员，都露出了仿佛见了鬼一般的神情。

下一秒，站在高地边缘的团员全都倒在地上，身上没有一丝伤痕，呼吸心跳却全部停止了。

穆勒感受到了彻骨的寒意。

只是一两秒的时间，全团一百四十三人，仅余距离峡谷位置较远的他还活着。

这不是战斗，也不是屠杀，仿佛神明伸出了一只手，轻轻地碾死宛如蝼蚁一样弱小的人类。

再过一秒，穆勒看见了神明的模样。

真人比画像上的更为俊朗温和，对方好像走在平地上一样，从陡峭的峡谷下走上来，湛蓝的眸子含着温柔的笑意。他走上来，抬起手，指向穆勒。

一股死亡的气息攥住动弹不得的神官，穆勒拼命地试图施展神术，可是此时神明却仿佛抛弃了他，不给予他任何回应。

就在穆勒几乎绝望的时候，一柄青色的长剑横飞过来，斜插入两人之间的地面，打断了死亡的气息。穆勒下意识地扭头看去，却见一名身穿青色武士服的青年，缓步走了过来。

青年走到赛文面前，拔出带着一段黑色荆棘花纹的青色长剑，朝赛文行了一礼，"踏着荆棘，追逐七百年前的脚步。赛文阁下，又见面了，继承迦南校长的意志，我有一个问题，希望您能为我解答。"

青骑士。

七百年。

赛文对于赶尽杀绝佣兵原本也不怎么执著，此时有人阻拦，他只是微微一笑，放下手来，"请说。"

青骑士修反手朝穆勒挥了挥，示意他离开，接着便不去理会，只是看着赛文肃然道："迦南校长留下过有关阁下的陈述，我想请问阁下，是否真的无可避免，不能阻止？"

赛文慢悠悠地点头，"是。"

青骑士沉默片刻，又道："接下来是我私人的问题，龙族，是不是被您毁去的？"

赛文又一笑，"可以这么说。"顿了顿，他柔和地道，"青骑士，我知道你是什么人。荆棘之环，当年迦南制定这个计划的时候，还特地告诉了我这件事。假如你们真的想遵从迦南的意志，那么，就按照他交托的任务，保存每一分力量，能挽回多少就挽回多少，不要无谓地在我这里送死，我们不是同一层面的对手。"

青骑士心头一震，沉默地握紧剑柄。

他来找赛文的时候，心头曾经浮现出隐约却决然的杀意，赛文是一切灾祸的根源，假如能杀死他，那么一切都将归于平静……更何况，赛文还是造成龙族灭族的凶手。

这个念头，他深深地埋在心中，却不料在这个时候被赛文出其不意地说破。

咬着牙关，青骑士极力压抑出手的冲动。他的神情比平时更为冷漠，两道剑眉笔直凝重，锐气几乎要压抑不住而迸出来。片刻，他目光和缓了些，再度欠身行了一礼，"多谢阁下的忠告，我会谨记在心。请问阁下，您现在要前往什么地方？"

赛文无声地笑了笑，"前往七百年前，开始和终结的地方。"

目送赛文离开，青骑士紧绷的身体才陡然放松。刚才他将注意力都放在了赛文身上，这时候才觉察，刚才被他救下来的神官，居然还留在他的身后，一步都不曾挪动过。

青骑士转过身，发现灰发神官眼神空茫，一脸木然，他忍不住皱眉，问道："你怎么还没走？"

他死里逃生，不是应该赶快逃离这个危险的地方吗？

穆勒仿佛没有听到青骑士的问话，过了好一会儿，眼神才逐渐恢复清明。他苦笑一声，道："我没有地方可以去。"

他没有颜面回到香草镇，神殿的大门对他永远关闭，唯一肯收留他的大地佣兵团，只有他一个人安然无恙地活了下来。带着这个履历的污点，今后他走到任何地方，都会遭到猜忌和怀疑，好不容易捡回一条命，他还没有来得及庆幸，便陡然发觉，其实假如刚才死了，反而会更安心。

穆勒说出自己的经历，惨然地望着青骑士，"青骑士大人，您救下来的是这样的人。"从赛文的称呼中，他得知了青骑士的身份，对比之下，更觉得自己卑微不堪。

青骑士沉默了一会儿，开口道："我有一个地方，那个地方与这个世界隔绝，我可以让你前往，但前提是，你必须抛弃世界上的一切，亲人、朋友、财富、地位。在那里，你可以重新开始，但是或许将会面临死亡，即便活下来，也不能获得任何财富或荣耀……这样的地方，你愿意去吗？"

穆勒睁大眼睛愣了很久，仿佛不敢相信自己耳朵所听到的东西。片刻，他猛然低下头，朝青骑士行了一礼，"这是我的荣幸，我将用余生感谢您的恩赐。"

感谢神！

他还没有被所有人抛弃！

风都。

帝摩斯敏锐地感觉到，最近风都的气氛有些奇怪。

虽然街道上居民的神情，还是一如既往地平和欢乐，可是仿佛有什么东西悄然弥散在空气里。

他原本是作为留守，替易龙龙守在这里搜集情报，但是没等他发挥作用，就收到了帝都传来的消息，简略地陈述了易龙龙的情况，告诉他任务结束了。

一下子失却目标，帝摩斯有些茫然。他找不到易龙龙，无法深入地询问更多的消息，只能每天不断地从流动往来的情报中，归纳整理有用的消息，希望能有所收获。

没有再得到有关易龙龙的消息，然而在这日复一日的辛苦中，帝摩斯逐渐发现了一些别的东西，让人感觉非常不对劲。

风都普通的居民，该怎么样还是怎么样，可是这座城市的管理者，从城主到警备队，都好像被一种奇异紧张的气氛所笼罩，仿佛即将有什么巨大的危机降临。

会有什么危机呢？

风都的地理环境非常好，基本上不会发生太大的灾害，而当前各国的政局，也能称得上稳定，他目前尚未听说，会有哪个势力想对风都不利。

除了管理者外，迦南学园的学生这些天来也好像发生了微妙的变动，有的没有完成学业的学生，被提前派发了毕业证书，让他们离开学院，而有的早已毕业在外闯荡的学生，又被紧急召唤了回来。

帝摩斯现在已经算是毕业了，曾试图返回学校，从迦南学园的老师或学生口中打探些消息，可是得到的回答不是无可奉告就是不大清楚。在斟酌清楚事情的轻重前，他没办法对从前的老师或同窗采用过激手段，也只有继续一头雾水地茫然着。

仿佛，有汹涌的波涛，在他看不见的地方，澎湃激荡。

冬季。

天空中有大片的雪花缓缓地飘落下来，地面上铺开一层没有边际的洁白，仿佛要掩埋这个世界。

　　经过血的教训，现在已经不会再有人来打扰赛文的悠闲。他不紧不慢地走着，有时候还会在村镇或城市休息，吃一些东西，接着继续上路。

　　虽然他完全可以无视空间的限制，瞬间抵达大陆上的任何一个地方，但是他还是更愿意用自己的双脚丈量最后的一段道路。

　　天空与大地都是白茫茫的一片，只有一道孤独的身影留下一串无可阻挡的足印。

　　远处传来不知名的歌声，若隐若现，缥缈而悠扬，带着末日的悲怆。

　　你听到了吗？

一四〇　是谁·在唱歌

一四一　末日·到来前

帝都。

巍峨辉煌的宫殿内，一名身着华服的少年，几乎整个身体都埋在桌面上堆叠的文件中。

他时不时地抬起头来，拿起手中的名单，询问左右两侧参谋的意见，"这些人都是重要的人才，必须保存下来，请两位帮我想一想是否还有遗漏的人选，我再添加上去。"

他是莱特帝国的王子，未来的王位继承人。他的先祖是迦南的学生之一，继承了荆棘之环的意志，直至今日，任务便落在了他的肩上。

身为王室成员，他比别人拥有更高的权位，更多的财富，更丰厚的资源，与此同时，他也比别人担负着更重的责任。

荆棘之环的具体实施由各地的成员分别完成，用来保存这世界上的一部分人类。然而他身为王子，所想要保存的，不仅仅是一家人、几百人甚至几千人，假如可以，他希望这个国家的所有臣民，都能够得到荆棘之环的庇护。

但是他的能力远远不能满足这个愿望，他只能有选择地保存国家中最有用并且也是最有希望的那部分人。

大部分被保护名单都在三十五岁以下的臣民中进行选择，要求身体健康没有疾病，最好有一技之长。而三十五岁以上的那部分，则只有那些曾经为国家作出过突出贡献的人才能够入选。

王子有时候会觉得，自己正在做的事比古代任何一个暴君都要冷酷残忍，就算是最凶狠的暴君，最大的暴行也不过就是消灭一支军队，屠杀几座城市，可是他现在所做的，却是明知道未来即将有巨大的灾难发生，他却只能摒弃感性与同情心，以冷酷的理性，抛弃全国大部分的人口，只给予其中极小的一部分人以生的希望。

在一切发生之前，这件事还必须尽量隐蔽地进行，以免消息传出造成动荡，带来不必要的损失和伤亡。

挑选人员和筹备资源的闲暇，王子抬起头望向窗外，只见天空中充满光明，却没有希望。

北方，塔曼帝国。

虽然依旧是少女的脸庞，但沙耶此时已经换成了夫人的装束。

她结婚了。

完成学业之后，她便遵照家族的安排，嫁给了婚约对象。

她的丈夫是年轻英俊的有为青年，但两人结婚以来，彼此之间似乎总是隔着一道看不见的屏障，虽然没有受到虐待，但沙耶总是觉得，似乎有什么不完满的地方。

直到荆棘的召唤传来。

荆棘之环的誓约，从第一代开始，通过师徒或者血缘传承下来。沙耶是这一代的荆棘继承人，当她受到召唤时，正好丈夫不在家中，她便找了个外出旅行的借口，前往荆棘的聚会。然而出乎她预料的是，在见到青骑士的时候，她还看到了一个与她同样吃惊的人，那个人曾经与她在婚礼殿堂发誓照顾彼此，但两人却仿佛今天才第一次认识自己的枕边人。

青骑士召开的会议结束后，他们默默地走在了一起，忽然间，沙耶抬起头来，想对丈夫说些什么，对方也正好投来视线。

四目相对，视线交错，两人忽然同时笑了起来。

"初次见面，我是荆棘之环，四十九。"

"初次见面，我是荆棘之环，六十八。"

不需要再多说什么，成为夫妻的两个人第一次产生这样的默契，也是第一次，两人主动伸出手来，在非正式的不需要表演的场合，牵住对方的手。

之后，为了共同目标而努力的两人，真正有了身为密不可分的夫妻的自觉，两人私下相处的时候，空气里便会弥漫着令心灵都感到放松的气氛。

直到现在，她才真正体会到恋爱的滋味，不过现在也不算太迟。

计算丈夫回来的时间，沙耶从椅子上站起来，快乐地转了一圈，才下楼让女仆为他们准备晚饭。

尽管知道前方是末日的绝境，可是她的心中却充满了温柔的甜蜜。

帝都郊外。

伊斯利现在面临着一个可怕的诱惑。

不久前，父亲大人让他担任叔叔艾瑞克的助手，名义上是希望他能从艾瑞克那里学习到一些东西，但不管是他自己，还是家族里的其他人都明白，公爵大人利用艾瑞克平息家族内部的争斗后，又准备栽培他这个无能的儿子了。

但是作为当事人的伊斯利，却不得不顺着父亲的意志，被推动着往前走。

有时候站在艾瑞克身边，看他游刃有余地处理各种事务，伊斯利总是忍不住在想，这位年轻的叔叔是怎么看待他的呢？

是否也和其他人一样，认为他是不值一提的平庸之辈，完全没有必要提防？还是不管他水准如何，已经在心中将他当做了敌对的目标？

他每多学一些知识，便会多明白一些从前的自己是多么的浅薄与无知。他昔日的目光是多么短浅啊，居然真的以为自己有资格与艾瑞克相提并论。只要艾瑞克还活着，他永远没有资格从他手中夺取海因涅家族的领导权。

可是现在机会来了。

身为拥有权势的人，总是免不了会遭遇敌人的暗杀，艾瑞克的武技虽然异常出众，但是假如三个龙骑士同时联手攻击他呢？

伊斯利偶然发觉，青骑士与炎龙骑士私下似乎在与什么人联系，进行见不得人的交易。今天，另外一名被称作睡骑士的前龙骑士来访，艾瑞克与他们一同出去打猎。来到人少的地方，谁都不曾料到，三名曾经的龙骑士——荣耀与尊严的代名词，居然出其不意地向艾瑞克发动了偷袭。

现在三名龙骑士都已经逃离，艾瑞克的其他随从或者去追踪，或者去求救，从前强大的给他留下阴影的叔叔，此时呼吸微弱地躺在地上，衣服下还不断地渗出鲜血。

现在艾瑞克身边只有伊斯利以及他的一名随从。那名随从贴近伊斯利，低声说了一句话："少爷，这个时候不管发生什么事，都不会追究到您身上的。"

伊斯利的心怦怦地跳起来。

现在艾瑞克生命微弱，他甚至不需要用剑，只需让他的伤势恶化一些，在其他人赶回来之前……届时即便追究责任，大家也只会认为是艾瑞克没有撑到救援赶来，所有人的仇恨都会放在三名前龙骑士身上……

假如没有了艾瑞克，那么他……

伊斯利呼吸微微急促，目光越来越迷乱，忽然间，他的身体动了。

他拔出剑，刺向身旁的随从，剑尖即将刺穿随从的心脏时，一只有力的手握住了锋利的剑刃。

顺着手的方向看去，伊斯利吃惊得说不出话来，"叔叔，您……"

本来奄奄一息躺在地上，据说连移动身体都会导致生命终结的男子，此时气定神闲地站着，握着他的剑锋。

艾瑞克欣慰地笑了笑，"我可以放心地将海因涅家族交给你了，即便不能够开拓，现在的你，至少有能力守护。"

从一开始，他便没有打算得到这个家族，终有一天，他要抛下一切去做自己的事。

这一场他故意设下的圈套里，伊斯利的表现，他至少有八分满意。

假如伊斯利一剑刺向他，反而不合格。

虽然心狠手辣有时候能获取较大的利益，但是他始终认为，能够在巨大的诱惑下心怀宽容、保存理性的人，才是真正的大将之风。

究竟……要不要现在就进入树海呢？

还是等援兵来了，再一同前往？

站在树海边缘，现在紫发盗贼面临的，是这样一个二选一的问题。

虽然罗兰跟易龙龙的主仆关系已经解除，但是自从那夜扑了个空后，艾瑞克交付给他一个任务，让他找到易龙龙，代替艾瑞克给她传个话。

想要找到赛文的行踪可不是一件容易的事，罗兰真正实践后，才体会到这个"不容易"究竟不容易到什么程度。

正常来说，假如一个人没有刻意改换面貌，隐藏行迹，那么以他的渠道，想要寻找并不困难。可是赛文同样没有做任何伪装，还带着一个小女孩公然上路，可是不知道为什么，他每到一处，注意到他的人都特别特别少，甚至有时候他在一个地方住了几天，等离开后，周围的人都不会记得这个人。

存在感极其薄弱——这话放在赛文身上虽然听起来荒谬，可罗兰的感受就是这样。

罗兰自从做盗贼以来，还是头一次找一个人找得这么费劲。他努力追寻赛文留下来的微量痕迹，反复搜罗人群中淡薄的记忆，不断地分析赛文会带易龙龙去什么地方，最终，他来到了曾经数次来到的香草镇，同时也是树海边缘。

树海啊……

每当回忆起树海中的某些事，罗兰英俊的脸上就会浮现出痛苦扭曲的神色。

虽然事情已经过去，但是记忆中一些残留的片段，还是让罗兰对树海有了一定的心理障碍。即便不提这心理障碍，以罗兰自己的实力，也不愿意孤身独闯树海。

他上一次进入树海，是有伊斯利及团队的保护，虽然那个贵族少爷脑子不是很好用，但剑术方面还是不错的……至于那之后的部分，他实在不愿仔细回忆。

无论是情报还是他自己的分析，都得出一个结论，赛文带着易龙龙进入了树海，但他们究竟前往哪个方向，这一点尚不明确。假如贸然闯入，最好的结果是白费力气，运气坏些，他可能会死在哪种魔兽的利爪之下。

可是假如等帮手……随便雇用的佣兵或冒险者不能保证安全可靠，传讯回帝都等艾瑞克的增援，所需时间又太过漫长了……

在树海边缘徘徊了小半天，罗兰依旧没能作出决定。正在他犹疑不决的时候，前方出现了一道熟悉又陌生的白影。

说熟悉，是因为他曾经喂养过那白影，说陌生，则是因为那白影的形象最近变化太大，从圆圆胖胖的羽毛团子，一夜之间，长成了拥有矫健身姿的巨鸟。

白影展开双翼，以与巨大身体截然不符的灵巧飞翔，在树木的掩映间一闪而过。罗兰下意识叫了一声："啪啪！"

没过几秒，本该飞远了的巨鸟扇动着翅膀，居高临下地降在罗兰头顶的树枝上。它低下头，宛如彩虹宝石的眼眸里透出几分不耐的询问神色，像是在说："叫我干什么？"

罗兰没料到啪啪居然被他叫回来了，忍不住愣了愣，好一会儿才试探着问："你现在要去干什么？是不是去找你的主人……"他总怀疑这只鸟能听得懂人话，现在正好证实一下。

果然，听完他的话，啪啪微微点了点脑袋。

吃了一惊的同时也放下心来，罗兰赶紧追问："你知道能在哪里找到她？"假如这只胖鸟知道消息，那就太好了。

啪啪这回没有动作，只是看罗兰的眼神更加骄傲、不屑了一些。

罗兰一个纵身跃上树干，一个翻身伏在啪啪身上，笑眯眯地抱住巨鸟的颈项，说："实在太巧了，正好我也要去找她，我们一起上路吧！"据艾瑞克说，啪啪经过了赛文的训练，已经有了普通栖枝一半以上的水准，这水准虽然还不敢说可以傲视全大陆，但是行走树海应该没什么问题。

紫发盗贼觉得，能在这个时候、这个地方遇见啪啪，实在是太幸运了，就好像他想睡觉，正好有人给他准备好了全套寝具。

半小时后。

假如时间能够倒流，罗兰绝不会只因贪图方便就搭上啪啪这只顺风鸟。

他怎么给忘了呢？这只鸟在幼小的时候就不是什么善茬，贪吃挑食又任性，甚至敢以弱小之身多次挑衅林琦。而当它长大之后，恶劣的脾性不但没有收敛，反而与其体积成正比放大。

很有可能，它将当初在赛文那儿受的委屈，都变本加厉地回报在了他这个弱小盗贼身上。

最初，罗兰坐在啪啪背上，以为只要抱紧它，这只鸟就不得不带着他一道去找易龙龙，可是啪啪飞上天后，先是在半空中做了十多个三百六十度的回旋，直旋得罗兰头晕眼花，接着，它又练起了高速升降，一会儿升到万米高空，一会儿又收起翅膀，连鸟带人一起往地面上摔，距离地面还有几米的时候，它再一个奋力振翅，回到天上。

最初罗兰还想着不认输，坚持抱着啪啪不放手，可当啪啪玩得兴起，背部朝下用力往地上摔时，他终于明白这只鸟真的什么都能做出来。之后，他失去反抗的意志，好像一只破布娃娃，随便这只鸟怎么玩，就算将他就地丢开，他也绝不反抗。

只是有时候会发出微弱的抗议。

"我的头发很脆弱……能不能商量一下，不要抓着我的头发飞……我还十分年轻，不想过早地变成秃子。"

"……你不抓头发了，我很感激……可是，能不能也别抓脚……一直倒挂着，我快吐了……"

"……你还是请继续抓我的脚吧……我的臀部不是用来做这个用途的……"

罗兰再度接触到地面时，头一件事便是趴在地上干呕，过了好久才头晕眼花地直起身，顺着啪啪视线的方向望去，却只看见一片密林，"您这是中场休息，还是已经抵达目的地了？"

啪啪不理会罗兰，它振翼朝前飞去，然而飞到某一处时，便仿佛被一道看不见的屏障阻拦，不管它如何努力都不能逾越半分。

经过一路的折腾，罗兰已经疲惫不堪，看啪啪不断徒劳地朝虚空中的屏障冲击，似乎暂时没有飞走的意思，他也顾不上会有什么危险，随意找了一棵树靠着坐下，一会儿便沉沉睡去。

　　这里是两个世界的分界线，只要再前进几步，便是他看不见的空间，那里有传说通向天空的巴比伦塔，塔底下，幼龙化身的少女正满肚子的苦恼。

一四二　虚幻·行路难

几步之外，罗兰疲惫地沉沉睡去。而几步之内，易龙龙已经愁眉苦脸地钻过灌木丛，她提起长裙裙摆，小心翼翼地避开荆棘，抵达高塔根部。

从现在这个位置仰头看去，原本就很高的塔显得越发巍峨起来，易龙龙看了一眼便不再多看，只是沿着塔底慢慢绕行。

在穿行环绕在外的灌木丛之前，她已经尝试过各种办法，包括赛文说过的不可用的魔法，她也全部尝试了一遍。事实证明，赛文至少在这一点上并未说谎，在这片领域里，不仅魔法不能使用，乃至需要通过魔力为媒介才能取出收藏物品的空间项链，也同样只成了单纯的摆设。

换言之，她现在再一次一无所有。

离开迦南学园，离开风都，离开艾瑞克，她身上的光环一层又一层地脱落，放弃迦南的遗产，放弃海因涅家族的势力，放弃塔希妮雅的照拂。她从跟着赛文离开时便做好了最坏的打算，因此即便现在又失去了魔法也并没有沮丧，而是大部分心思都放在身前的高塔上。

终于走到了侧门前。这扇黑色的门至少有四米多高，门的边缘雕刻着荆棘的图案。易龙龙伸出两只纤长的手臂，用力按在厚重的塔门底部，使出全身的力气，艰难而缓慢地推开了塔底的大门。

伴随着沉重的摩擦声，门开了一条缝，当缝隙足够宽的时候，易龙龙赶紧缩起身体挤进门中，又顺道拢起宽大的裙摆，大门随即合拢。

这里是高塔的第一层。

然而易龙龙站稳之后却发现，自己身处的环境并不是封闭的房间，而是车水马龙的都市。

远近的高楼鳞次栉比，明亮的阳光投射在大片平滑的窗玻璃上，而她身处在马路中央，不断有汽车呼啸而过。

马路两侧的树荫下，行人或走或停。

易龙龙的脑海一片空白。

她睁大眼睛，有一瞬间几乎分不清楚，究竟是她做梦回到了地球，还是她从头到尾都不曾穿越，只是做了一场漫长的梦？

不知过了多久，易龙龙慢慢地低下头看自己的身体，才恢复了没多久的少女身躯消失不见，自己又再度变成身体娇小的雪白幼龙，虽然不知道这是什么缘故，但易龙龙如释重负，小声地叹了口气。

她从头到尾都清醒地记着来到这个世界后的一切，林琦、艾瑞克、罗兰、翡翠、神官、魔王、青骑士、帝摩斯、伊斯利、沙耶、红帽子、啪啪、塔希妮雅……假如这些是假的，那么她一定会发疯发狂。

尽管有时候会想念故乡，可是来到这个世界，她遇到的人，遇到的事，也是生命中绝对不能缺少的部分。

不知不觉，易龙龙在地球上生活的印象已经变得有些淡，而想起林琦想起艾瑞克想起罗兰……却清晰无比。

她不是迦南，没有那么深沉的执念，在地球上，她的生命没什么快活有趣的事，反而是来到这里之后，尽管并非人类，却经历更多，牵挂更多。

一转身，夜色陡然降临，易龙龙还站在街道中央，只看见两侧霓虹灯亮起，广告牌变幻闪烁，衬得漫天星子也暗淡无光。

尽管明白周围环境并非真实，但易龙龙却不知道该如何。想起林琦，她暗暗咬牙，在一辆轿车飞驰而来时，她迈动脚步飞快跑到车前。

巨大的冲力传来，身体仿佛被撞成无数块细小如微尘的碎片，与此同时，整个世界也出现了无数道蛛网般的裂纹，最终化作齑粉，散落在无尽的宇宙中。

街道消失无踪，却没有如同易龙龙预想的那样看见塔里的情形，而是来到一片辽阔的大海上。她站在豪华游艇的雪白甲板上，身侧不远处，一个看不清脸庞的黑发男子静静地坐在甲板上，远眺平静的海面。

没过多久，海上风云变幻，乌云蔽日，巨浪翻滚汹涌，波涛咆哮着将游艇吞没，易龙龙也同样被波浪席卷。她下意识地扭头寻找，看见刚才坐在甲板上的那个人沉向大海深处。

经过第一次变化，易龙龙开始有了些心理准备，被海水压挤了一会儿，即将下沉之际，周遭景物再度改换。

树林，山岭，旷野，城市……

最开始感到惊讶，后来，易龙龙已完全平静下来。这是迦南的经历，她在这里只是作为一个局外人，沉默地观看。

有些时候她处于旁观的角度，有些时候则好像忽然加入了赛文的视角。

有一件事让易龙龙比较感兴趣，那便是记载中说迦南得到了龙的财富，才有钱建立迦南学园，那条充当了赞助商的龙，居然就是塔希妮雅。塔希妮雅认识迦南的时候还是一条非常年轻的龙，与别的龙不同，她虽然也收集财宝，但是并不怎么执著，听了迦南的打算她觉得很有趣，便大方地贡献出自己所有的收藏。

易龙龙原本以为会遇到什么难关或考验，但是进入塔中之后，除了看见迦南的片段经历，其他的什么都没有。

这座塔与其叫巴比伦塔，不如称之为回忆之塔更为恰当。

赛文并不是一个喜欢煞有介事当考官的家伙，他没有设置危险的陷阱，也没有使用人性的弱点作为考题，一关又一关地来判决是否允许易龙龙继续前行。

出现在塔中的只是他从前留下来的东西，或许有些奇怪，但并非为了什么世俗目的而存在。

即便在分别之前他曾经说过带点儿为难她意思的话，但实际上他什么都没有刻意去做，高塔原来是什么样子的，现在依旧是什么样子，他甚至不屑故意去多设置半道障碍。

他说放下，便是真正地放手不管，随便易龙龙自己怎么折腾，自然，也不会出手帮忙。

这个人骨子里的心气高傲让人难以想象，和世界上所有的人都是不同的。

当一切归于寂静，呈现在易龙龙眼前的，是一条从脚下延伸开的道路。

上下前后左右，都是一片漆黑的虚空，让易龙龙不知身在何方。

易龙龙没有迟疑，朝前走去。

她不知道这条路通往哪里，即便孤身一人什么都没有，前途莫测，她也要继续走下去。

她可以失去一切，唯独不能失去林琦。

一四二　虚幻·行路难

一四三　城主·第一任

　　易龙龙脚下的路仿佛没有尽头，但赛文脚下的路，终归是有尽头的。

　　每到一处，他的消息都被迅速地收集，传送至四面八方，根据其行踪，各方对自己的策略进行及时调整。当所有的消息都显示赛文的目的地是风都时，各地的主事者大部分都松了口气，风都的城主也只有露出苦笑。

　　强大的魔族对自己的都城情有独钟，他也不知道这该称之为荣幸还是倒霉。

　　神殿大规模调集人手，将所有的力量集中在风都，希望能以充足的准备来对付看不到底线的男子。

　　随着时间的推移，赛文的存在成为半遮半露的秘密，不光是神殿，各国的首脑、地方当权者也知道了他的存在，有的人提心吊胆，有的人对此不屑一顾，认为传言过多地夸大了魔族的力量，一个人再怎么强大也是有限的。

　　为迎接赛文的到来，风都的居民全部以战时军事最高等级的调派命令迁移离开，神殿与奈切斯的国王达成协定，让他们配合安顿这批居民。调走之后，除了特定的区域以及一些有必要留下来的人员，从前繁华热闹的风都，如今几乎成为空城。

　　这一年的冬天好像分外漫长，也分外寒冷，即便是大陆极南端以及龙语山脉这类几乎不下雪的地方，也落下了罕见的大雪。

　　当赛文来到冷寂的都城门前时，他抬手拂落发际的白雪，嘴角带着悠闲的笑意，微微眯起眼睛，望着这座闻名天下的城市。

　　仿佛回应他的注目，整座城市忽然自地下绽放出无与伦比的绚丽光芒，以环绕的城墙为边界，一座流动着异样华彩的弧面光罩，完全覆盖住面积庞大的城市。

这是风都坚不可摧牢不可破的武器。

五六百年前，风都所在的奈切斯还不叫奈切斯，当时的国王虽然勇武惊人，但为人过于自负，认为风都既然在自己的国土上，就应该完全臣属于自己，什么自主权，他祖辈给出去的东西，到了他这一代要完全收回来。

国王向当时的第九代城主一连发布了三道命令，后者皆以沉默抗拒。震怒之下，国王调集了全国三分之一的军队，去征服这座宛如宝石一般熠熠生辉的城市。

那支军队的人数两倍于风都当时的人口数量，几乎所有的旁观者都认为风都要么战败，要么屈服，就连风都的居民几乎都这么认为。短短几日内，不少人举家逃亡，可是当军队迫近时，整座城市亮起绚丽的光芒，一片弧形光罩如同牢不可破的保护伞，包住风都内外。

任何人想要闯入光罩都会莫名地失去生命，变成一具没有伤痕的尸体，无论刀剑还是魔法，都不能摧毁这道看似美丽的防线。

随军的魔法师仔细研究后，认为这是一种不在任何记载中的全新魔法，其防御性能几乎可以说是传说中的"绝对防御"，但本身又有伤害性。假如要给这种魔法评定等级，大约可以归为禁咒魔法。

面对守御得如同铁桶一般的城市，国王无可奈何，只能下令围困，希望断绝城内的物资。面对这个情形，当时的城主给国王送了一封书信，希望能够与国王达成停战协议，只要国王撤军，他就不会采取任何过激的举动，今后双方继续和平相处。

十天后，围困没有撤除，而城主的过激举动随之而来。

一天早晨，围绕着城墙外缘，数十根高大的光柱轰然升起，从光柱侧面显出一道道扇形的白色光页，好像翻书一样一页页翻过，然而这光页比世界上任何书籍都要宽大，一页翻过，其所达范围直接抵达城外包围的军队后方。

当时有人在远处看到了这样一幅情形：夜色还未散尽的黎明中，雪白的光页温柔地扫过密密麻麻的军队，其所过之处，留下一大片突兀的空白。

没错，空白。

这一回，不是死亡，而是彻底地消失，连尸体都没有留下。

刷刷刷十几页翻过去，如同蝗虫一样密密麻麻的军队，便凭空在这个大陆上被抹杀了。

无论是多么强大的武者还是高明的魔法师，无论身份高贵还是普通士兵，白色的光页一视同仁，一扫而过，通通消失。

全军覆没。

因为这次失败的出征，奈切斯引发了内乱。好在几年后新君主推翻旧国王，再度与风都修好，在其帮助下实施了一系列行之有效的政策，这才没有被外国吞并。

当时的城主事后发表声明，风都本身存在终极防御魔法，不依赖于任何魔法师，只为了保护自身的自由而存在，不会被利用于对外发动侵略。

那一个清晨，被称作"血色黎明"。

风都因此一役名震天下。

为什么风都之中有迦南学园这样吸引人的资源，但七百年来却没有被任何一个国家据为己有？

这就是其中的原因。

时隔几百年，风都的终极防御第二次发动，敌人却只是一个人。

身后是白茫茫的积雪，赛文站在城市外，望着被终极防御围绕的城市，丝毫不惊奇，只是静立等待。

现任城主是第三十六任城主，从各方资料里，他已经知道了赛文的恐怖，没有发送交涉文件，只是果断地发动防御的第二重、第三重和第四重。

当年消灭军队时，防御体系只发动到第二重便失去了用武之地，就连城主自己也不知道第三重和第四重是什么攻击，不过他相信，不管这个名叫赛文的魔族多么强大，四重攻击之后，他即便没有死，也一定会受到严重的创伤。

然而出乎城主的预料，城外的光柱升起后，并没有如同当年一般展开光页横扫，反而整座城市上空都响起宛如欢呼一般的歌声。

接着，风都的正门前，色泽缤纷变幻，光罩徐徐分开，如同情人敞开温柔的怀抱，自城门口铺展出一条鲜红的光路，如同盛会的地毯，一直铺到赛文脚下。

赛文微微一笑。

"喂，赛文，要不然这样，我当校长，你当城主，我们暗地里勾结，进行见不得光的钱权交易吧！"

"城主？"

"对，就是城主！多亏了塔希妮雅，我现在有钱了，可是有钱还不够，不把这座城市拿下来握在自己人手里，建立学园完全施展不开。我先帮你打点铺路，等你当了城主，就能在各种政策法规方面给我提供便利条件了。"

"我当?"

"别这么不情愿,你就试试看吧,尝试掌握权力的滋味,也是一种必要的体验哪。"

"好吧。"

他是风都第一任城主。

四四　林琦·再相见

也不知道走了多久，终于看见一扇门，易龙龙来不及想门后是什么，赶紧跑过去，只盼着能有些不一样的东西出现，再这么单调地走下去，她不疯也得傻掉。

爪子轻轻一推，不知道什么材质的门应声而开，看见门后的世界，易龙龙长舒一口气，总算又回到了正常的世界。

走过悬空的门，易龙龙的双脚稳稳地站在地面上，再回头看时，来时的门消失无踪，好像她一开始便处于这间屋子里，之前看过的景象走过的路途都只是一时迷乱的幻影。

可令她有些意外的是，幻影消失之际，她的身体却还如同在幻象中一样，变成了幼龙的模样，她试图想变回去，身体却始终没有动静。

易龙龙微微失落，她本来很想给林琦看看她长大的模样……转念一想，她又放下这点牵挂，安慰自己说没关系，等救出林琦后再好好研究原因，现在最要紧的事是找到林琦。

屋内四周没有窗户，唯一的门通往另一间屋子，易龙龙再尝试使用一下魔法，依旧无效。她估计自己还在高塔之中，并没有被传送到什么莫名其妙的地方。

放下心来，她才有心思仔细打量目前身处的环境。

屋子里的摆设很平常，就是普通家里客厅的模样，假如仔细观察，又能发现不一样的地方。

比如，墙角的冰箱。

比如，茶几上的一排听装可乐。

比如，沙发对面摆放的电视。

再比如，墙上挂着的空调。

这不是这个世界的客厅，有些东西，只在易龙龙上辈子的世界才存在。

看清楚屋内的摆设，易龙龙忍不住低头确认了一下自己的爪子，挥爪手滑一下，看着没有冰山降下来，这才摸着怦怦乱跳的小心肝，再一次肯定自己大约还在塔中，没有被赛文黑心眼地遣返她这个无签证移民。

既然还在塔中，那么可想而知，屋内的摆设都是赛文设计的。

这都是什么趣味啊？

易龙龙一边腹诽，一边爪足并用爬上沙发，一爪子捞过听装可乐，抱着仔细端详。可乐的包装做得非常逼真，铝制的易拉罐上覆盖了一层色泽鲜艳的图案，甚至还能在易拉罐底部找到生产日期和保质期，生产日期是大陆历 XXXX 年三月，保质期两年。

假如忽略日期，仅从外表来看，这就是一高仿真的假冒伪劣产品。

鉴于可乐已经过了保质期，易龙龙没有拉开来品尝，只是随手抛开，又去检查冰箱电视，空调的位置太高，她爪短莫及。

仔细检查了一番后，易龙龙肯定自己依旧身处塔中。

虽然赛文是模仿了前世现代化的设施，甚至冰箱还能制冷，电视还能放映画面，但这并不是通过科技，而是通过魔法来完成的。

这种魔法的运用方式在魔法商店中已经有了雏形，比如魔法电风扇、魔法加热炉，以魔法为基本动力，制作成方便的器具，只不过赛文所做的，相比起那些道具，复杂程度不可同日而语。

冰箱还较为简单，使用数十个魔法阵精细调节制冷，并在冰箱里安上魔法灯，但电视的播放，至少要有数千个细微的魔法阵相结合，才能做出与地球上的电视一般无二的效果，不仅能播放节目，还可以用声音遥控。

假如不追究原理，只看表象，这真的与地球上的没什么区别。

但易龙龙关注的重点不在这里，确定自己还在塔中，她便没有更深入地研究房屋本身，而是立即走向另一间屋子，希望能尽快找到林琦。

走过数间屋子，易龙龙找到向上延伸的回旋楼梯，连忙一蹦一蹦地往上爬，好在此时无人，易龙龙也不怕被人看到丢脸的样子，有时候没蹦准，骨碌碌地滚下来，只好从头再来。

蹦着爬着滚着，易龙龙一点点地往上蹭，上了一层楼后，检查遍这层楼的每个

一四四 林琦·再相见

房间，确定没有林琦，才继续朝向上一层的楼梯进发。

　　好在这只是稍微费劲一些，途中并没有什么障碍，只是搜屋之际，易龙龙再一次见识到赛文造假的才能。他做出空调电视冰箱也就罢了，居然还复制了一台电脑。看到魔法电脑，易龙龙忍不住停下脚步，尝试了一下开机，开机的过程与真正的电脑一模一样，电脑中用的是最普及的 windows 操作系统，安装了常见的比如杀毒等软件，甚至还有十几个好玩的单机游戏，大部分都是易龙龙只曾听说却没有机会玩的。

　　瞪着电脑屏幕，易龙龙一爪子按着鼠标，已经不能用惊愕来形容自己的心情。过了好一会儿，她才从电脑桌上跳下来，记住这个房间的位置，等找到林琦之后，她再回来慢慢体验。

　　见识了魔法电脑之后，不管在往上的楼层里再看到什么，易龙龙都已经处变不惊了，无论是看到直升机，还是法拉利，或者别的什么高科技产品，她都只瞥一眼，便不慌不忙地走过去，继续往上爬。

　　爬累了，易龙龙就随便找个墙角靠着休息一会儿，饿了的话，更加好办，赛文有时候会在一些屋子的角落放一盆观赏植物，运气好的话可以碰见果实，运气不好的话便去啃叶子。

　　在几乎完全密封的塔中，失去了时间的概念，易龙龙不知道过了几个小时几天，也分不清白天和黑夜，只是努力地向上攀爬，她小小的雪白的身体跌得青紫交错，划伤更是不计其数。

　　当易龙龙终于抵达高塔顶层的时候，小白龙已经变成了小花龙。与下面不知道多少层的摆设不同，这一层没有分隔房间，就只是一个宽阔的大厅。

　　易龙龙先趴在地上喘了一会儿气，才揉揉酸痛的身子，站起来，打量大厅。她未看之前，并没有抱太大的期待，然而一抬起头，便看到了林琦。

　　第一眼，唯一的，不是任何事物，只是林琦。

　　不管他们身在何方，也不管他们分别了多久，甚至不管他们遭遇了什么，千万人中或是四下无人，只要她在，只要他在，他们最先看到的，总会是对方。

　　并非魔法束缚，也非命令誓约，当你心里面填满了一个人的时候，就一定会这样。

　　圆形的宽阔大厅墙壁是天空般干净的蓝色，地上镶嵌着无数个交叠的魔法阵，而在大厅最中央，有一片散乱的浅蓝色碎冰，林琦就在那里。

他双目紧闭，长发垂落，四肢舒展，整个身体被悬空地冰封在一块淡蓝色的巨大冰块里。

易龙龙遥遥地望着林琦，忽然间落下泪来。

爬上塔的时候，她不管摔得多么疼，身上有多少伤口，甚至啃着难吃的树叶时，她都没有掉下一滴眼泪。她赶着找林琦，没有时间也没有精力自怜，就算她哭了，也没有人会为她抹去眼泪。

可是看到林琦，心中的堤坝仿佛破开一个口，眼泪便瞬间落了下来。

并不是撕心裂肺的痛楚，也非愁肠百转的忧伤，她的脑海中几乎一片空白，只是傻傻地望着林琦，怔怔地无声落泪。

她跟林琦分开有多久了？

只是几个月的时间，却好像几个世纪那么漫长。

在见到林琦之前，她做过许多噩梦。清醒的时候，也曾无数次担忧，表面上她充满不讲道理的信心，可是只有她明白，其实她恐惧得不得了。只有坚定地相信林琦活着，她才能鼓足勇气，继续寻找下去。

可是开始寻找后，她却害怕只找到残破不全的尸体，这让她十分矛盾。

不管是前往决斗之城，还是离开艾瑞克跟着赛文走，她的心没有一刻真正地安定过。

易龙龙听说有一种鸟，永远不停歇地飞翔，一生只在死亡时落地一次，她仿佛就是那只永世飞翔的鸟，终于筋疲力尽地停歇在地面。

尘埃落定。

赛文要怎样，他要毁灭世界成为规则，在这一刻已经不重要，重要的是，她终于见到了林琦。

静静地站了一会儿，易龙龙缓步走向林琦，然而靠近冰块，走入巨大冰块旁的碎冰间时，凛冽的寒意顿时席卷全身，冻得易龙龙冷不防打了个寒战，总算从茫然中清醒过来。

好冷！

易龙龙两只爪子交错地抱住身体，牙齿上下打架。

自家事自家知，她这个身体，虽然弱得可怜，但是唯独对寒冷有一定的耐受度，即便是在严寒的冬天，也可以穿着单薄的衣衫到处跑，身体所感受的是清爽的凉意，只不过为了不招人侧目，她很少这样尝试罢了。

易龙龙曾经好奇地做过试验，得知她的身体至少能承受零下六十度的温度，再往后，才会感到微微不适的寒冷。

可是现在，她的身体居然又是僵硬又是发抖，说明这片区域中的寒冷程度，远远超出了她能承受的范围。

易龙龙小心地后退两步，退出寒冷的区域。她弯下腰，试探地伸出爪子碰了碰其中一小片碎冰，刹那间，清冷的冰霜从爪子间开始快速向上蔓延，直到覆盖了整条前肢，这才停下来。

"啊！"易龙龙痛苦地叫出声。

从未感受过如此凌厉的寒意，好像无形的温度化作了锐利的风刃，一寸一寸地切割着她的肌骨血肉，疼得她恨不得将爪子拽下去。

抱着僵硬封冻的手臂，易龙龙担忧地抬起眼，望着被封在冰中的少年。

这么疼这么疼，林琦会不会也很疼？

她只是轻轻地触碰了最边缘的一小块冰，就已经这么难过，可林琦却在最中央，还被那么一大块冰给冻着，他会不会承受不住？

他现在没有知觉，可是等他醒来后，身体会不会被冻坏？

碎冰范围的半径有三米多，易龙龙盯着这段距离，想了一会儿，随即转过身，朝来时的路小跑而去，跑到楼梯口，她脚下一绊，骨碌碌地滚下楼去。

摔得头昏眼花，易龙龙摇摇晃晃地站起来，没等站稳便左右打量，寻找能用上的东西。

在这座塔中，外来的，即她自己携带的魔法和道具都不能使用，可是这条规则，并不限制塔内原本存在的东西。

她想给林琦加加热，便跑下楼来，寻找之前见过的魔法炉等镶嵌有火系魔法阵的道具。

先暖热了自己的爪子，从一间卧室里扯下一条床单，易龙龙将在高塔倒数第二层内找来的三只魔法炉都放进床单里，最后系成包裹，努力拽上楼去。

废了好大的劲儿，将三个魔法炉放在碎冰中，并且将加热量调节至最大，易龙龙后退看了一会儿，觉得还不满意，又拖着床单，朝倒数第三层楼进发。

来来回回地忙了许多次，易龙龙身上又添了好几处冻伤与灼伤。估摸着过了一两天的时间，林琦身处的巨大冰块旁，密密麻麻摆放着大小不一、款式各异的魔法炉，共同散发着灼热的气息，以此融化碎冰。

现在易龙龙已经累得连动动爪子的力气都没有了，她软绵绵地趴在地上，虽然异常疲惫，但身体疼得厉害，怎么也睡不着。

大概还有许多魔法炉她没能搜刮来，可是她现在实在榨不出半点儿力气，只能期待现有的炉子能发挥效用。

在易龙龙的注视下，一直都没有什么变化的碎冰，终于发生了第一个变化。浅蓝色的冰凌如同遇见了骄阳的冬雪，逐渐缩小，最后化作一缕转瞬即逝的薄雾，消失在空气中。

碎冰没有化成水，而是直接升华为气体。

最外一层的碎冰融化后，易龙龙精神一振，顿时觉得有了希望。

虽然这些冰融化得慢了一些，但是总归有了一个好的开始，只要她一直等下去，冰总会融化干净的！

心中有小小的雀跃，易龙龙顿时忘了全身的疼痛，用力睁大眼睛，嘴角不自觉地有了笑容，期盼内层的碎冰也跟着融化。

就这么眼巴巴地看着，眼巴巴地盼着，当碎冰融化了三四十厘米后，易龙龙忽然发觉，冰块中林琦的身体似乎变得有些透明。

有些不敢相信自己的眼睛，易龙龙努力地眨了眨眼，再次看去，反而更加肯定了先前所瞧见的。

冰中少年的身体确确实实在改变，虽然这变化非常缓慢，却一直都没有停下。

千真万确！

林琦正在消失！

一四四　林琦·再相见

一四五　明白·不明白

怎么会这样？

易龙龙呆怔了片刻，下意识地想冲上去，但是刚上前两步，却被魔法炉散发的热气给逼了回来。她六神无主，慌乱得几乎要哭出来。

难道林琦就要这么逐渐消失了？

目光触及前方的魔法炉，易龙龙如同抓住救命的稻草，胡思乱想——会不会，会不会是炉子？

林琦现在跟冰块冻在一块儿，会不会是因为冰块开始融化，导致林琦也跟着融化了？

她只想融开冰块救出林琦，并没有打算连林琦一起烤化啊！

林琦怎么就这么化了呢？他又不是冰淇淋做的……

脑子里同时闪过许多乱七八糟的念头，但易龙龙此刻却来不及多想，不顾爪子再度被灼伤，她忙乱地关闭魔法炉，并用一根木杆将炉子通通推开，远离她的林琦。

做完这一切，易龙龙再次抬头看去，却发现林琦的身体还是没有停止变化，他依旧在以极其缓慢的速度一点一点地变得透明。

易龙龙焦虑地盯着林琦，觉得他现在的模样似乎有些眼熟，猛地想起了一件事。

赛文曾说过，因为林琦对他下了同命誓约，导致两人的命运依旧相连，一方有什么事，另一方也会有相同的遭遇。

林琦现在的姿态，与当初他们在龙语山脉中遇见的赛文是何其相似，同样是在寒冷的环境中昏迷不醒，只不过林琦是站着冻在冰里，赛文却是横着躺在雪地上。

若不是他们错误地救醒了赛文，或许他会与林琦一样，永远地昏睡下去。

虽然不大清楚林琦为什么没有和赛文一起清醒，但是两人之间的确有着密切的联系。

想明白真正的原因，易龙龙倒吸了一口凉气。

假如不是林琦的身体出现了意外，那么，唯一的可能是，赛文那里正在对林琦产生影响。

以赛文的实力，大概不是那么容易受伤的，这么顺藤摸瓜地想下来，答案便呼之欲出，赛文正在完成他的愿望。

她在塔中消磨的这段时间里，想必赛文已经处理好了所有的事，开始实践他的理想。

成为更浩瀚也更虚无的存在，是要放弃身体的。

易龙龙推测得没错，这个时候，赛文的身体正在逐渐变得透明。

风都完全为他敞开，没有阻拦他的脚步。他进入城中后，遭到了神官的群体攻击。巨大的光剑劈来时，赛文只是微笑着抬起手，一把托住巨大的剑刃，轻轻一握，光剑便被他的掌心吞噬殆尽。

接着，赛文的手指朝周围划了一圈，顿时，城中所有的神官都发觉，自己无论如何都无法再施展出神术了。

按照普遍的规律，神官的力量正好克制他所属的种族，可是赛文的力量已经远远超出了这个规律，就好像车辆必须在平整的道路上行驶，而他却已经飞至半空，俯瞰车辆与道路。

神殿的力量，赛文很久以前就已经研究透彻，在这个世界和魔族世界，有一种通用的力量规则，那种规则是所谓的魔法，但是除此之外，两个世界亦有细微的差别。

魔族的本源力量，与神殿纯净的光之力，是分别循着两个正好相反的体系运行的，因此神殿才能脱离魔法的范畴自成一派，能宣扬其信仰，也能有效地克制魔族。

不过那样的克制，对于已经彻底掌握了原理的赛文，完全构不成丝毫威胁。他甚至能熟练地施展出从低阶到高阶的所有神术，也能够暂时阻断规则的运行，剥夺神官们的能力。

赛文不大想在风都内大肆杀戮，因此只做了这两件事，便丢下一群不知所措的神官，缓步走入迦南学园。

七百年过去，迦南学园虽然也改造或增加了建筑，但最初迦南设计的学园的形状与结构，却几乎没有发生什么改变。

门口的七根柱子，是按照迦南前世北斗七星的位置建造的，门口的赠言，则代表了迦南的一些理想。

赛文的记忆力很好，他清楚地记得迦南是怎样用心规划学园中的一切。他爱护学园好像爱护自己的孩子，并设立了一些能让钱财匮乏的平民受正统教育的科目，同时提出奖学金的概念。

他作的改变确实很小，每年能因此受惠的平民数量不算多，但毕竟是一个开始。

走在迦南学园里，回忆便如同潮水一般涌来，赛文并未抗拒，表面上也依旧是一派平静。

840

"呸呸呸，你刚才给我喝了什么药水？居然是那么恶心的材料！"

"但你还是喝了。"

"呸呸呸！见鬼了，怎么我就没办法提防你？说吧，到底是什么药？"

"不是毒药。假如药性没有偏差，应该是维持青春的药物。"

"啊？你怎么忽然想起来要做这种东西？你自己应该不需要吧？"

"人类不是都想永葆青春吗？你从前说过的，你们古时候的皇帝，总是希望长生不老。这个世界的人，也有类似的愿望。这份药剂只是初步，只要再喝几瓶，就能彻底巩固，你至少能再活几千岁。"

"赛文……我一点儿都不想青春长驻……我不知道你是怎么活过这么漫长的时间的，也不知道那些长寿的种族，都有什么样的观念看法，但是对我而言，短短的几十年，就已经足够了。"

"我不明白。"

"你不会明白的。即便你能看透每一个人的心灵，可假如你没有普通人类的情感，你永远不会明白这是为什么。"

赛文还记得，那时候的迦南望着他，微笑中带着淡淡的悲哀，眼眸中有他看不明白的落寞与怜悯。

直到又过许多年，迦南含笑逝去，他也依旧没能明白过来那究竟是为什么。

再走一段路，赛文来到学园广场，广场上伫立着一块高高的石碑，石碑上原本只刻着三句话，不久前易龙龙补全了最后一句。

七百年前，迦南就是死在这里。

赛文来到石碑下，仰头凝望笔直伫立的石碑。

暗青色的碑身色泽深沉内敛，蕴藏着岁月的古老。

尽管石碑上被施加了加固魔法，但时间就是时间，无人可抵挡，它赋予了其苍老的灵魂。

"这是什么？"

"这是我家乡的古诗，今后要是谁能填上最后一句，就算是我的同乡吧。"

"你应该明白，出现这种事的几率不会超过千万分之一，你来到这里已经是一个非常低的几率。"

"嘁，我想想不成吗？就算没人填，我也要把石碑留在这儿。对了，还有你知道答案，不准教人作弊啊。"

"……"

一四五 明白·不明白

仰头望着如今已经完整的碑文，赛文微微一笑。

他伸出手，在石碑上轻轻地按了一下，下一瞬，他出现在石碑顶部，居高临下地俯瞰地面。

在七百年前，迦南临死之际，他也是站在这里，居高临下地望着他。

七百年过去，他终于能完成自己的愿望了。

在广场四周布下结界，赛文摒除脑海中多余的思绪，展开他无限庞大的精神力量，与此同时，他的身体在逐渐发生改变，一点一点地慢慢变得透明。

然而没过多久，一道剑风横飞扫过，赛文叹了口气，抬手接住，同时身体又恢复原状。

被打断了。

他睁开眼，索性在石碑顶端坐下，目光平静地望着闯入结界的几个人。

睡骑士，青骑士，炎龙骑士，冰雪骑士。

四名前龙骑士到齐了。

还有三个人，分别是：艾瑞克，来自魔界的弟弟以瑟，身上散发着强烈神圣气息的栗发少年。

在广场的结界之外，聚集着上百名魔法师，他们合力协作，将结界打开了一条裂缝，这几个人便是通过裂缝进来的。

等几个人都置身于结界之内以后，百名魔法师同时脱力倒地，结界的缺口立即合拢。这些在自己的领域和环境中拥有极高地位与才能的魔法师，如今却不得不合作起来，竭尽全力对付一个随手布下的结界。

赛文来时的路上，曾经有一名魔法师主动向其发起攻击，而他的攻击所获得的唯一成果，便是让众人得知此人能剥夺魔法师使用魔法的能力，就如同他先前剥夺了附近所有神官的神术资格一样。

只是看一眼，轻轻一指，原本受人尊敬的魔法师便成了一个最平凡的普通人，这已经是站在了他们无可企及的最高顶点。因此，如今走进结界中，向赛文发起攻击的，都是这个世界的顶尖武者，没有一个魔法师，至于神官和另一个来历不明的家伙，是看在神殿的面子和神官本人的能力上，才一道放进去的。

赛文目光一扫，就知道了来人的身份。他对绷紧了脸的年轻神官笑了笑，开口却是冲着青骑士，"为什么你也会来呢？"

其余几人找来，他不奇怪，但是在上一次的接触中，青骑士理智地选择退让，应该很明显地感受到了两人之间的差距，即便是加上其余几人也弥补不了。

青骑士神情肃然，躬身行了一礼，"上一次，我作为荆棘之环的主导必须继续存在来协调多方力量，现在我的任务已经完成，可以做自己想做的事。"

会在赛文面前退却的，是担负着传承职责的迦南学园的青骑士，作为荆棘之环不可缺少的部分而存在，而现在站在赛文面前的，则是作为修·布拉得里克·奥古斯这个个体，他只遵从自己的意志作选择，义无反顾地面对死亡。

沉思片刻，赛文了然地点点头，接着转眸，对上李维要吃人的眼神。

从赛文刚才那一笑中，李维就知道赛文肯定是记得他的，因此也没有问赛文是否认识他，直接咬牙切齿地压低声音道："你当初从我那里拿走的东西，还给我！"

他的爱情，他的时间，都还给他。

赛文笑笑，回答得也很痛快，"不好意思，没有了，我用掉了。"时间还不还只是其次，最关键的那部分，他当初制造林琦的时候，想给他灌输情感，便直接从几个人类那里分别抓了一部分，试图融入林琦的灵魂中，不过最后试验失败，所有的材料都被虚无吞噬殆尽。

用了？没了？

他当感情是什么？金币吗？

听到赛文的回答，李维的整张脸都阴沉下去。他毫不犹豫地拔出背上的长弓，单手虚拉，幻化出一支光箭，指向石碑顶端的赛文。

手腕稳稳地锁定目标，李维露出一个皮笑肉不笑的表情，"既然用掉了，那么就拿命来偿还吧。"

言罢，李维毫不迟疑地松手。

浩大的雪白光芒顿时炸开，充满整个广场，甚至有一部分还透过结界照耀着整个迦南学园。

赛文伸出手来，单手接住光箭，如同对付先前神官的联手攻击，手掌轻轻一握，光箭便化作无数光点，消散在空气中。

李维沉着脸，并不说话，只是飞快地抬起手来，又虚拉一下，这一回，光箭的色泽黯淡了许多，不再是雪白的光芒四溢，而是一种接近透明的极淡的白色。

看见这支箭，赛文微微地"咦"了一声，随即笑了起来。

明白赛文正在对林琦造成影响后，易龙龙浑身无力地坐在地上，眼睛空洞而绝望。

她身在塔中，怎么去阻止千里之外的赛文？

绝望了一会儿，易龙龙忽然发现冰中已经接近半透明的林琦，忽然间又恢复成了原样。

呆愣片刻，易龙龙随即很快想明白，应该是有什么人在赛文改变自我的过程中阻止了他。

现在她消息闭塞，并不清楚阻止赛文的都有谁，但是可以猜想，至少神殿不会放过魔族。而假如赛文屠龙的事被人知晓，艾瑞克和几个龙骑士都会出手。

还没来得及高兴，易龙龙心中便又是一片冰凉。别人不知道，但是与赛文相处这段时间以来，她获取了不少理论概念层面上的知识，深深地明白赛文恐怖到什么程度，即便是这个世界所有的强者联合起来，也未必是赛文的对手。

阻止，最多只能阻止片刻的时间，最终赛文还是可以继续前行，而林琦也会跟随他一同消失。

一四六 飞蛾·我也是

赛文微微地"咦"了一声。

李维的第一箭，还是非常经典的神殿派作风，虽然实力上比其他神官强了许多倍，但本质毫无区别。可是第二箭，却完全不一样了，他竟然跳出了神术的规则轨道，开辟了他自己独有的力量。

假如说世界上遵守力量规则的人是在道路上行驶的马车，那么李维已经双脚离地，走出马车外，飘浮在空中。虽然高度比不上赛文，但是他已经迈出了第一步。

目光一转，赛文的注意力投射在李维身后的以瑟身上，"是你教他的？"

虽然超出规则这种事说起来只是嘴皮上下一碰，但是真正想要实现，难度相当高，他自己领悟到这一点，至少花费了三四百年的时间，而眼前这个酷似少年的家伙，年纪也不过三十岁左右。

更别说，他身处一向以严谨著称的神殿力量体系中，想要超脱出来，首先要推翻原先建立的信仰，如同推倒一座高楼，重新建造。

不管是什么样的天才，没有足够的经验是不可能做到这一点的。李维在这两方面的欠缺，毫无疑问，是由以瑟补足的。

经验，以瑟不缺，生于征战频繁的魔界，他最不缺的就是战斗以及对力量的掌握，而魔界的力量运行和神殿的相互参照，也有助于加深认识。

脸色依旧微微苍白的魔王耸了耸肩，"差不多吧。"他被赛文重伤，至今没有完全恢复过来，而得知赛文再度出现，他便选择跟李维进一步合作，在短时间内，给予他大幅度的提升。

有的经验和理论，甚至不是他自己的，而是来自他那位魔渣父亲。当然，李维的天赋也相当不错，否则即便有他调教，假如没有足够的理解能力，也不能理解那些很难用具体的言语来形容的东西。

赛文赞赏地向李维点了点头，"你很不错。"即便有以瑟调教，但是人类能做到这个地步，实在很了不起。

李维轻哼了一声，"说这些废话有什么用？把我的金币……感情还给我。"

赛文遗憾地耸了耸肩，"真没了。"

"那就别说了。"话音未落，李维的手再度松开弓弦，与上一箭的声势浩大不同，接近无色的箭矢无声而快速地射向赛文。

赛文还是伸出手来，一把握住，接着，箭矢消散。

即便李维现在窥见了更高层次的门槛，可是对他而言，依旧无效。李维仅仅是才飘离地面，可是赛文已经凌越至千万米高空。

李维动手之后，其余的人也没闲着。

四名龙骑士散开，围绕在石碑周围，跃向高空，从四个方向同时出剑指向赛文。

青骑士的简练，睡骑士的灵巧，炎龙骑士的宽剑挥动灼热，冰雪骑士的细剑带着冰霜以及神圣气息。

不需要宣言，更没必要询问原因，得知赛文是毁灭龙族的凶手后，对于他们而言，这个人就是必须面对的仇敌，就算复仇会同时付出生命，有些事情也是非做不可。

一生一伴的龙与骑士，这是任何外人都无法理解的情谊。

赛文依旧坐在石碑顶端，他只是随意地抬了抬手，四人便同时感觉到，他们的剑被一股无形的力量所阻挡，在空中顿了半刻，随即被宛如狂潮一般的巨大力量掀飞。

四名前龙骑士被打飞，李维的下一箭还没有来得及准备，赛文又轻"咦"一声，望向自从进入结界后便一直静立不动的艾瑞克。

与此同时，其他人也感觉到了周围环境的改变。

那个金发青年，长发随意地散在肩头，他站立的地方，好像成为世界的中心点，而他们在青年面前，都完全没有反抗的余地。

赛文朝艾瑞克点了点头，虽然什么都没说，眼中却透露出赞赏的神情。

在这个世界上，虽然神官和魔法师这样的职业入门困难，可一旦学有所成，战

一四六 飞蛾·我也是

斗方面将会比武者更有前途。这是因为，神官和魔法师，他们并不完全依靠本身的力量对敌，依照规则的体系，能让他们借用更多的力量，而武者却全凭锻炼自己的身体和剑技，完全依靠自身取得进步。

借用规则，可以获得极大的力量，但武者的练习，到达某一个程度后，便会逐渐缓慢下来。

再怎么锻炼，人类的肉体终究是有极限的，不能无限度地成长，如同四名龙骑士那样，虽然各自风格不同，但水准却相差不远，是因为他们各自都已经接近了极限。

当然，武者也可以超出极限，走出自己的道路，但那比神官和魔法师摆脱规则的限制更困难。

然而艾瑞克做到了。

四名龙骑士在空中各自调整身体，落地之际，同时看向艾瑞克，其中以冰雪骑士的神情最为不自然。当初在荒芜平原上也是这种感觉，他的动作都好像在艾瑞克的控制之下，甚至连反抗都做不到，就眼睁睁地看着自己胸前中剑。

这是武者突破极限之后的全新境界——领域。

在某一区域范围内，他就是主宰。

艾瑞克的领域，包覆住了整个广场，同时也将赛文包在其中。

金发青年目光清澈，坦然地直视赛文，"准备好了吗?"他原本打算依靠家族力量来对付赛文，回到帝都后，他终于突破了最后的壁垒，进入全新的层次。

赛文笑笑，出人意料地反问了一句相同的话："准备好了吗?"

易龙龙怔怔地望着冰块中的林琦，一筹莫展。

尽管现在林琦没有再变透明，可是她知道，不管阻止赛文的是什么人，所争取到的时间，都绝不够她继续加热融冰，或者离开高塔去寻找赛文。

时间永远不等人，她如此无力，只能眼睁睁地看着林琦再度消失。

魔法不能使用，也找不到别的人来帮忙，赛文在塔中设置的规则实在讨厌……

正想着，易龙龙猛地睁大眼，不，或许，并不是完全没有办法。

赛文毫发无伤地坐在石碑顶端，广场四周，艾瑞克等人七零八落地躺在地上，受创惨重，动弹不得，而唯一还站立着的以瑟，则是因为身体状态不佳，没有向赛文发动攻击。

以瑟静静地看着赛文将闯入结界的捣乱者一个个清理掉。他没有杀人，只是彻底让攻击者失去反抗的能力。武者不同于神官或魔法师，他们的力量来自于身体本身，而非借助规则体系获取，因此，赛文对付偏向武者的几个人，稍微多费了些力气，尤其是艾瑞克。

　　别的剑客，比如青骑士等人，即便在剑术方面成就卓越，但是他们都学了些辅助性的魔法，会运用魔力或者使用一些魔法武器、道具，然而艾瑞克不同，全身心专注于武技，对魔法一窍不通，需要使用魔法道具时必须请别人代劳，可以说是纯粹的剑客。

　　或许是因其纯粹，艾瑞克年纪轻轻就突破了武技巅峰，让即便是见多识广的赛文也微微吃了一惊。自从他有记忆开始，从未见过这样年轻且优秀的武者，作为奖励，赛文给了他类似于林琦的待遇，同样以一块极冰封冻。

　　随着赛文的清理，以瑟脸上的神情越来越失落，一直到李维倒下时，他才轻轻地叹了口气，"你，已经到了那个界限，对吧？"

　　他曾听自己那魔渣父亲偶然提起过，力量在完成一定程度数量的积累后，就会发生本质的改变，一旦改变，或许将抵达不可预期的世界，再也不能回头。

　　他的父亲虽然强得异常可怕，但是因为前景的不可预期，他谨慎地选择压制自己的力量成长，让自己远离那个危险的质变界限，可是以瑟没有想到，赛文居然毫无顾忌地达到了。

　　原本他还只是猜测，可是今天的一切，让他心中充满了无以复加的震惊。

　　眼前貌似温和的男子，骨子里却是如此决绝的义无反顾。

　　他输得不冤枉，这个世界输得不冤枉。

　　局势无可改变。

　　叹了口气，以瑟转向结界外，对已经相互搀扶着站起来却看呆了的魔法师们说："假如你们有家人朋友，趁着现在还有最后一点儿时间，赶紧回去告别他们吧，世界会变成什么样，谁都不能预期。"

　　他的家人，一个在魔界，一个在眼前，一个没办法告别，一个则不需要。

　　刹那间，魔王感到有些失落，他看见脱力倒地的神官，眼睛一亮，走过去坐在他身边，微笑道："即使是现在，我还是想说，矫健的女性不符合我的审美。"

　　神官有气无力地翻翻白眼，"你可真没眼光。"

　　帝都。

王子收到魔法传讯仪传来的消息，脸色微白，喃喃道："终于要开始了吗？"

一旁的随从给他披上外衣，"王子殿下，您的安排非常稳重，尽力保全了能保全的人。一座城市的容量毕竟是有限的，先祖继承迦南的意志，将整个帝都建立成危机到来时刻的避难所，您已经做到了最好。"

四百多年前，当时的君主作为荆棘之环的继承人，在数代的准备后，以整个帝都为基础，一面改造其外观，使其变得典雅优美，另一方面，又请了当时最好的魔法师，在帝都下方，建立类似于风都的保护系统。

今天，这一代的继承者，以特殊军事演练为借口，进行人员和物资的调动，没有引发过大的骚乱，等变化发生后，再向保护区内的人解释真正的原因。

王子笑了笑，忽然出手，一刀劈在亲信随从的后颈，接着他走出去，关上房门，径直朝外走去。

还有一个人应该出城。

那个人是他。

接任者他已经做好了安排。

作为荆棘之环的继承人以及一国的王子，他以理性决定保护少部分人，放弃绝大多数人，但作为一个人，他以灵魂决定，放弃自己，与臣民共存亡。

易龙龙定定地望着林琦，她的神情已经变化了许多次。

有……一个十分冒险的方法，或许能帮助林琦。

赛文在塔中设立了规则，使她处处受制，不能尽快救出林琦，假如换一个方向思考，不考虑规则之下她能做什么，直接考虑破坏规则呢？

这并非异想天开。

赛文说过，龙是最接近规则的生物，想要破除规则，只能从同一层次入手，只要她成为真正的龙，或许便能够帮助林琦。

她现在的身体遭到封印，按照塔希尼雅提供的方法，循序渐进，一步一步至完全解开封印，最少需要几十甚至上百年的时间。但是林琦等不及，她也一样。

焦急之中，易龙龙想到了另外一个无异于抱着一百吨核弹引爆，生存几率微小的方法。

她去过龙语山脉以后，意识之中留下了一团好像星团似的东西。她只抓取了些微尘埃，灵魂便几乎被彻底击碎，之后她看到了龙族的一些事情。那几乎可以说是大部分龙族的记忆经验智慧，以她现在微弱的程度想要获取，可以说是以卵击石……以卵击珠穆朗玛峰。

　　生还几率接近零，就算活下来，也不一定能成功……

　　易龙龙从来没有想过，会有这么一天，她要面临这样绝对的情形。

　　不冒险，林琦死。

　　冒险，有万分之九千九百九十九的可能，她和林琦一起死。

　　可是意外的是，她明知道这些，却始终想着那万分之一，那么怕死怕疼的她，居然会不顾满身伤痕，想着不到万分之一的生机。

　　初见时什么都不懂的林琦。

　　认真聆听她的教导，一点一滴铭记在心的林琦。

　　背着她到处行走的林琦。

　　为了被雷茵娜捉住的她，束手就戮的林琦。

　　再度回到树海中寻找她的林琦。

　　为了保护她而战斗的林琦。

　　"手滑了"的林琦。

　　一直相伴不分离的林琦。

　　迦南学园中当众亲吻她的林琦。

　　说"假如这是爱，那么我爱你"的林琦。

　　恢复记忆后，因为怕被她讨厌，小心翼翼隐瞒真相的林琦。

　　赛文归来，独自离开，意图与之同归于尽的林琦。

　　现在，沉睡在她面前的林琦。

　　笨蛋，傻瓜！

　　易龙龙想咧嘴笑，却泪如雨下。

　　易龙龙闭上眼，沉入意识之中。她远远地看见那团还未靠近便感到强大压迫力的星团。

　　她闭上眼，如同扑火的飞蛾，飞翔而去。

　　她依旧不知道什么是爱情。

　　但是，她愿意为林琦付出一切。

　　如果这是爱，那么我爱你。

 一四七 生死·七百年

广场的结界外，数百名神官徒劳地用自己的身体撞击着结界。他们目光发红，神情焦急，不顾一切的姿态如同扑向烈火的飞蛾。

结界可以看见内外，但声音是阻隔的，当李维等人一个个倒下时，外面的人也从实际情形看出无声的胜负。神官们惊慌之后，便试图闯入结界。

失去了神术，但是他们并没有放弃自己的信仰。

或许宗教与神明是人类自己创造出来的，揭开神术的面纱，也仅仅是另外一个力量体系，可是经过这么多年的完善，已经不知不觉地拥有了自己的灵魂，成为虔诚信念的来源。

为了信念，可以付出生命。

相较于广场外的喧嚣，广场内却安静得仿佛连一根针掉在地上都会被听见。

地面上的人静静地望着石碑上的魔族，而赛文也同样回望。

不管是广场上的，广场外的，甚至这个世界上尚存活的，已长眠地下的，都是他的败者。可是赛文空旷的目光里，没有丝毫身为胜利者的喜悦，他的神情沉静，如同没有波澜没有边际的海洋。

不张狂也不得意，但这样的目光，反而让冰雪骑士更加难以忍受。他勉强以断剑支地站起来，做了个手势，让外面的神官停下来，接着，才痛恨地望着赛文，"你看不起我们吗？"

这位高傲难以亲近的神殿圣骑士，他所不能承受的不是失败，而是被彻底地轻视。即便是击败他们所有人，赛文还是一副无所谓的样子，好像他所做的事，仅仅

是吹开面前的一粒沙尘，这粒沙尘可能特别好看，也稍微大一些，但归根结底还是沙尘。

赛文微微一笑道："请相信，我没有。"

他是真的没有任何轻蔑的意思，之所以不感到喜悦，那是因为他从来不觉得胜利有什么值得喜悦的。他没有输给过任何人，唯一不能成功的只是挑战自己。然而就算一时不能成功，也仅仅是时间不够或者还需要做一些准备。

唯一有一次……

那还是七百年前。

赛文自从定下目标，便离开迦南，开始明确地为之努力。

他把风都交托给他与迦南一起收养的继承人——第二任城主，他抛开累赘行走世界，不知疲倦地吸收各方面的知识。想要成为规则，就必须先让自己彻底地了解这个世界，全知全能，他要先做到前一半。

数年后，他偶然回到风都，滞留了一两个月，准备离开时，被迦南叫住。

一个是魔界的遗留者，一个是异世的异乡人，相识已经有许多年的两人，深夜在风都并肩散步。

走到迦南学园门口，迦南忽然停下脚步，转向赛文道："你这一次离开，也不知道什么时候会再回来，一起进去看看吧？"

门口以北斗七星位排列的石柱阴影打在迦南身上，他的脸上半明半暗。赛文想了想，点点头。

迦南笑笑，率先走入学园。

此时学园正在放暑假，校内几乎没有人，显得异常安静。迦南略微领先半步，他看也不看赛文，一直往前走着，赛文也不询问，只是沉默地与迦南保持半步的身距。

两人一直走到广场中央，靠近石碑的位置，迦南才忽然停下脚步，转头目光奇异地望向赛文，后者满脸的坦然。

迦南的神情不停变幻，有些吃惊，有些痛苦，也有些迟疑挣扎。沉默了许久，他才开口问道："你还是这样。"

这里，是他为了赛文特地准备的死地。

想要阻止赛文毁灭世界，只有抢先毁灭赛文，这是唯一的办法。

迦南深吸一口气，做了几个手势，月光的清辉便汇聚成浓郁的一道，照在两人身上。

接着，空气中泛起蓝色的海洋波纹，以迦南的身体为中心，扩散开来，大部分波纹都聚集到了赛文的周围，缓慢地飘荡着。

他深知赛文的强大，为了对付他，他研究了数年禁忌魔法，总算是在他回来前研究出成果，并遣散学园内的闲杂人等，该放假的放假，该休假的休假，该度假的度假，给他留下足够的场地，在广场下埋藏着不为人知的魔法阵。

可是带着赛文走入他预设的场地后，迦南发觉，赛文似乎早就发现了他的计划，却毫不反抗地加以配合，好像即将被毁灭的并不是他的生命。

赛文蓝色的眼眸在月色下显得非常幽静，他的目光依旧宛如初次见面时一般，那么纯粹无瑕，好像什么都不懂的孩子。可是这个人，拥有世界上最广博的知识，最强大的力量，最可怕的志向，以及最冷酷的心肠。

赛文之所以配合，并不是自大，也不是打算猫玩老鼠地戏弄敌人，他是真的在配合他的谋杀，可以算是世界上最合作的被谋杀者。

他谁都不在乎，什么都不在乎……连自己都不在乎。

赛文有愿望，只要他活着，他就会努力去实现，假如他死了，也没必要继续强求。

他的不在乎，是迦南有把握杀死赛文的底牌。

作为世界上最了解赛文的人，同时也是魔法研究集大成者学园的校长，迦南所设计出来的东西，只要赛文不认真反抗，确实有杀死他的可能。

可是……

迦南慢慢地收束手掌，海浪的波纹游动，而波浪的影子里，赛文的身体拉开巨大的伤痕，但是他静静地站立着，身影仿佛穿过时间，透出永恒的意味。

迦南无奈地笑了笑，放开手掌。

接着，禁忌魔法的反噬全集中在了他身上，他的脸色迅速惨白灰败，神情极度痛苦，眼中却透出如释重负的笑意，"我下不了手。赛文，就算你是个没心没肺的浑蛋，就算你只将我当做一个用过就可以丢开的工具，但我还是下不了手。"

因为他是真的将赛文当做朋友。

他来到这个世界初期，一直孤独一人，尽管四方游走，却始终封闭自己的心灵，不对任何人敞开。遇上赛文，这家伙有能看透记忆的天赋，逼得他不得不主动向赛文交代地球上的往事，虽然有些无赖和强迫，却硬生生地在他封闭的房子上敲开一个口，让他肯面对来到这个世界的现实，以及失去故乡的痛苦。

之后两人结伴同行，他不知不觉地将赛文当做世界上唯一的朋友，一起挣钱，一起去盗取别人的知识，一起研究武技和魔法，那是他最快乐的一段时光。

尽管这些年来他们渐行渐远，但临到最后关头，迦南所想起来的，还是最初那段几乎无忧无虑的时光。

他不知道世界和赛文孰轻孰重，但为了一个不确定的未来，他没办法下定决心杀死自己的朋友。

他念旧又放不下，难以做到大义灭亲、拯救世界成为英雄，只能死得很狗熊。

伴随着波纹，月光散开，迦南仰面自嘲地一笑，朝地上倒去，身体落下一半，却被瞬间移动过来的赛文接住。

迦南扶住赛文的手臂，勉强靠在赛文的身侧，扭头看见他迷惑的神情，哑然失笑道："你还是不明白，对不对？"

作出选择后，迦南的心情非常轻松，即便他清晰地感受到生命力正在迅速地流失，可是也挡不住他此刻的好心情，"认识你之后，我就觉得你无所不能，可是唯独这方面一窍不通，这不是心灵之眸能解决的，除非你拥有人类的情感，否则你永远不会明白。"

他聚起身体最后的力量，大力拥抱住赛文，拥抱住这个与他都身为这个世界异客的青年。其实他们同样孤独，可不同的是，他知道自己是孤独的，并为之感受到痛苦，但赛文却不知道孤独，也不会为之痛苦。

这是谁的幸运，谁的悲哀？

冷不防被抱住，赛文怔了怔，身体停顿片刻，听见耳旁传来低低的声音："虽然可以说这是妄想，可我还是希望将来有一天，你能够感受到喜悦和悲哀，有一个人能给予你丰富的灵魂，让你觉得，这个世界是温暖的。"

那声音越来越弱，赛文下意识地问道："你为什么不求我救你？"他有这个能力，迦南应该也知道，为什么他不愿意继续活下去？

迦南哈哈一笑，声音又微微扬了起来，"作为人类，我的生命已经足够长了，已经到了有资格去死的年纪，你可别拦着我。"

顿了一下，他的声音又逐渐减弱，最终趋于无声，"虽然你可能不在乎，但我还是要说，很抱歉，要把你一个人留在这个世界上了……"

说完这句话，他的呼吸停止。

赛文慢慢地放下迦南，忽然伸手在空中深深地抓了一把，好似抓住一团虚无，然而在赛文的心灵之眸中，他可以看见，那是迦南的灵魂碎片，也可以说是意识消散最后留下来的东西，异常浓郁的，全是孤独和思念。

一直到死，迦南依旧思念着故乡。

低头仔细看了一会儿，赛文随手一掷，将灵魂的碎片锁入高耸的石碑中。

耳旁听到的是什么？

是呼吸声。

脸上凉凉的是什么？

好像有一滴一滴的水滴落在她的眉宇间，溅开小小的水花，再顺着脸颊的弧度慢慢地滑落。

易龙龙睁开眼睛。

眼睛有些迷糊地张开了一道明亮的缝，正对上一双盈满水光的漆黑眼眸，易龙龙猛地清醒过来，接着，她看到了林琦。

美丽的少年低着头，长发好像瀑布一般从一侧垂下。他凝视着她，静默地，一言不发地掉着眼泪。

一四八　半斤·与八两

　　身体软绵绵的没什么力气，好像化成了云彩，伤痛全都消失了，剩下的只是懒洋洋的舒适。

　　易龙龙模糊地记得，她奋不顾身地投向龙族的智慧传承，接着在剧烈的痛楚中，意识几乎要飞散，脑子里就只剩下一个念头——救林琦救林琦救林琦……

　　最后，连她自己都不知道究竟做了什么。

　　看现在的情形，应该是成功了吧。

　　又一滴眼泪落在脸上，易龙龙下意识地伸出爪子，身体勉力上抬，想要擦去他脸上的泪水，然而还没等她碰着林琦，身上便陡然一轻，整个人被举起来，轻轻地放在地上。

　　林琦皱起清隽秀美的眉，飞快地擦去脸上的泪水，嘴唇抿得紧紧的，好像正和谁生气一般，瞪视着易龙龙。

　　易龙龙刚从九死一生中清醒过来，甚至不能确定此时的情形是幻是真，还来不及惊喜或庆幸，一下子被这么瞪着，顿时有些蒙了。

　　林琦在干什么？

　　他好像……在瞪她？

　　反复确认了好几遍，确定自己没有看花眼后，易龙龙还是有些不敢置信，小心地问："你是不是……在生气？"

　　易龙龙一边问着，一边在心里给林琦找借口。说不定林琦经过这么大的危难，虽然醒过来了，但倒霉地留下了比如面部表情失调等后遗症。

林琦轻哼一声，用力地点点头。

真的是在生气啊……

至于他生谁的气，这一点就不必问了，环顾四周，她还处在原先昏迷的那层塔中，此时只有他们一人一龙相对，林琦当然是在生她的气。

弄明白大概是怎么回事后，易龙龙顿时也怒了。

她好不容易辛苦地爬上来，冒着生命危险解开了封印，他不说一声谢谢也就罢了，居然还给她摆出这副脸色，哼！

易龙龙恼火起来，轻轻一哼，赌气地将头扭向一边，不去看林琦。

说要生气，她才该生气好不好？

要不是他什么都隐瞒着不说，独自去找赛文，他们也不会分开这么长时间，说来说去，林琦还是个幼稚的大傻瓜！

易龙龙越想越生气，这时候她想得更深了一些——林琦当初不告诉她真相，宁愿悄悄地离开，是因为他根本就没有指望她能帮忙。他只想单方面地保护她，却没有想过她是不是愿意接受这种单方面的牺牲付出。

难道他离开，她不会孤单？

难道他痛苦，她不会伤心？

难道他死亡，她不会绝望？

他只是单纯地想保护她，将她抱在怀里，或者挡在身后，不受一点儿伤害，但是他却不知道，她更愿意与他一起面对任何灾难困境。

面对易龙龙的这种反应，林琦愣了愣。

他醒来后，看见易龙龙满身伤痕地倒在他脚下，生命微弱，仿佛死去一般。那一刻，他整个人感到从未有过的寒冷，即便是被赛文以极冰封冻，也没有这么寒冷过。

他的身体源于赛文，现在又与赛文异体同命，虽然不能知道详细的情形，但是能隐约明白究竟发生了什么事，随后他又是心疼又是生气。

他心疼易龙龙为他吃的苦，也生气她为什么这么不爱惜自己。从前连她不小心磕了一下都会心疼好半天，现在却瞧见那小小的身体上伤痕累累，让他痛苦得不知道如何是好。

伤痕他可以治愈，可是曾经的痛苦回忆如何消磨？

他生易龙龙的气，更生自己的气，怨恨自己为什么没能保护好她，让她这样艰难辛苦。

林琦原本正在气头上，可一看到易龙龙的脾气比他还大，顿时就没了气焰，张着清澈明亮的大眼睛，伸出手指小心翼翼地去碰易龙龙的爪子。

林琦轻轻地碰了一下，易龙龙立即一翻白眼，侧着身子往旁边蹭了蹭，表明自己划清界限远离林琦的决心。

林琦再碰一下，易龙龙动作更大，这回往旁边走了几步，还转过身去，连背影里都透着"别理我，烦着呢"的意味。

林琦一下慌了神，他生气归生气，却没有想过真的要和易龙龙断绝关系啊。现在龙龙不理他了，他该怎么办？

怕自己靠过去易龙龙又跑掉，林琦拘束地站在原地，一双眼睛睁得大大的，恳求地低唤道："龙龙……龙龙……你不要生气好不好？"

那声音里充满了祈求的味道，易龙龙绷着脸忍了半天，终于忍不住转头看去，却对上一双可怜巴巴的眼，易龙龙叹息一声，心肠一软。

这个笨蛋。

不折不扣的大笨蛋。

也是全天下对她最好，可以毫不犹豫为她付出一切的笨蛋。

易龙龙张张嘴又闭上，最后苦笑一下，招招爪子，"你过来吧。"

林琦瞬间转忧为喜，乖乖地走近，半蹲在易龙龙身前，又伸手抱起她，将她放在膝盖上。

易龙龙伸出爪子，不客气地一爪子点在他白皙得接近透明的脸颊上，"知道自己错了吗？"

林琦垂着头受教，顺便降低高度，方便易龙龙戳起来不爪酸，"知道了。"

易龙龙继续戳，"知道哪里错了吗？"

"知道，不该连累龙龙。"

"大错！你这种想法要不得！我最生气的就是这个！什么是连累？如果真要这么说，我一直在连累你，我是不是早就应该滚蛋了？哼……那个，你疼不疼……喂！你要哭给谁看……怕了你了，疼就自己治一下……好吧，别那么可怜了，我给你吹吹……"

易龙龙看看林琦，忍不住苦笑。林琦瞒着她，也是因为她习惯了他的照顾，假如没有发生这件事，她或许会一直被无微不至地呵护着。

她说林琦幼稚，可是她自己冲动起来，又能好到哪里去呢？

笨蛋，谁要你来的？

傻瓜，谁让你走的？

半斤笨蛋，八两傻瓜，五十步别笑一百步。

神色逐渐缓和下来，易龙龙凝视着林琦，凝视着他真切的眼与美丽的脸，这一刻终于有了一种安稳的真实感。

他好好地活着。

没有什么比这个更值得庆幸。

易龙龙笑笑，一头钻进林琦怀中，低低地说："欢迎回来。"

久别重逢，劫后余生，等一人一龙都平静下来后，易龙龙这才有空彻底检查自己的身体。

清醒的时候，她便知道自己的体积没有改变，依旧是小个头的幼龙，身上的伤痕也全都消失了，除此之外，什么变化都没有。

易龙龙想了想，沉入自己的意识空间，找了好一会儿，却再也没有找见那团可怕的云。

依照常理，她应该算是幸运地把那团云消化了，可以解除封印变成真正的龙。再不济，也可以如同先前那样，变成少女的形貌……为什么依旧一点儿改变都没有？

究竟发生了什么事？

带着疑惑，易龙龙下意识地看向林琦。

易龙龙原本没指望林琦知道原因，只是现在只有一个人可以看，她本能地望去，却发现林琦目光闪烁一下，还没开口，神情便立即变得有些微妙。

看他的反应，易龙龙已经有了不妙的预感，静默片刻，她开口道："你直接说吧。"

最糟糕的情形已经过去，她没有死，林琦也还活着，对她而言，没有什么比这个更加美好。

林琦犹豫了一下，还是慢吞吞地说了。

他虽然没有亲眼看到，但是知识体系传承自赛文，赛文懂的东西，他大部分都懂，这其中当然也包括养龙技术或龙体健康检查等。

先前，易龙龙为了救林琦，情急之下选择爆炸式智慧传承，冲击塔希尼雅的封印，接着，发生了十分复杂的变化。

被龙族意志冲击的瞬间，易龙龙以获取的力量和知识解开林琦的封印。下一瞬，她脆弱的灵魂和身体都变得千疮百孔，达到崩溃边缘，在危急关头，有一件东西帮了她，那便是得自精灵处的智慧之心。

感受到寄主有危险，智慧之心自动从储物项链的空间里脱出，与龙族力量对抗。

智慧之心拥有修复和包容的能力，以温和的能量保护住易龙龙，将她的小命给捡了回来。然而智慧之心虽然能修复，却没有选择甄别的能力，修复易龙龙受损灵魂的同时，也将与身体同在的封印完全恢复，甚至因为这回封印是与易龙龙同步愈合的，导致二者更加密不可分地融合在一起，比原来更牢固更稳定。

打个比方，假如原来的封印是一个稍大的铁笼，易龙龙在里面还有少许的活动余地，那么现在这个笼子已经变形缩小，紧贴着穿在了她身上，换成了超强度合金材料。

意识中那团龙族智慧，只在易龙龙脑海中留下些浮光掠影般的浅淡痕迹便跟着消散了。易龙龙现在的封印太强，甚至连吸收龙族的智慧传承都做不到，今后她想要再度解除封印，变成人类少女的模样，只能自己学习磨炼，或许需要数百年的积累，之后，还不一定能成功。

听完林琦的解释，易龙龙呆了一会儿，才问道："那你有没有什么后遗症？"

得到林琦否定的回答后，易龙龙松了口气，还好。

虽然有些怅然失落，却也还是心满意足。

能换回林琦的安然无恙，她也没有什么大的损失。不能变成龙就不能变吧，不能变成人也就暂时先这么着吧，以这些作为代价换回林琦，她还有什么好奢求的？

现在让易龙龙感到苦恼的是，她对精灵族的松叶长老说过会帮忙保存他们的智慧之心，绝对不会丢失，等着今后他们需要的时候来取，可是现在……她这算不算是监守自盗？

一想起今后，易龙龙终于想起来被她暂时遗忘的事。

今后，到底还有没有今后？

先前林琦的身体曾经变得透明，是因为赛文正在放弃自我成为规则，那么，现在究竟怎么样了？外面是什么情形，已经毁灭了还是暂时安好？赛文要做的事，是已经进行还是尚未开始？而最重要的，林琦现在是否还与赛文绑在一起？

先前或许是不知道什么人阻挠，赛文暂时停下，给她争取了一些时间，然而现在那人又怎么样了？

艾瑞克他们又将怎么样？

问题一个接一个地冒出来，易龙龙先看向林琦，还没开口问，后者便会意地答道："同命誓约是我设下的，我自己可以解除。"

前不久他们才破天荒地闹了一次脾气，可是各自生气后，林琦却发觉，他仿佛距离易龙龙更近了一些。

从前他知道易龙龙要做什么，仅仅是知道她的目的行为，然而现在，却开始有些贴近她的想法。

他好像又明白了一些什么，虽然没有完全理解，可是总归是有什么的。

他发自内心地悄然欢悦，也同样感到黯然神伤。

好几道怪异的声音，先后在紫发盗贼耳旁回响，罗兰睡得迷迷糊糊，也懒得管那是什么发出的，只是烦不胜烦地摆了摆手，如同赶蚊子一样，嘴里嘟囔着："去去，别吵。"

下一秒，他整个人被拽上空中，接着，享受高空坠落，最后化作嘭的一声。

尘烟飘起。

罗兰痛苦地扭曲着脸，捂着脑袋从地面上爬起来。看到罪魁祸首时，他又不敢发怒，只咬着牙，恨恨地说："您有什么事吗？啪啪大人。"

白色巨鸟挥动翅膀，打了一下罗兰的头，将他的脸打正方向，正对着前方的一座高塔。

罗兰吃了一惊，临睡前，周围全是树林，只因为前方似乎有什么屏障无法突破才滞留在此，可这座高塔是从什么地方来的？

罗兰正疑惑着，忽然发现高塔的形状发生了改变，从高耸入云到现在的不断变矮。塔身上的装饰与颜色也跟着改变，最后稳定下来时，罗兰已经认出了这座似曾相识的塔。

上一次他跟随伊斯利来到树海，就是在这座据说藏着邪恶魔法师的塔上，救出了林琦。

还没等决定是否应该再度潜入，罗兰抬起眼，发现塔身最顶的窗户边上，半蹲着一个人影，黑色长发随风飘扬，人影的怀里，抱着一个白白的小小的东西。

 一四九　谎言·保护她

高塔上的黑色人影一跃而下。

掠过天空之际，影子边缘镶嵌着耀眼的日光，璀璨的碎金让罗兰下意识地眯起了眼。

下一秒，修长的双腿如同锐利的剑，刺入地面。

落地竟如羽毛般轻盈。

林琦双臂拢成保护的姿态，怀抱易龙龙，从容地望着盗贼。而少年怀里的幼龙，两只前爪搭在他的手臂上，笑眯眯地和罗兰打招呼，"嗨，罗兰，好久不见，你来这里干什么？又接了新的业务吗？"

易龙龙救醒林琦后，很想知道其他人的情形，便与林琦设法解除了高塔的规则保护，接着从塔顶跳了下来，正好遇到在外面等候的罗兰。

易龙龙不清楚自己在塔中停留了多久，早已失去了时间感，她现在急需找外面的人确定一下，刚出高塔便看见了熟人，这不得不说是意外的惊喜。通过罗兰，她不仅能得知时间，或许还能得知艾瑞克等人的现状。

望着忽然现身的易龙龙与林琦，罗兰愣了一下。在醒来之前，他还梦见了他们，如今轻易见到了，反而不敢相信。他下意识地转向啪啪，"你打我一下吧，看看我是不是还在做梦？"

他自虐的要求很快便得到了满足，巨鸟毫不客气地挥动羽翼，呼地一下将他扇翻在地。

龇牙咧嘴地爬起来，罗兰黑着脸，拍拍身上的尘土，正色转向易龙龙，欠身行

了一礼，"艾瑞克大人派我来找您，一共有两件事。"

顿了顿，他清了清嗓子道："第一件事，艾瑞克大人让我转告您一句话：不管您是真的还是假的，是请记住，过去的一切都是真实的。"

易龙龙眨了眨眼睛，好一会儿没有说话。过了许久，她才动了动身体，在林琦的手臂上挪动了一下，身体微微前倾，问道："第二件事呢？"

罗兰请易龙龙稍等，反手摸向身后的背囊，摸了一会儿，他脸色忽然大变，转过身去四处张望，好像在寻找什么。

等了一会儿也没见找到什么，见罗兰神情焦急，易龙龙好奇地问道："什么不见了？假如不是什么重要的东西，那就别找了吧。"

罗兰又找了一会儿，忽然抬起头转向啪啪，张了张嘴，却什么都没说。他的本业是盗贼，对自身的安全一向很警觉，东西不可能被偷走，但是先前他被啪啪又是拍又是打又是摔的，头晕眼花得连自己都顾不上，更别说背囊了。

唯一丢失的可能，就是那时候。

一边回想着，罗兰一边冷汗直冒，后悔为什么要贪图省事，搭乘啪啪这只顺风鸟，那是多贵重的宝物啊，丢失了，卖掉他也赔不起。

就在罗兰后悔心虚的时候，雪白的巨鸟骄傲地高鸣一声，展翼飞上树梢，倾身探头进入树丛中。过了一会儿，它收拢宽大的翅膀，落在易龙龙身前，嘴上横叼着一柄剑。

罗兰见了这柄剑，如释重负地道："这是艾瑞克大人让我转交给您的。"

那是一柄连鞘细剑，剑身比普通的剑刃略窄，套着不反光的黑色皮鞘，剑柄上镂刻着繁复细密的花纹，仿佛镶嵌了许多星辰，隐约闪烁着点点银色微芒。

这是，许久未见的千亿星辰。

传说中拥有自己喜恶的剑，唯有纯洁无瑕的少女才能使用，从而引导出物种本身的所有潜力。易龙龙也是上一次拿到这柄剑，才在这高塔之中斩断锁链，救出被拘禁的林琦。

之后塔身随即被斩开，扭曲的时空之力分开她和艾瑞克，同时也遗失了千亿星辰。如今看来，千亿星辰最后是被艾瑞克找到，并且一直保存的。

只要拥有千亿星辰，她就可以无视封印的限制，将全部的力量汇聚在剑上，一斩之下，无人可挡。

可重获千亿星辰，易龙龙却没有感到丝毫的高兴。

艾瑞克从前没有给她千亿星辰，是因为她本身剑技不佳，尽管一剑斩下的力量足以劈裂山川，但是假如运用不当，反而容易误伤无辜和自己。可是现在，他为什么又让罗兰转交呢？

假如是希望她的安全有保障，他亲自前来岂不是更好？

唯一的解释是，艾瑞克有别的更重要或更急迫的事情，一时脱不开身，或者，永远也脱不开身。

易龙龙没有接剑，只是定定地望着罗兰，目光中透着固执的探询。

她的直觉里，已经有了一个十分可怕的答案。

罗兰静默片刻，移开视线道："他找到了屠龙者。"

他相信在这方面易龙龙了解的内幕更多，所以他只说了这一句。

易龙龙确实知道更多，她不仅仅知道赛文是魔族，是屠龙者，更知道他过去的缔造，未来的毁灭。

艾瑞克一定会去找屠龙者算账，并且，一定会输。

前后串联起来仔细地回想，易龙龙明白过来，先前在塔中林琦的身体变得透明，但不久便好似被什么打断然后恢复了正常，当时她推测是在赛文那边有什么人阻止了他，如今两边联系起来，她已经能隐约确定究竟是怎么回事。

艾瑞克一个人或许不够，但赛文结怨的对象不止他一个人，多人联手，或许可以稍稍阻止一下赛文。

多亏那边阻挡争取来的时间，林琦得以恢复，可是艾瑞克他们现在怎样了？

赛文是否改变了世界？或许艾瑞克还有机会活下来，可是他居然主动攻击赛文……当初龙族攻击赛文，后果可是全族覆灭啊。

易龙龙焦急地望向林琦，"你知道赛文在哪里吧？用瞬间移动带我去好不好？"

林琦嘴唇微微抿起，为难地摇摇头，"他已经在做了。空间的法则正在发生改变，已经不是原来的空间，我没有办法像从前一样割开。"就算割开，他也不能把握住方位和距离。

虽然他拥有赛文五分之二的力量，但是领悟的层次完全不同，有的时候，实力的数量或许只有一步的距离，只要跨越了那一步，实力的质量就会得到升华，可是那一步跨越起来异常艰难。

赛文能掌控规则，而他只能被动地适应赛文所制定的规则。

一步之遥，天地之别。

赛文正坐在一步之遥的顶端，悠闲地回忆着往事。

一边回忆，一边改变。

他的知觉被无限放大，如同展开的根梢，延伸至世界上的每一个角落。每一件事情，都清晰地映入他的意识。

其中包括罗兰的窘迫、林琦的清醒和迦南精心安排的荆棘之环的避难所。

迦南做了两项安排，第一，杀死他来阻止改变，第二，建造避难所，保住一小部分人类。

第一项，以放弃而告终，第二项，则由他的传承者完成。

迦南的想法是，假如赛文要改变的是这个世界，那么假如建造一个空间，半脱离于这个世界而存在呢？能否由空间层面的隔离，避免一小部分的危害？

为了这个目的，他给一百名学生安排下任务，知识的积累，经验的实践，物资人员的调派。为了能从容地进行这些事情，一百人中，大半部分非富即贵，剩下的，要么拥有深奥的知识，要么有强横的武力或统率领导能力，这能确保隔离开后避难所的秩序不至于混乱。

事实上，迦南的这个设想赛文已经提前做出来了，其实例就是飘浮在风都上空——精灵们的安全乐园，天空之岛。

那是他的作品。

……

赛文微微皱起眉头。

在这最后时刻，他的回忆如潮水一般涌来，好像有些……控制不住？

这是……怎么回事？

迦南死后他便离开风都，四处行走。

他走过的地方是迦南的许多倍，看过的人和事也是迦南的许多倍。他知道他人的情感，却不能理解，始终只是一个游走在世界之外的看客。

随着时间的推移，他的力量逐渐变得强大，他用许多身份做了许多事，现在在人类的历史记载里，还留存着他的事迹。而人类之外，他给精灵和羽族制造了不受骚扰的容身之所。

迦南离开后，每过一百年他都会换一个名字，如今到了第七个一百年，迦南曾说过，赛文这个发音，在地球上的某些国家代表着数字7……他又换回本名。

而制造林琦时，他也是特地抽取了自己的第七根肋骨，为了区别自己的"7"，他给林琦加了一个数字成为"07"。

……

赛文的神情微微一动，忽然笑了起来。他创造出来的小家伙，正与另外两个小家伙一起，以极高的速度，朝他这儿赶来。

林琦说："我没办法远距离地对付赛文，因为规则是属于他的，不听我的指挥，只有到达他面前，我们才有机会。"简略解释了自己与赛文的差距，林琦提出解决的办法，"我可以暂时控制住他的行动，然后，你用千亿星辰杀死他。"

但是，怎么到赛文面前呢？用魔法飞去？那样能赶得及吗？

易龙龙正在犯难，忽然面前的白影动了动，啪啪转过身，成长得非常庞大的身体舒展伏低，背脊的流线呈现在易龙龙面前。

易龙龙试探着问："你是让我坐上去？你能带我飞去找艾瑞克？"

栖枝点了点头。

易龙龙惊喜地招呼林琦一同坐上去。啪啪现在已经长得很大，坐一个人不成问题，而她可以坐在林琦怀里，"没忘记什么吧，那么，出发吧！"

啪啪振翅飞起，它翱翔升至云端，身形一转，双翼笔直平展，速度陡然加快。好在林琦在此之前已经在易龙龙身上加了一道保护罩，否则光是飞翔的速度造成的风压，就足以将她压成小龙饼。

啪啪全身都在发光，温暖雪白明亮，羽翼的边缘与空气剧烈地摩擦，发出尖利的响声。它知道易龙龙很心急，因此它也飞出了自己所能达到的最快速度。

赛文站在某个临界点之上时，在放弃身体之后，成为规则之前，有那么一瞬间，有一个临界点，尽管下一刻他将无比强大，但是这一刻，他的身体却是前所未有的脆弱……至少相对于全盛时期的赛文不知道要脆弱多少倍。

只要能赶上那一刻，林琦就能用尽全力勉强封锁住赛文的行动，接着由易龙龙使用千亿星辰，抽取属于龙族的强大力量，直接斩杀赛文。

机会只有一瞬，但只要把握得准确，成功的希望是百分之百。

保护罩隔绝了声音，一切显得非常安静，易龙龙在心里默念着快快快，却没有注意到，身后少年的身体再度变得透明，身体在空气里一会儿虚，一会儿实。

林琦用力抱住易龙龙小小软软的身体，下巴贴在她脑袋上，嘴角挂着忧伤略带甜蜜的笑意。

他又说了谎。

这是最后一次。

他说可以解除同命誓约，是骗人的。

同命誓约绑住两个人的时候，可以单方面强制执行，同时控制住两个人，但是想要解开，却必须解开其中的一半，另外一半则由对方主动解除，这才算完成，否则只有他这一半解开，根本没有作用。

他才说过什么事情都不会再欺瞒易龙龙，可是立即又欺骗了她，虽然难过，但是并不后悔。

……很久以前，那个叫艾瑞克的人，曾就易龙龙的安全问题跟他私下谈话。

"我不知道你是什么人，假如你不愿意让我追究，我也不会追究，但是，我希望你能站在她身边，保护她的安全。必要的时候，你杀人，我负责给你善后。"

"可是，龙龙不让我杀人。"

"笨啊，你不会自己判断吗？没有多大威胁的小角色当然不必在意，但是假如遇见了很强的家伙，你不杀就是给自己留下麻烦。至于她那边……呃，偷偷地瞒着吧。"

"要骗龙龙？"

"这叫善意的谎言……我怎么觉得自己好像在教好孩子学坏？算了，不管怎样，保护好她吧。"

不管怎样，保护好她吧！

林琦微微笑着。

他会的。

并非出自艾瑞克的要求，而是出自他内心的愿望。

现在他知道易龙龙很关心他，假如这一次她知道他又不顾自己的生命，一定会很生气很生气，可是他顾不了那么多了。

有些事情，就算龙龙生气，他也是一定要做的。

他已经能感受到赛文要做什么，而一旦发生，世界将不会存留，到了那个时候，易龙龙也活不下来了。

消失一个林琦，换取易龙龙所在的整个世界，这个算术题，怎么算都划算得要命。

假如可以选择，他绝对不愿离开，可是真的只有这个办法。

他就是想保护她。

感到目标迫近，林琦低下头，隔着呼啸的空气，轻轻地吻了一下易龙龙的脸侧。

 一五〇　直到世界的尽头

　　空气仿佛高度浓缩，压力变得很重，在压力下，结界内外的人都已经站不起来了，还清醒的人，眼中都透着无力的绝望。

　　他们已经能感觉到，透明的空气里有什么看不见的东西在轰然改变。

　　而他们无力阻止。

　　世界上许多个角落同时发出一句话："来了！"

　　赛文静静地坐在石碑顶端，周遭由白昼转为黑夜，黑夜又变成白昼。

　　最后再度归于夜晚时，天空中一片璀璨的星辰，汇聚成没有尽头的河流，浩大的星河如同被强大的力量所引导，全都朝同一个方向涌去。

　　而赛文的身体已经透明得快要看不清楚，只留下若隐若现的轮廓，映着幽暗的夜色。他望着天空，琉璃一般的眼珠缀满星子的倒影。

　　这是一个抉择的分界点，放弃，一切都可以恢复原样；继续，将再也不可逆转。

　　上升到这个层面后，赛文才明白，成为这个世界的新规则，需要推翻旧规则，并不是简单地在原有层面上修改涂抹，而是彻底粉碎后重建。

　　打一个通俗的比方，一只母鸡生了一个蛋，这是现有的世界，将这个蛋敲碎煮熟做成饲料，再喂这只母鸡吃下去，让它用蛋的营养重新下一个蛋，这就是新的世界。

　　这不同于他在小范围内设定规则，大世界与一个小的区域是完全不一样的，必须先彻底粉碎，才能重新建立。而粉碎的过程中，山峦、河流、树木、野兽、人类

都将灭亡。

无一可以幸免，就算是迦南建造的避难地也同样如此。

赛文踩在改变的分界线上，沉吟不语。

风都宛如一座死去的城市，没有人说话，只是偶尔传来风的歌唱，空洞又寂寞地穿行在建筑间。

没有希望了吗？

李维叹了口气。

从以瑟口中，他们已经清楚地知道接下来会发生什么事，但是这个时候已经没有人能够阻止赛文，一步的距离他们谁都跨越不过。现在这个状况，他们唯一能做的便只是看着。

世界上怎么会出现这种怪物？

忽然，李维发现赛文转过头，望着侧前方。情不自禁地，李维和其余人也都跟着看过去。

赛文目光的尽头，是被黑夜掩盖的天际。

最初，只是微微地泛起柔和的鱼肚白，好似天光将亮，黎明很快就要到来。

接着，由微白变成明丽的亮白，范围很快蔓延扩大，雪白的光幕明亮艳丽，将流动的星河完全盖住。

李维屏住呼吸。

与光辉一同抵达的，是馥郁得穿透灵魂的芬芳，在这芳香里，看不见的生命骄傲绽放。

巨大的影子穿出交叠的云层，同时投射在天上和地上。片刻，雪白的巨鸟冲破光幕，巨鸟身体旁边汇聚着千万点遥远又冰凉的透彻光辉，好似星河都被吸引了过来。

冲出光幕后，巨鸟一刻也不停留地冲向石碑上悠然的男子。

而这一刻众人才隐约看见，雪白巨鸟的身上仿佛站立着一个模糊的身影。

那是谁？

那是林琦。

赛文看得很清楚。

此刻他的身体暂时被强大的力量压制住，不能做出任何行动，但是他所看见的比谁都清楚。

他看见林琦站在疾飞的栖枝背上，抬起一只手，五指张开，遥遥地指着他。

他也看见，被林琦抱在怀里的雪白幼龙用娇小的爪子拨出千亿星辰，那属于龙族的庞大力量与星辰细腻的光辉一道汇聚，剑尖微微抬起，空间好像要被撕裂一般剧烈地波动。

幼龙身后若隐若现地浮现一个穿着湖蓝色长裙少女的身影，她站在万里高空，神情专注，双手执剑。

隔空一剑，凌厉斩下。

距离在极速拉近，然而每一寸在赛文的意识中却又仿佛无限漫长。

赛文没有尝试躲避或反抗，只是平静地望着林琦。林琦清澈的眼睛里写着一往无前的决绝。这个从他身上抽取出来的肋骨，一个以他自己为模板创造的人偶，此时已经成了一个与他截然不同的个体。

这一刻，他忽然什么都明白过来。

为什么他创造不出来一个有感情的人偶，易龙龙却完成了他未竟的工作？

其实非常简单，对于别人而言，这个答案简单得可笑，可是对他而言，却直到现在才明白。

易龙龙是真心实意地将林琦当做一个独立完整的个体，真诚地用心对待他，付出了喜悦和悲哀。她用自己丰沛的灵魂灌溉了人偶空旷的躯壳，给予他新的生命。

这与他创造一个工具来使用，并且拿这个工具来做实验的心情是完全不同的。

只有真心才能换取真心，只有灵魂才能滋养灵魂。

　　　　你真心实意对我好，我也会真心实意地对你好。

这其实是小孩子都知道的，好像一加一等于二那么简单的道理。

即便他能看到并夺取别人身上的记忆、情感，可那终究是别人的东西，每一个人的经历、身份、认知、性格、想法、观念不同，每一个微笑的差异，都会造就一个截然不同的灵魂，所以他尽管看了那么多，却始终不曾明白。

直到现在。

他和林琦不同，林琦遇上易龙龙时，好像一张可以随意涂抹的白纸，而他却在遇见迦南之前被过于漫长和孤独的时间消磨，灵魂早早地失去了知觉。

迦南说过，希望有一天他能够感受到喜悦和悲哀，有一个人能给予他丰富的灵魂，让他觉得这个世界是温暖的。

迦南并不知道其实他早已被影响，只是他的情感埋得太深，就连他自己都没有觉察。

当他迟缓地明白过来时，那个可以给他丰富灵魂的人已经死了七百年，连骨灰都没有剩下。

"很抱歉，要把你一个人留在这个世界上了……"

赛文忽然笑了起来，眼眸荒凉如同没有生命的海洋。
他张开双臂，坦然迎向千亿星辰。
这个世界，太寂寞了。

易龙龙一剑挥出，低下头时，却瞥见林琦透明得接近虚无的身躯。
那么温暖，却正在消失。
她惊恐地张大眼睛。
易龙龙下意识地伸出爪子，然而庞大的力量已经离开剑刃，剑身上传出悠长的低鸣，好似从远古便一直存在的寂静的安眠之歌。

870

这世界的大部分普通人，或许偶尔还会抱怨生活的枯燥无趣，然后继续生活下去。

甜点街上依旧飘荡着烤薄饼和蛋糕的香甜气味，温暖得让人情不自禁地眯起眼睛。

一切秩序都恢复了正常。

只不过，在人们肉眼看不到的地方，有些东西要做一些小的修正。

比如，水沸腾的温度从前是一百度，可是从今往后，必须修正为一百零一度。再比如，一些魔法、魔力的控制运转，也发生了小小的偏差。

可是那又怎样呢？生活中谁会关注魔法是什么样的、水温是一百度还是一百零一度？

各国高层统一口径，对外界宣称前段时间发生了一场世界范围的魔法浪潮，魔力流转发生变化，对于此次变化造成的影响，有关魔法师正在全力以赴地进行研究。

而各地的报纸也刊登了诸如《普通民众纷纷表示对生活没有严重影响》等稳定

形势的报道。

真相，就这样悄无声息地被掩埋，毕竟，假如宣称世界曾经差点儿被毁灭，而这件事又是一个人所为，不仅会引起民心动摇，也会导致权力机构的公信力下降，这样的事实不仅太过惊骇，也让人不可思议。

知道真相的团体中，许多人都在猜测，究竟是谁在最后关头改变了局面。

那一天的光芒太过绚烂，众人只看见一只雪白的巨鸟以及如同一道帷幕般斩开的星光，浩浩荡荡地斩过赛文的身体，接着，赛文便消失在空气里。在光芒散去之前，那只巨鸟又翱翔着离开。

神殿坚持一种说法，神明对人类心存仁慈和怜悯，派遣他的神鸟与使者拯救整个世界。

而另外几方则有不同意见，最广泛普遍的观点认为出手的是一位不为人所知的绝世强者，至于那位强者是武者、魔法师，还是魔武双修，细节方面又有各种各样的分歧。

而事后有人询问几位龙骑士的看法，除了冰雪骑士外，其余三名龙骑士都无一例外地持含糊的态度。

青骑士对各方询问一概谦逊地表示，他只是不明真相的围观群众。

而炎龙骑士则很开心地收钱，收了谁的钱，他便立即改口顺从哪一方的说辞。

至于睡骑士，没有人指望能从一直昏睡的他身上问出任何真相。

风波逐渐平息后，以军事演习结束为由，风都被迁出去的居民又搬迁回了原来的家，迦南学园接上半途中断的课程。而在一切的平缓安宁下，却有一道小小的不和谐音，迦南学园的最大股东，也是世界上唯一的龙，她回到了自己在风都内的住宅后便关闭房门，谁都不见。

不光是学园里的相关人员不见，就连从前相熟的人也一概不见。

……

得到女佣带来的拒绝回话，帝摩斯没有气馁，只是温和有礼地道："请转告你的主人，我明天还会来的。"

门后传来懊恼的稚嫩声音："不见不见就不见，你听不懂龙话吗？我谁都不想见，你明天来，我还是一样不见！"

"谁都不想见，也包括我吗？"易龙龙话音未落，一道声音插了进来。帝摩斯微微一怔，看见俊美的金发青年缓步走近，面带微笑望向紧闭的大门，而在他的身后还跟随着几个人。

艾瑞克拍拍帝摩斯的肩膀，轻声道："有些事你就不要问了，有时候不知道真相反而比较好……至于她，先交给我吧。"

艾瑞克说完没多久，门内传来不大情愿的声音："好吧，艾瑞克进来吧。我见。"

在女仆的带领下打开大门，他们走入客厅，走上楼梯，一直走到二楼最角落的卧室。艾瑞克推开房门，只见一只圆滚滚的雪白幼龙趴在浅蓝色的床上。

幼龙身上穿着小花裙，四肢张开，小爪子已经将床单挠出了许多道印子，晶莹湛蓝的眼眸里，懒洋洋地没什么精神。

艾瑞克有些疑惑，他一路走来，甚至走到易龙龙的卧室都没有看到林琦的身影，那么青骑士告诉他的，当时在巨鸟身上那个若隐若现的人影究竟是谁？

先前易龙龙决心去寻找林琦，虽然他对此并不抱太大希望，但以易龙龙的决心，没有找到林琦她怎么可能回来？即便回来了，假如证实林琦已死，她也绝不会是这么一副轻松的神情。

但现在林琦又在什么地方？假如他还活着，怎么可能不在易龙龙的身旁？

虽然心中满是疑惑，但艾瑞克什么都没问，只当做什么都没觉察，笑嘻嘻地抬起手，冲易龙龙打了个招呼，"好久不见啊，小家伙。"

易龙龙扭头瞥来，正要应声，却发现艾瑞克身后跟着不止一条身影，下意识地往被子里一钻，只露出小脑袋，皱着脸抱怨道："你怎么带这么多人？"来参观稀有动物吗？

艾瑞克身后跟着三位龙骑士、李维以及乔装改扮的魔王以瑟。

以瑟的身份已经被神殿高层知道，李维为此得到了严重的处分，大概要用后半辈子来承担处罚，只不过以瑟目前没有做出任何对人类有危害的事情，神殿也经不起连续两次大规模出动精英成员，只有暂时监视他，不采取实质性的行动。

艾瑞克笑笑道："你不要忘记我被冻过一次，现在手臂还没有恢复，如果不带这么多保镖随行，我一般不敢出门啊。"说完，他晃了晃还缠着绷带的手臂。

"哦，那你再多带几个吧。"一听是这个原因，易龙龙立即表示理解，"来找我有什么事吗？"

"我们近期就打算离开，临走前一起向你告个别。"艾瑞克指了指身后的一众"保镖"，"他们想向你告别。"

保镖一号李维翻了翻白眼，走上前来摸摸易龙龙的头，道："神殿给我的惩罚太重了，我不就是勾结了一下魔族吗？居然要我下半辈子都给他们当苦力，训练高素质的神官。我打算逃亡，今后可能没有机会见面了，笨蛋龙，自己多保重吧。"

他说完后，顺手敲了一下易龙龙的头，便毫不迟疑地转身离开。倒是易龙龙有些舍不得，她盯着门口的方向，直到保镖二号魔王走近，这才回过神来。

魔王暂时改变了他魔魅的脸，长及足踝的黑发目前收到了腰际，道别之际，也顺便说了他今后的计划。

现在他的身体已经恢复了大半，可以尝试着打开回魔界的通道，虽然来人类世界的两个目标都没能完成，但主要目标已经挂掉，他也不好消极怠工，为了追求女孩继续无限期地延长假期。

来到人类世界这么久，居然一个姑娘都没追求过，也没有一次成功的约会，这让魔王感到无比遗憾，决定今后假如再有机会来人类世界度假，一定要完成这个心愿。

至于青骑士三人，则各自表达了对易龙龙的谢意。不管这件事情背后是什么样的状况，至少他们所看到的是易龙龙斩杀了屠灭龙族的赛文，这一点，便足够让他们心存感激。

神官走了，魔王走了，龙骑士走了，屋里只剩下了易龙龙和艾瑞克。易龙龙与金发青年对视片刻，自己先心虚地低下了头。

虽然艾瑞克曾让罗兰带过话，原谅他当初的隐瞒，甚至还将千亿星辰送给她，可是她毕竟还是有些心虚，内心深处总觉得有一个地方没办法面对艾瑞克。

艾瑞克没有说话，只是弯腰摸了摸易龙龙的脑袋，再把她从棉被里揪出来，挨个摸她的小爪子，一直摸到脚爪子的时候，一股无形的力量从身后袭来。金发青年微微一笑，心中有了把握，这才松开手道："现在想不通的话，今后还有很长的时间。今后不管什么时候，也不管是什么事情，如果你被人欺负了，或者想找人说话，都可以去帝都，通知伊斯利，让他帮你找到我。"

易龙龙低着头，许久才低低地应了一声，"好。"

在风都居住了两三个月，一天清晨，一辆由紫发盗贼驾驶的马车驶出风都，娇小的白龙独自坐在马车里，扁着嘴，像是在跟什么人生气。

过了许久，易龙龙忽然说："你可以出来了。"

话音未落，空气里一阵抖动，少年的身影由无到有，凭空显现。

林琦慢慢地蹲在易龙龙身边，小心翼翼地望着她，"龙龙，你还在生气吗？"在最后关头，他即将与赛文同归于尽时，赛文不知道为什么，忽然解开了与他的同命誓约束缚，这才让他没有像预计中那样死去。

可是从那之后，易龙龙却气坏了。她先是大声地骂他，接着又勒令他不准出现在她面前，省得让她看见了烦躁，所以他只能隐身在她身旁，躲躲藏藏地保护她。

易龙龙紧紧地绷着脸，一会儿，她还是软了口气，"你总是这样，叫我怎么放心地相信你呢？事不过三，我最后给你一次机会，假如今后你还是这样，林琦，我发誓，我一定会用尽全力躲开你，让你再也找不到我。"

林琦赶紧点头，无论今后怎样，那也是今后的事情，先答应下来，让易龙龙气消了再说。

易龙龙无奈地望着他，虽然心里也知道这时候他的承诺多半没有多少诚意，但是她又能怎么办呢？观念性格的形成不是一朝一夕的事，反正今后有时间，她可以慢慢地给他扳过来。

总会有办法的。

暂时放下这一段过节，易龙龙打了个手势，让林琦设下隔音结界，接着才小声地道："那个，还在吧？"

林琦撇了撇嘴，不大情愿地从怀里的口袋中掏出一个巴掌大的小人。

黑色短发，蓝色眼眸，一身镶嵌着星星的长袍，身体在暗处微微发光，在易龙龙面前的，赫然是一个缩小版的赛文。

874

易龙龙伸出爪子，戳了戳缩小版的赛文，又倒着提起来晃一晃，赛文露出比易龙龙无奈一百倍的神情，"你还没玩够吗？"

事实上，与青骑士等人的认知不同，赛文并没有真的完全死掉。他的身体虽然被易龙龙消灭，但他的灵魂已是半脱离身体的状态，失去身体后，以另外一种生命形态存活下来，出现在林琦的身体边。

现在的赛文一点儿力量都没有，即便是弱小如易龙龙也能一把把他捏死。从极强变成极弱，赛文本人却好像没有什么失落感，相反，虽然还是原来的记忆和知识，但他的性格好像变得更随意了，被易龙龙报复性玩弄的时候，会流露出比较像人一样无可奈何的神情。

易龙龙没有杀死这样的赛文，面对这么弱小的生物她实在下不了手，另一方面，她也担心赛文的生命和林琦还有联系，假如真的要把赛文赶尽杀绝，林琦也会受到伤害。

反正现在赛文什么都做不了，就当做从前那个家伙已经死了吧。

根据赛文所提供的消息，当初他给精灵创造空之岛的时候，取走了一部分智慧之心作为运转的动力核心，借给同样躲避人类的羽人使用。只要他们找到羽人，取回暂时存放在羽人处的智慧之心，就能够代替被易龙龙用掉的那颗，归还给精灵。

羽人的驻扎地在遥远的海外，因此他们现在要出海。或许几个月，或许几年他们才能回来。

此外，根据赛文的说法，易龙龙身上的封印并不是完全没办法，按照他制定的计划，再找到某些珍稀药物和魔晶，短则三年，长不过三十年，易龙龙可以恢复人类的形貌，也就是在湖底见过塔希妮雅那时候的模样。

有很多事等着她去做。

不过没关系，他们今后的时间还很长很长。

可以一直延伸到世界的尽头。

. End .

一五〇　直到世界的尽头

番外一　蔚蓝之诗与银色永恒

1. 女妖的情敌

"都湿透了。"

身材修长的少年，捋了捋湿漉漉的金发，又扯动一下因为吸水而变得沉重的外衣，觉得这么穿实在影响发挥，便抬手一把撕裂，然后扯开碎布片丢在地上。幸好附近没有什么人，也不怕被看到他有失风度的样子。

少年身前不远处，站着一位同样全身湿漉漉的年轻女子，蓝色长发上沾着水，眼眸透彻明晰，美丽动人的姿容足以令男子神魂颠倒，但少年看着女子的目光，却是如临大敌的戒备。

这少年来自中国内地南部，他隶属于最强盛的国家莱特帝国，同时也是国家中最庞大的海因涅家族的成员，他的名字叫艾瑞克。

此时，艾瑞克正在进行成人礼之前必须完成的家族修业——一场长达三年的旅行，而在旅行途中，他遇上了一点儿麻烦。

准确地说，是大麻烦。

现在站在艾瑞克面前的并不是人类，而是身为上古遗族的名叫乌狄妮的水妖，虽然拥有接近人类女性的外形，但其杀伤力却堪比几十只怪物的集合。

最先主动招惹上这位女妖的，并不是艾瑞克，而是正好与他同行的家族的另外一名成员。那位的年龄只比艾瑞克大一些，但其花心却和艾瑞克的剑术一样出名。

乌狄妮非常注重感情，假如被爱恋的人抛弃，会愤怒地杀死恋人后自杀。假如恋人移情别恋，那么必杀名单最前面要排上情敌的名字。

居然连女妖都敢招惹，招惹了之后居然还敢抛弃，抛弃之后还打不过，究竟是该称赞他有勇气呢，还是干脆说为了色欲连生命都顾不上了？

虽然对始作俑者的作风不敢恭维，但既然一道同行，艾瑞克也不能眼睁睁地看着那个家伙被杀死。在危急关头，他声称那个家伙是为了他才抛弃乌狄妮的，顺利地将女妖的仇恨转移到自己身上。假如仅以外貌评价，艾瑞克确实有资格做女妖的情敌……随后，艾瑞克脱离大队伍，一路不离不弃地被追杀。

路上不管他怎么澄清谎言，女妖都坚定地不予相信。

当时情况紧急，艾瑞克不假思索地就采用了能最快转移女妖注意力的方法。可现在回想起来，却后悔得不得了，恨不得把那些话抢回来揉一揉再塞回嘴里。

"我究竟是发了什么疯，为了救那个花花公子，把自己的好名声也搭上了，我可一点儿都不想成为那家伙绯闻簿上最新的一页。"

艾瑞克一边喃喃地抱怨着，一边握紧手中的长剑，"假如不幸死在这里，那就太悲惨了，说不定会被传言说成是为了世俗不容的同性爱情而死……真可怕！绝对不能让这种事情发生！"

说实在的，面对强大的上古遗族水妖，他完全没有活着回去的把握，但是他脸上完全没有退缩或恐惧的神情，一双蔚蓝的眼睛平静宁和，很容易让人联想到旷野清爽的蓝天，让人心情愉快。

"一定要活着回去，让所有目击者闭嘴！"抱着这样坚定的念头，少年艾瑞克挥动名剑蔚蓝之诗，在水汽浓厚的空气里留下一道灿烂的剑痕。

2. 代表蘑菇诅咒你

应该怎么形容他现在的状态呢？

在逃避女妖追杀的路上，他的精神过分集中在战斗上，以至于忽略了身旁的景物以及走过的路线……

或者说，这片山林之中，树木与树木、山岭与山岭都长得太相像啦，也没有成型的道路，不管他怎么走，都看不到山岭的尽头……

或者说……

好吧，简单直白些。

他迷路了。

苦恼了一个多小时，艾瑞克终于叹了口气，暂时不想回去灭口的事情，转而思考现在的处境，随后很快得出结论——假如不能找到回去的路，以他的身体状况，应该会在六天内饿死。假如算上体力消耗的因素，这个时间会缩短到三天。

环境：旅行途中的荒郊野外。

人物：艾瑞克。

工具：名为蔚蓝之诗的名剑一柄。

物品：身上穿戴的衣服和饰品。

材料：无。

技能：剑术。

生活技能：无。

艾瑞克了解自己，他从小在家族教育下长大，野外生存这门课根本就不被纳入考虑的范围。即便他要去什么地方，身边的从者也可以帮他解决掉衣食住行各种问题，那些人甚至可以万能地在没有人的荒野上快速摆出小型的宴会。

正因如此，对别人而言的小事，现在成了他的大问题。

早知道最终总要跟水妖打一场，当初就不要跑这么远啦。

因为激战消耗了大量的体力，此刻胃部已经感到了空虚的饥饿。艾瑞克挑剔地看了一眼树根下冒出来的小蘑菇。他认识这种物种，无毒，可以用来果腹，但是他长这么大，什么时候吃过这么劣质的食物？

再看看他现在的仪表，被水妖淋湿的头发和衣衫已经干爽了，现在看起来还是风度翩翩的贵公子。他可是海因涅家族的人，将来甚至有可能继承家族的事业，怎么可能狼狈地蹲在地上生啃蘑菇？

艾瑞克的想法还带点儿幼稚的贵族式的骄傲，他一扬下巴，抬脚踩过娇嫩的蘑菇，大步朝前走去。

一小时后，一无所获。

三小时后，同上。

六小时后，依旧如此。

一整夜过后，饿得双腿发软的艾瑞克终于开始想念起最初发现的蘑菇，但现在他不可能去吃回头蘑的，更何况他现在就算想吃，也已经找不到当初的蘑菇了，入目所见的是青翠的枝叶和嫩草。

无毒。

假如吃树叶和草，也许能延长生存的时间，但艾瑞克现在的自尊绝不容许他向这些东西低头。他抿着嘴唇，又整理了一下衣衫上的皱褶，继续寻找可能到死都找不到的归路。

3. 请借我尾巴一用

拥有优美线条的银色巨龙飞过天空，她收拢巨大的羽翼，轻轻地落在俊美少年的身前。巨龙身上散发出可怕的威势，在这威势的压迫下，周围的生物都伏低了身体，但少年却依旧笔直地站立着，身体如同一柄锐利的剑。

这是外界的传说，对于艾瑞克与银龙塔希妮雅的初次见面所作出的美化想象。后来，每当艾瑞克听到时，都非常想找塔希妮雅说笑一番，可是那个时候，银色永恒的光辉已经永远消逝。

当然，具体怎么回事，艾瑞克自己是死也不会主动去澄清的，就让这个美丽的误会继续下去吧。

真实的情形是：银龙塔希妮雅飞跃山岭，在半山腰上找了个空地停落下来。她的身躯虽然庞大，却显示了优美华丽的线条与色泽。忽然，她感觉尾巴尖上有点儿痒，扭过头一看，发现她漂亮的尾巴上挂着一个脸色苍白的金发少年，正神志不清地抱着她的尾巴用力地咬。

艾瑞克梦见了食物，很多的食物。

灯火辉煌的宴会厅中，他穿着华丽的黑色礼服，风度翩翩地站在餐桌边。但让他吃惊的是，餐桌上的食物每一份都做得非常巨大，不管是盘子还是碗，都比普通用的大上几十倍。而距离他最近的白瓷盘中，横放着长长的一段不知道烤什么的尾巴，尾巴上还淋着可口的酱汁。

艾瑞克模模糊糊地感觉到有些诡异，但尾巴上传来的肉香味太浓郁了，而他正好又很饿，也不知怎么的，他好像领会了这种巨大食物的吃法，走上前去，抱起巨大的尾巴，满怀期待地朝尾巴尖咬去。

咬，咬。

怎么这么硬？

没烤熟吗？

要不要叫侍者端下去重新烤过？

虽然这么想着，但是艾瑞克不但没有放手，反而好像不认输似的咬得更加用力……

一盆冰水当头浇下。

寒冷的刺激下，艾瑞克打了个冷战，瞬间苏醒过来。因为前两天才与水妖展开生死搏斗，他的身体还保留着对水的敏感，几乎是调动最后的残余力量，绷紧身体弹跳起来，并随手拔出长剑挡在身前。

微微清醒过来后，他才看清站在他身前的是一条龙。银龙身上散发出巨大的威势，这种威势是来自意识上的，任何有感觉的生命都会情不自禁地退缩，但艾瑞克只感到失望，"原来只是做梦。"

那么多吃的，原来是在梦里，他还是没有摆脱迷路的困境。

他的身体虽然已经空虚，但是精神依旧强大。他盯着塔希妮雅，蔚蓝色的双眸中没有丝毫退缩的意味，"为什么攻击我？"

"我只是自卫反击，你们人类不是说过人不犯我、我不犯人这样的话吗？"塔希妮雅觉得很好玩，圆润的嗓音在空气里浑厚地回荡。她抬起巨大的爪子，指了指尾巴尖上的浅浅牙印，问道，"我的尾巴那么好吃吗？"

艾瑞克看了看，瞬间明白了刚才梦中食物的来源，忍不住红了脸。虽然那是他饿得神志不清时的行为，但他还是为此郑重地道了歉，"实在对不起，确实是我的过错在前。"

顿了顿，艾瑞克想起来一件事，"对了，能不能请你帮个忙？我迷路了，可不可以麻烦你送我回去？我会报答你的。"

塔希妮雅没有说话，而是一直凝望着他，直望得艾瑞克有点儿撑不住又要晕过去了，才柔声答道："我不需要报答。这样吧，条件交换，你帮我一个忙，我送你回去，怎么样？"

"成交！"

话音方落，艾瑞克白眼一翻，又晕了过去。

4. 他在呼吸

艾瑞克醒来时，隐隐约约地闻见烤肉的香味，因为先前有过一次失误，这一次他的脑子里冒出的念头是，该不会又是在做梦吧？

　　睁开眼，他看见前方蹲着一个身材魁梧健壮的青年。青年二十出头，剃了一个平头，穿着简朴的衣衫。他有力的双手横握着一柄两米长的巨大宽剑剑柄，宽剑的剑身居然是火红色的，传递出火热的气息。

　　虽然艾瑞克没有学过使用魔法，但这并不代表他缺乏相关了解。青年手上握着的应该是一柄火元素魔法剑。从剑身的质地看，这柄剑非常昂贵，但是昂贵的剑刃上却平平地放着几块鲜红的肉片。

　　周围除了青年，还有银龙塔希妮雅，以及另外一条身躯火红的巨龙。

　　青年转动手腕，灵活地翻转宽剑，剑身一震，将肉片抛至半空。伴随着空气里四溢的肉香与微微的刺啦声，肉片很快变色。烤好了剑身上的几片肉，青年便一挥巨剑，几片肉连同一包饼干准确无误地抛了过来。

　　"快吃吧，吃饱了就休息，等你恢复到最佳状态，我们较量。"

　　学习青年用剑当餐具，名剑蔚蓝之诗的剑身上，此时也串着几块散着油香的肉片，艾瑞克一边吃，一边明白了塔希妮雅要他做什么。

　　其实只是两条龙之间的战斗，银龙塔希妮雅是现今龙族之中最强的个体，而另外一条红龙，虽然实力远不如塔希妮雅，但不知为何却看她非常不顺眼，时常主动向她挑衅。

　　最近红龙看上了一个人类，打算与人类达成协议，让人类成为他的龙骑士，但是最后关头，却依旧有一点儿不甘心，要对塔希妮雅发出最后一次挑战，希望能用另外一种方式决定胜负。

　　红龙的提议是，让塔希妮雅也找一个人类，由他们选中的人类进行决战，哪一方的人类赢了，就算哪一方取得了胜利。

　　红龙的人选是他未来的龙骑士诺顿，也就是眼前这位身材魁梧健壮的青年，而塔希妮雅没有现成的人选，在寻找的过程中，她遇到了艾瑞克，觉得他应该符合她的标准，就顺爪带了回来。

　　红龙略带不屑地瞥了一眼饿得小脸苍白的艾瑞克，虽然他已经非常狼狈，却依旧没有忘记自己的优美仪态，动作不疾不徐，咀嚼食物时，半点儿声音都不发出。

　　"塔希妮雅，这就是你选的人类？不考虑换一个人吗？"鉴于这是最后一次挑战，红龙决定表现出一点儿胜利者的风度，"假如输了，不要说我没有给你机会啊。"他对自己选中的龙骑士非常有信心。

　　塔希妮雅只是优雅地拢了拢她的尾巴，没有发出任何反驳的言辞。

随着时间的推移，红龙逐渐感觉到了一些不妙。塔希妮雅刚将艾瑞克带来时，他可以感觉到这个少年的身体几乎完全被抽空，没有任何可以威胁他的力量，但是当他吃饱了肚子，并温和有礼地向诺顿要了一些清水喝下后，并没有着急地进行战斗，更没有像普通人那样吃饱饭后坐下或躺下休息，而是双目紧闭，静静地站着。

他在呼吸。

悠长而缓慢地，非常有耐心地呼吸。

呼吸带动全身的肌肉血脉，连同内脏器官，从刚吃下去的食物和水中获取养分，并将这养分迅速转化为能量，分配到身体的各个部位。

只过了一个小时，艾瑞克苍白宛若死人的脸色便恢复了光润活力。他微微一笑，睁开眼睛，那蔚蓝色的眼眸宁静而锐利，宛如天空凝结而成的长剑。

"你是怎么办到的？"

艾瑞克转向微微吃惊的准龙骑士诺顿，目光中充满了自信。

"只是稍微复杂些的小技巧，在有充足食物的前提下，运用呼吸迅速攫取能量并分配，调整自己的状态。假如你有兴趣，等我赢了之后就教你。"

假如不是因为不愿意让对手准备太久，艾瑞克更喜欢等身体自然恢复，而不是强行操纵。这种手法对身体没有伤害，却有些不符合他的审美观。

准龙骑士虽然只看艾瑞克准备的过程就知道自己胜算的可能不大，但听到这种近乎笃定的胜利预言，还是会有小小的不服气，"一定是你胜利吗？那么就看看吧。"

话音方落，两条人影已经交错而过。

5. 再见亦是永别

后来呢？

后来，塔希妮雅并没有直接送他回去，而是带着他去了遥远的北方，看漂浮在海面上的冰山，会从水中跳起来飞翔的鱼。

跟塔希妮雅相处的经历，虽然在外人看来是非常值得炫耀的事情，可是对艾瑞克来说，只是一个能够让他觉得自在愉快的朋友。

后来，他跟塔希妮雅约定再见，然而再一次见面，却是永远的别离。

……

"艾瑞克？艾瑞克？"

呼唤声将艾瑞克从回忆中唤回，他瞥了一眼身边的从者，虽然早就与之分别，但两人偶尔还会见上一面。

　　"什么事?"

　　"你怎么了? 一直在发呆?"

　　"不，只是忽然想起了一件往事。"

　　"接下来打算去哪里?"

　　"到处看看吧，有一点儿想进树海玩玩。"

　　"你确定要去那里? 要不要在你身上系一根绳子，以免你找不到回来的路?"这些年下来，原本以服从为第一要务的从者，其舌头也仿佛浸过了一层毒汁。

　　艾瑞克自动忽视了某句话，依旧忍不住想微笑，"不知道为什么，我总觉得去那里的话，会有好运气的事发生呢。"

番外一　蔚蓝之诗与银色永恒

番外二　失落的爱意

1. 女妖的情人

"喂，你们瞪着我干什么?!"

琥珀色短发的少年，长着一张天真可爱、十分讨人喜欢的脸，但是现在，周围人看着少年的目光却没有善意。

少年话音落下不久，周围一道道声音便接连响起。

"这是否算是好色不要命的典型？居然连女妖都敢勾引。"

"勾引之后还敢抛弃。"

"抛弃了之后还被追杀。"

"最后让我们的艾瑞克替他抵挡下来。"

"对了，艾瑞克说的是真的吗?"

少年有一点点头疼。

这少年来自中国内地南部，他隶属于最强盛的国家莱特帝国，同时也是国家中最庞大最有权势的海因涅家族的成员，他的名字叫李维。

海因涅家族对内部管理非常严格，每一个家族成员接近成年时，都会受到家族的考验。

此时，李维正在进行成人礼之前必须完成的家族修业——长达三年的旅途。为了方便起见，他与同家族的成员艾瑞克一道同行。

艾瑞克是家族之中核心成员的孩子，因其俊美的外表与出众的剑术，家族中几乎没有人不知道他。

与前途无量的艾瑞克相比，他除了外貌便几乎一无是处，之所以有幸与家族未来的光辉一道同行，只是因为两人正好都在进行修业，并且前往的方向相同罢了。

会沦落到这个境地，与李维本身的恶习密不可分。

旅途非常无聊，为了打发时间，李维跟路上遇见的身份神秘的美丽姑娘谈了一场愉快的恋爱，然而正当他准备像从前那样跟对方分手时，对方露出了真面目——她不是人，而是身为上古遗族的名叫乌狄妮的水妖，虽然拥有接近人类女性的外形，但其杀伤力却堪比几十只怪物的集合。

纵然李维曾猜想过乌狄妮的身份不普通，可是他完全查不到她的来历，却没有料到居然是这样的惊人。

被抛弃的女妖发出悲恸的号叫。她伸出尖长的爪子，刺向负心人。就在女妖的指甲距离他的咽喉还有千分之一米的时候，艾瑞克说了一个谎。这个谎言将女妖的仇恨转移到了前途无量的少年剑士身上。

那个谎言，让即便是习惯绯闻缠身的他也禁不住有些尴尬。当时的情形下，比负心人更加能吸引女妖憎恨的只有女妖的情敌，艾瑞克在众目睽睽下，宣布他们是情人关系。

愤怒的女妖追着"情敌"离开，在这个虚构的三角恋关系中，只有他一人留下来，面对众人质问的目光。

甚至有人真的相信了艾瑞克所说的话，他好像看到同行队伍里有女性投来忌妒的眼神，而不光是艾瑞克的随从，就连他的属下，看着他的模样也透着一点儿惊恐……

为什么艾瑞克随便说一句谎话，就会有这么多人相信呢？

人品的差距未免也太大了。

绯闻缠身的少年露出无奈的苦笑，只能在心里暗暗地祈祷那个胡说八道的家伙快些回来澄清，否则，他可能很快会被其仰慕者的目光杀死。

2. 召唤之书

李维与大队伍为了等艾瑞克的归来，在原地停留了两三天，却始终没有他的消息。

艾瑞克的部下开始着急，着手安排人去四处寻找，每天经过李维身边时，都会用恶狠狠的眼神凌迟他，好像是李维把艾瑞克藏起来了一样。

一直到再度传来消息，得知艾瑞克安然无恙，甚至与银龙塔希妮雅成了朋友，李维才终于免于遭受以眼杀人的酷刑。暗暗松了一口气的同时，他接到来自家族内部的密信。

要结束了。

看到信封的时候，李维便有了非常清晰且肯定的念头，但是他依旧装成一无所知的模样，按照信中的要求，中断未完成的旅行，跟随送信人回到家族所在的帝都。

接下来会发生什么事，他几乎可以一丝不差地推测出来，无非是借由他在旅途中寻欢并给艾瑞克带来麻烦的借口，将他这样的无能之辈驱逐出海因涅家族。

时间嘛……应该会很快，不超过半个月。

少年脸上浮现出与天真面孔严重不符的讽刺冷笑。

武技不成，魔法不佳，平时也没有表现出过人的天赋与才能，最大的长处便是引诱美女，不过他并不会利用女性的感情来获取权力与金钱的利益，因此这唯一的长处也是无用的。

这样的废物，能呼吸海因涅家族的空气十多年，想必这已经是给予他的宽容和恩赐了吧。

886

身为家族成员，所拥有的优厚的条件，便利的资源，大约在半个月后，都将被剥夺。按照惯例，海因涅家族不会给无能者半分怜悯。他不会是一个例外。

李维微微一笑。

没有就没有吧，那与他无关，就算是到了最窘迫的境地，实在不行，他去找从前相好的贵妇吃软饭好了。

心里做着无论如何都算不上有男子汉气概的打算，李维露出愉快的笑容。他忽然想起一件事，连忙按铃召唤管家前来。

管家已经七十多岁了，是照看他从小长大的人，虽然对他的无所事事时常感到伤心，却并不会因此而责备他，只会更加用心地照顾。

看见管家，李维眼中浮现出少许温情，发现老人穿的衣服有些单薄。他脱下自己的外衣，罩在对方身上，"我出发前交代你帮忙寻找的东西找到了吗？"

管家大概也知道李维为什么被提前叫回来。他难过地望着少爷，想说什么话却又一句话都说不出口，只有回答李维的问题，"都已经准备齐全了，可是，您要那些东西有什么用途呢？"

他知道少爷并不是真的像外界所以为的那样无能庸碌，少爷只是故意给人造成那样的假象。虽然知道原因，但是他无法劝说少爷回心转意，只能在他离开之前尽量满足他的要求。

李维神秘一笑，天真的脸上闪耀着欢快的光，"这你就别管啦，总之不是害人的玩意儿。"

目送管家离开，李维快步来到地下室，所有的东西都放在这里。他关紧了房门，确定不会有人在中途闯入，才小心翼翼地从怀里取出一本书。

这是一本召唤之书。

3. 永远不要跟魔族吵架

按照说明，将召唤物品摆放在正确的位置，李维后退几步，随手拉过一张藤椅，非常悠闲地坐下。

他手上拿着一本黑色封皮的书，据说是违禁的召唤之书，记载了召唤魔族并收为己用的方法。召唤之书上还留有前几任主人的日记，他们都是神殿的最高机密罪犯，这些人无一例外都干了同样的一件事——按照笔记中的记载，用召唤魔法召唤出一位强大的魔族，与魔族成为主仆，获得了不敢想象的强大力量。

这是他在极偶然的情形下得到的。虽然知道这是极其危险的东西，可是一股莫名的冲动始终引诱着他，让他不能断然丢弃这本书。

李维虽然没有大的野心或愿望，但是他长这么大还没见过活的魔族，对此感到非常好奇。

"也不知道是真的还是假的……试试看吧。"李维启动了召唤阵。

再过不久，他就要因为"太过无能"这项罪名被剥夺海因涅家族的身份，再也不是贵族。但李维并不感到慌张，甚至在明知道将来命运的此刻，他也没有为了挽回作出任何努力，反而充分利用现在还能使用的特权，凑齐召唤物品。

漆黑的夜色降临，点着魔法灯的明亮地下室陡然暗了下来，李维微微一怔，随即明白过来——召唤成功了。

一片黑暗中，应该是召唤阵的地方浮现出一个朦胧的身影，那身影看起来是一个男性，穿着长袍，短发。

这就是魔族吗？

黑暗中的影子，只看外表，似乎与人类并没有什么不同。

不过，为什么对方始终置身于黑暗之中呢？难道是丑得不能见人？

李维恶意地想。

他以探究的目光仔细地打量着那道影子，并不着急说话。接着，他便听见那影子低沉地问："人类，你有什么愿望？"

微笑着将召唤书放在膝盖上，李维随意地摊了摊手，说："没什么愿望。"

他对目前的状况非常满足，即便即将被赶出家族，那也是他自己愿意的事情，并不想求助眼前的魔族作出任何改变。

那影子像是被他噎了一下，顿了顿，又问："那你召唤我来干什么？"他见过野心的好权者，见过狂热的好名者，见过贪婪的好财者，甚至想取得力量，报仇或完成某个愿望……不管是什么人，心中总是有欲望和追求的。

李维笑眯眯地说："你能不能让屋子里变亮一些？我没有见过魔族，想开开眼界。"

就为了这个理由？

黑影有点儿郁闷了，这个人类跟从前那些充满欲望的家伙不一样，一点儿都不好玩。

"你真的什么都不想要？只要你开口，你想要财富，我可以让你住在金子建造的别墅里；你想要权势，我可以帮助你取得皇帝的桂冠；假如你想成为世界上最强大的人类，我也可以给你最可怕的魔法和最高明的武技。"

888

他随口列举出种种诱人的前景，但李维神情淡漠地听着，并不为之所动。

黑影引诱未果，终于感到无趣，无奈地问："你究竟想要什么？这本召唤之书是为了给心中怀有欲望的人准备的，没有欲望的人是不会被吸引的。你既然召唤了我，就说明你心中一定有欲望，那究竟是什么？"

沉默了好一会儿，李维笑眯眯地说："真的什么要求都可以答应吗？"

"是的。"黑影低缓地说，"财富、权势、武力，这些东西你都可以得到。"

李维一拍手掌，十分高兴地道："那么就请帮个忙，我想每天都跟不同的美女约会，让世界上所有的美女排着队爱上我吧。"

这回，换黑影沉默了，过了好一会儿，他才道："我不干，这个愿望太庸俗了，你就不能换个高雅一点儿的？"

李维神情一变，一脸的肃穆庄重，"我觉得，这个愿望十分神圣。"

"我是魔族，不是皮条客。"

"你不要侮辱美好的爱情。"

"每天轮一个，你那叫什么爱情？"

"你究竟干不干？"

"不干，我是有格调的魔族。"

"真的不行？"

"本书不是18N。"

"切，你是为了自己的无能作掩饰吧。"

"……是吗？"

说这句话时，那黑影的声音忽然好像下滑了一个坡度，沉进了黑夜里，只是平淡的语气却不知为何让李维心头一颤。

没等李维作好任何准备，那黑影便忽然来到他面前，并不是走动，而是毫无预警地，从几米外直接移动到近处。

就算是这样近的距离，李维依旧看不真切对方的脸。

黑影伸出手来，按上李维的心口。后者吃了一惊，想要躲开，却发现身体已经动弹不得，全身都仿佛被无形的力量牢牢禁锢着，就连动一下手指头都是奢望。

这是绝对的、无法超越的力量差距。

他听见黑影缓慢地道："我不会为了验证自己的能力而满足你的愿望。这样，我做一件正好相反的事情吧，我取走你灵魂中'爱'的那一部分，并且让你的年龄永远停留在这一刻。这是给你的教训，今后没有重要的事情，不要随便召唤魔族。"

"今后假如能够再见，我想听一听你的感受。为了方便辨认，我给你留了一个印记。"

黑影说完后，李维感觉心脏里仿佛有什么脆弱的东西被吸出了胸腔，飞到黑影的手掌中。

做完这些，那黑影与跌落在一旁的召唤之书，一同消融在空气里。

黑影消失，李维的手脚立即重获自由。他疑惑地解开衣服纽扣，往胸口看去，发现心脏位置处的光滑肌肤上，多了一个深黑色的宛如夜色烙印一般的奇异印记。

那印记，宛如束缚的枷锁，尖端似乎要刺入肌理内。

4. 十年

魔族太无赖了！

吵不过他就使用暴力吗？

检查了一会儿身体，没发觉什么伤痛的地方，李维放心下来之余，站在道德的制高点上，愤愤地谴责了一下吵不过就打、打完了就跑的魔族。

他不慌不忙地穿好衣服，对于魔族所说的话，他压根儿就没打算相信——抽取灵魂中的一部分，那个魔族以为他是神吗？能够随心所欲地操纵禁忌的领域？

完全不需要担心。

但是这个念头、却在第二日立即产生了严重的动摇，甚至在几日后完全被颠覆、摧毁。

那个魔族说的居然是真的。

不管遇见多么甜美温柔的女性，甜言蜜语，亲吻拥抱，都无法再让他的心灵泛起愉快的涟漪。而从前的恋爱记忆，居然像流沙一般被时间之风不断地吹走，残留下来的痕迹，仿佛只是刻板的说明书，不管他怎么努力回想，都无法从说明书中回忆起从前的温柔甜蜜。

终于确认自己遭遇了什么事情以后，李维浑身冰凉，只是因为一时的好奇，他付出了难以想象的巨大代价。

被剥夺走"爱"的这一部分，甚至比被逐出海因涅家族更让他难过。

然而再怎么难过，也只是在心情微微动摇后便化作一片平静的漠然，再也找不回从前的情绪。

李维召唤出魔族的十天后，他被剥夺了海因涅家族的姓氏与身份。

两个月后，他与帝都里的所有情人告别，接着便一个人消失无踪。

一年后，老管家在执行家族任务的时候去世，李维再度出现在人们面前，主持他的葬礼。此时的李维，身上披上了神殿的长袍，看起来年轻又天真的脸时常微笑，但是没有人能看懂。

七年后，李维因为私生活不检点，被教皇亲自下令发配前往偏远地方主持神殿工作。

十年后，神殿来了一位与阳光同行的不速之客，客人璀璨的金发仿佛掠夺了太阳的色泽。

"你来这里干什么？"

"准备进入树海，听说你很倒霉地被发配，顺路来看看……在这里生活得愉快吗，神官？你看起来青春焕发。"

"不要以为我听不懂你是在讽刺我。看够了可以走了，愿神保佑你在树海里迷路一辈子。"

"看来淳朴的边境生活没能洗涤干净你心中的黑暗面啊，神会为你痛心的。"

"滚。"

"请你先示范……哈，要走了，希望我回来的时候你已经调回帝都了。"

"我对那个地方没多大兴趣……等等。"

"什么事？"

"十年前……谢谢你的救命之恩。"

"当年，成为你被除名的理由，其实我有些抱歉，不过……难得听见你向我道谢呢。"

"滚。"

客人从窗口来，又从窗口离开。

容貌自从十年前起便始终未曾改变的男子，缓慢地走出房间，走向什么都不知道的弟子。

番外二　失落的爱意

番外三　盗贼法则

盗贼法则 1：走在阳光之外

深夜。

凡特男爵家中的灯光依然没有熄灭。

而凡特男爵正在客厅里，焦急地等待回音。

大约三天前，他与商会会长打了一个赌：三天之内，他能够请盗贼盗走会长家中一颗罕见的夜明珠。

这是贵族们偶尔会玩的游走于法律之外的游戏，事先指定其中一方所拥有的某一件独特物品，而另一方将派遣部下或雇用盗贼去盗取，假如盗取成功，便是盗取方胜利，假如盗取失败，就是物品拥有方胜利。

凡特男爵的部下中并没有此类专门的优秀人才，只能从外边雇用。本来他以为这并不是什么难事，毕竟对方也仅仅是一名商会会长，无法出动大量人力进行严密防范，他只要雇用几个高明的盗贼，就能顺利赢得赌约，可是等赌约开始后，他才发觉自己忽视了一个问题。

对方仅仅是一名商会会长，可是正因其身份，交友十分广阔，甚至包括本地的盗贼好手们。会长抢在他前面雇用了本地所有的盗贼好手，反过来防范他的行动。

等轮到他雇用时，只剩下一些不中用的三流盗贼，根本无法与商会会长所雇用的那些盗贼抗衡，无奈之下，凡特男爵只有借助外来盗贼的力量，帮助他完成这场赌约。

时限为三天，即便他派人到别的城市去雇用盗贼时间也非常紧迫，而这段时间里经过本地的盗贼，数量与质量上他都不怎么抱希望。

三天内，凡特男爵做了一切他所能做到的努力，一共雇用盗贼六人。就在昨天，他无意间雇来邻城一名外号"黑羽"的盗贼，据说其实力相当不错，假如有他的帮助，或许有希望赢得这场赌约。

不过凡特男爵所忧虑的是，黑羽的准备时间太短，对于地形环境以及对方的人员布置都缺乏了解，能否从对方手中偷取到目标物品，他实在没有多大的把握。

至于另外五名盗贼，有四名已经先后失败，剩下一人不知道去了什么地方，或许是自惭与黑羽之间的差距，或许是恐惧承担失败的后果，独自悄悄离开了。

虽然对于打赌的双方而言这是一个心照不宣的游戏，然而对于执行赌约的盗贼，这却是一场不能见光的冒险。假如失手被擒，赌约方可以按照正常的法律途径处理盗贼，不会有人出面拯救可怜的盗贼，包括他的雇主。

成功了，盗贼可以得到与雇主约定的酬劳，失败，他们将面临服刑。

现在已经是凌晨四点，再过四个小时就是赌约结束的时间，而扣除他去见会长路上所花的一个小时，七点之前，黑羽必须回来。

假如输掉这场赌约，男爵同时将输给会长一个柠檬种植园。

盗贼法则2：情报是生存的根本

凡特男爵正在等待的时候，他心中所想的黑羽也没有闲着，正穿着一身适合夜行的黑衣，站在距离商会会长家不远的地方，注视着会长所居住的三层别墅。

目标物品的存放是有固定的范围限制的，就在商会会长的家中。黑羽已经弄来了别墅的房间方位分布图，现在看着别墅，他的脑海中可以清晰地浮现出每一个房间的位置和用途。

但是……

黑羽皱眉看了一眼身旁的男子，心中有些烦躁。

身旁的男子二十多岁，拥有一头较为罕见的深紫色短发，左眼下方有一道竖着的伤痕，那道伤痕恰好连接着下眼睑，眼睛却丝毫没有损伤，不像是在战斗中受伤的，反而像是谁拿着匕首刻意划上去的。

这名自称罗兰的男子，与他同样受雇于凡特男爵，两人可以说是同伴，也可以说是竞争对手。现在他正要潜入会长家，这个人忽然幽灵一般出现在他身边，会不会对他的行动有阻碍？

罗兰只是单纯地选择与他在同一时间行动，还是想在他这里分一杯羹？

罗兰会不会趁着他潜入的时候，给他拖后腿？

或者，罗兰会在他成功之际，背后拔剑，抢夺他的成果？

城市中的盗贼本来就是带点儿灰暗色彩的边缘职业，在阳光照不到的地方，你争我夺钩心斗角绝不少见。今年三十岁的黑羽，从事这个职业已经有十三年，以上的事情他都经历过，只在看见罗兰的一瞬间，他就想到了几种可能。

想了想，黑羽作出决定，转向罗兰，压低声音说："小子，一起潜入吧，进入别墅后，大家各凭本事。"

罗兰微微一笑，"好。"

口头约定后，黑羽脚下一蹬，如同猫一样悄无声息地飞过高达四米的围墙。落下之际，他的身体变得如同羽毛一般轻盈，双脚在高墙内侧轻踏一下，凌空改变方向，又横飞了四五米的距离，落在花园中的泥土小径上。

黑羽脚才沾地，便立即伏低，身体埋在花丛里。身体伏下之前，他已经扫了一眼四周，确认此处与情报中所描述的相同，也记住了花园的大小、所在位置与别墅的距离，以及适合藏身的灌木丛与观赏树。

正在心中制定潜入计划，黑羽忽然心中一凛，转头看向身旁，骇然发觉罗兰不知什么时候也来到了他身旁，大模大样地站着，完全不怕被发现。

一看之下，黑羽差点儿疯了——这算什么盗贼啊？这小子才入门吗？

还没等黑羽出声斥责，就看到罗兰抬步向前走去。他行走的路线非常奇怪，一会儿往左，一会儿往右，一会儿斜上，一会儿后退，有时缓慢，有时飞快。

黑羽最初感到迷惑，可是看着看着，他陡然明白过来。

罗兰并不是新手，相反，他是一个拥有高明技巧的家伙。他所走的路径，正好都处于观察点的死角，偶尔不是死角的地方，他会快速地穿过，只留下一道淡淡的黑影。

发觉罗兰已经走远，黑羽压下惊讶与疑惑，也快速地接近别墅，与罗兰一同抵达别墅外，紧贴墙壁，站在墙根。

盗贼法则 3：黑暗中出剑

这个时候，黑羽已经将罗兰当成一个不能小瞧的竞争对手。原本他没有把罗兰当回事才会放任罗兰跟进来，现在既然发觉这家伙不简单，就必须相应调整对策。

此时罗兰正背对着黑羽，微微斜着身体，打量别墅的每一个窗口，似乎在考虑侵入点。黑羽心中冷笑一声，忽然拔剑刺出。

黑羽的短剑剑鞘经过特殊处理，拔剑时几乎没有声音，而他袭击的动作又极为隐秘，但背对着黑羽的罗兰却好像背后长了眼睛，侧身避开了这一剑。

罗兰原本身体倾斜，重心不大稳，而他侧身躲闪，更加加重了这一点。黑羽一剑没刺中，就顺势横扫，同时脚下一踢，扫向罗兰本来就站得不太稳的双脚。

罗兰叹息一声，一个空翻，一脚踢在黑羽的剑身上，借着对方横扫的力量斜飞出去，落地之际又退了几步，而这时，几道探照灯扫过，打在罗兰身上。

黑羽冷笑一声，不等罗兰站稳已经转身离开，贴着墙根转移位置，不再理会被他当做诱饵抛出去的盗贼。

他根本就没有想过杀死罗兰，只是打算给他制造一些伤口，推出去吸引别墅中其他人的注意力，以方便他潜入，伤口虽然没有造成，但主要目的已经达到。

一会儿，别墅前就传来武器相击的声音。黑羽得意地一笑，身体如同壁虎一般灵巧地攀爬上三楼。根据他的情报，三层中有几间闲置的房间，正好方便他侵入。

手指紧扣着窗台支撑身体的重量，黑羽单手取出一把特制的玻璃刀，手腕转动，细微的轻响声中，嵌着钻石片的玻璃刀在窗户上画了一个圈。放下玻璃刀，黑羽抬手按在圈内，稍一用力，一块完整的圆玻璃便与窗户分离。

黑羽小心地将卸下来的玻璃放在一边，从开出的洞口探手进去，找到窗框上的锁，打开窗户，下一刻，他便正式置身于别墅内。

一会儿，外面的打斗声便停止了，这比黑羽预计的要快。不知道是罗兰解决了守卫者还是守卫者解决了罗兰。后一种的可能性更大一些，毕竟罗兰只是一个人，从刚才的交手中也可以看出他没有太高明的武技，大概那小子已经被抓住，等明天就会被押解前往监狱吧。

虽然是自己一手造成的，但黑羽并没有因此而觉得愧疚，盗贼之间经常发生这种事，陷害与被陷害，利用与被利用，抢夺与被抢夺，黑暗里的剑，随时随地等待刺出。

那小子的技巧虽然不错，但是在这方面还是太嫩了，这一次，也算是给他一个教训吧。

黑羽无所谓地想。

盗贼法则 4：智慧

凌晨五点，天已经蒙蒙亮，一夜没睡的男爵顶着浓重的黑眼圈，终于等来了黑羽。

黑羽的神情有些疲惫，但目光中却带着胜利的色彩。看到这样的情形，男爵心里悬着的石头放下了一半，还没等黑羽完全迈进大门，男爵便焦急地问："怎么样，成功了？"

黑羽得意地点了点头，没说什么，只从上衣的内袋里取出一只雕工精美的木盒，木盒边缘镶嵌着华美的银饰。男爵认识这个盒子，这是在赌约开始之前会长曾经拿出来给他看的，用来装夜明珠的木盒。

黑羽走过来，将木盒放在男爵身旁的桌子上。翻开盒盖，一粒鸽蛋大小的浅蓝色夜明珠，静静地躺在盒子内衬的天鹅绒中。

男爵长长地松了一口气，终于放下心来。

距离赶赴约会还有三个小时，男爵收起夜明珠，让仆人端来咖啡招待黑羽，这才详细地询问黑羽盗取的过程。

黑羽略过罗兰的存在，只说了他进入别墅以后的事情。

别墅的房间不少，假如一间一间地挨个搜查，不仅浪费时间，还容易被发现，因此黑羽没有采取这个最笨的方法。

别墅中所有房间的照明使用的都是蜡烛，而商会会长家中的保镖，以及他请来守护夜明珠的盗贼，全部都聚集在其中几个房间——一楼的宴客大厅及侧面的小会客厅，二楼的书房与休息室，三楼的两间卧室。

会长及其家人原本正在休息，但因为先前的骚动都惊醒过来，聚在二楼的休息室中。

通过观察会长及家人的动作，黑羽判断他们身上没有藏匿夜明珠，因为他们行走的时候非常随意，谁都没有特别顾忌身上某一处。

接着，黑羽在别墅内制造了一场短暂的局部黑暗。

别墅里的照明用具基本都是蜡烛，只有最大的宴客大厅顶部，吊着一盏魔法灯。这对黑羽来说完全不成问题，他手上有一件魔法道具，能够释放出一个魔法"黑暗术"，这也是他所能依仗的最大武器，能够使一定的区域陷入一片黑暗。

这种黑暗不同于黑夜，即便是在黑夜也有微弱的光，能帮助人看见物体，黑暗术中，就只是纯粹的一片黑暗，即便是拥有夜视能力的人，也看不见任何东西。

黑暗术只能制造黑暗而没有其他任何效果，但是对于黑羽而言，只要适当地运用，没有什么道具是真正无用的。

释放出黑暗术，伸手不见五指的黑暗中，守卫者和盗贼们变得有些混乱。趁着黑暗，黑羽迅速地作出布置，造出他已经取走夜明珠的假象。光明再度亮起后，会长着急地查看夜明珠是否丢失，这反而给黑羽带了路，在下一次行动中，顺利偷走夜明珠。

盗贼法则 5：知识

听了黑羽的叙述，凡特男爵十分满意，这毫无疑问是一名身手与智慧兼具的盗贼，愉快地吩咐部下去取他早就准备好的金币。就在这时，虚掩的大门再度打开，出现在门口的，居然是黑羽以为即将被送去监狱的罗兰。

黑羽暗暗吃了一惊。

看罗兰的模样，他似乎并没有被会长抓住，不过就算他逃回来也不能改变什么，向男爵诉说被推出去当诱饵的行为只会更凸现罗兰的失败，不能改变他胜利的事实。

吃惊之后，黑羽又恢复了镇定，嘲弄地看着罗兰，想知道他打算做什么。

男爵也吃了一惊。

这就是那个一直被他忽略了的，不知道去了什么地方的盗贼。黑羽的成功毫无疑问地说明了他的失败，他现在回来干什么？

罗兰走进大厅，笑嘻嘻地看了一眼黑羽，接着转向男爵问道："男爵大人，您确定这颗夜明珠就是您所需要的那一颗吗？"

男爵还没有答话，黑羽便冷笑着接口道："辨认宝物也是盗贼的基本技能之一，你该不会说这一颗夜明珠是假货吧？"

回来交差之前他曾经再三检查，确定这是真的夜明珠，才放心地送到男爵这儿，眼前的紫发青年这么说，明显是在质疑他的专业水准。

罗兰轻松地耸了耸肩，十分自信道："男爵大人，请容许我提醒您，会长与您的赌约，是要求您派人偷取一颗特定的夜明珠，并不是任意偷取一颗夜明珠，您忘记了吗？"

话已经说得这么明白，男爵和黑羽自然也听懂了他的意思，心中各自浮现出少许不安。再看了一眼摆在桌子上的夜明珠，男爵仿佛为了让自己放心，辩解道："当初会长拿出来的夜明珠，跟这一颗是一样的。"

浅蓝色的夜明珠表面有一道淡淡的白色弧线，形状乍看上去仿佛弦月，因此这颗明珠还有一个名称叫碧空弦月。

罗兰摇了摇头，脸上带着浓厚的笑意，"这就是阅读面不够广泛的坏处了。碧空弦月是有历史的夜明珠，在七百年前，碧空弦月的主人曾失手将其摔在地上，摔出一条裂缝，后来经过宝石匠人的处理，将夜明珠整齐地对剖成两半，合起来还是一个圆球，分开的瞬间会透出一道浅蓝色的冷光，而冷光之中的一道白色弧线，如同飘浮在天空中的弦月。这段记载流传得不太广泛，只在一些很古旧的文献中有记载，因此知道的人不太多。"

这算是比较冷僻的知识，假如他少年时没有立志成为一个鉴赏家，或许今天也会犯同样的错误。

罗兰一边说着，一边从怀里取出一件东西，也是一颗夜明珠，乍看起来与黑羽带回来的一模一样，然而罗兰手指一动，两个半球悄然分开，浅蓝色的光幕里，白色弦月悠然悬挂。

"商会会长是个老狐狸，他故意将一粒很像的夜明珠放在家里，在最后一天被人偷走。事实上，真正的目标放在商会的保险柜里。"随手将夜明珠放在桌子上，罗兰顺手抄起仆人拿过来的钱袋，掂了掂分量，满意地转身离开，"物品送到，任务完成。"

男爵愣在沙发上，过了好一会儿，他发现罗兰已经走出门外，才开口叫道："你愿不愿意留下来给我干活？"

罗兰头也不回地说："抱歉，我身上还有别的任务呢。"

盗贼法则 6：去冒险吧

走出男爵家，罗兰仰头看了一眼天空，天边的金色阳光有些刺眼，他抬手遮住眼眸，嘴角笑容苦涩。

他能得以阅览那些如此冷僻的典籍，得益于他少年时的志向，成为一名考古学者，现在距离当年的梦想却越来越远。

十多年前的他，大概做梦也不会想到，他会成为一个在暗夜中行走的盗贼。

假如不是家中那场巨变，他或许永远与危险绝缘，依旧可以安稳地在阳光下生活，钻研古籍藏书。

可是现在，一切都再也不可能。

发生了那件事，就算是给他第二次选择的机会，他也会同样走上这条充满荆棘的道路。

片刻，罗兰放下手，一边快步行走着，一边思索下一个任务。

这个任务的雇主比男爵的身份高很多，任务执行的地点也较为危险，在那片不能轻易深入的树海，但是丰厚的报酬十分诱人。重要的是，假如能够借着这个任务被雇主看上从而留下他，或许他能更靠近目标。

在心里盘算了一遍，罗兰回到暂住的旅馆，收拾行李，准备出发。

这个时候，罗兰还不知道，前方虽然没有危险，却有无尽的厄运在等待他。